KB260255

논술 시 소설
글쓰기 짱!

김희보 지음

논술 시 소설
글쓰기 짱!

명문장은 깊이 생각하고 끝없이 상상하는 힘에서 나온다
이어령(이화여대 석좌교수)

명문은 두통을 낫게 한다

조조(曹操)는 두통이 날 때마다 진림(陳琳)의 글을 읽었다고 한다. 그의 글을 읽으면 머리가 맑아지고 아픈 것을 잊을 수 있었기 때문이다. 그는 원소(袁紹)의 편에서 자신을 비방해 오던 진림이 포로로 잡혀 왔을 때에도 벌하지 않고 문서 담당으로 등용시켰다. 중국에서는 그래서 명문을 쓰는 일을 경국지대업(傾國之大業)이라고까지 했다.

'달이 밝다'와 '달은 밝다'의 차이

명문을 쓰려면 우선 '달이 밝다'와 '달은 밝다'의 그 차이부터 알아야 한다. '이'와 '은'의 조사 하나가 다른데도 글의 기능과 그 맛은 전혀 달라진다. '달이 밝다'는 것은 지금 자신의 눈앞에 달이 환히 떠오른 것을 나타내는 묘사문이다. 그러나 '달은 밝다'는 달의 속성이 밝은 것임을 풀이하고 정의하고 있는 설명문이다.

이태백의 시에 "내 어릴 적 달이라는 말을 몰라 이름지어 부르기를 '백옥의 쟁반'이라고 했느니"라고 노래한 것이 있다. 묘사문은 마치 달이라는 말을 모르는 아이가 달을 처음 대하는 것처럼 그렇게 쓰는 글이다.

습관이나 고정관념의 굳은살을 빼면 늘 보던 사물들도 새롭게 보일 것이다. '낯익은 것을 낯설게 하기'

이것이 묘사문의 효과이며 그 특성이다. 그리고 그 글들은 항상 '지금' '여기'라는 특정한 시간과 공간 속에서 이 세상에 하나밖에 없는 개체로 존재한다.

그러나 설명문은 정반대로 '낯선 것'을 '낯익은 것'으로 만들어 주는 글이다. 어려운 말을 쉬운 말로 고쳐 주고 모르는 것을 이미 알고 있는 것으로 옮겨놓는 사전의 낱말 풀이 같은 글이다. '지금' '여기'의 특정한 시간과 공간 속에서 떠오르는 달이 아니라 백과사전의 도해 속에서 운행되고 있는 세계의 달, 무한 속의 달이다.

그러니까 기행문은 묘사문이요 여행 안내서는 설명문이다. 어느 때 묘사문을 쓰고 어느 때 설명문을 써야 하는지, 그것을 분별할수 있게 되면 글쓰기의 반은 이미 성공한 셈이다.

문체는 주제이다

뷰폰의 유명한 정의 '문체는 인간이다'라는 말에 속아서는 안 된다. 같은 인격체라도 편지글을 쓸 때와 일기를 쓸 때 그리고 수필을 쓸 때와 소설을 쓸 때의 그 문체는 달라진다. 사람에 의해서 문체가 달라지는 것이 아니라 주제에 따라서 문체는 변화한다.

문체는 외출할 때 옷을 입는 것과 같다. 일하려고 나가는 것인지, 파티장에 가는 것인지, 혹은 가는 데가 장례식장인가 결혼식장인가에 따라 옷의 선택이 전혀 달라진다. 문체는 사람이 아니라 주제이다. 그리고 그 주제는 문장의 형식과 내용이 잘 어울릴 때 비로소 그 특성을 나타낸다. 형식에 치우친 글은 불꽃과 같은 것이고 내용에만 치우친 것은 수풀과 같은 것이다. 내용과 형식이 서로 긴장관계를 이루며 손바닥과 손등처럼 서로 뗄 수 없는 것이 될 때 진정한 문체는 획득된다. 불꽃도 숲도 아닌 '불타오르는 숲', 미국의 비평가 마크 숄러가 한 말이다.

병렬법을 활용하라

"달처럼 보이다가 별처럼 보이다가, 나비처럼 보이다가 티끌처럼 보이다가 염치고개를 넘어간다."

춘향이가 이도령과 이별하는 장면을 읊은 판소리의 한 대목이다. 멀어져 갈수록 점점 작게 보이다가 고개 너머로 사라져 버리는 이도령의 모습이 불과 네 개의 낱말로 선명하게 그려진다. 그러나 달이 별처럼 작아진 다음에 어째서 별보다 큰 나비가 등장하는가. 선형적인 글에만 익숙한 사람들은 그 대목을 잘 이해하지 못할 것이다. 하지만 달은 별과 짝이 되어 이도령의 얼굴 모양을 나타내고 나비는 티끌과 대비하여 이도령의 걸어가는 동작을 나

타낸 병렬 구조로 파악하면 그 절묘한 표현의 진수를 맛볼 수 있게 된다. 달
과 별은 정태적인 것이고 나비와 티끌은 날아다니는 것으로 동태적인 것이
다. 크고 작고 정태적이고 동태적인 네 단어의 병렬적 구조에 의해서 멀어져
가는 이도령의 모습과 작아져 갈수록 커져가는 춘향이의 별리의 정감이 아
무런 설명 없이 직물적으로 묘사되어 있다.

시든 산문이든 명문의 조건은 지엽적인 비유나 수사(레토릭)에 있는 것이
아니라 글의 구조 자체에 의해서 결정된다. 용비어천가의 뿌리깊은 나무와
샘이 깊은 물 역시 그러한 병렬법으로 되어 있지 않은가.

예수의 수사학

예수는 똑같은 주제를 각기 다른 세 가지 우화로 보여준다. 아흔아홉 마리
의 양을 버려 두고 길 잃은 한 마리의 양을 찾아 나서는 목자의 이야기와 짐
을 버려두고 땅 위에 떨어진 한 알의 곡식을 줍는 농부의 이야기와 그리고
집을 나간 탕자가 돌아오자 오히려 더 성대한 잔치를 열어주는 이야기가 바
로 그것이다.

말하고자 하는 주제는 똑같다. 그러나 첫 번째 이야기는 양치는 유목민의
경우를 예로 든 것이며 두 번째 이야기는 곡물을 가꾸는 농경민의 경우를 두
고 한 소리이다. 그리고 세 번째는 자식을 키우는 어버이의 심정을 예로 든
것이다. 그러니까 그 유명한 세 가지 우화는 메시지보다도 메시지를 받는 사
람(청자)을 더 중시했던 예수님의 수사학을 나타내 주고 있는 것이다. 생산
양식이 다르고 생활양식과 그 문화가 달라도 다같이 느낄 수 있는 장치를 마
련해 둔 것이다.

명문이란 어느 때 어디에서 누가 읽어도 감동을 받을 수 있게 한 글이다.
시대와 생활공간이 달라도 제가끔 자신의 체험으로 그 의미를 이해할 수 있
어야 한다. 예수교가 세계의 종교가 된 것도 바로 유목민이나 농경민의 어느
특정한 부류에 한정시키지 않고 모든 문화에 두루 적용될 수 있는 보편성과
다원성을 지니고 있었기 때문이라고 할 수 있다. 그러면서도 일반화가 아니
라 개별적이고 토착적인 문화에 수사의 밑뿌리를 둔다.

시인 예이츠는 번역권을 보류한다고 했지만 참으로 좋은 글은 번역을 해도
역시 좋은 글이 된다. 세계에서 가장 많은 언어로 번역되어 어느 나라에서나

베스트셀러가 된 성서, 그래서 성서의 글들은 명문의 전범이 된 것이다.

상목수는 못질을 하지 않는다

참으로 기량이 있는 상목수는 못질을 하지 않는다. 못 하나 박지 않고 집한 채를 짓는다. 억지로 못질을 하여 나무를 잇는 것이 아니라 서로 아귀를 맞추어 균형과 조화로 구조물을 만들어가고 있기 때문이다.

문장과 문장을 이어가는 기술도 마찬가지이다. 서툰 글일수록 '그리고' '그래서' '그러나'—와 같은 접속사의 못으로 글을 이어간다. 그런 글을 읽다보면 못을 박는 망치 소리처럼 귀에 거슬리게 된다. 잘 다듬어진 글의 이미지와 리듬은 인위적으로 접속사를 붙이지 않아도 자석처럼 서로 끌어당기고 어울려서 자연스럽게 이어진다. 글의 앞머리만이 아니다. 글을 맺는 종지형도 마찬가지이다. 서툰 글일수록 '것이다'로 끝맺는 일이 많다. 한글에 '것이다'를 몇번 썼는가. '그리고' '그러나'와 같은 접속사를 얼마나 많이 썼는가 기계적인 통계만으로도 악문과 명문을 구별해 낼 수가 있다.

I LIKE IKE

가장 짧은 명문의 본보기는 아이젠하워 대통령의 선거 표어인 '아이 라이크 아이크'일 것이다. 더 이상 짧을 수 없고 더 이상 그 완벽할 수 없는 구조이다. 세 낱말로 된 문장이지만 글자 종류를 보면 더욱 기가 막힌다. like의 알파벳 넉 자 속에 I like ike의 모든 글자가 다 포함되어 있다. 그러니까 네 글자만 가지고 한 문장을 만들어낸 셈이다. 그러면서도 그 짧은 글 속에 두운(initial rhyme) 흉운(internal rhyme) 그리고 말운(end rhyme)의 다양하고 절묘한 운을이 모두 들어 있다. '아이'의 두운은 '아이크'의 '아이'와 짝을 이루고 동시에 '라이크'의 흉운과 겹쳐진다. '라이크'는 또 '아이크'의 말운과 맞물려 있다. 소리와 의미가 마치 메아리처럼 읽히면서 짧은 문장 속에 변화와 반복, 차이성과 동일성을 준다.

그래서 누구나 이 표어를 한번 들으면 평생 동안 잊혀지지 않게 된다. 명문이란 외우려고 해서 외워지는 것이 아니다. 저절로 머리 속에 가슴속에 각인된다. 그리스 사람들은 진실의 반대말을 허위가 아니라 망각이라고 했다. 이 표어를 가슴속에 달고 다닌 아이젠하워의 선거원들이나 유권자들은 진실로 그를 좋아하게 되었을 것이고 그래서 아이젠하워는 대통령에 당선이 되었다.

구양수의 베개

옛날 문장가들은 명문을 쓰기 위해서 구양수 배개를 베었다. 구양수 배개란 울퉁불퉁한 옹이가 많이 박힌 목침을 뜻한다. 그것을 베면 편안치가 않아서 잠에 깊이 빠지질 않는다. 그 어렴풋한 선잠 속에서 의식과 무의식의 그 한가운데서 보통 때에는 생각할 수 없었던 문장들이 떠오른다. 구양수의 명문들은 실제로 비몽사몽 간에 씌어진 것들이라고 한다.

구양수 베게는 명문장은 깊이 생각하고 끝없이 상상하는 그 힘에서 나온다는 것을 암시하고 있다. 남들이 높은 베개를 베고 편안한 잠에 취해 있을 때 눈 떠 있는 자. 그 불면의 밤 속에서 어둠 속에서 명문은 알을 까고 나온다.

인터넷으로 지금 글쓰기가 다시 세계적으로 번져가고 있다. 이메일, 채팅, 그리고 게시판과 자료실에 글을 써서 올리는 기회가 날로 불어나고 있기 때문이다. 그러면서도 글쓰기의 소중함과 그 힘을 제대로 깨닫고 있는 사람은 날이 갈수록 줄어든다.

조조가 아니라도 명문을 읽으면 머리가 맑아진다. 누구나 조조가 되고 누구나 진림이 되는 세상이 와야 한다. 그것이 인터넷 시대의 진정한 즐거움이요 행복이다.

걱정말고 시작하라
누구나 글 잘쓰는 방법이 있다

글은 누구든지 쓸 수 있지만, 글을 잘 쓰기란 쉽지 않다. 누구나 삼라만상과 여러 삶의 모습들을 표현해 내지만, 그 함량은 천차만별이다. 자신의 생각을 만족스럽게 표현해 내는 것은 '좋은 글을 쓰는 능력'을 바탕으로 이루어지는 행위이기 때문이다.

'좋은 글을 쓰는 능력'을 기르려면 어떻게 해야 할까?

이 〈글쓰기 첫걸음〉은 그런 의문에 답하기 위해 쓰여졌다. 독자는 여기에 제시된 여러가지 글쓰기의 방법을 접하는 순간, 내면에서 무언가를 쓰고 싶은 충동이 일어날 것이다. 그리고 오랫동안 흥미를 가지고 글을 쓰기 위해서, 또 무언가를 제대로 표현하기 위해서 제대로 된 글쓰기 방법이 필요하다는 것을 깨닫게 될 것이다. 이 책은 그들을 위하여 풍부한 자료로 정성을 기울여 쓰여진 것이다.

언제나 글쓰기에 대한 욕구에 시달리면서도 막상 어떻게 시작해야 할지 모르는 사람과, 일기처럼 규칙적인 글쓰기를 통해 자아를 찾고자 하는 사람, 또는 문학적인 글쓰기를 지속해야 하는 사람, 논술고사를 준비하는 수험생 모두에게 이 〈글쓰기 첫걸음〉은 글쓰기 시작의 용기와 실질적인 도움을 줄 것이다.

2008년 8월
지은이

차례

머리글
명문장은 깊이 생각하고 끝없이 상상하는 힘에서 나온다—이어령
걱정말고 시작하라 누구나 글 잘쓰는 방법이 있다—김희보

제1권 논술 쓰기 첫걸음

1. 글쓰기의 시작 · 21
2. 글쓰기의 기교 · 29
3. 글쓰기의 표현 · 37
4. 글쓰기의 기법 · 46
5. 글쓰기의 분류 · 58
6. 기사문, 선전문 · 83
7. 논설문, 리포트 · 91
8. 논문 · 100
9. 원고지 쓰는 법 · 114

포인트 노트

1. 어떻게 생각할 것인가 · · · · · · · · · · · · · · · · · 123
2. 어떻게 읽을 것인가 · · · · · · · · · · · · · · · · · · 130
3. 이제 논술을 쓰기 시작하자 · · · · · · · · · · · · · 139
4. 바른 표기법 · 146

제2권 시 쓰기 첫걸음

제1부

1. 시의 본질 · 241

2. 시의 구성 요소 · 244
3. 시의 종류 · 259

제2부
4. 현대시의 특징 · 269
5. 현대시의 창작 · 288
6. 현대시의 기교 · 306

제3부
7. 영국의 시 · 331
8. 미국의 시 · 343
9. 프랑스의 시 · 353
10. 독일의 시 · 365

제4부
11. 한국의 시 · 369

제3권 소설 쓰기 첫걸음

제1부 이론
1. 소설의 본질 · 419
2. 소설의 주제 · 437
3. 소설의 구성 · 454
4. 소설의 묘사 · 472

제2부 실제
5. 소설의 첫머리 · 491

6. 구상과 표현 · 511

7. 인물의 전형 · 533

8. 시점과 묘사 · 553

제3부 실기

9. 소설의 본질 · 575

10. 소설의 미학 · 594

11. 20세기 소설 · 612

12. 소설의 감상 · 630

포인트 노트

작품 속의 명언 · 657

제4권 좋은 글 365일

1월 January · 737

2월 February · 755

3월 March · 771

4월 April · 789

5월 May · 805

6월 June · 823

7월 July · 839

8월 August · 857

9월 September · 875

10월 October · 891

11월 November · 909

12월 December · 925

1. 글쓰기의 시작

여기서는 실제로 펜을 들고 글을 쓰려고 할 때에 염두에 두어야 할 기본 원칙에 대하여 생각해 보기로 한다. 결론부터 말하면 글의 표현에 공식은 없다. 그러나, 바로 쓰기를 위한 전제조건까지 없는 것은 아니다. 이 기본 원칙을 터득하였을 때 글쓰는 일은 즐거움이 되는 것이다.

1) 글쓰기의 수련

①글의 삼다(三多) : 글 연마에 대해서는 예로부터 '삼다(三多)'란 말이 사용되고 있다. '다독(多讀)·다작(多作)·다사(多思)', 곧 많이 읽고 많이 쓰고 많이 생각하는 일이다. 글에 소질이 있는 사람이라도 이 '삼다'는 글쓰기의 기초가 된다.

②독서와 베끼기 : 글쓰기에 '다독'은 필수 조건이다. 가능하면 독서하면서 그 기교와 명문구 등을 옮겨 베껴서, 자신이 글을 쓸 때 참고 자료로 삼을 일이다. 이와 같이 하여 자기 어휘를 풍부하게 하고 발상에서의 실력을 기름지게 하여 충실을 기해야 한다.

③관찰과 메모 : 글쓰기에서 중요한 것은 잘 관찰하는 것과 잘 기억하는 일이다. 미리 수첩 등을 준비하여 언제 어디서나 글의 재료가 됨직한 것은 크든 작든 무엇이든지 메모해 두는 것도 글을 잘 쓰는 데 하나의 방법이 될 수 있다.

④소묘와 외곽 : 준비가 갖추어지면 계획에 따라 우선 구상을 조목별로 써 보도록 한다. 그림으로 말하면 소묘에 해당된다. 그 조목별 소묘를 토대로 하여 전체에 걸친 대강을 써본다. 처음에는 너무 형식 등에 사로잡히지 말고 자유 활달하게 써보는 것이 중요하다.

⑤습작 과정 : 글을 잘 쓸 수 있는 비결은 언제나 글쓰는 일을 즐거워하는 것이다. 시간이 있는 대로 가볍게 글쓰는 일을 습관화하는 것이 바람직하다.

연습으로 글을 작성하는 것이 '습작'인데, 이런 습작의 분량이 많으면 많을수록 좋은 글을 쓸 가능성은 많아진다.

2) 글쓰기의 순서

① 착상 : 무엇을 쓸 것인가 하는 것이 뚜렷하지 않고는 제대로 된 글을 쓸 수 없다. 글을 쓸 주제를 우선 정하여야 한다. '글을 쓴다'는 것은 '무엇을 어떻게 쓰는가?' 하는 것이라 할 수 있는데, 이 '무엇'이 '주제'이다. 어떤 경우에든 주제를 분명히 하는 일이 선결되어야 한다.

② 구상 : 주제가 결정되면 재료를 선택하여 글의 짜임을 구상한다. 글을 쓰기 위해서는 주제에 관한 몇 가지 재료가 있을 것이다. 자기의 견해와 타인의 의견 및 자료 등을 우선 구별하고서 구상을 하면 짜임새 있는 구상이 된다.

③ 퇴고 : 글을 다 쓰고 난 뒤에는 반복하여 읽어 가면서 정정하고 가필하여 완성한다. 오자나 탈자는 없는가, 단락은 제대로 나뉘었는가, 구두점이나 기타 글 부호 등의 사용법은 적당한가, 문체는 잘 정비되었는가, 글은 품위가 있는가 등 여러 면에서 재검토해야 한다.

④ 정서 : 퇴고가 끝난 글은 정서한다. 글의 좋고 나쁜 것을 결정하는 기준은 사람에 따라 다르겠으나, 보편적으로 말해서 뒷맛이 좋은가 나쁜가에 의해 결정된다. 첫 대목이 아무리 뛰어나다 하더라도 다 읽고 난 때의 인상이 나쁘다면 그것은 좋은 글이 아니다.

3) 준비의 원칙

① 글쓰기의 세 단계 : 글에 취미를 가지는 것, 이것이 글쓰기의 첫째 요건이다. 글에 취미를 가지면 자연히 많이 쓰게 되니, 이것이 글쓰기의 둘째 요건이다. 명문의 묘를 알고 자신도 그 기법을 터득하기 위하여 많은 글을 읽게 되는 것, 이것이 글쓰기의 셋째 요건이다.

② 매력 있는 주제 : 글의 주제는 매력이 있어야 한다. 매력 있는 주제는 의외성, 신선감, 독창성, 구체성, 신변에 가까운 것 등의 특징을 갖는다. 주제를 찾을 때에는 지나치게 특이하지 않은 것, 자료를 입수하기 쉬운 것, 초점을 맞추기 쉬운 것 등을 염두에 둘 필요가 있다.

③주제가 제시되는 경우 : 입시 작문이나 대학생의 리포트 등은 주제가 제시된다. 그럴 경우 다음 사항을 염두에 두어야 한다. 첫째, 편집자 또는 출제자가 의도하는 바는 무엇인가. 둘째, 이 글은 누가 읽는가? 셋째, 어떤 식으로 써야 하는가?

④펜을 들기 전 : 우선 순서로서 생각해야 될 일이 있다. 주제에 대하여 플롯을 만들고 필요한 재료를 모으는 것과 재료를 우선 정리하여 그것에 의한 플롯을 생각하는 것 중 하나를 선택하는 것이다. 어느 것이 좋다고 판정할 수는 없으나 처리하기 쉬운 점에서는 전자가 가장 일반적이다.

⑤풍부한 자료 : 자료가 부족한 글은 설득력이 없고 전체가 따분하게 느껴진다. 만약 자료의 출처가 불분명하다면 신뢰성이 없고, 데이터가 낡았거나 부족하다면 도움이 되지 못한다. 일방적인 보기의 경우 참고가 안 되고, 내용과 관계가 없는 경우 무의미하여 자료로서 바람직하지 못하다.

4) 글의 생명

①구상의 중요성 : 주제와 제재가 짜여졌어도 아직은 이미지의 단계이다. 이 단계에서 펜을 들면 중도에 글이 막히거나 본래 뜻한 것과는 다른 방향으로 흘러가게 마련이다. 3, 400자의 짧은 글이라 하더라도 반드시 구상을 해야 그 글은 산 것이 된다.

②4분 구성법 : 한시(漢詩)의 '기승전결(起承轉結)'은 글 구성의 기본법이다. 기(起)—일을 설명해 일으킨다. 승(承)—그것을 이어서 풀이해 나아간다. 전(轉)—상(想)을 바꾸고 취향을 달리한다. 결(結)—매듭짓는다. 보도문의 경우에는 '결기승전'의 순서로 바뀌어 활용되기도 한다.

③3분 구성법 : 실용문은 3분 구성법으로 되어 있는 것이 통례이다. 특히 작문이나 논문의 경우, 서론—집필의 동기나 목적, 본론—요지나 특징 또는 제기하려는 문제점, 결론—자기의 의견이나 앞으로의 과제 등으로 끝맺는 형태가 보편적이며 필수적이다.

④2분 구성법 : 일반 해설문이나 논문의 구성법으로서 2분 구성법이 취해지는 경우가 있다. 첫째, 서론→ 본론—이는 3분 구성법에서 결론을 생략한 것이다. 둘째, 결론→ 본론—두괄식, 곧 연역법이다. 셋째, 본론→ 결론— 미괄식, 곧 귀납법이다.

⑤'3'이란 숫자 : 글을 구성할 때 '3'을 사용하면 편리하다. "이 문제에 대해서는 다음 세 가지 해결법이 있다." 또는 "다음 세 가지 점이 중요하다"는 식으로 먼저 문제를 제기하고, 주어진 주제를 세 가지 시점이나 입장에서 처리하면 의외로 글이 잘 써진다.

5) 설득의 원칙

①뛰어난 글의 요건 : 자신이 말하려 하는 내용을 가장 '정확하게', 가장 '알기 쉽게', 가장 '적은 언어로써' 말하고 있다면, 그것은 그 내용에 대하여 가장 뛰어난 글이라 할 수 있다. 그러나 이와 반대된다면 좋지 않은 글이다.

②알기 쉬운 글 : 읽기 쉽고 알기 쉬운 글의 원칙으로서 '3C의 원칙'이 있다. Clear(명쾌하게), Correct(정확하게), Concise(간명하게)이다. 또한 좋은 글의 요건으로 특히 간결·간명·단순을 강조하는 사람도 있다.

③명문(名文)보다 명문(明文) : 명쾌한 글을 쓰기 위해서는 다음 네 가지 사항이 중요하다. 첫째, 글을 쓰는 목적을 분명히 기억하여야 한다. 둘째, 짧고 논리적으로 쓴다. 셋째, 주어를 분명하게 해야 한다. 넷째, 분명한 낱말을 선택해서 사용해야 한다.

④주어와 술어의 호응 : 좋은 글을 쓰기 위해서는 주어와 술어의 호응이 중요하다. 필요한 주어가 생략되지 않았는가, 어느 것이 주어인지 분명한가, 술어는 어디서 어떻게 되어 있는가, 주어와 술어가 너무 멀리 떨어져 있지는 않은가 등을 명확히 해야 한다.

⑤수식어의 문제 : 수식어는 될 수 있는 대로 쓰지 않는 것이 좋다. 꼭 써야 한다면 다음 사항을 염두에 둘 일이다. 첫째, 수식어는 수식을 받는 말 바로 앞에 둔다. 둘째, 수식어는 긴 것보다 짧은 것이 좋다. 셋째, 두 개 이상의 수식어는 쓰지 말아야 한다.

6) 노력의 원칙

①짧은 문장 : 문장을 짧게 하는 것이 좋은 글을 쓰는 비결이다. 글이 길어지게 되는 데에는 세 종류의 원인이 있다. 접속조사로 연결되었기 때문에, 삽입 부분 때문에, 수식어가 겹쳤기 때문이다. 문장을 짧게 하기 위해서는 접속조사나 삽입 부분 또는 수식어를 없애야 한다.

②단락의 문제 : 엄밀히 말해서 단락은 원고를 쓰기 시작하기 전에 미리 정해 두어야 한다. 그렇지 않으면 글이 산만해지기 쉽다. 단락의 구분은 읽기 쉬운 글이 되게 한다. 200자 원고지의 경우라면 한 장에 적어도 두 번 정도는 단락을 나누는 것이 좋다.

③접속어의 문제 : 접속어를 제대로 써야 글이 매끄러워지고 논리가 명쾌해진다. 첫째, 순접(그리고)―앞의 글과의 관계를 같은 흐름으로 나타낸다. 둘째, 역접(그러나)―반대의 흐름으로 나타낸다. 셋째, 전환(그런데)―앞의 글을 멈추고 새로운 흐름으로 나타낸다.

④하나밖에 없는 낱말 : 하나의 사물을 나타내는 데 하나의 낱말밖에는 없는 것이다. 하나의 재료에 대해서는 단 하나의 수법, 단 하나의 기분, 단 하나의 태도를 찾아 내는 일이 필요하다. 그 단 하나의 동사와 형용사를 찾아 내는 것이 글을 살리는 요건이다.

7) 독선 배제의 원칙

①외래어의 문제 : 샐러리맨, 이미지, 지엔피 등은 이미 우리말이 되어 상용되고 있는 것들이다. 그러나, 원칙적으로 외국어나 외래어는 될 수 있는 대로 쓰지 않는 것이 좋다. 쓰는 사람은 참신하다고 느낄지 모르나, 읽는 사람에게 주는 인상은 별로 좋지 않다.

②은어 사용 금지 : 은어란 '특정한 계층 사이에만 통용될 수 있는, 특별한 의미를 가지고 있는 말'이다. 폭력 조직이나 예능계 또는 학생 사이에서 많이 쓰는 이 말은 원고에서 쓰지 않는 것이 원칙이다. 독자에게 불쾌감을 줄 수 있기 때문이다.

③속어 사용 금지 : 속어란 표준이 되는 구어가 아닌 사투리나 비속한 말이다. 대가리나 귀때기 같은 말을 써서는 안 된다.

④차별 표현 금지 : 사람을 멸시하고 차별하는 말을 '차별어'라 하고, 이러한 표현을 '차별 표현'이라 한다. 글을 쓸 때 차별어는 쓰지 말아야 한다. 농사꾼·농부→ 농민, 어부→ 어민, 인부→ 노무자, 여공→ 여자 종업원, 귀머거리→ 청각 장애인 등으로 고쳐 써야 한다.

⑤전문 용어의 사용 : 내용상 전문 용어의 사용이 불가피할 때는 다음과 같은 배려가 중요하다. 첫째, 대상 독자에 맞는 표현. 둘째, 간결하고 쉬우

며 명쾌하게. 셋째, 독자는 이 문제에 대해 전혀 모른다는 배려. 넷째, 어려운 용어에는 주(註)를 다는 것이 좋다.

8) 표현

①명쾌한 글 : 첫째, 될 수 있는 대로 평범하고 쉬운 말을 선택하여 사용하도록 한다. 둘째, 미사여구(美辭麗句)에 의한 형용을 피하고 간결한 표현에 힘쓴다. 셋째, 글의 길이에 신경을 써서 지나치게 길어지지 않게 한다. 넷째, 주어와 술어의 관계를 분명하게 한다.

②어휘의 증가 : 좋은 글을 쓰기 위해서는 적절한 어휘을 선택하는 일이 중요하다. 그러기 위해서는 필자에게 많은 어휘가 준비되어 있어야 한다. 어휘의 증가 방법으로는 독서를 통해 멋진 어휘를 발췌하는 것, 사전을 최대한으로 활용하는 것 등이 있다.

③낡은 표현의 탈피 : 상투적인 표현은 독자에게 따분한 느낌을 준다. '세월은 유수와 같아서'나 '때는 바야흐로 꽃피는 봄' 따위의 표현은 피해야 한다. 이런 글을 읽을 때 '그런가 보다'라고 생각할 뿐 아무런 신선미도 느끼지 못하게 마련이다.

④글의 첫머리 : 첫머리의 성패가 글 전체의 성패를 결정한다. 글의 첫머리는 다음과 같은 방법이 있을 수 있다. 첫째, 있는 그대로의 묘사, 둘째, 최근의 경험이나 추억에 대한 언급, 셋째, 정의를 내리거나 해설 등의 설명, 넷째, 의문의 형태 곧 자문자답의 형태, 다섯째, 인용이나 대화 등이 그것이다.

⑤글의 결말 : '제한된 장수 때문에' 등의 말은 쓰지 말아야 한다. 글의 결말로는 다음과 같은 방법이 있다. 첫째, 첫머리 부분에 호응하여, 둘째, 금언이나 격언 등의 인용으로, 셋째, 독자를 향한 질문이나 청유(請誘)로, 넷째, 글의 요약이나 감상 등으로 매듭짓는다.

9) 입시 작문의 대책

①사흘에 한 편씩 작문 : 일 년이면 100편의 글을 쓰게 되는 셈이다. 이 정도의 훈련만 쌓으면 작문 공포에서 벗어날 수 있다. 단 하루치의 작문은 400자 정도의 분량으로 충분하다. 자기의 사상과 감정을 글로 표현해 본다

는 것은 작문 학습에서 모든 것에 선행한다.

②자수 제한 : 입시 작문은 반드시 자수 제한이 있다. 이 자수 제한을 무시한 과부족의 답안지에는 감점이 따른다. 그러기에 수험생들은 주어진 자수 안에서 자기가 쓰고자 하는 내용을 조리 있게 담아야 한다. 여기에 대비하기 위해서 평소 훈련이 필요하다.

③시간 제한 : 입시에서의 작문 배당 시간은 일정치 않다. 30분일 수도 있고 100분일 수도 있다. 그러므로 평소에 10분이란 시간을 미리 제한해 놓고, 그 시간 안에 400자를 쓰는 훈련을 쌓아 가는 것이 가장 적절한 방법이라 하겠다. 그만한 속도와 분량이면 충분한 것이다.

④원고지 사용 : 원고지 사용법에 의거해서 평소 훈련을 쌓아 두어야 한다. 띄어쓰기, 맞춤법, 구두점은 물론이고 제목과 이름 기입, 글씨 등에 이르기까지 세세한 주의를 하며 연습을 해 두어야 한다. 원고지는 200자 원고지보다 400자 원고지로 연습하는 것이 좋다.

⑤압축의 재능 : 첫째, 어떤 글의 내용을 400자 정도로 줄여서 써보는 법, 둘째, 남의 이야기나 강연의 내용을 400자 정도로 줄여서 써보는 법. 이것은 작문 연습뿐만 아니라 글의 독해력에도 크게 이바지한다는 점을 잊어서는 안 된다.

10) 입시 작문의 작성

①주어진 규정 엄수 : 입시 작문에는 대개 여러 가지 복잡한 규정이 미리 주어져 있다. 집필 전에 이런 규정을 잘 읽고 이에 어긋남이 없어야 한다. 이것은 원래 채점상 간편함을 기하기 위해서 내세운 척도이기도 하므로 이것이 또한 감점의 기준이 될 수도 있다.

②통일성 : 주어진 제목과 주제에 관련 있는 자기의 지식이나 상(想)을 글에 남용하는 경향이 많다. 이렇게 되면 그것들은 부분이 부분에서 끝나는 단편적인 것이 되어 버리고 만다. 글 전체가 유기적인 통일성을 가지고 주제의 강조에 힘써야 한다.

③주제의 강조 : 우선 글의 주제가 선명해야 한다. 아무리 좋은 주제를 설정해 놓았더라도 그 주제가 불투명하게 반영되었으면 그 글은 제1조건에서 실격이 되고 만다. 이와 반대로 글은 비록 조잡해도 그 주제가 강렬하게 표

현되어 있으면 성공한 글이라 할 수 있다.

④지면에 유의 : 대개의 경우 지면 배치가 소홀하여 첫머리를 장황하게 늘어놓은 후 뒤쪽에 가서 흐지부지되는 경우가 많다. 특히 논설문에서는 본론에 중점을 두고 서론과 결론에는 약간의 지면만 배정하여도 좋을 것이다.

⑤깨끗한 글씨 : 단시간에 수많은 작문을 읽어야 하는 채점자들의 고충을 미루어 보면 깨끗한 글씨와 문체는 필수적이다. 원고지 쓰는 법에 맞춰 글씨를 흘리지 말고 깨끗하게 써서 채점자가 끝까지 읽게 하는 것이 좋은 득점을 위한 비결인 것이다.

2. 글쓰기의 기교

1) 비유법

쇼펜하우어는 비유에 대하여 "미지(未知)의 상태를 기지(既知)의 상태로 환원시킬 때 큰 가치를 갖는 표현법이다. 직유(直喩)가 더욱 구체적으로 발전하면 우유(寓喩)나 우의(寓意)가 되는데, 이는 이해하기 어려운 상태를 가장 쉽게, 그리고 간결하게 직관한 후 표현하려는 시도이다. 어떤 사물에 대해 그것이 무엇인가를 파악하기 위해서는 우선 비유로부터 출발해야 한다"고 했다.

어떤 사물을 다른 것에 비유하는 글의 기법을 가리켜 비유법이라 한다. 이에는 다음과 같은 것들이 있다.

① 직유법(명유법) : 비유하는 것이 분명하다. '-같이, -처럼, -인양, -인 듯' 등의 말이 붙는다. 보기 돌담에 속삭이는 햇살같이…

② 은유법(암유법) : 간접적이며 은근한 비유요, 표현 속에 숨겨두는 간결한 비유이다. 보기 내 마음은 호수요.

③ 의인법(활유법) : 사람 이외의 사물을 사람에게 비유하는 방법이다. 보기 조국은 언제 떠났노, 파초의 꿈은 가련하다.

④ 성유법(의성법) : 어떤 사물의 소리를 그대로 모방하여 그 소리를 여실히 표현하려는 방법이다. 보기 매미는 맴맴 울고, 개구리는 개굴개굴 운다.

⑤ 의태법(시자법 ; 示姿法) : 어떤 사물의 자태나 행동을 모방하여 표현하려는 방법이다. 보기 물이 철철 넘는다. 매끈매끈한 살결.

⑥ 대유법(환유법) : 어떤 사물의 이름을 부를 때 본 이름을 부르지 않고, 그 이름을 바꾸어서 부르는 방법이다. 보기 무궁화 삼천리에 광복이 왔다. ('무궁화 삼천리'는 '우리나라'를 의미)

⑦ 풍유법(우유법 ; 寓喩法) : 비유하는 말만 앞에 내세움으로써 독자로 하여금 그 본뜻을 추측하게 하는 방법이다. 보기 그는 우물 안의 개구리이다.

⑧중의법 : 한 말에 두 가지 이상의 뜻을 포함시켜 표현하는 방법이다.
[보기] 잠들었던 사자가 드디어 기지개를 켰다. ('사자'는 '국운'을 뜻한다)

2) 강조법

글에 힘을 주어 인상을 강하게 하는 글의 기법이다. 이에는 다음과 같은
것들이 있다.

①과장법 : 실제보다 과장하여 더 크게 또는 더 작게 표현함으로써 강한
인상을 주는 방법이다. [보기] 백발 삼천 장(丈), 모기 소리만한 목소리.

②영탄법 : 깊은 감동의 심정을 나타내는 경우에 쓰는 방법이다. [보기] 어머
나! 그런 별들도 결혼을 하니?

③반복법 : 같은 내용이나 감정 및 같은 말을 되풀이하는 방법이다. [보기]
옛날도 옛날도 그 옛날. 산에는 꽃 피네 꽃이 피네.

④점층법 : 내용을 점점 강하게 그리고 점점 깊고 높게 배열하여 독자의
감정을 최고 절정의 경지에 이끄는 방법이다. [보기] 주인도 취하고 나그네도
취하고 산도 하늘도 모두 취했다.

⑤대조법 : 의미가 상반되는 사물을 대조시킴으로써 그 특징을 한층 더 뚜
렷하게 하는 방법이다. [보기] 앉아서 주고 서서 받는다.

⑥현재법 : 과거나 미래의 일을 현재 눈앞에서 보고 있듯이 나타내는 방법
이다. [보기] 서기 2000년 어느 날, 그는 연구소 문을 나섰다.

⑦미화법 : 한 사상(事象)을 나타낼 때 그 이상으로 미화시켜 나타내는 방
법이다. [보기] 법 없이 살 사람. ('착한 사람'을 의미)

⑧열거법 : 비슷한 뜻을 열거하여 그 뜻을 강조하는 방법이다. [보기] 피 속
에서 자라난 파란 꽃, 빨간 꽃, 흰 꽃, 드물게는 험하게 생긴 독버섯.

⑨억양법 : 우선 누르고 뒤에 추킨다든지, 우선 추키고 뒤에 누른다든지
하는 글의 기교이다. [보기] 그는 좀 모자라지만 사람은 착하다.

⑩문답법 : 필자와 문답을 시킴으로써 뜻을 보다 쉽고 확실하게 밝히고자
하는 방법이다. [보기] 사람은 무엇인가? 생각하는 갈대이다.

3) 변화법

글에 변화를 주어서 권태를 느끼지 않게 하고 주의를 높이려는 글의 기법

이다. 이에는 다음과 같은 것들이 있다.

①설의법 : 누구나 다 수월하게 내릴 수 있는 결론을 짐짓 의문형으로 해 둔 채 독자로 하여금 결론을 내리도록 하는 방법이다. 보기 고요히 떨어지는 오동잎은 누구의 발자취입니까?

②도치법(전도법) : 어구의 순서를 거꾸로 하는 방법이다. 보기 보라! 청춘의 힘을.

③인용법 : 명구나 시가나 타인의 말을 인용하는 방법이다. 보기 '인생은 짧고 예술은 길다'고 그는 말했다.

④생략법 : 어느 부분을 생략하거나 또는 그 특징만을 점묘하여, 간결하게 하고 함축성 있게 하는 기법이다. 보기 고이 쓸어 놓은 뜰 위에 꽃잎이 졌다. 당신의 신발.

⑤대구법(대우법 ; 對隅法) : 가락이 비슷하거나 뜻이 상대되는 말을 나란히 하여 병행과 대립의 아름다움을 주는 방법이다. 보기 인생은 짧아도 예술은 길다.

⑥경구법 : 기발한 어구를 씀으로써 독자에게 자극을 주는 방법이다. 보기 공든 탑이 무너지랴.

⑦반어법 : 글에 나타난 뜻과 그 이면에 숨어 있는 뜻이 같지 않게 표현하는 방법이다. 보기 아이가 얄밉다. (귀엽다는 의미)

⑧역설법 : 얼핏 보기에는 어긋난 것처럼 보이지만 사실은 그 속에 진리가 숨어 있게 하는 방법이다. 보기 극과 극은 가장 멀며 가장 가까운 것이다.

4) 문체의 종류

문체, 즉 글의 형식이란 글의 모습, 리듬, 풍격, 체제를 말한다. 이는 문장의 길이에 따라 간결체와 만연체, 글의 느낌에 따라 강건체와 우유체, 수식의 유무에 따라 건조체와 화려체로 나뉜다.

①간결체 : 될 수 있는 대로 요약하고 압축해서 적은 어귀로 표현한다. 한마디 한 구절에 긴축이 있고 선명한 인상을 준다. 그러나 자칫하면 무미건조해질 위험성이 있다(김동인의 소설 등).

②만연체 : 간결체의 반대이다. 그 사상은 물론 기분까지 나타내기 위해서 온갖 말을 동원시킨다. 글에 힘이 없는 것이 보통이나 설명으로 보충한다

(김진섭의 수필 등).

③강건체 : 장렬, 웅대, 장중, 호방, 신중, 강직한 풍격을 나타낸다. 엄연한 기운, 도도한 기풍, 탄력 있는 표현에 알맞다(민태원의 ‘청춘 예찬’ 등).

④우유체 : 강건체의 반대이다. 청초, 온화, 겸허한 아취(雅趣)를 갖는다. 주제에 열중하지 않고 부드러우며 순하고 우아하다. 여성적이며 누구에게나 다정스러운 문체이지만 의지적인 것을 담기에는 부족하다(방정환의 ‘어린이 예찬’ 등).

⑤건조체 : 미사여구(美辭麗句)를 물리치고 의사만을 전달하려 한다. 학술·기사·실용문 등 이해 본위와 실용 본위의 문체로서, 문예 글로서는 부적당하다. 이지적인 글이다(모든 논문이나 기사문 등).

⑥화려체 : 건조체의 반대이다. 구절이 아름답고 화려한 수식으로 되어 있어서 회화적 색감과 음악적 음률을 지닌다. 감정적인 면이 많다. 그러나 자칫하면 천속(賤俗)해질 우려가 있다(정비석의 ‘산정무한’ 등).

5) 글의 표현

글 바로 쓰기에서 우선 생각해야 할 바는 그 내용을 충실하게 하는 일이다. 이에 대해서는 ‘1. 글의 기초’의 ‘2) 글쓰기의 순서’에서 언급한 바 있으나, 다시 순서적으로 말하고자 한다.

①주제 : ‘주제’는 반드시 ‘제목’과 일치되는 것은 아니지만, 아무튼 ‘무엇’을 쓰는가 하는 점이다. 자유제의 경우에는 자기 자신이 선택하는 것이기 때문에 별로 문제가 없지만, 제목이 주어지는 경우에는 그 제목의 뜻을 충분히 이해해야 한다. 또한 자유제의 경우 그 제목은 글이 완성된 뒤에 붙이는 편이 더 좋은 경우가 많다.

②착상 : 주제가 정해지면 그 주제에 대해서 어떤 점에 착안하여 써야 할 것인가 하는 것을 정해야 한다. 그것이 착상이다. 주어진 제목의 설명이나 해설에 머물 것인지 아니면 실례를 중심으로 할 것인지, 더 나아가서 장래까지 예측할 것인지에 따라서 많은 차이가 생긴다.

③구상 : 착상이 정해지면 구상을 다듬어야 한다. 즉, 서술을 어떻게 끌고 나가느냐 하는 문제이다. 주어진 제목에 대해서 우선 개념 규정과 역사적 발달을 먼저 서술하고 가까운 실례를 들것인지, 아니면 그 반대로할 것인지를

잘 생각해야 한다.

④발상 : 구상이 완성되었으면 그것을 어떤 형식에 의해 표현해 가느냐 하는 일이다. 즉, 논문 형식인지 아니면 감상문 내지는 서간문 형식인지, 문체는 어느 것이 타당한지, '입니다'체냐 '이다'체냐 등에 따라 취향이 달라지는 것이다.

⑤질서, 연락, 통일 : 용어로서는 힘차고 풍부한 내용을 지닌 어구를 사용해야 한다. 특히 그 어구 상호간의 조화에 유의하여 질서를 지니고, 불필요한 외적 요소의 혼입을 막아 글 각 부분의 연관성을 긴밀히 하여, 중심 사상을 일관되게 표현하면서 글 전체의 통일을 꾀한다.

6) 형식의 표현

실제로 펜을 들어서 쓰게 될 때 글 내용 못지않게 중요한 것이 글의 형식 표현이다.

①용어 : 어휘의 선택이다. 이제부터 쓰려고 하는 사항에 꼭 맞는 어구를 찾아내야만 한다. 정확한 낱말을 적재적소에 쓰지 못하면 그 효과가 반감되는 것은 말할 나위도 없다.

②용자(用字) : 글을 쓰는 데 즈음해서 중요한 소재로서의 어구, 그 어구를 받쳐 주는 글자야말로 가장 중요하며, 이 또한 정확해야 한다. 즉, 오자나 탈자 또는 맞춤법이나 띄어쓰기의 잘못은 허용되지 않는다.

③구두점 : 쉼표(,)나 마침표(.) 등을 적당히 사용한다. 지나치게 많이 치는 것도 안 되지만, 특히 쉼표 같은 것을 쳐야 할 때 치지 않으면 글을 읽기 어렵다. 일괄적으로 법칙을 정하기는 어렵겠으나, 요컨대 글의 가락을 미끄럽게 하고 잘못 읽는 것을 막는 데 있다.

④단락 : 아주 짧은 글이라면 상관 없지만, 긴 글의 경우에는 각각 의미상 몇 개의 단락으로 나누어야 한다. 즉, 단락은 글의 구성 요소로서 아주 중요한 역할을 하고 있기 때문에 특히 그 나누기에 주의해야 한다. 그리고 단락마다 줄을 바꾸어 첫 자를 한 자 띄어서 쓰는 것도 잊지 말아야 한다.

⑤문체 : '글은 곧 사람이다'라는 말이 있다. 문체에는 상당한 개인차가 있게 마련이다. 독자적인 문체를 확립함과 동시에 문체 그 자체로 글 전체의 내용에 순응시켜 여러 가지 문체, 즉 때로는 이지적인 논설문이나 설명문 등

의 단단한 문체, 그리고 때로는 정취적인 감상문이나 수필문 등 부드러운 문체 등을 상황에 따라 자유롭게 쓸 수 있는 기량을 지니고 있는 것이 바람직하다.

7) 논리적인 구상

글의 구상을 크게 두 가지 유형으로 나누면 논리적인 구상과 수사적인 구상이 있다. 앞엣것은 논설문과 리포트 등에 많고, 뒤엣것은 문학적인 글에 많다.

논리적인 구상에는 다음과 같은 방법이 있다.

① 시간적인 순서 : 예컨대 하루의 생활을 쓰는 경우 아침, 점심, 저녁이라는 시간의 순서에 따라 써 나가는 방법이다.

② 공간적인 순서 : 예컨대 방 안의 상황을 쓰는 경우 입구 쪽에서 차츰 안쪽으로 묘사해 가는 방법이다.

③ 논리적인 순서 : 예컨대 원인으로부터 결과로 나아가는 것과 같이 줄거리에 따라 써 나가는 방법이다.

시간적 공간적인 순서는 구상이 쉽지만, 기술이 평범해지기 쉽고 독자에게 호소하는 힘도 약해지게 된다. 논리적인 순서로 쓰는 방법은 논설문이나 리포트 등에서 많이 채택되고 있는바, 중심 사상의 표현 방법에 여러 가지 유형이 있다.

(가) 전개법—처음에 중심 사상을 드러내고, 이하 그에 대한 사례를 몇 가지 제시한 뒤 중심 사상이 옳음을 증명하는 방법이다.

(나) 귀납법—중심 사상의 뒷받침이 되는 구체적인 사실과 예증을 몇 가지 열거하고, 그 결과 이렇게 생각할 수 있다고 자기 생각을 제시하는 방법이다.

(다) 분산법—중심 사상이 몇 가지 있는 경우 그것을 조목별로 중요한 것으로부터 배열하여 서술해 가는 방법이다.

(라) 대비법—자기 생각에 대립되는 반대 의견을 제시하고, 그것을 반박해 나감으로써 자기의 중심 사상을 밝혀 가는 방법이다.

이 밖에도 여러 가지가 있으며 위의 유형을 몇 가지 합치는 경우도 있다.

8) 수사적인 구상

 문학적인 글에 많이 사용되는 수사적인 구상은 글의 표현 효과를 높이기 위한 구성법이다. 예를 들어 시간적·공간적 순서는 그것만으로 시종일관하게 되면 평범하게 흐르고 호소하는 힘이 약해진다. 이를 피하기 위하여 현재와 과거를 엇갈려 뒤섞거나 원인과 결과의 순서를 바꾸어 쓴다. 이러한 구상을 수사적인 구상이라 한다. 이것은 독자의 의표를 찌르는 방법으로서 적절히 사용하면 큰 효과가 있으나, 그 반면에 글의 흐름이 지리멸렬해질 위험도 있기 때문에 면밀한 구성이 완성된 후에 사용해야 한다. 다음은 수사적인 구상의 대표적인 보기이다.

 ① 시간의 순서를 바꾼다. 예컨대, 수학 여행의 작문을 쓰는 경우 여행 중 가장 인상 깊었던 사실을 먼저 서술하고, 거기에서 시간적으로 거슬러 올라가며 쓰는 방법이다.

 ② 현재에서 과거로 회상하며 쓴다. 영화 등에서 흔히 볼 수 있는 수법이다. 현재의 묘사로 시작하여 과거의 어느 때로 거슬러 올라 갔다가 다시금 현재로 돌아오는 방법이다.

 ③ 현재와 과거를 엇갈려 뒤섞어가며 쓴다. 현재의 일을 써 나가는 도중에 과거의 추억 등을 짜넣는 방법이다.

9) 글의 첫머리

 흔히 '글은 처음 석 줄에서 승부가 난다'고들 한다. 그만큼 첫머리는 중요하다. 글의 표현에서 독자의 마음을 가장 잘 끌어 마지막까지 읽게 하는 것은 첫머리의 표현력이다. 독자의 주의를 끌기 쉬운 첫머리 표현법으로는 다음과 같은 방법이 있다.

 ① 해제법(解題法) : 제목의 의의 또는 중심 사상을 우선 글 첫머리에 제시하고 거기에서 출발한다.

 ② 인용법 : 옛 사람의 말이나 격언, 금언, 속담 등을 처음에 제시하고 거기에 의해 논지를 펴 나간다.

 ③ 서두법(序頭法) : 본론에 앞서서 작가의 느낌이나 관념 등을 첫머리에 제시한다.

 ④ 파제법(破題法) : 첫머리 부분을 생략하고 즉시 본론으로 들어간다.

⑤대화법 : 첫머리부터 대화가 오가는 것으로 시작하여 극적인 입체감을 느끼게 한다.

그 밖에 다음과 같은 방법도 흔히 쓰인다.

첫째, 글을 쓰게 된 동기. 둘째, 내용의 요약. 셋째, 때와 장소의 서술. 넷째, 현재의 심경. 다섯째, 다루게 될 인물의 소개. 여섯째, 진기한 사실이나 흥미 있는 사건. 일곱째, 뒷이야기나 일화. 여덟째, 진기한 숫자나 통계. 아홉째, 널리 알려져 있는 영화나 극의 한 장면. 열째, 시가나 시조의 인용.

10) 글의 결말

글의 표현상 독자에게 큰 감명을 주는 것은 결말이다. 결말의 글은 무엇보다 전체의 통일에 도움이 되는 것이어야만 한다. 효과적인 결말을 표현하는 방법으로는 다음과 같은 것이 있다.

①주제법 : 그 글의 주제가 되는 생각을 마지막 단락에서 다시 한번 다루어 결말을 내는 방법으로 본격적인 결말의 방법이라 할 수 있다.

②감상법 : 감상의 내용은 필자의 인품과 인생관을 느끼게 하는 것이기 때문에 독자에게 주는 인상이 선명하다.

③대응법 : 첫머리의 내용과 대응시키는 방법으로 글쓰기에 익숙한 사람은 이 방법을 흔히 사용하고 있다.

④요망법(要望法) : 글의 결말에 필자의 요망이나 희망 따위를 쓰는 것은 호소하는 글에서 흔히 사용되는 방법이다.

⑤여운법(餘韻法) : 여운을 남기는 효과를 내는 방법으로서 지금까지의 글의 작법의 경우 흔히 사용되는 것은 자연 묘사이다.

그 밖에 다음과 같은 방법도 쓰인다. 첫째, 반성이나 자신에 대한 훈계. 둘째, 풍자나 비판. 셋째, 전체의 요약. 넷째, 다른 사람의 의견이나 감상의 인용. 다섯째, 격언이나 명언의 인용. 여섯째, 위트가 넘치는 문구. 일곱째, 의문문의 형식에 의한 의문의 제기.

3. 글쓰기의 표현

1) 간결한 글

①글은 짧아야 한다. 글이 짧다는 것은 곧바로 주제에 대해 말하는 것을 뜻한다. 장황한 표현을 피하고 요점을 말한다. 서툰 수식을 하려고 할 때 글은 장황해지고 신선감이 사라진다.

②글이 간결해지지 못하는 이유는 다음의 세 가지로 요약된다. 첫째, 샛길과 돌아가는 길이 많다. 둘째, 주제가 도중에 갈라진다. 셋째, 정해진 글자 수를 채우기 위해 마지막에 쓸데없는 꼬리를 붙인다.

③간결과 정확이 생명이라 할 수 있는 신문 기사의 경우 흔히 이렇게 말한다. '지저분하게 쓰기란 간단하다. 신문 기사란 쓰는 것이 아니라 지우는 것이다.'

간결한 글의 경우도 같은 말을 할 수 있다. 첫째, 글을 쓴다고 하는 것은 생각해 보면 많은 대상 가운데서 하나 혹은 두 개를 선택하고 나머지를 버리는 일이다. 둘째, 독자가 누구인가 생각하여 글을 대담하게 생략하는 일이다. 셋째, 감정 표현보다 사실만을 쓰는 일이다. 독자는 필자의 감정에 관심 있는 것이 아니다. 필자의 감정을 유발하게 한 사실에 대하여 흥미를 가지는 것이다.

④글은 짧을수록 좋다고 한다. 한 문장이 20~30자, 길더라도 40~50자까지를 짧은 글이라 할 수 있다. 글이 짧아지지 않는 이유로는 다음과 같은 점을 지적할 수 있다. 첫째, 수식어가 지나치게 사용되었다. 둘째, 삽입구가 들어 있다. 셋째, 하나의 문장 속에 다른 내용을 넣으려 한다. 넷째, '-하여서, -하는데, -했더니' 등 용언의 연결 어미가 많이 사용되고 있다.

⑤글의 최소 단위는 '낱말'이다. 낱말이 몇 개 모여 하나의 정리된 뜻을 지닌 것을 '월', 즉 '문장'이라 한다. 월은 글의 기본이며 형식적으로는 쓰기 시작하는 데서부터 구두점으로 끝나기까지의 길이다.

월이 길어질 때 이를 방지하는 방법으로는 다음과 같은 것들이 있다. 첫째, 주어부와 술어부의 호응을 분명하게 한다. 둘째, '-하는데' 따위의 연결 어미를 될 수 있는 대로 쓰지 않는다. 셋째, 수식어의 위치를 적당히 바꾸어 본다.

2) 명확한 글

①다음과 같은 조건을 갖춘 경우 명확한 글이라고 할 수 있다. 첫째, 필자의 의도하는 바가 독자에게 정확히 전달된다. 둘째, 읽어 내려가는 데 막히지 않는다. 셋째, 논리가 일관되어 있고 정연하다. 넷째, 사용한 재료가 논지에 적절하다.

②명확한 글을 쓰기 위해서는 우선 머릿속에서 전체의 윤곽을 그려 내야 한다. 만일 글을 써 나가다가 막히게 되면, 전부를 버리고 다시 시작하는 편이 오히려 효과적이다. 그리고 명쾌한 글의 첫째 조건은 쉬운 용어라는 사실을 명심해야 한다.

③문장이 짧아야 한다. 신문 기자는 교육 기간 중에 '하나의 문장이 다섯 줄 이상인 것은 좋지 않은 글이다. 그런 글을 써서는 안 된다'라는 말을 듣게 된다. 신문의 한 줄은 보통 13~15자이다. 그러나 그 글이 너무 무미건조해서도 안 된다.

④문장의 길이와 더불어 글의 명확성을 좌우하는 것은 단락의 길이이다. 단락을 나누는 법은 문학적인 글과 논리적인 글의 경우 다소 차이가 있지만, 대개 다음과 같은 경우에 나눈다.

첫째, 때와 장면이 바뀔 때, 둘째, 서술하는 대상이 바뀔 때, 셋째, 입장이나 관점이 바뀔 때, 넷째, 사고(思考)가 다음 단계로 진행될 때, 그리고 단락이 바뀔 때는 줄을 옮겨 첫 자를 한 자 띄어서 쓰기 시작한다.

⑤추상적인 글이 되어서는 안 된다. 추상적인 것을 피하기 위해서는 언어에만 의존하지 말고 누구나 지니고 있는 이미지에 결부시켜 구체적으로 설명하면 명확해진다. 숫자를 사용하는 것도 구체화의 방법이다. 비유를 적절히 사용하여 이미지를 생생하게 하는 방법도 터득해 두어야 한다.

3) 감동을 주는 글

어떤 글이 독자에게 감동을 주는 것일까? 첫째, 명문(名文)을 쓰겠다는 생각이 없어야 독자에게 감동을 주는 글을 쓸 수 있다. 둘째, 과장된 표현은 역효과를 나타낼 뿐이다. 셋째, 자기 언어로 소박하게 써야 한다. 넷째, 글의 우열은 날카로운 관점에 의해 좌우된다. 다섯째, 다른 사람이 쓸 것으로 예상되는 내용은 쓰지 말아야 한다. 예상되는 내용은 독자에게 강한 인상을 주지 못하게 마련이다. 여섯째, 개성적인 시점(視點)이 가장 중요하다. 글의 호소력은 개성적인 글에서 비롯된다.

4) 리듬이 있는 글

①리듬의 중요성 : 글에서는 시의 경우처럼 운율을 강조하는 것과 그런 규율에 제약받지 않는 보통 글이 있다. 앞엣것이 운문이고, 뒤엣것이 산문이다. 글의 리듬을 강조한 것이 운문이다. 그러나 산문에도 리듬은 필요하다. 리듬이 있으면 긴 글도 쉽게 읽어 나갈 수 있으나, 리듬이 결여된 글은 딱딱하여 읽기가 힘들다.

②언어 중복 : 다음과 같은 글은 토막토막이어서 리듬이 결여되어 있다. '연주가 시작되었다. 곡은 진행되었다. 청중은 도취되었다. 청중은 완전히 사로잡혔다.'

이 글을 다음과 같이 고치면 리듬이 생기게 된다. '연주가 시작되었다. 곡은 진행되었다. 청중은 도취되어 완전히 사로잡혔다.'

이와 같이 짧은 글에 리듬이 생기게 하기 위한 방법으로는 첫째, 언어의 중복을 피한다(예문의 '청중'). 둘째, 동일한 끝맺음을 반복하지 않고 변화가 있게 한다(예문의 '도취되었다'를 연결어미가 되게 하는 것).

③종결어미 : 각 문장의 끝이 단조롭고 평범한 말로 연속되면 글 전체가 딱딱해지게 마련이다. 예를 들어 소설 등에서 흔히 볼 수 있는 '-하였다'와 '-되었다'는 리듬을 지워 버리고 만다. 요컨대 글 끝에 과거형인 '-했다'가 계속되면 리듬이 단조로워지기 때문에 적당한 곳에서 현재형인 '-한다'로 바꾸어 보는 것도 한 가지 방법일 것이다.

④체언으로 끝난 글은 품격이 떨어진다. : 시의 경우는 체언(명사, 대명사, 수사)으로 글이 끝나는 일이 많다. 김소월의 '잔디/잔디/금잔디'는 그 대표적인 보기이다. 그러나 산문의 경우는 체언으로 글이 끝날 때 리듬감을 잃게 된다. '드디어 우리의 합창단이 탄생. 이름하여 메아리. 나이는 30대

주부였으나 정신 연령은 20대의 젊음.' 이런 글은 특히 입시 작문의 경우 금물이다.

⑤같은 말을 되풀이하지 말아야 한다. : 짧은 글에서 같은 말이 여러 차례 사용되면 리듬을 깨뜨리게 된다. 그러나 또한 같은 말을 사용하지 않으려고 억지로 생략하거나 대명사로 대신 바꾸어 넣으면 역시 글의 흐름이 끊어지면서 리듬을 잃게 된다. 역시 정도의 문제요 터득의 문제이다.

5) 개성이 있는 글

①독특한 시점 : 표현이 명쾌하고 거기에 읽기 쉬운 리듬이 있으면 글로서는 일단 합격했다고 할 수 있다. 그러나 그것만으로는 우등생의 작문과 같아서 어딘가 부족한 점이 있다. 다른 사람의 글에서는 찾아볼 수 없는 독특한 요소가 더해질 때 그 글은 생동감이 넘치게 된다. 글의 개성은 시점, 용어, 문체에서 생겨나게 된다.

②체험이 곧 개성이다. : 흔히 '사람은 누구나 일생에 한 권의 소설을 쓸 수 있다'라고 한다. 자기 삶을 자기만의 것으로서 같은 삶을 사는 인간은 달리 없다. 그 체험의 한 장면 한 장면은 자기만이 쓸 수 있는 자료이다. 개인적인 체험은 '사실'이다. 자신 있게 내놓을 수 있는 사실, 그보다 나은 글의 재료는 없다.

③첫 줄에 승부를 걸어라. : 흔히 글은 첫머리에서 승부가 결정된다고 말한다. 읽게 하기 위해서는 상대방의 흥미를 끌어야 한다. 채점되는 입시 작문의 경우는 더 말할 것도 없고, 여느 글의 경우에도 독자로 하여금 공감을 가지게 하기 위해서는 우선 상대방의 흥미를 끌어야 한다. 그러기 위해서는 군더더기의 말은 줄이고 가장 유력한 재료를 첫머리에 사용하여 승부를 걸어야 한다.

④판에 박힌 어구를 피하라. : 누구나 흔히 쓰는 진부한 어구는 글의 개성을 죽이고 만다. '세월은 흐르는 물과 같다'든지 '그는 즐거운 비명을 질렀다'는 등의 어구가 한 군데만 들어가도 글 전체는 죽게 되고, 개성이 사라져 사람의 관심을 끌 수 없게 된다.

⑤육하원칙에 따라서 써라. : 개성이 있는 글의 요건 중 하나는 신문 기사식 글을 쓰는 일이다. 익히 아는 대로 신문 기사는 육하원칙(언제, 어디서,

누가, 왜, 무엇을, 어떻게)에 따라 써야 한다. 일반 글의 경우에도 육하원칙에 의거할 때 간결하고 명확하게 개성 있는 글이 된다.

6) 특수한 표현

①눈의 글과 귀의 글 : 눈에 호소하는 글과 귀에 호소하는 글은 성격을 달리한다. 눈의 글은 문자 언어로써 표현된 글이며 사람에게 읽힐 목적으로 쓰여진 것이다. 그리고 귀의 글은 음성 언어로서 사람에게 듣게 하는 것을 목적으로 하여 쓰여진 글이다. 같은 보도문이라 하더라도 신문 기사는 '눈의 글'이며, 라디오나 텔레비전 기사는 '귀의 글'이어야 한다.

②지적(知的) 글과 정적(情的) 글 : '지적 글'이란 문법상의 주어와 술어 등의 호응을 분명하게 하는 이른바 머리의 글, 곧 이지적이며 이성적 표현의 글이다. 이에 대해 '정적 글'은 문법상의 주어나 보어 등을 생략하는 등의 마음의 글, 곧 정취적이며 정서적인 표현을 주로 한 글이다.

③정적(靜的) 글과 동적(動的) 글 : '정적 글'이란 사물의 정지된 상태나 회상적 사항을 주로 표현한 글이며, '동적 글'이란 사물과 사건의 이동 및 추이를 그 속도와 순간적 상황의 파악에 의해 표현한 것이다.

④회화적 글과 조각적 글 : '회화적 글'이란 평면적이며 서경적인 표현이기는 하지만 주로 색채의 아름다움을 겨냥하는 것이며, '조각적 글'이란 입체적 표현에 의하여 사물의 음영(陰影)과 변동 및 시간적 추이 등의 표현으로써 깊이를 나타내려 하는 글이다.

⑤영화적 글과 상징적 글 : '영화적 글'이란 마치 영화의 화면을 통해 그 전개를 보고 있는 듯한 이미지를 주는 글로서 러시아의 문호 푸시킨의 글이 대표적이다. '상징적 글'이란 산문 속에 상징시적인 요소를 더한 것으로서 카프카의 글이 대표적이다.

7) 살아 있는 글

①단락으로 글을 읽기 쉽게 한다. : 어디서 줄을 바꾸느냐 하는 문제이다. 이 문제는 글 바로 쓰기의 기본 문제이기도 하다. 너무 길면 읽어 나갈 끈기를 잃게 하고, 너무 자주 줄이 바뀌면 인상이 산만해진다. 요컨대 200자 원고지에서 한 번 정도는 줄이 바뀌어야 한다.

②쉼표는 글의 뜻을 바꾼다. : ‘검은 눈의 아름다운 여인’이라는 글의 경우 ‘검은 눈의, 아름다운 여인’인지, 아니면 ‘검은, 눈의 아름다운 여인’인지 쉼표를 치는 위치에 따라 뜻이 달라진다. 쉼표를 제대로 칠 줄 아는 것이 살아 있는 글을 쓰는 한 요건이기도 하다.

③관용구는 되도록 피한다. : ‘두말 할 나위도 없다’든가 ‘주지(周知)하는 바와 같이’라는 말은 글에서 흔히 대하게 되는 관용구이다. 독자가 정말 잘 알고 있는 경우라면 별 문제가 없겠으나, 학자의 논문인 경우에는 ‘여러분은 잘 모르겠지만 나로서는 이 정도는 상식문제요’라고 말하는 듯하여 독자에게 불쾌감을 줄 수 있다.

④‘…인 것이다’의 투는 설득력을 약화시키게 된다. : ‘…인 것이다’, ‘…하였던 것이다’의 투로 글을 쓰는 사람이 의외로 많다. 이런 글은 사실에 의한 설득력이 약하고, 말로써만 설득하려는 경우가 많다. 거창해 보이기는 하지만 실은 자신이 없는 글이다.

⑤같은 말을 겹쳐 쓰지 말아야 한다. : 글을 쓰는 기회가 많은 사람도 같은 말이 겹쳐지는 것을 피하기 위해 애를 쓴다. 신경을 써서 썼는데도 다시 읽어 보면 같은 말이나 같은 표현이 있는 경우가 있다. 같은 말의 중복을 피하기 위해 신경을 쓴다는 것은 글 전체에 성의를 기울인다는 뜻이기도 하다.

8) 과제문의 표현 문제

①과제의 의도를 정확히 파악하라. : 출제된 제목을 침착하게 읽어야 한다. 예상했던 주제가 출제되었다고 해서 즉시 쓰는 일은 삼가는 것이 좋다. 그것은 자신의 기분을 가라앉게 함과 동시에 과제의 의미를 정확하게 이해하기 위해서이다.

②전체를 자기의 문제로 여기고 써라. : ‘나의…’ 또는 ‘나와…’ 등의 과제는 비교적 많이 출제되는 주제이다. 이는 출제의 목적이 단순히 글의 표현을 보는 것이 아니라, 필자의 인격과 사상 및 교양을 알고자 하는 데 보다 큰 목적이 있기 때문에 당연하다 할 것이다. 과제가 추상적인 것이라 하더라도 관념적으로 쓸 것이 아니라 필자 자신의 문제로 생각하여 구체적인 글을 써야 한다.

③자기 의견과 주장을 선명하게 밝혀라. : 주어진 과제를 데이터나 자료만

나열해 놓는 것으로서는 과제문으로서 충분하지 못하다. 그 글 전체를 일관하고 있는 필자의 주장과 의견이 있어야만 한다. 그것을 뒷받침해 주는 것이 평상시의 교양이다. 평상시에 여러 가지 체험과 독서 등을 통하여 내적인 충실을 다져 놓으면, 대부분의 문제는 자기 나름대로의 의견과 생각을 제시하여 정리할 수 있다.

④결국은 상식 문제다. : 입시 과제문에서 출제자가 요구하고 있는 것은 굳이 필자 본인만의 독자적인 생각이나 주장이 아니라, 다른 사람의 견해나 의견을 빌어다 써도 무방한 것이다. 요컨대 그것을 어떻게 자기 것으로 소화하고, 어느 정도로 살렸는가 하는 점을 보려 하는 것이다. 글은 독특한 개성이 있어야 하지만 그것은 표현 감각의 면이며, 사상과 주장이 독특하고 과격하기를 요구하는 것은 아니다.

⑤제한된 자수를 지켜라. : 과제문의 자수는 엄격하게 지켜야 한다. '800자 이내'라고 할 때 그것을 초과해서도 안 되지만, 턱없이 모자라게 6, 700자로 끝내서도 안 된다. 최소한 750자 이상을 써야 한다. 800자라고 하는 것은 물론 줄을 바꿀 때의 여백이나 구두점까지를 전부 포함하는 분량이다. 단, 제목이나 이름이 차지한 공간은 계산하지 않고 어디까지나 본문만의 길이를 말한다.

9) 표현의 요점

①쓰여진 것이 말할 만한 값어치가 있다는 것, 그것이 글의 전제조건이다. 그 외에 글의 조건이 아무리 갖추어져 있다 하더라도 '말할 만한 값어치가 있다'는 요건이 결여되었다면 좋은 글이 될 수 없다.

②'말할 만한 값어치가 있다'는 점에서 자칫 빠지기 쉬운 판단의 유형이 있다. 하나는 특수한 대상에 마음이 끌려 거기에서 보편적인 것으로 이르고 마는 것, 다른 하나는 보편적인 것, 곧 어떤 직관에 사로잡혀 모든 것을 유추하는 사고방식이다.

③하나의 주제에 대하여 200자 전후의 단락을 설정할 것. 또한 각 단락에 소주제를 넣어 주장을 분명하게 해야 한다.

④문장의 구성을 갖추어야 한다. 주어와 술어, 수식어와 피수식어, 중지법 등에 유의하면서 문장 하나의 길이가 50자를 넘지 않도록 노력한다.

⑤하나하나의 어구를 적절히 사용해야 한다. 그것은 건축의 토대가 될 소재에 해당한다. 의미를 그릇되게 쓰거나 문법상의 잘못이 건축을 기울게 한다. 틀린 글자, 관용구, 유행어 등에 대해 주의해야 한다.

⑥간결한 표현을 해야 한다. 장문이나 중복은 독자에게 거부감을 준다. 글의 리듬은 설득력을 더해 준다.

⑦명쾌함과 쉬운 글 그리고 논리적인 전개에 힘써야 한다. 감정을 억제할 때 글에는 기품과 단정함이 생겨나게 된다. 필자가 흥분하여 원색적인 감정을 드러내게 되면 독단적이 되고 글도 오염된다.

⑧고유한 것을 가질 것. 글의 흐름에 따르고 있던 독자가 잠시 멈추게 되는 것은 고유한 것을 발견하게 될 때이다. 멈추고 음미하는 것, 그것이 글을 읽는 즐거움이다.

10) 표현의 원칙

①문장은 될 수 있는 대로 짧게 한다. 특히 복문은 사용을 제한하여야 한다. 글의 첫머리를 점검하여 문장이 50자 이상이면 독자에게 부담을 준다는 사실을 알아야 한다. 필요 없는 글자나 말은 주저할 것 없이 지워 버려야 한다.

②한자어나 외래어는 될 수 있는 대로 사용하지 말아야 한다. 어려운 한자는 묶음표 속에 넣되, 자신이 없는 한자는 반드시 사전을 찾아 정확하게 표기해야 한다. 쓰고 난 뒤에 읽어 보고 탈자나 오자가 없도록 한다.

③'이것', '저것', '그것', '이와 같은', '그와 같은', '전자', '후자' 등의 지시 대명사는 될 수 있는 대로 쓰지 않는다. 지시하는 내용을 다시 한번 쓰는 것은 바람직하다. 필자가 힘을 들인 만큼 독자는 편하게 읽을 수 있다.

④수식어는 될 수 있는 대로 피수식어 가까이 오게 한다. '아름다운 현경 양의 친구들'이라는 투로 쓰지 않는다. 그렇게 쓰면 아름다운 사람이 현경 양인지 그 친구인지 알 수 없다. 줄일 수 있는 수식어는 가능한 한 줄인다.

⑤주어가 무엇인지 알 수 없는 글은 쓰지 않는다. 그러기 위해서는 어느 문장에나 될 수 있는 대로 주어를 넣도록 한다.

⑥쓸데없는 접속부사는 가능한 한 줄인다. '그는 머리도 좋았고 그리고 또한 노력도 하였다. 따라서 성적도 좋았다'는 산만한 글이다. '그는 머리도

좋았다. 노력도 했다. 성적도 좋았다’로 쓰면 된다. 그것이 힘과 리듬감이 있는 글이 된다.

⑦A에 관계되는 사항을 A′, A″로 한다. B에 관계되는 사항을 B′, B″로 한다. 구문적으로 A에 관계되는 사항과 B에 관계되는 사항이 섞인 글은 될 수 있는 대로 피한다. ABB′A′B″A″와 같은 구분은 바람직하지 못하다. 써야 할 내용을 정리하여 A A′A″ B B′B″와 같은 순서로 해야 한다. 이와 같이 정리하면 산만한 글을 많이 정리할 수 있다.

⑧‘-라고 할 수 있을 것이다’, ‘-라고 하지 않을 수 없을 것이다’와 같은 이중 부정이나 애매한 표현은 피한다. 확실한 근거를 제시하여 단정적으로 표현한다.

⑨재미있는 이야기나 중요한 말은 될 수 있는 대로 첫머리에 놓도록 한다.

⑩2, 3개에서 7, 8개의 문장이 한 단락이 되게 한다. 그 이상의 문장이 계속되면 읽기가 어렵다.

4. 글쓰기의 기법

1) 구성의 형식

①추보식(追步式) : 사물의 끝에서 끝으로, 한 걸음 한 걸음 서술을 진행해 나아가는 방식이다. 이른바 '기승전결' 등의 기교를 사용하지 않고, 아침 기상에서 밤의 취침까지, 정초에서 섣달 그믐까지, 산 아래에서 정상까지 본대로 들은 대로 순서에 따라 쓰기만 하면 되는 것이다.

②산서식(散敍式) : 사물을 산만하게 열서(列敍)할 뿐으로 그 사이에 아무 관계도 연결짓지 않으며 또한 총통괄하지도 않는다. 단, 산만하게 열서된 사이에 숨겨진 한 줄기 맥락이 있어 몽롱하게 전체를 연결시켜 주고 있다.

③두괄식(頭括式) : 글 첫머리에 전체를 총괄하는 대강(大綱)을 제시하고, 그 다음 대강 속에 포함되어 있는 사물을 거론한다. 다만, 사실 예증을 거론할 따름으로 글 끝에서 결론을 내리지 않는 방식이다. 연역식(演繹式)이라고도 한다.

④미괄식(尾括式) : 처음에 수많은 사물을 열거하고, 끝에 가서 그것을 총괄하는 방식을 말한다. 귀납식(歸納式)이라고도 한다.

⑤양괄식(兩括式) : 앞에 주요 사항을 제시하고 그것을 설명한 뒤 끝에서 다시금 그것을 총괄하는 방식이다. 논설문에서 가장 효력이 있고 따라서 가장 많이 사용되고 있다.

위에서 말한 다섯 가지 형식 가운데 가장 온건하고 또한 가장 많이 사용되는 것은 추보식과 양괄식이다. 추보식은 기사문과 서사문에 적합하고, 양괄식은 논설문에 적합하다.

2) 언어의 기능

표현력을 키우기 위해서는 언어에 관한 기본적인 지식을 가질 필요가 있다. 우리는 일상 생활에서 언어를 사용하는 활동을 행한다. 이러한 언어의 기능으로서는 다음과 같은 것이 있다.

①인식 : 우리가 눈으로 보고 귀로 듣는 등 오관(五官)을 통하여 감각적으로 그리고 자각적으로 그것이 무엇임을 식별하고 아는 행위이다. 안다고 하는 것은 이름을 부여하는 일이다. 언어는 낱낱의 구체적인 사물을 가리킬 뿐만 아니라 추상적이고 일반적인 개념도 나타내게 된다. 낱낱의 언어의 집적(集積)인 어휘력이란 곧 '인식'의 풍부함을 가리킨다.

②전달 : 자기의 의지와 생각을 상대방에게 전한다고 하는 언어에 의한 표현 행위 및 상대방의 이해 행위를 가리킨다. 우리의 일상 생활에서 언어 없이 의사 전달하기란 매우 어려우며, 표정이나 동작 따위에 의한 전달은 거의 보조적임을 알 수 있다. 전달은 발신자의 언어에 의한 표현이 수신자에게 올바르게 전달되고 이해되는 것으로써 완료된다. 올바르게 전달하는 표현 방법의 연구가 표현력이다.

③사고(思考) : 일반적으로 우리가 생각하고 느낀 바를 나타내고자 할 때 언어는 강력한 수단이다. 우리의 사고력을 키우기 위해서는 누구에게나 이해될 수 있는, 언어에 의해 줄거리가 선 사고의 방법 및 논리를 터득해야 한다. 사고력을 키우는 것은 언어력을 키우는 것과 통한다.

④창조 : 언어로써 사고를 심화시킨 결과 독자적인 새로운 생각을 하게 되고 표현하는 행위를 가리켜 창조라고 한다. 이는 문예적인 글에 의한 창작뿐 아니라, 학문상에서의 새로운 가설을 구성하여 표현하는 것도 언어를 수단으로 한 창조이다.

3) 언어 활동

글은 언어에 의해 표현되는 것이다. 언어는 다음과 같이 세 가지 면에서 살펴볼 수 있다. 첫째, 언어 재료, 둘째, 언어 행동, 셋째, 언어 표현.

①언어 재료 : 사전·단어집 등에 실리거나, 또는 두뇌 속에 기억되고 축적된 낱낱의 소재적인 어구로서의 언어이다.

②언어 행동 : 언어 재료인 어구를 사용하여 사회 통용의 일정한 약속, 습관에 기초하여 사상 또는 감정 내지는 진술을 발표하고, 상대방이 그것들을 이해하는 일, 이러한 모든 행위적 작용의 총체로서의 언어이다.

③언어 표현 : 언어 재료가 언어 행동에 의해 실현되고 사회적 또는 개인

적으로 표출되어, 일정한 형식을 갖춘 효과적인 표출 과정으로서의 언어를 가리킨다.

이러한 언어에는 보통 의의·음성·문자 등의 세 가지 요소가 포함되어 있다. 첫째, 의의, 둘째, 음성, 셋째, 문자.

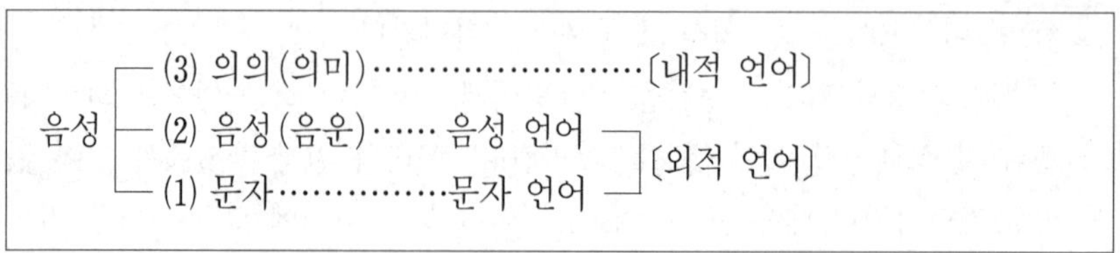

위와 같은 언어 운용상의 설계도에 해당하는 규칙이나 법칙이 문법 또는 어법이고, 그 언어의 건축적 또는 기교적인 표현 방법을 가리켜 특히 수사 (修辭) 또는 수사법이라 한다.

또한 언어 활동은 다음과 같이 정리할 수 있다.

4) 한국어와 문체

'한국어'라는 언어는 언어학상의 분류에 의하면 계통상으로는 우랄 알타이 어족에 속하고, 형태상으로는 첨가어(교착어)에 속한다. 따라서 계통적으로 는 인도 게르만 어족, 형태적으로는 굴절어에 속하는 영어나 독일어 또는 프 랑스 어 등과 다르고, 또한 계통적으로는 인도 지나 어족, 형태적으로는 고 립어에 속하는 중국어와도 그 성질이 전혀 다르다.

한국어에서 사용되고 있는 글자는

(1) 일정한 자형(字形)이 일정한 음만을 나타내는 표음 문자로서의 한 글과,

  (2) 일정한 자형이 일정한 의미를 나타내는 표의 문자로서의 한자가 사
용되고 있다.
  (3) 그 외에 알파벳이나 아라비아 숫자 등이 사용되기도 한다.

이러한 문자에 의하여 글을 쓰기 위한 기본적인 언어의 지식으로서 문체가
있다. 문체란 형식상 또는 내용상으로 보아 일관되게 인식될 수 있는 성질 또
는 특징이다. 따라서 문체는 관점에 따라 다르게 분류될 수 있다.
  ①글의 장르에 의한 분류 : 크게 산문과 운문으로 나눈다. 대표적인 산문으
로는 논설적인 글, 설명적인 글, 문예적인 글이 있다. 운문으로는 시조, 정형
시, 자유시 등이 있다.
  ②시대별로 어휘, 어법, 수사 등에 의한 분류 : 국한문 혼용체, 문어체, 언
문 일치체, 구어체, 한문 직역체, 구문(歐文) 직역체 등이 있다.
  ③서양의 수사학에 의한 분류 : '2. 글의 기교' 중 '4)문체의 종류'에서 이미
말한 바와 같이 간결체, 만연체, 강건체, 우유체, 건조체, 화려체 등이 있다.
  ④글의 외관적인 형식에서 본 분류 : 특히 글 끝의 표현에 의한 것으로서,
평어체(-이다, -하다)와 경어체(-입니다, -합니다)로 나눈다.

5) 글과 표현
글이란 언어, 특히 문자로써 사상이나 감정 또는 진술을 표현한 것이다. 글
은 다음과 같은 구조로 되어 있다.

글―단락(문단)―문장―어구(구, 낱말)

또한 글의 종류는 다음과 같이 나눌 수 있다.
  ①기술 태도상의 분류 : 주관적 글(서정문, 감상문, 서간문, 일기문, 수필
문 등), 객관적 글(기사문, 서사문, 설명문, 의논문, 보도문 등)
  ②기술 목적상의 분류 : 서술의 글(서사문, 기사문, 설명문, 보도문 등),
설득의 글(의논문, 권유문, 광고 선전문 등)
  ③용도면에 의한 분류 : 실용적 글(일기문, 서간문, 설명문, 의논문, 보도
문 등), 예술적 글(소설문, 희곡문, 시나리오문 등)
  ④매재(媒材)에 의한 분류 : 문자 글(신문 기사 및 기타의 기술(記述) 글

등), 음성 글(라디오 뉴스 및 기타의 방송 글 등)

6) 표현과 생활

①언어 생활 : 우리 생활은 언어로 누리는 면이 아주 많다. 그것을 가리켜 언어 생활이라고 한다. 언어 생활에는 이해의 생활과 표현의 생활 그리고 이해와 표현이 총합된 생활 등 세 가지가 있다.

첫째, 라디오를 듣거나 소설을 읽거나 강의를 듣거나 하는 것은 이해의 생활이다. 둘째, 편지를 쓰거나 사람의 질문에 대답하거나 하는 것은 표현의 생활이다. 셋째, 강의를 들으며 필기를 하는 것 따위는 이해와 표현이 총합된 생활이다. 들으면서 생각하고, 그것을 자기 표현으로 만들어 써 나가는 생활이 모두 끊임없이 행해지기 때문이다.

②생활 속의 글 표현 : 이에는 실용적 글과 문학적 글이 있다. 첫째, 실용적 글은 실생활상의 목적이 있어 그 수단으로서의 글을 쓰는 경우이다. 둘째, 문학적 글은 어떤 목적이 있어 쓰는 것이 아니라, 글로 써서 표현하는 것 자체에 가치를 느끼고 쓰는 것이다.

③편지 쓰기 : 편지는 대부분의 경우 실용적 목적으로 쓴다. 안내장·통지서·의뢰서 등이 대표적이다. 그러나, 편지가 표현 자체를 목적으로 하여 쓰여지는 경우도 적지 않다. 남녀간에 오가는 사랑의 편지 등이 대표적이다.

④기록·보고 : 기록은 실용성이 가장 분명한 표현이다. 언어의 형태야 어떻든 간에 정보의 내용만 남아 있으면 된다. 이 기록이 상대 의식을 가질 때 보고라는 장르가 된다. 보고를 외래어로 말하면 리포트라든가 르포르타주가 된다. 르포(르포르타주)라고 하면 어쩐지 문학적인 느낌을 주게 된다.

⑤의견을 서술 : 회의나 인터뷰 등 구두로 의견을 말할 기회는 누구에게도 있으나, 논설문을 쓸 기회는 일반인의 경우 흔하지 않다. 그러나, 현대는 학교나 회사 등 여러 기관과 단체가 저마다 기관지나 사보 등을 펴내고 있기 때문에 그럴 뜻만 있다면 논설문을 쓸 수 있는 기회는 의외로 많다.

⑥작품 쓰기 : 창작을 할 기회는 논설문을 쓸 기회보다 더욱더 적다. 작품을 써서 발표하는 활동을 하는 동아리에 가입한다든가 동인지를 만든다든가 하면 별개의 문제이지만 그것도 쉬운 일은 아니다. 차라리 편지나 일기 따위를 창작으로 생각하고 쓰는 것이 더 효과적이다.

7) 표현의 특징

'표현'이란 내부적인 것을 외부적으로 표출하는 것이다. 즉, 표출 주체가 어떤 의도에 의하여 어느 장면에서 누구인가를 대상으로 하여 마음 내부의 추상적인 정신 내용을 외부적이고 구체적인 여러 종류의 형식(동작·표정·언어 등)에 의해 행하는, 전달을 목적으로 하는 일종의 정신 생활 안의 행동이다.

원래 인간에게는 표출 본능 내지 표현 본능이 있다. 따라서 자기에 관한 모든 사항(자기가 행한 일, 본 일, 들은 일, 또는 느낀 일 등)을 타인에게 알리기를 원한다. 그에 즈음한 정신 행동이 여기에서 말하는 '표현'인 것이다.

조각은 대리석이나 석고 등이 재료가 되어 표현되고, 회화는 화폭이나 화구 등이 재료가 되어 표현된 예술이다. 또한 음악은 악기의 연주자나 인간의 노래 소리가 재료가 되어 표현되고, 무용은 음악과 인간의 아름다운 동적인 자태 및 율동이 재료가 되어 표현된 예술이다.

글은 결국 언어를 재료로 하고, 특히 전달을 목적으로 한 표현이다. 그 중에도 문학이 '언어 예술'이라고 일컬어지는 것은 거기에 이유가 있다는 사실을 잊어서는 안 된다.

따라서 글에는 '전달성'과 '표현성'의 두 면이 있기 마련이다. 이른바 실용적 글에서는 전달성이 특히 존중되는 반면에, 예술적 글에서는 표현성이 강조된다.

작자가 어떤 의미 내용을 전달하려 할 때 독자적인 표현 형식의 글을 사용하는 것이 상례이다. 독자는 그 글을 통하여 작자가 의도하는 표현을 읽고서 해석할 때 비로소 그 전달의 목적이 완성되는 것이다.

요컨대 표현이든 해석이든 결코 동떨어진 별개의 사항이 아니라 표리 일체이다. 그것은 마치 반원적인 존재와 같은 것으로서, 전달이라는 과정을 통하여 비로소 완전히 원이 이루어지는 것이라고 할 수 있다.

8) 삼분절(三分節)의 글

① 글의 기본은 단문(短文) : 앞에서 이미 여러 번 말한 바와 같이, 글을 쓸 때 문장은 될 수 있는 대로 짧게 써야 한다. 문장을 짧게 하기만 해도 쉬운 글이 된다. 요컨대 글쓰기의 비결은 다음과 같이 말할 수 있다.

첫째, 중점을 정하여 문제점을 압축하고, 무엇을 쓰려 하는가 하는 점을 분명하게 해야 한다.

둘째, 사실을 써야 한다. 형용사를 잘라 버리고 동사에 생동감을 주며, 알맞은 언어로 자기 생각을 정확하게 써야 한다.

셋째, 간결하게 써야 한다. 글의 간결성을 누구보다도 요구받고 있는 것은 신문 기자이다.

②명확한 글의 요건 : 어느 작가는 글의 요건에 대해서 '첫째가 명확, 둘째도 명확, 셋째도 명확'이라고 말한다. 명확한 글을 쓰기 위해서는 두 가지 전제가 있다.

첫째는 그 내용에 대하여 충분한 자신이 있어야 한다. '이 사실은 절대로 틀림이 없다. 꼭 써서 다른 사람에게 전해야 한다'는 의지가 들어 있지 않으면 독자를 이해시킬 수 없다. 자신의 주관이 서 있지 않은 글은 애매모호해질 수밖에 없다. 신념이 있는 사람과 정직한 사람만이 명확한 글을 쓸 수 있다.

둘째는 독자를 설득하기 위해서는 우선 자기를 설득하여 이해시키는 것이 선결 문제이다. 이것저것 뒤섞여 있는 머릿속에서 여러 가지 문구를 꺼내서, 이것과 저것을 합쳐 문맥이 통하는 글을 만든다. 글을 쓴다는 것은 자기 머리를 정리하고 사상을 단련하는 일이다. 글 수업은 곧 인간 수업이다.

③단문(短文)이 겹쳐진 글 : 일상 생활에서 대략 600자 정도의 분량이면 대체적인 내용은 표현할 수 있다. 각 신문의 칼럼란이 대부분 600자 정도인 것은 흥미로운 일이다.

단문의 공부는 회화에서의 소묘나 붓글씨에서의 해서(楷書)와 같은 것이라고 하는 사람도 있다.

화가가 웅장하고 화려한 작품을 완성하기까지는 실로 그 작품 하나하나의 부분에 대해서 여러 장의 소묘가 겹쳐져 있다. 또한 서예가의 공부는 우선 간단한 직선과 원의 연습에서 시작된다.

이와 마찬가지로 대하 소설과 같은 긴 글도 결국은 깊이 생각하고 계산된 무수한 단문의 집합체이다. 현대문의 가장 큰 특색은 '단문이 겹쳐진 것'이다.

글은 결국 '단문에서 시작하여 단문으로 돌아간다'고 할 수 있다. 단문은 글의 기본인 동시에 궁극적인 목표이다. 600자 분량을 쓰자면 대단한 역량이 있어야 한다.

④셋으로 나누어 구성 : 인간 만사는 '3'이라는 숫자에 가장 관계가 깊고,

이 수가 가장 안정감이 있다.

강연을 하는 경우에도 첫머리에 "오늘 강연에는 중요한 사실이 세 가지 있습니다"라는 말로 시작하는 것이 한 가지 방법이다. 중요한 일은 하나로는 부족하고, 다섯은 너무 많아 청중은 처음부터 포기하는 상태가 된다. 셋이라고 하면 외우기 쉽기 때문에 귀를 기울이게 된다. 문제를 셋으로 압축하는 것이 가장 효과적이다.

이와 마찬가지로 글을 셋으로 나누어 구성하는 것은 표현상 하나의 기초적인 요소이다. 수천 장의 대하 소설도 불과 200자 내지 400자의 소절과 서경(敍景)이 겹쳐지고 맞추어져, '기승전결'의 법칙에 따라 구성되어 독자들을 끌고 가는 것이다.

3분절의 글을 도표로 만들면 다음과 같다.

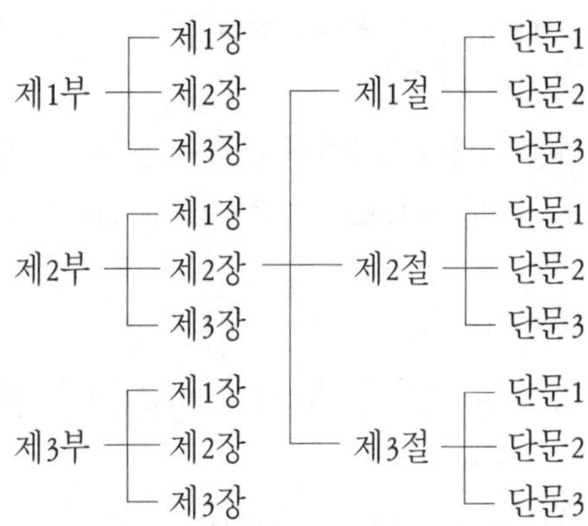

요컨대 '3'이란 숫자는 글 구성에 아주 중요한 관계가 있으며, 3분절을 염두에 두고 쓰는 일은 글 입문에 크게 도움이 된다.

9) 네 가지 법칙

영국의 철학자이며 수필가인 프랜시스 베이컨은 '글을 쓰는 일은 정확한 인간을 만드는 것이다'라고 말하였다.

① 5W1H의 법칙(육하원칙) : 공식을 알지 못하면 수학 문제를 풀 수 없다. 이와 마찬가지로 글을 쓸 때 구성의 기본을 이루는 것이 '누가, 언제, 어디서,

무엇을, 왜, 어떻게(Who, When, Where, What, Why, How)'의 5W1H의 법칙이다.

이 법칙은 신문 기자, 특히 새내기 기자에 대해서는 다음과 같은 훈련 효과를 가지고 있다고 한다.

첫째, 신문 기자로 하여금 아는 사실을 모조리 쓰고 싶어하는 유혹을 배제한다. 둘째, 필요한 사건을 최소한으로 간결하게 쓰도록 한다. 셋째, 사건에 관한 상상과 주관이 개입하는 것을 막고 사실만을 쓰게 한다. 넷째, 어떻게 쓰면 좋을지 가르쳐 주고, 글을 쓰는 데 어려움을 느끼지 않게 해준다.

5W1H의 기능은 특히 실용문에서 중요하다. 기업 용어에 'plan-do-check(계획하고, 실행하며, 평가한다)'라는 것이 있다. 모든 업무는 이 세 가지 원칙에서 이루어지고 있는데, 특히 중요한 것은 체크(평가)이다. 그 확인을 위한 방법으로서 '5W1H'를 활용하라는 말이 있다.

근래에는 5W1H에 'Whom(누구에게)'을 더하여 6W1H를 강조하는 사람도 있다.

② AIDMA의 법칙 : 상업적 효과를 겨냥한 광고에서 흔히 응용하는 것이다. 이것은 'Attention(주목) → Interest(흥미) → Desire(욕망) → Memory(기억) → Action(행동)'이다.

이 법칙은 특히 광고에 많이 쓰인다. 읽히기 위한 전단을 만드는 요점은 5W1H의 법칙을 바르게 이해하고, 사람들의 이목을 끌 수 있는 매력적인 표제를 만들어 내야 한다.

③ 섬나의 열 가지 법칙 : 미국의 림 섬나(G.Lim Sumnar)는 '광고문 작성의 열 가지 법칙'을 다음과 같이 요약하고 있다.

첫째, 쓰기 전에 당신의 당면 문제에 관한 모든 것을 배워라. 둘째, 고객의 관점에서 자료를 정리하라. 셋째, 연설문을 쓰는 것이 아니라 편지를 쓰는 기분으로 쓰라. 넷째, 아주 간단하고 알기 쉽게 하라. 다섯째, 감정을 흥분시키는 어구를 사용하라. 여섯째, 우스꽝스러운 것은 피하도록 하라. 일곱째, 분명하고 정확하게 쓰라. 여덟째, 신뢰감을 일으키도록 쓰라. 아홉째, 문구가 길어지지 않게 하라. 열째, 독자에게 행동의 빌미를 주고 그 행동을 일으키기 쉽게 하라.

④ YTT의 법칙 : '언어가 황폐하다는 것은 곧 정신이 황폐하다는 것을 뜻

한다'라는 말이 있다. 그러나, 또 달리 언어가 황폐해진 이유는 대부분의 사람들이 쓰는 일을 게을리 하기 때문이라고 할 수 있다.

Yesterday(어제), Today(오늘), Tomorrow(내일)의 머릿글자를 딴 것으로, 과거는 어떠했는가, 현재는 어떠한가, 미래는 어떻게 될 것인가 하는 데 초점을 맞추어 글을 쓰는 것을 가리킨다.

10) 글 교실

①좋은 제목과 표제 : 쇼펜하우어는 글의 제목에 대하여 "글의 제목이 필요한 이유는 글의 내용에 관심을 보일 만한 독자들에게 전달하기 위해서다. 그러므로 제목은 독자적인 특징을 갖추어야 한다. 또 짧은 제목이 독자들의 뇌리에 더욱 오래 간직될 수 있으므로 될 수 있는 대로 간결하고 함축적이며, 내용에 대한 모노그램 역할까지 수행할 수 있는 구절을 제목으로 삼는 것이 바람직하다"라고 했다.

사람에게 얼굴이 있는 것과 마찬가지로 글에도 제목과 표제가 있다. 볼품 없는 얼굴에 사람들은 시선을 멈추지 않는다. 그와 마찬가지로 볼품없는 제목이나 표제는 사람을 끌지 못한다.

단순한 보고나 사무 연락 등을 비롯하여 심지어는 논문, 수필, 뉴스 기사 등을 독자로 하여금 읽게 하려고 노력을 쏟는 이상에는 제목 내지 표제도 매력이 있어야 한다.

그런데 글의 내용이 신통치 못하면 좋은 제목과 표제는 좀처럼 붙여지지 않는 것이다. 멋진 표제나 제목을 위해서는 다음과 같은 내용이 필요하다.

첫째, 독자가 '과연 그렇겠다'라고 생각하는 이해. 둘째, 문제 제시가 새로와서 '아, 이런 견해도 있었구나' 하는 발견 내지는 놀라움. 셋째, 상식적이고 보편적인 말을 되풀이하는 설교가 아니라, 읽은 사람이 받아들여 화제로 삼고 싶어지는 의외성. 넷째, 조용히 음미하고 싶어지는 감동성.

이런 요소가 내용에 담겨 있으면 우선 재미있다든가 박력이 있다든가 통쾌하다는 느낌을 주는 글이라고 할 수 있다.

한 마디로 말해서 글에는 '진실'이 담겨 있어야 한다. 독자로 하여금 눈이 떠지는 감을 느끼게 하고, 지적으로는 자기의 키가 자란 듯한 성장감과 만족감을 느끼며, 상쾌한 안도감을 느끼게 되는 것이 진실이 깃든 것이 된다.

이 진실을 제목이나 표제로 정한다. 그리고 멋진 솜씨로 글을 엮어 나간다.

②글의 기법의 3개 조항 : 글의 기법에는 다음의 3개 조항이 있다. 우선 제1조는 '글의 3원칙'이다.

㉮'정확하게 쓰라. 그러면 독자는 이해하게 된다.'

이 말은 펜을 잡기 전에 자료를 잘 정리하라는 뜻이기도 하다. 달리 말해서 '머릿속으로 쓰라'는 뜻이다. 써야 할 사항을 항목별로 메모해 놓고, 그것을 보고서 배열 순서를 머릿속으로 생각하여, 일단 정리가 되었을 때 비로소 펜을 든다. 그렇게 하면 사실이 잘 정리되어 있기 때문에 알기 쉽다.

㉯'짧게 써라. 그러면 독자는 즐겨 읽는다.'

여러 가지 조사에 의하면 한 문장의 길이가 45자 정도가 읽기 쉬운 것으로 되어 있다. 그러나, 짧은 글을 쓴다는 것은 실은 어려운 일이다. 그것은 언어를 음미하고 내용을 압축해야 하기 때문이다.

프랑스의 어느 작가는 '지금은 바쁘기 때문에 짧은 글을 쓸 수 없다'라고 말하였다 한다. 또한 프랑스의 작가 위고가 「레미제라블」을 출판했을 때, 출판사에 단 한 자 '?'라는 편지를 보냈던 바, 출판사로부터는 '!'라는 회신이 왔다. 과연 이보다 짧은 편지는 없을 것이다.

㉰'그림을 그린 듯이 쓰라. 그러면 독자는 잊지 않을 것이다.'

자질구레한 부분까지 사실적으로 쓰라는 말이다. 그러기 위해서는 영화의 시나리오를 읽는 것이 도움이 된다.

제2조는 구두점을 정확하고 분명하게 찍는 일이다. '형, 동생을 꾸짖다'와 '형 동생을 꾸짖다'는 뜻이 다르다. 그런 의미에서 구두점은 바로 언어이다.

제3조는 '3분절로 정리하라'는 것이다. 600자의 단문이거나 대하 소설이거나 3·3·3으로 정리해 갈 일이다. 대중소, 3원색, 정반합 등 3이란 숫자는 신비로운 숫자이다. 그것은 모든 복잡한 것을 단순화시키는 의미이다. 셋으로 정리할 때 글은 쓰기 쉽게 되고, 읽는 사람은 알기 쉽게 된다.

③글 연습 : 많은 사람들이 제목 없이 글을 쓰는 경우가 있다. 쓰고 나서 제목을 붙이겠다든가, 좋은 제목이 생각나지 않기 때문에 그러는 것이다.

그러나, 이것은 큰 문제이다. 제목 없이 대체 무엇을 쓰려고 하는 것인가? 글을 쓰는 데는 서론, 본론, 결론이라든가 기승전결이라고 하는 전통적인 약속 내지 방식이 있다. 그것은 마치 건물을 지을 때의 청사진과도 같다.

제목 없이 글을 쓴다는 것은 마치 청사진 없이 건물을 지은 것과 같아서 좋은 글이 되지 않는다. 무엇을 쓸 것인가 하는 아이디어의 확정이 선결 문제이며, 그 다음에 구성을 생각하여야 한다.

글에는 여러 가지 종류가 있다. 세상을 영탄하고 자연에 감동하는 시와 에세이도 있고, 자기의 사상과 주장을 호소하는 논문조의 것도 있다. 앞엣것이 정서의 글이라면 뒤엣것은 지성의 글이다.

그리고 지성의 글에서 무엇보다 중요한 것은 뜻을 전달하는 일이다. 필자의 의사가 명확하게 상대방에게 전해져야 한다. 그러나, 그것이 쉬운 일은 아니다.

때문에 무엇보다 필요한 것이 글을 고치는 퇴고이다. 단숨에 쓴 것이 그대로 명문이 되는 일은 거의 없다. 오자나 탈자가 있을지도 모른다. 아니면 주제가 선명하게 드러나지 못했을지도 모른다. 이런 것들을 바로잡기 위해 퇴고가 필요한 것이다.

퇴고에 즈음하여 귀찮다고 해서 사전 찾아보는 일을 게을리 해서는 안 된다. 준비와 끊임없는 노력이 빠뜨릴 수 없는 요소이다.

끝으로 한 가지 더 염두에 두어야 할 것은 모름지기 글은 아름다워야 한다. 논문식의 글 또한 예외는 아니다. 단순히 의사를 정확하게 전달하기만 하는 것만으로는 부족한 것이다.

아름다운 글은 어떻게 해야 쓸 수 있는가? 현대 문학의 명작 중에서 입맛에 맞는 작품을 선택하여 숙독할 때 글의 아름다움을 터득하여 자기 것이 되게 할 수 있다.

5. 글쓰기의 분류

1) 글의 종류

① 3가지 분류 : 글은 목적이나 내용에 따라 여러 가지 종류가 있으나, 다음과 같이 크게 3가지로 분류할 수 있다.

첫째, 실용적인 글 : 일상 생활과 직접적인 관계가 있으며, 주로 생활과 사실을 기록하는 것(일기, 기록, 통신문, 보도문, 선전문 등).

둘째, 논리적인 글 : 지식이나 사상 및 학문 등에 관한 의견과 설명을 표현하며, 주로 인간의 지성에 호소하는 것(논설문, 리포트 등).

셋째, 예술적인 글 : 예술적인 감동을 표현하고, 주로 인간의 감성에 호소하는 것(시, 소설, 수필, 희곡 등).

② 실용적인 글 : 공통되는 중요한 점은 다음과 같다. 첫째, 언제, 어디서나, 신속을 요한다. 둘째, 요령 있게 간결히 써야 한다. 셋째, 사실을 정확하게 써야 한다. 넷째, 성의 있게 써야 한다.

③ 논리적인 글 : 다음과 같은 주의가 필요하다. 첫째, 주제가 명확해야 한다. 둘째, 쉽고 명쾌한 표현을 해야 한다. 셋째, 구상이 정연해야 한다. 넷째, 사실과 의견을 분명하게 구별해야 한다.

④ 예술적인 글 : 다음과 같은 조건을 갖추어야 한다. 첫째, 사실보다 진실을 써야 한다. 때문에 뛰어난 상상력이 필요하다. 둘째, 표현이 곧 내용으로서, 글 그 자체가 문학이라 할 수 있다. 셋째, 개성이 생명이다. 따라서 항상 개성적인 새로운 문체를 탐구하여 창작해야 한다.

2) 실용적인 글

① 기사문 : 자연과 인사에 대하여 있는 그대로를 객관적이며 사실적으로 기술하는 글이다. 기사문 중에 특히 가능한 한 주관을 섞지 않고 실경(實景)과 실황을 알기 쉽고 분명하게, 회화적으로 서술하는 것을 사생문(寫生

文)이라 하고, 입체적이고 조각품으로 묘사하는 것을 서경문(敍景文)이라 하여 구별하는 경우가 있다.

첫째, 사물의 특징을 잘 파악하여 생동감 넘치는 글로 쓸 것. 둘째, 자기의 감정을 될 수 있는 대로 억제하여 담담하게 쓸 것 등이다.

②서사문 : 상황과 사건 등에 대하여 변화 추이를 시간적으로, 그리고 실감나게 서술하는 글이다.

첫째, 중심점을 정확하게 파악할 것. 둘째, 서술의 순서 배열을 고려할 것. 셋째, 관점을 고정시켜 일관되게 할 것 등이다.

③기행문 : 서사문의 일종으로서 이른바 여행기이다. 특히 여행의 기록을 중심으로 하여, 자기의 추억을 정리하는 글, 또는 다른 여행자를 위한 안내기에 해당된다.

첫째, 여행 과정을 분명하게 쓰고, 경우에 따라서는 교통 기관과 여비 등도 기록한다. 둘째, 그 지방의 개성과 풍물 및 명산품 등을 재치 있게 쓴다. 셋째, 따라서 다소의 주관적 표현은 허용되기 마련이니 독자의 흥미를 일으킬 수 있도록 쓸 것 등이다.

④서정문 : 자연과 삶에 대해 생기는 심정을 주관적으로 서술한 글이다.

첫째, 심정의 중심을 분명하게 파악하여, 주관의 움직임을 그대로 나타낼 것. 둘째, 이론에 치우치지 말 것. 셋째, 독자의 공감을 얻도록 고려할 것 등이다.

⑤감상문 : 사물에 대하여 마음으로 느낀 바를 솔직하게 주관적으로 서술하는 글이다.

첫째, 자기 감정을 솔직하고 바르게 표현할 것. 둘째, 사상을 흐트러뜨리지 말고 일관되게 서술할 것. 셋째, 박력 있는 감명적인 내용을 담을 것 등이다.

⑥설명문 : 사고와 분석에 의해 사리와 예상을 타인에게 설득하고 이해하게 하는 것을 목적으로 하는 글이다. 이에 대해서는 항목을 달리하여 설명한다.

첫째, 알기 쉽고 분명하게 쓸 것. 둘째, 설명과 해설의 방법 및 순서를 고려하여 경우에 따라서는 '기승전결'이나 '서론, 본론, 결론'의 호흡을 적당히 사용할 것. 셋째, 될 수 있는 대로 구체적인 예를 많이 들어 추상론을 피할 것. 넷째, 광고의 글에는 적절한 표어 등을 적당히 사용할 것 등이다.

⑦서간문 : 편지로서 원칙적으로는 어떤 볼일 때문에 특정한 개인에게 보내는 글이다. 때에 따라서는 여러 사람에게 공개적으로 보내는 경우도 있다. 이에 대해서는 항목을 달리하여 설명한다.

첫째, 상대방에게 호감을 줄 수 있게 쓸 것. 둘째, 따라서 어느 정도의 의례적인 관습을 존중할 것. 셋째, 용건은 간결하게, 요점은 분명하게 쓸 것. 넷째, 형식은 물론 존중해야 하지만 너무 얽매이지 말 것이며, 성의를 다한 글이 되게 할 것 등이다.

⑧일기문 : 자기의 생활 기록을 중심으로 한 글이다. 원칙적으로는 하루하루의 상황과 체험, 행동 및 감상 등을 기록한 것이다.

첫째, 형식에 얽매이지 않고 자유로운 표현으로 솔직하게 쓸 것. 둘째, 자기의 체험 사실에 바탕한 생활 기록인 동시에 마음의 기록일 것. 셋째, 뒷날의 추억을 위해 시나 그림 등을 곁들일 수도 있다. 넷째, 일부러 남에게 보이기 위해서 쓰는 것은 아니지만, 혹시 남이 보아도 부끄러움이 없을 정도의 마음가짐이 될 것. 다섯째, 쓰는 시각을 일정하게 정할 것 등이다.

3) 논리적인 글

①논설문 : 자기 의견이나 주장을 서술하는 글이다. 이에 대해서는 항목을 달리하여 말한다.

첫째, 자기 의견과 주장에 대하여 충분한 확신을 가질 것. 둘째, 이론 정연하게 논리적으로, 박력 있는 표현으로써 당당하게 소신을 드러낼 것. 셋째, 따라서 글의 구성으로서는 '기승전결' 또는 '서론, 본론, 결론' 등의 형식을 갖추어 논지를 전개하여 나아갈 것 등이다.

②연구 논문 : 논설문의 한 종류이다. 순수 전문적인 '학술 논문'과 다소 일반적인 이른바 '연구 보고(리포트)'의 두 종류로 나눌 수 있다.

첫째, 논문에 필수적인 문헌을 미리 광범위하게 수집하여 정리, 분류를 충분히 해 둘 것. 둘째, 필요에 따라 서론, 본론, 결론의 구성에 유의하고, 경우에 따라서는 장, 절, 항, 목 등으로 세분하여 유기적으로 차례를 구성할 것. 셋째, 논지는 객관적이고 과학적이며, 논리적으로 명확하게 서술할 것. 넷째, 인용 문헌, 출전, 참고 도서, 찾아보기, 도표 등 설명과 이해에 도움이 되는 것은 적당히 삽입할 것. 다섯째, '리포트'의 경우는 그런 것이 완비

되지 않아도 허용되는 경우가 있다. 그러나, 비록 결론은 말하지 않더라도 연구 과정과 성과의 서술 또는 설명은 당연히 해야 한다.

4) 예술적인 글

①수필문 : 수상과 수감을 붓이 가는 대로 자유롭게 쓰는 정취 넘치는 글이다. 만필, 만문, 만록이라고도 한다.

첫째, 기분이 내키는 대로 즉흥적으로 서술할 것. 둘째, 굳이 수미일관하기를 요하지 않으며, 단편적이어도 무방하다. 셋째, 박식하고 취미가 많은 것이 요구되며, 위트나 유머가 있어 독자로 하여금 흥미 있게 읽을 수 있도록 할 것. 넷째, 따라서 화술과 같은 일종의 서술 기교가 필요해진다.

②콩트 : 아주 단순한 줄거리가 있는 어떤 주제에 대한 비교적 짧은 이야기를 재미있고 가볍게 정리한 글이다.

첫째, 익살이나 해학 또는 유머감이 넘치고, 생동감 있게 표현할 것. 둘째, 절정 부분을 포착하여 강조하고, 그것에 따라 전체를 부각시키도록 힘쓸 것 등이다.

③시 : 작자의 감동을 그대로 직접 나타낸 것으로(서정시), 표현되어 있는 말에 리듬이 있다.

첫째, 자기의 감동을 솔직히 나타낼 것. 둘째, 잘 관찰하는 가운데 감동이 나타난다. 셋째, 자기의 말로써 나타낼 것. 넷째, 행을 끊어서 나타낼 것. 다섯째, 연으로 나누어 쓸 것 등이다.

5) 논설문

'무엇'을 문제로 삼고 논할 것인가 하는 내면에서의 문제의식이 있어야만 한다. 아무것도 없는 곳에는 글도 없다.

①문제 제시 : 논설문은 필자가 가장 주장하고 싶은 논지가 있기 때문에 성립된다. 논지가 애매모호하면 필자가 말하고자 하는 바도 따라서 애매모호해지고 만다. 이와 반대로 중심이 되는 생각을 필자의 의도대로 객관적 관점에서 확실한 것으로 입증하고 표현한다면 독자를 설득할 수 있다.

②자료 수집 : 자료에는 다음과 같은 것이 있다. 첫째, 직접 자료—필자 자신이 일상 생활에서 터득한 경험, 관찰, 실험, 조사, 연구 등. 둘째, 간접

자료—다른 곳에서 얻은 정보, 문헌 등. 셋째, 발전 자료—직접 자료와 간접 자료를 기초로 하여 필자가 생각한 것.

③사고의 진행 방법 : 이에는 대표적인 방법 두 가지가 있다.

첫째, 귀납법(induction) : 어떤 사항에 대하여 낱낱의 구체적인 사실을 관찰하거나 특정한 실험을 되풀이하여 공통되는 성질과 요소를 뽑아내고, 일반적이며 전체적으로 통하는 명제 내지 법칙을 끌어 내는 사고법이다. 바꾸어 말해서 낱낱의 특수한 사례를 분석하고, 거기에서 공통점을 추출, 종합하여 보편을 끌어 내는 법이요, 부분에 의해 전체를 통일적으로 보는 사고법이다.

둘째, 연역법(deduction) : 귀납법의 대(對)가 되는 것으로서, 보편적이며 일반적인 원리 또는 사실을 바탕으로 하여 생각을 전개해 나가고, 이윽고 특수한 과제와 사실을 분석하고 추리하여 설명하는 사고법이다.

④글의 구성 : 전형적인 것으로서 다음과 같은 것이 있다.

첫째, 미괄식 : '도입 → 전개 → 결론'의 방식으로 쓰는 것.

둘째, 두괄식 : '우선 결론을 말하고, 다음에 그것을 논증하는 본론이 오는 것.

셋째, 양괄식 : 두괄식 글과 같으나 끝에 다시금 결론이 오는 것.

위에서 언급한 미괄식은 귀납적 사고법에 의한 것이고, 두괄식과 양괄식은 연역적 사고법에 의한 것이다.

⑤기타 : 특정한 영역이나 전문 영역에서는 용어의 개념을 엄밀하게 할 것, 글 중의 주어와 술어의 관계 및 언어의 수식 관계와 호응 관계를 정확하게 할 것, 또한 문체나 구두점 등의 보조 기호 사용에도 오류가 생기지 않도록 주의해야 한다.

예문·1

겨레의 기억과 그 전수——유종호*

(황순원의 단편 소설 '산골아이'에 대한 평론으로, 이 부분은 작품 '산골 아이'를 통해 겨레의 전수자가 되기 위해 해야 할 것을 설명한 대목이다.)

그리스 신화(神話)는 기억의 여신을 모든 예술의 어머니로 위해 주고 있다. 아홉이나 되는 뮤즈는 기억의 여신과 제우스 사이의 소생이다. 시도 음악도 기억의 자식들이다. 사람들이 즐기는 애기도 기억의 소생임은 물론이다. 『한 민족의 서사시는 그 민족의 과거의 경험을 간직하고 있는 이를테면

겨레의 기억이었다.』우리나라의 소설, 특히 단편 문학의 성숙과 세련에 큰
몫을 기여한 황순원에 대한 적절한 정의(定義)의 하나는 그가 뛰어난 겨레
의 기억의 전수자라는 것이다. 『그의 단편에는 우리의 옛 경험의 정수(精
粹)가 간결한 요약의 형태로 처처에 보석처럼 박혀 있다.』

　투박한 윤리적 해석이라고 속단할지 모르지만『모든 훌륭한 옛 얘기는 재
미있으면서도 터놓고 혹은 은밀하게 어떤 유용성을 내포하고 있다.』그 유용
성은 설교나 교훈일 수도 있고 실제적인 충고일 수도 있고 숫제 격언이나 속
담으로 요약될 수 있는 것이기도 하다. 뿐만 아니라 인쇄술이 발달, 보급되
기 이전의 세계에 있어서 옛 얘기는 어린이들에게 주어지는 최초의 형성적
인 세계 해석이었다. 이 점 교과서에서도 수록되어 있는 이 작자의 '산골아
이'는 뜻깊은 본보기가 되어 준다.

　〈중략〉

　짚세기를 팔러 장에 간 아버지가 생업에 얽매여 있는 동안 산골아이의 교육
을 담당하고 있는 것은 마을의 기억의 전수자인 할머니인 것이다. 돌아오지
않은 아버지를 기다리다 잠이 든 산골아이는 아버지를 구하러 호랑이굴을 찾
아가는 꿈을 꾼다. 그것은 전설이나 옛 얘기가 내포하고 있는 살아 남기 위해
필요한 가치의 내면화 과정을 보여 준다. 이렇게 해서 모든 훌륭한 얘기가 그
렇듯이 '산골아이'는 한편으로 얘기의 본질과 기능을 극명하고 간결하게 드러
내 주고 있기도 하다. 그것은 얘기이면서 동시에 얘기의 설명인 것이다.

　『작가 황순원(黃順元)의 특징이 되어 있는 간결하고 세련된 문체, 군더더기
없는 구성과 훈기 있는 여운 등은 우리의 전통적 산문 문학에선 낯선 요소들
이다.』그럼에도 불구하고 그의 문학은 외래적인 것에서 아주 멀리 떨어져 우
리 전통의 한복판에 서 있다는 느낌을 강력하게 촉발한다. 당연히 그래야 할,
그러나 많은 작가들이 소홀히 해 온, 모국어의 세련에 대한 작가의 각별한 집
착 때문이기도 하지만 근본적으로는 그가 우리의 옛 얘기의 정통의 전수자
이자 활용자라는 사실에서 똑바로 나온다고 생각된다. 기법상으로는 현대적

＊유종호(柳宗鎬, 1935~　) : 영문학자, 문학 평론가. 충북 충주 출생. '불모의 도식'
(1957), '언어의 유곡'(1957)으로 등단하였다. 문학과 현실의 관련성을 폭넓은 감식안을
통해 작품 분석에 적용한 평론을 많이 썼다. 주요 평론으로는 '비순의 선어', '문학과 현
실', '사회적 상상력' 등이 있다.

세련을 거쳤지만 옛 얘기의 전승과 활용이라는 점에서는 토착적인 것의 주류에 자리잡고 있는 것이다.

예문·2

생태학적 상상력——김영무*

(박형진의 시 '사랑'을 비평하고 있는 글로, 이 부분은 인간 중심주의의 폐해를 지적하고 생태학적 상상력의 필요성을 역설한 대목이다.)

인류가 그렇게 갈망해 마지않는 민주주의—문명과 야만, 흑인과 백인, 여성과 남성이 역동적으로 창조적으로 균형을 유지하며 이룩하는 인간 공동체, 즉 진정한 민주주의—의 실현은, 앞서 비친 대로, 배타적 인간 중심주의 그 가운데서도 남성 우월주의를 바탕으로 삼고 있는 기계적 합리주의로는 결코 불가능하거니와, 삼라만상이 화해하여 공존하는 지구 만물 공동체, 삼라만상 공동체를 궁극적 전망으로 갖고서 나아갈 때에만 비로소 가능할 것이다. 오늘의 소비 만능의 상업주의적 자본주의와 생태 파괴적 공산주의 전개 과정이 보여 주고 있듯이 가부장적 인간 중심주의의 필연적인 결과는 인종 차별, 남녀의 성 차별, 계급 투쟁, 지구 파괴, 생명 파괴인 것이다. 이것은 하나의 병적인 사고 방식이지 참뜻에서의 과학적 사고 방식도 그 무엇도 아니다.

그런데 인간 내면의 저 깊은 곳에서 무엇인가가 끊임없이 인간의 이런 창조 질서 왜곡에 경종을 울리고 있다. 삼라만상이 창조적 긴장과 균형을 유지하며 이룩하는 우주 만물 공동체에의 꿈으로 인간을 이렇게 은밀히 그러나 불가피하게 부르는 것, 이것은 인간의 생물학적 유전적 운명과도 같은 것이요, 만물의 꽃인 인간이 창조주에게서 받은 신비의 선물이다. 그리고 이 신비로운 은총의 선물이 다름 아닌 녹색 상상력이요, 생태학적 상상력이고, 이것은 모든 참다운 과학의 바탕으로 작용하며 또한 우리가 시에서 늘 만나는 원초적 충동이기도 하다.

〈중략〉

---

*김영무(金榮茂, 1943~2001) : 시인, 영문학자. 시집 〈가상의 현실〉로 3회 백석 문학상을 수상하였다. 주요 저서로는 '제비꽃에 너를 보내며'가 있다.

옷깃에 날아와 앉은 한 마리 풀벌레에 질겁하는 자세, 벌레는 자연의 보잘 것없는 미물이니 만물의 영장인 인간이 죽여 버린들 어떠냐는 아주 심상한 태도, 흑인을 벌레 비슷한 흉물로 생각하는 발상법, 여자란 눈물이 많고 본 능적이고 비이성적인 이등 인간이니 세상의 중요한 일은 이성적이고 용감한 남성이 도맡아야 한다는 일그러진 생각은 모두 같은 뿌리에서 나오는 것들로, 이것은 참인간의 마음과는 전혀 상관없는 것이며, 참뜻에서의 과학적 사고 방식도 아니다.

우리는 풀여치가 언제 어디서 어떻게 왜 생겼는지 날아왔는지 알지 못한다. 풀여치가 볼 때 인간도 마찬가지이다. 우리는 언제 어디서며 어떻게 왜 생겨났는가? 아마 풀여치하고도 함께 길을 걸어가는 지구 만물 공동체, 삼라 만상 공동체를 만드는 데 만물의 영장이요 꽃으로서의 그 뛰어난 능력을 쓰도록 불림을 받은 존재가 인간이 아니겠는가. 이런 깨달음 위에서 신비로운 은총의 선물인 생태학적 상상력이 이끄는 길을 따라 삶을 살아갈 때에만 우리 인간은 세상에 재앙을 가져오는 존재가 아니라 축복을 안겨 주는 참인간으로 스스로를 실현할 수 있을 것이다.

예문·3

소설은 왜 읽는가 ——김현*

(소설은 소설가·주인공·독자의 욕망이 표출된 세계로, 우리가 소설을 읽는 이유는 그러한 욕망에 비추어 이 세계가 과연 살 만한 세계인가를 알아보는 데 있다는 내용이다.)

세계는 세계를 욕망하는 사람들에 의해 더욱 생생해지고 활기 있게 된다. 소설은 그 욕망의 세계를 구체적으로 드러낸다. 그것은 시처럼 감정의 세계만을 보여 주는 것도 아니고, 철학처럼 세계관만을 보여 주는 것도 아니다. 그것은 세계를 욕망의 대상으로 구체적으로 제시한다. 소설은 그 어떤 다른 예술보다도 구체적으로 또 전체적으로 세계를 보여 준다.

소설 속에는 세 개의 욕망이 들끓고 있다. 하나는 소설가의 욕망이다. 소설가의 욕망은 세계를 변형시키려는 욕망이다. 소설가는 자기 욕망의 소리

---

*김현(金炫, 1942~1990) : 불문학자, 문학 평론가. '나르시스시론'(1962)이 「자유 문학」에 당선되면서 등단하였다. '문학과 지성' 동인으로 활동하였고 주요 평론집으로 「상상력과 인간」 「사회와 윤리」 「문학과 유토피아」 등이 있다.

에 따라 세계를 자기 식으로 변모시키려고 애를 쓴다. 둘째 번의 욕망은 소설 속의 주인공들의 욕망이다. 소설 속의 인물들 역시 소설가의 욕망에 따라 혹은 그 욕망에 반대하여 자신의 욕망을 드러내고, 자신의 욕망에 따라 세계를 변형하려 한다. 주인공, 아니 인물들의 욕망은 서로 부딪쳐 다채로운 모습을 드러낸다.

마지막의 욕망은 소설을 읽는 독자의 욕망이다. 소설을 읽으면서 독자들은 소설 속의 인물들은 무슨 욕망에 시달리고 있는가를 무의식적으로 느끼고, 나아가 소설가의 욕망까지를 느낀다. 독자의 무의식적인 욕망은 그 욕망들과 부딪쳐 때로 소설 속의 인물들을 부인하기도 하고, 나아가 소설까지를 부인하기도 하며, 때로는 소설 속의 인물들에 빠져 그들을 모방하려 하기도 하고, 나아가 소설까지를 모방하려 한다. 그 과정에서 읽는 사람의 무의식 속에 숨어 있던 욕망은 그 모습을 서서히 드러내, 자기가 세계를 어떻게 변형시키려 하는가를 깨닫게 한다.

소설 속의 인물들은 무엇 때문에 괴로워하는가, 그 괴로움은 나도 느낄 수 있는 것인가, 아니면 소설 속의 인물들은 왜 즐거워하는가, 그 즐거움에 나도 참여할 수 있는가, 그것들을 따지는 것이 독자가 자기의 욕망을 드러내는 양식이다.

그 질문은 이 세계는 살 만한 세계인가, 이 세계의 현실 원칙은 쾌락 원칙을 어떻게 억누르고 있는가 하는 질문과도 같다. 그 질문을 통해 "여기 내 욕망이 만든 세계가 있다"는 소설의 존재론(存在論)이 "이 세계는 살 만한 세계인가?" 하는 읽는 사람의 윤리학과 겹쳐진다. 소설은 소설가의 욕망의 존재론이 읽는 사람의 욕망의 윤리학과 만나는 자리이다. 모든 예술 중에서 소설은 가장 재미있게 내가 사는 세계는 살 만한 세계인가, 아닌가를 반성케 한다.

일상성 속에 매몰된 의식에 그 반성은 채찍과도 같은 역할을 맡아 한다. 이 세계는 과연 살 만한 세계인가, 우리는 그런 질문을 던지기 위해 소설을 읽는다.

6) 설명문

설명문에는 통지, 보고, 보도, 공보, 게시의 글 및 설명, 해설, 기록, 실록의 글 그리고 법령, 공용문의 글 등이 포함된다.

　①객관성, 명시성 : 설명적 글을 쓰기 위해서는 우선 독자에게 '무엇'을 전할 것인가 하는 것을 분명하게 파악하여야 한다. 요컨대 '무엇'을 전하는가 하는 것을 주관을 섞지 않고 객관적으로 정리하여, 질서정연하게 구성해서 순서에 따라 효율적으로 서술하는 것이 중요하다는 것을 알 수 있다. 곧 사실을 객관적으로 명확하게 나타내는 일이다.

　예를 들어, 회의의 통지문의 경우라면 주최자는 참가자에 대하여 회의의 날짜, 장소, 의제를 간결하게 표시한다. 약품의 효능을 알리는 설명문이라면 성분, 특징, 효능, 사용법, 주의 사항을 나타낸다.

　또한 신문의 보도문에서는 사건을 빠르고 확실하게 전하기 위하여 '언제, 어디서, 누가, 무엇을, 왜, 어떻게 행했는가?' 하는 5W1H의 법칙을 바탕으로 하여 짧고 요령 있게 설명한다.

　②설명의 방법 : 자연과 인간 사상(事象)을 객관적으로 관찰하고 조사한 결과를 설명하는 글을 쓰는 경우에 효율적으로 '어떻게' 설명하는가 하는 방법을 터득해야 한다. 이에는 다음과 같은 방법이 있다.

　첫째, 분석에 의한 방법—독자가 정확하게 이해할 수 있도록 사실이나 사건을 설명하는 효율적인 방법으로서, 분석에 의해 요소적으로 기술하는 방법이다. 전체 속에 스며 있는 부분 부분을 식별해서 요소로 나누어 제시하면, 독자는 그 분석에 따라 순서대로 선명하게 이해하면서 또한 전체를 구성하여 총합적으로 이해한다.

　둘째, 분류에 의한 방법—어떤 사항에 대하여 요소별로 분해하여 정리하는 분류의 방법은 거기에 무엇이 있는지 매우 명료해지기 때문에 설명의 방법으로서 효과가 있다. 예를 들어, 사항별이나 항목별 또는 조목별로 나타내는 방법도 여기에 속하며 시각적 이해를 지니고 있어 효과적이다.

　셋째, 대비(對比), 비교하는 방법—어떤 사항에 관련되는 것을 대비하고 비교 검토하여 성질 등의 유사점과 상위점을 분명하게 하는 설명법은 흥미를 유도하고 이해를 쉽게 한다.

　넷째, 구체적인 예에 의한 방법—평상시에 관계가 먼 것이나 추상적인 것을 설명하는 데는 구체적으로 묘사하고 구체적인 예를 설명하는 것이 이미지가 떠오르고 이해하기 쉽게 된다. 또한 거론한 문제를 설명하는 데 적절하고 관련 있는 예를 들면 이해가 깊어진다.

다섯째, 도표 등을 사용하는 방법—형태, 상황, 실태 등을 그림, 사진, 도표 등으로 나타내어 설명하면, 시각적 그리고 직각적으로도 반응이 생겨 이해를 돕는다.

7) 수상문

수상문이 문예적 글이라고 해서 아름다운 글이나 또는 기교가 넘치는 글을 쓰겠다는 마음이 앞서서 감동과 정념(情念)에 이끌려 가서는 안 된다. 개성적인 사물의 관찰과 느낌 및 사고 방식이 우선 존중되어야 한다.

①개성적인 발상을 핵(核)으로 : 우리는 일상 생활 속에서 인간, 사회, 자연 등과 관계를 가지게 되고 여러 가지 생각을 지니게 된다. 이 '생각[想]'이 수상에서 소중히 여겨야 하는 핵이다. 우리는 문득 얻게 된 자기의 '상(想)'을 핵으로 하여 일관적으로 사물을 보고 느낀 바를 바탕으로 해서 생각을 심화시키고 키워 나가다 보면, 거기에서 개성 있는 글을 쓸 수 있는 능력을 얻을 수 있다.

②일관되어 있는 것 : 어떤 감동과 감상을 얻어 그것을 바탕으로 하여 글을 쓰는 경우 글 전체가 그 '상(想)'을 핵으로 하여 일관된 것으로 나타나 있어야 한다. 그렇지 못하다면 그것은 결국 그 '상' 자체가 아직 충분히 발표되어 있지 않든가, 그 '상'에 따르는 적절한 재료의 선택이 되어 있지 않든가, '상'을 옮기는 글의 전개가 정비되어 있지 않든가 하는 것이 원인이다. 이를 위해서는 표현상의 연구가 필요하다.

첫째로 작자는 '무엇을 표현하는가'에서 그 '무엇'이 명확해야 한다. 그 '무엇'이란 작자가 써서 나타내고자 하는 감동과 감상 또는 사상이다. 그것에 기초한 작자의 사물의 관점과 느낌 및 사고 방식이 일관된 것으로서 글의 구석구석까지 모순 없이 정비되어 있어야 한다. 독자편에서 말한다면 이 '무엇'은 글의 주제(중심 사상)이다.

둘째로 작자가 가장 쓰고 싶은 것을 뒷받침해 주는 적절한 재료를 작자의 일상 생활로부터 직접 얻은 재료나 다른 데서 얻은 재료로부터 정선해야 한다.

셋째로 그것들을 적당히 배열하여 독자들이 효과적으로 이해할 수 있도록 구상을 짜고, 글의 구성을 정비해야 한다.

③묘사에 대하여 : 감동과 감상은 어떤 것에 촉발되어 생겨나게 마련인바, 그 어떤 것이 자연이면 글에는 자연 묘사로서, 인간이면 밖으로는 표정과 동작 또는 회화의 묘사로서, 안으로 들어와서는 심리나 성격의 묘사로서 나타난다.

④함축성에 대하여 : 문예적인 글은 자연과 인간에 관한 작자의 개성적인 감동과 감상, 사상 등을 나타내는 것이다. 때문에 그 글에 작자의 자연관과 인간관이 깊고 날카롭게, 아름답게 표현되어 있으면 독자는 자신의 견해와 느낌 등이 고양되어 여러 가지 생각을 유도하게 된다. 그러한 글은 함축성이 깊고 뉘앙스가 풍부한 글이다.

예문·1

수필——피천득*

(수필의 성격과 아름다움, 수필을
쓰는 태도 등을 설명한 내용이다.)

수필(隨筆)은 청자 연적(靑瓷硯滴)이다. 수필은 난(蘭)이요, 학(鶴)이요, 청초(淸楚)하고 몸맵시 날렵한 여인(女人)이다. 수필은 그 여인이 걸어가는, 숲 속으로 난 평탄(平坦)하고 고요한 길이다. 수필은 가로수 늘어진 포도(鋪道)가 될 수도 있다. 그러나 그 길은 깨끗하고 사람이 적게 다니는 주택가(住宅街)에 있다.

수필은 청춘(靑春)의 글은 아니요, 서른여섯 살 중년(中年)의 고개를 넘어선 사람의 글이며, 정열(情熱)이나 심오한 지성(知性)을 내포한 문학이 아니요, 그저 수필가(隨筆家)가 쓴 단순한 글이다.

수필은 흥미는 주지마는, 읽는 사람을 흥분시키지 아니한다. 수필은 마음의 산책(散策)이다. 그 속에는 인생의 향기와 여운(餘韻)이 숨어 있다.

수필의 빛깔은 황홀 찬란(恍惚燦爛)하거나 진하지 아니하며, 검거나 희지

---

*피천득(皮千得, 1910~2007) : 시인, 수필가, 영문학자. 호는 금아(琴兒). 서울 출생. 관념이 배제된 순수 서정시를 주로 썼으며, 시인으로서보다 수필가로서 더 큰 성공을 거두었다고 평가된다. 생활 속에서 느끼는 감정을 섬세한 문장으로 그려 낸 그의 수필은 한국의 서정적 수필을 대표한다고 할 만하다. 저서로는 작품집으로 〈금아 시문선〉, 〈산호와 진주〉 등이 있다.

않고, 퇴락(頹落)하여 추(醜)하지 않고, 언제나 온아 우미(溫雅優美)하다. 수필의 빛은 비둘기빛이거나 진주빛이다. 수필이 비단이라면, 번쩍거리지 않는 바탕에 약간의 무늬가 있는 것이다. 무늬는 사람 얼굴에 미소(微笑)를 띠게 한다.

수필은 한가하면서도 나태(懶怠)하지 아니하고, 속박(束縛)을 벗어나고서도 산만(散漫)하지 않으며, 찬란하지 않고 우아하며 날카롭지 않으나 산뜻한 문학이다.

수필의 재료는 생활 경험, 자연 관찰, 인간성이나 사회 현상에 대한 새로운 발견 등 무엇이나 좋을 것이다. 그 제재(題材)가 무엇이든지 간에 쓰는 이의 독특한 개성(個性)과 그 때의 심정(心情)에 따라, '누에의 입에서 나오는 액(液)이 고치를 만들듯이' 수필은 써지는 것이다.

또 수필은 플롯이나 클라이맥스를 필요로 하지는 않는다. 필자(筆者)가 가고 싶은 대로 가는 것이 수필의 행로(行路)이다. 그러나 차(茶)를 마시는 것과 같은 이 문학은, 그 차가 방향(芳香)을 가지지 아니할 때에는 수돗물 같이 무미(無味)한 것이 되어 버리는 것이다.

수필은 독백이다. 소설가나 극작가는 때로 여러 가지 성격을 가져 보아야 된다. 셰익스피어는 햄릿도 되고 오필리아 노릇도 한다. 그러나 수필가 찰스 램은 언제나 램이면 되는 것이다. 수필은 그 쓰는 사람을 가장 솔직히 나타내는 문학 형식이다. 그러므로 수필은 독자에게 친밀감을 주며, 친구에게 받은 편지와도 같은 것이다.

덕수궁 박물관에 청자 연적이 하나 있었다. 내가 본 그 연적(硯滴)은 연꽃 모양으로 된 것으로, 똑같이 생긴 꽃잎들이 정연히 달려 있었는데, 다만 그 중에 꽃잎 하나만이 약간 옆으로 꼬부라졌었다. 이 균형 속에 있는, 눈에 거슬리지 않는 파격이 수필인가 한다.

예문·2

무소유──법정*

(집착이 괴로움의 원인이라는 깨달음으로,
정성스레 기르던 난초를 떠나보냈다는 내용이다.)

나는 지난 해 여름까지 난초(蘭草) 두 분(盆)을 정성스레, 정말 정성을 다해 길렀었다. 3년 전 거처를 지금의 다래헌(茶來軒)으로 옮겨 왔을 때 어떤 스님이 우리 방으로 보내 준 것이다. 혼자 사는 거처라 살아 있는 생물이라고는 나하고 그 애들뿐이었다. 그 애들을 위해 관계 서적을 구해다 읽었고, 그 애들의 건강을 위해 하이포넥슨가 하는 비료를, 바다 건너가는 친지들에게 부탁하여 구해 오기도 했었다. 여름철이면 서늘한 그늘을 찾아 자리를 옮겨 주어야 했고, 겨울에는 필요 이상으로 실내 온도를 높이곤 했었다.

이런 정성을 일찍이 부모에게 바쳤더라면 아마 효자 소리를 듣고도 남았을 것이다. 이렇듯 애지중지 가꾼 보람으로 이른 봄이면 은은한 향기와 함께 연둣빛 꽃을 피워 나를 설레게 했고, 잎은 초승달처럼 항시 청청했었다. 우리 다래헌(茶來軒)을 찾아온 사람마다 싱싱한 난(蘭)을 보고 한결같이 좋아라 했다.

지난 해 여름 장마가 갠 어느 날 봉선사로 운허 노사(耘虛老師)를 뵈러 간 일이 있었다. 한낮이 되자 장마에 갇혔던 햇볕이 눈부시게 쏟아져 내리고 앞 개울물 소리에 어울려 숲 속에서는 매미들이 있는 대로 목청을 돋구었다.

아차! 이 때에야 문득 생각이 난 것이다. 난초를 뜰에 내놓은 채 온 것이다. 모처럼 보인 찬란한 햇볕이 돌연 원망스러워졌다. 뜨거운 햇볕에 늘어져 있을 난초잎이 눈에 아른거려 더 지체할 수가 없었다. 허둥지둥 그 길로 돌아왔다. 아니나다를까, 잎이 축 늘어져 있었다. 안타까워하며 샘물을 길어다 축여 주고 했더니 겨우 고개를 들었다. 하지만 어딘가 생생한 기운이 빠져 버린 것 같았다.

나는 이때 온몸으로, 그리고 마음 속으로 절절히 느끼게 되었다. 집착(執着)이 괴로움인 것을. 그렇다, 나는 난초에게 너무 집념해 버린 것이다. 이 집착에서 벗어나야겠다고 결심했다. 난(蘭)을 가꾸면서는 산철—승가(僧家)의 유행기(流行期)—에도 나그네 길을 떠나지 못한 채 꼼짝 못 하고 말았다. 밖에 볼 일이 있어 잠시 방을 비울 때면 환기가 되도록 들창문을 조금 열어 놓아야 했고, 분(盆)을 내놓은 채 나가다가 뒤미처 생각하고는 되돌아와 들여놓고 나간 적도 한두 번이 아니었다.

＊법정(法頂, 1932~   ): 승려, 수필가. 법정(法定)은 법명(法名). 1954년에 효봉 선사의 문하에 출가하였으며, 불교의 가르침을 바탕으로 한 명상을 수필에 담았다. 〈영혼의 모음(母音)〉, 〈서 있는 사람들〉, 〈말과 침묵〉, 〈무소유〉 등의 수필집이 있다.

그것은 정말 지독한 집착이었다.

며칠 후, 난초처럼 말이 없는 친구가 놀러 왔기에 선뜻 그의 품에 분을 안겨 주었다. 비로소 나는 얽매임에서 벗어난 것이다. 날 듯 홀가분한 해방감. 삼 년 가까이 함께 지낸 '유정(有情)'을 떠나보냈는데도 서운하고 허전함보다도 홀가분한 마음이 앞섰다. 이 때부터 나는 하루 한 가지씩 버려야겠다고 스스로 다짐을 했다. 난을 통해 무소유(無所有)의 의미 같은 걸 터득하게 됐다고나 할까.

예문·3

꼴찌에게 보내는 갈채——박완서*

(마라톤 때문에 교통이 통제된 거리에서 선두 그룹이 이미 지나갔음을 알고 실망했지만, 뒤늦게 지나가는 마라토너의 고통스럽고 고독한 얼굴에 감동을 느껴 열렬한 환호를 보냈다는 내용이다.)

비로소 일등을 한 마라토너는 이미 삼거리를 지난 지가 오래라는 걸 알 수 있었다. 이 삼거리에서 골인 지점까지는 몇 킬로나 되는지 자세히는 몰라도 상당한 거리이다. 그런데도 아직까지 통행이 금지된 걸 보면 후속 주자들이 남은 모양이다. 꼴찌에 가까운 주자들이.

그러자 나는 고만 맥이 빠졌다. 나는 영광의 승리자의 얼굴을 보고 싶었던 것이지, 비참한 꼴찌의 얼굴을 보고 싶었던 건 아니었다.

또 차들이 부르릉대며 들먹이기 시작했다. 차들도 기다리다가 지루해서 짜증을 내고 있었다. 다시 날카로운 호루라기 소리가 들리고, 저만치서 푸른 유니폼을 입은 마라토너가 나타났다.

삼거리를 지켜보고 있던 여남은 명의 구경꾼조차 라디오방으로 몰려 우승자의 골인 광경, 세운 기록 등에 귀를 기울이느라 아무도 그에게 관심을 갖지 않았다. 나도 무감동하게 푸른 유니폼이 가까이 오는 것을 바라보면서 저 사람은 몇 등쯤일까? 20등? 30등? —저 사람이 세운 기록도 누가 자세히 기록이나 해 줄까? 대강 이런 생각을 했다. 그리고 그 20등, 아니면 30등의

＊박완서(朴婉緖, 1931~) : 소설가. 1970년 〈여성 동아〉 현상 모집에 '나목'이 당선되어 등단하였다. 사람들의 영혼이 메마르고 소외된 현대의 저질적 물질 문명과 그 삶의 형태를 비판하며 경종을 울리는 작품을 썼다. 주요 작품으로는 '부끄러움을 가르칩니다', '도시의 흉년', '그 해 겨울은 따뜻했네', '엄마의 말뚝' 등이 있다.

선수가 조금쯤 우습고, 조금쯤 불쌍하다고 생각했다.

푸른 마라토너는 점점 더 나와 가까워졌다. 드디어 나는 그의 표정을 볼 수 있었다.

나는 그런 표정을 생전 처음 보는 것처럼 느꼈다. 여지껏 그렇게 정직하게 고통스러운 얼굴을, 그렇게 정직하게 고독한 얼굴을 본 적이 없다. 가슴이 뭉클하더니 심하게 두근거렸다. 그는 20등, 30등을 초월해서 위대해 보였다. 지금 모든 환호와 영광은 우승자에게 있고, 그는 환호 없이 달릴 수 있기에 위대해 보였다.

나는 그를 위해 뭔가 하지 않으면 안 된다고 생각했다. 왜냐하면 내가 좀 전에 그의 20등, 30등을 우습고 불쌍하다고 생각했던 것처럼, 그도 자기의 20등, 30등을 우습고 불쌍하다고 생각하면서 엣다 모르겠다 하고 그 자리에 주저앉아 버리면 어쩌나, 그래서 내가 그걸 보게 되면 어쩌나 싶어서였다.

어떡하든 그가 그의 20등, 30등을 우습고 불쌍하다고 느끼지 말아야지, 느끼기만 하면 그는 당장 주저앉게 돼 있었다. 그는 지금 그가 괴롭고 고독하지만 위대하다는 걸 알아야 했다.

나는 용감하게 인도에서 차도로 뛰어내리며, 그를 향해 열렬한 박수를 보내며 환성을 질렀다.

나는 그가 주저앉는 걸 보면 안 되었다. 나는 그가 주저앉는 걸 봄으로써 내가 주저앉고 말 듯한 어떤 미신적인 연대감마저 느끼며, 실로 열렬하고도 우렁찬 환영을 했다.

8) 서간문

일반 글과는 달리 서간문은 수신인이란 특정한 상대를 위해서 쓰는 글이다. 그러므로 이에 따르는 특수한 형식이 있다.

①형식 : 첫째, 전문(前文)—㈎첫머리…편지 맨 첫머리에 쓰는 말('아버님 보시옵소서', '친애하는 김군' 등). ㈏시후(時候)…일기에 관한 말('국화 향기 그윽한 요즈음' 등). ㈐문안…먼저 저편의 안부를 묻고 이편 안부를 전한다('안녕하시온지요. 이곳은 다들 무고하옵니다.' 등).

둘째, 본문—㈎기사(起辭)…본문 사연을 적기 전에 꺼내는 말('아뢰올 말씀은 다름이 아니옵고' 등). ㈏사연…쓰고자 하는 편지의 주문(主文)이다.

셋째, 말문(末文) —(가)축원…편지의 끝 인사말(오랫동안 건강과 밝은 행복을 누리시옵소서’ 등). (나)연월일, 서명…편지를 쓴 날짜를 쓰고, 그 다음 줄에 서명한다.

넷째, 추신(追伸) —편지를 다 쓰고 나서 빠뜨린 사연이 있거나, 본문에는 쓸 만한 말이 아니지만 편지하는 김에 한마디라고 할 만한 정도의 말을 쓰는 것이 ‘추신’이다.

②유의점 : 첫째, 쓰는 목적을 분명히 가지고, 경우와 자기 분수에 맞추어 쓴다. 둘째, 편지 받을 사람을 생각하고, 그 사람과 마주앉은 기분으로 말하듯 쓴다. 셋째, 예의를 갖출 것이며, 상대방의 감정을 상하지 않게 쓴다. 넷째, 상대편 마음을 움직여야 한다. 다섯째, 진심에서 우러나오는 것을 써야 한다.

예문·1

〔최재서* 님이 조규원 님에게 보낸 엽서〕

구조(久阻)하였습니다. 우리는 숭이동(崇二洞)으로 이사했습니다. 안해는 쌀 씻고, 나는 불 피우고…… 이제 마치 어린애들 소꿉질 같습니다. 인산(因山) 때 상경하십니까. 상경하시거든 꼭 들르셔서 우리가 지은 진지 좀 잡수십시오. 그러나 단 술과 안주는 지참해야 됩니다. 하하하. 너무 오래되어 수자(數字)로 문안합니다.

예문·2

〔정지용** 님이 이태준 님에게 보낸 엽서〕

---

*최재서(崔載瑞, 1908~1964) : 영문학자, 평론가. 황해도 해주 출생. ‘영국 현대 소설의 동향’, ‘현대 주지주의 문학이론’, ‘비평과 과학’ 등 주지주의의 소개 및 해설로 등장. I.A. 리처즈의 「시와 과학」을 소개하여 비평의 아카데미화를 우리 문학 사상 처음 도입. 조선일보를 통해 평론, 좌담회, 단평 등으로 활약하였다.
**정지용(鄭芝溶, 1902~1950) : 시인. 충북 옥천 출생. 1930년대에는 구인회(九人會)의 일원으로서 주지적(主知的)이고 이미지즘적인 시를 추구하였으며, 후기에는 동양적 관조의 세계를 추구했다. ‘비’, 연작시 ‘유리창’ 등이 대표적인 작품이다. 시집으로는 「정지용 시집」(1935)과 「백록담」(1946)이 있다.

수일 못 뵈었습니다. 가람 선생께서 난초를 보여 주시겠다고 22일(수) 오후 5시에 그 댁으로 형을 오시게 알려드리라 하십니다. 그 날 그 시에 모든 일 제쳐놓고 오시오. 청향복욱(淸香馥郁)한 망년회가 될 듯하니 즐겁지 않으리까.

9) 일기

①특질 : 첫째, 나날의 생활 기록이다. 그러나, 하루의 생활 전부를 그대로 글자로 기록하기란 불가능한 일이다. 거기에는 자연히 선택과 정리의 역할이 더해지게 된다. 그 역할을 촉구하는 것이 반성이며, 그 결과 생기는 것이 감상이다. 따라서 일기의 둘째 특질은 나날의 반성과 감상의 기록이라는 데 있다.

②효용 : 쉬지 않고 일기를 쓴다는 것은 실행하기 어려운 일이다. 쓰는 것이 습관이 되면 마음 속 생활이 풍부해지고 쓰고 싶다는 욕망이 솟아오르게 된다. 그리고 생활이 의식적이고 자각적인 것으로 바뀌어 가게 된다. 거기에 일기의 효용이 있다. 그 밖에 글 표현을 연습한다든가 비망록의 역할을 하는 등 여러 가지 효과가 있다.

③종류 : 나날이 쓰는 일기 외에도 자유 일기, 사진 일기, 독서 일기, 그림 일기, 육아 일기와 같이 목적에 따라 여러 가지 종류가 있다. 종류에 따라 쓰는 방법을 생각해 보는 것도 재미있는 일로서, 일기를 쓰는 일이 즐거움이 될 것이다.

④유의점 : 첫째, 다른 사람에게 보이지 않는 것이라 하여 무성의하게 쓰는 일이 없어야 한다. 둘째, 간결하고 정직하게 써야 한다.

예문·1

〔이병기* 님의 일기에서〕

아침 나절 눈이 오다. 김성수 군을 찾아갔다. 자기 혼례날이 오는 29일이라

＊이병기(李秉崎, 1891~1968) : 시조 시인, 국문학자. 호는 가람(嘉藍). 국민문학파의 한 사람으로서 1926년 시조회(時調會)를 만들어 시조 부흥 운동에 크게 공헌했다. 작품집으로 「가람 시조집」, 「가람 문선」 등이 있다.

하며 꼭 와 달라고 한다. 아마 울산 김가의 신혼식을 예배당에서 하게 되기는 하서(河西) 자손의 처음이겠다. 또한 남도 사람이 강계(江界) 여자와 혼인하기도 처음이겠다. 과연 이른바 문명식(文明式)이다. 어찌 좋지 아니하랴. 송진우 군도 보고 장석두 씨도 보다. 덕수 씨의 중형(仲兄) 덕준 씨는 저번에 북간도에 갔다가 병화에 섞이어 간 곳을 알지 못한다니 또는 죽었다니 하여 그 맏형이 찾으러 갔다가 도무지 종적을 모르고 어제야 돌아왔다 하며, 그 어머니는 그 아들 일을 생각하여 슬피 운다 하며, 그의 부인은 시방 태중(胎中)인데 병이 나서 누웠다 한다. 옆방에서 흐늑흐늑 느끼며 통곡하는 소리도 들리지 않는 이의 신음하는 소리도 들린다. 사람마다 거룩한 복을 갖추기는 어렵고 애처로운 일 만나기는 쉽다. 장씨의 어머니께서도 일찍 젊어서 남편을 여의고 한갓 세 아들 데리고 살아오다가 아직 사십도 못 된 가운데 아들이 간 곳도 모르게 죽었다 하니 오죽 슬프고 아프랴. 곧 그 정상을 보고 듣는 이도 눈물이 난다. (1921년 1월 22일)

맑다. 저녁에 뒷산에 오르다. 한 조그마한 골짜기에 움집을 묻느라고 여러 사람들이 웃통을 벗어젖히고 땅을 파며 뗏장을 나르며 지껄인다. 아이들은 그 옆에서 저녁밥을 먹으라고 조르고 섰다. 이 골짜기에는 양인(洋人)의 뾰족집이 우뚝우뚝 솟아 있다. 만리 타국에서 온 양인들은 왜 고대광실을 짓고 살며, 사오천 년 이 땅에서 살아오던 우리네는 왜 움집을 묻고 살려는가. 슬프다. 누구는 움집 짓고 누구는 뾰족집에서 사는가. 여러 곳에 다니며 강사를 구하다. (1921년 4월 20일)

예문·2

〔박영희* 님의 일기에서〕

대단히 추운 날이다. 하루 종일 책도 책다웁게 읽지 못하고 벌써 해가 졌

---

*박영희(朴英熙, 1901~ ?) : 시인. 소설가. 호는 회월(懷月). 서울 출생. 배재고보, 도쿄 세이소꾸 영어학교(正則英語學校)에서 수학. 1921년 『장미촌』에 「적의 비곡」으로 등단. 『신청년』 『백조』 동인으로 활약, 탐미적 낭만주의 시 발표. 1925년 『개벽』지에 「사냥개」를 발표하면서 신경향파운동을 선도함. 김기진 등과 KAPF 조직. '신간회' 결성에 참가. 6·25 당시 납북. 시집 『회월시초』와 「문예비평론」 「투쟁기에 있는 문예비평가의 태도」 등 프로문학에 관한 많은 평론이 있음.

다. 음력으로 동지가 지난 지 열흘이면, 해가 노루꼬리만치 길어진다 하니, 지금쯤은 아마 한 시간도 넘어 길었겠지만, 웬일인지 내겐 짧게 생각된다.

저녁밥을 먹고 홀로 책상 앞에 앉았으니, 마음의 정적을 한층 더 깨닫게 된다. 나는 무엇인지 모르게 생각의 갈피를 찾고 그 실끝을 잡아내려고 더듬었다. 어둠에 싸인 밖은 바람소리가 지동 치듯 하여, 더운 방에 들어앉은 나를, 마음으로 한없이 춥게 하였다. (모년 12월 25일)

[예문·3]

〔유진오*님의 일기에서〕

두통이 나고 몸이 몹시 고단하였으나 열시 반부터「대지(大地)」시사회에 출석. M좌(座) 문간에서 대학교수를 만났다.「대지」를 보면서 나는 자꾸 조선 생각을 하지 않을 수 없었다. 조선 사람의 눈으로 보면「대지」가 갖고 있는 엑조티씨즘에서 오는 흥미는 반감되리라 생각하였다. 어머니가 해산을 하고 바로 일어나 바느질을 하는 것쯤은 조선서는 항다반한 일인데 관객의 몇 사람은 너무나 부자연하다고 야유까지 하고 있었다. 그러나 어쨌든 좋은 사진이다. 〈런던 머큐리〉의 영화평에는 작년도의 최대 걸작이라고 하였으나 그렇게까지 격칭할 것은 못 되어도 근래에 드물게 보는 좋은 영화였다. 너무나 통속적 흥미에 타(墮)하였다고 말할 사람이 있을는지도 모르나 통속적이라 해서 반드시 배척할 것도 아닐 것이다. (모년 1월 18일)

[예문·4]

〔김억 님**의 일기에서〕

오다가다 가다오는 도중에 창작에 대한 줄기가 생기나 국(局)에를 가면

---

*유진오(兪鎭午, 1906~1987) : 소설가, 법학자. 호는 현민(玄民). 서울 출생. 경성제대 법문학부 졸업. 이효석(李孝石)과 함께 동반작가로서 프로문학에 심취, 빈민계층의 생활을 주제로 한 경향적(傾向的)인 작품을 발표. 해방 후 문단을 떠나 법학자로 대한민국 헌법을 기초하고, 초대 법제처장·고대총장·신민당총재·국정자문위원 등을 역임. 장편『화상보(華想譜)』, 단편「김강사와 T교수」「여직공」「귀향」등이 있음.

잡무에, 집에로 돌아오면 아이들 재롱에 그만 모두 다 상(想)들이 어디론지 씻은 듯이 잃어지고 마니, 딱한 일이다. 시간의 여유가 있었으면 하는 생각이 간절하다.

욕심이라면 욕심이겠지만 읽고 싶을 때 읽으면서, 쓰고 싶을 때 쓸 만한 여유가 있었으면 나는 그 이상 더 만족이 없겠다. 그러나 이것도 모두 다 쓸데없는 생각이다. (모년 모월 모일)

10) 시

①종류 : 서정시, 서사시, 극시의 세 부문이 있다. 그러나 서사시는 소설로 교체되고 극시는 희곡으로 교체된 오늘날, 시라고 하면 대개 서정시를 가리킨다. 또한 서정시와 병렬시켜 상징시, 서경시, 생활시 등으로 구분하는 견해도 있으나, 엄격히 따지면 그것들도 서정시에 포함된다. 따라서 현대시의 본질은 어디까지나 서정에 있다.

②본질 : 서정은 기쁠 때나 슬플 때, 그리고 온갖 생각이 가슴에 가득 찰 때 그 생각들이 넘쳐 언어가 되는 것이다. 따라서 기쁨과 슬픔이 모든 사람의 것인 한, 시 또한 모든 사람들의 것이다. 특히 신선한 감정으로 살고 있는 젊은이들 가슴 속에는 매일처럼 시가 싹트게 마련이다. 그 움트는 것에 빛과 물을 주면 누구나 시인이 된다.

③형식 : 예술은 내용만으로 성립되는 것이 아니다. 서정이라는 내용이 거기에 적합한 형식을 구하듯이 형식 또한 거기에 알맞은 내용을 구한다. 즉, 서정이라는 원천을 하나로 하면서도 시, 시조, 산문시 등에는 저마다 특유한 성질이 있게 마련이다.

④유의점 : 첫째, 감동으로 심화된 주제를 노래하라. 둘째, 주제에 알맞은 이미지를 조성하라. 셋째, 무리가 없는 표현으로 이미지의 흐름을 이루도록 하라.

✱✱김억(金億, 1896~ ?) : 시인. 호는 안서(岸曙). 평안북도 곽산 출생. 초기에는 프랑스 상징주의 시와 시론을 번역, 소개하며 상징주의 경향의 시를 썼으나, 후기에는 우리 민요의 율격을 살린 근대 서정시를 창작하고자 노력했다. 오산 학교에서 교편을 잡으며 김소월을 길러 냈다.

예문·1
농무——신경림*

징이 울린다. 막이 내렸다.
오동나무에 전등이 매어 달린 가설 무대
구경꾼이 돌아가고 난 텅빈 운동장
우리는 분이 얼룩진 얼굴로
학교 앞 소줏집에 몰려 술을 마신다.
답답하고 고달프게 사는 것이 원통하다.
꽹과리를 앞장세워 장거리로 나서면
따라붙어 악을 쓰는 건 쪼무래기들뿐
처녀애들은 기름집 담벽에 붙어 서서
철없이 킬킬대는구나.
보름달은 밝아 어떤 녀석은
꺽정이처럼 울부짖고 또 어떤 녀석은
서림이처럼 해해대지만 이까짓
산구석에 처박혀 발버둥친들 무엇하랴.
비료값도 안 나오는 농사 따위야
아예 여편네에게나 맡겨 두고
쇠전을 거쳐 도수장 앞에 와 돌 때
우리는 점점 신명이 난다.
한 다리를 들고 날라리를 불거나.
고갯짓을 하고 어깨를 흔들거나.

시의 이해 산업화로 인해 소외된 농촌과 농민의 현실을 비판적으로 드러낸 작품
으로, 농민을 화자로 하여 그들의 한과 울분을 서사적 구성을 통해 담아 냈다. 당

——————————————————

*신경림(申庚林, 1936~   ) : 시인. 충북 중원군 출생. 1956년 '갈대'로 등단한 이래 인간
존재에 대한 존재론적 탐구를 시도하다가, 1960년대 중반부터 농민과 소외된 계층의 현실
을 구체적이고 향토적인 정서로 그려 내기 시작했다. 대표적인 작품으로 '갈대', '농무',
'목계 장터', 사사시 '남한강' 등이 있다.

대 농촌의 현실에 대한 날카로운 인식과 사실적인 묘사가 돋보이는 작품이다.

예문·2
머슴 대길이 ──고은*

새터 관전이네 머슴 대길이는
상머슴으로
누룩 도야지 한 마리 번쩍 들어
도야지 우리에 넘겼지요.
그야말로 도야지 멱 따는 소리까지도 후딱 넘겼지요.
밥 때 늦어도 투덜댈 줄 통 모르고
이른 아침 동네길 이슬도 털고 잘도 치워 훤히 가리마 났지요.
그러나 낮보다 어둠에 빛나는 먹눈이었지요.
머슴방 등잔불 아래
나는 대길이 아저씨한테 가갸거겨 배웠지요.
그리하여 장화홍련전을 주룩주룩 비오듯 읽었지요.
어린 아이 세상에 눈 떴지요.
일제 36년 지나간 뒤 가갸거겨 아는 놈은 나밖에 없었지요.

대길이 아저씨더러는
주인도 동네 어른도 함부로 대하지 않았지요.
살구꽃 핀 마을 뒷산에 올라가서
홑적삼 큰아기 따위에는 눈요기도 안하고
지게 작대기 뉘어 놓고 먼 데 바다를 바라보았지요.
나도 따라 바라보았지요.
우르르르 달려가는 바다 울음 소리 들었지요.
찬 겨울 눈더미 가운데서도

---

*고은(高銀, 1933~) : 현실 참여의식과 역사의식을 통하여 형상화하였다. 민주화운동과
노동운동에 앞장 서 왔다. 시집으로「피안감성」,「문의 마을에 가서」,「만인보」등이 있다.

덜렁 겨드랑이에 바람 잘도 드나들었지요.
그가 말했지요.
사람이 너무 호강하면 저밖에 모른단다.
남하고 사는 세상인데

대길이 아저씨
그는 나에게 불빛이었지요.
자다 깨어도 그대로 켜져서 밤 새우는 불빛이었지요.

[시의 이해] 소외와 억압 속에 살아 온 머슴이라는 계층의 한 인물을 통해 올바른 삶의 자세에 대한 깨달음을 주고 있다. 이 인물을 통해 작가는 소외되고 억눌린 민중에게서 건강한 삶의 모습을 찾아 그리고 있는 것이다.

[예문·3]
긴 두레박을 하늘에 대며——이해인*

1

하늘은 구름을 안고 움직이고 있다. 나는 세월을 안고 움직이고 있다. 내가 살아 있는 날엔 항상 하늘이 열려 있다. 살아 있는 모든 것들이 하늘과 함께 움직이고 있다.
〈중략〉

3

아아 하늘, 하늘에다 나를 맡기고 싶다. 구름처럼 안기고 싶다. 서러울 때는 하늘에 얼굴을 묻고 아이처럼 순하게 흑흑 느껴 울고 싶다.

---

*이해인(李海仁, 1945~   ) : 시인, 수녀. 1970년 월간 〈소년〉에 동시(童詩) 부문 추천으로 등단. 시집 「민들레의 영토(領土)」, 「내 혼에 불을 놓아」, 「오늘은 내가 반달로 떠도」 등이 있다.

4

하늘에 노을이 타고 있다. 사랑하는 사람들의 가슴을 온통 피로 물들이듯 타오르는 노을. 나의 아픈 그리움도 일제히 일어서서 가슴 속에 노을로 타고 있다.

5

하늘에 노을이 지고 있다. 타다가 타다가 검붉은 재로 남은 나의 그리음이 숨어서 숨어서 노을로 지고 있다.
〈중략〉

7

하늘을 생각하다 잠이 들면 나는 하늘을 날으는 한 마리 새, 연두색 부리로 꿈을 쪼으며 하늘을 집으로 삼은 따뜻하고 즐거운 새.
〈중략〉

13

오늘, 당신은 몹시 울고 있군요. 나와 모든 이를 위해서 통곡하고 있군요. 그래요. 실컷 쏟아 버리세요. 눈물 비를 쏟아 버리세요. 세차게. 아주 세차게.
당신이 울고 있는 날은 나도 일을 할 수가 없어요. 마음으로 함께 울고 있어요.
〈중략〉

6. 기사문, 선전문

1) 기사문의 성격

①어떤 사항을 필자의 주관을 섞지 않고 가능한 한 정확하게 많은 사람들에게 알기 쉽도록 전하려 하는 글이 기사문으로서 달리 보도문이라고도 한다. 기사문을 쓰는 경우 필자의 주관을 섞는 일은 피해야 한다. 사건을 객관적으로 거짓 없이 전하는 것이 기사문의 생명이다.

②따라서, 누가 쓰더라도 같은 내용의 기사문이 되리라 여겨지지만, 한 가지 사건을 보도하더라도 똑같은 기사문이란 것은 실제로 존재하지 않는다. 그것은 사건에 대한 필자의 가치관이나 판단 등이 자기도 모르는 새 글 가운데 섞이기 때문이다. 객관적인 보도를 생명으로 여기는 신문 기사에도 다소의 뉘앙스 차이가 있는 것은 이런 이유 때문이다.

③기사문에는 신문 기사와 방송 원고의 글 등이 있다. 동창회 등의 회보에도 기사문이 적지 않다.

④기사문 쓰는 법 : 첫째, 무엇에 대해 쓰는가 하는 것을 분명하게 한다. 둘째, 취재에 즈음해서는 메모를 정확하게 해 두고, '5W1H'의 하나하나에 대해 내용을 분명히 파악해 둔다. 셋째, 사실과 사실 이외를 구별해 쓴다. 넷째, 적절한 어구를 사용하고, 문장을 짧게 하여 읽기 쉽게 한다. 다섯째, 필요에 따라 제목과 소제목을 붙이고, 전체의 구성이 분명하게 한다.

2) 신문 기사의 종류

①보도 기사 : 보도란 사회나 자연에서 일어난 일을 많은 사람들에게 널리 전달하는 것을 말한다. 그리고 그 전달 내용을 가리켜 보도 기사라고 한다. 때문에 신문의 글은 모두 보도 기사라 할 수 있으나, 대개는 좁은 의미의 것만을 가리킨다. 이에는 사건을 보도하는 사건 기사와 행사를 보도하는 행사 기사가 있다. 그럴 경우 보도 기사는 사건과 행사를 있는 그대로 전하는 것

이 목적이 된다.

②해설 기사 : 보도 기사의 한 분야이지만 그 목적은 사건을 있는 그대로 전달할 뿐만 아니라, 사건과 문제를 분석하고 정리하여 보도된 내용이 보다 정확하게 독자들에게 이해될 수 있도록 설명한 기사이다. 따라서 전달보다는 이해에 목적이 있다. 때문에 해설 기사는 몇 가지 사건을 어떤 순서로 나열하거나 인과 관계를 나타낼 수 있는 자료가 풍부해야 한다.

③논설 기사 : 사건이나 행사의 사실에 대하여 그 진실을 논리적으로 해명하고, 자기들이 소속되어 있는 사회와 널리 인류에게 진실을 호소하는 것이다. 때문에 우선 사실의 진실성을 파악하고 신문(개인이 아님)이 평가하며, 그것에 대해 의견을 서술하는 기사이다. 즉, 논설 기사의 목적은 사실에 대한 가치 부여와 진실을 위한 주장이 있어야만 한다. 신문의 평가와 주장은 여론의 형성과 큰 관계가 있다.

④기획 기사 : 신문은 글로서의 기본이 보도 기사의 글이고, 거기에 해설 기사와 논설 기사의 글쓰는 법을 터득하고 있으면 충분하다. 그러나 그것만으로는 지면에 기름기가 돌지 않는다. 때문에 살을 붙이는 기사가 기획이다. 곧 특징이라든가 르포라든가 좌담회 등이다. 기획 기사는 해설 기사를 발전시킨 것으로서, 신문 편집자의 주체성을 명확히 제시하며 문제 의식으로써 파헤쳐 나가는 것이다.

⑤읽을거리 기사 : 읽는 것 자체가 의식의 중심에 놓여 있는 기사이다. 극단적으로 말한다면 내용 따위는 아무래도 좋다. 읽어서 재미있기만 하면 된다. 속된 표현으로 흥미 위주의 기사이다. 때문에 독자의 흥미를 집중시킬 만한 매력을 갖춘 글이어야 하며, 따라서 표현 기교가 뛰어나야 한다. 표현의 목적은 재미에 놓여지고 신선, 기발, 익살 등 평범함을 초월한 것이 된다.

⑥광고 : 신문이 주체적으로 행하는 전달과는 전혀 성격이 다른 것으로서 주체성은 광고주에게 있다. 광고의 목적은 될 수 있는 한 짧은 말로써 독자에게 강한 인상을 주는 데 있다. 그런 의미에서 소제목의 글과도 공통점이 있고 언어의 감각을 닦는 데 도움이 된다.

3) 신문의 제약성

①기자의 자질 : 신문의 공익성을 충족시키는 객관 보도를 위해서는 기자에게 다음과 같은 자질이 있어야 한다. 첫째, 안목이 정확해야 한다. 둘째, 여론의 움직임을 정확히 파악하는 능력이 있어야 한다. 셋째, 정확한 판단력이 있어야 한다. 넷째, 취재와 조사가 광범위하고 풍부해야 한다.

②지면의 제약 : 일간지는 블랭킷 판(일간지의 1쪽 크기로서 B2판을 말한다) 12면이다. 주간지는 블랭킷 판으로는 4면 또는 8면이 보통이고, 타블로이드(블랭킷 판의 1/2로서 B4판을 말한다) 64쪽 안팎이다. 블랭킷 판 한쪽 모두를 신문 활자로 메꾸는 경우 2만 자 가량이 된다. 그러나 실제로는 소제목과 사진이 들어가기 때문에 7,000~8,000자 정도로 한 쪽이 구성된다.

③시간의 제약 : 앞의 발행 시간에서 다음 발행 시간까지 일어난 일들을 취재하여 기사화하는 시간은 겨우 20~30분밖에 안 될 때도 있다. 그렇듯 시간이 촉박한 경우에 쓴 기사라 하더라도 독자에게는 흠없는 기사로 다가가야 한다. 때문에 기사 쓰는 법을 일단 터득한 뒤에 사건의 본질에 알맞은 변화를 체크해 가는 것이 중요하다.

④보도 글의 특질 : 흔히 '뉴스는 세 번 전달된다'고 한다. 신문 지면의 톱 기사의 경우 우선 '제목'이 대략적인 뉴스를 전하고 있다. 다음에 '리드(소제목)'라 일컬어지는 짧은 글이 뉴스의 요점을 요령 있게 정리하고 있다. 그리고 본문이 나온다. 때문에 뉴스는 '제목', '리드', '본문' 세 차례의 과정을 거치는 셈이 된다.

4) 보도 기사의 기본형

보도 글, 곧 사건 기사 등에서 기본이 되는 형태는 '결론부터 먼저 쓰라'는 것이다. 즉, 결론→설명→보충이라는 '두괄식 서술법'이 된다. 이를 가리켜 '역(逆) 피라미드 기술법' 또는 '요점 선술법(先述法)'이라 한다.

①결론 : 가장 중요한 사실을 먼저 보도해야 한다. 결론이라기보다는 본제(本題)라고 할 수 있다. 여기서 '가장 중요한 사실'이라는 것은 독자의 흥미를 끌 수 있다고 생각되는 사항이다. 대개의 경우 사건의 핵심이 된다. 사건과 같은 내용의 경우에는 '언제, 어디서, 누가, 무엇을, 왜, 어떻게 했다'는 양식으로 표현할 일이다.

②설명 : 다음으로 그와 같은 결론이 생기게 된 바의 설명에 들어간다. 여기서는 사건의 경과, 상황, 왜 그같이 되었는가 하는 이유, 사건의 의미 등을 설명한다. 때문에 결론 다음에 중요한 사항을 모두 설명해야 한다.

③보충 : 사건의 내용은 결론과 설명으로 모두 끝났으나, 거기에 살을 붙이는 의미로 덧붙이는 글이다. 예를 들어, 준비 상황이라든가 관계자의 이야기라든가 특별한 사정 또는 부수적으로 생긴 일 따위로서, 지면 형편상 잘려나가더라도 기사의 흐름에 관계없는 것이어야 한다.

5) 신문 기사의 글

뉴스 기사는 사회의 여러 가지 사건들 중에서 뉴스로서 가치가 있는 것을 선택하여 될 수 있는 대로 정확하게 세상 사람들에게 전달하는 글인바, 보도문으로서 다음 조건에 충실해야 한다.

①고유명사를 비롯하여 내용이 정확해야 하며, 알기 쉬운 용어와 문체를 사용해야 한다.

②공평 무사한 사실의 전달, 다시 말해서 사실을 있는 그대로 객관적으로 써야 한다. 개인의 의견을 덧붙이는 경우에는 기명하여 책임 소재를 분명하게 한다.

③내용을 정확하고 알기 쉽게 하기 위하여 누가(주체), 언제(시간), 어디서(장소), 무엇을(대상), 왜(이유), 어떻게(상태, 방법)라는 이른바 '5W1H'에 충실하게 쓰는 것이 보통이다.

6) 신문 기사의 용어

언어에는 일정한 의미와 일정한 사용법이 있다. 수많은 독자를 상대하는 신문에서 언어를 잘못 사용한다는 것은 위험한 일로서, 국어를 혼란에 빠뜨리는 결과를 가져온다. 신문의 글은 정확한 언어를 사용해야 할 뿐 아니라 알기 쉬운 용어를 사용하는 것이 특히 필요하다. 알기 쉬운 용어란 자기에게나 타인에게나 귀에 익고 친근감이 깊은 것이다.

①첫째, 알기 쉽고 될 수 있는 대로 일반 사람들이 널리 쓰고 있는 것을 고른다. 둘째, 적당한 말을 고르지 못했다 해서 자기 마음대로 새로운 말을 지어 내서는 안 된다.

②어려운 전문어에는 설명이나 주(註)를 붙인다. 간단한 설명은 글 가운데 묶음표 안에 써 넣고, 긴 경우는 '주'로써 다른 항목으로 처리한다.

③외국어를 남용하지 않는다. 꼭 써야 할 때는 묶음표를 하여 설명하거나 적당한 번역어를 붙이도록 한다. 보기 유러비전(서유럽 텔레비전 방송망).

④약어나 약칭은 남용하지 않는다. 일반화한 것을 제외하고는 글 처음에는 생략하지 않은 정식 한국어 명칭을 쓰고, 묶음표 안에 약어나 약칭을 넣는다. 두 번째부터는 약어나 약칭을 사용한다. 보기 북대서양조약기구(NATO), 세계보건기구(WHO).

⑤겹친 말이나 이중부정을 사용하지 않는다. 보기 범죄를 저지르다→죄를 범하다, 피해를 입다→해를 입다, 갑자기 졸도하다→졸도하다, 매 일요일마다→일요일마다.

⑥신체나 인종 또는 직업 등에서 차별 관념을 나타내는 말은 '금지어'로서 사용을 회피하고 다른 말로 바꾼다. 보기 벙어리→언어 장애자, 귀머거리→청각 장애자, 장님→시각 장애자, 병신→심신 장애자, 정신병자→정신 장애자, 절름발이→보행 장애자, 여공→여성 종업원, 인부→노무자, 어부→어민, 식모→가정부, 검둥이→흑인, 산파→조산원, 농사꾼→농민.

⑦독자에게 불쾌감을 주는 천한 표현이나 은어 등은 어쩔 수 없는 경우를 제외하고는 '불쾌 용어'로서 사용하지 않는다. 보기 정부(情婦), 강간, 뚜쟁이.

7) 소제목 붙이는 법

소제목은 기사의 내용과 뉴스의 크고 작음을 독자들이 한눈에 알 수 있고, 그 내용을 읽고 싶다는 의욕을 일으키게 하는 것이어야 한다.

①초점을 찌르는 것이어야 한다.

나쁜 보기 매일 아침 예배로 학교 생활

　　　　　보통 과목 외에「성서」도

좋은 보기 예배로 시작되는 매일 아침

　　　　　수업 과목에도「성서 시간」

②구체적이어야 한다.

나쁜 보기 학생 회장 선거 끝나다

새 학생회 탄생

[좋은 보기] 회장에 김영수 군 당선

새 학생회 임원 정하다

③ 인상에 남는 말이어야 한다

[나쁜 보기] 자전거에 두 사람 타는 일

위험하니 모두 삼가도록 하자

[좋은 보기] 보는 사람조차 안절부절

자전거에 두 사람 타는 일

④ 한자어로 전부 메꾸지 말아야 한다.

[나쁜 보기] 신년도 학생회 예산안 결의

13일 예산 심의회 개최

[좋은 보기] 새해 학생회 예산안 정해짐

13일의 예산 심의회 열려

8) 방송 원고

라디오나 각종 마이크에 의한 방송을 하는 경우 미리 원고를 준비해야 한다. 원고의 글은 상대방은 비록 보이지 않지만 말하여 들려주는 것이기 때문에 구어로서 적절한 것이어야 하며, 상대방의 반응을 알 수 있는 대담과는 다르기 때문에 주의를 기울여야 한다.

① 듣기만 해서는 알기 어려운 말이나 혼란을 일으키기 쉬운 말은 피한다. 특히 오해될 소지가 있는 같은 발음의 말이나 비슷한 소리의 말은 사용하지 말아야 한다.

② 주어와 술어가 접근되어 있는 단문을 사용한다. 긴 수식의 말 따위는 피한다. 만일 필요하다면 독립된 글로 나누는 편이 듣기 쉽다.

③ 대명사는 될 수 있는 대로 쓰지 말고, 원래의 사물과 내용을 되풀이하는 것이 좋다.

④ 조사나 접속어는 되도록 생략하지 않는다.

9) 선전문의 매체

어떤 사항을 많은 사람들에게 알려, 쓰는 사람이 바라는 바 행동을 일으키려 하는 글이 선전문이다. 교통 도덕, 위생, 공명 선거, 방화, 방범 등 여러 입장에서 일반 사회인으로 하여금 알고 실행해 주기를 호소하는 홍보나 상품의 구매를 권하는 이른바 광고 등이 그것이다.

선전문은 기사문이나 보도문처럼 사실을 충실히 전하는 것이 중심이 아니라 그 글을 읽은 사람으로 하여금 바라는 바 행동을 행하도록 하는 데 궁극적인 목적이 있다. 읽는 것으로 끝나서는 선전문으로서의 의미가 없다.

선전의 효과를 올리기 위하여 선전문은 자칫 과장한 나머지 거짓을 쓰기 쉽다. 지난 날의 광고에는 그런 것이 많았으나 현대의 사회 윤리는 그것을 허용하지 않게 되었다. 사실이 아닌 선전이나 광고를 하게 되는 경우는 곧 신용을 잃고 말아 역효과를 가져오게 된다. 그렇다고 해서 겸손하게 가만 있기만 해서는 진가를 알릴 수 없게 된다. 알리기를 원하는 장점을 솔직하고 적극적으로 전해야 한다.

선전이나 광고를 하는 매체(미디어)로는 다음과 같은 것들이 있다.

①시각적인 것 : 그림이나 도안 또는 사진 등을 중심으로 하여 보게 하는 것과 문자를 중심으로 하여 읽게 하는 것이 있다. 앞엣것으로는 포스터, 그림 간판, 사진, 영화 등이 있고 뒤엣것으로는 신문, 잡지, 인쇄물, 간판, 게시판 등이 있다. 그러나 대부분은 그것들을 합친 것이다.

②청각적인 것 : 듣게 하는 것으로 라디오, 각종 방송, 레코드 등이 있다.

③시청각적인 것 : 보면서 듣게 하는 것으로 텔레비전, 영화, 실연(實演) 등이 있다.

'아이드마(AIDMA) 법칙'이란 것이 있다. 이에 대해서는 앞에서 이미 말했기 때문에 여기서는 글자의 뜻만 되새겨 본다 : A=attention(주목), I=interest(흥미), D=desire(욕망), M=memory(기억), A=action(행동).

10) 선전문의 구성

선전문은 그것이 어떤 매체를 통하여 사람들에게 호소하는가에 따라서 분량, 표현, 구성 등이 달라지게 마련이다. 일반적으로는 캐치프레이즈, 표어, 설명 등을 짜맞추는 경우가 많다.

①캐치프레이즈 : 사람의 눈과 귀를 사로잡는 짧은 글귀이다. 앞에서 말한 '아이드마 법칙'에 의해 말한다면, 제1단계인 '주목'을 끄는 역할을 하는 것이다. 인상적이고 신선감을 주는 짧은 문구여야 한다. 사람의 주목을 끄는 것이 목적이기 때문에 내용과 직접적인 관계가 없는 기발한 문구를 사용하는 경우도 있다.

②표어 : 선전 내용을 요약한 짧은 글귀이다. 주의를 끌기 위하여 내용과 직접적으로 관계가 없는 말은 사용하지 않으며, 사람의 주목을 끄는 것과 동시에 보거나 듣거나 하면 내용을 곧 알 수 있어야 한다.

③설명 : 내용을 설명하는 본문을 말한다. 캐치프레이즈나 표어로 사람의 주목을 끌어 흥미를 느끼게 해놓고는 읽는 사람으로 하여금 '그렇다면 구체적인 내용은 무엇일까?' 하고 읽게 하는 글이다. 표현은 간결한 것이 바람직하다. 설명을 읽고서 욕망을 일으키게 된다면 선전문으로서의 효과는 거두었다고 볼 수 있다.

7. 논설문, 리포트

1) 논설문의 종류

①논리를 통하여 자기의 의견과 주장을 서술하는 글에는 사실의 진위를 서술하는 학술 논문과 어떤 문제에 대하여 논리를 전개하는 논설문이 있다. 또한 논설문 가운데도 주의와 주장을 적극적으로 서술하는 글과 비평하는 태도로 쓰는 글이 있다. 앞엣것은 협의의 논설문이라고 하며, 뒤엣것은 평론문이라 한다.

②협의의 논설문도 개인적인 입장에서 쓰는 경우와 신문의 사설과 같이 전체를 대표하여 쓰는 경우가 있다. 앞엣것의 경우에는 개인의 개성을 충분히 발휘하여 적극적으로 자기의 주의와 주장을 서술하면 된다. 그러나, 신문의 사설이나 잡지의 머리말 등은 어떤 문제에 대해서 치우치지 않는 사상과 건전한 비판에 기초한 보편적이며 건설적인 의견과 제안에 목적이 있다. 개인의 생각을 강하게 내세우지 않으며, 많은 사람들을 대변한다는 태도로 써야 한다.

③평론문은 필자의 개성을 강하게 드러내어 서술하는 것이며, 반드시 상대방을 적극적으로 설득하는 것을 목적으로 하지는 않는다. 따라서 항상 건설적인 의견을 발표하는 데 한정된 것이 아니라, 어떤 문제에 대한 비평과 비판을 한다는 태도로 써야 한다.

④논설문이나 평론문은 모두 논리의 타당성을 통하여 냉정하게 상대방의 지성과 이성에 호소하는 것이며, 그런 점에서는 양자 모두 성격이 같다. 따라서 글을 쓸 때의 마음가짐과 방법도 양자 사이에 큰 차이는 없다.

학생의 경우라면 학교 신문의 논설이나 교지의 머리말 등을 써야 하는 경우가 있고, 현상 논문 등에 응모하게 되는 기회도 있다. 취직 시험 등에 출제되는 작문도 이런 종류의 것이 많다. 또한 일반 신문에서도 독자들로부터의 투고를 환영하고 있다.

개인의 의견과 생각을 존중하려 하는 민주주의 사회에서는 이런 글을 쓸 기회가 많이 주어진다. 그런 의미에서도 논설문을 쓰는 방법을 분명하게 터득해 둘 필요가 있다.

2) 논설문의 논점

① 논설문에서는 논점과 주장을 명확하게 나타내야 한다. 자기 의견을 대상으로 삼는 문제에는 여러 가지가 있다. 그리고 대상에 따라서 논점의 결정 방법도 조금 달라진다는 사실을 염두에 둘 필요가 있다.

첫째, 사실의 진위(眞僞)에 대해 주장하는 경우의 주요한 논점. 그 사실이 실제로 있었는가 아닌가, 그 사실은 어떤 상태 및 경과였는가, 그 사실은 어떤 성질의 것인가?

둘째, 가치에 대해 주장하는 경우의 주요한 논점. 가치 판단의 기준으로서 무엇을 사용할 것인가, 그 기준은 어떤 범위와 어떤 상황에 적합할 것인가?

셋째, 방법에 대해 주장하는 경우의 주요한 논점. 현재 어떤 문제가 있는가, 제안은 그 문제를 해결할 수 있는가, 제안은 도리어 더욱더 중대한 문제를 야기할 것이 아닌가, 그 제안 이외에 더 좋은 제안은 없는가?

② 문제를 바르게 파악하여 자기 의견과 주장에 대해 확신을 가져야 한다. 그러기 위해서는 공평하여 신뢰할 수 있는 자료를 수집하고, 다른 사람의 의견을 널리 모으는 것이 중요하다.

③ 논점을 한정해 둘 것 : 거론할 범위를 분명하게 하고 처음부터 논점을 한정해 두는 것은 논지의 철저를 기하고 거론하는 바를 진전시키는 데 필요하다. 복잡한 문제나 많은 방면에 관계가 있는 큰 문제의 경우는 특히 논점을 한정하여 다루는 것이 좋다.

3) 논설문의 구상

논설문은 상대방의 지성과 의지에 호소하여 설득하는 글이기 때문에 무엇보다도 구상을 갖추는 것이 중요하다. 설득력이 있는 글이기 위해서는 첫째, 주관적인 태도에 치우치지 말 것. 둘째, 논지에 일관성이 있을 것. 셋째, 논설 순서가 흐트러져 있지 않을 것. 넷째, 주장을 강조할 것. 다섯째, 독자의 관심과 흥미를 끌 수 있는 준비가 되어 있을 것 등의 사실을 고려하면서 글의 구성을 연구한다.

논설문의 기본 형식인 3단형을 예로 들어, 구상의 방법을 구체적으로 생각해 보자.

①서론 : 글의 도입 부분에 해당하며, 내용으로서는 '어떤 문제를', '무엇 때문에', '어떤 각도에서', '어떤 방법으로' 논하려 하는가를 분명하게 한다. 독자로 하여금 글의 경향이나 대체적인 내용을 파악하게 하는 것이 목적이기 때문에 너무 길어지지 않게 한다.

②본론 : 전체의 중심이 되는 부분이며, 구체적으로 자기의 생각을 서술하여 내려지는 결론이 움직일 수 없다는 것을 증명하는 부분이다. 따라서, 본론에서는 다음과 같은 것이 내용으로서 예상된다.

첫째, 자기의 주장을 제시한다. 자기의 생각은 이렇다는 것을 단정하는 것인바, 그 논란은 명쾌하고 과단성이 있어야 한다. 애매모호하거나 산만해서는 논지를 약하게 할 뿐 아니라, 자신이 없다는 것을 드러내는 것이나 마찬가지이다. 천박한 독단은 금물이지만, 자신이 없다면 상대방을 설득할 수 없다.

둘째, 논거(論據)를 분명히 밝힌다. 자기가 내린 단정에 증명을 부여한다. 논증을 어떻게 하느냐에 따라서 논설문의 가치가 정해진다.

셋째, 반대론에 대해 반론을 전개한다. 자기의 주장과 대립되는 반대론이 있는 경우거나 또는 있다고 예상되는 경우에는 그에 대한 반론을 쓸 필요가 있다. 반대론의 논거가 바르지 않음을 지적하거나, 반대론 자체의 자기 모순을 꼬집어 논파한다. 때로는 자기 주장에 약점이 있다 하더라도 반대의 주장보다는 낫다고 주장할 수도 있다.

③결론 : 서론에서 제시한 문제와 본론에서 단정하고 논증한 논지가 모순되지 않도록 전체를 요약한다. 그 글에서 분명해진 것은 무엇이며, 무엇이 밝혀지지 않고 끝났는가, 그것을 앞으로 어떻게 추구하려 하는가 하는 점까지 쓰는 것이 좋다. 그러나, 서론과 마찬가지로 지나치게 길어지지 않게 하는 것이 중요하다.

4) 논설문에서의 주의점

①추상적인 토론에서 끝나지 않는다. 의견과 주장을 쓰다 보면 자칫 추상

론에 빠지기 쉽다. 추상론으로 시종해서는 독자에게 호소하는 힘이 약해지며 설득력이 없다. 일상 생활에서 보고 듣는 바 사실이라든가 체험 등을 써서 구체적인 뒷받침을 하면 추상론도 생동감을 띠게 된다. 추상적인 이론과 구체적인 사실을 잘 융합시키는 곳에 뛰어난 글이 생겨난다.

②글의 표현을 명확하게 한다. 무엇보다도 용어와 문체가 쉽고 명확하여야 한다. 간결하고 적확한 언어로써 풍부한 내용을 표현해야 뛰어난 논설문이 된다. 용어는 애매모호하게 쓰면 안 된다. 새로운 용어나 독자적인 표현을 사용할 때에는 낱말의 개념 규정을 하고 나서 쓴다. 지시어 사용 방법도 명확하여야 하고, 접속부사도 생략하는 일 없이 문맥을 분명하게 해야 한다. 논설문은 어디까지나 지적이고 논리적으로 명확해야 한다.

③자기의 의견과 타인의 의견을 구별해서 써야 한다. 글의 성질상 어느 사람의 의견을 다루어 찬성하거나 반대하게 되는 경우가 있으며, 또한 어떤 권위자의 의견을 인용하면서 자기 주장이 정당하다는 것을 확인하는 경우도 있다. 그럴 경우에는 누구의 의견이라는 것을 분명하게 밝힌다.

5) 리포트의 성질

①리포트는 연구 보고나 조사 보고를 말한다. 학창 생활에서는 리포트를 써야 할 기회가 많으며, 또한 학과나 그룹 활동을 통하여 공동으로 어떤 문제를 조사하고 연구하여 그것을 발표, 보고하게 되는 경우도 있다. 논설 등과 달라서 조사 및 연구의 충실한 '보고'가 으뜸인 것이지 의견이나 감상을 으뜸으로 삼는 것이 아니다. 독자의 '이해'를 구하는 것이 목적이지, 반드시 동의나 의견의 일치를 구하는 것이 목적은 아니다.

②학교 리포트는 교수가 평가를 위해 제출하게 하는 것이다. 따라서 학점 취득이 목적이 되는 것은 사실이지만, 학점만 따면 된다는 안이한 태도로 써서는 안 된다. 진지한 자세로 임하여 훌륭한 내용을 쓰도록 노력하는 것이 바람직하다.

③리포트 제출은 학생에게는 가장 효과적인 학습 기회이다. 리포트를 쓰면서 학생은 어떤 제목에 관한 정확하고 풍부한 지식을 스스로 적극적으로 배울 수가 있고, 조사 및 연구의 방법과 결과를 발표할 수 있는 방법도 터득할 수 있다.

④리포트를 쓰기 위해서는 주어진 제목과 관계 있는 책을 많이 읽게 되는데, 읽은 책 모두의 내용을 말할 수는 없고 또한 말할 필요도 없다. 중요한 것은 어떤 책의 어느 부분을 어떻게 읽느냐이며, 이를 통해서 책 읽는 방법을 터득하게 된다.

⑤그와 동시에 같은 제목을 내용으로 하는 많은 책을 읽노라면, 반드시 반대되는 의견과 모순된 사실이 언급되어 있는 대목에 부딪치게 된다. 그럴 때 어느 편이 보다 올바른가 하는 것을 자신이 읽고 생각해야 하기 때문에 책을 비판적으로 읽게 되는 태도가 몸에 배게 된다.

⑥그 밖에도 자기 언어로 타인이 이해할 수 있게 글을 쓰는 방법, 도서관의 이용 방법 등 체험을 통해서 배울 수 있는 일이 많다.

6) 리포트 작성의 과정

리포트를 실제로 쓰기 시작하기 전에 기초 준비를 하는 일이 중요하다. 대체로 다음과 같은 순서로 준비하여 진행시킨다.

①제목을 결정한다. 자기 역량에 맞는 것을 선택한다. 대체적으로 자기가 보다 강한 흥미와 관심을 가지고 있는 것으로 정한다.

②제목에 관한 자료를 모은다. 문제로서 무엇을 설정할 것인가를 생각한다. 그리고 그 문제에 관하여 자기가 가지고 있는 지식과 경험, 이미 갖추어져 있는 자료를 생각한다. 그 위에 이제부터 조사해야 할 사항과 방법을 종합적으로 생각해 본다.

③주제 및 조사 방법을 결정하고, 집필의 조건(분량, 제출일 등)을 확인한다.

④조사와 실험 및 연구를 한다. 조사 방법은 문헌과 실험 또는 통계와 면접 등에 의한다. 실험은 미리 가설을 세우고, 그것이 성립되는지의 여부를 설정한 조건 밑에서 시행한다.

⑤자료를 정리하여 줄거리를 짠다.

⑥집필에 들어간다.

7) 우수한 리포트의 조건

보통 다음에 제시하는 조건에 부합되는 것이 '우수한 리포트'이다.

① 적절한 주제가 선택되어 있고 내용이 짜임새 있게 되어 있다.

② 주제를 추구하기 위해서 필요한 조사와 실험 및 연구가 충분하게 이루어져 있고, 그것에 의해 얻어진 성과가 자료로서 잘 활용되어 있다.

③ 구성이 알기 쉽게 되어 있고 조리가 있다.

④ 객관적으로 서술하는 부분과 필자의 판단이나 추측을 서술하는 부분이 분명하게 구별된다.

⑤ 타인의 주장과 자기 주장을 분명하게 구별할 수 있다.

⑥ 동의나 찬성을 요구하는 것이 아니라 이해를 구하고 있다.

⑦ 정확하고 쉬운 말을 사용하며, 술어는 분명한 정의를 내린 뒤에 사용하고 있다.

⑧ 용어와 문체가 통일되어 있으며, 문장도 짧고 읽기 쉽다.

⑨ 문자 사용면에서 통일을 이루고 있으며 오자나 탈자가 없다.

⑩ 소제목이 적당하게 붙여져 있다.

⑪ 문헌 인용의 방법이 효과적이고 인용의 방법도 나무랄 데 없다.

⑫ 도표 등의 이용이 효과적이다.

⑬ 주(註)와 참고 문헌이 제대로 쓰여 있다.

⑭ 무리하게 결론을 내리려 하지 않으며, 결론까지 끌고 가지 않더라도 자기가 진지하게 행한 연구의 경과를 충실하게 기록하고 있다.

8) 리포트 작성과 자료

① 자료를 찾는 법 : 리포트를 쓸 때 필요한 재료인 자료를 찾기 위해서 대개는 도서관을 이용하게 된다. 도서관에 비치되어 있는 서적은 모두 '한국십진분류법(KDC)'에 따라 정리되어 있다. 분류에 따라 관련 서적을 선택하여 자료를 수집한다.

② 한국십진분류법의 강목표(綱目表) 중 1차 구분표는 다음과 같다. 000 총류, 100 철학, 200 종교, 300 사회 과학, 400 순수 과학, 500 기술 과학, 600 예술, 700 언어, 800 문학, 900 역사.

또한 '800 문학'의 강목표는 다음과 같다. 810 한국 문학, 820 중국 문학, 830 일본 문학, 840 영미문학, 850 독일 문학, 860 프랑스 문학, 870 스페인 문학, 880 이탈리아 문학, 890 기타 제문학.

③자료의 활용법 : 자료로서 선택한 서적 내용 가운데 '자기가 추구하는 주제에 관한 부분'을 중점적으로 읽어 나간다. 참고 문헌(자료) 속의 귀중한 의견이나 참신한 시점 등은 카드에 메모하거나 원문대로 옮겨 쓰거나(또는 복사하거나) 하여 확실히 보존해 둔다.

④카드 작성과 인용의 주의 : 첫째, 한 장의 카드에는 한 항목만 쓴다. 카드는 후에 정리하기 위한 것이기 때문에 여러 항목을 써 넣으면 사용하는 데 불편해진다.

둘째, 조사하려는 사항에 관하여 카드가 구비되면, 그것을 구성에 따라 어디에 사용할 것인가 생각해 나간다.

셋째, 타인의 연구 등을 인용하는 것은 자기의 주장이 한쪽에 치우치지 않았다는 사실을 독자로 하여금 느끼게 하고 설득력을 더해 준다. 단, 그 때에는 '누구의 연구인가?', '어느 책에 실려 있는가?', '몇 쪽에서의 인용인가?'를 명확히 밝혀야 한다.

넷째, 인용 대목은 산만하게 발췌하는 것이 아니라, '적절한 대목을 정확하게' 인용하는 일이 중요하다.

⑤컴퓨터를 이용할 때에는 이에 준한다.

9) 리포트의 구성

①서론 : 첫째, 문제를 명확하게 설정한다. 조사와 연구를 하는 경우에 우선 필요한 것은 어떤 문제를 조사하고 연구하는가를 분명하게 밝히는 일이다. 문제의 초점을 분명하게 해두어야만 연구 과정에서 생길 수 있는 혼란을 피할 수 있고 결과도 분명한 것이 된다.

둘째, 공동 연구의 경우는 문제 설정의 명확성이 더욱 중요하다. 같은 지역 사회 연구라 하더라도 연구의 대상은 자연환경이나 역사, 경제나 문화 현상 등으로 다양하다. 그 중 어느 문제를 조사하고 연구했는가를 처음에 밝혀 주는 것이 올바른 조사와 연구를 위해서 필요하며, 또한 독자의 이해를 구하는 데에도 도움이 된다.

셋째, 조사 연구의 의의와 목적을 밝혀야 한다. 문제를 설정할 때 먼저 생각해 둘 것이 있다. 곧 그 문제를 조사 연구할 필요나 의의는 어디 있는가, 그 문제는 현재까지의 조사 연구에 의해 어느 점이 밝혀졌으며 또한 어느 점이 조사되지 않았는가, 따라서 어디에 중점을 두고 조사할 필요가 있는가? 등을 생각하여 미리 서론에서 서술한다.

②본론 : 첫째, 조사 연구의 방법을 밝혀야 한다. 문제의 성질에 따라서 조사 방법은 문헌 조사, 실지 답사, 실태 관찰, 면접에 의한 질문 등을 생각할 수 있다. 어떤 방법으로 조사하고 자료를 모았는가 하는 것을 빠짐없이 쓴다.

둘째, 정확한 자료를 풍부하게 제시해야 한다. 하나하나의 사실이나 자료를 수집할 때 그것들이 어떤 조건 아래 있었는가 하는 것을 주의 깊게 기록해 두는 일이 중요하다. 하나하나의 사실이 저마다 다른 조건 아래 있을 때 그 조건들을 무시하고 이끌어낸 결론은 결코 정확하다고 할 수는 없기 때문이다.

셋째, 조사 결과 얻어진 자료의 선택과 사용은 신중하게 한다. 선택할 때 다음과 같은 점에 주의한다. ㈎연구의 주제에서 볼 때 적절한가, ㈏신뢰할 수 있는가, ㈐권위가 있는가?

넷째, 사실과 의견을 구별하여 표현한다. 조사 연구의 사실이나 결과는 보도문의 경우와 같이 있는 그대로 충실하게 기록하고 보고한다. 그리고 조사 연구의 결과에 대한 의견이나 견해는 결론으로서 마지막에 서술하든가, 아니면 각 항목의 마지막 대목에서 따로따로 서술하든가 하여 사실과 의견을 구별하여 쓴다.

③결론 : 쓰는 방법은 조사 연구의 대상이나 목적에 따라서 일정하지 않으나, 대체로 다음과 같은 사항을 쓴다. 필요에 따라서는 조목별로 쓰는 것이 좋다.

첫째, 조사 연구의 결과 어떤 사실이 분명해졌는가, 또한 그 결과에 대한 의견이나 감상은 무엇인가?

둘째, 남은 연구 사항으로는 어떤 것이 있으며, 또한 예상되는 앞으로의 문제로서는 어떤 것이 있는가?

셋째, 조사 연구를 행한 한도 안에서의 문제의 해결안을 제시한다.

넷째, 조사 연구의 방법에 대한 반성을 쓰고, 앞으로 고쳐야 할 점을 분명히 밝혀 둔다.

10) 기타의 문제

①공동 연구의 경우 : 첫째, 문제를 명확하게 설정하고, 그것을 전원이 철저하게 하도록 한다. 둘째, 분담한 사항에 대하여 연구의 목표와 방법 및 순서를 명확하게 함과 동시에 상호간에 연관을 기한다. 셋째, 용어와 문체를 통일하고 전문 용어나 특수한 말은 뜻을 잘 이해하고 나서 사용한다. 넷째, 의견이나 감상은 전원의 의견을 정리하여 쓴다. 또한 경우에 따라서 어느 개인이나 소수자의 의견을 전체의 의견과 구별하여 서술한다.

②정리의 방법 : 첫째, 연구 사항은 내용을 생각하여 순서 바르게 정리한다. 둘째, 작성해야 할 내용이 많은 리포트의 경우는 항목마다 소제목을 달고, 처음에 차례를 작성해 둔다. 셋째, 필요에 따라서 적당한 표나 도해나 사진 등을 덧붙여 이해를 돕는다. 넷째, 연구 문헌이나 참고 자료를 항목 끝이든가 또는 맨 끝에 정리하여 제시한다.

8. 논문

논문은 특수한 문제를 위하여 자료를 수집 정리하고 그것을 체계적으로 종합 서술하되, 서술의 권위를 입증하기 위하여 인증(引證)이 따라야 한다.

1) 논문의 종류

①연구 논문(research paper) : 자료나 연구 방법 또는 해석 등에서 새로운 것이 반영되어, 창의적이고 독창적인 결론을 이끌어 내는 데 목적이 있다. 때문에 자료와 방법 및 결론의 세 가지 요소 중에서 하나 이상이 새롭고 다른 것이어야 한다.

②보고문(report) : 정확성이 생명이다. 따라서 정확하지 못한 보고, 특히 허위 보고나 주관적인 보고 등은 배제한다.

③평론(review) : 주로 어떤 책이나 논문을 직접 읽지 못한 사람을 위하여 쓰는 글이기 때문에 객관적이 생명이다. 그리고 필자의 비판이나 의견이 필요할 때에는 반드시 비판이라는 것을 밝혀야 읽는 사람이 올바른 판단을 내릴 수 있다.

④학기말 리포트(term paper) : 대부분의 대학생들이 그들의 수학 과정에서 꼭 겪어야 하는 짧은 논문이나 간략한 보고서이다. 따라서 일반 논문에 비하여 범위가 좁은 것이 특징이다. 때문에 일반 논문의 서론에 해당하는 부분을 생략하기도 하고, 각주(脚註, footnote)가 충실한 경우 참고 문헌 소개(bibliography)를 생략하기도 한다.

⑤소논문(article) : 신문이나 잡지 또는 논문집에 게재하기 위한 단편 논문이다. 이것은 대외적으로 공표되는 논문이기 때문에 아무리 짧은 논문이라도 서론 부분이나 참고 문헌 소개 같은 것을 생략할 수는 없다.

2) 논문의 기본 요건

무엇을 쓸 것인가 하는 주제가 결정되면 자료 수집과 집필의 과정을 거쳐 논문은 완성된다. 논문 집필에는 다음과 같은 기본 요건이 있다.

①독창성(creativity) : 논문의 생명이다. 제아무리 우수한 논문일지라도 이미 다른 사람이 다룬 꼭 같은 자료, 꼭 같은 방법, 꼭 같은 결론이면 그 논문은 휴지나 다름없다. 새로운 논문을 쓰기 위해서는 이미 이루어진 학계의 업적을 세밀하게 조사하고, 풍부한 지식을 갖추고 있어야 하며, 새로운 과제를 부지런히 찾아야 한다.

②정확성(accuracy) : 논문에 사용된 통계 자료, 숫자, 수식, 계산, 인명, 저술의 표제, 연도, 지명, 각주나 참고 문헌, 본문의 표현, 맞춤법 및 용어 등도 정확해야 한다.

③객관성(objectivity) : 논문의 기술은 객관적이어야 한다. 필자의 맹목적 주장이나 근거 없는 추측 따위는 배제되어야 한다.

④불편성(impartiality) : 어떤 특수한 학설을 지지한다면서 다른 이론을 거부하거나 무시하는 행위는 금물이다. 여러 이론이나 학설이 있을 때에는 이들을 공평하게 다루어야 한다.

⑤검증성(empirical repeatability) : 이미 논문에서 전개된 실험 방법은 다른 연구자에 의해서도 필요할 때는 언제라도 재현될 수 있어야 한다. 이를 위해서 논문은 항상 자료 출처와 연구 방법 등을 명시해야 한다.

⑥평이성(readability) : 문장 구성에 신경을 써서 독자가 쉽게 읽어 내릴 수 있어야 한다. 논문이 쉽게 읽혀지기 위해서는 주(註)를 너무 많이 붙이는 것도 피해야 한다.

3) 자료의 조사

①자기가 선정한 문제의 성격을 뚜렷하게 파악하기 위해서는 우선 그 문제의 전체적인 개념 또는 보편적인 개념을 알아야 한다. 그러기 위해서는 사전류(문학 사전, 철학 사전, 역사 사전, 백과사전 등)를 찾아보는 것이 가장 빠른 길이다.

②전체적인 개념이 파악된 뒤에는 좀더 구체적이고 자세한 자료를 조사한다. 그러기 위하여 우선 찾아야 할 곳이 도서관이나 연구실이다. 현재까지

출판된 단행본은 물론이고, 연간, 계간, 월간 또는 부정기 간행의 모든 학술지를 조사하되, 빠뜨린 것이 없는가를 검토한다.

4) 자료의 수집

자료의 수집을 위해서는 카드를 쓰는 것이 가장 편리하다. 첫째, 한 장의 카드에는 꼭 한 가지 내용만을 기입하는 것이 좋다. 둘째, 카드는 한 쪽만을 써야 편리하다. 한 장으로 부족할 경우에는 연속 번호를 붙인 같은 표제(heading)의 것을 쓰면 된다.

① 읽은 책은 다음과 같은 사항을 정확하게 기입한다. 곧 저자, 책 이름, 출판된 곳, 출판사 이름, 출판 연월일, 관련 자료가 실려 있는 쪽의 숫자. 이런 서지(書誌) 사항이 기재된 카드를 마스터 카드(master card)라고 하며, 뒤에 논문 끝에 반드시 붙여야 하는 참고 문헌 목록(bibliography)에서 사용하게 된다. 이 마스터 카드 다음에는 따옴표로 명시된 인용문이나, 내용을 요약한 요약문 등을 기입한다. 이것을 내용 카드라 하며 논문을 쓸 때에 뼈가 되고 살이 된다.

② 선택한 참고 문헌은 반드시 장, 절, 항 등을 통독하고 나서 정독을 하면서 필요한 부분을 가려서 기록한다.

③ 필요한 사항은 정확하고 완전하게 기입한다. 완전 인용을 할 때에는 따옴표를 사용함으로써, 요약하여 채록한 글과 혼동되지 않도록 한다. 카드의 양이 늘면 적당한 표제를 달아서 분류하기 쉽도록 만든다.

④ 자료의 선택과 기록이 어느 정도 진행되면 카드를 정리하고 분류한다.

⑤ 자료를 수집, 선택할 때에는 반드시 사실과 의견을 구분한다.

⑥ 요약을 하거나 의역을 할 때에는 자기의 주관을 섞어서는 안 된다. 자기의 의견을 기입할 필요가 있을 때에는 그것을 명시한다.

⑦ 한문이나 외국어로 된 자료는 반드시 번역하여 내용을 정확하게 알아두어야 한다. 그리고 논문에서 인용할 때에는 반드시 번역문을 싣는다.

⑧ 인터넷을 이용할 때에는 이에 준한다.

5) 자료의 정리

될 수 있는 대로 자료를 완전하고도 정확하게 선택, 기록하였다는 자신이

선다 할지라도 초고 작성에 들어가기 전에 몇 가지 해야 할 일이 있다.

① 자료를 선택, 기록하면서 간단히 해 두었던 정리 작업을 다시 검토하여, 내용과 분량을 조절하면서 자료를 다시금 배열하고 취사선택한다.

② 그 결과 결론을 얻게 되고 논문의 뼈대가 거의 서게 되면 논문을 만들기 위한 개요(outline)를 만든다.

③ 개요를 만들기에 앞서, 논문 작성의 목적이 새로운 사실의 발견이며, 어떤 사실에 대한 새로운 해석을 내림으로써 새 결론을 이끌어 내는 데 있다는 것을 잊지 말아야 한다. 따라서 모든 사실과 해석과 결론이 명백하고 정당하고 참신한가를 검토해야 한다.

④ 또한 논지의 전개와 아이디어의 조절이 개요를 만드는 데 가장 중요하다. 간혹 조사한 결과나 자료의 선택과 기록을 끝내고 보면 처음에 예상했던 계획이나 생각 또는 목적과 일치되지 않는 경우가 있다. 그럴 때에는 모든 선입견을 버리고 논문의 내용을 바꾸어야 한다.

6) 논문의 구성

근래에 국내외에서 가장 보편적으로 씌어지고 있는 논문 형식은 논문을 구성하는 요소(materials)의 범주에 따라서 첫머리(the preliminaries), 논문 본문(the text of the thesis), 참고 자료(the reference materials)의 세 부분으로 구성되어 있다.

(1) 첫머리

 ① 논제(論題) 표지(title page)

 ② 인준서(approval sheet)

 ③ 사사(謝辭, acknowledgement) (원할 때)

 ④ 머리말(preface) (필요할 때)

 ⑤ 차례(table of contents)

 ⑥ 수표(數表) 목록(list of tables) (필요할 때)

 ⑦ 도표(圖表) 목록(lists of illustrations) (필요할 때)

(2) 논문 본문

 ① 서론(introduction)

 ② 본론(main body)

③ 결론(conclusion)
(3) 참고 자료
　① 부록(appendix) (필요할 때)
　② 참고 문헌(bibliography)
　③ 찾아보기(index) (필요할 때)
　④ 요지(abstract) (필요할 때, 영문으로)
위에서 열거한 아이템은 '필요할 때'라고 한 것을 제외하고는 꼭 갖추어야 하는 것이다.

7) 논문의 내용

(1) 첫머리 부분
① 논제 표지 : 여기에 기입할 필요 사항과 그 순서는 다음과 같다.

논문 제목(다른 항목보다 큰 글씨로 쓴다)
제출처 또는 담당 교수 이름
학위 구분 또는 과목 이름
제출자 이름(학교명, 과명, 학년, 학번을 명시)
제출 연월일

논문 제목은 정확하고 포괄적이어야 하며, 서너 개의 단어나 단어군으로 읽기 쉽고 알기 쉬운 제목을 선택한다. 제출처와 학위 구분은 원고지 중간쯤에 쓰고, 제출자 이름과 제출 연월일은 원고지 아랫부분에 쓰는 것이 보기 좋다.

② 인준서 : 속표지 다음에 넣는다. 여기에는 첫째, 인준에 대한 말. 둘째, 심사 위원 서명란(석사 학위 논문은 주심 1명, 부심 2명, 박사 학위 논문은 주심 1명, 부심 4명). 셋째, 대학(원)명. 넷째 인준 예정일을 적는다. 학기 말 리포트의 경우에도 이 난은 마련하여 둔다.

③ 사사 : 논문을 쓰는 동안에 물질적으로나 정신적으로 협조와 원조를 아끼지 않았던 모든 인사와 기관에 대하여 정중하고도 간단 명료하게 고마움의 뜻을 표하는 난이다.

④머리말 : 논문에서 다루어진 연구 범위와 연구 목적을 간략하게 밝히고, 논문의 성격을 간단히 소개한다.

⑤차례 : 국문 논문은 장(章), 절(節), 항(項), 목(目) 등으로 나뉜다. 그리고 영문 논문은 장에 해당하는 것은 로마 숫자로, 절에 해당하는 것은 알파벳 대문자로, 항에 해당하는 것은 아라비아 숫자로, 목에 해당하는 것은 알파벳 소문자로 표시한다. 이런 구분을 차례란에 쓸 때는 다음과 같이 순서에 따라 한 칸씩 들여서 쓴다.

〔보기 1〕	〔보기 2〕	〔보기 3〕
제1편	1.	Ⅰ.
제1장	가.	A.
제1절	(1)	1.
제1항	(가)	a.
제1목	①	(1)
제2항	㉮	(a)
제2절	㉯	(b)
제2장	②	(2)
제2편	(나)	b.
제1장	(2)	2.
제1절	나.	B.
제1항	2.	Ⅱ.

위와 같은 내용의 차례는 논문의 길이에 잘 조화될 수 있도록 조절한다. 즉 장, 절, 항, 목 등의 구분 중에서 어느 단위까지 차례란에 기입하느냐 하는 것은 논문의 길이에 조화되도록 논문 작성자가 결정할 일이다.

⑥수표 목록 : 어떤 통계표나 대조표 또는 그래프나 분석도 같은 것이 있으면 목록을 명시한다.

⑦도표 목록 : 사진 자료나 도록(圖錄)도 내용에 있으면 목록을 작성하여 차례 뒤에 명시한다.

(2) 본문

①서론 : 다음에 열거하는 사항들을 제시한다.

첫째, 문제점에 대하여 조사나 연구를 수행해야 할 목적.

둘째, 문제점의 중요성에 대한 확실하고 특이한 이유.

셋째, 논문에서 완전히 해결되지 못한 사실.

넷째, 문제점이나 그것에 관련된 기존 업적에 대한 간단한 비판이 따르는 연구사의 개략.

다섯째, 자료나 논거의 출처, 연구 과정의 방법, 사실의 처리 등에 대한 것.

② 본론 : 첫째, 논제나 문제점을 충분하고 명백하게 설명한다. 둘째, 연구 과정이나 조사 과정에서 채택된 자료나 방법에 대하여 명백하게 쓴다. 셋째, 모든 사실은 낱낱이 따진다. 위의 세 가지 요건을 위해서 본문에서는 다음에서 설명할 세 가지 과정이 필요하다.

㈎ 논거(data) 제시 : 이미 수집한 자료를 치밀한 계획 아래 순서대로 정확하게 제시한다. 이를 위해서는 아무리 아까운 자료라도 과제나 문제점에 아무런 관계가 없는 것은 배제한다.

㈏ 논의(論議, discussion) : 제시된 자료가 개별적이거나 집합적이거나 간에 그 자료에 대한 물샐틈없는 논의가 필요하다. 이 논의에서 앞에 간략하게 소개된 다른 사람의 의견이나 학설을 먼저 상세하게 비판한 다음에 자기의 창의적인 견해나 독창적인 방법을 뚜렷이 제시한다.

㈐ 논지의 전개 : 보통 큰 문제로부터 차츰 범위를 좁혀서 작은 문제로 전개시켜 나간다. 논리적으로는 연역적이기보다는 귀납적으로 전개시켜 나간다.

본론에서 논지를 펴 나가면서 문제가 하나하나 해명되었을 때마다 매듭을 지어서 소결론을 정리한다.

③ 결론 : 논문에서 밝혀진 중요한 사실이나 결론을 논지의 전개에 따라서 순서대로 재정리하고 간명하게 요약한다.

첫째, 본론 부분에서 이미 매듭을 지어 둔 소결론들을 종합 판단하여 귀납적으로 이끌어 낸다.

둘째, 결론은 본문 내용에 충실하게 내린다. 과장하거나 떠벌리는 듯한 맺음은 글 전체의 신뢰성을 떨어뜨릴 뿐만 아니라 지은이의 진정성을 의심받게 만든다.

셋째, 논문을 써 가는 동안에 해명하지 못한 문제를 지적해 둔다. 그 이유는 곧 다음 연구를 위하여 또는 다른 사람에게 연구 과제를 제공함으로써 학계의 발전에 편의를 도모한다는 뜻에서이다.

(3) 참고 자료

① 부록 : 본문에 수록할 정도로 중요하지는 않으나, 논문의 실증 자료로서 가치가 있다고 생각되는 수표나 도표, 원전, 사본, 설문지, 법조문, 관계 예규 등을 수록한다. 부록에 넣을 자료가 많고 또 여러 성질의 것이 섞여 있을 때에는 부문별로 세분화하고, 항목별로 기호와 문자 혹은 번호를 달아 서두의 차례에 기재한다.

② 참고 문헌 : 자료 선택이나 비판의 대상이 되었던 모든 서적이나 문헌은 일정한 규정에 따라서 정리 수록한다. 이 난은 작성된 논문의 가치를 평가하는 데 하나의 기준이 된다. 참고 문헌을 분류 배열할 때에는 다음에 드는 종류를 순서대로 배열한다.

첫째, 다음과 같이 분류한다—⑺단행본, ⑷논문, ㈐정부 문서, ㈑미출판물(학위 논문, 원고, 면접 사항), ㈒신문, ㈓기타.

둘째, 위의 각 항은 다시 국문(가나다 순)과 영문(알파벳 순)의 순으로 배열한다.

셋째, 국문은 저자명의 가나다 순, 영문은 저자명의 알파벳 순으로 배열한다.

넷째, 기재 사항은 단행본일 경우 저자명(또는 편자, 역자 등), 책명, 판수, 출판지명, 출판사명, 출판 연도, 총 면수 등을 기록한다. 경우에 따라서는 그 문헌에 대한 간단한 해설을 쓰는 수도 있다.

③ 색인 : 출판물이 아닌 경우에는 없어도 무방하지만 색인이 있어야 독자가 이해하기 편리할 경우에는 색인을 만들어 붙인다.

④ 요지 : 대부분의 학술 논문은 'abstract'라는 이름으로 외국어(주로 영어)로 된 논문 요지를 작성하는 것을 원칙으로 삼고 있다. 결론 대목에서 작성하는 요약(summary)과는 달라서 간략하게 작성해야 한다.

첫째, 문제점의 제시, 둘째, 연구 방법과 자료 수집의 과정에 대한 간단한 설명, 셋째, 그 논문에서 밝혀진 중요한 결과에 관한 간략한 제시 등이 중심이 된다.

8) 인용의 방법

① 인용문의 길이 : 인용문은 되도록 짧을수록 좋다. 경우에 따라서는 반면 정도의 인용문도 있지만 한 면을 넘는 인용문은 없다. 가장 요령 있는 인

용의 방법은 원문의 구문을 깨뜨리지 않는 범위에서 인용의 목적을 달성할 수 있는 최소한의 문장을 빼어 내는 데 있다. 논문에 꼭 필요하며, 빠져서는 안 될 내용은 부록으로 돌리는 방법도 있다.

②직접 인용(direct quotation) : 다음과 같은 경우에는 직접 인용을 해야 한다. 첫째, 법률 조문과 정부 시행령 및 중요 포고문. 둘째, 수학이나 과학 공식. 셋째, 필자가 표현한 대로 옮기는 것이 절대적으로 중요시될 때. 넷째, 어떤 특수한 생각이 특별한 표현 방법을 통해서만 표현되었을 때.

맞춤법, 구두점, 문단 등을 원문대로 어김없이 인용해야 한다. 이 직접 인용문을 기입할 때에는 인쇄된 행수로 3행 이내일 경우에는 따옴표로써 표시하고, 논문 작성자의 글 속에 넣어 계속 쓰되 줄을 바꿀 필요는 없다. 만일 인용문이 3행 이상이면 줄을 바꾸어 다른 문단을 잡되 따옴표는 빼고 인용문 전체를 몇 자씩 좌우로 비워서 적어야 한다.

③간접 인용 : 남의 말을 그대로 인용하지 않고 일단 논문 작성자의 말로 바꾸어 인용하는 것이다. 이 경우 따옴표는 쓰지 않고 인용문의 끝에 주석 번호를 달고, 주석에서 출처를 명시한다.

④생략과 보삽(補插) 및 강조 : 직접 인용에서는 필요한 부분만을 인용하기 위하여 어느 문장의 앞이나 중간 또는 뒷 부분을 생략하는 경우가 있다. 생략된 부분은 반드시 '생략 부호(……)'로써 명시한다. 또 만일 원문에 오식이나 오기가 있을 경우, 그것이 분명히 잘못인 줄 알아도 마음대로 그 잘못을 바로잡아서는 안 된다. 그 때에는 그 잘못된 글자 다음에 각괄호(〔 〕)를 쳐서 그 안에 '원문대로' 또는 'sic'을 기입하여 원문과 틀림없다는 것을 명시한다. 그리고 필요하다면 〔 〕 속에 정확한 것을 써도 무방하다. 그리고 인용 문장의 일부를 특히 강조하고자 할 때에는 강조될 부분에 밑줄을 치거나 방점을 쳐서 표시하고, 필자가 원문에 없는 선이나 점을 더했다고 밝혀 둔다.

9) 주석과 참고

①주석란 : 주석란을 작성하기에 앞서, 선택된 자료 중에서 논문 본문과의 관련성의 경중을 신중하게 고려해야 한다. 물론 저자명이나 서명은 주석란에서 정확하게 기록하지만, 논문 본문의 논의(discussion)에서 결정적인 영향

력을 줄 수 있는 저자명이나 서명은 본문에서 밝혀야 할 때도 있다. 그리고 누구나 잘 알고 있는 전거(典據)로서 독자들이 조금도 의심할 여지가 없는 것일지라도 본문에서 언급되었다면 반드시 주석란에서 출처를 밝혀야 한다.

②주석의 목적 : 첫째, 증거 자료의 타당성을 입증하기 위하여. 둘째, 참고한 자료의 정확한 출처를 밝히기 위하여. 셋째, 본문에서 다루기에는 적합하지 않은 논의를 보충할 목적으로. 넷째, 논문의 여러 부분의 연관성을 지어 주기 위하여.

③주석 번호 : 본문에 붙이는 주석 번호는 주석란에서 설명하려는 용어나 글의 끝 오른쪽 위에 기입하는 것을 원칙으로 삼는다. 그리고 숫자 표시는 1, (1), ① 등의 형식으로 반드시 아라비아 숫자로 적어야 한다.

영문일 경우에는 숫자를 마침표나 따옴표 밖에 적어야 한다. 그리고 특히 자연 과학계 논문에서는 수식(數式)이나 화학 또는 물리 등의 공식에서 쓰이는 숫자와 혼동이 되지 않도록 주의해야 한다.

④주석란의 위치 : 주석은 각 장이나 절의 끝 또는 논문의 끝에 종합하여 달 수도 있으나, 본문 앞 자와 맞추어 같은 면 하단에 5∼6cm 정도의 직선을 긋고 그 아래에 기입한다. 활자체는 본문 활자보다 작게 쓰고, 타자로 친다면 행간 여백을 두지 않고 쳐야 한다. 주석란에서 기록된 문헌은 반드시 논문 끝에 붙는 '참고 문헌란'에 다시 소개한다.

⑤주석란의 형식 : 완전 주석과 약식 주석의 두 가지로 나뉜다. 완전 주석은 어떤 문헌이 처음으로 인증(引證)되었을 때에 그 문헌을 식별하는 데 충분한 여러 사항을 빼지 않고 기록하는 방식이며, 약식 주석은 일단 완전 주석의 방식으로 소개된 문헌을 일정한 부호나 약어로써 기록하는 방식이다.

⑥단행본에서의 완전 주석

저자명 : 동양 사람은 성, 이름의 순서로 적는다. 자기의 저서를 인용했을 때는 '졸저(拙著)'라고 한다(영문일 경우에는 성명을 쓴다). 공저인 경우 저자가 세 사람 이하이면 이름을 다 쓰고, 그 이상일 때는 최초의 저자명만 쓰고 나머지는 '외 몇 명'(영문인 경우에는 and others 또는 et al.)으로 약기한다. 그리고 편집자는 '편(영문은 ed.)', 번역자는 '역(영문은 trans.)'이라고 성명 다음에 적는다. 학술 단체, 협회, 정부 기관 등의 법인이 저자인 경우에는 법인명을 저자란에 기입한다.

서명(書名) : 저자명 다음에 쉼표를 찍고 계속하여 서명을 적는다. 그리고 여러 사람이 집필하였으나 필자명을 알 수 없는 경우 또는 백과 사전 등을 인용했을 때에는 저자명은 생략하고 바로 서명부터 쓴다. 영문 서명인 경우 인쇄 때에는 이탤릭체를 사용하고, 타자를 칠 때에는 밑줄을 친다.

총서명(叢書名)과 일련 번호 : 여러 권으로 된 총서의 경우 그 권의 책이름을 먼저 적고, 다음에 총서명과 권수를 적는다.

발행 판수, 출판지, 출판사, 출판년―이 네 항목은 묶음표 속에 묶어서 쓰되, 발행 판수 다음에는 ' ; '을, 출판지 다음에는 '―'을, 출판사 다음에는 ' , '를, 출판년은 아라비아 숫자로 쓴다.

쪽의 명시 : 한 쪽만을 표시할 때에는 'p.'라고 쓰고 여러 쪽에 걸쳐 인용했을 때에는 'pp.'라고 쓰되, 쪽수는 아라비아 숫자를 쓴다. p.82라고 하면 82쪽을 뜻하고, pp.25~46.은 25쪽부터 46쪽까지임을 뜻한다. 또 p.35 ff.는 35쪽 이하를, pp.20~30 paissm.은 20~30쪽 사이의 여기저기에서 인용했음을 뜻한다.

⑦ 논문에서의 완전 주석

저자(집필자)명 : 단행본의 저자명 기입 요령과 같다. 자기의 논문을 인용했을 경우에는 '졸고(拙稿)'라고 한다.

논제명(論題名) : 책이름과는 달리 따옴표로 묶어야 한다. 끝에는 반드시 쉼표를 찍되 따옴표 속으로 들어가야 한다.

지명(誌名), 논문집명 : 인용된 지명이나 논문집명을 완전하게 기입한다.

권수 및 호수 : 제○권 제○호로 표시하되 권수는 로마 숫자로, 호수는 아라비아 숫자로 표시한다.

발행 연월일 : 발행 연월까지만 쓰고 일자는 보통 생략한다. 계간일 경우에는 계절명까지만 표시한다.

그리고 지명, 논문집명, 권수, 호수, 발행 연월일은 묶음표 속에 묶어야 한다.

쪽 명시 : 단행본의 경우와 같다.

⑧ 기타 자료에서의 완전 주석

신문 기사 : 신문지명, 발행 연월일, 인용 참고한 쪽만 밝히고 필요에 따라 발행지도 밝힌다. 서명(署名) 기사는 필자명을 기입하고 사설은 묶음표 속

에 표시한다.

책의 일부나 사전류 : 여러 사람이 집필한 여러 항목으로 이루어진 책의 일부를 인용하였을 경우에는 필자, 제목, 책이름, 편자명, 권수 등을 밝힌다. 백과사전의 경우에는 제목을 따옴표 안에 기입한다.

출판되지 않은 타인의 학위 논문 원고 및 면접 사항 : 논문은 학위 구분과 대학교명 및 연도를 표시하고, 원고는 소재지나 보관처를 밝힌다. 면접이나 서신 등에 의한 자료도 필요에 따라 밝혀야 한다.

⑨ 약식 주석에서의 부호 사용

Ibid.(bidem ; 上揭書, 上揭論文, 上揭條約 등이라는 뜻) : 바로 앞에서 완전 주석으로 소개된 문헌을 다시 인용했을 때에 쪽만 바꾸고 이 부호로 갈음할 수 있다.

op. cit.(opere citato ; 前揭書, 前揭論文, 前揭條約 등이라는 뜻) : 거듭 인용하고자 하는 주석문 다음에 다른 문헌에 관한 주석이 삽입되어 있거나, 한 쪽 또는 몇 쪽 앞에 완전 주석문이 소개되었을 경우에 저자명 다음에 쓴다. 그러나 같은 저자의 여러 저서가 같은 논문 안에서 자주 인용될 경우에는 쓸 수 없다.

Loc. cit.(loco citato ; 上揭文) : 한번 인용된 것을 완전히 거듭 인용했을 때에 쓴다.

⑩ 약어 및 기타 부호 : 필요에 따라서는 주석란이나 논문 본문 속에서 사용할 술어나 어구에 관한 약어 또는 부호를 설정한다. 이런 경우에는 통일성이 있어야 하며, 논문의 전후 적당한 곳에서 일람표를 만들어 독자들에게 제시한다. 국제적으로 통용되고 있는 것 중에서 중요한 것만 골라 보면 다음과 같은 것들이 있다.

Bk., Bks.(book, books) : Bk. Ⅰ, Bks. Ⅲ－Ⅴ

cf.(confer) : 참조

Chap. Chaps.(chapter, chapters) : Chap. Ⅱ, Chaps. Ⅲ－Ⅴ

e.g.(exampli gratia) ―예를 들면

et al.(et alii) : 외 여러 명

id.(idem) : 같은 사람

i.e.(id est) : 즉, 다시 말하면

l., ll.(line, lines)∶1.8, ll. 10~12

pp.4f. 또는 pp.4et seq.∶4쪽과 그 다음 쪽

pp.5ff. 또는 pp.5et seqq∶5쪽 이하의 쪽들

q.v.(quode vide)∶~을 보라

Vol., Vols.∶Vol. I, Vols Ⅱ－Ⅹ

10) 원고 작성과 정서

①표현∶많은 사람이 읽어서 잘 알 수 있도록 쉬운 글, 즉 누구나 읽어서 잘 알 수 있는 문장으로 표현해야 한다. 다음으로 주의할 것은 서술을 명백하고도 간결하게 한다. 논문이 예술 작품이 아닌 이상 함축성이 있는 문장은 안 되며, 감정적인 요소 또한 배제한다. 냉철하고 순수한 문장일수록 제대로 된 논문의 문장이다.

②초고(草稿)∶논문의 형식을 내용으로 하고, 이미 마련된 개요를 기초로 하여 평이하고도 간결한 문장으로 쓴다. 비록 초고라고는 하지만 마음의 준비나 논문을 쓰는 태도는 정서를 한다는 생각으로 쓴다. 그리고 원고 용지의 사용법을 잘 지키면서 정성을 들여서 원고를 쓴다.

③퇴고∶대개의 경우 글을 쓰는 동안에는 정신 상태가 흥분되어 있다. 따라서 원고를 쓰고 있는 동안, 또는 초고를 완전히 탈고한 직후에는 퇴고를 하지 않는다. 적어도 1주일 내지 열흘쯤 지난 다음에 초고를 읽어보면서 미진한 곳과 불합리한 곳을 찾아내어 논문 내용을 다듬는다. 그리고 문장 표현이 잘못된 곳, 또는 오자나 탈자 등의 유무도 잘 살펴서 바로잡는다.

또한 퇴고할 때에 유의할 점은 논지의 전개에 무리한 점 또는 순서상 잘못된 점이 없는가를 볼 것이며, 아울러 논문 전체의 균형이 잘 잡혔는가를 살피는 일이 중요하다. 그리고 되도록 필요 없는 구절이나 사실이 끼지 않도록 주의할 것이며, 아울러 꼭 있어야 할 것이 빠지지 않았는지도 잘 살핀다.

④정서∶최종 원고는 충분히 퇴고가 된 뒤에 시작한다. 또박또박 읽기 좋은 글자체로 쓰되, 글씨를 잘 쓰라는 것이 아니고 깨끗하게 정성들여 쓴다.

정서를 할 때에 다시금 주의할 점은 오자나 오기(誤記)가 없는지 잘 살펴야 할 것이다. 숫자의 단위가 틀리지 않았는가, 남의 글을 정확하게 옮겼는가 하는 것은 물론이고, 특히 한자 사용에서 오기가 없는가를 잘 살핀다. 자

신이 없을 때에는 반드시 사전을 찾아서 정확한 한자를 써야 할 것은 말할
것도 없고, 사투리를 쓰지나 않았는가 하는 것도 잘 검토하면서 정서다.
  ⑤컴퓨터로 원고를 입력할 때에는 이에 준한다.

9. 원고지 쓰는 법

1) 원고지의 상식

①원고지에 쓰는 이유 : 원고는 원고지에 쓰는 이유는 다음과 같다. 첫째, 자수를 헤아리기 쉽다. 둘째, 행간을 활용할 수 있다. 행간은 정정이나 가필을 할 때 사용된다. 셋째, 빠르고 정확하게 읽을 수 있다. 한 칸에 한 자씩 정확히 쓰는 연습이 필요하다.

②원고지의 선택 : 시판되고 있는 원고지는 대개가 200자(20자×10행) 짜리이다. 칸이 약간 크고 반드시 행간의 여백이 있는 것, 줄이 가늘고 연한 색으로 인쇄된 것을 선택한다. 강한 색으로 인쇄되어 있는 것은 심리적인 압박감을 주기 마련이다.

③필기도구 : 파랑이나 검정 볼펜 또는 만년필로 쓴다. 다른 색(빨강이나 초록 등)은 사용하지 않는다. 특히 빨강은 인쇄 지정용이거나, 시험의 경우에는 채점용이기 때문에 절대로 금지다. 만년필이나 볼펜은 굵지 않은 것이 좋다.

④원고의 글씨 : 누가 읽어도 막히지 않고 쉽게 읽을 수 있는 글씨가 좋다. 달필이냐 악필이냐의 문제가 아니라, 한 자 한 자 정성껏 써야 한다. 특히 고유 명사나 전문 용어, 숫자 등이 분명하지 못하면 인쇄 과정에서 오자가 생기게 된다.

⑤원고지와 친해지기 : 원고지에 익숙해지는 것이 원고지 쓰는 법을 터득하게 되는 길이고 글 바로 쓰기의 첫 걸음이다. 편지지 대신 원고지에 편지를 써 보거나 작품을 옮겨 베껴 보라. 나날의 일기를 원고지에 매일 쓰는 것도 효과가 있다.

2) 제목과 필자명

①처음 다섯 줄 : 가장 일반적인 양식은 원고지 처음의 다섯 줄을 잡아,

그 속에 균형 있게 제목과 필자명을 쓰는 형태이다. 이 정도의 공간을 취하는 것은 인쇄 원고의 경우 편집자가 조판을 위한 지정상 여백이 필요하기 때문이며, 인쇄하지 않는 원고라 하더라도 보기 좋게 형식을 갖출 필요가 있기 때문이다.

②제목의 위치 : 첫째 줄은 공백으로 남겨 둔다. 둘째 줄 중앙 부분에 약간 큰 글씨로 제목을 쓴다. 부제가 있을 때에는 셋째 줄 중앙 부분에 약간 작은 글씨로 쓴다.

③필자명의 위치 : 제목 아래 줄(보통 넷째 줄) 오른쪽에 필자 이름을 쓴다. 성과 이름은 붙여 쓰고, 이름 오른쪽에는 두 칸 정도의 여백이 생기도록 쓴다. 직장이나 학교, 소속 부서나 학과 등을 써야 할 때는 필자 이름 앞쪽이라든가 그 윗줄에 작은 글씨로 쓴다.

④본문의 시작 : 필자 이름 다음 한 줄은 여백을 둔다. 따라서 보통 여섯째 줄부터 본문을 쓰기 시작한다. 한 단락의 처음 시작은 한 칸 비우고 둘째 칸부터 쓰기 시작한다.

3) 제목과 부제

①제목에 대하여 : 너무 긴 제목은 감명을 주지 못한다. 설명적이어서도 안 된다. 일반적으로 짧은 편이 기억하기 쉽고 강한 인상을 주는 경우가 많다. 추상적이고 난해한 한자어를 쓰면 읽는 사람으로부터 외면당하기 쉽다. 또한 제목의 표현은 독창적이고 개성적이어야 한다.

②매력 있는 제목 : 다음 여섯 가지 가운데 하나 또는 둘 이상을 충실하게 반영하여 결정하는 것이 좋다. 첫째, 주제—내용을 일관하는 주제, 중심 사상. 둘째, 내용의 요약—내용 전체를 요약하고 간결하게 나타내는 어구. 셋째, 내용의 일부—중요한 부분, 인상에 남는 장면, 내용 중에 나오는 명언이나 고사(故事) 등. 넷째, 동기—동기가 된 중심 사상. 다섯째, 내용의 상징—내용을 암시하는 인물, 장소, 시간, 현상, 사물 등. 여섯째, 새로운 견해—상식을 부정하는 견해, 새로운 해석, 독자적인 발상 등.

③부제에 대하여 : 부제는 없는 경우가 많다. 그러나 표제만으로는 약할 때, 오해받게 될 염려가 있을 때, 어려워서 이해하기 어려울 때와 제목이 막연해서 내용이 무엇인지 쉽게 다가오지 않을 때에 부제를 달아 보완한다.

④부제를 붙이는 방법 : 첫째, 추상적이고 상징적일 때(제목) → 구체적이며 현실적으로(부제). 둘째, 산만한 때(제목) → 초점을 쥔다(부제). 셋째, 내용의 일부를 제시할 때(제목) → 내용 전체를 나타낸다(부제). 넷째, 딱딱한 언어일 때(제목) → 부드럽고 쉬운 언어로(부제).

⑤소제목 : 독자가 읽기 쉽게 하기 위하여 본문을 몇 부분으로 나누어 첫머리마다 붙인다.

4) 기본 원칙 10조

①글의 처음 시작 부분은 처음 한 칸을 비우고 둘째 칸부터 쓴다.

②한 단락이 끝날 때에는 오른쪽을 여백으로 두며, 다음 단락은 다른 줄을 잡는다. 새 단락의 시작도 한 칸 비우고 둘째 칸부터 쓰기 시작한다.

③한 칸에 한 자씩 쓰고, 글 부호도 하나에 한 칸씩 잡는다. 단, 아라비아 숫자는 한 칸에 두 자씩 쓴다. 또한 서구어의 경우 대문자는 한 칸에 한 자, 소문자는 한 칸에 두 자씩 쓰되 활자체로 쓴다. 한 단어가 두 줄에 걸쳐질 때는 앞 줄 끝에 하이픈(-)을 붙인다.

④어절마다 띄어 쓰며 글 부호를 정확히 적는다. 쉼표(,)나 마침표(.)는 왼편 아래쪽에 찍고, 물음표(?)나 느낌표(!) 뒤는 한 칸 띄고 글을 계속한다. 따옴표(' ')나 묶음표(〔 〕) 등도 역시 한 칸에 하나의 부호를 쓴다.

⑤글 가운데 줄표(—)와 점표(…)는 두 칸에 걸치는 길이가 되게 쓴다. 그 이상 길게 해서는 안 된다.

⑥한 줄에서 띄어쓰기를 할 때 맨 끝 칸에서 끝날 때에는 다음 줄에서 한 자 띄지 말고 앞 줄 끝에 ∨표를 두어 띈다는 표시를 삼는다. 또 띄어 쓸 데를 붙여 썼을 때에는 띌 자리에 ∨표를 쳐서 표시해야 한다. 붙이는 표는 ⌒이다.

⑦한 줄에서 글이 끝나는데 다음 줄 처음에 ' . ' ' , ' ' ? ' ' ! ' 등의 글 부호나 따옴표 따위가 오면 그 줄 끝 칸에 글자와 함께 적는다.

⑧쓰다 잘못되어 지울 때에는 지울 글자와 그렇지 않을 글자를 명백히 알 수 있게 하며, 여러 줄을 지워서 앞뒤 연결이 분명하지 않을 때에는 선을 그어서 연결 표시를 한다.

⑨원고의 글씨는 원고지의 글자 칸에 알맞은 크기로 쓸 것이며, 너무 크

든지 너무 작든지 하면 인쇄 과정에서 오자를 내기 쉽다.

⑩ 원고지에는 반드시 일정한 곳에 1, 2, 3, 4…의 차례를 매기고 그 차례가 틀림없음을 확인한다.

5) 인용하는 문제

다른 문헌이나 인쇄물에서 인용할 때 주의할 점은 다음과 같다.

① 원문대로 인용한다. 다른 사람의 글이나 저작물에 손을 대어 변형하거나 고쳐서는 안 된다. 손을 댔을 때는 '필자주' 등을 붙여서 그 뜻을 표시한다.

② 인용 대목을 분명하게 드러낸다. 인용한 부분은 본문보다 머리를 한 자 또는 두 자 내린다, 따옴표로 묶는다, 그 앞뒤를 한 줄 뛴다 등으로 어느 한 방법으로 분명하게 나타낸다.

③ 출전을 분명히 밝힌다. 인용 부분에는 원작자명 외에 책의 이름과 발행소 이름 또는 발표지나 게재 연원일 등도 분명히 밝힌다.

④ 인용은 최소한으로 한다. 인용문이 원고 총분량의 30%를 넘지 말아야 한다.

6) 주(註)

글 중에 등장하는 인물과 저작물 또는 전문 술어나 특수한 어구 등에 대하여 주석이나 보충 설명을 다는 것이다. 다음과 같은 종류가 있다.

① 할주(割註) : 본문 사이나 끝에 '소괄호( )'를 치고 그 안에 두 줄로 처리하는 방식.

② 각주(脚註) : 본문의 어떤 부분의 뜻을 보충하거나 풀어 쓴 글을 본문 아래쪽에 따로 다는 방식.

③ 방주(傍註) : 글의 옆, 곧 그 단락 바로 다음에 넣는 방식.

④ 후주(後註) : 각 편이나 장 뒤 또는 전문(全文) 뒤에 모아서 넣는 방식.

또, 일반 원고에서는 가능한 한 주를 달지 않는 편이 좋다. 주가 많은 글은 번거롭고 읽기가 힘들기 때문이다.

7) 원고의 정정

① 고쳐 써야 할 경우 : 틀리거나 빠진 글자 서너 군데 바로 잡는 경우에는

굳이 고쳐 쓸 필요가 없다. 써 넣어야 할 사항이 많을 때나 정정한 곳이 많아 읽기 어려운 경우에는 반드시 고쳐 쓴다.

②빨강색을 쓰지 않는다 : 빨강색으로 정정하지 않고 원고와 같은 색깔의 필기도구를 쓴다.

③지울 때 : 글자를 부분적으로 지울 때는 두 줄로 분명하게 지운다.

④틀린 글자를 정정할 때 : 정정해야 할 부분을 두 줄로 지우고 그 위쪽 행간에 작은 글씨로 써 넣는다. 한 자 지우고 다섯 자 써 넣어야 할 경우처럼 글자가 많아질 때는 행간에 쓴 글자의 좌우 또는 전체를 줄로 싸고 지운 글자에 이어지게 한다. 또한 열 자 지우고 두 자를 써 넣어야 하는 경우처럼 글자가 적어질 때에는 지운 범위의 처음이나 끝 부분에 새 글자를 넣는다.

⑤칸 밖으로 나오지 않는다 : 칸 밖에까지 나오게 하지 않고 행간을 이용하는 것이 원칙이다.

8) 제한 시간 안에 쓰는 문제

①시간 배당 : 어느 주제에 대하여 한정된 시간 안에 쓰기 위해서는 다음과 같이 시간을 배당하는 것이 일반적인 기준으로 되어 있다. 첫째, 구상을 한다……25%(60분일 때는 약 15분). 둘째, 글을 쓴다……65%(60분일 때는 약 40분). 셋째, 퇴고를 한다……10%(60분일 때는 약 5분). 또한 엿새 동안에 지정된 장수를 써야 할 경우에는 구상에 하루 반, 집필에 나흘, 퇴고에 마지막 반나절을 배당한다.

②좋은 글을 쓰기 위하여 : 구상하는 시간과 퇴고하는 시간은 필수적이다. 그렇지 않으면 글의 호응 관계가 맞지 않거나 문맥이 흐트러지게 된다.

③구상은 메모해야 한다 : 시험의 경우는 예비 용지든가 답안지 뒤를 이용한다. 메모에서 필요 없는 것은 지우고 처음에 결론을 결정하며 기타 상호 관계와 접속을 생각한다.

④30분에 400자 분량 : 200자 한 장에 요하는 시간은 빠른 경우 10분, 늦더라도 15분 이내에 써야 한다. 이 시간 배당을 기준으로 하여 자기 테스트를 하고 연습을 많이 쌓아야 한다.

9) 퇴고의 요점

①주제 : 내용이 출제 주제나 집필 의뢰자의 의도에서 벗어나지 않았는가, 필요 없는 사항이 쓰여 있지 않은가?

②중복, 모순 : 내용상 중복이나 모순 또는 오류는 없는가?

③구체성 : 처음부터 끝까지 추상론이나 일반론으로 일관하여 구체성이 결여되어 있지 않은가, 또한 설득력이 있는가?

④전개, 구성 : 균형 있게 구성되어 있는가, 무리한 비약은 없는가, 단락의 설정 또는 줄 바꾸어 쓰기는 적절히 행해져 있는가?

⑤쉬운 글 : 대상 독자에게 알맞은 표현이 되어 있는가, 어려운 말이나 일반 사람에게 통하지 않는 전문 용어, 외국어, 약어를 사용하지 않았는가?

⑥자료, 인용문 : 오래된 자료는 아닌가, 인용문은 정확히 옮겨 썼는가, 출전은 밝혔는가?

⑦오자, 탈자 : 맞춤법은 정확한가, 오자나 탈자는 없는가, 특히 숫자와 고유명사는 정확하게 썼는가?

⑧글의 호응, 구두점 : 수식어가 걸리는 관계, 주어와 술어의 관계는 분명한가, 구두점이나 기호 등의 사용은 올바른가?

⑨속어, 차별 표현 : 은어, 문어, 조어 등을 쉽게 쓰고 있지 않은가, 구두점이나 기호 등의 사용은 올바른가?

⑩문체 : '합니다'와 '하다'의 가락을 혼동하고 있지 않은가?

포인트 노트

1. 어떻게 생각할 것인가
2. 어떻게 읽을 것인가
3. 이제 논술을 쓰기 시작하자
4. 바른 표기법

1. 어떻게 생각할 것인가

사람들의 생각은 대부분 편견이나 선입견에 휩싸이기 쉽다. 어느 한 방향으로만 치우치지 않고자 한다면, 우선 생각이 어떤 요소들로 조합돼 있는지를 알아야 한다. 그래야 생각을 나누어 해석할 수 있고 분석할 수 있다.

생각이 결정되는 여덟 가지 요소

모든 생각은 여덟 가지 기본 요소에 의해 결정된다. 또한 어떤 전제에 바탕을 두고 목적을 가진 관점 안에서 이루어진다. 그리고 문제 해석을 위한 개념과 아이디어와 이론이 사용되며, 이를 통해 질문에 답을 하고 문제를 해결한다.

즉, 생각한다는 것은 ①목적을 가지고, ②질문을 하며, ③정보를 활용하여, ④추론을 하고, ⑤개념을 사용하며, ⑥전제를 갖고, ⑦함축을 가지며, ⑧관점 안에서 이루어지는 것을 뜻한다.

생각의 목적은 세상에 대한 이해

'생각'과 '목적을 향한 생각'은 다르다. 목적을 향한 생각은 근거를 통해 결론을 추론하는 논리적 능력이 필요하기 때문이다.

그렇다고 해서 일상적 생각이 아무런 의미없이 흐르는 것은 아니다. 우리가 생각을 하는 건, 대부분 어떤 현상을 이해하고 싶을 때이며, 이를 위해서는 결론을 내려야 하기 때문이다.

예를 들어, 아침에 눈을 뜨는 순간부터 우리 앞에는 수많은 결정의 순간이 생겨난다. 무얼 먹을까, 무얼 입을까, 무얼 탈까 등을 결정할 때도 이유와 근거로 생각하며, 결정을 하거나 결론을 내린다.

세상의 모든 것들이 의미를 갖게 되는 것도 이 생각을 통해서이다. 생각을 통해서 의미가 생겨나고 그로써 세상을 이해하게 되는 것이다. 그러므로 생각은 의미를 만들어 가는 과정이라고 정의할 수 있다.

생각 중에는 의식하지 못하고 이루어지는 것도 있다. 모든 사물과 현상들을 보며 대개는 어떤 '느낌'을 가지게 되고, 이것이 무의식 중에 생각의 바탕, 즉 판단의 기준을 이루게 된다. 그리고 그것이 별다른 의식없이 '생각'이라는 형태로 드러나게 된다. 예를 들어 이성 간의 미팅을 끝내고 나와서 그 상대에 대해 '그 아이 정말 별로더라. 성격도 까탈스럽고 말투는 어눌하고 맘에 안 들어'라고 말할 때, 거기에 호응하는 사람도 있지만 '뭐가 어떻다는 거야. 난 세심하고 겸손해 보이던데……'라고 반응하는 사람도 있게 마련이다. 이는 곧 평소 개인이 느꼈던 점(달리 말해서 사물판단의 기준)이 '생각'이라는 형태로 드러나는 것이다.

언뜻 생각은 불쑥 생겨나는 것 같지만 나름대로 일련의 과정이 있으며, 서로 연결되어 있다. 이런 지적인 과정을 명확하게 살펴보고 그에 대한 이해를 모색해 보자.

올바른 생각을 위한 자세

1. 생각은 목적을 포함한다.
   - 목적을 분명하게 표현하라.
   - 자신의 목적과 그와 관련된 목적을 구별하라.
   - 처음의 목적대로 생각하는지 정기적으로 점검하라.
   - 가치있고 현실적인 목적을 선택하라.

2. 생각의 목적은 발견과 의구심과 이에 대해 해결책을 찾는 것이다.
   - 명확하고 세밀히 질문하라.
   - 다양한 방법과 표현으로 질문하여 의미와 범위를 파악하라.
   - 질문을 여러 단계로 구분해 보라.
   - 질문에 대한 정답이 있는지, 의견만이 필요한지, 여러 관점에서 접근해야 하는지 결정하라.

3. 생각은 자료와 정보와 증거로 구분된다.

• 자료가 보장할 수 있는지 판단하라.

• 자신의 관점과 반대되는 정보를 함께 찾아보라.

• 정보의 사용은 명확하고 정확하고 적절하게 하라.

• 충분히 정보를 수집하라.

4. 생각에는 추론과 해석이 포함돼 있다.

   • 증거가 충분한 결론만 내려라.

   • 일관되게 추론하라.

   • 전제를 확인하라.

5. 생각은 개념으로 만들어진다.

   • 핵심 개념을 명료하게 설명하라.

   • 또 다른 개념을 찾아보라.

   • 개념을 다르게 정의해 보라.

   • 개념의 사용이 명확한지 확인하라.

6. 모든 생각엔 바탕이 되는 조건이 있다.

   • 전제를 분명하게 확인하고 검토하라.

   • 전제의 영향력을 생각해 보라.

7. 생각에는 함축된 것이 있다.

   • 생각이 함축하고 있는 것과 결과를 생각해 보라.

   • 긍정과 부정의 함축을 찾아보라.

   • 중요한 결과를 고려하라.

8. 생각은 어떤 관점 안에서 형성된다.

   • 관점을 확인하라.

   • 다른 관점의 약점과 강점도 함께 확인하라.

   • 관점은 공정하게 평가하라.

위의 여덟 가지 생각의 요소 하나하나에 대하여 좀더 구체적으로 알아보자.

•목적을 가지고 생각하라

목적은 목표이며 이룩하고자 애쓰는 것이다. 올바른 생각을 위해서는 분명한 목적이 필요하며 그것은 정당한 것이어야 한다.

[목적에 대한 질문]
- ( )의 목적은 무엇인가?
- 이것의 목표는 무엇인가?
- 목적에 대해서 질문하고, 다듬고, 조정하고 있는가?
- 왜 ( )라고 얘기하는가?
- 핵심 목표가 무엇인가?
- 이 모임·글·관계의 목적은 무엇인가?

•질문을 제시하라

명료하고 적절한 질문이 문제와 쟁점을 통해 생각을 이끌어 주며, 이를 통해 의미 있는 답을 구할 수 있다(질문이 모호하면 생각은 명료하지 않으며 구별하는 능력도 모자라게 된다).

[질문에 대한 질문]
- 질문이 무엇인가?
- 이 쟁점에 포함된 중요한 질문은 무엇인가?
- 좀더 좋은 방법으로 질문할 수는 없는가?
- 질문의 형태가 명료한가, 복합적인가?
- 제기한 질문에 대해 정확하게 설명할 수 있는가?
- 이 문제에 대한 당신의 의견은 무엇인가?
- 어떤 종류의 질문인가? 과학적인 질문인가? 정치적인 질문인가? 경제적인 질문인가?
- 이 분야에서 쟁점이 되는 질문은 무엇인가? 이 질문의 해답은 어떻게 내려야 하는가?

• 정보를 수집하라

정보란 알고자 하는 것에 대한 필요한 사실·자료·증거, 또는 경험이다.
정보는 정확해야 하며 현재 말하고 있는 문제나 쟁점 등에 적절해야 한다.

[정보에 대한 질문]
- 이 질문에 필요한 정보는 무엇인가?
- 정보가 충분한가?
- 이 정보는 목적, 또는 목표에 적절한가?
- 어떤 정보에 근거하고 있는가?
- 어떤 경험 때문에 이것을 확신하는가? 혹시 왜곡되어 있는 것은 아닌가?
- 수집된 정보가 정확한지 어떻게 알 수 있는가?
- 중요한 정보를 빠뜨리지는 않았는가?

• 신중하게 추론하라

추론이란, 최종적으로 이끌어낸 해석이나 결론이 이를 통해 무언가를 발견하고 이해하는 것이다.
추론은 증거를 통해 논리적으로 도출한다.

[추론을 검토하기 위한 질문]
- 결론은 무엇인가?
- 논리적인 추론인가?
- 또 다른 결론은 없는가?
- 이 해석은 말이 되는가?
- 이 해결 방법은 자료를 바탕으로 한 것인가?
- 어떻게 그 결론에 이르렀는가?
- 모든 자료와 상황을 고려할 때 최선의 결론인가?
- 이 자료들을 어떻게 해석해야 하는가?

• 개념을 명료히 하라

개념은 의미 파악을 위해 사용하는 아이디어·이론·규칙·원리·가설 등이다. 개념을 명료하고 적절하게 사용하라.

[개념에 대한 질문]
- 지금 어떤 개념을 가지고 생각하는가?
- 이 이론에 대해 좀더 충분하게 설명할 수 있는가?
- 이 추론에서 사용되고 있는 중심가설은 무엇인가?
- 이 문제에 대해서 생각할 때 꼭 구별해야 할 것은 무엇인가?
- 필자는 글 속에서 어떤 아이디어를 사용하고 있는가? 문제는 없는가?
- 물리학·화학·사회학의 기본원리를 알고 설명할 수 있는가?

• 전제를 검토하라

전제란 기본적으로 옳다고 받아들인 신념이며, 이는 잠재의식 또는 무의식 중에 작용한다.

전제를 명료하게 파악하고, 건전한 증거를 가진 정당한 것인지 검토하라.

[전제에 대한 질문]
- 무조건 당연시한 것은 무엇인가?
- 잘못된 것을 전제하고 있지 않은가?
- 결론에 이르게 한 전제는 무엇인가?
- 이런 정책이나 전략, 설명이 전제하고 있는 것은 무엇인가?
- 사회학자·역사학자·수학자들이 전제로 하는 것은 무엇인가?
- 왜 이런 전제를 갖게 되었는가?
- 이 이론이 전제하고 있는 것은 무엇인가?

• 함축에 대해 생각하라

함축이란 무엇인가를 하기로 결정한 후에 일어남직한 것들이며, 결과는 직접적으로 행동했을 때 일어나는 것이다.

행동하기 전에 그 상황이 함축하고 있는 것들에 대해 생각해 보아야 한다.

[함축에 대한 질문]
- 만일 (   )을 하기로 결정한다면 어떤 일이 생길까?
- 만일 (   )을 하지 않기로 결정한다면 어떤 일이 생길까?
- 이렇게 하면 어떤 일이 생기고 저렇게 하면 어떤 일이 생길까?
- (   )이 무엇을 함축하고 있는가?
- 이 결정이 함축하고 있는 것은 얼마나 중요한 것인가?
- 부자보다 가난한 사람이 감옥에 더 많다는 사실은 무엇을 함축하고 있는가?

• 관점을 이해하라

관점이란 상황과 쟁점을 이해하는 방식이다. 자신이 가진 관점의 한계를 이해하라. 그리고 관련된 다른 관점도 고려하라.

[관점을 검토하는 질문]
- 이 상황을 어떻게 보고 있는가?
- 정확하게 지금 무엇에 집중하고 있는가?
- 자신의 관점만이 합당한가?
- 주어진 상황에서 가장 적절한 관점은 무엇인가?
- 개인적인 신념에 심각하게 도전하는 관점에 대해 깊이 있게 생각해 본 적이 있는가?
- 이 이야기 속에 나타난 글쓴이의 관점은 무엇인가?
- 동의할 수 없는 관점에서도 바라볼 수 있는가?
- 무조건 자신의 관점이 정당하다고 가정하는 것은 아닌가?

2. 어떻게 읽을 것인가*

읽는 기술

좋은 논설문을 쓰기 위한 대전제는 넓고 깊게 '읽기'에서 비롯된다.

'쓰는' 것과 마찬가지로 '읽기'에도 기술이 필요하다. 현대 문명사회에서 '글자를 읽을 수 있는 문맹'이 늘고 있는 것은 '읽는 기법'을 가르치지 않았기 때문이다.

'읽는 기법'이라고 하면 일단은 '읽는' 행위에 대한 기계적이고 심리학적인 측면에 초점을 두어 '속독'과 혼동하는 경향이 있다. 그러나 여기서 말하는 '읽는 기법'이란 그 뒤에 들어 있는 사상을 이해하는 것을 뜻한다. 다만 빨리 읽는 것만으로는 무의미하다. 중요한 것은 잘 이해하면서 빨리 읽는 것이다. 그러려면 어떻게 해야 하는가?

책을 읽는 데 필요한 분석적 읽기, 종합적 읽기, 비판적 읽기와 이들의 주의 사항을 살펴보자.

분석적 읽기

'분석적 읽기'란 책 전체의 내용을 파악하고 각 부분과의 관계를 파악하는 것이다. 이를 위해서는 다음에 주의한다.

1) 분류하기

책이나 논문을 읽을 때는 가장 먼저 어떤 종류의 책인지 아는 것이다.

이를 파악하기 위해서 제목·부제·차례·머리말 등을 재빨리 대강 살펴본다.

---

* M.J. Adler, How to Read a Book 참조

찾아보기가 있다면 그것을 보고 중요한 카테고리로 자주 나오는 생각이 무엇인지를 파악한다. 찾아보기는 책 내용의 '종류'를 결정하는 데에도 도움이 된다. 찾아보기가 없다면 자신이 책 끝에 찾아보기를 만든다.

2) 정리하기

그 다음은 '무엇을 다루는 내용인가?', '주요 주제는 무엇인가?'에 주목해야 한다. 통일적인 주제를 찾아 내기 위해서 전체를 몇 개의 문장으로 간략하게 정리해 보라.

그리스 역사가 헤로도토스는 《역사》라는 책의 머리말에서 다음과 같이 통일적 주제를 정리했다.

"이 책은 할리카르나소스 출신 헤로도토스가, 인간계의 사건이 시간의 흐름에 따라 잊혀지고, 그리스인이나 이민족이 이룩한 위대하고 경탄해야 할 사적——특히 그리스와 페르시아가 무엇 때문에 싸움을 하게 되었는가의 사정——도, 결국 세상 사람에게 잊혀질 것을 두려워해 자신이 연구 조사한 바를 서술한 것이다."

아리스토텔레스는 《시학》 제17장에서 호메로스의 「오디세이」라는 장대한 서사시의 내용을 다음과 같이 몇 줄로 요약하였다.

"한 사람의 남자가 오랜 기간 고향을 떠나 있었다. 그 남자는 바다의 신 포세이돈의 감시를 받으며 홀로 지내야 했다. 그러는 사이 집에서는 그의 부인에게 구혼한 자들 때문에 재산이 낭비되고, 자식은 살해당할 처지에 놓였다. 그는 고난을 거듭한 끝에 결국 돌아오게 되었고, 몇 사람에게 자신의 정체를 밝힌 후 구혼자들과 싸워 그들을 물리쳤고, 그 자신은 구원을 받았다."

아리스토텔레스는 계속해서 말하길 "「오디세이」에서 독창적 부분은 이것뿐이고, 나머지는 모두 신화(epeisodia)이다"라고 했다.

애덤 스미스의 《국부론》을 요약한다면 "분업과 화폐 교환을 기반으로 한 사회에서 자연가치 결정요인인 임금·지대·자본 간에 상호관계를 고찰하면서, 국부증대의 조건으로서 자본축적이 필요하다는 것을 설명했고, 이를 위해 중상주의 정책에 반대하고, 개인 경제활동의 자유방임과 민족간 자유무역을 옹호한 책"이라고 정리할 수 있다.

3) 각 부분의 관계 파악

'말하고자 하는 게 무엇인가?' 파악되었다면, 다음으로 염두에 두어야 할 것은 '그것이 어떻게 구분돼 있는가?' 하는 것이다.

"이 책은 3장으로 나뉘어져 제1장은 X, 제2장은 Y, 제3장은 Z이며, 다시 제1장은 3절로 나뉘어져 제1절은 X 가운데 L에 대해서, 제2절은 M에 대해서, 제3절은 N에 대해서 논하고 있다."

이처럼 여기에는 통일된 전체 가운데 속해 있는 수많은 부분 조직을 분석해 보아야 한다.

좋은 논문은 내용의 각 부분들이 잘 통일돼 있다. 독자는 그 전체 테마를 찾아내야 하고, 수많은 부분들이 어떻게 정리되고 연결되었는지를 발견해야 한다.

4) 문제의식 밝혀 내기

분석적 읽기의 마지막 요점은 '필자가 밝혀 내려고 했던 문제는 무엇이었는가?'이다. 이론적 문제나 실제적 문제 가운데 어느 것이든 질문이 무엇인가를 확인하는 것이다. 중심 주제와 그것을 세분화한 주제를 파악하면, 전체를 꿰뚫는 핵심을 발견해 낼 수 있게 될 것이다.

종합적 읽기

'분석적 읽기'에 대한 내용을 점검했다면, 이번에는 책의 각 부분에서 시작해 전체 구조 속에서 그것을 해석하는 '종합적 읽기'를 살펴본다.

1) 낱말을 통한 개념 파악

첫 번째 해야 할 것은 '하나 또는 몇 개의 낱말 뒤에 숨어 있는 개념'을 파악하는 것이다. 낱말은 여러 개의 의미를 포함하기도 하며, 일상적 용어로 쓰이는 낱말이라도 필자의 생각 속에서 독특한 의미를 갖기도 한다. 그러므로 필자가 나타내려는 용어의 개념이 무엇인지, 그리고 필자가 의미하려는 전문적인 특수한 개념이 무엇인지를 발견해 내야 하는 것이다.

'노동'이라는 하나의 낱말은 단순한 일상용어이지만, 전후 관계나 필자의 의도에 따라 다양한 의미를 갖게 된다. '자연법'에 대해 말한다고 해도 아퀴나스의 경우와 로크의 경우는 그 개념 내용이 완전히 달라진다. 그러므로 책의 필자가 어떤 개념을 사용하고 있는지를 확실히 알아 두어야 한다.

2) 문장 속에 숨겨진 명제 찾기

두 번째로 할 일은 '하나 또는 몇 개의 문장 뒤에 숨어 있는 명제와 판단을 찾아 내는 것이다.

문장은 낱말과 마찬가지로 여러 가지 의미로 해석될 수 있어서 하나의 문장에 반드시 하나의 명제가 포함된다고 할 수는 없다. 문장에는 단문·중문·복문이 있고, 하나의 문장에 몇 개의 명제가 포함되는 경우도 있다. 명제란 'A는 B이다' '이러이러한 것은 진실이다, 사실이다' '이 질문에는 아니라고 답해야 한다' 등과 같은 판단을 드러낸다.

중요한 것은, 이런 판단을 나타내는 문장을 찾아내는 것이다. 예를 들면 아들러(M.J. Adler)의《책 읽는 법(How to Read a Book)》에 나오는 중요한 명제를 표현한 글로 '읽는다는 것은 배우는 것이다'가 있다. 이처럼 중요한 글은 대개 단락 처음에 주제문으로 나오는 경우가 많다.

3) 추론을 통한 논의의 흐름 찾기

세 번째로 고려해야 할 점은 '일련의 글 가운데 숨어 있는 추론 논의·주장'을 발견하는 것이다.

추론(reasoning)을 통한 논의란 'A는 B이고 B는 C이다. 그러므로 A는 C이다'처럼 명제를 나타내는 몇 개의 문장으로 이루어진다. 일단 중요한 문장을 몇 개 발견하면, 그것들이 어떤 방식으로 결합해 논의를 구성하고 있는지 흐름을 명확히 한다. 논의에는 처음과 끝, 전제와 결론이 있으므로 그 양 끝의 연결 고리를 발견하는 것이 세 번째 할 일이다.

낱말에서 개념을, 몇몇 개념의 결합인 문장에서 명제를 발견해 온 독자는, 지금 몇 개의 문장에서 논의의 흐름을 발견하는 단계에 와 있다. 낱말에서 문장으로 발전했으므로, 다음 단계는 단락(paragraph)을 파악해야 한다는 반론이 있을 수 있다. 그러나 굳이 '일련의 문장에서'라고 한 것은 논의가 반드시 하나의 단락에 포함된다고 단정할 수 없기 때문이다. 물론 중요한 논의 전체가 한두 단락에 포함되어 있는 경우도 있다. 그런 경우에는 그 단락을 확인하는 것이 필요하다. 그렇지 않으면 단락 A에서 한 문장(명제), 단락 B에서 두 문장, 또는 바로 앞 단락 C에서 또 한 문장 등으로 논의의 전체를 구성하는 일련의 명제문을 여기저기에서 찾아와야 한다.

필자나 책의 종류에 따라서는 전제나 결론의 확연히 구분지어진 경우가 있다. 예를 들면 아퀴나스의 《신학대전》과 같은 책에는 몇 가지 자신의 명제, 그것에 대한 반론, 반론에 대한 반론, 자신의 최종적 논의 등이 순차적으로 나뉘어 있다. 번호나 제목으로 논의의 흐름을 분명히 제시해 주는 경우도 있다. 그러나 대부분의 책이나 논문의 경우 논의의 흐름이 명확히 제시되었다고 단정할 수는 없다. 다루는 것의 성격상 논의의 흐름을 명확히 할 수 없는 경우도 있다. 과거 사건을 추리하는 역사 서술 등이 그 예이다. 그 논의의 흐름을 구성하는 내용을 파악해 내는 것이 '종합적 읽기'의 세 번째 일이다.

논의의 흐름을 파악하기 위해 때때로 필자의 명제문을 자신의 말로 고쳐 사용할 때도 있다. 그럼에도 흐름을 분명히 파악하기 어려운 경우도 있는데, 이는 필자 자신이 말하려는 내용을 충분히 이해하고 있지 못했기 때문이다. 이런 경우 독자가 무리해서 흐름이 통하도록 고쳐서는 안 된다.

논의의 흐름을 찾아 내기 위해서는 행간을 읽는 것도 필요하다. 이는 논의의 흐름이 한눈에 금방 파악될 수 있는 읽기 방식이 아니라 수많은 다의적 명제문 안에 숨겨져 있는 경우이다.

4) 필자의 문제 해결 확인

마지막으로 '필자가 문제를 어느 정도 해결했는지'를 확인한다. 완전히 문제가 해결되었는지, 부분적 해결인지, 필자는 그것을 자각하고 있는지, 제시된 문제 해결의 과정에서 새로운 문제가 발견되었는지 등을 확인한다.

분석과 종합에 의한 구조적 이해

앞에서 말한 전체에서 부분으로 나가는 '분석적 읽기'와 즉 부분에서 전체로 나가는 '종합적 읽기'가 있다. 이는 심장의 수축·팽창과 마찬가지로 두 가지 작용이지만, 결국 하나의 두 측면인 것과 같다. 전체에서 부분으로 나아가는 가운데 각 부분에서 명제를 발견하게 되고, 그 명제를 모아가다 보면 논의의 흐름이 완성된다. 부분에서 시작해 전체로 나아간다고 해도 부분을 이해하려면 결국 명제와 논의의 큰 흐름을 깨달아야 한다.

시중에 나온 독서길잡이 실용서에서는 "중요한 낱말이나 문장에 밑줄을 그어라"라고 충고한다. 틀린 말은 아니다. 그러나 중요한 낱말과 문장이 어떤 것인지는 전체에서 부분, 부분에서 전체로 나아가는 두 가지 '읽기' 활동을 통해 비로소 알게 된다. 다만 막연하게 읽기만 해서는 어떤 낱말이나 문장이 중요한 것인지 파악하기 어려울 수 있다.

분석과 종합에 의한 '읽기'가 끝났다고 한다면, 비로소 책이나 논문을 정말 이해했다고 말할 수 있다. 속독법이나 심리적 독서법도 중요하지만, 그런 것이 의미를 가지려면 문법적·논리적 또는 존재론적 독서법에 뿌리를 두어야 한다. '낱말 하나하나가 아니라 단락의 전체를 파악하라'든가 '다음 문장이나 다음 장의 내용을 예측하면서 읽어보라'는 충고도 분석과 종합에 의한 구조적 이해라는 관점에서 보았을 때 비로소 이해가 가는 의미있는 것이 된다.

비판적 읽기

'분석적 읽기'와 '종합적 읽기'를 이해할 수 있게 된 독자가 책을 더 잘 이해하고, 독서를 자신의 연구에 자료로 삼기 위해서는 자신이 이해한 것을 비판해 볼 필요가 있다. 읽은 것을 다만 이해하는 것만으로 그친다면, 그 독자는 수많은 필자에게 휘둘리기만 할 뿐, 참된 독서 및 연구의 큰 목적에는 가까이 가기 어렵다. '비판적 읽기'는 지금까지 묵묵히 읽고만 있던 독자가 입을 열고 '말하고' '반문하는' 것이므로 '논리와 수사에 의한 읽기'라고도 할 수 있다. 필자와 독자의 대화·토론이 시작되는 셈이다.

'비판적 읽기'의 대전제는 우선 필자가 말하려는 것을 이해하는 것이다.

'잘 모르겠지만 동의할 수 없다'는 것은 단순한 감정론이다. 자신이 틀렸다고 느끼고 있으면서, 다만 반대를 위해 비판하는 것도 마찬가지로 바보 같은 일이다. 의미있는 비판과 찬성, 반대는 명확한 이유와 근거를 제시해야 한다. 막연한 느낌이나 불확실한 의견 차원의 비판은 다만 억측에 불과하기 때문이다.

1) 자료가 충분했는가

첫 번째로 해야 할 것은 '필자의 자료가 충분했는지'를 확인하는 일이다. 예를 들면 다윈의 《종의 기원》은 자연도태로 인한 생물 진화의 비밀을 밝힌 위대한 업적이지만, 이에 포함된 유전에 대한 생각은 근본적으로 잘못된 것이었다. 그는 유전의 메커니즘에 대한 충분한 정보를 가지고 있지 않았던 것이다. 충분한 정보를 가지고 있었더라면 그의 설명은 달라졌을 것이다.

2) 옳은 명제인가

두 번째로 해야 할 일은 '필자가 잘못된 이론의 명제를 세우고 있지 않은지'를 확인하는 것이다. 즉, 사실이 아닌 것을 사실인 것처럼, 있을 리가 없는 것을 있는 것처럼 말하고 있지는 않은지를 점검한다. 오류 명제는 단순히 정보의 부족에서 유래할 수도 있지만 이를 통해 잘못된 결론을 이끌어 내게 된다.

예를 들면 아퀴나스는 '천체는 위치를 바꾸기는 하지만 그 이외의 점에서는 불변'이라고 주장했다. 이것은 사실에 부합하지 않는 명제이다. 리카도나 그의 학설을 계승한 마르크스는 '노동이 생산적 가치의 근원'이라고 주장했지만 오늘날에는 어떠한가. 생산적 가치의 근원이 토지만이라거나 노동만이라고는 생각하지 않는다. 또한 토지와 노동과 설비를 모두 포함한 자본이라는 것을 알고 있다.

3) 추론 과정이 논리적인가

비판적 독자가 다음으로 찾아 내야 할 것은 '필자의 추론 과정이다. 전제 명제로부터는 나올 리가 없는 결론을 제시하고 있지 않은지를 점검하는 것이다. 마키아벨리는 《군주론》 제12장에서 "좋은 법은 충분한 통찰력을 전제로 한다. 따라서 경찰력이 충분한 국가의 법은 좋은 법이다”라는 의미의 글을 썼다. 전제 명제의 진위는 별도로 한다고 해도, 거기서 이런 결론은 나오지 않는다. ‘건강은 행복의 조건이다’라는 전제 명제는 참이지만, 거기에서 ‘그런 까닭에 건강한 사람은 모두 행복하다’라는 결론은 나올 수 없다.

4) 의도한 바를 실현했는가

마지막으로 해야 할 것은 ‘필자는 의도한 계획을 전체적으로 어느 정도 실현했는가?’에 대한 평가이다. 앞서 설명한 ‘비판적 읽기’를 통해 각자 필자가 제시한 개념·명제·논의의 흐름에 대한 비판적 검토로 그것에 동의할 수 있는지, 그리고 어디까지 동의할 수 있는지를 조사했다. 마지막으로 살펴보아야 할 것은 ‘전체적으로 보아 어떤 점에서 동의하며, 그것이 어느 정도의 제약이 있는지’를 분명히 하는 것이다. 예를 들면 아리스토텔레스의 《정치학》을 읽고 이해한 현대의 비판적 독자는 마지막에 다음과 같은 총괄적 비판을 할 것이다.

“이 작품은 시대적 제약으로 노예제를 승인했고, 그 때문에 평등하고 민주적인 정체를 고려하지 않았다는 점에서 불충분한 점이 있다.”

필자가 의도한 바를 실현했는지 비판적으로 읽기 위해서는 앞서 설명한 ‘필자가 어느 정도로 문제점을 잘 명시했는지’ ‘그 문제점을 어느 정도로 잘 해결했는지’에 대한 총정리가 필요하다.

문예 작품 읽기

논픽션 서적이나 논문은 대부분 위에서 말한 세 가지 방법으로 읽을 수 있다. 이에 비해 문예 작품에는 논리적 정합성 등을 요구할 수 없으므로, 읽기 방법도 논픽션의 그것과 근본적으로 다를 수 있다.

그러나 다음과 같이 바꾸어 응용할 수 있다. 1. 문학 가운데 어떤 장르에 속하는가? 2. 작품이 어떤 구성으로 돼 있는가? 3. 어느 부분에서 나뉘는가?

‘종합적 읽기’의 ‘개념’ ‘명제’ ‘논의’에 대응하는 것은 1. 삽화·사건·등장인물·대화·감정·행동 등, 2. 장면·상황·배경, 3. 플롯의 전개 등이 된다. 단, 이런 대응은 소설이나 희곡에서 볼 수 있는 것으로 시에는 적합하지 않다.

　문예 작품의 경우 비판의 척도는 '진실'이나 '사실'이 아니고 '미(美)'이다. 그러므로 '읽기'의 내용도 바뀌어야 한다. 물론 위대한 문학이라고 일컫는 것에는 미적 형식만이 아니고 그 이면에 인생의 진리 등을 시사하는 작품들이 많다. 이런 점에서 '진리'도 문예 작품과 관계없지 않고, 따라서 논픽션의 '읽기'가 더 직접적이고 생생하다고 할 수 있다.

　그러나 아무리 깊은 사상을 내포한 작품이라고 해도, 문예 작품이라면 비판의 척도는 '미'가 되어야 한다. 거기서 심미적 비평에서 고려해야 할 점 다섯 가지를 제시하면 다음과 같다. 첫째, 어느 정도로 통일성 있게 정리되었는가? 둘째, 어느 정도로 복잡, 미묘한가? 셋째, 어느 정도로 진실성이 있는가? 넷째, 독자의 의식이나 감정을 어느 정도로 확실히 눈뜨게 하는가? 다섯째, 어느 정도로 독자를 새로운 상상의 세계로 이끄는가?

　'분석', '종합', '비판'의 세 가지 '읽기'를 통해 '구조적 읽기', 즉 깊이 이해하는 습관을 몸에 익혔다면 그것은 더욱 견실한 '속독'의 기술을 체득한 것과 마찬가지 결과를 나타낸다. 결국 대부분의 '기법'에서 중요한 것은 '어떻게 행할 것인가?'가 아니라 '어떻게 생각하는가?'와 '어떻게 이해하는가?' 이기 때문이다. 이것은 '읽기'에 대해서 뿐만 아니라 '쓰기', '말하기', '듣기' 등의 모두에 대해 말할 수 있는 진리이다.

3. 이제 논술을 쓰기 시작하자

모든 학습에 있어서 글쓰기는 꼭 필요하다. 쓰기 없이는 교육받을 수도 없고 글로써 의사소통을 할 수도 없다. 이러한 글쓰기를 배우기 위해서는 지적 훈련이 필요하다. 이제 글쓰기의 기초를 다져보자.

목적을 가지고 써라

글을 잘 쓰는 사람들의 공통점은 목적이나 의도에 충실하게, 아울러 글의 종류에 따라, 상황과 목표에 따라서 다르게 쓸 줄 안다는 것이다. 하지만 모든 글쓰기에는 보편적인 목적이 있다. 그 목적은 대상에 대해 표현할 가치가 있는 것을 표현하는 것이다.

일반적으로 글을 쓴다는 것은 다른 사람이 알 수 있도록 자신의 생각을 글로서 바꾸는 것이다. 간단히 말해 생각과 경험을 글로 옮기는 것(번역)이다. 자신이 의도한 의미를 정확하게 글로 옮기는 일은 분석적·평가적·창의적 활동이다. 그러나 불행하게도 낱말을 잘 선택하고 조합하여 의도한 의미를 다른 사람에게 제대로 전달할 수 있는 사람은 소수일 뿐이다.

물론 스스로 즐기기 위해서나 순수한 쾌락을 위해서 쓰는 글이라면 남이 이해하든 안 하든 상관없다. 자신이 쓴 글이 무슨 뜻인지를 스스로 이해할 수만 있다면 그것으로 충분한 것이다.

글을 쓰는 의도는 다양하다.

- 즐거움을 위해
- 떠오른 생각을 메모하기 위해
- 정보 전달을 위해

- 중요한 관점이나 논증을 독자에게 이해시키기 위해
- 새로운 세계관을 피력하기 위해
- 교과 학습내용을 표현하기 위해

또한, 특별한 의도를 가지고 글을 쓰기도 한다.

- 흥밋거리 기사를 제공해야 하는 잡지 편집자
- 광고문안을 작성하는 카피라이터
- 선거운동 문구를 작성하는 방송 컨설턴트
- 실험 보고서를 작성하는 과학자
- 리포트를 작성하는 학생
- 시를 쓰는 시인

글쓰기 기법은 그것의 의도에 따라 달라진다. 하지만 뭔가 가치 있는 것을 표현하려고 한다면, 기초적인 기법이 몇 가지 필요하다. 여기서 우리는 이 기법을 '제대로 글쓰기'라고 부를 것이다.

제대로 된 글을 써라

가치가 있는 글을 쓰기 위해서는 다음의 두 가지 질문을 기억해야 한다. 첫째, 가치가 있는 주제나 아이디어를 갖고 있는가? 둘째, 그 주제에 대해서 표현할 만한 중요한 정보나 아이디어를 갖고 있는가?

사람들은 다양한 의도로 글을 쓰지만 깊이 있고 중요한 생각을 나타내기 위해 글을 쓰고자 한다면, '제대로 글쓰기'에 관해 학습해야 한다. 먼저 도구와 기술이 필요하다. 이 책의 초점은 바로 이 도구와 기술의 안내에 있다.

즉흥적인 글쓰기는 피하라

대체로 즉흥적으로 쓴 글은 문단 간의 연결이 고르지 않고 의견과 사실의 구별이 명확하지도 못하다. 생각이 제대로 정리되지 않고 조각나 있기 때문에 글도 조각이 나 있게 되는 것이다. 비판적이지 않기 때문에 자신의 관점만이 깊이 있고 정당하다고 생각한다. 그래서 다른 관점들과 비교할 필요도 느끼지 않는다. 또한 자신의 생각에 대해 잘 모르기 때문에 자신이 훈련되어 있지 않다는 것도 모른다.

이렇듯 즉흥적으로 떠오른 지식은 대부분 무비판적인 편견과 고정관념으로 가득 차 있다. 글을 쓸 때 생각이 어떻게 의미를 구성하고 반성하고 평가하는지를 잘 알지 못한다. 그러므로 글을 잘 쓰기 위해서는 즉흥적인 생각의 차원을 넘어서야 한다.

반성적인 글쓰기를 하라

반성적으로 생각하는 사람은 즉흥적인 사람들과 달리 글쓰기의 의미를 찾고 그 의미가 글에 제대로 담겼는지 되돌아본다. 자신의 생각과 독자의 생각을 명확히 구분한다. 이들은 분명한 목적을 가지고 있기 때문에 목적에 맞게 글을 쓴다. 통합적으로 생각하려 하기 때문에 이미 알고 있는 내용과 글의 내용을 연결해 본다. 비판적이기 때문에 자신의 글을 명료성과 정확성·정밀성·적절성·깊이·넓이·논리·중요성·공정성 등에 따라 평가한다. 개방적 사고 방식을 가졌기 때문에 새로운 생각을 소중히 하면서 쓰기를 통해 배운다. 반성적인 사람은 반성을 통해 사고력을 증진시키고 글쓰기를 향상시킨다.

글 속에서 자신의 생각이 어떻게 작용하는지를 꼭 알아야 한다. 예를 들어 나의 글이 독자에게 어렵게 읽힌다면 의도적으로 중심 글을 세세히 설명하고, 예를 들고, 해설을 덧붙일 필요가 있다.

반성적 글쓰기를 한다는 것은 다음과 같은 질문을 스스로 던져보는 것이다.

- 나의 중심생각이 명확한가?
- 나의 중심생각을 자세히 설명했는가?
- 나의 중심생각을 이해시킬 만한 예를 들었는가?
- 독자들이 잘 이해하도록 적절히 은유와 유추를 사용했는가?

만일 독자들이 자신의 관점에 공감하지 않을 것 같다면, 독자들의 신념과 자신의 신념을 연결시키려고 노력해야 한다. 우선 독자들의 상황 속에 들어가 그들의 신념과 세계관을 이해하려고 노력해야 한다. 그리하여 자신이 독자들의 관점을 이해한다는 것을 보여줘야 한다.

생각을 훈련하라

사람은 누구나 생각을 한다. 그 생각이 어떻게 커가는지 아는가? 자신의 편견을 아는가? 자신의 생각이 얼마큼 주위 사람들의 생각을 반영하고 있는지 아는가? 자신의 생각이 문화에 얼마나 영향을 받고 있는지 아는가?

다른 사람의 생각에 대해서 글을 쓰기 위해서는 다른 사람의 생각 속으로 들어갈 수 있어야 한다. 그 과정에서 자신의 생각을 발견할 수 있고 장점과 단점도 발견할 수 있다. 자신의 생각을 글로 나타내기 위해서는 이차적인 사고 방법을 배워야 한다. 자신의 생각에 대해 생각하는 방법을 배우는 것이다. 즉, 자신의 생각 밖에서 자신의 생각을 들여다보는 것이다. 그렇다면 어떻게 자신의 생각 밖으로 나갈 수 있을까?

우선 생각에는 여덟 가지 기본 요소가 있다는 것을 알아야 한다. 모든 생각은 전제에 바탕을 둔 관점 안에서 어떤 목적을 가지고 이루어지는데, 그런 생각 속에는 함축된 것이 있다. 또한 정보와 사실과 경험을 해석하기 위해서 개념과 아이디어와 이론들을 사용하며, 이를 통해 질문에 답을 하고 문제와 쟁점을 해결한다.

그러므로 결국 생각한다는 것은,

- 목적을 가지고
- 질문을 하며
- 정보를 활용하여
- 추론을 하고
- 개념을 사용하며
- 전제를 갖고

- 함축을 가지며
- 관점 안에서 이루어진다.

이 여덟 가지 기본요소는 중요한 지적 도구다. 어떤 것에 대해서 생각한다는 것은 이런 요소들이 생각 속에서 일어나고 있는 것이다. 글을 쓸 때는 목적을 가지고 추론을 하며, 일정한 관점 안에서 생각한다. 동시에 글을 읽는 독자들도 자신의 관점과 목적과 질문을 가지고 있다. 글을 쓰는 사람이 독자들의 관점을 잘 이해하면 할수록 자신의 논리를 독자들에게 더 잘 설명할 수 있게 된다. 또한 다른 사람의 사고체계를 잘 알면 알수록 자신에 대해서도 더 잘 알게 된다.

'쓰기'와 '쓰기를 통해 나타내고자 하는 생각' 사이를 효과적으로 오고갈 수 있다면 자신의 생각을 글에 잘 담을 수 있게 된다. 생각하기를 통해 글쓰기가 개선된다는 것을 깨달아야만 글쓰기를 바꿀 수 있다.

글을 쓸 때 질문해야 할 것

글을 잘 쓰고 싶다면 글을 쓰는 동안 자기 자신에게 질문을 던지면서 활발하게 대화해 보라. 이해하기 위해서 무엇을 썼는지 평가하기 위해서도 질문하라. 또한 자신의 생각에 중요한 개념이 들어 있는지 질문하라.

자, 이제 숙련된 필자들이 글을 쓰면서 하는 질문을 살펴보자.

- 이 글을 쓰는 목적은 무엇인가? 독자에게 바라는 것은 무엇인가?
- 내가 쓴 것 중에 잘 이해되지 않는 부분이 있는가? 의미도 정확히 모르면서 인용한 것은 없는가?
- 뜻이 모호한 문장을 어떻게 명확하고 정밀하게 고칠 수 있는가?
- 내가 사용한 중심 낱말들의 의미를 잘 알고 있는가? 아니면 사전이 필요한가?
- 어떤 낱말을 독특한 의도로 사용하지 않았는가? 그 의미에 대해 독자들에게 설명했는가?
- 내가 말한 것에 부연 설명이 필요하지는 않은가?

• 중심생각이 명료한가?
• 나의 글이 어떤 질문에 답하고 있는지 알고 있는가?
• 내가 이야기하는 주제나 문제에 대해 더 필요한 정보는 없는가?

명료화 전략

1. 주제를 한 문장으로 명확하게 진술하는 능력

자기가 쓴 글 속의 중심 생각을 정확히 진술할 수 없다면 자신이 말하고자 하는 것을 제대로 알지 못하는 것이다.

2. 주제 글을 좀더 상세하게 설명할 수 있는 능력

자기의 중심 생각을 자세하게 표현할 수 없다면 다른 개념을 그것에 연결시킬 수 없다.

3. 중심 생각에 대한 예를 들 수 있는 능력

자신이 표현할 것을 삶의 구체적인 상황과 연결할 수 없다면 우리는 그것을 여전히 추상적이고 모호하게 이해한 것이다.

4. 은유나 유추, 그림·표 등으로 표현하는 능력

자신이 구성한 의미를 은유나 유추, 그림으로 표현할 수 없다면 여전히 그것을 다른 분야의 지식이나 경험과 연결하지 못한 것이다.

글을 평가할 때는 다음과 같은 질문을 해야 한다.

1. 글이 모호하거나 혼동되거나 혼란스럽지 않은가?
2. 주장이 정확한가?
3. 충분히 구체적이고 세밀한가?
4. 목적에서 벗어난 부적절한 자료는 없는가?
5. 독자에게 주제가 가지고 있는 중요한 복합성을 밝혔는가?
6. 글의 관점이 너무 편협하지는 않은가?

7. 글이 서로 모순되지는 않는가?
8. 사소한 면을 다루지 않았는가?
9. 편협하게 접근하지는 않았는가?

4. 바른 표기법

주요 약어

영문약어

$$\boxed{\text{A}}$$

AAAI(American Association for Artificial Intelligence) 미국인공지능협회

AAAS(American Association for the Advancement of Science) 미국과학진흥협회

AAAS(Afro-Asia Common Market) 아시아—아프리카 공동시장

AAH(Advanced Attack Helicopter) 신형공격헬리콥터

AAM(Air-to-Air Missile) 공대공미사일

ABC(Audit Bureau of Circulation) 발행부수공사기구

ABC(Atomic Biological Chemical) 무기 ; 화생방무기

ABM(Anti-Ballistic Missile) 탄도탄 요격미사일

ABS(Anti-lock Braking System) 자동차잠김방지제동장치

ABU(Asia-Pacific Broadcasting Union) 아시아태평양방송연합

ACSA(Acquisition and Cross-Serving Agreement) 물자용역상호융통협정

ADB ① (Asian Development Bank) 아시아개발은행

     ② (African Development Bank) 아프리카개발은행

ADF(Asian Development Fund) 아시아개발기금

ADIBA(Association of Development & Industrial Banks in Asia) 아시아산업개발
협의회

ADIZ(Air Defence Identification Zone) 방공식별지대

ADR(Advance Decline Ratio) 주가등락비율

ADSL(Asymmetric Digital Subscriber Line) 비대칭디지털가입자회선

AEW(Airborne Early Warning) 공중조기경보(기)

AFC(Asian Football Confederation) 아시아축구연맹

AFP(Agence France-Presse) 프랑스통신사

AFTA(ASEAN Free Trade Agreement) 아세안자유무역협정

AGF(Asian Games Federation) 아시아경기연맹

AI ① (Amnesty International) 국제사면위원회

  ② (Artificial Intelligence) 인공지능

AMCHAM(The American Chamber of Commerce in Korea) 주한미국상공회의
    소(암참)

AMU(Arab Maghreb Union) 아랍마그레브연합

ANC(African National Congress) 아프리카민족회의

ANOC(Association of National Olympic Committees) 국가올림픽위원회연합

AP(Associated Presss) 미국연합통신사

APEC(Asia-Pacific Economic Cooperation) 아시아태평양경제협력체

APII(Asia Pacific Information Infrastructure) 아시아태평양정보통신기반

APPU(Asia Pacific Parliamentarian's Union) 아시아태평양의회연맹

ARI(Acid Rain Index) 산성비지수

ARS(Audio Response System) 음성자동응답장치

ASEAN(Association of South-East Asian Nations) 동남아시아국가연합

ASEM(Asia Europe Meeting) 아시아유럽정상회의

ASIC(Application Specific Integrated Circuit) 주문형반도체

ATM(Automated Teller Machine) 자동현금입출금기

ATP(Association of Tennis Professionals) 세계남자테니스협회

AWACS(Airborne Warning and Control System) 공중조기경보기, 공중경계관제
    시스템

B

B2B(Business to Business) 기업간전자상거래

BANANA(Build Absolutely Nothing Anywhere Near Anybody) 바나나현상(각

종 환경오염 시설을 자기가 사는 지역권 내에는 절대 설치하지 못한다는
지역 이기주의의 한 현상)

BBC(British Broadcasting Corporation) 영국방송협회

BIS(Bank for International Settlements) 국제결제은행

BISDN(Broadband Integrated Services Digital Network) 광대역종합정보통신망

BK21(Brain Korea 21) 두뇌한국21

BL(Bill of Landing) 선하증권

BMF(Bond Monetary Fund) 통화채권펀드

BMI(Body Mass Index) 체질량지수

BOD(Biochemical Oxygen Demand) 생물학적산소요구량

BOP(Balance of Payments) 국제수지(표)

bps(bit per second) 초당 전송속도

BRM(Biochemical Response Modifier) 생물학적응답조절물질

BRICs 신흥경제대국으로 급부상하는 브라질(Brazil)·러시아(Russia)·인도
(India)·중국(China)을 일컫는 말

BSI(Business Survey Index) 기업경기실사지수

BT(Bio Technology) 생명공학기술

C

CAD(Computer-aided Design) 컴퓨터원용설계

CALS ① (Continuous Acquisition and Life-cycle Support) 생산·조달·운용지원
등의 통합정보 시스템

② (Commerce At Light Speed) 광속거래(전자상거래)

CAM(Computer-aided Manufacturing) 컴퓨터에 의한 생산

CATV ① (Cable TeleVision) 케이블텔레비전

② (Community Antenna Television) 청취안테나텔레비전

CB(Convertible Bond) 전환사채

CBOT(Chicago Board of Trade) 시카고상품거래소

CCITT(Comité Consultatif International Telegraphique et Téléphonique) 국제전

신전화자문위원회

CCTV(Closed Circuit TeleVision) 폐쇄회로텔레비전

CD ① (Cash Dispenser) 현금자동지급기

② (Compact Disk) 콤팩트디스크

③ (Certificate of Deposit) 양도성 정기예금증서

CDE(Conference on Disarmament in Europe) 유럽군축회의

CDI(Conventional Defense Initiative) 미국의 비핵방위구상

CD-I(Compact Disk Interactive) CD플레이어와 영상앨범, 컴퓨터그래픽, 영상
반주, VCR기능 등을 모두 갖춘 컴퓨터믹서형 첨단 비디오기기.

CDMA(Code Division Multiple Access) 부호분할다중접속

CE(Council of Europe) 유럽회의

CEO(Chief Executive Officer) 최고경영자

CERT(Computer Emergency Response Team) 통신보안전문가조직

CF(Commercial Film) 광고선전용 텔레비전영화

CFC(Chloro-Fluoro-Carbon) 염화불화탄소. 일명 프레온가스

CFO(Chief Financial Officer) 최고재무책임자

CI(Corporate Identity) 기업이미지통합

CIA(Central Intelligence Agency) 미국중앙정보국

CIF(Cost Insurance and Freight) 운임보험료부담조건

CIM(Computer Integrated Manufacturing) 컴퓨터통합생산시스템

CIO(Chief Information Officer) 최고정보관리책임자

CIS(Commonwealth of Independent States) 독립국가연합

CITES(Convention on International Trade in Endangered Species) 멸종위기에 처
한 야생 동식물의 국제거래에 관한 협약

CM(Commercial Message) 광고방송

CMA(Cash Management Account) 어음관리계좌

CMS(Cash Management Service) 금융기관에서 통신과 컴퓨터를 이용한 금융자
산 결제방법

CNC(Computerized Numerical Control) 컴퓨터에 의한 수치제어

CNG(Compressed Natural Gas) 압축천연가스

CNN(Cable News Network) 미국의 시사 뉴스 전문 케이블 텔레비전 방송사

COCOM(COordinating COMmittee for Export Control) 대공산권 수출통제위원
　　회

COD(Chemical Oxygen Demand) 화학적 산소요구량

COEX(COnvention & EXhibition) 코엑스. 일명 종합전시장

COMDEX(COMputer Distribution EXposition) 컴덱스(컴퓨터 관련 제품의 생
　　산자와 판매자, 소비자가 모여 벌이는 세계적 컴퓨터 전시회)

CP(Commercial Paper) 기업어음

CPI(Consumer Price Index) 소비자물가지수

CPU(Central Processing Unit) 중앙연산처리장치

CPX(Command Post Exercise) 지휘소훈련

CR(Competition Round) 경쟁라운드

CT(Computed Tomography) 컴퓨터단층촬영법

CTBT(Comprehensive Test Ban Treaty) 포괄적 핵실험금지협약

CTS(Computerized Typesetting System) 컴퓨터조판

D

DB(Data Base) 데이터베이스

DBMS(Data Base Management System) 데이터베이스관리시스템

DBS(Direct Broadcasting Satellite) 직접위성방송

DDA(Doha Development Agenda) 도하개발어젠다(2001년 11월 14일, 카타르
　　도하각료회의에서 합의된 세계무역기구 제4차 다자간무역협상)

DHA(Docosa Hexaenoic Acid) 고도불포화지방산의 하나

DI(Disposable Income) 가처분소득

DIA(Defence Intelligence Agency) 미국국방부정보국

DINKS(Double Income No Kids) 딩크족(아이가 없는 맞벌이 젊은 부부)

DM(Direct Mail) 직접우편광고

DMB(Digital Multimedia Broadcasting) 디지털멀티미디어방송

DMZ(Demilitarized Zone) 비무장지대

DNA(Deoxyribo Nucleic Acid) 디옥시리보 핵산(모든 생물의 생명현상을 지배
　　하고 있는 유전자의 본체)
DO(Dissolved Oxygen) 용존산소량
DPA(Deutsche Presse-Agentur) 독일의 통신사
DR(Depository Receipt) 주식예탁증서
D-RAM(Dynamic Random Access Memory) 디램
DVD ① (Digital Video Disk) 디지털비디오디스크
　　② (Digital Versatile Disk) 디지털다기능디스크
3D(Three Dimension) 입체효과, 입체영화

E

EAEC(East Asia Economic Caucus) 동아시아경제회의
EBRD(European Bank for Reconstruction and Development) 유럽부흥개발은행
EC(Electronic Commerce) 전자상거래
EDCF(Economic Development Cooperation Fund) 대외경제협력기금
EDI(Electronic Data Interchange) 전자문서교환(전자상거래의 한 형태)
EDPS(Electronic Data Processing System) 전자정보처리시스템
EEA(European Economic Area) 유럽경제지역
EEZ(Exclusive Economic Zone) 배타적 경제수역
EFTA(European Free Trade Association) 유럽자유무역연합
E-Mail(Electronic Mail) 전자우편
EMS(European Monetary System) 유럽통화제도
EMU(European Monetary Union) 유럽통화동맹
EP(European Parliament) 유럽의회
EQ(Emotional Quotient) 감성지수
ERM(European exchange Rate Mechanism) 유럽환율조정장치
ESA(European Space Agency) 유럽우주기구
ESCAP(Economic and Social Commission for Asia and Pacific) 아시아태평양경
　　제사회이사회

ET(Extra-Terrestrial) 외계인

EU(European Union) 유럽연합

F

FA ① (Factory Automation) 공장자동화

　② (Free Agent) 자유계약선수

FAO(Food and Agriculture Organization of the United Nations) 유엔식량농업기
　구

FAQ(Frequently Asked Questions) 자주 쓰이는 질문과 답

FBI(Federal Bureau of Investigation) 미국연방수사국

FCC(Federal Communications Commission) 미국연방통신위원회

FDA(Food and Drug Administration) 미국식품의약국

FIFA(Fédération Internationale de Football Association) 국제축구연맹

FIR(Flight Information Region) 비행정보구역

FMS(Foreign Military Sales) 대외군사판매

FOB(Free on Board) 본선인도

FRB(Federal Reserve Bank) 미국연방준비은행

FRP(Fiber Reinforced Plastics) 섬유강화플라스틱

FRS ① (Federal Reserve System) 미국연방준비제도

　② (Federal Reserve board) 미국연방준비제도이사회

FSB(Federalinaya Sluzhba Bezopasnosti) 러시아연방보안국

FTA(Free Trade Agreement) 자유무역협정

G

G7(Group of Seven) 선진7개국

GAISF(General Association of International Sports Federation) 국제경기연맹총
　연합회

GATT(General Agreement on Tariffs and Trade) 관세 및 무역에 관한 일반협정

GCC(Gulf Cooperation Council) 걸프협력회의

GD마크(Good Design Mark) 우수디자인마크

GDP(Gross Domestic Product) 국내총생산

GEF(Global Environment Facility) 지구환경기금

GIS(Geographic Information System) 지리정보시스템

GMO(Genetically Modified Organism) 유전자조작식품

GMP(Good Manufacturing Practice) 의약품적정제조기준

GMT(Greenwich Mean Time) 그리니치평균시

GNI(Gross National Income) 국민총소득

GNP(Gross National Products) 국민총생산

GNW(Gross National Welfare) 국민총복지

GPS(Global Positioning System) 인공위성자동위치측정시스템

GRDP(Gross Regional Domestic Product) 지역내총생산

GSP(Generalized System of Preferences) 일반특혜관세제도

H

HA(Home Automation) 가정자동화

HDI(Human Development Index) 인간성개발지수

HDTV(High Definition Television) 고선명텔레비전

HIV(Human Immunodeficiency Virus) 인체면역결핍바이러스(에이즈바이러스)

HWR(Heavy Water Reactor) 중수로(중수를 감속재로 사용하는 원자로)

I

IAAF(International Amateur Athletic Federation) 국제육상경기연맹

IAEA(International Atomic Energy Agency) 국제원자력기구

IATA(International Air Transport Association) 국제항공운송협회

IBF(International Boxing Federation) 국제복싱연맹

IBRD (International Bank for Reconstruction and Development) 국제부흥개발은
행 (세계은행)

IC (Integrated Circuit) 집적회로

IC Card (Integrated Circuit Card) 집적회로를 내장한 카드

ICAO (International Civil Aviation Organization) (유엔) 국제민간항공기구

ICBM (Intercontinental Ballistic Missile) 대륙간탄도미사일

ICC (International Chamber of Commerce) 국제상공회의소

ICE (InterCity Express) 독일 고속전철

ICFTU (International Confederation of Free Trade Unions) 국제자유노동조합연
맹

ICJ (International Court of Justice) 국제사법재판소

ICPO (International Criminal Police Organization) 국제형사경찰기구. 통칭 인터
폴 (Interpol)

ICRC (International Committee of the Red Cross) 국제적십자위원회

IDA (International Development Association) 국제개발협회

IDB (Inter-American Development Bank) 미주개발은행

IEA ① (International Energy Agency) 국제에너지기구

    ② (International Association for Evaluation of Educational Achievement) 국
제교육성취도평가협회

IEC (International Electrotechnical Commission) 국제전기표준회의

IFAD (International Fund for Agricultural Development) (유엔) 국제농업개발기금

IFAP (International Federation of Agricultural Producers) 국제농업생산자연맹

IFC (International Finance Corporation) 국제금융공사

IFJ (International Federation of Journalists) 국제기자연맹

IFRB (International Frequency Registration Board) 국제주파수등록위원회

IFRC (International Federation of Red Cross and Red Crescent Societies) 국제적
십자사 및 적신월사연맹

IFTU (International Federation of Trade Unions) 국제노동조합연맹

IGA (International Grains Agreement) 국제곡물협정

IGC ① (International Green Cross) 국제녹십자

② (International Grains Council) 국제곡물이사회

IGO(Inter-Governmental Organization) 정부간 조직

IISI(International Iron and Steel Institute) 국제철강협회

IISS(International Institute for Strategic Studies) (영국)국제전략문제연구소

ILO(International Labor Organization) (유엔)국제노동기구

IMEMO(Institute of World Economy and International Relations) 세계경제 및
　　국제관계연구소(러시아 과학아카데미 부설)

IMF(International Monetary Fund) 국제통화기금

IMO(International Maritime Organization) (유엔)국제해사기구

IMT2000(International Mobile Telecommunication 2000) 국제이동통신(세계
　　어디서든 음성과 동영상을 주고받을 수 있는 차세대 휴대전화 서비스)

IN(Intelligent Network) 차세대지능통신망

INF(Intermediate-range Nuclear Forces) 중거리핵전력

INMARSAT(INternational MARitime SATellite organization) 국제해사위성기구

INS(Inertial Navigation System) 관성항법장치

INTELSAT(INternational TELecommunication SATellite organization) 국제전기
　　통신위성기구

IOC(International Olympic Committee) 국제올림픽위원회

IOM(International Organization for Migration) 국제이주(移住)기구

IP(Information Provider) 정보제공자

IPI(International Press Institute) 국제언론인협회

IPPNW(International Physicians for the Prevention of Nuclear War) 핵전쟁방지
　　국제의사회

IPU(Inter-Parliamentary Union) 국제의원연맹

IQ(Intelligence Quotient) 지능지수

IRA(Irish Republican Army) 아일랜드공화국군

IRBM(Intermediate Range Ballistic Missile) 중거리탄도미사일

IRC(International Red Cross) 국제적십자사

IRO(International Refugee Organization) (유엔)국제난민구호기구

ISA(International Sea-bed Authority) 국제해저기구

ISBN(International Standard Book Number) 국제표준도서번호

ISDN(Integrated Services Digital Network) 종합정보통신망

ISF(International Sports Federation) 국제경기연맹. IF라고도 함

ISIC(International Standard Industry Classification) 국제표준산업분류

ISO(International Standardization Organization) 국제표준화기구

ISS(International Space Station) 국제우주정거장

ISSN(International Standard Serial Number) 국제표준정기간행물번호

IT(Information Technology) 정보기술

ITC(International Trade Commission) (미국)국제무역위원회

ITF(International Tennis Federation) 국제테니스연맹

ITTO(International Tropical Timber Organization) 국제열대목재기구

ITU(International Telecommunication Union) 국제전기통신연합

IUCN(International Union for Conservation of the Nature and Natural Resources) 국제자연보전연맹

IWC(International Whaling Commission) 국제포경위원회

J

JCI(Junior Chamber International) 국제청년회의소

JPEG(Joint Photographic Experts Group) 이미지 저장방식의 하나

K

KAIST(Korea Advanced Institute of Science and Technology) 한국과학기술원

KBL(Korean Basketball League) 한국농구연맹

KBO(Korea Baseball Organization) 한국야구위원회

KDI(Korea Development Institute) 한국개발연구원

KEDO(Korean Peninsula Energy Development Organization) 한반도에너지개발기구

KFP(Korea Fighter Program) 한국차세대전투기사업. 처음에는 FX(Fighter eXperimental)로 불림

KGMP(Korea Good Manufacturing Practice) (한국)우수의약품제조기준

KIAS(Korea Institute for Advanced Study) 한국고등과학원

KIEP(Korea Institute for International Economic Policy) 대외경제정책연구원

KIST(Korea Institute of Science & Technology) 한국과학기술연구원

KITA(Korea International Trade Association) 한국무역협회

KLPGA(Korea Ladies Professional Golf Association) 한국여자프로골프협회

KNCC(National Council of Churches in Korea) 한국기독교교회협의회

KOC(Korean Olympic Committee) 대한올림픽위원회

KOSDAQ(Korea Securities Dealers Automated Quotation) 코스닥. 한국장외주
　　식시장

KOSPI(Korea Composite Stock Price Index) 종합주가지수

KOTRA(Korea Trade-Investment Promotion Agency) 대한무역투자진흥공사

KPGA(Korea Professional Golf Association) 한국프로골프협회

KTX(Korea Train Express) 한국고속철도

L

LAN(Local Area Network) 근거리정보통신망

LC(Letter of Credit) 신용장

LCD(Liquid Crystal Display) 액정표시장치

LG(Letter of Guarantee) 수입화물선취보증서

LIBOR(London Inter-Bank Offered Rate) 런던은행간거래금리

LIFO(Last-in, first-out) 후입선출법

LMDS(Local Multipoint Distribution Service) 지역다지점분배서비스

LNG(Liquefied Natural Gas) 액화천연가스

LPGA(Ladies Professional Golf Association) 미국여자프로골프협회

LSI(Large Scale Integration) 고밀도집적회로. 대규모집적회로

LWR(Light Water Reactor) 경수로

M

M&A(Merger and Acquisition) 기업 인수·합병

MAI(Multilateral Agreement on Investment) 다자간투자협정

MBA(Master of Business Administration) 경영학 석사학위 또는 학위취득자

MD(Missile Defense) 미국의 국가미사일방어체제

MFA(Multi-Fiber Agreement) 다자간섬유협정

MFN(Most Favored Nation) 최혜국

MI(Military Intelligence) (영국)비밀정보기관

MIGA(Multilateral Investment Guarantee Agency) 국제투자보증기구, 다자간 투자보증기구

MIS(Management Information System) 경영정보시스템

MIT(Massachusetts Institute of Technology) 미국매사추세츠공과대학

ML(Major League) 메이저리그

MLP(Mobile Launcher Platform) 이동발사대

MMF(Money Market Fund) 초단기금융상품

MOA(Memorandum Of Agreement) 합의각서

MOU(Memorandum Of Understanding) 양해각서

MP3(Mpeg Player 3) 엠피3(고음질 오디오·영상 압축파일 저장 방식의 하나)

MPEG(Moving Picture Expert Group) 엠페그〔국제표준화기구(ISO) 동영상위원회가 제정한 동영상압축방식의 국제표준〕

MPV(Multipurpose Vehicle) 다목적차량

MRI(Magnetic Resonance Imaging) 자기공명영상장치

MSF(Médecins Sans Frontieres) 국경없는 의사회

MUD게임(Multiple User Dungeon Game, Multiple User Dialogue Game) 머드 게임(컴퓨터 통신망을 통해 여러 사용자가 대화를 나누며 가상의 공간에서 활동하는 게임)

MVP(Most Valuable Player) 최우수선수

NAFTA(North American Free Trade Agreement) 북미자유무역협정

NASA(National Aeronautics and Space Administration) 미국항공우주국

NASDAQ(National Association of Securities Dealers' Automated Quotations) 나스닥

NATM(New Austrian Tunneling Method) 나틈공법, 신오스트리아터널굴착공법

NATO(North Atlantic Treaty Organization) 북대서양조약기구

NBA(National Basketball Association) 미국프로농구협회

NC(Numerical Control) 수치제어

NCND(Neither Confirm Nor Deny) 해외에 있는 핵무기의 존재를 시인도 부인도 하지않는 미국의 핵정책

NEIS(National Education Information System) 교육행정정보시스템

NFL(National Football League) 미국프로미식축구리그

NG(No Good) 영화 촬영이나 배우 연기의 실패

NGO(Non-Governmental Organization) 비정부기구, 비정부단체

NHK(Nippon Hoso Kyokai) 일본방송협회

NICS(Newly Industrializing Countries) 신흥공업국

NIE(Newspaper In Education) 신문활용교육

NIES(Newly Industrializing Economies) 신흥공업경제지역

NIMBY(Not in My Backyard) 님비현상(영어 구절의 각 단어 머리글자를 따서 만든 조어로 '내 뒷마당에서는 안 된다'라는 이기주의적 의미로 통용됨)

NIST(National Intelligence Support Team) (미국)국가정보지원팀

NLL(Northern Limited Line) 북방한계선

NMD(National Missile Defence) 미국본토방위개념

NNW(Net National Welfare) 국민순복지

NOC(National Olympic Committee) 국가올림픽위원회

NOD(News on Demand) 맞춤신문

NORAD(North American Aerospace Defence Command) 북미방공우주사령부

NOW(National Organization for Women) 전미여성동맹

NPT(Treaty on the Non-Proliferation of Nuclear Weapons) 핵확산금지조약(정
　　식 명칭은 '핵무기의 불확산에 관한 조약')
NSA(National Security Agency) 미국국가안전보장국
NSC(National Security Council) 미국국가안전보장회의
NT(Nano Technology) 나노기술
NTB(Non-Tariff Barrier) 비관세장벽
NTSC(National Television System Committee) 미국국가텔레비전방식위원회
NYT(The New York Times) 뉴욕타임스(미국의 일간지)

O

OA(Office Automation) 사무자동화
OANA(Organization of Asia-Pacific News Agencies) 아시아태평양통신사기구
OAPEC(Organization of Arab Petroleum Exporting Countries) 아랍석유수출국
　　기구
OAS(Organization of American States) 미주기구
OAU(Organization of African Unity) 아프리카통일기구
OCA(Olympic Council of Asia) 아시아올림픽평의회
OCR(Optical Character Reader) 광학식문자판독장치
ODA(Offcial Development Assistance) 공공개발원조 또는 정부개발원조
OECD(Organization for Economic Cooperation and Development) 경제협력개
　　발기구
OEM(Original Equipment Manufacturing) 주문자상표부착생산
OIC(Organization of The Islamic Conference) 이슬람제국회의기구
OIE(Office International des Epizooties) 국제수역사무국
OMA(Orderly Marketing Agreement) 시장질서유지협정
OPEC(Organization of Petroleum Exporting Countries) 석유수출국기구
OSCE(Organization for Security and Cooperation in Europe) 유럽안보협력회의
OTC(Organization for Trade Cooperation) 무역협력기구

P2P(Peer to Peer) 서버를 거치지 않고 PC에 담긴 파일을 공유하는 것

PAL(Phase Alternation Line) 컬러텔레비전 표준방식의 하나

PATA(Pacific Area Travel Association) 태평양지역관광협회

PB(Private Banking) 프라이빗 뱅킹(은행이 거액의 자산가들을 대상으로 일대
일로 자산을 종합 관리해 주는 서비스)

PBEC(Pacific Basin Economic Council) 태평양경제협의회

PC(Personal Computer) 개인용 컴퓨터

PC(Precast Concrete) 콘크리트 건축 자재를 공장 생산화한 공법

PCM(Pulse Code Modulation) 펄스부호변조방식

PCMCIA(Personal Computer Memory Card International Association) 국제개인
용컴퓨터메모리카드연합

PCS(Personal Communication Service) 개인휴대통신

PDA(Personal Digital Assistant) 개인휴대용 정보단말기

PECC(Pacific Economy Cooperation Conference) 태평양경제협력회의

PER(Price Earnings Ratio) 주가수익률

PFC(Priority Foreign Countries) 우선협상대상국

PGA(Professional Golfers' Association of America) 미국프로골프협회

PIMFY(Please in my front yard) 핌피(님비에 대응하는 개념)

PKF(Peacekeeping Force) 유엔평화유지군

PKO(Peacekeeping Operations) 유엔평화유지활동

PL(Product Liability)법, 제조물책임법

PLO(Palestine Liberation Organization) 팔레스타인해방기구

PO(Play-Off) 플레이 오프(시즌 종료 후의 우승 결정전 시리즈)

POP(Point OF Purchase 광고)구매시점광고

POS(Point of Sales) 판매시점정보관리

PPL(Product Placement)광고 특정브랜드상품광고

ppm(Parts Per Millon) 1백만분의 1

PWL(Priority Watch List) 우선감시대상국

PWR(Pressurized Water Reactor) 가압경수로

Q

QC(Quality Control) 품질관리
QM(Quality Management) 품질경영

R

R&D(Research and Development) 연구개발
RAM(Random Access Memory) 수시로 입출력이 가능한 기억소자
RDF(Rapid Deployment Force) 긴급배치군
RIMPA(RIM of the PAcific exercise) 환태평양훈련
RISC(Reduced Instruction Set Computing) 축소명령세트컴퓨팅
RNA(Ribo Nucleic Acid) 리보핵산
ROA(Return On Assets) 총자산이익률
ROE(Return On Equity) 자기자본이익률
ROM(Read Only Memory) 출력전용기억소자
RPM(Revolution Per Minute) 내연기관의 1분간 회전수
RSC(Referee Stop Contest) 아마추어 권투경기에서 심판이 경기를 중지시키고
　　승리를 선언하는 것
RV(Recreation Vehicle) 레저용 차량

S

SAARC(South Asian Association for Regional Cooperation) 동남아시아지역협력
　　연합
SAF(Structural Adjustment Facility) 구조조정기금
SALT(Strategic Arms Limitation Treaty) 전략무기제한협정
SARS(Severe Acute Respiratory Syndrome) 사스(중증급성호흡기증후군)

SAT(Scholastic Aptitude Test) (미국대학입학)수학능력적성검사

SCM(Security Consultative Meeting) (한미)안보협의회

SDI(Strategic Defence Initiative) 전략방위구상

SDR(Special Drawing Rights) 국제통화기금(IMF) 특별인출권

SELA(Sistema Economico Latino Americano) 중남미경제기구

SF(Science Fiction) 공상과학소설

SFX(Special Effects) 특수효과

SI(System Integration) 시스템통합

SIFAC(Seoul International FAshion Collection) 서울국제패션컬렉션

SINK(Single Income No Kid) 싱크족(맞벌이 부부가 아니면서도 아이를 갖지
　　　않는 가족 형태)

SIPRI(Stockholm International Peace Research Institution) 스톡홀름 국제평화문
　　　제연구소

SIS(Strategic Information System) 전략정보시스템

SMDS(Satellite Mobile Data Service) 위성이동데이터서비스

SMMF(Short-term Money Market Fund) 실세금리연동형초단기금융상품

SNG(Satellite News Gathering) 위성정보수집

SOC(Social Overhead Capital) 사회간접자본

SOFA(Status Of Forces Agreement) 주한미군지위협정

SOHO(Small Office Home Office) 독립적인 인터넷 소규모 업체, 재택 소규모
　　　개인 사업자

SPC(South Pacific Commission) 남태평양위원회

SPF ① (South Pacific Forum) 남태평양포럼
　　　② (Sun Protection Factor) 자외선차단지수

SS(Suspended Solids) 부유고형물(물을 오염시키는 고형물)

START(Strategic Arms Reduction Talks) 전략무기감축협정

STOLS(System to Locate Survivors) 생존자탐지장치

T

TCP/IP(Transmission Control Protocol/Internet Protocol) 인터넷 통신규약

TDMA(Time Division Multiple Access) 시분할다중접속

TDX(Time Division Exchange) 시분할 방식의 전전자교환기(한국에서 개발
된 디지털 교환방식의 전전자식 교환기 시스템 명칭)

TEPS(Test of English Proficiency Seoul National University) 서울대영어능력검
정시험

TFT-LCD(Thin Film Transistor-Liquid Crystal Display) 초박막트랜지스터액정표
시장치

TGV(Train à Grande Vitesse) 프랑스고속철도

TKO(Technical Knockout) 프로권투경기 중 경기자의 실력차가 너무 크거나 부
상으로 경기를 계속할 수 없을 때 또는 어느 한쪽의 세컨드가 경기중지를
신청할 때 선언한다.

TMD(Theater Missile Defence) 전역(戰域)미사일방어

TNW(Theater Nuclear Weapon) 전역(戰域)핵무기

TOB(Take-Over Bid) 주식공개매수제도

TOE(Ton of Oil Equivalent) 석유환산톤

TOEIC(Test Of English for International Communication) 국제커뮤니케이션을
위한 영어능력시험

TQC(Total Quality Control) 종합품질관리

TR(Technology Round) 기술라운드

TRS(Trunked Radio System) 주파수공용통신

TSR(Trans Siberian Railway) 시베리아철도

U

UCC(Universal Copyright Convention) 세계저작권협약

UEFA(Union of European Football Association) 유럽축구연맹

UFO(Unidentified Flying Object) 미확인비행물체

UHF(UltraHigh Frequency) 극초단파

UL마크(Underwriters' Laboratories Mark) 미국전기전자공업규격

ULSI(Ultra Large Scale Integration) 극초대규모집적회로(VLSI보다 큰 집적회
로)

UNCHE(United Nations Conference for Human Environment) 유엔인간환경회의

UNCHS(United Nations Commission on Human Settlement) 유엔인간정주위원
회

UNCTAD(United Nations Conference on Trade and Development) 유엔무역개
발회의

UNDHA(United Nations Department of Humanitarian Affairs) 유엔인도지원국

UNDP(United Nations Development Programme) 유엔개발계획

UNEP(United Nations Environment Programme) 유엔환경계획

UNESCO(United Nations Educational, Scientific and Cultural Organization) 유
네스코(유엔교육과학문화기구)

UNFPA(United Nations Population Fund) 유엔인구기금(1987년에 유엔인구활
동기금을 유엔인구기금으로 개칭했으나 약칭은 그대로 사용)

UNHCHR(office of the United Nations High Commissioner for Human Rights)
유엔인권고등판무관사무소

UNHCR(office of the United Nations High Commissioner for Refugees) 유엔난
민고등판무관사무소

UNICEF(United Nations Children's Fund) 유니세프(유엔아동기금 ; 1953년 유
엔국제아동긴급구호기금을 유엔아동기금으로 개칭, 약칭은 그대로 사용)

UNIDO(United Nations Industrial Development Organization) 유엔공업개발기구

UNITAR(United Nations Institute for Training And Research) 유엔훈련조사연구소

UNSCOM(United Nations Special COMmission) 유엔특별위원회

UNU(United Nations University) 유엔대학

UPI(United Press International) 미국의 통신사

UPU(Universal Postal Union) 만국우편연합

USIA(United States Information Agency) 미국해외공보처

USTR(office of the United States Trade Representative) 미국무역대표부

UTC(Universal Time Coordinated) 협정세계시

V

VAN(Value Added Network) 부가가치통신망

VAR(Value Added Retailer) 부가가치판매업자

VAT(Value Added Tax) 부가가치세

VDT증후군(Visual Display Terminal Syndrome) 컴퓨터 등의 디스플레이 화면을
　　이용해 작업하는 과정에서 발생하는 신체기능장애

VHF(Very High Frequency) 초단파

VICS(Vehicle Information and Communication System) 차량교통정보통신

VIP(Very Important Person) 중요인물

VLSI(Very Large Scale Integration) 초대규모집적회로

VOD(Video on Demand) 주문형비디오

VR(Virtual Reality) 가상현실

VRS(Video Response System) 화상응답시스템

VSAT(Very Small Aperture Terminal) 초소형지구국

V-STOL(Vertical-Short Takeoff and Landing) 수직단거리이착륙기

W

WAN ① (World Association of Newspapers) 세계신문협회
　　② (Wide Area Network) 광역종합통신망

WBA(World Boxing Association) 세계복싱협회

WBC(World Boxing Council) 세계복싱평의회

WCC(World Council of Churches) 세계교회협의회

WCO(World Customs Organization) 세계관세기구

WCP(World Climate Program) 세계기후계획

WEF(World Economic Forum) 세계경제포럼(다보스회의)

WEU(Western European Union) 서유럽동맹

WFC(World Food Council) 세계식량이사회
WFP(World Food Programme) 세계식량계획
WFTU(World Federation of Trade Unions) 세계노동조합연맹
WHO(World Health Organization) 세계보건기구
WIPO(World Intellectual Property Organization) 세계지적재산권기구
WMD(Weapons of Mass Destruction) 대량살상무기
WMO(World Meteorological Organization) 세계기상기구
WOCE(World Ocean Circulation Experiment) 세계해양순환실험계획
WP(The Washington Post) 워싱턴포스트(미국 조간 신문)
WSJ(The Wall Street Journal) 월스트리트저널(미국 경제 전문지)
WTF(World Taekwondo Federation) 세계태권도연맹
WTI(West Texas Intermediate) 서부텍사스중질유
WTO(World Trade Organization) 세계무역기구
WWF ① (World Wide Fund for nature) 세계자연보호기금
　　② (World Wildlife Fund) 세계야생생물보호기금
WWW ① (World Wide Web) 월드 와이드 웹. 인터넷정보검색프로그램
　　② (World Weather Watch) 세계기상감시기구

XML(eXtensible Markup Language) 확장성생성언어(차세대인터넷언어)

YMCA(Young Men's Christian Association) 기독교청년회
YWCA(Young Women's Christian Association) 기독교여자청년회

ZIP(Zone Improvement Program) 미국의 우편번호.

두음법칙

1. 한자음 '녀, 뇨, 뉴, 니'가 단어 첫머리에 올 적에는 두음법칙에 따라 '여, 요, 유, 이'로 적는다.
　보기　여자(女子), 연세(年歲), 요소(尿素), 유대(紐帶), 이토(泥土), 익명(匿名)

—다만, 다음과 같은 의존명사에서는 '냐, 녀' 음을 인정한다.
　보기　냥(兩), 냥쭝(兩重), 년(年)

—단어의 첫머리 이외의 경우에는 본음대로 적는다.
　보기　남녀(男女), 당뇨(糖尿), 결뉴(結紐), 은닉(隱匿)

—접두사처럼 쓰이는 한자가 붙어서 된 말이나 합성어에서, 뒷말의 첫소리가 'ㄴ' 소리로 나더라도 두음법칙에 따라 적는다.
　보기　신여성(新女性), 공염불(空念佛), 남존여비(男尊女卑)

—둘 이상의 단어로 이루어진 고유명사와 1번 항을 붙여 쓰는 경우에도 두음법칙에 준하여 적는다.
　보기　한국여자대학, 대한요소비료회사

2. 한자음 '랴, 려, 례, 료, 류, 리'가 단어의 첫머리에 올 적에는 두음법칙에 따라 '야, 여, 예, 요, 유, 이'로 적는다.
　보기　양심(良心), 역사(歷史), 예의(禮儀), 용궁(龍宮), 유행(流行), 이발(理髮)

—다만, 다음과 같은 의존명사는 본음대로 적는다.
　보기　리(里) : 몇 리냐?
　　　　리(理) : 그럴 리가 없다.

─단어의 첫머리 이외의 경우에는 본음대로 적는다.
예 개량(改良), 급류(急流), 도리(道理), 사례(謝禮), 선량(善良), 수력
(水力), 쌍룡(雙龍), 와룡(臥龍), 진리(眞理), 하류(下流), 협력(協
力), 혼례(婚禮)

─다만, 모음이나 'ㄴ' 받침 뒤에 이어지는 '렬, 률'은 '열, 율'로 적는다.
보기 규율(規律), 나열(羅列), 백분율(百分率), 분열(分裂), 비열(卑劣),
비율(比率), 선열(先烈), 선율(旋律), 실패율(失敗率), 전율(戰慄),
진열(陳列), 치열(齒列)

─외자로 된 이름을 성에 붙여 쓸 경우에도 본음대로 적을 수 있다.
보기 신립(申砬), 최린(崔麟), 채륜(蔡倫), 하륜(河崙)

─준말에서 본음으로 소리나는 것은 본음대로 적는다.
보기 경실련(경제정의실천시민연합), 대한교련(대한교육연합회)

─접두사처럼 쓰이는 한자가 붙어서 된 말이나 합성어에서 뒷말의 첫소리
가 'ㄴ' 또는 'ㄹ' 소리로 나더라도 두음 법칙에 따라 적는다.
보기 역이용(逆利用), 연이율(年利率), 열역학(熱力學), 해외여행(海外旅
行)

─둘 이상의 단어로 이루어진 고유명사를 붙여 쓰는 경우나 십진법에 따
라 쓰는 수(數)도 두음법칙에 준하여 적는다.
보기 서울여관, 신흥이발관, 육천육백육십육(六千六百六十六)

3. 한자음 '라, 래, 로, 뢰, 루, 르'가 단어의 첫머리에 올 적에는 두음법
칙에 따라 '나, 내, 노, 뇌, 누, 느'로 적는다.
보기 낙원(樂園), 내일(來日), 노인(老人), 뇌성(雷聲), 누각(樓閣), 능
묘(陵墓)

―단어의 첫머리 이외의 경우에는 본음대로 적는다.
　[보기] 극락(極樂), 쾌락(快樂), 거래(去來), 부로(父老), 왕래(往來), 연
　　　로(年老), 낙뢰(落雷), 지뢰(地雷), 고루(高樓), 광한루(廣寒樓), 동
　　　구릉(東九陵), 가정란(家庭欄)

―접두사처럼 쓰이는 한자가 붙어서 된 단어는 뒷말을 두음법칙에 따라
적는다.
　[보기] 내내월(來來月), 상노인(上老人), 중노동(重勞動), 비논리적(非論理的)

띄어쓰기

1. 의존명사는 띄어 쓴다.
　[보기] 아는 것이 힘이다.
　　　　나도 할 수 있다.
　　　　열심히 노력할 따름이다.
　　　　그가 떠난 지 오래다.
　　　　소, 말 등은 가축이다.

2. 관형사는 뒷말과 띄어 쓴다.
　[보기] 새 집, 헌 옷, 갖은 고생

3. 단위명사는 띄어 쓴다.
　[보기] 차 한 대, 집 한 채, 신발 두 켤레

4. 두 말을 이어 주거나 열거하는 말은 띄어쓴다.
　[보기] 열 내지 스물, 부국장 겸 부장, 국장 대 과장

5. 단음절로 된 단어가 연이어 나타날 적에는 붙여 쓸 수 있다.
　[보기] 이말 저말, 한잎 두잎

6. 보조용언은 띄어씀을 원칙으로 하되 붙여 쓸 수 있다.
　<보기> 불이 꺼져 간다. =불이 꺼져간다.
　　　　내 힘으로 막아 낸다. =내 힘으로 막아낸다.
　　　　비가 올 듯하다. =비가 올듯하다.
　　　　일이 될 법하다. =일이 될법하다.

7. 복합어로 인정되지 않은 명사와 명사는 띄어 쓰되 붙여 쓸 수 있다.
　<보기> 국교 정상화=국교정상화

8. 첩어(한 단어를 반복적으로 결합한 복합어) 또는 첩어에 준하는 말은 붙여 쓴다.
　<보기> 곤드레만드레, 여기저기, 차례차례, 하루하루

9. 성과 이름(또는 호)은 붙여 쓴다.
　<보기> 이율곡, 이퇴계, 홍명보, 독고성, 남궁옥분

10. 성명 뒤에 붙는 호칭어나 직함은 띄어 쓴다.
　<보기> 이건희 회장, 충무공 이순신 장군, 이영수 박사
　　　　홍길동 씨, 박청수 군, 강다혜 양, 새뮤얼 존슨 씨
　　　　다나카 가쿠에이씨

11. 두 어절 이상으로 된 고유명사는 띄어쓰기 기준에 따라 띄어쓰되 작은따옴표로 싸서 본문과 구별한다.
　<보기> '소비자 문제를 연구하는 시민의 모임'은 성명을 발표했다.

12. 전문 용어는 단어별로 띄어씀을 원칙으로 하되 붙여 쓸 수 있다.
　<보기> 만성 골수 백혈병=만성골수백혈병
　　　　중거리 탄도 유도탄=중거리탄도유도탄

13. 해, 섬, 강, 산 등이 외래어에 붙을 적에는 띄어씀을 원칙으로 하되

붙여 쓸 수 있다.

　[보기] 카리브 해=카리브해, 발리 섬=발리섬

14. 해, 섬, 강, 산 등이 고유어나 한자어로 된 말에 붙을 적에는 붙여 쓴
다.

　[보기] 밤섬, 한강, 백두산

사이시옷

1. 순 우리말로 된 합성어

갈댓잎　갯값　고깃국　근댓국　깃대　깻묵　깻잎

나뭇가지　나뭇잎　나잇값　냇물　댓가지　도리깻열　두렛일

뒷갈망　뒷머리　뒷윷　뒷일　뒷입맛　맷돌　머릿기름

멧나물　모깃불　못자리　부싯돌　빗물　뼛가루　뼛골

뼛속　샛길　소릿값　쇳가루　쇳조각　순댓국　아랫마을

아랫집　욧잇　우렁잇속　윗니　윗마을　윗집　잇몸

잇자국　잿더미　조갯살　찻값　찻집　쳇바퀴　콧날

킷값　텃마당　핏대　핏빛　햇볕　허드렛일　혓바늘

2. 순 우리말과 한자어로 된 합성어 또는 한자어와 순 우리말로 된 합성어

가욋일　곗날　귓병　김칫국　도맷값　등굣길　뱃병

봇둑　봇물　사삿일　사잣밥　샛강　세뱃값　세뱃돈

소맷값　수돗물　시곗바늘　아랫방　양칫물　연둣빛　예삿일

우윳빛　자릿세　장밋빛　전셋집　절댓값　제삿날　존댓말

죗값　촛국　최댓값　최솟값　콧병　탯줄　텃세

툇마루　푯말　핏기　하굣길　햇수　횟가루　훗날

3. 두 음절로 된 다음 한자어

　[보기] 곳간(庫間)　셋방(貰房)　숫자(數字)　찻간(車間)　툇간(退間)　횟수(回

數)

— 위 여섯 외에는 한자어에 사이시옷을 받쳐 적지 않는다.
보기 잇점(×), 댓가(×), 헛점(×), 갯수(×), 숫적(×), 촛점(×), 싯
    가(×)…

중복 표현

×	○
LPG가스	LP가스, LPG
가까이 접근하다	접근하다
가사일	가사
가장 최근	최근
각 회사별	회사별, 각 회사의
거사를 일으키다	거사하다, 일을 일으키다
거의 대부분	대부분
결론을 맺다	결론을 내다, 결론을 보다
결실을 맺다	열매를 맺다, 결실을 보다
경적소리	경적
고래로부터	고래로
고목나무	고목
공사에 착공하다	착공하다, 공사를 시작하다
과반수를 넘다	반수를 넘다, 과반수이다
과수나무	과일나무
근 1년 가까이	1년 가까이, 근 1년
낙엽이 떨어지다	낙엽지다, 잎이 떨어지다
날조된 조작극	조작극
남은 여생	여생

×	○
내재해 있다	내재하다
널리 보급하다	보급하다
넓은 광장	광장
노잣돈	노자
다른 대안 없이	대안 없이, 다른 방안 없이
당일날	당일
더러운 누명	누명
동해바다	동해
들리는 소문	소문, 들리는 말
따뜻한 온정	온정, 따뜻한 정
뜨거운 열기	열기, 뜨거운 기운
맡은 바 임무	임무, 맡은 일
매 30일마다	매 30일, 30일마다
먼저 선수를 치다	선수를 치다
면도칼	면도
면학에 힘쓰다	학업에 힘쓰다
문전성시를 이루다	문전성시이다
미리 예약하다	예약하다
방금 전에	방금
방치해 놓다	방치하다, 놓아두다
백발머리	백발, 흰머리
백주 대낮	백주, 대낮
범죄를 저지르다	죄를 저지르다
병원에 입원하다	입원하다
복병이 숨어 있다	복병이 있다
부상(을) 입다	부상하다, 상처(를) 입다, 다치다
부채(를) 지다	빚(을) 지다, 부채(를) 안다
분명히 명시하다	명시하다, 뚜렷이 밝히다
비명소리	비명

✕	◯
빈 공간	공간, 빈터, 빈 자리
사우나탕	사우나(※증기탕으로 순화)
산재해 있다	산재하다, 흩어져 있다
산지사방으로 흩어지다	사방으로 흩어지다
상갓집	상가, 초상집
상호명	상호
새신랑	신랑
생명이 위독하다	위독하다, 용태가 위독하다
생일날	생일
서로 상의하다	상의하다, 서로 의논하다
손녀딸	손녀
수확을 거두다	수확하다, 곡식을 거두다
순찰을 돌다	순찰하다
스스로 자각하다	자각하다, 스스로 깨닫다
시끄러운 소음	소음, 시끄러운 소리
시범을 보이다	시범하다, 모범을 보이다
실내체육관	체육관
쌍방상호 간의	상호 간의, 양쪽 간의
아까 전에	아까
아름다운 미모	미모, 아름다운 얼굴
아직 미해결로	미해결로
약 50여 명가량	약 50명, 50여 명
어려운 난관	난관, 어려운 고비
얻은 소득	소득
여가시간	여가
오랜 숙원	숙원
온 전력을 다하여	전력을 기울여, 온 힘을 기울여
우방국	우방
음모를 꾸미다	음모하다

×	○
이해타산을 따지다	이해를 타산하다, 이해를 따지다
인수를 받다	인수하다
일정 기간 동안	일정 기간, 정한 기간
자매결연을 맺다	자매결연을 하다
잠깐 동안	잠깐
접수를 받다	접수하다
조난을 당하다	조난하다
주일날	주일
죽은 시체	시체, 주검
준비를 갖추다	준비하다
지프차	지프
진앙지	진앙
처갓집	처가
청첩장	청첩
출영 나가다	출영하다
탄신일	탄신, 탄일, 탄생일
판이하게 다르다	판이하다, 아주 다르다
폭음소리	폭음, 폭발하는 소리
푸른 신록	신록
푸른 창공	창공, 푸른 하늘
피해를 입다	피해를 보다, 손해를 입다, 손실을 입다, 손실을 보다
함성소리	함성
허송세월을 보내다	허송세월하다
현안문제, 현안과제, 현안사항	현안
회의를 품다	의심을 품다

틀리기 쉬운 외래어

○	×
가스(gas)	까스
가톨릭(Catholic)	카톨릭
곤돌라(gondola)	곤도라
글라스(glass)	글래스
글러브(glove)	글럽
글로브(globe)	글러브
기어(gear)	기아
김나지움(Gymnasium)	짐나지움
깁스(Gips)	기브스
난센스(nonsense)	넌센스
내레이션(narration)	나레이션
내레이터(narrator)	나레이터
내셔널(national)	내셔날
노트르담(Notre Dame)	노틀담
녹다운(knockdown)	넉다운
다이내믹(dynamic)	다이나믹
대시(dash)	대쉬
더그아웃(dugout)	덕아웃
데뷔(debut)	데뷰
데생(dessin)	뎃생, 데상
데이터(data)	데이타
도넛(doughnut)	도넛츠, 도너츠
돈가스(ton[豚]＋kasu〈pork cutlet)	돈까스
드라이클리닝(dry cleaning)	드라이 크리닝
드리블(dribble)	드리볼
디럭스(deluxe)	딜럭스

○	×
디지털 (digital)	디지틀, 디지탈
라디에이터 (radiator)	라지에타
라이선스 (license)	라이센스
라이터 (lighter)	라이타
라커룸 (locker room)	라카룸
랑데부 (rendez-vous)	랑데뷰
러닝메이트 (running mate)	런닝메이트
러닝셔츠 (running shirts)	런닝셔츠
러키 (lucky)	럭키
레버 (lever)	레바
레이더 (radar)	레이다
레인지 (range)	렌지
레저 (leisure)	레져
레즈비언 (lesbian)	레스비언
레퍼토리 (repertory)	레파토리
렌터카 (rent-a-car)	렌트카
로봇 (robot)	로보트
로열 (royal)	로얄
로열 젤리 (royal jelly)	로얄제리
로켓 (rocket)	로케트
로터리 (rotary)	로타리
로프 (rope)	로우프
록 (rock)	락
롤러스케이트 (roller skate)	로울러스케이트
룰렛 (roulette)	룰레트
류머티즘 (rheumatism)	류마티스
르포 (reportage)	르뽀
리넨 (linen)	린넨
리더십 (leadership)	리더쉽

○	×
리모컨 (리모트 컨트롤, remote control)	리모콘
링거 (Ringer)	링게르
마가린 (margarine)	마아가린
마니아 (mania)	매니아
마사지 (massage)	맛사지
마스터 (master)	마스타
마조히즘 (masochism)	매저키즘
매머드 (mammoth)	맘모스
맨션 (mansion)	맨숀
멀티비전 (multivision)	멀티비젼
메시지 (message)	멧시지, 메세지
메커니즘 (mechanism)	메카니즘
멜론 (melon)	메론
멤버십 (membership)	멤버쉽
모굴 (mogul)	모글
모르타르 (mortar)	몰탈
모르핀 (morphine)	몰핀
모터 (motor)	모타
미네랄 (mineral)	미네럴
미다스 (Midas)	마이다스
미라 (mirra)	미이라
미스터리 (mystery)	미스테리
밀리 (milli-)	미리
밀크셰이크 (milk shake)	밀크 쉐이크
바리캉 (bariquant)	바리깡
바리케이드 (barricade)	바리케이트
바비큐 (barbecue)	바베큐
바스켓 (basket)	배스켓
바통 (baton)	바톤

○	×
배터리 (battery)	밧데리
밸런스 (balance)	바란스
밸런타인데이 (Valentine Day)	발렌타인데이
버저 (buzzer)	부자
버튼 (button)	보턴
벤치 (bench)	벤취
보닛 (bonnet)	본네트
보디 (body)	바디
보이콧 (boy cott)	보이코트
부르주아 (bourgeois)	브루조아
부티크 (boutique)	부띠끄
불도저 (bulldozer)	불도우저
뷔페 (buffet)	부페
브러시 (brush)	브러쉬
브리지 (bridge)	브릿지
블록 (block)	블럭
블루스 (blues)	브루스
비스킷 (biscuit)	비스켓
비전 (vision)	비젼
비즈니스 (business)	비지니스
사디즘 (sadism)	새디즘
사이클 (cycle)	싸이클
사인 (sign)	싸인
산타클로스 (Santa Claus)	싼타크로스
살롱 (salon)	싸롱
새시 (sash)	샤시
색소폰 (saxophone)	색스폰
샌들 (sandal)	샌달
샐비어 (salvia)	사루비아

○	×
섀도 (shadow)	샤도우
섀미 (chamois)	세무
섀시 (chassis)	샤시
서머 (summer)	썸머
서머리 (summary)	써머리
서클 (circle)	써클
선탠 (sun tan)	썬탠
센터 (center)	센타
센티멘털 (sentimental)	센티멘탈
셀룰로오스 (cellulose)	셀룰로오즈
셔벗 (sherbet)	샤베트
셔터 (shutter)	샷다
셰르파 (Sherpa)	셸파
셰이크 (shake)	쉐이크
셰퍼드 (shepherd)	세파트
소시지 (sausage)	쏘세지
소킷 (socket)	소케트
소파 (sofa)	쇼파
솔 (soul)	소울
솔저 (soldier)	솔져
쇼트 (short)	숏
숄더 (shoulder)	쇼울더
숍 (shop)	샵
스낵 (snack)	스넥
스노타이어 (snow tire)	스노우타이어
스로 (throw)	드로우
스로인 (throw in)	드로잉
스카우트 (scout)	스카웃
스케줄 (schedule)	스케쥴

○	×
스타디움 (stadium)	스태디움
스태미나 (stamina)	스태미너
스태프 (staff)	스탭
스탠더드 (standard)	스탠다드
스테이플러 (stapler)	호치키스
스테인리스 (stainless)	스텐레스
스텐실 (stencil)	스탠슬
스토브 (stove)	스토우브
스트로 (straw)	스트로우
스티로폼 (Styrofoam)	스치로풀
스펀지 (sponge)	스폰지
스페어 타이어 (spare tire)	스페아 타이아
스폿 뉴스 (spot news)	스팟 뉴스
슬래브 (slab)	슬라브
슬레이트 (slate)	슬레트
슬롯머신 (slot machine)	스롯머신
시가 (cigar)	시거
시너 (thinner)	신나
시리즈 (series)	씨리즈
시멘트 (cement)	세멘트
시추에이션 (situation)	시츄에이션
심벌 (symbol)	심볼
심포지엄 (symposium)	심포지움
아날로그 (analogue)	아나로그
아웃렛 (outlet)	아울렛
아틀리에 (atelier)	아뜨리에
악센트 (accent)	액센트
알칼리 (alkali)	알카리
알코올 (alcohol)	알콜

○	×
앙케트 (enquete)	앙케이트
앙코르 (encore)	앵콜
애드벌룬 (adballoon)	에드벨룬
애퀄렁 (aqualung)	아쿼렁
애프터서비스 (after service)	아프터서비스
액세서리 (accessory)	악세사리
액셀러레이터 (accelerator)	악셀레이터
앰뷸런스 (ambulance)	앰블런스
어댑터 (adapter)	아답타
어드벤처 (adventure)	어드벤쳐
에어리어 (area)	에리어
에어컨 (에어컨디셔너, air conditioner)	에어콘
에인절 (angel)	엔젤
에지 (edge)	엣지
엔도르핀 (endorphin)	엔돌핀
오르가슴 (orgasm)	오르가즘
오르간 (organ)	올갠
오리지널 (original)	오리지날
오므라이스 (omelet rice)	오무라이스
오버 (over)	오바
오프셋 (offset)	옵셋
왜건 (wagon)	왜곤
요구르트 (yoghurt)	요쿠르트
요오드 (iodine, iode, Jod)	요드
워크숍 (workshop)	워크샵
윈도 (window)	윈도우
인디언 (Indian)	인디안
인스턴트 (instant)	인스탄트
인터내셔널 (international)	인터내쇼날

○	×
장르 (genre)	쟝르
재즈 (jazz)	째즈
재킷 (jacket)	자켓
잭나이프 (jackknife)	쨕나이프
잼 (jam)	쨈
제스처 (gesture)	제스추어
젤리 (jelly)	제리
주니어 (junior)	쥬니어
주스 (juice)	쥬스
주얼리 (jewelry)	쥬얼리
줄리아드 (Julliard)	줄리어드
쥐라기 (Jurassic)	쥬라기
지르박/지터버그 (jitterbug)	지루박
지프 (jeep)	짚
집시 (Gypsy)	짚시
챔피언 (champion)	챔피온
체임버 (chamber)	챔버
초이스 (choice)	쵸이스
초콜릿 (chocolate)	초콜렛, 초컬릿
카디건 (cardigan)	가디건
카바레 (cabaret)	캬바레
카뷰레터 (carburetor)	카뷰레타
카빈 (carbine)	칼빈
카세트 (cassette)	카셋트
카스텔라 (castella)	카스테라
카운슬러 (counselor)	카운셀러
카운슬링 (counseling)	카운셀링
카탈로그 (catalog)	카다로그
카투사 (KATUSA)	카츄사

○	×
카페 (cafe)	까페
카펫 (carpet)	카페트
칵테일 (cocktail)	칵텔
칸 (Cannes)	깐느
칸초네 (canzone)	칸쏘네
칼라 (collar)	카라
칼럼니스트 (columnist)	컬럼니스트
칼리지 (college)	컬리지
캐넌 (canon)	캐논
캐러멜 (caramel)	카라멜
캐럿 (carat)	캐러트
캐리커처 (caricature)	캐리커쳐
캐비닛 (cabinet)	캐비넷
캐비아 (caviar)	캐비어
캐시미어 (cashmere)	캐시미론
캐피털 (capital)	캐피탈
캘린더 (calendar)	카렌다
커닝 (cunning)	컨닝
커리어우먼 (career woman)	캐리어우먼
커리큘럼 (curriculum)	컬리큘럼
커미션 (commission)	코미션
커버 (cover)	카바
커튼 (curtain)	커텐
커피 (coffee)	코피
컨디션 (condition)	콘디션
컨베이어 (conveyor)	콘베이어
컨소시엄 (consortium)	컨소시움
컨테이너 (container)	콘테이너
컨트롤 (control)	콘트롤

○	×
컨트리 (country)	컨츄리
컬러 (color)	칼라
컬렉션 (collection)	콜렉션
컴퍼스 (compass)	콤파스
컴포넌트 (component)	콤포넌트
컴프레서 (compressor)	콤프레샤
케이크 (cake)	케익
케첩 (ketchup)	케챱
코냑 (cognac)	꼬냑
코르덴 (corded velveteen)	골덴
코르셋 (corset)	콜셋
코뮈니케 (communique)	코뮤니케
코미디언 (comedian)	코메디안
콘덴서 (condenser)	컨덴서
콘도르 (condor)	콘돌
콘셉트 (concept)	컨셉, 컨셉트
콘크리트 (concrete)	콩크리트
콘택트 (contact)	컨택트
콘테스트 (contest)	컨테스트
콘텐츠 (contents)	컨텐츠
콘퍼런스 (conference)	컨퍼런스
콜로세움 (Colosseum)	콜로시움
콤팩트 (compact)	컴팩트
콤플렉스 (complex)	컴플렉스
콩쿠르 (concours)	콩쿨
콩트 (conte)	꽁트
큐피드 (Cupid)	큐피트
크래커 (cracker)	크래카
크리스천 (Christian)	크리스찬

○	×
크리스털 (crystal)	크리스탈
클라이맥스 (climax)	클라이막스
클래식 (classic)	클라식
클랙슨 (klaxon)	클락션
클럽 (club)	크럽
클렌징 크림 (cleansing cream)	클렌싱크림
클로버 (clover)	크로바
클리닉 (clinic)	크리닉
클린랩 (clean lap)	크린랩
킬로 (kilo)	키로
타깃 (target)	타겟
타월 (towel)	타올
타일 (tile)	타이루
타임스 (Times)	타임즈
터미널 (terminal)	터미날
텀블링 (tumbling)	덤블링
테이프 (tape)	테입
테크놀로지 (technology)	테크놀러지
텔레비전 (television)	텔레비젼
토털 (total)	토탈
톱 (top)	탑
튤립 (tulip)	튜울립
트레이닝 (training)	츄리닝
트로트 (trot)	트롯
팀워크 (team work)	팀웍
파라볼라 (parabola)	패러볼라
파마 (permanent wave)	퍼머
파운데이션 (foundation)	화운데이션
파이버 (fiber)	화이바

○	×
파이팅 (fighting)	화이팅
파인 (fine)	화인
파일 (file)	화일
파일럿 (pilot)	파일롯
판타지 (fantasy/phantasie)	환타지
판탈롱 (pantalon)	판타롱
팔레트 (palette)	파레트
팡파르 (fanfare)	빵빠레
패널 (panel)	판넬
패밀리 (family)	훼밀리
패키지 (package)	팩키지
패트롤카 (patrol car)	패트럴카
팬터마임 (pantomime)	판토마임
팰릿 (pallet)	팔레트
팸플릿 (pamphlet)	팜플렛
페넌트 (pennant)	페난트
페널티 (penalty)	페날티
페리 (ferry)	훼리
페스티벌 (festival)	페스티발
펜치 (pincher)	뺀치
포르셰 (Porsche)	포르쉐
포마드 (pomade)	포머드
포스터 (poster)	포스타
포클레인 (Poclain)	포크레인
포털 (portal)	포탈
폴로 (follow)	팔로우
폴크스바겐 (Volkswagon)	폭스바겐
퓨즈 (fuse)	휴즈
프라이 (fry)	후라이

○	×
프라이팬 (fry pan)	후라이팬
프러포즈 (propose)	프로포즈
프런트 (front)	프론트
프런티어 (frontier)	프론티어
프레시 (fresh)	후레쉬
프레임 (frame)	후레임
프로펠러 (propeller)	프로펠라
프롤레타리아 (proletariat)	프로레타리아
프리지어 (freesia)	후리지아
플라멩코 (flamenco·춤)	훌라멩코
플라밍고 (flamingo·홍학)	풀라밍고
플라자 (plaza)	프라자
플래크 (plaque)	플라그
플래시 (flash)	후레쉬
플래카드 (placard)	프랑카드
플랜트 (plant)	프랜트
플러스 (plus)	프러스
플루트 (flute)	플룻
피날레 (finale)	휘날레
피니시 (finish)	피니쉬
피에로 (pierrot)	삐에로
피톤치드 (phytoncide)	피톤시드
필름 (film)	필림
필터 (filter)	휠터
하버드 (Harvard)	하바드
하이라이트 (highlight)	하일라이트
할리우드 (Hollywood)	헐리우드
해트 트릭 (hat trick)	햇 트릭
핸들링 (handling)	핸들링

<table>
<tr><td>○</td><td>×</td></tr>
<tr><td>호스티스(hostess)</td><td>호스테스</td></tr>
<tr><td>홀리데이(holiday)</td><td>할리데이</td></tr>
<tr><td>히트(hit)</td><td>힛트</td></tr>
<tr><td>히프(hip)</td><td>힙</td></tr>
</table>

틀리기 쉬운 표준어

ㄱ

○	×	○	×
-같아	-같애	-거예요	-거에요
-게끔	-게시리	-겹다	-겨웁다
-고말고	-구말고	-고자 한다	-고저 한다
-구려	-구료	-구먼	-구만
-기에	-길래	가까워	가까와
가까이	가까히	가깝다	가까웁다
가랑이	가랭이	가르마	가리마
가려지다	가리워지다	가설랑은	가설라믄
가시돋친	가시돋힌	가욋일	가외일
가자미	가재미	가지런하다	가즈런한다
가짓수	가지수	간소히	간소이
간질이다	간지르다	갈가리	갈갈이
갈고리	갈구리	갈치	칼치
갑갑잖다	갑갑찮다	갓낫이	간난이
강낭콩	강남콩	강술	깡술
강퍅하다	강팍하다	가져	갖어
갖은(온갖)	가진	개다, 갬	개이다, 개임

○	×	○	×
개다리소반	개다리밥상	개비(담배)	개피, 가치
개수	갯수	객쩍다	객적다
갈쭉하다	갤죽하다	거간꾼	거간군
거둬들이다	걷어들이다	거르다	걸르다
거리끼다	꺼리끼다	거북지	거북치
거슴츠레	게슴치레	거시기	거시키
거적때기	거적대기	거추장스럽다	거치장스럽다
거치적거리다	걸치적거리다	거친	거칠은
건너다	건느다	건더기	건덕지, 건데기
걷어붙이다	걷어부치다	걸맞은	걸맞는
걸쭉하다	걸찍하다	겁쟁이	겁장이
겨우살이	겨울살이	겸상	맞상
겸연쩍다	겸연적다	경구	경귀
곁들이다	곁드리다, 곁들이다	고깃간/푸줏간	고깃관, 다림방
고깔	꼬깔	고두밥	꼬두밥
고둥	고동	고들빼기	고들배기
고랭지	고냉지	고린내	코린내
고봉밥	높은밥	고수레	고시레
고수머리	곱슬머리	고이	고히
고즈넉하다	고즈녁하다	곤란	곤난
곤추다(곧게하다)	곳추다	골뱅이	골벵이
골병	곯병	골칫거리	골치꺼리
곰곰이	곰곰히	곰살갑다/곰살궂다	곰살곱다
곱빼기	곱배기	곱사등이	꼽사등이
괴나리봇짐	개나리본짐	괴로워	괴로와
괴발개발	개발개발	괴팍하다	괴팍하다
구더기	구데기	구들장	방돌, 구둘장
구레나룻	구렛나루	구린내	쿠린내
구어박다	구워박다	구절	귀절

○	×	○	×
구태여	구태어	굵직하다	굵찍하다
굵다랗다	굴따랗다	굼벵이	굼뱅이
굽이굽이	구비구비	궁둥이	궁뎅이
궁상떨다	궁떨다	귀걸이/귀고리	귀거리, 귀엣고리
귀때기	귀대기	귀띔	귀뜸
귀머거리	귀먹어리	귀밑머리	귓머리
귀엣말	귓속말	귀염둥이	귀염동이
귀이개	귀개, 귀지개	귀지	귀에지
귀찮다	귀치않다, 귀찮다	귀퉁배기	귀퉁백이
귓불	귓볼	그러므로	그럼으로
그러잖아도	그렇잖아도	그럴싸하다	그럴사하다
그렇잖은	그렇찮은	그을음	그으름, 그슬음
그저	그져	그제야	그제서야
긁적거리다	끌쩍거린다	금붙이	금부치
급급히	급급이	기다랗다	길다랗다
길잡이/길라잡이	길앞잡이	깊숙이	깊숙히
까다롭다	까탈스럽다	까막눈	맹눈
깍두기	깍둑이, 깎두기	깍쟁이	깍정이
깍지 (끼다)	깎지	깔때기	깔대기
깜둥이	깜동이	깡충깡충	깡총깡총
깨끗이	깨끗히	꺼림칙하다	꺼름칙하다
꺾꽂이	꺽꽂이	껑뚱하다	껑둥하다
께름칙하다	께림칙하다	께름하다	께림하다
꼬이다/꾀다/꼬드기다	꼬시다	꼬챙이	꼬창이
꼭두각시	꼭둑각시	꼼꼼히	꼼꼼이
꼼수	꽁수	꽁보리밥	깡보리밥
꽁초	꽁추	꽃받침	꽃받기
꽃봉오리	꽃봉우리	꽹과리	꾕과리, 꽹괄이
꾀꼬리	꾀꼴이	꾐, 꼬임	꾀임

○	×	○	×
끄나풀	끄나불	끊기다	끊키다
끔찍이	끔찍히	낌새	낌

ㄴ

○	×	○	×
-내기(서울-, 풋-)	-나기	나는(하늘을 ~)	날으는
나들이	나드리	나루터	나룻터
나르다(운반하다)	날르다	나무때기	나뭇대기
나무라다	나무래다	나뭇가지	나무가지
나뭇잎	나무잎	나박김치	나막김치
나부랭이/너부렁이	나부랑이/나부라기	나이배기	나이바기
나지막이	나지막히	나직이	나직히
나팔꽃	나발꽃	나흗날	나흘날
낚아채다	나꿔채다	난쟁이	난장이
날개 돋친 듯	날개 돋힌 듯	날갯죽지	날개쭉지
날라리(태평소)	날나리	날염	나염
납작하다	납짝하다	낭떠러지	낭떨어지
낯선	낯설은	낱낱이	낱낱히
내로라하다	내노라하다	내디뎠다(첫발을~.)	내딛었다
냄비	남비	냅뜨다	내뜨다
냉큼/닁큼	넹큼	냠냠거리다	얌냠거리다
냥쭝	양쭝	너르다	널르다
넉넉지	넉넉치	넓두리	넉두리
넌지시	넌즈시	널따랗다	넓다랗다
널브러지다	널부러지다	널빤지	널판지
널찍하다	넓직하다	널판때기	널판대기
넓적하다	넙적하다	넓죽하다	널쭉하다
넘어지다	너머지다	넙치	널치, 넓치

○	×	○	×
넝쿨/덩굴	넝굴	네/예	녜
넷째	네째	노리개	놀이개
노쇠(~한 노인)	노쇄	녹록하다	녹녹하다
녹슨	녹슬은	녹이다	녹히다
논란	논난	놀놀하다	놀롤하다
농군	농꾼	농땡이	농뗑이
농사꾼	농삿군	높여	높혀
높직이	높직히	누르다	눌르다
눅이다	누기다	눈곱	눈꼽
눈꺼풀	눈까풀	눈살	눈쌀
눈썰미	눈설미	눈썹	눈섭
눌은밥	누른밥	쥐어/누이어	뉘여
뉘엿뉘엿	뉘엇뉘엇	느즈러지다	느지러지다
늑장	늦장	늘그막	늙으막
늙수그레하다	늙수구레하다	능란하다	능난하다
늦깎이	늦깍이, 늦깎기	닐리리야	늴리리야

ㄷ

○	×	○	×
다그치다	다구치다	다달이/매달	다달이
다오(이리~)	다구	닦달	닥달
달리다(힘이~)	(힘이)딸리다	담가(장을 ~ 먹다)	담궈
담그다(김치를 ~)	담구다	담뱃갑	담뱃곽
대가(열심히 일한 ~)	댓가	대갈빼기	대갈배기
더부살이	더불살이	더욱이	더우기
덤터기	덤테기	덥석	덥썩
덩굴	덩쿨, 넝쿨	덩더꿍	덩덕쿵
덮밥(버섯~)	덥밥	덮이다(흰 눈에~)	덮히다

○	×	○	×
도떼기시장	도때기시장	도르래	도르레
돋치다(가시가~)	돋히다	돌멩이	돌맹이
돌부리	돌뿌리	돌팔이(~의원)	돌파리
동녘	동녁	동댕이치다	동당이치다
돛대	돗대	돼먹지 않다	되먹지 않다
돼서야	되서야	되뇌다	되뇌이다
두루뭉수리	두루뭉실	두릅	두릎
둑(제방)	뚝	둘러싸여	둘러쌓여
둘째	두째	뒤꼍	뒷꼍, 뒤안
뒤꿈치	뒷굼치, 뒷꿈치	뒤덮이다	뒤덮히다
뒤웅박	뒝박	뒤쪽	뒷쪽
뒤처리	뒷처리	뒤처지다	뒤쳐지다
뒤치다꺼리	뒤치닥거리	뒤탈	뒷탈
뒤편	뒤켠, 뒷편	뒹굴다	딩굴다
들르다(상점에~)	들리다	들여다보다	들려다보다, 들여다 보다
들이닥치다	드리닥치다	들이마시다	들여마시다
들이밀다	드리밀다	들이켜다	들이키다
등때기	등떼기, 등더기	등쳐먹다	등처먹다
디뎌	딛어	따습다	따숩다
딱따구리	딱다구리	딸깍발이	딸각발이
딸꾹질	딸국질	땅기다(얼굴이~)	땡기다
때깔/태깔	땟갈	떠들썩	떠들석
떠버리	떠벌이	떡볶이(맛있는~)	떡볶기
똬리	또아리	뚝배기	뚝빼기
뜨덤뜨덤	뜸엄뜸엄	뜨뜻미지근하다	뜻뜨미지근하다
뜨물	뜸물	띄엄띄엄	띠엄띠엄

ㄹ

○	×	○	×
-(으)ㄹ거나(갈거나)	-(으)ㄹ꺼나	-(으)ㄹ걸(갈걸)	-(으)ㄹ껄
-(으)ㄹ게(갈게)	-(으)ㄹ께	-(으)ㄹ꼬?	-(으)ㄹ고?
필-(으)ㄹ쏘냐?	-(으)ㄹ소냐?	-(으)려고	-(으)ㄹ라고
-(으)려야	-(으)ㄹ래야	-렷다	-렸다

ㅁ

○	×	○	×
마른갈이	건갈이	마른빨래	건빨래
마저	마져	마파람/앞바람	마바람/앞파람
막둥이	막동이	막역한(친구)	막연한
만듦	만듬, 만들음	만만찮은	만만잖은
말쑥하다	말숙하다	맑스그레하다	맑그스레하다
맛깔스럽다	맛갈스럽다	망나니	망난이
망설이다	망서리다	망측하다	망칙하다
맞추다	마추다	맞춤옷	마춤옷
맥쩍다	맥적다	맵시	맵씨
맵자하다	맵자다	맷돌	멧돌
머금다	먹음다	머리말	머릿말
머리빼기	머리배기	머리기사	머릿기사
머무르다/머물다	머물르다	먼발치	먼발치기
멀리뛰기	넓이뛰기	멀찍이	멀찍히
멋들어지다	멋드러지다	멋쟁이	멋장이
멋쩍다	멋적다	메우다	메꾸다
메쓰껍다	메시껍다	목돈(모갯돈)	뭉돈
목메다, 목멤	목메이다, 목메임	무(~김치)	무우
미숫가루	미싯가루		

○	×	○	×
바느질	바늘질	바라(성공하길~)	바래
바람(희망, 소망)	바램	바랐습니다	바랬습니다
박달나무	배달나무	반가워	반가와
반짇고리	반짓고리	받아들이다	받아드리다
발가숭이/벌거숭이	발가송이	발꿈치	발굼치
밝히	밝이	밥빼기	밥배기
방고래	구들고래	방귀	방구
밭사돈	밖사돈	밭상제/바깥상제	밖상제, 밧상제
배갈	빼갈, 백알	배때기	뱃대기
배불뚝이	배불뚜기	뱉다	배앝다
뱉어(침을~)	뱉아	버러지/벌레	벌거지, 벌러지
버무리다	버므리다	번거로이	번거로히
번거롭다	번거럽다	번번이	번번히
벌어지다	버러지다	법석	법썩
벗어부치다	벗어붙이다	벗어젖히다	벗어제치다
벚꽃	벗꽃	베개	베게, 배게, 벼개
베갯잇	베개잇, 베갯닛	베짱이	배짱이
베풂(호의를~)	베품, 베풀음	벼르다	별르다
변변찮은	변변잖은	별안간	벼란간
별의별	별에별, 벼라별	보드랍다	보드럽다
보자기	보재기	복슬강아지	복실강아지
본뜨다	본따다	볼따구니	볼따구
볼썽사납다	볼성사납다	봉선화/봉숭아	봉숭화
부대(쌀~)	푸대	부둣가	부두가
부드러운	부드런	부드러이	부드러히
부득이	부드기	부리나케	불이나케, 불이나케
부서지다	부숴지다	부스러기	부스러지, 부스레기

○	×	○	×
부스럭거리다	부시럭거리다	부스스하다	부시시하다
부엌데기	부엌떼기	부조(부좃돈)	부주
부지깽이	부지껭이	부침개질/부침질/지짐질	부치개질
불룩이(배가~)	불룩히	불리다	불리우다
붉으락푸르락	불그락푸르락	붓두껍	붓뚜껑
붕장어	아나고(일)	붙박이	북박이
붙박이다	붙박히다	비계	비게
비곗살	비계살	비뚜로	비뚜루
비로소	비로서	빈번히	빈번이
빈털터리	빈털털이	빌려 가다	빌어 가다
빌어먹다/배라먹다	비러먹다	빙충이	빙충맞이
빠뜨리다	빠치다	빨랫줄	빨래줄
빼곡히	빼곡이	빼앗기다/뺏기다	빼았기다
뻐꾸기	뻐꾹이	뻗대다	뻣대다
뻗치다	뻐치다	뼈다귀	뼉다구
뽐내다	뽑내다	뽀두라지/뾰루지	뾰로지, 뾰두라기
뾰로통/뿌루퉁	뾰루퉁	뾰족하다/뾰죽하다	뾰죽하다

［ㅅ］

○	×	○	×
―사오니(여기 있~)	―아오니	사그라지다	사그러지다, 사그라들다
사글세/월세	삭월세	사돈	사둔
사뿐사뿐	사쁜사쁜	사팔뜨기	사팔떼기, 사팔띠기
사흗날	사흘날	산 넘어 산	산 너머 산
산더미	산떼미	산봉우리	산봉오리
산토끼	메토끼	살살이	살사리
살육	살륙	살코기	살고기
살쾡이/삵	살퀭이	삼가다	삼가하다

○	×	○	×
삼발이	삼바리	삼짇날	삼짓날
상두꾼/상여꾼	상도꾼/향도꾼	상판대기	상판때기
상추	상치	샅바	샅빠, 삿바
새벽녘	새벽녁	새침데기	새침떼기
색시	색씨	샛강	사잇강
샛별	새벽별	생각건대	생각컨대
생인손/생손	생안손	생채기	생체기
생철/양철(무쇠)	서양철	서까래	섯가래
서랍	설합	서럽다/섧다	설다
서서히	서서이	서슴지	서슴치
서툴러	서툴어	선머슴	풋머슴
선뵈	선뵈	섣달	섯달
섣부르다	섯뿌르다	설거지	설겆이
설랑은	설라믄	설렁탕	설농탕, 설롱탕
설레다/설렘	설레이다/설레임	설움/서러움	서룸, 섧음
성대모사	성대묘사	셋방	세방
소가지	속아지	소곤소곤	소근소근
소꿉놀이	소꼽놀이	소나기/소낙비	소내기
소쿠리	소코리	솎다	소꾸다
손목시계	팔목시계	손뼉	손벽
손수레/달구지	구루마	손자	손주
손잡이	손잽이	솔개	소리개
솔직히	솔직이	솟구다	솟꾸다
송곳니	송곳이	송두리째	송두리채
송판때기	송판대기	수개미	수캐미
수고양이	수코양이	수꿩/장끼	수퀑, 숫꿩
수나비	숫나비	수나사	숫나사
수놈	숫놈	수두룩하다	수둑하다
수삼	무삼	수수께끼	수수깨끼

○	×	○	×
수은행나무	숫은행나무	수캉아지	수강아지
수캐	숫개	수키와	숫기와
수탉	숫닭	수탕나귀	수당나귀
수톨쩌귀	숫돌쩌귀	수퇘지	숫돼지
수평아리	숫병아리	숙맥	쑥맥
술래잡기	술레잡기	숨 가쁘다	숨 가뿌다
숨바꼭질	숨박꼭질	숫제	수쩨, 수쩨
숫양	수양	숫염소	수염소
숫쥐	수쥐	술(머리—)	숫
쉰	쉬흔	승낙	승락
시답잖다	시덥잖다	시래기	씨레기
시러베아들	실업의아들	시름시름	시늠시늠
시월(十月)	십월	시허옇다	새허옇다
신기다	신키다	신기롭다/신기하다	신기스럽다
실낱	실낟	실없는	실없은
실쭉하다	실죽하다	심란하다	심난하다
심술퉁이	심술통이	심심찮다	심심잖다
싸라기	싸락이	싸전	쌀전
싹둑싹둑	싹뚝싹뚝	쌍꺼풀	쌍거풀
쑥스럽다	쑥쓰럽다	쓱싹쓱싹	쓱삭쓱삭
씁쓰레하다	씁스레하다	씌어/쓰여	씌여

ㅇ

○	×	○	×
—올시다	—올습니다, —올씨다	—이에요	—이예요
아궁이	아궁지	아귀(찜)	아구(찜)
아기	애기	아등바등	아둥바둥
아리따운	아릿다운	아리송하다	아리숭하다

○	×	○	×
아무짝	아무쪽	아비	애비
아주	영판	아지랑이	아지랭이
악바리	악발이	악착빼기	악착배기
안성맞춤	안성마춤	안쓰럽다	안스럽다
안절부절못하다	안절부절하다,	안팎	안밖
	안절부절이다		
알맞은	알맞는	알맹이	알멩이
알배기	알박이	알쏭달쏭	알송달송
알아맞히다	알아맞추다	알짜배기	알짜백이
암고양이	암코양이	암꿩/까투리	암퀑
암내	곁땀내	암캉아지	암강아지
암캐	암개	암컷	암것
암키와	암기와	암탉	암닭
암탕나귀	암당나귀	암톨쩌귀	암돌쩌귀
앙증스럽다	앙징스럽다	앞니	앞이
앞지르다	따라먹다	애개개	애개개, 애개개
애꿎다	애꿋다	애달프다	애닲다
애당초	애시당초	애벌레	어린벌레
애송이	애숭이	애처롭다	애처럽다
야트막하다	얕으막하다	얄궂다	얄굿다
얄따랗다	얇다랗다	양수겸장	양수겹장
양파	둥근파	어금지금	어금버금
어깻죽지	어깨쭉지	어느덧	어느듯
어떡해(나~)	어떻해	어르다	얼르다
어슴푸레	어슴프레	어슷비슷하다	어슥비슥하다
어연간하다	어간하다	어우러지다	어울어지다
어중되다	어중대다	어쭙잖다	어줍잖다
억지	어거지	언덕배기	언덕빼기
언뜻, 얼핏	펀뜻	언제나	노다지

○	✕	○	✕
얼뜨기	얼띠기	얼루기	얼룩이
얼마든지	얼마던지	얼차려	얼차레
얽히고설키다	얼키고설키다	업신여기다	없신여기다
엊그제	엋그제	엎치락뒤치락	엎치락뒷치락
엎친 데 덮치다	엎친 데 덥치다	에다(살을)	에이다
여느	여늬	여드레	여드래
여태껏, 아직껏, 지금껏	여지껏	여편네	예편네
역겹다	역스럽다	연거푸	연거퍼
연년생	연연생	연때(가 맞다)	연대
연방	연신	열퉁적다	열퉁쩍다
옆옆이	옆옆히	예부터	옛부터
예삿일	예사일	예스럽다	옛스럽다
예컨대	예컨데	옜다	엣다, 에따
오그랑쪽박	오그랑족박	오금팽이	오금탱이
오뉴월	오육월	오뚝이	오뚜기, 오똑이
오랜만에	오랫만에	오랫동안	오랜동안
오므리다	오무리다	오사리잡놈	오합잡놈
오순도순	오손도손	온갖	왼갖, 온갓
온종일	왼종일	올바르다	옳바르다
옴츠러지다, 움츠러지다	옴치러지다	옹골차다	공골차다
옹알이	옹아리	왠지	웬지
외로이	외로히	외톨이, 외돌토리	외토리
왼손잡이	왼손잽이	요즈음, 요즘	요지음
요컨대	요컨데	우두커니	우두머니
우려먹다	울궈먹다	우레	우뢰
우스꽝스럽다	우습광스럽다	울력성당	위력성당
움츠리다	움추리다	움큼	웅큼
웃돈	윗돈	웃어른	윗어른
웬만한	왠만한	웬일	왠일

○	╳	○	╳
위층	윗층	유월(六月)	육월
육개장	육계장	육자배기	육짜배기
윤달	군달	으레	으례, 으레히
으름장	으름짱, 어름장	으스스하다	으시시하다
윽박지르다	욱박지르다	읊조리다	읋조리다
이지러지다	이즈러지다	이튿날	이튼날
이파리	잎파리	익숙지	익숙치
인사말	인삿말	일구다	일우다
일찍이	일찌기	입담	말담
잇단, 잇따른	잇딴	있으매(그대~)	있음에
잎담배	잎초		

ㅈ

○	╳	○	╳
―잡이	―잽이	―지만	―지만서도
자국	자욱	자그마치	자그만치
자두	오얏	자르다	잘르다
자릿세	자리세	자장면	짜장면
작달막하다	짤달막하다	잔돈	잔전
잔디	잔듸	잗갈다	잘갈다
잗다듬다	잣다듬다	잗다랗다	잣다랗다
잗달다	잣달다	잠그다(문을~)	잠구다
잠깐	잠간	잠투정	잠투세, 잠주정
장롱	장농	장사치	장사아치
장아찌	장아치	장조림	장졸임
장히	장이	재떨이	재털이
재봉틀	자봉틀	적나라하다	적나나하다
적이(~놀랐다)	저으기	적지 않이, 적잖이	적지아니

○	×	○	×
절다(땀에~)	절은	전봇대/전신주	전선대
절름발이	절름바리, 절룸발이	절체절명	절대절명
점쟁이	점장이	접질리다	접질르다
정화수	정한수	제비 뽑다	심지 뽑다
제치다	제끼다	조그마하다	조그만하다
조무래기	조무라기	족제비	쪽제비
족집게	족집개, 쪽집게	좀처럼, 좀체	좀체로
좋이	조히	주근깨	죽은깨
주꾸미	쭈꾸미	주섬주섬	주엄주엄
주워	줏어	주책없다	주책이다
주추/주춧돌	주초	줄곧	줄곳, 줄창
줄다리기	줄당기기	줍다	줏다
즐거이	즐거히	지게꾼	지겟군
지루하다	지리하다	진딧물	진디물
짊어지다	질머지다	집게	집개
짓고땡	지어땡, 짓구땡, 짓고땡이	짓궂다	짖궂다
짚북데기	짚북세기, 짚북더기	짚신	짚세기
짜깁기	짜집기	짝짜꿍	짝짝쿵
짤따랗다	짧다랗다	짤막하다	짧막하다
짭짤하다	짭잘하다	쩨쩨하다	째째하다
쭈그리다	쭈구리다	찌개	찌게
찐득거리다	찐덕거리다	찢뜨리다, 찢트리다	찧뜨리다

$$ㅊ$$

○	×	○	×
─찮다	─챦다	차갑다	차가웁다
차양	채양	차이다, 채다	채이다

○	×	○	×
차조	찰조	차지다	찰지다
참참이	참참히	채비	차비
채신머리없다	체신머리없다	처넣다	쳐넣다
처먹다	쳐먹다	처박히다	쳐박히다
처지다	쳐지다	천장	천정
천정부지	천장부지	철따구니/철떡서니/철딱지	철때기
철제 기구	철재 가구	청대콩	푸른콩
쳐들어가다	처들어가다	쳐부수다	처부수다
초가삼간	초가삼칸	초승달	초생달
초점	촛점	총각무	알타리무, 알무
총부리	총뿌리	추스르다/추슬러	추슬르다/추슬려
추어올리다	추켜올리다	치근거리다	추근거리다
치다꺼리	치닥거리	치러	치뤄
치렀다	치뤘다	치르다	(행사를) 치루다
칫솔	치솔		

ㅋ

○	×	○	×
칸(아흔아홉 칸)	간	케케묵다	켸켸묵다
켕기다	캥기다	코뚜레	코뚫에
코주부	코보	쾌히 (~허락한다)	쾌이
쿵더쿵	쿵덕쿵	큰아기	큰애기
킷값	키값		

○	×	○	×
타이르다	타일르다	탈놀음	탈노름
탐탁지 않다	탐탁치 않다	태깔/때깔	탯갈
태껸(전통무예)	택견	털어먹다	떨어먹다
텃밭	터밭	토라지다	톨아지다
통째로	통채로	통틀어	통털어
퇴박맞다	퇴맞다	퇴짜 맞다	퇴자 맞다
퉁기다	튕기다	튀기	틔기, 트기
트림	트름	틀니	틀이
틀어지다	트러지다	틈틈이	틈틈히
티격태격	티각태각		

○	×	○	×
판때기	판대기	판잣집	판자집
팔꿈치	팔꿉	팔짱 끼다	팔장 끼다
패다/파이다	(땅이)패이다	팻말	패말
팽개치다	팽겨치다	퍅하다	팍하다
퍼뜩	퍼뜻	포복절도	포복졸도
푯말	표말	푸석이	푸서기
푸줏간	푸주간	푼돈	푼전
품삯	품싹	풋내기	풋나기
풍비박산	풍지박산	핑계	핑게

ㅎ

○	×	○	×
하고많다	허구많다	하늬바람	하니바람
하려고	할려고	하루 만에	하룻만에
하루살이	하루사리	하마터면	하마트면
할복	활복	할부	활부
해거름	해걸이	해넘어	해너미
해님	햇님	해망쩍다	해망적다
해쓱하다	햌쓱하다	해웃값/해웃돈	해우차
해질 녘	해질 머리	해코지	해꼬지
핼쑥하다	핼슥하다	햅쌀	햇쌀
행망쩍다	행망적다	허구한 (날)	하고한
허드렛일	허드랫일, 허드레일	허섭스레기	허접쓰레기
허우대	허위대	허우적거리다	허위적거리다
허탕 치다	헛탕치다	허투루	헛투루
헌칠하다	헌출하다	헙수룩하다	허수룩하다
헛되이	헛되히	헛디뎌	헛딛어
헝겊	헝겁	헝클어지다	헝크러지다
헤매다	헤메다, 헤매이다	헤살꾼	헤살군
헹가래	헹가레, 행가래	호래아들	호레아들
호루라기	호루루기	홀아비	홀애비
후드득후드득	후두둑후두둑	휑하다	횡하다
휘늘어지다	흐늘어지다	휘둥그레지다	휘둥그래지다
흉측하다	흉칙하다	흩뜨리다/흐트러뜨리다	흐뜨리다
희로애락	희노애락	희희낙락	희희락락
히죽히죽	희죽희죽	힘듦	힘듬, 힘들음

헛갈리는 표현

ㄱ

─건대	보건대, 생각건대, 듣건대
─컨대	예컨대, 청컨대

가늠하다	(기준 잡다) 떡 반죽도 가늠을 알맞게 해야 송편빚기에 좋다.
가름하다	(가르다) 승패를 가름하다.
갈음하다	(대신하다) 이 말씀으로 축사를 갈음합니다.

가루다	(맞서 견주다) 너와 가룰 만한 사람이 없다.
가르다	(나누어 구별하다) 청, 백으로 가르다.

가르치다	그는 그녀에게 노래를 가르쳤다.
가리키다	손가락으로 달을 가리켰다.

가없다	(끝이 없다) 가없는 어머니의 은혜
가엾다	한꺼번에 부모를 잃은 아이가 가엾어 보인다.

가진	공을 가진 어린이
갖은	갖은 양념을 다 넣은 찌개

가죽	호랑이는 가죽을 남긴다.
거죽	가방의 거죽은 비에 젖었으나 속의 책들은 멀쩡했다.

갑절	100은 50의 갑절이다.
곱절	①=갑절 ②세 곱절/여러 곱절

강설량   일정 장소에 일정 기간 내린 눈의 분량(단위 cm)
강수량   비, 눈, 우박 따위가 지상에 내린 것을 모두 합한 분량(단위 ㎜)
강우량   일정 장소에 일정 기간 내린 비의 분량(단위 ㎜)

같잖다   그런 같잖은 일로 입씨름할 필요가 없다.
같지 않다   오늘 날씨가 어제와 같지 않다.

개펄   발목까지 푹푹 빠지는 개펄
갯벌   갯벌에 나가 조개를 줍다.

거두다   곡식을 거두다.
걷다   ①곡식을 걷다. ②모기장을 걷다.

거스르다   선생님 말씀을 거스르지 마라. 잔돈을 거슬러 받다.
거슬리다   귀에 거슬리는 말

거치다   마을을 거쳐 갔다.
걷히다   구름이 걷혔다. 돈이 걷히지 않는다.

겨누다   목표물을 겨누다.
겨루다   서로 실력을 겨루다.

결단   결단을 내리다.
결딴   이젠 집안을 결딴내려고 한다.

고삿   초가지붕을 일 때 고삿이 필요하다.
고샅   마을 고샅으로 접어드는 길
고샅고샅   월부 밥솥 들여놓으라고 고샅고샅 외치고 다니던 사람

골다   코를 골다.

곯다   ①배를 곯다. ②속이 곯다.

구두닦기   매일 구두닦기가 쉽지 않다.
구두닦이   구두닦이 소년

굳다   의지가 굳다.
궂다   날씨가 궂다.

그러고   밥을 먹었다. 그러고 나서 이를 닦았다.
그리고   그는 자리에서 일어났다. 그리고 창문을 열었다.

그러께   올해가 2008년이니 그러께는 2006년이다.
그저께   오늘이 토요일이니 그저께는 목요일이다.

그러므로   일을 잘한다. 그러므로 성공했다.
그럼으로   바둑을 둔다. 그럼으로 소일을 한다.

금새   물건을 사고팔기 전에 금새를 매긴다.
금세   소문이 금세 퍼졌다.
금시   금시에 할 일과 나중에 할 일

금슬   (거문고와 비파) 그는 금슬을 잘 탄다.
금실   금실 좋은 노부부

긋다   금을 긋다. 비를 긋다.
긷다   물을 긷는 여인

깁다   구멍난 양말을 깁고 있다.
깃다   비 온 후 둑에 잡풀이 깃다.

| 깍듯이 | 깍듯이 인사하는 사람 |
| 깎듯이 | 재래시장에서 물건 값 깎듯이 값을 깎다. |

| 깍쟁이 | 서울깍쟁이, 알깍쟁이 |
| 깍정이 | 상수리 열매의 깍정이 |

| 깜작 | 누가 무슨 짓을 하든 외눈 하나 깜작 안 한다. |
| 깜짝 | 큰소리에 깜짝 놀랐다. |

| 깨다 | 알에서 깬 병아리 |
| 깨이다 | 와장창 하는 소리에 잠이 깨였다. |

| 껍데기 | (달걀이나 조개 같은 것의 겉을 싸고 있는 단단한 물질) 굴 껍데기가 닥지닥지 달라붙은 바위 |
| 껍질 | (딱딱하지 않은, 무른 물체의 겉을 싸고 있는 질긴 물건의 켜) 사과 껍질 |

꼬리	개가 꼬리를 흔든다.
꽁무니	새가 꽁무니를 높이 쳐들고 있다.
꽁지	공작이 꽁지를 폈다.

| 꼬이다 | 일이 자꾸 꼬인다. 심사가 꼬인다. |
| 꾀다 | 쓰레기통에 파리가 꾀다. 구경꾼이 꾀다. 친구를 꾀어 놀라 갔다. |

| 꼭 | (반드시) 약속을 꼭 지킵시다. |
| 똑 | (아주 틀림없이) 아버지를 똑 닮았다. |

| 꼼수 | 이제는 알 만큼 알아서 그런 꼼수와 공갈에는 안 넘어간다네. |
| 꽁수 | 연을 띄우기 전에 꽁수를 살펴본다. |

꼽다   생일을 손꼽아 기다린다.
꽂다   책꽂이에 책을 꽂는다.

꾸다   ①꾸어 온 보릿자루 ②행복한 꿈을 꾸다.
꾸이다   ①작년에 친구에게 돈을 꾸였는데 아직 받지 못했다.
           ②어젯밤 꿈에 돼지가 꾸였다.

꿰다   바지를 꿰자마자 달려 나갔다.
꿰매다   찢어진 옷을 꿰매 입는다.

뀌다   방귀를 뀌다.
끼다   ①구름이 끼다. ②눈곱이 끼다. ③반지를 끼다.
           ④기관원을 끼고 부정을 행하다.

끗   ①아홉 끗은 가보다. ②비단 열 끗을 샀다.
끝   여기가 서울의 끝이다.
끗발   끗발이 대단한 실세

끼우다   단추를 끼우다.
끼이다   ①추석이 끼인 주 ②문에 손가락이 끼여 다쳤다.

ㄴ

나가다   밖으로 나가다.
나아가다   ①관직에 나아가다. ②계획대로 나아가다. ③우리가 나아갈
           방향

나르다   짐을 나르는 일꾼
날다   하늘을 나는 독수리

| 나발 | 나발 불지 말고 잠자코 있어라. |
| 나팔 | 악단에서 나팔을 분다. |

나비	종이와 옷감의 길이는 아홉 자, 나비는 넉 자가 된다.
너비	도로의 너비를 재다.
넓이	어마어마한 넓이의 정원이 있는 집

| 난(欄) | 어린이난, 스포츠난(앞에 고유어나 외래어가 올 때) |
| 란(欄) | 가정란, 독자란, 문화란(앞에 한자어가 올 때) |

| 날아가다 | 비행기가 하늘을 날아가다. |
| 날라 가다 | 비행기가 짐을 날라 가다. |

난	좁쌀 난 같은 모래
낫	낫으로 풀을 베다.
낯	낯익은 사람
낱	사과를 낱으로 판다.

| 냅다 | (빠르게) 냅다 걷어차다. |
| 들입다 | (마구) 그는 말을 듣기도 전에 들입다 화부터 냈다. |

| 냥 | 돈 천 냥. 한 냥의 금반지 |
| 량 | 객차를 열 량 단 기차 |

| 너른 | 너른 들판 |
| 넓은 | 넓은 거실 |

| 너머 | 고개 너머에 있는 마을 |
| 넘어 | 고개를 넘어 어디로 가다. |

-노라   세계 만방에 고하노라.
-로라   내로라하는 사람은 다 모였다.

-노라고   하노라고 했는데 잘 안 됐네.
-느라고   책을 읽느라고 정신이 없다.

노름   노름판에 끼어들다.
놀음   즐거운 놀음

놀라다   그의 고함에 깜짝 놀랐다.
놀랍다   놀라운 성과를 올렸다.
놀래다   등 뒤로 몰래 다가가 그를 놀래 주었다.

느리다   진도가 느리다.
늦다   약속 시각보다 30분 늦게 왔다.

늘다   실력이 늘다.
늘이다   엿가락을 늘이다.
늘리다   살림을 늘리다. 재산을 늘리다.

ㄷ

다르다   쌍둥이라도 생각이 서로 다르다.
틀리다   그건 틀린 생각이다.

다리다   옷을 다리다.
달이다   약을 달이다.

다치다   손을 다치다.
닫치다   화가 나서 문을 탁 닫치고 나갔다.

닫히다   창문이 저절로 닫혔다.

달리다   ①벽에 달린 액자 ②일손이 달리다.
             ③시장에 가는 아내에게 아이를 달려 보냈다.
딸리다   ①딸려 있다. 딸려 있는 식구가 일곱이다. ②염소는 솟과에
             딸린 짐승이다.

담다   ①그릇에 담다. ②마음을 담은 편지
담그다   ①김치를 담그다. ②세숫대야에 발을 담그다.

닷새   닷새를 굶어도 양반 행세
댓새   일이 댓새는 걸릴 거다.

당기다   ①마음이 당기다. ②그물을 당기다.
             ③입맛이 당기다. ④날짜를 당기다.
댕기다   호기심에 불을 댕겼다. 담배에 불을 댕기다.

닻   실패를 거듭하여 이제는 닻을 내리기로 했다.
돛   새 시대를 맞이하여 문화의 돛을 달자.

대다   ①약속 시각에 대도록 서두르자. ②하늘에 대고 하소연하다.
             ③그림에 붓을 대다. ④아들에게 변호사를 대다.
데다   끓는 물에 손을 데다.

―던지   (회상) 얼마나 반갑던지 눈물이 나왔다.
―든지   (선택) 하든지 말든지 나는 모른다.

덩어리   (크게 뭉쳐서 이루어진 것) 찬밥 덩어리
덩이   (작게 뭉쳐서 이루어진 것) 먼지가 덩이로 굳어졌다.

덮이다   ①눈이 덮인 마당 ②오랫동안 덮여 있던 사건
덮치다   ①파도가 덮치다. ②엎친 데 덮친 격

돋우다   ①발끝을 돋우다. ②사기를 돋우다.
             ③벽돌을 돋우다.
돋구다   안경의 도수를 돋구다.

두껍다   책이 두껍다.
두텁다   우정이 두텁다.

두드리다   창문을 두드리는 달빛
두들기다   그 녀석을 흠씬 두들겨 주었다.

둘러보다   공장을 둘러보다.
들르다   퇴근길에 서점에 들러서 책을 샀다.
들리다   들리는 소문

두째   열두째, 스물두째, 서른두째
둘째   첫째도 자주독립, 둘째도 자주독립, 셋째도 자주독립

뒤처지다   대열에서 뒤처져 낙오자가 됐다.
뒤쳐지다   뒤쳐진 책 속에서 편지가 나왔다.

드리다   ①말씀을 드리다. ②방을 따로 드리다.
             ③바람에 벼를 드리다. ④댕기를 드리다.
             ⑤일직 가게를 드리다.
들이다   ①돈을 들여 집을 지었다. ②옷감에 물을 들이다.
             ③아궁이에 불이 잘 들인다. ④친구 딸을 며느리로 들이다.

드새다   밤이면 아무 집에나 가서 사정하며 하룻밤씩 드새웠다.

드세다   ①성품이 드센 사람 ②팔자가 드세다.

들이켜다   술잔을 단숨에 들이켰다.
들이키다   수저를 식탁 안쪽으로 들이키다.

들추다   ①돌을 들추어 가재를 잡았다. ②요리책을 들춰 가며 만든
              음식
              ③지난 일을 들추지 말자.
들치다   찬바람이 들어오니 이불 끝을 들치지 마라.

등살   등 부위의 살
등쌀   친구들의 등쌀에 하는 수 없이 가담했다.

딴(에는)   내 딴에는 잘한다고 한 것이 그리 됐다.
딴은   딴은 그것도 옳은 말이다.
깐(에는)   제 깐에는 잘한 줄 안다.

떠받다   머리로 상대방의 가슴을 떠받았다.
떠받들다   그 부부는 서로 떠받들며 산다.
떠받들리다   그는 식구들에게 왕으로 떠받들렸다.
떠받치다   하늘을 떠받치고 선 명지산.
떠받히다   황소에게 떠받혀 다치다.

띠다   ①허리띠를 띠다. ②사명을 띠다. ③미소를 띠다.
띄다   ①귀가 번쩍 띄는 이야기 ②첫눈에 띄다. ③띄어쓰기
떼다   ①간판을 떼다. ②사이를 떼어 놓다.
              ③손을 떼다. ④시치미를 떼다.
띄우다   ①배를 띄우다. ②메주를 띄우다.
              ③간격을 띄우다. ④전보를 띄우다.

뜨개질   털실로 뜨개질하여 장갑을 만든다.
뜯게질   해진 옷을 뜯게질하여 솔기를 뜯어낸다.

ㄹ

―라야   너라야 해낼 수 있다. 미성년자가 아니라야 한다.
―래야   월급이래야 쥐꼬리만 하다. 그에게 곧 가래야 하겠다.
―려야   가려야 갈 수 없는 머나먼 고향

―(으)러   (목적) 공부하러 간다. 너를 보러 왔다. 구걸하러 다닌다.
―(으)려   (의도) 무엇을 하려 하느냐? 길을 막으려 한다.

―(으)로서   (신분, 자격) 사람으로서 그럴 수가 있나.
―(으)로써   (수단) 행동으로써 보인다.

ㅁ

―마는   가기는 가지마는 만날지는 모르겠다.
―만은   얼굴만은 예쁘다.

마라   (구어체나 직접 인용) "가지 마라!" 하며 애원했다.
말라   (문어체나 간접 인용) 가지 말라고 애원했다.

마치다   (완료) 일을 마치다.
맞추다   ① (접촉) 입을 맞추다. ② (주문) 옷을 맞추다.
맞히다   (적중) 과녁을 맞히다. 정답을 맞히다.

맞다   몸에 맞는 옷
알맞다   알맞은 답

매기다   ①값을 매기다. ②일련번호를 매기다.
메기다   ①앞소리를 메기다. ②화살을 시위에 메기다.

매다   나무에 끈을 매다.
메다   가방을 어깨에 메다.

매무새   (매무시한 결과) 매무새가 단아한 여인.
매무시(하다) (옷을 여미는 단속) 옷 매무시를 고치다.

머지않다   (시간적으로) 머잖아 봄이 온다.
멀지 않다   학교가 여기에서 멀지 않다.

메   ①나무하러 메에 간다. ②제사상에 메를 올리다. ③메로 떡
              을 치다.
뫼   조상의 뫼를 찾아간다.

멥쌀   찹쌀과 멥쌀을 섞어 떡을 했다.
맵쌀   찐 메밀을 약간 말려 찧어 껍질을 벗긴 맵쌀로 음식을 해 먹는다.

모사(模寫)   성대모사.
묘사(描寫)   심리 묘사. 성격 묘사

모롱이   계곡 쪽으로 길을 넘어설 고개 모롱이.
모퉁이   저 모퉁이 가게를 돌면 그 집이 나타난다.

모지다   모진 기둥. 모난 데가 있는 성격
모질다   마음을 모질게 먹다. 모진 바람

목   목이 좋은 점포
몫   사람마다 해야 할 몫이 있다.

목거리   하루 종일 소리를 질렀더니 목거리에 걸렸다.
목걸이   비싼 목걸이를 잃어버렸다.
목돈   목돈을 쥐다.
몫돈   나누어 가질 분담금

목소리   귀에 익은 목소리
목청   목청을 가다듬다.

몹쓸   몹쓸 병마에 10년을 시달렸다.
못쓸   무엇이든 지나치면 못쓴다.

미처   그런 사람인 줄 예전에 미처 몰랐다.
미쳐   사랑이 온 누리에 미쳤다.

ㅂ

─배기   (나이를 나타낼 때 쓰이는 말) 다섯 살배기
─박이   (점 따위가 박인 것) 외눈박이 물고기의 사랑

바라다   ①너의 성공을 바란다. ②저 산을 바라고 뛰었다.
바람   ①간절한 바람 ②바람이 세다.
           ③한 바람의 새끼를 꼬았다.
바래다   ①색이 바래다. ②속옷을 볕에 바래다.
           ③역까지 바래다 드렸다.

바치다   웃어른께 정성을 바치다.
받치다   무너지지 않게 버팀목을 받치다.
받히다   소한테 받히다.
밭치다   술을 체에 밭치다.

| 박이다 | ① 선생티가 박인 삼촌 ② 굳은살 박인 손 |
| 박히다 | ① 벽에 박힌 못 ② 틀에 박힌 직장 생활 ③ 주근깨가 박힌 얼굴 |

| 반드시 | (꼭) 내일까지 반드시 돌려줘야 한다. |
| 반듯이 | (가지런히) 댓돌 위 신발을 반듯이 놓다. |

반증(反證)	(부정하는 증거) 우리에겐 그 사실을 뒤집을 만한 반증이 없다.
방증(傍證)	(간접적인 증거) 방증 자료
입증(立證)	(증명) 알리바이를 입증하다.

발걸음	힘찬 발걸음
발자국	사냥꾼이 노루의 발자국을 따라간다.
발짝	집이 한 발짝 한 발짝 가까워진다.
발소리	발소리에 놀라다.
발자취	① 거리에는 벌써 행인의 발자취가 끊겼다.
	② 인생의 발자취를 더듬어 본다.

| 밭떼기 | 무를 밭떼기로 샀다. |
| 밭뙈기 | 손바닥만 한 밭뙈기에 농사를 짓는다. |

배상(賠償)	(남에게 입힌 손해를 보상하는 일)
	가해자가 피해자에게 손해를 배상하고 용서를 빌었다.
보상(補償)	(남에게 끼친 손해를 메워 갚아 줌. 적법 행위에 의해 가해진 재산상의 손실을 보전하고자 제공하는 대상)
	그는 보상을 약속하고 그녀에게 사업 자금을 빌려 갔다.

버리다	(내던져 없애다) 나쁜 생각을 버려라.
벌리다	(사이를 넓히다) 점수 차이를 더욱 벌렸다.
벌이다	(전개하다) 촛불잔치를 벌이다.

베다   ① 나무를 베다. ② 베개를 베다.
배다   ① 아이를 배다. ② 옷이 땀에 배다.

봉오리   꽃봉오리
봉우리   산봉우리

부딪치다   손바닥을 부딪치며 노래를 불렀다. 벽에 머리를 부딪치며 괴
            로워한다.
부딪히다   난관에 부딪히다. 택시에 부딪혀 다쳤다.
부닥치다   모퉁이에서 서로 부닥쳤다.

부수다   치아는 음식물을 잘게 부수는 일을 한다.
부시다   밥 먹은 그릇은 깨끗이 부셔 놓았다.

부치다   힘에 부치는 일. 부채를 부치다. 소포를 부치다. 논밭을 부치다.
            회의에 안건을 부치다. 빈대떡을 부치다. 인쇄에 부치다.
            불문에 부치다. 경매에 부치다.
붙이다   종이를 붙이다. 책상을 벽에 붙이다. 몸 붙일 곳이 없다.
            흥정을 붙이다. 불을 붙이다. 개를 붙이다. 조수를 붙이다.
            취미를 붙이다. 이름을 붙이다. 따귀를 한 대 올려붙이다.

붇다   콩이 불어 부피가 커졌다. 재산을 불려야 한다. 강물이 붇다.
붓다   밤새 울었더니 눈이 부었다. 다달이 부어 나가는 곗돈

비끼다   (비스듬히 놓이거나 늘어지다) 밤 하늘에 남북으로 비낀 은하수
비키다   (피해서 서다) 길 좀 비켜 주세요.

비추다   손전등을 비추다. 햇빛에 필름을 비추어 보았다. 거울에 얼굴
            을 비추다. 상식에 비추어 생각해 보자.

비치다   어둠 속에 달빛이 비치다. 난감해하는 기색이 비치다. 가래에
         피가 비치다. 남을 무시하는 것으로 비칠까 봐 조심스럽다.
         동생에게 결혼 문제를 비쳤다.
비춰다   차창에 비췬 그의 얼굴

빌다   소원을 빌었다. 잘못을 빌다. 건강하시길 빕니다.
빌리다   빌려 오다. 빌려 주다.

뻐개다   장작을 뻐개다.
뻐기다   너무 뻐기지 말라.

뺏다   어머니의 손에서 장바구니를 뺏어 들었다.
뺐다   책꽂이에서 책을 뺐다.

ㅅ

사뭇   (내내 끝까지) 한 달간 사뭇 바빴다.
         (아주 딴판으로) 예상과는 사뭇 다르다.
자못   (생각보다 매우 퍽) 그 일은 자못 어렵다.

삭이다   ① (소화하다) 음식을 삭이다.
         ② (마음을 가라앉히다) 분을 삭이다.
삭히다   (삭게 하다) 삭힌 홍어. 김치를 삭히다. 멸치젓을 삭히다.

산림(山林)   (산과 숲. 또는 산에 있는 숲) 산림 관리. 산림이 훼손되다.
삼림(森林)   (나무가 많이 우거진 곳) 삼림벌목을 금지하다. 인구가 늘고
             산업이 발달하면서 삼림과 농경지가 줄어들었다.
살지다   (기름지다) 삶을 살지게 하는 마음의 양식
살찌다   (몸에 살이 필요 이상으로 많아지다) 살찐 뚱뚱한 사람

새다   ①물이 새다. ②비밀이 새다. ③밤이 새도록 책을 읽었다.
세다   ①힘이 세다. ②머리털이 희게 세다. ③술이 세다.
             ④콧대가 세다. ⑤팔자가 세다.

새우다   (밤을 밝히다) 하얗게 새운 밤
세우다   (서게 하다) 차를 세우다.

생때같다   (건강하다) 생때같은 아들을 잃고 어떻게 살라는 말인가.
생떼 쓰다   생떼를 쓴다고 통할 사람이 아니다.

속말   (속마음에서 우러나오는 참말) 그제서야 어머니는 속말을 꺼냈다.
속소리   세청(細聽), 중성(中聲)

쇠다   ①나물이 쇠다. ②명절을 쇠다.
쉬다   ①음식이 쉬다. ②목이 쉬다. ③숨을 쉬다.
             ④출근하지 않고 집에서 쉬다.
시다   ①포도가 시다. ②눈이 실 정도로 날씨가 좋다.
             ③발목이 시다.

슬다   배추 잎이 슬다. 녹이 슬다. 벌레가 알을 슬다.
쓸다   비로 방을 쓸다. 전국의 씨름판을 쓸다. 줄로 쇠를 쓸다.

식해(食醢)   (생선젓) 가자미 식해
식혜(食醯)   (단술, 감주) 제사상에 올릴 식혜

싱겅싱겅하다 싱겅싱겅하여 두꺼운 이불을 덮고 자야겠다.
싱둥싱둥하다 ①앓고 나고도 싱둥싱둥하다.
             ②부끄러움을 타지 않고 싱둥싱둥하다.

싸이다   ①보자기에 싸인 음식 ②안개에 싸인 마을

③신비에 싸인 원시림. ④아이들과 싸여 놀다.
쌓이다   ①산더미처럼 쌓인 볏가마 ②십 년 동안 쌓인 경험

쌕쌕이   (제트기) 언제 날아왔는지 하늘에는 쌕쌕이가 날고 있다.
쌕쌔기   (곤충 이름) 풀밭에서 쌕쌔기가 운다.

쓰러지다   괴로로 쓰러지다.
스러지다   죽음은 한 조각 구름이 스러지는 것

ㅇ

아구   (남폿구멍을 팔 자리) 아구를 내다.
아귀   ①(갈라진 부분) 아귀가 맞다. 아귀를 맞추다.
    ②(옆을 튼 구멍) 아귀를 트다.
    ③(바닷물고기) 아귀찜
아퀴   (끝매듭) 아퀴를 짓다.

아는 체(척) 모르는 것을 아는 듯이 거짓으로 꾸미다.
하다

알은 체(척) ①어떤 일에 관심을 가지는 듯한 태도를 보이다.
하다   ②사람을 보고 인사하는 듯한 표정을 하다.

아둔하다   (둔하고 어리석다) 아둔했던 자신이 부끄럽다.
어둔(語鈍)하다 (말이 둔하다) 평소에 어둔하게만 보이던 사람.

아름   두 아름 되는 둘레. 꽃을 한 아름 사 오다.
알음   얼굴은 진작부터 알음이 있었다.
앎   앎이 힘이다.
아람   남은 밤송이가 저 혼자 아람이 벌어져 떨어져 내렸다.

안   ('아니'의 준말) 안 벌고 안 쓰다. 안 춥다.
않   ('아니하'의 준말) 어둡지 않다.

안치다   밥을 안치다.
앉히다   ①의자에 앉히다. ②공장에 새 기계를 앉히다.

알갱이   ① (낟알) 보리 알갱이. ② (단위) 쌀 몇 알갱이
알맹이   (껍질을 벗기고 남은 속) 껍질은 버리고 알맹이만 먹었다.
            (핵심 부분, 사물의 중심) 알맹이가 빠진 말

애끊다   (몹시 슬프다) 애끊는 이별. 애끊는 통곡
애끓다   (몹시 답답하고 안타깝다) 애끓는 하소연

어느   ①산과 바다 가운데 어느 곳을 더 좋아하느냐.
            ②어느 가을 저녁이었다.
            ③주량이 어느 정도나 되십니까.
            ④어느 부모라도 자식을 사랑한다.
여느   그들도 여느 가족들처럼 오순도순 살고 있다.

어르다   ① (기쁘게 하다) 아기를 어르다.
            ② (놀리며 장난하다) 고양이를 어르다.
            ③ (구슬리다) 그녀를 회의에 참석하도록 어르고 달래 보았
            다.
으르다   (위협하다) 도둑이 칼을 쥐고 집주인을 으르고 있다.

어름   (경계점) 지리산은 전라도와 경상도 어름에 있다.
얼음   (물을 얼린 것) 얼음 과자

얽히다   ①연줄이 나뭇가지에 얽혀 있다.
            ②여러 사람의 주장이 서로 얽혀 있는 책

엉기다   ①피가 엉기지 않고 출혈이 계속된다.
             ②아이들이 서로 엉겨서 싸우고 있다.
엉키다   ①엉킨 머리카락을 가다듬다.
             ②엉킨 일을 수습한다. ③피가 엉켜 있다.

에다   (베다) 살을 에는 추위
에우다   ① (사방을 둘러싸다) 깎아지른 절벽이 성을 에우고 있다.
             ② (다른 길로 돌리다) 인부들이 길을 에워 차들이 돌아갈 수
             있게 하였다.
             ③ (필요 없는 것을 지우다) 출석부에서 휴학생들의 이름을
             에워 버렸다.
             ④ (다른 음식으로 끼니를 때우다) 라면으로 점심을 에우다.

여위다   ① (수척해지다) 오래 앓아서인지 얼굴이 여위었다.
             ② (가난해지다) 경기 불황으로 살림이 여위어졌다.
             ③ (작아지거나 어렴풋해지다) 별빛이 점점 여위였다.
여의다   ① (사별하다) 부모를 여읜 고아들
             ② (딸을 시집보내다) 막내딸을 여의다.
             ③ (멀리 떠나보내다) 일체의 번뇌를 여의다.

예   (지난날) 예나 지금이나, 예부터 전해오는 말
옛   (지나간 때의) 옛 자취, 옛 추억, 옛 친구

오들오들   (심하게 떠는 모양) 오들오들 떨면서 서 있다.
오돌오돌   (깨물기에 조금 단단한 상태) 콩이 좀 설익어서 오돌오돌해 보인다.

용트림   (거들먹거리느라 일부러 하는 트림) 사뭇 욱욱 용트림을 해 댄다.
용틀임   ① (용의 모양을 틀어 새긴 장식) 용틀임이 눈부신 곤룡포
             ② (이리저리 비틀거나 꼬면서 움직임) 용틀임을 한 느티나무 한 그루

우기다   (고집하다) 그는 자신이 결백하다고 우겼다.
욱이다   (안쪽으로 조금 우그러져 있다) 함석 끝을 안으로 욱이고 있다.

웃   (위아래의 대립이 없는 말에) 웃돈, 웃어른
위   (된소리, 거센소리로 시작되는 말에) 위짝, 위쪽, 위채, 위턱
윗   (위아래의 대립이 있는 말에) 윗눈썹, 윗니, 윗도리, 윗목

의뭉하다   (엉큼하면서도 어리석은 것처럼 보이다) 의뭉한 속셈을 드러내다.
우멍하다   (납작하고 우묵하다) 눈이 우멍하게 들어가 있다.

이따가   (조금 지난 뒤에) 그것은 이따가 하자.
있다가   (존재하다가) 권력은 있다가도 없는 법이다.

이따   (조금 지난 뒤에) 이따 갈게.
입때   (지금까지 또는 아직까지) 입때까지 그것밖에 못했니?

이루다   (뜻한 대로 되게 하다) 소원을 이루다.
이룩하다   (새로 세우다) 낙원을 이룩하다.

이제   (바로 이때) 이제부터 이야기를 시작하겠습니다.
인제   ① (바로 이때) 인제라도 기권하는 것이 어때?
            ② (이제에 이르러) 인제 생각하니 후회가 된다.

일절   (아주, 전혀, 절대로, 부인하거나 금지할 때) 출입을 일절 금하다.
일체   (모든 것, 전부, 온갖) 재산 일체를 사회에 기부하였다.

잃다   ①지갑을 잃다. 명성을 잃다.
            ②농토를 잃다. ③자식을 잃다.
            ④공부할 기회를 잃다. ⑤길을 잃다.
            ⑥손님을 잃다.

잇다	① 중요한 약속을 깜빡 잊다.
	② 나이를 잊다. ③ 본분을 잊다.
	④ 시험 준비를 하느라 잠자는 것도 잊었다.

ㅈ

| 자갈 | 울퉁불퉁한 자갈 |
| 재갈 | 손을 뒤로 묶고 입에는 재갈을 채웠다. |

| 작다 | (크기) 소리가 작다. 키가 작다. |
| 적다 | (수효나 분량) 인구가 적다. 양이 적다. |

| ―장이 | (수공업 기술자) 대장장이, 미장이, 유기장이, 옹기장이 |
| ―쟁이 | (행태) 심술쟁이, 멋쟁이, 욕심쟁이 |

| 저리다 | 다리가 몹시 저리다. |
| 절이다 | 배추를 소금에 절이다. |

제치다	① 형을 제치고 아우가 상속을 했다.
	② 한 친구를 제쳐 두고 놀러 가다.
	③ 우리 편이 상대편을 가볍게 제치고 3연승을 올렸다.
제치다	자기 일을 제쳐 두고 남의 일에 발 벗고 나선다.
제키다	넘어지는 바람에 무릎 살갗이 제켜졌다.

| 제비추리 | (소의 안심에 붙어 있는 고기) |
| 제비초리 | (뒤통수나 앞이마에 뾰족하게 내민 머리털) |

| 조르다 | ① (단단히 죄다) 허리띠를 조르다. |
| | ② (자꾸 요구하다) 영화구경을 가자고 조르다. |

죄다(조이다)   (팽팽하게 되다, 팽팽하게 하다) 살이 쪘는지 바지가 너무 죄
            어서 불편하다. 나사를 죄다. 가슴을 죄다.
조리다   (국물이 적게 바짝 끓이다) 멸치와 고추를 간장에 조렸다. 장
            을 조리다.
졸이다   ① (찌개, 국, 한약 따위의 물을 증발시켜 분량이 적어지게 하다)
            간장을 햇볕에 졸이다. 찌개를 바짝 졸이다.
            ② (초조해하다) 가슴을 졸이다.

좇다   ① (추구하다)
            명예를 좇는 젊은이. 태초부터 어버이의 뜻을 좇아 하기로 했다.
            ② (따르다) 부모님의 의견을 좇기로 했다. 관례를 좇다.
쫓다   (뒤를 따라서 급히 가다) 쫓고 쫓기는 숨 막히는 추격전

주검   (시체) 싸늘한 주검으로 발견되다.
죽음   (죽는 일) 삶과 죽음

주리다   (배를 곯다) 주린 배를 움켜쥐다. 애정에 주린 아이
줄이다   (줄게 하다) 어머니의 옷을 줄여 동생을 입혔다. 비용을 줄이다.

주워   (줍다) 길에 떨어진 휴지를 주웠다.
주어   (주다) 돈을 그 사람에게 주어라.

지그시   눈을 지그시 감았다.
지긋이   나이가 지긋이 든 신사

지새다   (달빛이 사라지면서 밤이 새다) 밤이 지새도록 옛날 이야기를 하다.
지새우다   (고스란히 새우다) 며칠 밤을 독서로 지새우다.

지어   (짓다) 규정 지어. 웃음 지어
지워   (지우다) 글씨를 지워 버리다.

집다   거리의 휴지를 집다.
짚다   ① 지팡이로 땅을 짚다. ② 맥을 짚다.
             ③ 누가 한 짓인지 짚이는 데가 있다.

집히다   매끈거려 잘 집히지 않는다.
지피다   무당에게 신령이 지피다. 군불을 지피다.

―째   (그대로) 통째로, 그릇째, 첫째, 넷째

ㅊ

채   (상태 계속) 벗은 채. 산 채로 잡다. (미처) 말이 채 끝나기도 전에
체   (시늉) 잘난 체하지 마. (척) 죽은 체하다. 본체만체하다.
처―   (마구, 함부로, 많이) 처넣다, 처먹다, 처바르다, 처박다, 처지다
쳐   쳐가다, 쳐내다, 쳐들어가다, 쳐부수다, 쳐주다

추기다   (꾀어서 무엇을 하도록 하다. 실제 이상으로 칭찬하다)
             달콤한 말로 추기다.
추키다   (위로 끌어올리다) 허리춤을 추키다. 얼굴을 추켜들다.

추켜세우다   (위로 치올려 세우다) 몸을 추켜세우다.
치켜세우다   ① (위쪽으로 올리다) 옷깃을 치켜세우다.
             ② (지나치게 칭찬하다) 새 시대의 기수라며 나를 한껏 치켜세웠다.

치이다   ① (부딪히거나 깔리다) 공사장에서 돌에 치였다.
             ② (덫 따위에 걸리다) 덫에 치인 쥐
             ③ (어떤 힘에 구속을 받거나 방해를 당하다) 일에 치여 꼼짝
             을 못하다.
치다   ① (바람이 세차게 불거나 세차게 뿌리다) 천둥이 치다. 된서
             리가 치다.

② (소리나 빛을 내면서 일어나다) 벼락이 치다. 천둥 치는
소리
③ (깨끗이 하다) 쓰레기를 치다.

ㅌ

턱거리　　　(떼를 쓸 만한 근거나 핑계. 턱 아래에 나는 종기)
턱걸이　　　(운동의 한 가지) 철봉에 매달려 턱걸이를 하다.

틀어지다　　(굽거나 꼬이다) 줄이 틀어지다.
틀어지다　　① (꾀하는 일이 어그러지다) 계획이 틀어지다.
　　　　　　② (사이가 벌어지다) 두 사람 사이가 틀어지다.
틀어쥐다　　① (단단히 꼭 쥐다) 멱살을 틀어쥐다.
　　　　　　② (자기 마음대로 하다) 집안 살림을 틀어쥐다.
틀지다　　　(당당하고 위엄이 있다) 틀진 걸음걸이

ㅍ

파다　　　　① (우묵하게 만들다) 땅을 파다. ② (새기다) 도장을 파다.
　　　　　　③ (도려내다) 목둘레선을 깊이 파다. ④ (전념하다) 사건의 진상을 파다.
패다　　　　① (이삭 따위가 나오다) 보리가 패다.
　　　　　　② (몹시 아프고 쑤시다) 술을 많이 마신 날은 머리가 팬다.
　　　　　　③ (마구 때리다) 두들겨 패다. ④ (쪼개다) 장작을 패다.

팻말　　　　〔패(牌)로 쓰는 말뚝〕 팻말에는 '출입 금지'라는 글씨가 써 있다.
푯말　　　　(목표나 표지로 박아 세운 말뚝) 흡연 구역 푯말

푸드득　　　(무른 똥 누는 소리)
푸드덕　　　(무겁게 날개 치는 소리)

피난(避難)   (재난을 피함) 천재지변에 대비한 피난 시설을 잘 갖춰야 한다.
피란(避亂)   (난리를 피함) 전쟁 통에 피란하면서 가족이 뿔뿔이 흩어졌다.

ㅎ

하릴없다   ① (달리 어떻게 할 도리가 없다)
            큰 잘못을 했으니 꾸중을 들어도 하릴없는 일이다.
            ② (조금도 틀림이 없다) 대문에 기대선 그의 모습은 하릴없는 거지였다.
할 일 없다   (해야 할 일이 없다) 더 할 일 없으면 가서 쉬어라.

하매   형이 열심히 공부하매 동생들도 그를 본받았다.
함에   그가 열심히 일하는 것도 국가를 위함에 있다.

한데   한데 어울려 다니지 마라.
한테   선생님한테 여쭤 보아라.

한목   (한꺼번에 다) 한목에 넘겨주다.
한몫   (한 사람 앞에 돌아가는 배분) 사회에서 한몫을 담당하다.

한참   (시간이 상당히 지나는 동안) 한참 뒤. 한참 기다리다.
한창   (가장 활기 있고 왕성하게 일어나는 때. 가장 무르익은 때)
            더위가 한창이다. 한창 일할 나이

해어지다   (낡아서 떨어지다) 해진 옷을 꿰맸다.
헤어지다   (이별하다) 동네 사람과 헤어지다.

해치다   (손상을 입혀 망가지게 하다) 공익을 해치다. 호랑이가 사람을 해치다.
헤치다   (덮인 것을 파거나 깨뜨리거나 젖히다) 가슴을 풀어 헤쳤다.
            (방해되는 것을 이겨 나가다) 난국을 헤쳐 나간다.

햇볕   (해가 내리쬐는 뜨거운 기운) 따사로운 햇볕. 햇볕에 옷을 말리다.
햇빛   (해의 빛) 햇빛이 비치다. 이슬방울이 햇빛에 반사되어 반짝인다.

허술하다   ① (낡고 헐어서 보잘것없다) 허술한 술집
             ② (빈틈이 있다) 허술한 일처리
             ③ (소홀하다) 손님 접대가 허술하다.
허룩하다   (줄거나 없어져 적다) 쌀자루가 허룩하다.
허름하다   ① (좀 헌 듯하다) 허름한 간판.
             ② (값이 좀 싼 듯하다) 허름한 양복을 한 벌 구입했다.

헌칠하다   (키와 몸집이 크고 미끈하다) 저 헌칠한 청년이 누구냐.
훤칠하다   (탁 트여 깨끗하고 시원하다) 훤칠한 얼굴에 단단한 어깨

홀몸   (독신, 단신) 남편을 여의고 홀몸으로 지낸다.
홑몸   (아이를 배지 아니한 몸) 그녀는 아기를 가졌기에 홑몸이 아니다.

문장 부호

1) 많이 쓰는 글 부호

①마침표(.) : 글이 완전히 끝날 때 보기 문이 열리면서 아름다운 엘리자베스가 나타났다.

②쉼표(,) : 의미가 조금 중단되어서 읽을 적에 잠깐 쉬는 것이 좋을 자리에 보기 마침내, 아가씨는 빈 바구니를 싣고 떠났다.

③물음표(?) : 묻는 말이나 의심되는 말 다음에 보기 넌 저 별들 이름을 잘 알테지?

④느낌표(!) : 느낌이나 부르짖음을 나타낼 때 보기 어머나, 저렇게 많아! 참 기가막히게 아름답구나!

⑤따옴표(" ", ' ') : 남의 말을 인용하거나, 제목을 나타내거나, 특수한 말에

보기 '자! 바로 우리들 머리 위를 보세요. 저게 은하수랍니다.'

⑥ 말바꿈표(—) : '곧'(즉)의 뜻으로 바꾸어 말함을 보일 때 보기 문학은 그 자체의 조건—형식의 미적 구조에 따라서 작품의 가치를 인정하는 것이다.

⑦ 풀이표(—) : 윗말을 다시 해석하고 넘어갈 때 해석의 앞뒤에 보기 작품 세계는 인상이 청신하다. 평범한 진리—진리는 평범하다—가 문학 작품 속에 나타날 때에 새삼스럽게 느껴지는 것은 그 때문이다.

⑧ 말없음표(……) : 말이 계속되다가 침묵을 지킬 때 보기 아무렴요, 아가 씨…….

2) 마침표(.)에 대하여

글이 끝남을 나타내는 기호이다. 글이 이어질 때 마침표가 없으면 글이 어디서 끝나는지 알 수 없다. 그러나, 다음과 같은 경우에는 마침표를 치지 않는다.

① 제목이나 부제, 표어 등 간단한 어구

② 사물의 명칭만을 나란히 쓸 때

③ 글 가운데 글을 넣을 때 " "를 치지 않고 '고'라는 말로 받을 때 보기 먹기 위해 쓴다고 그는 말했다.

3) 쉼표의 사용법

① 두 개의 글을 하나로 이을 때 보기 형은 집으로 돌아갔고, 동생은 서울로 갔다.

② 글 첫머리의 접속부사 뒤에 보기 그러나, 그는 가지 않았다.

③ 부름이나 응답의 말 뒤에 보기 응, 잘 알았어.

④ 주어를 글 가운데 놓을 때 보기 해결책은 없을까 하고, 그는 생각하였다.

⑤ 술어를 글 가운데 놓을 때 보기 어서 가자, 학교에 늦겠다.

⑥ 글 안에 또 하나의 글이 있을 때 보기 내가 알고자 하는 것은, 그가 어떤 결론을 내리는가 하는 것이다.

⑦ 잘못 읽는 것을 막기 위해 보기 오늘, 출발을 결정하였다.

⑧ 어림수를 나타낼 때 보기 2, 3년이 지나간 뒤였다.

4) 가운뎃점의 사용법

①동격의 명사를 나열할 때 보기 인부·어부·농사꾼 등은 차별어이다.

②일시를 생략하여 나타낼 때 보기 P.M 8·30(오후 8시 30분), 57·24(57분24초)

③동격의 관계를 나타낼 때 보기 레이건·대처 회담

④두 숫자로 된 사건 날짜 보기 3·1절, 6·25전쟁, 8·15 광복절

5) 묶음표의 사용법

묶음표(괄호) 중 손톱묶음(소괄호)은 다음과 같은 경우에 사용한다.

①글이나 어귀 뒤에 풀이말을 넣을 때 보기 고딕체(굵은 활자체)로 바꾸자.

②원어를 나타낼 때 보기 고딕(Gothic)식 미술의 완성품

③인용 부분의 출전이나 출판사를 나타낼 때. 묶음표 중 꺾쇠 묶음(〔 〕)은 손톱 묶음 안에 쓴다.

보기 모택동(毛澤東〔마오쩌둥〕: 1893~1976)은 대장정을 결심했다.

6) 따옴표의 사용법

①큰따옴표(" ")는 회화 또는 인용의 부분, 특히 주의를 환기시키려는 부분, 영어의 경우는 논문이나 문예 작품 등의 제목에 쓰인다. 그러나, 우리말의 경우는 낫표 꺾쇠(「 」)를 쓴다.

②작은 따옴표(' ')는 시의 제목, 논문 제목, 신문 등의 기사 제목, 정기 간행물의 제목이나 다른 말을 따다가 쓸 경우 그 안에 또 다른 따온 말이 있을 때에 그 따온 말의 앞뒤에 갈라서 쓴다.

보기 그는 '아, 좋다.'고 했다.

7) 물음표와 느낌표

①물음표 : 서구어의 의문문 끝에는 반드시 물음표(?)를 치게 되어 있으나, 우리말에서는 '…는가'라는 의문을 나타내는 어미가 있어서 굳이 물음표를 치지 않아도 의사 전달은 가능하다. 게다가 물음표를 남용하면 글이 경박해지기 쉽기 때문에 꼭 필요한 때에만 사용한다.

②느낌표(!) : 놀람과 감탄 및 절박감을 나타내며, 시각적으로 독자의 정

감에 호소한다. 그러나, 감정표현 및 정경묘사에는 느낌표가 필요 없는 경우
가 많다. 정확한 표현이 되지 않기 때문에 '!'로 처리해 버리는 것이다.
　③물음표와 느낌표 모두 꼭 필요할 때에만 쓴다.

8) 줄표와 물결표

　①줄표(―) : '전각(全角)'이라고도 하며, '글자 한 자 길이의 줄'이다.
　　①구간을 나타낼 때 보기 서울―부산 : 서울에서 부산까지
　　②수량의 폭이나 범위 보기 55―70세 : 55세에서 70세까지
　　③전화번호나 전체 계좌 또는 예금 계좌번호 등에서 숫자를 연결할 때
　②물결표(～) : 줄표와 거의 같은 뜻으로 쓰인다. 그러나 통계표 또는 특
수 서적을 뺀 어느 단행본에서도 전혀 쓰지 않는다.

9) 줄임표와 말없음표

　①줄임표(…) : 전각분(全角分), 곧 '글자 한 자의 길이'로서 점이 세 개
이다. 말을 줄일 때 쓰고, 글 끝에 마침표를 친다
　보기 어디 나도 한번….
　②말없음표(……) : 이배분(二倍分), 곧 '글자 두 자의 길이'로서 점은 여
섯 개이다. 침묵 등을 나타낼 때 쓰인다.

10) 그 밖의 부호

　①쌍점(: , colon) : 앞의 구에서 논지가 한 걸음 나아간 것을 나타낼 때
　②쌍반점(; , semicolon) : 똑같이 중요한 두 개 또는 두 개 이상의 구를
나눌 때
　③붙임표(-, hyphen) : 글자가 이어짐을 나타낸다. '반각분(半角分)' 곧
'글자 반 자의 길이'이다.
　④애스터리스크(*) : 주(註)나 참조 등의 기호로 사용한다.
　⑤다거(†) : 인명 앞이나 뒤에 치면 '고인(故人)'을 뜻한다. 연호 앞에 붙
이면 돌아간 때를 뜻한다.
　⑥패러그래프(††, paragraph) : 절(節)을 가리킨다.
　⑦섹션(§, section) : 장, 항, 단락을 가리킨다.

⑧ 크로스해치(#, crosshatch) : 번호표.

⑨ 앰퍼샌드(&, ampersand) : 영어의 경우 'and'의 뜻으로 쓰인다.

⑩ 퍼센트(%, percent) : 비율을 나타낸다.

제2권

시 쓰기 첫걸음

제1부

1. 시의 본질

1) 정의

문학을 형식상으로 크게 분류하면 운문과 산문으로 나뉘는데, 운문의 대표적인 것이 시다.

시의 정의는 문학의 정의가 그렇듯이 구구하다. 그 중 유명한 정의를 몇 개 인용해 본다.

"시는 율어(律語)에 의한 모방이다."(아리스토텔레스)

"시는 운율적 구문이며, 이성의 도움에 알맞은 상상을 불러일으켜서 쾌락과 진리를 결합시키는 기술이다. 그리고 그 본질은 발견하는 것이다."(새뮤엘 존슨)

"시란 우리들이 상상 위에 환상을 불러일으키는 방식으로 언어를 사용하는 기술, 즉 화가가 색채로 하는 일을 언어로 하는 기술을 의미한다."(맥컬리)

"시는 가르치고 즐거움을 주려는 의도를 가진 말하는 그림이다."(시드니)

"우리들은 음악적인 사상을 시라고 부른다."(셸리)

"시는 일반적인 의미에서 상상의 표현이라고 정의할 수 있다."(셸리)

"시는 상상과 정열의 언어다."(해즐릿)

"시는 강한 감정의 자연적 발로다."(워즈워스)

"시는 미의 운율적 창조다."(포)

"시는 시적 진리와 시적 미의 법칙에 의한 비평에 알맞은 상태에 있는 삶의 비평이다."(M. 아놀드)

"시는 상상에 의하여 고상한 정서를 위한 고상한 정서를 암시하는 것이다."(러스킨)

"시는 상상적 사상과 감정을 운율적 언어로 올바르게 표현하여 즐거움을 낳게 하는 기술이다."(쿠어도프)

"시는 감정의 언어요, 산문은 이성의 언어다."(윈체스터)

"시는 상상과 감정을 통한 인생의 해석이다."(허드슨)

"시는 체험이다."(릴케)

"나의 시는 나의 참회다."(괴테)

"시는 개성적 시인에 의하여 될 수 있는 대로 믿을 만하게 기록된 개성적이고 상상적인 체험이다."(스타우퍼)

"시는 자연의 형상 문자를 푸는 열쇠다."(헤어)

"시는 정서의 표출이 아니라 정서로부터의 도피요, 개성의 표현이 아니라 개성으로부터의 도피다."(T.S. 엘리엇)

"시는 언어의 비평이다."(스펜더)

"시는 한마디로 말해 사악함이 없다."(공자)

"시란 정을 뿌리로 하고, 말을 싹으로 하며, 소리를 꽃으로 하고, 의미를 열매로 한다."(백낙천)

"시는 우주의 생명적 본질이 인간의 감성적 작용을 통하여 표현되는 언어의 통일한 구상(具象)이다."(조지훈)

"시는 언어의 건축이다."(김기림)

위의 모든 의견들을 종합하여 일반적인 공통점을 추려서 말한다면 다음과 같이 정의를 내릴 수 있다.

"시는 인간의 사상과 감정을 운율과 이미지로 결합하여 압축 통일시켜 표현한 문학의 한 장르다."

2) 특성

① 주로 정서와 상상을 통한 문학이다.

"시적이라 할 때 우리는 정서적이고 상상적인 것으로 이해한다."(허드슨)

"시적 진실은 먼저 예술 가치로서 정서적 감동이다. 감성(感性)으로서 받아들이고 감성으로 표현하며 감성에 자극하는 것이 시의 정통적 본질이다."(조지훈)

② 운율적 언어로 이루어진 대표적인 언어 예술이다.

“시는 미의 운율적 창조다.”(포)

“시의 정서와 상상은 특별한 표현 방식을 통해야 하는데, 그 형식이란 규칙적으로 운율적인 언어나 율격(律格)이다.”(허드슨)

“운율의 기원은 정신 내부의 열정이 발동하는 것을 억제하려는 의지적인 효력에서 생기는 평형 상태에 있다.”(콜리지)

“우주의 생명적 진실이라는 시의 본질이 정서적 감동이라는 시의 작용을 통하여 언어의 율동적 조형이라는 시의 표현을 갖출 때 여기에 한 편의 시가 나타나는 것이다.”(조지훈)

③ 내포적(內包的) 언어로 이루어진 대표적인 언어 예술이다.

“시는 창조적 표현이며 인상을 압축하여 집중화하기 위하여 인상을 써넣는 응축 활동이다.”(리드)

④ 압축된 형식미를 갖추어야 하는 문학이다.

“시는 벽돌들이 벽을 만들기 위하여 던져진 것처럼 한 편의 시를 만들기 위하여 함께 던져진 요소들——율격이나 압운(押韻)이나 비유적 언어나 의미나 그 밖의 것들이 기계적으로 결합된 한 무리의 요소로서 생각할 수 있는 것이 아니다. 시에서 여러 요소 사이의 관계는 모두 중요하다는 것이다. 즉, 그것은 기계적인 관계가 아니라 가장 친근하고 근본적인 관계인 것이다.”(브룩스, 워런)

“단시와 서술시(장시)를 포함해서 모든 시는 극적인 구조를 내포한다고 하고, 또 이런 의미에서 모든 시는 ‘작은 희곡’이라 보여질 수 있고 실제로도 그렇게 되어야 한다.”(브룩스, 워런)

⑤ 인생의 표현이요 생명의 해석이다.

“문학은 언어를 매개로 하는 인생의 표현이요, 시는 상상과 감정을 통한 생명의 해석이다.”(허드슨)

“시에서는 실질적 장면이나 사건은 배제되고, 사실묘사와는 다른 시적 직감력에 의해 체험이 재구성되고 이렇게 해서 된 체험의 합성이야말로 곧 시의 특성이다.”(이재선)

2. 시의 구성 요소

1) 시어(詩語)

①내포적이고 함축적이어야 한다.

산에는 꽃 피네
꽃이 피네.
갈 봄 여름 없이
꽃이 피네.

김소월, '산유화'에서

이 시를 외연적(外延的)인 뜻으로만 살핀다면 시가 될 수 없다.
②미화되고 세련되고 정서적인 언어가 되어야 한다.

내 죽으면 한 개 바위가 되리라.
아예 애련(愛憐)에 물들지 않고
희로(喜怒)에 움직이지 않고
비와 바람에 깎이는 대로
억 년 비정(非情)의 함묵(緘默)에
안으로 안으로만 채찍질하여
드디어 생명도 망각하고
흐르는 구름
머언 원뢰(遠雷)
꿈꾸어도 노래하지 않고,
두 쪽으로 깨뜨려져도
소리하지 않는 바위가 되리라.

유치환, '바위'

위의 시에 나타난 언어는 결코 정서적이거나 미화된 언어가 아니요, 오히려 거칠고 관념적이다. 그러나 '바위'로 대표되어진 의지의 색채가 구체적으로 형상화되어 있어 언어의 내포성이 살아 있음을 본다.

내가 그의 이름을 불러 주기 전에는
그는 다만
하나의 몸짓에 지나지 않았다.

내가 그의 이름을 불러 주었을 때
그는 나에게로 와서
꽃이 되었다.

내가 그의 이름을 불러 준 것처럼
나의 이 빛깔과 향기에 알맞은
누가 나의 이름을 불러 다오.
그에게로 가서 나도
그의 꽃이 되고 싶다.

우리들은 모두
무엇이 되고 싶다.
너는 나에게 나는 너에게
잊혀지지 않는 하나의 눈짓이 되고 싶다.

김춘수, '꽃'

이 시에는 언어가 풍기는 철학적인 무드와 존재에 대한 성찰이 나타나 있다.

2) 시의 리듬
"시를 구성하는 두 개의 주요한 원리는 운율과 은유이다."(워런)
시의 운율을 크게 둘로 나누면 외형률과 내재율이 있다.

① 외형률 : 정형시의 리듬(운율)으로, 표현 형식에서 음이나 글자 수의 어떤 규칙에 의하여 외형상 박자를 형성하는 것이다. 그 내용으로 평측법(平仄法), 압운법(押韻法), 음수율 등이 있다.

첫째, 평측법은 음성률(音聲律)이라고도 하며, 각 음이 지닌 고저·강약·장단을 이용한 운율이다. 영시나 한시에는 있어도 언어 구조상 우리 시에는 없다.

둘째, 압운법은 음위율(音位律)이라고도 하며, 시구(詩句)의 일정한 자리에 비슷한 음을 배열하는 운율이다. 이에는 두운(頭韻), 요운(腰韻), 각운(脚韻)이 있다.

두운 : 각 시행의 맨 윗머리 글자를 비슷한 음으로 맞추는 운율이다.

말리지 못할 만치 몸부림하며
마치 천리만리(千里萬里)나 가고도 싶은
맘이라고나 하여 볼까.

김소월, ‘천리만리’에서

요운 : 각 시행의 중간 부분을 비슷한 음으로 맞추는 운율이다.

질경이를 캐러 가세
치마폭에 담고 오세
질경이를 캐러 가세
허리춤에 끼고 오세.

「시경」에서, 유석빈 옮김

각운 : 각 시행의 맨 끝 음을 비슷하게 맞추는 운율이다.

다락에 가을 깊어 울안은 비고,
서리 쌓인 갈밭에 기러기 앉네.

거문고 한 곡조에 님 어디 가고,
연꽃만 들못 위에 맥없이 지네.

허난설헌, '규원', 김억 옮김

셋째, 음수율은 각 시행의 음절 수를 일정하게 맞추어 만든 운율이다. 영시에는 음보(音步, metre)가 있고, 한시에는 오언 또는 칠언이 있으며, 우리나라의 정형시인 시조, 가사, 기타의 시문학 초기의 시에서 볼 수 있는 3·4조, 4·4조, 7·5조, 3·3조, 6·4조 등이 이에 속한다.

먼 훗날 당신이 찾으시면
그 때에 내 말이 '잊었노라'

당신이 속으로 나무라면
'무척 그리다가 잊었노라'

그래도 당신이 나무라면
'믿기지 않아서 잊었노라'

오늘도 어제도 아니 잊고
먼 훗날 그 때에 '잊었노라'

김소월, '먼 후일'

위의 시는 6·4조이다. 또는 3·3·4조로 보아도 무방하다.
②내재율 : 달리 자유율이라 말하는 내재율은 자유시의 운율과 같이 밖에는 나타나지 않고, 속으로만 생명처럼 존재하는 시인의 호흡을 뜻한다.

죽는 날까지 하늘을 우러러
한 점 부끄럼이 없기를,

잎새에 이는 바람에도
나는 괴로워했다.
별을 노래하는 마음으로
모든 죽어가는 것을 사랑해야지.
그리고 나한테 주어진 길을
걸어가야겠다.

오늘 밤에도 별이 바람에 스치운다.

윤동주, '서시'

　이 시에는 외형상 리듬이 없는 것 같지만 속살로 흐르는 시인 특유의 맥박과 호흡이 살아 있음을 알 수 있다. 이것이 곧 자유시에서의 내재율이다.

고향에 고향에 돌아와도
그리던 고향은 아니러뇨.

산꿩이 알을 품고
뻐꾸기 제 철에 울건만,

마음은 제 고향 지니지 않고
머언 항구로 떠도는 구름.

오늘도 메 끝에 홀로 오르니
흰점 꽃이 인정스레 웃고,

어린 시절에 불던 풀피리 소리 아니 나고
메마른 입술에 쓰디 쓰다.

고향에 고향에 돌아와도

그리던 하늘만이 높푸르구나.

정지용, ‘고향’

비록 자유시라 하더라도 김소월이나 김영랑 등 자연파 시인들은 음악적인 리듬을 중시하는 시를 많이 남기고 있다.

위에 인용한 정지용의 ‘고향’이란 시도 그런 범주에 속한다. 각 연이 2행으로 구성되었고, 3·3·4의 리듬이 변형을 이루면서 음악적 효과를 나타낸다.

3) 시의 이미지

①이미지의 특성

지난날의 시가 리듬을 중시하고 음악성을 높이 평가한 반면, 현대시는 이미지를 중요시하며 회화성이나 고도한 표현 기교를 내세운다.

“시는 표지의 언어로 구성되는 것이 아니라 시각적이고 구체적인 언어로 구성된다. 따라서 ‘배가 항해했다’라는 표지에 대해 ‘배가 바다 위로 질주하였다’라고 말해야 한다. 때문에 시인에게 이미지란 단순한 장식이 아니라 직관적인 언어의 정수 그 자체이다.”(흄)

“참신하고 대담하고 풍부한 이미지야말로 현대시의 장점이며 제일의 수호신이다.”(루이스)

“현대 시인이 자기의 주요한 목적, 시의 가장 특징적인 것으로 새로이 기도하고 있는 것은 새롭게 솟아나온 이미지라고 생각한다.”(콜리지)

“오로지 이미지는 시의 극치이며 생명이다.”(드라이든)

“많은 저작을 남기는 것보다 한평생에 한 번이라도 훌륭한 이미지를 만드는 것이 낫다.”(파운드)

“시적 이미지는 문맥 속에 인간의 정서를 저류로 가진, 어느 정도 은유적인 언어를 사용한 다소의 감각적인 그림이다.”(루이스)

“이미지는 독자의 상상력에 호소하는 그런 방법으로 시인의 상상력에 의하여 그려진 언어의 그림이다.”(루이스)

“시에서 어떤 감각 체험의 재현은 이미저리라고 불려진다. 이미저리는 단순히 마음의 그림으로 이루어지는 것이 아니고 감각의 어떤 것에 호소하

게 된다.”(브룩스, 워런)

“심리학에서 이미지라고 하는 말은 반드시 시각적일 필요는 없고, 과거 감
각상의 또 지각상의 체험을 지적으로 재생한 것, 즉 기억을 뜻한다.”(워
런)

②이미지의 종류와 효과 : 시각적 이미지, 청각적 이미지, 미각적 이미지,
후각적 이미지, 근육 감각적 이미지, 역학적 이미저리, 색채적 이미저리, 공
감각적 이미저리 등이 있다.

1

   향료(香料)를 뿌린 듯 곱단한 노을 위에
   전신주(電信柱) 하나하나 기울어지고
   머언 고가선(高架線) 위에 밤이 켜진다.

2

   구름은 보랏빛 색지(色紙) 위에
   마구 칠한 한 다발 장미

   목장의 깃발도 능금나무도
   부을면 꺼질 듯이 외로운 들길.

김광균, ‘데생’

이 시는 한 폭의 수채화처럼 시각적 이미지를 살리고 있다.

   여보—
   내 마음은 유린가 봐. 겨울 하늘처럼
   이처럼 작은 한숨에도 흐려 버리니…….

   만지면 무쇠같이 굳은 체하더니
   하룻밤 찬서리에도 금이 갔구료.

눈포래 부는 날은 소리치고 우오.
밤이 물러간 뒤면 온 뺨에 눈물이 어리오.

타지 못하는 정열, 박쥐들의 등대.
밤마다 날아가는 별들이 부러워 쳐다보며 밝히오.

여보—
내 마음은 유린가 봐.
달빛에도 이렇게 부숴지니…….

김기림, '유리창과 마음'

　이 시에서는 촉각적인 이미저리와 시각적 이미저리가 조화를 잘 이루고
있다.

한 송이의 국화꽃을 피우기 위해
봄부터 소쩍새는
그렇게 울었나 보다.

한 송이의 국화꽃을 피우기 위해
천둥은 먹구름 속에서
또 그렇게 울었나 보다.

그립고 아쉬움에 가슴 조이던
머언 먼 젊음의 뒤안길에서
인제는 돌아와 거울 앞에 선
내 누님같이 생긴 꽃이여.

노오란 네 꽃잎이 피려고
간밤엔 무서리가 저리 내리고

내게는 잠도 오지 않았나 보다.

서정주, '국화 옆에서'

이 시에서는 제1·2연에 청각적 이미지, 제3·4연에 시각적 이미지가 나타나 있다.

4) 시의 표현 기교

첫째, 직유는 명유(明喩)라고도 하는데, 이는 하나의 사물을 다른 사물과 직접 비교하는 비유법이다. —같이, —처럼, —하다 등의 말이 붙는다.

돌담에 속삭이는 햇발같이
풀 아래 웃음 짓는 샘물같이
내 마음 고요히 고운 봄길 위에
오늘 하루 하늘을 우러르고 싶다.

새악시 볼에 떠오는 부끄럼같이
시의 가슴에 살포시 젖는 물결같이
보드레한 에머랄드 얇게 흐르는
실비단 하늘을 바라보고 싶다.

김영랑, '돌담에 속삭이는 햇발'

이 시는 전적으로 직유에 의하여 이루어진 시다.

거룩한 분노는
종교보다도 깊고
불붙는 정열은
사랑보다도 강하다.

아, 강낭콩 꽃보다도 더 푸른
그 물결 위에
양귀비 꽃보다도 더 붉은
그 마음 흘러라.

변영로, '논개'에서

이 시에는 분노와 종교, 정열과 사랑, 강낭콩꽃과 푸른 물결, 양귀비꽃과 붉은 마음 등이 모두 비슷한 것으로 비교되어 있다.

둘째, 은유는 암유(暗喩)라고도 하는데, 원관념과 보조 관념을 동일한 것으로 보는 비유이다.

내 마음은 호수요
그대 노 저어 오오.
나는 그대의 흰 그림자를 안고, 옥같이
그대의 뱃전에 부서지리다.

내 마음은 촛불이요
그대 저 문을 닫아 주오.
나는 그대의 비단 옷자락에 떨며, 고요히
최후의 한 방울도 남김없이 타오리다.

내 마음은 나그네요
그대 피리를 불어 주오.
나는 달 아래 귀를 기울이며, 호젓이
나의 밤을 새우오리다.

내 마음은 낙엽이요
잠깐 그대의 뜰에 머무르게 하오.
이제 바람이 일면 나는 또 나그네같이, 외로이

그대를 떠나오리다.

김동명, '내 마음은'

이 시에서 '내 마음'이라는 원관념과 '호수' '촛불' '나그네' '낙엽' 이라는 보조 관념이 분명하게 나타나 있다.

셋째, 의인법(擬人法)은 활유(活喩)라고도 하는데, 사물이나 사람이 아닌 생물에서 사람과 같은 성질을 부여해서 표현하는 비유법이다.

꿈을 아느냐 네게 물으면,
플라타너스,
너의 머리는 어느덧 파아란 하늘에 젖어 있다.

너는 사모할 줄 모르나
플라타너스,
너는 네게 있는 것으로 그늘을 늘인다.

먼 길에 올 제,
호올로 되어 외로울 제,
플라타너스,
너는 그 길을 나와 같이 걸었다.

이제 너의 뿌리 깊이
너의 영혼을 불어 넣고 가도 좋으련만,
플라타너스,
나는 너와 함께 신이 아니다!

수고로운 우리의 길이 다하는 어느 날,
플라타너스,
너를 맞아 줄 검은 흙이 먼 곳에 따로이 있느냐?

나는 오직 너를 지켜 네 이웃이 되고 싶을 뿐

그곳은 아름다운 별과 나의 사랑하는 창이 열린 길이다.

김현승, '플라타너스'

이 시는 의인법을 쓴 대표적인 시 가운데 하나이다.

기타 대유, 인용, 우유(寓喩), 성유(聲喩), 역설(逆說), 아이러니 등이 시의 표현 기교로 흔히 쓰인다.

5) 시의 주제

시의 주제는 한 편의 작품 속에 형상화된 중심 사상이요, 의미를 뜻한다. 그러므로 주제는 언어와 더불어 시에서 불가결한 것이다.

시는 모든 요소들 (이미지, 리듬, 톤, 언어, 표현, 형태 등)이 생생하게 섞여져 있는 유기적인 통일체이므로 시의 주제가 관념의 설명이 된다든지 해서는 안 된다.

시의 주제가 관념적인 것이 되지 않기 위해서는 우선 주제가 건강해야 하고, 다음으로 보편타당해야 하며, '나'를 언제나 주장해야 한다.

"주제를 찾기 위하여 로마의 폐허를 방황할 필요는 없다. 우리들의 나라에서 또는 민주주의의 가슴 가운데서 얼마든지 주제를 퍼낼 수 있다."(반다이크)

"시는 작은 드라마다. 시의 주제는 그 작은 드라마가 되는 것이다. 주제는 그 작은 드라마를 벌이는 인생에 대한 태도, 즉 인간 체험의 평가를 구체화하는 것이다."(브룩스)

① 주제의 형상화 문제

시의 주제는 시인이 가진 소재에 동기화의 단계를 거쳐 실제 작품을 씀으로써 이루어진다. 이렇게 해서 얻어진 시의 주제는 한 편의 시 속에 언어적 표현과 형태를 얻어 예술적인 형상화를 이룩하게 된다.

주제는 시인에 의하여 선택된 소재에 대한 시인의 해석이요, 가치 평가요, 의미 부여이다. 그러므로 시는 구체적인 창작 과정이 중요하고 힘든 일이다.

②주제의 내용 문제 : 시의 주제가 감정에 치우칠 때 주정시(主情詩)가 되고, 지성에 기울었을 때 주지시(主知詩)가 되며, 의지적일 때 주의시(主意詩)가 된다.

첫째, 주정시는 인간의 감정이나 정서를 내용으로 하고 있는 시로서, 좁은 의미의 서정시는 대개 이 주정시를 일컫는다. 서정주는 주정시를 감각의 시와 정서의 시와 정조(情操)의 시로 세분하고 있다.

모란꽃 이우는 하얀 해으름

강을 건너는 청모시 옷고름

선도산(仙桃山)
수정(水晶) 그늘
어려 보랏빛

모란꽃 해으름 청모시 옷고름

박목월, '모란 여정(餘情)'

강을 건너는 여인을 소재로 한 이 시는 주정적인 시이다.
둘째, 주지시는 인간의 지성을 주로 그리는 시이다. 서정주는 주지시를 기지(機智)의 시와 지혜의 시와 예지의 시로 나누고 있다.

어느 머언 곳의 그리운 소식이기에
이 한밤 소리 없이 흩날리느뇨.

처마 끝에 호롱불 여위어 가며
서글픈 옛 자췬 양 흰 눈이 내려

하이얀 입김 절로 가슴에 메어

마음 허공에 등불을 켜고
내 홀로 밤 깊어 뜰에 내리면

머언 곳에 여인의 옷 벗는 소리

희미한 눈발
이는 어느 잃어진 추억의 조각이기에
싸늘한 추회(追悔) 이리 가쁘게 설레이느뇨.

한줄기 빛도 향기도 없이
호올로 차단한 의상(衣裳)을 하고
흰 눈은 내려 내려서 쌓여
내 슬픔 그 위에 고이 서리다.

김광균, '설야(雪夜)'

주지시는 위트, 풍자, 아이러니, 역설 등 지적 작용이 크게 활동하게 된다.
  셋째, 주의시는 의지적인 내용을 나타낸 시이다. 그러나 주의시라고 하더
라도 순수한 의지만 가지고는 시가 되기 어렵기 때문에 상당한 지성과 감성
이 따르기 마련이다.

나의 지식이 독한 회의(懷疑)를 구(救)하지 못하고
내 또한 삶의 애증(愛憎)을 짐지지 못하여
병든 나무처럼 생명이 부대낄 때
저 머나먼 아라비아 사막(沙漠)으로 나는 가자.

거기는 한 번 뜬 백일(白日)이 불사신같이 작열하고
일체가 모래 속에 사멸한 영겁(永劫)의 허적(虛寂)에
오직 알라의 신(神)만이
밤마다 고민하고 방황하는 열사(熱沙)의 끝.

그 열렬한 고독(孤獨) 가운데
옷자락을 나부끼고 호올로 서면
운명처럼 반드시 '나'와 대면(對面)ㅎ게 될지니
하여 '나'란 나의 생명이란
그 원시의 본연한 자태를 다시 배우지 못하거든
차라리 나는 어느 사구(沙丘)에 회한 없는 백골을 쪼이리라.

유치환, '생명의 서(書)'

위의 시는 대표적인 주의시이다.

그러나 주정시니 주지시니 주의시니 했다 하여 한 편의 시가 전적으로 감성이나 지성이나 의지만으로 구성되는 것은 아니다. 요컨대 시의 구성 요소는 이 모두가 알맞게 융합되어야 한다.

"시에서 여러 가지 요소 사이의 관계는 모두 중요하다. 그것은 기계적인 관계가 아니라 훨씬 친근하고 근본적인 관계다."(브룩스, 워런)

3. 시의 종류

1) 형태상의 종류

①정형시란 시의 형식이 일정한 규칙에 의해서 이루어진 시로서 외형률을 취한다. 우리의 시조나 중국의 한시 등이 이에 속한다.

"정형시란 일정한 율(律), 즉 일정한 음수율의 제한과 일정한 운자(韻字)의 제한과 해조(諧調, 하모니)에 제한을 가진, 일정한 형식의 시를 말한다."(서정주)

"정형시는 언어의 운율적 생성을 위한 주법으로써 시 정서의 표현을 유효하게 고조하려는 시의 한 방법이다."(조지훈)

②자유시란 형식에 얽매이지 않고 자유스럽게 쓰여진 시로서 대개 내재율을 취한다. 현대시의 거의 모두가 자유시이다.

"자유시는 일정한 형식을 가지지 않고 내재적 운율과 내재적 해조만을 중요시하는 순 서양적 개념에 의한 시의 형식이다."(서정주)

"자유시는 정형시의 규칙을 벗어남으로써 시 정신을 자유롭게 확장 활용할 것이요, 산문에 시적 운율을 배정함으로써 산문의 고삽성(苦澁性)을 해소한 시이다. 다시 말하면 형식에서 산문적 자유성을 얻고, 내용에서 운문적 율조를 얻어 이 양자를 조화하는 곳에 자유시가 있다."(조지훈)

자유시는 19세기 미국 시인 휘트먼에 의해 처음 쓰여졌고, 우리나라는 「창조」 창간호에 주요한의 '불놀이'가 발표되면서부터 바로 자유시 시대에 들어갔다.

③산문시는 시적인 내용을 산문으로 표현한 시를 뜻한다. 역시 자유시에 속하므로 내재율을 취한다.

서양 시인의 산문시집으로는 보들레르의 「파리의 우울」, 투르게네프의 「산문시」 등이 유명하다.

의혹의 날에도 조국의 운명을 생각하고 괴로워하는 날에도 너만은
나의 지팡이요 기둥이었다.
아아, 위대하고 힘찬, 진실하고 자유스런 러시아어여!
만일 네가 없었더라면 지금 이 나라에 일어나는 모든 일에 어찌 절망하

지 않으랴.

그러나 그러한 말이 위대한 국민에게 주어지지 않은 것이라곤 아무래도 믿을 수 없는 것이다.

투르게네프, '러시아어'

2) 내용상의 종류

① 서정시는 주관시 또는 개인시라고도 하며, 개인의 주관적인 사상·감정·심상 등을 표현한다.

"서정시는 시인의 사상과 감정을 일반적으로 그리 길지 않게 연이나 절 속에 표현하는 시이다."(옥스퍼드 사전)

"동양에 와서 서정시라 번역된 이 리릭(lyric)은, 서정이라는 말이 보이는 것만은 아니며, 감정 내용을 표현할 수 있는 양식이 된다."(서정주)

"서정시의 정수(精髓)는 개성에 있지만 세계적인 위대한 서정시의 대다수는 단순히 개성적이고 특수한 것보다 인간적인 것을 구체화시켰다는 사실에 광범위하게 문학사적 위치를 점유하고 있음을 기억해야 한다."(허드슨)

서정시의 특징을 요약한다면 순수 감정을 표현한 시, 현대에 와서 시각적인 면이 발전한 시라 할 수 있다. 종류는 다음과 같이 나눌 수 있다.

첫째, 감정의 성질에 따라서 단순 서정시, 열광적 서정시, 반성적 서정시.

둘째, 소재에 따라서 종교적 서정시, 애국적 서정시, 연애 서정시, 자연 서정시, 애상 서정시, 반성적 서정시, 제연(祭宴) 서정시.

셋째, 서양 서정시의 장르 : 오드, 소네트, 발라드, 엘레지, 파스토랄, 새타이어, 에피그램, 마드리갈, 페이블 등.

② 서사시는 객관시의 대표적인 양식으로서, 일반적으로는 이야기를 객관적으로 서술해 가는 시를 일컫는다.

"서사시는 외부 세계에 속하고, 기능은 이야기에 있다. 그것을 아킬레스의 노여움이나 오디세우스의 표류, 베어울프의 공포를 노래한다. 그것은 다만 일어난 사건을 이야기할 뿐이다."(검메르)

서사시의 주요 특징을 정리하면 사실의 서술, 영웅의 시, 스토리의 중요성, 과거 사건의 서술, 객관적인 시, 문명성의 제시 등을 말할 수 있다.

종류는 다음과 같다.

첫째, 성장의 서사시는 고대 및 중세의 서사시로서 민족 서사시라고도 할 수 있다. 영웅이나 집단적 운명을 그린 것이며, 작자 미상이고 기존의 민간 전설과 신화를 작자의 창의를 가하지 않고 그대로 옮겨 쓴 것이다.

호메로스의 「일리아스」와 「오디세이아」, 베르길리우스의 「아이네이스」, 영국의 「베어울프」, 독일의 「니벨룽겐의 노래」, 프랑스의 「롤랑의 노래」 등이 대표적인 작품이다.

둘째, 예술의 서사시는 근대 서사시라고도 하며, 제재가 고대의 전설과 신화 또는 영웅적인 주인공을 등장시켰다 하더라도 창작 태도에서 작자의 독자적인 창의를 살린 것이다. 작자가 분명하며, 인간적인 면을 중시한다.

단테의 「신곡」, 핫소의 「예루살렘의 해방」, 밀턴의 「실락원」과 「복락원」 등이 대표적인 작품이다.

셋째, 인생의 서사시는 근대 소설에 속한다.

③극시는 희곡의 내용을 표현한 시를 말한다. 과거를 현재에서 보려고 하는 성질을 가지고 주관과 객관을 겸한 시이다. 사건 전개를 대화 형식으로 쓰므로 운문으로 된 희곡이라고 할 수 있다. 서정시와 희곡으로 분화 발달한 뒤 쇠퇴했다.

셰익스피어의 「햄릿」 등 여러 작품과 괴테의 「파우스트」, 엘리엇의 「칵테일 파티」 등이 대표적인 작품이다.

3) 성격상의 종류

①상징시는 상징주의적 경향의 시로서 특징은 상징적 표현과 음악적 리듬에 있다. 그러므로 하나하나의 시어와 전편의 시상 또는 주제 등이 선명하지 않고 애매모호하게 된다.

　　어느 날 내 영혼의
　　낮잠터 되는
　　사막의 위 숲 그늘로서
　　파란 털의
　　고양이가 내 고적한
　　마음을 바라다보면서

　　“이 애, 너의
　　온갖 오뇌(懊惱), 운명을
　　나의 끓는 샘 같은
　　애(愛)에 살짝 삶아 주마.
　　만일에 네 마음이
　　우리들의 세계의
　　태양이 되기만 하면,
　　기독(基督)이 되기만 하면.”

황석우, ‘벽모(碧毛)의 묘(猫)’

　이 시에서 ‘파란 털의 고양이’나 ‘기독(基督, 그리스도)’은 하나의 상징을 이루고 있다.

② 낭만시는 비애·절망·눈물·공상 등 인간의 감정을 고조한 시이다.

　‘마돈나’ 지금은 밤도 모든 목거지에 다니노라. 피곤하여 돌아가련도다.
　아, 너도 먼동이 트기 전으로 수밀도의 네 가슴에 이슬이 맺도록 달려오너라.

　‘마돈나’ 오려무나, 네 집에서 눈으로 유전(遺傳)하던 진주는 다 두고 몸만 오너라.
　빨리 가자, 우리는 밝음이 오면 어딘지 모르게 숨는 두 별이어라.

　‘마돈나’ 구석지고도 어둔 마음의 거리에서 나는 두려워 떨며 기다리노라.
　아, 어느 덧 첫닭이 울고 뭇 개가 짖도다. 나의 아씨여, 너도 듣느냐.

　‘마돈나’ 지난 밤이 새도록 내 손수 닦아 둔 침실로 가자, 침실로——
　낡은 달은 빠지려는데 내 귀가 듣는 발자국——오, 너의 것이냐?

이상화, ‘나의 침실로’에서

이 시에서는 시인의 감정이 거의 막을 수 없을 만큼 거세게 분출되고 있다.

③주지시는 감정을 거세한 이미지와 지성을 중시한 시이다. 여기에서 '주지'란 말은 과잉된 감성을 예리한 지성으로 억제한다는 의미로 쓰인 것이다. 감성적 시에 비해 냉철하고 난해한 경향이 있다.

낙엽은 폴란드 망명 정부의 지폐
포화(砲火)에 이지러진
도룬 시의 가을 하늘을 생각케 한다.

길은 한 줄기 구겨진 넥타이처럼 풀어져
일광(日光)의 폭포 속으로 사라지고
조그만 담배 연기를 내뿜으며
새로 두 시의 급행열차가 들을 달린다.

포플라나무의 근골(筋骨) 사이로
공장의 지붕은 흰 이빨을 드러내인 채
한 가닥 꾸부러진 철책(鐵柵)이 바람에 나부끼고
그 위에 셀로판지로 만든 구름이 하나.

자욱한 풀벌레 소리 발길로 차며
호올로 황량(荒凉)한 생각 버릴 곳 없어
허공에 띄우는 돌팔매 하나.
기울어진 풍경의 장막(帳幕) 저쪽에
고독한 반원(半圓)을 긋고 잠기어 간다.

김광균, '추일(秋日) 서정'

이 시에서는 청각적인 것을 도무지 찾아볼 수 없고, 섬세하고 날카로운 맑은 이미지가 모두 시각적으로 예리한 감각인 것을 알 수 있다.

④감각시는 모더니즘 계층의 시로서 회화적 감각, 즉 시각적 효과를 주로

하므로 한 편의 시는 마치 한 폭의 그림을 보는 것과 같다.

    꽃가루와 같이 부드러운 고양이의 털에
    고운 봄의 향기(香氣)가 어리우도다.

    금방울과 같이 호동그란 고양이의 눈에
    미친 봄의 불길이 흐르도다.

    고요히 다물은 고양이의 입술에
    포근한 봄 졸음이 떠돌아라.

    날카롭게 쭉 뻗은 고양이의 수염에
    푸른 봄의 생기(生氣)가 뛰놀아라.

이장희, '봄은 고양이로다'

  이 시에서 '털'은 감촉, '눈'은 정염, '입술'은 감성, '수염'은 생기를 느끼게 한다.

  ⑤경향시는 이른바 카프, 동반자 계통의 시인들이 쓰던 시의 경향이다. 여기에서 '경향'이란 말은 '사회주의적 경향'이란 뜻이었다. 순수시 대두 이후에는 자연 소멸해 버렸다.

    카페 의자에 걸터 앉아서
    희고 흰 팔을 뽐내어 가며
    "우 나로드!"라고 떠들고 있는
    60년 전의 러시아 청년이 눈앞에 있다……

    Cafe Chair Revolutionist,
    너희들의 손이 너무도 희구나!

희고 흰 팔을 뽐내어 가며
입으로 말하기는 "우 나로드."
60년 전의 러시아 청년의
헛되인 탄식이 우리에게 있다.

Cafe Chair Revolutionist,
너희들의 손이 너무도 희구나!

너희들은 '백수(白手)'—
가고자 하는 농민들에게는
되지도 못하는 미각(味覺)이라고는
조금도, 조금도 없다는 말이다.

Cafe Chair Revolutionist,
너희들의 손이 너무도 희구나!

아아, 60년 전의 옛날,
러시아 청년의 '백수의 탄식'은
미각을 죽이고 내려가고자 하던
전력을 다하던, 전력을 다하던 탄식이었다.

Ah! Cafe Chair Revolutionist,
너희들의 손이 너무도 희어!

김기진, '백수(白手)의 탄식'

　'우 나로드'는 '민중 속으로'라는 러시아 말이다. 입으로만 민중 운동을 하
는 나약한 지식층의 일면이 풍자되어 있다.
　⑥순수시는 이른바 카프를 중심으로 한 사회주의적 목적 의식에 반대하
고, 개인의 순수한 서정을 옹호한 시이다.

넓은 벌 동쪽 끝으로
옛 이야기 지줄대는 실개천이 휘돌아 나가고,
얼룩백이 황소가
해설피 금빛 게으른 울음을 우는 곳,

──그곳이 차마 꿈엔들 잊힐 리야.

질화로에 재가 식어지면
비인 밭에 밤바람 소리 말을 달리고,
엷은 졸음에 겨운 늙으신 아버지가
짚베개를 돋아 고이시는 곳,

──그곳이 차마 꿈엔들 잊힐 리야.

흙에서 자란 내 마음
파아란 하늘빛이 그리워
함부로 쏜 화살을 찾으려
풀섶 이슬에 함추름 휘적시던 곳,

──그곳이 차마 꿈엔들 잊힐 리야.

전설 바다에 춤추는 밤물결 같은
검은 귀밑머리 날리는 어린 누이와
아무렇지도 않고 예쁠 것도 없는
사철 발 벗은 아내가
따가운 햇살을 등에 지고 이삭 줍던 곳.

──그곳이 차마 꿈엔들 잊힐 리야.

하늘에는 성근 별

알 수도 없는 모래성으로 발을 옮기고
서리 까마귀 우지짖고 지나가는 초라한 지붕
흐릿한 불빛에 돌아 앉아 도란도란거리는 곳.

──그곳이 차마 꿈엔들 잊힐 리야.

정지용, '향수'

개인의 순수한 서정을 옹호하면서 회화성을 최대한으로 활용하고 있다.

제2부

4. 현대시의 특징

1) 현대시의 난해성

먼저 난해하다는 사실에 대하여 생각해 볼 필요가 있다. 난해한 이론이라든가 난해한 수리(數理)라는 것은 있어도, 난해한 시라든가 난해한 그림이라는 것은 있을 수 없다.

왜냐하면, 시라든가 그림 등의 예술적인 제작물은 사람들에게 이해되기 위하여 지어지는 것이 아니라 사람들을 감동시키기 위하여 지어진다. 때문에 특정한 경우를 제외하고는 난해한 시란 것은 있을 수 없다.

특정한 경우란 그 시를 쓴 시인도 그 시를 쓴 의도, 그 시의 주제, 동기, 방법 등을 마지막까지 자각하지 못한 상태에서 쓴 것이다.

그럴 때 그 시는 난해하다고 하기보다는 이해할 수 없는 시가 되기 마련이다.

일찍이 초현실주의 시인들이 지은 이른바 자동기술법(自動記述法)의 시 가운데는 그러한 시가 있었다. 그러나 자동기술법은 그러한 불가해한 괴기적 효과를 노린 것이기 때문에 그 괴기적인 것을 느끼기만 한다면, 그 사람에게 그러한 시도 난해한 시는 아니다.

참다운 의미의 난해한 시란 독자가 아무것도 느낄 수 없는 시라 할 수 있다. 시구 하나하나의 의미는 잘 알 수 있고, 특별히 기묘한 은유나 상징이 없음에도 아무것도 느낄 수 없는 시가 있다.

그것은 그 시가 질서의 어떤 한 세계에 이르지 못했기 때문이다. 한 편의 시 안에 하나의 세계가 없으면 그 시는 온갖 방향을 향하여 분열 증상을 보이게 되고, 정신병 환자의 불연속적인 그림과 마찬가지 것이 되고 만다. 그런 시는 정말로 난해해진다.

그러나 그것은 거의 모두가 예외 없이 '좋은 시'가 아니라 '나쁜 시'이다.

위와 같은 사실들을 염두에 두고 일반적으로 난해한 시라 이르는 작품의 성질을 생각해 보자. 그 이유는 다음 세 가지 원인 때문이다.

첫째, 현대시는 불가시적(不可視的)인 인간 마음의 움직임을 중요한 소재로 삼고 있다는 점이다.

> 나는 대지의 상인(商人)이 되련다
> 버섯을 팔리라, 쓰디쓴 차를
> 색깔이 한 가지 없는 무지개를
> ……

이 시의 경우 '대지의 상인'이란 시구에서 토지 매매업자 따위를 생각하든지 한다면, 이 시를 전혀 이해할 수 없게 된다.

그 불가시적인 것을 찾아보는 능력(상상력)이 한 편의 시 속에서 한 열쇠를 발견하게 되면 그 밖의 시구도 모두 새로운 의미로 느낄 수 있는 것이다.

이러한 인간의 심층적인 이미지가 지닌 의미를 처음으로 깨달은 것이 정신 분석의 제창자 프로이트이다.

둘째, 시간=공간의 상대성을 발견한 아인슈타인의 '상대성 원리'가 끼친 영향이다.

그것은 죽음=삶, 사랑=미움, 전체=부분 등 상대되는 것을 두 개의 별다른 극점으로 보이지 않고, 동시에 두 개의 것을 보는 눈을 키워 주게 되었다.

우리는 '죽음'이라고 할 때 동시에 그 대극에 있는 '삶'을 생각하게 마련이다.

> ……
> 그 소리를 듣고
> 드디어 나는 어머니를 낳을 것이다.
> 그 소리를 듣고
> 우리의 시체는 독수리를 습격할 것이다.
> 그 소리를 듣고
> 어머니의 죽음을 낳을 것이다.

이 시에서는 내가 나의 어머니를 낳고, 독수리의 습격을 받아야 할 시체가 도리어 독수리를 습격한다. 그리고 '삶'을 낳아야 할 어머니가 '죽음'을 낳는 것이다.

여기서는 '삶'과 '죽음'이 동시적으로 포착되고 있고, '시간'과 '공간'이 상대적으로 포착되어 있다.

만일 우리가 빛의 속도보다도 빠른 속도로 달릴 수 있다면, 시간을 거슬러 올라가서 과거를 향해 나아가는 것이 된다.

이러한 물리학상의 한 가지 가정은 시인의 내부적 경험을 확인할 수 있는 하나의 가정에 일치하게 된다. 즉, 과거와 현재 및 미래를 같은 차원에서 포착함으로써 사물의 새로운 의미를 발견하는 방법이 그것이다.

여기에서 '역설의 논리'가 생겨나게 된다.

    저 시간을 역으로 전해 오는 것은 무엇인가
    미래로부터의 암호
    저것은 그러나 인간의 그것이 아니다
    물론 있지도 않는 신 따위도 아니다
    ……

이 역설의 논리는 과학의 진보에 따라 초래된 바 가치 기준의 붕괴라는 것이 큰 원인이 되어 생겨난 것이다. 여기에는 신이라는 절대자도, 도덕이라는 심판자도, 아름다움이라고 하는 위안회도 없다.

셋째, 시인의 사회적 시야 확대를 지적할 수 있다.

옛날의 궁정 시인이나 은둔 시인들과는 달라서 현대의 시인은 사회의 어떠한 부분으로부터도 시의 소재를 찾아내고 있다.

굶주림으로 우는 아이, 사막 속의 난민, 교통사고, 은행 강도, 이러한 현실을 시인이 긍정하는 것이, 그러한 것이 무엇을 의미하는가 하는 것을 생각하면서 상상력에 의하여 그 실체에 육박하려 할 때이다.

시인은 상상력에 의하여 그러한 사회악의 원인과 사실의 전모를 분명하게 자각한다.

어린이가 자동차에 치어 죽는 것은 단순히 어린이나 운전자의 부주의 또는, 자동차의 고장 등 국부적인 원인만이 아니다.

시인은 한 가지 사건 속에서 상상력에 의하여 현대 문명의 모습을 본다.
그리고 시인이 그 모습을 보면서 확고한 하나의 자각에 이르렀을 때 그것은
기계와 인간의 싸움, 집단과 개인의 싸움, 권력과 압박받는 자의 싸움 등 현
대 문명 속에서의 여러 가지 인간의 싸움을 추진하는 힘이 된다.

> 오오, 왜냐하면
> 우리는 죄를 범할 수 없기 때문에
> 우리는 공포의 통계다 공포의 통계
> 우리는 정욕의 선언이다 정욕의 선언
> 우리는 죄를 범할 수 없다
> 오오, 왜냐하면
> 우리는 개인이 아니다
> 우리는 무리이며 집단이다
> 우리는 집단 그 자체이다.
> ……

우리가 현대시를 받아들이기 힘들다고 느끼는 참된 원인은 정도의 차이는
있을지언정 이 세 가지 점과 관계가 있다고 생각한다.

현대에 사는 인간은 자기 눈으로 보는 것만을 진실이라고 생각해서는 안
된다. 천체 망원경과 같은 거시적인 눈 덕분에 우주의 구조를 알 수 있고,
전자 현미경과 같은 미시적인 눈 덕분에 물체의 조직이나 생명의 운동을 알
수 있다.

요컨대 시는 영혼에의 거시적인 눈이며 미시적인 눈이다. '보이지 않는 것
을 보는' 이 영혼의 렌즈를 들여다보아야 한다.

2) 현대시와 순수한 서정시

서정시(lyric, 리릭)이란 말은 고대 그리스의 현악기인 리라가 어원이다.
즉, 처음에는 리라에 맞추어 노래한 시였다.

그리고 서정시는 서사시나 극시와 같은 이야기에 대하여 자기감정을 소리

높여 노래하는 주관적인 내용을 가지고 있었다.

그 뒤 소설이나 희곡이 이야기시의 장르를 차지해 버렸기 때문에 근대에 들어와서는 시라고 하면 주관적인 서정시를 뜻하게 되었고, 18세기 낭만파 시대에는 쓰여지는 시의 대부분이 서정시였다.

20세기에 들어와서 과학과 물질문명의 진보에 의하여 시는 별도의 사명을 자각하게 되었다. 단순히 감정을 노래하는 것이 아니라, 인간의 정신적 세계를 창조하는 것으로 변하게 된 것이다. 바꾸어 말해서 물질문명의 진보와 더불어 정신문명의 옹호자가 되어야만 했던 것이다.

인간의 정신적 세계라고 하는 것은 감정만이 전부는 아니다. 인식, 판단, 사고, 그리고 심층 심리인 무의식의 세계도 있다.

그리고 무엇보다도 중요한 것은 인간의 정신적 세계는 우주의 전체상과 더불어 확대되고 그것과 비슷한 모양을 이루고 있다는 사실이다.

아인슈타인의 상대성 원리가 시간과 공간의 개념을 크게 넓힌 것과 동시에 우리의 정신적 세계 또한 크게 넓혔다.

불과 100년 전만 해도 까마득히 먼 곳으로 여겨지던 서양이 이제는 비행기로 몇 시간이면 가는 거리가 되었다. 옛날에는 존재조차 알려지지 않았던 M87 성운은 오늘날 물질과 반물질이 격돌하고 있는 곳으로 관측되고 있다.

이와 같이 세계상이 확대되고 그것이 복잡하게 바뀌면서 인간은 감정만으로 살 수 없게 되었다. 흔히 말하는 바와 같이 '감정의 동물'은 아니게 된 것이다.

예를 들어 우리가 분노를 느끼는 것은 어떤 억압 증상 때문이며, 불안과 사회의 비합리적인 압력 때문이라고 정신분석학은 증명하고 있다.

그렇다면 우리의 분노나 불안이 순수하게 자기의 주관적인 내부만의 문제가 아니라 그것은 자기 내부와 외부의 싸움과 관련된 문제라는 것을 알 수 있다.

이 사실은 기쁨이나 슬픔도 결코 자기 혼자만의 문제가 아니라는 사실을 가르쳐 주고 있다.

반짝반짝 빛나는 하늘의 별들
그리움을 머금고 빛나고 있다

반짝반짝 빛나는 별들을 볼 때
그리움에 내 마음 뒤설레여라
……
소녀의 무덤은 어디 있는가.
내 별이 어느 거냐 묻지 말아라.

위의 시는 별을 노래한 것이다. 다음의 시 역시 별을 소재로 한 것이다.

인류는 작은 공 위에서
자고 깨고 그리고 일하고
때때로 화성의 동료를 부러워한다
……
우주는 이즈러져 있다
때문에 모두는 상대를 구한다

우주는 차츰 팽창해 간다
때문에 모두는 불안하다

20억 광년의 고독에
나는 갑자기 기침을 했다.

위의 두 편의 시를 비교해 볼 때 동기가 비슷한데도 주제가 전혀 다르다는 것을 알 수 있다. 뒤의 시는 앞의 시에 비해서 훨씬 확대된 세계상에 대응하여 쓰여져 있다.

서정시를 옹호하는 말로서 흔히 "시는 감정에서 출발한다."고 말한다. 그 것을 부정할 이유는 전혀 없다고 본다. 그러나 문제는 그 '감정'이 어떤 것인가 하는 점이다.

'감정(emotion)'이란 간단히 말하면 '심적 활동'이다. 그러나 그 심적 활동이 단순히 단편적인 경우에는 시가 되지 않는다.

아침 출근길 전철에 사람이 적어 앉아서 편안히 출근할 수 있었다는 기쁨은 하나의 단편에 불과하다. 그러나 사막에서 목말라 죽게 되었을 때에 물을 발견하게 된 기쁨은 인간의 생애를 통하여 잊을 수 없는 역사적인 사건이다.

한 편의 시가 출발할 때의 감정이 그러한 시인의 역사가 포함될 수 있느냐 그렇지 못하냐, 바꾸어 말해서 그때의 심적 작용이 그 시인에게 어느 정도로 절실했느냐 하는 것이 문제이다.

거기서 그 시인의 경험과 상상력을 떠올려야 한다.

우리의 외적 경험은 서정적이라기보다는 산문적이다. 그 외적 경험에서 긴장된 감정을 촉발시키는 것이 시인의 상상력이다.

한 편의 시의 매력과 박력은 타인의 불행을 자기의 불행으로 받아들이는 시인의 상상력으로부터 생겨난다.

이렇게 볼 때 감정을 주체로 한 시는 이른바 서정시뿐 아니라 시라는 이름이 붙은 것 모두가 된다.

흔히 서정시라고 할 때 아무래도 사회적 시야를 지닌 시라든가 논리적 전개에 의한 시는 포함되지 않는다고 보아야 한다.

그렇다면 순수한 서정시란 과연 어떤 것인가? 그것은 단적으로 말해서 조화된 '미(美)'의 시이다. 리듬·언어·내용·이미지·의미, 이러한 시의 요소가 하나의 조화된 미적 세계를 만드는 일이다.

모름지기 좋은 시란 질서에 의하여 통일된 하나의 세계로서, 그것은 결코 미적 세계를 창조한다고 하는 일에 국한되어 있는 것은 아니다. 오히려 미는 그 무엇이라 이름 붙일 수 없는 것을 창조하려 하는 것이다.

오늘날에는 오히려 공포의 이미지와 전율의 이미지가 카타르시스를 불러일으켜 준다. 그러나 서정시의 특징은 어디까지나 조화에 의한 미를 추구하는 것이다.

그리고 현재와 같이 기계주의와 분열 증상이 심한 시대에는 다소 예스러운 느낌을 주더라도 '조화에 의한 미'가 사람들에게 위안을 주는 것은 사실이다.

그러나 현대적인 의미에서 '조화에 의한 미'를 만들어 내기란 아주 곤란하다. 옛날과 같이 별과 장미꽃, 꽃과 새를 조화시키는 것은 비교적 쉽지만, 핵무기 실험에 의한 원자구름이라든가 가난한 소녀를 조화시키는 일은 아주 어렵다.

3) 어려운 시와 쉬운 시

작자의 의도를 전혀 알 수 없는 시는 좋은 시가 아니다. 또한 그와 반대로 작자의 의도가 분명한 시라 해서 모두가 좋은 시는 아니다.

문제의 초점은 시를 '안다'고 하는 표현 자체이다.

시인 편에서 말한다면 X라고 하는 사건이거나 Y라고 하는 물체 따위를 독자에게 이해시키는 일이 시를 쓰는 목적은 아니다.

X나 Y는 시인이 창조물 또는 재창조물을 낳기 위한 동기이며, 그 시가 시이기 위해서는 X+α, 또는 Y+α여야 한다.

때문에 한 편의 시를 읽고 X라고 하는 것과 Y라고 하는 것은 잘 이해했으나, +α를 전혀 느낄 수 없는 경우는 그 시에 α가 없든가 그 독자가 α를 느끼지 못하든가 둘 가운데 하나이다. 그렇게 되면 그 사람은 시를 읽은 것이 되지 않는다.

한 편의 시를 읽었을 때 그 시가 지니고 있는 α가 크면 클수록 그리고 그 α가 고도의 것이면 고도의 것일수록 단번에 그 시의 가치를 모두 알게 되는 것은 아니다.

그러나 모름지기 참다운 시의 독자라 한다면 몸떨림 정도의 기쁨을 느끼게 마련이다. 그것은 위로이고, 그것을 통해서 용기이며 생명감이기도 한 크나큰 기쁨을 느끼게 되는 것이다.

어떠한 고독
어떠한 사랑에 의해서도
너는 서 있을 수 없다
네가 서게 되는 것은
네가 헛되이 네 주위를
돌고 있을 때이다.

그리고
더욱이 지금도 또한
그것에 의해 누가
그 견디기 힘든 무료함을 견디고 있는가.

　위의 시는 팽이를 주제로 한 것이다. 다음에 소개하는 것 또한 팽이가 주
제이다.

　　……
　　팽이여
　　돌고 돌아서 밝게 보일 때
　　네 '움직임'은
　　마치 깊은 산과 같은 '고요함'에 돌아간다.
　　고요하면서
　　또한 움직임——이 '움직임'의 안 움직이는 고요를 보라

　　가을 저녁 손바닥 위에
　　팽이 하나
　　돌고 돌면서 매맑아진다.

　위 두 편의 시를 놓고 볼 때 팽이가 주제라는 점에서는 뒤의 것이 알기 쉽
다. 앞의 것은 '팽이'라는 제목이 붙어 있지 않다면 동기를 쉽게 알 수 없다.
　같은 팽이를 주제로 하고 있으면서도 동기는 아주 다르다.
　뒤의 것은 팽이의 움직임에 자기의 감정을 이입시켜 정(靜)과 동(動)의
일치에서 삶의 국면을 보고 있다. 그러나 앞의 것은 팽이의 움직임 속에서
우주적인 '존재'라고 하는 것의 상징을 느낀 것이다.
　뒤의 시는 일단 팽이가 암시하는 것을 알게 되면 독자의 내부에 그 이상의
발전을 이루지 못한다. 앞의 시는 팽이를 존재의 상징으로 느꼈을 때에 그대
로 독자의 경험으로서 팽이가 그 사람의 내부에서 돌게 되는 것이다.
　독자는 여러 차례 이 시를 되풀이해 읽음으로써 그때마다 새로운 존재의
의미에 닿게 되는 것이다. 새로운 의미에 '닿는다'고 하는 것이 실은 시를
읽고 시를 쓰는 큰 기쁨 가운데 하나이다. 이미 폐물화된 것이 소생하는 기
쁨이라 할 수 있다.
　우리 일상생활의 폐물화란 무의미한 것으로 가득 차 있을 때 갑자기 하나
의 생명 있는 것이 나타나 우리 속에서 폐물화된 것을 소생시켜 준다고 하

자. 그렇게 되면 우리의 생활은 새로운 존재의 의미로 충실하게 되고, 적극적으로 살아가는 의지를 지니게 된다.

그러한 의미를 자아내는 것이 시이며, 시의 가시적인 것이 더해진 $+\alpha$인 것이다.

모든 독자가 한 번 읽고 단번에 그 α를 모두 느낄 수 있는 시가 가장 바람직하겠지만 실제로 그런 시는 거의 없다.

현대의 문화 양상은 우리의 생활을 놀라울 정도로 다변화시켰고, 개인개인의 환경과 감수성의 차이는 상상도 할 수 없을 만큼 깊이 분화되어 있다. 때문에 우리의 경험과 상상력이 완전히 일치하는 일이란 거의 있을 수 없다고 생각할 수밖에 없다.

현대에서 시인과 독자를 연결하는 공동 체험은 사소한 한 부분에 지나지 않는다. 그러나 그 체험의 어떤 부분이 서로 감응(感應)함으로써 전체적인 '삶'의 진폭을 포착할 수 있게 된다.

화가인 클레는 자신의 작업에 관하여 다음과 같이 말하였다.

"의미, 양식, 동기 등 어느 점에서나 야심적이어야 한다."

예술가가 창작에 즈음하여 지니는 바 의도는 의미나 양식 또는 그 동기의 어느 부분에나 나타나게 마련이다.

의미를 알 수 없으면 양식을 통해서, 양식을 알 수 없으면 동기를 통해서 시인의 의도를 느껴야 한다. 거기에는 '무엇'인가 있게 마련이다.

4) 노래하는 시와 읽는 시

노래하는 시 또는 읽는 시라고 할 때 우선 그것들을 어떻게 연상하는가 하는 것이 문제이다.

노래하는 시는 가곡이나 유행가와 같이 특정한 음악에 따라 직접 노래할 수 있게 지어진 것이고, 읽는 시는 보통 활자체로 인쇄되어 특수한 잡지나 시집을 통하여 눈에 띄는 것으로 이해할는지도 모른다. 시에 관한 세상 일반의 인식은 이런 식일 경우가 많다.

노래하는 시에 관해서는 가사를 쓰는 사람이 있어 작사가라는 이름으로 불려지며 대중적인 노래, 그야말로 시시각각으로 바뀌는 취향에 종속되어 비개성적인 가사 생산에 종사하고 있다.

읽는 시 또한 대중의 취향과는 동떨어진 장소, 즉 개인 본위로 개인 발상을 계속하고 있다 생각한다.

앞엣것은 좋든 나쁘든 많은 사람들의 귀에 오르내리고, 다만 오르내리기만 할 뿐으로 즉시 잊혀지는 소모품으로서의 운명을 감수하고 있다.

뒤엣것은 다달이 수십 또는 수백 편의 양에 이르면서도 사람의 눈에 띄지 않고, 휴지로 버려지고, 특수한 애호가들 사이에서만 짧은 생명을 누리고 사라지는 것처럼 느껴지기도 한다.

실로 같은 언어를 직업으로 하는 소설가들조차도 오늘날의 시는 어렵다고 하는 것이 상식처럼 되어 있다. 먼저 이 장벽을 제거하기 위하여 시의 소재에 대해 생각해 봐야 한다.

그런 의미에서 노래하는 시와 읽는 시라는 식으로 구별하는 것 자체를 없애야 한다.

이 두 가지가 언제부터 서로 다른 것과 같은 인상을 주게 되었는가 하는 문제는 문학사가에게 그 고증을 맡기기로 하자.

오늘날에도 흔히 노래되는 것으로 김동환의 '봄이 오면'이나 '산 너머 남촌에는', 김소월의 '산유화'나 '진달래꽃', 이은상의 '성불사의 밤'이나 '가고파' 등 일련의 시가 있다.

위에 예시한 시들의 공통점은 정형적인 운율을 지니고 있다는 점이다. 그것은 보통 말하고 있는 '노래하는 시'에 관해서 생각할 때 큰 특징 가운데 하나이다.

시의 정형률이 음악가와의 제휴를 비교적 쉽게 하고, 곡으로서 보급되는 원인이 되기도 한다.

그런 시를 쓰게 하는 더욱 큰 원인인 표백 충동(表白衝動)이라는 것에 정형은 없다. 작가의 내부와 외부(사회)의 관계가 보다 복잡해짐에 따라서 리듬에 속박당하거나 더욱이 정형적인 음악에 속박당하는 일을 원치 않게 되고, 자유로운 음률을 찾아서 이른바 자유시라 일컬어지는 부정형(不定形)의 시를 수많이 낳게 되었다.

그렇게 되면 음악은 보통 형태로는 따라갈 수 없게 된다. 작곡한다 하더라도 평상인으로서는 노래하기 힘든 아주 어려운 것이 된다.

현대시는 이와 같이 음악에서 동떨어져 시인의 갖가지 개성적인 시도에 의해 많은 양식을 가져 왔고, 얼핏 보기에 아주 다양하여 거기에 어떤 공통적인 점이 없는 것처럼 느껴진다. 그러나 시는 인쇄되어 읽혀지는 것이라는 점에서는 모두가 일치된다.

귀로 듣기만 해서는 이해할 수 없는 언어가 쓰이기도 하고, 직접 전달되어 오지 않는 복잡한 표현 방법을 사용하기도 하고, 독자의 상상력에 지나친 부담을 요구하는 형이상학적인 이미지의 전개 등으로 해서 현대시는 도저히 이해할 수 없다는 생각이 들게 하기도 한다.

이와 같이 노래하는 시와 읽는 시는 현상적으로는 거의 결부될 수 없을 만큼 동떨어져 있는 것이 사실이다. 그러나 앞에서 말한 바와 같이 이 차이는 차이처럼 느껴지지 않아야 한다.

우선 '노래하는 시'는 읽히기 위해서도 충분한 내용이 있어야 한다. 현재 가요라 일컬어지는 것들의 가사들 대부분은 전혀 무의미한 언어의 나열이며, 시 이전의 매우 통속적인 감상이요 작문에 지나지 않는다.

한편 '읽는 시'는 귀로 듣고도 이해할 수 있을 만큼 다듬어진 언어로 써야 한다.

5) 현대시와 노래하는 시

흔히 말하는 대로 무엇인가를 표현하고 싶다는 충동은 모든 인간에게 잠재적으로 있게 마련이다. 그것은 갓난아이의 울음소리와 같은 것이다.

그러한 충동에 사로잡히기 직전의 말하기 어려운 감동, 초자연적인 것과 대면하게 됨으로써 왜소한 인간의 내부에 잠자고 있던 것이 깨어나게 되고, 거대한 자연에 대항하려고 폭발할 때 인간에게만 주어진 특권으로서 표백충동을 느끼게 된다.

눈뜨게 해주는 외부가 거대하면 내부(자아)도 그만큼 거대하게 파열되고 자라며, 내부가 빈약하면 표백충동도 작고 우리 자아가 내는 소리는 매우 유형적인 중얼거림으로 끝나게 된다.

어울리지 않는 비유일는지 모르나 벌이나 개미 또는 기타 유능한 동물은 아주 멋지게 둥지를 만들고, 교묘한 건축가나 뛰어난 경영자와 같이 생활을 조직하지만, 내부 혁신이라는 것이 없기 때문에 언제까지나 같은 일을 되풀이할 뿐이요 비록 정확하기는 하지만 진보가 없다. 즉, 삶의 불안이라든가 그에 따르는 기쁨 따위가 없다. 한없이 어려운 삶의 불안이야말로 인간의 미래를 약속한다.

벌이나 개미는 뛰어난 건축 기술자이지만 자기 파괴가 없기 때문에 예술가는 아니다.

인간은 운명적으로 예술가이다. 파괴와 재생을 되풀이하는 대자연과 거대한 우주에 직접 참가하는 존재이다.

성장 감각에 잠재하는 불안, 그 비완결성이야말로 창조의 의지를 낳는 원동력이다.

그리고 그 근원적인 충동을 가리켜 시인은 노래를 부르고 싶어 하는 것이다. 좀더 구체적으로 말한다면 최초에 엄습해 오는 직접적인 감동을 표현하고 싶다는 생각, 거기에서 노래의 발생을 찾아보는 것이다.

표백 충동은 부름에 이어진다. 누가 무엇이라 하든 제3자를 예상하지 않는 표백은 없다.

가장 단순한 정신 구조의 경우라면 제3자는 가공의 인물(우상 또는 신) 또는 하늘이나 산 따위의 대자연일는지 모른다. 어쨌든 누구에게 자기 감동을 전하고 함께 노래하고 싶다고 생각하는 것은 당연한 순서라 할 것이다.

노래는 이와 같이 뜻하지 않게 타인에 대한 봉사가 되고 상호간 마음의 교환이 되기도 한다.

시가 여느 예술과 다른 두드러진 특징 가운데 하나는 이러한 직접적 감동을 전할 수 있다는 점에 있다.

만일 현대시가 자기와 사회 사이의 복잡한 관련을 설명하려 하여 한갓 심리적인 해설과 관념의 놀이에 치우치기만 한다면 그것은 시의 원리를 거스르는 것이다.

시도 아니요 에세이도 아닌 엉거주춤한 수많은 작품들이 마치 '읽는 시'인 양 받아들여지는 오류에 대해서는 무엇보다도 시인 자신이 해명해야 한다.

그러나, 한편 우리의 정신 내용이 복잡하게 된 것은 사실이다. 인간성의 위기에 거의 일상적으로 부딪히고 있는 현대의 우리를 엄습하는 감동의 질은 단순한 구름이나 하늘, 새나 꽃, 달이나 눈물일 리가 없다.

시인은 혹독한 현실 속에서도 침범당하지 않는 동심을 지니며 또한 얻는다.

때문에 구름이나 하늘, 새나 꽃을 통하여 보다 큰 우주의 운행과 같은 것

과 말하는 것이 가능하지만, 옛날 사람들과 같은 노래의 형식인 7·5조나 4·
5조, 4·4조에 속박되어 노래할 필요는 없다.

우리가 우리의 직접적인 감동을 노래할 때 그러한 언어의 단순화 또는 정
형화에 의해서가 아니라 새로운 리듬을 찾아야 한다.

시에서 흔히 단순화라는 말을 쓰는데 노래한다고 하는 것은 단순화와 큰
관계가 있다.

'읽는 시'가 동시에 노래가 되기 위해서는 귀로 듣고서도 알 수 있는 언
어, 즉 쉬운 언어로 쓰는 일이 중요하다.

그러나, 이른바 쉬운 언어로 굴절이 많은 정신 내용을 표현하기란 생각만
큼 간단한 일이 아니다.

대부분의 가요에서 곡을 제거하고 보면, 시적 감동을 주기는커녕 실로 유
치하기 짝이 없는 노랫말만 남게 된다.

시의 단순화는 수많은 어려운 문제를 안고 있다. 알기 쉽다고 하는 의미가
시의 경우는 신문 기사와 약간 다르게 마련이다.

시는 역시 직접적인 감동을 전하는 것이어야 한다. 그런 의미에서 음률을
아무리 자유롭게 무너뜨린다 하더라도 정신까지 무너뜨려서는 안 된다.

정형을 부정하는 나머지 과거의 수많은 뛰어난 시의 시적 감동에 와 닿지
않게 될 정도로 좁아져서는 안 된다. 시의 진실은 아무리 낡은 시대의 작품
이라 하더라도 충분히 새롭게 살아 있는 것이다.

현대와 같이 이론이 선행하게 된다면 자칫 작품이 유형화하게 되고, 본래
자유로워야 할 시도 부정형(不定形)이라고 하는 유형 속에 빠져 시의 정기
를 잃고 말게 된다. 유형에 사로잡히지 않는 불굴의 정신 속에 '노래'는 나
타난다고 할 수 있다.

'읽는 시'라는 것 중에도 과연 알기는 쉽지만 시라고 하기에 곤란한 것들
이 많이 있다. 알기 쉬운 언어로 표현한다 해서 반드시 '노래'가 되는 것은
아니다.

예를 들어, 시의 형태로 심리 소설과 같은 묘사를 하거나 에세이와 같은
논리를 전개할 필연성은 없다. 시는 만능이 아니다.

앞에서 말한 바와 같이 시인의 내부에 열매 맺는 것이 클 때 자연(사회)
또한 더욱 크게 보인다.

그 관점을 시인은 실제 창작을 통해 실생활 속에서 터득하는 것 이외에 달리 방법이 없다. 내부의 충실을 배경으로 할 때 비로소 알기 쉬운 언어도 알기 쉽고 단순하면서도 복잡한 내용을 지니게 되고, 시어로서 '노래된다'고 할 수 있다.

몇 번이고 좌절하고 자기 파괴를 해서라도 자기 의견을 명료하게 지니는 데서만이 명확한 언어가 생겨나게 된다.

삶의 기쁨을 노래하고 청춘을 구가하는 것은 좋은 일이지만, 주제를 설명하거나 주제에 딸린 자질구레한 이론을 에세이식으로 나열하지 말고 참다운 의미에서 노래해야 한다.

6) 시인과 사회적인 고립

우리나라 시인은 저널리즘의 한 구석에서만 발언하고 있는 느낌이 든다. 그러한 현상 자체가 시인이 사회적으로 고립되어 있는 상태를 말해 주고 있다 할 수 있는데, 그것은 시인이 원해서 초래한 사태는 아니다.

지난날에는 소설가도 사회적으로 고립되었던 일이 있다. 그런데 소설의 출판이 어느 정도 기업화되어 일정한 부수를 생산하고 판매해야 한다는 요구에 따라 일약 화려한 자리를 차지하게 되었다. 바꾸어 말해서 독자의 눈에 띄지 못하면 소설이 팔리지 않기 때문에 아주 크게 다루거나 광고하다시피 선전을 한다.

물론 소설가에게 주체성이 전혀 없다는 것은 아니지만, 소설을 출판하는 사람에게 문제가 되는 것은 소설의 예술적 가치보다도 장사가 되느냐 하는 점이다.

이러한 관점에서 볼 때 시는 장사가 되기 힘들다. 그 결과 독자들은 시인의 말에 조용히 귀 기울이는 인내심을 잃고 말았다.

이러한 현상 때문에 시인은 사회적으로 고립되어 있는 것처럼 인식되고 있다. 그것이 좋으냐 나쁘냐는 별개 문제로 치고, 그런 현상은 시인에게나 독자에게나 바람직한 상태라고는 할 수 없다.

그런데 시인의 사회적 고립에는 아웃사이더 의식의 문제도 있다.

성공에의 길을 힘써 추구함으로써

　　자기를 감소시킬 수 없는 그대들
　　다만 발언할 수만 있을 뿐으로
　　단조로운 반복 속에 자기를 죽일 수 없는 그대들.

　　평상보다는 뛰어난 감각을 지니고
　　거짓 지식에 부딪혀 좌절한 그대들
　　자신이 바로 알 수 있는 그대들은
　　미움 받고 감금되고 남의 의심을 받으며.

　　자, 생각해 보아라
　　나는 폭풍우 속에 단련되어 왔다
　　나는 스스로의 유배(流配)를 단련했더니라.

　파운드의 '뒤에 남은 자'란 시의 일부이다.

　이 시에 표현되어 있는 바와 같이 시인의 고립이라고 하는 것은 올바르고, 소수의 의식을 대표하고 있는 결과로서 선택함을 받지 못하는 운명을 의미하는 경우도 있다.

　성공에의 길과 단조로운 반복 속에 자기를 몰입시키지 말라, 거짓은 철저하게 미워해야만 한다. 이런 일들을 실천하는 것은 세상 속의 상식이나 세속과는 어긋나는 일이다.

　그렇게 될 때 그는 당연히 사람들의 의심을 받고, 욕을 먹고, 미움을 받으며, 감금되는 결과를 초래하게 된다. 그런 슬픈 체험을 회피하지 않고 도리어 그 길을 스스로 선택하는 데 소수자의 선택된 운명이 있다.

　그것은 어쩌면 선택받은 자의 의식이며, 대중을 모욕하는 의식과 통하는 면이 있을는지 모른다. 아무튼 대중적 의식 또는 다수자 의식으로부터 동떨어져 있는 한 면의 귀중한 점이 여기에 강조되어 있다.

　소수자 의식은 역사적으로는 항상 아웃사이더이며, 이같이 눈떠 있는 의식이 역사를 발전시킨다는 의견이 지배적이다.

　위와 같이 상황 설정을 해 본다면 시인이 사회적으로 고립되어 있다는 것은 의미 있는 일이다. 그러나 오늘날과 같이 매스컴에 의해 역사의 흐름을

거스르는 일이 예사롭게 벌어지는 상황 속에서 시인이 고립되어 있다는 것
은 아무런 저항도 하지 않음을 뜻한다.

7) 내부와 외부

내부와 외부라는 것은 자기를 중심점으로 삼아 바깥쪽과 안쪽이라는 식으
로 생각하면 그만이겠으나, 여기서 다루고자 하는 것은 창작상의 요구로서
왜 그런 것이 문제가 되었는가 하는 것이다. 이 점을 생각지 않는다면 무의
미한 것이 된다.

19세기 후반 이후 문학의 주류를 형성하다시피 한 사실주의는 외부 문제
를 중시했다. 그 이유는 삶을 움직여 가는 큰 힘이 외부, 그러니까 자연이나
사회에 있다고 생각하여 개인의 내면적 심리 등은 거론할 만한 것이 되지 못
한다고 생각했기 때문이다.

따라서 자연이라든가 사회, 요컨대 우리들이 존재하고 있는 외부 세계를
정확하게 표현하는 것이 중요하다고 생각하던 시대가 있었다.

자연주의의 '감정 이입'이란 가령 '숲'을 묘사할 때 자기의 모든 감정을 쏟
아서 표현하면 그 '숲'은 숲인 동시에 작자의 감정 그 자체를 나타내는 것,
바꾸어 말한다면 대상에다 자기를 몰입시킴으로써 대상으로부터 받게 되는
미적 감정이다.

이른바 상징주의 시의 방법도 많든 적든 이런 식이다. 상징주의 시인들은
음악을 매개로 하여 외부를 포착한다. 그런데 이 외부는 내부와 조응(照應,
correspondence)되어 있기 때문에 외부는 포착되는 순간 소멸하고 내부세계
로 바뀐다.

　　톱질을 하는 그 소리는 여리어
　　혼자서 중얼거리는 듯하고
　　끝내는 잠들어 버린 숨결인 듯하다

　　찌는 듯이 무더운 여름날 저녁
　　바람의 숨결로 뜨거워진 기슭에
　　철썩이며 밀려오는 느릿한 물결

　　강기슭에 서 있는 목재소로부터
　　톱질하는 둔탁한 소리는
　　피곤에 지친 번뇌의 이를 가는 소리.

　　……

　　이 경우 톱은 톱 자체를 표현하고 있을 뿐이며, 의식적으로 다른 무엇을 의미하고 있는 것은 아니다.

　　시인은 하나의 물음을 제시하고 거기에 대해서 해답은 내리지 않는다. 때문에 독자는 여기에 숨겨져 있는 의미와 암시되어 있는 것을 싫든 좋든 읽어 내도록 이끌려 가게 된다.

　　즉, 위의 시에는 톱으로 나무를 베는 정경이 노래되어 있는데, 그 외부의 상황은 그대로 내부의 상황으로서 의미를 지니게 된다. 자연은 상징의 총화(總和)이며, 개별적 자연은 그런 의미에서 상징적 현실이 된다.

　　외부와의 조응을 완전히 차단해 버리고, 오로지 내부의 세계만을 문제로 삼는 것이 초현실주의(surrealism)이다.

　　즉, 상징주의에서는 자아가 유지되고 정신의 질서가 본질을 이루고 있는 반면, 초현실주의에서는 자아가 해체되고 정신의 무질서가 큰 문제로 대두된다.

　　결국 이럴 때 드러나게 되는 내부 세계란 무의식, 광기(狂氣), 우연한 사물의 만남, 충돌 등이다.

　　예를 들어 말한다면 우리가 꾸는 꿈의 세계는 그대로 내부의 세계이다. 거기에서는 완전한 무질서가 지배한다. 사물과 사물의 만남에 맥락이 없다.

　　이른바 오브제(사물)는 꿈속의 이름 붙일 수 없는바 물체의 이미지에서 추상되었다고 알려져 있다.

　　이러한 내부 세계는 현대에 고유한 것일 리 없고 존재의 본질에 따라다니는 것으로서, 예술 인식의 방법으로 자각되어 사실주의의 영역을 확대시켰다.

　　예를 들어 피카소의 초상화는 얼굴 한쪽에 눈이 두 개 달려 있는데, 그것은 얼굴 오른쪽 측면과 왼쪽 측면을 동시에 볼 수 있다면 그렇게 겹친 시상

(視像)이 존재하는 것을 가리키고 있다. 이것이 초현실의 논리이다.

　시에서는 자동 기술의 방법에 의하여 이러한 현실의 한 면을 포착하려 하는 시도가 있었다.

　다음 아폴리네르의 시 발상 방법에는 그러한 것의 싹을 볼 수 있다.

　　마침내 그대는 낡아 빠진 이 세계에 싫증이 났다.
　　양 치는 소녀여, 오, 에펠탑 다리들의 양무리가 오늘 아침에는
　　우는 소리를 늘여 놓고 있다.

　　그대는 이미 그리스와 로마의 고풍스러운 생활에 싫증이 났다.

　　여기서는 자동차조차도 무척 낡아 빠진 것으로 보인다.

　　종교만이 새로운 것으로 남았다 종교만이
　　공항의 격납고처럼 단순한 것으로 남았다.

　이 초현실적인 것으로부터 출발하여 추상에 이르고, 이 추상에서 구체적인 것으로 돌아가고자 하는 운동이 아방가르드 예술운동이다.

　외부란 것은 우리의 의식을 초월한 물질이라고 생각하는 사람도 있으나 그것은 존재론적인 물질 인식이다. 그런 것의 원형은 사실은 우리 내부에 있기 때문에 외부란 것은 의식되고 있는 현실이라고 할 수 있다.

5. 현대시의 창작

1) 일상어와 시어(詩語)

일상어를 쓰면서도 일상적이 아닌 세계를 창조하는 데 시어의 특징이 있다.

셰익스피어의 비극 「맥베스」에는 주인공이 죽기 전에 "내일, 또 내일, 다시금 내일"이라는 대사를 말하는 대목이 있다.

이 대사만 두고 본다면 아주 평범한 '내일'이라는 일상어를 세 번 반복한 데 지나지 않는다고 생각할는지 모른다. 그러나 실제 극에서는 그 장면에서 맥베스의 입을 통하여 전달됨으로써 멋진 시어가 된다.

그러나 단번에 일상어와 시어에 관해 생각하기 전에 문어적인 것과 구어적인 것의 차이, 산문과 운문의 차이, 그리고 시가 문어인 정형시로부터 구어인 자유시로 변천된 과정에 대하여 미리 생각해 둘 필요가 있다.

시를 현대의 일상어로 쓴다 하더라도 여러 가지 문제가 뒤따르게 된다. 왜냐하면, 일상적인 리얼리즘의 세계에서 시의 세계로 옮겨 가기 위해서는 일상어가 시어로 바뀌어야 한다.

언어의 의미는 고정된 것이 아니다. 그것은 짜 맞춤과 그것을 받치는 문맥에 의해서 변화한다. 문맥에 따라서 '내일'이라는 일상생활에서 쓰는 낱말도 시 속에서는 새로운 의미를 지니게 된다. 그리고 언어의 운율과 비유에 의한 언어의 전의(轉義) 등이 중요한 역할을 한다.

> 저 푸른 하늘의 파도 소리가 들리는 곳에
> 그 어떤 뜻하지 않은 분실물을
> 나는 떨어뜨리고 온 모양이다.
>
> 투명한 과거의 정거장에서
> 분실물 담당자 앞에 서면
> 나는 무척 슬퍼지는 것이다.

'분실물'이라든가 '정거장' 등의 말은 일상적인 의미를 지니면서 또 한편 전혀 다른 세계를 묘사해 내는 역할을 하고 있다. 이는 비유에 의해 일상어가 시어로 바뀌는 하나의 보기이다.

2) 전달성이 뛰어난 시

언어의 작용은 과학과 시를 비교해 보면 알 수 있는 바와 같이 전달이라고 하는, 같은 언어를 사용한다 하더라도 과학에서의 전달과는 달라서, 사실이나 개념이 아니라 작자의 감정, 태도, 기분 등을 표현하여 그것을 독자에게 환기하는 작용을 주로 하고 있다.

때문에 전달이라고 하는 말은 생각하기에 따라서 답도 달라지지만, 대체적으로 인간은 전달을 통해서 사회생활을 누리고 있다. 아이가 태어나 부모나 교사로부터 사고방식이나 생활 태도를 배우는 것도 모두 전달의 작용이다. 우리는 전달에 익숙해 있다. 그런데 우리가 일상생활에서 어떤 큰 오해를 받았다거나 심한 고독감에 사로잡혔다고 하자. 그러한 자기의 고뇌를 타인에게 이해받으려 할 때 그렇게 간단하게 이해받지 못하는 것이 인지상정이다.

보통 사람으로서는 이해하기 어려운 미묘하고 복잡한 내부의 경험을 타인에게 전달하는, 다시 말해서 언어가 되지 않는 것을 언어로 만드는 것이 시인의 역할이다.

뛰어난 시란 것을 보면 작자만 이해할 수 있고, 타인에게는 이해되지 않는 작품이 드물다. 왜냐하면 그 시에서 언어가 된 것은 보편적인 인간성에 뿌리를 내리고 있기 때문에 작자가 전달하려 하는 것과 독자가 이해하려 하는 것은 인간의 내부에서 밀접하게 조응되어 있기 때문이다.

다음은 정지용의 '호수'이다.

얼골 하나야
손바닥 둘로
폭 가리지만

보고 싶은 맘

　　호수만 하니
　　눈감을 밖에.

뛰어난 시는 이렇게 쉬운 언어로 표현되어 있으면서 전달성에서도 뛰어나다.

시를 쓰는 데서 자기 자신의 내부에 침잠하는 대신 다만 시의 전달에만 신경을 쓰게 된다면 도리어 전달 그 자체까지 잃어버리게 된다.

언어가 되지 않는 것에서 좋은 작품을 만들어 내려는 노력이 뛰어난 전달성을 낮게 된다. 곧 좋은 작품이란 전달성이 뛰어난 작품이다.

더 이상의 보기를 들지는 않으나, 그저 '전쟁 반대'라고 전달하기만 하는 조잡한 시라면 우리 주위에서 흔하게 찾아볼 수 있다. 또한 제멋대로 짜맞춘 듯 한 내용의 이른바 난해한 시의 견본도 주위에 흔하게 널려 있다.

3) 시인의 경험과 작품

오래 전 뉴스에 다음과 같은 것이 있었다.

인도에서 갓난아이 때 늑대에게 물려가 그대로 늑대 세계에서 자란 소년이 발견되었다. 그 소년은 네 발로 걸었고, 발견자가 접근하자 물려고 했다. 소년은 병원에 입원 조치되었고, 학자들의 연구대상이 되었다. 그 소년의 지능 정도는 갓난아이 수준이었다.

이 소년의 이야기는 분명히 인간의 성장이 환경과 그 속에서의 체험에 따라 규정된다는 것을 가르쳐 주고 있다. 또한 그 소년이 살고 있던 미지의 세계에 대한 우리의 상상은 '나'라고 하는 인간의 한정된 체험을 토대로 하여 피어났다고 할 수 있다.

사람은 나면서부터 경험 속에서 살아간다. 온갖 사고의 밑바닥에는 경험이 존재하고 있다.

경험은 끊임없이 마음에 반영되고 있다. 그것은 우리들 내부와 바깥에 있는 사물의 교류이다. 지식도 넓은 의미의 경험이라고 본다면 우리는 그것을 통해서만 사물을 알고, 마음을 키우고, 풍부하게 하며, 새로운 경험에 맞서는 조작을 일상생활에서 되풀이하고 있다.

시인들은 모두 이 법칙을 겪고 있다. 그러나 경험 그 자체가 직접 시로 형성된 것은 아니다. 만일 직접 시로 형성된다면 누구나 다 시인이 될 수 있을 것이다.

경험과 체험이라는 것은 잡다하기 마련이며, 시인은 그 복잡한 혼합물 가운데서 어떤 인상 깊은 일을 빼내 오는 명인이다.

뿐만 아니라 경험 속에서 시의 대상을 끌어낼 때 이미 그것은 경험이 아니라, 시인의 마음에 솟아오른 그 무엇과 융합된 새로운 창조물로 바뀌는 것을 의미하고 있는 것이다.

'그 무엇'이라 할 때 그것은 그 시인의 시 정신(포에지), 인생관, 시의 방법 등을 의미한다.

때문에 경험은 현실생활 속에서 빠뜨릴 수 없는 실감 그 자체인데, 시에서는 그 위에 그것을 표현으로써 살게 하는 시작(詩作)과 연관 지어 생각해야 한다. 시작이란 시인이 스스로 제2의 체험을 만들어 내는 작업이라 할 수 있을 정도로 적극적인 의도를 지니는 것이다.

앞에서 시인은 인상 깊은 경험을 빼내오는 명인이라고 하였다. 그러나 어느 때 어느 장소에서의 경험은 그것이 아무리 강한 인상이 있다 하더라도 그대로 시에 활용되는 것은 아니다.

아무리 경험한 바라 하더라도 표현되기까지에는 시간이 소요되게 마련이다. 시가 되는 경험은 그대로 망각이라는 잠에 빠지게 된다.

그 무의식의 상태 속에서 잡된 것들을 떨어 버리고, 순수해지고, 어느 때 어떤 동기에 의하여 일깨워져 기억이 된다.

그것은 새로운 경험이 빌미가 되어 문득 생각나게 되는 일도 있을 것이고, 어떤 시의 명제를 생각했을 때 갑자기 튀어나오는 일도 있을 것이다.

"시는 경험이다"라고 말한 릴케는 모든 경험을 되도록 빨리 잊어버리고, 그 기억이 무의식 속에 익어 과일처럼 떨어지는 그때까지 느긋하게 시가 쓰여지기를 기다리고 말한다.

우리는 일생생활 속에서 본 일과 들은 일이 그대로 시가 될 듯이 느껴지지만, 대부분은 그때의 현상적인 것에 움직여진 감정에 지나지 않는다.

경험의 참다운 절실감은 릴케가 말한 바와 같이 어떤 시간의 마찰을 겪고 나서도 계속 분명하게 되살아나는 것이다. 그럴 때 경험과 마음은 일치되어 시인의 가장 확고한 이미지를 표현할 수 있다.

생활의 경험이라 해서 바로 생활의 조건을 생각해 내서는 안 된다. 그보다 좀더 깊숙한 곳에 간직되어 있는 바의 것, 자기에게 가장 귀중한 기억을 펼치는 것이 시에서는 중요한 것이다.

4) 시와 사물의 관찰

우리는 만남 속에서 살고 있다. 우리는 놀라울 만큼 많은 양의 사물에 둘러싸여 살고 있으나 그러한 사실은 별로 의식하고 있지 못하다.

출근하면서나 퇴근하면서 사람을 만나고, 나무를 보고, 집을 보는가 하면 하늘을 바라보기도 한다. 그것들은 일상적인 체험이지만 지나치면 그대로 사라져 버리는 것들이다. 평범하여 어제와 별로 다를 것이 없다.

그런 속에서 어떤 특별한 일이 생겼을 때 당신의 사고는 갑자기 거기에 집중되고 조심스럽게 그 상태를 관찰하기 시작한다.

길을 걷는 데 사람이 쓰러져 있다고 하는 경우, 어느 날 문득 사방을 둘러보니 어느 사이에 나무마다 싹이 돋았고 겨울이 사라졌다고 하는 경우……이런 것들은 마음에 스며 하나의 기억이 된다.

이런 것은 주위 사물에 변화가 일어났을 때 비로소 그러한 정신 작용이 된 것이지만, 만일 평상시에 사물을 주의 깊게 관찰하는 태도가 있었다면 평범하기 짝이 없는 사물 안에서 여러 가지 복잡한 것을 발견하게 될 것이다. 그때 우리 마음에는 하나의 새로운 세계가 열렸다고 하더라도 지나친 말은 아니다.

어떤 이상한 일에 놀라거나 주의를 쏟게 되는 것은 아무나 할 수 있는 일이다. 우리는 평상시에 눈에 띄지 않는 것에 주의를 쏟아야 한다.

만물은 소리쳐 시인에게 그 존재의 표명을 부탁하고 있는데 시인이 그것을 다루지 않고 누가 다루겠는가.

세계는 미지의 것으로 가득 차 있다.

우선 그것을 관찰하고 마음에 새겨야 한다.

여기서 말하는 '관찰'은 어떤 것을 정성들여 사생하는 것과는 의미가 다르다. 사물을 정확하게 보는 게 중요하지만, 그것이 사물의 외형적인 것에만 머문다면 별볼일 없는 것이 된다.

여기서는 새로운 발견으로서 사물을 보는 일이 중요하다. 사물로부터 놀라운 것이 주어지는 것을 발견하는 눈, 시인은 이런 눈을 가져야 한다.

다음 시는 널리 알려진 작품이다.

　누가 바람을 보았을까요
　나도 그대도 본 일이 없지요
　그러나 나뭇잎을 흔들면서
　바람은 지나가지요.

　로제티의 이 단순한 시는 지나가는 바람의 마음을 부드럽게 우리 기억에 새겨 주고 있는 듯하다.
　하찮은 일인 듯하지만 바람이라는 눈에 보이지 않는 존재에 대한 놀라움을 느끼지 못했다면 이런 시를 쓸 수는 없을 것이다.

　눈동자가 자유로운 그대들이여
　……
　속세의 소식을 들려 다오
　나무들은 예나 다름없이
　가지와 잎을 자꾸만 욕심내고 있느냐?
　그리고 뿌리에 그렇듯이 쌓은 침묵을 비축하고 있느냐?
　강의 소식을 들려 다오
　나도 아름다운 강을 알고 있었다
　그것들은 예나 다름없이
　골짜기로 내려가는데
　그런 특별한 모습을 하고 있느냐.
　……

　쉬페르비엘의 '죄 없는 죄인'이다. 나무는 가지와 잎을 자꾸만 욕심내고 있다고, 그런 바보스러운 일이 어디 있느냐고 하는 사람들은 시인이 지니고 있는 관찰의 심도를 이해할 수 없다.
　이 시를 읽고 잎이 잔뜩 달린 나무가 바람에 흔들리는 상태를 연상한다면, "가지와 잎을 자꾸만 욕심낸다."라고 하는 시인의 눈을 이해할 수 있다.

이 시의 경우는 앞의 시보다 더욱 잎이 잔뜩 달린 나무를 구상적으로 생각
하게 한다.

      ……

      그러고 보니 바람으로
      도깨비부채풀의 꽃들도 잔물결을 이루고 있다
      듀피의 그림붓 물결과 같다

      버려진 수밀도 껍질 위에서는
      두 마리 개미가 사랑하고 있다
      작은 개미는 꿀에 넋을 잃었고
      큰 개미는 입맛을 다시고 있다.
      ……

이 시는 즐거운 마음으로 가득 찬 작자의 관찰을 잘 알 수 있다. 일상생활
을 통해 신변에서 쉽게 접하는 사물의 특성을 재빨리 파악하고, 그것을 자유
로운 연상 작용으로 넓은 이미지의 세계로 이끌어 간다.

관찰은 이런 것이다. 대상과 부딪쳐 특성을 파악하고 거기에서 무한히 상
상해 나아갈 때에 관찰은 정확해진다.

개념을 깨뜨리고 마음을 한번 회전시키면 모든 것은 미지의 것이다.

공기란 무엇일까, 빛이란, 소리란…… 연못 옆에 서 있는 사람의 그림자
를 보고 물고기들은 무엇을 생각하는가. 창가의 선인장은 고향인 사막에서
홀로 어떻게 살아갔는가…….

이러한 놀라움의 눈을 통하여 사물은 그 존재를 새롭게 해간다. 시인은 그
런 의미에서 가장 욕심스러운 사물의 관찰자라 할 수 있다.

5) 동기와 주제

동기(motive)는 한 편의 시가 쓰여지게 된 직접적인 동기가 된 것으로서,
어떤 경우에는 동기가 그대로 한 편의 주제가 되는 경우가 있다. 주제
(theme)는 한 편의 시의 중심 사상이 되는 것이다.

　18세기 낭만주의 시대까지는 동기와 주제가 거의 같은 위치를 차지하고 있었다. 사랑하는 사람을 기린다는 동기에 의해 씌어진 시는 예외 없이 사랑의 찬가를 주제로 하고 있었기 때문에 사랑이라는 점에서 이 두 가지는 같은 것이었다.

　그런데 20세기 이후 동기와 주제가 차지하는 위치가 꼭 일치하는 것만은 아니게 되었다. 문화 속에서의 시인의 자각이 높아지고 그 대상이 광범위해짐에 따라 시의 성립도 여러 가지 양상을 띠게 되었고, 하나의 동기에서 발상된 시가 중도에서 변질되는 경우도 생기게 된 것이다.

　　지금 내가 걷고 있는 것은 인간이 만든 나무 아래
　　인간이 만든 연못가
　　예사스러운 일 년 외에
　　인간이 덧붙인 2월 29일 날 한밤중의 공원
　　두 시간의 기관총과 공간의 소총으로부터
　　나를 향해 날아오는 무수한 암호의 탄환
　　그러나 약한 머리는 그 총알을 막을 수 없고
　　그래서 그 의미를 해설할 수도 없다
　　불안이라 하기에는 너무 지나치다 싶은
　　어떤 묘한 기분에 사로잡혀 심호흡을 하면
　　눈에서 따뜻한 침이 튀어나왔다.
　　……

　이 시의 동기가 된 것은 2월 29일이라는, 4년에 한 번만 돌아오는 기묘한 날이다. 이 동기가 여러 가지 아이디어와 결부되어 여러 모양의 이미지와 시추에이션을 전개한다.

　그것은 '쓸쓸한 사나이'와 결부되어 '예사로운 일 년에서 생겨진 하루의 마지막 신음, 예사로운 세계에서 생겨진 사나이의 탄식'이라는 뜻으로 발전하게 된다.

　위의 시는 이 시의 첫 동기인 2월 29일이라는 윤년의 특별한 하루에 집약되어 있다. 인간이 자연을 멋지게 통제하지 못하고 편의상 만들어 낸 편의상의 하루, 그것은 아웃사이더인 한 쓸쓸한 사나이의 삶의 상징이다.

일 년의 계산 속에서 생겨난 하루, 그것은 인간이 인간한테서 눈에 보이는 공간을 정리할 수 있다 하더라도 눈으로 볼 수 없는 시간의 실체를 포착할 수 없다는 것을 단적으로 나타내고 있다.

이 하루. 그것에 의무를 가지지 않고 다소의 불편을 느끼면서도 그 하루를 받아들이는 인간의 삶, 그것은 습관적인 '삶'이다. 시인은 그 나쁜 습관을 버리고 적극적인 삶을 살려고 몸부림치고 있다.

여기까지 이르면 이 시의 주제는 처음의 동기가 된 '2월 29일'의 의미로 끝나는 것이 아니라 인간의 삶의 자세 그것으로 옮겨진다.

즉, 이 시의 주제는 '2월 29일'이라는 날에 대하여 말하고 있는 것이 아니라 '2월 29일'이라는 것을 촉매제로 하여, 인간의 삶의 의미와 방법의 한 패턴을 포착하려 하는 데 있다.

이렇게 볼 때 동기는 보다 큰 주제로 향하는 한 입구라 할 수 있다.

한 편의 시가 출발하는 것은 물론 어떤 동기에 의해서지만, 그 동기는 길에서 본 한 마리 비둘기라든가, 안개 속의 늑대라든가, 또는 어느 한 마디 말이라든가 하는 식으로 여러 가지 성질의 것이 있어도 무방하다.

그 동기가 시인의 내부에 있는 아이디어와 주제에 결부되지 않는 한 그것이 한 편의 시로 되는 일은 없다.

때문에 하나의 동기는 시인의 내적 요청에 따라 나타나는 것으로서, 완전한 공백 상태 속에서 갑자기 나타나는 것은 아니다.

또한 그와는 반대로 한 편의 시의 주제는 동기의 유발이 없이 주제로서 분명한 모습을 제시할 수 없다. 동기를 출구로 하여 그 주제는 시인의 내부로부터 외부로 개방되는 것이다.

동기와 주제는 항상 그러한 상관관계에 놓여 있는 것으로서, 어느 것이 먼저 시에 닿았는가 하는 것은 아무도 말할 수 없다.

C.D. 루이스는 시의 주제에 관하여 다음과 같이 말하고 있다.

"시의 기본적인 주제는 아주 적다. 사랑·죽음·선악·시간과 영원 등에 지나지 않는다. 이것들은 30년 동안 변하지 않았다. 변한 것은 시의 언어이다."

이 말의 마지막 부분을 다음과 같이 바꾸어도 좋을 것이다.

"변한 것은 시의 동기이다."

현대의 눈부신 현실의 변화에 따라 시의 대상과 제재는 더욱더 광범위해졌다. 때문에 시의 동기도 보다 광범위한 것이 될 수밖에 없다.

그러나 눈에 보이는 현실의 상(像)은 아무리 변화한다 하더라도 실재의 상은 변화하지 않는다. 다만 그 실재의 질서에 대응하는 '삶'의 패턴이 여러 가지로 변해질 따름이다.

그리고 이 삶의 패턴이 변해감에 따라서 우리와는 아무 관계가 없어 보이는 새로운 실재라는 것을 모두 '삶'이라는 적극적인 의미 위에 귀속시킬 수 있다.

6) 정치적·사회적 주제의 시

우리가 사회 및 정치와 결부되어 있는 것은 매스컴에 의해서이다.

신문과 텔레비전을 통하여 주가의 변동을 알기도 하고, 국회에서의 소란스러운 현장을 알기도 한다.

하지만 그것을 알게 됨과 동시에 강하게 그것을 거부하고 싶어지기도 한다. 그것이 정치란 말인가!

또한 자살자의 기사나 교통사고 소식과 접하게 되기도 한다. 그리고 그것을 알게 됨과 동시에 놀라움을 느낀다. 이것이 사회란 말인가!

왜 정치는 사람들을 소외시켜야만 성립되는가? 왜 사회는 구성원이 필요로 하는 것을 주지 않고 불필요한 것만 주는가?

이러한 놀라움과 의문은 오히려 소박하다. 그러나 이런 소박한 문제로부터 시와 정치, 시와 사회의 마찰 속에 뛰어든 시인도 있다.

식량문제는 여전히 미해결 문제로 남아 있는데 인구는 계속 늘어나고 있다. 그리고 실업자들 역시 계속 늘어나고 있다.

전쟁으로 파괴된 것은 도시와 건물뿐이 아니었다. 가족제도는 반 이상이 파괴되었다. 사랑을 잃고 무질서한 사회, 이것이 문제점이다.

그러나 시인은 정치가 빈곤하다, 또는 사회보장이 제대로 되지 않았다고 불평하기 전에 우선 '사랑의 빈곤'을 노래해야 한다.

지난날에 쓰여진 수많은 정치적·사회적 주제의 시가 감동을 주지 못하는 것은 그 속에 사랑이란 것이 결여되었기 때문이다.

정치의 죄를 논하는 것은 정치 그 자체를 위해서가 아니라 사람을 위해서이다. 사회의 악을 지적하는 것은 사회를 위해서가 아니라 사람을 위해서이다. '사람'이란 결국 자기가 사랑하는 사람들이다.

사랑하는 사람들이 없이 정치를 논하고 사회를 개혁하려 하여도 그것은 시인으로서 한갓 이론을 말함에 지나지 않는다.

이 말에 대해 '아내가 있고 자식이 있으며, 또는 애인이 있는데 무슨 말이냐?'라고 되묻는 사람도 있을 것이다. 그러나 완전한 의미에서 아내와 자식을 또는 애인을 사랑하고 있는가? 인간이 인간을 사랑하는 능력을 아직 완전하게 획득하지 못한 것이 아닐까?

그러한 능력을 지니고 있지 못하기 때문에 정치적·사회적 주제의 시는 참다운 자기 경험에 뿌리 내린 것이 되지 못한다.

그래서 필요 이상으로 관념적인 소리를 부르짖고, 필요 이상으로 소재를 노출시켜야만 그 시에는 박진력과 설득력이 있다고 시인들 모두가 생각하기 때문이다.

그러나 스테레오 음향기기 소리를 아무리 크게 해도 음악의 내용은 바뀌지 않는 바와 같이, 아무리 큰 외침소리를 낸다 해도 시의 박진력은 더해지지 않는다.

이미 알려져 있는 데이터를 아무리 나열한다 하더라도 거기에 새로운 주목할 만한 데이터가 발견되지 않는 한 아무 의미가 없는 바와 같이, 시가 제아무리 소재를 나열한다 하더라도 설득력이 더해지는 것은 아니다.

좀더 현실적인 것을 좀더 강한 사랑의 눈으로 써야 한다는 것, 앞으로의 정치적·사회적 주제의 시는 그와 같이 써야 한다는 것이다.

7) 시의 구성과 언어의 조립

이상의 '오감도, 시 제4호'는 다음과 같다.

환자의 용태에 관한 문제.

```
·0987654321
0·987654321
09·87654321
098·7654321
```

0987·654321
09876·54321
098765·4321
0987654·321
09876543·21
098765432·1
0987654321·

진단 0.1

　　　26. 10. 1931

　　　이상(以上) 책임의사 이상

　이런 부류의 작품을 가리켜 어떤 평자들은 "묘사와는 다른 독특한 리얼리
티를 규정한다."라고 하기도 한다.
　이상은 또 다음과 같은 시를 쓰기도 하였다.

　벌판한복판에꽃나무하나가있소. 근처
　에는꽃나무가하나도없소. 꽃나무는제가
　생각하는꽃나무를열심으로생각하는것처
　럼열심으로꽃을피워가지고섰소. 꽃나무
　는제가생각하는꽃나무에게갈수없소. 나
　는막달아났소. 한꽃나무를위하여그러는
　것처럼나는참그런이상스런흉내를내었것
　소.

　이 '꽃나무'는 쉬르레알리슴(초현실주의)의 자동기술법에 의해 쓰여진 것
으로서, 꿈(잠재의식)의 메커니즘을 나타내고 있다.
　당시 쉬르레알리슴의 실험적인 수법이란 것은 이와 같이 극도로 그 메커
니즘을 이용하고 있다. 그것은 당시 새로운 문명 형태로서 등장한 기계주의
의 영향이었다.

미술 분야에서도 기계미라든가 기능미를 중시하여 인간의 정신 활동 그 자체보다도 예술의 소재라든가 방법이 지닌 메커니즘이 중요시되었다.

새로운 기계가 인간의 두뇌나 손재간보다도 정확하고 빠르게 여러 가지 작업을 수행할 수 있는 것은 사실이다. 그리고 이제 그 기계의 주인이었던 인간은 마침내 기계의 보조 기관이 되었고, 거대한 메커니즘 속에 휘말려 들어가려 하고 있다.

인간 정신의 가장 구상적인 표현인 예술이 그 메커니즘에 종속되어 버린다면 인간은 산 채로 메커니즘 속에서 죽게 된다.

20세기 초기의 모더니즘 운동은 이 기계주의라는 신문명에 현혹되어 메커니즘 속에서 죽는 것이 삶의 찬가인 것처럼 오해되기도 했었다. 그리고 미술은 공간의 메커니즘, 음악은 시간의 메커니즘, 시는 언어의 메커니즘으로 전락하고 말았다.

메커니즘에 동화되어 버리면 인간은 의미에 대해 생각할 수 없게 될 뿐만 아니라 아주 단편적인 생활 속에서 맴돌다가 자기의 전체적인 인간상을 상실하게 된다.

현대 문명의 방향은 좋든 싫든 이러한 메커니즘의 증대를 향해 달리고 있다. 컴퓨터는 인력으로 수십 년이 걸리는 천문학상의 계산을 단 몇 분 동안에 해낸다.

데이터에 의해 인공 심장을 만들어 그것을 사용하고 있는 인간은 이제 인조 생명을 만들려 시도하고 있다. 목적성·자주성·자발성을 지니고, 감각 기관과 기억 회로를 갖추고 있으며, 마침내는 자기 수리와 자기 증식도 가능한 비생명적 인간을 만들려 하고 있다.

우리의 시에 사용되고 있는 언어는 여러 가지 데이터의 역할을 하고 그 조립과 계산에 의해 만들어진 것이어서는 안 된다. 즉, 우리의 시는 언어의 조립이 아닌 것이다.

그것은 언어와 언어의 생명적인 충돌이다. 때문에 시인이 말하는 언어 속에는 비평·세계관·인간상 등 그 시인의 존재의 증거인 모두가 압축되어 들어가 있다.

시인이 하나의 언어를 말할 때 그것은 공간적=시간적, 질적=양적, 정신적=물질적, 주관적=객관적, 비합리적=합리적, 자아=비자아, 주체적 이해=객관적 이해, 그러한 것의 근본이 되고 있는 삶=죽음, 이러한 것들의 모순을 하나의 패턴에 의해 통일하는 위치에 서 있는 것이다.

두 개의 대극(對極) 사이에 '무엇'을 던져서 그 상대적인 위상(位相)에 의하여 그 '무엇'을 확인하고 그 가치를 보려고 하는 것이다. 그 '무엇'이란 직접적으로는 언어이며, 언어는 시인의 정신세계를 나타내기에 족한 유일한 것이다.

이러한 의미에서 시인한테 언어란 자기의 전체 질량을 걸고 있는 암호이다.

독자는 그 암호를 단순히 언어의 조합을 분해하는 일만으로는 해석할 수 없다. 시인이 그 시를 쓰던 때와 같은 에너지를 쟁취해야 한다.

8) 현대시와 시적 기법

현대시 운동에서 가장 주목할 만한 것은 모더니즘의 시운동이다. 모더니즘은 시의 관념을 갱신시키는 데 획기적인 역할을 하였다. 그와 아울러 시의 기술도 눈부시게 진전되었다.

현대시를 특징짓고 있는 시적 기법으로는 다음과 같은 것들이 있다.

첫째, 의식적으로 사물과 사물의 관계를 결부시킴으로써 시의 세계를 형성하는 기술이다.

처음에 이 기술은 쉬르레알리슴의 폭력적 결합이라는 것에 암시를 받아 자각된 방법이다. 이에 대해 시인은 이렇게 말한다.

"일정한 관계 아래 정해져 있는 경험의 세계인 인생의 관계의 조직을 절단하거나, 위치를 전환하거나, 또는 관계를 구성하고 있는 요소의 어떤 것을 제거하거나, 아니면 새로운 요소를 더함으로써 이 경험의 세계에 일대 변화를 주는 것이다. 그럴 때 인생의 경험 세계는 파괴된다."

그것은 사물과 사물의 관계에서 의미를 찾아내는 현대의 존재론과 통하며, 실재와 인간의 정신 내부를 연결하는 것으로서의 언어의 성격과도 통하는 바가 있다.

이러한 시론에 의하여 현대시는 몇 가지 차원을 한 편의 시 속에 동시에 포착할 수 있게 되었으며, 그 원근법을 훨씬 크게 확대할 수 있게 되었다.

여자에게서

> 생나무 울타리에
> 던져진 포물선은
> 아름다운 인간, 고독을 그리워하는 인간의
> 생명선이다
> 그리스의 여신들도 이 선
> 을 피하려 하는 것이다
> ……
>
> 이 저녁놀을 본다면
> 그대도 나와 마찬가지로
> 연애의 무한, 인간의 고독, 인간의 종자의 기원
> 을 위해 눈물을 흘릴 듯 쓸쓸하게 생각하리라.
> ……

이러한 관계의 시론은 지금까지의 상징이란 것의 내용을 바꾸었다.

19세기 상징주의는 어떤 무드의 상징을 만들어 내려 하는 것이었으나, 현대에는 상징이란 것이 사물과 사물의 관계를 가장 효과적으로 나타내는 방법 가운데 하나이다.

그것은 어떤 사물을 다른 어떤 사물과 비교함으로써 그 존재를 분명하게 하는 방법이다.

이 관계의 시론은 사물과 사물의 관계에 의하여 인간 정신의 내면을 나타내는 것이기 때문에 필연적으로 이미지를 중시한다.

> 5월은 닦고 간 초록색 귀걸이
> 2월은 깡통을 차는 작은 구두
> 8월은 녹슨 면도칼에 찢어진 물고기.

이러한 시는 위의 같은 시론이 성립되지 않았으면 절대로 쓸 수 없었을 작품일 것이다.

또한 이 관계의 시론은 비유의 세계를 크게 확대하였다.

지난날에는 아주 당돌하여 그 속에서 의미 따위는 전혀 느낄 수 없이 생각되던 은유와 직유가 큰 의미를 나타내게 되었다.

      ……

　　나는 만성 위장병 환자의 볼품없는 넥타이를 매고
　　너는 독수리 스타일로 화장한 작은 얼굴을
　　고양이 등 위에 달고서
　　아침 식탁에 앉는다
　　깨어진 달걀 속의
　　반숙된 미래를 향하여
　　너는 미련한 수수께끼를 지닌 미소를 머금어 보인다
　　나는 증오의 포크를 찔러
　　부르조아적인 간통 사건의
　　튀김 한 접시를 먹어 치운 표정을 짓는다.
      ……

이런 비유는 아주 현대적인 것이다. 다음의 시 역시 마찬가지이다.

　　빠찡코 알 한 개에도 네 가슴은 물결친다
　　장식한 창문 안의 갓난애의 빨간 모자
　　고용주가 준 단 한 장의 천 원짜리 지폐에도
　　네 마음은
　　한 개 나뭇잎처럼 떨린다.
      ……

　이렇듯 긴장감을 머금은 은유와 직유는 일찍이 없었다. 이것들은 현대의
의식과 감각에 의해 만들어진 것이다.
　원래 시의 기법은 기법만이 계속 진전되어 나가는 일이란 없다. 새로운 기
법은 새로운 주제를 얻을 때 비로소 발견되는 것이다. 또한 새로운 동기는
새로운 기법의 내적인 발효가 있을 때 발견되는 것이다.
　그런 점에서 본다면 현대의 다차원적인 제재에 시선을 돌릴 때 시의 기법

은 더욱더 새로운 수법을 전개해 가게 될 것이다.

현대시가 지니는 쉬르레알리슴 수법, 은유적인 수법, 나레이션의 수법, 다큐멘터리 수법, 우회적 수법, 기타 모든 수법은 그러한 요청에 의하여 획득된 것이다.

9) 시의 기록성

기록이란 것이 여러 모로 문제가 되는 배경부터 우선 생각해 볼 필요가 있다.

소설이란 극 등의 제재가 차츰 한계에 이르러 그 출구를 구할 때 기록적 세계가 고려의 대상이 되는데, 이는 사실의 박력에 의하여 극적 상상력의 한계를 타파하고자 하는 욕구이다. 그러나 기록은 기록 그 자체로 가치를 지니고 있는가 하는 문제가 생기게 된다.

기록이라고 하는 것은 요컨대 사실이나 사건 등을 기록하는 것인데, 기록이 기록이기 위해서는 거기에 뉴스성이라든가 진실성이 정도의 차이는 있으나 요구되는 것이다.

이 경우에 진실성이라고만 해서는 불충분하기 때문에 핵심성이라 하는 편이 타당할 것이다. 사물의 핵심에 이르는 방법에 기록의 방법 문제는 있다.

시에서 기록이라고 할 때 시가 내용으로 삼고 있는 사건 기록성이라고 생각해도 무관하다. 기록성이라는 말 자체는 개념이 막연하다.

그러나 그런 의미의 기록성이 예술적인 표현과 창조상의 요구를 충족시키고 있느냐 하는 점이라면 문제는 자연히 달라질 수밖에 없다. 즉, 거기에는 뉴스성은 있으나 진실성은 없다는 식의 해답이 될 수밖에 없다.

시뿐만 아니라 예술 표현상의 궁극적인 요구는 리얼리티를 실현하는 일이다. 이 리얼리티는 있는 그대로 묘사한다기보다 있는 그대로의 것을 추구하는 것이다.

아폴리네르의 시를 읽어 보도록 하자.

나는 화약고를 경비한다
가련한 개가 한 마리 초소 속에 있다
풀밭 속을 도망쳐가는 토끼가 있다
간호사 방에는 부상병이 있다

코고는 사람의 코를 비틀며 다니는 당번 병장이 있다
봄을 장식하는 꽃나무로 가득 찬
아름다운 골짜기를 눈부시게 하는 꼬불길이 있다
카페에서 담소하는 노인들이 있다
부상병 베갯머리에서 나를 생각하고 있는 간호사가 한 명 있다
거친 바다 위에 커다란 배가 있다
오케스트라의 지휘자처럼 고동치는 나의 심장이 있다
우리 어머니의 집 위를 지나가는 제플린이 있다
바카라 역에서 기차를 타는 한 여인이 있다
레몬이 든 봉봉을 마시는 포병이 있다
캠퍼스의 천막 아래서 야영하는 알프스 보병이 있다
멀리서 사격하고 있는 90밀리포의 진지가 있다
멀리서 전사하는 벗이 많이 있다.

현상을 있는 그대로 포착한다고 하는 것은 결국 이와 같이 멋대로 해체하고 있는 것을 맥락 없이 포착하는 일일는지도 모른다.

일반적으로 있는 그대로 쓴다는 것은 쉬운 일처럼 생각되지만, 본 대로 들은 대로 쓰면 거기에 지리멸렬의 현상이 나타날 뿐이다.

있는 그대로 보려고 하면 현실은 더욱더 혼란스럽다. 우리들이 알고 있는 것으로서 현실에 대하고 있으며 현실 또한 우리들을 습관적으로 허용하고 있는 듯하지만, 있는 그대로의 것에 대결하려는 순간부터 현실은 미지의 측면을 나타내기 시작한다. 여기서는 전적으로 외부의 기록만을 문제로 삼았으나 내부의 기록이란 것도 있다. 또한 어떤 관념으로 외부를 감싸고 현실의 보이지 않는 면을 보아 가는 기록 방법도 있다.

요컨대 기록이란 말을 좁게 생각하지 않는 일이 중요하다.

6. 현대시의 기교

1) 현대시와 이미지

영국의 이미지즘 운동에 결정적인 영향을 끼친 T.E. 흄은 "언어는 모두 눈에 보이는 이미지로서, 그것이 부호여서는 안 된다"고 말하였다.

우리가 사용하고 있는 언어는 같은 종류 속의 여러 가지 정서의 최소공분모를 표현하는 데 지나지 않는다. 그것은 실제로 우리가 목격한 바 생생함을 모두 제거하고 비슷한 유형의 정서 속에 정리 분류하는 것이다.

시인이란 보통의 언어나 지각이 내리누르려 하는 유형에서 스스로를 해방시키고, 자기 눈앞의 것을 있는 그대로의 신선함으로 볼 수 있는 사람이다.

때문에 시인이 사용하는 언어에는 부호가 되기를 거부하고 항상 구상적인 것을 상실하려 하지 않는 의지가 있어야 한다.

이와 같이 자기가 본 것을 유형화시키지 않고 정확하게 언어로 포착하려 하는 태도는 현대 시인에게는 꼭 필요한 것이다.

왜냐하면, 우리의 현실은 관계적 현실로서 우리가 사물과 관계를 가질 때 정서가 생겨난다.

시인은 이 사물과 사물의 관계, 사물과 인간의 감정 관계를 언어로 묘사함으로써 정신적 창조물을 만들어 낸다.

그때 언어가 유형에 빠져 있으면 모방물밖에 만들어 낼 수 없다. 그래서 우리는 언어를 온갖 유형화로부터 건져 내기 위하여 그 언어를 소생시키기 위한 의미를 주입한다.

그 의미란 우리의 상호 관련에 의하여 생겨난다.

우리가 그저 '슬프다'고 할 때 사람들은 그 슬픔의 참다운 의미를 모른다. '리어 왕처럼 슬프다'고 할 때 사람들은 극중의 리어 왕을 생각하고 자기가 그것을 보았을 때 느낀 슬픔의 경험과 대조해 보며 그 '슬픔'을 받아들인다.

그와 같이 감정의 움직임이라든가 정신 내부의 상황을 외적인 경험에 옮길 때 이미지의 역할이 필요하다.

그렇다면 실제의 시쓰기에서 이미지는 어떠한 역할을 할 것인가? C.D. 루이스는 이 문제를 다음과 같이 설명한다.

"이미지는 독자의 상상력에 호소하는 방법으로 시인의 상상력에 의해 묘사된 '언어의 그림'이다. 이미지는 그저 단순히 시인의 주의를 끈 어떤 대상을 쓰거나 반영하기 위해서만 사용되는 것은 아니다. 시인이 그것을 보았을 때 그의 정서에 의해 채색된 대상, 전체적으로 시의 무드에 의해 채색된 대상을 기술한다. 그것이 이미지가 하는 일이다."

때문에 시인은 아무것이나 자기 머릿속에 들어오는 아름다운 이미지를 겹쳐서 시를 만들어 내는 것은 아니다. 그것은 무질서한 것이 되고 만다.

시인에게 이미지란 지금 쓰고 있는 한 편의 시의 필요한 정서를 나타내고 주제를 강조하는 역할을 다함과 동시에 다른 한편으로는 그 시 속의 다른 이미지와 결부되는 것이어야 한다.

그렇게 함으로써 이미지는 우리의 내부로부터 어떤 시적 감동을 불러일으키는 능력을 지닐 수 있게 된다.

> 빌딩
> 지하의 바다 속에서
> 섬의 빈 위스키 병들이
> 소리지르고 있다
> 나의 게다리를
> 잡아당기는 것은 누구냐?
> 거기서 기다리는 시커먼 태양
> 그런 천 명의 깜둥이 비너스
> 의 궁둥이
> 보다 아름다운 숭고한 태양.
> ……

여기시는 현대의 도회 생활에서의 분열 증상을 반영하여 그로테스크한 이미지가 결부되어 특이한 효과를 올리고 있다.

이러한 그로테스크한 성격을 만들거나 남성적 또는 여성적인 성격을 시 위에 형성하는 것은 주로 이미지에 의한다.

> 눈 속을 뒹굴면서

　　산맥을 따라 도망치는
　　두 명의 탈주병, 국경을 넘는 자의 무리
　　찢어진 옷, 피투성이 맨발, 털투성이 얼굴로
　　끈질기게 '삶'을 바라보는
　　그들의 눈
　　어둠 속에서 갑자기 몸부림치며 뛰어올랐다
　　영사기 속에서 뛰어나와
　　이 섬나라에 머물러야 할 정신으로
　　박혀진 '망명'이란 말의 쐐기
　　육지로 계속되는 국경.

　이 시는 이미지의 위치를 매우 교묘하게 사용하고 있는 한 보기이다.

　전반의 여섯 행은 스크린에 비치는 화면 그대로의 이미지인데, 그것이 갑자기 영사기에서 뛰어나온 것 같은 큰 충격으로 느껴지고, 동시에 그것은 시인 스스로를 객관적으로 묘사한 이미지를 유도한 것이다.

　좁은 나라에 웅크리고 살아야 할 시인의 내부를 망명의 감각이 스쳐 지나간다. 그러면 그 이미지는 역전하여 육지가 계속되는 국경을 그려 내는 것이다.

　이와 같이 이미지는 한 편의 시에 여러 가지 성격을 부여하고 굴절을 주며, 다른 이미지와 상관관계를 지니면서 어떤 하나의 질서에 따라 그 시의 주제를 강조하고 발전시키며 작용한다.

　그리고 한 편의 시 속의 하나의 이미지는 다른 이미지를 낳음과 동시에 그것의 해설자가 되어야 한다. 거기에서 한 편의 시를 일관하는 시적 논리가 생겨나는 것이다.

2) 현대시와 상상력

　옛날의 시는 거의 눈에 보이는 것만 노래하였다. 그런 현상은 서구에서나 우리나라에서나 마찬가지였다.

　단테의 「신곡」이 지니고 있는 가치는 그 세계관도 뛰어나지만, 상상력의 문학으로서의 원형도 지니고 있는 데 있다.

　인간의 사고 능력이 발달하면 발달할수록 인간은 상상력에 의해 생각한다. 눈에 보이지 않는 것을 보거나 귀에 들리지 않는 것을 듣는 것은 상상력이 있기 때문이다. 블랙홀의 세계를 발견하거나 반양자의 세계를 가정하는 것도 상상력에 의해서이다.

현대시가 감각적인 쾌감을 사람들에게 줄 뿐 아니라 사람들의 정신 내부까지 파고 들어갔을 때 루이스가 말한 바와 같이 "시적 창조의 근본은 상상력이다."라고 단언할 수 있게 될 것이다.

음악·그림·영화 등에서 느낀 감동을 사람들에게 전하려고 할 때 언어에 의해 자기의 상상력을 자극하고 과거의 경험을 재현하려고 한다. 그리고 듣는 쪽 사람은 그 재창조된 세계에 자극되어 자기의 상상력을 불태우게 된다.

이 상상력과 상상력의 접촉에 의해 감동이 주어진다.

현대시가 노래하는 시로부터 생각하는 시로 옮겨졌을 때, 종래의 감각(리듬이라든가 정형 등)이 시에서 차지하고 있던 지위를 상상력이 차지하게 되었다. 그리고 더욱더 복잡해져 가는 현대 문명 속에서 참으로 생각해야 할 문제는 생활 밑바닥에 가라앉아 버리고 매일 부수적인 일만 생각하게 될 수밖에 없게 된 것이다.

이러한 생활 속에 놓이게 되면 시적 상상력은 현실의 혼돈 속에서 무엇인가를 골라내는 작업을 하게 된다. 그때 시는 시인의 마음속에서 하나의 질서를 가지게 된다.

때문에 시적 상상력이란 단순히 마음대로 환상을 묘사하거나 무의미한 동경을 끌어내는 그런 것이 아니다.

　　　그대의 축 늘어진 손을 보라
　　　마른 나무의 손
　　　맥관(脈管)이 노출되는 반도, 털이 뜯겨진 새의 한쪽 날개
　　　악몽의 발톱
　　　위선의 박수갈채
　　　일찍이 이놈은 그리스도의 목을 조르고 천정에 밀어 올렸다
　　　은 삼십 냥을 빨간 촛불 아래서 헤었다
　　　붓을 쥐고는 세계의 깊은 곳을 허공에서 찾았다
　　　소멸을 서두르는 인류의 창가에 서서

때로 이것의 정욕에 사로잡힌 외설된 동작을 보라
이것이 목구멍에 손을 집어넣고 콜콜거리는 꼴을 보라
인간의 토설물의 올리브색 관대한 꿈을 알라
(오 내 마음 너는 짐승의 잠을 자라!)
소변볼 때의 쾌감을 지탱하는 두 개의 기괴한 손가락 끝을 보라
이것이 나이프와 포크를 써서
태고 이래의 황소 침으로 너를 키워 온 모습을 생각하라
네가 슬픔을 견디지 못할 때 이놈은 얼마나 우스꽝스러운 짓을 하는가
이놈은 타락한 매춘부의 저고리를 입고 소리쳤다
그 관념을 보다 철저하게 하기 위하여
짓궂은 녀석!
그리고 휘둘러진 두 개의 무쇠팔이
지구의 반을 피투성이가 되게 하였다
이 녀석은 지금 폐허가 된 도회지 한쪽 구석에서
신묘하게 마지막 재산 목록을 써
넣고 있다
장밋빛 손톱 속에 숨겨 가지고 있는 온 세계의 증오와
쫓기는 신세인 아픈 고민과
사랑에 목마른 애절한 모습.
……

이 시의 동기는 작자가 자기의 손을 본 데서 비롯되었다. 손이라고 하는 간단하고 흔해 빠진 동기가 그 얼마나 상상력에 의하여 높고 넓은 곳으로 독자를 이끌어 가는가 하는 것을 생각하기 바란다.

여기에는 상황 묘사라든가 행동의 설명이 전혀 없다. 인류의 역사와 자기라고 하는 존재와의 접점이 교묘하게 포착되어 있고, 그 속에서 인간의 운명이라고 하는 큰 주제가 떠오르게 된다.

이 시를 읽어 나아감에 따라서 처음에 작자가 바라보던 작자의 손은 독자 자신의 손으로 바뀌고, 인간 모두의 손으로 바뀌게 된다.

이 시에는 상상력에 의한 시인과 독자의 만남이라고 하는 것이 단적으로

나타나 있다. 이러한 인간 모두를 감싸고 있는 크나큰 공감은 상상력 이외의 것으로는 환기시킬 수 없다.

사물의 관계라고 하는 것은 간단히 말해서 A와 B를 비교해 보는 것을 말한다.

우리의 현실은 흔히 관계적 현실이라고 하는데, 그 관계를 관계짓는 것은 인간의 의지와 상상력이다.

사과의 존재를 자기 존재와 비교하여 상상함으로써 사과의 실제적인 의미를 안다. 타인의 불행을 상상력에 의하여 자기의 불행으로 감수함으로써 사랑의 의미를 안다. 그리고 이 세계를 의미 있는 실재와 사랑으로 차게 하는 것이 시인의 작업이다.

어두운 수도의 한 구석에 살면서
할 수 없이 우리들은 바닷가에 웅크린다
……목 없는 한 미국 사람이
달빛 속에 총을 겨눈 채 방황하고 있다.
……

이 시의 이미지는 그러한 상상력과 시인의 자각에 의해 만들어진 것이다.

3) 시와 새로운 리듬

작자의 어떤 종류의 감정——단순 복잡, 강함, 약함——등을 7·5조나 4·4조 리듬 속에 넣어 노래하자면 재능이 필요하다.

그런데 이 재능의 수업 속에는 전문적으로 자기를 한정시켜 가는 성질이 더해지게 된다.

특히 재주가 뛰어난 몇몇 사람은 그 일에 의하여(제약이 있기 때문에 도리어) 재능을 초월하고 독자적인 경지에 이르러 명인이라 호칭되기도 하지만, 대부분의 사람은 규격화된 예술 작업 속에서 자위행위를 반복하는 것으로 끝난다.

7·5조나 4·4조 리듬이 도리어 작자의 정신을 좁게 하고, 시야를 제한시키며, 놀이 같은 세계로 기울어져 가는 것은 그 때문이다.

시는 전문화를 필요로 하지 않는다. 물론 소재로서의 언어를 살리는 기술의 훈련은 필요하지만, 리듬 편에서 규정하고 만인에게 공통된 리듬 속에 언어를 맞추는 일은 어렵다. 그 리듬이 비록 한국어에만 있는 것이며 역사적인 실적을 지니고 있다 하더라도 이미 형식으로서 고정된 것같이 음악에 종속되는 것은 시정신의 패배이다.

결코 미끄러운 어조로 일상 회화를 하는 것은 아니다. 그야말로 희로애락 등 여러 가지 감정이 소용돌이쳐서 입을 가볍게 하기도 하고 무겁게 하기도 하며, 또한 말을 더듬게 하기도 한다.

지금 표현하고 싶은 것은 많든 적든 더듬거리거나 막히거나 또는 여러 가지 템포에 의해 제3자에게 전해져야 하는 것들뿐이다.

시인이 작품마다 새로운 리듬을 찾아 노력하고 있는 것은 당연한 일이다.

지나치게 유창한 연설이나 아름다운 문장이 조금의 감동도 주지 못하는 것과 마찬가지로 미끈하기만 한 리듬에 의해 쓰여진 시는 독자에게 감동을 남기지 못하고 흘러가게 마련이다. 7·5조나 4·4조 리듬으로는 개성의 차가 드러나기 어렵기 때문이다.

물론 그러한 리듬도 우리의 표현 속에 이용되고 또 활용된다. 그러나 형식으로 관용된다는 것은 그 시인의 정신이 이미 현실과는 관계없이 고갈되어 공전되고 있다는 것을 증명한다.

우리는 실질적인 시창작 체험에 의하여 7·5조나 4·4조만이 우리말의 가락은 아니라는 사실을 알아야만 할 시점에 와 있다.

앞에서 일상 회화라는 말을 하였다. 거기 포함되는 불협화음은 말하는 사람의 마음의 흔들림이 던진 파격적인 가락과 같은 것으로서, 시작품에서 불협화음은 다만 감정 그대로 던져지는 것이 아니라 작품 전체의 소리와 의미의 교향 속에 동화되어 화음으로 고양된 것이다.

미끄러운 리듬은 절대로 배제해야 할 것이 아니다. 다만 형식화하고 유형화된 낡은 전통 의식에의 맹종을 거부해야 한다.

그 소리는 먼 곳으로부터 왔다
그 소리는 아주 먼 곳으로부터 왔다
온갖 속삭임보다도 낮으며

온갖 외침소리보다도 높으며
역사의 깊이보다도 깊다
10830미터의 엠덴 바다보다도 훨씬 깊다
언어 속의 바다
시인만이 발견하는 잃어버린 바다를 관통하여
세계의 가장 차가운 공기를 찢고
세계의 가장 델리케이트한 함대를 바다 밑에 침몰시키고
우리의 왕과 우리 감정의 도시를 지배하는
우리의 죽은 선원과 우리의 권태를 재창조한다
……

오오, 왜냐하면
우리는 죄를 지울 수 없다
우리는 공포의 통계다. 공포의 통계
우리는 정욕의 선언이다. 정욕의 선언
우리는 죄를 지울 수 없다
오오, 왜냐하면
우리는 개인이 아니다
우리는 무리이며 집단이다
우리는 집단 그 자체이다.
……

정형시가 아닌 이 작품은 미끄럽지 못하다고 해야 할 것인가? 아니, 미끄럽다고 해야 할 것이다.

여기에는 절대로 유형적이 아닌 리듬이 존재하기 때문에, 그리고 계산된 치밀한 소리의 질서가 시인의 사고와 균형을 이루어 진행되고 있기 때문에 미끄러운 것이다.

시정신이 형식보다 우선되어 독자적인 형식을 만들며, 미끄러운 것이다.

"공포의 통계다. 공포의 통계"와 같은 구절은 그 리듬에 내포되어 있는 불협화음과 전체를 읽어 나가는 동안에 '미끄러운' 소리로 변모되어 간다.

모란꽃 이우는 하얀 해으름

강을 건너는 청모시 옷고름

선도산(仙桃山)
수정(水晶) 그늘
어려 보랏빛

모란꽃 해으름 청모시 옷고름.

  박목월의 '모란 여정(餘情)'이다. 본질적으로 '노래하는' 것을 알고 있는 기질은 시에도 나타나 있다.
  불협화음이 전혀 없는 리듬이면서 정형시와 같이 단조롭지 않다. 석양의 한 정경을 향토적으로 노래하고 있다.
  시인은 그것을 설명하려 하지 않는다. 또한 그림처럼 그대로 그려 내려 하지도 않는다. 시의 슬기로 노래하고 있는 것이다.
  뛰어난 시에는 '미끄러운 점'이 있게 마련이다. 그것은 아무리 복잡한 리듬을 조립했다 하더라도 시의 근본에서 벗어나 있지 않기 때문이다.
  '미끄러운 리듬'을 거부하는 나머지 언어를 모래알처럼 다루는 일은 금물이다. 시를 쓰는 경우 소리를 내지 않는다 하더라도 시인의 마음은 리듬을 구하고 노래하며 여러 가지 템포를 탐구하면서 언어의 균형을 유지하려고 노력하게 마련인 것이다.

4) 후렴구가 있는 시

  후렴구(refrain)는 시구의 반복을 말한다. 후렴구에도 여러 종류가 있어 짧은 파장으로 반복되는 후렴구, 긴 파장을 지닌 후렴구 등이 있으며, 시의 동기나 시인의 질에 의하여 여러 모양으로 쓰인다.
  다음은 난해하기로 정평이 있는 이상의 '오감도(烏瞰圖), 시 제1호'이다.

13인의아해가도로로질주하오

(길은막다른골목이적당하오)

제1의아해가무섭다고그리오
제2의아해도무섭다고그리오
제3의아해도무섭다고그리오
제4의아해도무섭다고그리오
제5의아해도무섭다고그리오
제6의아해도무섭다고그리오
제7의아해도무섭다고그리오
제8의아해도무섭다고그리오
제9의아해도무섭다고그리오
제10의아해도무섭다고그리오

제11의아해도무섭다고그리오
제12의아해도무섭다고그리오
제13의아해도무섭다고그리오

13인의아해는무서운아해와무서워하는아해와그렇게뿐이모였소
(다른사정은없는것이차라리나았소)

그중에1인의아해가무서운아해라도좋소
그중에2인의아해가무서운아해라도좋소
그중에2인의아해가무서워하는아해라도좋소
그중에1인의아해가무서워하는아해라도좋소

(길은뚫린골목이라도적당하오)
13인의아해가도로로질주하지아니하여도좋소.

이상은 30년대에 실의 속에 죽은 시인이다.
조국이 외세의 지배 아래 있던 어두운 시대에 쓰여진 이 시는 불안과 절망을 노래하고 있는지 모른다.

언어를 겹쳐서 말할 때 그 급박한 음악이 독자의 마음을 어떤 흥분 상태로 이끈다는 것은 충분히 생각할 수 있으나, 작자의 숙련도가 부족하면 시의 감동을 표면적인 것이 되게 할 우려도 있다.

다음은 정현종의 '고통의 축제II'인데, 후렴구의 진폭이 긴 것으로 볼 수 있다.

> 눈 깜박이는 별빛이여
> 사수좌(射手座)인 이 담배 불빛의 화창(和唱)을 보아라
> 구호의 어둠 속
> 길이 우리 암호의 가락!
> 하늘은 새들에게 내어 주고
> 나는 아래로 아래로 날아오른다
>   쾌락은 육체를 묶고
>   고통은 영혼을 묶는도다
>
> 시간의 뿌리를 뽑으려다
> 제가 뿌리 뽑히는 아름 슬픈 우리들
> 술은 우리의 정신의
> 화려한 형용사
> 눈동자마다 깊이
> 망향가 고여 있다
>   쾌락은 육체를 묶고
>   고통은 영혼을 묶는도다.
> ......

이 시 뒤에 '후렴 2행은 우나무노(Unamuno)의 *The Tragic Sense of Life*에 있는 말'이란 주가 달려 있다.

정현종은 시작 노트에서 다음과 같이 말하고 있다.

"내가 글을 쓰기 시작하자마자 마비되었다가 지금 막 깨어나는 것 같은 느

껌을, 오늘날 소위 의식적이라고 하는 행위 뒤에 집요하게 달라붙는 그런 느낌을 털어 버릴 수가 없다.”

이 시에서 후렴구는 숨겨져 있는 주제와 같이 작품 밑바닥에 흐르면서 이 작품의 고양에 중요한 효과를 지니고 있다. 후렴구를 사용함으로써 일종의 음악적 질서가 부여되고, 그 때문에 작품의 농도가 더해지는 좋은 보기로 생각된다.

후렴구를 사용할 때 주의해야 할 점은 시가 너무 정돈된 감을 주기 쉽다는 점이다.

예를 들어 소네트(14행시) 형식에 의해 시가 서정의 비상한 결정미(結晶美)를 보여 주는 반면, 자칫하면 형식에 매여 틀에 박힌 생기 없는 감상으로 끝나 버리듯이, 후렴구에 의한 음의 통제가 자칫 발랄한 시정을 졸아들게 하는 역효과를 낼 수도 있다.

후렴구는 아주 주의 깊게 써야 하며, 체제를 위한 사용은 금해야 한다.

5) 시와 오노마토페

오노마토페(onomatopoeia)란 의성어를 말한다. 뜻보다도 오히려 소리 쪽에 중점을 두어 어떤 상태를 연상시키려 할 때 사용되는 말이다.

예를 들어 ‘땡땡땡’이라든가 ‘꽝’ 하는 식의 표현을 말하는 것이지만, 시는 현상의 흉내나 녹음은 아니기 때문에 의성어라 하더라도 텔레비전이나 라디오의 의성어처럼 너무 지나치게 정확한 묘사로써는 그 시가 성공할 수 없다.

청각에 호소하는 요소가 많지 않은 시에서는 의성어가 사용될 확률은 적지만, ‘생각하는 시’라 이르는 것이 많아진 오늘날에는 더구나 이러한 용법이 자취를 감춘 듯한 느낌을 준다.

그러나 엄격히 말해서 표면적인 리듬은 어쨌든지 간에 시의 특질은 ‘노래’에 있기 마련이기 때문에, 시인의 감동은 의성어에 의해 독자에게 보다 직접적으로 전해지는 경우도 당연히 예상할 수 있다.

다른 보기를 제쳐 두고 우리나라 신체시인 ‘해(海)에게서 소년에게’는 전 6연 모두 그 첫 구절은 ‘처……ㄹ 썩, 처……ㄹ 썩, 쏴……아.’라는 말로 되어 있다. 이는 바다 물결의 의성어인 동시에 밀려오는 서구 문명의 물결을 나타내고 있다.

다음은 박남수의 ‘종달새’이다.

　　보리밭에 서렸던
　　아지랑이 영신(靈神)들이 지금은
　　하늘에서 얼굴만 내어 밀고
　　군종(群鐘)이 울리는 음악의 잔치가 되어
　　고운 갈매의 하늘을
　　　　포롱
　　　포롱
　　포롱
　　날고 있다.
　　흐르고 있다.
　　포롱
　　　포롱
　　　　포롱
　　시냇물 위에 날리는 잔바람에
　　하늘이 떨어져
　　파안(破顔)의 즐거운 파문(波紋).

　이 시는 청각적이라기보다 시간적인 면이 더 강하다. 원문은 세로쓰기로 되어 있는데, 앞의 “포롱 포롱 포롱”은 종달새가 하늘로 날아 올라가는 모양을 잘 나타내고 있고, 뒤의 것은 다시 지면에 앉는 동작을 잘 그려내고 있다. 그리고 이 “포롱 포롱 포롱”에는 의성어의 효과가 있다.
　한하운의 ‘보리피리’에는 알기 쉬운 의성어가 사용되고 있다.

　　보리피리 불며
　　봄 언덕
　　고향 그리워
　　피르 닐니리.

보리피리 불며
꽃 청산
어릴 때 그리워
피ㄹ 닐니리.
……

현대시에서는 이런 단조로운 의성어 사용을 기피하고 있다.
다음은 외국 시인의 '20억 광년의 고독'이라는 시의 일부이다.

인류는 작은 공 위에서
자고 일어나고 그리고 일하고
때때로 화성의 친구를 그리워하기도 한다

화성인은 작은 공 위에서
무엇을 하고 있는지 나는 모른다.
(또는 네리리레 키루루레 하라라 하고 있는가)
그러나 때로 지구의 벗을 그리워하기도 한다
그것은 분명한 사실이다

만유인력이란
끌어당기는 고독의 힘이다.
……

"네리리레 키루루레 하라라"는 화성인의 이름 같기도 하고, 그 언어 같기
도 하며, 금속적인 사고의 무늬 같기도 하다. 아무튼 흥미 깊은 오노마토페
라 할 수 있다. 다음은 박남수의 '신의 쓰레기' 중 한 대목이다.

천상의 갈매에서
부어내리는
순금의 볕은

다시 하늘로 회수하지 않는
신의 쓰레기

아침이면
비둘기가 하늘에
구
구
구
굴리면서
기억의 모이를
쫓고 있다.
다사한 신의 몸김을
몸에 녹히면서.
……

이 시에서 비둘기의 소리인 "구구구" 소리를 연발하다가 "굴리면서" 하는
시각적으로 끌고 가는 솜씨가 아주 뛰어나다.
이런 예상치 못한 효과를 얻는 데 오노마토페의 장점이 있다.

6) 시의 상징의 역할

시에서 상징을 제거한다면 시는 성립될 수 없다고까지 극단적으로 말할
수 있다.
왜냐하면, 우선 시는 언어의 상징 기능에 의해 이루어지기 때문이다.
둘째로 자연은 상징의 총화이기 마련이어서 자연에 속한 사물의 상태를
표현한다면 많든 적든 거기에 마음의 상징적 상태가 나타나기 때문이다.
예를 들어, 해거름의 풍경을 표현한다면 그것은 그대로 마음속의 해거름
을 표현하고 있는 셈이다. 시인은 슬플 때 슬프다는 사실을 쓰지 않아도 된
다. 슬프다고 말하는 대신 검은 꽃을 노래한다면 그것은 슬픔의 표현이 된다.

아아, 그렇게 흔들지 말아 다오

여기저기 느슨하여 부서질까 두렵다
옛날에는 울퉁불퉁한 언덕길을
신나게 굴러 떨어진 일도 있었으나
이제는 이런 해거름의 캄캄한 광 한 구석에
숯가마니에 기대어 겨우 서 있다
옛날에는 붉은 포도주가 넘실넘실 차 있어
통통한 손목으로 아가씨들이
내 주둥이를 틀기 위해 계속 왔었다
이제는──
아아, 그렇게 흔들지 말아 다오
그러지 않아도
여기저기 틈새에서
쩔쩔한 물이 흘러나오고 있다.

소재가 된 것은 통이다. 그러나 노래되고 있는 것은 늙음이다. 어느 노년의 쓸쓸함을 통을 빌어 의인법으로 호소하고 있다.

상징이란 말을 넓게 잡는다면 이것도 상징이다. 그러나 상징이란 말의 참 뜻은 백조라면 백조 그것 자체를 가리키고 있으면서, 어떤 마음의 상태를 나타내고 있어야만 상징으로 받아들일 수 있다. 상징주의의 시란 그런 것이다.

통이라면 통 그 자체가 무엇을 상징하는 것이어야 하게 마련이지만, 통이 말을 한다는 차원이 되면 그것은 이미 상징적인 효과가 아니라 알레고리의 효과이다.

그 입김은 썩은 냄새가 난다
입에서 확 뿜어 나온다

그 등어리는 젖어 무덤 구덩이처럼 끈적끈적하다
허무를 느낄 정도로 역겹다
오오, 우수(憂愁)여

그 몸뚱이는 흙부대처럼
묵직하다. 딴딴하다
음침한 탄력
슬픈 고무

그 마음은 들떠 있다
평범하다

곰보딱지
커다란 음낭(陰囊)

코 끝이 파랗게 질릴 정도로 건방진 녀석들의 무리에 밀려 언제나
나는 반대 모서리를 생각하고 있었다

녀석들이 구름처럼 떼 지어 횡행하고
들끓는 거리가 내게는
낡아 빠진 필름으로 보는
알래스카처럼 쓸쓸하였다.

'물개'란 시의 첫 부분이다. 물개를 속물근성의 대중으로 보고 있다.

이런 시를 대할 때 생각해야 할 점은 상징과 비유와 알레고리가 어느 면에서 다른가 하는 점이다.

이 시에서 물개는 속물인 대중의 상징인 동시에 비유이며 그리고 알레고리로 사용되고 있음이 분명하다.

그러나 물개 그 자체를 제시함으로써 자기 마음의 상태를 나타내는 상징주의의 방법을 벗어난 관점에서 시를 쓴 것이다. 즉, 물개와 같은 사람들을 비판하고 있는 것으로서, 상징의 자리에 자족하고 있는 것은 아니다.

그런 의미에서 오히려 다음과 같은 시가 참된 의미에서 상징적인 효과를 올리고 있다.

아아, 갑자기 어두워졌다
어두움 속에 쑥 나타나는 검은 그림자
굴뚝마다 기분 탓인지 윙 하고 소리 내고 있는 듯하다
강 건너편에 누구인지 우리 쪽을 보고 있다

길을 잃었는가 저 사람
어때. 좀더 주울까?
이제 그만 하자

추워.

　석탄 덩어리를 줍고 있는 아이들의 풍경을 나타내고 있을 뿐이지만, 그것
을 제시함으로써 마음의 상태가 드러나고 있다. 이 시는 상징주의의 방법을
사회적 소재에 응용하고 있다.

7) 현대시와 은유

　학생들이 쓴 작문을 보면 저학년일수록 '그리고'라는 접속사가 자주 쓰인
다. 논리의 단절을 이어 줄 사고가 결여되어 있기 때문에 '그리고'가 자주
등장하는 것이다.

　그러다가 조금 고학년이 되면 이번에는 '―와 같이'라는 말이 많이 나타난
다. '―인 듯이' '―보다도'라는 말도 찾아볼 수 있다. 그것은 자기의 의견
을 명료하게 하기 위한 방법이다.

　이와 같이 어떤 특정한 것과 비교함으로써 표현하려 하는 내용을 수식하
고 한정하는 일이 일상 회화에서도 자주 나타난다.

　그냥 '집념이 강한 사나이'라 하지 않고 '뱀과 같이 집념이 강한 사나이'라
고 하면 뱀의 성질과 형상이 가미되어 그 사나이의 동작과 눈매까지 상상된
다.

　비유의 작용을 일으키는 '―와 같이', '―처럼', '―보다', '―듯이' 등의
말을 가리켜 직유(simile)라 한다.

　'천사와 같은 그 소녀'라고 하면 직유다. 그러나 '그 소녀는 천사'라고 하

면 의미 내용은 비슷하지만 약간 깊이가 더해진다. 이것은 은유(metaphor)
다. 직유에서는 '천사'라는 말이 '소녀'를 수식하는 기능만 수행하고 있지만,
뒤의 '그 소녀는 천사'에서는 '천사'라는 말이 '소녀'라는 말에 질적인 변화를
일으켜 주고 있다. 즉, 언어를 추상화하고 있는 것이다.

직유는 평범하게 사용하면 수식이라는 산문적인 효과밖에 얻지 못하고,
해설적인 표현이 되기 쉽다.

그렇다고 해서 그것을 부정하는 것은 더욱 안 될 일이다. 일상생활에서 직
유를 사용하여 상호간의 정서를 교환하고 있는 이상, 시적 표현으로서도 충
분히 활용될 수 있다.

현대시에서 외부의 묘사보다도 우리 마음의 상태를 더 존중하는 한, 내부
와 외부를 직접적·극적으로 결부시킴으로써 마음속 깊숙한 곳을 추출해 보
일 수 있는 은유 또한 중요한 용법 가운데 하나이다.

한편, 이것의 남용에 의한 폐해가 발생하고 있다. 시인의 정신적 긴장이
부족할 때 내부의 빈약함을 숨기기 위한 무기가 되기도 한다. 시에서 노래하
려 하는 시인의 혼이 빈약하면 제3의 생명, 곧 종합된 생명은 생겨나지 않고
그 은유는 생명 없는 것, 기교만 눈에 띄는 조작이 되고 만다.

은유에는 이러한 함정이 있다.

자주 대하게 되는 일이지만, 결합된 두 언어가 서로 그 의미를 소멸시켜
거의 무의식에 가까운 은유를 이루고 있는 시가 있다. 그러한 작품은 난해하
다기보다 난삽하여 무슨 뜻인지 이해할 수 없게 된다. 이런 현상은 시인의
정신이 게으른 데서 유래하는 것이다.

마음속 깊숙한 곳에서 언어를 연마하고, 당연히 맺어질 두 언어가 태어나
기를 참고 기다리는 것, 다시 말해서 감동의 지속이야말로 시인이 거쳐야 할
수련이다.

억지로 생각해 낸 이미지나 무의식적으로 생겨지는 거품과 같은 현상에
몸을 맡겨서는 안 된다.

8) 알레고리의 효과

알레고리는 거꾸로의 세계이다. 돌이 물에 흐르고 나뭇잎이 가라앉는다는
식으로 상식을 거스르는 것 또한 진리가 되는 세계이다.

그것은 뒤바뀐 현실이다. 예를 들어, 인간과 돼지의 위치가 바뀌어 돼지가 인간의 말을 하는 것이다.

'저 사람은 돼지다.' 라는 식으로 말하면 비유적 표현으로서 가치의 평면적인 단계이지만, 돼지가 인간적으로 행위하는 표현의 세계, 바꾸어 말해서 알레고리의 세계는 비유의 입체 사진화라 할 수 있다.

알레고리는 동화에 즐겨 사용된다. 왜냐하면, 어린이는 꿈과 현실을 아직 분명하게 구별하지 못하기 때문이다. 어린이는 나무나 돌이나 인형하고도 말을 할 수 있다고 생각하며, 동물도 인간의 언어를 이해하고 또 말을 할 수 있다고 믿는다.

어린이에게는 공상이 없는 세계처럼 비현실적인 세계는 없다. 알레고리라고 하는 것은 요컨대 공상의 세계로부터 현실을 교훈적으로 고쳐 보는 일이다.

「걸리버 여행기」 속에는 거인국과 소인국이 나오는데, 이러한 있을 수 없는 현실, 공상의 현실에 의해 인간 세계가 보다 사실적으로 묘사된다.

다음은 케스트너의 '열차의 비유'의 한 부분이다.

우리는 모두 같은 열차에 앉아
시대를 여행하고 있다
우리는 밖을 본다 우리는 싫증을 느낀다
우리는 모두 같은 열차를 타고 있다
어디까지 가는지 아무도 모른다

옆 사람은 자고 있다 벌써 잠꼬대를 한다
뒤의 한 사람은 열심히 지껄이고 있다
역 이름이 방송된다
세월을 달리는 열차는
아무리 시간이 흘러도 목적지에 도착하지 못한다

우리는 가방을 열었다 닫았다 하며
약간은 초조해 하고 있다

내일은 어디 가는 것일까?
차장은 창문으로 들여다보며
싱글싱글 웃을 뿐이다.

이 시는 삶을 열차 여행에 비유하고 있다. 때문에 "세월을 달리는 열차는 아무리 시간이 흘러도 목적지에 도착하지 못한다."라고 쓰여 있다.

케스트너는 "인간은 환경에 의해서는 변화하는 것이 아니다."라는 철학을 가지고 있다. 전쟁이나 파업이나 혁명과 같은 일이 생기는 것은 그의 표현을 빌린다면 모두 같은 열차에 앉아 있지만 대부분은 틀린 사실에 걸터앉아 있기 때문인 것이다. 틀리지 않고 자기 자리에 앉아 있으면 트러블은 생기지 않는다고 보는 것이다.

다음은 생텍쥐페리의 동화 「어린왕자」의 한 대목이다.

어린왕자는 사막을 가로질렀으나 만난 것이라고는 꽃 하나밖에 없었다. 꽃잎이 셋 달린 아주 소박한 꽃이었다.

"안녕."

어린왕자가 인사하자 꽃도 마주 인사했다.

"안녕."

"사람들은 어디 있니?" 어린왕자는 공손히 물었다.

이 꽃은 어느 날 대상(隊商)들이 지나가는 것을 본 일이 있었다.

"사람들? 예닐곱 명 있기는 있나 봐. 몇 해 전엔가 그 사람들을 본 일이 있어. 그렇지만 어딜 가야 만나 볼 수 있을지는 도무지 알 수가 없어. 바람따라 돌아다니니까. 사람들은 뿌리가 없어. 그래서 많은 불편을 느끼는 거야."

"잘 있어." 어린왕자가 말했다.

"잘 가." 꽃이 대답했다.

사하라 사막에 어느 날 불시착한 파일럿이 이상한 어린이와 만나게 되었다. 이 세상의 어른들이 잊고 만 참다운 것 밖에는 모르는 어린이……, 그것은 별나라의 어린왕자였다.

생텍쥐페리는 어른들의 세계에 이 이상한 어린이를 대치시켜 삶의 의미를 생각해 보려 하고 있는 것이다.

알레고리는 공상을 위한 공상이 아니다. 공상의 현실로부터 출발하여 현실의 핵심에 다가가려 하는 것이다.

위에 인용한, 사람이 예닐곱 명밖에는 없다고 생각하는 꽃에 대하여 우물 안의 개구리와 같은 것을 의미한다고 생각해도 좋고, 좀더 깊은 의미…… 사람의 고독을 이 꽃이 말하고 있다고 생각할 수도 있는 것이다.

"바람따라 돌아다니니까. 사람들은 뿌리가 없어. 그래서 많은 불편을 느끼는 거야."라는 말 속에서 사람의 한없는 쓸쓸함의 상징을 읽을 수도 있을 것이다.

알레고리가 알레고리로 성립되는 것은 현실이 바뀌어지고, 바뀌어진 현실이 교훈적인 의미를 지니기 때문이다. 이 교훈적인 의미가 비판적인 색채를 짙게 띠면 풍자하는 힘이 된다.

9) 풍자시와 비판 정신

'저 녀석은 바보다. 글을 읽지 못한다.'고 하는 대신 '책을 거꾸로 읽는다.'는 투로 비꼬아서 말하는 것이 풍자이다. 그러나 풍자라고 하는 것이 개인적인 문제를 공격하는 것이 아니라 사회 제도와 같은 문제를 비꼬는 경우가 많기 때문에 정치적인 의미를 지니게 된다.

예를 들어, 고골리의 희곡 「검찰관」은 플레이보이 기질의 청년을 검찰관으로 잘못 알고 한바탕 소동을 벌이는 이야기인데, 여기에 러시아 관료 제도의 부패가 폭로되어 있다.

생각해 보면 우리가 살고 있는 사회는 자신이 만들어 낸 문명의 노예가 되고 있는 경우도 있다. 또한 생산이 사회의 총수요를 초과하게 되면 이른바 공황이 생겨 유통 기구가 마비되고 혼란이 생기게 된다. 인간이 만들어 낸 상품이 거꾸로 인간을 다스리는 일도 생겨나게 된다.

채플린이 제작한 영화 '모던 타임스'는 문명이 인간에게 행복만을 주는 것은 아니라는 사실을 말해 주고 있다.

그는 또한 '살인광 시대'에서 미국 사회와 전쟁을 풍자하고 있다. 서너 명의 살인은 범죄의 낙인이 찍히고 사형에 처해지지만, 계획적인 대량 살인은 국민적 영웅의 행위로서 칭찬을 받는다는 사실의 모순을 지적하고 있다.

정면에서 공격을 받기보다는 옆에서 비웃음을 당하는 편이 더 괴롭다. 채플린은 자기를 웃음의 도구로 삼는 것으로써 현대 사회의 비인간적인 기구를 비웃고 있다.

풍자시도 본질적으로는 채플린 영화와 다를 바가 없다. 그것은 사회적 또는 정치적 비판의 형태를 바꾼 표현이다.

뛰어난 풍자시로서 마야코프스키의 '회의에 빠져 있는 사람들'을 예로 들 수 있다.

화가 나서 나는
회의 장소에
눈사태처럼 뛰어들어 간다
도중에 야수처럼 저주의 소리를 내뱉으며
보니까
반수(半獸)의 사람들이 앉아 있다.

오오 악마여!
다른 반수는 어디 있나?
"잘렸다!
살해되었다!"
나는 소리지르며 뛰어다닌다
가공스러운 광경 때문에 이성은 달아나고 말았다
그러자 들려오는 것은
비서의 지극히 냉정한 소리
"그들은 단번에 두 군데 회의에 참석하고 있습니다
하루에
스무 번의 회의에
우리는 참석하지 않으면 안 됩니다.
원하지 않더라도 찢기지 않으면 안 되는 거요!

　　허리띠 있는 곳까지를 여기에
　　그리고 나머지를
　　저기에."

　이것은 관료주의에 대한 비판이다. 풍자시에는 이와 같이 관료주의를 비판한 것이 많다.
　풍자는 어떠한 사회체제에서도 그 제도의 근본을 뒤흔들어 놓을 수가 있다.

제3부

7. 영국의 시

황무지 —— 엘리엇[1]

　　사월은 가장 잔인한 달
　　라일락꽃을 죽은 땅에서 피우며
　　추억에다 욕망을 뒤섞고
　　봄비로 활기 없는 뿌리를 일깨운다
　　겨울은 오히려 따뜻했다
　　대지를 망각의 눈으로 덮고
　　마른 구근(球根)으로 짧은 생명을 길러 주었다
　　슈타른버거 호 너머로
　　소나기와 함께 갑자기 여름이 왔다
　　우리는 주랑(柱廊)에 머물렀다가
　　햇빛이 나자 호프가르텐 공원으로 가서
　　커피를 마시며 한 시간이나 이야기했다.
　　"나는 러시아인이 아니고
　　리투아니아 출신인 순수한 독일인이요

---

1) 엘리엇(Thomas Stearns Eliot, 1888~1965) : 영국의 시인이자 비평가. 미국의 세인트루이스에서 태어나 하버드 대학에서 공부하였고, 후에 소르본 대학과 옥스퍼드 대학에서 문학, 철학, 심리학, 산스크리트어를 배웠다. 「에고이스트」지 부주필을 거쳐서 뒤이어 「크라이티어리언」지 주필이 되었다. 1922년 '황무지'를 발표, 작품으로 시집 「프루프록과 그 외 관찰물」 「아라 보스 프리오」, 시에 '바위'·'성당의 살인'·'가족의 재회'·'칵테일 파티'·장시 '네 개의 사중주', 비평집 「성스러운 숲」 등이 있다.

어릴 적 내가 사촌 대공(大公) 집에 머물러 있을 때 대공이
나를 썰매에 태워 줬었는데
나는 겁이 났어요. 마리, 사촌이 소리쳤죠
마리, 꼭 붙들어. 그리고 미끄러져 내려갔어요
그 산에선 자유로운 느낌이 들어요
나는 밤엔 대개 책을 읽고, 겨울엔 남쪽으로 가요”

이 엉키는 뿌리는 무엇이며
이 자갈더미에서 무슨 가지가 자라나는가?
사람의 아들아, 너는 아무 말도 할 수 없다
아무 추측도 할 수 없다
왜냐하면 너는 다만
부서진 우상더미만 알기 때문이다
거기엔 해가 내려 쪼이고
죽은 나무에는 피할 곳도 없고
귀뚜라미는 아무런 위안도 주지 못한다
메마른 돌엔 물소리도 없다. 다만
이 붉은 바위 밑에 그늘이 있을 뿐이다
(이 붉은 바위 그늘 밑으로 들어오라)
그렇게 하면 아침에 너의 등 뒤에 성큼성큼 걸어오는
네 그림자나, 저녁때 너를 마중 나오는 네 그림자와는 다른
그 어떤 무엇을 보여 주리라
한 줌의 재 속에서 공포를 보여 주리라.

제1차 세계대전 뒤의 황폐상

T. S. 엘리엇의 장시 ‘황무지’는 제1차 세계대전 뒤의 서구 세계의 황폐
상을 서구인 자신의 내부적인 정신적 황폐에 의해 조명하려 하는 강렬한
이미지로써 구성되어 있다.

T.S. 엘리엇은 길거리에서 벗을 만났을 때 “작년에 자네의 밭에 자네가
심은 그 시체에서 싹이 트기 시작했는가? 금년에는 꽃이 필 수 있나?” 하

고 이 '황무지'에서 질문하고 있다.

그러나 죽은 시체에서 어떠한 문명의 싹이 트기 시작하고 어떤 꽃이 필수 있는가 하는 것은 간단한 문제가 아니라고 그는 주장하고 있는 듯하다. 그는 서구 문명의 지난 전통을 지켜보고, 절망하면서 나누는 인간의 대화, 유희(遊戱), 비즈니스, 전설과 미신을 주의 깊게 관찰해야만 한다고 하는 것이다.

엘리엇은 영국에 귀화한 미국 태생 시인이다. 20세기 영국의 최대 시인이며, 그 사상적 입장은 보수적 가톨리시즘인 것으로 알려져 있다.

'황무지'는 1922년 발표되었다. 제1장 죽은 자의 매장, 제2장 체스 놀이, 제3장 불의 설교, 제4장 익사(溺死), 제5장 천둥신의 말 등으로 되어 있는 433행의 장시로서, 서구 토착의 풍습과 전설 및 생활을 터득하고 있지 못하면 이해하기가 어렵다.

그러나 첫머리의 "사월은 가장 잔인한 달"에서 시작되는 선명한 이미지, "사람의 아들아, 너는 아무 말도 할 수 없다"로 시작되는 폐허 속의 인간 내부 세계의 이미지, 뒤따라 다니는 죽음의 그림자의 이미지 등은 누구나 느낄 수 있다.

또한 엘리엇이 제1차 세계대전 뒤의 서구 세계의 황폐를 영탄(詠嘆)에 의해서도 아니요 비탄에 의해서도 아니며, 인간의 내부 세계를 통과한 폭력적인 암흑의 메커니즘으로 고쳐 체험하려고 하는 것을 이해할 수 있게 된다.

그런 의미에서 '황무지'는 엘리엇의 대표작일 뿐 아니라, 문명이나 인간의 존재 및 인간 사회까지도 비판할 수 있는 기능을 지니게 마련이라는 자각에 눈뜨기 시작했다는 평을 듣고 있다.

의의 있는 삶과 무의미한 삶의 대조

여기 인용한 30여 행의 시구는 4백 수십 행에 이르는 장시 '황무지'의 첫머리를 장식함과 동시에 첫 줄부터 이미 독자를 황무지의 풍경 속으로 이끌고 있다.

"사월은 가장 잔인한 달"이라는 표현은 아주 역설적인 표현이지만, 이것은 단순한 역설(逆說)이 아니라 '황무지' 전체의 주제 가운데 하나를 이미 여기에 분명하게 제시하고 있다.

엘리엇은 사월이야말로 잔인한 달로서, "겨울은 오히려 따뜻했다."라고 노래하고 있다.

이것은 우리의 통상적인 생각과는 정반대의 사상을 나타내고 있다. 이러한 표현의 밑바닥에 흐르고 있는 주제는 무엇인가. 황무지인 현대에는 참으로 눈뜬다는 것이 얼마나 어려운가 하는 점이다.

황무지의 사람들의 삶은 실은 죽음인 것이며, 더구나 그들은 그 가사 상태에서 잠들어 있는 데 대해 한없는 매력을 느끼고 있다.

때문에 만물이 눈뜨는 봄은 '가장 잔인한' 것이며, 망각과 잠 속에서 모든 것을 감싸 준 겨울은 오히려 따뜻한 것이다.

엘리엇에게는 종교상으로 눈뜨는 것이 중대한 문제인데 이 시의 처음 일곱 줄은 그것을 극적으로 나타내고 있다 할 것이다.

장시 '황무지'는 이러한 역설적 표현의 배후에 감추어져 있는 인간의 삶의 방법에 대한 절망적으로 날카로운 성찰에서 출발되고 있다.

시의 화자(話者)는 이러한 성찰에서 거슬러 올라가 옛날 독일의 행락지 슈타른버거 호에서 만난 마리라는 소녀와의 추억 속으로 들어간다.

소나기와 함께 갑자기 여름이 왔는데……

그러나 '소나기'는 지금 화자가 있는 황무지에는 없는 것이라는 사실에 주의해야 한다. 소나기나 봄비 등은 무의미한 가사 상태의 황무지에는 존재하지 않는 '추억' 속의 것이다.

화자가 회상하고 있는 마리와의 대화의 부분은 얼핏 보기에 무의미한 대화처럼 느껴지지만, 현재 황무지의 말라빠진 불모심(不毛心)과 비교한다면 유년 시대 특유의 어떤 종류의 풍요로움을 지니고 있다고 볼 수 있다.

그러나 그러한 회상도 바로 현실적인 황무지의 풍경 앞에서 사라져 버리고 만다.

화자는 환상에서 현실로 돌아와 "이 엉키는 뿌리는 무엇인가"라고 스스로 묻는다.

시야에 보이는 것은 태양빛을 받으며 숨을 곳도 없는 황폐한 토지, 황폐의 상징처럼 뒹굴고 있는 붉은 바위뿐이다. 쨍쨍 내리쬐는 해를 피하기 위해서는 이 바위 아래 숨을 수밖에 없다.

그런데 바위 그늘에 들어가면 무엇이 있는가. 시인은 냉혹하게 말한다. "한 움큼 뼈를 태운 재로 죽음의 공포를 보여 주리라."

황무지에서는 삶이 곧 죽음이다. 바꾸어 말해서 모든 것이 무의미한 삶이다. 그리고 엘리엇에게 이 황무지는 종교적인 뒷받침을 상실한 현대 일반의 상황이며, 또한 제1차세계대전 뒤의 황무지에 의해 상징한 것이다. 그와 아울러 첫머리의 역설적 표현 방법에서도 찾아볼 수 있는 바와 같이 이 황폐로부터 구원받을 길을 계속해서 모색하고 있다.

따라서 하찮은 것 같은 말들, 예를 들자면 "사람의 아들아"나 "귀뚜라미 소리를 듣는 위안" 따위의 말도 실은 그 배경을 이루고 있는 것이 성서이다. 이렇듯 매우 신중하게 언어가 선택되어 있다.

어느 독재자의 묘비명 ——오든[2]

그야 어떤 종류의 완전함이라면 그 녀석 역시 구했었고, 거기에 그 녀석이 발명한 시 따위는 아주 이해하기 쉬워서 인간의 바보스러움에 대해서는 손바닥을 보듯 알고 있었고 육군과 해군에 대해서는 큰 관심을 가지고 있었다

그 녀석이 웃으면 근엄한 원로들도 함께 웃었고

그 녀석이 울면 어린 꼬마들이 길에서 죽었다.

---

2) 오든(Wystan Hugh Auden, 1907~1973) : 영국 태생의 미국 시인. 루이스·스펜더와 더불어 옥스퍼드 대학에서 배웠고, 「뉴시그네츄어즈」 「뉴칸트리」 등의 앤솔러지에 근거를 두고, 같은 시대의 옥스퍼드 및 케임브리지 출신의 신진 시인을 결집하여, 30년대 새로운 시운동의 지도자 중 한 사람이 되었다. 제2차세계대전 직전에 미국에 귀화하였다. 시집으로 「연설자들」 「죽음의 무도」 「보라, 여행자여」 「다른 시대」 「새해의 편지」 「한동안」 「불안의 시대」 「단시집」, 시극으로 '상쇄(相殺)'·'가죽을 쓴 개'·'F6봉 등반' 등이 있다.

사회적 관심을 지닌 오든의 면모

제2차세계대전 무렵, 어느 신문기자가 독일의 독재자 히틀러를 접견한 영광에 감격한 나머지 그의 회견기에다 이렇게 썼다.

"히틀러의 손바닥은 따뜻하고 부드러워 여성과 같이 우아스러웠다!"

또한 나치 독일이나 파시즘 이탈리아에는 도둑도 없고 거지도 없는 지상천국이라고 노래한 진보 시인도 있었다.

오든이 이 시에서 꼬집고 있는 것은 바로 그와 같은 인간의 맹점이며, '독재자'는 언제나 그에 상당한 인간이라는 점이다.

당시 히틀러나 무솔리니와 같은 '독재자'는 서민에게는 영웅이었다. 그러나 오늘날에는 포악무도한 전쟁 도발자로 규탄되어서 서민들은 거들떠보지도 않는다.

그러나 '독재자'에 대한 이러한 사고방식에는 잘못된 점이 있다. 오든이 이 시를 쓴 이유 가운데 하나가 바로 그 점에 있다.

우선 '독재자'는 비범한 재능을 가지고 있다. 인간의 심리를 손바닥 보듯 알고 있다. 자상한 마음을 가지고 있기 때문에 "그 녀석이 울면 어린 꼬마들이 길에서 죽었다."라고 할 정도이다.

오든은 이 시에서 이렇게 강조하고 있다. 그러나 오든은 '독재자'에 대하여 서민들이 일반적으로 지니고 있는 생각과 이미지를 타파하고 이의를 제기하기 위하여 이 시를 쓴 것은 아니다.

현대에는 사회의 메커니즘이 확립되어 그 메커니즘이 인간의 마음을 눌러 버리려 한다. 그러한 시대에 사는 한 참되게 인간다운 마음을 지닌 인간은 이른바 '뛰어난 인간', '훌륭한 인물'로 행동하기 위해서는 자기 양심을 속여야만 가능하다. 참되게 인간다운 인간은 사회악에 대하여 초조감을 느끼는 일이 없기 때문이다.

오든은 이 시에서 이렇게 현대 사회를 비판하고 있다.

---

3) '뉴컨트리'는 로버츠 편집의 앤솔러지. 오든·루이스·스펜더·크리스토퍼·이셔우드·워너 등이 참여. 이들의 집단 결성에 정치적 의도가 포함되어 있는 것은 분명하며, 1927~28년에 엄습한 세계적 경제공황 때문에 젊은 작가들이 사회주의적인 사상을 받아 들였던 것으로 생각된다. 로버츠는 머리말에서 사회적 공산주의와 경제적 공산주의에 대해 말하고 있다. '뉴컨트리'란 것은 개인과 사회를 완전히 포괄한 집단 사회를 의미한다.

오든은 영국 시인으로서 뉴컨트리[3]파의 중심적 존재였다. 1936년에는 에스파냐 전쟁에 참가하여 바로 이 시와 같은 입장에서 프랑코 군대와 싸웠다. 유럽의 지식인들 대부분은 그때 오든과 마찬가지로 반프랑코 군대에 참가하여 싸운 것이다.

이 시는 오든의 대표작이라고 단정할 수 없으나, 1930년대에 가장 사회적 관심을 품고 급진화되어 가던 오든의 면모를 전하는 뛰어난 작품이다.

만일 풍자시라는 것을 시인한다면 이 작품과 같이 인간에 대한 인식에 바탕을 둔 것이 필수적인 조건이 되어야 할 것이다.

현존하는 독재자의 묘비명

'그 녀석이 발명한 시'를 군가든 선동적인 연설이든 어느 쪽으로 해석해도 좋다.

어쨌든 이 시는 철두철미하게 우의(寓意)에 의해 쓰여졌기 때문에 모든 행이 비꼬는 효과를 올리고 있다.

독재자는 무슨 일이나 다 할 수 있기 때문에 어쩌면 시도 지을 수 있을지 모른다. 정치가에게 시를 쓰는 재능이 없을 리 없다.

그러나 오든이 이 묘비명을 쓴 것은 좀더 권력의 자리에 가까운 지배자, 곧 권력 그 자체로 보아야 한다.

그것은 "그 녀석이 웃으면 근엄한 원로들도 함께 웃었고, 그 녀석이 울면 어린 꼬마들이 길에서 죽었다."라는 구절에 나타나 있다.

원로들이 아첨하기 위하여 억지로 웃는다는 것은 간단하게 이해되지만, 어린 꼬마들이 죽었다고 하는 말에는 약간의 비약이 있다.

우선 고집스러워서 어른들의 말을 듣지 않는 꼬마들을 생각해 볼 일이다. 울면서 투정을 부려 자기 고집을 관철하는 꼬마가 있으면 그 때문에 희생이 되는 꼬마가 많이 생겨난다.

아니면 이 독재자가 무슨 일이 있어도 전쟁을 해야 한다고 억지를 부렸기 때문에 많은 꼬마들로 하여금 고아가 되게 했고, 청년들은 전쟁터로 내몰렸다고 이해할 수도 있다.

아무튼 이 시는 마지막 줄 어린 꼬마들의 죽음에 슬픈 감정을 집중시키고 있다. 그 외의 것들, 독재자는 말할 것도 없고 육군·해군·원로 등 모든 것을 경멸하고 있다.

그리고 이 묘비명은 이미 죽은 독재자를 위한 묘비명일 뿐 아니라 현존하는 독재자의 묘비명으로서의 의미를 지니고 있다.

핵실험 또는 핵전쟁을 저지하는 일은 인간의 책임이지만 역사는 꼭 이성적 방향으로만 움직이지는 않는다.

제2차세계대전이 끝난 이후 큰 전쟁은 없었지만 전란은 우리나라를 비롯하여 베트남과 중동 등 각 지방에서 되풀이 되고 있다.

그것은 무엇을 의미하는가? 그 원인을 찾아가노라면 아무래도 거기에 독재적 성격을 지닌 독재자의 모습이 떠오르기 마련이다.

지옥의 환희 ——스펜더[4]

크나큰 맥박은 끝났다. 컵이 늪에 놓여졌다
나는 재에서 다시 살아났고
집들의 지붕이 소란스러운 길거리를 걸어갔다
불꽃의 혀를 구하고 있는 한 예언자

쓸쓰레한 구름 아래서 집이 꿇어앉는 것을 나는 보았다
그 앝은 기도 속에
내 기도가 스며 있음을 알았다
"오 하느님
내 이웃을 벌하는 죽음에서 이 밤에 나만은 면하게 해 주십시오!"
그리고 나는 하늘 높이 보았다
이 세상 유황불 지옥 따위는 염두에 두지 않고

---

4) 스펜더(Stephen Harold Spender, 1909~1995) : 영국의 시인이자 비평가. 옥스퍼드 대학 졸업. 오든·루이스와 더불어 30년대의 가장 유력한 시인 중 한 사람. 시집으로 「아홉 개의 실험」「20편의 시」「에스파냐로부터의 시」「고요한 중심」「폐허와 환상」「올리베리오 중위」, 비평집으로 「파괴적 요소」「자유주의로부터의 전진」「새로운 리얼리즘」「인생과 시인」 등이 있다.

온갖 과거의 죽은 자가 고요한 조수가 되어
별의 거품 사이를 흘러가고 있었다
그것은 이 거리 위, 벽돌과 육체의 벽
삶에서 죽음으로 길을 가는 정신이
덧없는 주택을 짓고 있는 이 거리 위를 가고 있었다

나는 모든 거리가 런던의 예언자들로 불타고 있음을 보았다
코벤트 가든의 성자, 바라멘트 힐 필즈
햄스테드, 하이드파크 코너, 성(聖) 존의 숲
그들은 열광하였고, 런던 사투리로 소리쳤다
"죽음은 삶의 한가운데 있다!" 그들은 꿇어앉았고
기도했다. 광산과 배와
제분소의 비참함을 제거해 주소서
상인의 탐욕과 성직자의 자만을 제거해 주소서
그들은 어린이들과 함께 기도하였고, 꽃을 보고 놀랐다
그리고 그들의 낮은 문을 열었고, 천사들에게 물었다
뾰족탑 수리원과 굴뚝 청소원처럼
매연으로 더러워진 굴뚝과 탑을 일찍이 올라갔던 자가 있는가

그리고 그들은 노래하였다. 우리는 지옥에서 온 영혼
위의 공기의 얼어붙은 평화 속에서 춤추고
밤의 들에 피는 별과도 친하지만, 그대에게 말하리라
'지옥 속에서 기뻐하여라!'고
왜냐하면 두개골 속은 텅 비었다. 세인트폴의
금빛 십자가 아래의 금빛 공처럼 비었기 때문이다
지기타리스꽃, 성당 종 속의
공허로움을 인정하지 않는 한
각자의 삶은 타인의 죽음을 먹이로 하지 않으면 안 된다
그리고 부끄러움도 모르고 드리는 기도는
이웃을 습격하는 재앙도

자기만은 피해 달라고 할 것이다.

절망으로써 절망적인 현실을 해독함

산다고 하는 것은 아무래도 타인이 처벌된다 하더라도 자기만은 면하고 싶다는 바람에 뿌리를 두고 있는 것이 아닌가 하는 의문은 서구의 근대사회에서의 인간과 인간의 관계에 대한 서구 문화인의 근본적인 반성 가운데 하나이다.

스펜더의 '지옥의 환희'의 동기는 역시 그 점에 있다고 할 수 있다. 스펜더는 오든과 마찬가지로 뉴컨트리파 시인이다.

1930년대 서구 지식인의 전형인 스펜더는 서구 근대정신의 본질적인 의문에 대하여 현대적으로 대결하려 하는 시를 많이 썼다.

시의 주제는 사회 불안·실업·빈곤·전쟁 등 여러 면에 걸쳐 있는데, 이 '지옥의 환희' 역시 그러한 주제로 이어지는 서구 문명 비평을 내면적으로 전개한 시이다.

이 시에는 삶에서 죽음으로 길을 가는 정신이 덧없는 주택을 짓고 있는 거리 위를 과거의 죽은 자가 흘러간다고 하는 이미지에서 찾아보게 되는 바와 같이 현대사회에 대한 절망감이 전편에 넘쳐흐르고 있다.

광산과 배와 제분소와 그러한 현대 사회의 한 사람을 차지하고 있는 비참함을 어떻게 제거할 수 있을까?

스펜더는 이 시에서 아무데서나 구원은 찾을 수 없다고 노래하고 있다. 그리고 종교와 종교적인 정신의 공허함을 말하며, 공허한 인간은 의연히 이웃을 습격하고 있는 재난에서 자기만은 피하게 해 달라고 말하고 있을 뿐이 아닌가하고 주장하며 현대 사회를 비판하고 있다.

절망으로써 절망적인 현실을 해독하려 하는 스펜더의 발상은 온 세계 시인에게 많은 영향을 끼쳤다.

환상화시키는 것의 문제

이 시는 종교에 의해서조차 이미 구원받을 수 없는 현대인의 고뇌와 절망을 노래한 것인데, 스펜더의 다분히 낭만적인 어법과 이미저리 때문에 시가 매우 감미로워진 느낌이 든다.

예를 들어, 도입부의 4행을 보면 폐허 뒤의 폐허(그것은 동시에 스펜더 자신의 정신적 폐허이기도 하다)에서 되살아나 걸어가고 있는 한 인간의 모습을 묘사하는데 "크나큰 맥박은 끝났다. 컵이 늪에 놓여졌다."라는 1행을 처음에 내놓아야 할 필연성은 별로 없지 않은가 생각된다.

이 시의 가장 중요한 부분은 "내 이웃을 벌하는 죽음에서 이 밤에 나만은 면하게 해 주십시오!"하고 신에게 기도하는 현대인의 이기주의를 지적하고 있는 점이다.

스펜더는 이러한 통찰을 중심으로 하여 한 편에서는 광산과 배와 제분소의 비참함에 항의하는 '예언자들', 다른 한편으로는 '이 세상의 유황불 지옥'에 정신 팔지 않고 고요히 별의 물거품 사이를 흘러가는 죽은 자를 대비시켜 그 쌍방에 저마다 공감을 나타내면서도 결국 이 세계에는 절대적인 구원이 없다고 말하고 있다. 더구나 그것을 '천사들'이 노래하고 있는 점에 그의 절망적인 입장이 분명하게 떠오른다.

이 시는 위에서 말한 바와 같은 그의 사상의 각 국면을 연을 따라 차츰 분명하게 하다가 결국에는 그것들을 절망적인 '지옥의 환희' 속에 던지고 있다.

제1연은 도입부로서 그는 '불꽃의 혀를 구하고 있는 한 예언자'라는 무척 낭만적인 모습으로 출발하고 있다.

그러나 제2연에서는 벌써 씁쓰레한 자기 성찰이 나타난다. "오, 하느님, 내 이웃을 벌하는 죽음에서……" 라고 얕은 기도를 중얼거리고 있는 자기 자신을 발견하게 된다.

이때 그의 마음에 떠오르는 것은 지상의 덧없는 주택을 멀리 떠나서 고요히 하늘을 흐르고 있는 죽은 자들의 순수한 초월성이다.

현실의 빈곤과 비참과는 전혀 무관한 죽은 자들의 거처가 시인의 마음을 끌어 당기고 있다.

그러나 눈을 돌리면 지상에는 빈곤과 비참으로 가득 차 있다. 그리고 런던의 각 지역에서는 제멋대로 개혁의 이상을 높이 주창하는 예언자들이 설치고 있다.

그러나 거기에도 구원은 없었다. 예언자들은 꿇어앉아 기도하고만 있을 뿐, 끝내 천사를 불러내지는 못한다.

그 천사들은 무엇이라 대답했던가. "우리는 지옥에서 온 영혼", "지옥 속에서 기뻐하여라."라고 노래한다. 이것은 낭만적인 천사관을 단번에 뒤집어 버리기에 족한 사상이다.

천사들은 종교가 헛되다고까지 말한다. 그것은 종교로써 종교 자신을 부정하는 사상이며, 그것에 의해 사람들의 절망적 입장을 백일하에 드러내 놓는다.

일체의 환상적인 자기만족과 자기사랑을 철저하게 환상으로 바꾸는 것과 거기에서만 첫걸음을 내디딜 수 있다는 것—스펜더가 말하고자 하는 바로 그러한 결의이다.

8. 미국의 시

일몰(日沒) ──커밍스[5]

찌르는
황금이 떼 지어 있는
은빛
뾰족탑 위에
     연도(煉禱)를 드리는
커다란 종이 장미와 함께 울고 있다.
음탕하게 살찐 종
     그리고 키 큰

바람
은 끌고 있다.
바다
를

몇 개의

꿈을
함께

인간의 내부 세계에 대한 절망감

시에는 두 가지 측면이 있다. 하나는 여느 문학과 마찬가지로 의미를 만들
어 내고 전달하는 일이다. 다른 하나는 언어를 조립함으로써 음률과 이미지

---

5) 커밍스(Edward Estlin Cummings, 1894~1962) : 미국의 시인. 매사추세츠주 케임브리지
   출생. 하버드 대학 졸업. 제1차 세계대전 때 야전 위생부대에 입대. 1920년 이후 파리
   에 거주하면서 회화와 문학을 공부하여, 파리 그룹의 한 사람으로서 전위적 문학잡지에
   시를 발표하였다. 1924년에 귀국. 시집「&」「튤립과 굴뚝」, 무제의 시집「W」등이 있다.

및 문자의 시각으로부터 받게 되는 효과 등을 모조리 최대한으로 발휘시키려 하는 언어예술로서의 기능이다.

우수한 시를 읽을 때 언제나 이 두 가지 측면이 종합되어 있음을 느끼게 된다.

그러나 제1차세계대전 후 유럽에서 일어난 모더니즘[6]의 시운동은 시의 언어예술로서의 기능을 확대하여 내걸고 온갖 실험을 시도하였다.

커밍스는 미국 시인이지만 1920년대에 파리에 거주하면서 모더니즘의 영향을 받은 시를 쓰기 시작하였다.

문장도 낱말로 나누어 보기도 하였고, 배열 방법을 바꾸어 시각의 효과를 내는 시도도 해보았다. 그는 미국 전후파 시인의 뛰어난 전형으로서 활동하였다.

'일몰'은 커밍스의 실험적인 특징과 서정적인 소질이 교묘하게 결부된 쉽고 뛰어난 작품이다.

이 시에서 사용되고 있는 도구는 '뾰족탑'과 '종'과 '장미' 그리고 '바다'이다.

즉, 바다 근처에 있는 교회의 뾰족탑, 그 마당의 장미꽃, 이 풍경의 이미지만으로 '일몰'을 묘사하고 있다.

눈에 보이지 않는 소리를 매개로 하여 '종'과 '장미'를 결부시키고, 눈에 보이지 않는 바람을 매개로 하여 '바다'를 끌어 왔을 때 커밍스는 이 시를 완성시킬 이미지의 결합을 이루었다고 할 수 있다.

더구나 번역에서는 효과를 올리지 못하고 있으나, 문자의 시각적 효과를 아주 교묘하게 사용하고 있다. 알파벳이 집합된 낱말은 음의 효과와 의미의 결부가 강하게 마련이다.

커밍스가 낱말을 나누거나 이외의 전치사를 머리에 갖다놓는 것은 이러한 앵글로 색슨어의 효과를 '소리와 시각'의 결합으로 바꾸려 하는 시도이다.

커밍스의 시의 밑바닥은 문명과 인간의 내부 세계에 대한 절망감이 있다고 평가되고 있다. 지나친 인간의 의식, 인간과 인간 사이의 심리적인 긴장, 문

---

6) 모더니즘은 달리 근대주의라고도 하는데, 가톨릭교회 안에서의 근대화 경향, 즉 가톨릭 신앙과 근대 과학의 조화를 꾀하는 것이다. 문학상으로는 일반적으로 자유와 평등의 사상을 뿌리로 하여 종래의 권위와 도덕에 반항하는 경향을 말하며, 더 나아가서 기계 문명이나 도피 생활의 감각을 중시하는 경향이다.

명이라는 병들이 소멸된다면 세계는 얼마나 밝아질 것인가 하는 꿈이 있다.

커밍스가 문자에 집착하고, 언어의 기능에 집착하여 출발한 것도, 고독한 생활을 바닷가 집에서 보내고 있는 것도 모두 의식의 구석에 먼지투성이가 된 채 부패해 가는 인간 내부세계의 찌꺼기를 혐오하고 있는 그의 자질 때문이다.

연상[7] 작용과 이미지의 구체화

교회의 은빛 뾰족탑 꼭대기에 해거름의 금빛이 반사되고 있다. 연도를 드려야 할 종이 울리고 있다.

이러한 정경과 종소리는 작자 커밍스가 현실적으로 수용하여 느끼고 있다. 그리고 이 사건만으로 독특한 연상 작용이 시작된다.

작자로서는 특별히 그때 보고 있던 종의 생김새가 아주 인상[8] 깊었던 듯하다.

> 음탕한 살찐 종
> 　　그리고 키가 큰

이 시구가 그것을 말해 주고 있다.

그 종의 모습을 보면서 작자는 곧 교회 마당에 피어 있는 장미꽃을 떠올린다. 어떤 하나의 사물을 보면서 그 모습과 비슷한 다른 사물을 떠올리는 일은 조금도 이상할 것이 없다.

커밍스가 교회의 종에서 장미꽃을 떠올린 것은 그 작용이다. 이럴 경우 만일 '장미꽃과 같은 종'이라는 표현을 쓴다면 거의 아무 이미지도 떠오르지 않는다.

그러나 "커다란 종이 장미와 함께 울고 있다"는 커밍스의 표현은 종의 울

---

7) 연상은 어느 것과 연관하여 다른 것을 생각해 내는 심적 작용이며, 관념 상호간의 결합이다.

8) 인상은 대상에 의해 비롯되고, 인간의 정신에 새겨지는 모든 효과를 말한다. 인상에는 저절로 외우겠다고 하는 특별한 목적도 없고, 흥미를 지니게 하여 깊은 감정을 불러일으키게 되는 경우도 있지만, 그와 반대로 의지적으로 인상을 만들어내 가는 경우도 있다.

림소리에 공명하며 떨고 있는 듯한, 교회 마당의 장미 꽃송이를 선명하게 떠오르게 하고 있다.

이러한 연상 작용과 이미지의 구체화의 강한 결부가 '일몰'을 지탱하고 있는 강한 시적 의미이다.

때문에 다음 연에서 바다로부터 해안 가까이에 있는 교회 뾰족탑에 불어오는 바람은 흰 선을 끌면서 마치 바다 빛에 반사되어 끌고 있는 듯하다는 이미지도 이러한 연상과 이미지의 구체화가 교묘하게 연관되어 있다고 할 수 있다.

제1연과 제2연을 연결하고 있는 것은 바람에 실려 작자가 있는 곳으로 울려오는 종소리이다. 커밍스는 종소리를 통하여 바람이 바다의 이미지를 끌고 있다는 것을 연상하고 있다.

그리고 제3연에 이르러 바다의 이미지로부터 어린 시절의 소박한 기억을 떠올린다. 그 바람이 아무래도 과거의 기억과 추억 모두를 하나하나 매면서 현재의 방향으로 불어오고 있는 것처럼 생각하는 것이다.

커밍스의 이 시는 거기까지 연상과 이미지를 끌고 가서 끝난다.

그러나 시가 끝난 뒤에도 마지막에 해거름 때의 뾰족탑을 바라보고 종소리를 들으면서 말없이 과거의 이미지를 듣보고 있는 작자 자신의 모습이 분명한 이미지로 떠오른다.

뒤에 남은 자 ──파운드[9]

오, 내 나라에 있는 소수의 무력한 자
오, 노예와 같이 붙잡힌 나머지 사람들이여!

---

9) 파운드(Ezra Loomis Pound, 1885~1972) : 미국의 시인이자 비평가. 아이다호주 출생. 펜실베이니아 대학 해밀턴 칼리지 졸업. 이미지즘 운동을 일으켜 「포이트리」「리틀 리뷰」「에고이스트」「다이얼」 등의 문학잡지에 관계하였고, 계속하여 전위적 문학의 선두에 섰다. 주요 저작으로는 시집으로 「페르소나이」「피사 시집」「시선집」, 평론집으로 「독서의 첫걸음」, 번역집으로 「차이나」 등이 있다.

고국에 부딪쳐 부서진 예술가들
길 잃고 마을에 묻혀 있으며
남의 의심을 받고 욕을 먹고

굶주린, 미의 애호가들이여
여러 가지 조직의 방해를 받으며
통제에 저항할 힘도 없다

성공으로 가는 길을 열심히 추구함으로써
자기를 감소시킬 수 없는 그대들
오직 발언할 수만 있을 뿐으로
단조로운 반복 속에 자기를 죽게 할 수 없는 그대들

여느 사람들보다는 뛰어난 감각을 지니고
거짓 지식에 부딪쳐 부서진 그대들
자신이 직감으로 알 수 있는 그대들은
미움받고, 감금되고, 남의 의심을 사고

자, 생각해 보렴
나는 폭풍에 단련되어 왔다
나는 자신의 귀양을 단련해 왔나니.

---

10) 이미지즘은 영국의 철학자 T.E. 흄(Thomas Ernest Hulme, 1883~1917)의 시론에 영향
을 받아 파운드 등이 주창한 자유시 운동. 미국의 시잡지 「포이트리」에 게재된 파운드
의 평론이 출발점이 되었다. 심상과 물상의 명확한 표현, 메트로놈의 부정, 제재의 자
유로운 취급, 구어와 자유시형 등을 주장하고 있다. 거기에는 흄의 고전주의를 기초로
하여 프랑스의 상징주의를 더욱 진보시킨 면이 있다. 이 운동은 1917년 무렵 중지되었
으나 그 영향은 막대하여, 제1차세계대전 뒤의 입체파와 쉬르레알리슴 문학도 이미지
즘과 관계없는 바가 아니다. 이미지스트로서는 영국의 R. 올딩턴, F.S. 프린트, D.H.
로렌스와 미국의 E.L. 파운드, H. 두리틀, A. 로웰, J.G. 플레처 등이 있다.

사상 소설보다 뛰어난 시의 내용

'휴 셀윈 모벌리'라는 파운드의 자전적인 작품은 '3년 동안 자기 시대와 박자를 맞추는 일이 없이 그는 시라고 하는 죽은 예술을 부활시키려고 열심히 활동했다. 낡은 의미로서의 '숭고성'을 보존시키려고'라는 시구로 시작되어 있다.

파운드는 고전주의적인 윤리를 근대주의에 대립시킴과 동시에 이미지즘[10] 운동의 중심이 되어, T.S. 엘리엇과 J.A. 조이스의 재능을 발견한 시인이며 강렬한 근대주의자이기도 하다. 그의 시는 신비로운 이미지와 더불어 논리적인 구성력을 갖추고 있다.

이 시는 '휴 셀윈 모벌리'와 마찬가지로 파운드가 자기의 내면적인 자전에 부쳐 현대 예술가, 특히 시인의 운명을 노래한 시이다.

강한 의미를 지닌 이 시는 짧으면서 장편 소설과도 맞먹는 사상적 내용을 가지고 호소하는 힘이 있다. 현대에는 이러한 작품, 즉 근원적인 인간의 내면을 노래한 시가 차츰 사라져 가고 있다.

파운드는 실로 그러한 근원적인 사상의 힘을 지닌 시인, 예술가가 "오로지 성공으로 가는 길만 추구하는" 기술만 발달한 현대인의 정신 속에서 걸어야만 하는 소수자로서의 운명, 사회의 기구에서 제외되어 가는 운명을 정면에서 주제로 삼고 있다.

이러한 소수자의 사상적인 힘은 사회에 부딪치고 고국에 부딪침으로써 단련되고 고독해지게 마련이지만, 언제나 현상을 타파하려 하는 태도를 지니고 있다.

대중에 편들고 있는 듯한 행동을 하면서 실제로는 대중을 부패시키는 힘밖에 지니지 못한 시인에 비한다면, 그 사고방식은 어둡고 고독하지만 생명을 지니고 다가오는 힘이 있다.

파운드는 이 시 속에서 그러한 예술가들의 힘을 찾아봄과 동시에 힘없는 것으로서의 비탄과 연민의 정을 지니고 있다.

이러한 예술가들의 운명을 묘사해 냄으로써, 그와는 거꾸로 현대의 사회와 국가 및 길들여진 국민이라는 것을 대상[11] 적으로 부각시켜 강하게 부정

---

11) 대상이란 주제·의식의 대(對)가 되는 것. 객관과 거의 같은 의미로 사용된다. 욕구·인식의 목적물이다. 보통으로 대상이라 하면 객관적인 존재를 가리킨다.

하고 있다. 이 시에는 이미지도 언어의 장식도 없고, 비유도 적으며, 직설적으로 해야 할 말을 해치우면서, 더구나 알맹이가 충실한 느낌을 주는 힘을 지니고 있다는 점에 주목하자.

현대에는 이러한 직유형 시인은 매우 적고, 무엇보다도 시의 내용에서 충분히 뛰어난 사상 소설과 필적할 만한 시인은 거의 없다.

파운드는 그러한 능력에 의하여 T. E. 흄과 더불어 현대 영미 시인의 원류에 자리하고 있는 중요한 시인이다.

대중 의식에서 이탈되어 가는 일면

형식에 관해 말한다면 5절까지의 제3자에 대한 부름이 6절에서 지금까지 부르고 있던 대상 그것 자신의 소리에 전조(轉調)하고 있는 점이다.

이러한 변화와 굴절을 줌으로써 이 시는 전체를 통일시키고 있음과 동시에 박해받는 자에 대한 단순한 동정이 아닌 것, 자기 자신의 정신의 소재를 강조하고 있다.

이 시를 읽으며 느끼는 바와 같이 이 시인은 성공으로 가는 길과 단조로운 반복 속에서 자기를 죽이는 일이 없게 하려 노력하고 있다. 그리고 거짓된 것을 철저하게 미워하고 있다.

그러나 그렇게 하는 것은 이른바 세상의 상식이라든가 세속과는 반대 입장에 서는 것이다.

그것은 사람에게 의심을 받고, 욕을 먹고, 미움을 받고, 감금되는 결과를 초래하게 될는지도 모른다. 더구나 그런 비통한 체험을 겪어야 하고, 때로는 자진하여 그 길을 선택하는데 소수자의 선택된 운명이 있게 마련이다.

'뒤에 남은 자'라고 하는 것은 여기에서 예술가를 의미하고 있는 바, 세계의 변혁 또는 혁신을 준비하는 자도 많든 적든 예술적 창조자에게 공통하는 성격과 운명을 띠게 마련이다.

그것은 선택된 자의 의식이며, 대중을 경멸하는 의식과 통할는지 모른다. 그러나 이렇게 대중적 또는 다수자 의식에서 동떨어지는 일면의 중요성이 만일 강조되지 않는다 하면 이미 있는 것, 속물 근성의 사상과 미의식만 뿌리를 내려, 대중 자신도 그 속에서 질식해 버리고 말 것이다.

그러나 여기서 문제가 되는 것은 고립 정신이 너무 영웅적으로 다루어지고 있다는 점이다. 즉 고립과 동시에 접촉되어 있는 일면이 여기서는 끊어져 있고, 의식적으로 멀리 내던져져 있다는 점이다.

중요한 사실은 바다 속에 있으면서 바다에 잠기지 않는다는 점이다.

흑인은 많은 강을 이야기한다 ──휴스[12]

나는 많은 강을 알고 있다.

나는 많은 강을 알고 있다. 천지개벽 때부터, 인간 혈액이 사람들의 혈관에 맥박치며 흐르기 시작한 그 이전부터.

나의 혼은 그 많은 강들처럼 샘이 깊은 곳으로부터 솟아나온 것이다.

새벽이 덜 지새었을 때 나는 유프라테스 강에서 목욕하였다.
나는 콩고 강 근방에 오두막을 짓고 밤마다 잠을 잤다.
나는 나일 강을 바라보면서 그 상류에 피라미드를 세웠다.

나는 에이브 링컨이 뉴올리언스에 왔을 적에 미시시피 강이 노래하는 것을 들었고, 그 흙탕 투성이의 강 표면이 저녁해를 받아 모조리 황금색으로 변화하는 데 시선을 빼앗기었다.

나는 많은 강을 알고 있다.
태고부터의 헤아릴 수 없을 만큼 많은 강을.

나의 혼은 그 많은 강들처럼 샘이 깊은 곳으로부터 솟아나온 것이다.

---

12) 휴스(James Mercer Langston Hughes, 1902~1967) : 미국의 흑인 시인·소설가. 미주리 주 조플린 출생. 컬럼비아 대학을 중퇴하고 「오포튜니티」지(誌) 현상모집 시 부문에 입선. 시집 「슬픈 블루스」 「유대인의 나들이옷」 「편도 차표」 「엄마에게 물어 봐」, 소설 「웃음이 없지는 않다」, 단편집 「심플, 가슴 속을 털어놓다」, 자서전 「대양」 등이 있다.

흑인의 해방

휴스의 이 시는 '유프라테스 강', '콩고 강', '나일 강' 등 흑인의 고향의 강을 편력하며, 링컨의 남북 전쟁과 연관지어 '미시시피 강'을 연상하여 압박받는 흑인의 영혼의 편력을 노래하고 있다.

휴스가 위의 '강'들을 검붉은 혈통의 이미지와 연관시키지 않고 밝고 힘찬 정감과 연관시키고 있는 것은 휴스가 사상적인 자각을 지니고 있어 미래에 대한 희망을 분명히 파악하고 있기 때문이다.

휴스의 '강'은 고향을 잃은 흑인의 처지를 연상하도록 되어 있으나, 그 동기는 오히려 많은 강을 영혼의 고향으로 가지고 있는 것이 흑인의 특권이라는 사실을 호소하려 하는 데 있다.

한정된 토지와 문명 속에서 자라나 다른 인종과 싸우며 압박하여 우위에 올라서려 하는 백인보다도, 원시적인 새벽 때 유프라테스 강에서 목욕을 하기도 하고 콩고 강 기슭의 오두막에서 잠을 자기도 하면서, 무의식의 흔적을 영혼에 기억하고 있는 자기들 흑인 편이 훨씬 자유를 자유로 자각하고, 압박을 부정으로 지탄할 수 있는 특권을 가지고 있다고 주장한다.

휴스는 이와 같이 흑인의 자각을 전달하는 주제의 시를 많이 발표하였다. 그 작품은 단순하고 힘차며, 알기 쉬운 직유가 쓰이고 있다.

압박받는 흑인의 해방이라는 주제는 휴스가 그의 시에서 계속 추구하는 것이기도 하다.

영혼 세계와의 융합

이 시에서 인간은 대자연 속의 한 점으로 묘사되고 있다. 따라서 태고와 현대 사이에는 오랜 역사가 가로놓여 있게 마련이지만, 그 오랜 역사를 단숨에 뛰어 건너 태고와 현대가 연결되어 있다.

창세기 이래로 불변적인 인간의 부분인 혈액이라든가 영혼 따위의 불가사의 속에 존재와 그 의식을 환원시켜 인종적 편견과 차별 의식에 대항하고 있다 할 수 있다.

이 시에서 언급되고 있는 수많은 강은 생명의 강인 동시에 세계를 흐르고 있는 강을 의미하고 있다.

생명 또는 영혼은 세계와 굳게 결속되어 있다. 인종이나 민족이라는 경계선을 넘어서 그 혼은 세계 속에 존재하고 있다. 그것은 민족 이탈의 의식이 아니라 민족 결합의 의식이 혼과 세계라는 관계로 포착되어 있다. 혼과 혼의 교류를 어떻게 피부 색깔이 다르다는 것으로 막을 수 있겠는가.

이 시는 '나'라는 제1인칭으로 쓰여져 있는데 '나'는 '흑인' 이라는 집합 명사의 대명사로 사용되고 있다. 때문에 '나'는 역사에 큰 발자취를 남기고 있다.

'나'가 목욕한 유프라테스 강은 서아시아의 메소포타미아 지방을 흐르는 강이다. 여기는 고대 문화가 꽃피었던 지방이며, 흑인은 인류사의 여명기를 아름답게 장식하고 있다.

또한 콩고 강과 나일 강은 둘 다 아프리카를 흐르는 강인데, 나일 강 상류에 피라미드와 같은 문화유산을 남긴 것도 '나'이다.

그러나 이와 같은 역사의 영광에 빛나던 '나'도 이윽고 노예 상인에 의해 미국으로 팔려가는 운명이 되었고, 남북전쟁의 결과 노예해방이 실현될 때까지 쇠사슬에 묶여 있었다.

그리고 노예해방은 행해졌으나 '나'는 완전히 해방된 것이 아니다. 인종적 편견과 차별 대우는 철폐되지 않았기 때문에 더욱더 고난에 찬 길을 걸어야 할 운명을 떠안게 된 것이다.

이 시의 표면에는 백인 사회에서의 흑인의 무권리 상태와 잔혹한 운명이 전혀 나타나 있지 않다. 그러나 그러한 현실적 배경이 있기 때문에 흑인의 역사적 발자취——태고로부터의 헤아릴 수 없이 수많은 강을 알고 있다는 자의식이 생겨나게 마련이다.

이 시는 영혼과 세계의 융합을 확신하여, 그에 대한 공명을 우리 마음 깊고 깊은 곳을 향해 소리쳐 호응시키려 하고 있다.

9. 프랑스의 시

미라보 다리 ——아폴리네르[13]

미라보 다리 아래 센 강은 흐르고
　　우리네 사랑도 흘러내린다
　내 마음 속에 깊이 아로새기리
기쁨은 언제나 괴로움에 이어 온다

　　밤이여 오라 종아 울려라
　　세월은 가고 나는 머문다

손에 손을 맞잡고 얼굴을 마주 보면
　　우리네 팔 아래 다리 밑으로

영원의 눈길을 한 지친 물살이
저렇듯이 천천히 흘러내린다

밤이여 오라 종아 울려라
세월은 가고 나는 머문다

사랑은 흘러간다 이 물결처럼
　　우리네 사랑도 흘러만 간다

---

13) 아폴리네르(Guillaume Apollinaire, 1880~1918) : 프랑스의 시인이자 소설가. 새로운 시운동의 선구자. 로마에서 태어나 모나코, 파리, 독일 각지를 방랑하였다. 다채로운 재능과 박식은 소설·극·평론, 고증 등 종횡무진한 재능을 발휘하였다. 미술 방면에서는 특히 입체파를 중심으로 하는 시, 회화 운동의 고무자로 쓴 「입체파의 화가들」 및 그 이상을 시에 옮겨 넣은 「칼리그람」은 피카소·맥스·자코브·살몽 등 뒷날의 쉬르레알리슴 시인들에게 깊은 영향을 끼쳤다. 시집 「알콜」 「칼리그람」 「동물 시집」 「사랑을 위하여 목숨을 바쳐라」 등이 있다.

어쩌면 삶이란 이다지도 지루한가
희망이란 왜 이다지 격렬하던가

　밤이여 오라 종아 울려라
세월은 가고 나는 머문다

나날은 흘러가고 달도 흐르고
　지나간 세월도 흘러만 간다
　우리네 사랑은 오지 않는데
미라보 다리 아래 센 강은 흐른다

　밤이여 오라 종아 울려라
세월은 가고 나는 머문다.

20세기 예술의 출발을 알리는 시인

아폴리네르의 이름은 20세기 새로운 예술의 탄생과 밀접한 관계를 가지고 있다. 새로운 예술은 '에스프리누보'14)라는 슬로건과 더불어 등장했는데, 이 에스프리누보의 고취자가 아폴리네르였으며, 또한 이것을 가장 활짝 꽃피운 것도 아폴리네르였다.

19세기 시정신의 결정(結晶)인 상징주의가 바야흐로 막을 닫으려는 시기에 아폴리네르는 드물게 보는 단순하고 소박한 노래투로 휘파람을 불듯이 시단에 등장하여, 어느 사이에 현대시의 선구자가 된 것이다.

피카소가 그린 초상을 표지로 한 시집「알코올」을 옆에 끼고, 제1차세계대전이 시작되기 직전인 1931년 아폴리네르가 등장한 사실은 실로 "한 세기 프랑스 시의 방향을 결정한" 중요 사건이었다.

그는 이 시집에서 이미 그 눈부신 재능을 충분히 발휘하고 있다. 유명한 장시 '지대(地帶)'를 비롯하여 '옥중의 노래'라든가 '사냥의 뿔피리'라든가

---

14) 에스프리누보는 '새로운 정신'이란 뜻이다. 예술 사조상 모더니즘에 포괄되는 혁신 운동의 하나로서, 제1차세계대전 직전에 프랑스에서 발생하였다. 아폴리네르·자코브·살몽·피카소 등이 중심인물이다. 주로 입체파를 핵심으로 하고 있다.

또한 이 '미라보 다리' 등 그의 독특한 재능을 꽃피운 작품이 이 시집에 벌써 수많이 실려 있었다.

열광적인 모험가로서 온갖 경향의 예술로부터 풍부한 영향을 받으면서 어느새 그것을 그의 독특한 것으로 바꾸어 버리는 불가사의한 재능의 소유자, 그는 분명히 20세기 예술의 출발을 위해서만 태어난 것 같은 시인이었다.

아폴리네르는 「입체파 화가」(1913)라는 책에서 피카소나 브라크를 비롯한 입체파[15] 화가들을 분석, 소개하여 새로운 미술 운동의 전개에 큰 역할을 했다.

이렇듯 만능의 사람인 아폴리네르도 계속 실패한 부분이 있다. 바로 사랑이었다. 화가 로랑생을 비롯하여 사랑한 여성은 많았으나, 거의 '채인 사나이'로 끝을 맺곤 하였다.

실연의 시는 그의 작품 중에서도 중요한 부분을 이루고 있는데, 실연의 시에 뛰어난 시가 많다는 것도 아이러니이다.

'미라보 다리'는 뚜렷한 실연의 시는 아니지만, "어쩌면 삶이란 이다지도 지루한가, 희망이란 왜 이다지 격렬하던가?"라는 탄식의 구절을 보아서도 알 수 있는 바와 같이 사랑의 덧없음을 노래한 점에서는 변함이 없다.

이 시는 너무나도 유명하고, 샹송으로 작곡되어 널리 애창되고 있다. 이 감상적인 시가 전혀 퇴색되지 않는 것은 사랑이란 항상 낡은 것이면서도 새로운 것이기 때문인지, 아니면 아폴리네르의 시에 마력이 있기 때문인지 모를 일이다.

아폴리네르는 1880년 로마에서 폴란드인 어머니의 사생아로 태어나, 1918년 전장에서 머리에 입은 총상과 에스파냐 감기 때문에 죽었다.

그의 아버지는 로마 교황청의 어느 대주교라고 전해졌으며, 그 자신도 일종의 신비를 좋아하는 버릇으로 해서 그것을 부정하지 않았으나, 실제로는 이탈리아 장교였던 것으로 알려져 있다.

이 시를 쓰던 무렵 그는 파리 서쪽 교외인 오투이유의 미라보 다리 근처에 실제로 살고 있었다.

---

15) 입체파(큐비즘)란 원래 회화에 관한 양식상의 용어이다. 인상주의적인 작품에서 보게 되는 원근법에 대한 지나친 의존도를 지양하고, 시간에서는 '동시성', 공간에서는 '동존성(同存性)'의 문제를 추구하여, 대상의 형태를 변형시키거나 해체하는 동시에, 변형되거나 해체된 원래의 형태를 재구성하는 것을 기본적인 원리로 삼는 방법이다.

현실의 이미지와 때의 이미지

우리의 내부 세계에는 체험의 작용이 있는 듯하다.

체험은 만일 이쪽이 격렬하게 작용하여 계속해서 체험을 거듭하고 있을 때에는 이 시의 아폴리네르의 말을 모방해서 말한다면, "세월은 머물고 나는 간다"는 것이 되고, 내부의 세계는 이제부터 오는 미래의 시간과 이어져 있는 것으로 느껴진다.

이와 반대로 이쪽이 멈추어 있을 때는 "세월은 가고 나는 머문다"는 것으로 느껴지고, 그때 내부의 세계는 과거의 편에 이어져 있다.

아폴리네르의 '미라보 다리'는 과거 추억에 이어져 있다. 그리고 마음 약한 순간의 인간의 의식의 단면을 선뜻 잘라 보이고 있다.

제2연의 시구에 주의를 기울이자. 미라보 다리 아래서는 센 강이 파리 시민의 고뇌와 기쁨을 싣고 흘러가고 있다.

시인은 다리 위에서 센 강의 흐름을 보고 있는 동안 과거의 자기 사랑의 회상과 고뇌 뒤의 즐거움 등을 생각해 내고 있다.

그때 시인은 센 강의 흐름이 과거 쪽으로 흘러오는 의식의 흐름처럼 느껴진 것이다. 때문에 다리 위에서 손과 손을 마주 잡고 있는 동안을 피곤에 지친 무궁의 때가 흐른다고 표현한 것이다.

미라보 다리 아래 센 강이라는 현실의 이미지와, 두 사람의 팔 아래 있는 다리 아래로 때가 흐르고 있는 이미지가 잘 대응되고 있다.

프랑스의 철학자 베르그송[16]은 '시간과 자유 의지'라는 논문 속에서 시간의 과거라고 하는 인간의 의식 작용의 대상은 현실의 풍경으로 말한다면 원경(遠景)의 대상을 보고 있는 때의 의식 작용에 대응하고, 미래라고 하는 것은 근경(近景)에 대응한다고 말하고 있다.

이 시의 '미라보 다리'에 기대어 있노라면 센 강 저 멀리 아래쪽에 작게 흐르고 있는 것처럼 느껴진다. 그것은 아폴리네르가 이 시 속에서 과거를 회

---

16) 베르그송(Henri Bergson, 1859~1941) : 현대 프랑스의 대표적인 철학자. 파리 출생. 콜레주 드 프랑스 교수, 아카데미 프랑세즈 회원, 1927년 노벨상 수상. 시대의 풍조인 주지주의·기계주의에 반대하여 직관주의·생명주의를 주장. 참된 실재는 순수 지속이며 생명이며 창조이기 때문에 이지에 의해서가 아니라 직관에 의해서만 포착되어진다고 주장하였다. 주요 저서로 「의식에 직접 주어진 것」「물질과 기억」「창조적 진화」 등이 있다.

상하며 기대어 서 있기 때문이다.

마지막 연을 읽으면 영탄처럼 느껴지기도 하지만 사실은 결의를 나타낸 것이다. 갑자기 추억에서 눈을 뜬 전조를 표현하고 있다.

왜냐하면, 의식 속에서는 시간은 되돌릴 수 있어서 과거에서 미래 쪽으로, 미래에서 과거 쪽으로 자유롭게 돌아갈 수 있지만, 아폴리네르는 센 강도, 옛날의 사랑도 돌아오지 않는다고 표현하여 그것을 끊어 버리고 있다.

그리고 '미라보 다리'라고 하는 작품은 이러한 갑작스런 전조로 끝맺고 있다.

독자도 또한 추억의 정서적인 시간에서 되돌아와 자기의 고유한 시간으로 되돌아가는 것이다.

나는 네게 그것을 말했다 ──엘뤼아르[17]

나는 네게 그것을 말했다, 구름을 위하여
나는 네게 그것을 말했다, 바다의 나무를 위하여
파도를 위하여, 풀떨기의 작은 새
소리내는 조약돌을 위하여
길들여져 친숙해진 손을 위하여
얼굴이 되고 경치가 되는 눈
꿈속에서 하늘색이 되는 눈을 위하여
모조리 마셔 버린 밤을 위하여
길가의 쇠창살을 위하여
열려진 창, 벌거숭이 이마를 위하여

---

17) 엘뤼아르(Paul Eluard, 1895~1952) : 프랑스의 시인. P. 엘뤼아르는 필명이며, 본명은 으젠 에밀 폴 그렝델(Eugéne Emile Poul Grindel)이다. 생 드니에서 태어나 12세 때 파리로 나와 에코르 콜베르에서 수학하였고, 후에 스위스의 요양원에 입원하였다. 건강이 회복되자 1914년 전선에 출전, 그 무렵 쉬르레알리슴 시인으로서 두각을 나타내었다. 제2차세계대전 때는 아라공 등과 함께 독일군에게 저항하였고, 이른바 '레지스탕스' 시인으로서 뛰어난 시를 발표하였다. 주요 시집으로 「사랑과 시」「자연의 흐름」「시와 진실」「정치 시집」 등이 있다.

나는 네게 그것을 말했다. 너를 위하여, 네 말을 위하여
포옹과 서로 믿는 마음은 오래 살아남는다고.

삶에 대한 신뢰와 사랑

수많은 프랑스의 현대 시인 가운데 자유와 해방을 추구하는 정열과 고전적이라고 할 수 있을 만큼 단정한 점이 잘 녹아들어 있는 시인이 바로 엘뤼아르이다.

그가 쓴 시구는 일상언어에 의해 이루어져 있기 때문에 시를 쓰는 것이 이렇게도 우리와 가까운 일이요 쉬운 일인가 하고 감탄하게 된다. 그러나 다시금 읽어 보면 언어선택의 엄격함에 놀라게 된다.

엘뤼아르는 생애에서 몇 차례의 전기(轉機)를 경험하였는데, 그 배후에 일관되어 있는 것은 삶에 대한 신뢰와 사랑이었다. 그것은 얼핏 보기에 단순한 일처럼 느껴지지만 실제로는 아주 드문 일이다.

그의 시에 뚜렷한 특징으로 드러나고 있는 자유에 대한 강한 욕망은 삶에 대한 신뢰와 사랑에 기초를 두지 않는 한 결코 이루어질 수 없다. 자유와 엄격함은 그러한 형태로 그 자신 속에 연관되어 있는 것처럼 생각된다. 엘뤼아르는 1895년 파리 북쪽 교외의 공장 지대에서 가난한 경리사와 침모(針母)를 부모로 태어났다. 중학 때에는 결핵을 앓아 스위스에서 요양 생활을 하기도 하였다.

20세 무렵까지 많은 시집을 읽었는데, 특히 애독한 것은 아폴리네르, 네르발[18], 랭보[19], 보들레르, 휘트먼[20], 독일 및 영국의 낭만파 시인들이었다.

사회의 부패에 대한 반항과 낭만적인 지향(志向)이 함께 깃들어 있는 그의 자질은 청년 시대의 독서 경향에 이미 나타나 있다.

제1차세계대전에 종군하여 독가스 때문에 기관지 고장을 일으키게 되지만,

---

18) 네르발(Gérard de Nerval, 1808~55) : 프랑스 낭만파 시인·소설가. 인생은 꿈이요, 꿈이 진실이라고 믿었다. 시집으로 「공상」 「산문」 「소금 밀수입자」 등이 있다.

19) 랭보(Jean-Nicolas-Arthur Rimbaud, 1854~91) : 프랑스 시인. 말라르메·베를렌과 더불어 상징파 3대 시인이다. 19세 때 「지옥의 계절」을 발표한 뒤 붓을 꺾었다.

20) 휘트먼(Walt Whitman, 1819~92) : 미국 시인. 미국 최초의 민중 시인이자 시의 제1인자이다. 시집으로 「풀잎」이 있다.

시인으로서의 출발은 실로 전쟁의 비참과 평화의 기쁨을 노래하는 것으로써 시작되었다.

그 뒤에 다다이즘과 쉬르레알리슴 운동의 추진자가 되어 쉬르레알리슴의 결정체인 가장 아름답고 감동적인 시집「고통의 도시」(1926),「사랑과 시」(1929),「모든 사람의 장미」(1934) 등을 펴냈다.

1936년 에스파냐 내란을 계기로 전환기를 맞이한다. 에스파냐에서 취재한 시를 쓰면서 시는 더욱 쉬워지고, 독재자에 대하여 공격적이 된다.

유럽이 나치 점령 밑에 들어가던 1930년대 말부터 1940년대 초에 걸쳐 패전한 조국의 현실 아래서 저항 운동에 참가하였다.

이 시기부터 전후에 걸쳐 그의 생활은 아주 바빴다. 평화 운동을 위한 각국으로의 강연 여행, 20권에 가까운 크고 작은 시집,「예술론집」과「프랑스 앤솔로지」편찬 등 1952년 폐질환으로 세상을 떠날 때까지 계속 활동하였다.

여기서 다루는 시는 시집「사랑과 시」속의 한 편이다.

사랑하는 여성에 대한 찬미가 주위의 온갖 사물과의 친밀감을 초래하게 하고, 거기에 사랑에 의해 모든 것이 결합되어서 우주가 형성된다는 엘뤼아르만의 독특한 시의 세계가 여기에도 전개되어 있다.

평화의 외침과 불굴의 정신

엘뤼아르가 사용하고 있는 언어는 이른바 시의 언어로서는 참신하지 못하다. 하나도 어려운 것이 없고, 감상적인 소녀가 즐겨 사용하고 싶어 할 만한 언어가 모자이크처럼 짜 맞추어져 있다. 구름, 바다의 나무, 파도, 풀떨기의 작은 새, 조약돌, 얼굴, 경치, 꿈, 밤 등이 그것이다.

이와 같이 과연 새가 될 것 같은 언어, 시를 위해 특별한 사전에 준비되어 있는 것 같은 언어로 시를 쓰는 것은 쉬울 듯하면서도 오히려 더 어렵다. 즉, 이러한 언어에 의지하지 않고 이러한 언어를 살려 낼 수 있어야 한다. 그것을 살려 낼 수 있는 것은 작자가 삶을 대하는 태도의 깊이, 바꾸어 말해서 사상이다.

증오나 배신 등 인간관계를 어둡게 하는 행위를 배제하려 하는 정신이 여기에 자연적인 사랑과 신뢰를 찬미하고 있는 것이다.

이것은 아주 단순 소박한 생각이라고 할 수 있을는지 모른다. 그러나 전쟁과 학살을 정당화하려 했던 군국주의에 대하여 제2차 세계대전 중에 저항한 이 시인은 그 반대의 것인 평화와 서로 믿는 마음은 오랫동안 살아남는다는 명쾌한 진리를 노래하고 있다.

물론 이 시는 그렇게 깊은 의미에 사로잡히지 않고 연인에게 사랑을 바친 시로 읽어도 무방하겠으나, 그것이 보편적인 사랑을 노래한 것이라고 생각해서는 안 된다.

그림자 지지 않은 명쾌한 사상이 쉬운 언어로 제시되어 있는 셈인데, 그 표현은 결코 단순하지 않다.

예를 들어, "얼굴이 되고 경치가 되는 눈"이라든가 "꿈속에서 하늘색이 되는 눈"과 같은 회화적 표현의 날카로움은 아주 뛰어나다.

또한 "나는 네게 그것을 말했다"에서 '그것'을 마지막 구절까지 감추어 두었다가 밝히는 형식상의 연구도 선명하다.

사랑의 소곡(小曲)처럼 쓰여져 있으면서 평화에 대한 열렬한 외침과 군국주의에 굽히지 않는 정신이 진동하고 있다.

이러한 시가 자유를 빼앗긴 프랑스 사람들의 마음을 고무시켰을 것이라는 것은 상상하기 어렵지 않다.

너는…… ──데스노스[21]

너는 첫째 길거리를 오른쪽으로 간다
강기슭을 따라 간다
다리를 건넌다
너는 집의 문을 두드린다
태양은 빛난다

---

21) 데스노스(Robert Desnos, 1900~45) : 프랑스 시인. 파리에서 태어나 1945년 6월 체코 슬로바키아의 테레진 강제 수용소에서 죽었다. 쉬르레알리슴에서 출발하여 후에 사회 혁명적인 입장을 취하였다. 배우 바로와 루노의 친구로서, 산문시와 영화의 시나리오, 라디오 방송의 대본도 쓴 민중적인 시인. 시집으로 「자유 또는 사랑」「육체와 행복」「재산」 등이 있다.

강물은 흐른다
창에서 흔들리는 병의 제라늄
저쪽 기슭에 마차가 지나간다

그 화사한 풍경을
너는 돌아보면서도
문이 뒤에 열려져 있음을
느끼지 못한다

문에 여주인이 서 있다
집은 어두움으로 가득 차 있다
그러나 식탁에 비치는 밝음이 보인다
과일과 병, 도자기와 접시
가구에 햇빛이 반사하고
그리고 너는 문에 그대로 서 있다
너 자신과 비슷한 것들로 가득한 세계와
온 세계에서 휘청거리는 네 고독 중간에.

사는 것과 시를 쓰는 것은 같다

데스노스는 1900년 파리 빈민가에서 태어나 1945년 6월 8일 체코슬로바키아의 테레진에 있던 나치스의 수용소에서 죽었다.

제2차 세계대전이 끝날 무렵에 죽은 그는 프랑스의 현대시가 빚은 중요한 희생자 중 한 명이다.

데스노스만큼 단순히 '산다'고 하는 사실에 밀착하여 산 시인은 많지 않다. 그에게 산다고 하는 것과 시를 쓴다고 하는 것은 완전히 같은 일이었다.

그에게 살아 있는 것만으로 충분하였고, 살아 있다고 하는 것의 의미가 무엇인가 하는 것에 대해서는 고민할 필요가 전혀 없었다.

일상의 생활을 최대한으로 사는 것, 얼핏 보기에 간단해 보이면서 실은 거의 불가능한 일을 그는 일생 동안 실행하였다. 이 일은 그에게 일상생활이 모두 모험이었다는 것을 의미한다.

우리는 매일 현실이라 일컬어지는 것의 한가운데 살고 있다. 그러나 과연 현실과 밀착하여 살고 있는가고 묻는다면 선뜻 대답을 할 수 없다.

우리는 언제나 어떤 불만을 지니고 있게 마련인데, 그것은 우리들의 삶의 방법 속에 어딘가 공허하고 모호한 부분이 있기 때문이다. 즉, 우리는 그러한 때에 자기 자신의 현실에서부터도 격리되어 있는 것이다.

데스노스는 바로 그러한 공허를 모조리 메꾸어 버리려 하는 결의에 의해 살았다. 현실과 자기를 일체화시켜 버리는 것, ‘직접적인 삶’(엘뤼아르)을 사는 것, 그것은 쉬르레알리스트들이 목표로 한 삶의 방식이었다.

데스노스는 쉬르레알리슴[22] 운동에 참여하여 가장 모험적인 일익을 담당하였다. 그것은 쉬르레알리스트들이 열중한 강령술(降靈術)의 실험대가 되었고, 영매(靈媒)의 상태에 빠져 그 백일몽을 말하였다.

그가 망아(忘我) 상태에서 중얼거린 기발한 말의 기록은 많이 남아 있다. 그리고 이것이 자동 기술법[23]에 많은 계시를 주었다.

어떻게 보면 바보스럽다고 해야 할 이러한 시도는 현실 그 자체와 일체화하려 하는 그들의 초조와 열망을 나타낸 것에 지나지 않는다. 그런데 데스노스는 1929년 그들의 운동에서 제명되었다.

그가 제명된 이유는 데스노스가 지나치게 백일몽에 빠져 구체적인 여러 문제에 관심을 가지지 않게 되었기 때문인 것으로 되어 있다.

그러나 데스노스가 현실의 여러 문제에 무관심했다는 사실은 뒷날 그가 레지스탕스에 참여하여 그 때문에 독일군에게 체포되었고, 끝내는 살해된

---

22) 쉬르레알리슴(Surrealism : 초현실주의)은 제1차 세계 대전 후 프랑스에서 발생한 전위 예술이다. 1916년 취리히에서 발생한 다다이즘의 맹목적이며 준(準) 자동적인 우연성에 맡기는 시의 방법에 관하여 1919년 무렵부터 A. 브르통·P. 수포·L. 아라공 등 다다이즘의 시인들은 정신 분석학의 방법을 도입하여 일상의 정신생활에서의 무의식의 중요성을 연구하고, 프로이트 학설과 결부시킴으로써 꿈과 잠재의식을 추구하고, 내부와 외부, 의식과 무의식, 육체와 정신 등을 종합하여 절대적 현실 초현실을 창조하려 하였다. 그것을 위한 방법으로서 자동 기술법(오토마티즘)을 절대적인 방법으로서 주장한 이 운동은 1929년경부터 분열을 시작하여 아라공, 엘뤼아르 등의 시인은 사회 혁명의 영역으로 진입하였다.

23) 자동 기술법은 의식의 흐름을 있는 그대로 포착하기 위하여 끊임없이 이어지는 생각을 그대로 자동적으로, 옮겨 적듯이 기록해 가는 방법을 말한다.

사실로써도 입증된다. 그의 시는 빈민 거리 출신의 파리장 기질로 일관되어 있고, 일상적인 친근감으로 가득 차 있다.

첫머리에 소개된 시는 날마다 한 편씩 1년 동안 쓴 「나날의 시」속의 한 편이다. 어느 날의 생활 풍경의 묘사에 지나지 않으나, 문에 서 있는 이를 중심으로 집 바깥과 안이 자세하게 묘사되어 있다. 동시에 그의 주위의 수많은 사람들과 그 자신의 고독이 분명하게 묘사되어 있다.

누구나 그런 느낌에 사로잡히는 때가 있게 마련이지만, 데스노스는 쉬운 말과 가구의 배경 속에서 그것을 아름답게 표현하고 있다.

참으로 살고 있는 마음을 응시하며

우리는 문득 자신의 마음의 세계에 관하여 벗이나 아는 사람이 이해해 주기를 바라는 순간이 있다. 왜 그럴까? 나 자신의 마음의 세계가 남의 마음의 세계와 공통된 부분이 있다는 것을 알기 위해서일까, 또는 나 자신의 마음의 세계가 남과 다르다는 사실을 확인해 보고 싶기 때문일까? 그것은 알지 못한다.

그렇게 생각할 때 우리 자신이 고독한 것은 분명하다. 그리고 고독이란 것은 정서[24]적인 것만은 아니고, 메마른 마음의 상태이며 인간 상태인지 모른다.

여러분은 첫째 거리 모퉁이를 오른쪽으로 돌아 강기슭을 따라서 걸어가다가 다리를 건너 남의 집 앞에 서게 된다.

그리고 그 집 앞에서 스스로에게 자기가 무엇 때문에 왔는지, 여러분의 마음의 세계를 이해해 주기를 바라서인지, 남의 마음의 세계를 알기 위해서인지, 아니면 그 두 가지를 비교하기 위해서인지를 물어 보라.

왜냐하면 그 집은 문이 단단히 닫혀 있고, 집 안은 단단하고 어두워 보이며 별다른 세계처럼 느껴지기 때문이다.

거기서 여러분은 지금 걸어온 거리의 풍경을 문득 뒤돌아보게 된다. 그것은 화사하고 밝은 풍경으로 보여진다. 이 때 지나온 거리로 되돌아갈까 망설이게 된다. 왜냐하면 거리는 번화하여 거기서는 여러분의 마음의 세계를 남

---

24) '정서'란 기쁘다든가 슬프다든가 하는 따위의 감정을 억제하거나 고양함으로써 생긴 복잡한 감정의 벽을 이르는 말이다.

에게 알리지 않아도 되는 부담 없는 세계처럼 느껴지기 때문이다.

여러분은 다시 한 번 무엇 때문에 이 집에 왔는지 생각해 보라. 그때 뒤에서 문이 열리고 여주인이 서 있다. 여러분은 마음을 굳히게 된다. 이 집에 들어가야겠다고 생각하는 것이다.

집 안은 생각했던 대로 어두컴컴하고, 식탁 위의 식기와 가구만이 햇빛을 받아 도리어 밝게 보인다.

거기에는 분명히 인간 생활의 누림이 있었다. 그러나 여주인은 고독한 듯 보이지만 그렇다고 여러분의 마음의 세계와 자신의 마음의 세계를 합쳐 따뜻하게 하기를 원하는 것 같지도 않다. 세계는 여러분의 마음의 세계를 위하여 만들어진 것은 아니기 때문이다.

여러분은 "너 자신과 비슷한 것들로 가득한 세계와 온 세계에서 휘청거리는 네 고독 중간에" 마음을 굳히지 못하고 문 밖에 그대로 서 있다. 인간에게는 이러한 불안정하기는 하지만 불안한 것은 아닌 마음의 상태가 있다. 그때 여러분은 생활을 하는 것도 아니고, 사랑을 하는 것도 아니며, 정의를 위해 행동하려고 하지도 않는다. 그러나 참으로 살아 있는 마음의 작용은 이러한 순간을 응시할 수가 있다.

10. 독일의 시

그대는 아는가 대포의 꽃이 피는 나라를 ——케스트너[25]

그대는 아는가 대포의 꽃이 피는 나라를
그대는 모르는가? 모르면 가르쳐 주리라!
거기서는 지배인들이 자랑스럽고 용감하게
병영(兵營)에 있는 것같이 사무실에 서 있다
거기서는 넥타이 아래 상등병의 휘장이 불어난다
거기서는 모두가 눈에 보이지 않는 헬멧을 쓰고 있다
거기서는 모두가 얼굴을 가졌다 그러나 머리는 가지고 있지 않다
그리고 침상에 들어가기 바쁘게 번식한다!

거기서는 상관이 무엇을 요구하면
——무엇을 요구하는 것은 그의 직무이다
이성은 우선 부동자세를 취하고 다음에 차렷을 한다
우로 봐! 그리고 시선 집중!
거기서는 어린이들이 작은 박차(拍車)를 붙이고
가르마를 타고 태어난다
거기서는 누구나 모두 시민으로서 태어나지 않는다
거기서는 입을 막고 있는 자가 승진한다

그대는 이 나라를? 이 나라는 행복할는지 모른다
행복할는지 모른다 또한 행복되게 할 수 있을는지도 모르지?
거기에는 밭이 있고 석탄이 있고 철강이 있고 보석이 있고
그리고 부지런함과 체력과 기타 굉장한 것이 있다.

---

25) 케스트너(Erich Kästner, 1899~1974) : 독일의 시인. 동화작가. 신즉물주의의 가장 뛰어난 대표자. 시집「허리 위의 심장」「거울 속의 소동」, 장편 소설「파비안」, 소년 소설「에밀과 탐정들」등이 있다.

때로는 깊은 생각과 너그러움도 있다!
그리고 많지는 않으나 참다운 영웅적 정신도 있다
거기에는 두 사람에 한 사람 꼴로 몰래 동심을 지니고 있는 사람이 있다
그것이 장난감 군대와 놀고 싶어 한다

거기서는 자유가 익지 않는다 자유는 풋내를 띤 채로 있다
무엇을 건설하든——모두 군대 막사가 된다
그대는 아는가 대포의 꽃이 피는 나라를?
그대는 모르는가? 모른다면 가르쳐 주리라!

인간은 분쟁을 피해야 한다

케스트너는 '애꾸눈의 문학'이라는 에세이 속에서 독일은 무수한 비극·희곡·서사시·교육 소설·근로 소설·송가·찬가·소네트·애가를 가지고 있으면서, 희극은 아주 빈약하여 겨우 여섯 편이 있을 뿐이라고 하였다.

그가 열거하고 있는 여섯 편의 희극이란 레싱의 「미나 폰 바른헬름」, 클라이스트의 「깨어진 항아리」, 그릴파르처의 「위선자에게 화 있으라」, 뷔히너의 「레온체와 레나」, 프라이타크의 「신문기자」 및 하우프트만의 「바다 수달의 모피」이다. 이 사실에서 독일의 문학은 애꾸눈이며 한손잡이라는 것이다.

케스트너의 사물에 대한 사고방식은, 인간은 그 능력에 따라 자기가 서 있어야 할 곳을 알기만 한다면, 곧 자기 '주제 파악'만 한다면 착오나 분쟁은 일어나지 않는다는 것이다.

그의 소설은 대부분이 가짜가 나오는 이야기이다.

예를 들어, 「눈 속의 세 사나이」는 백만장자와 그 하인이 신분과 복장을 서로 바꾸어 여행을 하는 이야기인데 그렇게 함으로 해서 여러 가지 사건이 일어나게 된다. 두 사람이 제 위치로 되돌아오자 모든 것은 원만하게 수습된다.

이로 미루어 이 세상이 평화롭지 못한 이유는 무엇인가? 케스트너에 의하면 이 세상에는 백만장자여야 할 사람이 하인이고, 하인이어야 할 사람이 백만장자이기 때문에 전쟁과 혁명, 스트라이크가 일어난다는 생각을 풍자적으

로 표현하고 있는 것이다.

케스트너는 독일문학을 '애꾸눈의 문학'이라고 비판했는데, 단지 비판만 한 것이 아니라 자신의 창작도 이런 방법을 통해서 웃음과 풍자가 넘치는 것으로 만들려고 했다.

여기 인용한 시에서 통렬한 웃음과 풍자로, 격에 맞지 않는 일은 그만두라고 군국주의를 질타하고 있다.

나치스의 지배 아래서 쓴 풍자시

풍자적인 작품이란 것이 생겨나는 사회적 기반을 생각해볼 때 곧 깨닫게 되는 것은 사회체제의 변동기에 뛰어난 풍자적 작품이 많이 발표된다는 사실이다.

낡은 사회제도와 새로이 생겨나는 사회 세력이 충돌할 때, 그 속에 살고 있는 개인은 신구 양체제 사이에서 심각한 사상적 고뇌를 경험하게 된다.

본디 인간의 사상에는 항상 진보하기를 바라는 부분과 현상 유지를 원하는 보수적인 부분이 있게 마련이며, 그것이 한 사람의 인간 안에서 서로 줄다리기를 하게 마련이다.

신구의 온갖 사상이 소용돌이치고 있는 사회 변동기에 개인이 사상적인 괴로움을 특히 강하게 경험하게 되는 것도 이런 점에 한 원인이 있으며, 풍자가 발생하는 기반도 같은 곳에 있다 할 수 있다.

그럴 경우에 새로운 사회적 세력을 지지하여 그것을 위해 싸우려는 의지의 표현으로써 구세력을 풍자하는 사람이 있게 마련이고, 구세력 편에 서서 신흥 세력을 풍자하는 사람도 물론 있게 마련이다. 다만 뒤의 경우의 풍자는 공격성이 결여되어 있기 때문에 풍자의 힘도 약하다.

그리고 풍자라는 무기를 사용하는 사람에게도 두 가지 유형이 있음을 알 수 있다.

그 하나는 하이네나 마야콥스키와 같이 낙관적인 시각에서 구사상이거나 구체제를 꼬집는 경우이고, 다른 하나는 스위프트와 같이 극단적인 염세주의 시각에서 인간성 일반을 꼬집는 경우이다.

비록 낙관적인 시각이라 하더라도 때로는 작자의 심정이 염세적인 기조를 지니는 경우가 있다. 그것은 풍자라는 것에 따라다니게 마련인 아이러니컬

한 성질과 관련되는 문제이다.

케스트너의 이 풍자시는 이러한 면에서 본다면 염세적인 색채가 아주 짙은 작품이다. 그것은 케스트너의 자유주의적 휴머니스트로서의 군국주의의 지배 아래서 이 정도의 풍자시를 썼다는 점에 주목해야 할 것이다.

이 시는 괴테의 「미뇽」 속에 나오는 시 '그대는 아는가 저 남쪽 나라를'에 기초를 두고 쓴 것이다.

대포의 꽃이 피는 군국주의 국가를 비판하고 있으며, "침상에 들어가기 바쁘게 번식한다!"는 시구 등은 군국주의에 따라다니게 마련인 "생산하라, 증산하라."는 정책의 추악함을 간결하면서도 매섭게 지적하고 있다.

케스트너는 장난감 군대를 가지고 놀고 싶어 하는 동심을 남몰래 지니고 있는 사나이에 대해서 쓰고 있는데, 이 2행은 군국주의 지배 밑의 인간의 불행을 묘사한 것이다.

이 시의 기조를 이루는 것은 물론 염세적인 것이어서 "모른다면 가르쳐 주리라!"고 하면서 추악스러운 면을 더 이상 노출시키지 않고 있다. 그러나 또 한편 그렇게 말함으로써 반나치스 작가로서 오로지 홀로 조국에 눌러앉아 있던 케스트너의 작가적 양심과 용기가 이 시에도 분명히 나타나 있음을 보게 된다.

제4부

11. 한국의 시

해(海)에게서 소년에게——최남선[1]

1

처……ㄹ썩, 처……ㄹ썩, 척, 쏴……아
때린다, 부순다, 무너 버린다
태산 같은 높은 뫼, 집채 같은 바윗돌이나
요것이 무어야, 요게 무어야
나의 큰 힘 아느냐, 모르느냐, 호통까지 하면서
때린다, 부순다, 무너 버린다
처……ㄹ썩, 처……ㄹ썩, 척, 튜르릉, 콱.

2

처……ㄹ썩, 처……ㄹ썩, 척, 쏴……아
내게는, 아무것, 두려움 없어
육상에서, 아무런, 힘과 권(權)을 부리던 자라도
내 앞에 와서는 꼼짝 못하고
아무리 큰 물건도 내게는 행세하지 못하네

---

1) 최남선(崔南善, 1890~1957) : 개화기의 대표적인 지식인. 사학자. 작가. 호는 육당(六堂). 서울 출생. 최초의 종합 잡지 「소년」을 발간하여 문화계몽운동을 전개하는 등 근대 문학 초창기에 선구적인 활동을 했으며, 시조 부활 운동에 힘쓰는 등 우리 옛 문화를 살리고 보급하는 데 힘썼다. 시조집 「백팔번뇌(百八煩惱)」, 여행기 「심춘 순례(尋春巡禮)」, 역사서 「조선 역사」 등의 작품이 있다.

내게는 내게는 나의 앞에는
처······ㄹ썩, 처······ㄹ썩. 척, 튜르릉, 콱.

3

처······ㄹ썩, 처······ㄹ썩, 척, 쏴······아
나에게 절하지 아니한 자가
지금까지 있거든, 통기하고 나서 보아라
진시황, 나팔륜, 너희들이냐
누구 누구 누구냐, 너희 역시 내게는 굽히도다
나하고 겨룰 이 있건 오너라
처······ㄹ썩, 처······ㄹ썩. 척, 튜르릉, 콱.

4

처······ㄹ썩, 처······ㄹ썩, 척, 쏴······아
조그만 산(山)모를 의지하거나
좁쌀 같은 작은 섬, 손뼉만한 땅을 가지고
그 속에 있어서 영악한 체를
부리면서, 나 혼자 거룩하다 하는 자
이리 좀 오너라, 나를 보아라
처······ㄹ썩, 처······ㄹ썩, 척, 튜르릉, 콱.

5

처······ㄹ썩, 처······ㄹ썩, 척, 쏴······아
나의 짝 될 이는 하나 있도다
크고 길고, 너르게 뒤덮은 바 저 푸른 하늘
저것은 우리와 틀림이 없어
작은 시비(是非), 작은 쌈, 온갖 모든 더러운 것 없도다
저 따위 세상에 저 사람처럼
처······ㄹ썩, 처······ㄹ썩, 척, 튜르릉, 콱.

6

처……ㄹ썩, 처……ㄹ썩, 척, 쏴……아
저 세상 저 사람 모두 미우나
그 중에서 뚝 하나 사랑하는 일이 있으니
담 크고 순정한 소년배들이
재롱처럼 귀엽게 나의 품에 와서 안김이로다
오너라, 소년배 입맞춰 주마
처……ㄹ썩, 처……ㄹ썩, 척, 튜르릉, 콱.

시의 이해 | 최초의 신체시(新體詩)로서, 순결하고 무한한 가능성을 지닌 소년에 대한 찬양과 기대를 통하여, 구시대의 잔재를 청산하고 새로운 질서의 창조에 대한 열망을 드러 낸 작품이다.

초혼(招魂) ──김소월[2]

산산이 부서진 이름이여!
허공 중에 헤어진 이름이여!
불러도 주인 없는 이름이여!
부르다가 내가 죽을 이름이여!

심중에 남아 있는 말 한 마디는
끝끝내 마저 하지 못하였구나
사랑하던 그 사람이여!
사랑하던 그 사람이여!

붉은 해는 서산마루에 걸리었다
사슴의 무리도 슬피 운다
떨어져 나가 앉은 산 위에서
나는 그대의 이름을 부르노라

설움에 겹도록 부르노라
설움에 겹도록 부르노라
부르는 소리는 비껴가지만
하늘과 땅 사이가 너무 넓구나

선 채로 이 자리에 돌이 되어도
부르다가 내가 죽을 이름이여!
사랑하던 그 사람이여!

---

2) 김소월(金素月, 1902~1934) : 시인. 본명은 정식(廷湜). 평안북도 구성 출생. 전통적이
고 향토적인 소재들을 통해 임의 부재에 따른 상실감을 표현하여 전통적 정서인 한(恨)
을 작품으로 형상화했다. 민요의 율격과 정서를 근대시에 접목시킨 민요조 서정시를 쓴
대표적 시인이며, 작품으로 '가는 길', '바라건대는 우리에게 우리의 보습 대일 땅이 있
었더라면', '산유화', '접동새', '초혼' 등이 있다.

사랑하던 그 사람이여!

<u>시의 이해</u> 전통적 장례 절차의 일부인 '초혼' 의식을 소재로 하여, 죽은 님에 대한 끝
없는 사랑과 사별에 따른 비극적 정서를 영탄적인 어조로 표현한 작품이다.

님의 침묵——한용운[3]

님은 갔습니다. 아아, 사랑하는 나의 님은 갔습니다

푸른 산빛을 깨치고 단풍나무 숲을 향하야 난 작은 길을 걸어서, 차마
떨치고 갔습니다

황금(黃金)의 꽃같이 굳고 빛나던 옛 맹서(盟誓)는 차디찬 티끌이 되어
서 한숨의 미풍(微風)에 날아갔습니다

날카로운 첫 키스의 추억(追憶)은 나의 운명(運命)의 지침(指針)을 돌
려 놓고, 뒷걸음쳐서 사라졌습니다

나는 향기로운 님의 말소리에 귀먹고, 꽃다운 님의 얼굴에 눈멀었습니다

사랑도 사람의 일이라, 만날 때에 미리 떠날 것을 염려하고 경계하지 아
니한 것은 아니지만, 이별은 뜻밖의 일이 되고, 놀란 가슴은 새로운 슬픔
에 터집니다

그러나 이별을 쓸데없는 눈물의 원천(源泉)을 만들고 마는 것은 스스로
사랑을 깨치는 것인 줄 아는 까닭에, 걷잡을 수 없는 슬픔의 힘을 옮겨서
새 희망(希望)의 정수박이에 들어부었습니다

우리는 만날 때에 떠날 것을 염려하는 것과 같이, 떠날 때에 다시 만날
것을 믿습니다

아아, 님은 갔지마는 나는 님을 보내지 아니하였습니다

제 곡조를 못 이기는 사랑의 노래는 님의 침묵(沈默)을 휩싸고 돕니다.

[시의 이해] 불교적인 세계관을 바탕으로 한 고도의 상징과 독특한 역설적 사고를 보여
준다. 일제 강점하의 어두운 시대에 불변의 의지를 형상화한 기념비적인 작품이라 할 수
있다.

---

3) 한용운(韓龍雲, 1879~1944) : 시인이자 승려, 독립운동가. 법호는 만해(萬海). 충청남
도 홍성 출생. 연 구분이 거의 없는 사설조의 철학적·종교적이면서도 서정적인 연가풍
시를 썼다. 대표작으로 '님의 침묵'이 있으며, 그밖의 작품으로 '알 수 없어요', '당신을
보았습니다', '나룻배와 행인', '복종', '찬송' 등이 있다.

그 날이 오면——심훈[4]

그 날이 오면, 그 날이 오면은
삼각산(三角山)이 일어나 더덩실 춤이라도 추고
한강(漢江) 물이 뒤집혀 용솟음칠 그 날이
이 목숨이 끊기기 전에 와 주기만 하량이면
나는 밤하늘에 날으는 까마귀와 같이
종로(鍾路)의 인경(人磬)을 머리로 들이받아 울리오리다
두개골(頭蓋骨)은 깨어져 산산조각이 나도
기뻐서 죽사오매 오히려 무슨 한(恨)이 남으오리까

그 날이 와서 오오 그 날이 와서
육조(六曹) 앞 넓은 길을 울며 뛰며 뒹굴어도
그래도 넘치는 기쁨에 가슴이 미어질 듯하거든
드는 칼로 이 몸의 가죽이라도 벗겨서
커다란 북을 만들어 들쳐 메고는
여러분의 행렬(行列)에 앞장을 서오리다
우렁찬 그 소리를 한 번이라도 듣기만 하면
그 자리에 거꾸러져도 눈을 감겠소이다.

[시의 이해] 거칠고 직설적인 표현들을 통해 광복에 대한 염원과 자기 희생의 의지를 격정적으로 노래한 작품이다.

---

4) 심훈(沈熏, 1901~1936) : 소설가·시인·영화인·언론인. 본명은 대섭(大燮). 서울 출생. 1920년대 중반부터 시인으로 활약하다가 1930년 무렵부터 소설에 주력함. 작품으로는 농촌 계몽 소설인 '상록수'와 '동방의 애인', '직녀성' 등이 있다. 1949년 유고 시·수필집 「그날이 오면」이 발간되었다.

거울——이상[5]

거울속에는소리가없소
저렇게까지조용한세상은참없을것이오

거울속에도내게귀가있소
내말을못알아듣는딱한귀가두개나있소

거울속의나는왼손잡이오
내악수를받을줄모르는——악수를모르는왼손잡이오

거울때문에나는거울속의나를만져보지를못하는구료마는
거울이아니었던들내가어찌거울속의나를만나보기만이라도했겠소

나는지금거울을안가졌소마는거울속에는늘거울속의내가있소
잘은모르지만외로된사업에골몰할께요

거울속의나는참나와는반대요마는
또꽤닮았소
나는거울속의나를근심하고진찰할수없으니퍽섭섭하오.

[시의 이해] 거울의 이미지를 통해 의식 내면을 탐구하고 분열된 자의식을 표현한 심리주의적 경향의 작품이다. 띄어쓰기를 의도적으로 무시함으로써 일상의 질서를 넘어선 세계에 대한 지향을 보여 준다.

---

5) 이상(李箱, 1910~1937) : 시인·소설가. 본명은 김해경(金海卿). 구인회(九人會) 일원으로 모더니즘 문학 운동에 참여했으며, 초현실주의적인 작품을 통해 자의식을 표현했다. 작품으로는 시 '오감도', '거울', 소설 '날개', '지주회사', '종생기', 수필 '권태' 등이 있다.

떠나가는 배——박용철[6]

나 두 야 간다
나의 이 젊은 나이를
눈물로야 보낼 거냐
나 두 야 가련다

아늑한 이 항군들 손쉽게야 버릴 거냐
안개같이 물 어린 눈에도 비치나니
골짜기마다 발에 익은 묏부리 모양
주름살도 눈에 익은 아아 사랑하는 사람들

버리고 가는 이도 못 잊는 마음
쫓겨 가는 마음인들 무어 다를 거냐
돌아다보는 구름에는 바람이 희살짓는다
앞 대일 언덕인들 마련이나 있을 거냐

나 두 야 가련다
나의 이 젊은 나이를
눈물로 보낼 거냐
나 두 야 간다.

[시의 이해] 어두운 일제 강점의 현실 앞에서 젊은이가 눈물로만 세월을 보낼 수 없다는 강변(强辯)을 보여 주고 있다. 가혹한 일제 강점하에서 갖은 억압과 수모를 당하면서 나라 잃은 원한을 가슴에 품은 이 땅의 젊은이들이 헐벗고 굶주린 채 사랑하는 조국, 정든 고향을 버리고 뿔뿔이 흩어져야 했던 민족사의 한 단면을 보여 주고 있는 작품이다.

---

6) 박용철(朴龍喆, 1904~1938) : 광주(광역시) 출생. 1930년 김영랑과 함께 「시문학」을 창간, 이 잡지 1호에 '떠나가는 배', '밤 기차에 그대를 보내고' 등을 발표했다.

모란이 피기까지는——김영랑[7]

모란이 피기까지는
나는 아직 나의 봄을 기다리고 있을 테요
모란이 뚝뚝 떨어져 버린 날
나는 비로소 봄을 여읜 설움에 잠길 테요
오월 어느 날, 그 하루 무덥던 날
떨어져 누운 꽃잎마저 시들어 버리고는
천지에 모란은 자취도 없어지고
뻗쳐 오르던 내 보람 서운케 무너졌느니
모란이 지고 말면 그뿐, 내 한 해는 다 가고 말아
삼백예순 날 하냥 섭섭해 우옵내다
모란이 피기까지는
나는 아직 기다리고 있을 테요, 찬란한 슬픔의 봄을.

[시의 이해] 순수한 서정을 추구하며 유미주의적인 시 세계를 형성한 김영랑의 초기 작품으로서, 봄에 피는 화려한 꽃인 모란을 통해 소망에 대한 기다림을 표현하였다.

---

7) 김영랑(金永郞, 1903~1950) : 시인. 본명은 윤식(允植). 전라남도 강진 출생. 1930년 박용철 등과 「시문학」지를 간행하여 여기에 '동백잎에 빛나는 마음' 등을 발표하였다. 예리한 감각을 고운 가락으로 표현한 순수시를 많이 창작하였는데, 작품으로 '모란이 피기까지는', '오매 단풍 들것네', '봄 길 위에서', '내 마음을 아실 이' 등이 있고, 시집에 「영랑 시집」「영랑 시선」이 있다.

고향——백석[8]

나는 북관(北關)에 혼자 앓아 누워서
어느 아침 의원(醫員)을 뵈이었다
의원은 여래(如來) 같은 상을 하고 관공(關公)의 수염을 드리워서
먼 옛적 어느 나라 신선 같은데
새끼손톱 길게 돋은 손을 내어
묵묵하니 한참 맥을 짚더니
문득 물어 고향이 어디냐 한다
평안도 정주라는 곳이라 한즉
그러면 아무개 씨 고향이란다
그러면 아무개 씰 아느냐 한즉
의원은 빙긋이 웃음을 띠고
막역지간(莫逆之間)이라며 수염을 쓴다
나는 아버지로 섬기는 이라 한즉
의원은 또다시 넌즈시 웃고
말없이 팔을 잡아 맥을 보는데
손길은 따스하고 부드러워
고향도 아버지도 아버지의 친구도 다 있었다.

[시의 이해] 타향에서 병이 든 시적 화자가 아버지뻘 되는 의원을 만나 고향과 육친의
따스함과 정을 느낀다는 내용의 시로 서사적인 구성 속에 서정적인 주제를 담고 있는 작품
이다.

---

8) 백석(白石, 1912~1995) : 시인. 본명은 기행(夔行). 평안북도 정주 출생. 초기에는 평
   안 지방 방언과 토속적인 소재들을 통해 일제에 의해 파괴되기 이전의 농촌 공동체가 가
   졌던 평화로운 정서를 주로 그렸다. 후기에는 여행 중에 접한 풍물을 표현한 작품이나
   모더니즘 계열의 작품을 창작했다. 작품으로 '고향', '여승', '여우난곬족', '국수', '남신
   의주 유동 박시봉방', 연작시 '서행 시초(西行詩抄)' 등이 있다.

남으로 창을 내겠소——김상용[9]

남(南)으로 창(窓)을 내겠소.
밭이 한참갈이
괭이로 파고
호미론 김을 매지요.

구름이 꼬인다 갈 리 있소.
새 노래는 공으로 들으랴오.
강냉이가 익걸랑
함께 와 자셔도 좋소.

왜 사나건
웃지요.

[시의 이해] 자연 속에서 욕심 없이 살아가겠다는 초월과 달관의 삶의 자세를 노래한 시로 우리 나라 전원시의 대표적인 작품이다.

---

9) 김상용(金尙鎔, 1902~1951) : 시인. 경기도 연천 출생. 삶을 관조하며 살아가는 담담한 심정이 동양적 허무를 느끼게 하는 독특한 시세계를 지녔다. 시집 「망향」에는 '남으로 창을 내겠소', '서글픈 꿈' 등이 실렸다.

풀벌레 소리 가득 차 있었다——이용악[10]

우리집도 아니고
일가집도 아닌 집
고향은 더욱 아닌 곳에서
아버지의 침상(寢床) 없는 최후(最後)의 밤은
풀벌레 소리 가득 차 있었다

노령(露領)을 다니면서까지
애써 자래운 아들과 딸에게
한 마디 남겨 두는 말도 없었고
아무을만(灣)의 파선도
설룽한 니코리스크의 밤도 완전히 잊으셨다
목침을 반듯이 벤 채

다시 뜨시잖는 두 눈에
피지 못한 꿈의 꽃봉오리가 갈앉고,
얼음장에 누우신 듯 손발은 식어갈 뿐
입술은 심장의 영원한 정지(停止)를 가리켰다
때늦은 의원(醫員)이 아모 말없이 돌아간 뒤
이웃 늙은이 손으로
눈빛 미명은 고요히
낯을 덮었다

우리는 머리맡에 엎디어
있는 대로의 울음을 다아 울었고

---

10) 이용악(李庸岳, 1914~?) : 시인. 함경북도 경성 출생. 민족적이고 토속적인 정서를 바
탕으로 일제 강점기 민족의 애환을 시에 담았다. 작품으로 '오랑캐꽃', '그리움', '풀벌
레 소리 가득 차 있었다' 등이 있다.

아버지의 침상 없는 최후의 밤은
풀벌레 소리 가득 차 있었다.

[시의 이해] 낯선 이국땅에서 침상도 없이 임종을 맞이한 아버지를 통해 일제 강점기의
조선 유랑민들의 비극적인 삶을 노래하고 있는 작품이다. 특히 시적 화자의 비극적 감정을
드러내 주는 '최후의 밤'의 풀벌레 소리는 낯선 이국땅에서 아버지를 영원히 보내야 하는
참담한 심정을 보여 주고 있다.

그 먼 나라를 알으십니까——신석정[11]

어머니
당신은 그 먼 나라를 알으십니까?
깊은 삼림대(森林帶)를 끼고 돌면
고요한 호수에 흰 물새 날고
좁은 들길에 야장미(野薔薇) 열매 붉어
멀리 노루 새끼 마음놓고 뛰어다니는
아무도 살지 않는 그 먼 나라를 알으십니까?
그 나라에 가실 때에는 부디 잊지 마셔요
나와 같이 그 나라에 가서 비둘기를 키웁시다

어머니
당신은 그 먼 나라를 알으십니까?
산비탈 넌지시 타고 내려오면
양지밭에 흰 염소 한가히 풀 뜯고
길 솟는 옥수수밭에 해는 저물어 저물어
먼 바다 물 소리 구슬피 들려 오는
아무도 살지 않는 그 먼 나라를 알으십니까?

어머니, 부디 잊지 마셔요
그때 우리는 어린 양을 몰고 돌아옵시다

어머니,
당신은 그 먼 나라를 알으십니까?

---

11) 신석정(辛夕汀, 1907~1974) : 시인. 본명은 석정(錫正). 전라북도 부안 출생. 일제 강
점하에는 목가적 서정시를 주로 발표하여 김동명·김상용과 함께 전원파로 불리었다. 광
복 후에는 사회적 관심을 드러내는 작품들과 관조적 성찰의 시를 많이 발표하였다. 작
품으로 '그 먼 나라를 알으십니까', '아직 촛불을 켤 때가 아닙니다', '슬픈 구도', '작은
짐승', '들길에 서서', '꽃덤불' 등이 있다.

오월 하늘에 비둘기 멀리 날고

오늘처럼 촐촐히 비가 내리면

꿩 소리도 유난히 한가롭게 들리리다

서리 까마귀 높이 날아 산국화 더욱 곱고

노오란 은행잎이 한들한들 푸른 하늘에 날리는

가을이면 어머니! 그 나라에서

양지밭 과수원에 꿀벌이 잉잉거릴 때

나와 함께 그 새빨간 능금을 또옥똑 따지 않으렵니까?

[시의 이해] 한가롭고 평화로운 전원 생활에 대한 묘사를 통해 전원적·목가적 삶에 대한 염원을 표현한 작품이다. 일제 강점하의 혹독한 현실로 인해 가능할 수 없게 된 자유와 평화, 순수하고 보람 있는 삶에 대한 동경이 작품의 주된 모티프이다.

바다와 나비──김기림[12]

　　아무도 그에게 수심(水深)을 일러 준 일이 없기에

　　흰 나비는 도무지 바다가 무섭지 않다

　　청(靑)무밭인가 해서 내려갔다가는

　　어린 날개가 물결에 절어서

　　공주(公主)처럼 지쳐서 돌아온다

　　삼월(三月)달 바다가 꽃이 피지 않아서 서글픈

　　나비 허리에 새파란 초생달이 시리다.

　[시의 이해] 거대한 바다와 연약한 나비의 대비를 통해 냉혹한 현실에 대한 도전과 좌절을 보여 주는 작품으로, 시각적 이미지를 중시한 주지적·이미지즘적 시의 특성을 잘 보여 준다.

---

12) 김기림(金起林, 1908~?) : 평론가·시인. 본명은 인손(仁孫). 함경북도 학성 출생. 모더니즘 문학운동을 펼친 구인회(九人會)의 일원이다. 주지적(主知的)이고 이미지즘적인 시를 추구하여, 감정이 절제되고 시각적 이미지가 두드러진 작품을 발표했다. 작품으로는 '바다와 나비', '기상도' 등이 있다.

일월(日月) ──유치환[13]

나의 가는 곳
어디나 백일(白日)이 없을소냐

머언 미개(未開)적 유풍(遺風)을 그대로
성신(星辰)과 더불어 잠자고

비와 바람을 더불어 근심하고
나의 생명과
생명에 속한 것을 열애(熱愛)하되
삼가 애련(哀憐)에 빠지지 않음은
──그는 치욕(恥辱)임일레라

나의 원수와/ 원수에게 아첨하는 자에겐
가장 옳은 증오(憎惡)를 예비하였나니

마지막 우러른 태양이/ 두 동공(瞳孔)에 해바라기처럼 박힌 채로
내 어느 불의(不意)에 짐승처럼 무찔리기로

오오, 나의 세상의 거룩한 일월(日月)에
또한 무슨 회한(悔恨)인들 남길소냐.

<u>시의 이해</u> 불의(不義)와 악에 타협하지 않는 증오와 대결의 자세를 강조한 작품이다.
일제 말기의 극심해진 탄압에 굽히지 않으려는 강한 의지가 두드러진다.

---

13) 유치환(柳致環, 1908~1967) : 시인. 호는 청마(靑馬). 경상남도 통영 출생. 생명 본연
　　의 순수함에 대한 추구와 동양적인 허무, 그 허무를 극복하려는 강인한 의지 등을 작품
　　에 담았다. 작품으로 '깃발', '바위', '생명의 서', '일월' 등이 있다.

청포도──이육사[14]

　내 고장 칠월은
　청포도가 익어가는 시절

　이 마을 전설이 주저리주저리 열리고,
　먼 데 하늘이 꿈꾸며 알알이 들어와 박혀

　하늘밑 푸른 바다가 가슴을 열고
　흰 돛 단 배가 곱게 밀려서 오면

　내가 바라던 손님은 고달픈 몸으로
　청포(靑袍)를 입고 찾아온다고 했으니

　내 그를 맞아 이 포도를 따 먹으면
　두 손은 함뿍 적셔도 좋으련

　아이야, 우리 식탁엔 은쟁반에
　하이얀 모시 수건을 마련해 두렴.

[시의 이해] 일제 강점하의 어두운 시대를 견뎌 내고 조국 광복의 날을 맞이하고 싶은 소망을 청포도라는 밝은 이미지의 소재를 통해 상징적으로 그려 낸 작품이다. 차분하고도 희망찬 어조로 미래에 대한 확신을 표현했다.

---

14) 이육사(李陸史, 1904~1944) : 시인·독립운동가. 지사적(志士的)이고 강건한 시풍으로 일제에 대한 저항의지와 독립에 대한 희망을 노래했다. 작품으로 '광야', '절정', '청포도', '교목(喬木)' 등이 있다.

비——정지용[15]

돌에
그늘이 차고

따로 몰리는
소소리 바람

앞섰거니 하여
꼬리 치날리어 세우고

종종다리 까칠한
산새 걸음걸이

여울지어
수척한 흰 물살

갈갈이
손가락 펴고

멎은 듯
새삼 돋는 비ㅅ낯

붉은 닢 닢
소란히 밟고 간다.

---

15) 정지용(鄭芝溶, 1902~1950) 시인. 충청북도 옥천 출생. 1930년대에는 구인회(九人會) 일원으로서 주지적(主知的)이고 이미지즘적인 시를 추구하였으며, 후기에는 동양적 관조의 세계를 추구했다. 작품으로 '비', 연작시 '유리창' 등이 있다. 시집으로는 「정지용시집」과 「백록담」이 있다.

[시의 이해] '비'라는 흔한 자연 현상을 제재로 삼았지만, 독창적인 비유를 통해 대상을 독특한 감각으로 그려 낸 작품이다. 8개의 연이 기·승·전·결의 4단을 이루는 정제된 형식미는 한시(漢詩)의 하나인 율시(律詩)의 형식을 연상하게 한다.

별 헤는 밤——윤동주[16]

계절이 지나가는 하늘에는
가을로 가득 차 있습니다

나는 아무 걱정도 없이
가을 속의 별들을 다 헤일 듯합니다

가슴 속에 하나 둘 새겨지는 별을
이제 다 못 헤는 것은
쉬이 아침이 오는 까닭이요
내일 밤이 남은 까닭이요
아직 나의 청춘이 다하지 않은 까닭입니다

별 하나에 추억과
별 하나에 사랑과
별 하나에 쓸쓸함과
별 하나에 동경과
별 하나에 시와
별 하나에 어머니, 어머니

어머님, 나는 별 하나에 아름다운 말 한 마디씩 불러 봅니다. 소학교 때
책상을 같이 했던 아이들의 이름과 패, 경, 옥, 이런 이국 소녀들의 이름
과, 벌써 아기 어머니 된 계집애들의 이름과 가난한 이웃 사람들의 이름

---

16) 윤동주(尹東柱, 1917~1945) : 시인. 북간도 출생. 일본 토오지샤[同志社] 대학에서 영
   문학을 전공하던 중에 사상 불온, 독립운동 혐의로 체포되어 후쿠오카 감옥에서 옥사했
   다. 일제 강점하에서 자신의 양심에 충실하려는 젊은이의 자아 성찰을 투명한 시어로
   표현했다. 유고 시집 「하늘과 바람과 별과 시」가 있으며, 작품으로 '서시(序詩)', '별 헤
   는 밤', '쉽게 씌어진 시', '십자가', '참회록', '간', '또 다른 고향', '자화상', '아우의
   인상화', '병원' 등이 있다.

과, 비둘기, 강아지, 토끼, 노새, 노루, '프랑시스 잼', '라이너 마리아 릴
케', 이런 시인의 이름을 불러 봅니다

　이네들은 너무나 멀리 있습니다
　별이 아스라이 멀 듯이

　어머님
　그리고 당신은 멀리 북간도에 계십니다

　나는 무엇인지 그리워
　이 많은 별빛이 내린 언덕 위에
　내 이름자를 써 보고
　흙으로 덮어 버리었습니다

　딴은, 밤을 새워 우는 벌레는
　부끄러운 이름을 슬퍼하는 까닭입니다

　그러나, 겨울이 지나고 나의 별에도 봄이 오면
　무덤 위에 파란 잔디가 피어나듯이
　내 이름자 묻힌 언덕 위에도
　자랑처럼 풀이 무성할 거외다.

　　[시의 이해]　먼 타향에서 가을밤의 별들을 바라보며 느끼는 것들을 담담하게 표현해 낸
작품이다. 가을밤의 상념과 자아 성찰, 미래에 대한 희망과 스스로에 대한 긍정 등을 그 내
용으로 하고 있다.

승무(僧舞)——조지훈[17]

얇은 사(紗) 하이얀 고깔은
고이 접어서 나빌레라

파르라니 깎은 머리
박사(薄紗) 고깔에 감추오고

두 볼에 흐르는 빛이
정작으로 고와서 서러워라

빈 대(臺)에 황촉(黃燭)불이 말없이 녹는 밤에
오동잎 잎새마다 달이 지는데

소매는 길어서 하늘은 넓고
돌아설 듯 날아가며 사뿐히 접어 올린 외씨버선이여.

까만 눈동자 살포시 들어
먼 하늘 한 개 별빛에 모두오고

복사꽃 고운 뺨에 아롱질 듯 두 방울이야
세사(世事)에 시달려도 번뇌(煩惱)는 별빛이라

휘어져 감기우고 다시 접어 뻗는 손이
깊은 마음 속 거룩한 합장(合掌)인 양하고

---

17) 조지훈(趙芝薰, 1920~1968) : 시인. 본명은 동탁(東卓). 경상북도 영양 출생. 「문장」
지로 등단하였으며 박목월·박두진과 함께 '청록파' 시인으로 불린다. 고전적이고 불교적
이며 선적(禪的)인 작품 세계를 추구했다. 작품으로 '봉황수(鳳凰愁)', '고풍 의상(古風
衣裳)', '승무', '석문(石門)', '낙화', '민들레꽃', '병(病)에게' 등이 있다.

이 밤사 귀또리도 지새는 삼경(三更)인데,

얇은 사(紗) 하이얀 고깔은 고이 접어서 나빌레라.

 '승무'라는 불교적인 소재를 통해 삶의 번뇌와 그 종교적 승화라는 주제를 형상화한 작품이다. 승무의 동작의 양상에 따라 시의 리듬과 내면의 양상이 달라지며, 역설적인 표현과 비유·상징 등의 기법을 사용하였다.

해──박두진[18)

해야 솟아라, 해야 솟아라, 말갛게 씻은 얼굴 고운 해야 솟아라. 산 너머 산 너머서 어둠을 살라 먹고, 산 너머서 밤새도록 어둠을 살라 먹고, 이글이글 애띤 얼굴 고운 해야 솟아라

달밤이 싫여, 달밤이 싫여, 눈물 같은 골짜기에 달밤이 싫여, 아무도 없는 뜰에 달밤이 나는 싫여……

해야, 고운 해야, 늬가 오면, 늬가사 오면, 나는 나는 청산이 좋아라. 훨훨훨 깃을 치는 청산이 좋아라. 청산이 있으면 홀로래도 좋아라

사슴을 따라 사슴을 따라, 양지로 양지로 사슴을 따라, 사슴을 만나면 사슴과 놀고

칡범을 따라 칡범을 따라, 칡범을 만나면 칡범과 놀고……

해야, 고운 해야, 해야 솟아라. 꿈이 아니래도 너를 만나면, 꽃도 새도 짐승도 한 자리 앉아, 워어이 워어이 모두 불러 한 자리 앉아, 애띠고 고운 날을 누려 보리라.

[시의 이해] 밝고 평화로운 새 세상이 오기를 바라는 간절한 소망을 표현한 작품이다. 동일한 어구의 반복과 산문적인 구성을 통해 나타나는 급박한 리듬으로 그 간절함을 표현하고 있다.

---

18) 박두진(朴斗鎭, 1916~1998) : 시인. 경기도 안성 출생. 조지훈·박목월과 함께 '청록파'의 한 사람으로, 1939년 「문장」지에 '향현' 등이 추천되어 등단하였다. 기독교적 신앙을 바탕으로 한 기원과 갈망을 노래한 작품을 많이 썼고 시집에 「청록집」 「해」 「오두」 등이 있다.

나그네 ──박목월[19]

강나루 건너서
밀밭 길을

구름에 달 가듯이
가는 나그네

길은 외줄기
남도 삼백 리

술 익는 마을마다
타는 저녁 놀

구름에 달 가듯이
가는 나그네.

[시의 이해] 간결하고 압축적인 표현을 통해 나그네의 유유자적한 삶과 정서를 형상화한
작품이다.

---

19) 박목월(朴木月, 1916~1978) : 시인. 본명은 영종(泳鍾). 경상북도 경주 출생. 조지훈·
박두진과 함께 청록파의 한 사람으로서, 초기에는 관념 속의 평화로운 자연 세계를 그
리거나 소박하고 향토적인 서정의 세계를 추구했고, 1960년대 이후에는 현실적인 생활
의 문제를 다루는 작품을 많이 창작했다. 작품으로 '나그네', '산도화(山桃花)', '청노
루', '윤사월', '불국사', '하관' 등이 있다.

귀촉도——서정주[20]

　　눈물 아롱아롱
　　피리 불고 가신 님의 밟으신 길은
　　진달래 꽃비 오는 서역 삼만 리
　　흰 옷깃 여며 여며 가옵신 님의
　　다시 오진 못하는 파촉(巴蜀) 삼만 리

　　신이나 삼아 줄 걸 슬픈 사연의
　　올올이 아로새긴 육날 메투리
　　은장도 푸른 날로 이냥 베어서
　　부질없는 이 머리털 엮어 드릴 걸

　　초롱에 불빛 지친 밤 하늘
　　굽이굽이 은핫물 목이 젖은 새
　　차마 아니 솟는 가락 눈이 감겨서
　　제 피에 취한 새가 귀촉도(歸蜀途) 운다
　　그대 하늘 끝 호올로 가신 님아.

　　[시의 이해] 사랑하는 님을 여읜 여인을 화자로 하여, 사별한 님에 대한 그리움과 이별의 한(恨)을 애절한 부름과 탄식으로 표현한 작품이다. 한(恨)을 나타내는 전통적 소재인 귀촉도(두견새)를 제재로 삼았다.

---

20) 서정주(徐廷柱, 1915~2000) : 시인. 전라북도 고창 출생. 1936년 「동아일보」 신춘 문예에서 시 '벽'이 당선되어 문단에 등단하여 김광균·김동리 등과 「시인 부락」 동인으로 활동하였다. 초기의 악마적이고 원색적인 시풍에서 후에 동양적인 사상으로 변모하여 시적 깊이가 심화되었다. 시집에 「화사집」「귀촉도」「서정주 시선」「신라초」「동천」「질마재 신화」 등이 있다.

초토(焦土)의 시 8——구상[21]

　오호, 여기 줄지어 누워 있는 넋들은
　눈도 감지 못하였겠구나

　어제까지 너희의 목숨을 겨눠
　방아쇠를 당기던 우리의 그 손으로
　썩어 문드러진 살덩이와 뼈를 추려
　그래도 양지바른 두메를 골라
　고이 파묻어 떼마저 입혔거니

　죽음은 이렇듯 미움보다도, 사랑보다도
　더 너그러운 것이로다

　이곳서 나와 너희의 넋들이
　돌아가야 할 고향 땅은 삼십 리(里)면
　가로막히고,
　무주 공산(無主空山)의 적막만이
　천만 근 나의 가슴을 억누르는데.

　살아서는 너희가 나와
　미움으로 맺혔건만
　이제는 오히려 너희의
　풀지 못한 원한이
　나의 바람 속에 깃들여 있도다

---

21) 구상(具常, 1919~2004) 시인. 본명은 상준(常浚). 함경남도 원산 출생. 이북에서 문
　학활동을 하다가 '북조선 문학 예술 총동맹'으로부터 반동 시인으로 낙인찍히자 곧바로
　월남했으며, 6·25전쟁 중에는 종군 시인으로 활동했다. 주로 가톨릭 정신을 바탕으로
　하여 인간 존재와 우주의 의미를 탐구하는 구도적(求道的)인 작품을 썼다. 시집으로
　「시집 구상」「초토의 시」가 있다.

손에 닿을 듯한 봄 하늘에
구름은 무심히도
북으로 흘러가고

어디서 울려 오는 포성 몇 발
나는 그만 이 은원(恩怨)의 무덤 앞에
목놓아 버린다.

시의 이해 연작시 '초토(焦土)의 시' 15편 중 8편째 편으로서, 동족상잔에 대한 안타까움과 통일에 대한 염원, 분단과 남북 대치 상황에 대한 통한(痛恨)의 감정을 표현한 시이다.

풀——김수영[22)

풀이 눕는다.
비를 몰아 오는 동풍에 나부껴
풀은 눕고
드디어 울었다
날이 흐려서 더 울다가
다시 누웠다.

풀이 눕는다.
바람보다도 더 빨리 눕는다.
바람보다도 더 빨리 울고
바람보다 먼저 일어난다

날이 흐리고 풀이 눕는다.
발목까지
발밑까지 눕는다
바람보다 늦게 누워도
바람보다 먼저 일어나고
바람보다 늦게 울어도
바람보다 먼저 웃는다.
날이 흐리고 풀뿌리가 눕는다.

[시의 이해] 유작(遺作)으로 발표된 작품으로, '풀'이라는 자연적 소재를 관념화하여 시인의 인식과 태도를 표현한 것이다. '풀'에 대한 반복적인 표현과 그 변화를 통해 의미의 고조 및 주제 의식의 표출을 이루어 내고 있다.

---

22) 김수영(金洙暎, 1921~1968) : 시인. 서울 출생. 1949년 작품 활동을 시작하여 1950년대 초에는 대표적인 모더니즘 시인으로 활동했으나, 1950년대 말부터 시대 현실에 대한 비판과 저항 의식을 나타냈다. 독재에 대한 비판, 행동하지 못하는 나약한 지식인인 자신에 대한 비판, 민중의 끈기와 강인함에 대한 기대 등을 작품으로 형상화했다. 작품으로는 '눈', '폭포', '어느 날 고궁을 나오면서', '사령(死靈)', '풀' 등의 시가 있다.

가을의 기도——김현승[23]

가을에는
기도하게 하소서……
낙엽(落葉)들이 지는 때를 기다려 내게 주신
겸허(謙虛)한 모국어(母國語)로 나를 채우게 하소서

가을에는
사랑하게 하소서……
오직 한 사람을 택하게 하소서
가장 아름다운 열매를 위하여 이 비옥(肥沃)한
시간을 가꾸게 하소서.

가을에는
호올로 있게 하소서……
나의 영혼
굽이치는 바다와
백합(百合)의 골짜기를 지나
마른 나뭇가지 위에 다다른 까마귀 같이.

[시의 이해] 가을이 가지는 이미지를 바탕으로 종교적 명상과 반성적 기도의 내용을 표현한 작품이다. 인간의 고독과 고뇌를 종교적으로 승화시키고자 하는 소망이 경건한 기도의 형식으로 나타나 있다.

---

23) 김현승(金顯承, 1913~1975) : 시인. 광주(광역시) 출생. 기독교 신앙을 바탕으로 인간의 삶과 내면의 고독에 대한 경건하고 신앙적인 자세를 표현했다. 작품으로 '눈물', '가을', '가을의 기도', '견고한 고독', '파도', '플라타너스' 등이 있다.

꽃을 위한 서시──김춘수[24]

　　나는 시방 위험(危險)한 짐승이다
　　나의 손이 닿으면 너는
　　미지(未知)의 까마득한 어둠이 된다.

　　존재(存在)의 흔들리는 가지 끝에서
　　너는 이름도 없이 피었다 진다

　　눈시울에 젖어드는 이 무명(無名)의 어둠에
　　추억(追憶)의 한 접시 불을 밝히고
　　나는 한밤내 운다.

　　나의 울음은 차츰 아닌밤 돌개바람이 되어
　　탑(塔)을 흔들다가
　　돌에까지 스미면 금(金)이 될 것이다

　　……얼굴을 가리운 나의 신부(新婦)여.

　[시의 이해] '꽃'은 사물에 내재해 있는 본질 혹은 의미로 해석된다. '얼굴을 가리운 나의 신부'는 곧 영원히 잡을 수 없는 '꽃'이며 존재의 본질에 해당하는 것이다.

---

24) 김춘수(金春洙, 1922~2004) : 시인. 경상남도 통영 출생. 존재의 본질과 언어에 대한 철학적 성찰이라는 특징적인 작품 세계를 보여 주었다. 존재론적이고 형이상학적인 작품이 많으며, 작품으로는 '꽃', '꽃을 위한 서시(序詩)', '샤갈의 마을에 내리는 눈', '처용 단장', '분수(噴水)' 등의 시가 있다.

설일(雪日) ——김남조[25]

겨울 나무와
바람
머리채 긴 바람들은 투명한 빨래처럼
진종일 가지 끝에 걸려
나무도 바람도
혼자가 아닌 게 된다

혼자는 아니다
누구도 혼자는 아니다
나도 아니다
실상 하늘 아래 외톨이로 서 보는 날도
하늘만은 함께 있어 주지 않던가

삶은 언제나
은총(恩寵)의 돌층계의 어디쯤이다
사랑도 매양
섭리(攝理)의 자갈밭의 어디쯤이다

이적진 말로써 풀던 마음
말없이 삭이고
얼마 더 너그러워져서 이 생명을 살자
황송한 축연이라 알고
한 세상 누리자

---

25) 김남조(金南祚, 1927~) 시인. 대구 출생. 가톨릭적 사랑의 세계와 윤리 의식을 바탕
으로 신에 대한 은총과 인간의 사랑, 인간주의적인 밝고 경건한 삶에 대한 예찬 등을
여성 특유의 섬세한 필치로 그렸다. 작품으로 '겨울 바다', '설일', '정념(情念)의 기
(旗)' 등의 시가 있다.

새해의 눈시울이 순수의 얼음꽃
승천한 눈물들이 다시 땅 위에 떨구이는
백설을 담고 온다.

[시의 이해] 인생에 대한 성찰을 통해 삶에 대해 새로이 긍정적인 태도를 가지게 되는
변화를 그린 작품이다. 기독교 신앙을 바탕으로 인간의 삶을 이해한 작품이다.

껍데기는 가라——신동엽[26)

껍데기는 가라
사월(四月)도 알맹이만 남고
껍데기는 가라

껍데기는 가라
동학년(東學年) 곰나루의, 그 아우성만 살고
껍데기는 가라

그리하여, 다시
껍데기는 가라
이 곳에선, 두 가슴과 그 곳까지 내논
아사달 아사녀가
중립(中立)의 초례청 앞에 서서
부끄럼 빛내며
맞절할지니

껍데기는 가라
한라에서 백두까지
향그러운 흙가슴만 남고
그, 모오든 쇠붙이는 가라.

[시의 이해] 4·19혁명의 정신이 쿠데타에 의해 짓밟힌 군사독재 시대의 현실에 대한 비판을 담은 작품이다. 민중의 순수한 열망대로 외세를 극복하고 민주주의와 통일을 이루고자 하는 소망과 의지가 나타나 있다.

---

26) 신동엽(申東曄, 1930~1969) : 시인. 충청남도 부여 출생. 외세와 군사 독재하에서 민중이 겪는 고통을 고발하고, 통일과 민주주의의 실현을 열망하는 현실 참여의 경향을 보였다. 작품으로 '껍데기는 가라', '봄은', '누가 하늘을 보았다 하는가' 등의 시가 있다.

귀천(歸天)──천상병[27]

나 하늘로 돌아가리라
새벽빛 와 닿으면 스러지는
이슬 더불어 손에 손을 잡고

나 하늘로 돌아가리라
노을빛 함께 단 둘이서
기슭에서 놀다가 구름 손짓하면은

나 하늘로 돌아가리라
아름다운 이 세상 소풍 끝내는 날
가서, 아름다웠더라고 말하리라……

[시의 이해] 삶과 죽음에 대한 시인의 관조적이고 체념적인 자세가 잘 나타나 있다. 시인은 인생이 '이슬'이나 '노을빛'과 같이 덧없는 것이며, 지상으로 잠깐 다니러 온 '소풍'에 불과하다고 말하고 있다.

---

27) 천상병(千祥炳, 1930~1993) : 시인. 일본에서 태어나 중학교 때 광복을 맞은 후 귀국했다. 1964년 잠시 공직에 몸담았다가 1967년 이른바 '동백림(동 베를린) 사건'에 연루되어 옥고를 치른 후, 고문의 후유증과 지나친 음주로 인한 영양 실조로 거리에서 쓰러졌다. 시대와의 불화로 인한 가난과 방랑의 비참한 삶에도 불구하고 순수하고 소박한 시를 남겼다.

목계 장터——신경림[28]

하늘은 날더러 구름이 되라 하고
땅은 날더러 바람이 되라 하네
청룡 흑룡 흩어져 비 개인 나루
잡초나 일깨우는 잔바람이 되라네
뱃길이라 서울 사흘 목계 나루에
아흐레 나흘 찾아 박가분 파는
가을볕도 서러운 방물장수 되라네
산은 날더러 들꽃이 되라 하고
강은 날더러 잔돌이 되라 하네
산서리 맵차거든 풀 속에 얼굴 묻고
물여울 모질거든 바위 뒤에 붙으라네
민물 새우 끓어넘는 토방 툇마루
석삼 년에 한 이레쯤 천치로 변해
짐부리고 앉아 쉬는 떠돌이가 되라네
하늘은 날더러 바람이 되라 하고
산은 날더러 잔돌이 되라 하네.

[시의 이해] 향토적인 시어를 통해, 목계 장터를 중심으로 살아가는 민중의 삶의 모습을
그려 낸 작품이다. 떠돌이와 정착한 이를 막론하고 민중의 삶의 애환이 생생하게 나타나
있다.

---

28) 신경림(申庚林, 1936~   ) : 시인. 충청북도 중원 출생. 1956년 '갈대'로 등단한 이래
   인간 존재에 대한 존재론적 탐구를 시도하다가, 1960년대 중반부터 농민과 소외된 계층
   의 현실을 구체적이고 향토적인 정서로 그려 내기 시작했다. 작품으로 '갈대', '농무',
   '목계 장터', 서사시 '남한강' 등이 있다.

눈길——고은[29]

이제 바라보노라
지난 것이 다 덮여 있는 눈길을
온 겨울을 떠돌고 와
여기 있는 낯선 지역을 바라보노라.
나의 마음 속에 처음으로
눈 내리는 풍경
세상은 지금 묵념의 가장자리
지나 온 어느 나라에도 없었던
설레이는 평화로서 덮이노라
바라보노라 온갖 것의
보이지 않는 움직임을
눈 내리는 하늘은 무엇인가
내리는 눈 사이로
귀 기울여 들리나니 대지의 고백
나는 처음으로 귀를 가졌노라
나의 마음은 밖에서는 눈길
안에서는 어둠이노라
온 겨울의 누리 떠돌다가
이제 와 위대한 적막을 지킴으로써
쌓이는 눈 더미 앞에
나의 마음은 어둠이노라.

[시의 이해] 눈 덮인 길을 바라보면서 마음 속에 처음으로 자리잡은 평화를 체험한다. 이는 바로 시적 화자가 '온 겨울의 누리'를 떠도는 고행(苦行)을 통해 획득한 '위대한 적막(寂寞)'이며, '지나 온 어느 나라에도 없었던 설레이는 평화'인 것이다.

---

29) 고은(高銀, 1933~) : 시인. 본명은 은태(銀泰). 전라북도 군산 출생. 현실 참여의식과 역사의식을 시를 통하여 형상화하였다. 민주화 운동과 노동운동에 앞장 서 왔다. 시집으로 「피안감성」 「문의 마을에 가서」 「만인보」 등이 있다.

살아 있는 날은——이해인[30]

마른 향내 나는
갈색 연필을 깎아
글을 쓰겠습니다

사각사각 소리나는
연하고 부드러운 연필 글씨를
몇 번이고 지우며/다시 쓰는 나의 하루

예리한 칼끝으로 몸을 깎이어도
단정하고 꼿꼿한 한 자루의 연필처럼
정직하게 살고 싶습니다

나는 당신의 살아 있는 연필
어둠 속에도 빛나는 말로
당신이 원하시는 글을 쓰겠습니다

정결한 몸짓으로 일어나는 향내처럼
당신을 위하여/소멸하겠습니다.

[시의 이해] 수녀(修女)인 시인의 경건하고 종교적인 삶의 태도를 나타낸 작품이다. 시인은 연필로 쓴 글씨 또는 연필 자체의 모습으로부터 시상을 전개하여, 경건하고 성실한 구도적(求道的) 삶을 살겠다는 다짐을 이끌어 내고 있다.

---

30) 이해인(李海仁, 1945~   ) : 시인·수녀. 강원도 양구 출생. 1970년 월간 「소년」에 동시(童詩) 부문 추천으로 등단. 시집 「민들레의 영토」 「내 혼에 불을 놓아」 「오늘은 내가 반달로 떠도」 등이 있다.

타는 목마름으로——김지하[31]

신새벽 뒷골목에
네 이름을 쓴다 민주주의여
내 머리는 너를 잊은 지 오래
내 발길은 너를 잊은 지 너무도 너무도 오래
오직 한 가닥 있어
타는 가슴 속 목마름의 기억이
네 이름을 남 몰래 쓴다 민주주의여

아직 동 트지 않은 뒷골목의 어딘가
발자욱 소리 호르락 소리 문 두드리는 소리
외마디 길고 긴 누군가의 비명 소리
신음 소리 통곡 소리 탄식 소리 그 속에 내 가슴팍 속에
깊이깊이 새겨지는 네 이름 위에
네 이름의 외로운 눈부심 위에
살아오는 삶의 아픔
살아오는 저 푸르른 자유의 추억
되살아오는 끌려가던 벗들의 피 묻은 얼굴
떨리는 손 떨리는 가슴
떨리는 치떨리는 노여움으로 나무 판자에
백묵으로 서툰 솜씨로
쓴다

---

31) 김지하(金芝河, 1941~　) : 시인. 본명은 영일(英一). 전라남도 목포 출생. 1964년 일
본과의 국교 정상화에 반대하는 투쟁을 벌였으며, 이후 군사 독재에 대한 투쟁에 참여
했다. 1975년 아시아-아프리카 작가 회의로부터 '로터스 상'을 수상했다. 독재 치하를
사는 젊은이의 고뇌를 명확한 현실 인식 아래 형상화했으며, 후기에는 생명 의식과 환
경 문제에 대한 관심으로 기울었다. 시집 「황토(黃土)」 「오적(五賊)」 「타는 목마름으
로」 「애린(愛隣)」 등이 있다.

숨죽여 흐느끼며
네 이름을 남 몰래 쓴다
타는 목마름으로
타는 목마름으로
민주주의여 만세.

[시의 이해] 유신 독재하에서 민주주의를 갈망하여 고통과 억압을 견뎌 낸 작가의 삶과
정신을 표현한 작품이다. 반복적인 표현을 통해 민주주의에 대한 갈망을 드러내고 있다.

풍장(風葬) 1──황동규[32]

내 세상 뜨면 풍장시켜 다오
섭섭하지 않게
옷은 입은 채로 전자 시계는 가는 채로
손목에 달아 놓고
아주 춥지는 않게
가죽 가방에 넣어 전세 택시에 싣고
군산(群山)에 가서
검색이 심하면
곰소쯤에 가서
통통배에 옮겨 실어 다오

가방 속에서 다리 오그리고
그러나 편안히 누워 있다가
선유도 지나 무인도 지나 통통 소리 지나
배가 육지에 허리 대는 기척에
잠시 정신을 잃고
가방 벗기우고 옷 벗기우고
무인도의 늦가을 차가운 햇빛 속에
구두와 양말도 벗기우고
손목시계 부서질 때
남몰래 시간을 떨어뜨리고
바람 속에 익은 붉은 열매에서 툭툭 퉁기는 씨들을

---

32) 황동규(黃東奎, 1938~   ) : 시인. 서울 출생. 1958년 「현대문학」에 '시월', '즐거운 편지' 등이 추천되어 등단했다. 지식인의 현대적 서정을 이미지즘에 의거하여 표현하는 시적 경향을 보인다. 작품으로 '조그만 사랑 노래', 연작시 '풍장(風葬)'과 '기항지' 등이 있다.

무연히 안 보이듯 바라보며
살을 말리게 해 다오
어금니에 박혀 녹스는 백금(白金) 조각도
바람 속에 빛나게 해 다오

바람 이불처럼 덮고
화장(化粧)도 해탈(解脫)도 없이
이불 여미듯 바람을 여미고
마지막으로 몸의 피가 다 마를 때까지
바람과 놀게 해 다오.

[시의 이해] 풍장(風葬)이라는 독특한 장례 형식을 제재로 하여, 시인이 소망하는 삶의 방식을 형상화한 작품이다. 풍장에 의해 바람 속에서 자연으로 돌아가는 시신처럼, 시인은 자유롭고 자연스럽게 살고자 다짐하는 것이다.

우리가 물이 되어——강은교[33]

  우리가 물이 되어 만난다면
  가뭄 어느 집에선들 좋아하지 않으랴
  우리가 키 큰 나무와 함께 서서
  우르르 우르르 비 오는 소리로 흐른다면

  흐르고 흘러서 저물녘엔
  저 혼자 깊어지는 강물에 누워
  죽은 나무 뿌리를 적시기도 한다면
  아아, 아직 처녀(處女)인
  부끄러운 바다에 닿는다면

  그러나 지금 우리는
  불로 만나려 한다
  벌써 숯이 된 뼈 하나가
  세상에 불타는 것들을 쓰다듬고 있나니

  만 리 밖에서 기다리는 그대여
  저 불 지난 뒤에
  흐르는 물로 만나자

  푸시시 푸시시 불 꺼지는 소리로 말하면서
  올 대는 인적 그친
  넓고 깨끗한 하늘로 오라.

---

33) 강은교(姜恩喬, 1945~   ) : 시인. 함경남도 홍원 출생. 1968년 「사상계」 신인 문학상
   에 '순례자의 잠'이 당선되어 등단했다. 초기에는 절대적인 허무 의식을 드러내며 존재
   의 탐구에 관심을 쏟다가, 차츰 사회적·역사적 삶으로 시야를 넓혀 갔다. 시집으로 「허
   무수첩」「풀잎」「우리가 물이 되어」 등이 있다.

[시의 이해] 고독하고 메마른 현재의 삶을 벗어나고 싶다는 존재론적 소망을 사회적 부조리와 모순의 해소라는 공동체적 목표와 함께 다룬 독특한 작품으로서, '물'과 '불'의 상반된 이미지를 통해 만남과 사회적 관계의 방식이라는 의미를 형상화하고 있다.

새들도 세상을 뜨는구나——황지우[34]

영화가 시작하기 전에 우리는
일제히 일어나 애국가를 경청한다
삼천리 화려 강산의
을숙도에서 일정한 군(群)을 이루며
갈대숲을 이륙하는 흰 새떼들이
자기들끼리 끼룩끼룩거리면서
자기들끼리 낄낄대면서
일렬 이열 삼렬 횡대로 자기들의 세상을
이 세상에서 떼어 메고
이 세상 밖 어디론가 날아간다
우리들도 우리들끼리
낄낄대면서/깔쭉대면서
우리의 대열을 이루며
한 세상 떼어 메고
이 세상 밖 어디론가 날아갔으면
하는데 대한 사람 대한으로
길이 보전하세로
각기 자기 자리에 앉는다
주저앉는다.

[시의 이해] 획일적이고 억압적인 분위기에 질식한 한 젊은이의 내면을 보여 준다. 영화관에 울려 퍼지는 애국가와 그 화면을 통해, 어두운 현실을 벗어나고 싶은 갈망과 그 갈망의 좌절을 표현하고 있다.

---

34) 황지우(黃芝雨, 1952~) : 시인. 전라남도 해남 출생. 1980년 「중앙일보」 신춘 문예에 '연혁(沿革)'이 입선하면서 등단했다. 1983년 제3회 '김수영 문학상', 1991년 제36회 '현대 문학상', 1994년 제8회 '소월시 문학상' 등을 수상했다. 시집으로 「새들도 세상을 뜨는구나」 「겨울-나무로부터 봄-나무에로」 등이 있다.

제3권
소설 쓰기 첫걸음

제1부 이론

1. 소설의 본질

1) 문학의 이해

넓은 의미의 문학은 철학과 역사, 과학 등을 비롯한 글자에 의한 사람 정신의 소산인 저작물 전체와 문예작품 일반을 가리킨다. 그러나 좁은 의미의 문학 곧 일반적으로 말하는 문학이란 예술적인 문예 부문만을 가리킨다.

따라서 문학이란 "작자의 사상과 감정을 통하여 독자의 사상과 감정에 호소하는, 글자에 의한 예술 활동 모두를 일컫는다"고 정의할 수 있다. 그러므로 문학의 주요 장르로는 서정시와 서사시, 극시 등 운문 작품을 비롯하여, 근대 시민계급의 발흥과 함께 일어난 운문 작품 중 소설과 수필 및 평론 등 여러 분야가 있다.

문학의 기원은 원시 종합예술(ballad dance)에서 찾을 수 있다. 샤머니즘(shamanism)에 결부되어, 무용과 음악과 시 따위가 혼합된 총체적인 것이었다. 이것이 인성(人性)의 발달에 따라서 혼합 예술의 성격에서 분화하여 언어를 재료로 한 언어 예술로서의 문학이 독립하게 되었다.

여느 예술과 마찬가지로 문학의 목적은 독자에게 감동을 주어 미적 쾌감을 느끼게 하는 것이다. 문학 작품을 감상한다 함은 그 작품을 이해하고 그것이 가진 미적 가치를 즐기는 일이다. 그리고 문학이 창작의 속성을 가지는 것은, 작품은 현실이나 삶에서의 체험을 바탕으로 하지만, 거기에 작가의 사상과 감정을 더하여 다른 세계 곧 허구(虛構) 또는 가공(架空)의 세계를 만들기 때문이다.

2) 문학의 세계

문학의 세계는 실재의 세계가 아니라 창조된 세계이다. 흔히 문학을 가리켜 '사회의 거울' 또는 '현실의 반영'이라고 한다. 그러나 이 말은 문학이 실제의 사회와 현실을 그대로 복사한다는 뜻은 아니다.

일찍이 아리스토텔레스는 그의 「시학(詩學)」에서 역사와 서사시의 두 세계를 대조하여 문학의 특질을 이렇게 설명했다.

"시인이 하는 일은 실제로 일어난 사건을 그리는 것이 아니고, 일어날 수 있는 것, 즉 개연성(蓋然性) 또는 필연적으로 가능한 사건을 그리는 데 있다. 역사가와 시인의 차이는 산문과 운문의 차이에 있는 것이 아니라, 한편은 실제로 존재한 것을 그리고, 한편은 존재할 수 있는 것을 그리는 데 있다."

'존재할 수 있는 것'이란 곧 '가능성의 세계'를 말하는 것이며, 가능성의 세계를 그린다는 것은 가작(假作), 그러니까 '허구의 세계'를 그린다는 뜻이다. 그러므로 문학의 세계는 결국 실제로 있는 사실을 쓰는 것이 아니라, 작가가 상상해 낸 세계를 그려 내는 허구의 세계이다.

문학을 표현하는 기본적인 두 개의 형식은 운문과 산문이다.

운문은 운율이란 일정한 규율을 가진 글이다. 곧 언어 문자의 배열에 일정한 규율이 있으며, 주로 작자의 감정을 노래한 글로서 시가 대표적이다. 운율에는 외형률을 가지고 있는 것도 있지만, 내재율을 가진 것도 있어서 산문과 분간하기 어려운 경우가 있다.

산문은 운율이나 그 밖의 여러 가지 규칙에 구애됨이 없이 자유로운 표현 형식을 취하는 글이다. 산문은 운문보다 뒤에 발달한 근대의 문학 형식이다. 고대에서 중세까지는 운문 문학이 문학을 대표했으나, 중세에서 근세에 걸쳐 차츰 산문 문학이 발달함에 따라 소설이 대표적인 양식으로 등장했다. 근대에 이르러 산문 문학이 본격적으로 발달하게 된 것은 운문 문학과 같이 제약된 형식으로서는 근대의 복잡해진 역사적 및 사회적 여러 조건이나, 복잡한 사상 감정을 표현하기 어렵게 되어 자연히 자유스러운 산문의 형식을 요구하게 된 때문이다.

3) 문학의 분류

문학의 여러 부문을 장르(genre)라 한다. 이 말은 라틴 말의 '종류'를 나타내는 '게누스(genus)'에서 나온 말로서, 일반적으로는 공통의 특질을 가지는 존재 또는 대상을 뜻한다. 그러나 예술상의 용어로서는 일정한 객관적 조건에서 유형적 통일을 형성하는 작품군을 가리키며, 특히 문예의 형태에 대해서 이 말을 적용하는 경우가 많다. 문학에서 '장르'라고 할 때는 보통 시, 소설, 희곡, 수필, 평론 등을 가리킨다.

문학은 관점에 따라 여러 가지로 분류된다. 첫째, 언어 형식에서 운율이 있느냐 없느냐에 따라 운문과 산문으로 나누어진다. 둘째, 입으로 전승되는가 아니면 글자에 의해 고정되는가에 따라서 구비(口碑) 문학 및 전승(傳承) 문학, 정착(定着) 문학 및 기록 문학으로 나누어진다. 셋째, 창작의 주체가 민족적 집단인가 아니면 낱낱의 예술인가에 따라서 민족 작품과 예술 작품으로 나누어진다. 넷째, 창작의 사회적 지반에 따라서 귀족 문학과 서민 문학으로 나누어진다. 다섯째, 표현의 대상(제재)에 따라서 역사 문학, 시사 문학, 전쟁 문학, 연애 문학, 농민 문학, 아동 문학 등으로 구별된다.

무릇 모든 작품에는 예술적 표현의 중심이 되는 사상 내용이 있고, 작품의 모든 내용은 이를 중심으로 해서 통일적으로 형성된다. 주제는 소재(또는 제재)를 떠나서는 생각할 수 없다. 그러나 물론 소재 그 자체는 아니며, 작가의 정신적 관점에서 파악하고 해석해서 일정한 이데아 아래 집약한 것으로서, 이것이 여러 사건이나 성격의 표현에서 구체적으로 전개된다.

작품의 형성은 소재가 있을 때 가능해지는데, 그렇다고 해서 소재가 곧 제재가 되는 것은 아니다. 우주의 사물들 모두가 소재라고 말할 수 있으나, 그 모두가 곧 제재는 아니다. 소재는 일반 작가의 일반 대상이지만, 제재는 일정한 작가의 일정한 작품의 대상인 것을 뜻한다. 제재는 한 작가가 일정한 주제를 염두에 둔 그 시야에 들어온 일정하게 국한된, 선택된 소재이다.

문학 작품의 표현적 특성은 이렇게 정리해 규정할 수 있다. 즉, 문학이 인생이나 인생 체험의 표현이요, 또는 현실의 반영이며 그러한 것의 미적 표현이라고 할 때, 다른 학문 곧 역사나 철학과 구분되는 면은 표현이 설명적 내지 기술적이 아니라 구체적인 형상으로 나타난다는 점이다. 이것을 가리켜 문학에서 형상화라 말한다. 이 '형상화'된 표현에 의하여 독자는 내용을 추상적으로 이해하는 것이 아니라 구체적이고 감각적으로 이해할 수 있다.

4) 소설의 이해

소설의 정의에 대해서는 다음 항목에서 말하기로 하고, 여기서는 우선 이렇게 정리한다——소설이란 사람의 행위를 중심으로 하여, 실제로 있었던 일이나 또는 있을 수 있는 사람의 진실을 경험 또는 상상력에 의하여 재미있게 표현한 문학의 한 형식이다.

소설은 형식상 분량에 따라 크게 장편 소설과 단편 소설로 가를 수 있다. 그 외에도 흔히 쓰는 용어로 대하(大河) 소설, 중편 소설, 콩트 등이 없는 바 아니지만, 위의 둘은 장편 소설에 속하고, 콩트는 단편 소설에 속한다고 말할 수 있다.

소설을 가리키는 서구어로 로망(roman)과 노블(novel) 등이 있는데, 이 말들은 바로 장편 소설을 뜻하는 만큼 장편 소설은 소설의 대표적인 형식이다. 그것은 복잡하고 방대한 사건을 다루고 인생 전체를 표현하여, 한 편 가운데 많은 문제를 포함시키는 형식이 긴 소설이다.

단편 소설은 장편 소설에 상대되는 말이다. 양적으로 짧아야 하며, 정연한 형식미 속에 긴축된 구성을 써서, 단일한 주제로 단일한 효과를 노려 삶의 단면(斷面)을 보이려는 형식의 소설이다.

여느 예술 장르의 경우와 마찬가지로 소설도 본격 소설(또는 순수 소설)과 통속 소설(또는 대중 소설)로 구분한다. 구분의 기준은 작품의 내용이나 형식이 예술적이냐 아니냐, 즉 미적 표현이냐 아니냐에 의거한다.

본격 소설은 통속 소설이나 심경(心境) 소설이 아닌, 고도의 문학성을 지닌 소설을 가리킨다. 그것은 작가가 작품의 표면에 나서지 않고, 배후에서 작중(作中) 인물을 다루는 것을 본격으로 하는 소설이다.

통속 소설은 작자 개인의 신변이나 주위의 사실, 가정적인 문제, 연애 문제, 흥미 본위의 소재를 다루어 사건의 전개를 중요시하는 일종의 대중 소설이다. 따라서 인물의 성격 묘사보다는 플롯(plot)이 앞서고, 사상보다는 흥미가 앞서며, 예술성보다는 통속성이 앞서고, 영원성보다는 시사성(時事性)이 앞서게 마련이다.

소설은 내용면으로 볼 때 대체로 역사 소설, 객관 소설, 심리 소설 등 세 가지로 나뉜다.

역사 소설은 역사적으로 유명한 사건이나 인물에서 소재를 구하여, 작가가 역사를 기초로 하여 거기에 다분히 창작을 가해서 씌어진 소설이다. 이 장르의 효시는 1819년 W. 스콧(Scott)이 발표한 「아이반호(Ivanhoe)」이다.

객관 소설은 19세기에 이르러 사실주의와 자연주의가 성행하면서 등장하게 되었다. 소설이 그리는 대상(對象) 세계에는 두 가지가 있다. 하나는 사람의 심적(心的) 내부 세계요, 다른 하나는 사람의 현실적·즉물적(即物的) 외부 세계이다. 19세기에 들어서면서 과학 정신의 영향으로 외부 세계의 표현이 강조되었는데, 이 시대의 소설을 가리켜 객관 소설이라 일컫는다. 자연과학의 발달에 따르는 실증주의(實證主義) 철학 사상을 배경으로 하고 있으며, 관찰과 실험에 중점을 두었다. 대표적인 작가로는 프랑스의 E. 졸라가 있다.

심리 소설은 작품 속의 인물의 정밀한 분석 및 묘사를 주로 한다. 20세기에 들어와서 심리 소설이 발생하게 된 것은 '새로운 심리학'이라 할 수 있는 정신과학의 이론을 문학에 적용했던 것이 시초였으며, 이러한 방면을 처음으로 개척한 작가는 프랑스의 스탕달이다.

5) 소설의 정의

이미 말한 바와 같이 소설을 특징적으로 말한다면, 산문 문학의 대표적인 형식이요, 문학 중에서 가장 객관적인 문학이다. 그것이 표현해 놓은 세계는 실제의 세계라기보다 가능성이 있는 가공(架空)의 세계이다. 그리고 소설 문학의 전성기를 이루었던 19세기 말의 세계 3대 단편 작가로는 E. A. 포(미국)와 G. 모파상(프랑스), A. 체호프(러시아)를 꼽는다.

이렇듯 비교적 근대에 꽃을 피운 소설 문학이지만, 기원을 찾아보면 아주 먼 옛날로 거슬러 올라가게 된다. 찰스 혼은 그의 「소설의 기교」에서 세계 최초의 소설로 「웨스트카 파피루스」를 꼽고 있다. 사본이 만들어진 연대만 해도 B.C. 4000년쯤이라고 하니, 지금으로부터 무려 6000년 전에 이미 소설이 있었다는 말이 된다.

아리스토텔레스가 저작한 「미레시아카」가 B.C. 2세기쯤이요, 로마의 페트로니우스가 저작한 「사티리콘」이 A.D. 60년대의 저작이며, A.D. 2세기쯤에는 루시안의 「거짓 없는 역사」와 헤리오도러스 사제의 「에디오피카」가 발표되었으며, 6세기에 이르러 전원의 슬픈 사랑에서 소재를 얻은 「다프니스와 클로에 이야기」 등이 나왔다.

프랑스의 문학 비평가 A. 티보데는 그의 「소설의 미학(美學)」에서 소설의 기원을 '로망'에 두고 이렇게 말했다.

"로망(소설)은 이름이 말하는 바와 같이 사제(司祭) 문학자의 시대에 라틴어로 저술된 정규 서적에 대해 세속적인 언어로 씌어진 책을 일컫는다. 로망이라는 어휘가 마침내 '이야기(소설)'라는 뜻을 가지게 된 것은 로망어(속어)로 기록된 모든 것이 '이야기'였기 때문이다."

이 로망으로 이탈리아에서는 13세기 말에 「작은 이야기 모음」과 「옛날이야기 모음」 등이 나왔다. 그리고 저자가 죽은 후 300년 후에야 간행되었다고 하는 F. 발베리노의 「사랑의 책」이 있다. 그러나 엄밀한 의미에서의 최초의 소설은 이탈리아의 G. 보카치오(1313~1375)가 쓴 「데카메론」이다.

동양의 경우 중국의 세계적인 작가 노신(魯迅)의 저서 「중국소설사략(中國小說史略)」에 의하면, '소설'이라는 용어가 처음으로 사용된 것은 장자(莊子)의 '외물편(外物篇)'이라 한다. 그 책에 "소설은 이름을 높이고 아름다움을 기리는 것"(小說以于縣令)이라는 구절이 있다.

그러나 소설이란 말이 근대적인 개념으로 쓰여진 것은 한(漢)나라 때부터이다. 한나라 때에는 왕이 민간의 형편을 알기 위해 패관(稗官)이란 관직을 두어 항간에서 일어난 기이한 사건을 기록하게 했는데, 그 기록을 가리켜 패사(稗史)라 했다. 이 "시정(市井)의 이야기를 듣고 수식해 쓴 것"(街談巷說 道聽塗說)이 발전하여 오늘의 소설을 이루게 되었다.

그러면 소설이란 어떤 것인가? 우선 여러 사람들의 정의를 인용하여 본질을 알아보자.

"소설은 대체적으로 사랑 이야기를 코믹하고 재미있게 쓴 이야기이다."(존슨).

"소설은 독자에게 기쁨과 교훈을 주기 위해서 기교를 다해 창작한 연애 모험담의 가공적인 이야기이다."(웨트)

"소설은 실제의 생활 단편을 그린 회화(繪畫)로서, 그것이 그려진 시대를 묘사하는 것이다."(리버)

"소설은 어떤 정서의 전개가 인생에서 미치는 효과이다."(스트다트)

"소설은 실생활의 반영이요, 그림자며 축도(縮圖)이다. 이런 의미에서 소설은 생활의 지도요 사전이다."(숄로호프)

소설의 정의를 좀더 구체적으로 설명한 작가로 필딩이 있다. 그는 영국 소설의 4대 시조(리처드슨, 필딩, 스몰렛, 스탄) 가운데 한 사람으로 평가받는 인물로서, 소설을 다음과 같이 세 가지로 요약해 정의하고 있다.

첫째, 소설은 흥미가 결여되어도 안 되지만, 지나치게 정열적이어도 안 된다. 반쯤 엄격하고 반쯤 희롱거리여야 하며, 반쯤 신(神)이 되어야 하고 반쯤 사람이 되어야 한다.

둘째, 소설은 무엇보다도 실제 생활을 묘사해야 한다. 그렇다고 해서 옛날 이야기를 등한하게 여기라는 말은 아니다. 사실상 있기 어려운 일이라도 채용해서 좋다고 생각되는 것은 마음 놓고 길게 쓸 일이다.

셋째, 소설은 일체의 정직하지 않은 행동은 말할 것도 없지만, 일체의 어리석은 행동도 하지 않도록 독자에게 알려 주어야 한다.

필딩은 또한 다른 글에서, "서사시는 확대된 비극이요, 자기 작품은 확대된 희극이다"라고 시사적인 말을 하였다.

소설 「보물섬」과 「지킬 박사와 하이드 씨」 외에도 주옥 같은 에세이를 발표한 영국의 R.L.B. 스티븐슨(1850~1894)은 소설에 관해 다음과 같은 말들을 했다.

"소설은 감화력이 강한 점에서 그리고 진실된 점에서 문학 중 첫째 자리를 차지한다. 소설은 독자를 도그마라는 대지(臺紙) 위에다 바늘로 꽂아 놓지는 않는다. 도그마는 후에 그 불확실성이 탄로되는 일이 있지만, 소설은 절대로 잊어버려도 좋을 그런 사실을 알리지는 않는다. 소설은 인생의 교과를 되풀이해 주고 정리해 주며 정화(淨化)시켜 준다."

"소설은 우리 삶을 좁은 세계로부터 해방시켜서 억지로라도 다른 사람과 친한 벗이 되게 한다. 또 소설은 우리 사람의 핵심이 되고 있는 기괴한 이기주의를 소멸시켜 실로 이상스러운 변화를 가져다가 날실과 씨실로 짜여진 천과 같은 경험을 보여준다."

"소설은 이런 의미에서 볼 때 사람 생활에서 가장 참된 것이다. 그리고 진실은 언제나 삶에 가르침을 주는 큰 역할을 다해 준다."

또한 팜 포드는 그의 「소설의 윤리적이며 종교적인 가치」에서 다음과 같이 말하였다.

"소설은 호소하는 대상의 범위가 보다 더 넓기 때문에 다른 형식의 예술보다도 이익이 있다."

"소설은 사상과 감정에 직접 호소하기 때문에 설교나 음악 또는 회화와 같은 것을 감상할 때처럼 정서의 훈련과 교양을 거의 필요로 하지 않는다. 그것은 사람은 원래 회화나 음악과 같은 추상적인 미의 표현에서보다도 소설처럼 구체적인 생활 회화에서 더 큰 도덕적 인상을 받기 때문이다. 소설은 참된 의미의 훈화이다."

"위대한 소설가는 본능 또는 직관적인 소재로서 사람 본성의 가장 강한 요소인 유전과 정서, 정열 등을 강약 등 여러 가지 성격을 빌어서 제시해 준다. 그러므로 작가가 이와 같은 효과를 염두에 두었든 두지 않았든 대작인 한, 거기에는 반드시 윤리적 가치가 함축되어 있다."

"소설의 가치는 다음 여러 조건이 결정해 준다. 즉, 그 소설을 읽음으로써 우리는 보다 더 훌륭해졌는가, 보다 더 생각하게 되었는가, 우리의 동정심을 보다 더 깊고 넓게 해주었는가, 악에 대한 증오를 보다 더 심각하게 해주었는가, 너무 가혹하게 심판하는 우리의 마음에 휴식을 줄 수 있었는가."

"소설은 인생을 평범하고 저속한 삶에서 벗어나게 해주고, 우리 자신이 가지고 있는 세계보다도 더 크고 넓은 곳으로 인도한다. 그리고 우리가 가지고 있는 마음의 높이보다도 위대한 마음의 세계가 어떤 것이라는 것을 보여준다."

이 항목을 끝맺으며, 톨스토이가 러시아의 농민 소설 작가인 세묘노프의 작품집에 쓴 머리말을 인용한다.

"오래 전부터 나는 어떠한 예술 작품이라도 그것을 판단하는 데 세 가지 면에서 들여다보는 것을 원칙으로 삼고 있다.

첫째, 내용의 면, 곧 예술가를 통하여 새로운 측면을 제시한 사건이 사람에게 얼마만큼 중대하고 필요한 것이냐 하는 점이다. 왜냐하면 어떠한 예술 작품이라도 그것이 삶의 새로운 측면을 제시하는 때에 비로소 예술품이 되기 때문이다.

둘째, 작품의 형식이 얼마만큼 좋고 아름다우며 내용이 충실한가 하는
점이다.

셋째, 예술가가 그 대상에 대하여 얼마나 성의를 가지고 있는가, 다시
말해서 거기에 표현되어 있는 사건을 어느 정도 신뢰하고 있는가 하는 점
이다. 이 마지막 사항이 나로서는 예술 작품으로서 항상 더 중대한 것이라
고 생각하는 것이다."

6) 소설의 목적

소설은 언어로써 '미'를 표현한 것이다. 미라 하면 예술미에 대하여 자연
미를 구별하여 말할 수 있으나, 엄밀한 의미에서 예술적 가치를 떠난 자연미
는 생각할 수 없다. 따라서 미는 예술적 가치를 말하며, 미의 3요소는 곧 조
화·균제(均齊)·통일이다.

문학이 속하는 예술적 가치가 미인 반면, 도덕적 또는 윤리적 가치는 선
(善)이요, 학문적 또는 과학적 가치는 진(眞)이며, 종교적 가치는 성(聖)이
다. 소설은 물론 미에 속하지만, 표현하는 대상은 미 이외에 선과 진, 성 전
반에 걸칠 수 있다.

독일의 헤겔은 그의 「미학(美學)」에서 예술을 세 부분으로 나누었다. 즉,
공간 예술과 시간 예술, 종합 예술이다. 이 중 소설은 여느 문학 장르와 같
이 시간 예술에 속한다.

공간 예술은 물질적 소재를 써서 표현상 공간을 필요로 하는 예술로서, 회
화와 조각 및 건축 등 조형(造形) 미술을 말하며, 그것은 정지적(靜止的)이
고 병존적(竝存的)이다. 시간 예술은 시간의 경과에 의해 표현되고 감상되
는 예술로서, 시(소설)와 음악과 무용 또는 영화 등을 말하며, 그것은 운동
적이고 계기적(繼起的)이다. 그리고 종합 예술은 공간 예술과 시간 예술이
종합된 것으로서, 이를테면 연극과 오페라 등을 가리킨다.

시간 예술로서 미를 표현하는 것을 속성으로 한 소설은 무엇 때문에 쓰는
가 하는 문제가 대두된다. 이에 관한 해석에는 여러 가지가 있겠으나, 대체
로 다음 세 가지로 정리해 말할 수 있다. 첫째로 정서에 치중한 목적론, 둘
째로 도덕 내지 윤리를 위주로 한 목적론, 셋째로 사회 기구 개혁을 목적으
로 한 것 등이다.

소설의 목적에 관해 규정한 몇 사람의 말을 인용하기로 한다.

"소설은 인생의 진실한 회화(繪畫)를 제공하기 위하여 쓰여진다."(네일)

"소설은 공상적 사실의 계열로서, 인생의 어떤 진실을 구현하는 것으로 목적을 삼아야 한다."(해밀턴)

"소설은 미와 소박성을 장려하는 데 치중되어야 한다."(필딩)

"소설은 사람 심리를 해부함으로써 악덕을 경멸하기 위한 데 목적을 두어야 한다."(새커리)

"소설은 작은 악이 어떻게 큰 악으로 육성되어 인류를 어떻게 좀먹는가 하는 것을 밝히기 위한 목적으로 쓰여져야 한다."(디킨스).

또한 근대 소설의 아버지로 일컬어지는 영국의 S. 리처드슨(1689~1761)은 그의 「파멜라」 머리말에서 다음과 같은 뜻의 말을 하였다.

소설은 첫째로 젊은 남녀의 마음을 위로하고 즐겁게 할 수 있으며, 또 교화(敎化)시키고 개량할 수 있게 하기 위해서, 둘째로 종교의 도덕을 아주 쉽고 또 즐겁게 알릴 수 있게, 즉 쾌락과 이익을 동시에 누릴 수 있게 하기 위해서, 셋째로 어버이의 의무와 자식의 의무, 사회의 의무를 가장 모범적으로 밝힐 수 있게 하기 위해서, 넷째로 악에는 악에 해당한 색채로 그리고 선은 그 본래의 부드러운 빛으로 비추어 보이기 위해서, 다섯째로 삶을 정확하고 진실하게 그리기 위해서, 여섯째로 총명한 독자의 정열을 채찍질해서 알지 못하는 새에 이야기 속으로 이끌어 들여 위의 여러 목적을 달성할 수 있게 하기 위해 써야 한다.

이에 대해 톨스토이는 작가의 종교적 내지 도덕적 양심을 강조하여, "첫째로, 소설은 재미있어야 한다. 둘째로 소설은 종교 도덕을 녹일 수 있는 교훈적 요소를 지녀야 한다. 셋째로 소설은 삶을 정확히 그린 것이어야 한다"는 세 항목으로 소설의 목적을 규정했다.

이와 같이 톨스토이로 대표되는 이른바 인도주의파에 속하는 작가들이 소설의 목적을 도덕적 개혁에 치중하는 반면, 이 도덕적인 관심을 사회적 관심으로 지향하게 한 것은 프랑스의 문호 V. 위고의 공적이다. 그는 대표작 「레미제라블」 머리말에서 누구를 위해 그 작품을 썼는가 하는 것을 분명하게 밝히고 있는데, 그것을 요약하면 다음과 같다.

첫째로 법률과 관습 때문에 어떤 영속적인 사회 처벌과 인위적인 감옥이 존재하는 동안, 둘째로 하층 계급 남성들의 범죄와 굶주림에 의한 여자의 낙태 및 암흑면으로 말미암은 어린이들의 위축 등 이상 세 가지 사회 문제가 해결되지 못하는 한, 셋째로 일부에서 사회적 질식이 가능한 한, 바꾸어 말해서 좀더 넓은 의미에서 이 지상에 무지와 비참이 존재하는 동안에는 소설 (레미제라블)의 존재 가치가 있다.

한편「세계역사대계」와 소설「타임머신」 등으로 유명한 영국의 H. G. 웰스는 소설을 사회정의 옹호에 두고, 소설의 목적에 관해 이렇게 말하였다.

우리는 수많은 거짓된 구실과 수많은 속임수가 냉혹하고 명철한 우리의 말과 글에 의해 위축되게 될 때까지 삶의 모든 면에 걸쳐서 우리의 소견을 토로할 것이다. 우리는 정치와 사회와 종교, 교육 등 어느 문제에 대해서도 말하고 쓰기를 주저하지 않는다.

위에서 살펴본 것들 이외에도 많은 작가들이 소설의 목적에 대해 짧은 말로 언급하고 있다. 그 중에는 심원한 의미를 내포한 것들도 있으나, 다음에서 보는 바와 같이 아주 가볍게 언급한 것들도 있다.

"나는 약하기 때문에 소설을 쓴다."(발레리)

"직업이기 때문에 나는 소설을 쓸 뿐이다."(팡비르)

"내 생각을 진술하는 것이 재미있기 때문에 나는 소설을 쓴다."(아라공, 필딩, 브르통)

7) 소설과 언어

소설은 주인공이 사람이며, 다루는 내용 모두가 사람 대 사람 관계의 기록이다. 즉, 소설의 제재 자체가 사람관계의 기록인 것이다. 물론 동물을 주인공으로 한 소설이나 문학 작품, 예컨대「이솝 이야기」나 G. 오웰의「동물농장」 같은 것이 없는 바 아니지만, 그것 역시 사람 대 사람 관계를 동물에 빌어 우의적으로 표현했을 뿐이다. 그래서 소설을 두고 '생활의 반영'이거니 '인생의 서사시'니 하고 말한다.

윈체스터는 소설을 비롯한 문학의 3대 특질로 개성과 보편성, 항구성(恒久性)을 들었고, 문학의 4대 요소로는 정서와 상상, 사상 및 형식을 꼽았다. 그리고 이 모든 것은 언어를 매개로 하여 표현된다고 했다.

사람의 의식은 언어 없이 제대로 생각할 수 없다. 의식은 언어와 만나게 될 때 비로소 명료하게 생각하기 시작한다. 사람의 언어에는 두 종류가 있다. 하나는 문학 표현에 쓰이는 이른바 시적(詩的) 언어이고, 다른 하나는 일상어로 쓰이는 실용 언어이다.

문학 표현의 언어는 다만 뜻을 전하는 것으로 그치는 것이 아니며, 모양을 갖추고 있다. 그 '모양'의 구성 요소로서 음과 리듬이 있는데, 산문의 경우는 문체이다. 그렇다면 '모양'이 있는 문학 표현의 언어는 일상적인 실용어로부터 어떻게 만들어지는가 하는 것이 우리의 과제가 된다.

이 문제에 대해 러시아의 작가이자 형식주의의 선구자인 V. B. 시클로프스키(1893~1984)는 「기법으로서의 예술」(1916)이라는 논문에서 '이상하게 만들기(또는 낯설게 하기)'라는 뜻을 지닌 '이화(異化, ostranenie)'라는 개념을 제시하고 있다.

문학은 일상적인 실용어와 습관화된 지각(知覺)양식을 어지럽히며, 나아가 '평범한 것을 비범한 것으로 만들고, 가깝고 익숙한 것을 멀고 낯선 것으로 만들며, 모양새를 이해하기 어렵게 만들고, 지각과정을 더욱 어렵고 길게 늘리는 것'이라고 보고 있다. 이러한 개념은 궁극적으로는 평소에 낯익은 것을 마치 낯선(또는 이상한)것으로 만듦으로써 관점을 달리하고 생각을 달리하게 만들어 가깝고 익숙한 것을 보다 더 잘 이해할 수 있거나 뜻밖의 새로운 의미를 찾아내는 방법을 말하며, 모든 예술의 핵심은 여기에 있다고 보고 있다.

이화의 방법으로는 플롯을 이용하는 방법과 모티프를 이용하는 방법 등이 있다.

①플롯을 이용하는 방법 : 평범한 이야기의 사건 배열을 달리 한다. 다시 말해서 사건의 원인과 결과의 순서를 바꾸거나 이야기 속에 다른 이야기를 집어넣는 것만으로도 새로운 이야기처럼 다가온다.

②모티프를 이용하는 방법 : 사건의 인과적 흐름을 기준으로 볼 때 인과관계에 그다지 영향을 주지 않는 자유 모티프(free motif)를 써서 사건 진행 속

도를 늦추거나 이야기 내용 파악을 어렵게 만드는 방법, 상황변화를 드러내는 동적 모티프와 상황변화와는 무관한 정적 모티프를 적절하게 배열함으로써 효과를 내는 방법 등이 있다.

8) 소설과 사실

소설에서 사실과 진리를 구명하는 것은 소설의 본질을 이해하는 데 큰 도움이 되므로, 작가를 지망하는 사람으로서는 먼저 소설에서의 거짓말과 참말, 사실과 진리에 대한 충분한 연구가 있어야 하는 것이 필수적인 조건이다. 세상 사람들은 하나의 사건을 그대로 전하면 그만이지만, 소설에서는 발생된 사건(사실)에서 진리를 발굴하여 이를 독자에게 제시해야 한다.

사람들은 흔히 "소설은 사실보다 진실되다"는 말을 한다. 사실은 우연히 발생한 사건으로 그칠 수 있으나, 소설에는 이 우연이란 것이 전혀 용인되지 않기 때문이다. 발자크는 "소설은 장엄한 거짓 속에 섬세한 진실이 있어야 한다. 대체로 무미건조한 실재의 사실에서 진실을 찾아야 한다"고 말하였다. 사실은 진리의 한 파편이지만, 소설은 진리 그 자체인 것이다.

따라서 소설 속의 인물은 실재의 인물보다 더욱 진실되게 보이기 쉽다. 「카라마조프의 형제들」의 드미트리나 「전쟁과 평화」의 로스토프와 같은 인물은 실생활에서 좀처럼 만날 것 같지 않다. 그들의 행동과 심리는 소설을 통해서 알고 있을 뿐인데, 우리 주위의 인물들은 그렇게 심오하지 못한 것이다.

J. 조이스의 「율리시스」는 아일랜드의 더블린시를 방황하는 주인공의 의식 속에 일어나는 사항을 기록한 것으로서, '의식의 흐름'이라는 문학 용어가 생겨날 정도로 정교하고 치밀하지만, 그런데도 아직 모든 것이 다 기록되지는 못했다고 느끼게 된다. 현실의 더블린시는 좀더 혼돈스러운 것이리라고 생각하게 된다.

사람의 마음은 작품의 '주인공'에게 공감하도록 구조를 이루고 있다. 그리스인이 「오이디푸스왕」의 실명에 카타르시스를 느낀 것처럼 엘리자베스 왕조의 영국인은 「햄릿」의 죽음에서 구원을 발견하였다. 「백치(白痴)」의 미슈킨 공작은 오이디푸스나 햄릿과는 비교할 수 없을 정도로 복잡한 사상가이지만, 그 발걸음은 처음부터 어딘지 모르게 불안스럽기만 하다. 그가 마지막에 백치로 돌아가게 되는 것을 보고, 깊은 연민의 정에 사로잡히게 된다.

F. 모리아크는 그의 「소설가와 작중 인물」에서 이렇게 말하고 있다. "소설 예술은 무엇보다 먼저 현실의 전위(轉位)로서, 그것은 결코 재생이 아니라는 것을 인식해야 한다. 작가가 생생한 복잡함에서 아무것도 희생하지 않으려고 노력하면 노력할수록 창조물의 인상을 주게 되는 것은 주목해야 할 일이다."

소설의 세계가 현실과는 다른 질서를 가지고 있는 것은 사실이지만, 사건이 지구상에서 전개되는 한, 소설가는 역시 현실의 사물을 취하여 세계를 만들게 된다. 스티븐슨이 「보물섬」을 집필할 때 섬의 가공 지도를 그린 것은 그와 같은 성격을 말하는 것이다.

모리아크는 고향인 프랑스의 시골만을 무대로 하여 소설을 썼다. 그는 자기 동료 중 소설의 무대로 지금까지 본 일도 없는 작은 마을을 선택하며, 거기서 소설을 구상하는 일에 대해 의문을 제기한다. 작가와 전혀 관계없는 땅에 아무리 오랜 기간 동안 살아본다 하더라도 그것이 소설 창작에 아무 도움이 되지 않는다는 것이다.

"나는 내 소설의 무대가 되는 집을 그 구석구석에 이르기까지 상세하게 생각해 낼 수 없는 한, 소설을 구상할 수 없다. 사람들의 눈에 띄지 않는 오솔길이라 하더라도 내게 낯익은 것이 아니어서는 안 되고, 그 주위 일대의 땅도 내가 알고 있는 것이어야 한다. 때로 그들의 얼굴은 내 안에서 아직 명백한 형상을 취하지 않고, 몽롱한 윤곽밖에 떠오르지 않는 경우도 있다. 그러나 나는 그들이 지나다니는 복도의 곰팡이 냄새를 맡는 것이고, 낮의 몇 시에 그리고 또 밤의 몇 시에 그들이 현관을 나와서 계단이 있는 쪽으로 걸어갈 때 그들이 어떤 냄새를 맡으며 어떤 소리를 듣게 되는지 모조리 알고 있다."

9) 소설과 영화

영화의 발달은 20세기 이후 큰 사건이기 때문에 소설가가 이 새로운 예술에 대해 관심을 가지게 되고, 따라서 영화는 소설에 큰 영향을 끼치게 되었다. 카메라의 영상이 호소하는 힘은 언어보다 훨씬 강하기 때문에 의식적인 소설가는 누구나 이 새로운 경쟁자와 대결해야 할 형편에 놓이게 되었다.

물론 그것에 반대하여 이른바 '순수 소설'을 고집한 작가가 없는 것은 아니다. A. 지드는 1925년에 발표한「사전꾼들」에서 모든 영화적인 요소는 배제하였다. 즉, 독자는 인물의 표정과 복장, 그리고 실내의 상황도 전혀 알지 못하고, 다만 그 행동과 심리, 언어의 보고만 받게 된다. 그러나 이 소설은 너무 방법적 의도를 가지고 썼기 때문인지 무미건조한 작품이 되고 말았다 는 느낌을 주는 것이 사실이다.

지드와는 달리 영화의 수법을 소설에 많이 도입한 것은 C. 말로와 A. 생텍쥐페리, 많은 미국작가들이다. 말로의 주장에 의하면 영화의 수법은 소설과 같다는 것이다. 영화의 클로즈업이나 몽타주의 수법은 소설가가 한 장면을 언어로 분석하여 서술하는 것과 다를 것이 없다고 말했다.

사실 소설가는 영화가 발명되기 이전부터 영화적으로 장면을 묘사하는 일이 있었다. 다음은 V. 위고의「레미제라블」중 한 장면이다.

왼쪽을 보았다. 그곳 길은 막히지 않았다. 약 200 걸음 가량 저쪽에 그 오솔길이 닿고 있는 길거리가 보였다. 안전한 것은 그쪽이었다.
그는 그 오솔길 저쪽에 보이는 가로로 나가기 위해 왼쪽으로 꺾어 가려고 했다. 그때 그가 나가려 하는 가로와 그 오솔길이 만나는 모서리에 꼼짝하지 않고 있는 접은 조각과 같은 것이 보였다.
어느 한 남자가 감시하기 위해 통로를 막고 기다리고 있는 것이다.
장 발장은 뒷걸음질 쳤다.

장발장이 자베르 경감의 추적에서 벗어나기 위해 애쓰는 장면인데, 현대 범죄 영화의 시나리오와 별로 다를 것이 없다. 인물의 판단을 나타내는 말은 서너 마디에 지나지 않고, 그 외는 모두 '벽'이라든가 '조각' 등 영상적인 용어로 표현하고 있다.

소설이 영화의 영향을 받는 데 대해서 이러쿵저러쿵 말할 수는 없다. 온갖 예술 사이에 서로 기교와 주제가 넘나드는 것은 피할 수 없다. 사실 영화 수법이거나 또는 텔레비전 드라마의 수법을 사용하는 것은 오늘의 신문 소설과 주간지 소설을 쓰는 작가들 모두 쓰는 방법이다.

그러나 이 방법을 남용해서는 안 된다. 그 수법을 지나치게 쓰게 되면, 오히려 독자들 속의 영화적 이미지에 근거하여 소설을 쓰게 되고, 지나치게 생략하게 되어 일종의 획일성이 생기면서 문체를 말살해 버리고 말게 된다. 그것은 소설의 자살이다.

영화는 두말 할 것 없이 시간적 예술이다. 다른 장소에서 일어난 두 가지 사건이 진행되고 있는 것으로 하고, 그것을 뜸을 들여 각기 다르게 표현하는 것은 자연스럽지 못한 느낌을 준다. 소설의 경우와 같이, "파브리스가 파름에서 가까운 마을에서 사랑 놀음을 하고 있는 동안에 라시 검찰총장은 그가 그렇게 가까이 있다는 사실을 알지 못하고, 그의 사건을 자유주의자의 경우와 마찬가지로 처리하고 있었다."(「파름의 수도원」)고 하는 구절을 빌미로 해서 시간을 거슬러 올라가 다른 곳에서 일어난 사건을 서술한다고 하는 방법은 영화에는 없다.

대체로 두 곳에 있는 시계의 글자판을 오버랩한다는 상투적인 수단으로써 두 장면과 교대로 평행하게 진행시키는 것이 유일한 방법이다. 이 오버랩 수법은 일반적으로 소설에서는 쓰이지 않았으나, 이와 비슷한 수법을 소설에서 시도한 것은 J. P. 사르트르였다.

그는 「자유의 길」 제2부 '유예'에서 '9월 26일 월요일'이라는 장(章)이 있는데, 거기서 그날 하루 동안 다른 곳에 있는 여러 인물의 행동과 심리를 행도 바꾸지 않고 같은 절(節) 가운데 계속해서 나타내고 있다. 동시성을 나타내는 것은 뮌헨 회담의 경과를 알리는 라디오 방송뿐이다. 현대에는 이 방법에 독자들이 별로 피곤을 느끼지 않게 되었다. 독자가 그만큼 그와 같은 방법에 길들여져 있기도 하고 또 무감각해진 탓으로 보아야 할 것이다. 거기서 달리 스릴을 느끼게 마련이겠으나, 아무리 자극을 강화한다 하더라도 어차피 영화와 텔레비전을 좇아갈 수는 없다.

10) 소설과 '다리'

S. 몸은 그의 「세계의 10대 소설」에서, 「톰 존스」「오만과 편견」「전쟁과 평화」「백경」 등 소설 10편을 가려 해설하는 동시에 필딩, 오스틴, 스탕달, 발자크, 디킨스, 도스토예프스키 등 서구의 대소설가 10명을 마치 소설 속 인물처럼 다루며, 생애와 작품 세계를 재미있게 다루고 있다.

첫 장(章)으로 '소설이란 무엇인가?'라는 항목을 두고 있는데, 그는 소설의 주제는 많은 사람들의 흥미를 불러일으켜야 한다, 사람의 행동은 성격에서 비롯된 것이어야 한다는 등의 말을 하고 있다. 아울러 소설 속의 이른바 '다리'라는 개념에 대해 말하고 있다.

"소설의 작자는 말하는 바 이야기를 진실된 것처럼 생각되게 하기 위하여, 이야기 줄거리에 직접 관계를 가지고는 있지만 전혀 재미없고, 우스꽝스럽지도 않은 일련의 사실을 말해야 한다. 또 대부분의 경우 사건과 사건 사이에는 일정한 시간을 경과하게 할 필요가 있고, 그 경우 작가는 작품 전체의 균형을 유지하기 위하여 되도록 적당한 내용을 끼워넣어서 사건과 사건 사이의 틈새를 채워 넣어야 한다."

이와 같은 성질의 '다리'는 어떤 종류의 예술에나 한결같이 있다고 볼 수 있다. 그림이 인물을 나타내는 것이라면 흥미의 중심이 얼굴과 손에 있다고 해서 그것을 묘사하는 것만으로는 충분치 않다. 머리와 어깨, 팔도 그려야 한다. 예컨대 영화에서 인물이 서울에서 부산에 가는 경우 큰 사건이 부산에 도착한 후 일어난다는 것을 알고 있다 하더라도 그 인물이 개찰구를 통과하는 뒷모습과 기차의 창문으로 밖을 바라보는 장면 등이 삽입되는 것과 마찬가지이다.

몸은 이어서 말한다.

"이와 같은 부분은 보통 '다리'라는 이름으로 불려지고 있는데, 대부분의 작자는 마지못해 체념하면서 이 다리를 건넌다. 더구나 정도의 차이는 있을지언정 누구나 교묘하게 건너기는 하는데, 유감스럽게도 그 대목에 이르게 되면 열 사람이면 열 사람 다 따분하고 재미없게 되어 버리고 만다."

어쨌든 소설이 현실의 모사(模寫)를 지향하는 한 이와 같은 부분은 불가피한 것이어서, 현대에도 신문이나 주간지에 실리는 대부분의 소설이 이런 장면으로 메꾸어져 있다. 소설가에게 마감 시간이 닥쳐왔거나 또한 정해진 장수를 채우기 위해서 "안녕하세요?" 라든가 "건강하시지요?" 하고 무의미에 가까운 회화로 소설의 줄을 바꾸는 것을 많이 보게 된다. 또는 등장인물이 갑자기 군에 입대하거나 외국 유학을 떠나버리는 일도 흔히 보게 된다.

이것은 우리나라에 한한 것이 아니요, 서구에도 19세기 중엽까지는 흔히 있었던 현상이었던 듯하다. 이에 대해 몸은 "출판자는 유행 작가의 소설을 여러 회로 나누어 매달 연재해 가는 것이 장사가 된다는 것을 알았다"라는 것, 그래서 그런 일이 생기게 되었다는 것을 지적한다.

"이와 같은 연재물의 작가들, 그 중에도 디킨스와 새커리 등의 인물까지도 일정한 기일까지 1회분 원고를 넘겨주어야 한다는 것을 때로 저주스러운 무거운 짐이라고 생각하는 경우가 있었다는 것은 그들 자신이 고백하고 있는 바에 의해 명백하다. 그렇다고 한다면 그들이 작품의 집필에 즈음하여 물을 섞는 일을 했다고 해서 조금도 이상할 것이 없다. 중요한 줄거리와 관계없는 에피소드를 마구 삽입했다고 해서 이상할 것은 없다. 소설가라고 하는 것이 얼마나 많은 장애와 싸워야 하는지, 또 얼마나 많은 함정을 피하여야 하는지, 그와 같은 일을 생각할 때 뛰어난 작품이라 하더라도 거기에 어떤 결함이 있다고 해서 별로 놀라지 않는다. 오히려 이 이상 불완전한 것이 되지 않도록 잘도 버티었다는 점에 놀라워할 따름이다."

그러나 몸의 말과는 달리 예로부터 걸작으로 평가되는 작품에는 이런 식으로 쓰지 않은 것이 압도적으로 많다. 주의해야 할 것은 일단 작품에다 물을 타는 버릇이 생기게 되면, 진지하게 주제를 다루는 경우에도 그 버릇이 나오고 말게 된다는 점이다. 뛰어난 작품을 가지고 문단에 나온 작가가 저널리즘의 대상이 되는 중에 어느덧 시시한 소설밖에 쓰지 못하게 되는 것은 바로 이 점에 있다 할 것이다.

2. 소설의 주제

1) 주제의 의의

"좋은 소설이란 어떤 것인가?" 하는 기준은 존재하지 않는다. 작가들은 마음 내키는 대로 소설을 쓰고, 독자들은 마음 내키는 대로 골라서 읽는다. 소설이란 무엇인지, 더구나 그 소설의 주제가 무엇인지 전혀 알지 못하는 무정부 상태에 놓여 있다고 할 것이다.

좋은 소설을 읽고 또 쓰기 위해서 '소설이 무엇인가'를 알아야 할 필요가 있는가 하는 것도 의문이다. 예로부터 이른바 명작을 발표한 사람들이 소설에 관해 깊이 생각하고, 또 이상을 소유하고 있는 경우도 물론 있었다. 그러나 또 한편 그 시대의 통념에 따라서 쓰고, 더구나 통념을 초월한 작품을 썼던 예도 많다.

영국의 D. 디포는 단순한 표류기를 쓸 생각으로 「로빈슨 크루소」를 집필했으나, 주인공은 모든 사람들로부터 사랑을 받는 인물의 한 전형(典型)이 되었고, 200년 후에도 성경에 버금가는 세계적 베스트셀러가 되리라고는 소설을 완결한 후에도 짐작조차 하지 못했을 것이다. 소설뿐 아니라 이와 같은 일은 온갖 종류의 예술에서 보게 되는 현상이다. 위대한 아마추어는 어느 세계에도 있게 마련이다.

소설을 쓰고 싶다는 내심의 욕구만 있으면, 그 다음에는 펜과 종이 또는 워드프로세서만 있으면 된다. 구성도 문체도 모두 그 후의 일이다. 그저 글을 쓰는 시간만 내면 되는 것이고, 쓰고자 하는 것이 좋은 것이면 반드시 독자의 공감을 불러일으키게 되고, 어쩌면 베스트셀러가 될 수도 있다.

스토 부인의 「톰아저씨의 오두막」은 '세계를 움직인 소설'이다. 당시 평론가에 의하면 그 소설은 아마추어의 작품이요, 줄거리는 제멋대로이고, 글은 지나치게 감상적이라는 비평을 들었다. 그러나 그 소설은 3개월 동안에 30만 부가 팔렸다(100여 년 전에 미국에서의 일이기 때문에 오늘이라면 수백만 부에 해당되는 숫자이다). 작가 스토 부인은 당시 누구나 관심을 가지고 있던 '노예 해방'을 주제로 하여 재미있는 이야기를 생각해 낸 것이다.

작가의 첫째 과제는 좋은 주제를 설정하는 일이다.

좋은 주제의 설정, 그것은 좋은 소설을 쓰는 데 절대로 필요하다. 좋은 주제가 설정되지 않으면 그 작가가 아무리 소설을 쓰는 기술에 숙달되었고 명성이 자자한 소설가라 하더라도 좋은 소설은 쓸 수 없다. 이를테면 「아라비안나이트」의 세헤라자데가 아무리 화술에 뛰어나다 하더라도 천하룻밤을 매일같이 비슷한 이야기만 되풀이했다면, 왕은 곧 싫증을 느끼게 되었을 것이고 그녀는 목숨을 잃었을 것이다. 재미있고 신선하며 사람들이 모두 관심을 가질 수 있는 이야기, 이것이 소설의 첫째 조건이다.

따라서 엄밀한 의미에서 소설을 쓰는 법이라는 것은 있을 수 없다. 물론 소설은 비교적 새로운 문학 장르로서 유행된 지 200년 이상이 되기 때문에 자연히 틀이 생기게 되고, 작법(作法)도 생각할 수 있다. 그러나 작법에 충실하다고 해서 훌륭한 소설을 쓸 수 있는 것은 아니다. 중요한 것은 한 편의 소설이 작법대로 되어 있는가 하는 것이 아니라, 주제가 좋은가 나쁜가 하는 것이다.

그러나 여기서 한 가지 문제가 되는 것은 좋은 주제란 무엇인가 하는 것이다. 작가를 지망하는 사람이 "이 주제만은 쓰고 싶다"고 생각하며 쓴 소설이 완전히 무시되는 경우가 많다. 또 소설을 써 나가는 중 자기가 주제라고 생각했던 것이 어느 새 변질되어 있는 것을 느끼게 되기도 한다.

따라서 둘째 과제는 주제를 분명하게 파악하는 것이다. 처음에 주제라고 생각했던 것과 참으로 주제가 되어야 할 것 사이에 차이가 있다는 점도 생각해 두어야 한다.

2) 주제의 정의

주제(theme)는 소설의 핵심으로서, 한 작품의 가치를 결정하는 중요한 역할을 한다. 작가가 아무리 역량이 있다 하더라도 신통치 않은 주제로는 좋은 작품이 창작되지 않는다. 좋은 주제로 소설을 쓰는 것은 마치 좋은 재목으로 집을 짓는 것과 같다.

그러나 주제를 소재와 혼동해서는 안 된다. 어떤 작가가 '소'에 관해서 쓰기로 했다면, 소가 주제가 아니라 소를 통해서 작가가 쓰고자 하는 핵심이 주제이다. 즉 소를 통해서 삶의 어떤 면을 보여 주는 뼈대가 주제이다.

소설 창작에서 주제 선정이 가장 우선되어야 한다는 점을 강조하여, 비평가 파시라보크는 이렇게 말했다.

"소설에는 여러 가지 형식이 있는데, 그 주제에 가장 적합한 형식이 가장 좋은 형식이다. 좋은 작품이란 주제의 형식이 합치되고, 그 재료가 모두 형식과 잘 어우러져서 형식이 재료의 모두를 표현한 것을 두고 하는 말이다. 따라서 소설에서 가장 최초로 존재하는 것은 주제이다."

주제에 대한 착안은 곧 작가로서의 자격이 있느냐 없느냐 하는 것을 규정 짓는 중요한 역할을 한다. 이 문제에 대해 평자들은 이렇게 말하고 있다.
"소설을 쓰는 데는 무엇보다도 재능이 요구된다. 재능이란 발견과 판단의 원천으로서 일종의 정신력이다. 이것이 있기 때문에 소설가는 자기가 생각할 수 있는 모든 사상(事象)의 내용에까지 파고들어가서 여러 가지 특색을 식별할 수 있다."(필딩)
"어떤 주제를 발굴할 능력이란 그 작가의 기초적인 재능이다. 이 주제가 제출되기 전까지 작가는 아무 손댈 곳을 모른다. 주제란 바로 소설의 시초요 또 전체다. 주제에 의거하지 않고는 소설은 형태를 이룰 수조차 없다."
(파시라보크)

주제는 시대적 유행에 의해서 변화하게 마련이다. 어떤 시대에는 남녀 관계가 주요 주제가 되기도 하고, 또 사회문제 내지 계급 문제가 주요 주제가 되기도 한다. 이는 소설이 시대의 거울 역할을 하기 때문에 생겨나는 현상이다. 그리고 그것은 그 시대 사조가 작품의 주제를 변경시킨다기보다는 작가가 언제나 그 시대 사조의 핵심에 관심을 가지고 있기 때문이다. 그 결과 H. 입센은 「인형의 집」을 썼고, A. 카뮈는 「이방인」을 쓰게 되었다.
주제는 기상천외한 것이 아니라, 평범한 일상의 체험 세계에서 찾을 수 있다. 평범 속에서 주제를 찾는 것이 작가의 의무이기도 하다.
"어떤 사물에든지 그 속에 감추어져 있는 '그 무엇'이 있다. 다만 우리의 눈이 예전 사람들이 생각해 온 방식을 늘 돌이켜 보는 일에 익숙해져서, 그 속에 숨어 있는 '그 무엇'을 보지 못할 뿐이다. 아무리 하찮은 사물 속에라도 그 속에 감추어져 있는, 알려지지 않은 것이 있다. 우리는 그것을 발견해야 한다."(모파상)
"주제를 찾기 위해 로마의 폐허를 헤맬 필요는 없다. 우리나라의 민주주의

의 가슴 속에서도 얼마든지 그것을 파낼 수가 있다.”(반다이크)

주제는 물론 영감에 의해서도 얻어질 수 있다. 그러나 아무리 영감이라고 해도 아무 노력 없이 그대로 얻어지는 것은 아니다. 늘 깊은 사색과 관찰을 게을리 하지 않는 사람의 머리에만 떠오르는 법이다. 그것은 마치 낚시에 미끼를 끼어서 물속에 담그고 있는 사람에게만 고기가 잡히는 것과 마찬가지이다.

영국의 스티븐스는 꿈에서 힌트를 얻어「지킬박사와 하이드 씨」를 썼고, 한 장의 낡은 지도를 보는 가운데「보물섬」에 대한 힌트를 얻었다. 이와 같이 낚시를 우리 주위의 사람 생활 속에 늘 살피면서 기회를 노리는 사람에게만 영감은 좋은 힌트를 주고 좋은 주제를 얻게 하는 것이다.

요컨대 소설은 말할 것도 없고 어떠한 글이든지 주제가 선명해야 한다. 작가가 아무리 좋은 주제를 설정해 놓았다 하더라도 그 주제가 불투명하게 반영되었으면, 그 글은 첫 번째 조건에서 실격이 되고 만다. 이와 반대로 설령 글은 조잡하다 해도 주제가 강렬하게 표현되어 있으면, 그 글은 사상 전달에서 성공을 이룬 글이라 할 수 있다.

글 속에 주제가 없으면 그것은 돌 없는 민둥산과 같고, 강물 없는 평야와 같은 것이 된다. 아무리 미사여구로 글을 꾸몄다고 해도 주제의 강조가 없으면 그것은 한갓 헛소리에 지나지 않게 된다.

3) 주제의 보기

동녘 하늘의 구름을 헤치고 솟아오르는 아침 해가 서산에 머무는 놀보다 아름답다고 누가 내게 말할 수 있으랴. 수많은 나무들 중에서 감나무와 파초나무 중 어느 것이 더 아름답다고 누가 내게 말할 수 있으랴. 브렌스 사람과 안달지 사람 중 어느 편이 더 굳세다고 누가 내게 말할 수 있으랴. 여자 중에서 누가 가장 아름답다고 감히 내게 말할 수 있을 사람이 누구인가. 여자들 중에서 누가 가장 아름다운가 하는 것을 나는 네게 말하리라. 그것은 브라카스의 ‘도레드의 진주’라고 불려지는 여인이다.

흑인 주자니는 창을 들라고 명하였다. 방패를 들라고 명하였다. 창은 바른 손에 들렸다. 방패는 목에 걸렸다. 그는 외양간에 가서 40 마리의 말들을 하나하나 검사했다.

"베르자[말의 이름]가 가장 힘이 있다. 널따란 이 말 궁둥이에 '도레드의 진주'를 태워서 데려 오리라. 만일 그렇지 못하면 천지신명에 맹세하거니와 나는 두 번 다시 이 거리의 흙을 밟지 않으리라!"

주자니는 채찍을 들었다. 그는 말을 몰았다. 도레드에 이르렀다. 자가단 부근에서 한 노인을 만났다.

"백발의 노인장이여! 이 편지를 사르다나에게 전해 주시오. 사르다나가 용감한 사내라면 아르마미의 늪가로 와서 나와 결투를 할 것이오."

그는 노인에게 편지를 건네주었다. 노인은 그 편지를 받아 즉시 사르다나 백작에게 전했다. 때마침 백작은 '도레드의 진주'와 마주 앉아 체스를 두고 있었다. 백작은 그 편지를 받아 읽었다. 그것은 결투 신청서였다.

백작은 손으로 탁자를 힘껏 두드렸다. 체스의 말들이 뛰며 바닥에 떨어졌다. 백작은 일어섰다. 창을 들어라, 말을 끌어내라 하고 그는 큰 소리로 외쳤다. 백작을 따라 일어선 '진주'는 온몸을 와들와들 떨었다. '진주'는 백작이 결투하러 간다는 것을 안 것이다.

"백작 어른! 가시면 안 됩니다. 제발 부탁이오니 저와 체스를 더 두어 주세요."

"나는 체스를 두지 않으련다. 아르마미의 늪가에서 창으로 사람 찌르기 내기를 해야 한다."

'진주'의 눈물도 남자를 붙들지 못했다. '도레드의 진주'도 몸에 망토를 걸쳤다. 그녀도 말을 타고 백작의 뒤를 따라 아르마미의 늪가로 말을 몰았다.

늪가의 잔디밭은 이미 붉게 물들어져 있었다. 늪의 물도 새빨간 핏빛이었다. 잔디를 붉게 물들이고 늪의 물을 붉게 물들인 것은 기독교도의 피는 아니었다. 흑인 주자니가 쓰러져 있었다. 백작의 창이 가슴에 꽂힌 채 부러져 있었다. 온몸의 피가 점점 줄어들었다. 그 옆에서 베르자는 눈물을 흘리며 주인을 굽어보고 있었다.

'진주'는 말에서 뛰어 내려 쓰러져 있는 주자니 옆으로 가까이 갔다.

"기사님이여, 정신을 차려요. 다시 건강을 되찾아 아름다운 여인을 아내로 삼으세요. 내 손은 당신의 상처를 낫게 해 드릴 수 있을 것입니다."

"오, 순결하고 순결한 '진주'여! 오, 아름답고 아름다운 이여! 진주여 내 가슴에서, 이 가슴에 꽂힌 창날을 뽑아 주시오! 내 피를 얼게 하고 있는 이 창날을 뽑아 주시오!"

'진주'는 아무 의심 없이 가까이 다가섰다. 그러자 사내는 '응'하고 안간힘을 썼다. 그는 손에 들었던 칼을 들어 아름다운 여인의 얼굴에 상처를 내었다.

이것은 P. 메리메의 콩트 「도레드의 진주」 전편이다. 이 소설의 주제는 무엇인가? 이 짧은 소설에는 그 양에 비해 많은 내용이 적혀 있다. 흑인 주자니가 말을 타고 달려와 결투를 신청한 것, 백작과 '진주'가 체스를 둔 것, 주자니가 창에 찔려 쓰러진 것, '진주'가 달려와서 위로한 것, 주자니가 칼로 '진주'의 얼굴에 상처를 낸 것 등이다. 그러나 이런 내용은 주제를 효과적으로 표현하기 위한 제재일 뿐이지 결코 주제가 아니다.

그리고 메리메가 이와 같은 제재를 모은 것은 단순히 이야깃거리를 쓰기 위해서가 아니라, 그와 같은 이야기 뒤에 숨어 있는 원시적이며 숙명적인 정열과 그 정열 속에 끊임없이 흐르고 있는 질투로 불타는 인간성을 표현하려 하였다. 따라서 이 작품의 주제는 '원시적인 정열과 그 정열 속에 흐르는 질투 심리'이다.

4) 주제와 개성

소설의 3대 요소는 주제(theme)와 구성(plot), 문체(style)이다. 주제는 작가가 작품 속에 그리려 하는 중심 사상으로서, 작품의 가치를 결정하는 중요한 구실을 하며 소설의 핵심을 이루는 것이다. 구성은 소설의 내용이 될 여러 가지 재료를 어떠한 방법으로 얽어 짤 것인가 하는 것을 정하는 것으로, 건축에서의 설계와 같다. 그리고 문체는 소설 표현에서의 언어 및 표현 형식으로서, 정확하고 간결한 동시에 함축성이 있어야 한다.

이미 말한 바와 같이 한 작품이 표현하려 하는 정신적인 과제가 주제이므로 작가의 인생관과 개성적 기질에 따라서 주제 설정은 달라진다. 바꾸어 말해서 작가의 사상과 기질에 따라서 인생을 이해하는 태도가 다르고, 거기에 따라서 사물을 관찰하는 각도와 표현 방법이 달라지게 된다.

특히 소설에서는 작가가 현실에 임하는 태도를 크게 두 종류로 나누는데, 이른바 낭만주의(romanticism)와 사실주의(realism)이다. 사실주의가 극단적인 현실의 암흑면을 폭로하게 될 때 자연주의(naturalism)가 된다.

사실주의는 작가가 인생을 이해하고 비평하여 인생을 다시 표현하고자 할 때 주관적인 상상을 배격하고 끝까지 객관적인 관점에서 실재의 현실을 냉철한 이성으로 관찰하여 귀납적으로 판단한다. 그 반면 낭만주의는 관찰 시점을 현실적인 면에 두기보다 오히려 주관적인 상상을 통하여 연역적으로 현실을 판단한다.

사실주의와 낭만주의가 현대성에 크게 영향을 준 양대 조류이지만, 좀더 세밀히 관찰하면 작가의 개성에서 비롯된 점이 많다.

외국의 사실주의 내지 자연주의 작가로는 플로베르, 모파상, 졸라 등이 유명하고, 우리나라 작가로는 현진건, 염상섭 등을 꼽을 수 있다. 외국의 낭만주의 작가로는 스탕달, 위고 등이 유명하고, 우리나라 작가로는 이광수, 나도향 등이 대표적인 작가들이다.

예컨대 우리나라 최초의 자연주의 소설로 평가되는 염상섭의 「표본실의 청개구리」는 철저하게 주관적인 상상을 배격하고 현실적인 삶을 사실적으로 나열하고 묘사하며 분석하여, 표현된 현실 자체를 종합함으로써 귀납적인 결론을 맺으려 하고 있다. 반면 이광수의 「흙」은 현실을 떠나서 한 주인공의 내면적인 정열에서 솟아나는 이상과 관념을 다각적으로 확대하여 표현함으로써 연역적인 결론을 내리고 있다.

요컨대 낭만주의 작가는 주관을 통하여 진리에 다가가려 하는 반면, 사실주의 작가는 객관을 통하여 진리에 다가가려고 한다. 때문에 사실주의 작가가 자연주의의 경향을 띠게 되는 반면, 낭만주의 작가는 이상주의로 흐르기 쉽게 된다.

낭만주의 작가와 사실주의 작가는 주제 설정과 표현 방법이 다르므로 소설을 설계하는 구성에서도 양자 사이에 서로 다른 면이 생기는 것은 필연적인 결과이다. 사실주의와 낭만주의의 특징에 대해서 영국의 비평가 크로포트는 그의 「소설론」에서 이렇게 규정하고 있다.

"사실주의 작가는 '있는 그대로의 삶'을 보여주려 하고, 낭만주의 작가는 '있을 수 있는 삶'을 보여주려고 한다."

그러나 낭만주의니 사실주의니 하는 것은 어디까지나 상대적인 의미로 사용되는 것이지 결코 절대적인 것은 아니다. 작가라면 누구나 상상력이 있어서 공상적인 면과 현실적인 면을 가지고 있다. 따라서 작품 창작에서 어느 면이 우세한가에 따라서 편의상 낭만주의니 사실주의니 하고 구별한 데 지나지 않는다.

5) 주제와 목적

소설의 주제는 어디까지나 그 작품의 중심 사상일 뿐 결코 작품의 목적이 될 수는 없다. 그러나 사회 문제가 날로 복잡해짐에 따라서 정치적 또는 사상적인 주장을 널리 선전하기 위하여 이른바 목적 소설이라는 것이 유행되는 일이 있지만, 그 경우의 목적이 그대로 소설의 주제가 되는 것은 아니다.

물론 특별한 사상에 관심을 가지고 있는 작가는 모든 것을 그 사상에 입각하여 해석하기 때문에 주제와 목적이 합치되는 경우가 없는 바 아니다. 그러나 사람 생활 자체가 반드시 시대적인 이상만으로 경영되는 것이 아닌 것처럼 작품의 주제가 반드시 어떤 사상적 목적을 내포해야만 되는 것은 아니다. 주제와 목적의 구별을 살펴보기 위해 구체적으로 작품 한 편을 인용하기로 한다. 다음은 모파상의 단편 「목걸이」의 줄거리다.

루아젤은 아름답고 매력적인 용모를 가졌지만 실수로 가난한 집에 태어났다고 생각하는 처녀였다. 그녀는 가난했기 때문에 교육부 하급 공무원과 결혼했다. 어느 날, 남편이 장관의 파티에 갈 수 있는 티켓을 가지고 왔다. 루아젤은 파티에 나가기 위해 남편의 비상금을 털어 옷을 사고, 친구에게 다이아몬드 목걸이를 빌려 파티에 참석했다가 그것을 잃어버린다. 부부는 전 재산을 처분하고 돈을 빌려 똑같은 목걸이를 사서 친구에게 주고, 그 돈을 갚기 위해 10년 동안 궁핍한 생활을 한다. 이제 루아젤 부인은 심신이 피곤하여 늙고 말았다. 어느 날, 길거리에서 목걸이를 빌려 준 친구를 만나 그 목걸이 때문에 고생한 이야기를 하다가 그 때의 목걸이가 가짜였음을 알게 된다.

이 소설을 읽고서, 일상생활 중 우연히 발생되는 하찮은 일 때문에 어느 만한 변화를 일으키게 되는가, 바꾸어 말해서 사람 생활이 우연이란 것에 의해 얼마나 큰 영향을 받게 되는가 하는 사실을 절실히 느끼게 된다. 남에게서 빌려온 가짜 목걸이를 잃어버렸다는 단순히 그 한 가지 일 때문에, 그리고 그 목걸이가 가짜였다는 사실을 알지 못했기 때문에 루아젤 부부는 청춘을 고스란히 바치며 비참한 생활을 해야 했다는 사실에 대해 놀라게 된다. 작가 모파상이 그러한 인생 문제에 착안하게 되었을 때 비로소 그 문제를 소설로 쓰려 하는 의욕이 솟았을 것이고, 거기서 비로소 이 소설 「목걸이」의 주제가 성립된 것이다. 이 소설의 주제, 그것은 삶의 근본적인 운명 문제이다.

소설 「목걸이」에 나타나 있는 그 밖의 모든 문제들, 그러니까 허영심 많은 하급관리의 아내니, 장관의 무도회 초대니, 목걸이를 분실한 사건이니, 빚을 갚느니 하는 것들은 작품의 주제를 충분하게 표현하기 위해 빌려온 단순한 제재에 지나지 않는다.

그러나 만일 이 소설이 이른바 목적 소설로 전락한다면 어떻게 되었을까? 사회주의적인 사상을 가진 작가가 이 문제를 소설화했을 때, 그는 하급 관리의 비참한 생활의 원인이 경제적인 데 있다고 해석하여 사회 개혁을 선전하려 했을 것이다. 또한 종교가가 이 문제를 소설화한다면, 그는 하급관리의 비참한 생활의 원인이 신의 존재를 무시하고 허영심에 들뜬 탓이라고 주장했을 것이다. 그렇게 될 때 작품은 예술성을 상실하게 된다.

6) 주제와 감상

한 편의 소설을 논할 때 주제를 두고 거론하는 것이 편리하다. 그리고 주제란 그 이야기가 말하려 하는 것, 곧 제재(題材)가 아니라 그 제재의 근본적인 의의와 작자의 제재관(題材觀)이다. 작품에 따라서 주제가 가장 중요한 것인 경우, 별로 중요하지 않은 경우, 행위 속에 주제가 포함되어 있는 경우 등이 있다.

첫째로 어느 소설에서는 주제가 가장 중요한 위치를 차지하고 있다. 예컨대 「이솝 우화」라든가 M. 트웨인의 「허드레이버그를 타락시킨 사람」 등의 경우가 그렇다.

둘째로 어느 소설에서는 주제가 별로 중요하지 않은 경우가 있다. 「주홍글씨」의 작자인 호손의 소설들에서 보는 바와 같이 작품 속에 주제가 분명하게 서술되고 있는 경우도 있지만, 대체로는 주제가 서술 밖에 포함되어 있기 때문에 독자가 그것을 찾도록 노력해야 한다. 이것은 추상화라는 작용에 의해 독자가 행한다.

셋째로 어느 소설에서는 행위가 하나의 이야기를 이루고 있어서, 그 행위에 작품의 중심 사상이 포함되어 있는 경우가 있다. 마크 트웨인의 「허클베리 핀의 모험」에서는 등장인물인 허크와 짐의 행위의 대부분은 그들을 못살게 구는 사람들에게서 도망치는 이야기이다. 이것을 추상적인 말로 규정한다면, 이와 같은 행위를 일괄하여 '자유 대 사회적 압박'이라고 말할 수 있고, 이것을 바로 주제라고 말할 수 있다.

주제는 글로 서술하기보다는 오히려 한 마디 명사, 예컨대 '자유'라든가, '사랑'이라 말하는 것이 쉽고, 또는 명사구, 예컨대 '구속당한 자유'라든가 '이루지 못한 사랑'이라 말하는 것이 편리한데, 이것이 바로 이야기의 중심이 된다는 의미이다. 그리고 그것을 다른 것으로부터 분리시켜 그것만 논하고 그 역할을 찾아 규명할 수 있다.

그러나 여기서 분명히 알아 두어야 할 것은 주제는 결코 이야기의 의미는 아니라는 점이다. 어떤 이야기의 의미라고 하면, 모든 소설적 요소가 조화 있게 잘 어우러져 하나의 예술품으로 완성된 전체 그 자체를 가리키는 것이다. 이 문제를 두고 H. 제임스는 그의 논문집 「소설 기법」에서 젊은 작가들에게 이렇게 충고하고 있다. "낙관주의라든가 염세주의라든가 하는 것 따위를 지나치게 깊이 생각하지 말라. 인생 그 자체의 색깔을 포착하도록 하라."

이 충고와 같은 사고방식에 따른다면 작자가 가르치려 하는 내용, 즉 '사상'은 삐져나오는 일이 없이 전체 가운데 적당히 소화될 것이라고 제임스는 말하고 있다. 요컨대 주제는 소설의 인물과 행위에 의해 간접적으로 나타나 있고, 독자는 거기에서 주제를 찾는다.

7) 주제의 이해

작가의 주요 사상 곧 작품의 주제가 분명하게 전면에 나타나 있는 소설이나 전지전능의 시점에서 작가가 논문조로 설명해 주는 소설에서는 작가의 의견을 찾아내기가 쉽다. 그러나 작가의 사상 곧 작품의 주제가 이야기 속에 깊이 스며 들어 있다면 두 가지 방법을 생각해 볼 수 있다.

하나는 등장인물을 살펴봄으로써 조금은 짐작할 수 있다. 물론 인물이 작자의 견해를 그대로 충실하게 말해주고 있다고 생각하는 것은 잘못된 일이다. 그런 경우도 없는 것은 아니지만, 그렇다고 단정하자면 조심스럽게 인물을 관찰해야 한다.

가장 안전한 방법은 작가가 그 등장인물을 제시하는 태도에서 미루어볼 때 그 인물에 대한 작가의 감정을 알아내는 것이다. 작가가 그 인물을 긍정하고 두둔하는 듯한 서술을 하고 있고, 그 작품을 읽을 때 그 등장인물이 매력적인 때는 대체로 그 인물은 작가의 신념을 나타낸다고 보아도 무방하다.

이와 같은 원칙에는 많은 예외가 있는 것도 사실이다. 작가에 따라서 등장인물에 대해서 전혀 편애를 하지 않으려고 무척 조심하는 사람도 있다. 그러나 작가가 어느 한쪽을 편들 때 그 인물은 그렇지 않은 인물에 비해 작가의 생각을 많이 대표하고 있는 것이 사실이다.

물론 반대되는 예가 없는 것은 아니다. 마크 트웨인의 「허클베리 핀의 모험」에서 허크의 아버지는 주정뱅이에다 아주 부도덕한 인물로 나온다. 때문에 작가의 흑인관 및 정치관은 허크의 아버지가 이야기하는 것과는 정반대일 것으로 확신하게 된다.

작가의 주요 사상 곧 작품의 주제를 이해할 수 있는 가장 확실한 방법은 작가가 묘사하는 갈등의 성질과 해결의 방법을 통해서이다. 그와 같은 작품의 예로는 S. 크레인의 「붉은 무공훈장」을 예로 들 수 있다.

미국에 남북전쟁이 일어났다. 전쟁의 흥분에 휩싸인 한 젊은이는 이 좋은 기회를 놓치지 않겠다고 다짐한다. 그는 용감한 행동을 하여 영웅이 되겠다는 결심을 하고 북군에 지원 입대한다. 그러나 세상에 태어나서 처음으로 전쟁에 나간 그는 두려움에 사로잡혀 도망친다. 도망하는 도중에 머리에 총알을 맞고 부상병 속에 끼어 후송된다. 그는 영웅이 되기는 했으나, 방법은 그가 처음에 예기했던 것과는 완전히 달랐다.

이 소설에서 작가는 인생을 결정해 가는 것에 관해 직접적인 철학적 내지 사상적 용어는 한마디도 서술하고 있지 않다. 즉, 주제에 대한 언급이나 암시적인 용어는 단 한마디도 없다. 그러나 독자들은 크레인이 운명의 익살이라고 말해야 할 성질의 것을 믿고 있다는 결론을 내릴 수 있게 된다. 독자가 작가의 사상이 그렇다고 규정하는 것은 작가 자신이거나 등장인물의 발언에 의해서가 아니라, 등장인물인 젊은이의 갈등과 해결방법에 의해서 알게 된다.

독자들은 결국 작가의 근본 사상이 무엇인가 하는 것을 추측하게 된다. 그 추측은 동일한 작가의 작품을 여러 편 읽음으로 해서 더욱 분명한 것이 되기도 한다.

남자가 단 혼자서 죽음에 맞서는 용기를 가지게 될 때는 위대하다고 하는 것을 강조한 헤밍웨이 작품의 사상, 미국 남부에 노예제도가 마치 저주와 같이 사방을 에워싸고 있다고 하는 포크너 작품의 사상, 사람의 세계에서 우연 내지 운명이 큰 역할을 하게 된다고 하는 하디 작품의 사상 등 이와 같은 사상은 해당 작가의 작품 여러 편을 읽으면 쉽게 발견할 수 있다.

그러나 또 한편 어느 작가의 한 작품 또는 여러 작품을 통해서 등장인물이 어떤 갈등을 가지는가, 그것이 어떤 방법으로 해결되는가 하는 것을 살펴봄으로써 작가의 세계관과 작품의 주제에 대해서 많은 것을 알 수 있게 된다.

8) 주제와 도덕

소설의 주제에서 도덕을 중시하는 작가가 있다. '도덕'이란 인생에서 사람들과 행동에 관해 선한가 악한가 또는 올바른가 그릇된가 하는 것을 정할 때에 사용하는 말인데, 가공의 인물과 그 행동에 관해서 말할 때에도 똑같은 이 용어를 사용한다.

등장인물의 도덕적 행동과 그것에 관한 작가의 직접 또는 간접적인 비평 따위를 총괄하여 그 소설의 '도덕적 내용'이라 일컫는다. 그리고 작품에 도덕적 내용이 있는 데 대해 독자는 여러 가지 태도를 보이는데, 그 태도를 양극단으로 나눈다면 도덕적 존재를 좋아하는 독자와 그것을 싫어하는 독자가 있게 된다.

소설의 점수를 채점할 때 대다수의 독자는 주로 도덕적 내용에 의해 점수를 매기게 된다. 훌륭한 인물이 훌륭한 행동을 하는 이야기일 때 좋은 소설이라 평가하고, 보기 싫은 악한 행위를 하는 인물이 묘사되어 있을 때 나쁜 소설이라 평가한다. 특히 등장인물의 행위가 더구나 '좋지 못한 말', 즉 사회적으로 허용되지 않는 언어로 표현되어 있을 때는 더욱 그렇다.

이런 식으로 주제를 이해하고 소설을 평가하는 것은 단연 그릇된 방법이다. 젊은 층의 독자에게 이른바 '양서'를 권장한다고 하면서, 이런 도덕적인 면을 가지고 그 소설이 좋다 또는 나쁘다고 규정하는 척도로 삼는 일처럼 어리석은 일은 없다.

이와는 반대로 도덕적 요소를 대할 때 도저히 참지 못하고 메스꺼움을 느끼는 독자들이 있다. 이는 다분히 소설을 도덕적 표준에 의해 채점하는 데 대한 반동에서 비롯된 행동이라고 할 것이다. 이들은 소설은 예술이기 때문에 도덕과는 아무 관계가 없다고 주장한다. 소설이 도덕과 관련을 맺게 될 때 그것은 '교훈적'이 된다. 즉, 가르치기 위한 목적으로 쓰여진 것이라고 느낀다. 더구나 이 한갓 성질을 나타내는 형용사적인 말인 '교훈적'을 비난의 의미로 사용하는 것이다.

소설을 도덕적인 기준에 의해서 평가하는 것도 잘못된 것이지만, 도덕적인 면을 혐오하는 소설관도 잘못된 것이다. 이와 같은 소설관은 실제로 소설을 너무나 좁게 본다는 비난을 면할 수 없다.

이런 견해를 가진 사람은 두 가지 과오를 저지르고 있다. 첫째로 '도덕적'이란 의미를 너무 좁은 뜻으로 생각하고 있다. 둘째로 그들은 '도덕적 내용'과 도덕적 내용의 '명시(明示)'를 혼동하고 있다.

원래 문학을 포함한 예술에는 두 가지 태도가 있다. 그 하나는 '삶을 위한 예술(Art for life's sake)'이고, 다른 하나는 '예술을 위한 예술(Art for art's sake)', 즉 예술 지상주의이다. 앞의 경향에 속하는 작가로는 톨스토이, 이광수 등을 들 수 있고, 뒤의 경향에 속하는 작가로는 C. P. 보들레르, 김동인의 일부 작품들을 들 수 있다.

무릇 한 작품의 우수성이 단순히 도덕적이냐 아니냐 하는 제재에 의해 결정된다면 A. 도데의 「사포」와 지드의 「배덕자」, 김동인의 「광염소나타」 등 일련의 작품은 으레 부도덕적인 작품이어야 할 것이다. 그러나 위의 여러 작품이 부도덕한 행위와 인물을 다루고는 있지만, 누구도 그 작품들을 가리켜 부도덕한 작품이라고 말하지는 않는다. 그 작품들이 비록 부도덕한 사건을 다루었다 하더라도 작가는 그러한 사건 속에 잠재해 있는 삶의 진실을 발견하여 그 진실을 예술적인 입장에서 표현했기 때문이다.

그러나 작가는 부도덕한 제재로써 독자의 흥미를 끌어내려 해서는 안 된다. 부도덕한 제재가 독자들의 흥미를 돋우는 것은 분명한 사실이다. 그러나 인기에 영합해서 부도덕한 제재에 의해 작품을 쓸 때 대개 통속 소설이 되고 만다. 예술적 생명을 가진 소설을 쓰려면 비록 제재가 부도덕한 것이라 하더라도 작가는 어디까지나 건전한 예술적 양심으로 그 제재에 내포되어 있는 진실을 성실하게 표현해야 한다.

도스토예프스키의 「죄와 벌」에는 주인공 라스콜리니코프가 전당포 노파를 도끼로 살해하는 사건이 나온다. 그것은 인도적인 입장에서 볼 때 도저히 있을 수 없는 부도덕한 제재이다. 그러나 작가가 그 제재를 통해서 사회악을 응징하고, 새로운 정의의 세계를 실현하려는 높은 경지에서 표현했기 때문에 그것은 부도덕한 것으로 떨어지지 않고 예술성 높은 작품이 된 것이다.

영국의 필딩은 그의 소설 「톰 존스」 머리말에서 "나는 이 소설에서 미와 소박(素朴)을 장려하기에 힘썼고, 또한 인류의 어리석음과 악덕을 매도하기에 힘썼다"고 말했다. 그러나 분명한 것은 도덕적 내용이 빈번하게 앞으로 나서는 소설은 비교적 생명이 짧다는 사실이다. 그것이 선전하고자 하는 주장으로서는 쓸모가 있겠으나, 다루는 문제가 소멸되면 그 소설 또한 소멸해 버리는 경우가 많다. 스토 부인의 「톰아저씨의 오두막」도 이 부류에 속한다 하겠으나, 아직도 남아 있는 것은 역사적 자료로서 가치가 있고 또 주제가 좋기 때문이라 할 수 있다.

J. E. 스타인벡의 「분노의 포도」 역시 설교조란 면에서 문제가 있다 하겠으나, 그것은 도덕적 해결을 제안하는 것이 아니라 오히려 문제의 해설이기 때문에 소설로서 생명은 길다고 말할 수 있다. 또한 이 소설은 분명하게 어느 시대 어느 곳에 살고 있는 사람들의 고통을 묘사하고 있으나, 한편으로는 강자의 약자에 대한 압박을 묘사하여, 보편성을 가지고 있다. 그리고 마지막으로 가장 중요한 것은 작가의 설교가 신빙성을 가진 인물인 조드 일가의 성격과 행동 속에 잘 녹아들어 있다는 사실이다. 세계의 명작으로 평가되는 작품이 대개 그렇듯이 도덕적 내용이 이야기 속에 잘 녹아들어 있을 때, 이야기를 더욱 풍부하게 하고 독자는 높이 평가하게 된다.

9) 주제의 표현

작품에서 주제의 표현은 동기(motive)를 구체화하는 데서 실현된다. 여기서 말하는 동기는 말 그대로 한 편의 소설을 쓰는 경우의 동기이다. 그래서 "이 소설의 동기는 무엇인가?" 하는 식으로 쓰이고 있다. 그러나 다른 사람에게서 이야기를 듣고 "이 이야기는 재미있다. 이 내용을 소설로 쓰자"고

하는 경우는 참다운 의미의 동기가 아니다. 사람들에게 꼭 호소하고 싶고 이해되기를 바라는 것이 동기가 된다. 요컨대 동기란 자기에게 절실한 것으로서, 더구나 그것은 사람들에게 호소하고 싶다고 생각할 때에 작가 자신을 쓴다는 행위로 움직이게 하는 것이다.

나로서는 그와 같은 절실한 동기 따위를 가져본 일이 없다고 말할는지 모른다. 그러나 친구나 연인에게 편지를 쓴 일이 있다면, 그 편지를 쓰게 한 것이 바로 동기가 된다.

그러나 예컨대 "돈이 필요하다"고 하기만 해서는 동기가 되지 않는다. "돈이 너무나 필요한 나머지"가 되어야 한다. "돈이 너무나 필요한 나머지" 돈을 꾸어 달라는 편지를 썼다면, 그것은 바로 편지의 동기가 된다. 언제나 돈 때문에 어려움을 겪던 도스토예프스키는 이런 동기 때문에 많은 편지를 썼다.

이 동기를 구체화하는 수단이 바로 주제이다. 때문에 주제는 동기와는 달리 객관적이요 일반적인 것이어야 한다. 도스토예프스키의 편지는 "돈이 너무나 필요한 나머지"라는 동기에 의해 쓰여진 것이기는 하지만, 할 수 없이 외국에서 살 수 밖에 없는 사람의 쓸쓸함이 그 편지의 자연스러운 주제를 이루고 있는 사실에 놀라게 된다.

도스토예프스키는 돈을 꾸려는 편지를 쓰는 경우에도 분명한 주제를 가지고 있다. 돈을 꾸고자 하는 편지이기 때문에 돈이 필요한 이유를 쓰면 볼일은 끝난다. 그러나 그것만으로는 자기의 동기가 상대방에게 통할 리 없기 때문에 돈이 필요하다는 동기를 살리기 위하여 무엇에 관해 쓰면 좋을 것인가 하는 배려가 있게 되고, 거기서 비로소 외국 생활의 쓸쓸함이 주제로 선택된 것이다. 주제는 동기를 살리기 위해 선택된다. 그러나 주제와 동기는 한쪽이 객관적이요 다른 한쪽은 주관적인 이상 모순이 있기 때문에 주제가 동기를 살릴 수도 있고, 죽일 수도 있다.

가끔은 글을 쓰기 위해 원고지를 마주 대하는 순간 그렇듯이 강했던 동기가 사라져 버리고 말아, 아무것도 쓰지 못하게 되는 경우가 있곤 한다. 그것은 자기의 동기를 직접 객관화하려 했기 때문이다. 동기는 직접적인 객관화에는 참고 견디지 못하는 성질을 가지고 있다.

또 한편 쓰고 써도 주제뿐이고 자기의 동기는 조금도 나타나지 않기 때문에 글쓰기를 단념하는 경우도 있다. 그것은 주제에 동기가 흡수되어 버렸기 때문이다. 주제는 동기와 변증법적인 관계에 있다고 말할 수 있다.

예컨대 "이 세상이 모순투성이임을 미워한 나머지"라는 것이 동기라고 할 때, 이 세상에 있는 모순 중 무엇에 관해 쓰는 것이 가장 효과적인가 하는 배려가 주제로 나타나게 된다.

이 점에서 가장 유리한 것은 자기의 체험을 쓰는 것이다. 이 세상 속의 모순을 느끼게 한 것이요, 자기는 그것에 대해 증오했던 체험적인 사실을 주제로 선택할 수 있기 때문이다. 따라서 자기가 체험한 바를 쓴다는 것, 더 나아가서 자기 자신의 일을 쓴다는 것이 처음으로 소설을 쓰려고 하는 사람에게 가장 실패가 적은 방법이 된다.

10) 주제의 설정

언어를 축으로 하여 사람이란 무엇인가 하는 것을 생각하면서, 그와 같이 생각하는 자기가 우선 사람에 관해 기본적인 신뢰의 생각을 가지고 있다는 사실을 깨닫게 된다. 그 생각은 역사의 온갖 시간을 초월하고, 또 세계의 다양한 거리를 두고 있는 여러 지점에서 언어에 관해 깊이 생각하는 사람이 마침내는 동일한 방향에 이르게 된다는 사실을 보고 힘을 얻게 된다. 그러나 이와 같은 생각을 하자면 끝이 없다.

여러 가지로 생각하는 것이 번거롭고, 설정된 주제가 쓸 만한 것이든 아니든 간에 우선 써야 한다는 생각이 들게 된다. 앞에 원고지가 놓여 있고, 손에는 펜이 쥐어져 있으며, 지금 무엇인가 쓰고 싶다는 의욕으로 불타고 있다. 이런 상태에서 가장 합리적인 욕망 해소의 길은 "쓴다"는 것이다. 예술은 어쨌든 실행이 아닌가. 그러나 펜이 좀처럼 움직여지지 않는 것은 역시 주제 설정이 되지 않았거나 잘못 되었기 때문이다.

이미 여러 번 말한 바와 같이 주제는 한 작품을 지배하는 통일 원리다. 그 작품의 가치는 설정된 주제의 품위와 그 주제를 어느 정도로 진실 되게 표현하였는가 하는 점으로 결정된다. 주제 설정에 있어서 명심해야 할 몇 가지 사항은 다음과 같다.

첫째, 주제는 항상 새로운 의의를 가져야 한다.

작가가 실제 인생에서 제아무리 새로운 의미를 발견하였다 하더라도 그것은 지금까지 아무도 발견하지 못했던 새로운 의의를 가지는 것이어야 한다. 문학을 가리켜 사람 탐구니 생활 탐구의 방편이니 하는 것은 문학 자체가 본질적으로 항상 새로운 인생면을 개척하려는 목적을 가졌기 때문이다.

둘째, 주제는 자기의 역량에 맞는 것이어야 한다.

작가가 실제 생활에서 느끼게 되는 감격은 여러 가지 형태이지만, 작가의 표현 능력과 개성의 성품에 따라서 작품화하여 성공할 수 있는 감격이 있고 또 그렇지 못한 감격이 있는 것이다. 작가가 어떤 감격을 주제로 하여 소설을 쓰고자 할 때 작가는 우선 그 주제가 자기 역량으로 감당할 수 있는가 하는 것을 깊이 생각해 보아야 한다. 그러기 위해서는 무엇보다도 작가 자신이 실제로 체험한 것 중에서 새로운 주제를 발견하도록 힘써야 한다.

셋째, 관념적인 주제는 피한다.

소설이란 항상 구체적인 생활을 표현함으로써 그 생활에 내포되어 있는 삶의 새로운 의미를 발견하는 노력이요, 작가의 예술적 감격을 독자들의 감수성에 호소하여 작가가 느낀 그대로의 예술적 감격을 독자에게 느끼게 하려는 노력이다. 따라서 무엇보다도 작가 자신이 표현하려는 주제에 대하여 참된 감격을 느낀 것이어야 한다. 실제 생활에서 감격을 느끼지 못하고 다만 관념적으로 이론화한 주제를 설정했다면, 그 작품은 관념의 유희가 되고 말아 독자에게 아무런 실감도 주지 못한다.

3. 소설의 구성

1) 구성의 요소

작가가 새 소설을 쓰기 위해 첫 행위로서 초고에 낱말을 기록해 나간다고 할 때, 이 언어의 선택 레벨에서 이미 구상이라는 형태의 정신과 정감이 작용한다. 이 최초의 단계에서는 문체가 작가의 호흡의 감각과 깊이 관련을 이루고 있다. 이미 거기에 정신과 육체의 작용으로서 구상이라는 형태가 있다고 말할 수 있다.

이와 같은 낱말의 레벨에서의 구상이 이루어지는 과정에서 일찌감치 구조화의 문제가 나타나게 된다. 거기에는 몇 개의 언어가 대립하고 경합하는 운동이 있다. 그 대립과 경합의 과정이 그것을 통하여 선택되어 가는 언어의 심화를 이루면서 문체의 요소가 된다. 선택된 언어가 종이에 기록되면 구상하는 힘의 운동은 더 구체적으로 선명하게 된다. 낱말 a, 낱말 a′, 낱말 a″, ……그리고 낱말 a^n로 나아가는 길. 낱말 a, 낱말 a′, 낱말 a″가 전진 운동을 위해 수행하는 역할, 이 일련의 작가의 내부 운동을 가리켜 구상이라 할 수 있다.

구상이란 용어는 한갓 기본적인 낱말의 선택, 자기 부정적인 수속에 의한 발전이라고 하는 일련의 과정에만 쓰이는 것이 아니다. 이미지의 형성이나 문체의 구조, 하나의 작품 또는 장르 전체에 관해서도 모든 레벨에서 생각하는 것을 구상이란 시점에서 볼 수 있다.

예컨대 건축에서 설계도의 선 하나 점 하나가 모두 지으려는 건물과 밀접하고도 조직적인 관련을 가져야 하듯이, 소설의 구성(플롯)도 표현하려는 주제와 유기적으로 빈틈없이 짜여져야 한다.

소설 구성의 3대 요소는 인물, 사건, 배경이다. 작품 가운데 나오는 인물은 사건에 입각하여 개별적인 성격을 창조해야 한다. 소설은 사건이 주가 되는 만큼 사건을 다채롭게 전개시켜야 한다. 그리고 소설의 배경 곧 시대적 및 사회적 환경은 플롯의 전개에서 운명이나 감정보다 앞선다.

이와 같은 소설의 구성을 단순하게 원형적으로 분석하면,

①누가……하였다.

②무엇을……하였다.

③언제, 어디서……하였다.

위의 것을 문학적인 용어로 해설한다면,

①누가(인물) ： 성격

②무엇을(사건) ： 행위

③언제, 어디서(배경) ： 장면

이 된다. 아무리 규모가 굉장하고 사건이 복잡한 작품이라 하더라도 위와 같은 원형적인 요소를 벗어나는 것은 없다.

그러나 여기서 주의해야 할 점이 있다. 구성, 묘사, 문체 등 이른바 '작법(作法)'에 쓰이는 용어의 의미를 잘 알고 있어도 그와 같은 용어들을 엄밀하게 추구해 가게 되면, 소설의 정의에서처럼 더욱더 머리에 혼란만 가져오게 된다.

그림에 구도가 있고 건축에 설계가 있듯이 소설에도 이야기의 순서라는 것이 있다. 그 순서는 한시의 경우처럼 기승전결(起承轉結)일 수 있고, 또 희곡의 경우처럼 서파급(序破急)일 수도 있다. 그러나 이렇게 한마디로 규정할 수 없는 작품들, 예를 들어서 「율리시스」「카라마조프의 형제들」「전쟁과 평화」 등의 구성은? 규정할 수 없다. 그것은 삶과 같이 망막한 것이요, 구성이라는 따위의 좁다란 말로 포용할 수 있는 성질의 것이 아니기 때문이다.

소설이 삶의 진실을 그려내는 것이라 하여 구성과 묘사란 말이 작가를 미혹시켜 왔으나, 그것 또한 만능이 아니다. 어떤 사람이 사는 방에 어떤 가구와 소지품이 있는가 하는 것은 그 사람의 성격과 밀접한 관계가 있다는 것은 발자크의 견해로서, 그는 「사촌누이 베트」나 「고리오 영감」의 방안 의자의 모양이라든가 커튼의 빛깔을 정성껏 묘사했다.

그러나 방안에 아무 장식이 없다 해도 고리오 영감은 어디까지나 고리오 영감으로서, 그가 왜 교활한 딸들의 희생이 되었는가 하는 것은 이야기의 진전이 밝혀 준다. 즉 발자크 또한 묘사보다는 구성이 소설에서 좀더 중요한 부분에 속한다는 것을 증명하고 있다.

2) 구성 찬반론

구성(플롯)이란 말을 사전에서 찾아보면 다음과 같다.

①〈문학〉 문학 작품에서 형상화를 위한 여러 요소들을 유기적으로 배열하

거나 서술하는 것

②(시·소설·시나리오 등의) 줄거리, 각색

③(이야기 등의) 줄거리를 짜다

이 정의들을 바탕으로 삼아서 정리하면 작가가 어떤 주제를 택했으면 그 주제를 살리기 위하여 이야기 줄거리를 짜는 것이라고 말할 수 있다. 그런데 이 '짜다'는 말은 한 가닥 이상의 이야기 줄거리가 있어야 한다.

그런데 일부 작가 중에는 소설의 구성을 아예 개무시하는 부류가 있다. 그들은 대체로 자연주의 이후의 낭만파 작가들로서, 그들은 머리도 꼬리도 없는 인생의 단면을 포착하여 소설을 쓴다.

우선 플롯 찬성론자인 스티븐슨은 구성의 필요성에 대해 이렇게 말했다.

"작가는 먼저 인물 본위라 해도 좋고 사건 본위라 해도 좋으니 우선 한 동기를 선택해야 한다. 그리하여 모든 사건이 이 동기의 예증이 되도록 정밀하게 플롯을 짜야 한다. 그렇다면 거기 관련된 아무리 작은 사건이라도 일치 또는 조응(照應)하는 밀접한 관계를 가지게 된다."

그는 플롯 구성을 권하는 이유로서 소설은 주제와 형식과 구성 등 모든 것이 혼연일치를 이루어야 한다는 것, 이들 조건이 서로 교착되면서 발걸음을 맞추어 주제의 목적점인 클라이맥스를 향해 나아가야 한다고 주장한다. 그는 이어 이렇게 말하고 있다.

"우수한 소설의 경우는 매 항목과 매 줄이 동일한 창조적 및 조화적 사상과 협조하면서 반응해야 한다. 그러기 위해서는 모든 사건과 모든 인물은 반드시 그 사상에 이바지해야 하고, 형식 또한 그것들과 조화를 이루어야 한다. 만일 단 한마디라도 조화를 이루지 못하는 말이 있다면, 그 한마디는 제외시킴으로써 그 작품은 보다 더 강력하고 보다 더 충실해진다."

이와는 달리 플롯 반대론자들의 주장을 종합해 보면 다음과 같이 정리할 수 있다.

"플롯 제일주의자들은 소설을 공식화하려 하고 있다. 소설을 기계로 제작하려 하여, 소설 만드는 기계를 고안하기에 애쓰고 있다."

그러나 소설은 만들어지는 것이어서는 안 된다. 소설은 쓰는 것 곧 창작하는 것이다. 그러나 플롯 반대론자들은 이렇게 반박한다.

"소설가(또는 모든 예술가)는 공식과 국한된 방법에 의해 사건을 짜 맞추어 가는 것이 임무가 아니라 창조하는 것이다. 예술은 이지로써 만들어지는 것이 아니라 영감을 구현시키는 것이다. 찬성파의 말대로라면 소설은 청부업자가 설계도를 가지고 그대로 지은 집과 같은 뼈만 앙상한 집이 되고 말 것이다. 창을 내다가 미술적으로 장식할 수 있고, 벽을 쌓다가 문을 낼 수 있는 자유로운 설계라야만 완전한 집이 된다. 플롯 찬성파들은 또한 인간성을 무시하고 있다. 소설은 한 사람(작가)의 창조적 감흥으로 제작되는 것으로서, 그 감흥이 신비한 영감의 경지에 이르러야 그때 비로소 독창적인 훌륭한 작품이 나오게 된다.”

플롯에 대한 찬반론은 저마다 장점과 단점이 있다. 플롯에 의한 창작법의 장점은 다음과 같다.

①주제가 명확하다.

②전체에 통일성이 주어진다.

③효과가 정확하다.

④불필요한 부분이 생략된다.

단점은 다음과 같다.

①플롯에 의해 지배되어 자연발생적이지 못하고, 작가와 작품이 공식적인 제한을 받는다.

②대체로 통일성이 있는 반면 부분적으로 통일되지 못하고 무리함이 있다.

③정열이 말라 버리고 심리적 발전이 저해된다.

④창조적이 되지 못하고 기계적이며 인위적이 된다.

요컨대 소설이란 어떤 공식에 의해서 창작되는 것이 아니라는 것, 따라서 주제에 따라서 구성의 찬반 양쪽을 모두 수용할 수 있고, 이 두 가지 작법을 한 개의 작법으로 완전하게 통합할 수 있는 경지에 이를 수도 있다.

3) 구성의 종류

소설의 구성은 구성한 이야기의 인수(因數)에 따라서 ①단순 구성과 ②복합 구성이 있고, 전개 방식에 따라서 ③산만 구성과 ④긴축 구성이 있으며, 그 외에 ⑤피카레스크식 구성이 있다.

①단순 구성은 하나의 이야기로 구성된 소설을 일컫는다.

단순 구성은 이야기가 하나뿐이기 때문에 구성이 비교적 쉽고, 표현이 쉽게 통일되는 장점이 있다. 그 반면 구성미가 적고, 더구나 이야기의 줄거리만 읽으려는 독자에게는 복선이 없는 너무 단조로운 느낌을 주게 된다.

②복합 구성은 두 개 이상의 이야기를 복합하여 구성한 작품을 가리킨다.

복합 구성은 중심이 되는 이야기 이외에 몇 개의 부차적인 이야기를 덧붙여 전체로서 하나의 조화를 이루면서 함께 진행시키는 구성법이다. 부차적인 이야기는 중심이 되는 이야기의 효과를 확대하고 강화하기 위해서만 존재의 의의가 있다.

단순 구성은 가장 단편 소설다운 구성법으로서, 콩트가 대개 이 구성법에 따른다. 복합 구성은 대개 장편 소설에 사용된다. 그러나 단편 소설로서 복합 구성이 쓰인 작품이 있으니 그것이 이효석의 단편 소설 「메밀꽃 필 무렵」이다.

한 폭의 그림 같은 이 소설에는 당나귀의 교미(交尾)라든가, 충주집에 대한 회상 같은 부차적인 이야기가 나온다. 부차적인 이야기로써 작품의 주제인 '생명의 연장(자손)에 대한 허생원(인생)의 본능적인 희구'를 더욱 효과 있게 표현하기 위하여 계획적으로 얽어 놓은 것이다.

③산만 구성은 명확한 구조를 머리부터 설계하지 않고, 여러 가지 사건을 그냥 이야기체로 산만하게 쓴 작품을 가리킨다.

산만 구성의 소설은 예정한 계획이 없는 동시에 정연한 연관도 없고, 확실한 첫머리가 없는 동시에 목표하는 결론이 없는 듯이 보이는 것이 특색이다. 그러므로 중간에서부터 읽어도 좋고, 읽다가 중도에 그만두어도 좋다. 이 소설의 흥미는 구성미나 사건에 있는 것이 아니라, 어떤 사물에 대한 작가의 관찰하는 지적 요소에 있다. 따라서 작가의 뛰어난 지적 소양이 없이는 성공하기 어렵다.

④긴축 구성은 첫 마디부터 마지막 마디에 이르기까지 한결같이 명확한 설계도에 의해 진행되는 소설을 가리킨다.

근대 소설은 대부분이 이와 같은 구성에 의해 창작되었다. 긴축 구성의 소설은 성질상 전혀 군더더기를 허용하지 않는 만큼 필연적으로 예술면에서 뛰어나야 하고, 다분히 예술적이기 때문에 독자에게 주는 감명도 또한 긴박감을 이루게 된다.

⑤피카레스크식 구성은 한 편 한 편의 이야기가 제대로 완전히 독립된 작

품이면서, 또한 앞의 한 편과 뒤의 한편이 단일적인 논리적 계통으로 통일을 이루며, 또는 직접적으로나 또는 간접적으로 한 줄에 꿴 구슬과 같이 연관을 가지도록 구성된 소설을 일컫는다.

피카레스크식 구성으로 된 작품 중 대표적인 것으로는 「아라비안나이트」를 비롯하여, 보카치오의 「데카메론」과 G. 초서의 「캔터베리 이야기」를 말할 수 있다. 그 말의 어원은 에스파냐에서 발달했던 이른바 피카로〔의적(義賊)〕을 재료로 한 이야기에서 나왔다. 우리나라 작품 중 홍명희의 「임꺽정」도 이 구성법에 속하는 대하소설이다.

4) 구성과 갈등

소설에서 플롯은 "갈등을 포함한 동작의 조립(組立)"이라고 말할 수 있다. 그리고 플롯 구성법은 곧 소설작법이라 말할 수 있다. 소설의 구성에서 염두에 두어야 할 사항을 정리하면 다음과 같다.

①필연성이 부여되어야 한다.

한 작품의 플롯이 살고 죽는 것은 오로지 필연성 여부에 달렸다고 해도 지나친 말이 아니다. 필연성이 없다면 아무리 주제가 좋고 제목이 참신하며 플롯이 잘 구성되었다 하더라도 그 작품은 한 푼의 가치도 없는 세속적인 거짓이 되고 만다. 필연성은 소설의 3대 요소인 인물과 사건 및 배경 등 모든 면에다 주어져야 한다.

②복잡화와 단일화, 통일화해야 한다.

소설 플롯의 구성 요건 중 한 가지는 플롯의 단일화 내지 단순화에 있다. "소설은 증류(蒸溜)된 인생"이라는 말이 있다. 즉 소설은 인생의 생활에서 과학적으로 발견된 진리를 다시 철학적인 불로써 증발시켜 방울방울 떨어지는 진리의 알맹이를 의미한다. 이 진리 곧 순수한 증류수를 만들기 위해서는 무엇보다도 가장 많은 인생의 체험이 요구된다.

그러나 작가는 플롯 구성에서 사건의 복잡화에만 힘쓸 것이 아니라, 동시에 사건의 단순화 내지 단일화도 꾀해야 한다. 이 사건의 단일화는 곧 효과의 단일화를 말하는 것으로서, 소설을 쓰는 데 작가의 중요한 임무 중 하나이다.

작가는 플롯 구성에서 사건의 복잡화와 단일화를 꾀한 후 다시 이를 통일시켜야 한다. 즉, 낱낱의 재료(사건)에서 얻은 진리를 다시 한 번 통일해야 한다.

"소설이란 그것이 정밀하냐 아니냐에 의해서 가치 판단이 내려질 성질의 인생 복사는 아니다. 이 가치 판단은 오로지 인생의 그 어떤 측면 및 어떤 각도의 통일화에 있다. 의의 있는 통일화가 행해지느냐 아니냐에 따라서 소설의 우열이 결정된다. ……어떤 대작가의 작품을 대할 때 관찰하고 놀라게 되는 것은 대개 표면에 나타난 복잡화에 의해서지만, 그러나 진의를 따지고 보면 결국은 통일화의 수법에 의해서이다. 작품의 우열이 작품의 플롯 구성의 통일화 여부에 달렸다는 진리는 언제나 변함이 없다."

③플롯은 주제와의 관계에서 종속적인 관계를 유지해야 한다.

이는 사건의 통일화와도 관련되는 말로서, 관계성이 깊어질수록 각 사건의 단일화와 전체의 통일화가 쉬워지고 보다 큰 효과를 발휘할 수 있게 된다.

④플롯 구성에 변화를 주어 이야기가 재미있어야 한다.

흔히 현대의 이른바 순수 소설이 점점 재미없어진다고 말한다. 이에 대해 A. 베르쥐는 "실재를 무시 내지 탐구하지 않기 때문에 오늘의 소설은 형이상학적 범위에서 약간만 벗어난 상태다"라고 말했다.

플롯에서 변화를 발전시켜 재미를 주는 방법으로는 두 가지가 있다. 하나는 사건의 발달을 꾀하는 방법으로써, 위고의 「레미제라블」이 그 예이다. 다른 하나는 심리면에 중점을 두는 방법으로서, 「죄와 벌」을 비롯한 도스토예프스키의 여러 작품들을 들 수 있다.

⑤필연성의 부여를 위해 복선을 깔아야 한다.

소설을 쓰기 전에 작가가 가장 노리는 사건을 뒤에 가서야 작가도 안 것 같은 인상, 즉 우연성을 주지 않도록 미리부터 작가는 전지자(全知者)가 되어야 한다. 「죄와 벌」의 경우 어머니의 편지는 라스콜리니코프의 범죄의 복선이 되고 있고, 테니슨의 이야기 시 「이녹 아덴」에서는 메리가 아덴과도 살고 요셉과도 살게 되는 복선을 이야기의 첫머리에서 소꿉질하는 것으로 대신하고 있고, 또 마지막 장면에 나오는 느티나무도 처음부터 깊은 인연을 맺게 하는 복선이 되고 있다.

⑥대조법을 사용하는 것도 효과적이다.

플롯 구성에도 필요하지만, 작품을 쓰는 동안에 항상 작가의 머릿속에서 대조적인 구성 방법이 고려되어야 한다.

⑦강조점을 설정하는 것도 효과적이다.

소설에서의 강조점은 이른바 클라이맥스와는 좀 다르다. 클라이맥스는 소설 전체의 핵심을 말하고, 여기서 말하는 강조점은 클라이맥스를 위한 작은 클라이맥스이다. 이 강조점에는 다음과 같은 방법들이 있다.

첫째, 종말 강조법으로서 대부분의 소설이 이 방법을 쓰고 있다. 즉, 첫 부분에서 발생한 사건을 중간에서 강조하여 다시 끝에 가서 해결을 짓는다. 이것이 이른바 소설의 세 과정이라고 하는 기점(起點), 중추(中樞), 종결이다.

둘째, 기점 강조법으로서 작품 처음에 고조점을 설정하는 방법이다.

셋째, 반복적 강조법으로서 중요한 말을 여러 번 되풀이해서 효과를 내는 방법이다.

넷째, 중단적 강조법으로서 어떤 이야기가 최고조에 이르러 곧 폭발될 듯한 직전에 입을 딱 닫아 버리는 방법이다. 연재소설에서 많이 쓰인다.

다섯째, 초조에 의한 강조법으로서 신문 소설에서 많이 쓰인다. 「죄와 벌」에도 이 방법이 많이 허용되고 있는데, 대학생 라스콜리니코프가 살인을 하고 나서 자수하려다 말고 또 자수하려다 말고 하는 장면은 아주 효과적이다.

여섯째, 경이적 고조법으로서 독자가 전혀 예상하지도 못하고 있을 때 뜻하지 않는 사건, 그것도 독자가 가장 관심을 가질 수 있는 사건을 돌발시켜 효과를 내는 방법이다.

마지막으로 클라이맥스 설정인데, 요컨대 클라이맥스는 이야기의 최정점(最頂點)이란 뜻이다. 여기서 작가가 주의해야 할 것은 주제가 진리요 지성적인 성격의 것이라면, 클라이맥스는 가장 큰 감격을 요구한다는 사실이다. 작품이 아무리 진리의 집합체로 되었다 하더라도 감격이 따르지 못한다면 클라이맥스는 효과가 없다.

5) 구성과 시간

구성의 진행 형식을 말하기 전에 이미 위에서 살펴본 바 있는 소설 구성의 여러 요점에 대해 정리해 본다면,

①작가는 소설에서의 사건 진행을 시간적 순차로 기록하는 것이 아니라, 사건의 논리적 발전을 표현하는 것이기 때문에 표현하려는 사건을 반드시

시간적 순서에 따라 서술해야 할 필요는 없다.

②소설 속에 삽입되는 사건과 뛰어드는 인물이 아무리 많다 하더라도 모든 사건과 인물이 표현하려는 목적으로 모여져야 한다는 것, 곧 구성은 다양함의 통일성을 기해야 한다.

③건축에 굴곡미(屈曲美)가 있어야 하듯이 소설 구성에는 변화가 있는 동시에 발전이 있어야 한다.

④소설은 인생의 진실을 구현화하는 방법인 만큼 허위는 철저하게 기피되어야 하고, 그러기 위해서는 반드시 필연성에 의해 구성되어야 한다.

소설 진행의 기본 형식은 시작과 중간과 종말로 되어 있다. 시작은 첫머리로서 사건으로 보면 발단이다. 중간은 발단이 전개되어 사건이 본 줄거리로 들어가서 클라이맥스에 이르기까지의 중추 부분이다. 종말은 클라이맥스 이후의 설명을 위한 결말이다. 구성의 위와 같은 기본 형식을 전문적 용어로 요약하면 다음과 같이 된다.

①기수(起首)——착종(錯綜)——원인(遠因)

②중추(中樞)——사건 전개——근인(近因)

③정점——기수(起首)와 중추(中樞)의 종합——결말

④종결——결과의 선명(鮮明)——대단원.

6) 구성과 동기

소설의 구성에서 동기란 인물이 어떤 행위를 하는 이유이다. 동기를 나타내는 방법은 여러 가지가 있다. 19세기의 소설가들, 예컨대 G. 엘리엇, T. 하디, H. 제임스와 같이 길게 분석하여 서술하는 작가도 있고, 현대 작가들 대부분이 그렇듯이 작가가 간단히 서술하는 경우도 있다. 물론 당사자 자신이 동기를 말하는 경우도 있고, 다른 인물이 말하는 경우도 있다.

동기가 암시되는 주요 방법은 인물의 성격을 통해서이다. 만일 인물의 성격을 잘 알고 있는 때는——희망과 가치 판단의 기준 및 마음의 움직임을 잘 알고 있으면——그 인물이 어떤 행동을 했을 때에 그 행동의 설명은 그의 성격에서 찾아야 한다는 것을 알고 있다. 그는 그런 일을 할 수 있는 사람이다.

'생동감 있는' 묘사를 높이 평가하게 마련이지만, 그러나 여기에는 문제가 있다. 예컨대 소포클레스의 비극에 나오는 오이디푸스의 이야기에 대해서 어떻게 말해야 할 것인가? 오이디푸스는 자기가 결혼한 상대가 어머니라는 사실을 알고 자기 눈을 빼버렸다. 이 행위를 실생활이라는 척도로 테스트할 수 없다. 이럴 경우 작가가 명백한 동기를 제시하여 그 행동을 이해할 수 있는 것으로 만들었기 때문에 독자는 그것을 인정한다.

이런 부류는 작품 자체의 요소에서 나오기 때문에 내적 개연성(蓋然性)이라 한다. 이런 개연성은 실생활의 개연성과 들어맞는 경우가 흔히 있다. 소설의 행위가 실생활과 같기 때문에, 그리고 작가가 서술하는 인물의 성격에 있음직한 행위이기 때문에 받아들이는 경우가 있다. 그러나 개인적 경험에서 동떨어진 이야기는 이 두 종류의 개연성은 들어맞지 않는다.

7) 구성과 복선

'복선'이란 이야기의 뒤에서 일어나는 사건을 가능한 것으로 생각할 수 있도록 처음 부분에 자료를 내놓는 일이다.

H. 멜빌의 「백경」에서는 흰 고래 모비딕의 가공할 만한 파괴력에 관해 여러 명의 선원이 서술하는 말이든가, 또는 그 흰고래를 두려워하고 있는 그들의 태도 등이 흰 고래 대 에이햅 선장과의 결투의 결말에 대한 복선을 이루고 있다. 멜빌은 독자가 마지막에 고래잡이 배 피쿼드 호가 파멸하게 되는 장면을 공상적인 일로 받아들이지 않고, 상상면에서 완전히 진실로 받아들이게 하기 위해 많은 복선을 놓아야만 했다고 고백하고 있다.

복선은 너무 많아도 안 되고, 또 너무 뻔한 것도 안 된다. 그렇지 않다면 예견된 사건이 일어났을 때 놀라게 되는 기쁨이 감소하고 말게 된다.

복선은 클라이맥스와 결과를 필연적인 것으로 느끼게 만드는 구실을 한다. 마치 이야기가 그렇게 끝나지 않으면 안 되는 것처럼 생각하게 만드는 것이다. 독자가 읽고 있을 때는 굳이 특정한 언어와 행동이 복선이라는 사실을 느끼지 못할지 모르지만, 후에 독자가 그 이야기의 결말을 필연적이라고 느끼게 된다면 복선은 역할을 마친 셈이다.

8) 구성과 배경

소설이 제시하는 상상의 세계 속으로 들어가려고 할 때 독자들은 자기들의 위치(어디에, 어느 시대에 있는가)를 알아야 한다. 작가가 이것들을 알리는 것은 줄거리를 공간적 및 시간적으로 한정하여 이야기의 배경을 만드는 것이 된다.

대부분의 소설은 사건이 배경과 아주 밀접한 관계를 가지고 있기 때문에 줄거리의 전개는 배경에 의해 결정된다. 미시시피 강은 「허클베리 핀의 모험」에서 허크의 행위를 결정하고, 오클라호마의 먼지투성이 평야는 「분노의 포도」의 조드 일가의 행위를 결정한다. 이것은 또한 디포의 「로빈슨 크루소」나 장소가 고정된 다른 소설의 경우에도 마찬가지이다.

작가는 배경의 분위기를 묘사하려고 노력한다. 그러나 분위기 자체는 작품의 목적이 아니라 인물에게 영향을 주는 배경의 한 성질이다. 인물은 이 분위기를 느끼고 그것에 의해 행동하도록 재촉받고, 독자는 작가의 분위기의 설명에 의해서 그리고 또한 인물과의 공감에 의해서 분위기를 느끼게 된다. 전형적인 것으로 포의 「어셔 가의 몰락」, 유주현의 「장씨 일가」 등을 들 수 있다.

작품의 분위기가 주는 인상의 단일성으로 해서 그것을 한마디 말로 나타낼 수 있다. 「어셔 가의 몰락」에서는 음산한 저택과 가족 및 정신으로 해서 '부패'라 할 수 있고, E. 브론테의 「폭풍의 언덕」에서는 요크셔의 황야가 배경이 되어 '거친 정열'이라 할 수 있으며, M. 트웨인이 묘사하는 미시시피 강변의 작은 도시는 '따분함'이란 말로 나타낼 수 있다.

구성에서의 작품의 배경은 상징으로 작용하여 사상을 전한다. 예컨대 E. 헤밍웨이의 「무기여 잘 있거라」에서는 이야기 속의 전쟁에 관계되는 부분은 뜨거운 햇볕이 내리쬐고 비가 내리면 흙탕투성이가 되는 먼지투성이 평야에서 펼쳐진다. 프레데릭 헨리가 전장에서 탈영한 후는 서늘하고 건조하며 맑은 공기의 산지에서 캐서린과 지내게 된다. 이 두 경우의 배경은 주인공의 감정과 태도를 상징적으로 나타내고 있다. 즉, 한편에서는 전쟁과 증오, 냉소와 죽음을 나타내고, 다른 한편에서는 생명과 사랑, 정신적 고양을 나타내고 있는 것이다.

9) 구성과 시점

작품에서 '구성의 각도'를 시점(視點, point of view)이라 한다. 시점은 구성의 각도를 주체적 및 내면적으로 지향하여 일인칭 소설로 나타나는 것과, 객관적 및 외면적으로 지향하여 삼인칭 소설로 나타나는 것이 있다.

① 주관적 시점은 '나'를 주체로 한 소설이다. 이 시점에 의한 일인칭 소설은 어떤 객관적 진실을 그릴 때에도 항상 '나'라는 한 개체의 주관을 통해서 이뤄진다. 즉, 객관적 진실을 그리더라도 그것은 '나'라는 사람에게 반영되는 부분만을 '나'의 입을 통하여 간접적으로 표현하는 것이 특색이다.

대표적인 것으로는 편지 형식의 서간 소설로서 괴테의 「젊은 베르테르의 슬픔」, 도스토예프스키의 「가난한 사람들」 등이 있으며, 일기체나 수기체 형식으로 된 지드의 「여인학교」가 있다.

그러나 일인칭 소설의 정통 계열을 말한다면 이른바 '사소설(私小說)'이다. 이 소설의 특징은 '나'의 오감을 통하여 느껴지는 객관체를 구체적으로 묘사하는 까닭에 독자에게 생동감을 준다. 그러나 그 반면 '나' 이외의 사람의 감정과 정서 같은 것을 객관적으로 묘사할 수 없는 불편이 있다.

② 전지적(全知的) 시점은 삼인칭 소설의 대표적 형태로서, 작가가 소설의 내부에 들어가 작중 인물로 활동하는 것이 아니라 작품의 외부에 서서 어디까지든지 등장인물을 객관적으로 관찰하고 묘사하는 것이 특색이다. 작가는 적어도 그 작품에서만은 전지전능한 신의 존재이며, 등장인물의 관계와 그 사이에 일어나는 사건 및 그들의 과거와 현재를 모두 알고 있다. 특히 발자크는 이 시점으로 장·단편을 합쳐서 모두 127편에 이르는 「사람 희극」을 창작하여, 2천 수백 명에 이르는 인물들이 살아서 움직이게 했다.

③ 객관적 시점은 작가의 주관과 상상을 완전히 배제하고, 객관적인 태도로 순객관적인 사실만 기술하고 묘사하는 방법이다. 마치 동물학자가 표본을 만들듯이 사소한 "주관과 조작도 더하지 않고, 주제를 다만 객관의 재료만으로 묘사해 내자는 것이다. 아니, 작가의 주관을 더하지 않는 것으로만 그치는 것이 아니라, 객관적 사상(事象)에 대하여 조금도 내부에 침입하지 않고, 또 인물의 내부정신에도 관여하지 않으며, 보는 그대로, 듣는 그대로, 감촉되는 그대로의 현상을 그린다"라는 것이 객관적 시점으로 소설을 쓰는 작가들의 주장이다.

이른바 '일물일어설(一物一語說)'의 주창자인 모파상은 그의 소설론에서 이렇게 객관적 시점에 관한 특징을 단적으로 말했다.

"객관적 작가는 작중 인물의 심리 상태를 장황하게 설명하려 하는 대신 그 심리 상태가 어떤 일정한 사정 아래 그 사람에게 반드시 나타나야 될 행위나 동작 같은 것만을 표현하려고 한다. 그리하여 그(객관적 작가)는 그 인물로 하여금 처음부터 끝까지 그의 모든 행위와 동작이 그 자신의 본성과 사상, 감정을 반영하도록 손을 쓴다. 그 모양으로 객관적 작가는 작중 인물의 심리를 숨긴다. 마치 눈에 보이지 않는 뼈가 인체의 골격이듯이 우리는 심리를 작품의 골격으로 삼는다."

④종합적 관점은 일인칭 소설의 주관적 시점과 삼인칭 소설의 객관적 시점을 종합적으로 사용한 특이한 것이다. 이런 부류의 소설은 얼른 보아서는 일인칭 소설 같지만 자세히 검토해 보면 일인칭에 의한 수법과 삼인칭에 의한 수법이 얽혀 있음을 알 수 있다.

본격적인 일인칭 소설은 '나'가 언제나 소설의 주인공이어야 하는데, 이 특이한 형태의 일인칭 소설에서는 '나'는 부차적인 인물이고, '나' 이외에 따로 주인공이 있다. 그러므로 이 형식은 일견 사소설인 듯하지만, 실질적으로는 삼인칭 소설과 같이 객관적인 성격을 많이 띠고 있다. 즉, '나'에 관련되는 부분에서는 주관적이고, '나' 이외의 부분에서는 객관적이다.

종합적 시점은 이를테면 일인칭 소설의 주관성과 삼인칭 소설의 객관성을 필요에 따라서 적당히 안배하여 표현 대상을 효과적으로 묘사해 내려는 수단이다. 이 수법을 많이 사용한 작가로는 포와 코난 도일의 소설이 있고, 도스토예프스키의 「악령」도 이 부류에 속한다.

10) 구성과 사조 (思潮)

소설의 구성에서 문예 사조는 직접적인 관계가 없을지 모른다. 그러나 흔히 '낭만적인 색채가 짙은 소설'이라느니, '철저한 자연주의적 수법에 의한 소설'이라느니 하는 말을 흔히 쓰게 된다. 따라서 문학에 뜻을 두었거나 관심을 가지고 있는 사람은 문예 사조에 대해서도 알고 있어야 한다.

예로부터 오늘에 이르기까지 문예 사조를 이루는 두 갈래의 큰 흐름은 헬레니즘(Hellenism)과 헤브라이즘(Hebraism)이다.

①헬레니즘 : 넓은 의미로는 그리스 정신과 그리스 문화를 뜻한다. 감성(感性)과 지성(知性)을 중시하고, 삶의 기쁨을 한껏 누리려고 하는 현세 향

락주의 사상이다. 헬레니즘은 뒤에 고전주의 → 사실주의 → 자연주의로 전
개되었다.

②헤브라이즘 : 넓은 의미로는 히브리 정신 곧 유대교적 종교 사상을 뜻한
다. 영성(靈性)과 덕성(德性)을 숭상하고 피안(彼岸)에의 초월을 희구하여
신의 의지에 복종하는 것을 주장한다. 형식보다 그 속에 아름다운 정신을 포
함하는 것을 이상으로 하는 내세(來世) 사상이다. 헤브라이즘은 뒤에 낭만
주의 → 이상주의 → 상징주의로 전개되었다.

③인본주의(人本主義, Humanism) : 그리스의 헬레니즘에 이어 14세기부
터 16세기에 걸쳐 고전주의와 같은 시기에 발생하였다. 그리고 19세기 중엽
을 전후하여 일어난 톨스토이 등 일련의 작품은 이런 의미에서 신인도주의
(Neo-Humanism)의 작품이라 할 수 있다.

④고전주의(古典主義, Classicism) : 작가가 삶에 대하여 이지(理智)와 감
정 및 내용과 형식의 조화에서 미를 인정하고, 그리스나 로마의 고전 예술을
모방하던 16, 17세기 르네상스 시대의 유럽 예술의 전반적인 경향이다. 그
특징은 조화, 균제(均齊), 통일 및 형식미에 있다. 달리 의고주의(擬古主
義) 또는 상고주의(尙古主義)라고 하며, 대표적인 작가로는 프랑스의 코르
네유·몰리에르·라신, 영국의 셰익스피어·존슨·드라이든, 독일의 레싱·괴테
등이 있다.

⑤낭만주의(浪漫主義, Romanticism) : 18세기 말에서 19세기 초에 걸쳐
유럽 전체를 휩쓴 사조이다. 개성을 존중하여 자유분방을 구하고, 자연성을
회복하기 위해 형식 타파를 주장했다. 청신한 감정, 자유분방한 주관, 끝없
는 공상, 섬세한 정서 등이 그 특징이다. 독일의 슐레겔 형제·노발리스, 프
랑스의 샤토브리앙·라마르틴·위고, 영국의 워즈워스·바이런·셸리·키츠, 러
시아의 푸시킨 등이 대표적인 작가이다.

⑥사실주의(寫實主義, Realism) : 낭만주의에 대한 반동으로 일어나 19세
기 중반부터 후반(1850~1880) 사이에 드날렸으며, 사람의 실생활을 포함한
개인이나 사회의 객관적 사실(현실)을 있는 그대로 충실하게 나타내고자 한
다. 예술주의적 사실주의, 자연과학적 사실주의, 사회과학적 사실주의의 3
가지로 나뉘며, 현실주의라고도 한다.

⑦자연주의(自然主義, Naturalism) : 19세기 말에 낭만주의에 대한 반동으

로 일어났으며, 자연 과학의 발전을 배경으로 사람 사회의 숨김없는 진실을 사실 그대로 대담하고 노골적으로 표현하고자 한다. 사실주의가 극단적으로 흐른 결과에서 비롯된 것으로 특징은 객관적·현실적·사실적이다. 따라서 어디까지나 진실을 묘사하려는 결과 우상이 파괴되고, 현실의 어두운 면이 폭로된다. 프랑스의 졸라가 제창하였으며, 도데·모파상, 러시아의 투르게네프·도스토예프스키 등이 대표적인 작가이다.

⑧ 실증주의(實證主義, Prositivism) : 모든 형이상학적인 것을 배척하고, 경험적 사실, 즉 과학의 영역에서 실지로 증명할 수 있는 것만 옳다고 주장한다. 원래는 프랑스의 콩트로부터 비롯된 철학이지만, 졸라가 문학에 도입하여 '실증소설론'을 전개했다.

⑨ 초인주의(超人主義, Supermanism) : 니체의 "악은 무엇인가? 그것은 약자한테서 생긴 모든 것이다"라고 하는 주장에 근거한 것으로서, 동정이니 박애니 하는 것과 약자와 불구자를 물리치는 도덕을 세워야 한다고 주장한다. 도스토예프스키의 작품에 이 사상이 보인다.

⑩ 상징주의(象徵主義, Symbolism) : 19세기 말에서 20세기 초에 자연주의에 대한 반동으로 프랑스와 벨기에에서 일어났다. 정열을 빨간 꽃으로 나타내듯이 어떤 표현하기 어려운 것을 감각적인 형체를 빌어서 나타낸다. 프랑스의 베를렌이 대표적인 시인이다.

⑪ 탐미주의(耽美主義, Aestheticism) : 최고의 이상으로 미를 추구하는 사상으로서 그 특징은 정신보다는 관능을 중요시하고, 자연과 인생보다도 예술을 더 중요시하며, 도덕적 고려보다 먼저 미의 세계에 빠지고, 취미의 귀족성을 존중하여 내용에 비해서 예술적 형식을 중요시한다. 달리 유미주의(唯美主義)라고도 한다. 보들레르의 「악의 꽃」, 와일드의 「도리언 그레이의 초상」「살로메」 등이 대표작이다.

위에서 고전주의로부터 상징주의에 이르는 사이는 비교적 계통에 따른 문예 사조의 교체를 볼 수 있으나, 상징주의를 전후한 19세기 말에서 20세기에 들어오면서 사조는 혼돈하여 그것을 계통적으로 살펴볼 수 없게 된다.

⑫ 세기말 사상(世紀末思想, Fin de siécle) : 19세기 말기에는 유럽 여러 나라에 정신적인 퇴폐의 경향이 뚜렷하게 나타나, 도덕상에도 예술상에도 모든 전통을 깨뜨리고 순간순간의 관능적인 향락에 빠지려는 풍조가 생겼

다. 이를 가리켜 '세기말 사상'이라 한다.

⑬심리주의(心理主義, Psychologism) : 작중 인물의 심리 묘사에 주력하는 사조로서, 사건이나 행동보다는 사람 심리의 움직임이 주가 되며 모든 것이 인물의 심리적 경과를 통하여 표현하게 된다. 범죄 전후의 심리 변화를 묘사한 도스토예프스키의 「죄와 벌」, M. 프루스트의 「잃어버린 시간을 찾아서」, 조이스의 「율리시스」 등이 대표작이다. 특히 조이스는 '의식의 흐름'(stream of consciousness)의 수법으로 심리의 내부에 일어나는 온갖 심상(心象)과 정서 및 기억을 그대로 묘사하려 했다.

⑭퇴폐주의(頹廢主義, Décadence) : 이상을 몰각(沒覺)하고 전통을 무시하는 일종의 염세적인 인생관으로 세계고(世界苦)의 감정에서 병적인 신기(新奇)와 미에 탐닉한다.

⑮허무주의(虛無主義, Nihilism) : 이 세상의 모든 존재와 가치를 인정하지 아니하고 모두가 공허하다고 본다. 서양에서는 투르게네프의 소설 「아버지와 아들」에 잘 묘사되었는데, 이것이 정치적으로 나타난 것이 무정부주의(아나키즘)이다. 동양에서는 모든 것에 차별을 보지 않는 무위자연(無爲自然)의 생활을 신조로 한다.

⑯실용주의(實用主義, Pragmatism) : 지식의 가치를 생활의 실제적 호응에 의해 결정하려는 입장이다. 미국의 철학자 C. S. 피어스가 처음 이 말을 썼고, W. 제임스를 거쳐 J. 듀이에 이르러 완성되었다. 원래 영국의 경험론 및 공리주의에 근원을 둔 것으로서, 미국 철학의 중심 사상을 이룬다.

⑰고답파(高踏派, Les parnassienne) : 고도파(高蹈派)라고도 한다. 여기서 '고답'이라는 뜻은 "현실과의 거리"에서의 고답을 의미한다. 19세기 후반 프랑스 제2제정 시대의 비현실적이며 절속적(絶俗的)인 문학 경향을 말한다. 중심인물은 르콩트드릴(Leconte de Lisle)이었다. 이 클럽의 시인들은 세 차례의 「고답파 사화집(詞華集)」을 내었다.

⑱미래파(未來派, Futurism) : 20세기 초 이탈리아의 마리네티의 주창으로 일어난 예술 운동이다. 처음에 회화(繪畫)에서 일어나 차츰 문학과 음악 등으로 옮아갔다. 전통의 무시와 기분의 폭발, 표현의 순간성을 특징으로 한다. 예술이나 문학을 데카당적인 소극성에서 전능의 힘으로, 상징성에서 현실성으로, 과거에서 미래로 이끌어 나가기 위하여 과거의 모든 예술을 부정

하고 미래의 예술을 주장한다.

　⑲표현주의(表現主義, Expressionism) : 독일 회화 분야에서 처음 일어나 문학, 연극, 영화, 건축 등 각 분야에 파급되었다. 외부 세계의 감각적 및 인상적 모사(模寫)를 배격하고, 자아의 내부 생명을 나타내는 것을 예술의 사명으로 삼으며, 능동적으로 주관에 의해 '개조한 세계'를 나타내려 한다. 독일 시인 하임(Heym)과 소설가 에드슈미트(Edschmid)가 대표적인 작가이다.

　⑳인상주의(印象主義, Impressionism) : 작가의 주관에 비친 것을 가장 존중하여 그 인상대로 묘사하려 한다. 회화의 마네, 조각의 로댕 등이 대표적인 예술가이다.

　㉑다다이즘(Dadaism) : 루마니아 출신인 프랑스 시인 차라를 중심으로 하여, 제1차 세계대전이 끝날 무렵 스위스에서 일어났다. 과거의 전통적인 형식미나 현존하는 모든 법칙을 부정하고, 그것에 반항하는 극단적인 반(反)이성주의로서, 이른바 전후의 불안을 '다다'라는 아무 뜻이 없는 말로써 단적으로 표현했다. 그러나 그 동인인 A. 브르통과 L. 아라공이 1924년 초현실주의를 제창하면서 자연히 소멸되었다.

　㉒아프레게르(aprés-guerre) : '전후' 또는 '유럽 대전 후'라는 뜻이다. 제1차 세계대전 직후에 프랑스를 중심으로 하여, 전쟁 전의 문화에 대한 반동으로 일어났다. 또한 전쟁 뒤에 오는 특징인 허무적·퇴폐적·육체적인 사상이나 생활 태도 및 그와 같은 사상을 가진 사람들을 가리킨다.

　㉓초현실주의(超現實主義, Sur-realism) : 자연에서 얻게 되는 직접적인 이미지 대신에, 잠재의식적인 이미지를 비현실적 또는 초현실적으로 결합하여 표현하고자 한다. 이것은 다다이즘이 속해 있던 브르통이 1924년에 이른바 '초현실주의 선언'에서, "사람의 사상에 자유를 주어야 한다"고 한 데서 시작되었다. 이들은 문학상의 이지(理智)와 논리성을 배격하고 잠재의식만이 위대한 작품을 생산할 수 있다고 주장했다. 이 문예상의 시(詩) 운동은 미술과 영화 등에까지 영향을 주었다.

　㉔실존주의(實存主義, Existentialism) : 철학의 근본 문제인 '존재'의 개념을 사람 존재의 고유성에서 파악한 것을 '실존'이라 하고, 이 실존의 개념을 문예상에 적용한 것이 실존주의 문학이다. 이 사상은 키르케고르, 니체, 하이데거, 야스퍼스 등에 의하여 뚜렷하게 현대적 철학 형태로 발전하였다. 문

예 운동으로는 제2차 세계대전 이후에 서구를 엄습한 불안과 절망 속에서
싹텄으며, 사람의 삶의 밑바닥에 가로놓인 허무성을 폭로하여 존재의 퇴락
상(頹落狀)을 즐겨 묘사하는 것이 특징이며, 예술을 현실의 존재에서 떠난
피상적 미의 가상 세계에 떠돌게 하지 않고, 오히려 심각한 고민에 찬 삶에
결부시키며, 무가치한 것과 추한 것 속에서 어떤 적극적 의미를 구현하려 하
였다. 즉, 가치상으로 '없는 것'과 '추한 것' 속에서 어떤 적극적인 의미를
발견하려 하였다. 대표적인 작가와 작품으로 사르트르의 「구토(嘔吐)」「자
유에의 길」(미완성) 「존재와 무」「실존주의는 인도주의다」 등이 있고, 카뮈
의 「이방인」「페스트」 등이 있으며, 그의 부조리(不條理)의 철학을 나타낸
「시지프의 신화(神話)」 등이 유명하다.

  ㉕ 전체주의(全體主義, Totalitarianism) : 정치상의 전체주의에 대응하여
문예도 민족 공동체의 삶에 뿌리를 박고 공통된 의욕이나 운명을 표현함과
동시에 전체 정신에 활동을 걸어야 한다고 주장한다. 예능의 국민적 제약성
이나 사회적 기능을 강조하는 반면, 예술로서의 자율성이나 시인의 개성적
의의를 잃어버리고, 시작(詩作)마저 정치적 목적에 봉사시키려는 의도를 수
반하기 쉽다. 나치스 정권하의 독일 문예학에서 그 예를 볼 수 있다.

  ㉖ 레지스탕스(Resistance) 문학 운동 : 독일 점령 아래 있던 프랑스 문학자
들은 온갖 수단을 다하여 조국을 위해 독일에 대한 지하 운동을 하였다. 그
중 가장 중요한 것은 '심야판(深夜版)'이라는 비밀 출판이다. 프랑스의 모든
문학 진영이 단합하여 이 저항 문학 운동에 참가하였다. 그리하여 이 저항 문
학 운동은 전후에도 '인간성을 손상시키는 모든 것'에 대하여 저항하고 있다.

  ㉗ 구조주의(構造主義, Structuralisme) : 1940년대부터 프랑스의 레비스트
로스 등에 의해 제창된 민족학 이론이다. 미개 사회의 근친혼(近親婚) 금기
따위를 문제로 하여, 거기에서 그 사회를 존속시키기 위하여 작용하는 잠재
적인 상호 의존의 기능적 연관을 구조로서 파악, 그 구조를 밝히면서 인류
전체를 문제로 하려는 철학을 말한다. 뒷날 각 학문 분야의 사조의 하나로서
널리 받아들여졌으며, 개인의 실존을 확대시키는 실존주의와 대립하며 20세
기 후반 새로운 조류를 형성했다.

4. 소설의 묘사

1) 내용과 형식

작가가 소설을 쓰기 위하여 주제를 정했고 플롯 구상도 끝났다. 이제 남은 문제는 표현 형식을 정하고 집필하는 일이다. 그러나 여기서 작가는 한 가지 질문——내용이 먼저냐 형식이 먼저냐, 그리고 내용이 더 중요하냐 아니면 형식이 더 중요하냐——에 부딪히게 된다.

내용 제일주의자는 이렇게 말한다. "형식(기술)을 소홀히 다루지는 않는다. 그러나 아무리 기술이 우수하다 하더라도 내용이 고리타분하다면, 그런 기술은 우리가 바라는 바 아니다."

그러나 결론부터 말해서 내용과 형식이 모두 중요한 것이요, 어느 한쪽이 더 중요하고 또 어느 한쪽이 덜할 수는 없다. 이를 두고 어느 작가는 "문학은 피로 쓰는 것이 아니라 피의 온도로 쓰여 져야 한다"고 말한 바 있다. 이 '피'를 '사상'으로 바꾸어 놓는다면, 예술은 사상성만으로 우수해지는 것이 아님을 알 수 있다.

예로부터 모든 작품은 표현 방식에서 현실주의(사실주의)이거나 낭만주의 중 어느 계열에 속해서 행해졌고, 아니면 두 가지 형식을 동시에 구사하고 있다. 우선 현실주의의 특징을 열거한다면 ① 객관적으로 현실을 관찰한다. ② 지적 및 이성적으로 삶을 파악한다. ③ 추상적이 아니라 보다 구체적이며 현실적이다. ④ 귀납법적 표현 방식에 따른다. ⑤ 사건적이기보다 성격적 요소를 띤다.

따라서 현실주의 표현 형식의 장점은 ① 진리를 지지하기 위해서 허구 세계를 제시하기 때문에 무리가 적다. ② 현실을 해부한 데서 얻어진 진리이기 때문에 과학적 근거와 기초가 있어서 독자에게 사실이라는 것을 강요할 필요가 없다. ③ 현실에서 얻은 체험이 토대가 되기 때문에 실감이 있다는 것, 그래서 박력이 배가된다.

그러나 그 반면 단점으로는 ① 시대와 장소 등에 제한을 받게 된다는 것, 그래서 근시안적인 결함에 빠지기 쉽다. ② 사실적인 면이 장점이기는 하지만 단순한 사건으로 전락할 위험성이 있다는 것, ③ 자유로운 허구 세계의 제한을 받아 작품 전체가 위축될 위험성이 있다는 것.

요컨대 '있는 사실'에는 충실했으나 '있을 수 있는 사실'에 등한하게 될 위험성이 있다. 이에 대해 평자들은 이렇게 말하고 있다.

"위대한 소설가는 자기의 가능한 생활의 무한성으로 여러 인물을 창조할 줄 알아야 한다."(티보데)

"내 육체 속에서 창조된 그 어느 작중 인물에게나 부족한 점은 그들의 분명치 못한 상태대로 그들을 멀리 보내주지 못하는 양식의 적음에 있다."(지드)

"훌륭한 소설가는 자기와는 조금도 닮지 않은 그 어떤 인물을 다만 내면적인 관찰을 행함으로써만, 일찍이 체험한 일도 없는 사건 속에 집어넣어 성공하게 된다."(베르쥐)

현실주의와 대립되는 낭만주의의 특징은 ①사실주의가 객관적인 반면 다분히 주관적이다. ②사실주의가 지적이요 이성적인 반면, 상상적이요 공상적인 면에서 인생의 진리를 탐구하려 한다. ③추상적인 점이 있다. ④귀납적이 아니라 연역적이다.

낭만주의적 수법이 내포하고 있는 장점은 ①시대와 장소 등에 전혀 제한을 받지 않기 때문에 근시안적인 위험성이 적다. ②사실적이거나 과학적이지 않은 반면 다분히 예술적이다. ③무한히 큰 상상 세계를 누릴 수 있다.

단점은 ①진리의 지지가 아닌 입증을 위하기 때문에 무리가 많다. ②비과학적이며 비현실적이게 될 위험성을 내포했다. ③사실도 진실도 아닌 황당무계한 주관에 빠지기 쉽다.

이미 말한 바와 같이 사실주의 작가는 있는 그대로의 인생을 그리려 하고, 낭만주의 작가는 있을 수 있는 인생을 그리려 한다. 그리고 위대한 작가는 '있는 그대로의 삶'뿐 아니라, '있을 수 있는 삶'까지도 묘사하는 것이다.

2) 글의 분류

소설은 19세기 이후 현재에 이르러 문예계의 왕좌를 차지하고 있는 양식이다. 소설은 크게 둘로 나뉜다. 영어로 말한다면 하나는 노블(novel : 현실 소설, 단편 소설)이고, 다른 하나는 로맨스(romance : 전기(傳奇)소설, 장편 소설)이다.

'novel'이란 원래 '새롭다'고 하는 라틴어에서 유래했다. 진기한 것(일)이

라는 것이 최초의 의미로서, 거기서 짧은 이야기모음——예컨대 보카치오의
「데카메론」과 같은——속의 한 편을 가리키는 말이 되었고, 거기서 재현해
야 할 성격과 행위가 어느 정도 복잡한 줄거리 속에 묘사되어 있는 허구의
산문 이야기란 뜻으로 변했다.

'romance'는 원래 기사도 시대의 재료에 의하여 기사의 모험과 생활을 묘
사한 시 속의 이야기를 말한다. 그 후 같은 성질의 산문 이야기도 일컫게 되
었고, 더 나아가서 배경과 사건이 일상생활에서 동떨어져 있는 산문의 허구
이야기도 가리키게 되었다.

예일 대학 교수인 필립은 그의 「영국 소설의 발전」 속에서 클라라 리브의
말을 인용하여 "novel은 실생활 및 풍습의 그림이며, romance는 발생한 일
도 없거니와 또 발생할 리도 없는 일을 웅변과 과장으로 묘사한 것이다"고
말했다.

그러나 19세기에 들어서면서 romance는 차츰 쇠퇴하고 novel이 지배적이
되었다. 프랑스어로는 장편 소설을 로망(roman)이라 하는데, 그것은 굳이
전기(傳奇) 소설이 아니라 주로 현실적인 장편을 이렇게 부른다. 즉, 이것
은 내용상의 이름이 아니라 형식상의 이름이다.

또한 영어의 노벨에 대해서 프랑스어로는 '누벨(nouvelle)'이라는 말이 있는
데, 이것은 중편 소설이란 뜻이다. 영어에는 이에 해당하는 말이 없다. 노벨
에 대해서 단편 소설(short story)이 있을 뿐이다. 단편은 프랑스어로는 콩트
(conte)라 한다. 단편 소설은 가장 늦게 발달한 것으로서, 근대의 소산이다.

장편과 중편 사이에는 질의 차이가 없으나, 단편과 앞의 두 가지 사이에는
질의 차이가 있다고 한다. 장편과 중편에서는 3요소(사건·인물·배경)에 의
해 이야기를 구성한다. 그러나 단편은 3요소를 반드시 필요로 하지는 않고
그 중 하나를 중심으로 하여 단일 효과를 겨냥한 것이 많다. 앞의 것이 인생
의 전체 원을 정리된 이야기로써 나타내려 하는 데 대해, 뒤의 것은 단편(斷
片)을 묘사하는 데 만족한다. 그리고 아울러 현실적 성격을 중심으로 하는
점에서는 동일하다.

단편이든 장편이든 또는 중편이든 언어 예술인 문학인 한, 그것을 표현하
는 것은 글에 의할 수밖에 없다. 무릇 글은 주조(主調)로 보아 주정적(主情
的)인 글과 주지적(主知的)인 글로 구별할 수 있다.

①주정적인 글은 말 그대로 정적(情的)인 것, 감상적(感傷的)인 것, 동경적인 것, 전원적인 것 등이며, 낭만주의파의 글과 시의 글이 이에 속한다.

②주지적인 글은 지적(知的)인 것으로서, 독자의 감정에 호소하는 것이 아니라 독자를 설복하는 글이다. 특질은 사실, 객관, 진실, 과학, 실험, 분석, 비평, 풍자 등의 정신을 표현하는 데 있다. 사실주의파의 글과 산문의 글이 이에 속한다.

글은 또한 표현성의 특질로 보아 서술적인 글, 묘사적인 글, 표현적인 글로 구별한다.

③서술적인 글로는 고대 서사시, 역사와 전설을 배경으로 한 모든 담시(譚詩), 중세의 모든 기사에 관한 무훈시, 로만 문학, 구전(口傳) 문학, 동양 문학에서는 모든 전기(傳記), 소설 등이 있다. 그리고 현대의 사실적인 소설에도 이런 요소들이 있다.

④묘사적인 글은 사실주의 문학에서 쓰고 있는 글로서, 나무 하나, 돌 한 개를 그대로 그리는 것을 목표로 한다. 플로베르 계열에 속하는 사실주의 작가들의 작품이 이에 속한다. 우리나라의 작가로는 염상섭, 현진건 등의 글을 꼽을 수 있다.

⑤표현적인 글은 어떠한 대상을 묘사하거나 서술하는 것 외에 한층 내부적인 것을 나타내는 글이다. 서술과 묘사가 주로 기존적인 것, 외면적인 것을 표현하는 데 씌어지는 대신에 표현적인 글은 주로 사람의 내부적인 세계를 추구하는 문학에서 성립된다.

3) 글의 유형

글을 성질상으로 구분하면 ①창조적인 글과 ②토의적인 글로 나누어지며, 형식상으로 구분하면 ③율문(律文)과 산문으로 나뉘어진다.

①창조적인 글은 구체적인 글, 감각적인 글이라고도 하며, 창작 문학을 표현하는 글 양식이다. 사물의 내용을 옮기는 데서 발생한 이 글은 주관적이고 감정적이며 정서적 및 감각적인 글이다.

이 글은 기존 세계에다 새로이 어떤 생명을 더해 주는 글로서, 대상을 구체적 내지 감각적으로 설명하며, 대상의 완전한 형상에 접근하려고 하는 글이다.

②토의적인 글은 개념적인 글, 추상적인 글이라고도 하며, 산문 문학을 표현하는 글 양식이다. 사고의 내용을 옮기는 데서 발생한 이 글은 객관적이고 이성적이며 분석적 및 논리적인 글이다.

이 글은 기존 사물의 뜻과 값, 목적에 관하여 설명하는 글로서, 이미 존재한 것에 대한 논의요, 창조의 행위를 하지 않고 비평하는 모든 글을 말한다.

③율문은 언어(글자) 배열에 일정한 또는 특수한 규율이 있으며, 리듬을 주로 하는 글이다. 노래하듯 쓴 글로서, 동서양의 시가 이에 속한다.

④산문은 언어 배열에 아무런 규율이 없고, 뜻을 주로 하는 글이다. 말하듯이 쓰는 글로서 '줄글'이라고도 하며, 일반적으로 시 이외의 글은 모두 이 산문에 속한다.

그러나 현대에 이르러서는 글을 율문과 산문으로 나누는 형식적인 구별은 사실상 의미를 상실하고 말았다. 그것은 현대 산문시에서 보게 되는 것처럼 시 가운데에 산문으로 쓰여지는 것이 있기 때문이다.

따라서 소설의 글은 창조적인 글인 동시에 주로 산문 글이지만 어떤 틀에 매이는 것은 아니다. 이에 대해서는 영국 근대의 평론가 E. 고스의 소설론에 잘 지적되어 있다.

"소설이란 현실 생활의 관찰에 기초한 풍습의 연구이다. 소설의 사건과 성격은 공상에 기초하고 있는 것이고, 따라서 독자의 눈에 새로우며 현실의 역사와 병행한 선에 구축되어 있는 것이다. 소설은 역사적 진실은 아니지만, 흔히 있을 수 있는 이야기이다. 그것은 본질적으로 문예의 근대적 형식이다. 즉 그것은 민중의 힘이 비축되고, 순수한 시민적 형식을 취하게 되었을 때 생겨났다. 소설은 풍자와 교훈, 정치적 및 종교적 교도(敎導) 등을 위한 도구가 되기도 하지만 그것이 본래의 목적은 아니다. 소설 본래의 또한 명백한 목적은 현실에서 장면을 취하고 감동을 유발하는 이야기에 의해 즐거움을 주는 데 있다. 또한 소설에 숙달한 사람은 다른 종류의 저작물에 비해 지적 준비가 적어도 무방하다. 그러나 소설가는 가장 아름다운 시와 마찬가지로 칭송될 수 있는 작품을 생산한다는 점에서 변함이 없다. 다만 소설은 넓은 범위의 독자를 포용하고, 인생의 모방이라는 면에서도 광범위하기 때문에 큰 재능이 없이도 당장 강력한 성공을 거둘 수 있는 유일한 문예 형식이다."

요컨대 소설은 같은 문예 분야에서도 극이나 시와는 달리 까다로운 구성상의 통일이라든가 운율상의 약속 따위가 없다. 따라서 아무런 구속도 받지 않고 자유롭게 그리고 자유로운 문체로 있는 그대로의 인생을 묘사할 수 있다.

또한 소설을 읽고 감상하는 경우에도 어느 정도의 훈련과 준비가 필요한 시나 극의 경우와는 달리 쉽사리 소설의 세계에 접근할 수 있다. 그런 이유로 해서 소설은 가장 많은 독자와 작가를 흡수하게 되었고, 가장 인기 있는 문학 양식이 된 것이다.

4) 문체의 분류

소설은 현실에 깊게 뿌리를 내리고 있기 때문에 어느 시대 어느 생활이 소설에 의해 생동감 있게 표현되곤 한다. 프랑스 대혁명은 C. 디킨스(1812~70)의 「두 도시 이야기」와 A. 프랑스(1844~1924)의 「신들은 목마르다」에서 구체적으로 표현되었고, 워털루의 전투는 위고의 「레미제라블」과 스탕달의 「파름의 수도원」에 의해 수백 권의 역사서보다 더 생동감 있게 표현되었다.

따라서 참다운 소설은 역사이며, 또한 "역사 그것보다 진실되다"라고 하는 주장도 성립된다. 이를 두고 프랑스 철학자이며 시인인 A. H. 기요(1855~88)는 그의 「사회학적으로 본 예술」에서 이렇게 말하고 있다.

"첫째로 소설은 사람의 감정과 사상을 근원에서 연구한다. 역사는 그것을 발전시킨 것에 지나지 않는다. 둘째로 사회 전체에 공통적이면서도 개인의 성격을 구현하고 있는 이 사람의 감정과 사상의 발전은 역사에서 보다 소설에서 한층 더 완성될 수 있다……. 참다운 소설은 응축(凝縮)되고 조직된 역사이다."

"그것은 이를테면 사람화된 역사라고 말할 수 있는 것으로서, 이 때 개인은 내적 경향을 활약하게 하는 데 가장 적합한 환경으로 이식(移植)시키는 것이다. 실로 이 관계로 해서 그것은 사회학적 여러 법칙을 가장 간결하게 그리고 가장 인상적으로 우리에게 제시하는 것이다."

이와 같은 이식 작업에서 중요한 위치를 차지하는 것 중 하나가 바로 문체이다. 문체란 작가의 사상이나 개성이 어구(語句)나 조사(措辭) 등에 잘 나타나 있는 전체의 특색을 말한다.

같은 내용을 담은 그릇이라도 표현 형식이나 어휘, 어법, 수사 등의 차이

에 따라 여러 가지 인상을 독자에게 주게 된다. 인상의 차이에 따라서 문체
는 다음과 같이 몇 가지 유형으로 가를 수 있다.

　첫째, 기재(記載) 형식상으로는 한문체, 국문체, 국한문(國漢文) 혼용체
가 있다. 둘째, 어휘 및 어법상으로는 경어체(敬語體), 문어체, 구어체가 있
다. 셋째, 장르별로는 가사체(歌辭體), 소설체, 내간체(內簡體), 기행체(紀
行體) 등이 있다. 그리고 넷째, 수사학상으로는 간결체, 화려체, 우유체(優
柔體), 강건체, 건조체, 만연체(蔓衍體)가 있다.

　이 중 수사학상의 문체의 분류에 대해 좀더 정리해서 말하기로 한다. 우선
문체는 글의 모습·리듬·풍격(風格)·체재를 말하는데, 글의 형식이란 곧 이
문체를 말한다. 이 문체야말로 작자의 온갖 것——기질, 교양, 환경, 체험
——의 조화로 빚어지는 생명의 율조(律調)이다.

　수사학상의 문체는 분류 기준에서 주로 글 호흡의 장단(長短)에 따라 ①
간결체와 ②만연체, 주로 글의 강렬(强烈)과 완미(婉美)에 따라 ③강건체
와 ④우유체, 글 수식의 정도에 따라 ⑤건조체와 ⑥화려체로 나뉜다.

　①간결체는 될 수 있는 대로 글을 요약하고 압축해서 적은 어구로 표현한
다. 한 마디 한 구절에 긴축이 있고 선명한 인상을 주지만 무미건조해질 수
있는 위험성이 있다. 김동인, 황순원 등의 글이 이에 속한다.

　②만연체는 간결체의 반대로서, 사상은 물론 기분까지를 나타내기 위해서
온갖 말을 동원시킨다. 글에 힘이 없는 것이 보통이나 설명으로 보충한다.
이광수, 김진섭의 수필문이 이에 속한다.

　③강건체는 장렬(壯烈), 웅대(雄大), 장중(莊重), 호방(豪放), 신중, 강
직한 풍격을 나타낸다. 시냇물이 바위에 부딪쳐도 오히려 활기찬 물줄기가
되듯, 엄연한 기운과 도도한 기풍 및 탄력 있는 표현에 알맞다. 민태원(閔泰
瑗)의 수필 '청춘 예찬'이 대표적인 것이다.

　④우유체는 강건체의 반대로서 청초, 온화, 겸허한 아취(雅趣)를 지닌다.
주제에 열중하지 않고 부드러우며, 순하고 우아하다. 누구에게나 다정스러
운 여성적인 문체이지만, 의지적인 내용을 담기에는 부족하다. 조지훈의 산
문이 이 문체이다.

　⑤건조체는 모든 미사여구(美辭麗句)를 물리치고, 다만 작자의 의사만 전
달하면 그만인 문체이다. 학술문, 기사문, 실용문 등 이해 본위 내지 실용

본위의 문체로서, 소설 등 문예 글로서는 적당하지 않다. 이를테면 이지적인 글이다. 문일평(文一平)의 글이 대표적인 것이다.

⑥화려체는 건조체의 반대로서, 글의 구절이 아름답고 화려한 수식으로 되어 있으며, 회화적 색감과 음악적 운율을 갖는다. 감정적인 면이 많은 이 글은 자칫하면 천속(賤俗)해질 우려가 많다. 나도향, 모윤숙의 산문이 이에 속한다.

5) 글의 수사(修辭)

글 표현도 일종의 기술이기 때문에 글의 기교(技巧)라는 말을 쓰기도 한다. 글을 다듬고 기술적으로 얽어매는 방법을 수사법이라 하는데, 이를 크게 나누면 다음 세 가지가 있다.

첫째, 비유법. 어느 한 사물을 다른 한 사물에다 비교하는 방법이다. 작자가 본디 표현하려고 했던 관념, 곧 본의(本義)에다 보조적인 관념, 곧 유의(喩義)를 더함으로써 본의를 더 명확하고 강력하게 표현하는 수법이다. 이에는 다음과 같은 것들이 있다.

①직유법(直喩法)은 두 개 이상의 관념을 직접적으로 드러내 놓고 비유하는 것으로서, 가장 초보적이고 소박한 비유법이다. 두 개의 관념 곧 본의와 유의는 분리된 형태로 비유되며, 그것들 간에는 반드시 어떤 유사성이 있어야 한다. '~처럼, ~같이, ~인 듯, ~인양, ~만한 ……' 등의 말들이 따라 붙는다.

· 돌담에 속삭이는 햇살같이……

· 나비인양 휘날리는 꽃잎……

②은유법(隱喩法)은 간접적인 비유로 은근한 비유이다. 본의와 유의가 대립되지 않고 하나로 융합되는 것으로서, 직유법보다 한 걸음 앞선 비유법이다. 직유법이 "a는 b와 같다"식이라면, 은유법은 "a는 b이다"식이다.

· 내 마음은 호수요……

· 침묵은 영원한 웅변이다.

③활유법(活喩法)은 생명이 없는 무생물, 또는 인격이 없는 어떤 생물을 인격화하여 표현하는 방법으로서, 달리 의인법(擬人法)이라고도 한다.

· 파초의 꿈은 가련하다.

· 성난 파도가 바위를 물어뜯는다.

④성유법(聲喩法)은 어떤 사물의 소리를 그대로 모방하여 그 소리를 꼭같이 표현하려는 방법으로서, 달리 의성법(擬聲法) 또는 사성법(寫聲法)이라 한다.

· 매미는 맴맴 운다.

· 뻐꾹 뻐꾹 뻐꾹새 숲에서 운다.

⑤시자법(示姿法)은 어떤 사물의 모습이나 행동을 모방하여 표현하려는 방법으로서, 달리 의태법(擬態法)이라고 한다.

· 물이 철철 넘는다.

· 토끼가 깡충깡충 뛴다.

⑥대유법(代喩法)은 어떤 사물의 이름을 부를 때 직접 그 본 이름을 부르지 않고 그 이름을 바꾸어 부르는 방법으로서, 달리 환유법(換喩法)이라고 한다.

· 무궁화 삼천리〔한국〕.

· 백의민족〔한민족〕.

⑦풍유법(諷喩法)은 본의를 전혀 표면화하지 않고 유의나 풍자를 통해서 간접적으로 비유하는 방법으로서, 달리 우유법(寓喩法)이라고 한다. 비유법 중에서 가장 진보된 방법이다.

· 지렁이도 밟히면 꿈틀한다.

· 산에 가야 범을 잡는다.

⑧중의법(重義法)은 한 말에 두 가지 이상의 뜻을 포함시켜 표현하는 방법이다.

· 잠들었던 사자는 드디어 기지개를 하였다. 그리고 그 첫 포함성을 질렀다. (김동인, 「운현궁의 봄」)

둘째, 강조법. 대상이나 내용의 어느 일면을 보다 강력하게 표현해서 더욱 발랄하고 절실한 효과를 거두려는 글 기교이다. 이에는 여러 가지 방법이 있다.

①과장법은 어떤 사물이나 사실을 실제보다 과장하여 더 작게 또는 더 크게 표현함으로써 강한 인상을 주는 기교이다.

· 백발 삼천장(三千丈) 〔향대 과장〕.

·모기 소리만한 목소리[향소 과장].

②반복법은 같은 내용이나 감정 및 같은 말을 되풀이하는 기교이다.

·옛날도 옛날도 오랜 그 옛날.

·산에는 꽃 피네, 꽃이 피네.

③영탄법(詠嘆法)은 강하고 격렬하며, 깊고 애달픈 감정을 감동적으로 표현하는 기교이다.

·아, 신천지가 눈 앞에 펼쳐지도다!

·어머나! 그럼 별들도 결혼을 하니?

④대조법은 둘이나 둘 이상의 상반되는 사물을 대조적으로 표현해서, 중심 되는 표현 대상을 더욱 인상적이고 선명하게 표현하는 방법이다.

·앉아 주고 서서 받는다(속담)

⑤점층법은 내용을 점점 강하게 그리고 점점 깊고 높게 배열하여 독자의 감정을 절정의 경지에 이끄는 수법이다.

·주인도 취하고 나그네도 취하고 산도 하늘도 모두 취했다.

⑥예증법은 비슷한 어구든지 내용적으로 관련성이 있는 어구를 열거하거나 또는 중첩하는 기교이다.

⑦현재법은 과거에 있었던 일이나 미래에 있을 일을 마치 현재의 일같이 쓰는 법이다.

⑧미화법은 한 사상(事象)을 나타낼 때 그와 동등한 다른 완전하거나 미적인 말, 또는 그 이상으로 미화시킨 말로 나타내는 방법이다.

·부처님 가운데 토막[착한 사람].

·양상군자(樑上君子)[도둑].

⑨열거법은 같은 말을 되풀이하는 반복법과는 달리, 내용적 및 계통적 맥락을 가진 말이거나 또는 비슷한 뜻을 열거하여 뜻을 강조하는 방법이다.

·피 속에서 자라난 파란 꽃, 빨간 꽃, 흰 꽃, 혹시는 험하게 생긴 독이(毒栮). (박영철)

⑩억양법은 우선 누르고 뒤에 추킨다든지, 우선 추키고 뒤에 누른다든지 하는 글 기교이다.

·그는 좀 모자라지만 착하다.

셋째, 변화법. 글이 너무 평면적이라든지, 단조롭다든지, 또는 지루할 때 그 글에 어떤 변화를 주어서 이를 방지하거나 독자의 주의를 환기시키는 방법이다. 이에는 여러 가지 종류가 있다.

①설의법(說疑法)은 누구나 다 쉽게 내릴 수 있는 결론을 짐짓 의문형으로 해 둔 채 독자가 결론을 내리도록 하는 방법이다.

· 고요히 떨어지는 오동잎은 누구의 발자취입니까? (한용운)

②도치법은 어구의 순서를 거꾸로 하는 방법으로서, 대개 감정이 격했을 때 쓴다. 달리 도장법(倒裝法) 또는 전도법(顚倒法)이라고 한다.

· 보라, 청춘의 힘을!

③인용법은 예전부터 써 오던 말 등을 인용하는 방법이다.

· "펜은 칼보다 강하다"고 옛 사람이 말했듯이……

④생략법은 어떤 표현 대상을 그 특징만 점묘하거나, 대상을 인식할 때 암시만 주어서 전체를 추상(推想)시키는 방법이다.

· 고이 쓸어 놓은 뜰 위에 꽃잎이 떴다. 당신의 신발.

⑤반어법(反語法)은 글에 나타난 뜻과 그 이면에 숨어 있는 뜻을 서로 다르게 표현하는 방법이다.

· 아기가 얄밉다〔귀엽다〕.

⑥역설(逆說法)은 얼핏 보기에는 어긋난 것처럼 보이면서 사실은 그 속에 진리가 숨어 있게 하는 방법이다.

· 극과 극은 가장 멀며, 또는 가장 가까운 것이다.

⑦대구법(對句法)은 가락이 비슷하거나, 뜻이 상대되는 말을 나란히 하여 병행과 대립의 아름다움을 주는 방법이다.

· 인생은 짧고 예술은 길다.

⑧경구법(警句法)은 기발한 말귀를 씀으로써 독자에게 자극을 주는 방법이다.

· 웅변은 은, 침묵은 금이다.

⑨문답법은 어떤 사건이나 사리(事理)를 서술할 때, 문답의 방법을 통해서 뜻을 보다 쉽고 확실하게 밝히고자 하는 방법이다.

6) 집필의 순서

소설을 쓰는 데 어떤 공식 같은 과정이 있을 수는 없다. 처음부터 치밀한

과정 설정에 의해 이루어질 수도 있고 마치 영화를 편집하듯이 각 장면을 묘
사한 뒤 그것을 맞추는 방법도 있을 수 있다. 그러나 대체로 글을 쓰는 순서
는 다음과 같은 과정으로 이루어지게 마련이다.

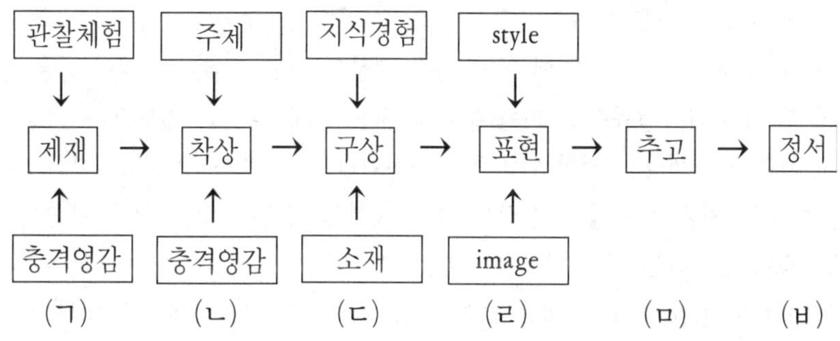

위에서 (ㄱ)항이 전혀 생략되어 (ㄴ)항에서 시작되는 수도 있고, (ㄱ)항
과 (ㄴ)항이 아예 바뀌어 진행되는 경우도 있다.

7) 삼다(三多)

"글은 곧 그 사람이다(文者人也)"라는 말이 있다. 글은 이를 쓴 필자 자
신의 사상과 감정의 표현이며, 생활 체험의 기록이다. 그러므로 우리는 한
편의 글을 통해서도 필자의 사람됨을 능히 짐작할 수 있다.

제 아무리 뛰어난 문장력을 간직했다 하더라도 이를 표현하지 않으면 그
것은 꿀 먹은 벙어리와 마찬가지다. 따라서 소설을 쓰기 위한 학습이란 것도
따지고 보면 이 사상을 어떻게, 어떤 방식으로 표현해 내느냐에 대한 기술적
인 연마라고 할 수 있다.

중국의 문호 구양수(歐陽修)는 좋은 글을 쓸 수 있는 방법으로서 이른바
'삼다(三多)'를 강조했다. 즉, 글을 많이 읽고[看多 ; 多讀], 글을 많이 짓고
[做多 ; 多作], 생각을 많이 하라[商量多 ; 多思]는 것이다. 이 '삼다'는 작가
지망생에게도 필수적인 조건이다.

좋은 소설을 쓰자면 우선 짧은 글, 이를테면 '작문'에 대한 기본기가 잘
되어 있어야 한다. 글을 잘 쓸 수 있는 길은 많이 써보는 것 이외에 다른 방
법이 있을 수 없다. 날마다 일기를 쓰는 것도 좋은 방법이겠으나, 그렇지 못

한 경우에는 적어도 '삼일일문주의(三日一文主義)'를 실행할 일이다. 즉, 사흘에 글 하나씩을 짓는다는 뜻이다.

사흘에 한 편씩이면 일 년에 100편의 작품을 얻는 셈이다. 100편의 작품 연습은 결코 적은 것이 아니다. 이 정도의 훈련을 평소에 쌓아 놓으면, 착상한 것은 펜만 들어도 일사천리로 내달을 수 있게 될 것이다.

단, 하루치의 작문을 쓸 때 미리 자수 제한을 두고서 써보는 것이 좋은 훈련이 될 것이다. 컴퓨터로 쓰는 훈련을 하는 것도 장점이 있겠으나, 200자 원고지에 글을 써보는 것이 이론적으로 정연한 글을 쓰는 데 도움이 될 것이다. 아무튼 자기의 사상과 감정을 글로 표현해 본다는 것은 작문 학습에서 모든 것에 앞선다는 것을 알아야 한다.

위에서 말한 바와 같이 글을 쓰는 연습은 원고지 사용법에 의거해서 평소 훈련을 쌓아 두는 것이 도움이 된다. 띄어쓰기, 맞춤법, 구두점 등 모든 면에서 숙달되게 될 것이다.

글을 원고지에 쓰는 이유는 ①편집자들에게 도움을 주어 편집하기 쉽게 하기 위해서이고, ②인쇄소에서 작업상 능률적인 효율을 주기 위해서이다.

8) 소설의 문장

소설의 글은 소설 자체가 글을 매개로 하고 형성되는 만큼 소설 형성에서 중요한 요소이다. 소설은 오직 글에 의해서만 작중 인물의 사상과 감정을 표현할 수 있고, 또 글에 의해서만 독자에게 그것을 전달하게 된다. 그러므로 소설에서 다른 여러 요소가 제아무리 잘 짜였더라도 실제로 그것을 표현하는 글이 서툴면 목적을 달성할 수 없다.

사실주의 문학의 완성자로 일컬어지는 프랑스의 G. 플로베르는 모파상에게 그 유명한 '일물일어설(一物一語說)'을 강조했다.

"우리들이 표현하려는 모든 것에는 그것을 표현하는 오직 하나의 명사, 그 동작을 나타내는 오직 하나의 동사, 그 특질을 나타내는 오직 하나의 형용사가 있을 뿐이다. 우리들은 그 오직 하나의 명사와 오직 하나의 동사와 오직 하나의 형용사를 발견하기까지 그것을 탐구해야 한다. 그것과 비슷한 정도의 언어로써 만족해서는 안 된다. 자기만의 언어를 구하기 어렵다고 해서 어물어물 넘겨서는 안 된다. 세상에는 아주 꼭 같은 두 알의 모래, 두 마

리의 파리, 두 개의 손, 두 개의 코는 있을 수 없다. 하나의 타오르는 불이
나 한 그루의 나무를 묘사하는 데도 우리들은 그 불과 그 나무를 우리 눈으
로 정밀하게 감시해서 다른 불이나 다른 나무와 전혀 다른 점을 발견해야 한
다.”

플로베르의 일물일어설은 이를테면 글의 목적은 글 자체에 있지 아니하
고, 글이 표현하려는 대상물의 특질을 살리는 데 있다는 주장이라고 해석할
수 있다.

소설은 허구(虛構, fiction)의 세계이기 때문에 소설에서의 글은 더욱더 진
실성이 요구된다고 말할 수 있다. 허구는 내적 경향을 활동하게 하는 데 가
장 적합한 환경으로 옮겨 심는 일이라고 말할 수 있다.

프랑스 작가 모리아크는 그것을 가리켜 ‘확대’와 ‘변형(變形)’이라 일컫고
있다. 모리아크에 의하면 그 ‘확대’와 ‘변형’은 ‘재생산’이 아니라 ‘옮겨 심는
것’으로서, 이 이식(移植)이 바로 소설에서의 중심 부분이며, 이 부분에서
소설은 역사와 본질적으로 분리된다.

역사는 항상 행해진 행동에서 출발하고, 언제나 결과에서 원인을 그리고
행동에서 동기로 거슬러 올라간다. 역사가가 그때 행하게 되는 것은 문헌에
기초한 추상적인 사유(思惟)의 법칙이다. 그러나 사람의 참된 감정과 사상
은 그와 같은 추상적인 사유에 의해서는 포착되지 않을 정도로 보다 힘차고
또 육체적인 것이다.

역사와는 반대로 이 감정과 사상에서 출발하여, 그것이 행동에 이르는 과
정을 포착하는 것이 소설이다. 이를 두고 기요는 “소설은 사람의 감정과 사
상을 근원에서 연구한다”고 말했다. 또한 해밀턴은 좀더 간결하게 “소설의
목적은 상상의 사항 속에 삶의 진리를 구체화하는 데 있다”고 말했다.

우리나라 근대 소설의 선구자인 춘원 이광수는 「무정(無情)」을 쓰게 된
동기에 대하여, “내가 「무정」을 쓸 때에 의도로 한 것은 그 시대 조선의 신
청년 이상과 고민을 그리고, 아울러 조선 청년의 진로에 한 암시를 주자는
것이었다”고 말한다. 이 말은 그의 문학관인 동시에 글관이라고 말할 수 있
다. 그와 같은 내용을 내용으로서 충분히 표현하려면 글이 충실해야 한다는
것은 더 말할 나위조차 없다.

오늘날 우리가 소설에서 사용하는 글은 ‘말하듯이 쓴 글’ 곧 ‘언문일치(言

文一致)의 글'이다. 이광수 시대에는 이를 '국주한종(國主漢從)의 글' 또는
'언주문종(言主文從)의 글'이라 일컫기도 했다.

한국의 소설의 역사, 곧 신소설 → 근대 소설 → 현대 소설의 역사를 보면
그대로 언문일치 글의 발달사가 될 수 있다.

9) 소설과 문체

오늘날 문예상의 대표적 장르가 소설이라는 데 대해서는 이견이 있을 수
없다. 그 이유는 무엇인가? 근대 소설의 발생을 생각해 볼 때 부르주아 계
급의 대두와 크게 관계되어 있다. 영국의 산업 혁명과 프랑스 대혁명 등이
부르주아지(자본가 계급)의 진출의 표지가 되고 있는데 그것은 자유주의 내
지 개인주의 정신의 확립이었다고 말할 수 있다. 이것과 맞아 떨어지는 것이
평범한 글로 표현되는 문학 장르인 소설이었다.

바꾸어 말해서 평범한 사람이라 하더라도 개인의 자아라는 것을 절대적인
것으로 하고, 평범한 생활 속에 의의를 발견하려 한다면, 대뜸 웅장한 서사
시나 심각한 갈등 충돌을 중심으로 하는 극보다도, 심리와 성격 묘사에 의해
평범한 인생을 전개할 수 있는 소설이 보다 적당한 형식이 된다. 특히 걸출
한 개인을 중심으로 하는 것보다도 시대를 복잡한 양상 속에 나타내고, 사회
생활의 리듬을 느끼게 하기 위해서는 소설보다 나은 것이 없다.

흔히 "글은 곧 사람이다"라는 말을 쓴다. 그리고 어떤 작품의 총체(總體)
에 대해서, 때로는 어느 작가의 생애의 전체 작품에 대해서 이 문체라는 말
을 하는 경우가 있다. 개성이 있는 작가라면 거의 예외 없이 그렇다고 말할
수 있다.

츠베탄 토도로프는 일반적인 문체에 관한 사고방식을 배제하고, 또 간명
하게 문체에 관한 정의를 내리고 있다. 그것을 요약하면 다음과 같다.

문체라는 말을 그 조작상 유효한 말로 규정하기 위해서는 첫째로 다음과
같은 일반적인 의미를 지향해야 한다.

첫째, 어느 시대, 어느 예술 운동의 문체, 즉 낭만파의 문체, 바로크적 문
체 등과 같은 경우가 있다. 그것에 관해서는 '시기' '장르' '타입〔형(型)〕'과
같은 개념을 쓰는 편이 좋다.

둘째, '어느 작품의 문체'라고 말하는 경우에 그것이 의미하는 바는 작품의

통일성 및 일괄성이다. 즉, "이 작품은 문체를 가지고 있다. 이 다른 작품은 가지고 있지 않다"는 식이다. 그러나 '통일성(unité)'이라는 범주는 너무나 일반적이요 추상적이기 때문에 언술(言述)의 연구에는 사용할 수 없다.

셋째, 사람은 때로 문체라는 것을 규범과 관련된 '편차(偏差)'라 생각한다. 그러나 위고의 문체가 그의 시대의 규범과 비교하여 한쪽으로 기울어져 있다고 말할 수 없다. 우선 이 규범을 설정하는 것이 넘기 어려운 여러 가지 문제를 제기하고, 또한 위고의 특징을 이루는 것이 반드시 일반 용법과 차이 나는 점은 아니기 때문이다.

넷째, 문체라는 말을 언어의 '기능적인 어떤 유형', 예컨대 저널리스트의 문체거나 행정적 문체 등등을 지시하기 위해 사용하는 것은 헛된 일이다.

따라서 우리는 오히려 문체(style)를 모든 텍스트가 언어 속에 포함되는 몇 가지 자유롭게 사용할 수 있는 가능성 속에서 행해야 할 선택으로 규정해야 한다. 이와 같이 이해한다면 문체는 '언어의 사용 구역' 즉 '하위(下位) 코드'와 동등하다. '비유적 문체' '정의적 언술(情意的言述)'과 같은 표현이 나타내는 바가 그에 해당된다. 어떤 언표(言表)의 문체론적 기술(記述)이란 것은 그 언표의 언어로서의 특성 모두를 기술하는 바로 그것이다.

중세의 어떤 이론은 저속의 문체, 평균의 문체, 고도의 문체 따위로 구별했다. 이와 같은 분류 방법은 오늘에는 이미 큰 의미를 가지고 있지 않지만, 그러나 그것은 여기에 앞면에 드러난 원칙 자체에 기초하고 있다. 이 세 가지 문체는 서로 다른 것과 비교하여 "한쪽에 치우쳤다"고는 생각되지 않는다.

여러 문체는 언어 속에 있는 것이지 사용자의 마음속에 있는 것은 아니다. 문체는 구조적 특성이지 기능적 특성은 아니다. 오늘날 제시할 수 있는 여러 문체의 일람표가 훨씬 복잡하다(언어학이 부여하고 있는 언어에 관한 지식에 기초하고 있기 때문이다) 하더라도 목적하는 바가 다른 것은 아니다.

10) 작가와 문체

프랑스의 뷔퐁은 그의 「문체론」에서 이렇게 말하고 있다. "지식이나 사실이나 새 발견 따위는 쉽게 정리하고 변형하며 교묘한 솜씨로써 작품으로 정리할 수 있다. 그것들이 사람의 바깥에 있기 때문이다. 그러나 문체는 사람 그 자체이다. 때문에 문체는 들어 올리고 운반하고 변질시킬 수는 없다."

뷔퐁의 이 "문체는 사람 그 자체이다."(Le style est l'homme même)라는 말에서 "글은 곧 사람이다"라는 말이 생겨나게 되었다.

글은 우리의 사고를 나타내는 방법의 하나이지만, 예전에는 수사학이라든가 미문(美文)을 쓰는 방법 또는 웅변술 등 언어를 다루는 기술로서, 사람과는 독립적으로 생각되었다. 그것은 근대의 낭만적이며 개성을 존중하며 자기중심주의를 중시하는 경향이 나타나면서 더 이상 유지할 수 없게 되었다.

글은 얼마나 아름답고 흠없이 쓰여졌는가 하는 것보다는 확실히 그 사람이 쓴 글이다, 그 사람이 아니고는 쓸 수 없는 글이라고 평가되는 편이 존경을 받게 되었다. 어떤 면에서는 파격적이고 거친 것도 오히려 그 사람의 특징을 보다 잘 나타내는 것으로서 환영을 받게 된 것이다.

다음에 우리나라 근대 소설 초창기의 주요 작가들 몇 명의 문체에 대해 살펴보기로 한다.

이광수는 소설을 하나의 설교로 생각했다. 따라서 다소 세련되지 못한 감이 있으면서도 막힘없이 흐르는 물줄기와 같이 유창하다. 쉬운 문장인 데다가 호흡을 순조롭게 하는 리듬이 잠재해 있다.

　안 걸어본 길에는 언제나 불안이 있다. 이 길이 어디로 가는 것인가. 길가에 무슨 위험은 없나 하며 버스럭 소리만 나도 쭈뼛하여 마음이 쓰인다. 내 수양이 부족한 탓인가. 이 몸뚱이에 붙은 본능인가. 이 불안을 이기고 모르는 길을 끝끝내 걷는 데는 용기가 필요하다.

김동인의 글은 독자를 기운차게 끌고 가는 힘이 있다. 그의 글의 특질은 흔히 조사를 생략하는 데 있고, 그 때문에 때로는 호흡할 여유조차 주지 않는 박력이 생기게 된다. 그리고 세부의 묘사를 생략하고 가장 고조된 부분만을 점철하여 표현하므로 해서 글에 속도가 더해지게 된다.

　소년이 한번 발로써 말 배를 찰 때에 말은 우렁찬 울음소리를 내고 발로 땅을 찼다.
　먼지가 일었다. 먼지뿐이었다. 다른 것은 보이지 않았다. 한 지점에 먼지가 갑자기 일어나면서 그 먼지는 순식간에 이동하였다. 말도 소년도 보

이지 않고 단지 일어 나아가는 먼지 가운데서 말발굽 소리만 우렁차게 났다. (「최리(崔理)의 딸」에서)

염상섭은 자연주의 작가답게 있는 그대로의 모든 것을 하나도 빼지 않고 그리려는 데 특색이 있다. 그의 글에는 기교나 재치가 없는 반면 진실한 노력이 나타나 있다.

홍규는 아침에 나올 때 오늘이 한 이레라는 말을 들었기에 일을 마치고 돌아오는 길에 준식이와는 헤어져서 장거리에 들려, 고기를 한 근 사 들고 오려니까 금방 헤어졌던 준식이가 어느 틈에 이삿짐을 끌고 나오는 것을 보고 홍규는 깜짝 놀랐다. (「해방의 아들」에서)

이효석은 글에 지적 요소를 다분히 풍기는 작가다. 모든 것을 상징적으로 표현하려는 그의 글은 산문이기보다 시에 가깝다. 따라서 마침표(.)와 쉼표(,) 등 글 부호를 무시한 글을 쓰기도 했다.

어둡다 요란하다 우렛소리 번갯불 바람은 천지를 쓸어 가려는 건가 구름은 우주를 뭉개 버리려는 건가 파도소리 저 파도소리 절벽을 물어뜯는 저놈의 파도소리 수십 길 절벽을 뛰어 넘어 이 집을 쓸어 가려는 듯 차라리 쓸어가 버려라 집까지 섬까지 한 모금에 삼켜 버려라……. (「황제(皇帝)」에서)

김동리의 글은 정확하기로 정평이 있다. 별다른 기교를 부리려 하지 않고, 대상을 정확히 파악하는 표현력이 뛰어나다.

딸은 이제 목 놓아 울고, 어미는 수건으로 낯을 가리며 느끼고, 따라 나오는 며느리들의 눈에도 눈물이 고였다. (「찔레꽃」에서)

제2부 실제

5. 소설의 첫머리

1) 소설과 작법

소설에 작법이 있느냐, 또 있어야 할 필요가 있느냐 하는 문제부터 규명하자. 결론부터 말한다면 그것은 '아니다'라는 한마디 말로 정리가 될 수 있다. 모름지기 소설을 비롯하여 모든 예술 부문에서 일정한 규격이라든가 제약된 방법, 이를테면 가장 보편성을 띤 일반적인 공식은 완전히 무시되어야 한다.

예술의 한 장르인 소설은 어디까지나 개인에게 예속되는 것이다. 그리고 개인에 따라서 같은 주제라도 플롯이 달라지고, 작법이 달라지는 것이며, 또 마땅히 달라져야 한다. 때문에 지금까지의 모든 작가들의 소설 작법은 달랐고, 같은 작가이면서도 낱낱의 작품이 정도의 차이는 있을지라도 수법이 달랐다.

그 이유는 모든 예술은 모방이 아니라 창조이기 때문이요, 모든 예술 작품은 작가 개인의 독창성과 독자성의 산물이기 때문이다. 영국의 작가 포터가 지적한 바와 같이 우리가 요구하는 우수한 예술 작품은 아무런 한계성도 없고, 아무런 제약도 받지 않는 자유분방한 작가의 창의에서만 산출되기 때문이다.

그러나 "소설이란 무엇인가?"라고 할 때 문제는 그렇게 단순하지만은 않다. 옛날에는 '이야기'가 할아버지나 할머니에 의해 전해졌고, 그 이야기의 작가가 누구냐 하는 것은 별로 문제가 되지 않았다. 옛날 사람들은 소설로써 자기를 표현하려는 일 따위는 생각조차 하지 않았다. 원래 소설이란 장르 자체가 그렇게 형성되었다.

원래 '소설(小說)'이란 한자말은 「장자(莊子)」에 맨 처음으로 나온다. 그러나 그것은 우화(寓話)라는 뜻쯤 된다.

그 다음으로는 「한서(漢書)」 '예문지(藝文志)'에 나오는 것이 오랜 것이다. 거기에는 "소설가는 모두 패관(稗官)에서 나왔는데, 패관은 마을의 하찮은 소문〔街談巷說〕을 듣고 말하는 자〔道聽塗說者〕인데, 그들에 의한 소설이 만들어졌다."는 내용이 기록되어 있다

이리하여 예문지에 열거하는 소설은 1,380편, 그 중 한나라 방사(方士) 우초(虞初)가 주(周)나라의 전설을 모은 「우초주설(虞初周說)」이라 일컬어지는 것이 943편 있다. 이로써 후대는 우초를 소설의 아버지로 보아, 후한(後漢)의 문인 장형(張衡)의 '서경부(西京賦)'에도 "소설 900편은 우초에서 비롯된다"고 기록되어 있다. 그러나 그 내용은 신화와 전설의 단편(斷片)이요, 옛날이야기에 지나지 않았다.

어느 작품에 대해 소설가가 저작권을 가지게 된 것은 근대에 이르러서이다. 다른 사람과 다른 것을 쓰지 않으면 눈에 띄지 않기 때문에 각자가 '개성'을 주장하기에 이르렀다.

그러나 소설에 작법이 없다고 딱 잘라 전적으로 부인해 버리는 것도 옳지 않다. 여기서 김정희(金正喜)의 명제를 다시 한 번 떠올려 보자.

"난초를 그릴때 법이 있어도 안 되지만, 법이 없어도 역시 안 된다〔寫蘭有法不可 無法亦不可〕."

2) 작가의 자격

소설을 쓰는 데 무슨 자격이 필요하냐고 비웃을 사람이 있을지 모른다. 그러나 작가는 모름지기 다음과 같은 자격들을 갖추어야 한다. 우선 선천적인 자격으로서,

① 작가는 사람으로서의 진실성이 있어야 한다.

원래 소설가는 거짓말을 진실처럼 쓰는 사람이다. 따라서 소설가의 임무는 실재한 사실을 직접 목격하지 못한 사람에게 재현시키는 것으로만 그치는 것이 아니라, 실재하지 않은 사실까지도 실재한 사실로서 독자로 하여금 체험 내지 목격하게 하는 데 있다. 즉 소설은 '불가능 → 불가재(不可在) → 가재(可在) → 필연'의 네 과정을 거쳐 성립된다. 이 불가능에서 필연의 과정을 거쳐 한 편의 소설을 쓰기 위해서는 우선 작가가 삶에 대해 진실할 수밖에 없다.

②작가는 건전한 소시민으로서 생활해야 한다.

한 때 예술가는 퇴폐적이라야 한다는 관념이 이 땅의 문학도들을 지배한 적이 있었다. 그러나 오늘날의 예술은 그런 퇴폐에서 발견되지 않는다. 문학, 특히 소설은 생활의 표현이다. 건전한 소시민으로 생활하는 사람만이 건실한 작가가 될 수 있다.

③작가는 재능과 재치가 있어야 한다.

영국의 소설가 필딩은 작가의 자격에서 우선 첫째 요건으로 재능을 꼽았다. "소설을 쓰는 데는 무엇보다도 재능이 요구된다. 재능이란 발견과 판단의 원천으로서 일종의 정신력이다. 이것이 있을 때에만 소설가는 자기가 생각할 수 있는 모든 사상(事象)의 내용에까지 파고 들어가서, 그 가지가지의 특색을 식별할 수 있다."

후천적 자격으로는 다음과 같은 점들을 말할 수 있다.

①작가는 많은 체험을 해야 한다.

플로베르는 "천재란 인내다"고 말했다. 아무리 천재라 하더라도 자기의 생활 체험 이외의 것을 소설로 쓸 수는 없다. 소설이 인생을 표현하는 것인 한 인생에 대한 풍부한 체험이 필요한 것은 거듭 말할 나위도 없다.

그러나 여기서 말하는 '생활 체험'이란 말은 반드시 '생활 경험'을 의미하는 것은 아니다. 생활 체험이란 내면적 및 정신적으로 인생의 참된 모습을 이해함을 말하는 것이다. 그러므로 외적으로 생활 경험이 풍부한 사람이라도 그 경험을 삶을 이해하는 내적 및 정신적인 체험으로까지 승화시키지 못한다면, 그 사람은 경험이 풍부한 사람이기는 할지언정 체험이 풍부한 사람이라고 말할 수 없다.

그와 반대로 비록 생활 경험이 빈약하더라도 독서와 사색을 통하여 내적 체험을 풍부하게 쌓아 올릴 수 있다. 자신과 타인의 경험을 통하지 못한 모든 체험을 책에서 구할 수 있는 행복을 누릴 수 있다. 즉 작가는 독서를 통해 소재의 빈곤에서 벗어날 수 있다. 해밀턴의 지적대로 "소설이란 증류된 인생이다."

②작가는 반드시 습작 과정을 거치며 기술을 연마해야 한다.

습작시절에 가장 경계해야 할 일은 이른바 자기도취다. 그래서 작가 지망생들은 "나는 걸작이 아니면 쓰지 않겠다"는 말을 하게 된다. 그러나 걸작도 많이 쓰다 보면 쓸 수 있게 된다. 그리고 작품이란 일단 원고지 위에 옮겨지면 그 때부터는 작가를 떠난 하나의 객관체가 되므로, 작가는 언제나 선입관을 버리는 일이 중요하다.

다음은 취사선택의 문제다. 작가 지망생은 머리에 떠오르는 것은 모조리 표현하려 한다. 그러나 소설을 잘 쓸 수 있는 비결의 하나는, 쓰고 싶은 일을 잘 쓰는 것보다도 쓰지 말아야 할 것을 쓰지 않는 것과, 또 어느 부분이 쓰지 않아야 할 부분인가 하는 것을 정확히 아는 일이다.

그 다음으로는 허위를 경계한다. 작중 인물의 운명에 마지막 결정을 내리는 것은 작가가 마음대로 하는 것이 아니라, 삶의 필연적인 법칙임을 잊지 말아야 한다. 바꾸어 말해서 일단 등장한 인물은 작자의 의사를 무시하고, 그 인물의 성격과 환경에 따라 그에 적응하도록 독자적인 활동을 개시하게 마련이다.

3) 작가 지망생

작가가 되려는 사람에게 까다로운 조건이 있는 것은 아니다. 이미 여러 번 말한 바와 같이 ①독서를 많이 함으로써 인생체험을 쌓을 것, ②자기 나름대로의 인생관을 가질 것, ③모든 사물을 관찰하여 본질적인 것을 파악할 것, ④진실을 진실대로 표현할 수 있는 연마를 쌓을 것 등이면 누구나 소설을 쓸 수 있다.

소설가의 자격 문제에 대해서 과거에 많은 작가들이 말한 바 있는데, 그 중 몇 가지 예를 들어보기로 한다. 이른바 '인생을 위한 예술'을 주장한 러시아의 톨스토이는 「예술론」에서 다음과 같이 세 가지를 강조하고 있다.

①소재에 대해서 작가가 정당한 도덕적 판단을 가질 것.

②표현이 명료하고 아름다워야 할 것.

③작자의 사랑과 미움의 정이 성실해야 할 것.

영국의 작가 필딩은 그의 「소설가의 자격」에서 다음과 같이 네 가지를 강조하고 있는데, 톨스토이와 거의 같은 내용이다.

①소설을 쓰자면 우선 문학적 재능이 필요하다. 재능은 발견하고 판단하는 원천이 되는 것이요 하나의 정신력이다. 재능이 있기 때문에 소설가는 사고할 수 있는 모든 것의 내부에 침투하여 모든 특색을 식별할 수 있다.

②상당한 학식이 있어야 한다. 상당한 지식이 없이는 삶을 이야기할 수 없다.

③학문만으로는 얻을 수 없는 지식이 있는 바, 그것은 일상생활과 체험을 통해 얻어야 한다. 사람의 성격을 이해하는 점에서 더구나 그래야 한다. 인간성의 참된 모습은 생활 속에서만 배울 수 있는 것이며, 따라서 작가는 모든 계급의 모든 사람을 알아야 한다. 실로 하찮고 사소한 행동이 세상 사람들의 참된 모습을 설명해 주는 경우가 있다는 사실을 알아야 한다.

④위의 세 가지 조건을 갖추고 있어도 작가는 그 위에 따뜻한 심정을 가지고 있어야 한다. 독자를 감동시키려면 우선 작가 자신부터 감동해야 한다.

자연주의 소설의 대표적 작가인 졸라는 소설가의 태도에 대해 이렇게 말하고 있다. 그는 작가를 과학도에 비기고 있다.

"소설가에서는 관찰하는 일면과 실험하는 일면이 있다. 관찰자는 그로 하여금 보는 그대로의 사실을 제시하여 출발점을 결정해 준다. 사람의 행동과 사건이 전개되어 가는 무대를 제공해 준다. 그런 후에는 실험자가 나타나 실험을 한다. 바꾸어 말해서 실험자는 인물을 여러 각도로 움직여서 사실의 계속적인 발생이 과연 연구(표현)하려는 현상의 결정론이 요구하는 대로 되어 있는가 어떤가 하는 것을 실험한다. 그렇게 해서 비로소 사람의 인식과 사람의 개인적 및 사회적 행위에 대한 과학적 인식에 이를 수 있다."

프랑스의 데코브라는 작가 지망생을 위하여 다음과 같은 십계명을 말하였다. 약간은 농담을 하듯이 말하고 있지만, 흥미로운 항목들이다.

①마음을 끌 만한 줄거리를 붙잡아라.

②구성 요소는 오늘의 현실에서 채택하라.

③문체에 중점을 두라.

④제목은 미인의 진주 목걸이처럼 귀하게 다루라.

⑤원고는 적어도 세 번은 고쳐 쓰라.

⑥고리타분한 배경은 참신하게 고쳐라.

⑦과학적 및 철학적 독서로써 두뇌를 풍부하게 하라.

⑧독자의 편지에는 답장을 하고, 독자의 욕구가 있으면 충고도 해주라.

⑨유명해지기 위해서는 광고 선전만으로는 충분치 못하다는 것을 알라.
⑩가장 중요한 일은 소설을 읽지 말아라.

4) 작가의 노트

대부분의 유명한 작가들은 이른바 ‘작가 노트’를 시험했다. 도스토예프스키는 「백치」「카라마조프의 형제들」 등의 노트를 유고로 남겼고, 체호프는 ‘체호프의 수첩’이란 것에 작중 인물의 대사까지 단정히 기록해 두었다가, 그 중 한번 사용한 재료는 불태워 버렸다고 한다.

다음은 톨스토이가 소설을 쓰기 위해서 그의 일기 속에 메모해 놓은 노트의 한 부분이다.

①산허리의 매의 그림자

②모래 위의 말, 짐승, 사람의 발자국

③말을 타고 숲에 드니 말이 크게 울부짖다

④나무 사이에서 염소 한 마리가 놀라서 뛰어 나오다.

그저 평범한 구절들이지만, 말이 숲에 들면 공포를 느끼고 운다든가, 그 서슬에 나무 사이에서 염소가 뛰어나오는 것 등은 역시 노트로 해서 장면을 생동감 있게 하는 구실을 할 것이다. 톨스토이처럼 말을 많이 탄 작가로서도 말의 습성을 메모한 것이다.

다음은 체호프의 소설 수첩 중 몇 구절이다.

①이반은 연애철학을 늘어놓을 줄은 알았으나 연애는 하지 못했다.

②침실 달빛이 창으로 기어 들어와서 내복의 작은 단추까지 보이게 했다.

③국민적 과학이란 것은 있을 수 없다. 구구법에 국민적이란 것이 없는 것과 마찬가지다. 국민적인 것은 이미 과학이 아니다.

④“먹고 싶으신가요?” “아니오, 정반대올시다.”

⑤무서울 만큼 가난뱅이 어머니는 후처 살이, 딸은 몹시도 밉게 생겼다. 어머니는 드디어 짐승 같은 마음을 일으켜 딸에게 ‘거리의 여자’가 되라고 권한다. 그 어머니도 언젠가 젊었을 때 옷값을 벌기 위해 남편 몰래 거리에 나갔던 일이 있다. 그녀에게는 약간의 경험이 있는 셈이다. 어머니는 딸에게 요령을 가르쳐 준다. 딸은 거리에 나가 보았으나, 딸을 사려는

남자는 한 명도 없었다. 이틀쯤 뒤에 난봉꾼 세 명이 지나가다가 그 여자를 샀다. 그 여자가 가지고 돌아온 지폐는 자세히 보니 이미 시효가 지난 복권이었다.

⑥편지. 작가를 지망하는 한 청년이 자기의 희망을 아버지에게 써 보낸다. 겨우 기회를 만들어 그는 관청을 사직하고 페테르부르그에 가서 문학에 전념하게 된다. 검열관이 된 것이다.

⑦청년이 문학계에 뛰어 들어오지 않는다는 것은 가장 우수한 분자들이 오늘에는 철도의 공장이며 산업 기관에서 노동을 하고 있기 때문이다. 청년들은 모두 공업계에 투신하고 말았다. 그래서 오늘의 공업계는 실로 눈부신 바가 있다.

다음도 체호프의 작가 노트 중 한 부분이다. 그가 죽은 후 발견된 '제재 (題材), 단상, 각서, 단편(斷片)'이란 노트인데, 각서라기보다는 그대로 한 편의 콩트인 듯한 느낌을 준다. 이것은 사할린 섬을 시찰하는 중에 얻은 재료로서, 「사할린 섬」을 쓰기 위한 노트였으나 그 작품에는 사용되지 않고 남겨졌다.

섬의 장관 사무실에서 근무하고 있는 서기들은 매일 숙취로 두통 때문에 고생한다. 해장을 하고 싶으나 돈이 없다. 자, 어떻게 하면 좋은가. 서기 중 위조지폐범이 있어서 한 가지 방책을 강구한다. 그는 교회로 간다. 교회 성가대 속에 상관 구타죄로 유배를 오게 된 장교 출신 죄인이 있다. 서기는 헐떡거리며 그 사람에게 이렇게 알린다.

"어서 오시오, 당신은 사면되었소. 지금 관청에 전보가 와 있소."

죄인은 흥분한 나머지 얼굴이 파래져서 몸을 떨기만 할 뿐 말이 떨어지지 않는다. 그에게 서기는 말한다.

"여보시오, 이런 기쁜 소식을 가져왔는데 대포 한 잔 값이라도 내시오."

"자, 가져라. 있는 대로 모조리 다 가져 가거라."

이리하여 5루블쯤 돈이 생긴다. 그들은 곧 관청으로 온다. 장교는 너무 기뻐하다가 죽으면 안 된다고 자기 심장을 누르고 있다.

"전보가 어디 있지?"

"회계가 보관했지요."
(그는 회계한테로 간다.)
모두 한바탕 웃는다. 한 잔 어떠냐고 권한다.
"에끼, 못된……."
그래서 장교는 일주일쯤 병석에 눕는다.

5) 작품의 제목

소설의 제목은 작품을 쓰기 전에 미리 붙이느냐, 아니면 다 쓰고 난 후에 붙이느냐 하는 문제도 작가에게 늘 따라다니는 일이다. 작품의 주제가 확정되면 제목은 자연히 생기게 된다. 작가에 따라서는 주제가 결정되었지만, 플롯을 미리 구성해서 쓰는 작가와 쓰면서 구성하는 두 가지 유형이 있다. 대체로 제목은 작품을 쓰기 전에 미리 붙이게 된다. 그렇게 함으로써 작품의 주제가 더 선명해지기 때문이다.

소설에서 주제가 소재의 핵심이라고 하면, 제목은 주제의 핵심이라고 말할 수 있다. 정상적인 제목은 다음과 같은 방법으로 얻어지게 된다.

①사건의 내용, 즉 주제를 상징할 수 있는 가장 구체적인 것이어야 한다.

②주제의 핵심을 대표할 수 있어야 한다.

③그러나 내용의 모두가 드러나지 않고 상징 내지 암시 정도만 나타내야 한다.

④주제 자체의 비중에 과히 어그러지지 않는 것이어서, 너무 지나치거나 못 미치는 폐단이 없어야 한다.

⑤가장 주요 역할을 하는 인물을 중심으로 한 인물의 이름, 또는 시간의 초점을 집어내어 전체의 분위기를 포착해야 한다.

다음으로 대두되는 문제가 작가의 창작 태도이다. T. 만은 "어떤 작가가 한 작품을 창작한다는 것은 제2의 사람을 출산하는 것이다"라고 말했다. 그는 이어서 이 '제2의 사람'은 "우리와 가장 친하기 쉽고, 우리와 가장 호흡하기 쉬운, 이를테면 거짓이 없는 사람"이라야만 한다고 말했다.

만이 작가를 산모에다 비유한 것은 ①작가는 창조한다는 것, ②작가는 한 작품이 창작되기까지 마치 산모가 10개월 동안 태교(胎敎)를 하는 진실과 성실 그리고 생사의 경계를 헤매는 무서운 고통을 겪어야 하는 것 같은 과정을 거쳐야 한다는 의미다.

러시아의 데트쥐코프스키는 작가의 창작 태도로서 ① 태도의 진실, ② 높고 넓은 시야와 예리한 관점, ③ 클라이맥스에서 클라이맥스로, ④ 작품에 아첨하지 말 것 등을 지적하였다.

다음은 작품 창작의 태도에 대한 여러 작가의 도움말들이다.

"가위와 풀을 놓고, 작아도 좋으니 불——이것이 필요하다. 그 불 아래서 독자는 그리스 시인풍의 감격을 얻을 수 있고, 향수 같은 글 속을 헤맬 수도 있으며, 허위와 진실과 과장과 간소한 경지를 방황할 수 있게 된다. 가위는 우연적인 모든 것을 베어 버리는 데 필요하다. 그래야만 건실한 육체만 남길 수 있다. 이 작업은 난폭하지만 작가에게는 불가결한 일이다."(아나톨 프랑스)

"모든 사람 속으로 뛰어 들어가라. 그리고 당신의 날카로운 메스로써 가장 냉정하게 그들의 육체를 해부하라. 눈물과 피는 필요 없다. 동정도 금한다. 그들의 내면을 도마 위에 해부해 놓아라. 사람을 해부하는 수술사가 당신들의 임무다."(조이스)

"소설에는 아무런 한계도 예정되어 있지 않다. 소설이란 어떤 넓이를 가진 설화이다. 다른 형식의 예술에서는 어떤 법칙이나 체계라는 것이 필요하지만, 소설만은 아무런 구속도 받지 않는다."(포스터)

"모든 작가는, 빅토르 위고거나 졸라거나 예술에 대한 자유를 사유(思惟)로써 작성한다. 즉 상상하고 관찰하는 절대적이고 확실한 권리를 요구한다."(모파상)

이제 소설을 쓰기 시작할 단계에 이르렀다. 여기서 다시 한 번 글쓰기의 일반적인 순서를 정리해 본다.

① 착상(着想) : 글은 무엇을 쓸 것인가가 뚜렷하지 않고는 쓸 수 없다. 우선적으로 쓸 주제를 정해야 한다.

②구상 : 주제가 결정되면 재료를 선택하여 글의 짜임을 구상한다.

③글쓰기 : 주제를 구상에 따라 쓰는 것인데, 이에는 첫째로 서두 곧 본론에 들어가기 전의 첫머리가 있어야 하고, 둘째로 본문 곧 그 글의 주안점이 충분히 드러나야 하며, 셋째로 결사(結辭) 곧 끝맺음이 있어야 한다.

④퇴고(推敲) : 다 쓰고 난 뒤에는 반복해 읽어 가면서 정정하고 가필하여 완성한다.

⑤정서(淨書) : 퇴고가 끝난 글은 정서한다.

6) 서두 연구①

'서두'는 소설에서도 쓰기 가장 어렵다고들 말한다. 특히 단편 소설의 경우 서두만 쓰여지면, 이미 한 편의 소설이 완성된 것이나 마찬가지라고 말하기도 한다. 양심적인 작가가 하루 종일 한 줄도 쓰지 못하고 책상에 앉아 있는 일이 있는 것은 이 때문이다.

한 편의 주제를 찾기 위해 작가는 고심한다. 그리고 그것은 이미 '서두'의 글에 포함되어 있는 경우가 많기 때문에 서두의 글에 고심하는 것과 한 편의 주제를 찾는 어려움은 마찬가지라고 말할 수 있다.

근대 단편 소설의 선구자인 미국의 E.A. 포는 "작품 서두의 실패는 실패의 첫 걸음이다"라고 말했다. 창작 생활에 경험이 풍부한 작자가 다른 사람의 작품 서두를 몇 줄만 읽어 보면 그 사람의 실력을 단번에 판단할 수 있는 근거도 거기에 있다.

깨나른하며 음울하고 사물의 소리도 없이 조용하며, 하늘에는 무거운 구름이 낮게 드리운 어느 가을날, 나는 기묘하게 황량한 땅을 오직 혼자서 말을 타고 종일 가고 있었다. 그리고 해거름이 질 무렵 마침내 음울한 어셔 저택이 보이는 곳에 이르게 되었다. 무슨 까닭인지 나로서도 알지 못했으나 아무튼 이 건물을 처음으로 흘깃 보게 되었을 때 견딜 수 없이 우울한 생각이 내 마음에 스며들었다.

포의 「어셔 가의 몰락」의 서두이다. 저택의 주인인 어셔는 병약한 누이동생에 대해 근친상간적 감정을 품고 있었고, 산 채로 매장한 잔혹한 행위를 저질렀다는 것을 나중에 알 수 있게 된다. 나그네가 이 집을 보고 우울한 생각에 사로잡혔다는 것으로 그것이 예고되어 있다.

이 소설은 어서 가 사람들의 죽음뿐 아니라 저택 그 자체의 붕괴를 주제로 하고 있다. 따라서 서두에서 그 건물의 묘사로 시작한 것도 적절하다고 할 수 있다. 이와 같은 작품은 읽고 난 뒤 첫머리로 돌아감으로써 한층 감흥을 더하는 특수한 구조를 가지고 있다.

장편은 수많은 인물이 나오고, 수많은 줄거리가 펼쳐지기 때문에 이 정도로 응축된 서두를 쓸 수 없으며, 단편과는 달리 그 서두가 비교적 느긋하게 전개 되게 마련이다.

바람직한 서두는 서두의 형식이 이제부터 쓰려고 하는 작품 내용과 완전히 조화되는 것이라야 한다. 서두에서는 본래의 성질상 전편의 핵심을 상징하는 선명한 첫 걸음을 내밟을 필요가 있다. 수많은 소설의 서두를 분류해 보면 대략 다음과 같은 몇 가지로 나누어 볼 수 있다.

① 작품의 내용과는 직접적인 관련이 없이 다만 간접적으로 작품의 방향만 암시하면서 독자의 주의와 흥미를 강하게 유발하기 위해 한 가지 문젯거리를 제시하는 수법.

② 전편을 총체적으로 지배할 만한 자연 풍경이나 환경을 전개시켜서, 작품의 분위기를 짙게 조성하는 수법.

③ 주요 인물의 심리나 성격을 묘사함으로써 사건의 명암(明暗)과 굴곡(屈曲)에 암시를 주는 수법.

④ 작품 전체의 내용을 압축하여 강렬한 인상을 주도록 하는 수법.

⑤ 두 가지 사건 또는 인물을 대조하거나 또는 상징적으로 표현하여 명확한 인상을 주는 수법.

⑥ 일부러 아주 평범한 이야기체로 서두를 꺼냄으로써 독자로 하여금 평안한 마음으로 읽을 수 있게 하는 수법.

이 밖에도 더 자세히 분류할 수 있겠으나, 대개의 작품은 위에 열거한 수법 중 어느 하나를 택하고 있다.

7) 서두 연구 ②

많은 작가들이 흔히 쓰는 수법으로 서두에 본 줄거리와는 직접 관계가 없는 사항, 예컨대 사건의 무대에 대해 가볍게 말하는 것이다. 예컨대 스탕달의 「적과 흑」의 서두는 다음과 같다.

　작은 베리에르 마을은 프랑쉬 콩테에서 가장 아름다운 마을 중 하나로 꼽힐 수 있을 것이다. 붉은 기와를 얹은 뾰족한 지붕의 하얀 집들이 언덕 중턱에 줄지어 서 있고, 울창한 밤나무 숲이 언덕의 기복을 따라 선을 그리고 있다. 옛날 에스파냐 사람이 쌓은 성벽 폐허의 수백 길 아래쪽에 두 강이 흐르고 있다.

「적과 흑」 전편(前篇)은 이 마을을 무대로 하여 전개된다. 작가 스탕달은 마치 여행기를 쓰거나 하는 것처럼 마을의 역사와 산업을 말하면서, 지나가는 말로 주인공 소렐의 아버지를 소개한다. 여주인공 레나르 부인의 남편인 시장 레나르 씨의 공적을 열거하면서, 독자로 하여금 어느 새 사건 한가운데 끌려 들어가게 하는 수법을 쓰고 있다.
　이와 같은 기교는 대체로 장편 특유의 것이지만, 단편에서 아주 쓰이지 않는 것은 아니다. 메리메의 「마테오 팔코네」의 서두는 다음과 같다.

　포르트 베코 거리에서 벗어나 서북쪽을 향해 섬 안쪽으로 가면, 눈에 띄게 갑자기 땅이 높이 솟는다. 거기서 큰 바위덩어리가 여러 개 길을 막고 있거나, 때로는 움푹 파져서 끊겨지기도 한 구부구불한 길을 서너 시간 걸어가면, 갑자기 시야가 넓어지면 넓은 '마키'〔雜木山〕 가장자리에 이른다. 마키는 코르시카 목동들의 고향이다. 뿐만 아니라 무릇 사법권이라는 것을 도피할 수 있는 고국이기도 하다.

이 서두에 나오는 '마키'는 제2차 세계대전 때 프랑스 레지스탕스들이 암호로 사용하여 유명해졌다. 「마테오 팔코네」는 코르시카의 마키에 숨어 있는 현상 수배자를 사냥꾼인 마테오의 아들이 장난감에 매수되어 병사에게 가르쳐 준다. 마테오는 자기 자식을 총으로 사살한다는, 코르시카 정신을 그려낸 이야기인데, 서두의 조용한 자연 묘사는 대조에 의해 극적인 참혹함을 두드러지게 하는 데 한 몫 하고 있다.

　이와 같은 서두는 대체로 영국의 W. 스코트가 시작한 것으로서, 이를테면 「아이반호」에서와 같이 본디 역사 소설에 걸맞는 것이다. 이 방법은 첫머리에 환경을 제시함으로써 여러 인물의 위치를 분명하게 밝힐 수 있는 이점이 있지만, 약간은 현학(衒學)스러운 느낌을 주기 때문에 남용해서는 안 된다.

　오히려 도스토예프스키의 「죄와 벌」과 같이 단번에 주인공을 등장하게 하는 것이 걸맞는 때가 있다.

　칠월 초순, 찌는 듯이 무더운 계절의 저녁 무렵, 한 젊은이가 셋집에 또 세들어 있는 옆길의 작은 방에서 길거리로 나와, 어쩐지 내키지 않는 것 같은 걸음걸이로 K다리 쪽으로 발을 옮겼다.

　「죄와 벌」의 서두는 이어 시간을 조금 거슬러, 대학생 라스콜리니코프가 하숙비가 밀려 있는 자기 방에서 어떻게 하숙집 주인 여자와 마주치지 않고 빠져 나올 수 있었는지, 그리고 그의 가난한 형편과 심경 등이 서술되어 있다. 독자는 우선 주인공이 어떤 사람이며 또 어떤 상황에 놓여 있는가 하는 것을 알게 된다.

　라스콜리니코프의 활동 무대인 페테르스부르크와 같이 배경이 수도인 경우, 그 구조에 대해서는 대부분의 사람들이 알기 때문에 이와 같은 식으로 주인공을 묘사하는 것으로써 소설의 서두를 시작하는 것은 장려할 만한 방법이다. 더욱이 작품의 주제가 주인공의 내심의 갈등에 있기 때문에 이 수법은 서두로서 걸맞다고 할 수 있다.

　다만 이 수법이 지니는 결함은 주인공을 단번에 일정한 때와 장소에서 제시하기 때문에 그와 같은 상태에 이르게 된 원인과 경과를 과거로 거슬러 설명해야 한다는 것, 더구나 더 많은 시간이 지나가기 전에 설명해야 한다는 점이다.

　거기서 다시금 펜을 현재로 돌아오게 하여 일련의 행위가 종결된다. 이것만으로 한 편의 단편 소설이 되기 때문에 이 수법은 구성에서 틀에 박힌 양식으로 옮겨 가는 경향이 있었다. 한때 주로 '심경(心境) 소설'이란 것이 이 수법으로 많이 쓰여져, 소설의 질을 떨어뜨린 일도 있었다.

　프랑스 작가 모리아크는 시간의 처리를 약간 복잡하게 하고 있다.

변호사가 문을 열었다. 테레즈 데케루는 재판소 뒷문으로 통하는 이 복도 안에서 얼굴 위에 안개를 느끼며, 깊숙이 가슴 속으로 들어 마셨다.

중편 소설 「테레즈 데케루」에서 여주인공이 면소(免訴)가 되어, 재판소에서 나오는 장면이다. 여기서 독자는 여주인공을 소개받게 되는데, 소설은 여기서 시간적으로 과거로 돌아가, 그녀가 살인 의도의 혐의를 받게 되는 경과가 서술되어 있다. 그리고 다시 펜은 현재로 돌아와서, 테레즈가 집에 돌아가 남편을 만나게 된다. 남편의 얼굴이 테레즈에게 과거를 불러일으킨다는 식으로 현재와 과거가 잘 손질된 실처럼 엉키면서 이야기는 진행된다.

그 사이에 테레즈의 무거운 마음의 상태가 차츰 밝혀지게 된다는 식으로, 소설 전체는 무척 지적이요 또 깊숙한 느낌을 주는 것이 된다. 이와 같은 수법은 테레즈의 성격과 행위뿐 아니라 이와 같은 구성 자체가 소설의 매력이 되고 있다. 그러나 이 수법은 고도의 기교가 없이는 산만한 것이 되고 말아, 독자에게 아무것도 전할 수 없는 결과가 되기 때문에 함부로 모방할 것이 되지 못한다.

8) 서두 연구③

소설은 뒤늦게 발달한 문학의 종류로서, 다른 여러 장르의 영향을 받고 있다. 예컨대 발자크 당시에는 아직 극문학이 우세한 상황이어서, 당시의 작가는 좋은 연극을 써서 공연하지 못하면 성공한 작가로 인정을 받지 못했다.

발자크의 소설을 읽으면 소설이 각 장면으로 분명하게 나뉘어지는 것을 느낄 수 있다. 그리고 메리메와 스탕달의 환경 묘사도 우선 무대 장치를 설명하는 일에서 시작했다고 생각할 수 있다.

소설에는 또한 '일인칭 소설' 또는 사소설(私小說)이라는 것이 있는데, 인물을 막 앞에 나오게 하여 미리 발언하게 하는 식으로 서두를 시작하는 수법이 있다. 카뮈의 유명한 「이방인」은 이렇게 서두가 시작된다.

오늘 마망이 죽었다. 어쩌면 어제였는지 나로서는 알 수 없다. 양로원에서 전보가 왔다. '모친의 죽음을 애도함. 내일 매장.' 이것으로는 아무것도 알 수 없다. 아마 어제였을 것이다.

「이방인」의 이와 같은 모놀로그는 소리도 낮은 느낌을 주면서 약간 복잡해
진다. 우선 '마망'이란 것은 아이들이 쓰는 말이기 때문에 주인공은 어린아
이라고 생각하기 쉽지만 그렇지 않다. 주인공이 회사원 나이 또래의 청년이
라는 것은 너댓줄만 더 읽으면 알 수 있게 된다. 청년은 모친의 죽음에 대하
여 전혀 관심이 없는 것처럼 보이지만 아이와 같은 애정을 가지고 있다는 것
을 작가는 이 '마망'이라는 호칭으로 나타내려 하는 듯하다.

다음은 그린의 장편소설 「사랑의 종말」의 서두이다.

이야기라고 하는 것은 본디 시작도 없고 끝도 없다. 화자(話者)는 경험
중 어느 순간을 임의로 가려내어, 거기서 뒤를 돌아보든가 앞으로 나아가
든가 한다. 나는 직업 작가로서의 애매한 긍지에 기초하여 임의로 가려낸
다고 말했으나, 그러나 과연 나는 그 어두컴컴한 비에 젖은 1946년 1월의
밤, 강물과 같이 모래가 떨어지는 공원을 가로질러 몸을 비스듬히 하고 걸
어오는 헨리 마일스의 모습을 보았던 그 밤을 나의 자유 의지로 '선택'했
는가, 아니면 그와 같은 심상(心象) 편에서 나를 선택하고 말았었던가?
작가로서의 내가 터득하고 있는 잣대에 맞추어 보면 바로 거기서 시작하
는 것이 편리하기도 하고 바른 것이기도 하지만, 그러나 만일 당시의 내가
신을 믿는 사람이었다면, 그때 어떤 손이 내 발꿈치를 붙잡고 "소리를 질
러라, 저쪽에서는 아직 네가 있는 것을 알지 못한다"고 나를 부추겼다는
것도 믿었을지도 모를 일이다.

「사랑의 종말」의 헨리 마일스는 '나'라는 소설가와 관계가 있던 여자의 남
편이다. 여자는 죽었으나 '나'는 그녀에게 버림을 받았다고 생각하고 있다.
그러나 그때 헨리에게 소리를 지른 것이 빌미가 되어 '나'는 자기의 적이 그
헨리가 아니라 바로 신이었다는 사실을 알게 된다. 즉 사람의 신앙과 집착의
상극을 주제로 하고 있기 때문에 '나'의 직업인 소설의 기교를 빌어 선택에
서의 신의 부분을 암시한 이 서두는 정성을 들였다는 것을 알 수 있다.

9) 서두 연구④

톨스토이의「안나 카레니나」의 서두는 다음과 같다.

모든 행복한 가정은 서로 비슷하게 마련이지만, 불행한 가정은 각기 불행의 취향을 달리하는 것이다.

톨스토이의 첫 원고에는 이 구절이 없고, 그것에 이어지는 '오브론스키 집안은 정신없이 소란스러웠다'는 말로 시작되어 있었다 한다. 톨스토이가 이 서두를 생각하게 된 것은 푸시킨의 미완성 원고의 서두가 '손님은 별장에 모였다'로 되어 있는 것을 보고서였다.

톨스토이는 말했다. "서두는 이래야만 한다. 가령 푸시킨은 우리의 스승이다. 이렇게 하면 단번에 독자들을 사건의 중심으로 끌어들이게 된다. 다른 작가였다면 손님이나 방안의 묘사부터 시작했겠지만, 푸시킨은 단적으로 핵심을 다루고 있다."

그때 그 자리에 있던 사람이 농담 삼아, 그렇다면 이 서두를 흉내 내어 소설을 써보도록 하라고 말했다. 톨스토이는 즉시 서재에 들어가, "오브론스키 집안은……" 하고 시작되는 첫 부분의 몇 장을 썼다.

"모든 행복한 가정은……" 하는 교훈은 뒤에 써넣은 것이지만, 엄격히 볼 때 이 한 구절은 약간 뜻이 분명하지 못한 감이 있다. 따라서 그보다는 역시 "오브론스키 집안은……" 하고 서두를 시작한 편이 나을 뻔했다는 생각이 들지 않는 바 아니다. 그러나 톨스토이의 관점에서 본다면, 그가「안나 카레니나」에서 말하려 한 것은 안나의 간통과 죽음의 과정이 아니라 그 인생적 내지 철학적 의미였다고 할 때, 그와 같은 일반적인 명제를 소설의 서두에 두는 것도 필연이었다고 말할 수 있다.

독자가 톨스토이의 소설에서 감탄하는 것은 인생의 대사건도 일상의 사소한 일도 같은 밀도의 차분한 터치로 말하고 묘사하는 필치이다. 그는 적어도「전쟁과 평화」「안나 카레니나」「코사크」등에서 자기 철학 위에 부동의 자세로 있다. 즉, 작가의 위치는 서두의 첫 줄부터 정해져 있다.

서두의 수법에서 작가를 선택하는 예로서 스탕달의「파름의 수도원」이 있다.

1796년 5월 15일에 보나파르트 장군은 초지 다리를 돌파한 젊은 군대를 이끌고 밀라노에 들어갔다. 이 군대는 아주 오랜 세기를 거쳐 카이사르와 알렉산드로스가 이제 후계자를 얻게 된 것을 세계에 막 알린 참이었다.

「파름의 수도원」에서는 이어 해방된 밀라노의 풍속이 묘사되고, 여주인공 지나 피에트라넬라의 행장과 주인공 파브리스 델 돈고의 출생이 나온다. 그리고 17년의 세월이 흐른다. 나폴레옹의 엘바 섬 탈출 소식을 듣고, 파브리스 소년은 국경을 넘어 워털루에 가서 역사적인 현장을 맞게 된다. 이탈리아로 돌아와 수도원에 들어간 파브리스는 파르마 공국(公國)의 음모에 휩쓸려 겪게 되는 운명, 사랑과 탈옥 등 소설은 끝없이 이어진다.
지드의 「사슬에서 풀려난 프로메테」의 서두는 기이한 사건을 제시함으로써 독자로 하여금 흥미를 느끼게 한다.

189X년 5월 어느 날 오후 두 시쯤에 다음과 같이 기묘한 일이 있었다. 마드렌에서 오페라 극장으로 가는 거리에서 파리한 한 신사가 몹시 뚱뚱하다고 밖에는 달리 말할 만한 특징이 없는 중년신사 곁으로 다가가서 천연스럽게 미소를 지으며 그가 금방 떨어뜨린 손수건을 집어주었다. 뚱뚱한 신사는 말없이 손수건을 받아 들고 눈인사를 한 후에 그냥 걸어가려다가 무슨 생각을 했는지 다시 뒤를 돌아보며 파리한 신사에게 머리를 숙이더니 무슨 일을 부탁하는 눈치였다. 좀더 자세히 설명하자면 뚱뚱한 신사는 호주머니에서 잉크병과 펜을 꺼내어 지금까지 손에 들고 있던 봉투와 함께 파리한 신사에게 불쑥 내밀었다. 그러자 파리한 신사가 바로 봉투에 주소를 써주는 것을 지나가던 사람들이 보았다. 그런데 그 사건 중에 어느 신문에도 보도되지 않은 기묘한 일이 일어났다. 파리한 신사가 펜과 봉투를 돌려주며 상냥하게 웃음 짓는 순간에 뚱뚱한 신사는 고맙다는 인사말 대신 갑자기 상대방의 빰을 때렸다. 그리고 달려가는 마차에 올라타 달아나 버렸다. 하도 어이없는 일이라 구경꾼(나도 그 중 한 명이었다.)들은 깜짝 놀라 뚱뚱한 신사를 붙잡으려 했으나 때는 이미 늦었다.

10) 서두 연구⑤

다음으로 우리나라 작품의 서두에 대해 살펴보기로 한다.

작품 내용을 상징적으로 암시하는 하나의 철학적인 의문이나 또는 사건적인 의혹을 던져 독자의 주의를 끈다.

독자는 이제 내가 쓰려는 이야기를 유럽의 어느 곳에서 생긴 일이라고 생각하여도 좋다. 혹은 사오십 년 뒤에 조선을 무대로 생겨날 이야기라고 생각하여도 좋다. 다만 이 지구상의 어떠한 곳에 이러한 일이 있었는지도 모르겠다, 혹은 있을지도 모르겠다, 가능성만은 있다. 이만치 알아 두면 그만이다. (김동인 「광염 소나타」)

작품의 본 줄거리로 들어가기 전에 작품을 제작하게 된 동기 같은 것을 독자에게 피력한다.

그것은 여(余 : 나)가 만주를 여행할 때 일이었다. 만주의 풍속도 좀 살필 겸 아직껏 문명의 세례를 받지 못한 그들의 사이에 퍼져 있는 병을 좀 조사할 겸 해서 일 년의 기한을 예산하여 가지고 만주를 시시콜콜히 다 돌아온 적이 있다. 그때에 ××촌이라는 조그만 촌에서 본 일을 여기에 적고자 한다. (김동인 「붉은 산」)

그 작품을 총체적으로 지배할 만한 환경이나 분위기를 제시하는 서두가 있다. 이는 단편 소설에서만 가능하다.

비는 초저녁부터 구질구질 내리기 시작하였다. 굳은비 내리는 날 밤의 카페의 분위기처럼 심드렁하고도 서글픈 정서를 자아주는 데는 없다. (정비석 「잡어(雜魚)」)

작품 전체를 대표할 만한 분위기를 자연을 통하여 그림으로써, 독자로 하여금 작품의 분위기에 젖어들게 한다.

화단 위 해바라기 송이가 칙칙하게 시들었을 젠 벌써 가을이 완연한 듯하다. 해바라기를 비웃는 듯 국화가 한창이다. 양지 쪽으로 날아드는 나비 그림자가 외롭고, 풀숲에서 나는 벌레소리가 때를 가리지 않고 물 쏟아지 듯 요란하다. (이효석「가을과 산양(山羊)」)

인물 묘사로 시작하는 수법도 있다.

　정숙치 못한 여자라고 꾸짖어도 좋습니다. 윤리와 도덕에 벗어난 일인 줄 나 자신이 더 잘 알면서도 기인 세월을 한 사람의 정숙한 여성이 되고 자, 다시 말하면 그이의 영원한 여성이 되고자 갈등과 모순 속에서 자신을 학대하며, 괴롭게 고독하게 슬프게 사느라고 정숙하지 못했습니다. 앞으 로도 그럴 것입니다. 오오래 오오래 묘지에 가는 날까지. (최정희「인맥 (人脈)」)

　싸움, 간통, 살인, 도덕, 구걸, 징역, 이 세상의 모든 비극과 활극의 근 원적인 칠성문 밖 빈민굴로 오기 전까지는 복녀의 부처는 농민이었다. (김 동인「감자」)

　쓸 기사를 다 쓰고 나기만 하면 편집 마감 시간이 아직 몇 십 분 남아 있다 해도 공연히 궁덕짝이 들먹거리었다. (박영준「눈보라」)

앞으로 전개될 작품 내용의 키포인트가 되는 재료로써 서두를 시작한다.

　언년이가 애기를 뱃다는 일은 언년이 자신이 생각할 적에도 거짓부렁처 럼 생각되었다. (주요섭「추물(醜物)」)

　노총각 M이 혼약을 하였다. 우리들은 이 소식을 들을 때 뜻하지 않고 서로 얼굴을 마주 보았습니다. (김동인「발가락이 닮았다」)

　바나 카페에 있는 여자들의 세계하면 누구든지 첫째로 술, 둘째로 사내 를 들 것이지만, 프로라는 아직 술을 마시지 못함으로 그에게는 오직 사내들의 세계가 있을 뿐이다. (유진오「나비」)

두 사건이나 두 인물을 대조해 가는 형식으로 서두를 시작한다.

아버지의 임종과 아내의 산고(產故)를 한꺼번에 당하게 되었다. (김동인「생일」)

특수한 계획성이 없이 산만하게 서두를 시작하는 수법도 있다.

"어야, 어야" 하는 앞길로 지나가는 상두꾼 소리를 추석 준비로 놋그릇을 닦고 앉았던 할멈이 멀거니 듣다가 마루에 앉아 바느질하는 주인아씨더러, "아씨, 저게 무슨 소리유?" 하고 묻는다. "상여 나가는 소리야" 하고 고개도 안 들고 여전히 바늘을 옮기면서 대답한다. (이광수「할멈」)

일요일이라서, 그쯤만 믿고 열 시가 가깝도록 늦잠을 자다가 어린놈과 아내의 성화에 견디다 못해 필경 끄들켜 일어나다시피 일어나서는 소쇄를 마친 후 막 조반상을 물린 참이었다. (채만식「순공 있는 일요일」)

6. 구상과 표현

1) 스토리

소설은 오늘날 산문 문학의 대표적인 위치를 차지하고 있다. 그러나 따지고 보면 소설은 화자(話者) 곧 작가가 청중 곧 독자를 예상하지 않고는 성립될 수 없다. 따라서 소설에서 스토리가 차지하는 비중은 한없이 크다.

소설이 이야기인 이상 듣는 사람에게 흥미 있는 것이어야 한다. 독자로 하여금 비록 눈물짓게 하는 슬픈 이야기거나 껄껄 웃게 하는 재미있는 이야기가 아니라 하더라도, 먼 이국의 신기한 이야기거나 또는 전설을 전하는 것도 예로부터 소설의 목적 중 하나였다. 그래서 요새는 신문 기사에 맛을 낸 르포르타주 타입의 소설이 유행되기도 한다.

스토리가 소설의 뿌리인데도 현대에는 그것이 어쩐지 저질처럼 느껴져, 이를테면 소설의 치부(恥部)처럼 규정하기에 이른 것은 지난 세기의 플로베르와 제임스 등으로 대표하는 사실주의적인 소설 미학 때문이다.

디킨스와 디포의 작품을 읽을 때 그들이 얼마나 뛰어난 화자였는가 하는 것을 느끼게 된다. 그들은 뒤이어 일어나는 사건을 묘사하고 서술하여, 독자로 하여금 그야말로 숨 쉴 틈도 주지 않는다. 뛰어난 스토리 작가는 뛰어난 상상력의 소유자이기도 하다.

그러나 소설은 줄거리만으로 이루어지는 것이 아니요, 묘사의 문제가 있기 때문에 힘들어진다. 묘사는 원래 이야기의 흥취를 중단하는 성질의 작용을 한다. 그렇지만 묘사가 빠지면 그것은 소설일 수 없기 때문에 19세기 중엽부터 작가들은 한결같이 작품에서의 묘사에 노력을 기울여 왔다.

다음은 디포의 「로빈슨 크루소」 중 한 장면이다.

그 사이에 폭풍우는 더욱더 거세졌다. 그 후에 몇 차례나 겪은 것에 비한다면, 아니 그 이삼일 뒤에 겪은 것에 비해도 약하였으나, 어쨌든 지금까지 바다에 나왔던 일이 없는 나로서는 아주 거친 파도였다. 때문에 이 정도의 파도에도 선원이 된 이후 이런 일에 전혀 경험이 없는 나로서는 무서운 일이었다. 물결이 닥쳐올 때마다 이번에는 물결에 삼켜지는가 보다 생각했다. 배가 파도 밑으로 떨어질 때마다 이번에는 다시 올라가지 못하는가 보다 생각했다.

이 서술에 대해 어느 평자는 이것이 폭풍우에 관한 서술이라고는 받아들일 수 없을 정도로 수준 이하라고 말했다. 전혀 처참한 상황을 느낄 수는 없고, 오직 폭풍우가 일어났는가 보다 하는 것을 디포를 통해 알게 될 뿐이다. 그 광경은 독자가 마음대로 머릿속에서 떠올려야 한다. 독자들이 폭풍우의 생동감을 느낄 수 있게 묘사하는 단계를 밟지 않았기 때문에, 주인공의 성격의 활동은 필연이 아닌 우연처럼 되고 마는 것이다.

다음은 「보물섬」과 「유괴」 등에서 바다의 상황 묘사에 뛰어났던 작가 스티븐슨의 작품 중 한 부분이다.

마지막에 하늘의 상태가 아주 나빠졌다. 바람이 돛을 때리며 울었다. 바다는 높이 부풀어 올랐다. 배는 큰 물결을 타고 허우적거리기 시작했다. 그리하여 큰 소리를 질렀다. ……여자는 배 옆쪽에 서서 밧줄을 쥐었다. 바람이 옷을 펄럭이게 하기 때문에 내려가기는 더욱더 위태롭다. 거리에 서라면 흉이 될 정도로 양말이 드러났다. 일분의 유예도 없었다. 멈추려 해도 멈출 수 없는 상황이다. 자기의 이쪽에 서서 양손을 벌렸다. 배는 흔들리며 곤두박질하고 있다. 선장은 아슬아슬한 지점에까지 보트를 접근시켰다. 카트리오나는 그때 하늘로 뛰었다.

이 묘사에서 ‘하늘로 뛰었다’(lept into the air)는 말이 뛰어나다고 본다. 이 말에는 여자의 발이 배에서 떠난 것을 나타내는 동시에 아직 보트에는 닿지 못했다는 것도 말해 주고 있다. 그리고 배도 보트도 파도로 흔들리고 있기 때문에 만일 잘못되면 바다에 떨어지게 된다. 그런 위험이 있기 때문에 독자들은 가슴은 졸인다. 그 아슬아슬한 마음을 절실하게 하기 위해서는 카트리오나가 배와 보트 사이에 있어야 한다. 그러나 단순히 그 상태를 나타내기만 해서는 맥이 빠지기 때문에 ‘뛰었다’고 하는 행동을 덧붙여, ‘하늘로 뛰었다’고 서술한 것이다.

근대 소설에서의 묘사의 문제는 다른 예술과의 경쟁에서 생겨났다고 볼 수 있다. 부녀자들의 읽을거리였던 소설을 현대의 역사로 만들려고 한 것이 발자크의 야심이었다면, 플로베르의 「살람보」의 어느 장면은 들라크루아의 역사화와 경쟁하려 하고 있다. 그리고 작가는 극과 경쟁하여 줄거리와 갈등의 교묘한 조작에 의해 극적인 카타르시스를 느끼게 하는 장치까지 생각하게 되었다. 플롯이라고 일컫는 것이 바로 그것이다.

2) 구조와 구성

플롯(plot)에는 '구성'이라는 뜻 말고도 '줄거리'라는 뜻도 있어서 또한 '줄거리'로 번역되는 스토리(story)와 헷갈리기 쉽지만 둘은 분명한 차이가 있다.

스토리가 시간 순서에 따라서 흥미 있는 사건을 '나열'하듯이 이야기하는 것이라면 플롯은 문학작품에서 형상화를 위한 여러 요소들을 유기적으로 배열하거나 서술하는 것, 다시 말해서 이야기 등의 줄거리를 '짜는'것이다. 이때 사건 모두를 말할 수는 없고, 결말에 예정되어 있는 사건과 관련이 있는 것만을 쓴다. 마지막 장에 이르러 그와 같은 '복선'들이 하나의 결말을 향해 통일되어 있는 것을 알고 독자는 만족감을 맛보게 된다.

「인도로 가는 길」의 작가 포스터는 그의 「소설의 여러 양상」에서, "왕이 죽었고, 그리고 왕비가 죽었다"고 서술하면 스토리지만, "왕이 죽었고, 슬픈 나머지 왕비가 죽었다."든가 또는 "왕비가 죽었다. 그 이유는 아무도 알지 못했으나, 왕의 서거를 슬퍼한 이유에서였다는 것을 알았다"고 서술하면, 그것은 바로 플롯이라고 말했다.

플롯이란 결국 서술하는 기법의 일종인데, 그것을 중시하게 된 것은 교육이 보급되어 독자의 수준이 향상되었기 때문이다. 독자는 서술된 사실을 이해하는 능력을 가지고 있고, 결말도 어느 정도 예측하고 있기 때문에 "그 다음의 스토리는 어떻게 되었는가?" 하는 어린이다운 호기심만 지속적으로 가지고 있는 것은 아니다. 플롯은 교양 있는 독자를 만족시키는 수단이라고 말할 수 있다.

근대에 어느 작가를 가리켜 "그는 뛰어난 이야기꾼이다"라고 말하는 경우가 있는데 그 말은 말 그대로 스토리의 서술이 뛰어난 작가라기보다 실제로는 플롯 짜기에 뛰어나다는 뜻으로 쓰인다. 그러나 그 말은 신파극에서 '취향'이라 일컬어지는 것에 해당하는 것으로서, 자연주의 문학 이래로 '취향'은 실감이 따르지 않는 것이라 하여 경멸을 받아 온 면이 있는 것도 사실이다.

소설가가 작품 창작에 착수하기 전에 플롯을 짜야 한다고 생각하게 된 것은, 독자가 그와 같은 사진을 찍는 듯한 묘사에 치중하는 사실주의적인 단편에 싫증을 느끼게 되고, 그 반면 줄거리가 있는 장편 소설을 찾게 된 때문이다. 그러나 실제로는 작가들은 여전히 플롯을 무시해 온 경향이 있다. 일본 작가 가와바타 야스나리〔川端康成〕는 그의「소설의 연구」에서 이렇게 말하고 있다.

실제 창작을 하고 있는 사람들의 체험에 의하면, 일본 작가 중에는 별로 줄거리(플롯)를 생각하지 않고, 서두에 여러 모로 고심하며, 그 후는 그 때 그때 가장 타당하다고 여겨지는 방향으로 소설을 끌고 가는 사람이 많은 모양이다. 또한 처음부터 작품의 줄거리를 모두 생각해 두고, 그것에 따라서 정연하게 서술해 나아간다고 하는 방법에 의한 작가도 있다. 이것은 양쪽 모두 플롯이 있는 것으로서, 앞의 경우는 흔히 플롯이 없는 것으로 생각하기 쉽지만 그것은 틀린 것이다. 주제가 분명하게 정해지고 작가의 각오가 되어 있으면 플롯은 자연히 따라가게 되는 경우가 많다.

3) 오이디푸스

영국의 라너 교수는 그의「영문학을 어떻게 읽을 것인가」에서, 사람이 조립한 가장 완전한 플롯은 소포클레스의 비극「오이디푸스왕」이라고 규정했다. 비록 그 작품이 소설이 아니고 사극이지만, 플롯 이해에 도움이 되기에 살펴 보기로 한다. 줄거리를 간단히 옮겨본다.

오이디푸스는 테베 국민을 괴롭히는 스핑크스의 수수께끼를 풀고 나라를 구했다. 마침 국왕을 잃은 상태인 국민은 그를 왕위에 오르게 하여, 선왕의 비 이오카스테를 왕비로 맞게 했다. 이들은 이남이녀를 얻어 평화로운 세월을 보내고 있었으나, 어느 해 나라 안에 질병이 유행하게 된다(소포클레스의 극은 여기서부터 시작된다. 따라서 위의 줄거리는 과거에 대한 회상 수법으로 처리된다).

아폴론의 신탁(神託)에 따르면, 아버지를 살해하고 어머니를 아내로 삼은 자가 있는 한 질병의 재난은 멎지 않는다고 한다. 그에 대한 탐색이 진행되는 중에 오이디푸스는 일찍이 자기 아버지인 줄 알지 못하고 선왕 라이오스를 살해하고, 현재 어머니를 아내로 삼고 있다는 사실을 알게 된다. 그는 태어나 바로 아폴론의 신탁에 의해 산에 버려졌고, 자기가 테베의 왕자라는 사실을 알지 못하고 자라났다. 그는 자기가 범한 죄의 가공스러움에 스스로 두 눈을 빼버리고, 왕비는 자살한다.

라너 교수는 말한다. "소포클레스가 이 이야기를 연대순으로 서술하고 있지 않는 점에 주의하기 바란다. 그는 마지막부터 시작했다. 관객은 모든 것을 알고 있고, 등장인물은 아무것도 알지 못한다. 이 출발점에서 그는 과거의 사실을 하나하나 밝게 드러내고, 그때마다 힘찬 정서적 효과가 생겨나게 하고 있다. 우리의 눈앞에서 자신감이 넘치고 방심한 오이디푸스의 운명이 붕괴되어 간다. 「오이디푸스왕」의 각본을 두 번 세 번 공연함에 따라서 한줄 한 줄의 시와 한마디 한마디 대사는 더욱더 중대한 의미를 가지게 되고, 진실이 해명되는 과정 속에 서서히 빠져 들고 말게 된다."

라너 교수는 이어 이 작품의 플롯이야말로 최상급의 것이라고 단정한다. "마지막에는 우리는 사건의 발전이 불가피한 것이고, 그렇게 될 수밖에 없었다고 하는 강한 감정에 압도된다. 소포클레스는 간단한 이야기에서 위대한 줄거리(플롯)를 짜낸 것이다. 세계의 소설 중에서 이 이상 완벽한 줄거리를 가진 작품은 달리 없다."

「오이디푸스」가 오늘날 높이 평가되는 이유는 소포클레스가 조립한 플롯 때문이 아니라, 이야기 자체에도 그 이유가 있는 듯하다. 정신 분석에 대해서 회의적인 사람도 '오이디푸스 콤플렉스'(어머니에 대한 집착에서 아버지를 증오하는) 그것만은 흔들림이 없는 성과로 인정하고 있으며, 이를테면 그와 같은 인간성의 근원에 뿌리를 내린 것이 이야기 자체에 있기 때문이다.

소포클레스의 극이 아무리 훌륭하게 조립되어 있다 하더라도 우리의 원시적인 충동에 뿌리를 두고 있지 않다면, 「오이디푸스」의 플롯을 가리켜 '완벽'이라는 말로 형용할 수는 없다. 그리고 또 한 가지 놓쳐서 안 될 것은 소포클레스의 극에서는 사건이 모두 주인공 오이디푸스의 성격에서 비롯되고 있다는 점이다.

주인공 오이디푸스가 만일 단호한 통치자로서의 사건 규명에 나서지 않았다면, 비극은 일어나지 않았는지도 모른다. 사건의 발전은 모두 오이디푸스라는 인물의 내심의 필연으로부터 일어나게 되고, 그 결과도 모두 그에게로 돌아가게 된다. 플롯이 소설 속의 독립된 요소가 아니고, 스토리와 그리고 인물과의 관련에서 좋게도 되고 나쁘게도 되는 예를 여기서 찾아볼 수 있다.

4) 갈등의 문제

소설에서 플롯이라는 경우 그 의미는 대체로 "갈등을 지닌 동작의 조립(組立)"이라 할 수 있다. 여기서 플롯은 소설에서 이야기를 진행시키는 줄거리 내지 구상이고, 갈등은 소설에서 두 개 이상의 힘 또는 성격이 대립하는 것이며, 동작은 일반적으로 문학에서는 이야기의 진행 중에 일어나는 사건을 말하는데, 그것은 사람의 의지의 표출인 행동 의식을 지니고 있는 것을 말한다.

개개인의 의지는 여러 갈등을 겪게 된다. 그것은 개인 대 개인, 개인 대 단체, 개인 대 자연 또는 사회적 경제적 환경 등에서 온다. 독자가 이야기 속에서 갈등의 성질을 분석하게 된다면, 독자는 곧 인물을 갈등과 관련하여 상호간에 유기적인 연관을 가지는 '선'과 '악'으로 나눌 수 있다는 것을 느끼게 된다.

수준 높은 소설의 경우 이와 같은 분류나 도덕적 구분은 그렇게 간단하지만은 않다. 실제로 이야기의 재미에 끌려 처음에는 알지 못했던 적대자와 동료를 발견하게 되기도 하고, 그와 같은 분류가 변화해 가는 것을 발견하게 되기도 한다.

아리스토텔레스는 그의 「시학(詩學)」에서 이야기에는 "처음과 가운데와 종결"이 있다고 하였다. 이는 갈등의 과정과 플롯의 본질적 각 부분을 말한 것이다.

이야기 첫머리에서 '제시부(발단)'라 일컫는 곳에서는 인물들을 소개하고, 어떤 특정한 배경에서의 그들의 위치를 알려 준다. 그 인물들에게 곧 어떤 정황(情況)이 일어나 그것이 갈등으로 전개되고, 발전으로 향하게 된다. 이 정황과 그 다음에 오는 여러 정황이 갈등을 이루는 부분을 갈등(전개)이라 말하며, 보통 이야기 중에서 가장 긴 부분을 차지한다. 갈등이 어느 방향으로 해결되는가 하는 것이 명백하게 되었을 때가 클라이맥스(절정)이며, 그

다음에 이야기의 마지막 부분인 대단원(종결) 또는 '해결'이 오면서 갈등의
종말을 맞게 된다.

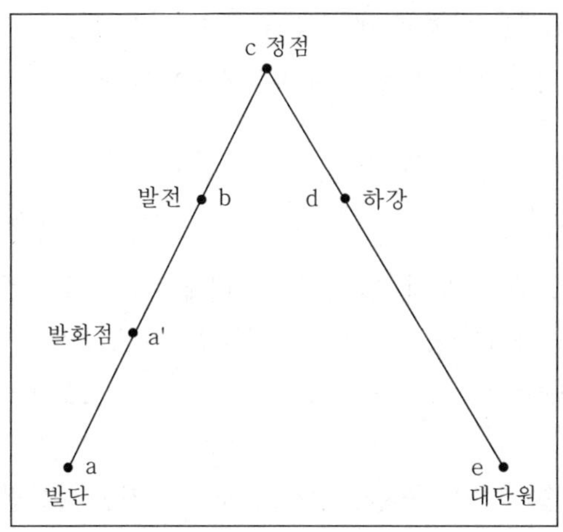

　플롯의 전개를 도표로 그리면 이야기의 구성을 이해하기가 쉽다. 여기서
는 정해진 규정은 없다. 일반적으로 주요 인물의 운명에 따라서 줄거리의 플
롯(이 말은 줄거리라는 말과 다른 것이지만, 또한 관계있는 것이기도 하다)
을 이룬다. 즉, 지금 그 인물이 직면하고 있는 갈등 속에서 그의 위치를 규
정할 수 있다.

　참고삼아 말한다면 위에 인용한 도표 곧 갈등의 커브를 도식화한 것은 독
일의 극작가요 소설가인 G. 프라이타크(1816~95)가 그의 「희곡의 기법」이
란 저서에서 시도한 것으로서, 흔히 '프라이타크의 세모꼴'이라 일컫는다.

　소설에서 어떤 등장 인물이 그의 운명에 크나큰 영향을 주는 사건(사고,
감정, 태도 등을 포함하여)을 경험하게 되면, 그는 그 경험을 통해 배우게
됨으로써 이야기의 마지막에는 첫머리의 성격과는 약간 다른 인물이 되어
있을 수도 있다. 그리고 실제로 이와 같은 변화가 이야기의 중요한 특징이
되는 경우가 많다.

　이와 같이 의미 있는 변화를 하는 인물은 이야기의 처음에서 마지막까지
성격이 동일한 정적(靜的) 인물에 대해 '성장하는 인물'이라 일컫는다. 이와
같은 성격의 변화는 독자를 충분히 이해시키는 것이어야 하는데, 이를 위해

서는 줄거리(액션) 전개에 개연성(蓋然性)이 있어야 한다.

'성장하는 인물'의 예로는 영국의 작가 필딩의「톰 존스」를 들 수 있다. 주인공 톰은 자기가 양육된 올워시 집안을 빠져나와 런던으로 간다. 그 과정에서 여러 가지 고생을 하며 인생 경험을 쌓아 가게 되는데, 그 인생 경험에 의해 톰은 철두철미한 톰 본래의 성격을 기조로 하여 크게 인간적으로 성장하게 된다.

5) 개인 서사시

지금까지 '서두'와 '스토리' 및 '플롯'에 대해 간단히 살펴봤다. 이제 '인물'에 관해 살펴볼 차례이다. 소설에서 '인물'은 가장 중요한 항목이라 할 수 있기 때문에 나중에 따로 항목을 설정해 말하기로 하고, 여기서는 서론적인 설명만 한다.

디포의「로빈슨 크루소」를 읽으면서 그것이 진기한 표류담이라는 것을 느끼게 된다. 그리고 다시 읽으면 로빈슨이 아무리 가혹한 어려움에서도 태연할 수 있는 확고한 성격의 소유자라는 것을 알게 된다.

로빈슨이 무인고도에 표류했다가 귀환할 때까지 35년의 세월이 흐르게 되는데, 그것이 당시로서는 일생의 2/3에 해당하는 시간이다. 오랜 동안 혼자서 살다가 바닷가 모래밭에서 사람의 발자국을 보게 되는 것이 15년째의 일이고, 그로부터 날마다 파수꾼 노릇을 하다가 토인이 배를 저어 섬으로 찾아오는 것을 보게 되는 것은 또 8년의 세월이 흐른 뒤였다.

로빈슨도 결국 오이디푸스왕과 마찬가지로 자진하여 어려움을 구하였다. 소설 속의 인물은 모두 자진하여 무엇인가를 구한다. 이와 같은 소설의 성격에 대해 알랭은 그의「예술론집」에서 이렇게 말한다.

소설에서의 허구적인 것은 스토리에 있는 것이 아니라, 오히려 사상이 행동으로 발전하는 방법에 있다. 일생 생활에서는 결코 일어나지 않는 방법이다. ……역사는 외적인 원인을 강조하고, 숙명이라는 관념에 의해 지배되고 있다. 그러나 소설에는 숙명이란 것이 없다. 소설에서는 모두 인간성에 기초를 두고, 그 지배적인 기분은 열정도 범죄도 심지어 궁핍까지도 모든 것이 자진하여 욕구되었다고 하는 그와 같은 기분인 것이다.

소설을 가리켜 인생의 서사시 또는 개인의 서사시라고 한다. 소설에는 J. D. 패소스의 「U.S.A.」로 대표되는 하나의 사회를 묘사한 소설이라든지, 포와 호프만이 즐겨 다룬 환상 소설이라든지, 「황야의 부르짖음」나 「동물 농장」등과 같이 동물을 주인공으로 한 소설 등 여러 종류가 있지만, 그 속에서 사람을 느낄 수 없다면 독자는 더 이상 읽어 나갈 수 없게 된다.

"역사가는 행동을 취급하고, 행동에서 연역해 낼 수 있는 한도 안에서만 인물의 성격을 다루고 있다. 역사가도 또한 소설가와 같을 정도로 성격에 관심을 가지지만, 성격이 표면에 나타날 때 비로소 그 존재를 아는 것으로 여기게 된다. 만일 빅토리아 여왕이 '재미없다'고 말하지 않았다면, 옆자리의 사람들로서는 여왕이 재미있어 하지 않는다는 것을 알지는 못했을 것이다."

포스터는 그의 「소설의 여러 양상」에서 역사와 소설의 다른 점을 이렇게 말하고 있다. 그는 이어서 소설가의 임무는 어떤 인물의 숨겨진 생활을 표현하는 것이라고 말한다.

"인물의 표정과 몸짓도 역사적 증거이다. 그러나 만일 여왕이 감정을 표면에 드러내지 않는다면, 아무도 그 감정을 알지 못한다. 숨겨진 생활이란 것은 글자 그대로 숨겨져 있다. 외적인 표시가 되어 나타나게 되는 생활은 이미 숨겨진 것이 아니라 행동의 영역에 들어 있다. 그리고 소설가의 임무는 숨겨진 생활을 그 근원에서 나타내는 일이다. 즉 빅토리아 여왕에 관해 알려지지 않은 것까지 말해서 알게 하고, 그리하여 역사상의 빅토리아 여왕이 아닌 한 인물을 창조해 내는 일이다."

소설에서의 심리주의의 의의는 바로 이 점에 있다. 그러나 소설가의 임무는 인물을 '창조해 내는'것으로 다하는 것이 아니다. 독자의 공감을 이끌어 내야 한다. 그리고 한 편의 소설에서 독자가 공감을 가지고 따라가는 인물은 원칙적으로 한 사람밖에 없다. 이것도 역사와 다른 점이다.

플롯에서의 주인공의 문제가 그래서 제기된다. 이미 오이디푸스의 비극이 그에게서 나와 그에게 돌아가는 것을 살펴본 바 있는데, 그가 좋은 주인공이기 때문에 비극도 좋게 되었다고 말할 수 있다.

6) 추리 소설

　20세기 초까지만 해도 추리 소설 내지 탐정 소설은 저속한 소설로 평가되어 비평의 대상에서조차 제외되었다. 그러나 오늘날 그 유행은 가히 열광적이어서 도저히 비평 대상에서 도외시할 수 없게 되었다. 특히 추리 소설은 플롯을 중시하는 종류의 소설로서, 어느 평자는 일반적으로 현대 소설 모두가 추리 소설로 접근하는 경향이 있다고 지적한다.

　한편 추리 소설 편에서도 범인과 피해자의 사회적 형편을 발자크의 수법으로 묘사하고, 피해자의 심리를 '의식의 흐름'과 같은 첨단수법으로 묘사하고 있다. 원래 사람의 범죄는 평화로운 시대에도 가장 자극적인 사건이어서, 「적과 흑」이나 「죄와 벌」도 결국은 한 가지 범죄를 중심으로 한 이야기이다.

　이와 같은 소설은 미리 플롯을 짜지 않고는 단 한 줄이라도 써 나갈 수 없다. 탐정 소설은 1841년에 포가 발표한 「모르그 거리의 살인 사건」이 효시인 것으로 알려져 있다. 그 이후 코난 도일의 '셜록 홈스' 시리즈 이래로 수많은 '사건의 해결'이 창작되었는데, 한편 독자의 진보도 가속도가 붙어서 조금이라도 흠집이 있는 플롯은 바로 들통이 날 정도가 되었다.

　독자가 진보함에 따라서 작가의 트릭도 진보하였다. E. 퀸의 시대가 되자 '독자에 대한 도전'이라는 사태에까지 이르게 되었다. 마지막 부분에서 작가는 독자들을 향해, 지금까지 추리한 것을 바탕으로 하여 이제 진범임을 찾는 것은 독자의 몫이라고 선언한다. 이제 소설은 이 정도로 고도의 기법을 필요로 하게 된 것이다.

　오늘날에는 소설에서 탐정도 옛날의 홈스와 같이 명상에 잠겨 있기만 하는 것은 아니다. S. E. 해미트의 사립 탐정이 목숨을 걸고 일을 하는 것은 물론 고액의 보수를 받기 위해서이다. 그러나 프랑스의 비평가 마니가 그의 「소설과 영화」에서 지적하고 있는 바와 같이, 그는 주인공에 대해 "네드 보먼은 미칠 것 같았다."는 식으로 서술하지는 않는다.

　해미트의 「피의 수확」이나 「유리의 열쇠」는 이른바 하드 보일드의 선구적 작품으로서, 심리를 모두 행동으로 나타내려고 시도한다. 이에 대해 마니는 이렇게 지적하고 있다.

　"그의 문체는 그가 우리 대신 파견한 카메라맨이 그 장면에 참관하는 것처럼 우리 자신이 그 장면에 참관하고 있게 되면, 우리가 보거나 들을 수 있는 것 이외는 보고하지 않는다. 그의 작품에서는 모든 수사학이 말끔히 추방되고, 경찰의 보고서와 같이 사실이 벗겨진 상태로 묘사된다. 그러나 아주 역설스러운 말이기는 하지만, 이와 같은 간결함은 흔히 명석함을 희생으로 해서 획득되고 있는 것이다. 실제로 하메트가 엄격하게 행동의 심리학에만 제한시키려 하는 것이 도리어 서술을 복잡하게 만들고, 기묘하게 길을 돌아서 가게하고 있는 것이다."

해미트의 탐정은 그 추리를 독자에게 말하지 않는다. "그 사람이 수상하다"고 이유를 생각하는 것이 아니라, 그 인물의 집에 들어가 상대방의 팔을 비틀며 "몇 시 몇 분에 어디 있었는가?" 하고 힐문하는 것이다. 그가 그 특정한 인물을 방문할 때까지 독자는 그의 심리에 대해 아무 설명도 듣지 못한다. 해미트의 행동주의는 이와 같은 탐정 소설의 플롯의 필요에서 나온 것이다.

또한 W. 아이리시의 「검은 옷의 신부」는 두 젊은 여성이 뉴욕 역에서 이별하는 장면으로 시작된다. 줄리는 친구의 전송을 받으며 시카고행 편도 차표를 사서 기차에 오른다. 그러나 그녀는 다음 역에서 내려 요금을 환불 받은 후, 다른 이름으로 근방 아파트를 얻어 잠적해 버린다. 그리고 연이어 살인 사건이 일어난다. 형사가 등장하여 결국 줄리는 범인으로 체포된다.

「검은 옷의 신부」의 서두는 수수께끼와 같은 구절로 이어져 있고, 물론 여주인공의 심리는 숨겨진 상태이다. "그녀는 휘청거리지도 않았고, 계단을 헛짚지도 않았다. 밖의 밝은 곳에 나왔을 때 창백한 상태였다."는 식의 외면 묘사로 시종하고 있어, 그것이 일종의 처절한 감마저 주고 있다.

"플롯이 해결되어 감에 따라서 독자의 기억은 그 위를 방황하게 되고 (정신이 번쩍이는 날카로운 지성이라면 기억력은 정신의 흐릿한 빛에다 비유할 수 있다.) 한편으로 새로운 빌미와 새로운 인과의 연쇄를 보면서 끊임없이 고쳐 배열하거나 고쳐 생각하면서 나아가게 되고, 그리고 마지막에 받는 감명은(만일 플롯이 뛰어난 것이라면) 빌미라든가 연쇄 등과 같은 것이 아니라 어떤 예술적으로 긴밀한 것, 소설가가 직접 나타내려 했다면 그럴 수도 있었으나, 만일 그랬었다면 아름답게 되지는 못했던 그런 것이다."

위는 역시 포스터의 「소설의 여러 양상」에서의 인용인데, 그는 모름지기 플롯에는 수수께끼가 내포되어 있기 때문에 그것을 따라 가자면 기억력이 필요하다고 말한다. 그는 이렇게 덧붙여 말하고 있다.

"플롯은 작중 인물과 싸워서 지게 되면 흔히 비겁한 복수를 한다."

7) 행동 소설

흔히 20세기를 두고 인문과학 부문이 정리기에 돌입했다고 말한다. 그리고 두 번에 걸친 세계대전을 겪으면서 소설 연구도 진전되었다. 1920년대 말에 발표된 E. 뮤아의 「소설의 구조」는 그와 같은 소설 연구 중 하나인데, 그 저서에서 그는 행동 소설과 성격 소설 및 극적 소설 등의 장르 분류를 시도하였다. 그는 행동 소설에 대해 이렇게 말하고 있다.

"행동 소설이 독자에게 주는 매력은 활발한 사건을 자유롭게 즐길 수 있게 한다는 데 있다. 거친 행동을 묘사하기만 하는 것으로써 어떻게 재미있어지는가 하는 것은 심리학자의 문제에 속하는 것이고, 어쨌든 그것이 재미있다고 하는 것만은 의심할 나위가 없다. 하찮은 사건이 예측할 수 없는 결과를 빚어내게 되고, 그것이 또한 확대되어서 무수한 결과를 낳게 된다."

여기서 뮤아는 스티븐슨의 「보물섬」이나 스콧의 「아이반호」 등 이른바 전기(傳奇) 소설을 염두에 두고 있는데, 현대에도 신문과 주간지에 빠질 수 없는 연재소설은 이 부류에 속한다. 오늘날에는 추리 소설의 경우도 챈들러의 하드보일드 등은 행동의 의외성에 흥미의 중심이 놓여 있다. 따라서 사건의 열쇠를 연다고 하는 추리 소설 본래의 흥미는 배경으로 물러나고 말았다.

그러나 "어떻게 되는가?" 하는 흥미는 고대에 「오디세이아」가 발표되던 때부터 오늘에 이르기까지 이야기와 분리할 수 없는 것으로 남아 있다. 등장 인물이 무엇을 하며 결과가 어떻게 되는가 하는 것을 알기 위해서가 아니라면, 어느 누구라 할 것 없이 이야기를 끝까지 들으려 하지 않을 것이다. 그러나 행동만 뒤쫓고 있는 작자의 심리(또한 독자의 심리)는 도피일 수밖에 없다고 뮈아는 지적하고 있다.

"작가의 마음을 사로잡고 있는 것은 모험 그것 자체이며, 일상생활의 재미 없는 산문적인 따분함에서 도피하는 것이 목적이다……. 그러나 그 탈출이 전적으로 완전한 탈출이어야 한다는 것이 중요하다. 박진감이 넘치는 동시에 한 번으로 끝나야 한다. 주인공은 저돌적인 행동을 치르고 난 후에는 안전하고 단정한 생활로 되돌아와서, 느긋하게 즐겨야 한다."

이런 부류의 이야기에서 행복한 결말이 불가결한 조건이 되는 것은, 행동 소설의 플롯은 '독자의 희망과 일치하여' 움직여지고 있어서 합리성 따위는 아무래도 상관없기 때문이다. 이에 대해 뮈아는 "사태를 뒤죽박죽이 되게 하여 가능한 한 많은 법률을 범하게 하고, 그러면서도 책임은 지지 않는다고 하는 욕망을" 우리가 현실적으로는 소유하고 있지 못하는 큰 힘이 실현시켜 주기 때문이라 말한다.

이와 같은 영웅 숭배는 홍길동을 동경하는 어린이들의 마음과 더불어 율리시스의 힘과 지혜 및 행운을 보고 기뻐하는 고대 민족의 마음에도 있었던 것이다. 그것은 '욕망의 환상'이기 때문에 현실적인 것이 아니지만, 소설이란 당연히 그런 것이다. 현대와 같이 서민 생활에 끊임없이 불만이 축적되어 가는 세기의 경우 행동 소설이 유행하는 데는 충분한 이유가 있다.

8) 성격 소설

뮈아는 행동 소설과 대립되는 것으로 성격 소설이 있다고 했다. 대표적인 작품으로 영국 W.M. 새커리의 「허영의 시장」을 예시하고 있다.

소설에서 작중 인물은 플롯의 일부로 구상되는 것이 아니고, 오히려 그들이야말로 독립된 존재로서, 이야기의 움직임이 그들에게 종속되어 있다. 행동 소설에서는 낱낱의 사건이 특별한 중요성을 가지고 있지만, 성격 소설의 경우는 사태가 유형적인 것이고 일반적인 것으로서, 작중 인물에 관하여 좀 더 설명하고 또는 새 인물을 도입하는 것이 우선된다. 그것만 제대로 된다면 사건의 경우는 있을 수 있는 일이라면 그것으로 족한 것이다. 작가는 소설의 진행에 따라서 플롯을 엮어 나가면 된다.

새커리는 그와 같은 수법으로 소설을 썼다. 「허영의 시장」은 장편 소설 중에서도 긴 분량에 속한다. 베키 샤프라는 영리한 여성이 나폴레옹 전쟁시대의 영국 사교계를 살아가는 경과와 그녀를 중심으로 행동하는 남녀 인물들의 모습이 잘 묘사되어 있어 조금도 지루한 줄 모르고 읽어 내려갈 수 있다.

물론 행동 소설도 근대의 독자를 만족시키기 위해 주인공에게 성격을 부여해야 하게 된 것은 부인할 수 없다. 그러나 그것은 어느 정도 행동에 이르기 위해 필요한 정도의 성격만으로 충분하다.

행동 소설 중 스티븐슨의 「보물섬」에 등장하는 해적 실버와 「유괴」의 책략가 알랭의 '성격'을 논하는 경우가 있지만, 이들 모험가에게 다소 빈틈이 없다면 소설은 독자를 만족시킬 수 없다. 만일 실버에게 완전한 통솔력이 있다면 해적은 내부 분란으로 붕괴되지는 않을 것이고, 용감한 소년 짐을 비롯한 정의 편에 속하는 사람들은 살해되고 말게 된다.

그러나 '성격 소설'이 무조건 좋다고 말할 수도 없다. 「허영의 시장」은 한 번 정도 흥미롭게 읽는 소설이지, 두 번 읽기에는 지루하다. 작품의 인물들은 각각 특색이 있는 것은 사실이지만, 어쩐지 얄팍한 성격들이라는 느낌이 들어서 별로 재미를 느낄 수 없다. 성격은 포스터가 「소설의 여러 양상」에서 지적하고 있는 '평면적 인물'에 해당되는 것이다. 뮈아는 이렇게 말한다.

"포스터는 평면적 성격은 곤란하다고 말하지만, 평면적 인물도 사실 소설에 등장하는 이상 분명히 존재 이유가 있다. 성격 소설에서는 이와 같은 인물들과 많이 부딪히게 된다. ……성격이 평면적이어서는 왜 안 되는가. 그것에 대한 정답은 단 하나뿐이다. 즉, 현재 비평에서 입체적 인물을 좋아하기 때문이다. 그러나 다음 세대에는 어쩌면 평면적 인물이 인기 있게 되는지도 모른다."

포스터는 평면적 인물만 등장한 작품 중 성공한 예로서 디킨스의 작품들을 열거하고 있다. 그리고 현대에는 별로 일반적인 추세는 아니지만, 뮈아가 성격 소설이라 일컬은 종류의 소설이 유행된 시기가 있었다. 이는 다분히 18세기의 정적(靜的)인 인물 파악과 관계가 있다 할 것이다. 작품 속에서 행동하고 있는 것은 「톰 존스」의 작가 필딩과 같이 희극적이고 비판적인 두

뇌에서 형성된 사람 군상이다.

성격 소설에 공통되는 요소 중 하나가 여행이다. 이것은 에스파냐에서 16세기에 유행하던 '악한(惡漢) 소설'에까지 거슬러 올라간다. 여행길에 나선 주인공이 주막에서 주막으로 떠돌면서, 길에서나 또 주막에서 여러 인물을 만나게 되고, 때로는 기상천외한 모험도 해가며 여러 계급적 유형을 거치게 된다.

러시아 작가 고골리의 「죽은 혼」도 그런 부류의 것으로 볼 수 있다. 또한 미국의 불황시대에 유행한 폭로 소설은 원구 인물을 목표로 하고 있는 것은 아닌 것으로 미루어, "다음 세대는 평면 인물을 좋아하게 될는지 모른다."는 말도 이유 없는 것만은 아니다.

19세기 초부터 여행의 평면적인 온퍼레이드는 '출세'라는 수직적인 형식으로 대치되는 경향이 있다. 톰 존스와 질 브라스가 여행의 고생을 겪으면서 사회를 터득하게 되는 것과는 달리, 줄리앙 소렐은 지방 제재소의 골방에서 시장의 가정교사, 신학교, 파리의 후작 사위로 출세의 길을 걸어감에 따라서 왕정복고 말기 프랑스의 온갖 계급을 경험한다.

그러나 「적은 흑」은 다만 '1830년대 연대기'일 뿐 아니라, 동시에 줄리앙과 레나르 부인의 비극이기도 하기 때문에 소설의 양상은 완전히 바뀐다. 작품은 하나의 시대와 사회의 변화를 묘사할 뿐 아니라, 개인을 술책에 의한 출세로 몰고 가는 것은 무엇인가, 그 마음속에서는 무엇이 행해지고 있는가 하는 의도가 생겨나기 때문이다.

9) 극적 소설

뮈아는 「소설의 구조」에서 행동 소설과 성격 소설 외에 극적 소설이란 장르를 설정하고 있다.

"극적 소설에서의 작중 인물의 행동과 성격 사이의 조응(照應)은 본질적인 것이다……. 상황이 조금이라도 변하게 되면 작중 인물에게도 반드시 변화가 생겨난다. 한편 일체의 변화는 극적이든, 심리적이든, 그리고 내적이든, 외적이든, 모든 상황과 인물은 내적인 어떤 것에 의해 형태가 주어지게 된다. 바로 이 점이 극적 소설이 행동 소설이거나 성격 소설과 구별되는 이유이다. 뒤의 두 가지에서는 플롯과 작중 인물 사이에 틈새가 있지만, 극적 소설에는 그것이 없다. 극적 소설의 플롯은 자연히 소설의 의의의 일부를 이루고 있다.”

뮈아가 극적 소설의 본보기로 꼽고 있는 것은 제인 오스틴의 「오만과 편견」이다. 뮈아는 오스틴의 「오만과 편견」과 새커리의 「허영의 시장」 두 작품에서 각각 장면을 뽑아 교묘하게 비교하고 있다.

「오만과 편견」은 시골 지주의 딸인 엘리자베스가 결혼하기까지의 평범한 과정을 묘사하고 있다. 거기까지 이르게 되는 작은 줄거리들의 흐름이 모두 작중 인물의 성격에서 비롯된다는 점에서 극적으로 생각하는 것이다. 그 중 한 장면, 엘리자베스가 처음으로 결혼 상대자인 다시를 만나는 장면은 아주 평범한 상황이지만, 그런 속에도 긴박감이 흐르고 있다.

엘리자베스 베네트는 춤 상대가 될 남자가 많지 않았기 때문에 제대로 두 번도 추지 못하고 앉아 있어야 했다. 그 사이에 잠시 다시가 아주 가까운 거리에 서서 빙글리와 나누는 회화를 듣게 되었다. 빙글리는 춤 사이에 다시에게 춤을 추도록 권하기 위해 온 것이다……. “어느 여자지?” 다시는 머리를 돌려 엘리자베스를 보았다. 시선이 마주치고 자기가 외면했다. 그리고 싸늘하게 말했다. “나쁘지는 않지만 함께 추고 싶은 기분이 내키지 않네. 우선 다른 남자들이 관심조차 주지 않는 아가씨의 기분을 맞출 생각은 없다네. 파트너에게 가서 웃는 모습을 보며 황홀해 하게. 나와 이야기를 나누러 오다니 그건 시간 낭비일 뿐일세.”

위의 인용에서 빙글리와 다시의 대화 부분을 많이 생략했는데도 주인공의 성격과 상대편 남성의 성격까지도 거의 알 수 있다. 이 첫 대면의 장면만 읽어도 이들 두 청춘 남녀는 아무래도 그대로 지나쳐 버리고 마는 사이가 되지는 않을 것이라는 예감을 느끼게 된다.

이 「오만과 편견」과는 대조를 이루는 것이 새커리의 「허영의 시장」에서 주인공들이 서로 만나는 장면이다. 책략을 꾸미다가 지금까지 살고 있던 귀족의 집에서 쫓겨난 베키 샤프가 새로운 집에 가정교사로 입주하는 장면이다.

피트경(卿)의 저택은 이층 창의 덧문이 닫혀져 있었으나, 식당 쪽은 일부 열려져 있어서, 햇빛 가리개 대신 낡은 신문지가 발라져 있었다.

혼자서 마차를 몰고 온 마부인 존이 마차에서 내려 벨을 울리려고 가려하지 않고, 지나가는 우유 배달 소년에게 대신 그 일을 맡겼다. 벨이 울리자 식당 덧문 틈새로 사람의 얼굴이 밖을 내다보았다. 이윽고 현관의 문을 열려고 나온 것은 옅은 갈색 바지에 각반을 감고, 헐고 더러운 상의를 입은 남자였다. 낡고 때가 낀 목도리를 털투성이 목에다 감고, 번쩍번쩍 빛나는 대머리에 교활한 붉은 얼굴, 잿빛 눈이 빛나고 입가에 끊임없이 빙긋 빙긋 웃음을 띄고 있다…….

"피트 클로리경을 뵈오려 합니다." 샤프양은 위엄 있게 말했다.

"히히, 피트 클로리경은 바로 나요. ……칭커 부인, 이쪽이 샤프 양이시오. 가정교사님, 이쪽이 파출부요, 하, 하."

뮈아는 이 장면의 폐쇄성에 주의를 기울이고 있다. 인물은 한눈에 이해할 수 있다. 동작도 유형적이어서 처음부터 "자기를 일반화한 형태로 나타내고, 이후 그것을 계속할 수밖에 없는 사람"으로 등장하고 있다.

이와 같은 「허영의 시장」과는 달리 「오만과 편견」의 엘리자베스와 다시는 앞으로의 행동에서 본성을 밝히게 될 것이라는 기대를 독자들이 가지게끔 묘사되어 있다. 유형적인 것의 반복이 아니라 개별적인 것으로의 분화라는 식으로 소설은 진행된다. 뮈아는 이것이 바로 극적 소설과 성격 소설의 근본적으로 서로 다른 점이라고 지적한다.

오스틴은 시대적으로는 새커리보다 앞으로서, 18세기적인 교양교육을 받으면서 자라난 작가이다. 처음에는 그녀의 작품이 과히 높이 평가받지 못했으나, 차츰 근대 소설의 전형으로서 많은 작가의 칭찬을 받게 되었다. 주인공이 성실하다는 것, 이 때문에 영국 시골의 문학소녀가 발표된다는 보장도 없이 써두었던 「오만과 편견」이 뛰어난 문학으로 평가받게 되었다.

10) 통속 소설

우리나라에서 통속 소설과 본격 소설을 엄격히 구분하는 이유는 우리의 장편 소설들이 거의 신문과 주간지를 토대로 하여 발달되었기 때문이다. 통속 소설의 근본적인 특징은 작가가 독자를 항상 염두에 두고 소설을 창작하는 점이다. 따라서 통속 소설에서는 독자의 흥미가 중대한 의의를 가진다.

모파상은 "독자는 자기 마음의 자연 경향을 만족시키는 소설만을 요구하고, 따라서 자기 취미에 맞는 작가만을 요구한다. 요컨대 세상은 각양각색의 군중으로 성립되어 있기 때문에 그들의 요구도 다음과 같이 각양각색이다"라고 말하면서 독자들이 요구하는 내용들을 나열하고 있다.

①위로해 달라, ②즐겁게 해 달라, ③슬프게 해 달라, ④감동시켜 달라, ⑤공상하게 해 달라, ⑥웃게 해 달라, ⑦전율하게 해 달라, ⑧울게 해 달라, ⑨생각하게 해 달라.

또한 소수의 선발된 독자들만이 "작가 자신의 기질에 따라서 당신에게 가장 적당한 형식으로 무엇이든지 아름다운 것을 창조해 달라"라고 말한다는 것이다.

어느 시대에나 소수 하이 브로우(highbrow, 지식인)를 위한 예술과 다수 대중을 위한 예술이 있게 마련이다. 본격 소설은 다수를 무시하고 '선발된 소수의 독자'만을 대상으로 창작하는 것이고, 통속 소설은 선발된 소수의 독자를 무시하고 '여러 층의 다수의 독자'를 대상으로 창작한다.

우리나라에서 이광수의 신문 소설 「무정」이 매일신보에 연재된 것은 1917년이다. 그리고 우리 문단 최초의 순문예지인 「창조」가 간행된 것은 1919년이었다. 이렇듯 신문학사에서 통속 소설이 본격 소설보다 앞선 역사를 가지고 있다. 통속 소설은 본격 소설에 비해 다음과 같은 몇 가지 특징을 가지고 있다.

①통속 소설에서는 윤리관이 통속적이어야 한다. 문학은 본질상 항상 기존 사실을 부정하는 반역 정신의 소산이다. 그러나 통속 소설은 다수의 대중을 대상으로 하는 것이기 때문에 윤리관은 항상 건전한 것이어야 한다.

②통속 소설은 이야기 줄거리에 파란곡절이 많아야 한다. 일반 독자가 소설에서 요구하는 것은 예술성이기보다 피로한 정신을 위로 받기 위한 오락으로서의 흥미 있는 이야기거리이다.

③통속 소설은 대화가 많아야 한다. 독자들은 긴 설명을 읽기보다는 진행이 빠른 등장 인물들의 대화에 더 많은 흥미를 느낀다.

④통속 소설은 속도가 빨라야 한다. 독자가 요구하는 것은 예술적 감흥이

아니라 이야기의 변화이기 때문에 이야기를 지루하게 끌고 나가면 흥미를 잃게 된다. ③항의 이유도 이 속도 문제와 관련된다.

⑤통속 소설은 글이 쉬우면서도 선동적이어야 한다. 본격 소설은 개성이 뚜렷한 글일수록 높이 평가되지만, 통속 소설에서는 글이 쉬워서 누구든지 이해할 수 있어야 한다.

다음 '신문적 제약'을 받는 신문 소설의 특징을 정리해 보면 다음과 같다.

①신문 소설은 1회분(1,700자 안팎) 안에서 독자가 읽고 난 후 어떤 보람을 느꼈다고 생각할 만한 내용이 담겨 있어야 한다.

②신문 소설은 독자층이 광범위하기 때문에 사건이나 인물 설정에서 만인이 수긍할 수 있는 최소공배수적 또는 최대공약수적인 것이어야 한다.

③신문 소설은 등장인물에게 기회가 균등하게 주어져야 한다. 어느 한 인물이 오래 등장하지 않으면, 그 인물은 독자의 기억에서 사라지게 되기 때문이다. 기회 균등은 구성과 관계되는 문제라 할 것이다.

④신문 소설의 글은 쉬우면서 진행이 빨라야 한다. 문학적으로 볼 때 아주 세밀하게 묘사해야 할 장면이라 하더라도, 신문 소설에서는 속도와 횟수를 고려해서 간단히 처리하는 경우가 많다.

[예문 1] **구상과 표현**

그러나 지금의 그들의 머리에는 독립도 없고, 민족자결도 없고, 자유도 없고, 사랑스러운 아내나 아들이며 부모도 없고, 또는 더위를 깨달을 만한 새로운 신경도 없다. 무거운 공기와 더위에 괴로움 받고 학대 받아서, 조그맣게 두개골 속에 웅크리고 있는 그들의 피곤한 뇌에 다만 한 가지의 바람이 있다 하면, 그것은 냉수 한 모금이었었다. 나라를 팔고 고향을 팔고 친척을 팔고 또는 뒤에 이를 모든 행복을 희생하여서라도 바꿀 값이 있는 것은 냉수 한 모금밖에는 없었다.

김동인, 「태형」 전반부

뜨거운 해에 쪼인 시멘트 길은 석 달 동안을 쉰 우리의 발에는 무섭게 뜨거웠다. 그러나 그것은 우리의 즐거움의 하나였었다. 우리는 그 길을 건너서 목욕통 있는 데로 가서 옷을 벗어던지고, 반고형(半固型)이라 하여도 좋을 꺼룩한 목욕물에 뛰어들었다.

　무엇이라고 형용할 수 없는 즐거움이었었다. 곧 곁에는 수도가 있다. 거기서는 언제든 맑은 물이 나온다. 그것은 우리들의 머리에서 한때도 떠나보지 못한 '달콤한 냉수'이었었다. 잠깐 목욕통에서 덤빈 나는 수도로 나와서 코끼리와 같이 물을 먹었다.

김동인, 「태형」 후반부

[예문 2] **구상과 표현**

　만리의 장성을 높이 쌓아, 나라를 천지로 더불어 길이길이 지키고, 나는 불사약을 먹어 이 나라의 주재자로 이 영광을 무궁토록 누리고…… 하자던 진시황과, 만석꾼의 가산을 더욱 늘려가면서 천지로 더불어 길이길이 지키고, 양반을 만들어 가문을 빛내되, 나는 오줌을 먹고 보건체조를 하고 보약을 먹고 하여, 이 집안의 가장(家長)으로 이 영광을 무궁토록 누리고 하자는 윤직원 영감과, 그 둘은 조금도 서로 다를 바가 없는 것입니다.

채만식, 「태평 천하」 중간 부분

　"예에……내가 시방 한 만 석 가량 추수를 허우. 그러구 작인이 천명 가까이 되지요. 그러닝개 천 명 가까운 작인덜한티다가 논을 주어서, 농사를 하여먹구 살게 허넝게 구제허구넌 큰 구제 아니요?"

　이 말에 웬만한 사람은 속으로 웃고 진작 말머리를 돌리겠지만, 좀 귀가 무딘 패는 더욱 탄복을 하여 묻습니다.

　"네에! 그러면 근 천 명 되는 소작인들한테 소작료를 받지 않으시구, 논을 무료루 내주시는군요? 네에! 허어!"

　"아니, 안 받으면 나넌 어떻게 허구?…… 원 참…… 여보 글씨, 제 논각구 앉어서 도지「小作料」두 안 받구, 그냥 지여먹으라구 내주넌 그런 빙신 천치두 있다우?"

　윤직원 영감은 이렇게 당당히 나무랍니다.

　듣는 사람은 분반(噴飯)할 난센스나 또는 농담으로 들리겠지만, 윤직원 영감 당자는 절대로 엄숙합니다. (중략)

　김서방이나 혹은 이서방이나 또는 채서방이 나에게로 줄 수 있는 논을 최서방 너를 준 것은 지주 된 내 뜻이니까, 더우기나 내가 네게 적선을 한 것이 아니냐? ……이것이 윤직원 영감의 소작권(小作權)에 의(依)한 자선사업(慈善事業)의 방법론(方法論)입니다.

채만식, 「태평 천하」 중간 부분

"……오죽이나 좋은 세상이여? 오죽이나……."

윤직원 영감은 팔을 부르걷은 주먹으로 방바닥을 땅 치면서 성난 황소가 영각을 하듯 고함을 지릅니다.

"화적패가 있너냐아? 부랑당 같은 수령(守令)들이 있너냐? …… 재산이 있대야 도적놈의 것이요, 목숨은 파리 목숨 같던 말세(末世)넌 다 지내가고오…… 자 부아라, 거리거리 순사요, 골골마다 공명헌 정사(政事), 오죽이나 좋은 세상이여…… 남은 수십만 명 동병(動兵)을 하여서, 우리 조선놈 보호하여 주니, 오죽이나 고마운 세상이여? 으응? …… 제것 지니고 앉아서 편안하게 살 태평세상, 이걸 태평천하라구 허는 것이여 태평천하!"

채만식, 「태평 천하」 끝 부분

예문 3 **구상과 표현**

내 나이 열아홉살, 그때 내가 가장 가지고 싶었던 것은 타자기와 뭉크화집과 카세트 라디오에 연결하여 레코드를 들을 수 있게 하는 턴테이블이었다. 단지, 그것들만이 열아홉살 때 내가 이 세상으로부터 얻고자 원하는, 전부의 것이었다.

장정일, 「아담이 눈뜰 때」 서두

나는 늘 타자기가 필요하다고 생각해 왔고, 스무살이 되어서야 그것을 갖게 되었다. 나는 이것으로 무엇을 쓸 수 있을 것이다. 편지나, 일기, 아니 어쩌면 진짜 창작을 말이다. 그리고 만약, 내가 소설을 쓰게 된다면 제일 먼저, 이렇게 시작되는 내 열아홉살의 초상을 그릴 것이었다.

내 나이 열아홉살, 그때 내가 가장 가지고 싶었던 것은 타자기와 뭉크화집과 카세트 라디오에 연결하여 레코드를 들을 수 있게 하는 턴테이블이었다.

단지, 그것들만이 열아홉살 때 내가 이 세상으로부터 얻고자 하는 전부의 것
이었다.

장정일, 「아담이 눈뜰 때」 결말

7. 인물의 전형

1) 작가의 임무

소설가의 가장 큰 임무는 삶의 어떤 면을 구현시켜 독자에게 유형 또는 무형의 미를 제시할 수 있는 사건을 창조하는 데 있다. 그리고 이러한 사건은 사람에 의해서만 발생된다. 따라서 작가의 중대 임무 중 하나는 전형적인 인물을 창조하는 일이다. 작가가 사람 창조에서 유의해야 할 사항은 다음과 같다.

①사람 창조에서 가장 중대한 조건은 그 사람이 개성적이어야 한다는 것, 즉 그 사람만이 가질 수 있는 독특한 개성의 소유자라야 한다. 작가가 창조하는 인물은 적어도 다른 사람이 창조한 일이 없는 사람, 곧 새로운 사람형을 만들어야 한다.

②작가에 의해 창조되는 사람은 보편적인 사람이어야 한다. 아무리 개성적인 사람이라 하더라도 보편성이 없다면 그것은 '괴기'가 된다.

③소설에서 창조되는 사람은 전형적인 사람이어야 한다. 아무리 개성적이고 보편적이라 하더라도 그 사람이 속해 있는 사회와 계층을 대표할 수 있는 전형적 사람이어야 한다. 이와 같은 전형성은 그 계층에 속한 사람들의 가장 많은 특징과 또 가장 많은 특이성을 종합하는 데서만 찾아질 수 있다.

④작가는 새로운 성격을 창조해야 한다. 그러기 위해서는 주관적, 추상적, 비현실적, 비조직적, 비통일적, 비구체적 등등 무릇 이런 종류의 용어에 의해서 표현될 수 있는 모든 것을 작가는 거부해야 한다. 따라서 성격 창조는 과학적이어야 한다.

이미 말한 바와 같이 플롯 구성법에는 플롯에 의한 창작법과 플롯을 구성해 가면서 사건을 진행시키는 방법이 있다고 했다. 이 항목의 경우도 사건에다 성격을 부합시키느냐, 아니면 성격을 먼저 설정해 놓고 거기에다 사건을 부합시키느냐 하는 문제가 제기될 수 있다.

그러나 소설에서는 사건과 성격이 서로 밀접한 관계를 가진다. 다시 말해서 소설은 성격의 행동을 쓰는 것이다. 이에 관해서 H. 제임스는 「소설의 기교」에서 이렇게 말하고 있다.

"사건 소설과 성격 소설이라는 낡은 구분법은 실로 우스꽝스럽다. 사건의

결정에 의하지 않는 성격이 어떻게 있을 수 있으며, 성격의 예증(例證)에
의하지 않는 사건이 어떻게 있을 수 있는가. ……어떤 여성이 테이블에
손을 짚고 일어나면서 어떤 모양으로든지 우리를 보았다는 것은 하나의
사건이 아닌가. 그것이 사건이 아니라면 그것은 무엇이란 말인가. 그것은
사건인 동시에 그 여성의 성격을 표현한 것이 아니고 무엇인가.”

제임스의 지적과 같이 사건과 성격은 불가분의 관계에 있다. 그러나 만일
그렇다면 모든 사건은 그 성격에 예속되는가 하는 점이 문제로 제기된다.
즉, 작가가 일단 부여한 작중 인물의 성격 때문에 모든 행동 즉 사건은 공식
화해야 하는가 하는 점이다. 그럴 때는 두말 할 것 없이 성격대로 행동시켜
야 한다.

다만 작가는 인물의 성격 변화를 합리화시키고, 이에 충분한 필연성을 주
어 독자로 하여금 완전한 공감을 하도록 해야 한다. 현실에 살아 있는 사람
이든 작가가 창조한 사람이든 천부적인 성격은 평생 동안 불변하는 것이 아
니다. 기회와 환경, 교양 등 여러 가지 동기에 따라 변할 수 있다. 이 변화
하는 과정을 어떻게 잘 합리화하느냐 하는 것이 작가에게 주어진 과제이다.

2) 성격의 표현

작가가 인물의 성격을 표현하는 방법에는 여러 가지가 있다. 보통 그것을
직접법과 간접법으로 나눈다. 성격 그 자체를 작가 또는 다른 인물이 말할
때는 직접적인 성격 묘사가 되고, 인물의 언어와 동작 등 행위만 제시되어
독자는 그것을 통해 성격을 추측하는 방법은 간접적인 성격 묘사이다. 현대
작가는 뒤의 것을 좋아한다.

이것과는 다른 또 하나의 쉬운 분류법이 있다. 실생활에서 사람의 성격을
느끼는 것과 같은 방법으로 성격을 나타내는 방법과 문학으로만 가능한 방
법으로 나타내는 방법이다. 다음에서 ①～④는 앞의 방법이고, ⑤～⑥은
뒤의 방법이다.

①다른 인물의 반응에 의한 성격 묘사가 있다. 예컨대 「백경」에서 이슈멜
청년은 고래잡이를 가려고 하는데, 피쿼드호(號) 선장인 에이햅에 관해서는
전혀 알지 못한다. 그가 한 선주에게 “에이햅 선장은 어떤 분입니까?” 하

자, 그 선주는 "그럴 줄 알았지" 하고 대답한다. 이 말에 에이햅의 성격 전체가 명확하게 표현된 것은 아니지만, 선주가 그를 어떻게 생각하고 있는가 하는 것이 나타나 있다.

②외모에 의한 성격 묘사가 있다. 이에는 인물의 육체적 외모로 그 성격을 나타내는 방법과, 인물의 옷차림이나 소지품 등으로 성격을 나타내는 방법이 있다.

③대화로써 성격을 나타내는 기법이 있다. 즉 어떤 인물의 대화를 통하여 그 사람의 성격이나 사상·의견·태도·감정은 물론 환경이나 배경, 나아가 사건, 시대 상황 등도 알 수 있다. 단, 대화에는 재치가 필요하다. 지나치게 상식적이거나 평면적인 대화가 계속되면 흥미가 사라지고 말게 된다.

④행동에 의한 성격 묘사의 기법이 있다. 단, 이 항목에서 주의해야 할 것은 이야기에서의 행동 그 자체에 지나치게 흥미가 끌리게 되면, 전면적인 성격을 묘사하거나 추측하는 일을 잊게 될 위험성이 있다.

⑤작가의 진술에 의한 성격 묘사의 기법이 있다. 작가의 특권 중 하나는 자기가 창조한 세계에 일어나고 있는 일을 설명할 수 있다는 점이다. 특히 초기의 작가들, 이를테면 필딩이나 새커리는 독자를 향해 자유로운 입장에서 인물에 관해 말하고 있다. 현대 소설의 경우는 간접법에 의거하는 경향이 많다.

⑥인물의 사고를 서술하여 성격을 묘사하는 기법이 있다. 이 기법에도 직접 화법과 간접 화법이 있다. 직접 화법은 에세이와 같은 것이고, 간접 화법은 극의 독백(獨白, 모놀로그)과 같은 것이다. 내성(內省)을 길게 직접 화법으로 서술한 것은 때로 '내적 독백'이라고 말한다. 그것은 인물의 사고를 나타낸다.

내적 독백을 할 때 사람의 마음은 조직적으로 작용하는 것이 아니라, 오히려 하나의 생각이 다른 생각으로 옮겨지고, 또 원래의 생각으로 돌아오기도 하며 걷잡을 수 없게 된다. 이와 같은 마음의 움직임을 나타내기 위해서 예사로운 표현을 버리고, 마음의 움직임을 나타내는 표현을 취하기 위해 규정된 글법을 무시하거나 여러 가지 글 부호를 사용하기도 한다.

이와 같은 파격적인 표현은 이른바 '의식의 흐름'을 나타내는 데 흔히 사용된다. 이 수법은 사람의 의식은 하나의 흐름처럼 시시각각 변화하여 멈추어지지 않고 지속되는데, 이와 같은 의식의 흐름을 추구하여 인간적 진실을 포착하려 하는 문학상의 수법이다. 이것을 소설에 응용할 때 '의식의 흐름'이란 말은 인물의 사고를 지면 위에 나타내는 기법을 가리키기보다는 사고의 내용을 가리킨다.

3) 평면적 성격

소설에서 플롯도 결국은 주인공에게 집중된 것이 좋고, 그것이 서사시와 비극의 원칙이라는 것은 이미 말한 바 있다. 따라서 다음 문제는 인물을 묘사하는 방법이다.

이 점에 관해서는 지금까지 여러 번 인용한 바 있는 포스터의 「소설의 여러 양상」에 평면적 인물(flat character)과 입체적(立體的) 인물(round character)로 구분되어 있다는 사실도 지적한 바 있다.

"평면적 인물은 17세기에는 (영국의) '기질'(humours)이라 일컬어지던 것으로서, 유형(類型, type)이라든가 희화(戲畫, caricature)라 일컬어지는 일도 있다. 그것의 가장 순수한 형태는 어떤 하나의 관념이거나 성질 등을 중심으로 구성되어 있다."

포스터가 평면적 인물로서 거론하고 있는 것은 디킨스의 「데이비드 카퍼필드」의 미코바 부인과, 프루스트의 「잃어버린 시간을 찾아서」의 파르마 대공비(大公妃) 등이다. 그는 이어서 이렇게 말한다.

평면적 인물의 큰 장점은 언제 등장해도 곧 알 수 있다는 것이다. 고유명사를 보고서 또 등장했구나 하고 느끼게 되는 독자의 시각적인 눈의 작용에 의해서가 아니라, 독자의 정서적인 눈에 의해 알게 되는 것이다. ……평면적 인물이 작가에게 무척 유용한 것은 다시금 소개하지 않아도 된다는 것, 결코 도망치지 않는다는 것, 성격의 발전을 지켜보지 않아도 자기 스스로 분위기를 만들어 낸다는 점 등이다.

실생활에서 우리가 잘 알고 있는 것은 자기 자신이다. 타인은 자기 자신이 헤아려서 추측을 할 뿐이다. 즉 자기는 입체적이요 타인은 평면적이라는 원칙은 생활의 시간 속에서도 지켜지고 있다. 아무리 타인의 기분을 안다고 하더라도 조그만 몸놀림 하나하나에 신경을 쓴다면 생활이 성립될 리 없다. 타인 속으로 들어가는 것은 사랑을 하는 때라든가 소설을 쓰는 때 정도일 뿐이다. 이것이 삶이라 하는 것으로서, 소설도 거의 그것과 비슷하다고 말할 수 있다.

입체적 인물과 평면적 인물이 짜내는 무늬가 삶을 닮은 것이라면, 참다운 삶을 보았다고 생각한다. 이것은 실제의 삶과 소설의 세계를 같은 성질의 것으로 보는 관점으로서 여러 가지 문제가 없는 바 아니지만, 포스터와 같은 숙련된 소설가의 경험에서 우러나온 말이므로, 일단은 그대로 받아들여도 무방하리라 생각한다.

문제는 입체적이어야 할 인물을 평면적으로 묘사하거나 평면적 인물이 작품의 중심으로 나올 때, 또는 평면적이어야 할 인물을 입체적으로 묘사할 때 일어난다. 다시 포스터의 말을 인용한다.

"진지하고 비극적인 평면적 인물은 아무튼 걷잡을 수 없는 인물이 되기 쉽다. 그들이 '복수다!' 또는 '인류를 위해 피를 흘릴 생각이다'라든가, 그 밖의 구호를 외치면서 등장하면 우리 마음은 가라앉게 된다. 현대의 어느 인기 작가의 로망스에 '저 황무지를 개간하리라' 하고 나서는 서섹스의 한 농민을 중심으로 구성된 것이 있다. 농민이 있고 황무지가 있어서, 그는 그것을 개간하겠다는 의욕을 가지고 있고 또 사실 개간하는 데 성공한다. ……천편일률적인 내용에 지쳐버리고 말아서, 황무지 개간에 성공하든 실패하든 아무래도 좋다는 생각을 하게 된다. 만일 그 구호가 분석되고, 그 농민과 다른 사람의 인간적 속성이 잘 결부된다면 물론 따분한 생각이 없어질 것이다. 구호는 농민 그 자체가 되는 것이 아니라, 그가 품은 집념이 되는 것이다. 즉 그는 평면적인 농민에서 입체적인 농민으로 변화했을 것이다."

이와 같은 문제는 소설을 갓 쓰기 시작한 사람의 작품에서 쉽게 찾을 수 있으며, 이 때문에 작품의 현실성이 손상되는 경우도 있다.

그리고 평면적 인물과 입체적 인물 사이에 반입체적(半立體的) 인물이라고 말해야 할 성격이 등장하는 소설도 있다. 즉, 위는 평면적이고 아래는 입체적인 인물, 또는 그와 반대로 위는 입체적이고 아래는 평면적인 인물도 있다.

4) 입체적 성격

소설가는 사람이기 때문에 사람을 사람답게 묘사하는 데 별로 연구할 필요가 없지 않느냐고 말할 수도 있다. 소설가 각자는 자기가 경험하고 느낀 바를 쓰면 될 것이고, 또한 실제로 대부분의 작가는 먼저 여기서 시작한다. 이 원칙에 착오가 있을 리 없으나, 그것이 그렇게 간단한 것만은 아니다. 사람은 자기를 언제나 분명하게 알고 있다고는 말할 수 없고, 어쩌면 아는 면보다 모르는 면이 더 많으며, 또한 소설의 인물은 한 사람만이 아니기 때문이다. 그리고 자기의 생애만 살 수 있고, 다른 사람의 삶에 대해서는 추측할 수밖에 없다. 주인공과 단역은 소설에서 결코 동일하게 묘사될 수는 없다.

포스터는 입체적 인물의 성격을 정의하면서 장황하게 말하고 있다. 이것은 소극적인 정의로서, 어느 뚜렷한 인물을 내세우지 못하고 있지만 실제로는 그것으로 충분하다. 즉 소설 안에서 독자의 관심이 집중되는 것은 주인공인데, 작가가 주인공의 심리와 행동을 추구하는 동안에 그 인물은 자연히 성격이 부각되기 때문이다.

입체적 인물은 끝까지 입체적이고, 평면적 인물은 끝까지 평면적이어서는 작품의 내용이 너무 단조롭게 된다. 이상적으로는 인물 전체가 입체적이고, 그 사이에 웅대한 줄거리가 진행된다면 더할 나위가 없다. 그래서 근대 소설의 대가는 단역으로 나오는 인물에 약간 손질을 해서 입체적 인물로 변화시키는 기법을 발휘했다.

스탕달의 작품 「파름의 수도원」에 나오는 라시 판사는 전제 군주를 위해서는 어떤 잘못된 판결도 내리는 아첨꾼이다. 군주 앞에서는 걸음을 옮겨 놓을 때마다 절을 하면서 걸어가는 음흉한 평면적 사람으로서, 스탕달은 짧은 구절로 성격을 잘 나타내고 있다.

이리저리 재빠르게 굴리는 눈알은 그가 내심으로 자기의 재능에 자부심을 가지고 있다는 것을 나타내고, 굳게 다문 오만한 입은 경멸에 대해서는 싸우는 방법을 알고 있다고 말하고 싶어 하는 듯했다.

「파름의 수도원」에서 라시 판사는 행동으로써 한없는 악랄함을 발휘하여 코믹한 경지를 벗어나고 있다. 한편 모스카 백작은 유능하고 인정 많은 장관이지만, 독자가 지나치게 이상화하는 것을 우려하듯이, 작가는 생세벨리나 후작부인으로 하여금 "그분을 알고 있어요, 연인인 걸요" 하고 말하게 한다.

그러나 이런 식으로 갑자기 뜻하지 않은 각도에서 인물에게 조명을 비추는 것은 원래 논문에나 걸맞는 기법이다. 스탕달은 결코 소설 기법이 뛰어난 작가는 아니라는 것이 평자들의 말이다. 「적과 흑」의 줄리앙 소렐도 자연주의 기법으로 묘사되어 있는 것은 아니다. 굵은 선들이 겹쳐진 결과 입체적인 데 이른 것이다.

스탕달의 인물들과 대조적인 것은 J. 오스틴의 여러 인물들이다. 「오만과 편견」의 사건은 영국의 시골, 지주의 집을 중심으로 일어나지만, 하찮은 일상생활의 동작과 대화 사이에 어느 단역이든지 모두 탄탄한 입체적 인물을 나타내고 있다. 주의와 주장이 있어서 소설을 쓴 것은 아니지만, 아마 이 병약한 열아홉 살 소녀는 그녀 자신조차 깨닫지 못하는 공평한 여성적 천재성을 갖추고 있다.

"입체적인 인물인가 아닌가 하는 기준은 그것이 우리를 이해하게 하면서 놀라게 할 수 있는가 아닌가 하는 점에 달렸다. 만일 그것이 조금이라도 놀라게 하지 못한다면 그것은 평면적이다. 이해시키지 못하는 경우 평면적인 주제에 입체적인 체하는 것이다. 입체적 인물은 삶——소설 속의 삶——의 헤아릴 수 없는 깊이를 신변에서 느끼게 한다."

포스터의 이 말은 약간 신비적인 표현이기는 하지만, 의미하는 바를 충분히 알 수 있다. 그러나 그가 입체적 인물의 모범으로서 톨스토이의 「전쟁과 평화」의 주요 인물 모두와, 도스토예프스키의 인물 모두를 거론하는 것은 이해되지 않는다. 톨스토이와 도스토예프스키 작품에서의 인물 묘사법은 전혀 다르다. 이것은 이미 심리를 초월한 문제로서, 그 근거를 찾기 위해서는 다시금 '소설이란 무엇인가?' 하는 지점으로 되돌아가 생각하기 시작해야 한다.

5) 현실과 진실

소설을 재료 면에서 볼 때 다음과 같이 넷으로 분류할 수 있다. ①인물과 사건 모두 전적으로 공상을 바탕으로 삼아 이루어진 경우, ②실재 인물 또는 사건에서 힌트를 얻는 경우, ③실재 인물과 사건이 소설의 주요부를 이루는 경우, ④실재 인물 및 사건을 그대로 묘사한 경우, 물론 어떤 소설은 이 중 둘 또는 모두를 혼합하여 형성되기도 한다.

위에서 ①에 속하는 것으로는 이른바 낭만주의 소설, 즉 위고의 「레미제라블」이라든가 호프만의 단편들 또는 포의 괴기스러운 단편 등이 있다. 그러나 사실주의 소설에서는 여기 속하는 것이 있을 수 없다.

④는 이른바 사소설(私小說)로서, 자기 자신의 경험을 충실하게 기록해 가는 것이다. 그러나 일반적으로 서양의 근대 문학에서는 자기 자신을 주제로 한 소설이나 작가의 주변을 관찰하여 발견하게 된 사람형을 충실히 묘사하는 소설 같은 것은 일반적으로 소설에서 배제한다. 그런 작가는 창조하는 것이 아니요, 현실을 모방하고 재생산하는 데 지나지 않는다고 보는 것이다.

서구 문학에서 실재 모델의 실생활을 그대로 묘사한 걸작은 전혀 없다. 적어도 소설의 주인공 및 여주인공에 관한 한 그렇다. 작가와 현실의 신비스러운 결합에서 주인공이 생겨나게 된다. 이에 대해 프랑스의 모리아크는 그의 「소설가와 그 인물」에서 이렇게 말하고 있다.

작가는 어릴 때부터 만난 사람에 대해 실로 많은 이미지를 저축하고 있다. 그것은 굳이 의식하고 있는 것이 아니라, 어떤 경우에 갑자기 되살아나게 된다. 그러나 작가는 단역 이하의 사람은 실생활에서 직접 얻는 경우가 많다. 기억 속에 남아 있는 이미지를 약간 혼합하기만 해도 그것은 이루어진다. 그러나 주인공은 실생활이 그에게 주게 되는 것은 한갓 용모라든가 사건의 유발 정도이다. 요컨대 그것은 출발점을 주기는 하지만, 작중 인물은 현실에 직면할 때 다른 방향을 취하게 되는지 모른다. 작가는 실재하는 관습과 성격 또는 환경에 마음이 끌리게 되는 일이 많지만, 오직 그것을 한 영혼 주위에 집중시킨다. 관찰과 기억이 준 형태를 작가는 자신이 채우고 키우며 만든다. 즉 변형(變形)과 확대를 시도한다.

작가는 일반적으로 현실의 복잡한 사회를 그대로 묘사해 내지는 못한다. 톨스토이와 도스토예프스키, 프루스트와 같은 대작가도 사람 운명의 무수한 실이 교차하고 있는 살아 있는 천을 있는 그대로 묘사해 낼 수는 없다.

그렇다면 소설가는 모든 상상을 버리고 사소설을 써야 하는가, 아니면 20세기가 낳은 새로운 기법——의식의 흐름(영국의 제임스 조이스와 버지니아 울프에 의해 대표되는 내적 고백의 형식)에 의해 사람 정신이라는, 항상 변화해 마지않는 드넓은 세계를 공시적(共時的)으로 표현하려고 노력하는 이외에 다른 방법은 없는가. 그러나 이런 기법을 추구한다 해도 조이스의「율리시스」이상의 소설의 발전을 바랄 수는 없다.

소설 본래의 성격은 현실 세계의 사건 및 존재와 소설의 진실성이 서로 다르다는 데 있다. 즉, 허구 없이는 소설이 존재할 수 없다. 소설은 허구를 확대하여, 등장인물들의 정열이라든가 도덕 또는 부도덕성을 고정시킨다. 발자크의「사촌누이 베트」는 질투,「고리오 영감」은 부성애,「외제니 그랑데」는 탐욕의 인간성을 묘사하고 있다.

이것은 사람 속에 있는 어떤 종류의 감정과 정열을 분리하여 그것을 단순화하여 묘사한 것이다. 한마디로 소설이란 개인에게서는 정열만을 분리하여 부동의 것으로 하여 관찰하고, 무리로부터는 개인을 빼내어 부동의 것으로 해서 관찰한다.

위대한 소설 속의 인물이 현실의 인물 이상으로 독자에게 큰 영향을 미치는 것은 이와 같은 이유에서이다. 이때 주의해야 할 것은 이와 같은 사람의 유형은 쉽사리 작가가 자유롭게 조종할 수 없다는 사실이다. 작가의 의견을 대변하는 것 같은 등장인물이 있다면, 그것은 작품의 질이 조잡하다는 증거가 된다. 살아 있는 인물일수록 작가에게 복종하려 하지 않는다. 이와 같은 '전형적 인물'을 완전하고 심각하게, 많이 창조한 사람이 대작가가 된다.

6) 전형적 인물

19세기 예술철학자 테느는 작가의 임무를 '전형적 인물'의 창조에 있다고 했다. 그는 그 근거를 아리스토텔레스의 '모방설'에서 찾고 있다. 그것은 단순한 표면적인 사실의 모방이 아니라 여느 사람이 찾아보지 못하는 대상의 본질을 '모방'함으로써, 현실의 존재가 지니는 의미를 확대해 보이는 것이다. 테느는 예컨대 고대 그리스에서는 조각의 모델이 되었던 청년, 중세에서는 사랑으로 고민하는 기사, 근대에서는 파우스트 등이 전형적 인물이라는 것이다.

이에 대해 마르크스주의에서는 러시아의 정치철학자 G.V. 플레하노프(1857~1918)의 「마르크스주의 예술론」에 근거하여 피압박 계급 속에서도 전형을 발견해야 한다는 것, 즉 '전형'은 계급 그 자체라고 주장했다. 이와 같은 주장은 옛소련과 공산 치하의 중국, 북한의 문학 이론에서 주류를 이루었다.

그러나 '전형'을 창조하는 것만이 소설의 지상(至上) 과제는 아니다. 문학을 포함한 예술 본디의 성격은 '형(形)'을 창조하는 사유(思惟)요, '상(像)'을 맺는 힘이다. 이것은 회화와 조각에도 공통된다. 그러나 글자로 표현하는 소설은 실제의 표상을 표현하는 면에서 음이나 선, 색깔에 비해 힘이 떨어진다. 언어는 구체적인 인상을 전하고자 할 때 선과 색깔에 미치지 못하고, 감각적으로는 음과 색에 미치지 못한다.

반면 언어의 특유한 기능은 깊은 내면을 감싸는 데 있다. 본 것을 표현하는 순간에 그것은 이미 보여진 것은 아니요, 시각 이외의 다른 것이 의식 속에 들어오게 된다. 언어의 의미는 그것이 다른 하나의 존재를 의미할 뿐 아니라 언어 자체가 하나의 존재가 된다. 노발리스의 「푸른 꽃」을 그림으로 그린다면 하나의 유한한 인상에 불과하다. 그러나 독일 낭만파는 이 언어가 형성하는 이미지에 의해 무한한 것에 대한 동경을 상징할 수 있었다.

독일의 극작가 겸 비평가인 레싱은 문학의 독특한 역할을 가리켜 심리의 움직임 또는 사상의 움직임을 포착하는 것이라 했다. 즉, 어느 순간의 장면을 감각적으로 포착하는 것이 소설의 역할일 수는 없다. 따라서 한갓 회화적인 소설이 있을 수는 없다. 소설은 수많은 사건과 인간의 조립을 통해 입체적으로 사람을 포착하는 작업이다.

독일 철학자로서 '삶의 철학'을 세운 딜타이는 문학의 조형력(造形力)이 인생에게 수행하는 의의와 역할을 이렇게 규정했다. 즉, 그것은 어떤 사건을 삶의 고리 속에서 취해 내어, 그 사건의 표현을 '삶'의 본성의 표현이 되도록 개조한다. 그렇게 함으로써 사람의 마음을 현실의 무거운 짐으로부터 해방시키고, 동시에 사람의 마음에 의의를 제시하는 것이라고 한다.

딜타이에 의하면 이런 부류의 조형력은 과학과 같이 현실을 올바르게 인식하려 하는 것이 아니라, 모든 인생 관계에서 발생한 사건과 사람 및 사물의 의의를 명백하게 하려 하는 것이다. 삶은 작가와 문학에 대해 항상 새로운 모습을 나타낸다. 거기에 발생하고 작가의 육안에 의해 보여지는 사건의 이미지는 본질적으로 삶의 여러 기구와 여러 가지 삶의 연결의 상징이 된다.

따라서 현실에서 본 것 만을 묘사하려 하고, 인물 또한 모델에 의해 그대로 묘사하는 데 그치려 하는 작가는 결코 일류급에 속할 수 없다.

작가는 항상 현실에 살면서 그것에 밀착하는 것은 당연하다 하겠으나, 또한 그 현실에서 나름대로의 인생적 의의를 포착해 가야 한다. 이와는 거꾸로 겉보기에는 현실의 단순한 사생(寫生)으로 보인다 하더라도 그것이 독자의 상상 속에 여러 가지 가능성을 수행하게 하고, 그의 생활 경험의 시야를 확대하는 경우에는 그 작품은 깊은 의미의 삶의 상징이 된다.

7) 오이디푸스

소포클레스의 비극 「오이디푸스왕」을 중심으로, 작품의 주인공에 대해 살펴본다. 퍼거슨은 그의 「연극의 이념」에서 비극 「오이디푸스왕」이 관중에게 감동을 주는 것은 플롯이 뛰어나기 때문만은 아니라고 말한다.

"소포클레스가 제시하는 오이디푸스의 행동은 하나의 탐구 곧 라이오스의 살해자가 누구인가 하는 탐구이다. ……그러나 탐구의 목적은 마지막까지 분명하지 않기 때문에, 찾는다고 하는 행동은 목적이 여러 모양의 빛을 받으며 드러남에 따라서 여러 가지 형태를 취한다. 마지막에 알려지게 되는 것, 즉 진실은 처음과는 너무나도 다르게 보이기 때문에, 오이디푸스의 행동 그 자체가 탐구 아닌 그 반대, 곧 도피처럼 보이기도 한다. ……그의 탐구는 신들의 예정을 도피하려고 하는 영웅적인 기도처럼 보이기도 하고, 또한 신들의 바라는 바가 무엇이며 참된 복종이 무엇인가 하는 것을 발견하려 하는 어떤 깊은 자연스러운 신앙에 기초한 기도처럼 보인다. 어떤 의미에서 오이디푸스는 운명의 꼭두각시이다. 그러나 동시에 그는 언제나 의지를 가지고 행동하고, 깊이 생각하고 의도한다."

　프레이저의「황금가지」이래로 왕은 백성을 착취하여 사치를 일삼는 악인 이기만 한 것은 아니게 되었다. 옛날에는 계절의 끝 무렵에 살해되어 손발이 절단되어야 하는 비극적인 인물이었다는 증거가 드러나고 있다. 즉, 원시적 공동체의 이익을 위해 희생된다.

　오이디푸스라는 인물 그 자체가 속죄의 염소, 손발이 절단된 왕, 혹은 신의 모든 요건을 충족시켜 주고 있다. 작품 처음에 테베가 처해져 있는 상황, 그러니까 생활은 위험에 놓여 있고, 곡식과 가축과 여자는 불모(不 毛)상태며, 도시에는 죽음의 병의 조짐이 있고, 신들이 화가 난 상태라고 하는 것은 겨울이 가져다주는 고사(枯死) 상태와 같으며, 또한 성직자 사 이의 투쟁과 육시(이미 죽은 사람의 시체에 다시 목을 베는 형벌을 가하 는 것)의 형과 죽음이 있고서 새로운 생명이 태어나게 된다. ……그러나 이 작품의 특징을 이루고 있고, 거기에 독자적인 직접성과 깊이를 주고 있 는 요소는 소포클레스가 그의 관객들에게서 예상한 제의적(祭儀的)인 기 대이다.

「오이디푸스왕」은 그리스의 비극으로서, 민족은 급속히 야만 상태에서 벗 어나는 시대를 배경으로 하고 있다. 부친 살해와 모자 상간(相姦)은 신화의 세계에서는 신기한 일이 아니었으나, 그것을 죄라고 보는 사고방식이 자라 나서 비극은 그 위에 구축되어 있다.
　현대 프랑스 작가 J. 콕토는 오이디푸스를 현대적으로 해석하여「지옥의 기계」를 발표했으나, 거기에는 재치만 있을 뿐 소포클레스와 같은 현실성과 박력이 없다. 이유는 아무래도 독자와 관객이 그 신화를 믿지 않기 때문이라 할 것이다. 신화는 아무리 황당무계하다 하더라도 그것이 형성될 무렵의 사 람에게는 절실한 의미가 있었을 터이다.
　비극「오이디푸스왕」은 그와 같은 신화의 절실성이 흐릿해지던 무렵의 산 물이다. 따라서 오이디푸스는 무대 위에서 자기의 신화적 의미를 탐구하고, 관객이 그에 동조하도록 연기해야 했다.
　퍼거슨은 동시에 "도시의 복지를 탐구하고 있다"라고 주장한다. 신화는 개인의 것이 아니라, 마을 공동체이거나 도시 또는 하나의 사회에 속해 있다. 19세기의 낭만적인 개인주의의 연장으로서, 한 개인의 지식과 능력에 의해 현실의 재현을 지향하는 발자크적 사실주의의 붕괴 후에 작가가 신화에 도움을 구한 것은 사회와의 연대감을 확보하기 위해서라 할 것이다.

작품에서 주인공이라 하는 존재가 퍼거슨이 말하는 신화적 내지 제의적(祭儀的) 기원을 가지고 있는 것이 사실이라 하더라도 현대에 이르러 거기에 집착하는 것은 오히려 주인공을 창조해 내는 데 장애가 된다. 좋은 소설을 쓰는 것은 가장 소박한, 작가에게 창조를 촉구하는 내적 요구이다.

8) 오디세우스

작품의 주인공이 비참한 운명에 처해지는 고대 그리스 비극은 원래 한정된 관객 앞에서 공연되었다. 아테네의 상류 계층만이 원형극장에 들어갈 수 있었기 때문에 귀족적 양식이라고 말할 수도 있다. 디오니소스는 민중의 신이지만 간단한 제의가 무게 있는 비극이 되기 위해서는 호메로스 전설권 안의 영웅이 등장해야 한다. 그러나 그 호메로스에게도 비극이 아닌 행복한 재회로 마치는 영웅 오디세우스(영어식 이름은 율리시스)가 있다.

「오디세이아」는 「일리아스」와 더불어 호메로스의 2대 서사시이다. 아킬레우스는 죽게 될 운명을 지고 트로이 전쟁에 참가하고 있기 때문에 어두운 운명의 영웅으로 표현되어 있다. 그러나 오디세우스는 고난의 항해 끝에 정숙한 아내 페넬로페가 기다리고 있는 고국으로 돌아가게 된다. 그는 아내에게 구혼하는 악당들을 물리치고 행복한 생애를 마치게 된다.

「오디세이아」의 기대는 주인공이 고국에 돌아갈 수 있는지 아닌지에 있는데, 그는 디포의 로빈슨과는 달리 한 나라의 왕이기 때문에 줄거리는 고향 땅에서도 뻗어 온다. 왕자 텔레마코스는 아버지를 찾아서 항해에 나서고, 왕비 페넬로페는 낮 사이에 베틀에서 짠 천을 밤에는 도로 풀면서, 강요하는 구혼자들을 따돌리고 있다. 한편 오디세우스는 외눈박이 거인에게 잡혀 먹힐 뻔하기도 하고, 죽은 자의 나라에 내려가기도 하며, 사이렌의 유혹을 물리치기도 하고, 또 요녀 키르케의 짝사랑으로 집에 돌아가는 것을 잊기도 한다.

이와 같은 에피소드는 저마다 독립된 작은 플롯에 바탕하여 성립되는 동시에 전체적으로 「오디세이아」를 구성하고 있다. 주인공이 외눈박이 거인에게서 피할 수 있었던 것은 술을 마시게 해서 속였기 때문이고, 사이렌의 노래에 끌려 바다에 빠지지 않을 수 있었던 것은 그만이 자기 몸을 배의 돛대에 결박하게 한다는 지혜가 있었기 때문이다. 요컨대 오디세우스는 교활한 지혜의 소유자인데, 이것도 원래 비극적인 죽음과 아울러 주인공에게 없어서는 안 될 자격 가운데 하나이다.

「오디세이아」는 항해라는 유동적 형식을 취하고 있어서 여러 가지 에피소드를 덧붙일 수 있다. 텔레마코스가 아버지를 찾아 나서는 이야기, 마지막의 구혼자에게 주어지는 어려운 과제 등은 각각 독립된 요소로 구성되어 모티프[주제, 또는 동인(動因)]라 일컫는다.

그런 의미에서 유럽 중세의 사가(무용담)와 로망스(기사 이야기)가 지방 설화에서 자연히 발생했는가 하는 것은 의문스러운 일이다. 이를 두고 몰턴 교수는 「문학의 근대적 연구」에서 이렇게 말하고 있다.

"암흑시대의 가장 두드러진 문학적 특징은 극장이 통속적 오락을 주는 음유시인(吟遊詩人)에 의해 교체되었다는 사실이다. ……'비극' 및 '희극'이라는 말이 로망스의 설화에 의해 유행되었다는 사실로써 예증된다.

……이것은 단테가 그의 서사시를 '신성한 희극'(신곡)이라고 명명했다고 하는 주의할 만한 사실을 설명한다. 그의 시대에서 이 표제는 신이 이 세상을 지배한다는 이야기를 의미하는 데 지나지 않는다. 그리고 몰락하는 위대한 것으로서의 비극과 일반 이야기로서의 희극의 구별은 셰익스피어의 희곡의 바닥에도 자리 잡고 있는 것을 발견하게 된다."

고대 그리스 비극에서 셰익스피어까지 이상의 개관으로서는 너무 간략하다 하겠으나, 여기서 비극이 서사시 속에 해소되었던 시대가 있었다는 것은 주의해야 할 사실이다. 이런 식으로 극도 소설도 같은 문학 속의 장르로서 그 요소를 서로 교환하고 있다. 그리스 비극에 모티프를 부여한 것은 호메로스의 서사시였고, 이번에는 비극의 풍화(風化)가 유럽 중세 서사시의 윤곽을 정하게 된 것이다.

셰익스피어는 이와 같은 바탕에 뿌리를 두고, 예컨대 「햄릿」에서 새로운 비극의 유형을 창조한 것이라고 퍼거슨은 말한다. 새로운 인간형인 햄릿은 스스로 죽음으로써 노르웨이와 덴마크 사이에 있던 갈등을 해소한다. 셰익

스피어 시대에 새로운 여왕의 통치 밑에서 평화와 번영에 들어서려 하던 엘
리자베스조(朝)의 민중은 그와 같은 주인공을 요구하였다. 햄릿은 덴마크
왕국과 더불어 엘리자베스조 영국의 복지와 안녕을 대표했다는 주장이다.

9) 햄릿

셰익스피어의 비극 햄릿의 주인공으로서의 특징은 '생각하는 사람'이라고
정의하고 있다. 이것은 괴테와 콜리지 등 낭만파의 작가들이 강조한 점으로
서, 햄릿의 독백 "사느냐 죽느냐, 이것이 문제로다."가 유명해진 것도 낭만
적인 염세사상에 편승한 결과였다. 1860년에 이르러서도 투르게네프가 '햄
릿과 돈키호테'라는 강연으로 두 사람형을 제시하면서, 저돌적인 이상주의자
돈키호테와 대조하여, 햄릿을 회의주의자의 전형으로 거론하고 있다.

그러나 20세기에 지드 등은 햄릿을 행동하는 인물로 해석하려 했다. 햄릿
은 검은 망토를 걸치고 유령처럼 덴마크의 옛 성을 방황하기만 하는 것이 아
니라, 극단을 부추겨서 클로디어스의 가면을 벗게 하는 계획도 실행에 옮기
는가 하면, 때가 이를 때 칼을 들고 싸우기도 한 점이 강조되었다.

한편 프로이트 일파 또한 침묵을 지키지는 않았다. 햄릿의 클로디어스에
대한 반응은 어머니를 빼앗긴 아들의 원한에서 비롯된 것이다. 아버지의 망
령과의 대화에도 그런 흔적이 있고, 작품 전체는 이른바 오이디푸스 콤플렉
스의 과잉 보상에 지나지 않는 것이라고 주장한다.

"사람의 의지와 운명은 완전히 상반되게 움직인다. 뜻을 두고 정한 일은
반드시 뒤집힌다. 뜻하는 바는 나의 것이지만, 결과는 항상 손이 닿지 않는
곳에 나타난다"고 하는 극 중의 극에서 왕의 대사는 「햄릿」의 진행을 예언하
고 있다.

햄릿의 성격은 오이디푸스왕과 같이 힘차고 명확한 윤곽을 가지고 있지
않다. 시대와 생활양식이 그만큼 복잡하게 변화했기 때문이다. 플롯도 오이
디푸스왕과 같이 직선적이 아니라, 수많은 우여곡절을 거친 후 파국에 이르
게 된다.

클로디어스의 죄와 그 응보, 오필리아의 강요된 배신과 그 응보와 같은 주
요한 줄거리와 함께 미쳐버린 오필리아의 애절함과 무덤을 파는 인부들의
코믹 등 장식 장면을 가지고 있는 것은 「오디세이아」의 항해 이야기가 수많

은 곁가지의 줄거리로 장식되어 있는 것과 같다.

흔히 그리스 비극은 운명비극이고, 셰익스피어의 극은 성격비극이라고 말한다. 그리스 비극인 「오이디푸스왕」은 아폴로 신탁(神託)의 실현이지만, 실현으로 인도한 것은 오이디푸스 자신이었다. 그러나 「햄릿」은 성격에서 비롯된 비극이다.

「햄릿」의 비극을 형성하는 원동력이 햄릿의 성격 안에 있다는 것은 그 자신이 인정하고 있다. 그러나 대단원에서 시합 도중 햄릿과 레어티스의 독을 바른 칼이 바뀌어진다는 우연성이 없었다면, 작품의 결말은 달라지게 될 것이다.

도전을 받은 햄릿은 이렇게 말한다. "한 마리의 개가 땅에 떨어지는 것도 신의 섭리다. 닥쳐올 일은 지금이 아니라도 반드시 오게 마련이다. 지금 닥쳐오면 나중에는 오지 않으며, 나중에 오지 않는다면 지금 올 뿐이다. 중요한 것은 사람의 각오다."

결국 햄릿은 운명에 굴복함으로써 마지막까지 계속해서 신탁에 대해 거역하는 오이디푸스만큼 비극적이지는 않다. 그러나 독자는 햄릿에서 근대적인 운명애(運命愛)와 같은 것을 보게 되기 때문에 극보다는 소설의 주인공답다고 말할 수 있다.

10) 미시킨

포스터는 그의 「소설의 여러 양상」에서 입체적 인물의 본보기로서 도스토예프스키의 '인물 모두'라고 말한다. 원래 좋은 소설은 단역까지 살아 있는 것처럼 묘사되어 있는 것이 특징이지만, 인물 '모두'가 입체적이라고 말할 수 있는 작가는 달리 없다. 더구나 도스토예프스키는 일반적인 의미에서 소설의 기법이 별로 뛰어나지 못했다.

——십일월 하순, 철과는 다르게 따뜻한 어느 아침 아홉 시쯤, 상트페테르부르크와 바르샤바를 왕복하는 철도의 한 열차는 전 속력을 내어 상트페테르부르크에 다가오고 있었다. 습기진 공기에 안개가 짙게 끼어, 밤은 가까스로 밝아오고 있는 것처럼 느껴졌다. 기차의 창을 통해서는 오른쪽도 왼쪽도 열 걸음의 거리 밖의 것은 전혀 볼 수 없었다.

이것은 「백치(白痴)」의 서두이다. 새벽을 달리는 열차 안의 묘사로서는 별로 뛰어나다고 할 정도가 되지 못한다. 상식적인 사실을 주섬주섬 늘어놓고 있기만 할 뿐이며 글조차(번역의 탓도 있지만) 별로 미끈하지 못하다. 현대 작가라면 좀더 특징적인 인상을 찾아낼 수 있을 것이다.

——어느 삼등칸 창가에 새벽녘부터 두 여객이 무릎을 맞대고 앉아 있었다. 두 명 다 젊은이로서, 한결같이 가볍고 검소한 차림이었고, 한결같이 무척 특징 있는 용모를 하고 있었다. 그들은 서로 대화를 나누고 싶은 표정이었다.

이 두 인물은 로고진과 미시킨 공작이다. 분신(分身)이라고 해야 할 정도의 정신적인 쌍둥이로서, 두 명 모두 이 소설의 주인공이라고 할 수 있는 인물들이다. 이와 같은 인물 소개 또한 뛰어나다고 말할 수 있다. 더욱이 이어지는 글에서 "그들은 자기들을 이 열차 삼등칸에 마주앉게 한 운명의 기구함에 놀라게 될 것이다"라고 표현하고 있는데, 이와 같은 표현은 통속적이라고 할 수 있다.

장면은 뛰어서 미시킨은 에판친 장군과 비서인 가블리라를 만나, 그들을 통해 아름다운 나스타샤의 초상화를 구경하게 된다. 그리고 나스타샤의 결혼 문제를 두고 여러 가지 흥정이 이루어지고 있다는 사실을 알게 된다. 미시킨은 그저 듣기만 하고, 장군과 비서 사이에 대화가 진행된다. 여기서도 독자는 인내심을 요구당하지만, 이미 많은 사건 가운데 들어갔기 때문에 별로 고통스러운 것은 아니다.

에판친 부인에다 세 딸이 가세한 거실의 장면도 대화의 연속인데, 장면의 묘사는 여전히 깔끔하지 못하다. 그러나 미슈킨의 대화 내용이 전개되면서, 지금까지 따분했던 기분은 단번에 날아가 버리게 된다. 그것은 유명한 프랑스 리용의 사형 이야기이다.

'머리를 단두대에 올려놓고 말없이 기다리면서……다음에 닥칠 일을 명료하게 의식하고 있다. 마지막 1초까지도 이와 같은 상태가 여전히 계속된다. ……그때 갑자기 머리 위에 쇠붙이가 끌리는 소리가 들린다. 아무래도 그 소리를 듣게 될 거요.'

'자, 생각해 보십시오. 고문이란 것을 말입니다. 고문을 당하는 자는 몸에 상처도 나고 해서 괴롭겠지요. 그러나 그것은 육체의 고통이기 때문에 오히려 마음의 고통을 누그러뜨려 주지요. 그래서 죽고 말 때까지 다만 상처로 고통을 받을 뿐이지요. 그러나 가장 강한 아픔은 아마 상처가 아닐 겁니다. 이제 한 시간 후면, 10분 후면, 30초 후면, 지금 곧 영혼이 몸에서 빠져 나와 더 이상 사람이 아니라는 사실을 확실하게 아는 그 기분이지요. 이 확실하다는 것이 중요한 점이지요.'

'전장으로 병사를 끌고 가서, 대포 앞에 세워 놓고 그 병사를 쏘아 보시오. 병사는 끝까지 한 가닥 희망을 가지고 있게 되지요. 될 것 같소? 미친 듯이 울게 될 겁니다.'

미시킨이 에판친 집안에 등장한 때부터 나스타샤의 야회가 끝나게 되는 350쪽에 이르는 분량이 불과 12시간의 사건을 서술한 데 지나지 않는다는 것을 다 읽고 나서야 알게 된다. 이것이 바로 현실의 시간과는 차원을 달리하는 도스토예프스키의 '시간'이다.

이것은 마치 사형수의 마지막 순간처럼 무한하게 늘어진 시간이다. 이와 같은 시간 속에 놓여진 상태에서는 인물의 입체 또는 평면의 구별도 의미를 상실하게 된다. 그리고 작품의 마지막에서 원래의 백치로 돌아가는 미시킨 공작은 햄릿과 마찬가지의 희생 제물인 염소인 셈이다.

결국 소설에서 모든 것은 스토리나 플롯, 묘사에 있는 것이 아니라 작가가 인물을 포착하는 방법에 따라 정해진다는 시점에까지 이르게 되었다.

그리고 모든 '소설 작법'은 필요없다는 결론에 이르게 되었고, 그래서 포스터도 소설론에서 도스토예프스키의 인물 모두는 '입체적 성격'이라는 식으로 표현했다. 도스토예프스키를 통해서 소설 작법에는 정해진 규정이 없다는 것을 다시 한 번 확인하게 되었다.

예문 1 인물의 전형 : 중도적인 인물
"동네는 그대루 있을까요?"
"그대루가 뭐요. 맨 천지에 공사판 사람들에다 장까지 들어섰는걸."
"그럼 나룻배두 없어졌겠네요."
"바다 위로 신작로가 났는데, 나룻배는 뭐에 쓰오. 허허 사람이 많아지니 변고지. 사람이 많아지면 하늘을 잊는 법이거든."
작정하고 벼르다가 찾아가는 고향이었으나, 정씨에게는 풍문마저 낯설었다. 옆에서 잠자코 듣고 있던 영달이가 말했다.

"잘됐군. 우리 거기서 공사판 일이나 잡읍시다."

그때에 기차가 도착했다. 정씨는 발걸음이 내키질 않았다. 그는 마음의 정처를 방금 잃어버렸던 때문이었다. 어느결에 정씨는 영달이와 똑같은 입장이 되어 버렸다.

기차가 눈발이 날리는 어두운 들판을 향해서 달려갔다.

황석영, 「삼포 가는 길」

[예문 2] 인물의 전형 : 긍정적인 인물

그는 숨이 가쁘게 이편 집모퉁이로 와서 한참이나 그곳을 바라보았다. 그때에 그의 머리에 떠오른 것은 낮에 본 여공들의 긴 행렬이었으며, 그 중에 섞여 있던 선비였다. 선비! 그는 자기도 모르게 이렇게 중얼거렸다. 선비가…… 참말 그 선비였던가? 그리고 저 안에서 지금 실을 켜고 있는가? 혹은 잠을 자고 있는가? 그도 나를 확실히 본 모양인데…… 나를 알아 보았을까?

선비도 자기가 넣어 주는 그 종이를 보고 똑똑한 선비가 되었으면……하였다. 과거와 같이 온순하고 예쁘기만 한 선비가 되지 말고 한 보(步) 나아가서 씩씩하고도 지독한 계집이 되었으면…… 하였다. 그때에야말로 자기가 믿을 수 있고 같이 걸어갈 수가 있는 선비일 것이다…… 하였다. (중략)

몰라볼이만큼 꺽세인 첫째의 몸집, 그리고 거칠고 거칠어진 그의 얼굴에 그나마 옛날 싱아를 빼앗아 먹으며 빙긋빙긋 웃던 그 눈만이 아직도 혁혁히 빛나고 있는 것을 볼 수가 있었다. 그러나 그 눈 역시 세고에 부대끼어 전과 같은 순진하고 맑은 기운은 약간 보이고, 반면에 무서울이만큼 강하게 빛나는 그의 눈동자! 그래야만 덕호에 대한 자기의 원을 풀어 줄 것 같았다.

그때 그는 간난이가 일상 하던 말을 얼핏 깨달으며, 세상에는 덕호와 같은 우리들의 적이 많은 것이다, 그것을 대항하려면 우리들은 단결하지 않으면 안 될 것이라던 그 말을 그는 다시 생각하였다. 선비는 어떤 힘을 불쑥 느꼈다.

강경애, 「인간 문제」

[예문 3] 인물의 전형 : 부정적인 인물

이웃의 가난한 집으로 어린애가 있는 데를 물색해서 그 어린애들의 아침 자고 일어난 오줌을 받아오기로 특약을 해두었습니다. 그 대금이 매삭 20전

…… 저편에서는 30전은 주어야 한다는 것을, 대복이가 10전만 받으라고 낙가(落價)를 시키다 못해, 20전에 절충이 되었던 것입니다.

그렇게 오줌 특약을 해두고는, 새벽이면 삼남이가 빨병을 둘러메고서, 우줌을 걷어오는 것이고, 시방도 바로 그 오줌입니다.

윤직원 영감은 빨병에서 오줌을 따르는 동안, 삼남이는 마침 생을 한 뿌리 껍질을 벗깁니다.

이건 바로 쩍쩍 들러붙는 약주술로 해장이나 하는 듯이 쭉 소리가 나게 오줌 한 잔을 마시고, 이어서 두 잔, 다시 석 잔, 석 잔을 마시자 삼남이가 생 벗긴 것을 두 손으로 가져다 바칩니다.

“그년의 자식이 엊저녁에 짜게 처먹었넝개비다! 오줌이 이렇게 짠 걸보닝개……”

윤직원 영감은 상을 찌푸리면서 생을 씹습니다. 오줌이란 본시 찝찔한 것이지만 사람의 신경의 세련이란 무서운 것이어서, 삼십 년이나 두고 매일 아침 먹어온 윤직원 영감은 그것이 조금 더 짜고, 덜 짜고 한 것까지도 알아맞힙니다.

“……빌어먹을 년의 자식이 아마 간장을 한 종재기나 처먹었넝가부다!”

채만식, 「태평 천하」

8. 시점(視點)과 묘사

1) 시점의 종류

작가는 작품에서 인물을 전개해 가는 방법을 그가 선택한 시점(視點, point of view)에 걸맞는 한 가지 기법 또는 여러 가지 기법을 사용한다. 이야기의 시점(서술 방법의 각도 또는 초점이라고도 한다)은 화자가 그 이야기의 가공 세계와 어떤 관계에 있는가, 또한 그 속의 인물의 마음과 어떤 관계가 있는 것인가 하는 것이다.

예컨대, a와 b, c의 세 명이 어떤 감정적인 문제의 소용돌이 속에 있다고 할 때, 누가 세 사람의 이야기를 서술하는가, 이야기와 화자와의 관계는 무엇인가, 서술할 때 어느 점을 전개해 주는가, 이와 같은 물음에 대한 답에서 주로 4가지 시점이 생기게 된다.

①a가 화자가 되어 자기를 그 인물 중 한 명으로 서술한다(또는 b나 c가 화자가 될 때, 그들의 이야기는 서로 조금씩 달라질 것이다). 1인칭으로 말하며, 다른 사람의 생각이나 기분이 아니라 자기의 생각과 기분을 말할 것이다. 이야기의 내부에 있는 것이 된다. 이 기법의 중요한 변형으로는 주요 인물 이외의 다른 누구(친구라든가 부모)인가가 말하는 방법이 있다. 이 경우도 1인칭으로 서술되고, 이야기 속의 한 명이기는 하지만 화자는 주요 인물의 마음에 들어갈 수 없다. 이 두 가지 경우의 시점은 일인칭 화자라 일컫는다.

②화자는 이야기 밖에 있는 자로서 주요 인물을 '그' 또는 '그녀'라고 부르는 경우이다. 만일 화자가 주요 인물 중 한 명——예컨대 a——에다 중심을 둔다면, 그는 a가 생각한 일과 느낀 일을 알고 있는 것처럼 그것을 말한다. 그는 c와 b의 말과 행동을 서술하겠지만, 마음속까지 읽은 것처럼 할 수는 없고, 독자는 그들의 마음속에 대해 간접으로 알 뿐이다. 즉, 이 경우에 화자는 모든 것을 알면서——전지(全知)이면서——알고 있는 사실의 일부분(a의 마음)만 말해줄 뿐이다. 이 기법은 제한적인 전지적 시점이라 일컫는다.

③화자는 아직 이야기의 바깥쪽에 있으면서 3명의 주요 인물의 마음을 꿰뚫어보고 말할 수도 있다. 이 경우 모든 것을 알고 있어서, 모든 것을 자유롭게 말한다. 이 방법을 전지적 시점이라 한다.

④화자가 3명의 마음속을 펼쳐보이지 않을 수도 있다. 이야기의 바깥에

서는 것으로 화자는 다만 이 3명의 행동(단독, 두 명씩, 또는 3명이 함께 되는 여러 가지 짜기)과 말(여러 가지 짜기로, 또는 셋이 함께 되는)을 나타내는 것에 그친다. 이렇게 되면 화자는 "c는 비참한 느낌이 들었다"고 표현할 수는 없다. 그러나 c의 겉모습을 보고하여 "c는 비참함 표정을 짓고 있었다"고 표현할 수는 있다. 이 방법으로는 개인적인 생각이나 감정(주관)은 배제되기 때문에 객관적 시점이라 말한다.

위의 4가지 시점을 정리하여 그림으로 나타내면 다음과 같다.

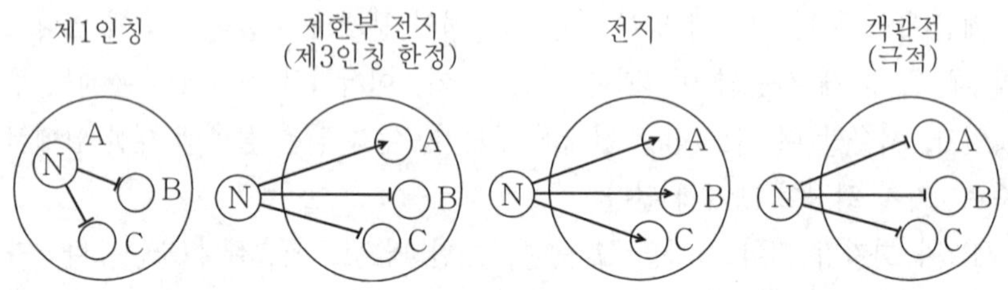

4개의 그림에서 큰 원은 이야기의 가공의 세계를 나타내고, 작은 원(A, B, C)은 주요 인물을 나타낸다. N은 화자이다. 화자와 인물을 이어주는 선은 인물의 원 속에까지 들어가기도(→)하고, 또는 한 걸음 앞에서 멈추기도(⊣)하는데, 이것은 화자가 인물의 마음속에 들어가는 권리를 행사하는 경우와 행사하지 않는 경우를 나타내고 있다.

이와 같은 시점에서 각기 다른 시점이 가지고 있지 못한 기법상의 장점과 단점이 있다. 제1인칭으로 서술된 이야기는 화법이 자연스럽기 때문에 독자를 이해시키기 쉽고, 또 제3인칭의 이야기보다는 친근감을 준다. 한편 동작에서 크게 제한을 받게 되고, 화자가 목격한 일과 또는 행한 일만 서술할 수 있다.

다른 시점에도 장점과 단점이 있다. 모든 인물의 마음속에 들어갈 수 있는 전지의 방법은 주관이 풍부하기는 하지만, 그 때문에 선택과 집중이 희생되게 된다. 선택과 집중이 중요한 때는 제한적 전지의 시점을 사용해도 좋다. 마지막으로 객관적 시점은 동작만 제한되고, 실생활에서 사건을 직접 보는 듯이 상황을 이야기할 수 있기 때문에 어떤 의미에서 가장 실생활과 비슷하다.

2) 포의 소설

포의 「어셔 가의 몰락」을 예로 들기로 한다. 어느 남자가 오래 만나지 못한 로더릭 어셔를 찾아간다. 어셔는 함께 사는 쌍둥이 여동생 마더린의 건강이 좋지 못한 것이 걱정이 되어 우울증에 빠져 있었다. 어셔 가는 의사가 그녀의 '기묘한 질병'을 조사하기 위해 그녀의 시신을 발굴하는 것을 두려워하여 한때 예배당 지하에 안치한다. 어느 날 폭풍 속에서 어셔가 미친 듯이 큰 소리로 책을 읽고 있을 때 마더린이 탈출했을 때 피로 물들었던 모습 그대로 나타난다. 그녀는 그 자리에 쓰러져 죽고, 어셔도 죽는다. 그 집을 방문한 친구가 이 집에서 나오자 집이 갈라지며, 늪 속으로 가라앉고 만다.

앞의 서두 연구에서 인용한 바와 같이 이 소설은 1인칭으로 서술되어 있다. 객관적인 시점으로 쓴다면, 모든 것을 서술과 묘사로 행할 수밖에 없다. 어셔와 마더린에 관한 방문자의 관찰도, 방문자 자신의 감정도 쓸 수 없다. 그러나 이와 같은 요소가 정경의 분위기를 강화하는 큰 힘이 되고 있기 때문에, 이것이 없으면 이 작품은 살지 못한다.

만일 내면의 분석이 중요하다면 왜 전지적 시점에서 쓰지 않았는가? 이 이야기의 목적을 위해서는 어셔와 마더린의 마음속에 들어가는 것을 피해야 한다. 즉, 수수께끼는 끝까지 수수께끼여야 한다.

제한적인 전지적 시점은 어떤가? 어셔나 마더린의 시점에서 쓴다는 것은 앞에 말한 이유로 해서 불가능하다(여기서 생각할 수 있는 것은 마더린의 시점에서 무척 재미있는 이야기를 쓸 수 있겠으나, 그 경우는 완전히 다른 이야기가 될 것이다).

이제 남는 것은 방문자에 의한 시점이다. 실제 이야기에서는 방문자의 마음속은 독자가 알고 있기 때문에 문제는 방문자의 마음을 3인칭으로 하느냐 아니면 1인칭으로 하느냐 하는 점뿐이다.

이야기의 요구에 따른다면, 즉 사건을 민감한 눈으로 기록하는 면——일어나고 있는 사실에 반응하고, 그것을 느끼는 어떤 의식——으로 말한다면, 이 의식은 1인칭으로 말하는 것이 좋다. 왜냐하면 포는 이 화자인 방문자를 놀라게 하는 동시에 독자도 놀라게 하기를 바라고, 그렇게 하기 위해서는 방문자를 차츰 공포 속에 빠져 들어가게 하고, 독자가 화자와 가장 동일화될 수 있는 시점을 택해야 한다고 생각하였다. 그렇게 할 때 독자도 차츰 큰 공포를 느끼게 된다.

포는 다른 이야기에 관하여, "독자에게도 반응을 일으키기 위하여" 인물로 하여금 도중에서 생각을 바꾸게 하는 것에 대해 말하고 있다. 그러나 「어셔 가의 몰락」에서는 인물이 생각을 바꾸는 것이 아니라, 감정을 바꾸어 가는 것이다. 처음에는 평온하고 침착한 상황이었으나, 이야기의 마지막에서는 정신 착란을 일으킬 정도가 된다. 독자는 그의 변화를 느끼고, 그와 같은 기분이 된다. 그것은 주로 1인칭 시점에서 말하고 있어서 독자가 그와 동화되었기 때문이다. 이것이 이야기 시점의 의미를 규명하는 하나의 방법이다.

포의 소설을 분석해 볼 때, 특정 시점이 절대적으로 '좋다'든가 '나쁘다'고 말할 수 없다는 것을 알게 된다. 즉, 작자가 말하려 하는 특정한 이야기에 비추어 어느 시점을 택하는 것이 다른 시점을 택하는 것보다 좋다고 말할 수 있을 뿐이다. 위의 4가지 시점은 저마다 장점도 있고 단점도 있다. 그래서 작가는 아주 신중하게 시점을 택하고 지킨다.

3) 객관적 시점

앞에서 소설의 시점을 4가지로 분류해 생각해 보았다. 이것을 요약하면 주관적인 일원적(一元的) 시점과 객관적인 다원적(多元的) 시점으로 줄일 수 있다.

일원적 시점의 소설로는 사소설(私小說)과 서간체 소설이 있다. 서간체 소설로는 리처드슨의 「파멜라」, 도스토예프스키의 「가난한 사람들」, 괴테의 「젊은 베르테르의 슬픔」 등이 유명하다.

다원적 시점 중 톨스토이의 「전쟁과 평화」와 같이 전지적 시점이 아닌, 순객관적 시점을 강조한 작가 중 대표적인 것은 모파상이다. 앞에 인용한 바 있는 그의 단편 「목걸이」에서 루아젤(마틸드 부인)은 가장 아름다워야 할 10년의 세월이 빌려 온 목걸이를 잃어버렸기 때문에 비참한 것이 될 수밖에 없었다. 알고 보면 그 목걸이가 실은 가짜였다는 것은 이 작품에서 가장 중대한 점이다. 그러나 작가는 다만 사건을 사건대로 제시만 했을 뿐이지 터럭만큼의 주관도 더하지 않았다. 「목걸이」의 마지막 부분은 다음과 같다.

"돌려드린 것은 빌려 왔던 목걸이와 꼭 같았지만 실상은 다른 것이었어요. 새 것을 사 보냈지요. 그 빚을 갚느라고 꼬박 10년이 걸렸답니다. 아무 것도 없는 저희로서는 그 빚을 갚느라고 정말 죽을 고생을 다했어요. 이젠 다 갚고 나니까 얼마나 시원한지 모르겠어요."

포레스티에 부인은 일어섰다.

"그럼 제게서 빌려 갔던 것 대신 다이아몬드 목걸이를 새로 사 보내 주셨던가요?"

"그럼은요…… 여태 그걸 모르게 계셨나요?"

이렇게 말하며 마틸드 부인은 사뭇 자랑스럽게 미소 지었다.

포레스티에 부인은 깜짝 놀란 표정으로 마틸드 부인의 양손을 붙잡았다.

"아이구, 미안해서 이 일을 어째…… 그때 빌려드렸던 내 목걸이는 가짜 목걸이었는데."

우리나라 작가의 경우 이효석의 단편 「메밀꽃 필 무렵」도 순객관적 시점에 의한 작품이다. 소설 마지막에 다 가서, 동이라는 청년이 동행하는 왼손잡이 허생원의 아들이라는 것을 표현하는 대목이 있다. 순객관적 시점에 의해 서술되고 있기 때문에 독자는 작품 중에 드러난 객관적 사실들을 종합하여 스스로 사건의 결말을 판단해야 한다.

나귀가 걷기 시작하였을 때 동이의 채찍은 왼손에 있었다. 오랫동안 어둑선이같이 눈이 어둡던 허생원도 요번만은 동이의 왼손잡이가 눈에 뜨이지 않을 수 없었다.

동이가 왼손잡이라는 사실이 왼손잡이인 허생원에 띄었다고 서술했을 뿐, 작가는 동이가 허생원의 아들이라는 것을 끝내 설명하지 않는다. 물론 그 전에 허생원과 동이의 대화가 있어서 대강 짐작하게 된다. 그러나 다소 부주의한 독자는 얼른 깨닫지 못할 정도로 작가는 아무 설명도 하지 않고, 순객관적인 사실(여기서는 유전)만을 제시해 놓았다.

4) 소설의 구조

소설은 서술과 묘사로 이루어진다고 말할 수 있다. 묘사의 대상이 되는 것은 인물과, 성격 자연과 환경 등 여러 가지이다. 그러나 묘사에 관하여 살펴보기에 앞서 다시 한 번 소설의 구조에 대해 생각해 보자―구조에 따라서 서술과 묘사가 달라질 수밖에 없기 때문이다.

프랑스의 문예비평가 A. 티보데는 소설을 구조에 따라서 셋으로 분류했다.

①하나의 시대의 총체를 묘사하는 총괄체(總括體) 소설(roman brut)

②개인의 생활을 전개하는 수동체 소설(roman passif)

③어떤 특정한 사건과 장면 등을 분리하여 보여주는 능동체 소설(roman actif)

①은 시대를 묘사하는 것을 목적으로 하는 소설로서, 다루는 시대를 복잡한 모습 속에 나타내고, 개인과 사건이 겹쳐질 때 끝없는 힘, 일체의 개인적 표현과 개인적 존재를 초월한 사회생활의 리듬을 느끼게 하려고 의도한다. 톨스토이의 「전쟁과 평화」, 위고의 「레미제라블」 등이 대표적인 것들이다.

이와 같은 작품은 때로 통일을 이루지 못한 것처럼 보이지만, 그것은 인생의 통일되지 못한 상태를 직시하는 데서 생기는 결과이다. 느릿한 템포와 반복, 에피소드의 세밀한 구분 등에 의하여 때로 유기적인 뼈대가 없는 것처럼 보여서 질서라든가 구성 등에서 짜임새 있는 인상을 주지 않고, 도도하게 흐르는 대하(大河)와 같은 감각을 독자에게 준다. 이 총화적(總和的) 소설(roman somme)은 소설의 최고 형식으로서, 소설이 가진 본질적 성분을 충분히 발휘한다.

②는 영국의 소설가가 즐겨 사용하는 것으로서, 디킨스의 「데이비드 카퍼필드」 등이 대표적인 것이다. 즉, 한 사람의 삶 모두나 한 부분을 소재로 삼아 그것만 말하며, 그것을 중심으로 삼는다. 현실과 삶에서 원리를 받아들이고, 작가의 원리를 강요하지 않는다. 가장 단순하고 예사로운 소설 형식이다.

수동적 소설은 사건에 의해 밖에서 변형되어 가는 사람을 묘사하는 것(디킨스의 「데이비드 카퍼필드」), 또는 처음부터 주어진 성격의 느릿한 자연적 발전을 묘사하는 것(스탕달 「적과 흑」, 「파름의 수도원」), 또는 갑작스러운 변화를 중심으로 하는 진행적인 것(플로베르 「보바리 부인」)등 다소의 차이는 있으나, 요컨대 한 사람의 반생 또는 일생을 묘사한다. 자연주의의 장편 소설 등은 대체로 여기 속한다.

③은 구성이 어떤 시대라든가 또는 생활 등 외부에 의해 주어지는 것이 아

니라 작가가 자유롭게 만들어 내고 창조해 가는 것으로서, 어떤 의미를 가진 에피소드나 사건이 특히 분리되어 전개된다. 단편 소설에는 이런 종류의 것이 많다. 요컨대 그것은 어떤 의미에서 국면을 응축하고 있는 점에서 극적이라고 말할 수 있다. 돌발적인 변화로 논리적인 지층을 규명해 가는 방법이다.

여기서 소설의 구성이 가지는 의미를 살펴보자. 이에 대해 티보데는 소설의 구성에도 세 가지가 있다고 말한다. 즉, ①줄거리(intrigue)를 만드는 기법, ②성격을 창조하는 기법, ③상태(état)를 구성하는 기법 등이라는 것이다.

①줄거리를 만드는 기법, 적어도 줄거리의 교묘함으로 독자를 끄는 예술은 고급에 속하지 못한다. 스콧의「아이반호」는 이 점에서 잘 구성되어 있으나, 교양 있는 독자는 이런 종류의 것을 작품 평가의 첫째 기준으로 삼지는 않는다. 걸작은 줄거리 보다는 줄거리는 만드는 기법 상의 성실함과 투명함에 의해 결정된다고 느낀다.

②줄거리의 구성이 예술적 가치를 지니게 되는 것은 인물의 성격을 구성하는 경우에 한정된다. 즉, 어떤 성격을 가장 잘 발휘하게 하는 데 걸맞는 장면을 선택하는 경우이다. 그러나 근대 소설은 신통치 않은 성격과 줄거리 위에서 구성되기도 한다. 이것은 사실주의 문학 발견의 기초를 이루는 것으로서, 플로베르의「보바리 부인」의 형식에 의해 모범적으로 구성되어 있다.

③한 명 또는 여러 명의 인물에게 어떤 극적인 심리적 자세를 부여하는 방법이다. 라파에트 부인의「클레브의 마님」은 상태의 구성이다. 그러나 이런 종류의 극적 구성은 소설에서는 우연만 나타나게 되어, 차라리 극에 속하는 원리라 할 것이다.

이를테면 소설 본래의 형식을 조화와 균형이 잡힌 구성된 작품으로 볼 필요는 없다. 이런 의미에서 소설은 고전주의의 왕성한 형식미가 존중되던 시대에는 다른 많은 형식에서 하위에 속하는 일종의 애매하고 혼합된 저급한 것으로 생각되었다. 소설은, 혼돈과 무질서를 허용하지 않고 통일을 구성 원리로 하는 연극에 대립되는 것이었다.

이렇게 저급이었던 형식이 19세기에 이르러 다른 고전 형식을 압도한 이유는 그것이 양식으로서 뼈대에서 자유롭고 한정을 가지지 않기 때문이다. 그것은 무한한 공간에 몰입할 수 있다는 것, 즉 완화된 구성과 시간 및 공간의 미학이기 때문이다.

5) 허구와 진실

소설은 허구의 세계를 필연이 되게 묘사하는 것이다. 이미 말한 바와 같이 소설 구성의 요점은 '불가능 → 불가재(不可在) → 가재(可在) → 필연'으로 이끌어 가는 것이다.

예컨대 10-1=9는 과학(수학), 10-1=0은 소설이 된다. 이런 수학을 풀 수 있는 것은 소설가뿐이다. 즉, 나무에 새가 열 마리 앉아 있었다. 총으로 그 중 한 마리를 쏘았을 때, 나무에 남아 있는 새는 몇 마리가 되겠느냐 하는 것에 대한 해답이 곧 '불가능 → 필연'의 소설 공식이 된다.

톨스토이는 이 허구 문제에 대해 말한 그의 예술론에서, 모든 사람들이 격찬해 마지않는 셰익스피어의 작품에 대해 의문을 제기하고 있다.

나는「로미오와 줄리엣」「햄릿」「리어왕」등을 차례로 읽어 내려가면서 기쁨은커녕 오히려 억제하기 어려운 불쾌한 반감을 느꼈다. 그리고 교양 있는 모든 사람들이 최정상의 작품으로 평가하고 있는 이 작품들이 조금도 취할 바 없이 아주 조잡한 작품이라고 생각했다.

톨스토이는 셰익스피어의 작품들에서 허구가 지나치다는 것을 지적하고 있다.

그러나 아리스토텔레스는 그의「시학」에서 시사적인 말을 하고 있다(시인을 소설가로, 시를 소설로 바꾸어 읽어도 무방하다).

"시인은 실제로 일어난 일을 쓰는 것이 아니라 일어날 가능성이 있는 일, 즉 필연적 또는 필연적으로 가능한 일을 쓴다. 역사가와 시인의 차이는 산문과 운문에 있는 것이 아니다. 그것은 역사가는 실제로 일어난 일을 쓰고, 시인은 일어날 가능성이 있는 일을 쓰는 데 있다. 그러므로 시는 역사보다 한층 철학적이고 더욱 고상한 것이다. 왜냐하면 시는 보편적인 것을 쓰고, 역사는 낱낱을 쓰기 때문이다."

위와 같은 입장에서 볼 때, 소설 본래의 성능을 발휘한 최고 형식이 시대를 묘사하는 총괄체(總括體) 소설이고, 따라서 참다운 소설은 테느가

지적한 바와 같이 인물이 방향을 바꿀 수 있는 소설, 작가의 얼굴이 보이지 않고 사물과 인물이 구체적 사물처럼 존재하는 소설이다. 그리고 그것은 바로 '불가능 → 필연'으로 승화된 소설이다.

이것에 대해 예컨대 이광수 등의 주제 소설 중 어떤 것은 작가의 삶에 대한 해석을 독자에게 강요하는 것으로서, 이를테면 증명을 하는 소설, 삶에 대해 하나의 판단을 할 성질의 것으로서, 삶 속에 관념을 끌어들여 현실을 수정하려 하는 경향이 있다. 이런 종류의 소설은 독자에게 오직 하나의 결론만 강요하기 때문에 그 소리는 공허하고 살아있지 못한 것이 된다. 이렇게 될 때 소설 본래의 순수함에 상처를 주게 되고, 설명적이며 교훈적이 될 우려가 있다.

그러나 이것은 작가가 작품 속에 존재해서는 안 된다는 말은 아니다. 우리나라의 자연주의, 이를테면 염상섭의 작품들과 같이 순객관적인 무사(無私)의 소설, 또는 모파상처럼 '삶의 거울'이 되는 것으로써 소설의 최고 형식을 삼아야 한다는 뜻이 아니다.

P. 부르제는 이렇게 말한다. "소설은 형상화된 생활이 아니다. 그것은 이야기로 이루어진 생활이다. 두 가지 정의는 전혀 다르다고 할 수 있다. 이 중 뒤의 것만이 이 문학 형식의 성질에 적합하다. 만일 소설이 이야기로 이루어진 생활이라고 한다면, 당연히 화자를 예상하게 된다. 한 명의 증인이라고 해서 감동이 없는 거울일 수 없다. 그는 감동하는 하나의 눈이다. 이 눈의 표정도 또한 증언이다."

물론 '이야기'라는 형식이 소설의 본래적인 형태였다는 것은 익히 알려진 바다. 그리하여 작가의 주관을 통하여 사물을 말하고 있다는 것도 문예의 근본적인 성격이다. 그리고 구체적인 형식으로서 한 인물의 입을 빌어 설명해 가는 이른바 설화체의 소설이 오늘날도 존재 이유를 가지고 있는데 대해서는 아무도 부정할 수 없다. 예컨대 19세기 최대의 소설가로 평가되는 발자크도 이야기적 및 설화적인 작품을 많이 썼다.

그러나 작가가 작품 속에 자기를 드러나게 나타낼 때 잡음이 섞이게 된다. 위고의 「레미제라블」과 톨스토이의 「전쟁과 평화」에도 그런 점들이 있다. 알랭이 주장하는 바와 같이 독자가 그것과 더불어 반성하고 행동하며 몽상하는 인물, 그러면서 전혀 허위를 느끼지 않는 한 인물을 원근법의 중심에 세우는 일이다. 독자는 그 인물을 통해 사건을 알게 된다. 그것이 화자가 되고 또는 작가의 주요한 사고의 주체가 된다. 발자크와 스탕달의 소설에는 그런 주인공이 중심에 서 있다. 이와 같은 인물을 설정하는 것, 그것이 바로 부르제가 말하는 '감동하는 눈'을 가지는 것이다.

6) 묘사의 기법

'묘사'라는 말은 한국의 문학 평론에서 아주 주요한 위치를 차지한다. 예컨대 "자연 묘사가 잘 되었다"느니, "심리 묘사가 제대로 되지 않았다"느니 하는 식이다. 흔히 사용되는 용어로도 성격 묘사, 인물 묘사, 환경 묘사, 내면 묘사, 외면 묘사, 측면 묘사, 행동 묘사 등이 있다.

묘사는 영어 description의 번역어이다. 자연 묘사 때는 이 용어가 어울리지만, 성격 묘사를 뜻하는 characterization은 오히려 '성격 부여'라고 번역하는 편이 옳다. 인물 묘사는 picture나 portrait(초상), 행동 묘사는 narrative(서술), 심리 묘사는 analysis(분석) 등으로 저마다 다른 것임에도 통틀어 '묘사'라고 하는 이유는 사실주의 내지 자연주의의 영향 때문이라 생각한다.

'묘사'는 어떤 대상을 '그려 내는 것'이기 때문에 객관주의의 관점을 전제로 하고 있다. 즉, 한편에 작가라는 주체가 있고, 다른 한편에 객체(환경, 자연, 인물 등)로서 있는 것을 '그려 낸다'고 생각되어 왔다. 그려 낸 것이 객체를 닮을수록 좋다고 하는 묘사주의의 미학이 전제되어 있다.

이런 관점에서 객관의 사상(事象)에 대해 그 내부에 조금도 들어가지 않고, 또 인물의 내부 정신에도 들어가지 않으며, 오직 보고 듣고 만진 대로의 현상을 그대로 묘사하는 '평면묘사'나 한 작자가 많은 인물에 대해 공평해질 수는 없으므로, 작중 인물 중 한 명을 통하여 보고 들은 바를 '일원적'으로 묘사하는 '일원(一元)묘사' 등이 주장되기도 했다.

이것은 사르트르가 초기에 모리아크의 '신과 같은 만능적 입장'을 비난한 논법과 비슷한 것으로서, 동서양 어느 문학에서든지 반복되는 논쟁이다. 현재라면 '작가의 관점'이 이슈가 될 문제로서, 우리나라는 '묘사' 문제를 놓고서 순수냐 참여냐 하는 것이 쟁점이 되었던 때도 있다.

사실상 이 묘사 문제만큼 어정쩡한 것도 없다. 예를 들어 성격 묘사라고 말하면 사람의 내면을 묘사하는 것이고, 인물 묘사는 사람의 외면을 묘사하는 것이라는 정도의 차이는 있다. 그러나 엄격하게 말해서 눈은 마음의 창이요, 내면도 외면도 하나인 것이 사람이다.

성격 묘사도 소설 서두에 '그는 이렇고 이런 성격이었다'고 설명하고는, 성격 묘사를 끝냈다고 생각해서는 안된다. 단역에게는 그것으로 통할는지 모르지만, 장편 소설에서 주인공의 성격은 이야기의 발전과 더불어 변화하기 때문이다.

7) 인물 묘사

근대 소설의 특징은 한마디로 말해서 '인간성의 탐구'이다. 그리고 그것은 사람의 보편성과 개성이 종합되어 하나의 전체를 이룬 인물의 탐구이다. 그러면서 또한 소설의 인물은 전형적 성격이어야 한다고 말한다.

결국 순수한 의미에서 '인물 묘사'라고 말할 수 있는 것은 이야기를 잠시 중단하고 주요 인물의 생김새와 복장을 묘사하는 것이라고 말할 수 있는데, 그것은 말로 표현하는 것이기 때문에 그림이나 사진처럼 똑같이 묘사되지는 않는다.

볼은 불타오르는 듯하고, 얼굴은 우아하며, 커다란 눈매, 뒤꿈치가 높고 작은 발, 조화를 이룬 손목과 발목, 곳곳에 푸른 핏줄이 드러난 하얀 살결, 순진하고 귀여우며 신선한 볼, 에지나 섬에서 발견된 주노의 상처럼 튼튼한 목, 힘차면서도 부드러운 목덜미, 쿠스토가 조각한 것 같은, 한가운데 모슬린을 뚫고 육감적으로 움푹한 양 어깨, 몽상으로 온화해진 쾌활함, 조각과 같이 아름다운 모습, 그와 같은 것이 곧 팡티느였다.

위고의 「레미제라블」 중 코제트의 어머니 팡티느의 여직공 시절의 묘사이다. 위고는 원래 시각적인 시인이지만, 에지나에서 발견된 주노 상과 쿠스토를 알지 못하는 독자로서는 팡티느의 아름다움을 생생하게 느낄 수 없다.

누가 보든지 이 여자가 비록 윤락의 길을 걷고 있기는 하지만 순진하다는 것을 알게 된다. 또박또박 걷는 걸음걸이, 부드러운 몸매, 장밋빛을 띤

오뚝한 작은 코, 푸르스름한 기운이 돌며 옴폭 들어간 둥근 눈, 그와 같은 것은 그녀의 정열적인 천성의 한 면을 나타내고 있었다.

이것은 뒤마 피스(뒤마 페르의 아들)의 「춘희」 중 한 부분이다. 묘사는 설명적이지만, 이 여성이 훨씬 아름답고 귀엽다는 느낌을 가지게 된다. 이 소설에는 실제로 모델이 있었던 것으로 알려져 있다.

소설가에게 모델의 문제는 모델이 있느냐 없느냐 하는 존재 여부에 있는 것이 아니라, 모델 사용 방법에 있다. 그리고 이것은 19세기 이래로 소설이 이상하고 진기한 사건이 아니라, 평범한 시민의 생활을 있는 그대로 쓴다고 하는 이상을 가지기에 이른 데서 생긴 문제, 곧 사실주의의 문제와 얽혀 있다.

그러나 실제로는 소설의 여러 인물을 묘사하는 데 언제나 적당한 모델이 있는 것은 아니다. 한정된 경험에서 사회 소설의 모델을 모두 안다고 하는 것은 실제적으로는 불가능한 일이다. 따라서 일부는 상상으로 만들어 내거나 또는 남의 작품에서 빌려 써야 한다.

작가 중에는 모델을 찾지 못하는 한 펜을 들지 않는 사람도 있다. 그러나 한편 지나치게 모델에 집착한 나머지 실패하는 경우도 있다. 소설에서 정말 중요한 것은 현실에 대한 태도이다. 무엇을 주제로 선택하는가 하는 데 작품의 성패가 달려 있다는 사실에 대해서는 이미 여러 번 말한 바 있다. 모델은 하나의 계기에 지나지 않는다.

그러나 또 한편 작가가 미리 머릿속으로 생각한 인물을 만들고 조종하는 데 따르는 위험 부담은 한없이 크다. 이에 대해 모리아크는 그의 「소설론」에서 이렇게 말하고 있다.

내 주인공의 한 명이 내가 설정한 방향으로 쉽게 나아가게 될 때, 그리고 내가 정한 모든 코스를 걸으며 내가 기대하고 있던 온갖 행위를 수행할 때 나는 불안에 사로잡히게 된다. 내 계획에 대한 복종은 그가 고유한 생명을 가지지 않고 있고, 또한 내 손에서 떠나지 않았으며, 요컨대 아직 추상적인 증거이다.

모리아크는 가톨릭의 관점에 입각하여 하느님과의 관계에서 사람을 본 작가이다. 그는 이어서 이렇게 말한다.

　나는 내가 창작한 인물이 내게 저항하고, 내가 그로 하여금 행하게 하려
고 결정한 행위를 앞에 두고 반항의 자세를 보일 때에만 내 작업에 대해
만족한다. 모름지기 순종적인 어린이보다 탕자를 선택하는 것이 모든 창
조자의 실상(實相)이라 할 것이다. 나는 내 작품의 주인공이 나로 하여금
작품의 방향을 어쩔 수 없이 바꾸게 하고, 처음에 내가 전혀 보지 못했던
지평선 방향으로 나를 몰고 가고 끌고 가는 때일수록 내 작품의 가치에 안
심하게 된다.

　그러나 소설의 인물이 작가의 뜻과는 반대로 움직이는 것은 대체로 장편
소설의 경우로서, 모리아크와 같은 중편 작가에게는 별로 일어나지 않는 문
제이다. 어쨌든 모델에 구애받을 필요는 없지만, 인형과 같이 인물을 움직이
게 하는 것도 위험한 일이다.

8) 성격 묘사

　인물 묘사는 결국 성격 묘사를 의미한다. 이에는 내적 묘사와 외적 묘사가
있는데, 내적 묘사는 달리 심리 묘사라 말할 수 있고, 외적 묘사를 성격 묘
사로 국한시킬 수 있다. 즉, 내적 묘사는 심리·기분·의식·정신·사상의 묘사
요, 외적 묘사는 풍채·표정·언어·동작·행위·신분·환경·교육 등의 묘사이다.
　① 직접적인 표현을 통하여 성격을 묘사한다(다음은 김동인의 「붉은 산」에
서 주인공에 대한 성격 묘사이다).

　생김생김이 벌써 남에게 미움을 사게 되었고, 거기다 하는 행동조차 변
변치 못한 일만이라 ××촌에서는 아무도 그를 대척하는 사람이 없었다.
사람들은 모두 그를 피하였다. 집이 없는 그였으나, 뉘 집에 잠이라도 자
러 가면 그 집주인은 두말없이 다른 방으로 피하고, 이부자리를 준비하여
주곤 하였다. 그러면 그는 이튿날 해가 낮이 되도록 실컷 잔 뒤에 마치 제
집에서 일어나듯 느직히 일어나서 조반을 청하여 먹고는 한마디의 사례도
없이 가버린다.

②대화를 통하여 제3자의 성격을 간접적으로 묘사한다(다음은 이광수의 「사랑」의 한 부분이다).

"해가 다 가면 서방님이 돌아오시구?"
"그럼."
"서방님이 돌아오시면 더구나 순옥이란 건 쓰러져 버리구 말구?"
"그럼."
"그리구 자구?"
"그럼."
"깨어나면 또 새 날이구?"
"그럼. 밤낮 그렇지 뭐."

담담한 대화의 진전에 따라서 묻는 여인의 쾌활하고도 수다스러운 성품과, 대답하는 여인의 침착하고도 야무진 성격이 선명하게 엿보인다.

③인물의 용모를 묘사하여 성격을 드러낸다(다음은 현진건의 「B사감과 러브 레터」의 한 부분이다).

사십이 가까운 처녀인 그는 주근깨투성이 얼굴이, 처녀다운 맛이란 약에 쓰려해도 찾을 수 없을 뿐인가, 시들고 거칠고 마르고 누렇게 뜬 품이 곰팡스런 굴비를 생각나게 한다.

④풍채를 묘사하여 성격을 드러낸다(다음은 현진건의 「지새는 안개」의 한 부분이다).

군수(郡秀)는 얼굴은 검으테테하였으되, 키가 설렁하게 큰 데다가 떡 벌어진 어깨, 길고 곧은 다리의 임자이니 세비로〔신사복〕나 입고 금테 안경이나 버티고 단장이나 두르고 나서면 그 풍채의 훌륭하기가 바로 무슨 회사의 사장이나 취체역같이 보였다.

⑤ 등장인물의 행동을 묘사하여 성격을 드러낸다(다음은 김동인의 「수양대군」 중 한 부분이다).

'휙.' 진평[수양대군]이 말게 높이 올라앉아서 발로 배를 한번 차자 말은 땅을 차면서 날기 시작하였다. 진평은 말 잔등에 납작 엎드려서 연하여 말 배를 찼다. 찰 때마다 속력은 더하여 마지막에는 살과 같이 빠르게 되었다.

⑥ 표정을 묘사하여 성격을 드러낸다(다음은 주요섭의 「사랑손님과 어머니」 중 한 부분이다).

"응, 이 꽃! 저, 사랑 아저씨가 엄마 갖다주라구 줘!" 하고 불쑥 말했습니다. 그런 거짓말이 어디서 그렇게 툭 튀어 나왔는지 나도 모르지요. 꽃을 들고 냄새를 맡고 있던 어머니는 내 말이 끝나기가 무섭게 무엇에 몹시 놀란 사람처럼 화닥닥 하였습니다. 그리고는 금시로 어머니 얼굴이 꽃보다도 더 빨갛게 되었습니다. 그 꽃을 든 어머니 손가락이 파르르 떠는 것을 나는 보았습니다.

투르게네프의 「아버지와 아들」은 주인공 바자로프의 허무주의적인 성격을 제대로 묘사함으로써 '전형적 성격'을 창조했다고 높이 평가되는 소설이다. 작가는 작품 창작에 즈음하여 성격 설정을 어떻게 하는가 하는 문제에 대해 이렇게 말하였다.

나에게 이야기의 싹은 결코 플롯은 아니었다. 나는 구성 따위는 마지막에 생각하였다. 나는 우선 어떤 성격을 표현하려고 생각하였다. 어떤 이야기[소설]가 내 머리에 떠오르면 형식은 어떤 개인 또는 여러 개인의 결합 형태였었다. 그런 개인은 무엇인가 특수하고 흥미 있는 일을 할 것이라고 짐작되어 그 인물을 행동시켜 보려고 생각하는 것이었다.

투르게네프뿐 아니라 작가는 누구나 성격 설정에 중점을 두고 있다. 비평가 규오는 전형적 성격 문제에 대해 이렇게 말했다.

뛰어난 극작가나 소설가의 손으로 형성된 위대한 유형은 동시에 예술 세계에서의 위대한 개성이기도 하다. 그리고 그것들은 반드시 깊은 실재성을 가지고 있는 동시에 또 상징성도 가지고 있다. 그러나 작품들이 문학사상에 중요한 의의를 가지고 있는 까닭은 실로 위에서 말한 바 있는 장점들과 결부된다. ……단순히 개체만을 그려서는 충분하지 못하다. 진실로 두드러진 개성, 즉 한 지방의 한 시대의 또는 여러 존재의 또한 전체의 주요 특질을 한 개의 존재 속에 응축시킨 것을 그리지 않으면 안 된다.

9) 심리 묘사

근대 소설에서 심리 묘사는 아주 중요하다. 프랑스 문학에서는 졸라의 자연주의, 즉 사람이 정욕만을 동기로 해서 행동하는 동물로 여기는 생리주의에 대한 반동으로서, 심리의 영역에 육체적인 충동이나 본능으로는 표현할 수 없는 것이 있다고 한 것이 부르제 등의 심리주의 문학으로 알려져 있다. 그리고 부르제의 「제자」는 주로 상류사회를 묘사했다. 이것은 졸라가 파리의 하층민을 대상으로 한 것과 대조적이다.

W. 제임스의 「종교적 경험의 여러 현상」에는 그때까지 성자로 숭앙받던 기독교의 지도자가 실은 광인(狂人)에 가까운 인물이었음을 밝힌 책이다. 심리 묘사라는 것은 의외성을 끄집어내는 일이 중요한 것이며, 이것은 거의 심리 속에 일어나는 유일한 사건이라 말할 수 있다.

도르젤 부인은 뒷걸음질했다. 그녀도 세뤼즈도 키스하고 싶은 기분 따위는 전혀 없었다. 살아 있는 채로 불에 뛰어드는 것과 마찬가지 일이었다. 그러나 두 사람 모두 그런 기분을 상대방에게 보여서는 안 된다고 생각했다. 그래서 두 사람은 웃으면서 키스했다. 프랑수와는 마의에 볼에 커다랗게 키스했다. 그러자 그녀의 얼굴에는 짓궂은 표정이 떠올랐다.

라디게의 「도르젤 백작의 무도회」 중 한 부분이다. 마오와 프랑수아가 먼

촌수의 사촌남매 사이라는 사실이 밝혀져 남편인 안느에게 키스를 강요받는 장면이다. 이 장면의 매력은 마오가 잘못 생각했다는 것이 아니라, 마오와 프랑수아 사이의 사랑이 잘못된 생각에 의해 강조되어 있는 점이다.

스탕달이 묘사하는 사랑도 심리적인 착각에 의해 그 존재가 거꾸로 입증되는 일이 흔히 있다. 다음은 「아르망스」의 한 부분이다.

옥타브는 자기를 주시하고 있는 아르망스의 큰 눈을 마주 보고 있었다. 그때 그들은 갑자기 무슨 소리를 들었다. 조금 전부터 들려온 소리였으나, 그들의 주의를 전혀 끌지 못했던 소리였다. 오마르 부인이 옥타브의 모습이 보이지 않기 때문에 놀라서, 허전함 때문에 큰 소리로 그를 부르고 있다. "당신을 부르고 계세요."하고 아르망스는 말했으나, 그렇게 간단한 말을 하는 데도 떨리는 그 목소리는, 옥타브 이외의 사람이라면 누구에게도 그가 얼마나 사랑을 받고 있는지 느꼈을 것이다. 그러나 그는 자기 마음속에 생겨난 일에 정신이 팔리고, 또 자기 가슴에 닿은 가볍고 엷은 비단으로 살짝 가려진 아르망스의 아름다운 팔이 아름답다는 생각에 심란해져서, 달리 주의를 기울일 여유가 없었다.

옥타브는 자기가 성적인 불구자이기 때문에 사랑할 수 없다고 믿고 있다. 그 때문에 오히려 아르망스에게 연인다운 태도를 나타낼 수 있는 관계를 이루고 있다. 경쟁자의 부르는 소리가 계속해서 들려왔는데도 그것을 느끼지 못했다고 하는 심리적 사건이 두 사람의 도취의 강도를 나타내고 있다.

문학에서 심리 묘사에 중점을 두는 '심리 소설'이란 명칭이 등장하게 된 것은 19세기 중엽이었다. 따라서 오늘날 심리 소설의 전형으로 평가되는 「클레브의 마님」과 「아돌프」도 발표 당시는 상류사회의 연애를 묘사한 풍속 소설로 보아 왔다. 원래 심리 소설은 일정한 사회의 테두리 안에서 전개된다. 「클레브의 마님」은 루이 왕조의 사교계를 무대로 하고 있다.

그러나 「클레브의 마님」의 경우 흥미의 중심이 되는 것은 인물의 심리가 잘 묘사되어 있다든가, 자연 묘사가 한 군데밖에 없다든가 하는 것이 아니라, 여주인공이 사랑을 억제한 억제방법에 있다. '클레브의 마님'은 과연 누무르 공작에게 몸을 맡길 것인가 하는 흥미가 없다면, 종말 가까이에 누무르

공작이 클레브 마님을 몰래 훔쳐보는 장면의 효과는 생기지 않게 된다.

이것이 바로 소설의 매력이다. 클레브 마님의 심리가 잘 묘사되었다고 생각하는 것은 흥미와 일치되어 있기 때문이다. 클레브 마님의 심리만 떼어내어 그 진실성을 생각하게 된다면, 그녀에게 과연 성욕이 있기는 한가하고 의심하게 된다.

10) 자연 묘사

자연 묘사는 소설의 본질적인 부분이 될 수 없다. 서구에서는 18세기 루소 이래로 유행한 낭만적인 취미의 결과 소설 속에 들어오게 되었다. 「클레브의 마님」에는 자연 묘사가 단 한 군데만 있는 것으로 유명하다. 그것은 ‘(누무르) 공작은 숨어 사는 집 뒤쪽에 나와서, 그곳에 흐르고 있는 시냇가 버드나무 밑을 걸어갔다’는 단 한 줄이다. 그것도 자연 묘사를 의식한 것이 아니라, 17세기 궁정인으로서는 이상하다고 할 수밖에 없는 행위, 즉 사랑의 포로라도 되기 전에는 그와 같이 쓸쓸한 장소를 하인도 없이 가지 않는 것이기 때문에 특히 정경을 지정했다고 생각할 수 있다.

그러나 루소의 자연주의는 외계와 사람의 내부 모두 ‘자연’이라고 보는 철학에 기초하였고, 거기에서 부르주아 혁명과 새로운 교육을 준비하게 되었다. 그의 「신(新) 엘로이즈」와 「고독한 산책자의 몽상」이 애독된 것은 그 속에 있는 스위스 산악의 묘사가 18세기 말부터 특히 귀부인 사이에 만연된 감성 과잉에 합치되었기 때문이며, 사회에 배반당한 낭만적인 개인이 자연 속에 영혼의 휴식을 찾았기 때문이다. 루소의 이와 같은 영향은 20세기 초엽까지 계속되었다.

영원한 청춘 소설이며 나폴레옹이 일곱 번씩이나 통독했다고 하는 괴테의 「젊은 베르테르의 슬픔」에서 실연을 당한 베르테르는 자연에서 ‘영원히 입을 벌리고 있는 무덤 속’을 볼 뿐이다.

그렇듯 많은 환희를 내 가슴에 채워주었고, 나로 하여금 주위의 세계를 하나의 낙원이 되게 했던, 생동감 있는 자연에의 나의 풍부하고 따뜻한 감정이 이제 내게는 견디기 어려운 고문이 되었고, 가는 곳마다 나를 쫓아다니는 가책의 악귀가 되고 말았다.

위에서 보는 바와 같은 자연과의 극적인 대립은 서구 문학에서도 과히 많이 찾아볼 수 없다. 여기에는 일종의 직설적인 간결함이 있어서 「젊은 베르테르의 슬픔」이 계속해서 애독되는 것은 그 때문이라 말할 수 있다.

환경 묘사가 작품 구성의 중요한 요소를 차지하게 되면서부터 근대 소설은 사람과 자연과의 관계를 서로 조화되는 형태에서 다루게 되었다. 그리하여 현대에 와서는 환경으로서의 자연 묘사는 사건과 인물을 효과적으로 표현하기 위한 공리적인 보조물로 사용하게 되었다. 환경 중 문학과 일찍부터 관계를 가지게 된 것은 '사회'보다도 '자연'이 먼저였다.

한국의 근대 작가 중 작품에 자연을 가장 많이 이용한 작가는 이효석이라 할 수 있다. 작중 인물의 심리 상태를 묘사할 때는 으레 자연을 그리곤 했는데, 다음은 그의 작품 중 몇 군데에서 뽑은 것이다.

바심할 때의 짚북데기보다도 부드러운 나뭇잎을 몸을 파묻고 있으면, 몸뚱아리가 마치 땅에서 솟아난 한 포기의 나무와도 같은 느낌이다. 소나무 참나무 총중의 한 대의 나무다. 두 발은 뿌리요 두 팔은 가지다. 살을 베면 피 대신에 나무진이 흐를 듯하다.　　　　　　　　　　　　　　「산」

길은 지금 긴 산허리에 걸려 있다. 밤중을 지난 무렵인지 죽은 듯이 고요한 속에서 짐승 같은 달의 숨소리가 손에 잡힐 듯이 들리며, 콩포기와 옥수수 잎사귀가 한층 달에 푸르게 젖었다. 산허리는 온통 메밀밭이어서 피기 시작한 꽃이 소금을 뿌린 듯이 흐뭇한 달빛에 숨이 막힐 지경이다.

　　　　　　　　　　　　　　「메밀꽃 필 무렵」

이효석은 자연을 자연대로 보지 않고 자연을 자아의 확대로서 또는 자연을 자아의 변신으로서 보았기 때문에 자연 묘사가 그대로 심리 묘사로 직통될 수 있었다. 그의 「산」 외에 「들」 같은 작품은 자연을 관조하는 정서적 주관이 오히려 자연에 패배한 감이 없지 않지만, 어쨌든 자연을 문학과의 교섭에서 표현한 것은 한국 문학에 남긴 그의 공적이다.

예문 1 시점과 묘사 : 화자시점 서술

"아아니, 요새, 웬 비웃이 그리 비싸우?"

죽은깨 투성이 얼굴에, 눈 코 입이 그의 몸매나 한 가지로 모다 조그맣게 생긴 이쁜이 어머니가, 왜목 요잇을 물에 흔들며, 옆에 앉은 빨래꾼들을 둘러보았다.

"아아니, 을말 주셨게요?"

그보다는 한 십년이나 젊은 듯, 갓 설흔이나 그 밖에는 더 안되어 보이는 한약국집 귀돌어멈이 빨래돌 우에 놓인 자회색바지를 기운차게 방망이로 두둘이며 되물었다. … (중략)…

점룡이 어머니는 허리를 굽히고, 그의 옆에 놓인 빨래 광주리를 내려다본다.

"이거어?"

이쁜이 어머니는 일부로 몸을 돌려, 광주리에서 점룡어머니의 주의를 이끈 빨래감을 집어들고,

"글쎄, 한번 입구, 오늘 첨 빤게 이꼴이구료? 모두 왼통 째지구. 내 기가 맥혀……"

"그러기에 나 먹은 사람은 호살 말라는게지. 딸은 안해주구, 저만 해입으니 그럴 밖에…… 그거, 인조야?"

"인존, 웨에? 이 꼴에 이게 한자 사십전짜리 교직이라우."

"그게 사십전예요오?"

귀돌어멈은 새삼스러이 그의 편을 돌아보고,

"질기긴 외레 인조가 낫죠. 교직은 볼품은 있어두, 그저 첨 입을 그때 뿐이지, 한 번 입으면 그만이니……"

그리고 다음은 상반신을 외로 틀어 흐응 하고 코를 푼다.

박태원, 「천변 풍경」

예문 2 시점과 묘사 : 인물시점 서술

밤중에 거울 속의 얼굴을 보게 되는 일은 늘 낯설었다. 거울 속의 얼굴이 거울 밖의 얼굴을 물끄러미 보면서 너는 어떤 사람인가, 묻고 있는 듯했다. 그러면 분명 완을 기다리는 동안 부러진 석류나무 가지 같아진 마음 속의 들끓음이 다시 시작될 것이었다. 싫어, 고갤 젓다가 밟은 것이 석류였다.

석류는 그녀의 발이 닿자마자 으깨졌다. 어둠 속에서 조심스레 걷다 보니 발끝에 잔뜩 힘이 들어가 있어서, 석류는 파삭, 깨지면서 그 특유의 내밀한 향을 내뿜었다. 구슬 같은 석류알들이 와라락 발가락 사이에 끼여들어 발가락이 간지러웠다. 은서는 잠시 자신의 맨발 아래 으깨진 석류를 그대로 밟고 서 있었다. 어느 발가락 사이는 석류 껍질의 까슬한 부분이 박혀 쓰라렸다. 어쩌면 피가 날지도 모르겠는데도 그녀는 석류를 밝고 그러고 서 있었다. 으깨진 석류알이 내뿜는 시고 달콤한 향은 아주 빠른 속도로 커튼과 스탠드와 탁자와 책들, 의자나 쌓아놓은 신문이나 신발장 앞의 슬리퍼 사이사이로 스몄다.

신경숙, 「깊은 슬픔」

[예문 3] 시점과 묘사 : 1인칭 서술

우스꽝스러울 정도로 의기양양해하고 있는 그 표정을 오래 보고 있자니까 주술에 가까운 어떤 강렬한 기운이 가슴 속에 뜨겁게 전달되어 와서 외할머니란 사람이 내게는 별안간 무섭게 느껴지기 시작했다. 그리고 비극이 덮쳐올 때마다 매번 그것을 점장이처럼 신통하게 알아맞혔다는 외할머니의 주장을 곧이곧대로 믿지 않을 수 없게 되었다. 말하자면 그때 우리 외할머니는 크다면 크고 작다면 작은 하나의 싸움에서 마침내 승리를 거둔 셈인데, 그러고도 모자라서 우리들마저 못살게 굴 만큼 아직도 노인다운 끈기와 옹고집에 충분한 여력이 있는 듯이 보였고, 그것이 외손자인 내게는 감히 누구도 범접 못할 불가사의한 힘으로 느껴져 오래도록 기억에 남을 강렬한 감동을 주었다.

윤흥길, 「장마」

9. 소설의 본질

1) 언어의 예술

작가가 우선해야 할 일은 언어를 구사하는 방법을 터득하는 동시에 언어에 의해 속는 일이 없는 원시의 심정을 생생하게 보존하는 것이다. 언어로써 사람을 표현하려고 하는 이상 사람의 마음을 표현하는 수단으로서 언어는 아주 불충분한 것임을 먼저 분명하게 알아야 한다.

언어란 것은 추상적인 표현 수단이다. 입으로 말한 때도 그렇지만, 더구나 글자로 쓴 때는 더욱 그렇다. 이 때문에 일상생활에서 중요한 말을 하려 할 때 상대방의 얼굴을 보는 일이 필요하다.

소설은 위와 같은 성질의 언어를 사용하여 사람의 생활을 표현하는 것이기 때문에 우선 사람 생활의, 이를테면 언어 표현 이전의 장소에 뿌리를 내리고 있어야 한다. 이미 언어의 세계에 등록이 끝난 사상과 감정 등을 전혀 새롭게 써야 할 필요는 없다.

물론 사람이 생각하는 것과 느끼는 것은 먼 옛날부터 근본적으로 별로 변할 리 없고, 모든 일은 모두 다 표현된 상태라고 말할 수도 있다. 그러나 수천 년에 걸친 문학의 역사 속에서 시대가 끊임없이 사상과 감정의 형태를 바꾸어 새로운 문학을 만들어온 것 또한 사실로서, 이 새로움이란 결국 시대생활의 새로움이다. 새로운 때의 새로운 감정이 항상 새로운 문학을 낳는 모태가 된 되었다.

이것은 개인도 마찬가지로서, 적어도 소설을 쓰는 이상은 그 시대의 기성문학에서는 나타나 있지 않은 새로운 사상이든가 감정을 가져야 한다. 적어도 그와 같은 자신이 누구에게나 창작의 동기가 된다.

그러나 이와 같은 새로운 사상과 감정은 그것이 참다운 의미에서 새롭고 개성적인 것일수록 언어로 나타낼 수 없는 성질의 것이다. 이를 두고 발레리는 "참으로 개성적인 경험에는 그것을 표현하는 언어가 없다"고 말했다. 이것은 언어가 원래 사회적인 것으로서, 효용과 한계가 거기 있다는 의미이다. 언어는 나면서부터 알고 있는 것이 아니라, 사회적 훈련에 의해 배우는 것이다. 즉 모방을 통해 배우게 된다.

때문에 언어는 본질적으로 남의 것이요, 우리의 정신 속에서 남을 대표한다고 말할 수 있다. 스탕달의 「적과 흑」의 레나르 부인은 미청년 줄리앙과의 불륜을 저지르고 나서 행복감에 도취되지만, 갑자기 '간통'이란 말에 자기 행위가 해당된다는 것을 느끼고 깜짝 놀라는 장면이 있다. 이 경우 레나르 부인의 꿈을 깨뜨린 것은 사회상이라 말할 수 있다.

결국 소설을 창작한다는 것은 지금까지 소설이 되지 않은 제재를 소설화하는 것이요, 작가의 독창성도 바로 그것이라고 할 수 있다. 그리고 그 독창성이 작가로서의 생명의 근원이 된다. 그러나 또 한편 문학 언어에 의한 예술인 이상 그것이 언어 세계의 법칙 곧 언어의 사회성을 따라야 한다.

문학 표현에는 우선 표현되는 대상이 있어야 하는 것은 말할 필요조차 없지만, 일단 표현에 착수한 이상은 그와 같은 소재를 떠난 표현의 세계의 법칙만이 남게 된다. 그리고 언어는 남의 것이며, 따라서 표현은 남을 위한 것이다. 그와 같은 상황에서 소설은 남에게 전달하기 어려운 경험(즉, 작자의 가장 개성적인 사상 감정)을 언어로써 모조리 표현해야 한다.

이 두 가지 모순되는 요구를 어떻게 해결하느냐 하는 데 소설이라는 예술의 근본이 있다. 아니, 이 모순의 해결을 지향하지 않는 소설은 예술 속에 끼어들 수 없다고 생각하는 것이 더 타당할 것이다.

2) 어휘의 문제

아리스토텔레스는 「시학」에서 문학 곧 비극과 서사시에 공통되는 네 가지 구성 요소를 밝히고 있다. 즉, 줄거리, 인물, 수사 및 사상이다. 이 중 줄거리는 '일련의 사건이요, 줄거리는 바로 비극의 목적'인 동시에 '혼이기도 하고 생명이기도 한 것'이기 때문에 가장 중요한 것으로 보았다. 현재도 소설은 '이야기(story)'로 인식되고 있는데, 이 용어는 아리스토텔레스가 줄거리(fable)라 명명한 것에 상응한다.

이야기가 독자들에게 이해되기 위해서는 기본적인 구성인 '집적(集積)'으로 도입해야 하는데, 가장 단순한 것이 연대순이다. 예를 들어

'남성이 항해를 하고 돌아온다. 여자를 만나고 그리고 살해한다'는 이런 이야기를 두고 작가는 그 사이에 윤리적인 연결(인과 관계)을 설정하여 '바다에서 돌아온 남자가 일찍이 사랑하던 여자를 만나게 되지만, 그 부정을 알고 죽인다'는 식으로 짜야 한다.

이렇게 이야기를 짜나가는 것이 플롯이 되고, 거기에 잠재적으로 많은 에피소드와 작은 사건이 있어서, 여러 가지 차원의 이야기의 단위를 구성하고 있다. 가장 작은 단위를 때로는 동기(motive)라 일컫는다.

범죄의 에피소드는 또한 정경(情景)을 발전시키게 된다. 살인자는 몸을 숨기고 기다리고 있다. 소설가는 그의 심리 상태를 분석하고, 그 장소와 밤의 분위기를 묘사한다. 거기서 '남자는 그녀를 향해 방아쇠를 당겼다'는 것이 가장 작은 이야기의 단위가 되고, 모티브가 된다.

이와 같은 여러 가지 핵은 이야기에 통일성이 있게 각각 연결되어 있는데, 전체를 통일하게 하는 원리를 필요로 하고, 그것이 이야기의 진행과 운동을 확실하게 하여 방향을 정하게 된다. 이것이 줄거리 짜기(action)이다. 위의 예에 의한다면, 줄거리 짜기는 사랑과 그 이야기의 귀착인 범죄를 정당화하는 질투가 얽힌 것으로 된다.

소설가는 단순히 에피소드를 이어가기만 하는 것이 아니라, 등장인물을 생동감 있게 묘사하고, 공간적인 테두리와 이야기가 진행되는 시간을 서술하며, 거기에 어떤 사상과 철학까지 더해서 모든 요소가 줄거리 속에 녹아들도록 한다.

소설가는 이와 같은 요소들을 균형 있게 배치하여 조화를 이끌어 내야 한다. 따라서 구성(pattern composition)은 구조에 관계되는 요소로서 조화를 이룬다고 하는 미학적 관심에 응하며, 마찬가지로 가락(rhythm)은 이야기의 진행에 특징적인 템포를 낳는 효과를 배려하며 붙여지게 된다.

포스터에 의하면 이야기와 플롯의 구별은 인과 관계의 요소가 있느냐 없느냐에 달렸다고 한다. 그러나 이야기는 등장인물의 행위와 감정 및 운명 등 요컨대 인간적 요소를 전제로 하지만, 독자들이 플롯에 관해 말할 때는 그것을 생각하지 않는다. 소설에서 이야기를 말한다고 하지만, 독자들이 따라 가

는 것은 플롯의 줄이다.

N. 코르모(Cormeau)는 이렇게 말한다. "이야기란 무엇인가? 바로 사건과 정념(情念)이 하나로 합쳐진 것이다. 그것들은 어느 일정한 시간에 전개되고, 등장인물을 대결하게 한다. 그들은 대체로 상상의 산물이지만 삶에 있을 수 있는 일이기 때문에 살과 피를 가지고 사람처럼 우리에게 도전해 오는 것이다."

플롯에서 등장인물이 강조되기 보다는 에피소드의 연결이거나, 때로는 이야기 구조의 거의 수학적인 집합이 강조된다. R. 스콜즈(Scholes)와 R. 켈로그(Kellogg)는 다음과 같은 구별을 명확하게 하고 있다. "'이야기'란 등장인물과 줄거리 짜기의 두 가지를 분명하게 밝히는 '일반적인 용어'이며, 플롯은 '보다 특수한' 용어로서 줄거리 짜기에만 관계하고, 등장인물에게는 될 수 있는 대로 말하지 않는다."

이에 대해 다음의 두 소설가는 그 차이를 생물학적인 두 가지 이미지로 요약하고 있다. T. 하디는 이야기는 하나의 '유기체'로, I. C. 버네트는 플롯이 소설 전체를 떠받치는 '뼈대'로 보고 있다.

3) 소설의 성질

옛날 화자는 영웅의 공적에 관하여 실재 인물들의 사료(史料)를 재료로 하여 그 위에 가지를 붙여 말했다. 따라서 그들의 이야기는 사실과 공상이 혼합된 것이었다. 후세가 되자 이 두 종류의 서술 방법을 구별하여 하나를 '역사'라 하였고, 다른 것을 '소설(허구)'이라 불렀다.

아리스토텔레스는 이 양자를 구별하여 역사는 '일어난 일'을 서술하고, 소설(허구)은 '일어날지도 모르는 것'을 서술한다고 규정했다. 즉, 역사는 그대로의 형태로는 결코 다시는 일어나지 않는 특정되고 유일한 사람들과 사건을 다룬다. 그리고 소설은 '보편'을 다룬다. 소설은 보편을 다룬다는 점에서는 철학과 비슷하지만, 특수(특정한 인물과 사건)를 통하여 보편을 말한다는 점에서는 역사와 비슷하다. 그러므로 소설의 영역은 역사의 영역과 철학의 영역 중간에 위치한다.

소설에서 낱낱의 사건은 역사와는 달리 만들어진 것이며 상상된 것이다. 그러나 역사는 진실이며 소설은 거짓이라고 말한다면, 그것은 다만 역사는 과거에 실제로 일어난 일을 알 수 있는 한에서 다룬 것이고 소설은 그렇지 않다는 의미에서 말한 것이 된다. 그러나 다른 의미에서는 소설 또한 진실된 것이어서, 그것은 이른바 인간성의 진실이며, 미국의 작가 호손이 말하는 '인간의 마음의 진실'을 나타낼 수 있는 것이다.

소설과 역사를 비교할 것이 아니라 삶과 비교해볼 일이다. 우리는 어느 사람을 잘 알고 있다고 생각하고 있지만, 사실은 친구 사이라 하더라도 절대로 알지 못하는 경우가 많이 있다. 그러나 뛰어난 소설가는 상대방이 드러내지 않는 것까지 표현할 수 있다. 때문에 독자들은 자기들의 친구에 대해서 알고 있는 것보다 좀더 중요한 것을 소설을 통해 알 수 있게 된다.

즉, 도스토예프스키의 「죄와 벌」의 라스콜리니코프와 소냐, 톨스토이의 「전쟁과 평화」의 안드레이와 나타샤, E. 브론테의 「폭풍의 언덕」의 캐서린 안쇼와 히스클리프, M. 미첼의 「바람과 함께 사라지다」의 스칼렛 오하라와 레트 버틀러, 그리고 이광수의 「흙」의 허숭과 유순 등에 대해 알고 있다.

소설을 읽는 것은 '대체(代替)의 경험', 즉 독자가 체험하는 경험을 대신하여 작중 인물이 경험하는 것으로서, 이를테면 문학 작품이 경험을 독자에 준다. 더구나 그 경험은 실제의 삶과 역사의 기록에 있는 삶보다도 넓고 깊다. 이런 의미에서 소설은 '진실'이다.

소설의 진실성을 두고 볼 때, 사실적인 소설과 낭만적인 소설이 있다. 삶의 외면적인 정황(情況)을 충실하게 전하는 이야기를 '사실적(리얼리스틱)'이라 하는데, 그것은 '구체(具體)'(액추얼리티)에 충실하기 때문이다. 반면 내적인 진실에 관심을 가지고 있는 작가는 삶을 외관에서 묘사하려 하지 않는다.

호손은 사실적 소설을 가리켜, "있을지도 모를 일뿐 아니라, 삶의 경험에서 있을 수 있고 또 예사롭게 일어나는 일에 대해 세부에 이르기까지 충실하게 묘사하는 것"이라 했다. 또한 낭만적 소설은 사람의 마음의 진실을 나타내려 하여 "그 진실을 작가가 스스로 선택하고, 만들어 낸 정황 아래서 제출한다"라고 말한다.

소설을 감상하고 분석할 때는 통상적으로 구성 요소를 생각해서 플롯, 인물, 배경 등으로 분해한다. 즉 독자가 소설을 읽을 때의 인상이 전체적인 것인 반면, 토막 내어 분해하려 한다. 그러나 따지고 보면 소설에서 각 요소는 각각 고립되어 있는 것이 아니라 모든 요소가 연관되어 있다.

때문에 소설가이며 비평가인 H. 제임스(1843~1916, 심리주의 소설가로서 프루스트와 조이스의 선구자이다)는 그의「소설 기법」에서 이렇게 말하고 있다. "성격이란 무엇인가? 사건이 결정하게 되는 것이 아닌가, 사건이란 무엇인가? 그것은 성격의 구체적인 예가 아닌가."

4) 발단과 결말

오페라는 서곡의 몇 소절이 작품 전체를 요약한다. 소설도 그 첫 쪽이 작품의 가락과 리듬을, 때로는 주제도 함께 나타내 준다. 스탕달의「파름의 수도원」, 졸라의「제르미날」, 말로의「인간의 조건」또는 아라공의「오렐리앙」은 이미 첫 단락 속에 모든 것을 포함하고 있다.

스탕달의 소설은 압도적인 경쾌함으로 시작된다. 나폴레옹의 밀라노 입성은「파름의 수도원」의 주제는 아니지만, 이탈리아인들의 각성을 결정하고, 용감함과 쾌락, 정열이 무엇인가 하는 것을 다시금 가르치며, 그것은 주인공인 파브리스와 생세벨리나 후작부인 안에 피와 살이 되고 있다.

「제르미날」은 빈곤과 반항을 다룬 과격한 작품인데, 아무것도 자라지 않은 평지에 3월의 돌풍으로 모래가 날리고 있는 가운데 한 사람이 터벅터벅 걸어오고 있는 것으로 서두가 시작된다.

아라공은 말하기를 자기 소설은 언제나 첫 글에서 출발한다고 했다.「오렐리앙」의 첫 글은, "오렐리앙이 처음으로 베레니스를 보았을 때 그는 분명하게 미운 여자라고 생각했다. 즉 호감이 가지 않는 여자였다. 그 드레스를 입은 모습도 보기 싫었다"고 되어 있다. 이 소설은 결국 전체가 이 두 등장인물의 관계 발전에 있다. 또는 좀더 정확히 말한다면 오렐리앙이 베레니스에게 품은 최초의 이미지가 흔들리게 되는 데 있다.

말로의 작품은 주먹으로 갈기는 것으로 시작된다. 테러리스트가 잠들어 있는 희생자를 보며 언제 어떤 식으로 해치울 것인가 생각하는 것이다.

첸은 모기장을 들어 올릴 셈인가. 모기장 너머로 죽일 것인가? 고통으로 위가 뒤틀리는 듯했다. 그는 똑똑한 정신이었다. 그러나 이 순간에는 모든 것이 흐릿해지고 말아, 흰 모슬린의 산에 매혹되고 말았다. 그것이 위로부터 아래로 드려져 그림자보다도 보기 흉한 몸에 덮여 있고, 거기에서 누워 있는 사람의 발만 비스듬히 나와 있었다.

말로의 기법은 전통적이어서 작품을 시작한 부분, 즉 사건의 한 가운데서 시작하여 약간 느리게 그 이전의 일을 설명해 가는 방향으로 돌아간다. 그러나 말로는 그 남자의 공격을 어두운 가운데 조명을 깜빡이게 하여 더욱 과격하게 하고 있다.

커다란 긴네모꼴의 전기 조명은 창백했고, 창살에 차단되어 한 갈래 그림자가 바로 발이 놓여진 침대 위에 걸려서, 육감(肉感)과 삶을 눈에 띄게 하고 있었다.

가느다란 점을 강조하는 빛과 그림자, 필살의 일격, 고뇌, 번쩍이는 빛 속에서 오락가락하는 살인자, 이것들은 이미 작품 전체를 말해 주고 있다.
스탕달의 경우 간결한 두 글이 파브리스와 숙모, 모스카 백작과 파름 공국(公國)의 「파름의 수도원」 최후의 운명을 생각하게 한다.

백작부인에게는 한마디로 말해서 모든 행복의 조짐이 모여 있었다. 그러나 그녀는 파브리스를 따라가듯이 죽었다. 그녀가 총애한 그는 샤르트루즈에서 겨우 일 년밖에 지나지 않았다.

파름의 감옥에는 아무도 없게 되었고, 백작은 막대한 재산을 소유했으며, 에르네스트 5세는 신하들에게서 존경과 사랑을 받았다. 그들은 그의 치세를 토스카나 대공(大公)의 그것에 비교한 것이다.

「제르미날」의 마지막에서 에티엔이 다시금 탄광촌을 가로지르고 있는 길을 처음과는 반대 방향으로 걸어간다. 그러나 "이제 하늘에는 4월의 태양이 뜨거운 빛을 던지고 있었고, 열매가 풍요로운 대지를 뜨겁게 달구고 있었다."
아라공의 소설은 오렐리앙의 동작으로 끝난다. 그가 사랑한 단 하나의 여자, 유탄을 맞아 숨진 베레니스의 머리를 쳐든다.

「인간의 조건」에서는 지솔 노인과 그 며느리 메리가 진압에서 겨우 살아남아 기요의 죽음을 생각한다. 혁명은 실패했다. 그러나 기요가 패배한 것은 아니요, 메이가 체념한 것도 아니다. "나는 이제 울지 않아요, 하고 그녀는 젊은 자부심으로 말했다."

위의 작가들은 등장인물의 운명에 마침표를 찍고 있다. 그렇게 되면 더 이상 이야기에 아무것도 더할 것이 없어지게 된다. 그러나 위의 작가들이 다만 이야기를 중단시키기만 한다면, 거기서 끝나는 이야기는 삶의 한 에피소드에 지나지 않는다.

발단과 결말의 일치는 이야기의 구조가 처음에서 끝까지 일관되어 있다는 것을 증명하는 것이며, 또한 소설가가 사상 곧 세계관을 표명하는 특권적인 수단처럼 보이기도 한다. 첫머리 여러 쪽에서 여러 가지 문제가 제시되고, 거기에 이야기의 진전과 특히 결말이 해답을 이끌어 낸다.

5) 결말의 기법

작가는 소설의 마지막 부분에서 그가 창조한 세계의 열쇠를 독자에게 넘겨주게 되는데, 거기에 약간의 눈가림을 하거나 부실 공사가 된 부분을 보수하기도 한다. 그리스 비극에서 흔히 쓰는 '데우스 엑스 마키나'(다급할 때 나타나서 돕는 신, 또는 신의 섭리에 의한 개입)이나 갑작스런 뒤집기는 선량한 사람을 구출하고 악인을 응징하게 되는데, 이것은 바람직한 기법의 효과라고 말할 수는 없다. 작가는 독자의 기대와는 반대되는 결말을 이끌어 내려 하기도 하지만, 바람직한 것은 이야기가 원만하게 결말에 이르러 독자에게 만족을 주고 도덕을 구원해야 한다.

V. 위고의 「레미제라블」에서 장발장은 죄수의 신분에서 부정을 미워하는 정의파가 된다. 그가 어릴 때부터 양육한 고아 코제트와 죽기 전에 재회하고, 코제트는 사랑하는 마리우스와 결혼한다. 위고의 독자는 정의의 요구가 충족되는 것을 보려 하는 것이다.

P. 부르제의 「제자」의 마지막 장면에서, 무신론 철학자로서 그 사상에 의해 범죄를 부추긴 아드리엥 식스트는 눈물을 흘리며 기도하게 된다. 도덕적인 의도는 명백한 것으로서, 이 극단적인 회심이 없다면 부르제의 의도는 실현되지 못하게 된다.

「팡토마」의 작가인 마르셀 알랭은 자기 작품의 주인공을 죽게 하지 않는 이유에 대해, 대중이 그렇게 요구하기 때문이라고 말한다.

위의 예와는 반대로 디드로는「운명론과 자크」에 여러 가지 결말을 남겨 놓는다. 자크는 어떻게 될 것인가? 감옥에 갇히는가, 결혼해서 행복하게 되는가, 아니면 아내에게 배신당하게 되는가?

위에서 살펴본 두 가지 방식의 결말은 두 종류 소설의 의의를 똑같이 명백하게 말해주고 있다. 어느 종류의 소설이든지 독자에게 명확한 메시지를 전하여 독자로 하여금 전향하게 하거나, 무엇이 독자에게 좋다는 생각을 가지게 하는가 하는 것으로 끝난다.

소설의 발단과 결말 문제에서 추리 소설을 플롯만을 강조하는 것으로 나타나게 된다. 즉, 거기서는 등장인물이거나 더욱이 사상 따위는 별로 중요하지 않고, 해결해야 할 문제만이 중요하다. 이에 대해 R. 카이요와(Cailois)는 그의「소설론」에서 이렇게 말하고 있다.

소설의 탐정은 현실의 예심판사가 해결에 노력하는 전통적인 문제에 해답을 주는 재능에 뛰어나다. 누가, 언제, 어디서, 어떻게, 왜? 더구나 그것들이 야기하게 하는 흥미는 동등하지 않다. 그 중에서도 '어떻게'는 기본적인 문제이다.

R. 바르트(Bartes)는 그의「시학」에서 소설의 구조적 분석 방법을 끌어내고 있다. "우선 처음과 끝의 두 경계의 세트를 세운다. 그리고 어떤 길을 가고 어떤 변용을 거쳐서, 어떤 것을 동원하여 결말이 발단과 맺어지는지 또는 어긋나게 되는지 탐구한다. 요컨대 하나의 균형에서 다른 균형으로 옮아가는 것을 명확히 하여 '블랙박스'를 통과하는 것이 필요하다."

요컨대 소설의 발단과 결말의 관계는 최후의 '정경(情景)'이 최초의 '정경'에서 제시된 여러 문제에 대해 대답하는 것이다. 이 둘을 맺어주는 것이 줄거리와 테마의 기본이다.

6) 콩트

소설은 형식에 따라 크게 둘로 분류할 수 있다. 장편 소설과 단편 소설이 그것인데 이는 소설의 분량에 의해서만 구분되는 것이 아니라, 질적으로도 근본적으로 다르다. 근래는 단편에서 콩트를 떼어 내고, 장편에서 중편을 떼어 내어 4형식으로 분류하는 것이 통례로 되어 있다. 그리고 마르탱 뒤 가르의 「티보 가(家)의 사람들」이나, 박경리의 「토지」 등 이른바 대하(大河) 소설은 물론 장편 소설로 분류한다.

콩트는 손바닥에도 쓸 수 있는 분량의 짧은 소설이라 해서 장편(掌篇)소설이라고도 하며, 분량상 200자 원고지 10장 이내가 보통이다.

콩트는 내용에서 단편 소설보다 착상이 기발해야 하고, 또 위트와 유머가 풍부해야 한다. 처음부터 끝까지 독자를 다른 세계로 끌고 가다가, 마지막 두서너 줄에 가서 갑자기 뒤집어 보이는 경우가 많다. 그리고 구성이 압축되어야 하기 때문에 고도로 기교적이어야 할 것은 물론이다.

다음은 가장 짧은 소설로 익히 알려져 있는 H. 렐리호의 「독일군의 선물」 전문이다.

전쟁은 끝났다. 그는 독일군에게서 도로 찾은 고향 땅에 돌아왔다. 그는 불이 침침한 길을 급히 걸어가고 있었다. (발단)
어떤 여인이 그의 손을 붙잡으며, 술 취한 듯한 목소리로 말을 걸었다.
"어디 가세요? 나를 찾아오시지요? 그렇지요?"
그는 웃었다.
"천만에! 너한테라니——나는 애인을 찾아가는 길이다." (발전)
그는 여인을 돌아다보았다.
두 사람은 가로등 밑에 이르렀다. 그러자 여인은 갑자기 "앗" 하고 부르짖었다. 그도 여인의 어깨를 붙잡아 불 밑으로 끌어당겼다. (위기)
그의 눈은 빛났다.
"요안!"하며 그는 여인을 와락 끌어안았다. (절정, 종결)

전장에서 고향으로 돌아와 밤낮으로 그리던 애인을 찾아 헤매는 귀환 군인과, 독일군에게 짓밟혀 윤락의 거리에서 남성을 유혹하게 된 애인이 어두운 밤거리에서 만나게 되었다. 통속 작가라면 능히 한 권의 장편 소설도 꾸밀 수 있다. 그러나 작자는 콩트로 처리하여, 압축된 구성과 간결한 표현 기교의 효과를 보고 있다. 작품 전체가 마치 클라이맥스 하나만으로 된 듯한 느낌 속에 삶을 몰아넣는 기발한 착상이라 할 것이다.

7) 단편 소설 ①

우선 이야기의 분량이 짧다. 우리나라에서는 200자 원고지 70~150장 분량이다. 플롯은 최소로 압축하고 그 대신 국면(시추에이션)에 등장한다. 그리고 이야기의 흥미는 인물이 그 국면에서 어떻게 반응하는가 하는 데 있다. '인물'은 간략하게 제시되어야 한다. 국면과 연관이 있는 성격만 서술되는데, 그것도 성격만 달리 다루어지는 것이 아니라 행동 속에 포함된다.

'배경'도 또한 버릴 수 있는 것은 모조리 버리고, 약간의 선택한 세부 항목을 서술하는 것으로써, 정경(情景)을 정하고 성격을 나타내며 국면을 암시할 수 있게 한다. 어느 일정한 '시점(視點)'이 엄격히 지켜진다. '사상'은 있을 수도 있지만, 보통은 인물과 국면 및 행위에 포함되어 있다. '말'은 최대의 효과를 올릴 수 있도록 활용되어야 하고, 따라서 한마디 한 구절이 중요하다. 그 말은 암시성을 띠고 있어서, 시가 지나는 바 감정을 환기시키는 힘과 압축성을 가진다.

다음에 단편 소설에 관한 여러 평자들의 견해를 인용한다. 단, 유명한 포의 단편 소설론은 항목을 달리하여 살펴보기로 한다.

단편 소설은 반드시 '새로운 것' 즉 일상적이 아닌 것이라야 한다. 이 '새로운 것'이란 말의 뜻은 '가능한 것' '일어나는 것'이란 뜻으로서, 꿈이라든가 환상이라든가 하는 우화에만 있는, 뜻이 모호한 의미에서 쓰여진 것은 아니다. 단편 소설의 특이성은 그것이 전체의 관계로부터 끊어지는 데서 창조된다. 그러므로 단편 소설은 조금씩 감정을 움직여서 이성에게 임무를 부과하는 것이 아니라, 가장 강한 상상을 자극해야 한다. (괴테)

단편 소설은 일화이며, 그 자체가 흥미 있는 미지의 이야기다. ……따라서 그것이 세상에 나타날 때는 익살을 주는 근거가 된다. 단편 소설은 반드시 흥미를 느끼게 하는 것이어야 하기 때문에 경이로운 모멘트라든가 매혹적인 모멘트를 내포하고, 구속하는 형식을 갖추어야 한다. 그리고 화

자의 화술은 더욱 높은 단계로 올라가야 한다. (슐레겔)

단편 소설의 목적은 최상의 강조법과 합치되는 최대의 경제적 수단을 써서 단일한 이야기의 효과를 거두는 데 있다. (C. 해밀턴)

단편 소설은 중요한 사건인지 아닌지를 가장 명료하게 시사하는 것이다. 따라서 그 사건은 아주 가능한 사건이기는 하지만, 더욱더 놀랄 만한 유일한 사건이라야 한다. 이 전환, 이야기가 아주 의외로, 그러면서 자연스럽게 전환하는 점은 성격과 정황에 적합하여 기적적이기까지 한 그 이야기의 대상이 다른 데서 다시 일상적으로 되는 경우에는 더욱더 강하게 독자의 공상 속에 아로새겨지게 된다. (티크)

단편 소설은 행동의 통일과 예리한 시추에이션 및 묘사의 명확성이 필수적이다. 즉 단편 소설에서는 하나의 갈등이 하나의 범위 안에 있어야 한다. (P. 하이제)

단편 소설은 특별하고 특수하며 또 압축된 집약적 주제를 요구한다. 단편 소설은 지각의 연속성과 통일성을 예상하는 짧은 이야기다. (페트로프스키)

단편 소설의 특징은 단일성에 있다. 단일한 효과를 주는 것이 목적이다. 단일한 정서, 기분, 또는 관념을 주는 것이 그 목적이다. 단편 소설에서는 삶의 전면이 아니라 일면, 이야기 전체가 아니라 일부분을 통하여 단일한 관념을 주자는 것이 바라는 바이다. (최재서)

위의 단편 소설론을 정리하면, 단편 소설은 ①단일한 사건, ②단일한 인물, ③단일한 기법, ④단일한 효과 등을 특징으로 가지고 있다. 다음은 포와 더불어 단편 소설론에서 쌍벽을 이루는 프랑스의 비평가 B. 마슈즈의 「단편 소설의 철학」에서 한 부분을 인용한 것이다.

　참다운 단편 소설은 결코 한갓 분량의 길고 짧음을 의미하는 것이 아니고, 그 이외의 것이며 그 이상의 것이다. 참다운 단편 소설이 장편 소설과 다른 점은 인상의 통일에 있다. 좀더 상세하게 말하자면 단편 소설은 장편 소설에 빠져 있는 통일성을 가져야 한다.

　프랑스 고전극에서는 삼일치의 법칙을 굳게 지켜야 했다. 고전극에서의 삼일치는 ① 하루 동안에 일어난 일이어야 한다. ② 한 곳에서 일어난 일이어야 한다. ③ 하나의 행위여야 한다 등을 말한다. 단편 소설은 거기에 비해 단일한 성격, 단일한 정서, 단일한 국면에 의해 이루어진 연속적인 정서여야 한다.

　장편 소설은 여러 가지 에피소드를 포함하기 때문에 필연적으로 복잡해지지만, 단편 소설은 거꾸로 완전히 충실한 단일의 효과를 노리는 데 있다. 때문에 장편이 보여줄 수 없는 전체성의 효과와, 전적이고 통일된 인상을 구현할 수 있다.

　단편 소설은 장편 소설의 한 부분이어서는 안 된다. 그리고 기다란 이야기에서 뽑아낸 한 사건이거나 한 에피소드여서는 안 된다. 단편 소설은 비록 아무리 짧더라도 그것은 그것대로 존재해야 하는 것이고, 그 이상 확대하거나 늘여 뽑는다면 오히려 나빠진다는 인상을 독자에게 주는 것이 되어야만 한다. 그러므로 연구성과 독창성, 압축적 재능이 없는 사람은 단편 작가로서 성공할 수 없다.

　평자들은 근대적인 3대 단편 작가로서 포, 체호프, 모파상을 말한다. 포의 단편 「어셔 가(家)의 몰락」은 이미 위에서 살펴본 바 있다. 체호프도 단편의 기법에 의해 큰 효과를 거두고 있다. 그의 단편 중 간통한 아내를 죽이겠다고 하며, 무기 상점에 들어가서 권총을 고르는 사나이의 이야기가 있다. 그 사나이는 이것저것 권총을 고르다가 값이 너무 비싸기도 하려니와, 그동안에 냉정해져서 권총 대신 새를 잡을 그물을 사들고 나오면서 휘파람을 부는 작품이 있다. 이 작품은 독자를 미리 호들갑스럽게 놀라도록 해놓고서 쓴웃음을 짓게 하여 삶의 한 단면을 보여준다.

　다음은 모파상의 첫 작품이면서 단편 소설의 한 전형으로 평가되는「비곗덩어리」의 줄거리다. 이 작품은 구상의 치밀함과 단일한 효과로 해서 독자에게 숨 막히는 박력감을 준다.

　　배경은 프랑스와 프러시아의 전쟁(보불전쟁) 때. 피난길에 나선 마차에는 귀족과 재계의 부자, 정치가와 수녀 등 상류 계층에 속하는 사람들이 있고, 한쪽 구석에 '비곗덩어리'란 별명의 매춘부가 있다. 상류 계층의 사람들은 '비곗덩어리'를 멸시하여, 배가 고프면서도 그녀가 내미는 과일을 사양하고 그 옆에 앉기를 기피한다. 피난 도중 독일군이 길을 막고, 여자를 제공하라고 강요한다. 마차에 타고 있던 여인들은 '비곗덩어리'를 달래어 독일군의 제물이 되게 한다. 마차는 다시 떠나게 되고, 마차 안의 분위기는 '비곗덩어리'를 마치 더러운 물건인 것처럼 대하게 된다. 마차 바퀴가 덜컹거리는 가운데 '비곗덩어리'는 하염없이 눈물을 흘린다.

8) 단편 소설 ②

　단편 소설이 문학의 한 독립된 형식으로서 독특한 기능을 발휘하게 된 것은 19세기 이후의 일이며, 최초의 작가는 미국의 E. A. 포이다. 포는 시인이며 소설가인 동시에 비평가로서, 특히 단편 소설의 비평적 의식을 밝히는 일에 이바지했다. 그는 단편 소설의 길이에 대해 '반 시간 내지 한두 시간에 읽을 수 있는 분량'이어야 한다고 하였다. 그의 단편 소설론은 후세에 단편 소설의 표준적인 정의 중 하나로 높이 평가되고 있다.

　　장편 소설은 통상적으로 그 길이부터 객관적으로 되어 있다. 그것은 단숨에 다 읽을 수 없기 때문에 전체성에서 발생하는 큰 효과를 전적으로 느끼기 어렵다. 읽어 내려가다가 중도에서 쉬면 필연적으로 외부의 불순한 흥미가 감상적인 흥미에 혼합되어, 작품의 순수한 인상이 많이 변화되고 말소되며 감쇄되고 만다. 읽기를 중단한 그것만으로도 참다운 통일적인 느낌은 파괴되고 만다.

그러나 단편 소설에서는 작가가 의도하는 바를 충분히 전달할 수 있다. 단편 소설을 읽는 시간 동안에는 독자의 마음은 완전히 작가의 지배 밑에 있게 할 수 있다. 싫증과 중단에서 일어나게 되는 외적 및 부대적 영향을 받지 않게 되기 때문이다. 그러므로 치밀한 것을 좋아하는 작가는 단편 소설을 창작하게 된다.

작가가 만일 총명하다면 그는 자기의 사상을 사건에 조절시키려 하지 않을 것이다. 그는 세심한 주의를 기울여 어떤 특이하고 단일한 효과를 나타내려 할 것이고, 다음에 여러 가지 유효한 사건을 만들어 내며, 또 그 다음에 의도하는 바 효과를 내기에 가장 적합하게 사건을 짜게 된다.

만일 첫 줄부터 이 효과를 내는 데 도움이 되도록 쓰지 못한다면, 그 작품은 처음부터 실패이다. 작품 속에서 정해진 바 효과를 직접 및 간접으로 내기 위하여 쓰이지 않은 말은 한마디도 넣어서는 안 된다. 이와 같은 방법으로 세심함과 솜씨로써 마침내 하나의 그림이 완성되었다. 그 그림은 묘사한 것과 마찬가지의 세심함으로써 감상하는 사람의 마음에 최대의 만족감을 주게 된다.

이야기의 핵심은 한 점 흐림도 없이 표현되었다. 그것은 조금도 중단되는 일이 없었기 때문이다. 이런 종류의 목적은 장편 소설에서는 이룰 수 없다. 시의 경우와 마찬가지로 단편 소설에서도 부당한 단축은 피해야 하지만, 적당치 못한 길이는 그것보다 더 금물이다.

주제의 집중과 효과의 통일을 이루고, 작품의 내용 분열과 형성의 파탄을 막으려면 지성의 기능이 뛰어나야 한다. 단편 작가는 지적인 작가이다. 비록 정서적으로 뛰어나 보이더라도 지적으로 예민한 형식화를 꾀하는 데서 비로소 정서적 기조를 강하게 느낄 수 있다. 치열한 정열을 내부에 간직하고 있으면서도 지적으로 완성한 단편 작가들을 많이 알고 있다. 그것은 단편 소설 자체가 무엇보다도 구성의 긴밀을 주된 목표로 하기 때문이다.

　요컨대 단편 소설은 극도로 기교적인 예술이다. 즉, 아무리 뛰어난 장편 소설이라 하더라도 엄밀히 검토해 보면 장편에는 구성의 부주의라든지 글의 조잡함 내지 관찰에서의 선명성 부족 등의 단점을 찾을 수 있다. 그러나 뛰어난 단편 소설에서는 그러한 부분을 찾아볼 수 없다.

9) 중편 소설

　어느 문예사전에는 중편 소설에 대해 이렇게 설명하고 있다. “중편은 프랑스어의 누벨, 영어의 노벨레트에 해당하며, 어법과 구성, 시점과 묘사 등에서 장편과 같으면서, 장편보다 인물수가 적고 사건이 단순한 것, 예컨대 투르게네프의「루진」「그 전날밤」, 지드의「좁은 문」「전원교향곡」, H. 제임스의「데이지 밀러」등이 대표적인 것이다.”

　중편 소설은 일반적으로 장편과 단편의 중간적인 작품으로 정의되고 있다. 이는 분량을 두고 하는 말로서, 프랑스에서도 중편을 ‘단편과 장편 사이에 드는 중간적 문학 작품’으로 규정하고 있다. 즉, 4~5만 낱말이 분량상 중편의 표준으로서, 지드의「좁은 문」은 45,000 낱말이라 한다.

　프랑스에서 규정한 소설의 각 형식 낱말수를 200자 원고지로 환산하면 단편이 360장 미만, 중편이 450~600장, 장편이 700장 이상이다. 영국에서도 단편은 3만 자(우리글 200자 원고지 360장) 이하, 장편은 6만 자(720장) 이상으로 규정하고 있다.

　그러나 중편 소설을 규정할 때는 분량보다 성격과 본질의 규명이 더 중요하다. 대체로 중편은 구성이나 형식 등 소설이 요구하는 요소에 비추어 볼 때 단편이 아니라 장편에 가깝다는 것을 발견하게 된다. 즉, 중편 소설을 규정하는 척도는 분량이 아니라, 작가가 시점을 어디에 두고 있는가, 즉 일원적이냐 또는 다원적이냐 하는 점과, 일원적이라고 하더라도 혹시 비교적 여러 가닥의 사건과 인물에까지 뻗고 있는가 아닌가 하는 것을 살펴보아야 한다.

　우리 문학에서는 염상섭의 여러 단편은 중편에 가까우며, 채만식의「탁류」와 같은 작품은 분량이 200자 원고지 2,000장이나 되는데도 수법은 다분히 중편적이다. 그리고 박태원의「천변(川邊) 풍경」등은 단편적 수법에 의한 중편이라 할 수 있고, 이태준의「황진이」와「신혼 일기」는 단편적 수법에 의한 장편에 속한다.

10) 장편 소설

앞선 내용에서 장편 소설의 개념을 살펴보았다. 즉 장편 소설은 단편 소설과는 다르게 삶을 광범하고 전체적으로 바라보고 또 착잡한 상관관계를 혼돈한 그대로의 형태로 재현해야 하기 때문에 구성은 단편 소설보다 훨씬 복잡하고, 서술 또한 자연히 완만해지기 쉽다.

장편과 단편은 첫 출발부터 목적이 다른 만큼 기교와 서술의 방법에 차이가 생기는 것은 당연하다. 즉, 단편과는 달리 장편은 여러 가지 이야기 갈래의 여러 요소들을 누적하고, 효과의 연속을 도모하면 그뿐이다. 따라서 단편 소설처럼 뛰어난 수법이 반드시 요구되는 것은 아니다.

장편 소설은 사실을 통하여 진리를 밝혀내는 것이고, 단편 소설은 진리에다 사실의 살을 붙여 가는 것이라고 말할 수 있다. 장편 소설은 단편 소설과는 다르게 여러 갈래의 사실들을 이모저모로 서술해 감으로써, 독자로 하여금 자기도 모르는 동안에 진리를 받아들이게 하는 것이기 때문이다.

요컨대 단편 소설이 그리려 하는 목적은 삶의 모두가 아니고 단편이지만, 장편 소설이 그리려 하는 목적은 삶의 단편이 아니라 모두이다. 그러나 오해해서는 안 될 것은 '모두'가 '단편'보다 우위인 것을 말하는 것은 아니고, '단편'이 '모두'보다 못한 것을 의미하는 것도 결코 아니다. 다만 진리 탐구의 기법이 서로 다르다는 것을 말할 따름이다.

그러면 실제 창작에서 장편 소설과 단편 소설은 어느 편이 쓰기 어렵고 어느 편이 더 쉬운가? 일률적으로 말할 수는 없으며, 작가의 성격과 재능 및 역량에 따라 다를 수밖에 없다. 그러나 기법면만 놓고 본다면 장편이 단편보다 쓰기 쉽다고들 말한다. 장편은 단편보다 기법이 느슨해도 되기 때문일 것이다.

우리나라에서는 이광수나 염상섭 같은 이는 단편보다는 장편에 장기가 있고, 이태준이나 황순원 같은 이는 단편 작가로서는 뛰어난 역량을 보이지만 장편에서는 큰 성과를 거두지 못하고 있으며, 김동인과 김동리와 같이 장편과 단편에 걸쳐 한결같은 역량을 갖춘 작가도 있다.

장편 소설은 삶에 대한 경험이 많아진 후에 쓰는 것이 원칙이다. 사람으로서의 체험, 사람으로서의 성숙기를 거쳐야만 더 넓은 삶을 파악할 수 있기 때문이며, 삶을 바라보는 눈이 아직 미숙한 청년기에 장편 소설을 쓰게 될 때 대체로 실패하기 쉬운 것도 그 때문이다.

명작이라고 평가하는 장편 소설들은 거의 모두가 작가의 나이가 40세 이상이 되었을 때, 다시 말해서 연령적으로 인생의 성숙기에 이르게 된 때에 창작한 작품들이다. 가령, 톨스토이의 「안나 카레니나」는 41세 때, 「전쟁과 평화」는 48세 때, 도스토예프스키의 「죄와 벌」은 44세 때, 「카라마조프의 형제들」은 57세 때, 위고의 「레미제라블」은 65세 때, 하디의 「테스」는 51세 때, 그리고 로망 롤랑의 「장 크리스토프」는 46세 때 완성했다.

이로 미루어 볼 때 단편 소설은 젊은 기질에 적합한 소설 형식이며, 장편 소설은 장년 또는 노년의 기질에 적합한 소설 형식이라 말해도 무방하지만 연령이 절대적인 것은 아니다. 숄로호프의 거대한 장편 「고요한 돈 강」은 작가의 나이 24세 때의 작품이다.

포는 단편 소설밖에 쓰지 않았고, 모파상은 몇 편의 장편이 없는 바 아니지만 단편 소설 창작에 주력했으며, 체호프도 몇 편의 희곡이 있지만 단편에 주력하면서 '노래하는 새'라는 별명을 들었다.

이와는 달리 발자크와 도스토예프스키 등은 장편 소설 창작에만 주력했다. 발자크는 기법면에서 부족한 면이 많은 작가이지만, 「사람 희극」에 속하는 일련의 장편들을 통해 새로운 인생 비판의 과제를 제시하여 성공을 거두었다.

우리나라는 이광수가 10대의 나이로 장편 소설 「무정」을 신문에 연재하기 시작한 것을 비롯하여 장편 소설에 주력하였고, 염상섭 또한 청년 시대부터 장편에만 주력하였다. 그 반면 이효석 같은 이는 「화분」, 「벽공(碧空) 무한」 등의 장편을 쓰기는 했지만, 역시 단편 소설에서만 좋은 작품을 남겼다. 이것은 해당 작가의 생리적 기질에서 오는 차이일 것이다.

장편 소설의 소재로는 어떤 것이 있을까? 프랑스의 G. 보르셰는 '삼십육 극적(劇的) 경우'라는 것을 발표한 바 있다. 이것은 무려 1,000편에 이르는 희곡과 200가지에 이르는 역사적 사실에서 귀납해 얻은 것을 분류한 것으로 알려져 있다. 소설 창작에도 도움이 되리라 생각하기에 열거한다.

①탄원 ②구제 ③복수 ④육체간의 복수 ⑤추적 ⑥재난 ⑦참혹한 고통 또는 불운 ⑧반항 ⑨대담한 계획 ⑩유괴 ⑪수수께끼 ⑫획득 ⑬친족 간의 적대감 ⑭친족 간의 투쟁 ⑮살인적 불륜 ⑯광란 ⑰치명적인 실수 ⑱모르

게 저지른 정욕 ⑲모르고 행한 근친 살인 ⑳이상을 위한 자기희생 ㉑근친을 위한 자기희생 ㉒사랑 때문에 모든 것을 포기하는 일 ㉓사랑하는 자를 희생시키는 일 ㉔우열간의 투쟁 ㉕불륜 행위 ㉖정욕의 죄 ㉗애인의 불륜을 발견하는 일 ㉘애정이 방해되는 일 ㉙원수를 사랑함 ㉚야심 ㉛신과의 투쟁 ㉜그릇된 질투 ㉝잘못된 판단 ㉞뉘우침 ㉟재회 ㊱애인을 잃게 됨.

　독일의 한 작가는 한 편의 작품이 완성되기까지 어느 정도의 시간이 필요한가 하는 것을 조사하여 작성했다. 참고로 다음에 인용한다.

　단편 소설은 2개월(내역 : 구상 15일간, 집필 15일간, 퇴고 10일간, 재수정 또는 개작 20일간).

　장편 소설(300쪽)은 3년(내역 : 구상 6개월, 조사와 관찰 6개월, 집필 1년, 퇴고 6개월, 재수정 또는 개작 6개월).

1) 절제된 표현

작가가 소설을 쓸 때, 경험을 통한 언어에 의한 표현이 소재와는 동떨어지게 되고, 그에 거짓된 것이 뒤섞이는 것을 느끼게 된다. 따라서 작가는 이 거짓말을 어떻게 진실된 것으로 바꾸느냐 하는 과제가 주어지게 된다.

작가가 어떤 경험을 소설로 써보려고 하는 행동 속에는 반드시 의미를 규명하려 하는 생각이 포함되어 있다. 따라서 작가가 그 경험을 자기에게, 또 다른 사람들에게도 전혀 무의미한 것으로 믿는다면, 그것을 소설로 쓸 리는 없다.

의미란 것은 언어가 현실에 대하여 추상적인 것처럼 그것 자신이 추상적이다. 바꾸어 말해서 그것은 그 자신 속에 보편화하는 성질을 가지고 있기 때문에, 어떤 사건의 의미를 생각한다는 것은 그 사건이 자기 자신과 다른 사람에게 어떤 경험이 되는가를 분명하게 규명하는 일이다.

소설의 목적은 사건 자체를 묘사하는 것이 아니라 사건의 의미를 표현하는 것이다. 그리고 이 일은 표현의 기법도 자연히 한정하게 된다. 작가가 자기 신상에 일어난 어떤 사건을 소설로 쓰려고 하는 것은 그 사건의 의미를 다른 사람의 관점에서 정확하게 보려고 하는 일이다.

어떤 사항을 소설로 쓰자면 그것에 감동하고 그리고 더 이상 감동하지 않아야 한다는 말이 있다. 이 말은 그 사건에 영향을 받은 자기를 다른 사람의 눈으로 객관화할 수 있는 자기로 태어나게 한다는 것을 말한다. 그리고 작가가 먼저 다른 사람의 눈으로 자기를 보아야 하는 까닭은 언어의 사회성에서 찾을 수 있다.

작가 지망생은 흔히 과장된 말로 표현하면 그만큼 감동의 강도가 강해지는 것으로 알지만, 사실은 전혀 반대이다. 체호프는 '소설의 소재가 감동적이면 그것을 되도록 대수롭지 않은 것처럼 말해야 한다'고 가르치고 있다.

한때 이른바 사소설(私小說)이 발달했던 이유는 근본적으로 예전 사람들 대다수가 근대 이전의 소박한 감정을 지니고 살았기 때문이라 할 수 있다. 그러나 오늘날에는 이런 식으로 쉽게 다른 사람의 슬픔과 기쁨에 동감하는 독자가 줄어들게 되었다. 이와 같은 흐름은 어떤 의미에서는 현대 소설의 독자층이 크게 성숙했다는 증거이기도 하다.

원래 서구의 근대 문학은 이와 같은 독자를 상대로 하여 발달했기 때문에 이와 같은 독자의 발생은 우리나라에도 참된 의미에서 근대 문학이 생겨나는 바탕을 만들었다. 플로베르도 도스토예프스키도 작가는 모두 소설의 주인공과 소재가 된 사건이 독자의 눈에 어떻게 비치는가 하는 것을 분명히 의식하고 펜을 들었다.

자기비판이 분명하다고 하는 것이 근대 소설의 작가로서의 첫번째 자격이다. 이것은 동시에 언어의 사회성 또는 추상성을 충분히 이해하는 것도 되기 때문에 자기 예술 수단의 성능을 분명하게 알아두는 것이 창작의 첫번째 전제가 되는 것은 어느 예술 분야에서도 마찬가지다.

내적 체험이 풍부한 작가가 묘사하는 인물은 책 속에서 뛰어나와 독자 마음속에 살고, 한 사건 한 인물이 삶에 대한 상징적 전망을 주게 된다. 이 때 소설의 인물은 시처럼 행동하고, 산문은 작가의 마음과 독자의 마음을 잇는 다리의 역할을 수행한다.

「돈키호테」「적과 흑」「보바리 부인」「죄와 벌」 등 근대 소설의 걸작은 한결같이 그와 같은 성격으로서, 그것에 묘사된 사람 전형을 불후의 것이 되게 하고 있다. 세르반테스, 스탕달, 플로베르, 도스토예프스키가 오늘날 친근한 존재인 것은 이들 소설의 주인공이 이를테면 영매(靈媒)로서 독자의 마음속에 살아 있기 때문이다.

쥘리앵도 에마도 현실의 스탕달과 플로베르의 심경의 움직임보다 아주 단순하게 추상화된 존재일 수밖에 없다. 그러나 「적과 흑」「보바리 부인」을 읽을 때, 스탕달이나 플로베르의 섬세한 전기를 읽는 것보다 오히려 그들 정신의 본질에 보다 더 가까이 다가가게 되며, 여기에 소설의 예술로서 차지할 수 있는 최고의 가능성이 실현되어 있다.

2) 일회성 예술

소설이라는 예술 자체가 다른 사람(독자)의 안목에 대한 신뢰 위에 성립된 것이라고 말할 수 있다. 그 위에 작가는 소설을 쓰기는 하지만, 방법(창작 방법)을 반드시 의식하고 있다고 단정할 수는 없다. 모든 문학 작품에는 작가의 의식으로는 규명할 수 없는 신(神)의 부분이 있다는 의미의 말을 지드가 한 바 있지만, 어떤 예술 작품의 가치는 작가 자신으로서는 알지 못하는 것이 예술의 두드러진 특질이라고 말할 수 있다.

예술은 기법과 다르다. 일정한 기법을 습득하면 같은 물품을 여러 개 만들 수 있지만, 예술 작품은 그렇게 할 수 없다. 어느 시인이나 작곡가, 또는 소설가든지 그들의 작품은 본질적으로 그때 한번뿐이며, 두 번 반복하여 만들 수 없다.

보들레르가 「악의 꽃」 한 권에다 생애를 걸었고, 더구나 대부분의 시는 25세 이전에 쓴 것들이다. 또한 플로베르는 생애를 통하여 비슷한 소설을 다시는 발표하지 않았다. 따라서 작가에게는 무엇보다 창의성이 필요하다. 플로베르는 이 사실을 두고 모파상에게 이렇게 말했다. "자네가 독창적인 특색을 소유하고 있다면 그것을 충분히 발휘해야 한다. 만일 독창성이 없다면 그것을 차지해야 한다."

한 편의 작품을 창작할 때 거기에는 그 무렵 작가의 생명 모두가 응축되어 있다. 그리고 인생이나 역사가 결코 반복되지 않는 것처럼 그들의 예술은 결코 반복되지 않는다. 어떤 작품을 창작함으로써 그들의 정신은 그것을 잉태했을 때의 상태에서 탈피하여 성장해 가는 것이다. 그것은 마치 삶의 경험이 우리를 변화하게 하고 성숙하게 하는 것과 같다.

어느 작가의 걸작이라고 하는 것은 그 작품의 창작에 즈음하여 그의 자질과 소재, 시대 환경과 생활 사이에 두 번 다시 반복되지 않는 미묘한 조화가 존재했다는 것을 말한다. 라마르틴은 생애에 다시는 '호수'를 노래하지 못했고, 라신은 「페드르」를 다시는 쓰지 못했다.

소설은 단 한번뿐인 예술 작업이기 때문에 작가는 뼈를 깎는 노력을 한다. 예로부터 명문가로 알려진 사람은 대부분이 글에 크게 고심했다. 프랑스의 소설가 발자크는 작품을 탈고하고 인쇄소에 넘긴 뒤에도 그 교정지를 때로는 50회 가까이 다룬 것으로 유명하다. 하루에 20잔의 커피를 마신 것으로 알려진 그는 어떤 작품은 50회 가까이 수정을 했다.

소설에 한정되는 것은 아니지만, 완벽한 글을 쓰기 위해서는 되도록 여러 번 반복해서 읽어야 한다. 옛 사람은 말하기를 '한 번 읽으면 말뜻을 알고, 두 번 읽으면 주제를 알며, 세 번 읽으면 체재를 알고, 네 번 읽으면 단락을 나누며, 다섯 번 읽으면 글의 규칙을 이해하고, 여섯 번 읽으면 글의 흐름을 암송하게 된다'고 했다.

현대 소설의 글은 의미보다도 인상에 주의하게 되었다고 하지만, 완벽한 글을 쓰는 것이 흠이 될 리는 없다. 플로베르는 모파상에게 창작 수업을 시키면서 이렇게 말했다. "자네에게 천재성이 있는지 어떤지 나는 알지 못하지만, 천재는 기나긴 인내라네." 그리고 샤토브리앙은 말했다. "무엇이든지 열심히 쓰도록 하라."

우수한 예술 작품이 작가의 의식과 노력 또는 타고난 재질조차도 지배하지 못하는 어떤 행복스러운 우연에 의한다는 사정은 예술 작품이 존중되어야 할 참다운 이유인 동시에, 온갖 예술의 방법론을 만만한 것으로 만들었다. 만일 '소설 작법'이 물건을 만드는 기법과 마찬가지로 누구든지 어느 정도의 연습만으로 터득되는 것으로서, 일단 그것을 습득하여 되풀이하기만 하면 되는 성질의 것이라면, 소설은 예술이 아니게 된다.

3) 소설의 조건

근래 산업 현장에서 널리 활용하고 있는 '로봇'은 본디 체코슬로바키아의 작가 K. 차페크(Capek, 1890~1938)의 희곡 「로섬의 만능 로봇」(1920)에서 처음 나온다. 그의 또다른 대표작으로 「곤충의 생활」이란 풍자극이 있다.

연극 처음에 늙은 곤충학자가 나와 그물로 나비를 잡으려 한다. 그러나 나비는 요리조리 잘도 피하며 좀처럼 잡히지 않는다. 소설을 정의한다는 것도 이와 같다 할 것이다. 아무리 멋지게 정의를 내려 보아도 그것은 문학을 곤충망 속에 잡아넣으려는 곤충학자와 같은 것이다.

예전에는 대체로 문학 또는 예술이란 미의 표현이라고 정의를 내렸고, 그렇다면 그 '미'가 무엇인가 하는 문제가 제기되곤 했다. 그리고 이 미를 정의하기를 '통일과 변화의 조화'라고 하기도 했고, '객관적 내지 보편적 이성의 자기표현'이라고 어렵게 말하는 사람도 있었다.

19세기 초에는 미는 조화, 균제, 통일 속에 어떤 의미에서 사람에게 쾌감을 주는 것이 가장 중요한 요소로 규정되었다. 따라서 추한 것은 일단 미에서 경원되었다. 그러나 근대에 이르러 이런 개념도 깨지고 말았다.

근대 문학 중에——위고가 "새로운 전율을 창조했다"고 한——어떤 의미에서 추악한 미를 추구한 것이 프랑스의 시인 보들레르를 비롯한 일련의 탐미주의 작가들이다. 그의 시집 「악의 꽃」에는 썩은 시체와 그 시체를 파먹고 있는 구더기 등이 문학의 자료가 되었고, 거기에 미의 새로운 요소가 더해지게 되었다.

영국의 시인이며 비평가인 아놀드는 "시——즉, 문학——는 삶의 비평이다"고 말하며, 문학의 비평적 요소를 강조했다. 즉, 문학은 자기도취로 끝나는 것이 아니라, 주지적으로 삶을 비평하는 것이어야 한다는 것이다.

또한 영국의 문명 비평가 칼라일은 '문학은 지상적·현세적 또는 일상적인 것 속에 신적(神的)인 것을 인정하는 일, 즉 일상적인 것과 지상적인 것, 현실적인 것 속에 숨어 있는 신과 같은 존재를 사람 속에 나타내는 것'이라고 정의하였다.

앞에 인용한 것들을 비롯하여 문학의 정의는 명확히 내릴 수 있는 성격의 것이 아니다. 또한 정의를 내려본다 하더라도 별로 도움이 되지 않는다. 때문에 여기서는 정의라고까지 할 수는 없을지라도, 우선 가장 넓은 뜻에서 문학(소설)이란 어떤 것인가 하는 것을 세 가지로 본다.

①언어 표상을 통해 실현된다(즉, 언어를 매개로 하여 행해진다).

②사람의 지성이나 오성(悟性)보다는 상상을 통해 실현된다(즉, 지적 작용에 호소하기보다는 감정과 정서, 이른바 파토스적인 것에 호소한다).

③어떤 종류의 형식적인 하나의 미〔형식미〕, 요컨대 형식이 이루어내는 일종의 독특한 아름다움을 가지고 있어야 한다.

우선 ①에서 문학으로 불려지는 것은 비록 기록되지 않았다 하더라도, 즉 입과 귀를 통해서 말해진 것이라 하더라도 언어 표상을 통해 이루어진다고 하는 것이 최저의 조건이다. 이것은 다른 조형 미술 등과 구별되는 점이다.

②사진을 찍듯이 수동적으로 사물을 모사(模寫)하는 것이 아니라, 능동적으로 머리 안에 창조를 하는 것이다. 「레미제라블」의 작자 위고는 "시인의 일은 신의 일이다"고 주장했는데, 이 말은 어떤 의미에서 무(無)에서 유(有)를 창조해 내는 것을 말한 것이다.

③에서 본디 문학은 반드시 보편적인 오성에 호소해야 한다는 법이 있는 것은 아니기 때문에 A에게는 문학이라 느껴지는 것이 B에게는 전혀 그렇지 않은 경우가 생기게 된다. 이와 같은 견해의 차이를 극복하게 할 수 있는 것은 오직 문학이 지니고 있는 형식미뿐이다.

4) 소설의 언어

소설은 일상 언어의 사회성을 그대로 이용하여 성립하는 문학이다. 그와 같은 언어를 사용하여 다른 사람의 입장에서 자기를 보고, 다른 사람의 눈에 비쳐지는 것과 같은 '객관성'으로 자기를 '묘사'하게 된다. 여기서 소설 표현의 조작이 시인과 반대되는 점이 있다. 그러나 소설의 언어는 사회성에 뿌리를 두고 있기 때문에, 그것을 거꾸로 이용하면 작가와 독자 모두 자아로부터의 탈출이 실생활에 가장 가까운 것이 될 수 있다.

여기에서 다시 한 번 스탕달의 걸작 「파름의 수도원」, 앙드레 지드가 세계의 10대 소설 중에서도 A급으로 평가한 소설에 대해 살펴보자. 이 소설에 대해 발자크는 아주 긴 격찬의 논문을 썼는데, 그것은 스탕달이 생전에 받은 유일한 칭찬이었다. 단, 발자크는 「파름의 수도원」의 다른 모든 면에 대해서는 격찬하면서도, 소설로서의 구성의 통일이 결여되어 있다고 비난하였다.

"나는 작가가 워털루의 전투 장면의 화려한 묘사로써 시작하기를 원하지 않을 수 없다. 그 앞의 사건은 파브리스가 부상해서 프랑도르 마을에 누워 있을 때, 그 자신이거나 또는 다른 인물이 이야기하면 어떨 것인가. 델 돈고 집안의 아버지와 형, 밀라노에 관한 상세한 언급, 이런 것들은 책의 주제가 아니다. 극의 무대는 파름이다."

스탕달은 당시 로마 부근에 위치한 어느 항구의 영사로 재직 중이었는데, 즉시 발자크에게 감격의 긴 편지를 써 보냈다. 그 편지에서 스탕달은 첫 부분의 54쪽에 이르는 분량을 4, 5쪽으로 줄였다고 적고 있다.

그러나 스탕달은 4개월 후, 자기 집에 소장하는 「파름의 수도원」에다 이렇게 적었다. "1796년 밀라노의 특이한 풍속과 피에트라네라 부인의 성격을 존경하여 첫 부분을 그대로 두기로 한다. 나는 그 시대에 완전히 반해버린 상태이다."

발자크의 논문과 스탕달의 편지는 같은 시대를 살았던 대작가가 소설이란 것에 대해 어떤 생각을 가지고 있었는가 하는 것을 말해 주는 흥미 있는 문헌이다. 어쨌든 스탕달이 결국 자기가 처음에 택했던 묘사와 서술로 되돌아 갔다는 사실에 주목하게 된다.

밀라노는 스탕달이 사랑했던 도시이고, 피에트라네라(후에 산세베리나)는 이탈리아 여성의 이상형이었고, 더 나아가서 여성 그 자체의 이상형이었다. 따라서 성장과 청춘을 연대순으로 서술하는 것이 작가의 기쁨이었다. 그래서 스탕달은 그 소설을 쓰면서 큰 즐거움을 맛본 것이다.

소설을 쓰는 고심에 대해서는 플로베르 이래로 약간 과장되는 경향이 있지만, 글을 써내려간다는 것은 사람을 비롯하여 작가에게 별로 자연스러운 행위는 아니기 때문에, 글을 쓴다는 일에 기쁨을 느끼지 못한다면 길고 풍부하게 쓸 수는 없다. 그리고 사람이 기뻐서 하는 일을 막을 길은 없다.

1796년 밀라노의 나폴레옹 군대는 스탕달이 쓴 것만큼 고결하지도 명랑하지도 못했으며, 시민들의 반응은 실제로는 아주 복잡했던 것으로 알려져 있다. 그러나 스탕달은 여기서 청춘의 꿈을 되새김질하고 있다.

「파름의 수도원」이라고 해서 예외일 수는 없는 일로서, 소설은 근대 사회의 발전과 걸음을 맞추어 왔다. 근대 사회는 자본주의 사회요 시민사회이다. 자유를 만끽하는 근대인이 삶의 가능성으로서 어떤 사람이나 될 수 있다고 하는 것은, 현실의 존재로서는 어떤 사람도 아니라는 뜻이 된다.

플로베르의 「보바리 부인」의 여주인공인 에마 보바리는 '자기가 실제는 그렇지 않은 사람이 되려고 한 것'에서 비극의 싹이 트게 되었다고 어느 비평가는 말한 바 있다. 그렇다면 자기가 실제로 있다고 하는 사람이란 무엇인가 하고 묻는다면, 근대 사회에 사는 사람은 아무도 그것에 대해 대답할 수 없다.

근대인에게 산다고 하는 것은 반드시 오해를 통해 자기를 실현해 가는 일이며, 그런 의미에서 에마의 삶은 근대인의 삶에 대한 태도를 극도로 단순화한 전형으로 볼 수 있다.

5) 소설과 도덕

플라톤은 문학의 비도덕성을 이유 중 하나로 들어 문학(시인) 추방론을 전개한 반면, 제자 아리스토텔레스는 사람의 추악성, 곧 암흑면을 다루기 때문에 문학은 존재해야 한다고 했다. 그의 유명한 문학론을 전개한 것이 「시학」인데, 그 중 비극론에서 비극을 정의하며 카타르시스설을 주장하였다.

이 카타르시스설이 성립되기 위해서는 다음의 두 가지 물음에 대한 해답이 필요하다.

①사람의 인간성 속에 실제적인 행동으로 나타나지 않는다 하더라도 어둡고

추한 죄악을 저지를 가능성이 포함되어 있는가?

②만일 죄악을 저지를 가능성이 있다면 그것은 정화될 수 있는가?

첫 번째 물음에 대해서 파스칼은 「팡세」에서 사람을 천사도 아니고 짐승도 아닌 중간자적(또는 수수께끼같은) 존재로 보면서 "그러나 불행한 것은 사람은 천사와 같이 행동하기를 원하면서, 실제로는 짐승과 같이 행동한다"라고 말하고 있다.

인간성에 선과 악이라는 기괴한 이중성이 있다는 것을 문학에서도 문제로 제기하고 있다. 이 비합리하고 모순으로 가득한 사람의 이중성을 철저히 추구하여, 영혼의 깊은 늪을 더할 나위 없이 신선하게 묘사한 대표적인 작가는 도스토예프스키다. 그의 「카라마조프의 형제들」에 등장하는 인물 중 드미트리 카라마조프는 신과 악마 사이의 존재로서의 사람으로 묘사되고 있다.

도스토예프스키는 작중 인물로 하여금 "신과 악마가 투쟁하고 있다. 그리고 그 전장은 바로 사람의 마음이다"고 발언하고 있는데, 바로 이것이 문학만 묘사할 수 있는 세계이다. 이와 같은 견해는 근년에 발달한 심층심리학에서도 역설하는 것으로서, 결국 인간성 속에 정화해야 할 악의 요소가 깊이 존재한다는 전제는 승인하는 것이 옳을 듯하다.

둘째 문제에서 사람은 존재의 마지막 선까지 밀려서 가장 엄숙한 순간에 부딪히게 되면, 그대로 묻어둘 수 없는 불안한 형태로 나타나게 되고, 그것이 참회라는 형태로 밖으로 드러나게 될 때 비로소 마음의 평화를 얻게 된다. 이것이 바로 하나의 정화 과정 즉 카타르시스로 볼 수 있다.

문학에서 이 문제를 다룬 대표적인 작품으로 도스토예프스키의 「죄와 벌」이 있다. 주인공 라스콜리니코프는 초인 사상의 신봉자로서, 자기와 같이 비범한 사람은 살인을 해도 양심의 가책 따위를 느낄 리 없다고 생각하며 '기생충' 같은 노파를 살해한다. 그러나 그 순간부터 죄의식에 사로잡히게 되고, 끝내는 검사 앞에 가서 자기 범죄를 고백하게 된다. 그 심리 묘사는 도스토예프스키가 아니고는 불가능하리라는 평을 들을 정도로 박진감이 넘치는 것인데, 라스콜리니코프의 이와 같은 귀결은 카타르시스의 결과라고 생각한다.

톨스토이의 희곡 「어둠의 힘」 역시 같은 맥락에서 볼 수 있는 작품이다. 하인과 주인 아내와의 불륜에서 시작하여 남편의 독살과 불륜의 아이를 죽

이는 등 추악한 삶이 전개된 후, 주인공 니키타가 참회에 의해 정화되는 내
용이다.

　　나는 지금까지 예가 없었고, 앞으로도 흉내를 낼 수 없는 일을 하려고
한다. 자기와 같은 사람 동료를 향하여 한 사람을 완전히 자연 그대로의
모습으로 보여 주려고 한다. 그리고 그 사람이란 것은 바로 나다.

　　유명한 루소의 「참회록」 서두이다. 이 책은 괴테의 「시와 진실」, 샤토 브
리앙의 「무덤 저편의 추억」, 톨스토이의 「참회록」의 선구가 되어 이른바 ‘고
백 문학’을 꽃피게 하는 계기가 되었다. 원래 참회는 신 앞에 자기 죄를 고
백하는 것이지만, 루소는 여기서 신을 증인으로 불러내어 카타르시스의 과
정을 그려내고 있다고 하는 편이 타당할 것이다.

6) 추리 소설

　　추리 소설을 포와 도일에게서 시작되는, 수수께끼를 푸는 것으로 한정해
버린다면, 사실주의를 주조(主潮)로 하는 근대 소설과는 줄이 끊어지게 된
다. 그러나 영국 엘리자베스조(朝)의 내시와 그린 등으로 대표되는 범죄 소
설까지 추리 소설의 범주 안에 넣을 때, 그것은 사실주의 계열에 들어가 당
당히 문학사에도 오르게 된다.

　　이 계열은 18세기 영국의 필딩과 디포를 거쳐, 19세기 각국의 사실주의
소설로 이어진다. 「레미제라블」에 나오는 악한들, 디킨스의 「올리버 트위스
트」에 나오는 도둑 학교 등 현실에서 동떨어진 다른 세계가 있다고 하는 인
식은 영국의 18세기 말 고딕 소설 또는 공포 소설에 근원을 두고 있다.

　　‘고딕’이란 명칭은 H. 월폴의 「오트란토 성」이라고 하는, 이 부분의 대표
작인 소설의 무대가 이탈리아 중세의 성이기 때문이다. 그 중세적 마술과 요
괴의 세계는 18세기 말의, 지나간 시대에 대한 낭만적인 동경과 스릴 및 공
포의 취향을 반영하고 있어서 사실주의와는 대조적인 것이었다.

　　그러나 이 장르는 시대의 철학 소설과 관련이 있다. 악마에게 혼을 팔아넘
긴 괴물은 루이스의 대표작 「사제(司祭)」의 주요 인물로서, 괴테의 「파우스
트」에서 주인공이 다시 청춘을 찾은 일이라든가, 샤미소의 「페터 쉴레밀의 이

상한 이야기」에서 그림자를 팔아넘긴 사나이는 같은 줄거리에 철학적 의미를 부가한 것이다.

프랑스에서는 암흑 소설(로망 누아르)이라 하며, 1828년에 유행의 마지막 불꽃을 올린다. 발자크의 「쉬앙」은 그가 「사람 희극」을 쓰기 직전에 쓴 것으로서, 이 작품을 거치면서 근대 사실주의로 이어진다. 발자크의 「고리오 영감」 「환멸」 「바람난 여인 성쇠기」에 출몰하는 보트랑이라는 만능적 범죄자는 아르센 뤼팽의 선구자로서, 발자크가 가장 사랑한 인물이며, 마지막에 경시총감으로 변모한다.

발자크의 「사람 희극」의 우주는 위로는 비밀 결사 '13인 클럽' 회원이며 총리이기도 한 마르세이와, 만능의 범죄자 보트랑이 받치고 있다. 단, 이 우주는 유명한 '돈'이라는 현실적인 동기 앞에서는 몽상적인 의미밖에 가지지 못한다. 발자크의 독창성은 스콧에게서 배운 제2인자인 인물을 착실하게 묘사하는 수법과, 야외도 실내도 세밀하게 묘사했다는 점에 있다. 이 점에서 그는 사실주의의 시조가 된다.

범죄의 현장 묘사에는 사실주의가 요구된다. 그것은 발자크식보다 플로베르식의 사실주의다. 프랑스 2월혁명의 패배에 의해 작자 자신의 주장보다는 대상을 그대로 그리는 것 이외에 이상을 가질 수 없게 된 세대의 사실주의다. 그리고 바다 건너 미국에서 포의 자연주의(「풍뎅이」에서의 찰스턴 섬의 묘사)도 이 시대에 형성되었다.

포가 명탐정 뒤팽을 등장시키고 있을 때, 영국에서는 도일에 의해 셜록 홈스가 등장한다. 빅토리아조(朝) 말기의 권태 속에서 태어난 홈스는 코카인 중독자요, 사건이 없을 때는 바이올린을 켠다. 그러나 그는 유머 감각이 넘치는 추리로 현실감 넘치게 활동하는 탐정가이다. 20세기에 들어서면서 미국에서는 기상천외한 트릭과 인격을 발명했다. D. 해미트의 콘티넨털 오프는 하드보일드적 행동으로 추리한다. 그러나 간결한 심리묘사는 에드 보면의 행동적 심리를 올바르게 그리기보다는 추리소설의 약속에 따라 그 추리를 독자로부터 감추려고 하였다.

미국 지방정치가 썩어 들어가면서 악덕경관이 모습을 드러냈고, 그 반동으로 「87분서(分署)시리즈」가 나왔다. 결국 범죄자 성격에 대한 사실적인 연구는 통속작가 필포츠의 「붉은 머리 레드먼」등에 흔적만 남아 있을 뿐, 추리소설에는 영원히 모습을 감추었다.

제2차세계대전 중의 특무 기관의 발달은 스파이 소설에 새로운 스릴의 재료를 제공하게 되었고, 전후 풍속의 퇴폐와 검열의 완화는 사디스트 탐정과 엽기적 살인의 등장을 허용하게 되었다.

추리 소설의 또 한 가지 경향은 재판 이야기이다. P. 메이슨이 대중의 갈채를 얻기 위해서는 그가 판사나 검사가 아니라 변호사여야 할 필요가 있었다. 하드보일드 시대에 등장한 그는 파워 엘리트인 검찰청과 수사 기관의 악의 적발자였으나, 한때는 1년에 3백만 부가 팔리는 인기를 누렸고, 텔레비전 프로를 위해 밸거 검사 및 드러그 경감과 손잡고 활동하기도 했다.

7) 진실의 추구

소설을 비롯하여 문학은 진실을 추구하는 마음에서 생겨난다. 즉, 인습과 통속, 도덕이 냄새나는 것에 뚜껑을 닫고 추한 것을 외면하는 청결주의로는 만족하지 못하는 마음, 그리고 깨끗한 것의 배후까지 파헤치려고 하는 마음에서 생겨나는 것이다. 그러나 '흔해빠진' 것들로부터는 문학이 생겨나지 않는다.

1850년대 프랑스의 어느 시골에 평범하고 착한, 그러나 삶에 대해 꿈 따위는 가지고 있지 않은 의사 한 명이 있었다. 의사의 아내가 가정에 대한 불만으로 해서 불륜을 행하고, 그 일을 위해 엄청난 빚을 지게 되며 결국에는 자살하게 된다. 이 이야기는 별로 신기한 내용도 아니요, 그 지방에서 잠시 소문으로 떠돌다 곧 사라져 버렸다.

그런데 이 사건을 '흔해빠진' 것으로 생각하지 않은 사람이 있었다. 작가인 그는 이 사건에 관한 모든 자료를 모으고, 5년의 세월을 들여 한 편의 소설을 써냈다. 그것이 오늘날 세계 문학에서 고금의 10대 소설을 가려 뽑는다고 하면 빠지지 않는 불후의 명작 「보바리 부인」이며, 작가는 사실주의 소설의 거장 플로베르이다.

모델의 사건은 드라마르(의사의 이름) 사건이라 일컫는 것으로서, 모든 사람들에게 '흔해빠진' 일에 지나지 않았다. 그러나 플로베르에게는 그렇지 않았다. 그 속에는 영원한 가정 비극의 문제, 더 나아가서 부르주아 사회에 살고 있는 모든 사람이 지니고 있는 중대한 문제가 내재해 있다는 것을 알았다. 거기에 「보바리 부인」이 태어난 계기가 있다.

주인공 에마(보바리 부인)는 처녀 시절부터 현실보다 꿈속에서 살았다. 문학을 좋아하는 그녀에게는 소설의 세계가 그대로 현실이었다. 그러나 남편 샤를르 보바리는 선량하기는 하지만 꿈이란 것을 전혀 알지 못하는 고지식한 사람이었다. 거기서 생기는 공허감이 에마로 하여금 결국 독을 마시게 한 것이다.

그러나 따지고 보면 사람이 현실적으로 부딪히게 되는 세계는 어떤 세계며 또 사회인가. 그것은 유감스럽게도 꿈 따위는 어서 버리고, 사회라는 큰 기계 속에서 충실하게 움직이는 톱니바퀴가 되라고 요구한다. 그것이 오늘날의 자본주의적 기계 문명의 사회이다.

따라서 에마는 한갓 여성만의 문제가 아니다. 그리고 속물 샤를르는 또한 결코 샤를르 혼자의 문제가 아니며, 오히려 샤를르는 어떤 의미에서 현대 사회 그 자체의 상징이라 말할 수 있다. 그렇게 볼 때 에마의 문제는 결코 남의 일이 아니며, 현대인 모두에게 회피할 길 없는 문제가 되는 것이다.

아마도 플로베르는 드라마르 사건이라고 하는 '흔해빠진' 사건을 보고 있는 중에 이와 같은 배경의 생각지 않은 큰 의미에까지 생각이 미치게 되었을 것이다. 그것이 작가인 그로 하여금 5년이란 세월을 이 소설에 바치게 한 이유라고 말할 수 있다.

문학이란 이런 것이다. 이와 같은 배후의 진실에 철저한 마음을 가지게 될 때 비로소 소설을 쓸 수 있게 된다. 따라서 문학에는 어떤 떠들썩하고 선동적인 사건이 있어야 하는 것은 아니다. 충격적인 사건을 소재로 하여 쓴 소설이지만 전혀 하찮은 작품으로 끝나게 되는 경우도 있고, 그 반면 전혀 소설이 될 것 같지 않은 사건을 다루었으나 명작이 되는 경우도 있다. 문학이 문학인 것은 재료가 문학적인가 아닌가 하는 것에 달린 것이 아니라, 소재의 배후에서 어떤 의미와 진실을 파내는가 하는 데 달려 있기 때문이다.

8) 모사와 표현

작가가 부딪히게 되는 또 한 가지 문제는 문학은 결국 자연의 모사(模寫) 곧 모방이냐, 아니면 좀더 적극적인 표현이냐 하는 점이다.

실제로 문학(실은 예술)에는 모방의 요소가 많다는 것을 부정할 수 없다.

더욱이 사실주의나 자연주의와 같은 유파가 될 때 모방의 역할은 훨씬 커진다. 예컨대 발자크라든가 플로베르 등은 한 가지 사물과 한 가지 사건을 기록하는 데도 실제의 것을 아주 잘 관찰하고 조사했다. 발자크는 그 면에서 거의 기인(奇人)과 같을 정도로 끈질기게 관찰한 것으로 알려져 있다.

셰익스피어의 비극「햄릿」속에 '시는 자연을 비추는 거울이다'는 유명한 말이 있는데, 요컨대 문학은 자연의 거울——객관적으로 사물이 있어서, 문학이나 예술 등은 그것을 묘사했다고 하는 주장이다. 이 예술 모방설은 이미 먼 옛날 그리스의 철학과 플라톤의「국가론」에 나오는 주장으로서, 20세기 초까지도 거의 절대적인 이론으로 통용되었다.

그러나 이에 대해 이의를 제기하게 된 것은 영국의 민속학자인 J. G. 프레이저(1854~1941)의 거작「황금가지」이다. 세계 원시 부족의 예술의 기록에 근거하여 예술의 기원을 논한 것이 해리슨 여사의 명저「고대 예술과 제사」이다. 해리슨은 이 책에서 예술의 종교 기원설을 주장하고 있다.

요컨대 예술의 원초적 형태는 제사 의식을 행하며 시와 음악이 딸린 무용 곧 원시 종합 예술로 보고 있다. 춤 속의 노래와 주문(呪文)이었던 부분은 후에 발달 분화하여 문학이 되었고, 무용의 동작을 중심으로 하여 연기를 하게 될 때 극이 되었으며, 또한 제사의 기도 등을 동굴의 벽에 그린 것이 조형 미술의 기원이 된 것으로 보고 있다.

이와 같은 관점에서 생각할 때 문학은 플라톤이 말한 바와 같이 한갓 모방 곧 일단 사물을 모사하는 것이기는 하지만, 그러나 단순히 옮겨 그리기 위해 모사하는 소극적인 것이 아니며, 또한 복제(複製, reproduction)하는 것이 아니라는 것, 바꾸어 말해서 재현(再現)하기만 하는 것은 아니라고 본다.

그것은 우리 안에 있는 바라고 원하는 바를 나타내는 것 곧 '제시'로서 표현된 것이다. 이를테면 표현적이요 적극적인 것으로서, 해리슨에 의하면 그것이 예술과 문학의 기원이 된다는 것이다. 이것은 플라톤의 모방설 곧 예술을 소극적인 기능의 산물로 보는 견해에 대해, 정반대의 적극적 의의에 기초한 기원설이라고 말할 수 있다.

이제 문학의 모든 장르에서 소설이 전성기를 누리는 오늘날 사실주의에 대해 생각하지 않을 수 없고, 따라서 소설의 창작과 비평 내지 감상에는 모사와 표현의 문제가 크게 클로즈업될 수밖에 없이 된다.

　19세기 중엽부터 소설 형식의 수법으로서는 사실주의가 정도라는 주장이 강하게 대두되었다. 그 결과 디킨스, 발자크, 스탕달, 플로베르, 모파상, 도스토예프스키, 톨스토이, 투르게네프 등 소설의 천재들이 뒤이어 등장하게 되었다. 이는 바꾸어 말해서 사실주의라는 것이 없었다면 소설은 아마도 오늘과 같은 전성시대를 결코 이루지 못했을 것이라는 것을 말하는 것이기도 하다.

　근대 소설이라 일컬어지는 19세기 이후의 소설은 오늘에 이르기까지 또 많은 변화를 하게 된 것이 사실이지만, 근본적 성격에서는 지금도 여전히 발상 당시의 성격을 전하고 있다. 그것을 요약한다면,

　①근대 소설은 시민 사회와 더불어 발생하였고, 시민 사회의 생활 의식과 감정에 가장 적합한 문학 양식이라는 것, 따라서 시민 사회 자체와 운명을 함께 하는 문학이 될 것이다.

　②근대 소설은 산문의 문학일 뿐 아니라, 그것은 산문 정신의 문학이다. 예외 없는 법칙이란 것은 없지만, 근대 소설의 본연의 길은 사실주의 정신에 있으며, 또한 이상과 감상(感傷)의 미혹으로 밀려 내려가지 않는 냉철한 정신의 소산이다.

　③근대 소설은 오히려 사회적으로는 평범한 개인의 평범한 생활 속에 무한한 의의와 가치를 찾아내는 문학이다.

　④근대 소설을 포함하여 모든 소설은 결국 재미있고 즐겁게 읽을 수 있는 책이다.

　「보바리 부인」을 가리켜 플로베르는 "마담 보바리는 나 자신이다"고 말했다. 마담 보바리가 한갓 실재 인물의 모사에 지나지 않는다면, 그녀는 의사의 아내일 뿐이지 결코 플로베르일 리가 없다. 그러나 이 수수께끼 같은 말은 결국 「보바리 부인」이 단순한 실록 소설이 아니라, 플로베르의 거센 의욕의 적극적인 표출이요, 완전히 주체를 불태운 진실된 문학 작품임을 말해 주는 것이다.

9) 서두와 고백

　소설에는 우선 화자(話者)가 필요하다. 따라서 화자는 '나는' 하고 1인칭으로 말을 꺼내는 경우가 많다.

내 이름은 아서 골든 핌이라고 한다. 부친은 내가 태어난 고향인 낸타키트 섬에서, 배에서 쓰는 식료품을 다루는 상인으로서 부유한 편이었다. 외할아버지는 수완 좋은 변호사였다.

이것은 포의 「골든 핌의 모험」의 서두이다. 사건이 전개되면서 차츰 포의 환상적인 이야기가 되는데, 이야기에 현실성을 더하기 위하여 「로빈슨 크루소」 이래의 전통적인 표류기의 서두 형식을 빌려 쓰고 있다.
「로빈슨 크루소」의 서두는 다음과 같다.

나는 1632년 요크 시의 부유한 집에서 태어났다. 그러나 아버지는 브레멘에서 태어난 외래인으로서, 처음에 헐에서 살았기 때문에 이 나라 출신이 아니다. 외가는 로빈슨이라 하며, 이 지방의 명문이었기 때문에 나는 로빈슨 크로이츠나엘이라고 불려졌다. 그러나 영국에 흔한 사투리 때문에 우리는 이제는 크루소라 불려지게 되었고, 아니 집안에서도 자기 이름을 크루소라 말하며 또 쓰고 있다. 그래서 내 동료는 언제나 그렇게 불렀다.

위의 두 편의 표류기의 서두를 비교해 볼 때, 포에 비해 디포의 솜씨가 뛰어나다는 것을 알 수 있다. 포는 무뚝뚝한 필치로 써나가고 있지만, 디포는 이름 하나에 대해서도 유머러스한 유래를 덧붙이고 있다.
이야기는 시간적 순서를 좇는 것이기 때문에 단조로움에 빠질 위험성이 있고, 그것을 구해 내는 데는 화자의 섬세한 솜씨에 기댈 수밖에 없다. 일상의 사소한 일에 관하여 화자 자신의 관심 여부는 생각보다 중요한 위치를 차지하는 소설가의 재능이다.
포는 결코 말솜씨에서 뒤떨어지는 화자는 아니지만, 위의 「골든 핌의 모험」의 주제는 단순한 표류기가 아니기 때문에 이를테면 능청스럽게 담담한 필치로 써가고 있다. 즉 전형적인 표류기로 보면 되는 작품으로서, 크루소의 표류 자체에 주제가 있었던 디포와는 차이가 있다고 할 수 있다.
앞서 인용한 바 있는 루소의 「참회록」의 계속은 다음과 같다.

나는 1712년에 주네보에서 시민 이자크 루소와 역시 시민 쉬잔 베르나르 사이에 태어났다. 정말 얼마 되지도 않은 재산이 15명의 아이들에게 분배되었기 때문에 아버지의 분깃은 거의 없는 것이나 마찬가지였다. 그는 시계를 수리하여 생계를 꾸려 나갔는데, 일솜씨가 아주 뛰어났다. 어머니는 목사 베르나르의 딸로서, 아버지보다 돈이 많았고 지식도 높았으며 또 아름다웠다. 아버지가 이 아가씨를 차지하기까지는 상당한 어려움이 따랐다. 두 사람의 사랑은 거의 태어날 때부터 시작된 상태였다.

루소는 「참회록」이 진실된 기록이라고 강조하고 있지만, 한갓 3류 연애 소설 같은 느낌을 준다. 그러나 자기가 알지도 못하는 양친의 결합에 대해 첫머리부터 이렇게 군소리를 늘어놓아야 하는 루소의 불행을 알 듯하다. 디포와 포는 가공의 이야기를 말하는 것이기 때문에 편한 마음이지만, 루소는 양친을 귀부인 앞에서 아름답게 소개해야 될 형편에 놓여 있었다.

물론 작가는 모두 루소와 같이 사상에 사로잡혀 있지도 않고 또 과대망상증에 걸린 것도 아니며, 적당한 곳에서는 자기와, 때로는 다른 사람과도 교섭을 가지게 된다. 여기서 '자서전' 그 자체가 아니라 '소설적 자서전'이라는 방법이 자연히 발달하게 되었다.

다음은 디킨스의 「데이비드 카퍼필드」의 서두이다.

나는 자기 전기의 주인공이 될 것인지, 또는 다른 누구인가가 이 지위를 차지하게 될 것인지에 대해서는 일단 덮어두고, 이 사실만은 반드시 적어 두고자 한다. 내 삶의 등장으로써 이 이야기를 시작함에 즈음하여 우선 내가 어느 금요일 밤 열두 시에 태어났다(그렇게 들었고 또 그렇게 믿고 있다.)는 것을 기록해 둔다. 기둥시계가 종을 치기 시작함과 동시에 나는 첫울음소리를 냈다고 한다.

10) 작가의 위치

연극에서 근대극의 인물은 원칙적으로 무대 위의 다른 인물을 향해서만 말을 할 수 있다. 예전에는 독백으로 생각과 감정을 충분히 표출했으나, 이 방법은 사실주의를 표방하는 근대극에서는 부자연스럽다는 이유로 해서 허용되지 않는다.

그러나 소설가의 펜은 물론 그 부분은 자유여서 여러 모로 각도를 바꾸어 가면서 객관적으로 심리를 묘사해 낼 수 있다. 19세기 중엽부터 소설이 극에 대해 유행 면에서 능가하게 된 것은 이와 같은 자유로운 기법 때문이라고 말할 수 있다.

그녀는 십자를 그었다. 이 십자를 긋는다고 하는 익숙해진 동작은 그녀의 마음에 소녀시절과 어린이 시절의 여러 가지 추억을 불러 일으켰다. 갑자기 그녀의 모든 것을 가리고 있던 어두움이 싹 가시고, 그 순간 생활이 과거의 밝은 기쁨을 모조리 망라하여 그녀의 눈앞에 펼쳐졌다. 그렇지만 그녀는 다가오는 두 번째 차량의 기차 바퀴로부터 눈을 떼지 않았다. 그리고 바퀴와 바퀴의 중간부가 바로 앞에 왔을 때 그녀는 붉은 핸드백을 옆으로 내던지고는 목을 두 어깨 사이에 웅크려 놓고 기차 아래 양손을 짚고 쓰러졌다. 그리고 곧 일어나기 위한 준비를 하는 것처럼 가벼운 동작으로 무릎을 꿇었다. 그러자 그 순간 그녀는 자기가 저지른 일에 몸이 오싹해졌다. '나는 어디 있는가? 나는 무슨 짓을 하고 있는가? 왜 무엇 때문에?' 그녀는 몸을 일으켜 옆으로 피하려 하였다. 그러나 어떤 용서할 수 없는 거대한 것이 그녀의 머리를 쥐어박으며, 등어리를 붙잡고 끌어당겼다.

안나 카레니나가 자살하는 장면이다. '목을 두 어깨 사이에 웅크려 넣고'라는 외면적인 묘사는 결국에는 자살을 선택한 가련한 여인에 지나지 않는 안나의 뒷모습을 잘 포착하고 있다. 그리고 죽음의 순간에 삶의 의미가 갑자기 명백해진다는 것에 의해 안나에게 일종의 구원을 주려고 하는 작가의 의도를 잘 알 수 있다.

그러나 안나의 죽음의 기분을 누가 알 수 있을 것인가. 안나는 죽어 버리고 말기 때문에 자기 자신이 말할 수는 없다. 그녀는 톨스토이가 만들어낸 인물이기 때문에 그녀의 심리를 어떻게 묘사하든 그것은 작가의 마음이 아닌가 하고 말한다면 더 할 말을 찾지 못하게 된다. 그러나 인류가 시작된 이래로 누구도 말할 수 있는 기회가 있을 수 없는 죽음의 순간의 기분을 소설이라고 해서 멋대로 만들어 낼 수는 없다. 톨스토이는 이렇게 묘사하고 있다.

"하느님, 원하오니 모든 죄를 사해 주소서." 다투어 보아도 쓸데없다는 것을 느끼며 그녀는 이렇게 중얼거렸다. 몸집이 작은 농부가 무슨 말인지 중얼거리면서, 역 위에서 무엇인지 일을 하고 있었다. 그녀는 한 개의 촛불로 불안과 기만, 비애와 죄악으로 가득 찬 책을 읽고 있었으나, 그 빛은 일찍이 없었던 정도의 강한 빛으로 확 타올라, 지금까지 어두움 속에 잠겨 있던 모든 것을 비추는가 싶더니, 또 갑자기 탁탁거리는 소리를 내며 어두워지더니 영원히 꺼져버리고 말았다.

「안나 카레니나」의 경우 톨스토이의 펜은 안나에 대한 동정심이 어려 있어서, 독자는 여기서 그저 작가와 함께 안나의 죽음을 슬퍼하기만 하면 그만이다. 이와 같은 이를테면 감정적인 공범이 허구를 진실이라 믿게 하고 있다. 그것은 작가와 독자 사이의 약속 위에 성립되는 거짓말이다.

망령과도 같이 죽음의 순간을 말하게 하는 작가의 위치를 차지하게 한 것은 소설을 풍부하게 한 것은 사실이지만, 또 한편 이야기의 신빙성을 위태롭게 한 것도 사실이다. 전쟁 소설과 스릴이 넘치는 장면에서 남용되는 죽음의 순간의 심리 묘사에는 무척 공허로운 것이 있다. 이른바 사소설이라는 일인칭 소설이 본격 소설에 대해 품게 되는 불신의 일부는 바로 여기 있는 것이며, 그래서 어느 평자는 「안나 카레니나」를 가리켜 통속 소설에 지나지 않는다는 말을 했다.

본격 소설의 객관성이라 하더라도 어차피 사람이 생각하는 것일 뿐이다. 따라서 작가와 독자는 소설에 나타난 사람의 고백은 어디까지 진실로 보아야 하느냐 하는 문제가 대두된다.

11. 20세기 소설

1) 새로운 소설

소설의 방법은 소설의 작법이라고 말할 수 있다. 그러나 그것은 소설을 쓰는 기법의 문제가 아니다. 물론 기법 문제가 따르게 되는 것은 사실이지만, 오로지 기법 문제에만 속하는 것은 아니다. 그렇다면 그것은 무엇인가 하고 묻는다면, 예컨대 20세기 초에 조이스가 나왔고 또 프루스트가 나왔다. 이 경우 두 사람보다 먼저 같은 방법으로 소설을 쓴 사람은 없었다는 점이 중요하다.

독자는 우선 문체와 구성의 성질을 느끼게 된다. 문체나 구성은 물론 기법의 문제이지만, 거기에 아직 종래에 대한 적이 없었던 기법이 사용되고 있다는 것을 느끼게 된다. 그러나 그 다음에 당연히 발생하는 문제는 '그렇다면 왜 그와 같은 문체를 사용하고 구성을 생각했는가'이다. 그리고 대답은 '종래의 방법으로는 만족을 느낄 수 없었기 때문'이 된다. 왜 만족할 수 없이 되었는가 하면 종래의 방법으로 쓴 소설, 즉 지난 세대의 작가들이 쓴 소설에서 진실성을 느낄 수 없게 되었다는 것, 더 나아가서 감동할 수 없게 되었기 때문이다.

그렇게 될 때 새로운 방법이 요구되고, 따라서 소설과 현실의 관계가 부각된다. 즉, 독자가 기성 작가들의 소설을 읽고 거기서 현실이 충분하게 표현되어 있지 못하다고 느낀다면, 그것은 종래의 소설이 내가 생각하고 있는 현실을 표현해 주지 않는 것을 의미한다.

그렇다면 작가인 나는 어떤 것을 현실이라고 생각하는가 하는 문제가 제기된다. 그렇게 될 때 결국 다다르게 되는 것은 세계관의 문제가 된다. 따라서 소설의 방법이란 것은 기법의 문제가 아니라, 작가의 세계관에 이어지게 된다.

결국 세계관이 있고, 그 세계관과 종래의 소설과의 투쟁이 생기게 되며, 종래의 소설을 현실의 표현에 적합하지 못하다고 보고, 그것을 해결해서 충분한 것이 되게 하기 위해서 새로운 구성과 문체가 나타나게 된다. 그리고 이와 같이 혁신적인 일을 한 것이 프랑스의 프루스트와 영국의 조이스이다.

유럽 소설의 역사에서 프루스트가 20세기 최고의 작가로 평가받게 되기 전에는 위대한 졸라가 있었고, 그 졸라 앞에는 플로베르가 있었으며, 또 그 앞에는 발자크가 있었다.

발자크는 아주 편하게 즉 수필을 쓰듯이 소설을 썼다. 발자크와 같은 시대에 영국에는 디킨스가 있었는데, 그 또한 수필을 쓰듯이 소설을 썼다. 그때 플로베르가 등장하여 소설의 방법이라는 것이 처음으로 의식화되었다. 그리고 졸라가 등장해서는 소설의 방법(「실험 소설론」)을 쓰고 난 뒤 소설을 쓰는 방식을 취했다.

졸라의 방법은 이론적으로 너무나 완벽한 것이어서, 졸라의 소설이 실제로 그의 생각대로 된 것이냐 하는 데는 문제가 있다. 방법 자체도 지나치게 완벽하여서, 어디까지 내면적 요구가 있었는가 하는 의문을 가지게 한다. 즉, 방법 자체가 졸라 자신이 정말 하고 싶다고 생각한 작업에서 동떨어져, 논리적으로 자립하여 헛바퀴를 돌았다는 느낌을 주는 것도 사실이다.

그러나 어쨌든지 플로베르와 졸라에 이르러 소설의 방법——방법론적으로 소설을 생각한다는 일이 확립되었다. 그리고 그것이 제1차세계대전까지의 유럽 전체를 지배하였고, 대전 후에도 미국과 우리나라 문단에까지 여전히 자연주의의 방법이란 것으로 명맥이 이어졌다.

졸라의 절대적인 영향은 19세기와 더불어 막을 내리고, 20세기는 프루스트와 조이스에서 시작된다. 역사적으로 말한다면 20세기의 소설 방법에 해당된다. 19세기의 졸라와 플로베르의 방법에 불만을 품고 그것을 부정한 것이 프루스트와 조이스이며, 이 두 작가로 해서 유럽의 소설은 크게 변하면서, 19세기의 방법에서 20세기의 방법으로 바뀌게 된다.

2) 소설의 혁명

프루스트(1871~1922)와 조이스(1882~1941)는 소설의 역사를 바꾸어 놓았다. 그들은 20세기 초까지 소설계를 지배하던 이른바 '객관적 사실주의'라는 것을 비판하고 나섰다. 객관적 사실주의의 경우 작품 속에서 차지하는 작가의 위치는 바로 신의 위치이다. 이에 대해 프루스트와 조이스는 반발한 것이다. 특히 프루스트는 플로베르의 방법에 대해 다음과 같은 문제를 제기하였다.

①작가는 신의 위치에서 현실을 제대로 볼 수는 없다. 작중 인물은 사람

의 위치에서 보아야 제대로 볼 수 있다.

②작중 인물의 성격이 통일되어 있다는 것은 문제가 아닌가. 현실 사회에 살고 있는 사람에게는 성격의 일치가 있을 수 없지 않은가.

③객관적 사실주의에서는 시간의 외면성을 주장하지만, 개개의 사람은 모두 저마다 내부의 시간을 가지고 있다. 즉 시간의 내면성이다.

③에서 말하는 시간의 외면성 곧 역사적 시간은 객관적이어서 모든 사람에게 공통된다. 그러나 개인의 시간이란 철학자 베르그송이 주장하는 바와 같이 시계 바늘이 가리키는 시간은 시간이 아니라 공간일 뿐이요, 공간을 시계 바늘이 옮겨가고 있는 것에 지나지 않는다. 참다운 시간은 사람의 내부를 흐르고 있다. 따라서 내적인 시간은 역사적인 시간을 왔다갔다하는 것이다.

프루스트는 시간의 문제에서 이른바 '무의지적 상기(無意志的想起)'라는 경험을 여러 번 하게 된다. 자기 자신은 생각할 의지가 전혀 없는데 갑자기 옛 기억이 떠오르는 것이다. 그것은 결국 현재와 과거의 어떤 시간, 즉 두 개의 시간을 동시에 사는 것이 된다. 그리고 동시에 두 개의 시간을 살고 있다는 것은 영원 속에 있다는 뜻이 된다.

그 무렵 프루스트는 네르발의 소설 「실비」를 읽고, 이른바 '마음의 간헐(間歇)'이란 것, 곧 외적 시간을 무시하고 과거와 현재의 시간이 하나가 되는 것을 터득하고, 그 방법으로 소설을 쓰기 시작했다.

작가가 신의 위치에서 떠난 프루스트의 소설에서는 마르셀이라는 이름의 주인공이 '나'로 등장하며 말하고 있다. 따라서 마르셀이라는 '나'만 내면을 표현할 수 있고, 다른 인물에 관해서는 모두 '나'가 보는 것, 또는 볼 수 있는 것만 쓸 수 있다. 더구나 다른 사람은 끊임없이 분열하고 변화한다.

그리고 '나'가 자기 내면을 기록한다는 작업에 의하여 시간을 내면적으로 할 수 있다. 그것은 무의식적인 세계에서 솟아나는 기억이 작품 속에 표현 내지 기록되는 일이다. 따라서 거기에는 심한 자기 분열이 있게 마련이다.

요컨대 프루스트는 무의식이라는 것을 문학 작품화하는 데 성공했다. 그는 무의식을 문학 작품 속에 적극적으로 도입한 최초의 작가이다. 그의 유일한 소설인 「잃어버린 시간을 찾아서」는 '나'가 여러 가지 내면적인 경험을 겪고, 결국에는 '나도 소설을 쓸 수 있다'는 생각을 가지게 되는 것으로 끝난다.

「율리시스」의 작가 조이스 또한 플로베르에서 출발했다. 그는 현실의 전체를 표현하는 것, 곧 전체 소설을 생각하게 되었다. 그가 생각하는 전체 소설은 아일랜드의 수도 더블린 전체를 한 작품 안에 수록하는 일이었다.

그 전체 소설은 외부의 전체가 아니라, 여러 사람의 마음속에 있는 모든 층을 전체적으로 묘사하는 일이었다. 정신의 여러 층——즉 사람의 보통 의식 이외에 무의식 층이 여러 겹 있다. 그와 같은 내면적인 층에 대응하는 것을 묘사함으로써, 사람을 전체적으로 표현할 수 있다고 생각한 것이다.

1922년에 발표된 「율리시스」는 호메로스의 서사시 「오디세이아」의 형태를 빌려, 레오폴드 블룸이라는 평범하면서도 정욕적인 한 유대인 은행원의 1904년 6월 16일 더블린에서의 아침부터 밤까지의 생활을 묘사하고 있다.

이 소설에서 작자는 인물의 잠재의식의 내면에까지 들어가 상세히 묘사하고 있고, 심리의 흐름을 전하기 위해 미묘하고 복잡한 이상스러운 문체를 사용하고 있으며, 이른바 '의식의 흐름'의 수법을 철저하게 지키고 있다. 그 난해하고 파격적인 표현과 거리낌 없는 관능 묘사는 문단에 회오리바람을 일으켰다.

3) 소설의 모험

이 항목에서는 프랑스의 A. 지드(1869~1951)와 영국의 A. 헉슬리(1894~1963)에 관해 생각하려 한다. 두 작가는 전혀 공통점을 찾아볼 수 없지만, 프루스트식 소설에 대해서 부정하고 있다는 면에서만은 공통적이다.

지드는 소설의 형식에 대해 아주 엄격히 생각했다. 그는 「사전꾼들」이라는 작품 이전에는 '로망'을 쓴 일이 없다고 말하였다. 「사전꾼들」이란 제명은 '위조 화폐를 만드는 사람들'로서 가짜 돈을 쓰는 불량소년 패거리의 에피소드에서 비롯되었으며, 불량소년 패거리 조직원 가운데 베르나르를 중심으로 친구 올리비에, 소설가 에두아르 등 여러 사람이 얽히고 설키면서 펼쳐지는 이야기가 중심이 되며, 올리비에의 형 빈센트와 동생 조지, 올리비에의 정부 로라, 사생아 보리스 등 주변부 인물들이 만들어가는 또 하나의 이야기가 포함된 '소설 속의 소설(novel in novel)'이다.

지드는 「사전꾼들」 집필에 즈음하여 소설 노트를 기록했다. 그리고 소설을 발표함과 동시에 노트도 공개했다. 그렇게 함으로써 지드는 이 소설의 형식상의 모험——즉 소설 미학상 무엇을 의도했는가 하는 것을 독자에게 알리려 했다.

프루스트와 조이스의 전체 소설──사람의 외부적 현실과 내부적 현실을 전체적으로 포함한 소설을 창작한다──이와 같은 전체 소설관에 대해 지드는 선전 포고를 한 것이다. 그렇다고 해서 19세기의 전체 소설로 돌아가자는 것은 아니다. 지드는 이렇게 주장한다. "19세기적 전체 소설은 인물이 고정화되어 있어 부자연스럽기 이를 데 없다. 인간은 고정화된 것으로 인식되는 것이 아니라 변화할 수 있는 것으로 인식해야 한다. 톨스토이의 소설에 나오는 인물들은 인공적이다."

더구나 19세기의 소설 작법은 '카드와 노트의 방법'으로서, 관찰한 것을 카드에 적고 그 기록을 노트하였다. 그 카드와 노트를 책상 위에 두고, 그것을 적당히 짜 맞추어 장편 소설을 쓰는, 이른바 '카드와 노트 시스템'이었다. 지드는 이 방법에 대해 반대했다.

지드의 「사전꾼들」에는 에두아르라는 소설가가 현실 속에 들어와 소설을 쓴다. 그는 순수 소설을 쓰는 것이 아니라, 순수 소설을 쓴다는 것이 왜 가능한가 하는 것을 소설로 쓴다. 즉, 지드는 '순수 소설은 가능하다' 생각의 과정을 소설로 쓴 것이다.

지드의 작품은 통속적인 의미에서도 재미있다. 그리고 또 한 가지 면에서도 흥미롭다. 그것은 19세기에 완성된 소설 형식을 철저하게 분해한 지적(知的)인 게임으로서도 재미있다.

헉슬리는 회상의 방법을 소설에 적용한 작가다. 현실 감각은 과거게 대한 회상이 아니라 현재에 대한 순간적 인식(이것의 연속이 사람의 삶이다)에 바탕한 것인데, 회상이란 형식으로 소설을 쓴다면 현실 감각과 차이가 나게 된다. 이런 생각으로 헉슬리는 「연애 대위법」(1928)을 썼다.

이 소설은 표제 그대로 거의 100개에 이르는 장면이 나열되어 있는데, 장면과 장면에는 인과적인 연결이 없다. 거기에 있는 것은 시간적인 경과뿐이다. 왜냐하면 삶이란 것은 지난날의 소설에서 생각했던 것처럼, 하나의 줄거리가 있어서 그 줄거리가 연속적으로 전개되는 것이 아니라, 무수한 다른 사건들이 무수한 다른 인물들에 의해 동시에 시간의 경과에 따라서 진행되는 것이기 때문이다.

그러나 헉슬리는 「연애 대위법」을 쓰고 난 후, 그와 같은 방법으로는 아주 짧은 시간밖에 묘사할 수 없다는 것, 따라서 과거란 것이 회상이 아니라 과거의 어떤 시간이 그때는 현재였다는 관점에서 소설을 썼다. 그것이 「가자에서 눈이 멀어」(1936)이다.

소설의 제명은 밀턴의 「투사 삼손」 속의 시구, "가자에서 눈이 멀어, 노예와 더불어 맷돌을 돌리며"에서 따온 것이다. 그리고 그것은 구약의 인물이자 힘이 장사인 삼손이 데릴라에게 속아, 적군에게 잡혀 눈이 뽑혔다는 기록에 따른 것이다.

「가자에서 눈이 멀어」에서는 시간이 무질서하게 나열되어 있다. 모두 54장으로서 각 장의 이름이 전부 날짜로 되어 있는데, 그 날짜가 순서대로 된 것이 아니라 뒤죽박죽으로 되어 있다. 작가는 이런 형식에 의해 현대인의 절망과 사상적 혼란을 묘사하고 있다.

다섯 개의 주제가 끊임없이 나타났다가 사라지곤 하는 이 작품은 소설이라는 형식이 붕괴되기 직전의 모습을 나타내고 있다. 따라서 「가자에서 눈이 멀어」는 소설이란 형식이 다른 형식의 것이 될 수도 있다는 사실을 예고하는 작품으로 평가되고 있다.

4) 파괴와 결합

W. 포크너(1897~1964)는 본국인 미국보다는 파리 문단에서 더 명성을 날렸던 작가다. 그는 조이스와 프루스트를 연결한 작가라고 할 수 있다. 그의 소설은 발자크와 마찬가지로 전부가 하나의 소설이다. 그의 소설을 공식으로 만든다면, '인간의 가장 심층=집합의식에의 도달'이 된다.

포크너는 「음향과 분노」(이 제명은 셰익스피어의 대사에서 따온 것이다)에서 정신박약자(백치)의 긴 독백과 하버드 대학생인 미국 최고 지성인의 독백을 병행시켜, 의식 구조가 완전히 다른 두 개의 존재가 대비를 이루게 하고 있다. 이는 흥미로운 지적인 모험이라 할 것이다.

하버드 대학생의 독백은 쉽게 이해할 수 있으나, 백치의 독백은 이해하기 어렵다. 예컨대 백치가 달려 가다가, "지면이 수직으로 솟아올랐다"는 독백이 있다. 이것은 일반적인 이성 및 지성으로 생각한다면 자기가 땅에 넘어진 것인데, 백치는 자기가 넘어졌다고는 생각지 않고 땅바닥이 세로가 되었다(수직으로 솟아 올랐다)고 생각한다.

포크너의 소설 중 가장 성공작은 「압살롬 압살롬」(1936)이라 할 수 있는데, 거기서는 '( ), ——, ……' 등 기호가 수없이 사용되면서 의식의 아주 복잡한 층의 여러 부분이 출몰한다.

포크너는 미국 남부의 가장 깊숙한 곳에 요크나파토파라는 가공의 지역을 설정하여, 그의 작품 속에 등장하는 모든 인물들을 그곳에 살게 하고 있다. 이 지역 사회를 통해 19세기에서 20세기에 걸친 시대의 변천과 미국 남부를 구성하는 대표 인물들을 묘사한 '요크나파토파 이야기'가 이루어진다.

포크너는 프루스트와 조이스를 계승한 작가이다. 그것은 전체 소설을 지향했다는 점에서 지드와 헉슬리의 방법은 아니었다. 이른바 '로망 토탈'(전체 소설)의 가능성에 대하여 포크너는 다시 한 번 여기서 증명해 보였다.

E. 헤밍웨이(1899~1961)는 포크너가 무명작가일 때 이미 인기 작가였다. 그러나 포크너가 천재 작가로 평가될 즈음에는 헤밍웨이에 대한 평가는 하락했다. 두 작가는 '로스트 제너레이션'으로 같이 불리면서, 오랜 기간 동안 라이벌 관계로 있었다.

헤밍웨이는 「가진 자와 못 가진 자」(1939)에서 완전히 단절되어 있는 두 계층을 비연속적으로 하나의 작품 안에 나열함으로써 그가 생각하고 있던 전체적 구조 곧 삶 내지 사회를 전체적으로 포착하였다. 그의 전체 소설의 방법을 이것으로써 실현한 것이다.

그는 그 후 에스파냐 내란을 다룬 소설 「누구를 위하여 좋은 울리나」(1940)에서 다시 한 번 이 전체적 구축이라는 방법을 반복한다. 그러나 그 소설보다는 이 「가진 자와 못 가진 자」가 소설의 방법에서 특히 그런 면에 철저한 것이다.

이 작품이 발표되었을 때 미국의 문단은 '기대에 미치지 못하는 작품이며 졸작 중에도 졸작'이라고 입을 모아 헤밍웨이를 혹평하였다. 그러나 문학의 전위적(前衛的)인 관점에서 본다면 당연한 일이지만 파리의 문단에서는 미국과는 달리 헤밍웨이를 격찬했다.

그때까지 헤밍웨이는 소설을 발표하는 대로 호평을 받아 왔다. 그것이 철저하게 혹평을 받게 되었다는 것은 그때까지의 그의 작품, 더 나아가서는 당시의 미국 소설의 방법을 헤밍웨이는 포기했던 것이고, 그것은 결국 독자에게 싸움을 건 결과가 된 것이다.

헤밍웨이에게는 「해는 또다시 떠오른다」「무기여 잘 있거라」「노인과 바다」 등 저명한 작품이 많이 있으나, 소설의 방법이란 면에서 볼 때 「가진 자와 못 가진 자」가 여러 가지 문제들을 찾아낼 수 있는 문제작이다.

5) 순수성 추구

지드는 이미 「사전꾼들」에서 이른바 '순수 소설'이란 것을 추구했다. 즉, 현실의 경험 전체 속에서 순수 소설에 적합하다고 생각되는 것만 골라내어 소설의 세계를 구성하려 했다. 이에 대해 지드의 친구로서 시인인 발레리(1871~1945)는 「테스트 씨와의 하룻밤」(1896)에서 순수 소설을 실제로 썼다.

발레리에게 '순수'는 내면적인 것(사람의 이성)을 의미한다. 그러나 한마디로 사람이라고 하지만 사람은 낱낱의 존재이다. 따라서 개인 개인의 특성이란 것은 아주 어정쩡한 것이며, 정확하고 확실한 것은 보편적 존재로서의 이성이다. 거기서 그와 같은 보편적 이성의 소유자로서의 인물, 그와 같이 살아 있는 사람을 소설로 형상화하는 것이다.

「테스트 씨와의 하룻밤」머리말에 왜 이런 소설을 쓰는가 하는 것이 서술되어 있다. 당시 중요한 문학적 주제는 자의식 과잉의 문제였다. 거기서 발레리는 자기를 보는 자기, 자기를 보는 자기를 또 보는 자기⋯⋯라는 식으로 끝없이 헛도는 의식을 어떤 목적을 위한 의식이 아니라, "의식 그 자체를 위한 의식"으로 생각하여 「테스트 씨와의 하룻밤」를 쓴 것으로 알려져 있다.

이 소설에 나오는 에밀리 테스트 부인은 남편에 대해 회의를 느끼며, 그에게는 사랑이란 것 자체가 존재하지 않는 것이 아닌가 하고 생각한다. 순수 이성의 관점으로는 사랑이란 것이 어쩌면 정념(情念)의 착란에 불과한 것이 아닌가. 바꾸어 말해서 남편에게는 이성이 있고 정신도 있지만 마음이 없는 것이 아닌가. 그렇다면 신이 없다는 의미가 되지 않는가.

요컨대 발레리는 「테스트 씨와의 하룻밤」에서 소설 이외의 것은 전부 배제했다. 그리고 그렇게 될 때 작가는 다만 재료를 제공하기만 할 뿐이요, 독자는 자기 안에다 스스로 소설을 창작해야 한다. 이렇게 될 때 독자는 각자가 자신의 체험을 녹여냄으로써 저마다 다른 소설을 만들어 내게 된다. 따라서 발레리가 실행한 순수 소설이란 것은 소설의 씨앗을 독자에게 제공하는 작업이었다고 말할 수 있다.

소설의 순수성 탐구라는 관점에서 발레리와 대립되는 위치에 서 있는 작가가 F. 카프카(1883~1924)이다. 발레리의 순수 소설이 완전히 이성의 세계 곧 '순수 의식'의 소설이라면 카프카의 소설은 '순수 무의식'의 소설이라고 말할 수 있다.

카프카의 작품 중 가장 높이 평가되는 것은 「성(城)」(1926)이다. K라는 측량 기사가 상사의 명에 의해 어느 성이 있는 도시로 간다. 성 안에 자기에게 명령을 내린 본부가 있기 때문에 거기 가서 상사를 만나야 한다. 그래야 측량을 시작할 수 있다. 그러나 아무리 상사를 만나려 해도 만날 수 없다.

이 소설은 그 전해에 발표한 「심판」(1925)과 같은 상황이다. 즉 상사와 아무리 만나려 해도 만날 수 없다. 즉 카프카의 소설에서 줄거리는 끝나지 않는다. 때문에 그의 소설은 모두 미완성이다. 끝까지 쓸 수 없는 것이다.

「성」에 대해 비평가들은 "이것은 은총의 소설이다"라는 식으로 말했다. 즉, 신을 추구하려 한 것으로 이해한 것이다. 신에게 다가가기 위해서는 이성으로써 갈 수 있는 데까지 가고 나서는 마지막에 신의 은총이 없이는 그 체험을 얻을 수 없다. 때문에 그와 같은 은총을 추구하는 사람의 비극을 작품화했다고 해석한 것이다.

그러나 제2차세계대전 이후 사르트르 등 무신론적 실존주의자들은 이 소설을 두고, 사람의 조건 그 자체에 대한 비판으로 보아야 한다고 주장했다. 즉 세계와 개인 사이의 관계에서의 부조리(不條理)를 묘사한 것으로 보아야 한다는 것이다.

위에서 살펴본 바와 같이 순수 소설에는 발레리의 「테스트 씨와의 하룻밤」처럼 독자가 순수 정신 내지 순수 이성이 되려 하는 것과, 카프카의 「성」처럼 독자로 하여금 사람의 조건에 직면시키는 정반대되는 두 가지 가능성이 있다. 그리고 발레리와 카프카 이후의 소설은 그 방법의 진전상 내면성에 중심을 두면서 전체 소설적인 방법과 순수 소설적인 방법 등 여러 가지 형식을 혼합하기도 하고 반발하기도 하면서 진행되는 것이다.

6) 현실과 혼란

H. 브로흐(1886~1951)와 R. 무질(1880~1942)은 모두 오스트리아 출신의 독일어 작가로서, 제2차세계대전 후 갑자기 유명해진 작가들이다. 이들

은 소설의 방법상 새로운 경향을 제시하였다. 브로흐는 조이스의 방법을 발전시켰고, 무질은 프루스트의 방법을 발전시켰다고 말할 수 있다.

브로흐는 시민 생활의 장과 세계 전체——이 현실의 이중성에 대해 다층성(多層性)을 주장하고 있다. 즉, 각 개인의 현실은 정신의 영역에서 일상적인 것의 영역을 중심으로 그 위에 형이상학적 내지 종교적인 영역이 있고, 아래에는 혼돈한 무의식의 세계가 있다. 이와 같은 세 가지 층을 19세기 자연주의 소설의 경우처럼 일상적인 영역만 대상으로 해서 묘사한다는 것은 불완전하다는 것이다.

브로흐는 이와 같은 다층성과 다원적인 방법을 주장하는 동시에 또한 동시성을 주장했다. 즉, '조응(照應)' 또는 '만물 교감(萬物交感)'의 이론으로 현실을 파악하는 것은 전혀 동떨어진 두 가지의 것, 예컨대 시민 생활의 장과 세계 전체를 '동시에' 파악하지 않으면 의미가 없게 된다. 따라서 다층성과 동시성을 현실적으로 포착해야 하는데, 그것을 행하는 것이 상상의 힘이요 서정성이라고 하는 것이 브로흐의 소설 이론이다.

이와 같은 이론에 기초한 브로흐의 대표작은 로마 최대의 시인 베르길리우스의 죽음을 묘사한 「베르길리우스의 죽음」(1945)이다. 아주 긴 장편이지만, 내용은 베르길리우스가 그의 대표작인 서사시 「아이네이스」를 마지막으로 손질하다가 죽는 10여 시간 동안에 걸쳐 베르길리우스의 내면의 변화에 대한 묘사이다.

브로흐는 이 소설에서 20세기 소설의 큰 특징인 신화성을 다루고 있고, 또 제명에서 알 수 있는 바와 같이 죽음의 문제를 다루고 있다. 베르길리우스라는 위대한 시인을 내면적으로 묘사함으로써, 시인 말라르메가 소네트로 했고, 발레리가 「젊은 파르크」에서 한 일을 장편 소설로 수행한 것이다.

무질의 대표작은 미완의 장편 소설 「특성없는 남자」(3권 ; 1931, 1933, 1943)인데, 제명 그대로 특성이란 것이 없는 한 남자를 주인공으로 하고 있다. 특성이 없다는 것은 바로 사람이 아니라는 뜻이 된다. 발레리의 소설에 나오는 '테스트 씨'는 순수하게 추상적 사람인데, 이 '특성 없는 남자'도 그와 다를 바 없다.

이 소설은 순수 소설이면서 또한 전체 소설이다. 전적으로 상반되는 문학적 내지 소설적인 이상을 하나로 실현했다는 점에서, 「특성 없는 남자」는 가장

20세기적인 소설이요 또 가장 새로운 형식으로서의 자기 형성의 소설이다.

이 소설 제1장의 제목은 '여기서는 아무 일도 일어나지 않는다'이다. 소설은 무슨 사건이든지 일어날 때 시작되는 것인데, 이 소설은 "아무 일도 일어나지 않는다"는 선언으로 시작되고 있다. 그렇지만 사건은 일어난다. 그것은 교통사고이다. 더구나 무질은 그 교통사고를 현대 문명의 아주 심각한 문제로까지 발전시켜 간다.

그러나 무질의 관점에서 볼 때 그 교통사고는 사건이 아니다. 물론 시민 생활의 장만 놓고 볼 때 사람을 친 사람은 가해자이다. 그러나 전체 세계에서 본다면 도시 행정 중에서 본디부터 잠복해 있는 과밀(過密) 상태가 있게 마련이어서 교통사고를 피한다는 것은 무리가 아닐 수 없으며, 시민 생활의 장에서의 가해자는 동시에 피해자가 되기도 한다. 그리고 그와 같은 이중 구조가 실은 사람의 모든 행위에 있다고 하는 현대적인 좋은 예로서, 무질은 교통사고를 제시하고 있다.

「특성 없는 남자」의 관점에서 본다면, 여기에 있는 시민적인 일상생활, 즉 일상성의 세계에서의 어떤 사건도 본질적으로 인간적인 사건이라고는 인정하지 않는다. 그것은 일상성의 차원에서의 사건에 지나지 않고, 본질적인 것이 아니기 때문에 체험이라고 말할 수는 없다. 때문에 "여기서는 아무 일도 일어나지 않는다"인 것이다.

7) 몰락과 상실

1929년에 노벨 문학상을 수상한 독일의 작가 T. 만(1875~1955)은 방대한 양의 작품을 통해 세계와 삶을 여러 가지 대립 면에서 포착하였고, 특히 중요한 모티브인 시민과 예술가의 문제 및 삶과 정신의 대립 의식을 깊이 탐구하면서, 인도주의적인 문학을 꽃피게 했다. 사상적으로는 니체와 쇼펜하우어에게서 강한 영향을 받았고, 또한 아주 젊은 시절부터 바그너 음악의 세례를 받고 있다.

수많은 문제작을 발표했는데, 소설로는 「부덴브로크 가(家)의 사람들」(1901), 「베네치아에서의 죽음」(1912), 「토니오 크뢰거」(1914), 「마(魔)의 산」(1924), 「파우스트 박사」(1947), 「요셉과 그 형제」(1933~1943) 등이 있다. 여기서는 「부덴브로크 가의 사람들」에 대해 살펴본다.

이 소설에서 만은 세계 및 사람을 대립적인 면으로 포착하고, 대립의 충동력과 대립의 상향성에 의해 사람의 이성을 비롯하여 감정에 이르기까지의 여러 능력에 호소하고 있다. 독일 문학에서 현대를 처음으로 표현한 만이 생애를 통하여 추구한 주제, 즉 삶의 여러 대립과 죽음과 삶의 대립, 시민과 예술가의 대립 및 미래와 과거의 대립이 이미 이 소설 속에서 어떤 형태로든 다루어지고 있다.

만은 이 소설에서 명랑하고 건실하며 지적인 성품을 가진 요한 부덴브로크 노인 부부와 안토니에와 같은 시민적인 사람 즉 현실 생활에 적응을 잘하는 사람이면서, 신경질이고 병적이며 허약한 육체라고 하는 비시민적인 특질을 가지고 죽음에 대한 공감을 품고 있는 인물을 묘사하고 있다. 이 두 가지 유형은 한결같이 만 자신의 내면의 형상이다. 요컨대 작중 인물을 보는 만의 눈은 항상 이중성을 띠고 있다.

만의 초기 단편인 「환멸」에는 삶과 정신이 만나려 하는 때에 멸망이 실재화한다는 것을 서술하고 있는데, 이 멸망은 부덴브로크 가의 몰락의 원형이 되고 있다. 그러나 이 소설은 그런 비관론으로 끝나는 것이 아니라 요한의 아들인 토마스 부덴브로크 대에 와서 해방이 예고되고 있다. 즉, 토마스의 내적 갈등을 거쳐, 삶과 정신이 대립하는 구도를 파괴하고 전적으로 새로운 지평으로 날아오르게 되는 것이다.

미국의 작가 H. 밀러(1891~1980)는 50세가 되어서야 소설을 쓰기 시작했다. 그때까지 소설의 방법이 정해지지 않았기 때문이다. 그리고 그가 귀착하게 된 방법은 모든 소설의 방법을 거부하고 일종의 회상기와 같은 소설을 쓰기 시작했다. 즉, 자기의 실생활에서의 경험을 모두 작품 속에 투입하면서, 사실이 부여하는 의미는 하나의 픽션으로 하였다. 그렇게 하는 방식으로 밀러라고 하는 존재를 전체적으로 표현하려 했다.

이렇게 창작된 작품으로 첫 번째 작품이 「북회귀선」(1934)이고, 두 번째 작품이 앞선 작품과 대(對)를 이루는 「남회귀선」(1939)이다. 이 두 작품은 소설의 방법을 구하여 파리에서 절망적인 삶을 살던 밀러가 당시 파리 문단에서 유행하고 있던 초현실주의자들의 자동기술법(주정뱅이의 잠꼬대와 같은 자동기술의 방법, 즉 내면에서 나오는 기억을 순서없이 마구 써 내려가는 방법)에 따라 썼다는 점에서는 초현실주의자의 작품과 비슷하다.

이 두 작품의 창작이라는 실험 과정을 거쳐 3부작 연작소설 「장미빛 십자가」를 쓰는데, 제1부가 「섹서스」(1949), 제2부가 「플렉서스」(1953), 제3부가 「넥서스」(1960)이다. 앞서 발표된 두 작품과는 다르게 이 연작소설에서는 이미지를 보다 크게 지배하면서 이야기를 이끌고 나가는 느낌을 받게 된다.

이 소설에 등장하는 몇몇 인물은 성격을 완전히 상실하고 말아 주인공, 즉 작자인 사람의 내면을 열어주기 위한 도구 또는 계기가 되고 있을 뿐이다. 그런 의미에서 이 소설은, 19세기의 소설이 수행하던 기능을 모조리 잃어버리고, 그 대신 살아 있는 한 사람에 대한 철저한 내면 탐구가 행해지고 있으며, 따라서 한 사람 속에 전체 세계가 반영되고 있다. 이리하여 이 소설은 전체 소설이 되고 있다.

요컨대 밀러는 20세기 소설의 방법을 모조리 철저하게 깊이 생각한 결과 막다른 골목에 갇히게 되었고, 짐을 모두 버리고 나서 막다른 골목으로부터 빠져 나온 소설가다. 그리고 그 결과 19세기에는 전혀 생각조차 할 수 없었던 20세기의 소설을 쓰게 된 것이다.

8) 실존과 문학

P. 사르트르(1905~80)는 철학자이기 때문에 순수하게 논리적으로 소설의 방법을 생각하여 생각한 바대로, 그림을 그리듯이 썼다. 그러다가 「자유의 길」을 쓰다가 마음대로 되지 않으니까 집어치우고 말았다. 소설은 이론대로 되는 것이 아닌 것이다.

그는 20세기 소설의 모든 방법을 총합한다는 작업을 하기 전에 유명한 「구토」(1938)를 발표했다. 이 소설은 사르트르의 철학에서 말하는 실존에 눈뜨게 되었을 때, 외계가 그 사람에게 어떻게 비쳐지는가 하는 문제, 아무도 그때까지 손대지 못했던 문제를 다룬 것이다.

그때 외계는 전혀 무의미한 것으로 보여진다. 한 개의 의자도 의자로서의 기능을 상실하고 한갓 목재일 뿐이다. 아니, 나무라는 개념에서도 벗어나 이상하게 울퉁불퉁한 것으로 보이는 것이다. 즉, 사람의 온갖 사회적인 것이거나 또는 관념적인 요소 같은 것들을 모두 배제하고 순수 의식을 묘사한 일종의 실험 소설이다.

그와 같은 실험을 거쳐서 사르트르는 전체 소설이라고 말할 수 있는 「자유의 길」(1945~49, 미완성)을 썼다. 원제목의 경우 ‘길’은 복수로 되어 있다. 즉 ‘자유의 길들’은 여러 가지가 있다. 그 여러 가지 길들을 평행하여 쓰겠다는 것이 작가의 의도였다. 이 소설은 4부작 예정이었으나, 제4부를 쓰는 도중 중단하고 말았다. 막다른 길에 이르러 더 진행시킬 수 없이 되었기 때문이다.

제1부 이성의 시대, 제2부 유예, 제3부 영혼 속의 죽음이란 제목이 붙은 「자유의 길」은 줄거리가 없는 소설로서 각 장마다 다른 주인공이 나오고, 48시간 동안의 주인공들을 묘사하고 있다. 단 제2부 ‘유예’에서는 역사적 현실 속 각 개인의 1주간을 서술하고 있다. 제4부 제명은 ‘마지막 기회’인데, 소설의 상황이 더 이상 쓸 수 없는 것이어서 여기서 중단되고 만 것이다.

사르트르와 같은 프랑스의 실존주의 철학자이고 소설가 A. 카뮈(1913~60)는 사르트르와는 전혀 다른 작품 세계를 전개했다. 카뮈는 「이방인」「시지프스의 신화」, 「페스트」 등에 의해 부조리(不條理)의 작가 및 사상가로 지칭되며 「반항적 사람」에 의해 사르트르와도 결별했다.

흔히 카뮈의 「이방인」은 사르트르의 「구토」와 더불어 하나의 획을 긋는 작품이라고 평가되고 있다. 그것은 두 작품이 한결같이 역사에 하나의 획을 긋는 철학적 저서를 배경으로 하여, 거기서 각각 뫼르소와 로캉탱이라고 하는 사람 존재의 근원을 응시하는 ‘깨어 있는 사람’의 이미지를 제시하기 때문이다.

카뮈가 「이방인」을 복합 과거로 쓴 것은 순간에서 순간으로 옮겨지는 시간의 흐름 속에서 뫼르소에게 진실된 사항을 기록하기 위해서이다. 하나의 진실은 다음 순간에는 사라져서 없어져 버리는 것이 된다. 흘러가는 진실에 대해 뫼르소는 아무 관계가 없는 것 같은 표정으로 바라볼 수밖에 없다.

「이방인」은 사람과 세계와의 관계, 사람이 품고 있는 여러 가지 살아 있는 정열, 그것들을 만족하게 하는 일에서의 무력감, 이와 같은 사항 등이 복합 과거인 “……이었다”라는 형태로 서술된다. 바로 이것이 부조리의 감각이며, 문체 그 자체에서 부조리이기를 의도한 것은 후의 누보 로망에 대해 힌트를 주고 있다.

부조리에의 입구는 세계의 전체이다. 그러나 부조리 사상의 한 도달점은 부조리 속의 자유의 문제이다. 카뮈는 「시지프스의 신화」에서 부조리한 인간의 자유의 양상을 다음과 같이 말하고 있는데, 그것은 뫼르소에 대한 말이기도 하다..

"부조리한 사람이 대답을 얻을 수 있는 것은 다만 자기로서는 잘 알지 못한다는 것, 그것은 명백한 진실이 아니라는 것뿐이다. 그는 오직 자기가 잘 알 수 있는 일 외에는 행하려 하지 않는다. 그것은 교만이라는 죄라고 사람은 부조리의 사람을 향해 외치지만, 부조리의 사람은 죄의 개념을 파악하지 못한다."

9) 앙티 로망

20세기 중반에 들어서면서 프랑스에서는 한 무리의 젊은 작가들이 프루스트와 조이스 이래의 로망 토탈(전체 소설)을 앙티 로망(반(反)소설)의 형태로 쓰려는 운동이 일어났다. 인간적 현실을 앙티 로망으로써 전체적으로 파악하려고 시도한 것이다. 그렇게 하기 위해 방해가 되는 모든 것——로망적인 것(로마네스크)을 소설로부터 추방하였는데, 그것이 앙티 로망이다.

소설의 줄거리를 추방하고, 인물의 성격이 지닌 일관성을 파괴하였다. 이 작업을 한 대표적 작가 중 M. 뷔토르는 지성에 의해 현실을 파악하려 하였고, 시몽은 현실의 근저에 있는 것, 마그마라든가 카오스(혼돈) 등을 근원에서 파악하려 하였다.

뷔토르의 소설 「변모」는 제2인칭으로 서술한, 열차에서의 이야기이다. 지금까지의 소설가들처럼 '나는' 하는 1인칭이 아니고, '그는' 하는 3인칭이 아니라, '너는 어떠했다'고 하는 식으로 쓰고 있다. 독자는 읽는 중에 작자로부터 '너는……' 하고 말을 걸어오는 듯한 착각을 하게 된다. 2인칭으로 소설을 쓴 이유에 대해 작자는 다음과 같은 뜻의 말을 하고 있다.

인간을 내면적으로 파악하기 위해서는 마음속으로 들어가야 한다. 속으로 들어가기 위해서는 1인칭이 필요하다. 그러나 사람은 순수하게 내면적으로 살고 있는 것이 아니라 외계와의 관계 속에서 살고 있다. 때문에 그와 같은 상황을 설명하기 위해서는 3인칭이 꼭 필요하다. 그러나 3인칭인 동시에 1인칭일 수는 없다. 때문에 중간의 것으로서 어느 편에나 가담할 수 있는 2인칭을 쓴 것이다.

뷔토르에 비해서 시몽의 소설은 재미있는 편이다. 그러나 앙티 로망 모두가 그렇듯이 그의 작품에서 줄거리를 기대해서는 안 된다. 시몽의 대표작으로서 노벨 문학상을 수상한 작품인 「플랑드르로 가는 길」은 제2차세계대전 후의 어느 저녁때의 몇 시간 동안 주인공의 내부에 전개된 기억을 기록한 것이다.

그 기억 속에는 여러 가지 일들이 있다. 전쟁 중 패배하여 플랑드르 길을 북쪽에서 남쪽으로 도주하기도 하고, 또 포로가 되어 수용소로 연행되는 도중 열차 안에서의 사건과 수용소 안에서의 생활 등이 있다. 그와 같은 기억들을 순서에 따라 적어 놓고 있는 그런 소설이다.

「플랑드르로 가는 길」은 앞에서 말한 바 있는 미국 포크너의 소설 「압살롬 압살롬」의 문체와 비슷하다는 평을 듣고 있다. 시몽은 영어에 능통한 작가로 정평이 있지만, 또한 「압살롬 압살롬」의 프랑스어 번역이 명번역으로 정평이 나 있다.

「플랑드르로 가는 길」의 문체는 하나의 글이 도중에 뚝 끊어지고 다른 글이 시작되는가 하면, 때로는 글의 첫 글자가 대문자가 아닌 소문자로 시작되기도 하고, 글 부호 중 쉼표나 마침표가 전혀 나오지 않는 경우도 있다. 그 반면 계속적으로 ‘ ’와 ……와 —— 등이 튀어나오기도 한다. 그야말로 포크너의 문체 그대로이다.

시몽의 소설은 환기(喚起)의 구조이기 때문에 어떤 사항에 관해 말했는지 또는 말하지 않았는지 작자 자신이 알 수 없는 것, 즉 모든 것을 비쳐주는 스크린과 같은 것이 작품 속에 나열되어 있어서, 거기에도 아주 많은 것이 암시되어 있다. 그것은 곧 현실적으로 기록되어 있는 일의 여러 갑절의 것이 이 속에 들어 있다는 것을 의미하기도 한다.

환기의 형태로 사물을 포착해 간다. 그와 같은 구조이며 그와 같은 형식으로서의 전체성의 실현이다. 무의식의 장에서 의식의 장으로 나오는 연결점 ——그 부분을 철저하게 휘저어 놓은 것이 시몽의 작품 세계이다.

10) 소설의 해체

P. 솔레르(1936~)는 20세 때인 1958년 프랑스의 가장 전통적인 심리 소설 「기묘한 고독」을 발표했는데, 공산당 작가인 아라공과 가톨릭 작가인 모

리아크가 한결같이 격찬했다. 솔레르는 다음에 소개할 D. 포레(1918~)와 함께 '텔켈'이라는 문학 청년 그룹에 속해 있었는데, 구성원들 중에서도 솔레르는 황태자와 같이 군림하고 있었다.

이와 같이 인기 절정일 때 솔레르는 「공원」이란 소설을 발표했다. 이 소설이 발표되자, 아라공과 모리아크 등 선배 작가들은 이번에는 침묵하고 말았다. 무엇을 썼는지 영 알 수 없었기 때문이었다. 어떤 작품인가 하면, 공원 속에 있는 풍경으로서 그것도 파리에서 흔히 볼 수 있는 네모진 맨션과 같은 것이 있는데, 거기의 안마당과 같은 공원이다. 그와 같은 공원에서 일어나는 사건 중 수십 개의 단편(斷片)을 그저 써서 나열해 놓기만 한 소설이다.

그러나 소설이란 것은 원래 줄거리란 것이 있게 마련이고, 그 줄거리는 현실에 대하여 작가가 하나의 해석을 부여하는 것이지, 현실 그 자체는 아니라는 것이 상식이다. 그런데 「공원」에는 현실의 단편이 있을 뿐이다.

때문에 작가는 소설 안에서 자기만의 줄거리를 끌어내기만 하면 된다. 즉 각기 독자에 의해서 모두 줄거리가 달라지게 된다. 어느 독자든지 이 작품을 고쳐 읽을 때마다 다른 줄거리를 만들 수 있다. 그리고 작가 편에서는 독자가 철저하게 첨가해 주기를 요구하고 있다. 이 정도면 이미 소설의 해체 작용이라고 말할 수 있는데, 그는 「소설」이란 제목의 소설을 써서 소설을 완전히 해체하였다.

솔레르는 「소설」에서 사르트르가 「자유의 길」을 쓰다가 좌절한 것보다 더 철저하게, 결국 S. 말라르메가 만년에 한 권의 시집 속에 삶 또는 현실을 모조리 흡수시키려 한 것과 같은 일을 「소설」이란 소설에서 행하려 한 것이다.

그것은 한마디로 말해서 서두를 몇 번이고 고쳐 씀으로써 마침내 깊숙한 곳에 있는 본질적인 것에 이르고, 그리고 본질적인 것과 작품의 의도를 일치하게 한다는 것을 묘사한 작품이다. 이런 종류의 작품 즉 소설을 소설로 작품화한 것을 가리켜 프랑스에서는 '소설의 소설'(로망 드 로망)이라고 말한다.

포레의 소설 「말꾼」에서 굳이 줄거리를 찾자면 다음과 같다. '나'라고 하는 소설가가 거울을 본다. 그러자 거울 속에 아무 말도 하지 않는 '나'가 비쳐진다. '나'는 아무 말도 하지 않는 자기를 향하여, 멋대로 떠벌린다. 떠벌리면서 그것을 기록하여 소설로 쓴다.

이런 소설이다. '나'는 가만히 있는 것을 좋아한다. 그러나 그것은 외계에 대한 거절로서, 정신을 그런 식으로 거절의 상태에 두면, 삶에서의 매우 '특권적인 순간'에 부딪히게 된다. 그리고 프루스트의 용어인 '특권적인 순간'은 현실 속에서 획득하게 되는 황홀하고 법열적인 순간과 같은 것이 나타나게 되고, 그것은 영원한 순간이요 시간을 초월한 체험이다.

데 포레에게 이 황홀의 순간에 표현을 주는 일만이 소설의 목적이다. 그 순간만이 생명을 초월하고, 일상생활의 지나가 버리는 여러 가지 사실들을 초월하고 있기 때문에 그것을 기록하는 것이 소설이다.

'나'는 얻어맞고 정신을 잃은 상태로부터 눈을 떠보니, 가까운 수도원인지 어떤 학교에서인지 어린이들이 합창을 하고 있다. 그러자 다시금 그 황홀감이 찾아오게 된다. 자기는 완전히 부재가 되고 무(無)가 되며, 영원한 순간이 된다는 식이다.

작가는 독자를 황홀감 속에 이끌어 특권적 순간을 맛보게 하는 것이 작가의 역할이라 생각하고 있다. 그 일을 위해서는 자기가 경험하든 말든 상관하지 않고, 독자를 그 경지로 이끌어 가게 하기에 걸맞는 방법으로 멋대로 쓰는 것이 이 소설의 목적이다.

'나'라는 인물은 거울을 향하여 마지막에 이와 같은 내용을 밝히고 이 소설을 끝낸다. 이렇게 실로 기묘한 소설이다. 그리고 여기서 느끼게 되는 것은 앞으로 소설은 어디로 가는가 하는 문제이다.

12. 소설의 감상

1) 독서 계획

작가가 되기 위해서는 반드시 습작 과정이 있게 마련이고, 습작과정 이전에 이미 많은 양의 소설을 읽어야 한다. 아니, 소설뿐 아니라 이른바 고전이라는 것들을 두루 섭렵해야 한다. 그럴 때 작가로서의 기초가 단단히 다져질 수 있다.

「세계 문학」을 지은 몰턴은 세계 문학의 개념을 '세계의 문학'이란 의미가 아니라, 어느 나라의 국민적 관점에 서서 전망한 '세계의 여러 문학'이란 의미로 이해했다.

그는 세계 문학에는 다섯 개의 성전(聖典)이 있다고 한다. ①성서 ②그리스와 로마의 서사시 및 비극 ③셰익스피어 ④단테와 밀턴, 중세 가톨릭 및 르네상스 시대의 기독교 개신교의 서사시 ⑤파우스트의 이야기를 제재로 한 작품들.

몰턴은 「세계 문학」 중 '문학에서의 요충지'라는 장에서 이렇게 말한다.

"나는 나의 도서 목록에 대해 말하려 한다. ……일부 사람들은 도서 목록이 아주 길기 때문에 놀랄지도 모른다. 그러나 나는 그 사람들을 향하여 단순히 올바른 문학에 접촉하기만 하는 것만으로도 문학적 교양의 위대한 요소임을 지적한다. 소수의 것을 알고 다수의 것에 접촉하는 것은 연구의 건전한 요점이다."

그가 말하는 '문학에서의 요충지' 곧 반드시 읽어야 할 작가 또는 작품은 다음과 같다.

①플라톤, 루크레티우스 ②아리스토파네스 ③「장미 이야기」「레나르 여우」「각 사람」 ④「아서왕의 죽음」, 「캔터베리 이야기」 ⑤「페어리퀸」 ⑥프로와사르의 「연대기」, 「돈키호테」 ⑦「우신예찬」, 베이컨의 「에세이」 ⑧몰리에르, 라신 ⑨W. 스콧, H. 시엔키에비치 ⑩라블레 ⑪발자크, 위고 ⑫바이런, 워즈워스.

2) 세계 명작선

영국의 대표적인 소설가인 S. 몸은 그의 「세계 10대 소설과 작가들」에서

"소설은 어디까지나 즐기며 읽을 수 있어야 한다. 어느 소설을 읽고 즐거움을 느끼지 못한다면, 그 작품은 그 독자에게 아무 가치도 없는 것이다"고 했다. 그는 세계의 10대 소설로 다음 작품들을 선정했다.

①전쟁과 평화(톨스토이, 1863~69) ②고리오 영감(발자크, 1834) ③톰 존스(필딩, 1749) ④오만과 편견(오스틴, 1813) ⑤적과 흑(스탕달, 1831) ⑥폭풍의 언덕(E. 브론테, 1848) ⑦보바리 부인(플로베르, 1857) ⑧데이비드 카퍼필드(디킨스, 1849~50) ⑨카라마조프의 형제들(도스토예프스키, 1880) ⑩백경(멜빌, 1851).

미국의 비평가로서 「대영백과사전」의 편집 위원이며, '북 오브 맨스'의 선정 위원을 역임한 C. 파디만은 '10대 소설'을 다음과 같이 선정했다.

①톰 존스(필딩, 1749) ②율리시스(조이스, 1922) ③마의 산(만, 1924) ④가르강튀아와 팡타그뤼엘(프랑수아 라블레, 1542) ⑤잃어버린 시간을 찾아서(프루스트, 1913~19) ⑥백경(멜빌, 1851) ⑦허클베리 핀의 모험(트웨인, 1883) ⑧돈키호테(세르반테스, 1615) ⑨카라마조프의 형제들(도스토예프스키, 1879~80) ⑩전쟁과 평화(톨스토이, 1863~69).

저명한 추리 소설 작가인 엘러리 퀸은 '추리 소설 베스트 12'를 다음과 같이 선정했다.

①웃타몰 씨의 손(토마스 버크) ②도둑맞은 편지(포) ③빨강머리 연맹(도일) ④우연한 심판(앤서니 버클리) ⑤방심가 조합(로버트 바) ⑥13호 독방의 문제(잭 푸트렐) ⑦투명 인간(G. K. 체스터튼) ⑧나봇의 포도원(M. D. 포스트) ⑨지오콘다의 미소(올더스 헉슬리) ⑩황색 토와(土蝸) ⑪진품 갑옷 ⑫의혹(도로시 세이어스).

렉스 스타우트가 선정한 '10대 추리 소설'은 다음과 같다.

①월장석(月長石) (윌키 콜린스) ②말타의 매(더실 해미트) ③벤슨 살인 사건(반 다인) ④사건의 증거 서류(도로시 세이어스와 로버트 유스터스) ⑤브라운 신부의 동심(G. K. 체스터튼) ⑥포춘 씨를 불러라(H. G. 베일리) ⑦베라미 재판(F.N. 하트) ⑧술통(프리맨 윌스 크로프츠) ⑨애크로이드 살인 사건(아가사 크리스티) ⑩라멘트 포 어 메이커(마이클 이네스).

3) 인물과 모델

디포의 「로빈스 크루소」의 주인공은 영국 선원 알렉산더 셀커크를 모델로 한 것이다. 셀커크는 1676년 스코틀랜드 라고에서 태어났다. 그는 항해 중 선장에게 반항했다 하여, 1704년 남아메리카 태평양에 있는 무인도 마스아티라에 강제로 버려지게 되었다. 그는 거기서 4년 4개월 동안 생활한 후 귀국했다.

스티븐슨의 「지킬 박사와 하이드 씨」의 모델은 윌리엄 브로디(1741~88)이다. 그는 낮 동안은 존경받는 실업가였으나, 밤에는 복면을 쓰고 도둑떼를 거느리고 날뛰다가 결국 체포되어 교수형에 처해졌다.

디킨스의 「황폐한 집」에 나오는 철없고 책임감이 없는 인물 해럴드 스킨폴은 바이런과 셀리의 친구인 리 헌터(1784~1859)가 모델이다.

스토 부인의 「톰아저씨의 오두막」의 주인공인 흑인 노예 톰의 모델은 J. 헨슨(1789~1883)이다. 미국 메릴랜드주 농원에서 노예의 아들로 태어났다. 농장 감독자를 거쳐 감리교 목사가 되었으나 농장주가 재정 곤란에 빠져 다시금 노예로 남부에 팔려 가게 될 처지가 되었다. 헨슨은 아내와 아이들을 데리고 캐나다로 피신하였고, 그 후 세 차례에 걸쳐 영국으로 가서 노예제도 폐지를 호소하며 순회 연설을 했다.

영국의 작가 제임스의 작품 「애스펜 페퍼즈」에 등장하는 보드로의 모델은 영국의 시인 바이런의 애인이었던 클레어 클레어먼트이다. 클레어는 작가 고드윈의 양녀로서, 바이런과의 사이에 아이도 한 명 낳았고 이탈리아 피렌체에서 살았던 일이 있었다.

포의 추리 소설 「마리 로제의 수수께끼」의 모델은 뉴욕의 담뱃가게에서 일하던 메어리 세실리아 로저스(1820~41) 양이다. 포는 메어리의 담뱃가게에 자주 가곤 했는데, 어느 날 그녀는 타살되어 허드슨 강에 떠올랐다. 범인은 오리무중이고, 사건은 미궁에 빠지게 되었다.

플로베르의 「보바리 부인」의 모델은 D. 드라마르(1822~48)이다. 부유한 농가에서 태어나 신부 수업을 받은 후 농촌의 고지식하고 노력형인 의사와 결혼했다. 그녀는 그와 같은 환경에 만족하지 못하고 좀더 화려한 생활을 추구하며 돈을 물 쓰듯 하다가 빚을 잔뜩 지고, 나중에는 독약을 마시고 자살했다.

뒤마의 소설 「춘희」의 모델은 마리 뒤프레시스(1824~1847)이다. 그녀는 공장에서 일하다가 파리의 고급 창녀로 상류 계급에 들어가, 여러 귀족을 애인으로 삼으며 전전했다. 소설에 마르그리트 고티에라는 이름으로 등장하는 그녀는 언제나 가슴에 동백꽃을 꽂았기 때문에 춘희(椿姬)라는 별명으로 불려지게 되었다.

명탐정 셜록 홈스의 작자 코난 도일은 의학도였다. 왕립 에딘버러 의과 대학 시절의 은사 조제프 벨 박사(1837~1911)는 사람의 표정을 한번 보기만 해도 상대방의 생활 방식과 습관을 꿰뚫어보는 특이한 재능을 가지고 있었다. 도일은 이 은사를 모델로 하여 셜록 홈스라는 명탐정을 만들어 냈다. 훗날 도일은 "어려운 사건을 해결해 가는 과학 탐정의 수법은 은사의 방법을 빌어 그것을 발전시켰다"고 말하였다.

미국의 작가 시오도어 드라이저의 「아메리카의 비극」은 영화화되어 '젊은이의 양지'라는 제목으로 흥행에서 크게 성공을 거두었다. 실화를 소설화한 것으로서, 체스터 질레트(1883~1906)라는 젊은이는 숙부가 경영하는 의류 제조공장에서 일하다가 같이 근무하고 있는 그레이스 브라운이라는 아가씨와 사랑하는 사이가 되었다. 처음에는 결혼할 생각이었으나, 질레트에게 상류 사회의 아가씨가 접근해 오면서 문제가 복잡해졌다. 1906년, 그레이스는 질레트에게 자기가 임신했다는 사실을 말했다. 질레트는 그녀를 뉴욕의 빅 무즈 호수 한가운데로 데리고 가 테니스 라켓으로 그녀의 머리를 때린 후 호수에 밀어 넣었다. 그레이스는 물에 빠져 죽었고, 질레트도 범죄가 발각되어 사형이 선고되었다.

4) 역사적 저작

외국 학자들이 선정한 이른바 '역사의 흐름을 바꾸어 놓은 책'은 다음과 같다. 그 중 소설로는 스토 부인의 「톰아저씨의 오두막」 한 권만 들어 있다.

①군주론(마키아벨리, 1517) ②천체의 회전에 관하여(코페르니쿠스, 1530) ③심장의 해부학적 연구(윌리엄 하비, 1628) ④자연철학의 수학적 원리(뉴턴, 1687) ⑤코먼센스(토마스 페인, 1776) ⑥국부론(애덤 스미스, 1776) ⑦인구론(T. R. 맬서스, 1798) ⑧시민으로서의 반항(H. D. 소로, 1849) ⑨톰아저씨의 오두막(스토 부인, 1852) ⑩종(種)의 기원(찰스 다윈,

1859) ⑪ 자본론(마르크스, 1867~95) ⑫ 역사에 미치는 해군력의 영향(알프레드 T. 마한, 1890) ⑬ 꿈의 해석(프로이트, 1900) ⑭ 역사의 지리학적인 축(헐포드 J. 매킨더, 1904) ⑮ 상대성 이론(아인슈타인, 1905~16) ⑯ 나의 투쟁(히틀러, 1925).

1970년대에 미국의 한 기관에서 조사한 '역사상의 베스트셀러'는 다음과 같다.

① 성서(24억 5800만 부) ② 마오쩌둥 어록(8억 부) ③ 아메리칸 스펠링 북(웹스터, 1억 부) ④ 영원한 생명으로 인도하는 진리(여호와의 증인, 7400만부) ⑤ 가르시아에게 주는 말(엘버트 허바드, 5000만 부) ⑥ 세계 연감(아르마나크, 3600만 부) ⑦ 인 히즈 스텝스(C. M. 셸던, 2850만 부) ⑧ 기네스 북(2850만 부) ⑨ 스포크 박사의 육아법(2400만 부) ⑩ 인형의 골짜기(재클린 수잔, 1930만 부).

5) 저명한 작가

미국의 소설가 헨리 밀러가 선정한 '세계의 작가 베스트 10'은 다음과 같다.

① 노자(중국) ② 프랑수아 라블레(프랑스) ③ 니체(독일) ④ 타고르(인도) ⑤ 휘트먼(미국) ⑥ 프루스트(프랑스) ⑦ 에리 포르(프랑스) ⑧ 메어리 코렐리(영국) ⑨ 도스토예프스키(러시아) ⑩ 싱어(미국).

미국의 문예평론가 맬컴 카울리가 선정한 '세계의 소설가 베스트 10'은 다음과 같다.

① 톨스토이(러시아) ② 도스토예프스키(러시아) ③ 디킨스(영국) ④ 세르반테스(에스파냐) ⑤ 프루스트(프랑스) ⑥ 멜빌(미국) ⑦ 스탕달(프랑스) ⑧ 토머스 만(독일) ⑨ 제임스 조이스(아일랜드) ⑩ 무라사키 시키부(일본).

카울리는 다음과 같은 단서를 붙이고 있다. "위대한 작가를 선정하는 것은 쉽지만, 그것을 10명으로 제한하는 것은 무척 어렵다. 발자크, 필딩, 플로베르, 포크너, 오스틴, 엘리엇, 제임스, 투르게네프, 트로로프, 콘라드 등을 리스트에서 제외한 것은 괴로운 일이었다."

또한 일본의 무라사키 시키부[紫式部]를 선정한 사실에 관해서는, "그녀는 참다운 소설을 처음으로 쓴 사람이다. 문학의 전통이 서구만의 것이 아니라는 사실을 실증했다"고 평가하고 있다.

영국의 SF 작가인 스프레이그 디 캠프가 선정한 'SF 작가 베스트 10' 및 주요 작품은 다음과 같다.

① 쥘 베른(프랑스, 1828~1905) : 「땅밑여행」, 「달 세계 일주」 ② H. G. 웰스(영국, 1866~1946) : 「투명 인간」, 「우주 전쟁」 ③ 로버트 A. 하인라인(미국, 1907~1988) : 「달은 무자비한 밤의 여왕」, 「스타쉽 트루퍼스」 ④ 아이자크 아시모프(미국, 1920~1992) : 「나는 로봇」, 「우주 기류」 ⑤ 폴 앤더슨(미국, 1926~2001) : 「하늘을 나는 십자군」, 「뇌파(腦波)」 ⑥ 에드거 라이스 버로스(미국, 1875~1950) : 「화성 시리즈」, 「타잔 시리즈」 ⑦ A. E. 밴 보크트(미국, 1912~2000) : 「우주선 비글호의 모험」, 「비(非) A의 세계」 ⑧ 아서 C. 클라크(미국, 1917~) : 「유년기의 마지막」, 「우주의 오디세이아」 ⑨ 프리츠 라이버(미국, 1910~92) : 「어두움이여 모여라」, 「파퍼드와 그레이 마우저 시리즈」 ⑩ 헨리 커트너(미국, 1914~58)와 C.L. 무어(미국, 1911~87) : 「키르케의 마스크」, 「지상 최후의 요새」(공저).

다음의 저명한 작가들은 노벨 문학상 후보자로 추천되었으나, 최종 선발에서 탈락된 사람들이다. 1901년 노벨상이 창설된 이래 초기의 문학상 수상자 중에는 별로 이름이 알려지지 않은 사람이 많다.

러시아 : 톨스토이, 체호프, 고리키. 영국 : H. 스펜서, 하디, 콘라드, 메레디스, 스윈번, V. 울프, H.G. 웰스, 몸, H. 제임스. 미국 : 마크 트웨인, 드라이저, F.S. 피츠제럴드, W. 캐더. 독일 : 릴케, 브레히트. 프랑스 : 발레리, 프루스트. 이탈리아 : 다눈치오, 크로체. 기타 : 입센(노르웨이), 브란데스(덴마크), 스트린드베리(스웨덴), 오케이(아일랜드), 프로이트(오스트리아), 마오쩌둥(중국).

6) 옥중 저작

① 볼테르 : 1717년 오를레앙공(公)의 섭정에 반대하는 시를 썼다가 같은 해 5월 파리의 바스티유 감옥에 투옥되어 11개월 동안 옥중 생활을 했다. 그 사이에 비극 「오이디푸스」를 썼다.

② 존 버니언 : 청교도 혁명에 참가한 영국의 종교 문학자 버니언은 왕정복고 후 베드포드 감옥에 갇혀 12년에 가까운 세월을 보냈다. 그동안에 「천로역정」을 썼다.

③세르반테스 : 해군 장교로 복무하던 중 공금을 횡령하여 1597년 스페인 세빌리아 감옥에 갇혔다. 3개월 후에 석방되었으나, 「돈키호테」는 옥중에서 쓰기 시작한 것이다.

④존 클레랜드 : 빚 때문에 뉴게이트 감옥에 갇혀 있는 그에게 출판업자가 찾아와 포르노 소설을 쓰는 것을 조건으로 석방 운동을 시작했다. 발매 금지로 유명한 「파니 힐」은 1750년 옥중에서 쓴 것이다.

⑤다니엘 디포 : 「로빈슨 크루소」의 작가인 그는 선동적인 글을 쓴 죄로 1703년 5월 런던 뉴게이트 감옥에 투옥되었다. 옥중에서 「더럽혀진 이름에의 찬가」를 쓰고, 6개월 후에 석방되었다.

⑥마르코 폴로 : 중국 각지를 탐방한 후 베네치아로 돌아왔으나, 1298년 제노바와의 전쟁에서 포로가 되어 1년 동안 감옥에 갇혔다. 옥중에서 만난 피사 출신의 작가 루스티켈로에게 중국 여행의 체험을 말하였고, 그것이 「동방견문록」 탄생으로 이어졌다.

⑦프랑수아 비용 : 중세 프랑스 시인 비용은 주거 무단 침입과 살인 및 풍자적인 시작품 발표 등의 죄목으로 사형 언도를 받고, 1461년 묑 쉬르 루아르 감옥에 갇히게 되었다. 거기서 「유언시집」을 집필했다.

⑧월터 로리 경 : 엘리자베스 여왕이 퇴위한 후인 1603년 국가 반역죄 혐의로 런던탑에 13년 동안이나 감금되었다가 그 후 처형되었다. 「세계사」는 이 감금 생활 동안에 집필되었다.

⑨R. 라브레스 : 기사도를 존중한 영국의 시인 라브레스는 1642년 의회에 왕실 보호의 청원소를 제출하여 투옥되었다. 그동안에 「감옥에서 알티아」를 집필했다.

⑩리. 헌트 : 신문 편집자였던 헌트는 1813년 신문지상에 국왕 조지 4세의 장래에 대한 비방 기사를 쓰고, 명예 훼손죄로 투옥되었다. 런던의 감옥에 2년 동안 갇혀 있으면서, 「시인들의 축하연」을 집필했다.

⑪카를 마이 : 독일의 대중 작가인 마이는 사기죄로 투옥되었다. 1865년부터 1874년까지 두 차례 복역했는데, 그때 아파치의 추장 바이네투의 생애를 묘사한 소설 「서부의 영웅」과, 질바 호수의 보물을 찾는 모험 소설 외에 중근동 지방을 무대로 한 모험 여행 소설 「바그다드에서 이스탄불로」를 썼다.

⑫오스카 와일드 : 영국의 유미주의 작가이며, 1865년 동성애 사건을 일으

켜 2년 동안 투옥되었다. 런던 교외 레딩 교도소에서 옥중 생활을 보내는 동안 「깊은 늪에서」와 「변명」을 집필했다. 그리고 출옥 후 「레딩 감옥의 노래」라는 시집을 발표했는데, 이 책 안표지에는 'C·3·3'이란 사인이 있다. 이것은 그가 갇혀 있던 독방의 번호를 필명 대신 사용한 것이다.

⑬ O. 헨리 : 본명은 윌리엄 S. 포터이다. 텍사스주 오스틴에서 은행 출납 창구에서 공금을 유용한 일 때문에 5년형을 선고받았다. 오하이오주 콜럼버스 연방 교도소에서 복역하며, O. 헨리란 필명으로 주옥 같은 단편을 발표하기 시작했다.

⑭ 아돌프 히틀러 : 나치의 독재자 히틀러는 정권을 장악하기 전 뮌헨에서 폭동을 일으켰으나 실패하여, 1923년 5년형을 선고받았다. 「나의 투쟁」은 옥중에서 쓰기 시작한 것이다.

⑮ 자와할랄 네루 : 인도 독립 운동의 지도자로 영국 관헌에게 여러 번 체포되어, 1921년부터 1945년 사이에 10년을 옥중에서 보냈다. 그 동안에 「세계 역사 이야기」가 집필되었다.

7) 금지된 도서

세계에서 역사가 가장 오래되고 강력한 검열 기관은 로마 교황청이었다. 로마 가톨릭의 금지 도서는 5,000점 이상이었다. 그러나 대부분은 교권에 대한 반대나 교리상 문제 있는 것들에 한하였고, 포르노 등의 것은 아니었다.

① 당국에 의해 판매 금지가 된 주요 작가와 작품은 다음과 같다. 묶음표 안의 숫자는 지정년이다.

S. 리처드슨(영국, 1744) 「파멜라」. L. 스턴(영국, 1819) 「독일 및 이탈리아에의 감상(感傷)여행」. 스탕달(프랑스, 1828) 전체 작품. V. 위고(프랑스, 1834~69) 「레미제라블」, 「노트르담 드 파리」. G. 상드(프랑스, 1840) 연애 소설 전부. 발자크(프랑스, 1841~64) 연애 소설 전부. 위젠 쉬(프랑스, 1852) 연애 소설 전부. A. 뒤마 페르(프랑스, 1863) 연애 소설 전부. A. 뒤마 피스(프랑스, 1863) 연애 소설 전부. 플로베르(프랑스, 1864) 「보바리 부인」, 「살람보」. G. 다눈치오(이탈리아, 1911) 연애 소설 전부. 모라비아(이탈리아, 1947) 「로마의 여인」.

② 소설 부문이 아닌 학술 및 사상 분야에서 발행 금지 처분이 내려진 저

서는 다음과 같다.

영국 : 홉스(1649~1703) 전체 작품. F. 베이컨(1688) 지식의 정리와 전체 조사서. 밀턴(1694) 국가 문서. J. 애디슨(1729) 이탈리아에 관한 에세이. R. 스틸(연대 미상) 가톨릭에 관한 에세이. J. 로크(1734~37) 사람 이해에 관한 에세이. D. 디포(1743)「악마의 역사」. D. 흄(1761~1827) 전체 작품. E. 기번(1783)「로마제국 쇠망사」. O. 골드스미스(1823)「영국 약사」. J. S. 밀(1856)「정치경제학 원리」. A. 랭(1896) 신화와 전설과 종교 관계의 저서.

프랑스 : 데카르트(1663) 철학 관계 논문 전부. 몽테뉴(1676)「에세이」. 루소(1762~1806)「에밀」,「사회계약론」. 파스칼(1789)「시골 친구에게 보내는 편지」. E. 르낭(1889~92)「예수의 생애」등. E. 졸라(1894~98) 전체 작품. H. 베르그송(1914)「창조적 진화」. J. P. 사르트르(1948) 전체 작품.

기타 : E. 스웨덴보리(스웨덴, 1738)「원리」. I. 칸트(독일, 1827)「순수이성비판」. 카사노바(이탈리아, 1834)「회상록」. V. 크로체(이탈리아, 1934) 역사 및 철학 관계 전부.

8) 따분한 고전

미국 컬럼비아 대학의 신문 발표 자료집「출판의 즐거움」을 발간하면서, 1950년에 독자를 대상으로 '세상에서 가장 따분한 고전'을 조사하였다. 즉, 명작이며 반드시 읽어야 할 책으로 정평이 있는 것이지만, 읽기 힘들게 따분한 것들이다. 다음 15권 중 소설이 아닌 것은 마르크스의「자본론」한 권뿐이며, 숫자는 해당 작품을 발표한 해이다.

①천로역정(J. 버니언, 영국, 1678) ②백경(H. 멜빌, 미국, 1851) ③실락원(J. 밀턴, 영국. 1667) ④페어리 퀸(E. 스펜서, 영국, 1590) ⑤존슨전(J. 보즈웰, 영국, 1791) ⑥파멜라(S. 리처드슨, 영국, 1740) ⑦사일러스 마너(G. 엘리엇, 영국, 1861) ⑧아이반호(W. 스콧, 영국, 1819) ⑨돈키호테(M. 세르반테스, 에스파냐, 1605~15) ⑩파우스트(괴테, 독일, 1808~32) ⑪전쟁과 평화(톨스토이, 러시아, 1866) ⑫잃어버린 시간을 찾아서(M. 프루스트, 프랑스, 1913~28) ⑬자본론(마르크스, 독일, 1867~95) ⑭허영의 시장(W. 새커리, 영국, 1847~48) ⑮플로스 강변의 물방앗간(G. 엘리

엇, 영국, 1860).

9) 한국의 명작

다음은 한국 신문학사 중 문제작으로 평가되는 소설 100편을 가려 뽑은 것이다. 원칙적으로 한 작가마다 한 작품씩 가려 뽑았으나, 이광수·김동인·김동리 세 작가에 한해서는 문학사에 위치하는 비중을 보아 두 편씩 골랐다.

① 형성기(1906~1930) : 혈(血)의 누(淚)(이인직), 자유종(이해조), 금수 회의록(안국선), 추월색(秋月色)(최찬식), 무정(이광수), 흙(이광수), 배따라기(김동인), 감자(김동인), 화수분(전영택), 표본실의 청개구리(염상섭), 빈처(貧妻)(현진건), 금삼(錦衫)의 피(박종화), 벙어리 삼룡이(나도향), 탈출기(최서해), 낙동강(조명희), 고향(이기영), 모색(한설야), 상록수(심훈), 탁류(채만식), 백치 아다다(계용묵), 사랑 손님과 어머니(주요섭), 김강사와 T교수(유진오), 고향 없는 사람들(박화성), 지하촌(강경애), 천맥(天脈)(최정희).

② 전개기(1931~1945) : 복덕방(이태준), 메밀꽃 필 무렵(이효석), 동백꽃(김유정), 날개(이상), 제1과 제1장(이무영), 소설가 구보씨의 일일(박태원), 장삼이사(張三李四)(최명익), 병원(안회남), 습작실에서(허준), 임꺽정(홍명희), 모범 경작생(박영준), 사하촌(寺下村)(김정한), 성황당(정비석), 제3인간형(안수길), 실비명(김이석), 무녀도(巫女圖)(김동리), 사반의 십자가(김동리), 소나기(황순원)

③ 성장기(1945~1960) : 월남 전후(임옥인), 창포 필 무렵(손소희), 감정이 있는 심연(한무숙), 젊은 느티나무(강신재), 갯마을(오영수), 증인(박연희) 장씨 일가(류주현), 금당 벽화(정한숙), 바비도(김성한), 요한시집(장용학), 잉여인간(손창섭), 식민지(김광식), 유예(猶豫)(오상원), 꺼삐딴 리(전광용), 오발탄(이범선), 토지(박경리), 이 성숙한 밤의 포옹(서기원), 포인트(최상규), 불꽃(선우휘), 수난 이대(하근찬), 신화의 단애(한말숙), 판문점(이호철), 쑈리 킴(송병수), 서울 사람들(최일남), 광장(최인훈), 초식(草食)(이제하), 강(서정인), 남과 북(홍성원), 지리산(이병주).

④ 개화기(1961년 이후) : 서울, 1964년 겨울(김승옥), 우리들의 날개(전상국), 어제 울린 총소리(유재용), 병신과 머저리(이청준), 난장이가 쏘아

올린 작은 공(조세희), 어떤 파리(巴里)(박순녀), 관촌수필(冠村隨筆)(이문
구), 어떤 행렬(백도기), 도요새에 관한 명상(김원일), 단씨(段氏)의 형제
들(박태순), 선생과 황태자(송영), 아제아제 바라아제(한승원), 신화가 보
이는 숲(백시종), 타인의 방(최인호), 아홉 켤레의 구두로 남은 사내(윤흥
길), 파편(이동하), 먼 그대(서영은), 저녁의 게임(오정희), 엄마의 말뚝
(박완서), 겨울 여자(조해일), 장길산(황석영), 외설(外說) 춘향전(김주
영), 영자의 전성시대(조선작), 부초(浮草)(한수산), 겨울의 환(幻)(김채
원), 사람의 아들(이문열), 고등어(공지영).

10) 세계의 명작

　근대 소설이 형성되기 이전(19세기 이전)의 경우는 서사시와 희곡 작품도
선발하여 수록했다. 따라서 이 리스트를 읽기만 해도 서구 문학 전반의 흐름
을 이해할 수 있게 하였다. 또한 각 작품의 주인공에 관해 언급하여, 작품
전반에 대한 이해를 확실하게 하였다.

〈르네상스 이전〉

　일리아스(그리스, 호메로스) 아킬레우스 : 무용(武勇)에 뛰어나고 우정이
두터우며, 프라이드가 강하며 다정다감한 영웅형의 청년.

　오디세이아(그리스, 호메로스) 오디세우스 : 지혜가 깊으면서 침착하고,
어떤 위험이 닥쳐도 헤쳐 나가는 재치 있는 장군.

　이솝 우화집(그리스, 아이소포스) 아이소포스(작자) : 재치와 유머로 민중
의 사상을 대변한 지혜자.

　메데이아(그리스, 에우리피데스) 메데이아 : 남편 이아손에게 버림을 받고
자기 아이들을 목졸라 죽이는 격정의 성격을 지닌 여성.

　오이디푸스왕(그리스, 소포클레스) 오이디푸스 : '아버지를 살해하고 어머
니와 결혼하는' 기구한 운명으로 고통을 당하는 비극의 왕.

　뤼시스트라테(여자의 평화)(그리스, 아리스토파네스) 뤼시스트라테 : '섹
스 파업'으로 국가간 평화를 주도하는 미모의 유부녀.

　라마야나(인도, 바르미키) 라마야나 : 신의 화신(化身)으로서 학습에 뛰어
나고 무술(특히 활쏘기)에 뛰어난 왕자.

아라비안나이트(페르시아, 작자 미상) 세헤라자데 : 여성을 불신하는 왕의 마음을 교묘한 화술로 고쳐주는 페르시아 여성(원제목은 '알프 라일라 와 라일라').

신곡(神曲)(이탈리아, 단테) 단테(작자) : 지옥과 연옥, 천국을 순례하여 사람을 향한 신의 사랑의 깊이를 확인하는 시인.

데카메론(이탈리아, 보카치오) 팜피네아 : 명랑하고 밝은 성격의 여성으로서 당당한 태도로 일행을 이끌어 나가는 귀부인.

〈프랑스〉

가르강튀아와 팡타그뤼엘 이야기(라블레) 가르강튀아 : 팡타그뤼엘의 아버지로서 대식가인 영웅형 거인. 팡타그뤼엘 : 애주가로서 성격이 낙천적이고 호탕한 거인.

르 시드(코르네유) 로드리고 : 명문 출신으로서 무용(武勇)에 뛰어나며 충의(忠義)가 강한 에스파냐의 청년 기사.

타르튀프(몰리에르) 타르튀프 : 위선으로 출세를 꾀하는 호색적이고 욕심이 많은 사기꾼. 부제는 '사기꾼'

인간 혐오자(몰리에르) 알세스트 : 위선을 미워하고 성격이 까다로우며 우울한 청년 귀족. 부제는 '신경질 증세의 연인.'

앙드로마크(라신) 앙드로마크 : 사랑과 아들의 목숨을 살리기 위한 일로 고뇌하는, 아킬레스에 의해 죽임을 당한 트로이 전쟁의 영웅 헥터의 아내.

페드르(라신) 페드르 : 불륜의 사랑이라는 것을 알면서도 숙명적인 사랑을 따라가는 아테네의 왕녀.

클레브 공작 부인(라 파예트 부인) 클레브 부인 : 불륜의 사랑 때문에 수녀원에 은둔하는 정숙한 유부녀의 전형.

마농 레스코(프레보) 마농 : 연인이 있으면서도 돈 많은 남성의 품에 안기는 아름다운 작은 악마의 전형.

라모의 조카(디드로) 라모의 조카 : 고매함과 저속함, 양식과 부조리가 혼합된 악의 철학 청년. 부제는 '풍자 제2'

피가로의 결혼(보마르세) 피가로 : 머리 회전이 빠르고 약아빠져서 머리를 굴려 특권 계급을 우롱하지만, 미워할 수 없는 어릿광대. 부제는 '미친 하루.'

위험한 관계(라클로) 바르몽 : 사랑의 불장난 끝에 진실된 사랑도 잃게 되는 호색한.

폴과 비르지니(생피에르) 폴 : 아름다운 자연 속에서 소꿉친구와의 사랑을 간직하며 죽은 순진한 청년의 전형.

줄리엣 이야기 또는 악덕의 번영(사드) 줄리엣 : 남편을 독살하고 딸을 고문하여 죽음으로 몰고 가는 잔인하고 음탕한 창녀의 전형.

아틸라(샤토브리앙) 아틸라 : 신앙과 사랑 사이에서 고민하다가 음독자살하는 비극의 인디언 처녀.

르네(샤토브리앙) 르네 : 충족되지 않는 욕구 끝에 고독과 명상의 세계에 잠기는 세기병을 앓는 청년의 원형.

아돌프(콩스탕) 아돌프 : 명석한 지성을 소유하고 있으면서도 삶에 대한 집착이 없는 성격 파산형 청년.

적과 흑(스탕달) 줄리앙 소렐 : 외모와 재치로 출세를 꿈꾸는 야심형 청년.

파름의 수도원(스탕달) 파브리스 : 감옥에서 진실된 사랑을 알고, 그 '사랑의 감옥'에서 죽는 미소년.

고리오 영감(발자크) 고리오 영감 : 맹목적인 사랑 때문에 비참하게 되고 마는 '비극의 부친'의 전형.

골짜기의 백합(발자크) 모르소프 부인 : 부덕(婦德)과 관능의 유혹 때문에 괴로워하다가 죽는 비극의 유부녀.

사랑은 장난으로 하지 마오(뮈세) 카미유 : 아름답고 청순하지만 지나치게 지성적이어서 인생의 오염을 거부하는 교만한 여성.

몽테 크리스토 백작(알렉상드르 뒤마 페르, 대(大) 뒤마) 당테스 : 권세에 굴복하지 않고 악덕과 배신에 대해 생애를 걸고 투쟁하는 복수의 화신.

카르멘(메리메) 카르멘 : 야성적 정열과 마성적 매력으로 남성을 파멸시키는 뻔뻔스러운 여성의 전형.

춘희(알렉상드르 뒤마 피스, 소(小) 뒤마) 마르그리트 : 마음 깊숙한 곳에 더렵혀지지 않은 순정을 지니고 있는, 아름답지만 불행한 창녀.

사랑의 요정(상드) 파데트 : 현명하고 마음은 착하지만 한편으로는 장난치기를 좋아하는 말괄량이 소녀.

실비(네르발) 나 : 낭만적이며 플라토닉한 사랑의 몽상에 잠겨 사는 청년의 전형.

보바리 부인(플로베르) 에마 : 현실을 혐오하고 몽상의 세계에 잠겨 사랑놀이를 하다 파멸하는 평범한 여성상.

레미제라블(위고) 장발장 : 사회악을 밑바닥에서 고발하는 불굴의 남성상.

방앗간 소식(도데) '남부 프랑스의 자연' : 낮에는 밝은 태양이 내리비치고, 밤에는 침묵과 고독이 쌓이는 세계.

목로주점(졸라) 제르베즈 : 뭇매를 맞듯이 파멸의 길을 걷는 파리의 세탁소 여성.

여자의 일생(모파상) 잔 : 소녀시절의 꿈이 깨지고 인생의 비극 속에 사는 불행한 여성.

홍당무(르나르) 홍당무 : 어머니로부터 주워온 자식처럼 대접을 받는 빨강머리에 주근깨투성이의 반항아.

시라노 드 베르주라크(로스탕) 시라노 : 못생기고 코가 큰 남자이지만 재치가 있고 시적 재능이 넘치는 솜씨 좋은 검객.

뷔뷔 드 몽파르나스(필리프) 피에르 : 고독하고 가난하며 참을성 있게 나날을 살아가는 착한 심성의 내성적인 청년.

장 크리스토프(로망 롤랑) 장 크리스토프 : 자유와 진실을 위해 평생 동안 투쟁하는 불굴의 예술가.

지옥(바르뷔스) 30살 청년 : 옆방으로 뚫린 벽의 구멍을 통해 인생의 진실을 엿보는 청년.

좁은 문(지드) 알리사 : 신앙을 지향하여 오로지 신을 향한 고독한 사랑의 길을 걸어가는 거룩한 여성.

신들은 목마르다(아나톨 프랑스) 가믈랭 : 혁명의 물결에 휩싸여 순진성을 잃고 냉혹하고 비정한 성격으로 변모하는 애국 청년의 전형.

잃어버린 시간을 찾아서(프루스트) '나' : '시간'을 초월하여 영원불멸의 세계를 추구해서 정신적인 순례를 하는 사람.

살라뱅의 생애와 모험(뒤아멜) 살라뱅 : 우스꽝스럽고 비극적이면서도 약간 이상스럽게 느껴지는 사람이지만, 본질적으로는 고귀한 소시민.

육체의 악마(라디게) 말토 : 남편이 전선에서 싸우고 있는 동안에 연하의 소년을 사랑하여 그 아이를 낳는 부정한 유부녀.

청맥(콜레트) 방카 : 사랑하는 소년의 정사(情事)를 알고 '여성'으로 성장하는 15세 소녀.

티보 가(家)의 사람들(뒤 가르) 자크 : 부르주아 사회에 대해 강하게 반역하는 고독하고 순수한 젊은이의 전형.

테레즈 데케루(모리아크) 테레즈 : 생의 충족을 위해 남편 살해를 계획하는 폐쇄적 가정의 비극적인 며느리.

지크프리트(지르도) 지크프리트 : 개가 상징하는 생활의 냄새에서 조국을 느끼는 기억 상실자.

무서운 아이들(콕토) 엘리자베스 : 동화의 세계로 도피하여 자기 자신에게 상처를 주고 무너지는 소녀.

야간 비행(생텍쥐페리) 리비에르 : 일상적인 생활의 행복을 거부하고 고독하게 사는 의지의 사나이.

선의의 사람들(쥘 로맹) '선의의 사람들' : 대전의 폭풍 속에서 흔들리고 있는 수많은 사람들의 사회와 생활.

밤의 끝으로 떠나는 여행(셀린) 바르다뮈 : 자신의 비겁함도 똑바로 보는 희망 없는 사회의 반역자의 전형.

인간의 조건(말로) 기요[淸] : 의식 있는 사람으로서 사람의 고귀함을 증명하는 혁명기의 청년.

젊은 처녀들(몽테를랑) 코스탈 : '사랑하는 남성이 아니라 쾌락의 남성'을 자칭하는 바람둥이.

구토(사르트르) 로캉탱 : 자신의 우연적인 존재를 느끼고 구역질하는 고독한 현대인의 상징.

이방인(카뮈) 뫼르소 : 자신에게 충실하기 때문에 비극적인 죽음을 강요당하는 현대의 신화적 인물.

초대받은 여자(보부아르) 그자비에르 : 날카로운 감수성을 지닌 채 살아가는 즉자적(卽自的)인 자유인.

앙티곤(아누이) 앙티곤 : 타협을 거부하고 죽음을 통하여 자아를 지켜 나가는 반항적 여성.

도둑 일기(주네) 주네 : 언어의 힘으로 오욕(汚辱)과 비천함을 영광과 아름다움으로 바꾼 작가의 분신상.

해바라기(케셀) 세블리느 : 낮에는 창녀요 밤에는 정숙한 아내로서, 이중 생활에 고뇌하는 관능적인 여성.

고도를 기다리며(베케트) 고도 : 사람들이 기다리고 있는데도 끝내 모습을 나타내지 않는 정체불명의 존재.

슬픔이여 안녕(사강) 세실 : 틀에 박힌 생활을 거부하고 쾌락과 행복을 따르는 청춘의 한 전형.

변모(뷔토르) 레옹 : '자유와 제2의 청춘을 향한 여행'조차 자신이 없는 중년 남성의 전형.

질투(로브 그리예) '제3의 인물' : 블라인드 너머로 아내와 그 연인의 모습을 추격하는 그림자 같은 존재자.

플랑드르로 가는 길(시몽) 조르주 : 전사한 대위의 아내와 정사를 즐기는 포로 수용소 탈주병.

코뿔소(이오네스코) 벨랑제 : 무기력하게 개성과 인간성을 상실해 가고 있는 현대인의 상징.

〈영국〉

캔터베리 이야기(초서) 순례자들 : 여러 직업에 종사하고 있는 사람들이 말하는 이야기는 그대로 인생의 여러 면을 상징한다.

포스터스 박사(말로) 포스터스 : 신에게 도전하여 악마에게 영혼을 팔아넘기는 박식한 철학자.

햄릿(셰익스피어) 햄릿 : 우유부단한 명상가이지만, 원수를 갚는 일에 나서는 용기도 있는 귀공자의 전형.

로미오와 줄리엣(셰익스피어) 로미오 : 순수하고 힘차게 사랑을 향해 달려가다가 비참한 최후를 맞게 되는 불운한 청년.

베니스의 상인(셰익스피어) 포샤 : 총명하고 과단성이 있으며 위트가 풍부한 매력적인 미인.

오셀로(셰익스피어) 오셀로 : 악인의 험담을 그대로 믿고 질투심에서 아내를 살해하고 마는 비극의 장군.

맥베스(셰익스피어) 맥베스 : 마녀의 예언을 듣고 야망을 품게 되어 왕을 시해한 죄 때문에 파멸하는 남자.

　실락원(밀턴) 사탄 : 지옥에 떨어지고서도 여전히 굴복하지 않고, 하느님에 대한 복수를 꾀하는 원한의 마왕.

　천로역정(버니언) 크리스천 : 온갖 시련을 이기고 하늘의 도성에 개선하는 청교도.

　로빈슨 크루소(디포) 로빈슨 크루소 : 무인도에서 28년 동안 고독을 이겨 낸 불굴의 사나이.

　걸리버 여행기(스위프트) 걸리버 : 이상 국가를 구하여 세계를 표류하다가 사람을 싫어하게 되어 귀국하는 외과의.

　톰 존스(필딩) 톰 존스 : 때로는 실책도 하지만 의협심이 강한 정의의 사나이.

　오만과 편견(오스틴) 엘리자베스 : 오만을 버리고 참된 사랑을 얻게 되는 인상적인 검은 눈동자의 활발한 미인.

　아이반호(스콧) 아이반호 : 용맹하고 과감하며 충성심이 왕성한 동시에 여성에 대해 친절한 이상적인 기사상.

　폭풍의 언덕(에밀리 브론테) 히스클리프 : 단정한 용모 속에 번개와 불과 같은 혼을 가지고 있는 사나이.

　제인 에어(샬롯 브론테) 제인 에어 : 참된 사랑과 자유를 찾아서 정신의 편력을 하는 여성.

　허영의 시장(새커리) 레베카 : 천재적인 쾌락의 솜씨로 사교계의 중심인물이 되는 재치 있는 여성.

　데이비드 카퍼필드(디킨스) 데이비드 : 겉보기에는 평범하지만 굳센 의지를 가진 사랑스러운 소년.

　두 도시 이야기(디킨스) 카튼 : 애주가이며 주책스럽지만 또 한편 의협심이 강한 자기 희생형의 사나이.

　어느 부인의 초상(제임스) 이자벨 : 자존심이 강하고 자유의 환상을 계속해서 추구하는 미국 아가씨의 한 전형.

　사일러스 마너(조지 엘리엇) 사일러스 : 양녀에 대한 애정으로 잃었던 인생을 회복하는 늙은 방직공.

　지킬 박사와 하이드 씨(스티븐슨) 지킬 박사 : 선과 악의 이중성격으로 괴로워하다가 악의 인격화로 파멸하는 사람.

도리언 그레이의 초상(와일드) 도리언 : 나쁜 짓을 거듭한 끝에 초상화에 의해 단죄되는 미모의 젊은이.

테스(하디) 테스 : 무지하기 때문에 가혹한 운명에 희롱당하다가 살인까지 저지르게 되는 청순한 여성.

노스트로모(콘래드) 노스트로모 : 혁명 아래 도덕률을 잃고 자기 붕괴하는 가련한 초인적 사람.

피그말리온(쇼) 일라이자 : 6개월의 특별 교육으로 사교계의 여왕으로 변신하는 가난한 꽃파는 아가씨.

인간의 굴레(몸) 필립 : 수많은 체험을 거쳐 평범한 생활에서 삶의 행복을 발견하는 사나이.

달과 6펜스(몸) 스트릭랜드 : 지위와 처자를 버리고 그림 그리는 일에 몰두하는 예술지상주의자.

율리시스(조이스) 블룸 : 예사로운 관능의 소유자로서 교양이 있는 만능적인 사람의 전형.

포사이트 가(家)의 이야기(골즈워디) 포사이트 : 구체적 및 즉물적(即物的)인 대상이 아니면 정열을 기울이지 않는 소유욕의 대명사격인 사람.

가든파티(맨스필드) 롤라 : 가든파티와 마부의 죽음에 미묘한 여성 심리가 흔들리는 상류 계급의 소녀.

인도로 가는 길(포스터) 마라바르 : 진상을 알 수 없는 능욕 사건의 무대가 되는, 도무지 이해할 수 없는 수수께끼의 동굴.

댈러웨이 부인(버지니아 울프) 댈러웨이 부인 : 화려한 반면 내성적이고 감수성이 강한 재색을 아울러 갖춘 여성.

연애 대위법(헉슬리) 필립 : 살아가는 일보다 생의 사상을 앞세우는 지적인 회의주의자.

아들과 연인(D. H. 로렌스) 폴 : 지성과 의식의 세계를 버리고 체험의 자유를 추구하는 탄광 광부의 아들.

사랑하는 여인들(D. H. 로렌스) 브라그웬 자매 : 세상 물정을 모르는 표정을 하고 있는 경험이 풍부한 여성.

채털리 부인의 연인(D. H. 로렌스) 코니 : 성불능인 남편과 결별하고 생명력이 넘치는 숲지기와 사랑에 빠진 귀부인.

성채(城砦)(크로닌) 맨슨 : 인간애와 정의감으로 불타서 용감하게 악을 향해 맞서는 청년 의사.

레베카(뒤 모리에) '나' : 사고로 죽은 것으로 알려진 전처의 무언의 지배에 떨고 있는 젊은 여주인.

동물 농장(오웰) 나폴레옹 : 동물을 선동하여 농장을 해방시키고 독재자가 되는 음모가인 돼지.

제3의 사나이(그린) 라임 : 전쟁 직후의 빈에서 암약하는, '죽은 것'으로 알려진 수수께끼의 인물.

장거리 주자의 고독(실리토) 스미스 : 일부러 경주에 져서 위선적인 소년 원장을 골탕 먹이는 비행 소년.

반지의 제왕(톨킨) '반지' : 소유자의 운명도 결정할 수 있는 무서운 마력을 지닌 반지.

베를린이여 안녕(이셔우드) '베를린' : 나치스의 등장에 따라 영원히 상실된 '유서 있는 좋은 도시'

〈미국〉

스케치 북(어빙) 립 : 마을의 인기인이지만 집에서는 엄처시하인 사람 좋은 인물의 전형.

모히칸족의 최후(쿠퍼) 나티 뱀포 : '매의 눈(호크 아이)'이라는 별명의 사격 솜씨가 뛰어난 백인 척후. 부제 '1757년의 이야기'

검은 고양이(포) 플루토 : 목 졸려 죽은 아내와 함께 벽 속에 갇혔던 애꾸눈의 괴물 고양이.

어셔 가(家)의 몰락(포) 마더린 : 지하의 굴속에서 쌍둥이 오빠를 죽음의 세계로 이끄는 피투성이 여성.

주홍 글씨(호손) 헤스터 : 불륜을 저지른 상대자의 이름을 숨긴 채 박해를 견디며 굳세게 살아 가는 여성.

백경(白鯨)(멜빌) 에이햅 : 운명과 악에 용감하게 도전하여 끝내 자신을 몰락으로 빠뜨리는 집념의 사람.

톰아저씨의 오두막(스토 부인) 톰 : 백인에게 비굴하게 복종하는 19세기 미국의 전형적 흑인 노예의 상징.

숲속의 생활(소로) 소로 : 정신의 타락을 배격하고 가치 있는 인생과 진리의 발견에 힘쓰는 숲의 철학자. 원제는 'Walden'

허클베리 핀의 모험(트웨인) 허크 : 정직하게 자연 속에서 살아가고 있는 정의감을 지닌 미워할 수 없는 개구쟁이.

야성의 부르짖음(런던) 버크 : 북극의 대자연 속에서 잃었던 들짐승의 본능을 되찾는 개.

마지막 잎새(오 헨리) 베어먼 노인 : 예술의 저변과 미래를 지탱하는 예술의 수호신적인 사람.

나의 안토니아(캐더) 안토니아 : 개척기 미국의 변두리에 살고 있는 억센 여성의 전형.

메인 스트리트(S. 루이스) 캐럴 : 열악한 시골 마을의 개혁을 위해 노력하다가 패배하는 근대적 여성의 효시.

느릅나무 밑의 욕망(오닐) 에벤 : 물욕과 정욕으로 고뇌하며 계모와 관계를 맺어 비극의 방아쇠를 당기는 죄 많은 사람.

아메리카의 비극(드라이저) 클라이드 : 가난한 환경에서 '아메리카의 꿈'을 추구하다 파멸하는 젊은이.

위대한 개츠비(피츠제럴드) 개츠비 : 낭만적이면서 순진하며 사람 좋은 미국인의 전형.

천사여 고향을 보라(토마스 울프) 유진 : 실연과 좌절을 겪고 새 시대를 향해 꿈을 가지고 일어서는 젊은이.

음향과 분노(포크너) 캔더시 : 불륜을 저지르고 사생아를 낳게 되는, 몰락해 가는 명문 집 딸.

무기여 잘 있거라(헤밍웨이) 헨리 : '죽음'의 전쟁을 버리고 '삶'의 사랑에 몸을 맡기는 탈출병.

누구를 위하여 종은 울리나(헤밍웨이) 로버트 조던 : 에스파냐 내에 이상을 걸고 투쟁하는 젊은이.

꽃피는 유다 나무(포터) 롤라 : 혁명 운동에 협력하지만 철저하지 못해서 안주의 세계를 잃게 되는 여선생.

U. S. A(도스 패소스) 민중 : 생산자본주의 기구에 소외되어 발앙하는 개인으로서의 고독한 민중.

대지(펄 벅) 왕룽(王龍) : 가난한 농민 출신으로서 죽을 때까지 토지에 대해 한없이 집착하는 중국의 대지주.

신의 작은 땅(콜드웰) 타이타이 노인 : 신앙심이 깊은 한편 물욕도 강한 모순투성이 사람의 전형.

바람과 함께 사라지다(미첼) 스칼렛 : 고집스럽고 자만심이 강하지만 매력이 넘치는 정열적인 여성.

분노의 포도(스타인벡) 톰 조드 : 체험을 통해 세상 일을 배우고 사람에 대한 사랑의 실현으로 매진하는 사람.

남회귀선(밀러) 밀러 : 모험의 가능성을 믿고 참된 자기 발견과 개성 형성에 노력하는 사람.

미국의 아들(라이트) 비거 : 토마스백인을 살해했기 때문에 비극을 불러들인 흑인 청년의 한 전형.

결혼식의 멤버(매컬러스) 프랭키 : 소속되는 곳이 없이 소외감으로 고뇌하는 고독한 사춘기 소녀.

욕망이라는 이름의 전차(테네시 윌리엄스) 블랑시 : 무너져 가는 과거의 영광에 매달려 살고 있는 몰락 귀족의 큰딸.

나자(裸者)**와 사자**(死者) (메일러) 헌 소위 : 권력에 반항하고 자유주의 사상을 표명하며 전사하는 미군 장교.

세일즈맨의 죽음(아서 밀러) 윌리 로만 : 자기 자신을 팔아버리고 사라져 간 세일즈맨.

호밀밭의 파수꾼(샐린저) 홀든 : 염세적이지만 티 없는 세상을 동경하고 있는 마음씨 착하고 고독한 소년.

어둠 속에 눕다(스타이런) 베이턴 로프티스 : 가족과 남편의 사랑조차 얻지 못하고 투신자살하는 여성.

보이지 않는 사람(엘리슨) '나' : 현대 미국 사회에서의 흑인의 처지를 대변하는 이름없는 사나이.

티파니에서 아침을(커포티) 홀리 : 자유분방한 성격의 소유자로서 행복한 결혼을 꿈꾸는 야성적 플레이걸.

길의 끝(바드) 제이콥 : 모든 일에 실수만 연발하는 반(反)영웅적 사람의 원형.

안녕 콜럼버스(로스) 닐 : 성적 자유와 육체의 구가 끝에 사랑의 불모(不毛) 때문에 고뇌하는 젊은이.

달려라 토끼(업다이크) 해리 : 평범한 생활을 버리고 인생에서 무엇인가를 구해 움직이는 본능적 탐구자.

누가 버지니아 울프를 두려워하랴(올비) 조지와 마사 : 서로 상처를 주는 것으로써 사랑을 확인하는 부부.

또 하나의 나라(볼드윈) 루퍼스 : 사랑의 불모에 괴로워하며 '성'의 무게를 감당하지 못해 자살하는 사람.

허조그(벨로) 허조그 : 친구에게 아내를 빼앗기고 가정의 붕괴에 고뇌하는 지식인의 전형.

수리점(맬러머드) 야콥 : 무실한 살인 사건으로 체포되어 옥중에서 투쟁하는 수난의 유대인.

그들(오츠) 로레타 : 첫 데이트에 운명의 톱니바퀴가 다르게 돌면서 황폐한 삶을 살게 되는 여성.

뿌리(알렉스 헤일리) 쿤타 킨테 : 노예로 팔리지만 자유에 대한 희망을 버리지 않는 불굴의 사람.

〈독일〉

가엾은 하인리히(하우프트만) 하인리히 : 교만 때문에 신의 형벌을 받지만 나중에 구원을 얻게 되는 명문 기사.

바보 이야기(그림멜스하우젠) 진프리티우스 : 원칙과 원리가 없고 형편에 따라서 인생을 사는 사람의 전형.

현자(賢者) 나탄(레싱) 나탄 : 가족이 몰살당한 분노를 양아들에 대한 사랑으로 치유하는 너그러운 정신의 소유자.

젊은 베르테르의 슬픔(괴테) 베르테르 : 열광적인 몽상에 잠겨 이룰 수 없는 사랑에 자살하는 젊은이.

파우스트(괴테) 파우스트 : 인식과 활동의 불일치로 고뇌하는 근대 지식인의 전형.

군도(群盜)(실러) 카를 : 세상의 불의를 증오하여 의적(義賊)이 되지만, 모순되는 행위에 고민하는 청년. 부제는 '압제에 저항하여'.

히페리온(횔덜린) 히페리온 : 현실에는 존재하지 않는 시대의 이상적인 본보기를 좇는 비극의 사람. 부제는 '그리스의 은자(隱者)'.

푸른 꽃(노발리스) 하인리히 : 꿈에 본 푸른 꽃을 현실에서 잃어버리고 순례자의 길에 나서는 시인.

깨진 항아리(크라이스트) 아담 : 대머리에다 발을 저는, 못생긴 사내이자 호색가인 어릿광대형 사람.

황금 단지(호프만) 안젤무스 : 미남이며 수재지만 엉뚱한 일만 저지르는 순정의 몽상가.

페터 슐레밀의 이상한 이야기(샤미소) 슐레밀 : 금화를 낳는 가죽부대 때문에 악마에게 그림자를 판 불행한 사람.

호반(슈토름) 라인하르트 : 친구와 결혼한 소꿉동무인 연인을 잊지 못하는 순정의 사나이.

녹색의 하인리히(켈러) 하인리히 : 감수성이 예민하고 내성적이며 현실과의 대응에 고민하는 예술가의 전형.

프라하로 떠나는 모차르트(뫼리케) 모차르트 : 낙천적인 기질이면서 쉽게 뜨거워지고 예민한 심정을 가진 천재 음악가.

보이체크(뷔히너) 보이체크 : 생활의 공허감 때문에 바람을 피우는 내연의 아내를 죽이는 병사.

해 뜨기 전(하우프트만) 요제프 로트 : 신념과 행동이 일치하지 않고 현실에서 동떨어진 이상주의자.

깨어나는 봄(베데킨트) 벤들라 : 성(性)에 대한 무지와 주위의 몰이해 때문에 결국 죽음으로 삶을 끝내는 소녀.

사랑의 기쁨(슈니츨러) 크리스티네 : 첫사랑 애인의 죽음으로 충격을 받는 순정의 가련한 소녀상.

수레 바퀴 밑에서(헤세) 한스 : 학교와 사회라는 이중의 '수레바퀴 밑'에 깔리게 되는 소년.

말테의 수기(릴케) 말테 : 마음으로 파리의 빈민가를 방황하는 감수성이 예민한 젊은 시인.

변신(카프카) 그레고르 잠자 : 어느 아침 한 마리 독벌레로 변신하는 세일즈맨.

마(魔)의 산(토마스 만) 한스 카스토르프 : 선의와 사랑을 굳게 소유하기 위해 죽음의 사상과 투쟁하는 청년.

서푼짜리 오페라(브레히트) 메키스 : 손을 더럽히지 않고 착취하는 것을 합리적으로 알고 있는 도둑의 두목.

특성 없는 남자(무질) 울리히 : 가능성의 문제도 현실과 마찬가지로 평가하는 비실제적인 사람.

아름다운 미혹의 해(카로사) 카로사 : 인생에서 보다 높고 아름다운 것을 구해 성실하게 살아가는 청년.

개선문(레마르크) 라비크 : 희망이 없는 망명생활 속에서 힘들게 찾은 사랑마저 잃어버리면서 전전(戰前)의 시대 상황 속에서 몸부림치는 청년.

베르길리우스의 죽음(브로흐) 베르길리우스 : 「아이네이스」를 창작하다가 죽음의 병으로 쓰러진 시인.

양철북(그라스) 오스카 : 몸은 난쟁이지만 성적 욕망은 강한 비정상적인 사람.

야코프에 대한 추측(욘존) 야코프 : 이야기가 시작되기 전에 죽었기 때문에 실체가 분명하지 않은 철도원.

내 이름은 간텐바인(프리슈) 간텐바인 : 가짜 맹인으로서의 연기의 세계에 살고 있는 수수께끼의 인물.

카타리나 블룸의 잃어버린 명예(H. 뵐) 카타리나 : 불리한 환경에 굴하지 않는 강함과 총명함을 겸비한 순수하고 순결한 아가씨.

〈러시아〉
예브게니 오네긴(푸슈킨) 오네긴 : 많은 재능이 있으면서도 현실적으로는 무능한 19세기 지식인의 전형.

검찰관(고골리) 헬레스타코프 : 자만과 허영이 뼛속까지 스며 있는 경박하고 촐랑거리는 청년.

죽은 넋(고골리) 치치코프 : 죽은 사람을 이용하여 돈벌이를 꾀하는 약삭빠르고 말을 잘 둘러대는 천재적인 사기꾼.

현대의 영웅(레르몬토프) 페초린 : 풍부한 재능을 체제에 부합시키지 못하는 의식 있는 사람의 전형.

아버지와 아들(투르게네프) 바자로프 : 모든 권위를 부정하고 이성과 논리에 따라서만 살아 가는 허무주의자.

루딘(투르게네프) 루딘 : 이상을 말하고 변혁을 바라면서도 행동력이 없는 기생충 같은 사람의 전형.

오블로모프(곤차로프) 오블로모프 : 행동하는 능력을 소유하면서도 게으름과 무관심에 잠기는 몽상가.

죄와 벌(도스토예프스키) 라스콜리니코프 : 이성과 양심, 행위와 심정의 균열에 고뇌하는 청년.

카라마조프의 형제들(도스토예프스키) 이반 : 신을 부정하고 사람의 속물성도 혐오하는 초인주의적 무신론자.

전쟁과 평화(톨스토이) 나타샤 : 천진난만하여 자연에 따라 행동하는, 더러움을 모르는 귀족의 집 아가씨.

안나 카레니나(톨스토이) 안나 : 명예도 가정도 버리고 격렬한 사랑을 따르다가 파멸하는 귀부인의 전형.

부활(톨스토이) 카튜샤 : 가혹한 운명의 시련에도 좌절하지 않는 청순한 영혼을 소유한 아가씨.

뇌우(雷雨) (오스트로프스키) 카체리나 : 자유를 희구하고 구체제에 대해 죽음으로써 항의하는 아름다운 아가씨.

매혹된 나그네(레스코프) 이반 : 용모는 괴상하지만 단순하고 선량한 러시아 고대의 호걸풍 유형의 사나이.

붉은 꽃(가르신) '새로 입원한 환자' : 양심이 명하는 대로 사회악과 투쟁하다가 멸망하는 비극적 사람.

벚꽃 동산(체호프) 라네프스카야 부인 : 현실을 잊고 과거의 세계에 사는 몰락 귀족의 전형.

시궁창(고리키) 사친 : 시궁창 인생을 살면서도 여전히 사람을 찬미하는 야바위꾼 도박사.

은(銀) **비둘기**(베루이) 다리야리스키 : 러시아적 현실 속에서 분투하는 서구적 인텔리 시인.

고요한 돈 강(숄로호프) 그리골리 : 혁명과 국내전의 폭풍 속에 휩쓸려 파멸하는 비극적인 사람.

고뇌 속을 가다(A. 톨스토이) 다샤 : 거센 동란의 소용돌이 속에 휘말려 고뇌에 고뇌를 거듭하는 아름답고 정열적인 아가씨.

훌리오 후레니토의 기묘한 편력(에렌부르크) 훌리오 후레니토 : 파괴주의 적인 독특한 철학을 가진 색다른 예언자.

도둑(레오노프) 미치카 : 혁명에 절망하고 투신한 암흑가로부터도 배반당 하는 비극의 젊은이.

의사 지바고(파스테르나크) 유리 지바고 : 전쟁과 혁명 속에서 정신적인 독립을 원하는 지식인의 전형.

악마와 마르가리타(불가코프) '악마' : 권력의 탄압에 굴복하지 않고 신념 을 지키며 불사조와 같이 소생하는 소설가.

이반 데니소비치의 하루(솔제니친) 이반 : 죄 없이 수용소에 감금되어 있 는 소박하지만 빈틈없는 평균적 러시아인.

암병동(솔제니친) 코스트글로토프 : 아름다운 땅에서의 생활을 꿈꾸는, 강 제 수용소에서 귀환한 환자.

〈그외〉

돈 키호테(에스파냐, 세르반테스) 돈 키호테 : 현실과 꿈의 세계를 혼동하 여 저돌적으로 돌진하는 초로(初老)의 기사.

인형의 집(노르웨이, 입센) 노라 : 인습과 허위의 세계를 버리고 사람으로 살아가려 하는 신여성의 전형.

율리에 아가씨(스웨덴, 스트린드베리) 율리에 : 오만하면서도 첫 남성에 대해 거의 미치고 말아 버리는 세상 물정을 모르는 아가씨.

죽음의 승리(이탈리아, 단눈치오) 조르지 : 부자유가 없는 인생에 대해서 도 확신이 없는 이탈리아 세기말 청년의 전형.

쿠오 바디스(폴란드, 시엔키에비치) 리기아 : 정열을 마음에 간직하고 있 는 아름답고 우아한 이상적 여성.

세계대전 중의 용감한 병사 슈베이크의 운명(체코, 하셰크) 슈베이크 : 무 저항의 저항으로써 압제자에게 맞서는 민중의 대표자.

약혼자(이탈리아, 만초니) 루치아 : 무법천지의 영주의 요구에도 굴복하지 않는 신앙심 두터운 청순한 처녀.

  작자를 찾는 여섯 명의 등장인물(이탈리아, 피란델로) '등장인물' : 영원히
그들의 비극적인 한순간만 살고 있는 공상에서의 사람들.
  무관심한 사람들(이탈리아, 모라비아) 미켈레 : 사회의 저속함을 혐오하
고, 인생에서 목표를 발견하지 못하는 무기력한 청년.

포인트 노트
작품 속의 명언

소설편

＊여기는 자유로운 나라다.
「마농 레스코」의 데 그리외

나면서부터 창녀인 여성 때문에 파멸을 불러들인 남성상.

「마농 레스코」(1731)는 프레보(프)의 작품이다.

명문 출신의 미소년 슈발리에 데 그리외는 17세 때 수녀원으로 떠나는 마농 레스코를 보자 첫눈에 사랑을 느끼게 되었다.

다음 날 두 사람은 파리로 도망가 동거 생활에 들어갔다. 그러나 아버지의 명령으로 소년은 집에 끌려와 신학을 배우게 되었다. 시험 기간에 마농이 찾아와 두 사람은 다시금 동거 생활에 들어가 사랑에 도취하였다. 그때 마농의 오빠인 건달이 두 사람의 생활 속에 끼어 들어 그들은 급속히 타락하게 되었고, 마농은 소년 감화원으로 가게 되었다. 데 그리외는 그녀를 탈출시키기 위하여 하인을 사살하게 되었다. 악한 일을 저지른 결과 마농은 미국으로 유배가게 되었고, 데 그리외는 그녀 뒤를 따라 나섰다. 유형지에서 지방 유력자의 조카가 마농을 사랑하여 따라다니게 되었다. 데 그리외는 결투로 그 사나이에게 중상을 입히고, 두 남녀는 황야를 방랑하다가 마침내 피로로 인해서 마농은 데 그리외의 품에 안겨 죽는다. 마농을 묻은 뒤 데 그리외도 죽음을 기다렸으나 수색대에게 발견되어 고향으로 떠나게 된다.

‘여기는 자유로운 나라다. 자, 이 나라에서 행복하게 살자’고 데 그리외는 말한다.

＊지금은 그저 이렇게…
「적과 흑」의 줄리앙 소렐

‘소렐형’이라는 한 인간 전형으로서 줄리앙 소렐은 스탕달(프)의 작품 「적과 흑」(1830)의 주인공이다.

야심에 찬 청년 줄리앙 소렐은 가난하기 때문에 어두운 소년 시절을 보냈다. 그러나, 불굴의 의지와 강렬한 에너지 및 뛰어난 용모로써 출세하기로 생각하고, 우선 신부에게 접근하여 라틴 어와 신학을 배워 신부가 되려고 하였다. 그 무렵 그는 레나르 시장댁 가정교사가 되어 정숙한 레나르 부인을 유혹하여 사랑하는 사이가 되었다.

그러나, 시장이 자기 아내와 줄리앙의 정사(情事)를 눈치채고는 그를 쫓아냈으며, 그는 신학교 입학을 권유하는 아버지의 뜻에 따라 브장송의 신학교에 입학하였다. 엄격하기는 하지만 친절한 교장 피라르 신부의 소개로 파리의 라 몰 후작 비서가 되었고, 신용을 얻어 사교계에도 드나들게 되었다.

라 몰 후작의 딸 마틸드는 교만한 성품이었으나 줄리앙을 사랑하게 되었고, 그들 두 남녀는 결혼하기로 약속하였다. 마침내 야심을 성취할 수 있는 기회를 눈앞에 둔 때 레나르 부인의 편지로 인해서 모든 일이 물거품으로 돌아가게 되었다. 화가 난 줄리앙은 부인에게 권총을 쏘아 중상을 입힌다. 그는 체포되어 사형이 선고된다.

'나는 출세하려는 야심을 품고 있다. 지금은 그저 이렇게 그날 그날을 살고 있다. 만일 여기서 비겁한 일을 한다면 아주 비참하게 되고 말 것이다'라고 하며 단두대에서 처형될 날이 오기를 기다리는 것이었다.

＊귀하신 마음대로…
「외제니 그랑데」의 외제니 그랑데
애인의 변심도 숙명으로 여기는 인종형(忍從型) 아가씨.
「외제니 그랑데」(1833)는 발자크(프)의 작품.

소뮈르의 지주인 그랑데는 나쁜 꾀와 구두쇠로 부자가 된 사람이다. 그는 외동딸 외제니를 끔찍하게 사랑한다. 딸은 아버지와는 달리 착한 마음의 소유자였다. 그녀는 파리 출생인 사촌 오빠 샤를르에게 청순한 사랑을 품고 있었으나, 샤를르의 부친이 파산했기 때문에 그는 인도로 가서 돈을 벌기로 하였다.

출발에 즈음하여 샤를르는 돌아와 결혼하자고 외제니에게 약속한다. 외제니는 여비에 보태어 쓰라고 자기 저금을 준다. 이 사실을 안 부친은 딸을 호되게 꾸짖는다. 어머니는 그 사실을 괴로워하며 죽지만, 욕심꾸러기인 아버지는 그런 일에 아랑곳하지 않는다.

그랑데는 늙어가면서 더욱더 욕심꾸러기가 되고 1700만 프랑의 재산을 남기고 죽는다. 그런데, 기다리고 기다리던 샤를르로부터 부호의 딸과 결혼했다는 무정한 편지가 오게 된다.

'나는 결심했어요. 아무 후회도 없어요. 하느님께서 지켜 주실 거예요. 귀하신 마음대로 따르겠습니다.' 낙담한 외제니는 아버지의 유산을 자선 사업에 기부하고 여생을 보낸다.

＊자기의 혼에 대하여…
「죽은 넋」의 무라조프
악한의 마음을 바로 잡아주는, 믿음이 독실한 노인.
「죽은 넋」(1843)은 고골리(러)의 작품이다.

19세기 초엽의 러시아에는 아직 농노 제도가 남아 있었다. 어느 지방 N시에 한 신사가 호화로운 마차를 타고 와 대지주라고 자칭하였다. 그는 고관들을 속이고 지사의 야회에 출석하여 신용을 획득하여 차츰 교제를 넓혀 가고 있었다.

이 사나이의 정체는 치치코프라는 악한이었다. 그는 행정처의 호적상에는 아직 살아 있으나 실제로는 죽은 농노들을 지주에게 팔아 한 밑천 잡으려는 생각이었다.

N시에서 실패한 그는 다른 지방에 모습을 나타내어 '죽은 농노'를 사려고 하였다. 또한 돈이 많은 노파를 협박하여 강제로 유언을 쓰게 하였다. 이 일로 인해서 고소를 당하여 모든 것이 폭로되고 말았다.

그때에 무라조프라는 신앙이 독실한 노인이 회개하라고 권하며 변호사를 대주었기 때문에 겨우 석방되었다. 그는 무라조프로부터 '죽은 넋보다 살아 있는 자기의 넋에 대해서 생각하게나'라는 훈계를 듣고, '이제야말로 새 출발을 해야 할 때이다' 하고 희망찬 제2의 인생길을 출발하는 것이었다.

＊반드시 복수를…
「몽테 크리스토 백작」의 에드몽 당테스
에드몽 당테스는 대(大) 뒤마(프)의 소설 「몽테 크리스토 백작」(1845)의 주인공이다.

일등 항해사 에드몽 당테스는 무고한 죄로 마르세이유 앞바다의 이프 섬지하 감옥에 갇히게 된다. 14년 동안의 옥살이 중 거기서 파리아 신부를 만나게 되고, 그에게서 몽테 크리스토 섬의 동굴에 막대한 보물이 있다는 비밀을 들은 뒤 교묘하게 탈옥한다.

이윽고 그 섬에 가서 감추어져 있는 보물을 찾아내어 그 보물로써 자기에게 무고한 죄를 씌운 회계사 당그라르, 연적 페르낭, 검사 빌포르 등 모두에게 복수하기로 결심한다. '내게는 잊을 수 없는 원수가 있다. 반드시 복수를 하리라.'

당테스는 몽테 크리스토 백작이라 칭하고 사교계에 드나들며 많은 돈과 강한 의지와 놀라운 책략으로 지난 날의 원수에 대해 하나씩 복수하게 되면서 자살하는 자, 독살되는 자, 발광하는 자, 파산하는 자가 속출하게 된다. 그러나 그에게 많은 도움을 주었던 막시밀리앙 집안에는 많은 재산을 주고 그들의 행복을 진심으로 빌며 길을 떠난다.

＊함께 살지는 않겠어.
「카르멘」의 카르멘
정열적이면서 얽매이지 않는 팜므 파탈.
「카르멘」(1845)은 메리메(프)의 작품.
바스크 태생의 기병 하사 돈 호세는 어느 날 세빌리아의 담배 공장에서 경비를 서게 되었다. 거기서 만난 집시 여자 카르멘이라는 여성 근로자에게 넋을 잃게 된다.

카르멘은 아름다웠으나 거센 성격의 여성으로서 친구를 찌르고 호세를 속인 뒤 도망친다. 호세는 옥에 갇혀 사병으로 강등된다. 이윽고 출옥한 호세는 카르멘을 정부로 삼는다. 카르멘은 호세를 충동질하여 밀수자를 도망치게 한다.

이윽고 질투로 인해서 호세는 중위를 살해하고, 마침내 호세는 카르멘과 한 패가 되어 나쁜 일을 하게 된다. 알고 보니 카르멘에게는 가르시아라는 남편이 있었다. 호세는 가르시아를 살해하고 카르멘을 자기만의 소유가 되게 하려 하였다.

그러나 바람기가 있는 카르멘은 젊은 투우사 루카스를 꼬드긴다. 루카스가 쇠뿔에 받혀 중상을 입게 되자, 호세는 카르멘을 산 속으로 끌고 가 미국으로 함께 달아나자고 하였다.

'그대는 내 서방이니 죽일 권리는 있으나, 함께 살지는 않겠어.' 하는 말을 듣고 화가 치민 호세는 카르멘을 찔러 죽인다.

＊이 벽은…
「검은 고양이」의 주인공
성격 이상자가 되어 파멸한 사나이.

「검은 고양이」(1845)는 포(미)의 작품이다.

남편도 아내도 짐승을 좋아하여 플루토라는 커다란 검은 고양이를 키우고 있었다. 술 때문에 성격이 비뚤어진 남자는 폭력을 휘두르게 되었고, 어느 날 술에 취해 돌아와 고양이를 학대하다가 고양이에게 물렸다. 화가 난 그는 고양이의 눈알 하나를 도려내고 말았다. 고양이는 그때부터 사나이에게 적의를 품게 되었고, 증오감으로 불타는 사나이는 고양이를 나무에 매달았다.

그날 밤 괴상한 화재가 발생하여 집은 송두리째 불타 버리고 말았다. 그 뒤 술집에서 플루토를 닮은 검은 고양이를 끌고 집에 와 보니 한쪽 눈이 도려져 있었다. 불타 버린 지하실에 들어가려 하다가 고양이 때문에 쓰러질 뻔했기 때문에 사나이는 도끼로 고양이를 패려다가 그만 아내의 머리를 갈겨 즉사하게 하는 사고를 저질렀다.

그는 아내의 시체를 지하실 벽 속에 넣고 벽을 발라 버렸다. 경찰관이 수색을 왔다가 발견하지 못하고 물러가려 했다. 사나이는 기쁜 나머지 '여러분, 혐의가 풀려 다행입니다. 이 집은 참 멋지지요? 아니, 벌써 돌아가시려구요? 이 벽은 튼튼하답니다' 하며 벽을 두드리자, 안에서 고양이 소리가 들렸다. 경찰관이 벽을 부숴 보니 그 안에 아내의 시체가 있었고 그 시체 위에 애꾸눈 고양이가 앉아 있었다.

＊좀더 심한 괴로움을 당한다 생각하면…
「춘희」의 마르그리트
남자를 위해 물러나는 박명하고 순정에 찬 창녀상.

마르그리트는 소(小) 뒤마(프)의 작품 「춘희」(1848)의 여주인공이다.

마르그리트 고티에는 동백꽃을 즐겨 몸에 꽂고 사교계에 모습을 나타내기 때문에 사람들이 '춘희'라 부르는 미인이었다. 그러나, 표면상으로는 호사한 생활을 보내고 있는 이 여성도 웃음을 파는 박명의 여성이었다.

아르망 뒤발이라는 순정의 청년을 만나 비로소 진정한 애정을 느끼고 파리 교외 부시발에 사랑의 보금자리를 마련하지만, 그 행복도 아르망의 아버지가 찾아오면서 사라진다. 아버지는 아들의 장래와 가정의 평화를 위해 그들의 관계가 끊어지기를 바라고 있었다. 마르그리트는 슬퍼하면서도 그러기로 승낙하고 아르망에게 적당한 구실을 붙이고 떠나간다.

아르망은 그 본뜻을 알지 못하고 몹시 노하여 많은 사람 앞에서 마르그리트를 모욕한다. 오래 전부터 결핵을 앓고 있던 마르그리트는 병상에 눕게 되고 병세는 나날이 악화되어 갔다. 아르망의 아버지는 자기의 조치를 후회하고 아르망에게 사실을 말한다.

아르망은 임종을 앞둔 마르그리트에게 달려 가나 때는 이미 늦었다.

'나는 죽어요. 각오는 하고 있지만 지금보다 좀더 심한 괴로움을 당한다 생각하면 견딜 수 없어요.'

＊살아 있는 한…

「백경」의 에이햅

고집스러운 불굴형의 본보기.

늙은 선장 에이햅은 멜빌(미)의 작품 「백경」(1851)의 주인공이다.

낸터킷 항구에서 한 척의 고래잡이 배 피쿼드 호가 출항한다. 목표는 북태평양에서 적도까지 가는 동안에 흰 고래 '모비 딕'을 잡는 일이었다. 늙은 선장 에이햅은 이전에 고래를 잡다가 이 흰 고래에게 한 쪽 발이 잘려서 목발을 달고 있다. 그는 어떤 일이 있더라도 이 흰 고래와의 결투에서 반드시 이긴다고 자신 있게 말한다.

'나는 모욕을 당하면 태양을 향해서라도 덤빈다. 누가 나를 지배하겠는가? 내가 이 세상에 살아 있는 한, 나라고 하는 인격이 제왕의 권리를 맛보게 마련이다.'

마침내 적도 바로 아래서 흰 고래를 발견하여 사흘 동안에 걸쳐 도전하고, 사흘째 되는 날 드디어 흰 고래에게 작살을 꽂았다. 그러나, 에이햅은 작살 끈에 목이 감겨 바닷속으로 끌려 들어가게 되고, 화가 치민 흰 고래는 고래잡이 배까지 부숴 버리고 말아 선원 중 한 명인 이슈멜을 제외한 나머지 모두가 물에 빠져 죽는다.

＊왜 결혼 따위를…
「보바리 부인」의 에마
평범한 남편에 대해 싫증을 느끼는 휘청거리는 유부녀.
에마는 플로베르(프)의 작품 「보바리 부인」(1857)의 여주인공이다.
수녀원에서 교육을 받은 에마는 결혼에 꿈을 맡기고 그 화려함을 상상하며 자랐다. 그러나 평범한 시골 의사 샤를르 보바리와 결혼하면서 모든 꿈은 깨지고 말았다.
'아, 왜 결혼 따위를 했을까.'
후회하는 그녀 앞에 잘 생긴 공증인 레옹이 나타나지만, 그 사랑도 열매를 맺지 못하였다. 바람둥이인 로돌프에게 몸을 맡기지만 역시 실패하고 병들게 되었다. 병에서 회복되어 극장에 갔다가 레옹과 다시 만나게 되었다. 에마의 마음은 다시 뜨겁게 타오르게 되고 레옹도 이를 받아들여 대담한 정사에 빠지게 되었다.
에마의 그릇된 사랑때문에 생활은 내동댕이쳐지고 빚만 늘어가다가 끝내는 집까지 차압당하게 되고 만다. 에마는 남편이 알기 전에 어떻게 해보려고 고리채를 얻으려 하나 거절당하고, 애인 레옹에게 매달려 보지만 역시 헛일이었으며, 세무 관리를 유혹해 보지만 역시 실패한다. 궁지에 몰린 에마는 독약을 마시고 자살한다. 모든 것을 알게 된 남편도 낙담한 끝에 죽고 만다.

＊나는 살고 싶소.
「아버지와 아들」의 바자로프
사상과 마음의 모순 때문에 고뇌하는 허무적인 인간상.
바자로프는 투르게네프(러)의 작품 「아버지와 아들」(1861)의 주인공이다.
상트페테르부르크 대학생 아르카디의 아버지 니콜라이는 지주이며 퇴직 관리이다. 마침내 아들이 대학을 졸업하고 시골로 돌아왔기 때문에 아버지는 무척 기뻐한다. 아르카디는 친구이자 자연 과학자이며 의사 지망생인 바자로프라는 청년을 데리고 온다. 니콜라이는 아들과 바자로프 사이에 사고

방식의 차이가 있음을 느낀다.

이윽고 바자로프는 자기 고향으로 돌아가게 되었다. 그는 아버지에게 돌아갔으나 단조로운 생활에 권태를 느끼게 되었다. 그러나, 그의 아버지는 아들이 자기와 함께 있다는 사실만으로도 만족해 하였다. 어느 날, 그는 장티푸스로 죽은 농부를 해부하다가 실수하여 손을 베게 되었다. 그것이 악화되어 끝내 죽음이 다가왔다.

바자로프는 애인인 미망인 오딘초바를 곁에 불러 그 손을 쥐고서, '나는 살고 싶소. 러시아에 필요한 인간이오. …아 어두워졌다'고 하며 숨을 거둔다.

＊비범한 인간은…
「죄와 벌」의 라스콜리니코프
죄의식에 괴로워하는 초인주의의 사나이.
「죄와 벌」(1866)은 도스토예프스키(러)의 작품으로서, 라스콜리니코프는 그 주인공이다.

모스크바의 대학생 라스콜리니코프는 고리 대금업자인 어떤 노파를 살해하여 돈을 강탈하려고 계획한다. '만인에게 유해하고 무엇 때문에 살고 있는지 알 수 없는 부류의 인간의 돈을 강탈하여 많은 사업과 계획을 수행하는 것이 바람직하다. 비범한 인간은 그렇게 하기 위해서라면 자기 양심에 허락할 권리를 가지고 있다'고 생각하고, 마침내 노파와 선량한 누이동생까지 살해하여 돈을 강탈하였다.

그러나 정작 살인을 저지르게 되자 돈을 어떻게 써야 할지 몰라 당황하게 되었고, 왜 그런 죄를 저질렀는지 후회하게 되었다. 하숙비를 내지 못한 혐의로 경찰에 불려가 노파 살해의 소문을 듣고 기절하기도 하고 양심의 가책 때문에 괴로워한다.

그는 끝내 안면이 있는 창녀 소냐에게 모든 것을 고백한다. 소냐는 라스콜리니코프에게 경찰에 자수하도록 권고한다. 라스콜리니코프는 그 말에 따라 자수하여 형을 받고 시베리아 유형길에 나선다. 소냐는 그의 뒤를 따라간다.

＊그 사람의 불행이 되고…
「안나 카레니나」의 안나 카레니나

명예도 가정도 버리는 연애지상주의의 여인상.

「안나 카레니나」(1876)는 톨스토이(러)의 작품이다.

오블론스키 공작의 여동생 안나는 정략결혼의 희생양이 되어 고관 카레닌과 결혼하였다. 그들 사이에 세리오자라는 아이가 있었으나, 안나는 속물인 카레닌과 성격이 맞지 않아 애정없는 단조로운 생활을 하고 있었다.

안나는 청년장교 브론스키와 사랑하는 사이가 되었고 사교계의 화제가 되었다. 두 사람의 애정은 깊어가는데 남편 카레닌은 가문의 체면을 생각하며 이혼을 승낙하지 않았다.

안나는 브론스키의 아이를 가지게 되었다. 브론스키는 안나에게 결혼하자고 졸랐다. 중병을 앓고 난 뒤 안나는 브론스키와 함께 이탈리아 도피했다가 2년 뒤에 러시아로 돌아왔다. 사교계에서 버림당한 안나는 사랑하는 아들과 만나는 것조차 허용되지 않는다.

브론스키의 애정도 식었다고 생각한 안나는 '우리는 맺어질 때까지는 접근하였으나, 그 뒤로는 억제하기 어려운 기세로 따로따로 헤어지고 말았다. 이것은 어쩔 수 없는 일이다. 나는 그 사람의 불행이 되고, 그 사람은 내 불행이 되고 있다. 더구나 두 사람 모두 새 출발을 할 수는 없다'고 하며, 안나는 눈앞으로 다가오는 열차에 뛰어들어 자살하고 만다.

＊남성들이 나를…

「나나」의 나나

모든 남성을 불행하게 만드는 마성(魔性)의 창녀.

「나나」(1880)는 졸라(프)의 작품이다.

나나는 파리의 유명한 여배우로서 풍만한 육체를 밑천으로 하고 있는 바리에트 극장의 주연 여배우이다. 이 남자 저 남자 바꾸면서 음탕한 생활을 보내며 사치스러운 생활을 하고 있었다.

부호와 귀족을 손아귀에 넣고 뮈파 백작의 애첩이 되지만 그것으로도 만족감을 얻지 못하여, 반도브르 백작, 미소년 죠르쥐, 그의 형 필립 중위와도 정을 통한다. 그 외에 희극 배우인 퐁타낭, 푸카르몽, 포쉬리 등과도 정을 통하는 난잡한 생활을 하였다.

반도브르 백작은 파산하여 자살하고, 필립은 공금 횡령으로 교도소에 들어가며, 죠르쥐는 질투로 인해서 자살을 하는 등 그녀에게 접근하는 남자는 누구나 파멸을 면치 못하였다.

어느 날 갑자기 나나는 모습을 감추었다. 막대한 빚 때문에 견딜 수 없게 된 것이다. 터키 왕의 애첩이 되었다는 소문이 나돌았다. 그리고 갑자기 파리에 돌아왔다. 천연두에 걸린 아이를 간호하기 위해서였는데, 마침내 그녀도 천연두에 전염되었다.

'남성들만 없었다면, 남성들이 나를 이 모양으로 만들지 않았다면, 모름지기 나는 수녀원에 들어가 하느님께 기도드렸을 것입니다. 남성들이 파산하거나 신세를 망치거나 그것이 나와 무슨 상관이 있겠어요' 하며 숨진다.

＊좋지도 않고 나쁘지도 않다.
「여자의 일생」의 잔
남편과 자식에게 배반당한 일생을 사는 여성.
「여자의 일생」(1883)은 모파상(프)의 작품이다.

남작의 집 외동딸인 잔은 청순한 소녀였다. 5년 동안 소녀원에서 교육 생활을 보낸 뒤 집으로 돌아왔다. 그녀는 교구 담당 신부의 소개로 자작 줄리앙이라는 청년 귀족과 결혼하였다. 줄리앙은 짐승 같은 인간으로서, 하녀 로잘리를 범하여 아이를 낳게 하였다.

이윽고 잔이 임신하여 아들을 낳아 폴이라 이름지었다. 남편 줄리앙은 잔의 친구와 관계를 가지게 되었고, 그 배우자는 노하여 차 안에서 밀회 중인 두 남녀를 낭떠러지 아래로 떨어뜨려 살해하고 만다.

남편을 잃은 잔은 폴을 유일한 희망으로 여기며 키웠으나, 폴 또한 아버지를 닮은 방탕아로서 어머니 잔에게 계속 걱정만 끼친다. 잔은 저택과 토지를 팔고 하녀 로잘리와 함께 작은 집으로 이사하게 되었다.

파리에서 런던으로, 다시 파리로 유랑하던 폴로부터 정부가 딸을 낳고 산후 조리가 잘못되어 죽게 되었다는 말을 듣고 잔은 로잘리를 파리에 보내어 아이를 보호하게 하였다. 이윽고 여자는 죽고 로잘리는 딸을 데리고 돌아왔다. 잔은 '인생이란 것이 사람들이 말하는 것처럼 좋지도 않고 나쁘지도 않다'고 말한다.

＊무지가 있을 뿐…

「제자」의 시쿠스트

학문의 신성에 의문을 던지는 실증주의 철학자.

「제자」(1889)는 부르제(프)의 작품이다.

실증주의 철학자 아드리앙 시쿠스트는 인간이란 존재는 감수성도 동물적인 기원에 근거하는 것이라고 생각하여, 인간의 행위는 도덕적인 선악으로 나눌 성질의 것이 아니라고 믿고 있다.

그러나, 그의 제자 로베르 그레루는 드 뒤사 후작의 가정 교사로 입주하여 후작의 딸 샤를로트를 유혹한다. 샤를로트로서는 오빠인 근위병 대위 앙드레의 친구인 어떤 장교와 약혼한 사이였다. 때문에 로베르와 샤를로트는 자살을 도모하여, 샤를로트는 독약을 마시고 죽었고 로베르는 자살하지 않았다. 로베르는 살인 용의자로 체포되지만 앙드레의 증언으로 무죄가 되었다.

로베르가 석방되어 집으로 돌아오자 앙드레는 권총으로 사살하며 '이것이 심판이다'고 한다. 로베르의 어머니는 아들의 시체 앞에서 통곡하고, 스승인 시쿠스트는 이 사건의 원인이 자신의 학설에 있다는 사실을 깨닫고, 학문이 절대적으로 신성한가 하는 데 대해 의심을 품으며 말하는 것이었다. '세상에 신비는 없다. 오직 무지가 있을 뿐이다.'

＊이런 행복은…

「테스」의 테스

운명의 장난으로 죽음을 맞이하게 되는 가난한 여성.

「테스」(1891)는 하디(영)의 작품이다.

가난한 행상인의 딸 테스는 더버빌의 저택에서 일을 하다가 그 집의 방탕한 아들 알렉의 욕정의 희생양이 된다. 죄없는 테스는 그 집에서 쫓겨나게 되고, 태어난 갓난애도 죽고 말았다.

그녀는 어느 목장에서 일하게 되었다. 거기서 목사의 아들인 농과 학생 에인젤의 사랑을 받게 되었다. 테스도 호감을 가지지만 어두운 과거 때문에 구혼을 받고도 거절하다가 마침내 결혼하게 된다. 그러나, 그녀가 자기의 과거를 말하자 에인젤은 화를 내며 브라질로 가고 말았다.

회개하고 설교자가 된 알렉과 우연히 만나게 되었다. 알렉은 다시금 끈질기게 그녀를 꾀었다. 테스는 그의 사랑을 받아들였다. 그때 병든 에인젤은 귀국하였다. 그녀는 알렉을 살해하고 에인젤과 뉴 포레스트의 어느 빈 집에 숨었다.

닷새째 되는 날 아침 추격자의 포위를 받은 그녀는 '나는 체포되는 것이군요. 에인젤, 기뻐요. 이런 행복은 오래 계속될 리가 없는걸요. 너무나 큰 행복이었어요' 하며 체포되어 7월의 어느 날 아침 교수대에 올라간다.

✱저 보트처럼…
「결투」의 라예프스키
하나의 전기에 의해 인생관을 바꾸는 남성상.
「결투」(1891)는 체호프(러)의 작품으로서 라예프스키는 그 주인공이다.
재무부 관리 라예프스키는 코카서스의 별장에서 2년간이나 지냈다. 나데시다라는 유부녀와 사랑의 도피행을 온 것이다. 그러나 이제는 어떻게 해서든지 헤어져야 하겠다고 생각하여 군의관 사모이렌코와 서로 의논하였다.
'더 이상 참을 수가 없어. 그 여자와 앞으로 한 달 동안 함께 있으라고 하는 사람이 있다면 머리에 총알을 한 방 쏴 버리고 말 테야'라고 하며 그 여자의 남편이 죽었다는 소식에도 기뻐하지 않았다.
한편 나데시다도 서장과 몰래 정을 통하고 있었다. 라예프스키는 돈을 주고서 헤어질 생각을 하고, 사모이렌코에게 300루블의 빚을 청한다. 그도 가지고 있지 않기 때문에 폰 코렌이라는 동물학자에게 100루블만 꾸어 달라고 하였다. 라예프스키는 그 사실을 알고 '돈이 없으면 거절하면 될 터인데'라고 하여 코렌을 성내게 했다. 그 결과 결투하기로 했다.
권총으로 결투를 했으나 두 사람 모두 상처를 입지 않았다. 이 일을 계기로 라예프스키는 새 사람이 된 것처럼 부지런해졌고 나데시다와도 정식으로 결혼하였다.
폰 코렌이 배를 타고 떠날 때 전송을 나온 라예프스키는 말하였다. '저 보트처럼 인생은 파도에 밀려 뒷걸음치면서 앞으로 나아가는 존재라네.'

✱나는 아버지가…
「홍당무」의 '홍당무'

어머니의 사랑에 굶주린 가련하고 비뚤어진 소년.

「홍당무」(1894)는 르나르(프)의 작품이다.

어머니 르피크 부인은 빨강머리에 주근깨투성이인 소년에게 '홍당무'라는 별명으로 부르며, 친자식이면서도 형이나 누이와는 다르게 차별을 두고 있다. '홍당무'는 어머니의 멸시 때문에 가정이 점점 싫어진다.

어느 날 가족들 앞에서 분명한 어조로 '집 따위는 내게 아무래도 좋아요. 나는 아버지가 좋아요. 하지만 그것은 아버지가 아버지라서가 아니에요. 친구와 같기 때문이예요. 형님과 누님 또한 마찬가지에요……본디 나는 인간관계를 좋아하지 않아요' 하고 말한다.

'홍당무'는 아무도 알아 주지 않는 고독한 마음을 품고 더욱더 비뚤어진다. 아버지를 향해 '기숙사에 넣어 주세요, 그렇게 해주지 않으면 구두 가게 점원이 되어요'라고 한다. 그러나 '홍당무'는 아버지도 어머니를 사랑하고 있지 않다는 사실을 알게 되고, 아버지와 '홍당무' 사이에 따뜻한 마음과 마음이 통하게 된다.

✽비록 황제가…

「쿠오 바디스」의 베드로

「쿠오 바디스」(1895)는 시엔키에비치(폴)의 작품이다.

네로 황제 치하의 로마는 호화의 극치를 이루고 있었으나 음탕한 풍속은 문란할 대로 문란하였다. 청년 귀족 비니키우스는 이민족 왕의 딸 리기아를 사랑하고 있었으나, 리기아는 로마 사람을 싫어하며 기독교들과 함께 생활하고 있었다. 비니키우스도 기독교로 귀의하여 사도 베드로와 바울로에 의해 리기아와의 결혼을 허락받고, 세례받을 날을 기다리고 있었다.

온갖 도락에 싫증이 난 네로 황제는 로마에 불을 질렀다. 대혼란으로 위험을 느낀 비니키우스는 베드로에게 피난을 권하지만, 베드로는 양떼와 같은 이 불쌍한 사람들을 내버릴 수 없다고 하며 로마에 머문다. 네로 황제는 방화의 죄를 기독교들에게 돌리고 그들을 체포하여 십자가에 매달아 화형에 처하였다.

순교에 즈음하여 베드로는 '사랑과 맞먹을 만한 것이 있는가. 비록 황제가 지금보다 수십 배의 군대와 수십 배의 도시와 국민을 가지고 있다 하더라도 도저히 이길 수가 없다'고 한다.

리기아도 붙들려 들소에게 찢기게 되었을 때 충복 우르수스는 들소와 겨루어 그것을 죽이고 리기아를 구해 낸다. 비니키우스와 리기아는 악으로 가득한 로마를 떠나 평화로운 생활에 들어간다.

＊도대체 나는…
「부덴브로크 가의 사람들」의 토마스
현명하고 감수성이 풍부하여 자기 억제심이 강한 남성상.
「부덴브로크 가의 사람들」(1901)는 만(독)의 작품이다.

북부 독일 뤼베크의 부덴브로크 집안은 곡물상으로서 사업이 번창하고, 1835년 3월 저택의 신축 피로연을 성대하게 행한다. 1대 요한은 창업자로서 착실하게 사업을 확장하여 재산을 늘린다. 2대 요한은 영업만으로는 만족감을 느끼지 못하여 종교에 귀의한다.

그의 장남 토마스는 현명하면서 감수성이 뛰어났으나 차남 크리스찬은 심신이 박약하였다. 2대 요한이 죽은 뒤 3대 토마스는 불쌍할 정도로 자기 억제심이 강하지만, 정계에 진출하여 부시장이 되었고 호화로운 저택을 마련하여 창업 100주년 기념식을 행하였다.

그러나, 영업은 점점 쇠퇴하게 되었고 사업에도 실패하여 옛날의 저택은 남에게 넘어가고 말았다. 아내 게르다와의 사이에서 태어난 하노는 사업을 이어받을 자격이 없다. 뒤이어 일어나는 불운을 겪으며 토마스는 괴로워한다. 그는 쇼펜하우어를 읽고 '삶은 방황이며 죽음은 해방'임을 깨닫는다.

'도대체 나는 무엇인가, 시민과 비교해서 누구보다 조금이라도 더 뛰어나다고 할 수 있을까?' 하며, 1875년 1월 어느 날 치과 병원에서 돌아오는 길에 발작을 일으켜 쓰러진다.

＊왜 소리치지 않았던가?
「뷔뷔 드 몽파르나스」의 피에르
뒤에 후회하는 겁이 많고 성질이 연약한 유형의 남성.
「뷔뷔 드 몽파르나스」(1901)는 필리프(프)의 작품이다.

시골에서 갓 상경한 청년 피에르 알디는 파리의 축제일 다음 날 창녀 베르트와 아는 사이가 되었다. 이 아가씨에게는 뷔뷔 드 몽파르나스라는 별명으로 불리는 모리스라는 끄나풀이 있었다. 그 사실을 알지 못하는 피에르는 그녀와 팔을 끼고 거리를 걸으며 기뻐한다.

마침내 베르트는 성병에 걸려 입원한다. 피에르는 이제부터 친구로서 교제해 달라고 부탁한다. 베르트가 입원하자 모리스는 생활이 곤란하여 절도질을 하다가 교도소에 보내진다. 치료받기를 중단한 베르트는 다시금 길거리에서 손님을 끌게 되었다. 그러나, 피에르의 순정 덕분에 어느새 베르트는 그를 사랑하게 되고 비참한 생활에서 빠져 나오려고 생각하게 되었다.

두 남녀가 피에르의 방에서 애무하고 있을 때 뜻하지 않게 교도소에서 나온 모리스에게 발각되고 만다. 겁이 나서 아무 행동도 취하지 못한 피에르는 '나는 길거리로 뛰어나가서 '여자가 살해된다'고 왜 소리치지 않았던가?' 하고 후회한다.

＊너는 다시금…
「장 크리스토프」의 장 크리스토프
음악적 재능이 뛰어나고 정의감에 불타는 젊은이.
「장 크리스토프」(1904~12)는 롤랑(프)의 작품이다.

장 크리스토프는 독일 라인 강가의 작은 도시에서 태어났다. 할아버지와 아버지는 음악가이며, 그는 나면서부터 음악적 재능을 지니고 있었다. 할아버지가 사망하고 아버지의 실직 등이 겹치며, 어린 장은 피아노를 가르치거나 오케스트라에 가담하면서 혼자 힘으로 일어선다.

첫사랑, 아버지의 죽음, 독일의 맹목적인 허위의 이상주의에 대한 싸움 속에서 장의 영혼은 성장한다. 파리에 나오자 이윽고 예술가로서의 영광이 찾아온다.

그러나, 사회적 부정에 대하여 격노한 장은 민중의 소동 속에 휩쓸려 스위스로 망명하여 의사 브라운의 집에 기거하게 되었다. 장은 브라운 부인에게 사랑을 느끼지만 절망감때문에 자살을 시도하나 실패한다. 그는 집을 나가 눈보라 속을 방랑하다가 마침내 굳세게 싸워야 한다는 사실을 깨닫는다.

로마를 거쳐 20년이 지난 뒤 파리에 돌아왔을 때 크나큰 조화로운 자유 속에서 환희를 찾게 된다. 그리고 '너는 다시금 태어나리라. 이제 모든 것이

한 마음이다. 조화, 사랑과 증오의 지상(至上)의 혼인! 삶에 영광 있으라,
죽음에 영광 있으라'고 외친다.

***정상적이라면 이 아이도…**
「수레바퀴 밑에서」의 교장
우수한 학생의 불행한 죽음을 보고.
「수레 바퀴 밑에서」(1906) 헤세(독)의 자전적 경험(신학교 때의 체험)이
녹아들어 있는 작품이다.

한스 기벤라트는 외모도 잘 생겼고 머리가 우수한 소년으로서 마을 사람
들의 기대를 한 몸에 받고 있었으나, 집이 가난하기 때문에 신학교에 갈 수
밖에 없었다. 그는 시험 준비를 위해 아침부터 밤까지 맹렬히 공부하였다.

다행히 신학교에 입학하였고 성적도 뛰어났으나 시인 기질의 헤르만 하일
너와 친해지면서부터 차츰 성적이 떨어지기 시작하고 건강도 악화되었다.
헤르만은 자유를 찾아 신학교를 탈출하려고 시도하다가 퇴학당한다.

한스는 몸도 마음도 피로하여 고향으로 돌아가지만, 이 고독한 소년에 대
해서 세상의 눈은 차갑기만 했다. 포도 수확을 돕기 위해 포도원에 갔다가
에마라는 소녀와 알게 되었고 사랑을 느끼지만, 에마의 바람기 있는 행동을
보고 한스는 실망한다. 생활고 때문에 한스는 시계부품 공장의 수습생이 되
지만, 그 격렬한 노동을 도저히 견뎌낼 수 없었다.

어느 날 친구와 함께 소풍을 가서 즐겁게 떠들며 놀고 난 뒤 심한 실망감
을 느끼며 어두컴컴한 강가로 내려갔다. 그 다음 날 한스의 싸늘한 시체가
발견되었다.

장례식 때 교장은 낮은 소리로 '정상적이라면 이 아이도 뛰어난 인간이 되
었을 것입니다. 우수한 학생들만이 불운해진다는 것은 슬픈 일입니다'라고
했다.

***테러는**
「창백한 말」의 조르주
제목은 신약의 요한계시록에 있는 귀절.
「창백한 말」(1909)은 사빈코프(러)의 작품이며, 조르주는 주인공이다.

제정 러시아 말기의 러시아에는 극단적인 악정이 계속되고 있었다. 급진적 소(小)부르주아 정당인 사회 혁명당에서는 테러를 혁명의 수단으로 생각하였다. 주인공 조르주는 영국의 여행자로 변장하여 페테르부르그에 은밀히 잠입하여, 모스크바 총독 대공의 암살을 기도하였다. 두 차례나 실패하고 나서 세 번째 성공을 거두게 되었다.

그러나 테러리즘이 차츰 그의 마음에 스며들어 혁명의 이상으로 불타고 있었으나, 이윽고 유혈의 무익함을 느끼고 '테러는 혁명이 명하는 바가 아니다. 다만 자신이 자신에게 명령하는 것에 지나지 않는다'고 생각하기에 이르렀다. 그는 연인의 남편을 사살하고, 모든 것에 절망하여 스스로 목숨을 끊는다.

✽주여, 당신을 사랑하고 받들기 위해서…
「좁은 문」의 알리사
하느님에 대한 봉사와 현세적인 사랑에 고뇌하는 내면적인 여성.
「좁은 문」(1909)은 지드(프)의 작품으로서, 알리사는 주인공이다.

제롬은 어릴 때 아버지를 여의고 2살 위인 알리사와 1살 아래인 줄리에트와 함께 외가에서 동기들처럼 자랐다. 제롬은 알리사를 불행으로부터 지켜주는 일을 일생의 목적으로 삼으리라고 결심한다.

「좁은 문」이란 성서에 있는 유명한 말인 바, 그는 알리사를 거기에 비유한다. 그리고 그 안에 들어가기 위하여 모든 이기심을 버리기로 굳게 다짐한다.

제롬은 알리사에게 사랑을 고백하지만 알리사는 받아들이지 않는다. 몇 차례 결혼을 신청했으나 매번 거절당한다. 알리사는 '우리 두 사람은 행복을 위해서가 아니라 거룩함을 위해 태어난 거야'라고 대답하여 제롬에게 실망을 준다. 제롬이 볼 때 알리사는 차츰 신앙에만 전념하는 여성이 되어 간다.

3년 뒤인 어느 날 알리사는 마당에서 제롬과 만나게 되고 정열적으로 포옹하려 하는 그를 밀친다. 그 뒤 폐병을 앓던 알리사는 '주여, 당신을 사랑하고 받들기 위해서 나는 그분이 필요하다는 것을 아실 것입니다' 하고 기도하며 파리의 요양소에서 숨진다.

알리사가 죽은 뒤 제롬은 그녀가 하느님에 대한 봉사와 제롬에 대한 현세적 사랑 사이에서 괴로워했다는 사실을 알게 된다.

＊드릴 수 있는 것은

「토너 번게이」의 베아트리체

상류 사회로부터 벗어난 귀족의 여성.

「토너 번게이」(1909)는 웰스(영)의 작품으로서, 베아트리체는 주요 인물이다.

'정력의 비밀, 토너 번게이'라는 가짜 강정제를 발명한 에드워드 폰데레보는 과장 광고로 많은 돈을 벌었다. 그의 조카인 조지도 한패가 되어 재산을 모았다. 조지는 공중 비행에 흥미를 가지고 있어서 글라이더 경기구의 실험을 계속하였다.

에드워드는 투기에 실패하여 파산한다. 조지는 자기가 발명한 비행선으로 프랑스로 도망한다. 에드워드가 죽은 뒤 조지는 영국으로 돌아가 상류 사회의 여인 베아트리체와 연애 관계에 빠지지만 결혼은 승낙하지 않는다.

베아트리체는 '당신에게 드릴 수 있는 것은 모두 드렸어요. 나는 타락한 귀족 여인, 나는 당신에게 아무것도 해드릴 수 없습니다. 황혼과 같은 것이죠'라고 한다.

조지는 모든 것을 단념한다. 그는 조선(造船) 기사가 되어 구축함 설계에 착수하게 되고, 속력 테스트에서 템즈 강을 떠나 대양으로 돌진한다.

＊남자란 무엇인가

「비」의 새디 톰슨

남자 따위는 우습게 아는 윤락여성.

「비」(1921)는 몸(영)의 작품이다.

남태평양 사모아 제도(諸島) 동쪽에 있는 투투일라섬 파고파고 만으로 의사 맥페일 부부와 목사 데이비드슨 부부를 태운 배가 입항하였다. 사모아 제도로 가는 도중 목적지에 전염병이 유행하고 있기 때문에 투투일라섬에서 대기하기로 하여 상인인 혼의 집 2층에 머무르게 되었다. 목사는 원주민들에게 전도하기 시작한다.

혼의 집 아래 층에는 새디 톰슨이라는 수상한 여자도 숙박하게 되었다. 밤이면 선원을 유혹하여 레코드를 틀어 놓고 소란을 피웠다. 목사는 화를 내어 톰슨의 방에 가서 그러지 못하게 하려다가 맥주 세례를 받고 되돌아온다.

마침 장마철이라 매일 큰비가 내려 사람들의 마음을 우울하게 만들었다. 목사는 섬의 총독에게 톰슨의 퇴거를 요구하여 샌프란시스코로 가는 배에 태워 감화원에 보내려 하였다. 톰슨은 의사 맥페일에게 도움을 청했다. 목사는 사흘 동안 톰슨과 함께 있으며 그녀를 위해 기도하였다.

샌프란시스코로 가는 배가 입항하기 전날 목사는 해안에서 자살한 시체로 발견되었다. 여자는 짙은 화장을 하고 '남자란 무엇인가. 모두 다 돼지다. 너희들은 돼지다, 돼지야' 하고 소리친다.

＊삶…
「가든파티」의 로라
세상을 알지 못하는 순진한 부르주아 아가씨.
「가든파티」(1922)는 맨스필드(영)의 작품이다.

셰리던의 저택에서는 정원사가 잔디를 깎고 천막을 준비하여 가든파티 준비가 진행된다. 딸들은 화려하게 차리고 있고, 꽃이 도착하며, 전화가 울고, 부엌에서는 음식을 만들고 있다. 때마침 슈크림을 배달하러 온 가게 점원이 셰리던 저택 근처에서 말이 견인차를 보고 놀라서 뛰는 바람에 마차를 끌던 스코트라는 젊은이가 떨어져 머리를 부딪혀서 죽었다는 소식을 전하면서, 덧붙여 그에게는 아이가 다섯 명이나 있다고 했다.

딸 로라는 그 말을 듣고 스코트를 불쌍하게 생각해서 가든파티를 중지하자고 말하는데, 언니와 어머니에게 웃음거리만 된다. 로라는 자기 말이 정당하다고 생각하면서도 어머니의 말씀을 따라 가든파티를 계속하기로 하였다.

가든파티는 화려했다. 가든파티가 끝난 뒤 로라는 손도 대지않은 샌드위치와 과자를 바구니에 담아 가지고 불행을 당한 가정에 위문을 갔다. 평온한 모습으로 숨져 있는 젊은 사나이의 얼굴을 보고 뜻하지 않게 울어 버리고 말았다.

밖에 나오자 마중온 오빠가 '무서웠니?' 하고 물었을 때, 로라는 '다만 이상할 뿐이야. 그러나 삶이란……삶이란……그런 것이야'라고 얼버무리면서 달리 삶에 대해서 설명할 수 없었다.

✳되풀이 해서는 안 된다
「티보 가의 사람들」의 앙투안
전형적인 부르주아 세계에 사는 현실형의 남자.
「티보 가의 사람들」(1922~40)은 뒤 가르(프)의 작품이다.

사회적 지위도 있고 가톨릭 신앙이 두터운 가정에서 태어난 자크 리보는 아버지의 고집과 교사의 속박에 저항하다 고난의 길을 걷게 되었다. 그는 고등 교육을 받고 스위스에 가서 소설을 쓴다. 자크의 형 앙투안은 티보 가를 지키며 평온하게 살아간다. 아버지의 임종에 즈음하여 자크는 집으로 돌아오게 되나 때는 이미 늦다.

아버지가 돌아가신 지 여섯 달 뒤인 1914년 6월, 유럽에는 전운이 감돌고 있었다. 오스트리아 헝가리아 제국의 황태자 부부가 사라예보에서 암살당한 것을 계기로 제1차세계대전이 일어나게 되었고 프랑스도 전쟁에 휩쓸리게 되었다. 자크는 반전 전단을 뿌리기 위해 비행기를 타고 전선을 비행하다가 추락하여 중상을 입게 되어 들것에 실려 운반되다가 사살되었다. 형인 앙투안은 군의관으로서 출전하여 독가스 중독으로 폐가 썩어 들어가게 되었다. 그는 동생 자크와 그 애인 제니 사이에서 태어난 아들 장 폴의 손을 쥐고 '전쟁의 어리석음을 되풀이해서는 안 된다'고 굳게 훈계하다 마침내 죽고 만다.

✳남편과 살기보다는
「육체의 악마」의 마르트
연하의 애인과의 사랑에 대담한 젊은 아내의 생태.
「육체의 악마」(1923)는 라디게(프)의 작품이다.

남편을 전선에 보낸 19세의 마르트는 16세의 소년과 정사를 가진다. 소년은 전쟁이 끝나면 두 사람의 사랑은 끝난다고 생각하였다. 그러나, 마르트는 소년에게 빠져 들어 전선에서 온 남편의 편지는 읽어 보지도 않고 태워 버리고, 남편이 휴가에서 돌아와도 냉대하여 따돌릴 뿐이었다.

이윽고 소년과의 관계가 모두에게 알려지게 되었고 마르트가 임신하게 되자 뱃속의 아이를 남편의 아이처럼 믿게 하도록 공작한다. 마르트는 '남편과 행복하게 살기보다는 너와 불행하게 사는 편이 낫다'고 말한다. 전쟁이 끝난 뒤 예정보다 빠르게 사내 아이가 태어나자 대담하게 소년의 이름을 그 아이에게 붙여 준다. 소년은 남편의 아이가 아니라 자기 자식이라는 말을 듣고 기뻐한다. 그러나 마르트는 병이 들어 숨지고 만다.

＊암캐가 되지 않으련다.

「해는 또다시 떠오른다」의 브레트

연하의 애인의 앞길을 생각하여 헤어지는 연상의 여자.

「해는 다시 떠오른다」(1926)는 헤밍웨이(미)의 작품이다.

유대인 로버트 콘은 학생 때에 미들급 권투 선수였다. 봄날 밤 파리에서 34세의 아름다운 영국 여인 브레트 애쉴리와 친해지게 되었다. 동료들과 함께 6월에 에스파냐로 투우 구경을 가게 되었다. 버스 여행을 하면서 인생을 즐기기도 하고 팜플로나에서 투우를 구경하게 되었다.

브레트는 19세의 투우사 로메로를 좋아하게 되었다. 이 일로 인해서 콘은 질투심 때문에 로메로를 열 다섯 번이나 갈겨 주었다. 투우가 끝난 뒤 브레트는 로메로와 함께 런던으로 사랑의 도피를 하였다. 그러나, 브레트는 로메로와 헤어졌다. 로메로의 일생을 망치지 않기 위해서이다.

'암캐가 되지 않으련다고 결심하는 것도 괜찮은 기분이군요.' 브레트는 지나치는 말로 이렇게 말하였다.

＊세계에서 가장…

「채털리부인의 연인」의 콘스탄스

육체관계에서만 참된 애정을 느끼는 여성.

「채털리부인의 연인」(1928)은 로렌스(영)의 작품이다.

영국 중부의 테버셜 마을에 드넓은 저택을 가지고 있는 클리퍼드는 제1차 세계대전 때 하반신 부상으로 성불구자가 되었다. 아내 코니(콘스탄스)는 남편을 잘 섬기고 있었으나 삶의 공허로움으로 고뇌하고 있었다.

2월의 어느날 아침, 코니는 남편을 휠체어에 태우고 숲속을 산책하다가 우람한 26세의 멜러스와 만나게 되었다. 그는 장교로 출전했었으나 처자와 헤어져 클리퍼드 집안의 사냥터지기로 생활하고 있었다.

코니는 멜러스에게서 이상적인 남성을 발견하고 지금까지 맛본 일이 없는 환희를 이 사나이와의 육체관계에서 알게 되었다. '이 순간 세계에서 가장 생동감 넘치는 하나의 생명', 이것이 코니의 마음 속의 외침이었다.

두 사람의 관계는 날이 갈수록 깊어지고 마침내 코니는 멜러스의 아기를 배게 되었다. 그녀는 남편과 헤어져 스코틀랜드를 여행하고 멜러스는 시골 농장으로 가는 것으로 두 사람은 헤어지게 된다.

＊이것도 하나의 운명…

「메꽃 세브리느」의 세브리느

낮에는 창녀로 밤에는 아내로 이중생활을 보내는 여자의 생태.

「메꽃 세브리느」(1929)는 케셀(프)의 작품이다.

세브리느는 외과의사 피에르 세리지의 아내로서 행복한 2년을 보낸 뒤, 겨울에 문득 급성폐렴을 앓아 위독하게 되었다. 병이 회복되면서 그녀는 '스스로도 어떻게 할 수 없는' 정욕을 느꼈다. 남편의 애무에도 불만을 느끼고 어떻게 해야 할지 알 수 없었다. 어느 청년과 육체적으로 맺어졌으나 만족할 수 없었다.

친구인 르네로부터 앙리에트라는 여자가 창녀짓을 한다는 말을 듣고 세브리느는 오후 2시부터 5시까지 '메꽃'이라는 이름으로 창녀짓을 하고, 밤에는 정숙한 아내가 되는 이중생활을 시작하였다. 이윽고 건달인 마르셀을 알고서 육체의 쾌락을 알게 되었다.

지난날 그녀를 유혹했다가 거절을 당했던 위송이라는 사나이가 세브리느 앞에 나타났다. 그녀는 자기 비밀이 탄로되는 것을 겁내어 마르셀에게 위송을 살해하라고 부탁하였다. 그러나, 마르셀은 실수하여 남편인 피에르에 상해를 입혀 반신 불구가 되게 하였다.

'모두 제가 저지른 죄입니다. 이것도 하나의 운명이었습니다' 하고 세브리느는 모든 것을 고백한다.

＊왜 한 인간을…

「야간비행」의 리비에르

긴장과 비정 속에 사는 항공회사 최고 책임자.

「야간비행」(1931)은 생텍쥐페리(프)의 작품이다.

남아메리카 부에노스아이레스의 우편항공기 사무소에서는 최고 책임자 리비에르가 파타고니아와 칠레, 파라과이에서 오게 될 우편 항공기의 도착을 기다리고 있다. 그 비행기들이 실어올 우편물들을 모아 밤중에 유럽행 정기 항공기에 실어 보내야 한다. 야간비행이 성공하지 못하면 열차와 배에게 지고 만다.

그런데 조종사 파비앙이 타고 있는 파타고니아편 비행기가 아직 도착하지 않았다. 폭풍우가 심하기 때문에 연락조차 취할 길이 없었다. 리비에르는 혹시 파비앙이 재난을 만나지나 않았을까 하는 불안감과 걱정 때문에 일이 손이 잡히지 않았다. '왜 한 인간을 희생시키면서까지 이런 일을 하고 있는가.'

파비앙의 비행기가 폭풍우의 구름 위로 올라가자 거기에는 달과 별이 아름답게 빛나고 있었다. 그러나, 파비앙의 비행기로부터는 휘발유가 30분 분량만 남았다는 마지막 무선이 타전된 채 끊기고 말았다.

✽내일은 다시금…
「바람과 함께 사라지다」의 스칼렛 오하라

지기 싫어하는 미모의 부잣집 아가씨.

「바람과 함께 사라지다」(1936)는 미첼(미)의 작품이다.

17살인 스칼렛 오하라는 남부 조지아주 타라 농장주의 맏딸이었다. 젊은 이들은 모두 그녀에게 열렬하게 구애하였으나, 그녀가 사모하는 남자는 2년 전에 만난 애슐리였다. 그러나 애슐리에게 거절당한 스칼렛은 사랑하지도 않는 찰스의 아내가 된다.

남북전쟁이 일어나 스칼렛은 결혼한 지 두 달만에 찰스는 전사한다. 그녀는 애슐리의 아내인 멜라니와 함께 애틀랜타의 병원에서 부상병을 간호하였다. 애틀랜타가 북군에게 함락되던 날 그녀는 출산 직후의 멜라니 모자를 데리고 타라로 향한다. 고향 집에 와 보니 어머니는 사망하였고 아버지는 폐인이 되어 있었다.

남북전쟁은 남부의 패배로 끝났으며 타라는 여러 가지 어려움을 겪게 되었다. 그녀는 일찍이 자기를 사랑하고 있던 청년 선장 버틀러와 재혼했으나, 버틀러의 사랑도 또한 그녀를 만족하게 하지 못하였다. 그러나 스칼렛은 울지 않고, '내일은 또다시 내일의 태양이 떠오른다.'고 외친다.

＊다시금 샹젤리제에서…
「개선문」의 라비크
국적이 말소된 사나이의 한 전형

「개선문」(1946)은 레마르크(독)의 작품이다.

라비크는 나치스의 강제 수용소로부터 탈출하여 프랑스에 불법 입국한 지성인이었다. 지난날 베를린에서 이름을 날리던 외과 의사였으나 지금은 무면허 의사로서 가난하게 살고 있다.

게슈타포(나치스 비밀 경찰)에서 그에게 모진 고문을 가하였고, 그의 애인 시빌을 죽인 하케에게는 어떤 일이 있어도 복수하고야 말겠다고 마음 속으로 맹세한다. 우연히 알게 된 여가수 조안, 라비크의 환자인 미국 여성 케이트와 친하게 된다.

나치스 군이 파리를 포위한다. 케이트는 노르망디호를 타고 미국으로 돌아갔고, 조안은 동거하던 남자에게 사살된다. 라비크는 자유의 마지막 한 때를 공원 벤치에서 보내며 친구들과 이별을 아쉬워한다. '전쟁이 끝나면 다시금 샹젤리제의 푸케 요리점에서 만나세'라고 하며, 라비크는 파리 경찰의 트럭에 실려 떠나간다.

＊나의 모든 능력을 다하여…
「페스트」의 의사 리외
전염병에 대해 모든 능력을 다하여 싸우는 휴머니스트 의사.

「페스트」(1947)는 카뮈(프)의 작품이다.

194×년 알제리의 오란 시에 가공할 페스트가 발생하였다. 많은 사람이 감염되었고 불안과 혼란이 온 시가지에 감돌게 되었다.

의사 리외를 중심으로 하여 사설 방역 기관이 생겨나 전염병에 대항한다. 그랑과 타로 두 사람은 리외를 도와 병마로부터 시민을 도우려고 하지만, 파늘루 신부는 페스트가 하느님을 믿지 않는 자에게 내려진 벌이라고 하며 그들과 대립한다.

리외는 말한다. '하느님을 믿는다면 모든 것을 하느님께 맡기고 나는 손대지 않겠다. 그러나 눈앞에 다가온 사태는 병자를 고쳐 주고 나의 모든 능력을 다하여 병자를 지켜 주는 일이다.'

＊하루는 24시간이다. 그러나…

「25시」의 이온 모리츠

어느 한계 상황에 놓인 인간의 모습.

「25시」(1949)는 게오르규(루마니아)의 작품이다.

제2차 세계대전이 일어나기 직전 루마니아의 가난한 농민 모리츠는 정부 공문서의 착오로 유대인으로 오인되어 강제 노동형에 처해진다. 거기에서 탈주하여 헝가리로 도망치자 '적성 루마니아인'으로 체포되어 독일로 송환되었고, 여기서도 다시금 강제 노동형에 처해진다.

그러던 중 나치스의 한 장교에 의해 순수한 게르만 영웅족의 피를 이은 자로 여겨져 나치스 군인으로 임명되었고, 강제 노동의 감시병으로 일하게 되었다. 어느 날 프랑스 노무자들의 간청에 따라 그들의 탈출을 도와 주고 자기도 연합군 점령지로 탈주한다. 그러나 이번에는 적국 병사로 잡혀, 이를 아무리 항변해도 소용이 없다. 겨우 석방되어 고향에 돌아가게 된 다음 날 제3차 세계대전이 일어나게 되고, 그는 서구에 사는 동구인으로서 다시금 투옥된다. 그는 '하루는 24시간이다. 그러나 25시의 세계도 있다'라고 탄식한다.

＊당신을 증오하오

「정사(情事)의 끝」의 모리스

친구의 아내와 정사의 비밀을 가지는 남성의 한 유형.

「정사의 끝」(1951)은 그린(영)의 작품이다.

친구 헨리 마일스로부터 아내 사라의 부정을 전해들은 소설가 모리스 벤드릭스는 사립 탐정을 고용하여 비밀 조사를 시작한다. 그리고 벤드릭스는 헨리의 아내와 불미스러운 쾌락에 빠지게 된다. 헨리는 성 불구로 아내에게 만족을 줄 수 없기 때문에 모리스 덕분에 사라는 한없는 성의 기쁨을 맛본다.

그 무렵 독일군이 프랑스 해안에서 도버 해협 너머로 쏜 V1호가 낙하하여, 그 폭격으로 모리스는 중상을 입게 된다. 사라는 모리스가 죽은 것으로 알고 있다가 의식을 회복한 모리스를 보고 사라는 도망쳐 남편에게 돌아가고 만다. 그 이후로 모리스와 만나기를 거부해 온 사라는 죽고 만다.

모리스는 그녀를 빼앗은 하느님에 대하여, '하느님, 나는 당신을 증오하오, 당신이 실재하시는 것처럼 증오하오'라고 외친다.

연극편

＊일찍이 기뻐하던 것은…
「콜로노이의 오이디푸스」
주인공에게서 생겨난 말 '오이디푸스 콤플렉스'.
「콜로노이의 오이디푸스」(B.C. 406)는 그리스의 비극시인 소포클레스의 만년의 작품.

자기도 모르게 아버지를 살해하고 어머니와 결혼한 테베의 왕 오이디푸스는 죄값을 치르기 위하여 스스로 눈을 뽑아 장님이 되어, '은혜의 신'을 제사하는 콜로노스에 쉴 곳을 찾아온다.

오이디푸스를 끌어들이는 편이 이긴다고 하는 신탁(神託)에 따라 테베의 왕 크레온과 아르고스의 폴리니케스가 콜로노스에 찾아온다. 그러나 오이디푸스는 아티카 왕 테세우스의 비호 아래 그들을 쫓아 보내고는 평온하게 숨을 거둔다. 오이디푸스는 테세우스에게 말한다.

'신뢰는 사라지고 그 대신 불신이 싹트고 있다. 그리고 사람과 사람 사이에 또한 나라와 나라 사이에 새로운 바람이 불고 있다. 일찍이 기뻐하던 것은 다음 세대에는 미움을 받고, 또 그 다음 시대에는 기뻐하게 되는 것이다.'

＊타오르는 불길도…
「말괄량이 길들이기」의 페트루치오
말괄량이 아가씨 길들이기에는 아주 걸맞는 연극.
「말괄량이 길들이기」(1593)는 셰익스피어(영)의 희극이다.

베로나의 어느 부자의 두 딸 중 동생인 비앙카는 여성답게 얌전하지만 언니 캐서리나는 말괄량이다. 아버지는 언니를 결혼시키기 전에는 동생을 먼저 결혼시킬 수 없다 하여, 비앙카의 구혼자들은 안절부절이었다.

거기에 페트루치오라는 신사가 나타나 꼼짝할 수 없는 방법으로 마침내 말괄량이를 정숙한 아내로 탈바꿈시켰고, 비앙카도 결혼하게 된다. 말괄량이 길들이기에 자신이 있는 페트루치오의 자신만만한 대사——'아가씨가 아무리 고집이 세다 해도 내 고집을 이길 수 있을 것 같소?' 타오르는 불길도 서로 부딪치면 곧 세력이 꺾이게 마련이오. 조용한 바람이라면 약한 불길이 도리어 크게 타오르지만, 큰 바람에는 눈 깜박할 사이에 꺼져 버리고 마는 것이오. 즉, 나는 큰 바람이고 그대는 불길이니, 지금 당장에라도 꺼뜨려 보이겠소.'(제2막 제1장).

＊잗다란 별떨기가…
「로미오와 줄리엣」
순정형 사랑의 대표적인 유형.
「로미오와 줄리엣」(1597)은 이탈리아의 유명한 사랑 이야기를 소재로 한 셰익스피어(영) 초기의 비극이다.
로미오와 줄리엣은 서로 사랑하여 비밀 결혼을 하였으나, 그들 두 집안은 오랫동안 원수로 지내 내려오는 사이였다. 어느 귀족과의 결혼을 강요당한 줄리엣은 궁여지책으로 42시간 뒤에 다시 깨어나는 독약을 마신다.
이 사실을 모르는 로미오는 아내가 자살한 것으로 생각하고는 독약을 마시는데, 이윽고 깨어난 줄리엣도 슬픔 속에 그 뒤를 따른다. 덧없는 운명인 줄 알지 못하고 연인을 기다리는 줄리엣의 아름다운 독백—'자, 어서 오너라, 아름다운 밤, 까만 눈썹의 밤이여. 나의 로미오를 되돌려 다오. 만일 그이가 죽게 된다면 잗다란 별떨기가 되게 해 다오. 그럴진대는 하늘 전체가 아름답게 빛나고, 모두가 밤을 사랑하게 되어 찬란한 태양 따위는 바라보지도 않게 되리라.'(제3막 제2장).

＊사느냐 죽느냐…
「햄릿」
지나칠 정도로 내성적인 지성인의 한 전형.
「햄릿」(1600)는 셰익스피어(영)의 4대 비극 중에 대표작으로 평가된다.
부왕의 망령으로부터 아버지를 독살한 것은 어머니를 왕비로 맞은 지금의 왕인 삼촌이라는 사실을 알게 된 햄릿은 연인 오필리아의 탄식도 묵살하고,

짐짓 미친 체하면서 복수의 기회를 기다린다.

이윽고 미쳐서 죽은 오필리아의 오빠와의 결투 장면에서 왕비는 스스로 독배를 마시고, 왕도 또한 햄릿의 칼을 맞게 되어 일단 복수는 이루어지지만, 햄릿 또한 상대방의 칼날에 발랐던 독약 때문에 죽는다.

운명의 장난으로 인해서 친어머니를 원수로 돌릴 수 밖에 없는 햄릿의 괴로움에 찬 유명한 독백—사느냐 죽느냐, 그것이 문제로다. 무법스러운 운명의 화살을 피하여 가만히 견디어냐 하느냐, 아니면 칼을 들고 밀려 오는 고난에 맞서며 죽을 때까지 싸워야 하느냐, 자, 대체 어느 것이 사나이다운 삶의 방법인가.'(제3막 제1장).

＊그림자일 뿐이다.
「맥베스」
「맥베스」(1605)는 셰익스피어(영)의 4대 비극 중 한 편이다.

마녀의 아리송한 예언에 유혹된 맥베스는 아내의 도움을 빌어 스코틀랜드 왕 던컨을 살해하고 왕위를 탈취하였다. 그러나, 죄의식으로 떨던 맥베스 부인은 마침내 미쳐서 죽고 만다.

맥베스 자신도 선왕의 왕자들이 인솔하는 군대와 싸워 패배하고, 지난 날의 동료의 아들 맥더프에 의해 비참한 최후를 마친다. 적군에게 포위된 성 안에서 아내의 사망 소식을 들은 맥베스의 유명한 독백—'내일, 내일, 다시금 내일로 날은 하루씩 작다랗게 지나가고, 살아있는 기록의 마지막 때까지 이어진다. 그리고 남겨진 어제라고 하는 날은 모든 바보들이 티끌에 싸여 죽은 길을 비추어 온 것이다. 사라져라, 사라져라, 순간적인 등불! 인간은 걸어다니는 그림자에 지나지 않는 가련한 배우다.'(제5막 제5장).

＊이렇듯 사랑스럽고…
「오셀로」
용감하고 선량한 사나이의 애증(愛憎)이 얽히는 심리의 묘사.
「오셀로」(1604)는 셰익스피어(영)의 4대 비극 중 한 편이다.

용감하고 선량한 흑인 장군 오셀로는 부하인 이아고의 간교한 꾀에 속아 질투로 미친 듯이 되어 사랑하는 아내 데스데모나를 살해한 뒤 자기도 죽음을 택한다. 사랑과 미움이 얽힌 인간의 마음의 심연을 묘사한 비극이다.

다음 대사는 침실에서 데스데모나의 목을 졸라 죽이려 하는 오셀로의 사랑과 미움으로 찢긴 심리의 시적인 표현이다.

'우선 불을 끄라, 그리고 나서 생명의 불을 끄는 것이다. 그러나 등불이여, 너는 한번 꺼졌다가도 다시 켜지지만, 정교하고 치밀한 자연이 창조한 아름다운 네 육체 속에서 타오르는 불은 꺼지고 나면 다시는 불타지 않는다. 프로메테우스의 불을 구하기 위하여 찾아야 할 곳조차 없게 된다. 이렇듯 아름답고 이렇듯 악한 것이 또 달리 있을까. 눈물을 참을 수 없어라. 그러나 가혹한 눈물이다. 아니, 신성한 눈물이다. 사랑하기 때문에 가지를 자르는 것이다.'(제5막 제2장)

＊가슴의 불길을 배반할 것인가?
「르 시드」
갈림길에서 고민하는 주인공의 비장미.
「르 시드」(1636)는 코르네유(프)의 비극이다.

돈 로드리그(뒤에 무공에 의해 르 시드 장군이 됨)는 돈 고메스 백작의 딸 시메느와 서로 사랑하는 사이였으나 양가의 부친 사이에 다툼이 일어나 르 시드의 아버지 돈 디에그가 시메느의 아버지 돈 고메스로부터 따귀를 맞는 수모를 겪게 된다. 그러나 노령이기 때문에 자기 자신이 이 모욕에 대해 보복할 수는 없었다. 그는 아들 로드리그에게 자기의 명예 회복을 위해 '네가 죽든지 아니면 그를 죽여라'라고 명한다.

로드리그는 사랑과 명예의 갈림길에서 고민하다가 마침내 명예를 택하고, 연인인 시메느의 아버지를 결투로 쓰러뜨린다. 그 단계에 이르기까지의 내적 독백은 영웅적이며 숭고한 비장미를 나타낸다―'얼마나 쓰라린 마음의 투쟁인가. 나의 사랑은 나의 명예에 거슬러 행동하려 하고 있다. 아버지의 원수를 갚아야 한다. 그러나 그렇게 한다면 연인을 잃게 된다. 복수가 내 마음을 휘젓고 있다. 사랑은 내 팔을 잡아 끌고 있다. 가슴의 불길을 배반할 것인가, 아니면 오욕(汚辱) 속에서 살아야 할 것인가. 두 개의 혼 사이의 정념과 의지의 투쟁, 여기에 비극의 본질이 있으며 르 시드처럼 아름답다.'

＊몰래 죄를 짓는 것은
「타르튀프」
타르튀프형을 만든 전형적인 위선자.
「타르튀프」(1664)는 몰리에르(프)의 희극.

돈 많은 시민 오르공은 사려 깊고 분별력이 있는 훌륭한 인물이었으나, 위선자 타르튀프와 사귀고 나서 광신적이 되어 타르튀프를 자기 집에 끌어들여 집안일 전부를 맡긴다.

오르공과 그 어머니 페르넬 부인은 타르튀프를 성인으로 알고 있지만 아내 엘미르와 자녀인 다미스와 마리안느, 하녀인 도린이 볼 때 그는 사기꾼일 뿐이다. 그러나, 오르공은 발레르와 약혼한 딸 마리안을 타르튀프와 결혼시키려 한다.

아내인 엘미르는 타르튀프에게 이 결혼을 단념시키기 위해 그와 만난다. 타르튀프는 두 사람만 있게 되자 엘미르에게 신비스러운 말로 조심스럽게 사랑의 고백을 한다. 엘미르는 남편 오르공의 눈을 뜨게 하기 위하여 남편이 테이블 밑에 숨어서 타르튀프가 자기를 꾀는 현장을 보게 한다.

'요컨대 부인의 불안을 해소시키기는 아주 쉬운 일입니다. 부인의 경우 비밀은 완전히 보장되게 마련입니다. 나쁜 일이 나쁘게 되는 것은 사람들이 떠들기 때문이지요. 몰래 죄를 짓는 것은 죄가 되지 않습니다.'(제4막 제5장).

＊한 달 뒤, 일 년 뒤…
「베레니스」의 티투스
사랑하는 여성과의 결혼을 단념하고 고뇌하는 황제상.
「베레니스」(1670)는 라신(프)의 비극.

로마황제 티투스와 팔레스틴의 여왕 베레니스는 서로 깊이 사랑하였다. 그러나 로마 원로원에서는 이국 여왕과의 결혼을 허락하지 않는다. 티투스는 괴로워 마침내 로마의 법률을 지키기로 결심하지만 한편으로는 주저하며 자기 결심을 베레니스에게 알리려 한다. 이별의 장면에서 사랑을 희생하고 슬픈 마음으로 만날 티투스에게 베레니스는 이렇게 말한다.

'한 달 뒤, 일 년 뒤, 나는 어떻게 참고 살아 가야 할까요. 끝없는 바다가 우리 사이를 갈라 놓고 있습니다. 해가 뜨고 해가 져도 티투스는 베레니스를

만날 수 없고, 나도 종일 티투스를 만날 수 없게 되는 것입니다.'

＊모든 사랑의 기쁨은…
「돈 후안 또는 석상과의 만찬」의 돈 후안
여성 편력의 대표적인 인간형.
「돈 후안 또는 석상과의 만찬」(1665)은 몰리에르(프)의 희극.
　돈 후안은 갑자기 젊은 아내 엘비르를 버렸다. 그리고 하인인 스가나렐을 데리고 새로운 사랑의 모험을 찾아 여행길에 나섰다. 그 여행길에서 여러 가지 사건을 겪게 된다.
　제1막 제2장에서 하인인 스가나렐은 주인인 돈 후안이 가는 곳마다 정부를 만드는 것은 좋지 않다고 충고한다. 이에 대해 돈 후안은 이렇게 말한다.
　'엄처시하라는 어리석은 명예를 콧등에 걸고, 하나의 사랑을 귀중하게 늙을 때까지 간직하며, 젊은 나이에 정신이 확 드는 미녀들에 대해 눈을 감고 지내라니 말이나 되느냐! 어림없는 소리는 하지도 말아라. 모든 사랑의 기쁨은 대상을 바꾸는 데 있다고 할 수 있다.'
　'싫어하면서 항복하지 않는 티없이 깨끗한 혼을 정열과 눈물과 한숨으로 공략하고, 가냘픈 저항의 하나하나를 한 걸음 한 걸음 깨뜨려 버리며, 여자가 가장 소중하게 여기고 있는 수치심을 찔러 무너뜨려서 생각하는 곳으로 온화하게 끌고 가는 일, 이런 기쁨은 달리 맛볼 수가 없기 마련이라네.'

＊악덕을 너그럽게 보다니…
「인간 혐오자」의 알세스트
사교계의 위선을 증오하는 정의파의 인생관.
「인간 혐오자」(1666)는 몰리에르(프)의 희극.
　알세스트는 사교계의 위선을 증오하고 있다. 그는 친구 필랑트의 말에 반대하여 설령 남에게 상처를 준다 하더라도 사람은 어디까지나 솔직해야 한다고 말한다. 그는 셀리메느라는 바람기 있는 과부를 사랑하고 있다. 이성적으로 생각한다면 알세스트는 셀리메느의 사촌동생으로서 그에게 호감을 가지고 있는 순진한 엘리앙트와 결혼해야 할 것이다. 그러나 '이성이 사랑까지 지배하는 것은 아니다.'

셀리메느에 대한 알세스트의 사랑은 끝내 열매를 맺지 못한다. 알세스트는 인적 끊긴 곳으로 떠나고, 필랑트는 엘리앙트와 결혼한다. 결국 셀리메느 혼자 남게 된다.

알세스트는 말한다. '세상 사람들이 이렇듯 악덕을 너그럽게 보다니, 나로서는 견디기 어려운 고통이다. 때로 나는 화가 치밀어 인적 끊긴 곳으로 도피하여 사람과 만나는 일을 사절하고 싶다는 생각이 든다.'

이에 대해 친구 필랑트는 대답한다. '현대의 풍습에 대해 그리 신경쓰지 말고, 인류라고 하는 것을 좀더 부드럽게 대하도록 하세. 지혜와 분별도 도를 지나치면 욕을 먹기 마련이라네. 완전한 이성이라고 하는 것은 극단을 피하고 적당하게 총명하기를 바라는 법이라네.'

*이것이 산문인가요?
「**평민 귀족**」의 주르댕

벼락치기로 교양을 쌓는 벼락부자의 한 유형.

주르댕은 몰리에르의 5막 산문 코미디 발레 「평민 귀족」(1670) (프)의 주인공이다.

벼락부자가 된 주르댕은 귀족사회에 드나들기 위하여 필요한 교양을 갖추기 위해 음악, 댄스, 검술, 철학 등의 선생님들을 자기 집에 모셔 들여 열심히 교육을 받는다. 선생님들은 주르댕을 마치 돈줄로 알고, 이런 방법 저런 방법으로 돈을 긁어 내고 있다.

검술 선생으로부터는 이와 같은 기막힌 충고를 받는다. '검술의 필승법은 단 두 가지뿐이오. 상대방을 찔러라. 나는 찔리지 말아라. 이것만 터득하면 그만이오.'

한편, 철학 선생님은 이렇게 가르친다. '모든 것 중에서 운문이 아닌 것은 바로 산문이오. 산문이 아닌 것은 바로 운문이오.'

주르댕은 소리친다. '그러면 내가 '이봐, 실내화를 가져와. 내 모자를 좀 받아.'하면 그것이 바로 산문인가요?'(제2막 제4장)

*자, 여기가 내 가슴…
「**페드르**」의 페드르

이룰 수 없는 불륜의 사랑 때문에 죽음을 결심하는 여자.

「페드르」는 라신(프)의 5막 운문 비극(1677). 고전 비극의 걸작이다.

아테네의 왕 테세는 전장에 나간 뒤 소식이 끊기고 만다. 후처인 페드르는 테세 왕의 전처의 아들 이폴리트에게 불륜의 마음을 품게 된다. 정욕의 포로가 되고 만 페드르는 고민한 결과 쇠약해져 죽음을 결심한다. 그때 테세 왕이 죽었다는 소식이 전해졌다.

왕이 사망했다면 이폴리트에 대한 사랑도 이룰 수 있지 않겠느냐는 유모 외논의 말을 듣고, 페드르는 이폴리트를 찾아 말을 건다. 그리고 차츰 마음도 관능도 현기증을 느끼게 되고, 마침내 자기 의지와는 반대로 마음 속의 사랑을 고백한다.

아리시를 사랑하고 있던 이폴리트는 계모인 페드르의 사랑을 받아들이려 하지 않았다. 자신의 미친 듯한 사랑 고백을 거절한 이폴리트에 대해 페드르는 분노한 마음을 쏟아놓는다.

'자, 여기가 내 가슴. 네 손으로 여기를 찔러다오. 이 가슴은 범한 죄를 속량하려고 참다 못해 네 팔을 향해 이렇게 다가간다. 자, 어서 찔러 다오. 만일 그 손으로 찌를 만한 값어치가 없다고 생각한다면, 만일 그러한 약한 형벌로는 용서할 수 없다고 여길 정도로 나를 미워하고 있다면, 또한 만일 그 더럽혀진 피로 손을 물들게 하는 것이 싫다면, 그 대신 그 칼을 내게 빌려 다오'(제2막 제5장).

＊사랑이 말을 할 때는
「거짓 고백」의 뒤부아
사랑을 조정하는 데 능숙한 하인의 한 유형.

뒤부와는 18세기 전반의 대표적인 극작가 마리보(1688~1763)(프)의 희극 「거짓 고백」(1737)에 등장하는 하인이다. 이 희극은 「사랑과 우연의 희롱」(1730)과 더불어 마리보의 연애 희극의 걸작으로 꼽힌다.

돈 많고 아름다운 과부 아라망트를 짝사랑하는 청년 도랑트는 집안은 좋지만 돈이 한 푼도 없는 가난뱅이였다. 그는 지난날의 그의 하인이었으며, 지금은 아라망트 집안에서 일하고 있는 뒤부아의 노력에 의해 그녀의 집에 지배인으로 들어가게 되었다.

뒤부아는 말한다.

'나으리, 잘 아셔야 할 일이 있습니다. 기분도 분별도 부도 모두 쓰러뜨려야 합니다. 사랑이 말을 할 때는 절대적인 힘이 있다고들 합니다.'

그리고 뒤부아는 아라망트에게 도랑트야말로 아라망트에게 사랑을 느끼고서부터는 바보처럼 되어 버린 이전의 자기 주인이라는 사실을 귀띔해 주며, 사랑의 병 때문에 이 집에 들어온 것이 틀림없으니 즉시 쫓아내는 것이 좋을 거라고 권한다.

이 거짓 고백은 기대한 바대로의 결과를 낳았다. 아라망트도 도랑트를 사랑하게 되었고, 마침내 그녀는 주위의 반대를 뿌리치고 도랑트와 결혼하기로 결심한다.

＊울기 싫어서…
「세비야의 이발사」의 피가로

재치와 유머를 지닌 하인의 한 유형.

18세기 후반의 대표적인 극작가 보마르셰(1732～1799)(프)는 프랑스 연극사를 장식하는 피가로라는 하인의 한 유형을 창조하였다. 피가로는 희극 「세비야의 이발사」(1773, 초연 1775) 및 「피가로의 결혼」(1778, 초연 1784)에서 활약한다.

사랑하는 로시나를 차지하려고 세비야에 오게 된 젊은 알마비바 백작은 거기서 '울기 싫어서 무슨 일에나 곧 웃어 버리고 마는' 명랑하고 재치에 넘치는 예전의 하인이었으며, 지금은 이발사인 피가로와 만나게 된다.

피가로의 활약 덕분에 로시나의 보호자인 척 하면서 그녀를 차지하려 하는 속셈으로 엄중하게 감시하고 있는 의사 바르톨로를 따돌고 백작은 로시나와 결혼하게 된다.

＊아, 여자! 여자! 여자!
「피가로의 결혼」의 피가로

파란만장한 일들을 견디고 연인과 결혼하는 남성상.

앞의 「세비야의 이발사」가 막을 내린 뒤 「피가로의 결혼」(1778, 초연 1784)이 시작된다.

3년 뒤, 지금은 알마비바 백작의 하인 겸 관리인이 된 피가로는 백작 부인의 하녀인 약혼자 수잔과 결혼하려 하고 있다. 그런데 그들 사이에 훼방꾼이 나타난다. 하나는 하녀 마르셀리느의 짝사랑이며, 다른 하나는 바람둥이인 백작이 수잔에게 눈독을 들이고 있는 것이다.

그러나, 마르셀리느 문제는 실은 그녀가 피가로의 어머니라는 사실이 밝혀지면서 해결된다. 백작 문제는 수잔과 백작 부인의 계략에 의해 해결되고, 두 남녀는 결혼하게 된다.

제5막 제3장에서 수잔에게 배신당했다고 지레짐작한 피가로가 어둠 속을 홀로 오락가락하며 기나긴 독백을 한다. 그 대사는 프랑스 연극 사상 가장 유명한 것 가운데 하나로 꼽힌다.

'아, 여자! 여자! 여자! 약해서 상대조차 할 수 없는 것이로다! 무릇 목숨을 지닌 것은 본능에 매여 살게 마련이지만, 그대의 본능은 남자를 속이는 일이던가…그것은 안 될 일입니다, 백작 각하. 그녀만은 넘겨 드릴 수가 없습니다. …어림없는 말씀이요. 당신은 세도 있는 귀족이라 해서 스스로 위대한 인물이라고 생각하고 계시는군요! …거기에 비해서 내 몰골이란 볼 품 없군요!'

＊천국이 사라져 간다
「간계와 사랑」의 페르디난트
신(新) 시민 계급과 구(舊) 귀족 계급 사이의 대립 때문에 사랑의 자유를 상실하는 남성상.
「간계와 사랑」(1784)은 실러(독)의 작품.
대공(大公)인 재상 발터는 정략에 의해 대공의 후실과 아들 페르디난트의 결혼을 추진한다. 우선 아들과 사랑하는 사이인 늙은 악사(樂士)의 딸 루이제의 사이를 갈라 놓기 위하여 그녀의 양친을 체포하고 석방을 조건으로 루이제로 하여금 시종장(侍從長)에게 보내는 거짓 연애편지를 쓰게 한다.

그것을 읽은 페르디난트는 화가 치밀어 루이제에게 독약을 마시게 하지만, 모든 사실을 알게 되자 그 뒤를 따른다. 아버지는 아들에게 용서를 구하며 자진하여 심판의 결박을 당한다. 다음은 루이제에게 독을 마시게 한 뒤의 페르디난트의 비통한 말이다.

'오, 하느님의 창조하신 천지는 상장(喪章)을 달고, 그 한가운데서 행해지고 있는 이 일에 당황해 할 것이다. 인간이 타락하고 천국이 사라져 버리는 일은 별로 진기한 일이 아닐 것이다. 그러나, 천사들 사이에 질병이 미친 듯이 돌게 되어서는 온 우주도 눈물을 흘리지 않을 수 없을 것이다.'(제5막 제7장).

＊온 인류에게 주어진 것을…
「파우스트」의 파우스트
악마와 계약을 맺은 늙은 대학자의 비극.
「파우스트」(1829)는 괴테(독)의 작품.

지식의 세계에 절망한 늙은 학자 파우스트는 악마 메피스토펠레스와 육체의 파멸을 조건으로 현세의 향락을 맛보는 계약을 맺는다. 20대의 젊은이가 된 파우스트는 티없는 소녀 그레첸을 유혹하고 그 일가를 모두 파멸에 이르게 한다(제1부).

어느 제국의 재정난을 구한 파우스트는 저승으로부터 그리스의 미녀 헬레나를 불러내어, 그녀와 결혼해서 아들을 얻게 된다. 모든 향락을 누린 뒤 100살의 나이에 백성들을 위한 사업을 벌이고, 악마와의 계약대로 죽지만 영혼은 승천한다(제2부).

다음은 악마와 계약을 맺으면서 파우스트가 보인 결의이다. '온 인류에게 주어진 것을 나의 내적인 자아로 실컷 맛보아 주리라. 나의 정신으로 가장 높고 가장 깊은 진리를 포착하고, 인류의 행복과 슬픔을 이 가슴 속에 쌓아 올리리라. 그리하여 나의 자아를 인류의 자아에까지 확대하고, 마침내는 인류 그 자체와 같이 이 몸을 파멸시키도록 하리라.'(제1부, 서재의 장면).

＊하룻밤의 휴식을 찾아서…
「지혜의 슬픔」의 차츠키
지혜가 있기 때문에 슬퍼하는 진보적 사상의 대표자.
「지혜의 슬픔」(1822~1824)은 그리보예도프(러)의 작품. 일부 초연 1829년, 전작 초연 1831년. 고골리의 전통을 잇는 풍자 희극의 걸작.

3년만에 유럽에서 모스크바로 돌아온 차츠키는 여전히 무지하고 완고한 귀족과 무기력하기 짝이 없는 지식층의 생활 상태를 보고 실랄한 욕설을 퍼붓는다. 그러나, 그 결과 그는 정신병자 취급을 받게 되고, 애인에게 절교를 당하게 되어, 다시금 고향을 떠난다. 자기가 사는 세계의 가공스러울 정도의 비속(卑俗)함에 대해 절망한 차츠키는 다음과 같이 비통한 말을 한다.

'마차를 타고 끝없는 평원을 달리다보면 언제나 앞에 무엇이 보이는 듯한 느낌이 든다. 밝고 파릇파릇한 여러 가지 것들이…그리하여 한 시간 두 시간 지나 하루의 여행을 계속하고…하룻밤의 휴식을 찾아 말을 빨리 몰아 도착하게 된다…그러나 거기도 끝없는 넓은 평원, 공허하고 죽음 속에 갇힌 황야일 뿐인 것이다.'(제4막 제3장).

＊여자의 마음은 자주 변한다
「왕은 즐긴다」의 프랑수아 1세
옛날의 바람둥이와 그 여성관의 묘사.

「왕은 즐긴다」(1832)는 베르디의 명작으로 일컬어지는 오페라 「리골레토」의 원작으로서, 위고(프)의 작품.

아리아 '바람에 날리는 갈대와 같이 항상 변하는 여자의 마음'이라는 가사도 원작의 대사를 그대로 따온 것이다.

오페라에서는 이 노래를 부르는 것이 만토바 공작으로 되어 있지만, 위고의 극에서는 역사적 사실에 따라 프랑수아 1세로 되어 있다. 오랜 사랑의 편력을 한 뒤 샹보르 성의 창문에 다이아몬드 반지로 '여자의 마음은 자주 변한다. 믿는다는 것은 미친 것이다'라고 새긴 것으로 전해지고 있다.

그러나 이에 앞서는 것이 또 있는데 라틴 시인 베르길리우스의 서사시 「아이네이스」의 제4권에 있는 '항상 변하기 쉬운 것은 여자'라고 주인공을 훈계하는 신의 사자의 말이 출전인 것으로 알려져 있다.

＊이 거랑말코야!
「검찰관」의 시장
감쪽같이 속아 넘어가고 발을 구르는 탐관오리.

「검찰관」(1836)은 고골리(러)의 작품.

중앙 정부의 한 하급 관리에 지나지 않는 청년 헬레스타코프는 여행 도중 어느 도시에서 암행 중인 검찰관으로 잘못 알려지게 된다. 그는 이를 기화로 시장과 재판관 및 교육감 등 평시에 부정 행위를 하고 있는 도시의 관리들로부터 뇌물을 잔뜩 뜯어 내고, 시장의 딸과 약혼까지 하고서 자취를 감춘다. 그러고 난 뒤에야 모든 사실이 밝혀져 모두가 분해하고 있을 때에 진짜 검찰관이 도착한다.

제정 러시아의 부패한 관료 정치에 대한 강렬한 풍자와 익살이 종횡으로 드러나 있다. 마지막 대목 가까이에서 지금까지 검찰관으로만 알았는데, 그것이 아니었다는 사실을 알게 되었을 때 시장은 발을 구르며 분해 한다.

'자, 보시라, 보시라, 세계 사람들이여 모두 보시라, 이 시장이 얼마나 바보짓을 했더냐! 나는 천치다, 늙어 빠지고 부끄러운 줄을 모르는 바보다! 이 거랑말코야! 쓰레기와 걸레 조각을 거물로 알다니! 그 녀석은 지금쯤 방울을 울리며 말을 달리고 있을 것이다! 세계에 이 사실을 나팔 불며 다닐 것이다.'

＊괴로워하는 것이…
「성당의 살인」의 베케트
참된 순교자의 길을 가는 대주교.
「성당의 살인」은 엘리엇(영)의 종교 시극. 1935년 캔터베리 페스티벌에서 초연.

대주교 토마스 베케트는 7년 동안 대륙에서 머문 뒤 순교의 결의를 굳게 다지고 귀국했다. 그리고 쾌락과 권력, 안일 등 속세의 유혹을 차례로 물리치고, 마지막에는 순교의 영광이라고 하는 '그릇된 이유에서 비롯되는 올바른 행위'까지도 물리치고, 참된 순교에의 길을 발견하게 된다. 이제 하느님의 길을 발견한 토마스는 자객의 칼에 스스로 몸을 맡긴다.

이 극의 첫머리에서 불길한 공포로 말미암아 떨면서 오로지 안전을 바라는 캔터베리의 여자들에 대하여 토마스 베케트 자신이 괴로움을 견디는 행위에 대해 대답한다.

'그들은 알고 있으면서 알지 못하는 것이다. 행하는 것이, 또한 괴로워하는 것이 무엇인가를. 그들은 알고 있으면서 알지 못하는 것이다. 행하는 것이 괴로워하는 것임을.'

＊나보다 15분이나 먼저…

「시라노 드 베르주라크」의 시라노 드 베르주라크

커다란 코에 열등감을 느끼는 비련(悲戀)의 기사.

「시라노 드 베르주라크」(1897)는 로스탕(프)(1868~1918)의 걸작.

사관후보생 시라노 드 베르주라크는 의협심이 많고 재치가 넘치는 웅변가이지만, 자기의 큰 코가 보기 흉하다는 것을 알고 있어서, 또한 자신이 사랑하는 사촌동생 록산느가 같은 연대에서 근무하는 동료이자 미남인 크리스티앙을 사랑하고 있음을 알고서 그녀에 대한 사랑을 체념한다.

'내가 누구를 사랑한다고?…생각해 보게. 나는 복이 많으니 사랑을 받고 있다고 생각한다면 그야말로 오해일세. 어디에 가더라도 나보다 15분이나 먼저 도착되어 있는 이 코니까 말일세.'(제1막 제5장)

시라노는 록산느의 부탁을 받아들여 두 사람을 소개시켜 주고는, '나는 유창하게 이야기하고 싶은데, 도무지 그런 재주가 없다'고 한탄하는 크리스티앙에게 아름다운 시구를 가르쳐주고 연애편지까지 대신 써준다. 유명한 발코니 장면에서는 어둠 속에서 시라노가 크리스티앙의 목소리를 흉내내어 사랑을 고백하고 행동하는 장면에서 크리스티앙에게 키스를 양보한다.

'원망스러워라 키스 각하여, 저기 사랑의 잔치 자리에서 나는 나사로의 몰골이로다! 이 어두움 속에서도 요행이 그대의 단 이슬이 방울져 떨어지도다! 내 가슴은 그 맛을 맛보고 있다네. 록산느가 저 녀석의 입술을 찾는 것은 방금 말한 내 말에 키스하고 있기 때문이로다!'(제3막 제10장).

마지막 대목에서 중상을 입은 시라노가 록산느에게 자기 본심을 고백하고, 뚝뚝 떨어지는 마로니에의 입사귀처럼 사나이다운 태도를 보이며 숨을 거둔다.

＊같은 사람입니다.

「인형의 집」의 노라

인간성에 눈뜨고 봉건적인 가정을 거부하는 여성.

「인형의 집」(1879)은 입센(노르웨이)의 작품. 가정에서의 아내의 지위나 사회에서의 여성의 자각을 주제로 한 문제작.

노라는 장래가 보장된 변호사를 남편으로 가진 행복한 아내였으나, 예전에 남편의 치료비를 남몰래 고리로 빌려 쓰면서 문서를 위조한 일이 있는데, 그 일로 인해서 협박을 받으며 괴로워한다. 노라는 남편의 애정을 믿고 해결하려 하지만, 그 사실을 알게 된 남편은 호되게 꾸짖는다. 결국 자기 자신이 남편에게 인형에 지나지 않았다는 사실을 알게 된 노라는 남편과 세 자식을 남겨 두고 넓은 사회로 나간다.

다음은 마지막 대목 가까이에서 자기 위치를 깨달은 노라가 남편을 향해 외치는 인간 선언.

'나는 무엇보다도 우선 당신과 같은 사람입니다. 아니, 사람이 되려 하고 있다고 하는 편이 옳을 것입니다. 세상은 모름지기 당신 편이 옳다고 할 것이고, 책에도 그렇게 쓰여 있다는 것을 알고 있습니다. 그렇지만 세상의 입이라든가 책에 쓰여 있는 것 따위는 아무래도 상관없습니다. 혼자 천천히 생각해 보고 분명하게 하려고 생각합니다.'

＊우리는 모두…
「유령」의 알빙 부인
잘못된 결혼으로 인해서 비참한 운명을 걷는 여성.
「유령」(1881)은 입센(노르웨이)의 작품. 잘못된 결혼과 유전으로 말미암은 비극을 다룬 문제극.

알빙 부인은 남편이 죽은 뒤 외아들 오스왈드가 화가로서 성장하는 것에 보람을 느끼는 한편, 옛날의 연인인 목사의 권고로 자선사업으로서 고아원 건설을 진행시키고 있다.

병든 몸으로 귀가한 아들이 예전에 남편이 외도로 낳은 아이인 레지나에게 접근하는 것을 알고 깜짝 놀란다. 고아원이 전부 타버리고 만 다음 날 아침, 모든 것을 고백한 부인 앞에서 레지나는 집을 나가고, 오스왈드는 태양을 찾아서 미쳐 버린다.

다음은 오스왈드와 레지나의 결혼을 생각하며 목사에게 말하는 알빙 부인의 대사.

'우리는 모두 유령입니다. 부모로부터 받은 것을 몸 속에 간직하고 있는 것만이 아닙니다. 낡아 빠져 죽어 버린 생각과 신앙까지 그런 것입니다. 그것이 살아 있다고까지는 할 수 없을지 모르나, 핏속에 뿌리를 내리고 있어

떨어질 수는 없는 것입니다.'

＊긴긴 그 날…
「바냐 아저씨」의 보이니츠키.
착한 행동이 보상받지 못하는 노인의 한 유형.
「바냐 아저씨」(1899)는 체호프(러)의 작품.

은퇴한 대학교수 세레브랴코프의 영지에서 교수의 전처의 딸인 소냐와 그녀의 삼촌인 바냐는 교수를 위해 열심히 일하고 있었다. 그러나, 교수가 젊고 아름다운 아내 엘레나를 데리고 돌아왔을 때 그들의 삶에 파문이 던져졌다. 바냐는 엘레나를 사랑하게 되면서 교수에 대해 질투를, 동시에 지금까지 꾸려왔던 자신의 그늘진 생활에 대해 후회를 느꼈다.

소냐 또한 그녀가 남몰래 사랑하는 의사 아스토르프가 엘레나를 사랑하게 된 사실에 대해 타격을 받는다. 바냐는 권총으로 교수를 쏘지만 총알이 빗나가게 되고, 세레브랴코프는 모스크바로 돌아가게 된다. 소냐는 바냐를 위로하며 말한다.

'긴긴 그 날 그 날과 긴 밤을 살아 가도록 합시다. 운명이 우리에게 내린 시련을 꾹 참고 나갑시다. 지금도 또 나이가 든 뒤에도 쉬지 말고 타인을 위해 일합시다. 그리고 그 때가 오면 조용히 죽읍시다.'

＊나는 이미…
「갈매기」의 니나
신념에 불타서 날아가는 강한 여성.
「갈매기」(1896)는 체호프(러)의 작품. 일상적인 행동의 장(場)에서 참된 드라마를 묘사하는 체호프의 대표작 가운데 하나이며 근대극의 한 기점을 나타내주는 희곡.

러시아 사회에서의 생활에 나타나는 서정성과 세속성을 날카롭게 대조시켜, 지식인의 환멸과 좌절을 배경으로 미래를 향해 날개짓을 하려다 떨어지는 한 마리의 갈매기(트레플레프)와 하늘을 날기 위해 날개를 편 아름답고 자유로운 갈매기(니나)의 드라마. 다음의 대사는 마지막 막에서의 니나의 날개짓이다.

"나는 이미 진짜 여배우입니다. 그리고 내 마음의 힘이 나날이 성장해 가는 것을 느낍니다. 나는 이제야 알게 되었습니다. 중요한 것은 명예나 성공이 아니라 중대한 사실을 참고 견디는 것을 아는 것입니다. 스스로 자기의 십자가를 질 수 있게 되고 신념을 가지는 일입니다. 나는 이제 신념을 가지고 있기 때문에 별로 괴롭지 않습니다. 나는 내 사명을 생각할 때 생활도 이미 두렵지 않은 것입니다."

＊쓴 맛이었다
「살로메」의 살로메
죽은 사람에게 입을 맞추며 기뻐하는 비정상형의 여인상.
「살로메」(1893)는 와일드(아일랜드)의 작품(초연은 프랑스 1896년, 영국 1905년). 마태오의 복음서 14장의 기록에서 소재를 얻은 것으로서, 살로메는 헤로데스 왕의 아내가 된 헤로디아스의 딸.
살로메는 예언자 세례 요한을 사랑하지만 거절당한다. 왕의 요구에 따라 춤을 춘 살로메는 보답으로서 요한의 목을 요구하게 되고 뜻을 이룬다. 그러나, 그것을 본 왕은 불길한 공포심에 사로잡히게 되어 병사에게 명해서 방패로 그녀를 눌러 죽이게 한다.
은쟁반 위에 놓인 요한의 목에 키스하며 살로메는 미친 듯이 기쁜 소리로 다음과 같이 외친다.
'아, 나는 네 입에 키스하였어. 요한, 나는 네 입에 키스했어. 쓴 맛이었다. 그것은 피의 맛이었던가? 아니, 그것이 사랑의 맛이라는 것이리라.'
비어즐리의 삽화와 더불어 세기말 문학의 대표적 걸작으로 평가되고 있다.

＊우리는 인형이다.
「당통의 죽음」의 당통
자신이 넘치는 귀족 출신 혁명가의 한 전형.
「당통의 죽음」(1853)은 뷔히너(독)의 작품. 1793년 대혁명 뒤의 이른바 '공포 시대'의 프랑스가 무대이다.
혁명 위원회의 로베스피에르와 생쥐스트 일파는 과격한 수단으로 혁명을 진행시켜 정적을 계속해서 처형한다. 군의 지도자 당통은 민중의 비참함과 테러의 횡행을 걱정하여 인간 이성의 입장에서 이와 대립한다. 혁명의 권력 장악을 두고 항쟁하지만 당통은 패하여 단두대에 서게 된다.

다음은 로베스피에르와 논쟁을 벌인 뒤 혁명에 절망한 당통이 아내를 향해 던지는 인간에 대한 의문의 대사다.

'우리는 인형이다. 이유를 알 수 없는 힘으로 조정되고 있는 인형과 마찬가지다. 아무것도 없다. 우리는 완전한 무(無)에 가까운 존재다! 망령들이 전투에서 사용하는 칼이라고 할까. 사용하고 있는 손이 보이지 않을 뿐으로서, 요컨대 옛날 이야기나 마찬가지라고 할 수 있을 것이다.'(제1막 제5장).

＊거짓말은 필요 없다
「밤주막」의 사틴
인간성의 존귀성을 외치는 투사형 지성인.
「밤주막」(1901~1902)은 고리키(러)의 작품. 1902년 모스크바 예술극장 초연.

동굴과 같은 지하실의 싸구려 여인숙을 무대로 하여, '남작'이라 불리는 옛 귀족, 젊은 창녀, 인테리 나부랭이인 사틴, 알콜 중독자인 '배우', 순례의 노인 루카, 그 외에 많은 사람을 등장시켜 제정러시아 사회의 좌절된 사람들의 꿈과 현실을 묘사하고 있다.

루카 노인은 '이 지구 위에 있는 우리는 모두 순례자일세. 지구조차 하늘을 향해 걷고 있는 순례자라 할 수 있지 않는가?'라고 하며 기독교적인 구원의 신앙을 주장한다. 사틴은 단호하게 그 말에 반대한다.

"심장이 약한 녀석이나 남의 피를 빨아 먹고 살고 있는 자에게는 거짓말이 필요한 법이다. 거짓말은 그러한 녀석들을 떠받들어 주고 따뜻하게 감싸 주기 마련이다. 그러나 자기가 스스로를 지배할 수 있는 녀석, 남에게 의지하지 않고 남의 물건을 탐내지 않는 녀석에게는 거짓말이 필요 없다. 거짓말은 노예와 군주의 종교이다."

＊죽을 기운도 없다.
「깨어나는 봄」의 멜히오르
섹스 문제로 고민하는 다정다감한 사춘기의 상.

「깨어나는 봄」(1891)은 베데킨트(독)의 작품. 1906년 독일 베를린 초연. 성인의 사회 도덕에 의해 발생하는 사춘기의 성의 비극.

다정다감한 14살 소년 멜히오르는 성의 호기심을 채우고자 성에 대해 아무 것도 모르는 같은 나이의 소녀 벤들라를 창고에서 강간한다. 그녀는 임신하게 되고 세상의 눈을 꺼리는 어머니의 주선으로 낙태 수술을 받다가 죽는다.

한편 멜히오르의 친구 모리츠는 시험에 불합격하여 자살한다. 소년원에 수감된 멜히오르는 죽음을 생각하여 묘지를 방황하지만, '가면의 기사'에게 격려를 받아 살겠다는 결심을 굳히게 된다. 다음은 벤들라를 찾아서 묘지를 방황하는 멜히오르의 독백.

"나는 밑 없는 늪에 빠져 있는 듯한 기분이다. 모든 것은 가라앉아 사라져 버리고 말았다. 오히려 저기서 가만 있었던 것이 좋았을 뻔하였다! 왜 그녀 의 행위가 내 책임이란 말인가! 왜 내가 죄가 없는 것일까! 도저히 알 수 없다! …나로 하여금 재기하게 해 줄 것이 있을까? 죄는 죄를 낳을 뿐이다. 흙탕 투성이인 늪으로 가야 한다. 그러나 죽을 기운도 없다."(제3막 제7장)

＊가을이구나!
「뇌우」의 주인공
삶의 황혼기에 접어든 한 남자의 자화상.

「뇌우」(1907)는 스트린드베리(스웨덴)의 작품. 남녀의 허망한 집념과 인 생의 가을을 주제로 한 단막짜리 실내극.

퇴직 관리인 주인공은 일과처럼 찾아오는 형제인 영사 카를르와 한가로운 신변 이야기를 주고 받는 일 외에는 친척집 딸 루이제와 둘이서 고요히 여생 을 즐기고 있다.

그러나, 5년 전에 헤어진 아내 게르다의 뜻하지 않은 출현에 의해 평화는 크게 흐트러진다. 결국 건달인 게르다의 두 번째 남편은 아내와 자식을 버리 고, 게르다는 딸과 함께 시골 친정에 돌아가게 되며, 주인공은 다시금 노후 의 평화를 되찾게 된다.

다음은 마지막 대목에서 가스등의 점화에서 다시금 인생의 황혼을 되씹는 주인공의 독백.

'최초의 불이 켜졌다! 가을이구나! 우리들 노인의 계절이다! 황혼이 날

개를 펴기 시작하지만 이성이 스며들어와 발 밑을 비춰 줄 것이다. 길을 잃
고 헤매는 일도 없을 것이다.'

*그래서 호되게 굴었소.
「리리옴」의 리리옴
「리리옴」(1909)은 모르나르(헝가리)의 작품. 부다페스트 초연.

'리리옴'이라는 별명으로 불리는 건달은 목마관(木馬館)에서 손님을 끌고
있었다. 그는 앞으로 태어날 자식을 위해 돈이 필요하게 되었고 동료인 건달
의 꾐에 따라 강도질을 하러 나섰다. 그러나, 실패하고 경관에게 포위되어
자살한다. 그는 천국으로 올라가게 되고, 그의 영혼은 16년 동안 정화(淨
火)에 불타게 된다.

단 하루의 허가를 받고 자식을 만나러 지상에 내려오게 되지만, 그가 자식
에게 줄 수 있는 선물이란 별을 몰래 훔쳐 오는 것이었다. 평범한 인간이 저
지르는 잘못과 어리석음을 씁쓰레한 웃음과 위트 속에 교묘히 묘사한 것.

천국에 이른 리리옴은 지상에서의 한심한 생활을 추궁 받게 되자 이렇게
말한다.

'나는 가만히 마누라를 보고 있을 수 없었던 거요. 그래서 호되게 굴었소.
결국 동료들 때문에 이 처지가 된 것이오. 왜 그렇게 되었는지 나 자신도 잘
알 수 없소.'

*이런 사나이가 이 세상에…
「피그말리온」의 히긴스
허무적이고 자신만만한 중년 독신남성.
「피그말리온」(1913)은 쇼(영)의 작품. 뮤지컬 「마이 페어 레이디」로 번안
되어 브로드웨이에서 장기 공연되었다.

언어학자 히긴스 교수는 '여성을 인격적으로 대하는 남성? 이 세상에 그런
남성이 있을까?' 하고 공공연하게 말하는 중년 독신남성. 그러한 그가 가난한
꽃팔이 소녀 일라이자에게 올바른 언어 사용을 가르쳐서 공작 부인이 되게 할
수 있다고 친구인 피커링 대령과 내기를 한다. 약속된 6개월이 지난 뒤에 일
라이자는 연회 석상에서 멋지게 공작 부인의 까다로운 역할을 해낸다.

그러나 승리에 도취한 히긴스가 자신에 대해서는 도무지 관심이 없는 것에 화가 난 일라이자는 '배우거나 외우거나 할 수 있는 일은 차치하고, 공작 부인과 꽃팔이 소녀의 차이점은 어떻게 행동하느냐가 아니라, 어떻게 대하는가에 있습니다'라면서 독립을 선언한다.

'생명을 창조한다는 것은 결국 말썽을 만들어 내는 것이다. 말썽을 피하는 길은 살육밖에 없다'고 하며, 히긴스는 일라이자가 그에게 돌아오리라는 것을 믿어 의심치 않는다.

＊하다 못해 여성에게라도…
「성난 얼굴로 돌아보라」의 지미

기성의 권위에 대해 분노를 폭발시키는 남성.

「성난 얼굴로 돌아보라」(1956)는 기성의 권위에 반항하고 영국연극에 새로운 시대를 연 오스본(영)의 기념비적 작품.

줄거리는 단순하다. 그러나 처음에서 끝까지 주인공 지미는 아내와 친구에게 의문과 모멸(侮蔑)을 퍼붓는다. 이것은 억압된 사회에서 소외된 청년의 화풀이할 데 없는 분노의 폭발이다. 그러나 그 분노를 행동으로 옮길 수 없다. 다음 대사는 그러한 의식을 여실히 나타낸다.

'우리 세대의 인간들이란 그 어떤 훌륭한 주의, 주장을 위해서 죽을 수도 없이 되었다. 우리가 꼬마였던 30, 40년대에 그런 것은 모두 끝나 버리고만 것이다. 이제는 이미 사람을 흠칠하게 하는 훌륭한 주의 따위는 남아 있지 않다. 어차피 아무것도 남아 있지 않다면 하다 못해 여성에게라도 목이 졸려 편안해지는 편이 나을지도 모른다.'(제3막).

＊불멸의 존재입니다.
「작가를 찾는 여섯 명의 등장인물」의 아버지

삶의 불합리성을 강조하는 등장인물.

「작가를 찾는 여섯 명의 등장인물」(초연 1921, 출판 1925)은 피란델로(이탈리아)의 작품.

어느 연극의 여섯 명의 등장인물(부부와 4명의 아이)이 연극을 연습하는 극장에 찾아가 연출가와 배우를 상대로 예술에서의 진실과 허구의 문제를 논하는 극.

삶에는 여러 가지 불합리한 사건이 있음에도 그것을 진실되게 보이기 위하여 합리적으로 왜곡하고, 그와는 반대로 진실을 형상화해 버리는 기성의 연극을 비판하며, 예술에서의 사실주의를 부정하고 실재 인생의 주관적 복잡성과 불합리성을 강조한 작품이다.

여섯 명의 등장인물의 가장인 아버지는 말한다.

"희곡의 살아 있는 등장인물은 불멸의 존재입니다. 인간, 즉 그것을 쓴 작가, 창조의 기계는 죽을 것입니다. 그러나 그가 창조한 인물은 죽는 일이 없습니다. 배우는 우리의 역할을 아주 멋지게 연기합니다. 하지만 우리 편에서 보면 비슷한 듯하지만 전혀 비슷하지 않은 것입니다."

＊잊을 수 있기 때문에…

「서푼짜리 오페라」의 매키스

세습 귀족이 된 도적단 두목.

「서푼짜리 오페라」(1928)는 브레히트(독)의 작품. 17세기 런던이 무대.

도적단 두목인 매키스는 거지 두목 피첨의 딸과 말구유에서 친구인 경찰서장이 지켜보는 가운데에서 결혼한다. 화가 난 피첨과 정부(情婦) 제니의 배반으로 체포되지만 교도관을 매수하여 도망친다. 피첨의 주장에 따라 경찰서장도 체포령을 내리게 되어 교수대에 보내지게 되었으나, 여왕 대관식의 특사로 석방되어 세습 귀족의 지위와 종신 연금을 받게 된다.

다음은 제2막 마지막 대목에서 매키스가 탈옥한 뒤에 막 앞에서 부르는 주인공의 노래이다.

'인간은 왜 사는가? 네 계절이 지나는 동안 인간을 괴롭히고 결박하며, 습격하고 목을 조르는가 하면 들볶고 있지 않은가. 인간은 자네가 인간이라고 하는 것을 깨끗하게 잊을 수 있기 때문에 그런 대로 살아갈 수 있는 것이다.'

＊지옥에 떨어져도 좋아!

「욕망이라는 이름의 전차」의 블랑시

현실에 절망하여 윤락 생활을 하는 불행한 여자의 일생.

「욕망이라는 이름의 전차」(1947)는 윌리엄스(미)의 작품.

몰락한 남부 지주의 딸 블랑시는 현실에 절망하여 과거의 꿈 속에 살고 있다. 피곤한 심신을 여동생에게 의탁하지만, 그녀의 조잡한 남편 때문에 꿈은 하나하나 사라지고, 강간을 당하고 나서는 마침내 정신 착란증을 일으킨다. 그녀의 분열된 심리를 추구하면서 일종의 퇴폐적인 아름다움을 강하게 표현한 작품.

과거 윤락생활의 모습이 탄로나려고 하자 그것에 대해 필사적으로 저항하며 외친다.

"사실 따위는 싫다. 나는 마술이 좋아! 그래, 그래, 마술이야! 나는 모두에게 마술을 걸겠어. 사실을 그대로 말하지는 않겠어. 사실이 아니면 안 되는 것을 말하는 거야. 만일 그것이 죄가 된다고 한다면, 지옥에 떨어져도 좋아! …불을 켜지 말어!"

＊약을 만들 수도…
「세일즈맨의 죽음」의 윌리
판매원의 세계에서 성공할 수 없었던 사나이의 비극.
「세일즈맨의 죽음」(초연 1949)은 밀러(미)의 초연 작품.

주인공 윌리 로만은 63살의 늙은 판매원이다. 사업에 성공하여 두 아들을 훌륭하게 키우고 자기 집을 소유하게 되는 것을 일생의 염원으로 하여 일해왔다. 그러나, 늙어 가면서 판매원으로서의 수입은 줄어들기만 할 뿐이었다. 게다가 희망을 걸었던 자식들도 기대 이하의 인물일 뿐이었고 나중에는 회사로부터 해고 처분을 받아 절망하여 자살한다. '진혼곡'이라는 제목이 붙은 에필로그의 장례식 장면에서 윌리의 친구인 찰리는 말한다.

'아무도 그를 꾸짖을 수는 없다. 윌리는 판매원이었다. 판매원에게는 생활의 근거라는 것도 없다. 나사못에 볼트를 다는 일도, 법률을 말하는 것도, 약을 만들 수도 없다. 구두를 번쩍번쩍 광이 나게 하고 싱글벙글 웃으면서 저 푸른 하늘에 두둥실 떠 있는 인간이다.'

＊과거도 미래도 없고
「밤으로의 긴 여로」의 에드몬드
지난 날의 가난에서 비롯된 사랑과 미움의 심리를 대변하는 인물.

「밤으로의 긴 여로」(1942, 초연 1956)는 오닐(미)의 작품. 스웨덴의 스톡홀름 국립 극장에서 초연.

유명한 무대배우이면서, 가난 속에서 자랐기 때문에 지독한 구두쇠가 된 아버지, 남편의 노랑이짓 때문에 모르핀 중독자가 된 어머니, 알코올 중독자인 형과 결핵을 앓는 동생(작가의 분신) —서로 사랑하면서도 미워하는 한 가족 4명의 심리를 극명하게 묘사한 자전적 요소가 짙은 작품이다.

동생 에드몬드는 아버지와 카드놀이를 하면서 아버지의 화려한 옛 추억담을 듣고, 자기도 어느 새 지난 날의 바다에서의 생활을 회상한다.

'미와 미를 연주하는 리듬에 취하여 이따금 나 자신을 잊고 자기 생활을 잊는다. 완전한 자유! 바다에 녹아들어 흰 돛이 되고, 흩어지는 물방울이 되며, 미와 리듬이 된다. 과거도 없고 미래도 없으며, 평화와 조화와 기쁨 속에서 내 생명보다도, 아니 인류의 생명보다도 큰 어떤 물건 속에서 마침내는 삶 그 자체가 된다.'

✳이 이상 내게 어떻게 할 수…
「바다로 달려가는 사람들」의 모리아
가혹한 자연에 모든 것을 체념하는 한 노파의 모습.
싱(아일랜드)이 애런 섬의 현실과 시를 융합하여 창작한 바다와 인간의 격조 높은 비극. 1904년 초연.

모리아 노파는 남편과 다섯 아들을 바다에 바쳤고, 막내 아들도 생활 때문에 거친 바다로 배를 타고 나간다. 어머니와 딸이 불길한 예감이 사로잡혀 떨고 있을 때 물방울이 떨어지는 아들의 시체가 운반되어 온다.

모리아는 체념의 말을 뱉으면서도 가혹한 인생을 견디며 살아간다.

"모두 다 이 세상을 떠나가 버리고 말았다. 그러니 바다는 이 이상 내게 어떻게 할 수 없을 것이다. 이웃집 여자가 울면서 슬픈 노래를 부르고 탄식하고 있을 때도, 바다가 아무리 거칠게 파도쳐도 나로서는 관계없다. 이제부터는 나도 천천히 쉴 수 있을 것이고, 이미 그때가 이른 것이다. 비록 우리가 먹는 음식이 꺼칠꺼칠한 보릿가루와 썩은 물고기뿐이라 해도. 나도 이제부터 느긋하게 숨을 쉴 수 있다. 겨울 축제 뒤의 기나긴 밤에는 편안하게 잠을 잘 수 있을 것이다."

오페라 편

*더 날지 않으리, 이 나비
「피가로의 결혼」
모차르트(오스트리아), 1786년 초연.
프랑스 혁명 시대 귀족의 방종한 생활을 비웃은 보마르셰의 희극「피가로의 결혼」을 모차르트가 오페라로 만들었을 때 정치적 내용은 약화되고 방종한 면이 노골적으로 드러났다.
등장 인물 중 그 방면의 대표는 주인공인 알마비바 백작인데, 그에 못지 않은, 아니 더 심한 인물이 백작의 하인인 세루비노이다. 아직 소년임에도 만나는 여자 모두를 사랑하며, 그 중에도 중년인 백작 부인에 대한 집념은 전율을 느낄 정도이다.

*어서 손을 주오
「돈 조반니」
모차르트(오스트리아), 1787년 초연.
희대의 방탕아 돈 후안은 실재 인물이었는지 아니면 가공의 인물이었는지 알 수 없지만 문예 방면에는 그를 소재로 삼은 수많은 걸작이 있는데, 모차르트의「돈 조반니」는 가장 뛰어난 작품이다.
주인공이 여자를 유혹하는 노래는 상당히 많다. 그 중에도 결혼 직전인 농민의 딸 체리나를 꾈 때의 이중창 '어서 손을 주오'에는 유혹에 넘어가는 여자의 마음이 잘 나타나 있다.

*어서 환희의 노래를 부르자
교향곡 제9번 「합창」
베토벤(독일), 1824년 초연.

베토벤의 교향곡 제9번의 마지막 악장은 실러의 시 '환희의 송가'를 노랫말로 한 합창이다. 이 합창이 시작되기 전에 바리톤이 레치타티브로 노래한다(말하듯이 노래를 부른다는 뜻).

'벗들이여, 가락을 바꾸어 목소리도 명랑하게 어서 환희의 송가를 부르자.'

이 독창은 아주 유명하다. 제3악장까지는 순전한 기악곡이었으나, 제4악장이 되면서 갑자기 성악곡으로 바뀐다. 베토벤의 이 구상은 실은 갑자기 결정된 것이라고 한다. 만년이 되면서 그가 점점 성악을 좋아하게 되었기 때문인데 이는 널리 알려진 사실이다.

＊그대는 아는가 저 남쪽 나라를

「미뇽」

토마(프), 1886년 초연.

괴테의 소설 「빌헬름 마이스터의 도제시대」를 오페라로 만들었다. 어릴 적에 집시들에게 납치되어 배우단에서 무용수로 하루하루를 힘들게 버텨 나가는 주인공 미뇽과, 돈을 써서라도 미뇽에게 자유를 되찾아 주고자 하는 빌헬름 두 사람이 해피엔딩으로 맺어지기까지의 이야기를 중심으로 펼쳐진다.

18세기 말 독일과 이탈리아를 무대로 펼쳐지며, 특히 빌헬름이 미뇽에게 고향을 물었을 때 미뇽이 빌헬름에게 고마움과 사랑의 표시로 부르던 아리아 '그대는 아는가 저 남쪽 나라를'은 유명하다. 이 아리아는 언뜻 '사랑'을 노래한 것처럼 보이지만, 노랫말을 살펴보면 남쪽 나라를 그리워하는 마음을 나타내는 것으로도 볼 수 있다.

＊그리운 이름이여/여자의 마음

「리골레토」

베르디(이), 1851년 초연.

위고의 희곡 「왕은 즐긴다」를 번안하여 왕을 공작으로 바꾸고, 그 신하로서 꼽추이며 절름발이라 보기에도 불쾌한 리골레토의 복수를 묘사한 음울한 베르디의 오페라. 이 오페라에는 '그리운 이름이여'와 '여자의 마음'이라는 두 곡의 아리아가 실려 있다.

① 그리운 이름이여 : 순결하고 청순한 노래이며 제1막에서 리골레토의 딸

지르다가 음탕한 공작인 줄 모르고 복면한 사나이를 사모할 때 부르는 아리아로서, 순진한 아가씨의 가슴 설렘을 가늘고 아름다운 장식음으로 꾸민 멜로디로 나타내고 있다.

②여자의 마음 : ‘바람에 날리는 갈대와 같이~’로 시작되는데, 제3막에서 허랑방탕한 공작이 부르는 노래이다.

　＊아, 그이였던가
「라 트라비아타」
베르디(이), 1853년 초연.

「몽테크리스토 백작」으로 유명한 대(大)뒤마가 벨기에 출생의 바느질 아가씨와 정을 맺어 낳은 사생아인 소(小)뒤마(알렉상드르 뒤마)의 소설 「춘희」를 오페라로 만든 것이다. 출생의 이력 때문인지 그의 소설에는 인생의 뒷골목을 살다간 가련한 사람들을 묘사한 것이 많다.

폐병을 앓고 있는 순정의 고급 창녀 비올레타가 명가의 철부지 청년 알프레드를 만나 그에게 정을 느끼고, 비로소 진실된 사랑에 눈을 떠서 노래하는 긴 아리아로서, 빠르게 굴러 가듯이 장식적이며 기교를 넣어서 부르는 노래이다.

　＊이기고 돌아오라
「아이다」
베르디(이), 1871년 초연.

베르디 만년의 대작 「아이다」 중에서 이집트의 포로가 되어 있는 에티오피아의 공주 아이다가 부르는 노래. 그녀의 애인이면서 이집트 군의 장군인 라다메스가 에티오피아를 정벌하러 떠날 때에 간절한 사랑과 조국 사이에서 고민하는 아이다의 복잡한 심경을 노래한 것이다. 때문에 보통 행진곡처럼 결코 활발하지 않고 오히려 이상한 비통감마저 띠고 있다.

　＊그대 목소리에 내 마음 열리고
「삼손과 데릴라」
생상스(프), 1877년 초연.

　성서 이야기에서 소재를 얻어 만든 많지 않은 오페라 가운데 하나이다. 생상스가 만든 오페라 작품 13편 가운데 지금도 공연되는 하나뿐인 작품으로, 처음에 작가는 오라토리오〔聖歌劇〕로 만들고자 극을 쓰다가 노랫말 작가의 권유에 따라 오페라로 바꾸었다고 한다.

　요부(妖婦) 데릴라가 천하장사 삼손을 유혹하는 정사(情事)에 중점을 두고 있으며, 데릴라는 아주 관능적이고 매력이 넘치는 뛰어난 노래 세 곡('그대 목소리에 내 마음은 열리고', '봄은 시작되고', '사랑이여! 연약한 나에게 힘을 주소서')을 부른다. 이 가운데 '그대 목소리에 내 마음은 열리고'에서 삼손은 마침내 무너지고 마는데, 이때 데릴라의 뒤를 따라 들어간 집안에서 자신의 힘의 비밀을 털어놓고 만다.

　머리카락을 잘린 삼손은 포로가 되어 벌을 받고, 노예가 되어 험한 일을 하는 등으로 고난을 겪는다. 다곤의 신전 앞에서 제사가 있던 날 신전 앞에 끌려온 삼손은 다시금 신에게 마지막으로 자신에게 힘을 줄 것을 기도하는데, 괴력을 되찾은 그가 신전을 무너뜨리고 그 자리에 참석했던 사람들과 함께 붕괴되는 현장 속에 묻혀서 죽어가는 것으로 끝이 난다.

＊사랑은 변덕스러운 새
「카르멘」
비제(프), 1875년 초연.
　'투우사의 노래'와 함께 카르멘의 대표적인 아리아인 '하바네라'의 첫머리에 나오는 노랫말이다. 카르멘이 호세를 유혹할 때 부르는 노래이다.

　세비야의 담배 공장에서 위병 근무를 서고 있던 순진한 청년 돈 호세가 동료와의 싸움 때문에 감옥에 가게 된 카르멘을 호송한다. 그러나 카르멘의 유혹에 넘어간 호세는 그녀를 풀어주고는 자신이 대신 감옥에 들어간다. 감옥에서 풀려난 다음 호세는 카르멘을 찾았으나 그녀가 자신을 농락하고 있음을 알아차리고는 자신의 상사와 카르멘의 남편 등을 죽인다. 호세의 병적인 집착에 가까운 사랑에 질린 카르멘이 투우사 에스카미요와 잠자리를 같이한 것을 알아차린 호세는 마침내 카르멘까지 죽이고 자기 자신도 스스로 목숨을 끊는다.

　당시로서는 카르멘과 같이 자유분방한 여자는 오페라 속에서나 있을 법하며, 실재로는 존재하지도 않았다. 어쩌면 노래를 통해서 새로운 인간상을 찾고 있었던 것이 아닐까 한다.

*내 이름은 미미
「라 보엠」
푸치니(이), 1896년 초연.

파리 라틴 구역의 다락방에서 가난하지만 세속에 거리끼지 않고 자유롭게 살아가는 예술가들과 철학자의 삶, 특히 시인 로돌프와 재봉사 미미의 슬픈 사랑 이야기를 주제로 한 푸치니의 신파극조 오페라이다.

제1막에서 다락방을 찾아온, 폐병을 앓는 미미의 손을 쥐고 시인 로돌프가 '그대의 차디찬 손'을 노래한 뒤, 그것을 받아서 미미는 '내 이름은 미미'를 부른다. 이 두 노래는 최상의 연애 감정을 자아내고 있다.

*노래에 살고, 사랑에 살고
「토스카」
푸치니(이), 1900년 초연.

유명한 여배우 사라 베르나르가 연기한 사르두의 희곡 「라 토스카」를 무대에서 보고 멋진 연기에 감격한 푸치니가 오페라 무대에서도 연극적 효과가 발휘될 수 있을까 하여 작곡한 오페라이다. 푸치니의 작품 중 극적인 요소를 가장 많이 지니고 있다.

제2막에서 토스카를 짝사랑하는 극악무도한 경찰서장 스카르피아가 그녀에게 국사범(國事犯)이 숨은 곳을 고문하듯이 따져 물을 때 그 절정에서 노래하는 토스카 유일의 아리아이다.

*어떤 개인 날
「나비부인」
푸치니(이), 1904년 초연.

일본 나가사키 항구가 보이는 높은 언덕 위의 나비부인의 집에서 핑커튼이 돌아오기를 기다리는 그녀가 '어떤 개인 날 흰 배가 항구에 들어온다. 대포 소리가 들리지만 나는 짐짓 마중 나가지 않고 여기서 기다리고 있다'며 노래한다. 그러나 핑커튼이 다른 여자와 결혼했음을 눈치챈 나비부인이 스스로 목숨을 끊음으로써 이국인 사이의 사랑은 비극으로 막을 내리게 된다.

＊어머니도 아시다시피
「카발레리아 루스티카나」
마스카니(이), 1890년 초연.
1막짜리 오페라 현상모집에서 1등으로 당선된 작품이다. 제목을 우리말로 옮기면 '시골 기사도'라는 뜻이다. 이 작품으로 이름없는 작곡가였던 마스카니가 하루아침에 '유망한' 작곡가로 떠올랐으나 어떻게 된 일인지 그 뒤로는 이 작품을 넘어서는 작품을 만들지 못했다고 한다.

절정을 이루는 부분은 교회 앞에서 산투차가 시어머니를 앞에 두고 '어머님도 아시다시피'를 부를 때이다. 남편인 투리두와 룰라가 서로 사랑하며 결혼까지 약속했으나 투리두가 군복무를 하는 동안에 룰라가 결혼약속을 깨고서 마부인 알피오와 결혼했다는 내용의 아리아를 부르면서 투리두가 옛 애인을 잊지 못하고 룰라와 다시 만나고 있다고 말한다.

간주곡 부분에서 투리두와 알피오가 결투를 벌이게 되는데, 투리두가 죽고 산투차는 기절하는 장면에서 끝난다.

내용에서 보듯이 신화적인 인물이나 전설 속 영웅, 귀족이나 왕후 이야기를 소재를 삼았던 당시의 정형화된 오페라의 과대망상적인 수사와 웅변술에 대한 반발로서, 낭만주의의 허식을 배격하고 서민의 삶의 애환을 사실적으로 나타내고자 하는 현실파 오페라의 대표작이다.

＊웃어라 팔리아치오
「팔리아치」
레온카발로(이), 1892년.
이탈리아 현실파(베리스모) 오페라의 걸작인 레온 카발로의 「팔리아치」의 줄거리는 작곡자가 어릴 때 재판관이었던 그의 아버지가 담당한 사건을 직접 그에게 말한 바에 근거한 것이다.

그것은 어느 배우가 질투 때문에 연극 공연 뒤에 아내를 살해했다는 내용이었다. 그만큼 이 작품은 현실파 오페라라는 말에 어울리게 생생한 실생활의 박력을 실감 있게 그리고 있다.

유랑 극단 단장인 카니오는 사랑하는 아내 넷다가 극단의 주역 배우인 실비오와 좋아하는 사이인 것을 알고 분노와 슬픔을 동시에 느낀다. 그는 분을 바르고 어릿광대의 의상을 입고서 우스꽝스러운 연기를 해야만 하는 자기 신세를 탄식하며 '옷을 입어라'를 노래한다. 그리고 마지막 대목에서 '웃어라 팔리아치오, 사랑이 깨져 가슴이 터질지라도' 하고 울며 절규할 때는 비통함이 절정에 이른다.

영화편

  *당신만으로 결정될 일이에요. 주저하는 여자가 있다면 그 여자는 바보
지요.
「모로코」
  애미 : 미국 슈테른베르크 감독의 「모로코」(1930) 여주인공.
  애미는 유랑극단 여배우로서 인생의 방랑자이다. 프랑스 령(領) 모로코의
외인부대로 흘러들어 온 그녀는 세계 각지에서 모여든 과거 있는 인간들을
상대로 하루하루 살아간다. 생명을 아끼지 않지만 남모르는 인생의 고뇌를
지닌 그들은 허식 없는 적나라한 인간이다.
  거기에 부유한 신사 케닝턴이 그녀를 향해 구원의 손을 내밀지만, 그녀는
무명의 병사를 뒤따라 뜨거운 사막으로 달려간다. 애미는 케닝턴의 요청에
대해 이렇게 대답한다.
  '나는 기다릴 필요가 없어요. 아무것도 생각해야 할 일도 없어요. 당신만
으로 결정될 일이에요. 주저하는 여자가 있다면 그 여자는 바보지요.'
  애미의 말은 가식의 세계에 사는 인간에 대한 감각적인 반발을 의미하고
있다. 주저함이 없는 행동은 인간의 적나라한 모습을 드러내게 마련이다. 애
미는 그 말대로 주저함 없이 산 여성이며, 말은 행동과 일치되어 있다.

  *그랜드 호텔—사람이 들어오기도 하고 나가기도 하고…별다른 일조차
일어나지 않는다.
「그랜드 호텔」
  오테른슐라크 : 미국 굴딩 감독의 「그랜드 호텔」(1932) 주요 인물.
  호텔이라는 폐쇄된 작은 공간 속에서 인간 군상들의 이야기가 펼쳐진다.
급사장(長)에게는 아들이 태어나고, 발레 댄서인 그루신스카야의 인기는 떨
어지며, 중역 프레이싱은 상담(商談)에 실패한다.

신사 강도 가이게른 남작이 그루신스카야와의 사랑의 행복을 차지했다고 생각한 순간에 프레이싱이 그를 살해한다. 여기에는 다채로운 인간상이 등장하여 인생의 그림 모양이 그려지고 있다.

'그랜드 호텔―사람이 들어오기도 하고 나가기도 하고…별다른 일조차 일어나지 않는다'고 독백하는 오테른슐라크 노인은 호텔이라는 생활의 임시 숙박소에서 펼쳐지는 인간 관계와 인생의 모습을 날카롭게 통찰한다. 이 말은 인간의 희로애락이 불변의 감정이며, 시대와 장소를 불문하고 영원히 경험되는 진리를 미묘하게 표현하고 있다.

＊우리는 회전목마에 탄 채 일생 동안 내리지 않는 것입니다.
「어느 날 밤에 생긴 일」
엘리 : 미국 프랭크 캐프러 감독의 「어느 날 밤에 생긴 일」(1934) 여주인공. 뉴욕의 대은행장인 아버지는 그녀의 약혼을 인정하지 않는다. 그녀는 집에서 뛰쳐나와 도망 여행 중 실직한 신문 기자 피터와 친해진다. 그는 한 푼 없는 빈털터리였다. 엘리는 결혼을 청한다. 결국 아버지는 모든 일을 원만히 해결하여 딸을 되찾고, 딸의 선택을 받아들여 피터와의 결혼을 허락한다.

엘리는 지난 날의 약혼자에게 이렇게 말한다.

"우리의 생활에는 언제나 자극이 필요한 법이지요. 한 순간이라도 따분하지 않게 지내야 해요. 우리는 회전목마에 탄 채 일생 동안 내리지 않는 것입니다."

백만장자의 딸 엘리에게 고집스러운 면이 없지는 않지만, 이 말은 인생에 대해 진지하게 생각해야 할 필요를 가르치고 있다. 따분함은 생활의 정체에서 비롯되며, 그녀가 말하는 자극은 인생의 의욕이다. 나날이 되풀이되는 생활 속에서 자기를 잃어버리는 일 없이 살아야 할 필요를 가르치고 있다.

＊지상낙원이 시작된 이래 여자는 언제나 우수한 무기를 가지고 있습니다.
「여자만의 도시」
코르넬리아 : 프랑스 페데 감독의 「여자만의 도시」(1935) 여주인공.
16세기 무렵 플랑드르의 지방 도시가 무대이다. 그 도시는 성채를 쌓고 외적을 막고 있는데, 에스파냐 군대가 통과할 예정이라고 해서 소동이 벌어

진다.

 평상시에 주인 행세를 하며 으시대던 남자들은 별로 신통한 방법을 연구해 내지 못한다. 그래서 여자들이 일어섰으며, 무사하게 도시를 지키고 일 외에 적당히 즐기기도 하면서, 남편들로 하여금 다시는 잔소리를 하지 못하게 만든다. 코르넬리아는 여성들에게 이렇게 말한다.

 '지상낙원이 시작된 이래로 여자는 언제나 우수한 무기를 가지고 있습니다.'

 여자도 남자 못지않은 배짱과 무기를 가지고 태어난 존재이며 머리카락 하나로 코끼리를 끈다고 하는 이야기도 있다. 코르넬리아의 말은 여성만의 비밀 무기가 발휘되기만 하면 남자 이상의 힘을 발휘한다고 하는 자신감과 자랑을 표현하고 있다.

 *세계의 여자를 모두 집합시킨다 해도 좋은 친구 한 사람만 못한 법이다.
「우리의 친구」

 장 : 프랑스 줄리앙 뒤비비에 감독의 「우리의 친구」(1936) 등장인물.

 같은 아파트에 사는 서로 친한 실업자들이 산 복권이 당첨되어 떼돈을 벌게 되었다. 나이도 경우도 희망도 서로 다른 동료들이 우정으로 맺어져 같은 꿈을 꾸게 된다. 그러나 여자가 끼어들면서 남자의 우정이라는 성(城)도 의혹에 의해 모래 위의 집처럼 되고 말아, 꿈은 깨지고 환멸의 늪에 빠져 들어가게 된다.

 장은 여자란 남자의 동지애와 고귀한 우정에 위험한 존재라는 것을 느끼며 친구에게 말한다.

 '세계의 여자를 모두 집합시킨다 해도 좋은 친구 한 사람만 못한 법이다.'

 남자란 여자에게 약점을 잡히면서도 여자의 약점은 모르는 사람들이다. 장의 말은 여자 때문에 괴로워하는 남자의 비극에 대한 경구로서 의미가 깊다. 여자는 언제나 뒷전에서 움직이는 무서운 존재이다.

 *사랑이란 녀석은 자살이라도 하지 않는 한에는 어디선가 멈추게 마련이다.
「공작 부인」

 샘 다즈워스 : 미국 와일러 감독의 「공작 부인」(1936) 주인공.

 자동차 제조에 종사하여 부자가 된 샘은 딸 에밀리도 출가시킨 터라 아내 프랜의 희망에 따라 유럽여행을 떠난다. 프랜은 단순하고 정직하며 나이보다 젊게 보이는 것이 자랑이다. 그녀는 배에서 알게 된 사람들을 파리 일류의 사교인으로 알고 경박한 행동을 한다.

반성하라고 했으나 프랜은 아놀드와 결혼하겠다고 하며 샘에게 이혼을 요구한다. 이혼녀 코트라이트가 샘을 위로한다. 프랜은 행복하지 못했다. 다시금 함께 생활하고 싶다고 귀국하는 배에 올라타지만 샘은 더 이상 참을 수 없었다. 참된 반려를 찾아 프랜을 뒤에 두고 배에서 내린다. 코트라이트를 사랑하기 시작한 샘은 프랜에게 '사랑이란 녀석은 자살이라도 하지 않는 한에는 어디선가 멈추기 마련이다'라고 말한다.

부부생활에는 용서한다고 하는 너그러운 마음이 필요하지만 그것에는 한도가 있다. 샘의 말은 자기의 본심을 밝힘과 동시에 프랜을 비꼬아 주고 있다.

＊과거는 미래와의 약속을 지키지 않았구나. 무도회의 상대를 만났으나 나는 도리어 그 상대를 잃은 셈이다.
「무도회의 수첩」

크리스틴 : 프랑스 뒤비비에 감독의 「무도회의 수첩」(1937) 주인공.

크리스틴은 남편을 먼저 여의고 호수를 끼고 있는 숲속 넓은 저택에서 혼자 사는 젊고 아름다운 여자이다. 한 권의 수첩을 살펴보면서 소녀 시절 사랑의 추억을 되돌아보다가 옛날의 그리운 연인들을 찾아 나선다.

그러나 현실은 너무나도 차가웠다. 소녀의 꿈은 환멸로 바뀌었고, 그녀는 다시금 호숫가 숲속 집으로 돌아온다. 크리스틴은 '과거는 미래와의 약속을 지키지 않았구나. 무도회의 상대를 만났으나 나는 도리어 그 상대를 잃은 셈이다'라고 말한다.

실망 속에 발견한 것은 미래이다. 꿈은 꿈이기 때문에 아름답다. 그녀는 사랑의 미화작용에 관한 괴로운 경험을, 잃어버린 청춘을 아쉬워하는 애틋한 마음을 고백하면서도 한편으로는 미래를 향해 살아야 함을 깨닫는다.

＊국경 따위는 눈에 보이는 것이 아니다. 그것은 인간이 만든 경계일 뿐 자연은 그런 것을 문제삼지 않는다.
「위대한 환상」

로젠탈 : 프랑스 장 르누아르 감독의 「위대한 환상」(1937)에 등장하는 주요 인물로서 프랑스 군 중위.

제1차 세계대전 말기에 독일 포로수용소에 수용되어 있던 다양한 출신의 프랑스 장병과 이들을 감독하는 독일 장병과의 사이에 우정과 인간애 넘치는 아름다운 나날이 지나갔다. 그러나 조국애에 불타는 프랑스 포로들은 수용소 탈출을 비밀리에 계획하고 있었다.

로젠탈은 어느 날 아침 전우인 마레샬 중위와 더불어 스위스 국경을 향해 수용소에서 마침내 탈출하였다. 로젠탈은 말한다.

'국경 따위는 눈에 보이는 것이 아니다. 그것은 인간이 만든 경계일 뿐 자연은 그런 것을 문제 삼지 않는다.'

로젠탈은 사방이 깊은 눈에 덮인 국경 가까운 숲속에서 지도를 펼쳐 놓고, 새삼 인간이 그어 놓은 국경의 부자연스러움을 느낀다.

＊만일 칼을 손에 들고 오는 자는 칼에 의해 망한다는 사실을 잊지 말아라.
「알렉산드르 네프스키」

알렉산드르 네프스키 : 세계 영화 사상 가장 유명한 소련 감독 에이젠슈테인의 「알렉산드르 네프스키」(1938)의 주인공으로서 역사상의 인물이다.

러시아의 대공(大公) 야로슬라프 2세의 공자(公子)인 알렉산드르 네프스키는 1240년 서방에서 침입한 스웨덴과 덴마크의 대군을 네바 강변의 전투에서 격파하였고, 다시금 습격해 온 게르만의 기사군을 1242년 츄도스코에 호수의 얼어붙은 얼음 위에서 맞아 싸워 그들을 전멸시켜 국토를 지키고 러시아 민족통일의 기초를 쌓았다. 백성들은 승리의 환성을 지른다. 조국 방위와 영웅적 공적 뒤에는 값진 희생과 수많은 사상자가 있다.

고향으로 돌아가는 백성들을 향해 네프스키는 말한다. '만일 칼을 손에 들고 오는 자는 칼에 의해 망한다는 사실을 잊지 말아라.'

그의 말은 조국을 생각하는 비장한 결의와 죽음도 마다하지 않는 굳은 각오를 나타내고 있다.

＊젊은 아가씨들은 여기를 거쳐갈 뿐 언젠가는 모두 떠나갑니다. 진짜 죄수는 그녀들이 아니라 우리들입니다!

「창살 없는 감옥」

이본느 : 프랑스 모기 감독의 「창살 없는 감옥」(1938)의 여주인공. 시골 감화원에 부임해 온 젊고 아름다운 원장이다.

창살을 없애고 불량소녀들을 믿음으로써 교화시키려고 하는데, 이 때문에 동료들과 충돌하기도 하였다. 넬리라는 불량소녀가 들어왔다. 이본느는 인권 사상의 주입이라는 개혁 속에서 마침내 넬리를 교화하였고, 수용된 소녀들 모두 새 삶을 얻었으나 그녀는 애인을 잃었다. 그러나 그녀는 삶의 보람을 일에서 찾는다.

'젊은 아가씨들은 여기를 거쳐갈 뿐 언젠가는 모두 떠나갑니다. 진짜 죄수는 그들이 아니라 우리들입니다!'

그녀가 동료에게 말하는 이 말은 헌신적으로 직무에 임하는 여성의 결의를 아름답게 이야기하고 있다. 소녀들의 미래의 행복을 믿으며 국가의 요청에 따르는 인간의 적나라한 신념의 표명이다.

*내가 살아 있는 한 망령이 되어 찾아와 주오.

「폭풍의 언덕」

히스클리프 : 와일러 감독의 「폭풍의 언덕」 주인공. 영국작가 E. 브론테의 「폭풍의 언덕」(1939)이 원작이다.

집시인 그를 어렸을 때 어느 저택 주인이 데려다가 기르게 되었고, 성장하여 주인집 딸 캐시와 남 몰래 사랑하는 사이가 되었으나 운명은 그들을 결합시켜 주지 않았다.

히스클리프는 캐시가 자기를 배신했다고 믿고 성공하여 남아메리카에서 돌아오자 캐시의 몰락한 저택을 사들이고는 이상한 집념으로 그녀에게 복수하려고 한다. 캐시는 병들어 쓰러지게 되고, 히스클리프야말로 진심으로 사랑했던 사람이라고 고백한 뒤 죽는다.

히스클리프는 '내가 살아 있는 한 망령이 되어 찾아와 주오'라고 절규하며 눈보라 치는 밤에 폭풍의 언덕을 방황하다가 일찍이 두 사람이 만나던 페니스턴 바위 아래서 숨지고 만다.

*내가 해야 될 일이 무엇인지를 결정하는 사람은 세계 가운데 오직 한 사

람 나 자신이다.

「시민 케인」

케인 : 웰스 감독의 「시민 케인」(1940) 주인공.

뉴욕 인콰이어러 지 경영자로서 신문의 힘을 최대한으로 이용하여 사회적으로 큰 지위를 쌓아 올리고 아울러 막대한 재산도 쌓아 세상에 힘을 과시한다. 그러나 또 한편 케인만큼 미움을 받은 자도 없었다.

가수를 두 번째 아내로 맞이하고는 신문의 힘을 등에 업고서 주지사 선거에 출마하였으나 승리를 바로 눈앞에 두고서 패배하며, 엎친데 덮친 격으로 신문사까지 망하면서 성에 틀어박힌 채 실의 속에 고독하게 지내며 소년 시절을 그리워하면서 숨져 가는 케인은 말한다.

'내가 해야 될 일이 무엇인가를 결정하는 사람은 세계 가운데 오직 한 사람 나 자신이다.'

주지사 선거에 출마한 케인에게 방해가 있었을 때 그의 아내를 비롯하여 주위의 친구들이 출마 취소를 권했으나, 그는 누구의 말에도 귀를 기울이지 않고 자기의 신념을 관철하였다.

＊당신을 잊은 적이 없어요. 꿈 속에서도 언제나 당신을 만났어요. 당신 덕분에 나는 늙지도, 바보가 되지도, 타락하지도 않았어요.

「인생유전」(원제 : Les Enfants du Paradis, 천국의 아이들)

가랑스 : 프랑스 카르네 감독의 일대 명작인 「인생유전」(1945) 주인공.

때는 1840년대 루이 필립 치하의 파리. 가랑스라 불리는 요염한 여성이 몇몇 남성의 운명을 조정하고 있었다. 그 중에도 우연히 거리의 극장에서 알게 된 무언극의 배우 드뷔로와의 사랑은 진지하였다.

드뷔로는 그녀를 사랑하면서도 같은 극단의 아가씨와 결혼하여 아들을 낳았다. 그러나, 가랑스와 드뷔로의 마음은 역시 강하게 맺어져 있었다.

마지막으로 드뷔로의 아내 앞에서 영원히 사라질 결심을 하고, 때마침 펼쳐지고 있는 사육제 인파 속에 모습을 감추는 가랑스의 뒤를 드뷔로는 좇아간다. 가랑스는 말한다.

'당신을 잊은 적이 없어요. 꿈 속에서도 언제나 당신을 만났어요. 당신 덕분에 나는 늙지도, 바보가 되지도, 타락하지도 않았어요.'

드뷔로를 두고 그의 아내와 가랑스 세 명이 만났을 때, 아내가 언제나 남편과 함께 고생해 온 자기에게 남편을 사랑할 권리가 있다고 말할 때, 가랑스는 비록 떨어져 살고 있다 하더라도 자기 또한 그와 함께 살아온 것이라고 주장한다.

가랑스의 말 속에는 사랑하는 자의 정신의 고귀함이 있다. 그것은 육체를 초월한 운명적인 사랑의 연결이다.

＊훌륭하게 죽는 것은 어려운 일이 아니다. 올바르게 사는 것이 어려운 일이다.

「무방비 도시」

피에트로 : 이탈리아 로셀리니 감독의 「무방비 도시」(1945) 주요 인물.

독일군이 로마를 점령하고 있던 1945년 무렵 게슈타포는 레지스탕스의 지도자 맨프레디를 뒤쫓고 있었고, 맨프레디의 옛 친구인 마리나는 조직을 배신한다.

게슈타포는 시 경찰국장의 도움을 받아 맨프레디와 신부 피에트로를 체포해서 악랄하게 심문한다. 맨프레디는 학대 때문에 죽고, 피에트로는 처형되기 직전에 이렇게 말한다.

'훌륭하게 죽는 것은 어려운 일이 아니다. 올바르게 사는 것이 어려운 일이다.'

애국심과 굳은 종교적 신념 덕분에 피에트로는 초인적인 용기를 발휘한 것이다.

이 세상의 모든 사람은 살고 있지만 '올바르게 산다'는 것은 어렵다. 결국 이 말은 죽음과 삶을 깊이 통찰함으로써 인간 행위의 가치, 목적 수행을 위한 삶의 가치를 분명하게 나타내고 있다.

＊우리들이 지금까지 해 온 일은 이제부터 해야 될 일에 비하면 문제조차 되지 않는 일이다.

「악마의 아름다움」

앙리 : 파우스트 전설에 현대적으로 새로운 해석을 시도한 프랑스의 르네 클레어 감독 작품인 「악마의 아름다움」(1950)의 주인공.

악마 메피스토 펠레스에 의해 청년 앙리로 젊어진 파우스트 박사는 그의 도움을 받아서 영화로운 생활을 하지만, 영혼을 팔아 넘기는 계약서에 서명하지 않는다. 화가 난 메피스토 펠레스는 그에게서 일체의 능력을 빼앗고 파우스트의 연인 마르그리트를 마녀라고 고발하였다.

그러나 박사의 모습을 한 메피스토 펠레스는 도리어 백성들로부터 쫓기다가 발코니에서 떨어져 연기가 되어 사라진다. 앙리는 마르그리트와 함께 사랑의 생활을 향해 떠난다. 앙리는 말한다.

‘우리들이 지금까지 해 온 일은 이제부터 해야 될 일에 비하면 문제조차 되지 않는 일이다.’

젊어진 앙리는 교수의 모습으로 변한 메피스토 펠레스에게 인간이 미래를 향해 걸어 가는 길에 큰 희망이 있다는 사실을 말한다.

＊어떤 상황은 문법을 알지 못하기 때문에 생기는 것이다. 사람은 모두 무지한 것을 이용하는 것이다.

「움베르토 D」

움베르토 : 이탈리아 데 시카가 감독한 「움베르토 D」(1952) 주인공.

움베르토는 아파트 방값을 내거나 끼니를 때우기에도 턱없이 모자라는 연금을 받고서 어렵게 살아가는 퇴직 공무원이다. 게다가 그는 개를 키우고 있는데, 형편이 어려워서 방세도 제대로 내지 못하면서 개까지 키우는 그를 못마땅하게 생각하는 집주인은 그가 사는 방을 다른 용도로 활용하기 위해서 어떻게든 그를 내쫓으려 한다. 돈에 대한 압박에서 잠시나마 벗어나기 위해 의사에게 부탁해서 입원을 하지만 얼마 뒤에 쫓겨나듯이 퇴원하게 되는데, 돌아와 보니 그가 입원할 때 그를 찾으러 나갔던 개는 실종되었을 뿐만 아니라 그가 쓰던 방은 이미 개조공사에 들어가 있었다.

암담한 마음에 자살을 결심하지만 사랑하는 개는 어떻게 할 것인가. 개를 수용소에서 되찾아오지만 달리 방법이 없었기에 버림받은 개를 맡아 키우는 부부에게 데려간다. 그러나 개는 그곳을 빠져나와 그를 찾아낸다.

‘어떤 상황은 문법을 알지 못하기 때문에 생기는 것이다. 사람은 모두 무지한 것을 이용하는 것이다.’

이것은 움베르토가 하숙집 딸에게 한 말이다. 인생의 황혼기에 있는 인간이 모든 체험과 지식을 통하여 비로소 말할 수 있는 인생 교훈이다. '무지한 것'이란 운명의 힘을 받지 않는 자유로운 것이며, 노인에게는 사랑하는 개가 그런 존재이다.

＊굶주려 있을 때 스파게티가 나오자 비프스틱을 먹고 싶다고 하는군요. 굶주려 있으면 스파게티를 드시오.
「여정 (旅情)」
레나토 드 로시 : 영국의 린이 감독한 「여정」(1955) 주인공.
30살을 훨씬 넘긴 미국의 노처녀 미스 제인은 여름 휴가를 보내기 위하여 베니스를 찾게 된다. 거기서 골동품점 주인 레나토 드 로시와 알게 되고, 두 사람은 사랑에 빠진다.
그러나, 이탈리아의 바람둥이 레나토 드 로시는 중년 여성의 공허한 마음을 위로해 준 데 지나지 않는다. 제인은 그와 깊은 관계에 빠지는 것을 두려워하여 베니스를 떠난다. 레나토 드 로시는 말한다.
'굶주려 있을 때 스파게티가 나오자 비프스틱을 먹고 싶다고 하는군요. 굶주려 있으면 스파게티를 드시오.'
남자에게 안겨 있는 제인은 확실히 굶주려 있었다. 그러나, 처자가 있는 남자에게 허락하는 것은 마음이 내키지 않았다. 남자는 그러한 그녀의 심정을 미울 정도로 꿰뚫어 보고 있는 것이다.

＊사랑 따위는 웃음거리밖에 안 되고…개인의 부정에 지나지 않는다.
「사기꾼들」
미크 : 프랑스 카르네가 감독한 「사기꾼들」(1958) 여주인공.
프랑스의 전후파인 아가씨 미크도, 젊은이 밥도 전후의 세계에 절망하고 자기 마음을 숨긴 채 자기 자신도, 다른 사람도 속이고 있다. 야외 파티에서 만나 서로 사랑하게 된 두 사람은 고집스럽게 자기 본심을 속이고 있었다.
어느 날 밤 파티의 고백 놀이에서 밥의 고백에 상처받은 미크는 재규어 차를 몰고 캄캄한 길거리를 달리다가 트럭과 충돌하게 된다. 병원에 옮겨진 그녀는 밥에게 자기 본심을 고백하지도 못한 채 숨지고 만다. 미크는 말한다.
'우리에게 함께 자는 것이 대단한 일은 아니다. …사랑 따위는 웃음거리밖

에 안 되고…개인의 부정에 지나지 않는다.'

미크는 자기 스스로를 속이고 진심으로 사랑하고 있는 밥이 아닌 다른 남자와 잤을 뿐만 아니라 그것을 무리 가운데 한 명에게 거리낌없이 고백하였다.

＊나는 나 자신에게만 취한다.

「몽파르나스의 등불」

모딜리아니 : 프랑스 베케르가 감독한 「몽파르나스의 등불」(1958) 주인공.

모딜리아니는 실재한 이색 화가. 만년에는 가난과 병고에 시달리며 그림도 제대로 그리지 못했다. 친구인 미술상 즈보로스키와 사랑하는 아내 장느의 격려를 받고 개인전을 열지만 실패한다. 자신을 잃고 술로써 가난과 절망감을 달래지만, 마침내 자선 병원에서 행려병자로 짧은 생애를 마친다.

그의 재능을 높이 사고 있던 다른 미술상 모렐은 그의 죽음을 보고 서둘러서 한밤중에 남편의 귀가를 기다리고 있는 장느에게 달려가 거액을 내서 남아 있는 몇 폭의 그림을 산다. 남편의 죽음을 알지 못하는 아내 장느의 얼굴은 기쁨에 빛나고 있었다.

'나는 나 자신에게만 취한다.'

아내와 친구가 금주하라고 권하면 이렇게 대답하곤 하였다. 자기 예술만을 사랑하는 그의 순수한 영혼을 이 말에서 찾아볼 수 있다.

＊네가 나를 사랑하고 있기 때문에 나는 너를 밀고했는지 몰라. 어서 도망쳐요.

「네 멋대로 해라」

패트리시아 : 고다르가 감독한 「네 멋대로 해라」(1960)의 주인공.

미셸은 자동차 절도 상습범. 차를 훔친 그는 추격해 오는 경찰차의 경관을 사살한 뒤 파리로 도망쳐, 남부 프랑스 해안에서 알게 된 미국의 신문팔이 패트리시아의 하숙에 간다. 미셸은 돈이 생기면 그녀를 데리고 외국에 가겠다고 한다. 그녀는 동의한다.

그러나, 다음 날 아침 그녀는 생각이 달라져 있었다. 그녀가 가장 부러워하는 것은 자유이다. 패트리시아는 신문을 사러 나간 길에 경찰에게 밀고한다. 미셸은 경관에게 쫓기다가 등 뒤에서 쏜 총에 맞아 길 위에 쓰러진다.

'나는 남에게 속박받고 싶지 않은 거야. 네가 나를 사랑하고 있기 때문에 나는 너를 밀고했는지 몰라. 어서 도망쳐요.'

그녀는 경찰에 밀고하고서 돌아오자마자 미셸에게 그같이 말하였다. 그것도 그녀의 자유 가운데 하나인지 모른다.

＊내 생명은 내 것이 아니다. 나는 중요한 지도를 받아 보게 해야 한다. 나는 죽는 것이 허용되어 있지 않다…살아야만 한다.

「보내지 못한 편지」

사비닌 : 소련 칼라토조프가 감독한 「보내지 못한 편지」(1959) 주인공.

사비닌은 다이아몬드 광산 탐색을 위하여 시베리아의 오지에 파견된 4명의 조사대 대장이다. 고생 끝에 다이아몬드 광맥을 발견하지만 돌아오는 길에 전원이 조난된다.

사비닌은 조사 여행에 즈음하여 아내 베라에게 수기를 쓰고 있다. 사비닌은 독백한다.

'사랑하는 베라! 내 생명은 내 것이 아니다. 나는 중요한 지도를 받아 보게 해야 한다. 나는 죽는 것이 허용되어 있지 않다…살아야만 한다. 희생은 컸으나 위대한 발견이었다.'

임무를 수행하기 위하여 자기 몸을 내던지는 헌신적인 용기를 사비닌의 말은 유감없이 표현하고 있다. 계속 살아 있기는 하지만 생명은 자기 것이 아니다. 이것은 모순이 아니다. 목적을 위해 자기 생명을 내던짐으로써 인생의 위대한 발견이 가능하다.

＊사람은 저마다 제 길을 간다.

「사촌들」

샤를르 : 프랑스 샤브롤이 감독한 「사촌들」(1959) 주요 인물.

샤를르는 법학사 시험을 위해 파리에 사는 사촌 폴의 아파트에 기숙한다. 샤를르는 시험 공부에 열중하고, 폴은 술과 사랑놀이에 빠져 든다. 폴이 이끄는 대로 클럽에 가게 된 샤를르는 폴의 친구인 플로랑스와 친하게 된다.

두 사람은 사랑하게 되었으나 하찮은 일 때문에 깨지고, 샤를르는 시험도 실패한다. 폴이 플로랑스를 가로챈 사실이 드러나면서 샤를르는 폴을 향해

방아쇠를 당긴다.

'사람은 저마다 제 길을 간다.'

이 말은 샤를르가 놀러 가자고 유혹하는 폴의 말을 거절할 때 한 말이다. 청년기의 마음의 움직임을 간결하게 나타내고 있다. 운명은 냉혹하지만 제 길을 걷는 일에서 의의를 찾아보려 하는 청년에게 앞에 놓여 있는 운명을 예상하기란 어려운 일이다.

＊시인은 시를 창작하기 위하여 살지도 죽지도 않는 언어를 사용한다. 몇몇 사람밖에 말하지 않고, 또한 듣지도 않는 언어이다.

「오르페의 유언」

'시인' : 프랑스 시인 콕토가 각본·감독·주연을 맡은 「오르페의 유언」(1960)의 주인공으로, 이름은 없다. 콕토는 시, 회화, 연극, 평론, 소설, 기타의 예술 분야에서 뛰어난 업적을 남긴 유명한 예술가이다. '시인'은 말한다.

'영화는 죽은 행위를 부활하게 한다. 영화는 비현실에다 현실의 외관을 부여하는 것이다.'

'시인은 시를 창작하기 위하여 살지도 죽지도 않는 언어를 사용한다. 몇몇 사람밖에 말하지 않고 또한 듣지도 않는 언어이다.'

＊이 세상에 진실은 없군요.

「수녀 요안나」

요안나 수녀 : 폴란드 카발레로비치가 감독한 「수녀 요안나」(1961) 주인공.

17세기 중엽 폴란드 왕국 변경의 두메 마을에 수녀원이 있었다. 원장 요안나에게 악마가 달라붙어 수녀원은 질서를 잃게 된다. 수린 신부가 파견되어 그녀와 함께 고행을 한다. 두 사람 사이에 친근감이 생기게 되고 기쁨을 느끼기 시작하였다.

요안나에게 키스한 수린의 몸에 악마가 옮겨 가게 된다. 수린은 악마의 명령에 따라 그녀를 위해 살인을 한다. 요안나는 그의 사랑 덕분에 악으로부터 구원받게 되고, 수녀원에는 질서와 평온이 회복된다.

'이 세상에 진실은 없군요.'

수린의 설교를 들은 뒤 요안나가 말한 이 말은 얼핏 보기에 평범하지만 종교적 의미를 띠고 있으며 심각하다. 절망적인 상황, 폐쇄된 세계에 놓여진 인간의 영혼이 체험하는 인생의 신비와 관계가 있다. 종교적 세계에서의 '진실'이라는 말을 부정하기 위해서는 악마의 힘을 빌려야 한다.

＊당신은 생각해 내고 싶지 않은 것이다. 무섭기 때문에.
「지난 해 마리엔바트에서」
'낯선 사나이' : 프랑스 레네가 감독한 「지난 해 마리엔바트에서」(1961) 주요 인물.

바로크 스타일의 음산한 성의 나그네인 그는 역시 손님인 젊은 여자를 만난다. 그는 예전에 그녀와 만난 일이 있다고 말한다. 그는 끈질기게 과거의 이야기를 증거로 들면서 이야기한다. 여자는 그를 인정하기 시작한다.

그러나, 여자는 자기가 머무르고 있던 세계를 떠나는 것을 두려워하면서도 그의 이야기에 진실성이 있어 저항할 수 없다. 현재와 과거가 뒤섞이면서 여자는 남자가 바라던 대로의 존재임을 받아들이고, 남자와 더불어 무엇인가를 향해 떠나간다.

'당신은 생각해 내고 싶지 않은 것이다. 무섭기 때문에.'

이 말은 남자가 여자에게 작업을 걸기 시작한 때에 한 말이다. 응결된 것처럼 변화가 없는 질서에 따른 생활 속에 안주하는 일에도, 거기에서 도망하는 일에도 공포를 느낀다. 시간과 인간 존재의 불가사의한 의존 관계를 미묘하게 지적하고 있는 유혹적인 말이다.

＊물 위에서 나아가기는 간단하다. 물에게 맡겨 두면 된다. 그러나, 육지에서 앞으로 나아가자면 아무래도 칼이 필요하다. 그것이 삶이다.
「물 속의 칼」
'청년' : 폴란드 폴란스키가 감독한 「물 속의 칼」(1962)의 주요 인물.

떠돌이 청년이 주말을 요트에서 즐기는 스포츠 기자 안드제이와 그 아내 크리스티나 사이에 끼어 들게 된다. 요트에서 기자와 청년은 의견 차이 때문에 말다툼을 하게 되고, 청년은 호수에 빠진다.

물에 빠져 죽었다고 생각한 남편은 경찰을 부르기 위해 육지로 헤엄쳐 간다. 그러나, 청년은 요트로 돌아와 크리스티나와 포옹한다. 두 사람을 태운 요트는 육지에 돌아가고, 청년은 어디엔가로 떠나간다.

‘물 위에서 나아가기는 간단하다. 물에게 맡겨두면 된다. 그러나, 육지에서 앞으로 나아가자면 아무래도 칼이 필요하다. 그것이 삶이다.’

기자와 말다툼을 하면서 청년이 대답하는 말에는 세대의 차이를 초월하여, 청년이 살고 있는 세계의 정치가 극명하게 묘사되어 있다. 자기 힘밖에 믿을 수 없게 된 고독한 인간상이다.

*카르멜라에게는 아름다움이라고 하는, 몸에 지닌 훌륭한 지참금이 있다.
「2펜스의 희망」

안토니오 : 이탈리아 카스텔라니가 감독한 「2펜스의 희망」(1952) 주인공.

나폴리 근교의 작은 마을에 안토니오는 제대하여 돌아온다. 불경기로 실업자가 넘쳐나던 때, 가난한 집안을 지탱하기 위해 직업을 찾던 중 부잣집 딸인 카르멜라를 알게 되고 사랑에 빠진다.

카르멜라는 저금한 돈이 있으니 결혼하자고 하지만 그녀의 아버지는 반대한다. 사랑도 체념하고 가난 속에 살아 온 안토니오의 분노가 폭발하여 마을 사람들 앞에서 그녀와의 결혼을 선언한다. 두 사람은 마을 사람들로부터 축복을 받으며 맺어진다.

‘카르멜라에게는 아름다움이라고 하는, 몸에 지닌 훌륭한 지참금이 있다.’

아무에게도 빼앗기지 않는 것, 그것이 아름다움이며, 참됨과 착함이다. 이 말은 가난 속에서 보물을 발견한 인간만이 할 수 있는 말이다. 행복은 언제나 가까운 곳에 있다.

*다른 일을 해야 한다. 좀더 인내심을 가지고 힘든 일을.
「아주 오랜 부재(不在)」

테레즈 : 스위스 콜피가 감독한 「아주 오랜 부재」(1961) 주인공.

1961년 칸 영화제 그랑프리 수상.

센 강 가까운 곳에서 카페를 운영하는 테레즈는 어느 날 이탈리아 오페라의 아리아를 곧잘 부르는 떠돌이에게서 16년 전 게슈타포에게 체포된 뒤 소식이 끊긴 남편의 모습을 보게 된다.

남자는 전쟁의 상처, 기억 상실증 때문에 아무것도 알지 못한다. 그녀의 남편임이 밝혀지면서 그녀는 남편의 과거 기억을 회복시키려고 노력해 보지만 헛수고였다. 남편은 떠나간다.

'다른 일을 해야 한다. 좀더 인내심을 가지고 힘든 일을.'

떠나가는 남편을 보면서 테레즈는 이렇게 중얼거린다. 전쟁의 상처도 생생한 마음에 희망과 확신을 지닌 여자의 슬픈 고백이다. 여기에는 사랑에 기초를 둔 강한 결의가 있어 공감을 불러일으키고 있다.

＊내 결심은 변하지 않는다. 나는 그만한 값어치가 있다.

「고독의 보수」

프랭크 : 영국 린제이 앤더슨이 감독한 「고독의 보수」(1963) 주인공.

성격이 난폭한 젊은 석탄 광부 프랭크는 어느날 나이트클럽에서 프로럭비팀이 여자들과 어울려 춤을 추는 모습을 보고서 질투를 느끼고는 럭비팀의 주장 앞에 나섰다가 팀원 모두에게 뭇매를 맞는데, 그 와중에도 팀원들에게 몇 대 주먹을 휘둘렀다. 그 모습을 인상적으로 받아들인 럭비팀 매니저는 그를 테스트했고, 테스트 과정에서 보여준 정신력과 저돌성을 높이 산 매니저는 그와 입단 계약을 맺었다.

한편 하숙집 안주인이자 과부인 마가렛 하몬드와 잠자리를 같이하면서도 육체관계는 번번히 실패한다. 친구 결혼식 날 그는 하몬드 부인을 구타하였는데, 이 때문에 나중에 부인은 출혈로 죽게 된다. 럭비팀 단장의 아내가 그를 '유혹'하지만 그는 그녀를 물리친다. 프랭크는 말한다.

'내 결심은 변하지 않는다. 나는 그만한 값어치가 있다.'

석탄 광부라는 콤플렉스가 프로 럭비선수 계약 과정에서 그에게 도움이 되어 자신감을 불어넣어 주었으나 이것이 지나친 나머지 하몬드 부인에 대한 사랑을 비극으로 몰고 갔으며, 다른 사람들과의 소통 과정에서도 프랭크는 육체적인 대상, 육체적인 가치로만 존재할 수 있는 대상에 지나지 않았던 것이다.

＊내가 없다고 해라. 이것이 워싱턴식 거짓말이다. 네가 거짓말을 하고 있다는 것은 저쪽에서도 알고 있다. 그것을 너도 또한 알고 있다. 알겠느냐?

「워싱턴 정가」

레핑웰 : 프레밍거가 감독한 「워싱턴 정가」(1962) 주인공.

레핑웰은 미국 상원에서 국무장관 후보로 거론되지만, 그의 정적은 그를 실각시키기 위하여 온갖 수단을 모조리 동원한다. 투표 결과 찬반 같은 수가 되지만, 그때 대통령의 사망이 발표되면서 국무장관 지명에 대한 동의는 부결된다.

'내가 없다고 해라. 이것이 워싱턴식 거짓말이다. 네가 거짓말을 하고 있다는 것은 저쪽에서도 알고 있다. 그것을 너도 또한 알고 있다. 알겠느냐?'

레핑웰은 상원 의원 중 한 명이 전화로 찾고 있다는 사실을 알리는 자기 아들에게 이같이 가르친다.

＊큰 감정도 작은 허영심 때문에 퇴색하게 된다.
「다섯 시에서 일곱 시까지의 클레오」

앙투안느 : 프랑스 감독 바르다가 감독한 「다섯 시에서 일곱 시까지의 클레오」(1962) 주인공 클레오가 거리에서 만난 젊은 병사.

클레오는 젊은 가수였으나 암이 걱정되어 검진을 받는다. 검진 결과를 기다리는 일곱 시까지 불안한 기분으로 파리를 홀로 방황한다. 공원에서 우연히 말을 주고받은 젊은 병사 앙투안느는 떠벌이였다. 쉴새 없이 말하는 앙투안느를 귀찮게 생각하면서도 클레오의 불안한 마음은 차츰 안정되어 간다.

저녁 무렵이 되어 앙투안느와 함께 병원까지 온 클레오는 의사로부터 방사선 치료를 시작해야 한다는 말을 듣는다. 두 사람은 병원을 나선다.

'큰 감정도 작은 허영심 때문에 퇴색하게 된다.'

앙투안느는 클레오에게 기념으로 사진을 한 장 달라고 솔직하게 말하지만, 그녀는 알게 된 지 얼마 안 되는 남자에게 사진까지는 줄 수 없다고 거절한다. 그런 여자의 기분을 자기의 순수한 애정에 비교하여 쓸데없는 허영심이라고 말한 것이리라.

＊솔직히 말해서 나를 아직 모른다. 그것을 찾아 구하면서 아직 발견하지 못했다. 때문에 나는 살아 있는 나 자신을 느낀다.
「$8\frac{1}{2}$」

귀도 : 이탈리아 펠리니가 감독한 「$8\frac{1}{2}$」(1963) 주인공.

43세의 영화 감독 귀도는 아내 루이자를 남겨 두고 온천지 호텔에 머물고 있다. 다음 번 영화를 구상해야 하지만 건강이 좋지 않다. 프로듀서, 제작 주임, 회계 주임, 각본가, 진행 담당, 배우 등등 여러 복잡한 인간 관계가 얽힌 가운데 귀도 자신의 고뇌가 있다. 영화 제작은 실패하고 말지만 인간의 본질과 의미를 깨닫는다.

‘이것이 있는 그대로의 나다. 내가 원했던 바 모습은 아니다. 그러나 아무래도 좋다. 솔직히 말해서 나를 아직 모른다. 그것을 찾아 구하면서 아직 발견하지 못했다. 때문에 나는 살아 있는 나 자신을 느낀다. 삶은 축제다! 함께 즐기도록 하자!’

＊웃는 것은 약한 증거라고. 미국에서는 그럴 필요가 없다.
「아메리카 아메리카」
스타프로스 : 카잔이 감독한 「아메리카 아메리카」(1963) 주인공.
터키 아나톨리아 고원의 가난한 마을에 살고 있던 그리스 청년 스타프로스는 미국으로 가기로 결심하고는, 오촌 아저씨의 일을 돕기 위해서 콘스탄티노플로 떠난다. 그러나 도중에 가지고 갔던 돈을 모두 빼앗겨서 빈털터리 신세로 도착하자 이에 실망한 오촌 아저씨는 그를 부잣집 딸과 결혼시키려고 한다. 그러나 그는 결혼 때문에 자신의 꿈을 망칠 수 없다며 단호하게 거부한다.

오촌 아저씨 집에서 쫓겨난 스타프로스는 노숙자 신세로 지내면서 힘들게 모은 돈을 우연히 만난 여성에게 다 빼앗겼을 뿐만 아니라 정치적인 사건에 휘말려서 총상을 입어 심하게 다친다. 시체더미에 내팽개쳐져 있다가 겨우 탈출해서는 오촌 아저씨 집으로 돌아오고, 모든 것을 포기한 그는 약혼녀(부잣집 딸)와의 결혼을 받아들인다.

이 무렵 스타프로스는 이스탄불로 오던 길에 알게 되어 옷과 먹을거리를 주었던 호하네스와 다시 만나게 되고, 호하네스 덕분에 그와 함께 미국으로 건너갈 수 있게끔 신원보증을 받게 된다. 이에 스타프로스는 약혼녀와의 결혼 약속을 뒤집어 버리고는 혼자 미국으로 떠나려는데, 예전에 어떤 유부녀와의 정사(情事) 사실이 밝혀지면서 고소당할 처지에 놓인다. 모든 게 물거품이 되려는 순간 호하네스가 그에게 편지를 보내서 자기 대신에 미국으로 가달라는 부탁을 받고는 미국으로 떠난다. 스타프로스는 말한다.

'자기 일은 자기가 해야 한다. 자네는 웃고 언제나 웃고 있다. 그러나 사람들은 그것을 달리 해석한다. 웃는 것은 약한 증거라고. 미국에서는 그럴 필요가 없다.'

터키에 사는 그리스 사람과 아르메니아 사람들에게 가해지던 무지막지한 압박을 피해 자유를 찾아 미국으로 건너가고자 했던 주인공의 이야기로서, 어려움을 이겨내고 미국에 도착하고 나서 구두닦이 소년으로 미국에서의 삶을 시작한다. 카잔 감독의 삼촌의 인생 이야기에서 소재를 가지고 온 작품으로, 2001년 미국 의회도서관 부설 국립영화보관소에서는 '문화적으로 소중한 것(culturally significant)'으로 판단하여 보존해야 될 작품으로 선정했다.

＊언어는 뜻보다 느낌이 중요하다고 너는 말했었지.
「모정(慕情)」
마크 : 미국의 헨리 킹이 감독한 「모정」(1955) 주인공.

1949년 홍콩. 미국의 신문 기자 마크는 파티 석상에서 영국인 아버지와 중국인 어머니 사이에서 태어난 젊고 아름다운 과부 여의사 한 수인을 만난다. 몇 번 저녁을 같이 먹으면서 두 사람은 곧 사랑에 빠져 들었다.

한 수인은 자신이 튀기라는 점 때문에 망설였으나 마크의 진실됨에 끌려 처음으로 알게 된 사랑의 달콤함에 취하게 되었다. 그러나, 행복도 순식간이었다. 어느 날 한국전쟁 취재차 전선에 종군했던 마크가 전사했다는 소식을 듣게 된 한 수인은 일찍이 그들 두 사람의 추억의 언덕에 혼자 올라가 흐느낀다.

마크는 말한다. '언어는 뜻보다 느낌이 중요하다고 너는 말했었지.'

마크의 사랑의 말을 정면으로 받아들이기를 꺼리고 있는 한을 향해 이렇게 말하여 마침내 그녀의 사랑을 차지한다.

＊송사리는 상대하지 않는다.
「선더볼 작전」
제임스 본드 : 영국의 영이 감독한 007 시리즈 제4편 「선더볼 작전」(1965)의 주인공.

국제 범죄조직 스펙터는 핵폭탄을 실은 NATO 폭격기를 실전훈련 중에 빼돌려서 바다에 착륙시킨다. 그리고 핵무기를 미끼로 삼아 서방국가에 10억 파운드를 요구하며, 일주일 안으로 돈을 지급하지 않으면 미국의 한 도시에 핵폭탄을 투하하겠다고 협박을 한다.

영국 첩보원 본드는 사건 해결에 뛰어들어 바하마 군도로 가서 스펙터와 대항한다. 적의 공격을 피하며 무사히 핵폭탄을 되찾는다. 호텔에 잠입해 있던 자객을 일부러 놓아 보내며 본드는 말한다.

'송사리는 상대하지 않는다'

이 말은 본드의 모든 것을 설명한다. 즉, 본드가 상징하는 현대 남성의 이상적인 모습의 바탕에 있는 가치 의식을 말하고 있다.

제4권
좋은 글 365일

1월 January

    그레고리력에서는 한 해의 첫 번째 달. 달의 이름은 로마신화에 나오는, 출입문이나 문, 문간 등을 지키는 수호신, 처음과 끝을 주관하는 신인 야누스(Janus 또는 Ianus)에서 비롯되었다. 앞과 뒤에 얼굴이 있는 것으로 묘사되며, 과거에서 미래로의 진행이나 하나의 조건에서 다른 조건으로의 이행, 하나의 관점에서 다른 관점으로의 변화, 젊은이들의 성장 등의 변화와 변천 등을 상징하는 신이라는 점에서 묵은 해가 지나가고 새로운 해가 시작되는 1월을 상징하게 되었다. 당시 야누스 신을 받드는 제전을 야누아르(Januar)라 불렀고, 제전이 열리는 달을 야누아리우스(Januarius)라고 불렀다.

[별자리] 황새치자리, 오리온자리, 황소자리

[달꽃] 앵초(Primrose, 와인색) : 강인함이 감춰진 당신의 정열은 곧 나의 운명

[탄생화] 갈란투스(1일) : 희망/어저귀(18일) : 억측/소나무(19일) : 불로장생/미나리아재비(20일) : 천진난만

[탄생석(천연보석)] 석류석(Garnet) : 우애, 충실, 정절, 견실, 인내

[다른 탄생석(인조보석)] 알렉산드라이트(Alexandrite) : 진실, 정도, 열애, 권력

1월 1일
미국 대통령
링컨, 노예
해방 선언
(1863년).

●노령(老齡)과 노화(老化)를 동일시하지 말아야 한다. 노화는 나이와는 상관없이 우리에게 엄습해 오는 감정이다.

E.M. 포스터

The identification of old age with growing old must be avoided. Growing old is an emotion which comes over us at any age.

Edward M. Forster

*E.M. 포스터(1879. 1. 1~1970. 6. 7) 영국 작가. 대표작 「인도로 가는 길」

●20세기가 시작되는 것은 오늘부터였다. 나는 20세기가 지난해인 1900년 1월 1일부터 시작되는 줄 알고 있었다.

「오우메 만년(晚年)의 봄」 P. 로티

*이국 정서를 찾아 세계의 항구들을 방문하던 로티는 1901년 1월 1일 아침, 일본 나가사키 항에 정박 중인 군함에서 눈을 뜬다. '오우메'는 작품 주인공인 일본 여성.

1월 2일
소련, 최초의
우주 로켓 발
사 성공
(1959년).

●테미스토클레스는 자기 딸에게 구혼한 두 남자 중 돈이 있는 남자보다 사람 됨됨이가 훌륭한 남자를 택했다.

「영웅전」 플루타르코스

Of two who made love to his daughter, Themistocles preferred the man of worth to the one who was rich.

Plutarch : *Lives*

*1484년 1월 2일, 이탈리아의 니콜라 젠손이 그리스 작가 플루타르코스 (46? ~120?)의 「영웅전」을 출판함.

●정월 초이틀, 초하루는 남자들이 먹고 마시고 하지만 오늘은 여성들이 판을 벌이는 날이다.

「대지」 펄 벅

*중국 민족의 성쇠를 그린 이 대하소설은 「대지」「아들들」「분열된 집」의 3부작 가운데 첫 번째 작품. 1931년 간행. 1932년 노벨 문학상 수상.

1월 3일
교황 레오 10
세, 루터를
파문함
(1521년).

●다미엔 신부는 그 첫날밤을 나무 아래서 썩고 있는 동포들과 어울려 잤다. 혼자서 질병과 더불어.

「다미엔 신부」 R.L. 스티븐슨

Damien slept that first night under a tree amid his rotting brethren : alone with pestilence.

Robert Louis Stevenson : *Father Damien*

*다미엔 신부(1840. 1. 3~1889. 4. 15) 벨기에 사람. 몰로카이 섬에서 한센병 환자를 위해 일하다가 자신도 한센병으로 죽음.

●첫눈이 내린 것은 정월 사흗날 밤이 깊어서였다. 타티아나는 그날 아침 일찍 눈을 뜨고 창 너머로 하얗게 된 지붕과 담장, 정원 화단을 바라보았다.

「예브게니 오네긴」 A.S. 푸시킨

*오네긴에 버림 받은 타티아나는 뒷날 공작 부인이 되어 오네긴을 냉대한다. 1830년에 간행된 운문 소설.

1월 4일
영국에서 페
이비언협회가
결성됨
(1884년).

●오, 다이아몬드! 다이아몬드! 네가 한 짓을 너는 모르리라!
오, 물리학이여! 형이상학에서 나를 지켜다오!

I. 뉴턴

O, Diamond ! Diamond! You little know the mischief you have done! /O, physics! Preserve me from meta-physics !

Sir Isaac Newton

*I. 뉴턴(1643. 1. 4~ 1727. 3. 31) 영국 과학자. 만유인력의 법칙을 발견함(Diamond는 그의 개 이름임).

●1월 4일. 슬프고 허전하기는 하지만 평안한 기분이다. 왜인지 울고 싶은 기분이다. 기도를 드리다……. 혼자서 말을 타고 산책하다. 무척 슬프다. 주위 사람들이 극도로 이기적인 존재라는 생각이 든다.

「만년의 일기」 N. 톨스토이

*톨스토이는 1910년 11월 20일, 82세로 생애를 마쳤다. 그는 일생동안 성실하게 일기를 썼다.

1월 5일
교황 바오로
6세, 동방 교
회 총주교와
회담
(1964년).

•분수를 지키는 생활처럼 감동적이고 위엄 있는 것
은 없고, 또 그처럼 훌륭한 독립도 없다.

「자서전」C. 쿨리지

There is no dignity quite so impressive, and no independence quite so important, as living within your means.

Calvin Coolige : *Autobiography*

*C. 쿨리지(1872. 7. 4~
1933. 1. 5) 미국 제30대
대통령. 자유주의 정책으
로 미국의 번영기를 이룩
했음(이 말은 정계의 부
패를 한탄한 것).

•피알라 씨는 병원 사무원이 그의 나이를 물어 보자
또박또박 되풀이해서 대답했다. "1860년 1월 5일, 1
월입니다."

「소시민의 죽음」F. 베르펠

*소시민 피알라 씨는 만
65세가 되어야 지급되는
보험금을 타기 위해 노력
한다. 임종한 침대에는
닳아빠진 달력이 있었다.

1월 6일
F. 루스벨트,
"네 가지 자
유" 연설
(1941년).

• A. 링컨은 무덤에 묻히자 반대자도 암살자도 잊었
다…… 먼지 속에서, 차가운 무덤 속에서.

「차가운 무덤」C. 샌드버그

When Abraham Lincoln was shovelled into the tombs, he forgot the copperheads and the assassin…… in the dust, in the cool tombs.

Carl Sandburg : *Cool Tombs*

*C. 샌드버그(1878. 1.
6~1967. 7. 22) 미국 감
각파 시인. 대표작「시카
고 시집」.

•1월 6일, 경기 마지막 날에 캔터베리 대주교는 온
나라의 영주와 기사를 집합시키고 말했다. "이제 참
된 왕이 등장하셨다." 대주교는 15살인 아서를 무리
앞에 세우고 엄숙히 말했다. "오늘부터 이 아서가 브
리튼의 임금이시다."

「아서왕의 죽음」T. 맬러리

*작가는 아서왕을 중세
기사도 정신의 상징으로
보았다.

1월 7일
카이사르파,
원로원에서
추방 당함
(B.C 49년).

• 굶주린 개를 데려다 살지게 키우면 개는 그대를 물지 않을 것이다. 이것이 개와 인간의 주요한 차이점이다.

위다

If you pick up a starving dog and make him prosperous, he will not bite you. This is the principal difference between a dog and man.

Ouida

*위다(1839. 1. 1~1908. 1. 25) 이탈리아 작가. 본명은 마리아 루이즈 라메. 대표작 「플랜더스의 개」

• 1월 7일에 그는 난로 옆에서 말했다. "오늘이 계단을 오르내릴 수 있는 마지막 날일 것이다. 내게는 이제 음악도 들리지 않는다. 차조차 마실 수 없다. 담배도 역겹다. 나는 다만 당신 얼굴을 보기 위해 살고 있을 뿐이다."

「어느 사람의 죽음」 바텐베이커 부인

*작가의 남편이 암선고를 받은 뒤의 기록 소설.

1월 8일
미국의 윌슨,
14개 평화 원
칙 발표
(1918년).

• 마을에 비가 내리듯/내 마음에도 눈물 흘러라. 가을날 바이올린의 서글픈 소리 하염없이 타는 마음 울려 주누나.

P. 베를렌

Tears fall in my heart/Like the rain on the town. The long sobs of the autumn violins infect my heart with a monotonous languor.

P. Verlaine

*P. 베를렌(1844. 3. 30~1896. 1. 8) 프랑스 상징파 시인. 시집 「예지(叡智)」

• 1월 8일, 어터슨은 여러 벗들과 함께 박사의 집 식사에 초대되었다. 래니언도 와 있었다. 주인인 지킬은 여기 모인 세 사람이 옛날 떨어질 수 없는 사이였을 때처럼 두 사람을 번갈아 쳐다보았다.

「지킬 박사와 하이드 씨」 R.L.B. 스티븐슨

*신사 지킬 박사와 악한 하이드 씨는 동일 인물이었다. 이중인격자를 다룬 이 소설은 1886년 간행되었다.

1월 9일
비잔티움 황
제 제논, 안
티오크(지금
의 터키 중부
안타키아)로
망명
(475년).

• 만일 개가 지껄일 수 있게 된다면 아마도 우리 인
간은 인간끼리 사귀기 어려운 것만큼 개와 사귀기도
힘들어질 것이다.

K. 차페크

If dogs could talk, perhaps we'd find it just as hard to
get along with them as we do with people.

Karel Capek

* K. 차페크(1890. 1. 9
~1938. 12. 25) 체코슬
로바키아 극작가. 희곡
「로섬의 인조인간」에 처
음으로 '로봇(robot)'이
라는 말이 나옴.

• 정월 아흐레가 되어 홍콩 출발의 기회가 있었다.
그때 적은 계속해서 홍콩과 주룽(九龍) 간의 교통을
봉쇄하고 있었다.

「탈험잡기(脫險雜記)」마오둔(茅盾)

* 홍콩이 일본군에 의해
점령당한 제2차세계대전
당시의 르포 문학. 1948
년 간행.

1월 10일
카이사르, 루
비콘 강을 건
넘
(B.C 49년).

• 사람으로서 참을 수 없는 모욕이 두 가지 있다. 유
머 감각이 없다는 단언(斷言)과 고생을 모른다는 단
언이다.

S. 루이스

There are two insults which no human will endure : the
assertion that he hasn't a sense of humor, and the
assertion that he has never known trouble.

Sinclair Lewis

* S. 루이스(1885. 2. 7~
1951. 1. 10) 미국의 첫
노벨문학상 수상작가. 대
표작「메인 스트리트」.

• 1월 11일 전날 밤, 나는 귀에 선 소리와 놀라울 정
도로 따뜻해진 공기 때문에 눈을 떴다.

「게르트루트」헤세

* 소설 첫머리는 다음과
같다. "일생을 되돌아볼
때 불행한 때라 하더라도
떨쳐 버리기 어렵다." 작
가의 자서전적 요소가 짙
은 작품이다.

● 한 가지 까닭은 그녀는 큰 뜻을 품고 있었던 데 반
해 사회적으로 그의 지위는 그녀의 지위만도 못했다.
게다가 매력적인 여자에게는 자신보다 신분이 훨씬
높은 사람과 결혼할 수 있는 기회가 항상 있었기 때
문이다.

T. 하디

For one thing, she was ambitious, and socially his
position was hardly so good as her own, and there was
always the chance of an attractive woman mating
coniderably above her.

Thomas Hardy

● 나는 명성이나 지위 따위는 필요하지 않다. 요괴나
괴물조차 만족한다면 그런 것에 대해 나는 '벗'이라
고 부를 것이다. 아무도 어쩔 수가 없는 것이다. 1월
11일.

「양지서(兩地書)」, 루쉰(魯迅)

● 절망하지 말라. 그러나 비록 절망한다 하더라도 절
망 속에서 계속 일하여라.

E. 버크

Never despair. But if you do, work on in despair.

Edmund Burk

● 사르트르는 1월 12일에 군용기로 출발하였다. 미합
중국과 프랑스 사이에는 사신(私信) 왕복이 없었다.
나는 그의 기사를 읽는 방식 외에 그의 소식을 알 수
없었다. 사르트르는 저널리스트로서의 작업을 비롯
하여 아롱(평론가이며 파리 대학 교수)을 질리게 할
일을 해치웠다. 그는 전시 중인 미국의 지도자들이
품고 있는 반(反) 드골주의를 예찬하듯이 묘사했기
때문에 하마터면 프랑스로 송환될 뻔했다.

「사물의 힘」 보부아르

* T. 하디(1840. 6. 2~
1928. 1. 11) 영국의 시
인·소설가. 대표작 「테
스」

* 쉬광핑(許廣平)에게
보낸 편지.

* E. 버크(1729. 1. 12~
1797. 7. 9) 영국의 정치
가·저술가.

● 오, 수잔나! 오, 울지 마라. 나는 알라바마에서 밴조를 들고 돌아왔노라.

'오 수잔나' S. 포스터

O, Susanna! O, don't you cry for me. I've come from Alabama, wid my banjo on my knee.

Stephen C. Foster : *O, Susanna*

*S. 포스터 (1826. 7. 4~ 1864. 1. 13) 미국 작곡가. 흑인의 삶이나 민요의 영향을 받은 가곡이 많음. '올드 블랙 조'·'켄터키 옛집'·'오, 수잔나'등.

● 슬퍼하지 마라. 나는 행복하다. 이 지방은 아름다운 곳이다. 너는 내 손금의 생명선에 대해 기억하고 있겠지. 다시 한 번 안녕, 해마다 1월 13일에는 내 무덤에 꽃을 놓아 다오.

「메이얼링」 클로드 아네

*오스트리아 헝가리 제국 루돌프 황태자와 그의 정부 마리 베체라의 정사 (情死) 사건을 모델로 한 소설.

● 내가 아는 단 한 가지 사실은 그대들 중 정말로 행복해지려는 사람들은 남을 섬기는 길을 찾아 그것을 발견한 사람들이라는 사실이다.

A. 슈바이처

One thing I know is that the only ones among you who will be really happy are those who will have sought and found how to serve.

Albert Schweitzer

*A. 슈바이처 (1875. 1. 14~1965. 9. 4) 신학자·철학자·의사·음악가. 아프리카에 병원을 세우고 진료와 전도를 함. 노벨 평화상 수상.

● 메르퇴유 부인의 운명도 이제 끝인 듯합니다. 등창 때문에 죽는 것이 행복하다고 나는 말했습니다만 그 말은 옳았던 듯합니다. 병은 나았으나 인상이 완전히 변해 버렸고, 한쪽 눈은 실명하고 말았습니다. 17××년 1월 14일.

「위험한 관계」 P.C. 드 라클로

•그 가슴을 가리세요. 나는 그것을 보면 안 됩니다. 그런 것을 보면 영혼이 상하고 여러 가지 잡념이 생겨나게 됩니다.

「타르튀프」 몰리에르

Cover that bosom. I must not see it. Souls are wounded by such things, and they arouse wicked thoughts.

Moliere: *Tartuffe*

*몰리에르(1622. 1. 15~1673. 2. 17) 프랑스 고전주의 희극 작가. 「타르튀프」·「인간 혐오자」 등.

•1월 15일 아침 10시쯤이었다. 베시는 아침 식사를 하러 아래층으로 내려갔다.

「제인 에어」 C. 브론테

*주인공 제인은 어려서 부모를 여의고 큰어머니 집에서 자라지만 온갖 천대를 받는다. 제인은 끝내 자선 학교에 팔려가게 된다. 온갖 고생을 다한 뒤 나중에 로체스터와 맺어지게 된다.

•어느 날 나는 모래 위에서 사랑하는 이의 이름을 썼노라! 그러나 파도가 그것을 지웠어라/다시금 그대 이름을 적었으나/물결이 굽이쳐 와 그것도 빼앗아 갔어라.

'아모레티' E. 스펜서

One day I wrote her name upon the strand,/But came the waves and washed it away ; /Again, I wrote it with a second hand ; /But came the tide, and made my pains his prey.

Edmund Spenser: *Amoretti*

*E. 스펜서(1552~1599. 1. 13.) 영국 시인, 「요정 여왕」 등.

•1938년 1월 16일. 얀 마이엔 섬이 길게 파도치며 나를 불렀다. 잘 들린다. 놀라운 일은 얀 마이엔 섬에서 사방을 보니 전혀 얼음이 없다는 사실이다.

「북극 표류 탐험기」 크렌켈

*북극 탐험대(대장 파파닌, 기상학자 표도로프, 생물학자 시르쇼프, 무전기사 크렌켈)의 탐험기.

1월 17일
로마제국, 동
서로 나뉨
(395년).

●일찍 자고 일찍 일어나는 생활은 사람을 건강하고 부유하게 하며, 현명하게 만든다.

B. 프랭클린

Early to bed and early to rise makes a man healthy, wealthy, and wise.

Benjamin Franklin

＊B. 프랭클린(1706. 1. 17～1790. 4. 17) 미국의 정치가·과학자·저술가·출판인.「자서전」등.

●1895년 1월 17일에 상테 감옥을 떠나게 되었다. 오후 10시에서 11시 사이에 갑자기 나를 부르더니 즉시 출발 준비를 하라는 명령이 떨어졌다.

「옥중 일기」 드레퓌스

＊간첩 혐의로 감금된 프랑스 드레퓌스 대위의 「옥중 일기」(1895～ 1899, 1901년 간행)이다. 그는 아무 죄도 없었으나 군부에 의해 여러 섬의 감옥을 옮겨 다니게 된다.

1월 18일
영국의 스콧,
남극점에 도
달(1912년).

●하느님은 자유를 사랑하는 사람, 항상 자유를 수호하고 방위하려는 준비가 되어 있는 사람에게만 자유를 주신다.

D. 웹스터

God grants liberty only to those who love it, and are always ready to guard and defend it.

Daniel Webster

＊D. 웹스터(1782. 1. 18～1852. 10. 24) 미국 정치가. 웅변가로 유명함.

●교육부장관 조르쥐 랑보노 내외의 주최로 1월 18일 월요일 저녁에 장관 관저에서 만찬모임을 열고자 하오니, 루아젤 내외께서는 바쁘시더라도 참석해 주시면 영광이겠습니다.

「목걸이」 모파상

＊이 초청장을 받고 하급관리 루아젤 내외는 만찬모임에 참석한다. 거기서 다이아몬드 목걸이를 잃고 사건이 벌어지게 된다.

1월 19일
독일 비행선,
영국을 공습
(1915년).

• 낮 시간에 꿈꾸는 사람은 밤에만 꿈을 꾸는 사람에게는 보이지 않는 많은 것을 알고 있다.

「엘레오노라」 E. 포

Those who dream by day are cognizant of many things which escape those who dream only by night.

Edgar Allan Poe : *Eleonora*

*E. 포(1809. 1. 19~ 1849. 10. 7) 미국의 시인·소설가. 「검은 고양이」「엘레오노라」, '애너벨 리' 등.

• 뷔장발 사건이 발생한 것은 1월 19일이었다. 아침 5시에 기상나팔이 울렸다. 나는 불을 켜고 서둘러 옷을 입었다. 그리고 탄띠를 매고 연대로 나갔다.

「포위전의 회상」 G. 쿠르틀린

*연대 집합장소에 갔으나 10시가 되어도 지령이 없다. 국민병인 그는 집에 돌아온다. 집에 도착하자마자 다시 집합 나팔. 서둘러 요새로 갔으나 다시 귀가 명령을 받는다.

1월 20일
알렉산드리아
의 건설 시작
(B.C.331년).

• 책은 읽히고 다시 읽히고, 사랑 받으며 중요한 내용이 인용될 수 있을 때 비로소 쓸모 있다고 할 수 있다.

J. 러스킨

No book is serviceable until it has been read, and reread, and loved······ so that you can refer to the passage you want.

John Ruskin

*J. 러스킨(1819. 2. 8~ 1900. 1. 20) 영국 예술 비평가. 이상주의를 주창함. 「근대 화가론」·「베니스의 돌」 등.

• 1910년 1월 20일. 노아유 부인은 프레스부르 거리에 있는 호텔에 머문다. 부인의 방에 있는 창문은 개선문 쪽을 향해 열려 있다. 부인은 우리를 기다리고 있었다. 부인은 한 번에 서너 마디 말을 한다. 그것은 관념과 감각, 영상의 아주 맛좋은 잼을 만든다. 대화는 한 마디로 적을 수 없다. 노아유 부인은 놀라운 달변으로 말한다.

「지드의 일기」 A. 지드

*A. 지드는 1889년부터 일기를 쓰기 시작해서 1939년까지 썼으며, 1943~53년에 걸쳐 간행되었다. 그의 사상을 집대성한 작품으로, 훌륭한 일기문학이자 수필문학이다. 노아유 부인은 시인

1월 21일
루이 16세,
기요틴으로
처형
(1793년).

• 참다운 자유는 귀중한 것—무척 귀중한 것이기 때문에 배급해야 한다.

N. 레닌

It is true that liberty is precious—so precious that it must be rationed.

Nikolai Lenin

*N. 레닌(1870. 4. 22~1924. 1. 21) 러시아 혁명가. 「제국주의론」「국가와 혁명」 등.

• 유스베크여, 공명심보다 더한 어떤 정열이 당신의 마음에 들었으면 하는 바람입니다. 그들이 나를 자세히 관찰했다면 나의 사랑과 자기 자신들의 사랑에 대한 견해에는 차이가 있다는 것을 느꼈을 것입니다. 1711년 1월 21일.

「페르시아 인의 편지」 B. 몽테스키외

*이 서간체 소설은 주인공 유스베크라는 페르시아 인이 고국 사람에게 쓴 편지 형식을 취하고 있다.

1월 22일
러시아 상트
페테르부르크
에서 1905년
러시아혁명의
도화선이 된
'피의 일요일'
사건 일어남
(1905년).

• 어느 아침 눈을 떠보니 유명해져 있었다.

G.G. 바이런

One morning I awoke to find myself famous.

George Gordon Byron

*G.G. 바이런(1788. 1. 22~1824. 4. 19) 영국 낭만파 시인 「돈 주안」 「차일드 해럴드의 편력」 등.

• 1793년 1월 22일 저녁 8시쯤 파리의 생 마르탱구 생 롤랑 성당 앞에서 끝나는 언덕을 한 노부인이 내려가고 있었다. 사인가(死人街)를 지나갈 때 뒤에서 쫓아오는 한 남자의 묵직한 발자국 소리를 들은 듯했다.

「공포 시대의 한 삽화」 H. 발자크

*노부인은 수녀이다. 그녀는 공화 정부에 반대하는 신부가 숨어 있는 골방으로 가는 길이었고, 뒤따라온 사람은 루이 16세를 처형한 사람이었다.

●이해가 상반되는데도 그렇지 않다 한다고 해서 이해될 수 없다. 민중 또한 언제까지나 속기만 하는 어리석은 양이 아니다. 그러나 세상에는 이 양치기와 같은 자본가와 정치가가 많이 있다.

스탕달

The shepherd always tries to persuade the sheep that their interests and his own are the same.

Stendhal

●1820년 1월 23일, 라벤나에서. 여기의 여자는 모두 실지 교육을 받는다. 어머니는 12~15살 딸 앞에서 태연히 사랑의 절망이나 기쁨을 드러낸다.

「연애론」 스탕달

*스탕달(1783. 1. 23~ 1842. 3. 23) 프랑스 근대 소설의 시조, 본명은 앙리 벨 「적과 흑」「파름의 수도원」 등.

*1820년 스탕달은 장군의 부인을 사랑하다가 실연하고 「연애론」을 썼다.

●철의 장막이 유럽 대륙에 쳐졌다.

W. 처칠

An iron curtain has descended across the Continent.

Winston Spencer Churchill

●1944년 1월 24일. 사람들이 성(性)에 관한 일을 말할 적에는 언제나 소곤거리며 말했고, 그것을 모르는 사람이 있으면 모두들 웃었다. 나는 이상한 느낌이 들어 '사람들이 그것에 대해 말할 때 왜 그렇게 비밀이나 말하듯이, 마치 싫은 것을 건드리기나 하는 듯한 태도를 보이는 것일까?' 하고 생각했다.

「안네의 일기」 A. 프랑크

*W. 처칠(1874. 11. 30~1965. 1. 24.) 영국 정치가. 「제2차세계대전」으로 노벨문학상 수상.

*A. 프랑크는 13세 때부터 나치스의 손길을 피해 숨어 살며 일기를 썼다.

1월 25일
성직자 서임
권을 둘러싼
카노사의 굴욕
(1077년).

•나는 자신이 몇몇 사람으로 되어 있다는 것, 그리고 나 자신 속에서 지금 이 순간 우세한 사람이 언젠가 반드시 다른 사람에게 진다는 것을 느낀다.
S. 몸

*S. 몸(1874. 1. 25～1965. 12. 16) 영국 작가. 「인간의 굴레」「달과 6펜스」 등.

I am made up of several persons and the person that at the moment has the upper hand will inevitably give place to another.
Somerset Maugham

•1월 25일. "데로시가 만점으로 1등상." 그러자 보치니가 큰소리로 재채기를 했다. 선생님은 그를 보며 말하였다. "질투의 뱀을 품고 있지 말아라."
「쿠오레」 E. 데 아미치스

*엔리코 소년의 4학년 때 일기라는 형식을 취하고 있다.

1월 26일
오스트레일리
아건국기념일
(1788년).

•노병은 죽지 않고 다만 사라질 뿐이다.
D. 맥아더

*D. 맥아더(1880. 1. 26～1964. 4. 5) 미국 군인. 제2차세계대전의 영웅. 한국전쟁 때는 유엔군 총사령관.

Old soldiers never die ; they just fade away.
Douglas MacArthur

•카이사르가 알바로부터 로마 시에 내려온 1월 26일 (B.C. 44년), 그들은 카이사르를 왕이라 부르며 맞이했다.
「플루타크 영웅전」 플루타르코스

*이 유명한 영웅전의 알렉산드로스 대왕에 관한 기록에서 작자는 다음과 같이 말하고 있다. "내가 기록하는 것은 역사가 아니라 전기다. 저명한 사건 중에는 덕이나 부덕이 나타나지 않고, 사소한 행동과 언어 따위에서 오히려 잘 나타나게 마련이다."

1월 27일
루터, 보름스
의회에서 심
문을 받음
(1521년).

• 그래서 레슨(학과)이라 하지. 월요일 6시간, 화요일 5시간, 수요일 4시간…… 이런 식으로 레슨(감소)되기 때문이지.

「이상한 나라의 앨리스」 L. 캐럴

That's the reason why they're called lessons, because they lessen from day to day.

Lewis Carroll : *Alice In Wonderland*

• 오늘 1월 27일, 내 생일에 나는 내 생활을 완전히 고치기로 결심했다.

「살라뱅의 일기」 G. 뒤아멜

*L. 캐럴(1832. 1. 27~1898. 1. 14) 영국 동화작가. 본명 찰스 루트위지 도지슨. 「이상한 나라의 앨리스」 등.

*G. 뒤아멜의 연작인 「살라뱅의 생애와 모험」 제3권이 「살라뱅의 일기」이다. 일기에는 이런 구절도 있다. "성인들의 생활에서 내가 감탄하는 것은 지금까지 내가 하찮게 생각해 왔던 여러 덕성들이다."

1월 28일
미국 우주 왕
복선 챌린저
호 폭발 사고
(1986년).

• 리빙스턴 박사님이시지요?

H.M. 스탠리

Dr. Livingstone, I presume?

Sir Henry M. Stanley

• 친애하는 스트린드베리 부인, 보내 주신 두 통의 친절한 편지에 대하여 오늘 1월 28일에야 회신을 하게 되었고, 더구나 서너 마디 짧은 말로 회답하는 사실을 용서해 주십시오.

「사랑과 슬픔의 때」 J. 스트린드베리

*H.M. 스탠리(1841. 1. 28~1904. 5. 10) 미국 태생 아프리카 탐험가. 「암흑대륙 횡단기」 등 (위의 말은 중앙아프리카의 우지지에서 1871년 11월 10일 리빙스턴을 만나면서).

*스웨덴의 작가 J. 스트린드베리가 두 번째 아내 프리다와 만나 결혼하고 또 이혼하게 되는 과정을 그린 기록 소설.

•하느님이 우리에게 주신 가장 귀중한 선물은 거대한 천연 자원이 아니라 국민의 마음에 깊이 심겨진 거룩한 불만감이다.

W. 화이트

The most precious gift God has given to us is not its great natural resources but the divine discontent planted deeply in the hearts of the people.

William A. White

•1932년 1월 29일 월요일. 그 무엇이 나에게 일어났다. 더 이상 의심할 여지가 없다. 그것은 늘 있는 어떤 확신이라든지 자명한 일처럼 생겨난 것이 아니고, 마치 병에 걸리듯이 닥쳐왔다. 그것은 조금씩 엉큼하게 자리를 잡아 버렸다. 그래서 그런지 나는 나 자신 좀 괴상하고 어색한 느낌을 가졌다. 그뿐이다. 한번 자리를 잡더니 그것은 벌써 꼼짝도 하지 않고 잠자코 있었다. 그래서 나는 내가 아무렇지도 않고 내가 헛놀란 것이라고 자신을 타이를 수 있었다. 그런데 지금 그것이 또 꽃잎을 열었다.

「구토」 J.P. 사르트르

*W. 화이트(1868. 2. 10～1944. 1. 29) 미국 언론인. 여기에서 '거룩한 불만감'은 비판 정신이라 할 수 있다.

*주인공 로캉탱은 곧잘 구역질을 느끼곤 한다. 공원에서 마로니에 나무 뿌리를 지켜보다가 토한다. 왜 토하게 되는지, 원인을 캐기 위해서 이 소설을 쓴 것이다. 따라서 이 소설은 모든 존재의 무의미함에 충격을 받은 사람의 일기다. 로캉탱은 인간 존재는 그 무엇으로써도 정당화될 수 없다는 사상을 지니게 된다. 그러나 인간에게는 존재에 대해 질문할 수 있는 의식이란 것이 있다. 여기서 인간 존재에 대해 '실존(實存)'이란 말이 생기게 되었다. 1938년 간행.

• 인류에 대한 신뢰를 잃어서는 안 된다. 인류는 대
양과 같다. 비록 대양 속의 몇 방울 물이 더럽혀진다
하더라도 대양 전체는 오염되는 것이 아니다.

M. 간디

You must not lose faith in humanity. Humanity is an
ocean ; if a few drops of the ocean are dirty, the ocean
does not become dirty.

Mahatma Gandhi

• 1842년 1월 30일. 정신적 투쟁. 내가 확신하는 바
는 신께서 지구를 대기 한가운데 던졌고, 인간 또한
운명 한가운데 던졌다는 사실이다. 운명은 사람을 감
싸고 끊임없이 가려져 있는 목적으로 옮겨 간다. …
…지금까지 수많은 아카데미 회원들이 내게 멋진 희
극의 씨앗을 주었다. 그들은 무의식 가운데 그것을
연출했을 뿐이요, 결코 자기 자신들이 그것을 작품화
하려 하지는 않을 것이다.

「시인의 일기」 A. 비니

*M. 간디 (1869. 10. 2~
1948. 1. 30) 인도 종교·
정치 지도자. 비폭력 불
복종주의를 주장함. 극우
파 청년에게 암살당했다.

*염세적인 슬픔을 노래
하여 상징주의 시의 선구
자가 된 A. 비니의 유고
집으로서, 1867년에 간
행된 「시인의 일기」는 비
록 단장(斷章)으로 되어
있기는 하지만 어느 저서
보다도 고고(孤高)한 시
인의 사상과 감정을 잘
전해 주고 있다. 1824년
부터 쓰기 시작하여
1847년 '각서(覺書) 단
편'으로 끝맺어진 이 수
상록에는 시가 있고 아포
리즘이 있으며 스케치풍
의 단편이 있어, 결코 예
사로운 일기가 아니다.
1842년 1월 30일의 기록
은 프레시누의 자리를 이
어 아카데미 회원에 입후
보한 비니가 회원으로서
투표권이 있는 코랄을 방
문한 일이 회화체로 기록
되어 있다.

• 백조(白鳥)의 발레 의상을 가져 오게.

A. 파블로바

Bring me my costume for the Swan Dance.

Anna Pavlova

• 1865년 1월 31일, 이미 상원을 통과한 노예 제도 금지의 헌법 수정 법안은 링컨이 바랐던 바와 같이 3/4에 해당하는 주(州)의 찬성투표로 하원을 통과하였다. 그에 앞서 남부 동맹 의회는 자유가 약속되는 흑인 지원병 징병법을 통과시킴으로써 마지막 회기를 끝마쳤다. 노예 제도를 사실상 폐지하게 한 것들 가운데서 노예를 자기들의 군대에 징병시킨 남부측 의원들의 이 찬성투표만큼 분명한 사례는 달리 찾아볼 수 없을 것이다.

「링컨전」챈우드

＊A. 파블로바(1882. 1. 31~1931. 1. 23) 러시아 발레리나. 「지젤」「백조의 호수」「빈사(瀕死)의 백조」등에서 명연기를 했다(위는 임종의 말).

＊오늘날의 미국 사회에서 가장 중대한 문제로 되어 있는 흑인에 대한 인종 차별은 남북 전쟁 이래의 노예 제도가 안고 있는 문제인 듯한 느낌을 준다. 그러나 현대에는 그 위에 계급 투쟁적인 색깔이 더해져서, 문제는 단순한 인종 차별의 테두리를 벗어난 데 있다. 따라서 현대는 그 어느 때보다도 링컨과 같이 "그 누구에 대해서도 악의를 품지 않는다"는 표어를 몸소 실천한 위대하고 성실한 정치가가 요망되는 때이다. 링컨에 의해 노예 제도가 폐지되고 다만 남북 간에 독립이냐 연방이냐 하는 문제만 놓고 해결의 실마리를 찾고 있을 때 링컨이 암살된다.

2월 February

그레고리력에서는 두 번째 달. 고대 로마에서는 이 무렵 15일에 페브루아(Februa)라는 정화의식(淨化儀式)이 열렸으며, 의식이 열리는 달을 페브루아리우스(Februarius)라고 불렀던 데서 비롯되었다. 주어진 날 수가 30일이 되지 않는 가장 짧은 달인데 평년에는 28일, 윤년이 드는 해에는 29일이 주어진다.

[별자리] 마차부자리, 기린자리, 큰개자리, 쌍둥이자리

[달꽃] 제비꽃(Violet, 보라색) : 성실한 당신에게 내 진심을 드립니다.

[탄생화] 모과(2일) : 평범/야생화(17일) : 친숙한 자연/네모필라(21일) : 애국심

[탄생석](천연보석) 자수정(Amethyst) : 마음의 평화, 진실, 성실, 높은 덕과 이상, 권위의 상징

[다른 탄생석(인조보석)] 바이올렛 사파이어(Violet Sapphire) : 깨끗한 애정, 성실, 평화

2월 1일
괴테, 「젊은
베르테르의
슬픔」 집필
시작
(1774년).

●나는 그 녀석을 보았다—내가 창조한 비참한 괴물
을.

「프랑켄슈타인」 M. 셸리

I beheld the wretch—the miserable monster whom I had
created.

Mary W. Shelley : *Frankenstein*

＊M. 셸리(1797. 8. 30~
1851. 2. 1) 영국 작가.
시인 P. 셸리의 아내. 「프
랑켄슈타인」 「마지막 사
람」 등.

●"나는 당신에게 내 생명밖에 드릴 것이 없군요. 곧
자유롭게 될 거예요. 내가 죽으면 다시 새로운 부인
을 맞으세요." 아들린은 유로 남작에게 이 한 마디를
남기고 숨졌다. 그녀는 남편 유로 남작이 하녀 아가
트를 유혹하는 것을 본 것이다. 아들린이 숨지자 유
로 남작은 곧 재혼했다. 1846년 2월 1일이었다.

「사촌누이 베트」 H. 발자크

＊H. 발자크는 이 소설에
서 악한 자가 번영을 누
리는 내용을 다루었다.

2월 2일
오토 1세, 신
성 로마제국
초대 황제 즉
위
(962년).

●천재는 잘못을 저지르지 않는다. 천재의 잘못은 의
지에 따른 것이며, 발견의 문이다.

「율리시스」 J. 조이스

A man of genius makes no mistakes. His errors are
volitional and are the portals of discovery.

James Joyce : *Ulysses*

＊J. 조이스(1882. 2. 2~
1941. 1. 13) 영국 소설
가. '의식의 흐름'의 수법
에 의한 「율리시스」 등.

●그 뒤로 테스의 일은 더욱 고되지기만 했다. 이윽
고 농가에서 소중하게 여기는 성모 마리아의 날인 2
월 2일이 왔다.

「테스」 T. 하디

＊여성 관계에 대해 지나
치게 결백한 에인절 클레
어는 그를 사모하는 테스
를 남겨 두고 떠나갔다.
테스는 농가에서 날품을
팔고 있었다. 거기에 일
찍이 그녀를 유린한 알렉
이 나타나 테스를 다시
유혹한다.

2월 3일
소련의 루나
9호, 달 착륙
에 성공
(1966년).

●어느 날 깨지고 말 주장으로 눈앞의 승리를 차지하기보다는 어느 때에 반드시 이길 때가 있게 될 주장으로 해서 지는 편이 낫다.

T. 윌슨

I'd rather lose in a cause that will one day win than win in a cause that will someday lose.

Thomas W. Wilson

*T. 윌슨(1856. 12. 28 ~1924. 2. 3) 미국 제 28대 대통령. 민족자결주의 제창.

●1955년 2월 3일. 기적이 일어나지 않는 한 내각은 이 급진 사회당원의 타격을 받고 무너지게 될 것이다.

「모리아크의 일기」 F. 모리아크

*이 「일기」는 노벨 문학상 수상 작가인 F. 모리아크가 50년대에 「피가로」와 「렉스프레스」 등에 연재한 것들을 정리하여 간행한 것이다. 이 논설적인 일기에는 시대적 양심인 모리아크의 면모가 잘 드러나 있다.

2월 4일
미·영·소 얄
타 회담 시작
(1945년).

●그들은 눈을 크게 뜰 따름이었다. 모름지기 내 말이 들리지 않았으리라. 그보다 그들은 나를 한갓 정신병자로 보았을는지 모를 일이다. 한 시간 뒤 육지가 보였다.

C. 린드버그

They just stared. Maybe they didn't hear me. Or maybe they thought I was just a crazy fool. An hour later I saw land.

Charles A. Lindbergh

*C. 린드버그(1902. 2. 4~1974. 8. 26) 미국 비행가. 최초의 대서양 횡단 무착륙 비행.

●2월 4일 콜호스 총회는 만장일치로 부농가족을 북부 카프카스 지방에서 추방하는 일을 결의했다.

「열려진 처녀지」 M. 숄로호프

*「고요한 돈 강」으로 1965년 노벨 문학상을 받은 작가는 이 장편 소설에서 사회주의 건설과 새로운 인간상을 다루고 있다.

2월 5일
몰리에르,
「타르튀프」
초연
(1699년).

●역경은 때로 사람에게 쓰라릴 때가 있다. 그러나 순탄한 환경에서 사는 한 사람에 비해서 역경을 견딜 수 있는 사람은 100명이나 될 것이다.

T. 칼라일

Adversity is sometimes hard upon a man ; but for one man who can stand prosperity, there are a hundred that will stand adversity.

Thomas Carlyle

*T. 칼라일(1795. 12. 4~1881. 2. 5) 영국의 평론가·역사가. 「프랑스 혁명」「영웅과 영웅 숭배」 등.

●1849년 2월 5일 소파에 누워 있는 동양티 나는 여성의 작은 그림에 다시금 손대려 할 때 보들레르가 왔다. 그는 여러 가지 어려움에 관해 말했다.

「들라크루아의 일기」 F. 들라크루아

*보들레르는 미술 평론에도 일가견이 있어 「들라크루아론」을 썼다.

2월 6일
프랑스, 미국
독립 승인
(1778년).

●멈추어라, 움직이며 멈출 줄 모르는 너 하늘의 구체(球體)여, /시간이 걸음을 멈추고, 한밤이 결코 오는 일이 없게 하라.

「포스터스 박사」 C. 말로

Stand still you ever moving spheres of heaven,/That time may cease, and midnight never come.

Christopher Marlowe : *Faustus*

*C. 말로(1564. 2. 6~ 1593. 5. 30) 영국 극작가. 「포스터스 박사」「몰타 섬의 유대인」 등.

●2월 6일, 하미를 향해 출발하기에 즈음하여 그곳에 관한 우리의 지식이란 정말 하찮은 것이었다.

「실크 로드」 S. 헤딘

*스웨덴의 세계적인 탐험가 S. 헤딘은 1933년에서 35년에 걸쳐 제5차 아시아 탐험을 결행했다. 일행이 베이징을 출발하여 실크로드의 기점인 시안에 도착하기까지 3년이 걸렸다.

•연 수입 20파운드에 지출이 19파운드 19실링 6펜스라면 결과는 행복하다. 연 수입 20파운드에 지출이 20파운드 6펜스라면 결과는 불행하다.　　　C. 디킨스

Annual income £20, annual expenditure £19 19s 6d, result happiness. Annual income £20, annual expenditure £20 0s 6d, result misery.

　　　Charles Dickens

*C. 디킨스(1812. 2. 7~1870. 6. 9) 영국 소설가. 「데이비드 카퍼필드」 「크리스마스 캐럴」 등.

•1920년 2월 7일 토요일에 프랑수아 드 세류즈와 폴 로뱅은 메드라노의 곡마단을 구경하러 갔다.

　　　「도르젤 백작의 무도회」 R. 라디게

*20세에 요절한 작가의 심리 소설. 이들 두 친구가 곡마단 구경에서 도르젤 백작 내외를 만나는 대목에서 '낭만적인 심리'의 이 소설은 시작된다.

•한 사람이 상상할 수 있는 것을 다른 사람이 현실적인 것이 되게 할 수 있다.

　　　J. 베른

Anything one man can imagine, other men can make real.

　　　Jules Verne

*J. 베른(1828. 2. 8~1905. 3. 24) 프랑스 소설가. 「80일간의 세계 일주」 「해저 2만 마일」 등.

•2년 전인 이날, 즉 1931년 2월 7일 밤 아니면 8일 새벽에 우리들 다섯 명의 청년 작가는 일시에 어려움을 겪게 되었다.

　　　「망각을 위한 기념」 루쉰(魯迅)

*중국의 혁신적 작가 루쉰은 정치범으로 생명을 잃고 만 여러 청년들을 기념하기 위하여 이 단편을 썼다. 작가는 "슬픔을 벗어 버리기 위해 쓴다"고 했다.

2월 9일
G. 마치니 등,
로마 공화국
수립
(1849년).

• 거리 광장의 가느다란 나무들 위로 바라다 보이는 하얀색 교회는/마치 파르테논 신전을 보는 것처럼 나를 놀라게 한다.

A. 로웰

The sight of a white church above thin trees in a city square/Amazes my eyes as though it were the parthenon.

Amy Lowell

*A. 로웰(1874. 2. 9~ 1925. 5. 12) 미국 시인·평론가. 시집 「라일락」, 전기 「키츠전」 등.

• 1899년 2월 9일. 아침 9시쯤부터 콩고강 양쪽 기슭에 사는 원주민들이 양쪽 끝이 뾰죽하고 날렵한 카누에다 물건들을 싣고 왔다.

「암흑 대륙」 H. 스탠리

*H. 스탠리가 탐험대를 이끌고 잔지바르에 상륙한 것은 1874년 9월이었다. 그로부터 25년이 지난 1899년 아프리카 오지 보마에 도착했다.

2월 10일
일본, 러시아
에 선전 포고
(1904년).

• 내가 알고 있는 가장 큰 즐거움은 몰래 좋은 일을 하고 우연히 그것이 발견되는 것이다.

C. 램

The greatest pleasure I know is to do a good action by stealth, and to have it found out by accident.

Charles Lamb

*C. 램(1775. 2. 10~ 1834. 12. 27) 영국 수필가·시인. 「엘리아의 수필」은 수필 문학의 최고 걸작으로 평가됨.

• 1964년 2월 10일. 내가 당신을 사랑하기 전에도 지금처럼 모리스를 사랑했었는지요?

「정사의 끝」 G. 그린

*중년 소설가 벤드릭스는 사랑하는 사라 마일스가 다른 남자와 정사(情事)에 빠져 있다고 생각한다. 위의 일기는 사라가 남편 헨리에게 쓴 것. 모리스 벤드릭스는 사라와 결혼하려 하지만, 그녀는 독감으로 숨지고 만다.

2월 11일
당(唐), 양세
법(兩稅法)
시행
(780년).

• 천재는 1%의 영감과 99%의 땀이다.

T. 에디슨

Genius is one percent inspiration and ninety-nine percent perspiration.

Thomas A. Edison

*T. 에디슨(1847. 2. 11~1931. 10. 18) 미국 발명가. 축음기·백열전구·영화 촬영기·영사기 등을 발명.

• (뒤마의 신작 「앙리 3세와 그 궁정」의) 공연 첫날은 1829년 2월 11일로 정해졌다. 걱정스러워진 뒤마는 아주 대담한 수단을 취하기로 했다.

「파리의 왕」 엔도와

*「몽테크리스토 백작」·「삼총사」 등의 작가인 A. 뒤마의 전기. 그는 500권 이상의 저서를 내었고, 수입은 모조리 호화로운 생활을 위해 낭비하며 그야말로 '파리의 왕'에 어울리는 생활을 했다.

2월 12일
콩고 수상 루
뭄바 암살됨
(1961년).

• 만일 내가 다시 한 번 더 살 수 있다면 매주 한 번씩은 반드시 시를 읽고 음악을 듣겠다.

C. 다윈

If had my life to live over again, I would make it rule to read some poetry and listen to some music at least once every week.

Charles Darwin

*C. 다윈(1809. 2. 12~1882. 4. 19) 영국 생물학자·진화론자. 「종(種)의 기원」 등.

• 미켈란젤로의 노년기는 괴테와 위고의 노년기와 같은 영광에 싸여 있었다. 그러나 그는 영광을 경멸하고 세상을 경멸하고 있었다. 1564년 2월 12일에 그는 하루 종일 '피에타'를 제작하고 있었다.

「미켈란젤로의 생애」 R. 롤랑

*미켈란젤로는 '정열적이면서 약한 영혼의 소유자'로 묘사되어 있다. 그는 1564년 2월 18일 '영혼은 하느님께, 육체는 대지께' 바쳤다.

2월 13일
오렌지공 윌
리엄의 '권리
선언(명예 혁
명)'
(1689년).

● 이렇듯 오랫동안 어디 계셨는가? /그대 나의 소중
한 저녁별이여.

W. 바그너

Say, Where didst thou tarry so long? O thou, my
gracious evening star.

Wilhelm Wagner

● 예수회(會)의 박해를 피하여 망명한 신교도 드 레
느퐁은 죽음에 즈음하여 예수회에게 빼앗기지 않은
5만 에큐의 돈을 유대인 사무엘에게 맡기면서, 150
년 동안 그 돈에 대한 이자 수입을 얻을 수 있도록
조치하라고 했다. 그리고 150년 뒤인 1832년 2월 13
일 정오에 후손들이 파리의 생 프랑수아 거리에서 만
나 그 유산을 나누어 가지도록 했다.

「방황하는 유대인」 슈

*W. 바그녀(1813. 5.
22~1883. 2. 13) 독일
작곡가. 악극 「탄호이저」
「로엔그린」 등.

2월 14일
소련 공산당
20차 대회에
서 스탈린 비
판
(1956년).

● "아프니?" 하고 나는 물었다. 그레이스는 대답 대
신에 나를 끌어안고 자신에게 더 가까이 잡아당겼다.

「나의 삶과 사랑」 F. 해리스

"Does it hurt ? " I asked, and Grace's answer was to put
arms about my body and legs about my hips and strain
me nearer to her.

F. Harris : *My Life and Loves*

● 1882년 2월 14일에 레오폴드(동적인 시인)는 자기
이름의 생략형에 의한 어떤 아크로스틱(시의 한 형
태)을 미스 메어리언 트위디에게 우송했던가?

「율리시스」 J. 조이스

*F. 해리스(1856. 2.
14~1931. 8. 26) 영국
「이브닝 뉴스」 및 「새터
디 리뷰」의 편집장 지냄.
「인간 셰익스피어」 「와일
드전」 「나의 삶과 사랑」
등.

*호메로스의 「오디세이
아」를 본받은 구성에 의
해 18개의 삽화로 이루어
진 이 대장편은 20세기
소설의 최고 작품이다.
1904년 6월 16일 하루의
일을 중심하여 의식의 흐
름, 내심의 독백, 과장법
과 대화 등 온갖 수법에
의해 소설은 전개된다.

2월 15일
헤이그 상설
국제 사법재
판소 발족
(1922년).

• 그래도 지구는 돈다.

G. 갈릴레이

Yet it does move.

Galileo Galilei

*G. 갈릴레이(1564. 2. 15~1642. 1. 8) 이탈리아 물리학자·천문학자, 지동설 주장.

• 1854년 2월 15일, 페리 제독은 3척의 순양함, 4척의 전투용 범선(帆船) 및 2척의 보급선, 즉 9척으로 편성된 함대를 이끌고 다시금 에도만(江戶灣)에 모습을 나타냈다. 일본 조정은 최종적 회답 지연을 이유로 온갖 술책을 다 썼다.

「일본에서의 3년」 R. 올코크

*1853년 미국 페리 제독의 일본 원정으로 오랜 쇄국의 꿈은 무너진다. R. 올코크는 영국의 초대 총영사로 1859년 일본에 부임한다.

2월 16일
카스트로, 쿠
바 총리에 취
임
(1959년).

• 교육은 결국 글자는 읽을 수 있으나 읽을 가치가 있는 것을 식별하지 못하는 많은 사람을 만들어 냈다.

G.M. 트리벨리언

Education has produced a vast population able to read but unable to distinguish what is worth reading.

George M. Trevelyan

*G.M. 트리벨리언(1876. 2. 16~1962. 7. 21) 영국 역사학자. 「영국 사회사」 등.

• 1833년 2월 16일에서 17일에 이르는 밤은 축복된 밤이었다. 그것은 마리우스와 코제트가 결혼한 밤이었기 때문이다.

「레미제라블」 V. 위고

*V. 위고는 소설 머리말에서 "노동자의 생활에서 비롯되는 타락, 굶주림에서 비롯되는 여성의 타락, 어두운 생활로 해서 학대받는 어린이의 현실을 폭로함으로써 사회에 호소한다"고 밝히고 있다.

2월 17일
G. 브루노, 이
단의 죄명으
로 화형
(1600년).

• 인구는 억제하지 않으면 기하급수적으로 증가한다. 생계비는 겨우 산술급수적으로 증가할 뿐이다.

T. 맬서스

Population, when unchecked, increases in a geometrical ratio. Subsistence increases only in an arithmetical ratio.

Thomas R. Malthus

*T. 맬서스(1766. 2. 17~1834. 12. 23) 영국 경제학자.「인구론」

• 20개 파이프 때문에 연기 자욱한 방에서 빠져 나온 셰로스카는 설마 죽음의 신을 만나러 가게 되리라고는 생각조차 하지 못했다. 그날 2월 17일은 여느 날보다 해가 1분이나 빨리 떠올랐다.

「이유 없이」G. 파피니

*뒷날 그리스도교인이 되어「그리스도의 생애」를 쓰게 되기까지 G. 파피니는 철저한 무신론자로서 허무적인 염세 사상의 소유자였다.「이유 없이」는 그 무렵의 단편.

2월 18일
티무르, 명
(明) 원정 중
병사
(1405년).

• 나는 여기 서 있노라. 나는 바꿀 수 없노라. 하느님, 나를 도우소서. 아멘!

M. 루터

Here I stand ; I can do no otherwise. God help me. Amen!

Martin Luther

*M. 루터(1483. 11. 10~1546. 2. 18) 독일 종교 개혁자. 보름스 의회에 소환되어 저서를 취소하라는 말에 대한 답변「그리스도인의 자유」등.

• 2월 18일 오후 3시쯤, 날씨는 흐렸지만 비는 내리지 않았다. 테레즈는 거실의 난로 앞에 앉아 있었다. 그녀는 의자 받침에 머리를 기댄 채 눈을 감고 있었다.

「테레즈 데케루」F. 모리아크

*고독과 인습적인 가족 제도로 해서 고민하다가 남편을 독살하려 하는 테레즈를 통하여 F. 모리아크는 "하느님 없는 인간의 비극"을 묘사하려 하였다. 1926년에 발표된 중편 소설.

2월 19일
동남아시아
조약기구 발
족
(1955년).

●자기 이외의 어디에도 존재하지 않는 것에 충실하라—그렇게 함으로써 필요 불가결한 것이 되어라.

A. 지드

Be faithful to that which exists nowhere but in yourself —and thus make yourself indispensable.

Andre Gide

*A. 지드(1869. 11. 22~1951. 2. 19) 프랑스 노벨 문학상 수상 작가. 「좁은 문」「배덕자」「땅의 양식」 등.

●2월 19일 한밤중, 톰 캔티는 궁전의 폭신한 침대에서 행복에 겨워 깊이 잠들어 있었다. 내일은 영국 국왕으로서 왕관을 쓰게 되는 행복한 날이다.

「왕자와 거지」 M. 트웨인

*생긴 모습은 물론 눈매와 목소리까지 똑같이 생긴 왕자와 거지가 옷을 바꾸어 입고, 3주간 바꾸어진 환경과 처지에서 지내는 이야기. 1881년 간행된 소년 소설.

2월 20일
명(明)의 애
국자 해서(海
瑞) 구금됨
(1566년).

●우리는 선언하노니 보편적인 다이나미즘이 동적인 감정으로 표현되어야 하며, 운동과 빛이 대상의 본질을 파괴한다.

F. 마리네티

We proclaim that universal dynamism must be rendered as dynamic sensation ; that movement and light destroy the substance of objects.

Filippo T.M. Marinetti

*F. 마리네티(1878. 12. 22~1944. 12. 2) 이탈리아 시인. 1929년 2월 20일, 파리의 「피가로」지에 '미래파 선언'을 발표.

●1671년 2월 20일. 네가 어떻게 지내는지 알고 싶구나. 사랑하는 딸과 라 파리스 이후 지금까지 아무 소식도 접하지 못했으니 말이다.

「세비네 부인 서간집」 세비네 부인

*24세의 나이로 홀몸이 된 필자가 성장하여 백작 부인이 된 딸에게 보낸 서간집. 1,700통에 이른다.

2월 21일
유방(劉邦),
전 한(前漢)
건국
(B.C.202년).

● 인간은 바보일수록 더욱 멋대로 놀고, 인생에 관해 무지할수록 더욱 둔감해진다.

S. 기트리

The less intelligent people are, the more scornful they are, and the less they know about life, the more blase they are.

Sacha Guitry

*S. 기트리(1885. 2. 21~1957. 7. 24) 프랑스 극작가·배우.

● 2월 21일 월요일 아침. 와틀레이의 크로니클 신문은 제1면에 마스리 사건에 관한 연재 기사 제1회를 게재했다.

「땅 끝까지」 A. 크로닌

*A. 크로닌은 휴머니즘을 추구하는 작가로 유명하다. 1953년에 발표된 「땅 끝까지」에서 정의와 진실을 사랑하는 청년들이 사회악 및 허위와 맞서 싸우는 모습을 강하게 묘사하고 있다. 범인을 찾는 줄거리는 마치 탐정 소설 같다.

2월 22일
파리에서 2월
혁명 일어남
(1848년).

● 밑에 짐이 없는 배는 불안정하고 똑바로 나아갈 수 없다.

A. 쇼펜하우어

A ship without ballast is unstable and will not go straight.

Arthur Schopenhauer

*A. 쇼펜하우어(1788. 2. 22~1860. 9. 21) 독일 철학자. 「의지와 표상(表象)으로서의 세계」 등.

● 그때 가정(賈政)에게서 사람이 와서 할머니에게 이사는 2월 22일이 일진이 좋기 때문에 그날 하겠다는 말을 전했다.

「홍루몽(紅樓夢)」 조설근(曹雪芹)

*「홍루몽」은 1754년부터 10년 동안 썼으며, 그 동안에 다섯 번 수정했으나 마무리는 짓지 못하였다. 주인공 가보옥(賈寶玉)의 생가인 영국저(榮國邸)를 무대로 임대옥(林黛玉)과의 로맨스가 펼쳐진다.

2월 23일
청(淸)의 동치제(同治帝) 친정 시작 (1873년).

• 만일 그대가 큰 재능의 소유자라면 부지런함이 그 재능을 더욱 키워 주리라. 만일 그대가 평범한 재능의 소유자라면 부지런함은 모자란 부분을 채워 주리라.

J. 레이놀즈

If you have great talents, industry will improve them : if you have but moderate abilities, industry will supply their deficiency.

Joshua Reynolds

*J. 레이놀즈(1723. 7. 16~1792. 2. 23) 18세기 영국의 대표적 초상화가.

• 1896년 2월 23일, 사순절 첫째 주일이었다. 앙드레 스테베놀은 이미 세비야의 축제도 파장할 때가 되었다고 생각하자 조금은 원망스러운 감정을 지니게 되었다.

「여인과 꼭두각시」 P. 루이스

*앙드레가 그날 페리스 부인을 만나게 되면서 이야기는 시작된다. P. 루이스의 관능적인 필치는 여성의 모습을 생기 있게 묘사하고 있다.

2월 24일
교황 그레고리오 13세, 그레고리력(曆) 공포 (1582년).

• 어떤 인간이 필요로 하는 것을 찾아 세계를 돈 뒤에 집에 돌아오면 찾는 것은 바로 거기 있다.

G. 무어

A man travels the world over in search of what he needs and returns home to find it.

George Moore

*G. 무어(1852. 2. 24~1933. 1. 21) 영국 시인·소설가. 「이교도의 시」 「청년의 고백」 등.

• 1848년 2월 24일. 열광하는 군중이 소란을 피우고 있었다. 대부분이 노동자였고, 무기를 들고 있었다. 떠들썩한 소리와 지롱드당의 '조국을 위해 죽으리라'는 노래, 토론에 열중하고 있는 많은 사람들.

「체험기」 V. 위고

*프랑스 2월 혁명 때의 위고 자신의 체험기이다. 그는 폭동이 있은 다음날 바스티유 광장에 나가 군중 속에 섞여 대화를 나눈다.

2월 25일
아키노 여사,
필리핀 대통
령 취임
(1986년).

●내가 다시 태어난다면 독수리가 되고 싶다. 어떤
것도 독수리를 미워하거나 부러워한다든지, 바라거
나 필요로 하지 않는다.

W. 포크너

If I were reincarnated, I'd want to come back a
buzzard : nothing hates him or envies him or wants him
or needs him.

William Faulkner

*W. 포크너(1897. 2.
25~1962. 7. 6) 미국 노
벨 문학상 수상 작가.
「소리와 분노」 등.

●1601년 2월 25일 아침, 곧 집행될 처형식 전에 참
관인으로 지정된 사람들이 모두 모였다. 식은 짧지
않았다. 그는 처형대 위에 몸을 엎드렸다. '하느님,
주님 앞에 몸을 맡기는 종을 불쌍히 여기소서!' 그렇
게 소리치며 머리를 형틀 위에 놓았다.

「엘리자베스와 에식스」 G. 스트레이치

*엘리자베스 1세(여왕)
가 에식스 백작을 처형하
는 광경.

2월 26일
나폴레옹, 엘
바 섬 탈출
(1815년).

●참 사랑을 할 때 가장 먼저 남성은 소심해지고 여
성은 대담해진다.

V. 위고

The first symptom of true love in a man is timidity, in
a girl it is boldness.

Victor Hugo

*V. 위고(1802. 2. 26~
1885. 5. 22) 프랑스 낭
만파 작가. 소설 「레미제
라블」, 희곡 「에르나니」
등.

●2월 26일. 나는 너무 많은 것들을 바라고 있다. 내
게 필요한 것은 하나의 생명이 아니라 천 개의 생명
이다. 꼭 살아야만 하는 순간이 너무나 많다.

「사랑과 공포」 E. 카뮈

*프랑스 소녀 E. 카뮈의
일기와 서간집. 19살이던
1942년 겨울 폐병을 앓게
된다. 각지에서 요양했으
나 1945년 늦가을 끝내
숨진다.

2월 27일
독일, 국회
의사당 방화
사건 일어남
(1933년).

● 만일 적들의 숨겨진 역사를 읽을 수 있다면 그들 한 사람 한 사람의 삶 속에서 슬픔과 괴로움을 발견함으로써 적대감은 사그러들 것이다.

H. 롱펠로

*H. 롱펠로(1807. 2. 27~1882. 3. 24) 미국 시인. 「에반젤린」 등.

If we could read the secret history of our enemies, we should find in each man's life sorrow and suffering enough to disarm all hostility.

Henry W. Longfellow

● 먼 뒷날까지 모든 사람들의 화제가 된 썰매 타기는 2월 26일에 행해졌다. 27일은 눈이 녹는 따뜻한 날씨로서, 얼었던 것들이 녹으며, 흙탕이 튀었으나 이 날 클뢰테르얀 부인은 무척 기분이 좋았다.

「트리스탄」 T. 만

*클뢰테르얀 부인은 기관지염으로 고생한다. 삶과 죽음을 주제로 한 이 단편에서는 '트리스탄과 이졸데'의 곡이 중요한 구실을 한다.

2월 28일
이집트, 영국
으로부터 독
립
(1922년).

● 기억력이 좋지 못한 사람은 거짓말을 해야 하는 장사를 해서는 안 된다는 말이 있는데 정말 타당한 말이다.

M. 몽테뉴

*M. 몽테뉴(1533. 2. 28~1592. 9. 13) 프랑스 모럴리스트. 「수상록」 등.

It is not without good reason said, that he who has not a good memory should never take upon him the trade of lying.

Michel de Montaigne

● 1815년 2월 28일 오전, 돛이 세 개인 범선 파라옹호가 마르세이유 항구의 좁은 물길을 따라 들어오고 있었다. 뚝에서 군중 속에 섞여 그것을 바라보던 한 사람이 더 기다릴 수 없다는 듯이 작은 배에 올라타더니, 두 선원에게 명하여 전속력으로 파라옹호를 향해 갔다.

「몽테크리스토 백작」 A. 뒤마

*죄 없이 감옥에 갇힌 에드몽 당테스가 탈출하여 복수를 펼친다.

● 세탁물 기입표를 가져 오면 작곡해 보이겠네. /가수
가 없다면 오페라는 참 멋지게 될 것이네.

G. 로시니

Give me a laundry list and I'll set it to music./How
wonderful opera would be if there were no singers.

Gioachino Rossini

● 1873년 2월 29일 각서. 나는 일을 해야 하겠다는
의욕은 있으나 방법이 없다. 꽃이 활짝 피어 있는 정
원을 한 바퀴 돌았다. 나는 옷을 준비하였다. 이윽고
손자와 손녀들이 몸치장을 해 달라고 또는 창찬해 달
라고 온다. 티티트는 선녀로 분장하고, 로로는 바라
키아 인으로 분장해 주었다. 정말 귀엽다. 르네는 피
에로가 되었고 모리스는 중국인이 되었으며, 그리고
프로쉬는 갓난애가 되었고, 리나는 인도인이 되었다.
아이들이 잠자는 시간인 9시까지 모두들 춤춘다. 나
는 피아노를 친다.

「조르주 상드」 A. 모루아

＊G. 로시니(1792. 2.
29~1868. 11. 13) 이탈
리아 오페라 작곡가.「세
비야의 이발사」·「빌헬름
텔」 등.

＊전기 작가로서 원숙기
에 이른 A. 모루아는 자
기의 열권째 전기로서 조
르주 상드를 선택했다.
A. 모루아는 남자와 같은
교육을 받았고, 소년과
같은 차림으로 다닌 이
고집스러운 소녀의 성장
시절부터 평범한 귀족 뒤
드방 남작과의 결혼 실패
뒤 파리로 나와「앵디아
나」로 문단에 데뷔, 그
뒤의 남성 편력에 대해
기록하고 있다. 멋쟁이지
만 고집이 센 시인 L. 뮈
세, 선량하고 바람기가
있는 의사 파젤로, 까다
롭고 냉소적인 소설가 P.
메리메, 미남이지만 평범
한 극작가 마르피유, 그
리고 마지막에는 7세 연
하인 천재 음악가 쇼팽.
그러나 상드도 어느덧 늙
은 것이다.

3월 March

　　그레고리력에서는 세 번째 달. 고대 로마력에서는 한 해의 첫 번째 달. 고대 로마의 '전쟁의 신인 마르스(Mars)의 달'이라는 뜻의 마르티우스(Martius)에서 비롯되었다. 고대 로마의 지중해 연안 지역에서는 3월이 봄의 첫 달이자 한 해의 시작을 알리는 달이며, 군사 활동이 시작되는 달이다. 기원전 153년 야누아리우스(Januarius)가 공식적인 한 해의 시작 시점으로 결정되어 첫 번째 달이 되고, 페브라리우스(Februarius)가 두 번째 달이 되면서 세 번째 달로 내려가게 되고, 지금의 순서를 갖추게 되었다. 같은 3월이라도 북반구는 봄이고 남반구는 가을이다.

[별자리] 게자리, 작은개자리, 용골자리, 살쾡이자리, 고물자리

[달꽃] 물망초(Forget-me-not, 파랑) : 영원히 사랑한다는 것을 잊지 말아요.

[탄생화] 자운영(3일) : 나의 행복/박하(16일) : 미덕/당아욱(22일) : 은혜

[탄생석(천연보석)] 남주석(Aquamarine) : 침착, 총명, 용감

[다른 탄생석(인조보석)] 블루 스피넬(Blue Spinel) : 침착, 총명, 용기

3월 1일
3·1 운동
(1919년).

•박람회는 다만 실용적이고 아름다울 뿐 아니라 고상한 도덕적인 교훈을 말하는 것이어야 한다(빅토리아 여왕의 말).

L. 스트레이치

It should not merely be useful and ornamental ; it should preach a high moral lesson.

Lytton Strachey

*L. 스트레이치 (1880. 3. 1~1932. 1. 21) 영국 전기 문학자.「빅토리아 여왕」등.

•1580년 3월 1일. 독자여, 이것은 정직한 책이다. 이것을 쓴 목적은 내 집만을 대상으로 한 사적인 것이 아니다. 나는 이것을 아내와 친구들만의 편의를 위해 썼다.

「수상록」 M. 몽테뉴

*M. 몽테뉴의 「수상록」 초판이 1580년에 나왔으며, 마지막 원고가 1595년에 출판되었다. 그는 머리말에서 "나 자신이 이 책의 제재다." 라고 말하였다.

3월 2일
코민테른(제3 인터내셔널) 창립 대회
(1919년).

•비너스의 숲에는 물망초와 선갈퀴를 꽂았다. 그가 말했다. "영광에 싸인 그대의 모습이여! 존 토머스와 결혼하는 레이디 제인!"

D.H. 로렌스

In her maiden hair were forget—me-nots and woodruff. 'That's you in all glory!' he said. 'Lady Jane, at her wedding with John Thomas.'

David H. Lawrence

*D.H. 로렌스 (1885. 9. 11~1930. 3. 2) 영국 소설가. 「채털리 부인의 연인」 등.

•1895년 3월 2일. 어제 저녁 에드몽 콩쿠르의 축하 모임—첫째, 사절의 전보를 보내도 좋다. 12프랑 절약. 게다가 전보는 후식 시간에 낭독된다.

「일기」 J. 르나르

*J. 르나르는 1887~ 1910년의 생활을 성실하게 기록하고 있다. 그는 "이 일기는 내 생애에 기록하게 될 작품들 가운데 가장 좋고 가장 유익한 것이다." 라고 말하였다.

3월 3일
러시아의 알
렉산드르 2
세, 농노 해
방령 공포
(1861년).

● 왓슨 군, 이리 오게, 할 말이 있네.

A. 벨

Mr. Watson, come here, I want you.

Alexander Graham Bell

*A. 벨(1847. 3. 3~
1922. 8. 2) 전화기 발명
자. 위의 말은 벨이 1876
년 3월 10일, 자기가 발
명한 전화기로 조수인 왓
슨을 부르며 한 첫마디
말.

● 발타자르 알드라밍은 더 이상 말하지 못할 것이다.
그는 두 손을 가슴의 상처 위에 포개놓고 잠들어 있
다. 이 상처는 1779년 3월 3일에 생겼고, 그는 갑자
기 젊은 나이로 목숨을 끊게 된 것이다.

「복수」 H. 레니에

*우아한 시정(詩情)이
넘치는 서정 소설로서 19
세기말~20세기초 프랑
스 문단을 꾸민 H. 레니
에의 단편 「복수」의 첫머
리이다.

3월 4일
링컨, 미국
제16대 대통
령에 취임
(1861년).

● 너무 지나치게 많이 읽으면 정신을 압박하고, 자연
의 촛불을 꺼버리고 만다.

W. 펜

Much reading is an oppression of the mind, and
extinguishes the natural candle.

William Penn

*W. 펜(1644. 10. 14~
1718. 7. 30) 영국의 신
대륙 개척자.

● 1958년 3월 4일. 아무리 젊어도 너무 젊다는 법은
없다. 이것은 모름지기 내 활력과 내 가치의 증거이
다. 시간은 언제나 모자란다. 의지와 상상력, 시간
등의 세 가지를 좋게 쓸 것이며, 이것을 일상적인 수
단에 따라 점차적으로 늘려갈 것.

「해변의 일기」 유그낭

*유그낭은 「거친 해변」
(1960)을 간행한 뒤 62
년 9월, 26세에 자동차
사고로 죽었다. 그는 18
세 때부터 계속 일기를
썼다.

3월 5일
W. 처칠, 미
국 미주리주
에서 '철의 장
막' 연설
(1946년).

● 소련에서는 "일하지 않는 자는 먹지 말라"는 원칙
에 따라 노동은 일할 수 있는 육체를 가진 시민의 의
무이다.

—I. 스탈린

In the USSR, work is the duty of every able—bodied
citizen, according to the principle ; "He who does not
work, neither shall he eat."

Iosif V. Stalin

＊I. 스탈린(1879. 12.
21~1953. 3. 5) 소련 독
재 혁명가.

● 1815년 3월 5일, 전령(傳令) 한 명이 튈르리 궁전
으로 달려와 놀라운 소식을 전했다. 나폴레옹이 엘바
섬에서 탈출하여 600명의 부하를 거느리고, 3월 1일
프레쥐스에 상륙했다고 한다.

「조제프 푸셰」 S. 츠바이크

＊나폴레옹 시대에 야심
에 찬 정치가였던 조제프
푸셰의 전기. 이 책의 전
반은 대혁명 시대를 그렸
고, 후반은 나폴레옹 치
하를 무대로 하고 있다.

3월 6일
그리스, 독립
전쟁 시작
(1821년).

● 하느님, 제가 이룰 수 있는 일 이상을 항상 염원하
게 하소서.
대리석이 작아지면 작아질수록 조각은 커진다.

미켈란젤로

Lord, grant that I may always desire more than I
accomplish.
The more the marble wastes, the more the statue grows.

Michelangelo

＊미켈란젤로(1475. 3.
6~1564. 2. 18) 이탈리아
르네상스 때의 조각가·화
가·건축가·시인. 「피에
타」·「최후의 심판」 등.

● 1834년 3월 6일의 일이었다. 여러 나그네들이 카프
리 섬의 파가니 여관에 모였다. 그 중 카라부리아 출
생의 한 미인이 있었다.

「즉흥시인」 H. 안데르센

＊즉흥시인 안토니오와
가수 아눈차타 및 장님인
거지 소녀 라라를 중심으
로 벌어지는 사랑의 이야
기이다.

3월 7일
독일군, 라인
란트에 진주
(1936년).

•하느님의 존재에 대한 확실한 증명은 추상 관념이
아니라, 우주에 나타나는 구체적인 증거에 바탕을 두
어야 한다.

T. 아퀴나스

Any valid proof for the existence of God must be based,
not upon an abstract idea, but upon concrete evidence
manifested in the universe.

Thomas Aquinas

*T. 아퀴나스(1225. 2.
28~1274. 3. 7) 이탈리
아의 철학자·신학자. 「신
학대전」 등.

•1788년 3월 7일, 성 카를로 성당에서 추기경 비스
콘티의 추모회가 열렸다. 교황의 예배 성가단이 노래
미사를 위해 노래한다 하기에 우리는 내일을 위해 귀
를 씻어 깨끗하게 하려고 열심히 들었다.

「이탈리아 기행」 J. 괴테

*1786년 9월 3일부터
약 24개월에 걸쳐 J. 괴
테는 이탈리아를 여행했
다.

3월 8일
소련, 새 경
제 정책(네
프) 채택
(1921년).

•누구에게 부탁해야 할 일이 있으면 나는 교구에서
가장 바쁜 사람에게 부탁한다. 그러면 틀림없이 그
일이 마무리된다.

H. 비처

If there's a job to be done, I always ask the busiest man
in my parish to take it on and it gets done.

Henry W. Beecher

*H. 비처(1813. 6. 24~
1887. 3. 8.) 미국 명설
교가. 「예수전」 등.

•3월 8일 아침 6시 무렵, 후작은 가슴에 훈장을 잔
뜩 달고 3통째인 정치 문서의 초고를 맏아들로 하여
금 필기하게 하였다.

「파름의 수도원」 스탕달

*오스트리아 황제에게
충성을 다하는 델 돈고
후작은 황제에게 편지를
쓸 때는 훈장을 달아야만
경의를 나타내는 것이라
고 생각한다.

•오, 내 아메리카! 나의 새로 발견한 땅이여!

J. 단

하느님 다음에는, 두말 할 것 없이 순례자의 땅 아메리카 너를
사랑하노라.

E. 커밍스

Oh, My America! My new found land!

John Donne

Next to of course God, America I love you land of the pilgrims
and so forth.

Edward Estlin Cummings

•1860년 3월 9일 밤, 바다를 감싼 구름 때문에 1m
앞도 보이지 않았다. 집채 같은 파도가 잿빛으로 빛
나면서 부서지고 있다. 그 거친 바다 위에 돛을 거의
내린 한 척의 배가 표류하고 있었다.

「2년간의 휴가」 J. 베른

•미국의 경우 책의 운명은 여성의 손에 달렸다.

W. 하웰스

In the United States the fate of a book is in the hands
of the women.

William D. Howells

•보로자는 일에 착수했다. 거울판을 완성하는 것은
3월 10일이라고 약속했는데 어느덧 4월, 일이 제대
로 되지 않는다. 그는 침착하지 못하게 허둥거렸고
계속해서 하품을 했다. 일단 안정을 찾은 듯했던 생
활이 다시금 혼란해지기 시작한 것이다.

「해빙」 I. 예렌부르크

＊A. 베스푸치(1454. 3.
9～1512. 2. 22)는 1498
년 3월 9일 아메리카 대
륙에 도착했다.

＊이 작품은 소년 모험
소설인 「십오 소년 표류
기」로 알려져 있다.

＊W. 하웰스(1837. 3.
1～1920. 5. 11) 미국 소
설가. 「소년의 거리」 등.

＊이 소설은 1954년에
제1부가 발표되었고, 제2
부는 1956년에 발표되어
소련에 논쟁을 불러 일으
켰다. '해빙(解氷)'이란
말은 스탈린 체제의 붕괴
와 소련 사회의 자유화를
뜻하는 말로 사용되었다.

3월 11일
미국, 무기
대여법 제정
(1941년).

• 3명의 구성원 중 1명은 아프고 1명은 결석하는 그
런 위원회는 아무것도 성취할 수가 없다.

H. 판론

*H. 판론(1882. 1. 14~
1944. 3. 11) 미국 저술
가. 「인류이야기」 등.

Nothing is ever accomplished by a committee unless it
consists of three members, one of whom happens to be
sick and another absent.

Hendrik Willem van Loon

• 3월 11일에 호텔 지배인은 갑자기 기차가 그 날 정
오에 출발한다고 했다. 그러나 기차는 3시가 되어서
야 겨우 떠났다. 저녁 식사 시간이 되어 르모역에 도
착했다. 여기서 하룻밤을 지낼 모양이다.

「모략」 E. 워

*동물 애호가임을 강조
하는 포티 부인과 틴 양
이 아프리카 연안에 있는
상상 속의 섬나라인 아자
니아에 들어가면서 사건
은 벌어진다.

3월 12일
트루먼 독트
린 발표
(1947년).

• 정직한 사람이 어디 있느냐고 말하는 사람은 반드
시 악당이라고 생각해도 좋다.

G. 버클리

*G. 버클리(1685. 3.
12~1753. 1. 14) 영국
철학자. 「인지원리론」 등.

He who says there is no such thing as an honest man,
you may be sure is himself a knave.

George Berkeley

• 랭킬러 변호사는 서류를 보면서 데이비드 소년에게
물었다. “어디서 태어났느냐?” “에센딘에서 태어났
습니다. 1733년 3월 12일이 생일입니다.” “신원을
증명할 수 있는 서류 등이 있느냐?” “없습니다. 그러
나 캠벨 목사님이 증언해 주실 것입니다.”

「유괴」 R. 스티븐슨

*주인공인 데이비드 소
년이 부모를 여의고 난
뒤 겪게 되는 모험담.
1886년에 간행된 소년 소
설.

3월 13일
독일, 오스트
리아 합병
(1938년).

•삶의 비결은 어느 한 가지 일에 깊은 흥미를 가지
고, 다른 천 가지 일에 상당한 흥미를 가지는 것이다.
                                                    H. 월폴

＊H. 월폴(1884. 3. 13~
1941. 6. 1) 영국 소설
가. 「목마」 등.

The secret of life is to be interested in one thing
profoundly and in a thousand other things well.

                                                    Hugh Walpole

•클레망소는 1906년 3월 13일 사리앙 내각의 내무장
관이 되었다. 같은 해 10월 사리앙이 물러나고, 그는
국무총리 겸 내무장관이 되었다.

                                                    「클레망소」 레옹 도데

＊'승리의 아버지'라 불려
지며 사랑을 받았고, 한
편 '호랑이'란 별명으로
사람들이 무서워하기도
했던 클레망소의 폭풍적
인 생애. 작자는 A. 도데
의 아들로서 클레망소와
친교가 있었다.

3월 14일
아인슈타인
태어남
(1879년).

•프롤레타리아는 쇠사슬 외에 잃을 것이 없으며, 얻
을 것은 온 세상이다.
만국의 프롤레타리아들이여, 단결하라!
                                            「공산당 선언」 K. 마르크스

＊K. 마르크스(1818. 5.
4~1883. 3. 14) 독일 사
상가. 「자본론」 등.

The proletarians have nothing to lose but their chains.
They have a world to win.
WORKING MEN OF ALL COUNTRIES, UNITE !
                                    Karl Marx : *The Communist Manifesto*

•제2막 제1장, 시저 암살의 전날 밤. 브루투스 저택
의 정원. 브루투스는 마지막 결심을 굳힌다. 루시어
스가 브루투스에게 편지를 전한다. "다시 한 번 더
자도 된다. 아직 날이 새지 않았다. 내일은 바로 3월
15일이 아닌가."

                                        「줄리어스 시저」 W. 셰익스피어

＊다음날인 3월 15일에
시저(카이사르)는 암살
자에게 살해된다. 브루투
스가 칼로 찌르는 것을
보고 그는 "브루투스, 너
까지! "하고 쓰러진다.

3월 15일
러시아, 니콜라이 2세 퇴위 (1917년).

● 3월 15일을 주의하라.
　　브루투스, 너까지!
　　　　　　　　　「줄리어스 시저」 W. 셰익스피어

Beware the Ides of March.
You, too, Brutus!　(Et tu Brute!)
　　　　　　　　　W. Shakespeare : *Julius Caesar*

＊카이사르(B.C. 10. 7. 12～44. 3. 15) 로마 정치가. 「갈리아 전기(戰記)」 등.

● 이 마지막이면서 너무 또렷한 말에 상대방은 뒤돌아서서 고요히 가게에서 나갔다. 그러자 다음날인 3월 15일에 한 패의 장사꾼들이 옆 가게로 몰려들었다.
　　　　　　　　　「모자장수의 성」 A. 크로닌

＊스코틀랜드의 리븐포드 시에서 모자가게를 하는 제임스 브로디는 허영심과 이기주의로 꽉 찬 사람이었다. 그 때문에 생기는 온갖 불행의 이야기이다. 이 소설은 A. 크로닌의 첫 작품으로 1930년에 집필되었다.

3월 16일
독일, 베르사유 조약 폐기하고 재군비 선언 (1935년).

● 연인 사이에 서로 싫증을 느끼지 않는 것은 언제나 자기에 대해서만 말하고 있기 때문이다.
　　　　　　　　　「잠언과 성찰」 F. 라 로슈푸코

The reason lovers are never weary of each other is because they are always talking about themselves.
　　　　　　　　　F. La Rochefoucauld : *Maxime*

＊F. 라 로슈푸코(1613. 9. 15～1680. 3. 16) 프랑스 모럴리스트. 「잠언과 성찰」 등.

● 지금부터 45년이나 전인 3월 16일, 난생 처음으로 금속의 임금님을 돌이 갈라진 틈인 소엽층(小葉層)에서 보았을 때 나는 한없이 경건한 마음에 사로잡혔다.
　　　　　　　　　「푸른 꽃」 노발리스

＊이 소설의 하인리히는 중세의 시인이다. 그는 꿈에서 예쁜 소녀의 모습으로 변하는 '푸른 꽃'을 보았으며, 현실에서 그것을 보고자 한다.

3월 17일
징기스칸, 사
마르칸트 정복
(1220년).

●모름지기 사람이 차분하고 자유롭게 숨어 살 수 있는 곳 가운데 자기 자신의 영혼보다 더 나은 곳은 없다.

마르쿠스 아우렐리우스

*마르쿠스 아우렐리우스 (121. 4. 26~180. 3. 17) 로마의 황제·철학자. 「명상록」

Nowhere does a man retire with more quiet or freedom than into his own soul.

Marcus Aurelius

●뒤이어 큰 빙산이 나타났다. 3월 16일, 얼음판 때문에 앞길이 막혔다. 노틸러스 호는 가공할 힘으로 얼음판에 돌입하였다. 17일에는 배가 완전히 얼음에 갇히고 말았다.

「바다 밑 2만 마일」 J. 베른

*J. 베른은 잠수함이 있기도 전에 벌써 원자력 잠수함 이야기를 썼다. 1954년 1월에 진수한 미국 원자력 잠수함 1호는 노틸러스 호로 명명되었다.

3월 18일
파리 코뮌 시
작
(1871년).

●어떤 사물의 이름을 말하는 것은 시가 주는 즐거움의 3/4을 앗는 것이 된다. 시의 즐거움은 조금씩 상상하는 데 있다. 암시하는 것, 그것이 이상이다.

S. 말라르메

*S. 말라르메(1842. 3. 18~1898. 9. 9) 프랑스 상징파 시인.

To name an object is it to take away three fourths of the pleasure given by a poem. This pleasure consists in guessing little by little : to suggest it, that is the ideal.

Stephane Mallarme

●3월 18일. 나는 다시 몽상에 잠겼다. 한스는 내게 말했다. "밉다! 밉다! 나는 네게 싫증이 났어. 사빈, 미움이란 이런 것이냐?"

「추녀(醜女)의 일기」 H. 알랭푸르니에

*사빈은 정형외과를 찾는다. 그러나 한스에게 끝내 버림을 받고, 파리 근교에서 철도 자살을 한다. 그렇듯 소중히 여기던 모습은 엉망이 되었다.

•이봐 클링커, 자네는 형편없어. 병·굶주림·비참·결핍의 죄를 짓고 있어.

T. 스몰레트

Hark ye, Clinker, you are a most notorious offender. You stand convicted of sickness, hunger, wretchedness, and want.

Tobias George Smollett

＊T. 스몰레트(1721. 3. 19~1771. 9. 17) 영국 소설가. 「험프리 클링커」 등

• 1871년 3월 19일. 오늘 조간신문은 클레망 토마와 르콩트 장군의 총살을 확인하고 있다. 프랑스 사람이라는 사실에서 비롯되는 피로감, 그리고 예술가가 고요히 사색할 수 있고, 파괴적인 무리들의 바보스러운 소동과 어리석은 발작에 잠시라도 방해받지 않는 그런 나라를 찾으러 가고 싶다는 막연한 희망.

「공쿠르의 일기」 공쿠르 형제

＊공쿠르 형제는 소설도 썼지만 「일기」 9권이 더욱 유명하다.

• 채찍과 악담은 아편과 같다. 감수성이 둔해짐에 따라 양을 두 배로 늘려야 한다.

H. 스토 부인

Whipping and abuse are like laudanum you have to double the dose as the sensibilities decline.

Harriet Elizabeth Stowe

＊H. 스토 부인(1811. 6. 14~1896. 7. 1) 미국 작가. 「톰아저씨네 오두막」이 1852년 3월 20일 간행되었다.

• 3월 20일. 나의 반역에 관하여 크랜리(스티븐의 친구)와 오랫동안 이야기를 나누었다. 그는 여전히 시큰둥한 태도였다. 나는 얌전하고 순수하다.

「젊은 예술가의 초상」 J. 조이스

＊J. 조이스의 자서전적 색채가 짙은 소설로서, 작가의 정신 성장의 과정을 주인공 스티븐을 통해 묘사하고 있다. 이른바 '의식의 흐름'이란 수법을 사용한 내적 독백 소설.

3월 21일
나폴레옹 법
전(프랑스 민
법전) 공포
(1804년).

• 쓸데없는 것이 잡다하게 모인 것은 어느 쓸모 있는 것 하나의 단조로움보다 낫다.

J. 리히터

A variety of nothing is better than a monotony of something.

Jean Paul Richter

*J. 리히터(1763. 3. 21~1825. 11. 14) 독일 낭만파 시인 '지벤케스'·'거인'·'왕성한 생명력' 등.

• 1927년 3월 21일 밤 열두 시 반. 첸(陳)은 모기장을 들칠 것인가, 아니면 이대로 모기장 채 찌를 것인가? 번민은 첸의 위(胃)를 죄어들었다.

「인간의 조건」 A. 말로

*이 소설은 1933년 공쿠르상을 받은 말로의 대표작. 암살자 A. 첸은 상해를 무대로 테러를 행한다. 그는 동지에 대해서도 고독감을 품게 되고, 지령을 무시한 채 국민당 지도자 장제스도 암살하려 한다. 이 소설은 중국 혁명사에서 가장 극적인 시대를 재현하고 있다.

3월 22일
명(明), 과거
제도 공포
(1384년).

• 짐은 피로를 느낄 시간이 없다.

빌헬름 1세

I haven't got time to be tired.

Wilhelm Friedrich Ludwig I.

*빌헬름 1세(1797. 3. 22~1888. 3. 9) 독일 황제.

• 3월 22일에 기구를 띄울 예정입니다. 정확하게 언제라고는 말할 수 없으나, 그날 오후에 기계를 작동시킵니다. 구경하러 오십시오.

「새로운 사람들」 E.P. 스노

*E.P. 스노의 대하소설 「타인과 형제」 제5권이 「새로운 사람들」 (1954년)이다. 작자는 "소설은 사회에 뿌리를 내릴 때라야만 자유롭게 숨쉰다"고 주장하고 있다. 위의 부분은 원자탄 제조를 앞둔 각서의 일부 대목이다.

3월 23일
P. 헨리, '자
유냐 죽음이
냐' 연설
(1775년).

• 3월 23일, 영원히 그 혀를 고정시킨 아라벨라 영, 이 돌 아래 잠들다.

Beneath this stone,
Lies Arabella Young
Who on the 23rd of March
Began to hold her tongue.

*어느 묘비명(epitaph).

• 내 기억에 틀림이 없다면 아카키 아카키예비치는 3월 23일 밤중에 태어났다.

「외투」 N. 고골리

*N. 고골리의 걸작 「외투」(1840년)의 첫머리이다. 주인공인 하급 공무원 아카키 아카키예비치는 매일 밤 차를 마시는 돈도 절약하고, 밤에 촛불도 켜지 않으며 저금하여 가까스로 외투를 새로 사게 되었다. 동료들로부터 외투 착복식을 축하하여 축배를 대접받았으나, 집으로 돌아오는 도중 강도의 습격을 받아 그만 외투를 강탈당하게 된다.

3월 24일
R. 코흐, 결핵
균 발견을 학
회에서 보고
(1882년).

• 나는 나 자신이 약하고 여린 여체(女體)의 소유자임을 아오. 그러나, 또한 나는 왕, 영국 왕의 심장과 위의 소유자이기도 하오.

엘리자베스 1세

I know I have the body of a weak and feeble woman, but I have the heart and stomach of a king, and of a king of England, too.

Queen Elizabeth I

*엘리자베스 1세(1533. 9. 3~1603. 3. 24) 영국 여왕.

• 내 마누라가 3월 24일에 로마에서 죽었다. 그리고 그대가 그의 유언 집행자이다. 호주머니에 유서가 있지.

「법의 요점」 S. 몸

*막대한 유산을 상속한 올드 미스 케이트는 가정 변호사 아디쇼에게 갑자기 랄프 메이슨과 결혼하겠다고 한다. 랄프는 케이트를 사랑하는 것이 아니라 그 재산이 목적인 것이다.

3월 25일
이탈리아군,
에티오피아
침공 시작
(1895년)

•나는 같은 날에 첫 여성에게 키스를 했고, 처음으로 담배를 피웠다. 이후 담배를 피울 시간을 끝내 가지지 못했다.

A. 토스카니니

I kissed my first woman and smoked my first cigarette on the same day ; I have never had time for tobacco since then.

Arturo Toscanini

*A. 토스카니니(1867. 3. 25~1957. 1. 16) 이탈리아 지휘자.

•3월 25일 페테르부르그에서는 기상천외한 사건이 벌어졌다. 보즈네센스키 거리에 사는 이발사 이반 야코브레비치가 빵을 잘랐다. 둘로 잘라서 안을 보았더니 놀랍게도 어떤 흰 물체가 보였다. 그는 손가락으로 끄집어내었다! 코였다.

「코」 N. 고골리

*그 코는 8급 관리 코바료프 소령의 것이었다. 그 코가 여러 경로를 거친 뒤 주인에게 돌아온다.

3월 26일
방글라데시,
독립 선언
(1971년).

•하루에 8시간을 충실히 일하면 나중에는 보스가 되어 하루 12시간 일하게 되는지 모른다.

R. 프로스트

By working faithfully eight hours a day, you may eventually get to be boss and work twelve hours a day.

Robert Frost

*R. 프로스트(1874. 3. 26~1963. 1. 29) 미국 시인. 「보스턴의 북쪽」 등.

•죽음이 다가왔다. 의사는 늦게 찾아와 베토벤을 서툰 솜씨로 다뤘다. 그는 완강한 체질 덕분에 석 달 동안 병과 싸웠다. 죽음이 임박한 병상 위에서 그는 세 번째 수술 뒤 네 번째 수술을 기다리며 고통을 참고 있었다. 그는 모든 재난은 어떤 좋은 것을 동반하게 마련이라고 생각했다.

「베토벤의 생애」 R. 롤랑

*'어떤 좋은 것'은 죽음의 해방이었다. 3월 26일의 일이다.

3월 27일
이성계(李成桂), 조선 건국
(1392년).

●군대는 국가 속의 국가이다. 현대의 여러 악 가운데 하나이다.

A. 비니

An army is a nation within a nation ; it is one of the vices of our age.

Alfred de Vigny

✻A. 비니(1797. 3. 27~1863. 9. 17) 프랑스 낭만파 4대 시인 중 하나. 「고금(古今) 시집」, 소설 「군대의 굴종과 위대함」 등.

●3월 27일 저녁, 앙리 마르탱 거리 134번지의 작은 집에서 늙은 오토렉 남작은 하녀 앙투아네트가 읽어 주는 소설을 들으면서 잠들어 버렸다.

「뤼팽 대 헐록 숌즈」 르블랑

✻벨소리를 듣고 하인 샤를르가 남작의 방에 가보니 남작은 죽어 있었다. 범인은 누구인가? 이 소설은 코난 도일의 셜록 홈즈 이름을 따 헐록 숌즈를 등장시키고 있다. 1907년 간행.

3월 28일
프랑코 군, 마드리드 무혈 입성
(1939년).

●여성은 이 수백 년 동안 남성의 모습을 실제 크기의 두 배로 비쳐 주는 마력을 지닌 거울의 역할을 해 왔다.

V. 울프

Women have served all these centuries as looking glasses possessing the magic of reflecting the figure of man at twice its natural size.

Virginia Woolf

✻V. 울프(1882. 1. 25~1941. 3. 28) 영국 소설가. 「등대로」 등.

●1521년 3월 28일, 마젤란이 이끄는 함대는 맛사바 섬에 도착하였다. 상륙에 앞서 그는 흑인 엔리케를 우선 상륙하게 했다. 반나체의 흑인들은 지껄이며 엔리케 주위에 모였다. 그러자 이 말레인 노예는 갑자기 눈을 동그랗게 뜨며 멍청하게 서 있었다. 그는 섬 사람들의 말을 모조리 이해할 수 있는 것이다.

「마젤란」 S. 츠바이크

✻귀국자는 265명 중 18명뿐이었다.

• 세상은 왕이다. 왕답게 호의의 대가에 추종하려 한
다. 그러나 참된 예술은 이기적이고 고집스럽다.

베토벤

The world is a king, and like a king, desires flattery in
return for favor ; but true art is selfish and perverse.

Ludwig van Beethoven

＊베토벤(1770. 12. 16~
1827. 3. 26) 독일 작곡
가. 「전원」「운명」 등.

• 노트르담 성당의 주교 클로드 프롤로는 집시 아가
씨 에스메랄다에게 엉큼한 마음을 품고 있었다. 그는
꼽추요 애꾸며 절름발이인 종치기 콰시모도로 하여
금 에스메랄다를 유괴해 오라고 한다. 콰시모도는 그
녀에 대해 깨끗한 애정을 품게 된다. 마침내 운명의
날인 3월 29일 밤, 에스메랄다는 순찰 샤토페르과
데이트를 한다. 그것을 훔쳐본 프롤로는 질투심으로
대장을 살해한다.

「노트르담 드 파리」 V. 위고

＊15세기 파리를 무대로
한 낭만파 문학의 걸작.
1831년 간행. 에스메랄다
는 여인숙 여주인의 거짓
증언으로 살인 미수의 죄
인의 된다. 그로부터 2년
뒤 몽포콘 묘지에서 에스
메랄다의 해골을 껴안은
콰시모도의 유골이 발견
되었다.

• 하느님을 아는 최선의 방법은 많은 사물을 사랑하
는 것이다.

V. 고흐

The best way to know God is to love many things.

Vincent Van Gogh

＊V. 고흐(1853. 3. 30~
1890. 7. 29) 네덜란드의
화가. 「해바라기」 등.

• 3월 30일 한밤중에 바랄리울 부부는 파리로 돌아왔
다. 그들은 예전처럼 베르누이유 거리의 아파트에 거
주하기로 했다. 그들이 부재중에 바랄리울의 연로한
아버지에게서 편지가 왔다. 그 편지에는 루마니아 사
람인 고아 라프카디오 루키의 주소를 찾아서 그를 만
나 어떻게 지내고 있는지 알려달라는 말이 적혀 있었
다. 라프카디오는 실은 그의 아버지의 사생아였다.
이 젊은이는 사회의 속박을 받지 않고 제멋대로 살려
고 하는 사람이었다.

「교황청의 지하실」 A. 지드

＊라프카디오의 옛친구로
서 사기꾼의 패거리 가운
데 한 명인 프로토스가
지금의 교황은 가짜라고
떠들며, 진짜 교황은 교
황청의 지하실에 감금되
어 있다고 하면서 교인들
로부터 교황 구조 자금을
모금하여 사취한다. 그
위에 무신론자인 앙팀의
기적에 의한 개종과 파탄
등의 이야기가 얽히며 사
건은 전개된다. 1914년
간행.

● 어느 철학자로부터든지 일찍이 언급된 바 없고 색다르며 받아들이기 힘든 것을 상상할 수는 없다.

R. 데카르트

One cannot conceive anything so strange and so implausible that it has not already been said by one philosopher or another.

Rene Descartes

● 소년은 게르니카에서 폭격을 당하여 사랑하는 아버지와 누나, 아우를 잃었다. 아버지는 약국을 처분하고 국외 탈출을 시도하고 있던 터였다. 여러 차례 시도했으나 모두 실패로 끝났고, 그날도 공습당할 두랑고 시의 원매자(願買者)에게 갔었다. "1937년 3월 31일 아버님은 차를 타고 두랑고로 출발하였다. 그 무렵 두랑고에는 두 아들이 일하고 있었다. 그들은 둘다 약국에서 약제사로 있었다. 그 중에 형은 자기가 일하는 약국을 인수할 예정이었으나, 아우는 다른 약국을 찾아서 취직해야 할 형편이었다. 아버님은 아침에 출발했는데 저녁때 얼빠진 사람의 모습으로 집에 돌아왔다." 형제는 둘 다 공습으로 죽은 것이다.

「게르니카의 아이들」 H. 케스텐

＊R. 데카르트(1596. 3. 31～1650. 2. 11) 프랑스 근세 철학의 시조, 「방법 서설」·「성찰」 등.

＊에스파냐 전쟁을 배경으로 한 H. 케스텐의 이 소설(1939년 간행)은 "최근에 유럽의 어느 도시에서 쉽게 찾아볼 수 있는 에스파냐로부터 피난 온 어린이들, 우리 세계의 선의(善意)의 증인들 가운데 한 명"인 카를로스 소년을 중심으로 하여, 동족상잔의 내란이란 피로써 피를 씻어내는 행위이자 아주 비참한 것임을 절실하게 말해 주고 있다.

4월 April

그레고리력에서는 네 번째 달. 고대 로마력에서는 두 번째 달. 달 이름이 비롯된 라틴어 아프릴리스(Aprilis)의 어원은 분명하지 않다. 이 무렵이 나무와 꽃이 자라고 피어나는(open) 계절이라는 점에서 'open'의 뜻을 지닌 라틴어 '아페리에(aperie)'에서 비롯되었을 것이다, 또는 고대 로마력의 대부분의 달(month) 이름은 신(神)을 기리는 뜻을 지니고 있는 데다 April은 로마 신화에 나오는, 아름다움의 여신 아프로디테(Aphrodite)—그리스 신화의 비너스(Venus)—에게 바쳐진 달이기 때문에 그녀의 이름에서 비롯되었을 것이다라는 식으로 짐작할 뿐, 분명하지는 않다.

[별자리] 공기펌프자리, 바다뱀자리, 사자자리, 작은사자자리, 육분의자리, 큰곰자리

[달꽃] 장미(Rose, 흰색) : 진심으로 사랑하는 당신을 따르렵니다.

[탄생화] 아네모네(빨강, 4일) : 그대를 사랑해/펜 오키드(Fen Orchid, 15일) : 훌륭함/도라지(23일) : 사냥하고 따뜻함

[탄생석(자연보석)] 금강석(Diamond) : 순진, 순수, 청정, 정조

[다른 탄생석(인조보석)] 화이트 지르콘(White Zircon) : 청정, 순결, 평화

4월 1일
소련, 베를린
봉쇄
(1948년).

• 나는 지금까지 세 황제가 벌거숭이인 것을 보았는
데, 누구나 한결같이 그저 그랬었다.

O. 비스마르크

I have seen three emperors in their nakedness, and the
sight was not inspiring.

Otto von Bismarck

*O. 비스마르크(1815.
4. 1~1898. 7. 31) 독일
총리. 별명 '철혈(鐵血)
재상.'

• 4월 1일 나는 나폴리에 도착하였다. 며칠 뒤에 나
와 같은 또래의 한 젊은이와 만나게 되었다. 그 젊은
이와는 학교에서 친형제와도 같은 우정으로 사귀게
되었다. 그의 이름은 에몽 드 빌리우라고 했다.

「젊은 날의 꿈」 A. 라마르틴

*프랑스 낭만파 서정시
인 A. 라마르틴은 21세
때 이탈리아를 여행하던
중에 알게 된 여공과 사
랑에 빠지게 되었는데,
그 회상이 이 소설이다.

4월 2일
프랑스 원로
원, 나폴레옹
폐위 선언
(1814년).

• 우리에게 생명을 주신 하느님은 자유도 주셨다.
이성적으로 자유롭게 의견의 잘잘못을 따질 수 있다
면 그런 잘잘못은 얼마든지 묵인될 수 있다.

T. 제퍼슨

The God who gave us life gave us liberty too.
Error of opinion may be tolerated where reason is left
free to combat it.

Thomas Jefferson

*T. 제퍼슨(1743. 4.
13~1826. 7. 4) 미국 제
3대 대통령. 미합중국 독
립 선언서의 기초자. 버
지니아 대학 창설자.

• 조르지와 이폴리타는 사랑 2주년 기념일인 4월 2일
정오의 기차 편으로 로마를 출발하여, 이폴리타가 어
린 시절을 보낸 알바노로 갔다. 조르지는 말했다.
"처음으로 내 눈앞을 지나갔을 때의 네 모습이 지금
도 눈에 선하다. 그것은 영원히 지울 수 없는 인상이
었지."

「죽음의 승리」 G. 단눈치오

*이들 두 남녀의 사랑은
결국 죽음으로 끝난다.
이른바 세기말 사상이 주
제가 된 소설.

4월 3일
남북전쟁에서
남부의 수도
리치먼드 함
락
(1865년).

• 벗들이 그대에게 젊어보인다는 인사말을 하면, 자신이 늙어 가고 있다고 생각하도록 하라.

W. 어빙

Whenever a man's friends begin to compliment him about looking young, he may be sure that they think he is growing old.

Washington Irving

*W. 어빙 (1783. 4. 3~1859. 11. 28) 미국 작가. 「스케치북」 등.

• 4월 3일. 두 신문에 다음과 같은 기사가 실렸다. 지난 밤 800명에 이르는 선거민이 바드라샹 광장에 모여 시민 니콜라 글레브 씨의 친공화적인 정견 발표를 듣고, 그의 입후보에 대해 박수를 보냈다.

「도둑들과 연인들」 T. 베르나르

*중소기업 사장인 니콜라 글레브가 대의원에 입후보하면서 벌어지는 사건들을 풍자적으로 묘사하고 있다. 1905년 간행.

4월 4일
서방 12개국
NATO 조인
(1949년).

• 지상에서 최고로 행복한 구두쇠는—자기가 만들어 낼 수 있는 친구를 모두 저장해 버리는 사람이다.

R. 셔우드

The happiest miser on earth—the man who saves up every friend he can make.

Robert E. Sherwood

*R. 셔우드 (1896. 4. 4~1955. 11. 14) 미국 작가. 「우리 생애 최고의 해」 등.

• 유대인 목사가 참살되었다. 범죄 피의자인 아서 핀치는 호송 중에 도망하였다. 4월 4일 오전 2시 10분 무렵에 그를 찾았다. 발견 장소는 그의 아파트였다. 그는 부엌 테이블 위에 쓰러져 있었다. 그의 목은 귀에서 귀까지 벌어져 있었다.

「텅빈 시간」 E. 맥베인

*이들 두 사람의 살해범은 대체 누구인가? 이 소설은 맥베인의 「87분서 시리즈」 중편집 가운데 한 편인 「J」의 이야기.

4월 5일
로마교황청,
해방 신학을
용인함
(1986년).

●올챙이 시인은 결코 개구리 이상으로 큰 것이 될 수 없다.

A.C. 스윈번

The tadpole poet will never grow into anything bigger than a frog.

Algernon C. Swinburne

*A.C. 스윈번(1837. 4. 5~1909. 4. 10) 영국 시인. 「시와 발라드」 등.

●4월 5일. 그는 하늘로부터 부여받은 정신적 재능으로써 소녀를 매혹시키고, 소녀를 자기에게 끌어당길 수 있는 방법을 터득하고 있었다. 그러나 그 이상 엄밀한 의미에서 그녀를 자기 것이 되게 할 생각은 터럭만큼도 없었다.

「유혹자의 일기」 S. 키르케고르

*이 작품은 사회와는 형식적인 관계를 유지하면서 쾌락만 좇는 요하네스가 코델리아를 유혹하는 일기이다. 1842년 간행.

4월 6일
제1회 올림픽
대회, 그리스
아테네에서
열림
(1896년).

●에스키모 인이 나름대로 설명했다. "악마는 자고 있거나 마누라와 부부 싸움을 하고 있을 것이다. 그렇지 않다면 이렇게 쉽사리 돌아오지 못했을 것이다."

R. 피어리

The Eskimo had his own explanation. "The devil is asleep or having trouble with his wife, or we should never have come back so easily."

Robert Edwin Peary

*R. 피어리(1856. 5. 6~1920. 2. 20) 미국 북극 탐험가. 1909년 4월 6일 북극점에 이름.

●4월 6일. 나는 이 몽상적인 일기를 나도 모르게 나 한 개인을 위해 기록하고 말았다.

「물 위」 모파상

*모파상은 1886년 대형 요트를 사서 지중해를 항해했다. 그 요트의 이름은 '벨 아미.' 4월 6일에서 14일까지의 기행을 적어 「물 위」라는 제목으로 발표했다.

4월 7일
예수, 십자가
에 처형됨.
(30년 무렵)

• 하늘의 무지개를 바라볼 때면 내 가슴은 뛰누나.
생활은 간소하게, 사색은 고상하게.

W. 워즈워스

My heart leaps up when I behold a rainbow in the sky.
Plain living and high thinking.

William Wordsworth

*W. 워즈워스(1770. 4.
7~1850. 4. 23) 영국의
호반 시인. 「서정 민요
집」 등.

• 기원후 30년 4월 7일 오후 4시. 이제 예수는 운명
하였다. 그는 이 새로운 계약을 가르치기 위해 왔던
것이고, 이제 그 교훈이 끝난 것이다.

「그리스도께서 죽으신 날」 비숍

*1957년에 간행된 이
책은 최후의 만찬에서 시
작하여 예수가 죽을 때까
지를 시간 단위로 나누어
상세하게 서술하고 있다.
가롯 유다는 예수에 앞서
목맨 것으로 되어 있다.

4월 8일
영국·프랑스
협상 조인
(1904년).

• 군대의 애정만 잃지 않으면 된다. 다른 사람들은
쓸모없다.

M. 카라칼라

To grasp the affection of the army is enough ; other
people are worthless.

Marcus A. A. Caracalla

*M. 카라칼라(186. 4.
4~217. 4. 8) 로마 황
제. 이날 암살당함.

• 4월 8일 아침, 그림을 그리거나 음악을 하거나 하
며 아주 자유롭게 지내던 쇼나르는 갑자기 이웃집 닭
이 우는 소리에 잠에서 깨었다.

「라보엠」 H. 뮈르제르

*G. 푸치니의 오페라로
더 유명한 이 작품은 작
가 H. 뮈르제르 자신의
예술가적인 방랑 생활을
소재로 한 것. 시인 로돌
프와 미미, 화가 마르첼
로와 무제트의 사랑 이야
기가 주축을 이룬다.

4월 9일
미국의 남북
전쟁 끝남
(1865년).

● 미신을 피하는 일에 미신이 있다.

「수필집」 F. 베이컨

There is a superstition in avoiding superstition.

Francis Bacon : *Essays*

*F. 베이컨 (1561. 1.
22~1626. 4. 9) 영국의
정치가·수필가. 「수필집」
등.

● 4월 9일, 3척의 카누에 나누어 탄 16명의 원주민이
찾아왔다. 물고기와 기타 식량품을 가져오라고 하며
몇 개의 물품을 주었더니, 그것이 무척이나 마음에
드는 모양이었다. 그들이 소중하게 간직하고 있는 것
이 보였다. 호기심이 생겨 조사해 보았다. 그것은 최
근에 살해된 사람의 머리였다.

「태평양 항해기」 J. 쿡

*남반구 탐험을 위해 J.
쿡은 1772년 항해에 나
섰다. 그는 결국 하와이
섬에서 원주민에 의해 살
해된다.

4월 10일
프랑스 3부
회, 제1차 소
집
(1302년).

● 새끼손가락의 하찮은 아픔이 수백만 동포가 살해되
는 것보다 더 걱정과 불안을 주는 법이다.

W. 해즐릿

The least pain in our little finger gives us more concern
and uneasiness than the destruction of millions of our
fellow beings.

William Hazlitt

*W. 해즐릿(1778. 4.
10~1830. 9. 18) 영국
문예 비평가. W. 셰익스
피어 연구가.

● 우리가 만나러 가려 하는 남자와 여자들은 저마다
직장에서 중요한 위치에 있는 사람들이었다. 모임은
1951년 4월 10일 모스크바의 문학신문사에서 있었
다.

「붉은 말」 E. 트리올레

*수백 년 뒤의 인간의
모습과 빛나는 미래가 상
상적으로 묘사되어 있는
공상 소설. 원자력은 이
용 방법에 따라 사람에게
행복을 주기도 하고 불행
을 주기도 한다는 것.

● 노병은 죽지 않고 다만 사라질 뿐이다.
　이 지구상에 안전 따위는 없다. 있는 것은 기회뿐
이다.

D. 맥아더

The old soldiers never die ; they just fade away.
There is no security on this earth. There is only oppor-
tunity.

Douglas MacArthur

● 1900년 4월 11일의 일기. 당신은 그리스도를 믿으
시는가? 어제 저녁 무렵 리엔호프의 작은 홀에서 받
은 질문이었다. 나는 이틀 동안 나겔스 박사의 손님
이 되었다. 뜻하지 않았던 행복스러운 한때였다. 우
리는 온갖 중요하고 진지한 것을 다루었고, 죽음과
별, 기적에 대해 말했다.

「청춘시대」 헤세

● 과격파란 양쪽 발을 공중에 단단히 붙이고 있는 사
람이다.

F. 루스벨트

A radical is a man with both feet firmly planted in the
air.

Franklin D. Roosevelt

● 1886년 4월 12일. 민주주의는 사람들 사이에 하나
의 계열만 인정한다는 것으로 해서 최선의 것이 아닌
모든 것에게 해를 끼쳤다. 사람은 자신이 속해 있는
계급 속에서 자기를 판단하게 되면 모욕을 느끼게 마
련이어서 최고급 인간하고만 비교하게 된다.

「아미엘의 일기」 H. 아미엘

＊D. 맥아더(1880. 1.
26~1964. 4. 5) 미국 군
인. 이날 트루만 대통령
에 의해 해임됨.

＊H. 헤세의 자서전적 소
설. 1901년 간행.

＊F. 루스벨트(1882. 1.
30~1945. 4. 12) 미국
제32대 대통령. 4선됨.

＊H. 아미엘의 명성을 문
학사상 유명하게 한 것은
그가 죽은 뒤에 발표된
16,900쪽에 이르는, 그의
34년 동안에 걸친 일기이
다.

4월 13일
앙리 4세, 낭
트 칙령에 서
명
(1598년).

● 원자 전쟁은 아주 나쁘다. 세균 전쟁은 더욱 나쁠 것이다. 그러나 이 두 가지보다 더 나쁜 것이 있다. 외국 압박자에게 복종하는 것이다.

E. 데이비스

＊E. 데이비스(1890. 1. 13~1958. 5. 18) '새터데이 리뷰' 칼럼니스트.

Atomic warfare is bad enough ; biological warfare would be worse ; but there is something that is worse than either. It is subjection to an alien oppressor.

Elmer Davis

● 1937년 4월 13일. 나는 이틀 밤에 걸쳐 B를 찾았으나, 그를 집으로 데려오지는 않았다. 그는 이틀 밤 정신없이 취한 채로였고, 새벽녘이 되어서야 겨우 돌아왔다. B를 무엇이라 정의해야 할 것인가?

「기묘한 놀이」 바이앵

＊이 소설은 1944년 봄 레지스탕스 말기를 배경으로 청춘 남녀의 삶의 방식을 적당한 에로티시즘을 섞어가며 묘사하고 있다.

4월 14일
에스파냐 왕
정 붕괴, 제2
공화국 수립
(1931년).

● 주님은 평범한 모습의 사람을 좋아하신다. 때문에 평범한 모습의 사람을 많이 지으신 것이다.

A. 링컨

＊A. 링컨(1809. 2. 12~1865. 4. 15) 미국 제16대 대통령. 1865년 4월 14일 극장에서 저격당하고 다음날 사망함.

The Lord prefers common-looking people. That is the reason he makes so many of them.

Abraham Lincoln

● 1912년 4월 14일 일요일. 시계는 바야흐로 오후 11시 40분을 가리키려 하였다. 프리트는 갑자기 바로 앞에 무슨 물체가 있음을 보았다. 그것은 주위의 어두움보다도 훨씬 검은 것이었다. 처음에는 작았으나 그것은 곧 점점 커지며 다가왔다.

「타이타닉 호의 최후」 로드

＊2,208명의 승객 중 697명만이 구조된 타이타닉 호 사건의 기록 문학.

4월 15일
영국 호화 여
객선 타이타
닉 호 침몰
(1912년).

● 나중에야 어떻게 되든 알 바 아니다.

폼파두르 부인

After me the Deluge.

Jeanne Antoinette Poisson
(Madame de Pompadour)

*폼파두르 부인(1721. 12. 29~1764. 4. 15) 루이 15세의 연인. 사치로 국고를 낭비하여 백성들의 원성을 샀다.

● 때문에 공손승(公孫勝)이 제주가 되어 4월 15일부터 이레 낮 이레 밤에 걸쳐 제사를 드렸다. 사방에서 청빙된 도사(道士)는 공손승을 비롯하여 49명이었다.

「수호지」 시내암(施耐庵)

*송사(宋史)에 따르면 1211년 산동성(山東省) 양산(梁山)에 송강(宋江)을 비롯한 도적이 날뛰었다고 한다. 이를 소설화한 것이 중국 4대 기서(奇書)중 하나인 「수호지」이다.

4월 16일
레닌, 스위스
에서 페트로
그라드로 귀
환
(1917년).

● 만일 내가 가난한 세탁부의 목에 아이스크림을 떨어뜨린다면 대중은 그녀를 동정할 것이다. 그러나 부유한 여자의 목에 떨어뜨린다면 웃을 것이다.

C. 채플린

If I drop icecream on the neck of a poor washerwoman people willl pity her, while if I drop it on a rich woman's neck they will laugh.

Charles S. Chaplin

*C. 채플린(1889. 4. 16~1977. 12. 25) 영국의 배우·감독·제작자. 「모던 타임스」·「독재자」 등.

● 4월 16일 아침, 의사 베르나르 리우는 진료실을 나서다가 계단 한가운데 죽은 쥐 한 마리가 있는 것을 보았다. 그는 아무 생각 없이 그것을 제끼고 계단을 내려왔다.

「페스트」 A. 카뮈

*A. 카뮈의 소설 「페스트」(1947)는 살인을 합법화하는 혁명적 수단을 배제하는 그의 입장을 주장한 것.

4월 17일
캐나다, 건국
115년 만에
자주 헌법 공
포
(1982년).

●모험을 하고 싶다고 생각하는 것은 안전하게 가정에 있으면서 아무 일도 없을 때이다. 정작 모험을 하고 있을 때는 안전하게 가정에 있었으면 좋겠다고 생각하기 마련이다.

T. 와일더

It's when you're safe at home that you wish you were having an adventure. When you're having an adventure you wish you were safe at home.

Thornton Wilder

●4월 17일에 기가르가(家)에서는 피에레트의 18살 생일 축하 잔치가 벌어졌다. 루시앙도 초대되었다.

「한 지도자의 유년시절」J. 사르트르

*사람이 어떤 과정을 거쳐 지배 계층이 되고 비열하게 되는가 하는 것을 그린 소설. 1939년 간행.

4월 18일
루터, 보름스
의회에서 증
언
(1521년).

●원자 에너지가 오랫동안 큰 축복이 되리라고 예상할 수 없는 이상 현재로서는 위협이다.

A. 아인슈타인

Since I do not foresee that atomic energy is to be a great boon for a long time, I have to say that for the present it is a menace.

Albert Einstein

*A. 아인슈타인(1879. 3. 14~1955. 4. 18) 독일 태생 이론 물리학자. 상대성 이론 완성.

●4월 18일에 고등법원은 두 명의 도둑 또는 거지, 또 한 명의 여자 거지에 대해 교수형에 처할 것을 판결하여 선고했다. 그리고 생 자크 성문 밖과 생 드니 성문 밖에 교수대를 설치했다.

「비용 이야기」F. 카르코

*대시인이며 도둑이었던 비용의 전기소설(1926년). 비용은 결국 파리에서 추방된다.

•그렇소, 나는 유대인이오. 따라서 귀하의 선조들이 무인도의 들짐승과 같은 야만인이었을 때 나의 선조는 솔로몬 성전의 제사장이었소.

B. 디즈레일리

Yes, I am a Jew, and when your ancestors were brutal savages in an unknown island, mine were priests in the temple of Solomon.

Benjamin Disraeli

*B. 디즈레일리(1804. 12. 21~1881. 4. 19) 영국 정치가. 소설도 썼다.

•4월 19일 오전 2시쯤, 키드 의사는 디즈레일리의 임종이 다가왔다는 사실을 알 수 있었다. 갑자기 임종을 앞둔 그는 양쪽 어깨를 뒤로 치켜세우며 천천히 윗몸을 일으켰다. 그가 의회에서 연설할 때 하던 몸짓이었다.

「디즈레일리의 생애」 A. 모루아

*'외국 태생의 마술사'로 불리던 디즈레일리가 숨진 것은 1881년이었다.

•이 육체가 어디 있든지 정신은 자유로워라. 정원을 손질하면 할수록 점점 더 자기 정원이 아니게 된다.

W. 데이비스

No matter where this body is, the mind is free.
The more help a man has in his garden, the less it belongs to him.

William Henry Davis

*W. 데이비스(1871. 4. 20~1940. 9. 26) 영국 시인. 에세이 「한 방랑자의 자서전」 등.

•4월 20일. 나는 이 비참한 방에서 이틀째 밤을 맞으려 하고 있다. 공허로운 방을 침울한 느낌으로 바라보면서 거리를 지나가는 사람들의 말소리와 차소리를 멍청하게 듣고 있노라면, 어쩐지 대도시 한가운데 던져진 듯한 고독감을 느낀다.

「어느 가난한 청년」 푸이에

*파산한 귀족집 아들 마키심의 파리 생활을 묘사한 작품.

4월 21일
인도에 무굴
제국 건설됨
(1526년).

● 만일 남성이 여성의 품 속에만 잡히고 손아귀 속에 잡히지 않는다면, 여성은 지상에서 가장 매력 있는 창조물이 될 터인데.

H. 몽테를랑

Women would be the most enchanting creatures on earth if in falling into their arms one didn't fall into their hands.

Henri de Montherlant

*H. 몽테를랑(1896. 4. 21~1972. 9. 21) 프랑스 소설가·극작가.「독신자」등.

● 4월 21일. 프레디와 함께 거닐고 싶다. 그럴 때의 기분은 자기 심장을 몸 가까이 느끼게 되고, 냄새를 맡게 되며, 손으로 만지게 되고, 혀로 핥으며, 또한 두근거리는 소리를 귀로 듣는 듯한 느낌이다.

「클라클라의 일기」 베켈 부인

*'클라클라'는 이 일기체 소설(1953년 간행)의 여주인공인 15살 소녀의 통칭.

4월 22일
소련 전차대,
베를린 돌입
(1945년).

● 머리 위에 펼쳐진 별이 빛나는 하늘과 내 안의 도덕률의 두 가지가 끝없이 늘어나는 놀람과 두려움으로 내 마음을 가득 채운다.

I. 칸트

Two things fill my mind with ever increasing wonder and awe : the starry heaven above me and the moral law within me.

Immanuel Kant

*I. 칸트(1724. 4. 22.~ 1804. 2. 12) 독일 철학자.「순수 이성 비판」등.

● 오늘 1963년 4월 22일. 나는 새로운 집 11층에서 이 원고를 손질하고 있다. 활짝 열려진 창문 너머로 묘지와 파리, 생 클로드의 푸른 언덕이 보인다.

「말」J. 사르트르

*「말」은 J. 사르트르가 자기의 유년 시절을 서술한 작품이지만 단순한 자서전이 아니다. 그는 이 책에서 읽고 쓰는 것이 그에게서 어떻게 형성되었는가를 말하고 있다.

4월 23일
케말 파샤,
터키 임시 정
부 수립
(1920년).

• 약한 자여, 그대 이름은 여자나라.
호레이쇼, 이 천지에는 그대의 철학으로는 상상조차
할 수 없는 많은 사물이 있다.

「햄릿」 W. 셰익스피어

Frailty, thy name is woman.
There are more things between heaven and earth,
Horatio, than are dreamt of in your philosophy.

William Shakespeare : *Hamlet*

*W. 셰익스피어 (1564.
4. 26~1616. 4. 23.) 영
국 극작가. 「햄릿」 등.

• 총선거는 4월 23일로 정해졌기 때문에 아직 여유가
있다. 결국 당부르즈 씨는 자기 자신이 오브현(縣)
에서 출마해야 하는 것이다.

「감정교육」 G. 플로베르

*'감정교육'이란 연애감
정에 의한 인간 교육이란
뜻. 프레데릭 모로라는
평범한 청년이 사랑에 실
패하고 실의 속에 인생을
살아가는 과정을 그린 객
관 소설의 전형.

4월 24일
러시아, 터키
에 선전 포고
(1877년).

• 내가 나무를 좋아하는 것은 다른 어느 것보다도 나
무는 자기가 살아야 할 길을 체념하고 있는 듯이 느
껴지기 때문이다.

W. 캐더

I like trees because they seem more resigned to the way
they have to live than other things do.

Wilella Sibert Cather

*W. 캐더 (1873. 12. 7~
1947. 4. 24) 미국 작가.
「오, 개척자여!」 등.

• 이런 이유로 해서 4월 24일 저녁 그가 내 진찰실에
들어온 것을 보는 순간 나는 무척 놀랐다. 무엇보다
여느 때보다 안색이 좋지 않았고, 무척 여위었다는
느낌이 들었다.

「셜록홈스의 회상」 도일

*홈스는 수학의 대가인
모리아티 교수가 범죄의
원흉이라는 확증을 잡고,
이제 사흘 뒤에 그들 일
당을 일망타진하게 되어
있다.

4월 25일
수에즈 운하
기공식 거행
(1859년).

• 이 흉측한 모습, 기미, 주근깨, 그 외에 무엇이든
지 본 대로 그리게. 그렇지 않으면 그림 값으로 한
푼도 주지 않겠네.

O. 크롬웰

Remark all these roughnesses, pimples, warts, and ev-
erything as you see me, otherwise I will never pay a
farthing for it.

Oliver Cromwell

*O. 크롬웰(1599. 4.
25~1658. 9. 3) 영국 정
치가. 청교도 혁명을 수
행함.

• 4월 25일. 그녀의 고백이 순수하고 솔직했기 때문
에 나는 안심하고 있었다. 나는 이렇게 생각하고 있
었다. 그녀는 아직 어리다. 참된 사랑이라면 저렇듯
수줍어하거나 얼굴을 붉히지 않고 말할 것이 아닌가.

「전원교향곡」 A. 지드

*장님이었다가 눈을 뜨
게 된 소녀는 자신이 사
랑하는 상대가 목사 아닌
그 아들임을 깨닫고 투신
자살한다. 1919년 간행.

4월 26일
소련의 체르
노빌 원자력
발전소 사고
(1986년).

• 모든 사람은 가능하다면 폭군이 되기를 원한다.

D. 디포

All men would be tyrants if they could.

Daniel Defoe

*D. 디포(1660 ? ~
1731. 4. 26) 영국 소설
가. 「로빈슨 크루소」 등.

• 백작의 조상은 궁전에서 벼슬을 하다가 정치적 음
모에 휩쓸려 1574년 4월 26일 그레브 광장에서 영광
스럽게도 참수형에 처해졌다. 그 반면 자네는 베리에
르 목재상의 하찮은 아들이고, 더구나 백작의 아버지
로부터 품삯을 받고 있지.

「적과 흑」 스탕달

*이 소설은 단순한 연애
소설이 아니라, 반동적인
왕정복고시대를 배경으로
한 야심적인 청년 줄리앙
소렐의 모습을 묘사한 것
이다. 7월 혁명 때인
1830년 간행.

4월 27일
이승만 정권
붕괴
(1960년).

● 이단자라는 호칭은 항상 소수자에게 부여되었다.
                                                    E. 기번

The appellation of heretic has always been applied to the less numerous party.

Edward Gibbon

*E. 기번 (1737. 4. 27~ 1794. 1. 16) 영국 역사가. 「로마제국 쇠망사」 (전6권)를 이날 완성했다 (1788년 4월 27일).

● 천왕은 이때 초조감에 사로잡혀 매일 불안으로 떨었으나, 4월 27일 독을 마시고 죽은 것이다. 이때 천왕은 이미 죽었고, 국번의 군대는 쳐들어오고 있었다. 때문에 천왕의 장자 홍복(洪福)을 위에 오르게 하여 조정의 인심을 안정시키려 하였다.

「태평천국」 이수성(李秀成)

*태평천국의 난을 소재로한 소설. 홍수전(洪秀全)이 일으킨 난은 증국번(曾國藩)에 의해 평정된다.

4월 28일
무솔리니, 애
인과 함께 총
살됨
(1945년).

● 다른 나라가 역사를 기록하고 있을 때 팔짱을 긴 채 있는 것은 부끄러운 노릇이다. 누가 이기느냐 하는 따위는 문제도 되지 않는다.
                                                    B. 무솔리니

It is humiliating to remain with our hands folded while others write history. It matters little who win.

Benito Mussolini

*B. 무솔리니 (1883. 7. 29~1945. 4. 28.) 이탈리아 독재자. 게릴라에게 피살됨.

● 교도소 사무실에서는 오늘 4월 28일 오전 9시까지 현재 유치중인 미결수 3명(여죄수 2명, 남죄수 1명)을 출정시키라는, 인장과 표제가 붙은 서류를 지난밤에 받은 것이다.

「부활」 L. 톨스토이

*이들 여죄수 중 한 명이 카투사(마슬로바)이다. L. 톨스토이의 인도주의와 신앙, 사상을 이해할 때 중요한 소설.

4월 29일
잔 다르크,
오를레앙에
입성
(1429년).

•법률은 밑 빠진 구멍이다.

J. 아버스넛

Law is a bottomless pit.

John Arbuthnot

•그것들이 한층 내게 현실적이 된 것은 아버지가 "그러니까 너는 4월 20일에서 29일까지 베네치아에 있게 되고, 부활주일 아침에는 이미 피렌체에 도착하겠구나." 하고 말씀했을 때였다.

「잃어버린 시간을 찾아서」 M. 프루스트

＊M. 프루스트의 대하소설 「잃어버린 시간을 찾아서」 중 제1부인 「스완 가(家) 쪽으로」의 한 대목이다. 주인공인 '나'의 꿈꾸는 듯한 의식의 묘사로부터 소설은 시작된다.

4월 30일
워싱턴, 미국
초대 대통령
에 취임
(1789년).

•민중은 작은 거짓말보다 큰 거짓말에 쉽게 희생된다.

「나의 투쟁」 A. 히틀러

The great masses of the people will more easily fall victims to a great lie than to a small lie.

Adolf Hitler : *Mein Kampf*

＊A. 히틀러(1889. 4. 20~1945. 4. 30) 독일 나치스의 독재자. 「나의 투쟁」 등.

•"내일은 5월 1일이다." 하고 에마뉴엘은 음침했던 얼굴을 밝게 펴며 말했다. 이 말에 크리스토프는 이렇게 말하였다. "그렇다면 나 혼자 떠나겠어. 그들의 '5월 1일'을 가서 보아야겠네. 앞으로 내가 돌아오지 않으면 체포된 것으로 알게."

「장 크리스토프」 R. 롤랑

＊「장 크리스토프」는 1904년에서 1912년에 걸쳐 간행되었다. 베토벤을 모델로 한 이 소설은 또한 제1차세계대전 전의 한 시대의 기록이기도 하다.

5월 May

그레고리력에서는 다섯 번째 달. 그리스 신화에서 '성장과 번식을 관장하는 여신 마이아(Maia, 로마 신화의 다산과 순결을 상징하는 여신 보나 데아(Bona Dea)와 같은 존재)에게 드린 달'이라는 뜻을 지닌 마이우스(Maiuis)에서 비롯된 것으로 짐작할 뿐, 분명하지는 않다. 해마다 5월이면 유러비전 노래경연대회가 열린다. 5월 1일이 아일랜드력(曆)에서는 벨테인 축제의 날이며, 많은 나라에서는 노동절로 기념하고 있다. 5월 12일은 국제간호사의 날이며, 아르헨티나에서는 5월 25일이 5월 혁명을 기념하는 국가 공휴일이다.

[별자리] 남십자자리, 켄타우루자리, 처녀자리, 까마귀자리, 머리털자리, 사냥개자리

[달꽃] 네잎 클로버(Clover, 녹색) : 사랑과 희망찬 행복을 당신께

[탄생화] 은방울꽃(5일) : 섬세함/매발톱꽃(14일) : 승리의 맹세/헬리오트로프(24일) : 영원한 사랑이여.

[탄생석(천연보석)] 에머랄드(Emerald) : 행복과 애정, 사랑 받는 행복한 아내, 부부의 사랑, 과거를 나타내고 미래를 예언.

[다른 탄생석(인조보석)] 에머라다(Emerada)

5월 1일
메이데이
(1890년).

•사람은 독재 정치 밑에서도 자유인일 수는 있다. 그것에 저항하는 것으로 충분하다. ……올바르다고 믿는 것을 위해 싸우는 사람은 자유인이다.

I. 실로네

You can be a free man under a dictatorship. It is sufficient if you struggle against it. ……He who struggles for what he believes to be right is a free man.

Ignazio Silone

*I. 실로네(1900. 5. 1~ 1978. 8. 22) 이탈리아의 작가·정치가. 「파시즘」 등.

•5월 1일, 함께 대학의 최고 학년을 마친 프랭크 어셔스트와 그의 친구 로버트 가턴은 둘이서 걸어서 여행을 하던 중이었다.

「사과나무」 J. 골즈워디

*작가가 가장 사랑했던 이 단편 소설(1916년 지음)은 주인공인 어셔스트가 아내 스텔라와 함께 은혼식날 추억의 땅 데번셔를 방문, 거기서 젊은 날의 사랑을 회상하는 형식으로 되어 있다.

5월 2일
유대인의 마사다 요새,
로마군에 정복됨
(73년).

•충실하게 지낸 하루가 행복된 잠을 이루게 하듯이 충실하게 보낸 일생은 행복된 죽음을 맞이하게 한다.

L. 다빈치

As a well-spent day brings happy sleep, so life well used brings happy death.

Leonardo da Vinci

*L. 다빈치(1452. 4. 15~1519. 5. 2) 이탈리아의 예술가·과학자. '최후의 만찬'·'모나리자' 등.

•선로 감독과 동행하던 보선(保線)과장이 선로반 직원인 세묜에게 물었다. "자네는 예전부터 여기서 일했나?" "5월 2일부터 근무합니다, 각하."

「신호」 V. 가르신

*작가는 이 단편 소설(1887년 발표)에서 사회 밑바닥 생활을 하는 선로반 직원의 비참한 상황을 묘사하면서, 인간 신뢰를 강조하고 있다.

5월 3일
프랑스 인민
전선파, 총선
승리
(1936년).

• 국가의 무장이 충분치 못한 곳에 좋은 법률이 있을
수 없기 때문에 무장이 충분한 곳에는 좋은 법률이
있게 된다.

N. 마키아벨리

As there cannot be good laws where the state is not well
armed, it follows that where they are well armed they
have good laws.

Niccolo Machiavelli

*N. 마키아벨리(1469.
5. 3~1527. 6. 21) 이탈
리아 사상가. 「군주론」
등.

• 1944년 5월 3일에서 4일에 걸친 밤이었습니다. 맑
게 갠 하늘에는 별이 빛나고 있었고, 지상에는 여린
안개가 드리워 있었습니다.

「빨강 머리 여인」 A. 안데르쉬

*빨강 머리 여인 프란치
스카는 남편을 사랑할 수
없어 홀로 베네치아에 와
여러 사건을 경험하게 된
다. 풍속 소설로도 재미
있는 이 소설은 1960년
에 간행되었다.

5월 4일
중국, 5·4운
동 일어남
(1919년).

• 확실한 성공을 차지해도 아무 명예든지 차지할 수
없지만, 확실한 패배로부터는 얻을 것이 많을 것이
다.

T. 로렌스

There could be no honour in a sure success, but much
might be wrested from a sure defeat.

Thomas E. Lawrence

*T. 로렌스(1888. 8.
15~1935. 5. 19) 영국
의 군인·탐험가. 「지혜의
일곱 기둥」·「사막의 반
란」 등.

• 5월 4일에 마티파는 쿠안테 형제로부터 계산서를
받았다. 거기에는 파리에서 통칭 뤼방프레로 통하는
뤼시앵 샤르동 씨에게 적극 독촉하라는 지시가 첨부
되어 있었다.

「잃어버린 환상」 H. 발자크

*연작 소설 「인간 희극」
의 제8권인 이 작품은 전
3부로서, 제1부 「두 시
인」, 제2부 「파리에 사는
유명한 시골뜨기」, 제3부
「발명가의 고뇌」로 이루
어져 있다.

5월 5일
나폴레옹, 세
인트 헬레나
섬에서 사망
(1821년).

● 온갖 본질적인 지식은 존재와 관계가 있다. 또는 존재와 본질적 관계가 있는 듯한 지식만이 본질적인 지식이다.

S. 키르케고르

All essential knowledge relates to existence, or only such knowledge as has an essential relationship to existence is essential knowledge.

Soren Aabye Kierkegaard

*S. 키르케고르(1813. 5. 5~1855. 11. 11) 덴마크 사상가. 「죽음에 이르는 병」등.

● "아버지는 바로 1년 전인 오늘, 5월 5일에 돌아가셨지. 이리나, 그날은 무척 추웠고 눈이 내렸어. 나는 더 이상 살아갈 수 없을 것 같았고, 너는 정신을 잃고 죽은 듯이 누워 있었지."

「세 자매」 A. 체호프

*제1막은 맏딸인 올가의 이 대사로 시작된다. 이들 세 자매는 고향 모스크바로 돌아가는 것이 꿈이었다.

5월 6일
독일 용병(傭兵), 로마 약탈
(1527년).

● 노인은 때로 입술로써 여성의 이마와 아이의 볼에 입을 맞출 필요가 있는데, 이로써 그들은 다시 한 번 생명의 신선함을 믿게 될 것이다.

M. 마테를링크

Old men have need to touch sometimes with their lips the brow of a woman or the cheek of a child, that they may believe again in the freshness of life.

Maurice Maeterlinck

*M. 마테를링크(1862. 8. 29~1949. 5. 6) 벨기에 극작가. 「파랑새」「펠레아스와 멜리상드」등.

● 그날은 5월 6일 아침이었다. 5월의 부드러운 비를 맞고 정원은 아름다운 잎과 꽃으로 장식되어 있었다.

「캔터베리 이야기」 G. 초서

*이 작품은 캔터베리 대성당에 참배하기 위해 순례의 길에 나선 30명의 순례자들이 왕복길에 저마다 한 가지씩 이야기를 한다는 구성으로 되어 있다. 그 일행은 사회 각계 각층의 인물들이다.

5월 7일
독일, 연합국
에 무조건 항
복
(1945년).

● 하느님은 하늘에 계시니/온 세상 태평하여라.

R. 브라우닝

God's in his heaven/All's right with the world.

Robert Browning

*R. 브라우닝 (1812. 5.
7〜1889. 12. 12) 영국
시인. 「반지와 책」 등.

● 5월 7일 흑해 연안 소치 지구에서 데니킨 군의 패
잔병이 항복했다. 거기에는 피곤에 지칠 대로 지친 5
만 명의 군인이 있었다. 그들은 해변에 소총과 장검,
단검을 산더미처럼 쌓아 놓고, 적군(赤軍)의 야전
부엌에서 길게 줄을 서서 연대의 시츄를 먹고 있었
다.

「러시아 자연의 달력」 아타로프

*1919년 겨울에서 봄에
걸친 러시아 혁명군과 반
혁명군의 전투를 배경으
로 한 단편 소설. 러시아
의 자연이 묘사되어 있
다. 1938년 작품.

5월 8일
영국 의회정
치의 계기가
된 '인민 헌
장' 공포
(1838년).

● 네 인생에서 가장 빛나는 날은 이른바 성공의 날이
아니라, 비탄과 절망에서 벗어나 당신의 마음 속에서
삶에 대한 도전과 언젠가는 이루어낼 수 있을 것이라
는 가망성이 솟아오름을 느낄 때이다.

The most glorious moments in your life are not the so
-called days of success, but rather those days when out
of dejection and despair you feel rise in you a challenge
to life, and the promise of future accomplishments.

Gustave Flaubert

*G. 플로베르 (1821. 12.
12〜1880. 5. 8) 프랑스
소설가. 「보바리 부인」
등.

● 여름철에 들면 집에서는 큰 잔치가 두 번 열리게
된다. 그것은 형의 명명일(命名日)인 이반축제(5월
8일)와 오블로모프의 명명일인 일리야 축제였다.

「오블로모프」 I. 곤차로프

*주인공 오블로모프는
대학 출신의 지주. 아무
일도 하지 않고 집에서
낮잠이나 자는 '덤' 인생
이다. 제정 러시아의 농
노 제도를 해부한 작품.

5월 9일
이탈리아, 에
티오피아 합
병
(1936년).

•간단한 일을 완전히 할 수 있는 인내력을 가질 때
만이 언제나 어려운 일을 쉽게 할 수 있는 기술을 터
득한다.

J. 실러

Only those who have the patience to do simple things
perfectly ever acquire the skill to do difficult things
easily.

Johann C. F. von Schiller

*J. 실러(1759. 11. 10~
1805. 5. 9) 독일의 시
인·극작가. 「빌헬름 텔」
등.

•우리는 5월 9일 바로 성 니콜라이 축제일에 도시로
이사 오게 되었다. 나는 곧잘 산책을 했다. 5월 9일
부터 3주간 가량 지난 어느 날, 이웃집 창문이 열려
있고, 그 창문에서 어떤 여인이 우리 집을 바라보고
있었다.

「첫사랑」 I. 투르게네프

*16세인 '나'는 21세인
이웃집 지나이다를 사랑
한다. 그러나 그녀는 아
버지의 연인이었다.

5월 10일
인도, 세포이
의 항쟁 일어
남
(1857년).

•합중국의 참된 역사는 운수(運輸)의 역사이며, 철
도 회사 사장의 이름은 대통령의 이름보다 의의가 깊
다.

P. 게달라

The true history of the United States is the history of
transportation…… in which the names of railway
presidents are more significant than those of Presidents
of U. S.

Philip Guedalla

*P. 게달라(1889. 3.
12~1944. 12. 16) 영국
법정 변호사·여행기 작
가·전기 작가. 「웰링턴
공작의 전기」 등.

•1945년 5월 10일, 그날은 루크 수녀가, 그녀의 나
라가, 그리고 온 세계가 잊을 수 없는 날이었다.

「수녀 이야기」 흄

*이날 베를린이 함락되
었다. 그리고 루크 수녀
는 수녀복을 벗었다. 그
녀 자신이 레지스탕스 운
동에 휘말려들었기 때문
이다. 1953년 애틀란틱
논픽션상 수상 작품.

5월 11일
콘스탄티노
플, 로마의
수도가 됨
(330년).

●잉글랜드 사람은 비참할 때에라야만 행복하다. 스
코틀랜드 사람은 외국에 있을 때 외에는 집에 있을
때처럼 여유롭지 않다. 아일랜드 사람은 전쟁을 할
때 외에는 평화가 없다.

속담

An Englisman is never happy but when he is miserable,
a Scotchman never at home but when he is abroad, and
an Irishman never at peace but when he is fighting.

proverb

*속담은 사람들의 슬기
가 엉켜져 이루어진 것이
다.

●나중에 나는 그의 눈을 뜨게 하지 않고 도망치는
방법을 발견했다. 이 멋진 생각은 5월 11일, 일요일
오후 6시에 우연히 머리에 떠올랐다. 바실리오스가
술을 좋아하며, 취하면 정신없이 곯아 떨어지는 사실
이 떠올라서, 함께 저녁을 먹자고 했다.

「산들의 왕」 아브

*'나'는 도망치지만 다시
붙들린다. 1856년에 발
표된 유머 소설.

5월 12일
영국의 노동
자 총파업 실
패
(1926년).

●과분합니다, 과분합니다(임종의 자리에서 메리트
훈장을 받게 되었을 때).

F. 나이팅게일

Too kind, too kind.
(When handed the insignia of the Order of Merit on her
deathbed).

Florence Nightingale

*F. 나이팅게일(1820. 5.
12~1910. 8. 13) 영국
간호사. '광명의 천사'로
알려져 있으며, 근대 간
호학의 개척자이자 작가·
통계학자. 「카산드라」「간
호 노트 : 간호와 간호가
아닌 것」 등.

●5월 12일은 어머니의 생일이었다. 아버지의 말씀에
따른다면 현재의 정세가 불안하지만 그래도 파티는
열 예정이었다.

「폭풍전야」 용

*그로부터 며칠 뒤 이
네덜란드의 평화롭던 의
사의 집에도 폭풍이 휘몰
아친다. 독일군이 침입한
것이다. 어머니는 말한
다. "우리는 자신을 지켜
야 한다. 무기로써가 아
니라 정의를 믿는 우리
신념의 힘으로"

5월 13일
송(宋), 정강
(靖康)의 변
(變) 일어남
(1126 ~27
년)

• 때때로 스갱 씨의 양은 맑은 밤 하늘에 별들이 춤 추는 것을 보고는 스스로에게 말했다. '새벽까지 기 다릴 수 있을까?'

A. 도데

From time to time Mr. Seguin's lamb saw the stars dance in the clear sky and said to herself, "Can I hold until dawn, I wonder?"

Alphonse Daudet

• 봉투 겉봉에는 마치 장님이 쓴 것 같은 떨리는 큰 글씨로 이렇게 씌어 있었다. '수녀원에 들어가는 5월 13일에 자른 셀린의 머리카락.'

「풍차방앗간 편지」 A. 도데

*A. 도데(1840. 5. 13~ 1897. 12. 16) 프랑스 작 가. 「풍차방앗간 편지」 등.

*남부 프랑스 프로방스 의 서정 작가 알퐁스 도 데의 단편집 「풍차방앗간 편지」는 1869년에 간행 되었다. 프로방스의 어느 물방앗간에서 작가가 편 지를 쓴 형식의 작품집이 다.

5월 14일
이스라엘 건
국, 팔레스타
인 전쟁 시작
(1948년).

• 거친 바람이 불고/구름이 거뭇하게 보이고, 수은주 가 내려가며/그을음이 떨어지고, 스패니얼이 잠자 며/거미집에서 거미가 기어 나온다……

E. 제너

The hollow winds begin to blow ; The clouds look black, the glass is low ; The soot falls down, the spaniels sleep ; And the spiders from their cobweb peep……

Edward Jenner

• 5월 14일, 적군의 정찰 순양함대와 교전하고 난 뒤 인 오후 1시 지나서 일본 함대가 모습을 드러냈다. 전함 오슬라비야에는 전투 준비의 명령이 떨어졌다.

「츠시바」 N. 브리보이

*E. 제너(1749. 5. 17~ 1823. 1. 26) 영국 의사. 1796년 5월 14일 제너는 8살 소년 제임스 필립스 (1788~1853)에게 처음 으로 우두 고름을 접종.

*러일전쟁 때 동해 해전 에 참전했던 러시아군의 노비코프 브리보이가 충 실히 적은 기록 소설.

5월 15일
마네, 낙선전에서 '풀밭 위의 점심' 발표 (1863년).

• 영국 사람은 다른 어느 국민보다 분별이 있다—그리고 그들은 바보다.

K. 메테르니히

The English have better sense than any other nation-and they are fools.

Klemens von Metternich

*K. 메테르니히 (1773. 5. 15~1859. 6. 11) 오스트리아 정치가.

• 오늘 1673년 5월 15일은 오래 기다리던 멋진 날이다. 오늘은 검은 튤립을 낳은 자연의 정복자에게 박수를 보내기 위해 하를렘의 온 시민들이 아름다운 나무들로 꾸며진 길거리를 가득 메우고 있었다.

「검은 튤립」 A. 뒤마

*세계에서 처음으로 검은 튤립 재배에 성공하기 직전 코르넬리우스 판 드 벨은 모함에 의해 옥에 갇히면서 사건이 벌어진다. 1850년에 발표된 사랑과 꽃의 로망스.

5월 16일
5·16 군사 정변 일어남 (1961년).

• 병사들이여, 이 피라미드 정상에서 4천 년이 그대들을 내려다보고 있음을 기억하라.

B. 나폴레옹

Soldiers, consider that from the summit of these pyramids, forty centuries look down upon you.

Napoleon Bonaparte

*B. 나폴레옹 (1769. 8. 15~1821. 5. 5) 1798년 5월 16일 이날 이집트 원정군은 프랑스를 출발하였다.

• 마지막으로 노르푸아 후작이 어떤 사람인가에 관해 말해야 하겠다. 그는 프로이센-프랑스 전쟁 전에는 전권 공사였고, 5월 16일 사건 당시에는 대사였다.

「잃어버린 시간을 찾아서」 M. 프루스트

*5월 16일 사건이란 1877년 당시의 대통령인 마크마옹 원수가 정변을 꾀하다 실패한 사건임. 위의 글은 제2편 「꽃피는 아가씨들의 그늘에」 (1919년)의 한 대목.

5월 17일
미국 재판부,
흑인 격리 교
육에 위헌 판
결
(1954년).

● 오늘의 이 판결은 미국 민주주의 연대기에 역사적 사건으로 기록될 것이다.

R. 번치

The decision made today will be inscribed in the chronicle of America's democracy as a great historical event.

Ralph Johnson Bunche

＊R. 번치(1904. 8. 1~1971. 12. 9) 미국 정치학자. 1954년 5월 17일 미국의 워런 최고 재판소장관은 흑인 차별이 위법임을 판결하였다.

● 5월 17일 교토(京都)를 지나 요코하마(橫濱)로 가게 되었다. 일본 여인들은 시대 착오스러운 차림새였다. 마치 카니발의 가장 행렬을 보고 있는 듯한 느낌이었다.

「나의 첫 여행 세계 일주」 J. 콕토

＊J. 콕토는 1936년 3월 28일 파리를 출발하여 세계 일주의 길에 나섰다. 「파리 수아르」에 연재.

5월 18일
바스코 다가
마, 인도 도
착
(1498년).

● 문명인에게서도 일부일처제적인 본능의 희미한 흔적을 때로 찾아볼 수 있다.

B. 러셀

Even in civilized mankind faint traces of a monogamistic instinct can sometimes be perceived.

Bertrand A. W. Russell

＊B. 러셀(1872. 5. 18~1970. 2. 2) 영국 철학자·평론가. '문명인에게서도'라는 말은 물론 비꼬는 말이다.

● 대관식을 겸한 결혼식은 1606년 5월 18일에 모스크바 대성당에서 성대하게 거행되었다.

「가짜 드미트리」 P. 메리메

＊러시아 황제인 이반 뇌제(雷帝)가 죽은 뒤 청년 드미트리는 반란을 일으켜 자신이 황위에 오른다. 그러나 8일 뒤에 그는 암살당하고 만다. 1852년에 발표된 이 소설의 원제는 「러시아 역사의 에피소드」.

● 사람은 빵으로만 사는 것이 아니라 광고에 의해 산
다.

R. 스티븐슨

Men do not live by bread alone, they also live by catch
word.

R. L. Stevenson

● "5월 19일 아침, 선원들은 내 텐트에 아주 오래 전
에 도굴을 당한 무덤에서 발견한 개다리소반 두 개와
두개골 두 개를 가져왔다." 1934년 S. 헤딘은 자기의
의문점을 스스로의 눈으로 직접 확인하기 위하여 난
징(南京)으로 갔다. 거기서 중국 정부의 위촉을 받
고 신장성(新疆省)과 중국 본토를 연결하는 자동차
도로를 조사하기 위하여 탐험대를 조직했다. 바로 그
당시 신장성은 동란 중이어서 이슬람교도인 마중영
(馬仲英) 장군이 인솔하는 반란군이 그들 일행을 체
포한다. 여러 달 감금 생활 뒤에 풀려난 S. 헤딘 일
행은 다시금 탐험길에 오른다. 그리고 5월 17일에는
'방황하는 호수'의 새로운 북부 호상(湖床)에 이르
러, 30년 전에 자기가 예언했던 말이 사실임을 확인
한다.

「방황하는 호수」 S. 헤딘

＊R. 스티븐슨(1850. 11.
13~1894. 12. 3) 영국
소설가.「보물섬」등.

＊20세기 최대의 탐험가
인 스웨덴의 S. 헤딘은
1899년 카슈가르를 출발
하여 신장성에 이르고,
티벳 방면을 돌고 귀국하
였다. 그 탐험에서 S. 헤
딘은 로브 사막을 조사한
결과 사막 가운데를 흐르
고 있는 강줄기가 바뀌고
있음을 알게 되었다. 그
는 본래 로브 사막 북쪽
에 있던 로브 호수가 남
쪽으로 옮겨진 것이 아닌
가 하는 의문을 품게 되
었다. 즉, 타림 강물이
운반하는 모래 때문에 지
난날의 로브 호수가 매몰
되어 간다는 생각이었다.

● 개인의 자유는 여기까지 한정되어야 한다. 곧 타인
에게 번거로움을 주지 않아야 한다.

J. 밀

The liberty of the individual must be thus far limited ;
he must not make himself a nuisance to other people.

John Stuart Mill

● "표트르, 아직 안 보이나?" 1859년 5월 20일, 먼지
투성이인 외투를 입고 줄무늬의 바지를 입은 40대의
신사가 모자도 쓰지 않은 채 ×××거리에 있는 여관
에서 나오며, 턱에 흰 솜털이 난, 눈이 작고 호동그
란, 광대뼈가 넓은 젊은 하인에게 이렇게 물었다.

「아버지와 아들」 I. 투르게네프

*J. 밀(1806. 5. 20~
1873. 5. 7) 영국의 경제
학자·철학자. 「자유론」
등.

*1862년에 발표된 이
소설의 주인공은 허무주
의자 바자로프. 이 소설
로 '니힐리즘'이란 말이
유행하게 됐다.
아버지인 니콜라이 키르
사노프는 학사가 된 아들
아르카디 키르사노프가
돌아오기를 기다리고 있
는 장면으로 소설은 시작
된다. 아들은 허무주의자
인 친구 바자로프를 데리
고 왔다. 바자로프는 종
교와 예술 따위를 하찮은
것으로 보았고 모든 권위
를 부정하였다. 그는 당
시 인텔리 계층의 한 유
형이다. 이 소설은 아버
지와 아들 사이의 세대
차이를 올로 하고, 바잘
로프를 씨날로 하여 사건
을 짜나간다. 바자로프는
누구에 대해서든지 냉소
적이었으나, 도지사(道知
事)가 연 무도회에서 만
나게 된 오딘초바에 대해
서만은 예외여서 그녀에
게 반하고 만다. 그러나
사랑은 열매를 맺지 못했
다. 바자로프의 임종을
지켜보는 오딘초바는 다
만 차갑고 고뇌스러운 놀
라움을 느낄 뿐이었다.

• 잘못을 저지르는 것은 사람이고, 용서하는 것은 신
(神)이다.
여성은 기껏해야 모순 덩어리이다.
아무 것도 바라지 않는 사람은 결코 실망할 일이 없
을 것이기에 복받을 것이다.

A. 포프

To err is human, to forgive, divine.
Woman is at best a contradiction still.
Blessed is he who expects nothing, for he shall never be
disappointed.

Alexander Pope

• 연인들이 꽃의 달이라 일컫는 5월의 21일. 르네는
샥터스의 오두막에 갔다. 그리고 추장을 부축하여 미
시시피 강변에 있는 사사프라스 나무 아래로 안내했
다.

「르네」F. 샤토브리앙

* A. 포프(1688. 5. 21~
1744. 5. 30) 영국의 시
인·비평가. 「인간론」 등.

* 프랑스 낭만파의 선구
자인 F. 샤토브리앙은 미
국에서의 체험에 기초하
여 기독교적 사랑과 신앙
의 이야기인 「아탈라」와
「르네」를 썼다.

• 옛날에는 스타가 되려 하는 여배우가 있었으나, 지
금에는 여배우가 되려 하는 스타가 있다.

L. 올리비에

We used to have actresses trying to become stars ; now
we have stars trying to become actresses.

Sir Laurence Olivier

• 5월 22일의 일기. 화가인 프리드리히는 여행지에서
집시 처녀 로스키네와 사랑하게 되어 결혼하였다. 그
러나 그녀는 아이를 낳다가 죽었고, 그 딸은 7살 때
집시에게 빼앗겼다. 그 딸이 이제 성장하여 프리드리
히의 조카인 놀텐 앞에 서게 된 것이다.

「화가 놀텐」E. 뫼리케

* L. 올리비에(1907. 5.
22~1989. 7. 11) 영국
의 배우·연출가.

* 시인 E. 뫼리케의 유일
한 장편인 이 소설은 낭
만파 문학 중 걸작으로
평가된다. 1832년 발표.

• 그 순간 갑자기 나는 이상스러운 한 남자와 함께 여기서 8년 동안 살면서 아이를 셋씩이나 낳았다는 사실을 느꼈습니다.

H. 입센

In that moment it burst upon me that I had been living here these eight years with a stange man, and had borne him three children.

Henrik Ibsen

• 5월 23일. 저녁 7시쯤 나는 길거리를 산책했다. 그 루시니츠키가 멀리서 나를 보고 내게 다가왔다. 더할 나위 없는 기쁨이 그 눈에 어려 있었다.

「현대의 영웅」 M. 레르몬토프

• 하느님이 하신 일이 어찌 이리 크냐?

S. 모스

“What hath God wrought?”

Samuel Finley Breese Morse

• 피에르의 5월 24일자 노트—사튀르냥이 점심 식사를 함께 하자고 했다. 놀랍게도 그의 집에서가 아니라 ‘큰 사슴관’에서의 점심이었다.

「낮의 힘」 베르코르

* H. 입센(1828. 3. 20~ 1906. 5. 23) 노르웨이의 세계적 극작가. 「인형의 집」 등.

* 27세의 나이로 결투에서 목숨을 잃은 M. 레르몬토프의 유일한 장편 「현대의 영웅」은 전 2부, 5편의 이야기로 구성되어 있다. 제2부는 일기 형식으로 묘사되어 있다.

* S. 모스(1791. 4. 27~ 1872. 4. 2) 미국 발명가. 1844년 5월 24일 그는 자기가 발명한 전신기와 부호(모스신호)로 이 말을 타전하였다.

* 나치스의 포로수용소에서 아직 살아 있는 겨레를 용광로 속에 던지는 일을 강요당하고 있어 ‘인간 자격’을 상실한 피에르 캉쥐가 주인공이다.

5월 25일
미합중국 헌
법 제정 회의
열림
(1787년).

• 만일 사람이 이웃보다 더 좋은 책을 저술한다거나 뛰어난 쥐덫을 만든다면, 그가 비록 숲속에 집을 짓는다 하더라도 방문자는 끊이지 않을 것이다.

R. 에머슨

If a man write a better book, or make a better mousetrap than his neighbor, though he builds his house in the woods, the world will make a beaten path to his door.

R. W. Emerson

＊R. 에머슨(1803. 5. 25~1882. 4. 27) 미국 사상가·수필가. 「자연론」 등.

• 게르트루트는 울반의 날인 5월 25일에 쾰른으로 돌아왔으나, 고향 방문이 좋은 결과를 가져왔다고는 생각되지 않았다.

「게르트루트」 H. 헤세

＊초록색 들판에 고요히 잠들어 있는 시골에서 자란 소년 게르트루트가 성장하며 겪게 되는 영혼의 갈등 이야기. 1910년 간행.

5월 26일
H. 코르테스,
아스텍 제국
공격을 시작
(1521년).

• 역사가는 과거의 이야기를 하고, 소설가는 현재의 이야기를 한다.

공쿠르 형제

Historians tell the story of the past, novelists the story of the present.

Edmond & Jules de Goncourt

＊공쿠르 형제 중 형은 에드몽(1822. 5. 26~1896. 7. 16), 동생은 쥘 (1830. 12. 17~1870. 6. 20). 「일기」 등.

• 5월 26일 7시 30분, 보디론과 에반스는 사우스 콜을 출발했다. 그들은 에베레스트 남쪽 봉우리 28,700피트 위에 섰다. 그것은 아직 아무도 밟지 못한 높이였다. 정각 1시였다.

「에베레스트로의 먼 길」 십턴

＊8,848m인 에베레스트에 E. 힐러리와 셰르파 텐징이 오른 것은 1953년 5월 29일이었다. E. 십턴도 참가하여 기록을 남겼다.

5월 27일
종교 개혁가
뮌처 처형당
함
(1525년).

• 비관주의도 익숙해지면 낙관주의와 마찬가지로 쾌
적하게 된다.
60세의 사람은 20년은 침대에서, 그리고 3년 이상은
식사로 소비한 것이다.

E. 베넷

Pessimism, when you get used to it, is just as agreeable
as optimism.
A man of sixty has spent 20 years in bed and over 3
years in eating.

Enoch Arnold Bennett

*E. 베넷(1867. 5. 27~
1931. 3. 27) 영국 작가.
「늙은 아내 이야기」 등.

• 5월 27일 아침에 나는 친구와 함께 큰 강이 흐르는
풀밭으로 갔다. 새로운 폭탄을 실험하기 위해서였다.
「죽인 자가 아니라 죽음을 당한 자에게 죄가 있다」
——F. 베르펠

*육군 장성의 가정에서
태어난 주인공 청년 장교
는 군국주의를 아주 싫어
하여 황제를 암살하려 한
다. 오이디푸스 콤플렉스
가 주제인 이 소설의 원
제는 「죽인 자가 아니라
죽음을 당한 자에게 죄가
있다」(1920)이다.

5월 28일
그리스 철학
자 탈레스,
일식 예언
(B.C.585년).

• 고요한 밤이면/잠을 이루지 못하나니/지난날의 추
억은/밝은 빛을 실어 오도다.

T. 무어

OFT in the stilly night,/Ere slumber's chain has bound
me,/Fond memory brings the light/Of other days
around me.

Thomas Moore

*T. 무어(1779. 5. 28~
1852. 2. 25) 아일랜드
시인. '한 떨기 장미'·「아
일랜드 가요」 등.

• 가장 유쾌했던 것은 살리나, 가장 우스꽝스러웠던
것은 5월 28일 밤이었습니다. 장군은 올리그리오네
수녀원 위에 초소를 설치하라고 명령했습니다.
「들고양이」 G. 람페두사

*시칠리아의 귀족인 파
르마 공작 람페두사가 60
세의 나이로 죽기 직전
(1956년)에 쓴 이 소설
은 가라발디의 이탈리아
통일 운동을 배경으로 한
본격 소설이다.

5월 29일
오스만제국,
콘스탄티노플
함락시킴
(1453년).

• 성서는 우리에게 네 이웃을 사랑하라 하기도 하고, 원수를 사랑하라고도 말한다. 왜냐하면 일반적으로 이웃과 원수는 동일인이기 때문이리라.

G. 체스터턴

The Bible tells us to love our neighbors, and also to love our enemies ; probably because they are generally the same people.

Gilbert Keith Chesterton

＊G. 체스터턴(1874. 5. 29~1936. 6. 14) 영국의 비평가·소설가.

• "인도의 다카에서 온 편지입니다. 5월 29일부로 되어 있습니다." 타르엘은 그 편지를 프랑스 어로 번역하여 읽었다. 편지는 영어로 적혀 있었고, 필즈 신부가 보낸 것이었다.

「집 없는 소녀」 H. 말로

＊소년 소설 중 영원한 베스트셀러인 「집 없는 아이」의 자매편이다. 1893년 작품.

5월 30일
잔다르크, '이
단자'로 화형
에 처해짐
(1431년).

• 나는 그대의 말에는 반대한다. 그러나 그대가 그것을 말할 권리는 끝까지 지키리라.

볼테르

I disapprove of what you say, but I will defend to the death your right to say it.

Voltaire

＊볼테르(1694. 11. 21~1778. 5. 30) 프랑스의 사상가·작가. 「캉디드」 등.

• 그는 한 주간 동안 줄곧 이런 산책에 대해 어떤 준비를 해야 할 것인가 생각하였다. 그리고 다음 일요일, 그것은 5월 30일이었는데 그 일에 착수했다.

「파리인의 일요일」 G. 모파상

＊독신인 52세의 주인공은 휴일에도 집에 파묻혀 있다. 어느 날 건강 진단 결과 뇌출혈의 위험이 있으니 운동을 하라는 주의를 받는다. 그는 일요일이면 운동을 하는데 사건들이 벌어진다.

●남성과 여성의 얼굴에서 나는 하느님의 모습을 본다. 위대한 시인이 있기 위해서는 위대한 독자도 있어야 한다. 어떤 거룩한 것이 있다고 한다면 사람의 몸이야말로 거룩한 것이다.

W. 휘트먼

In the faces of men and women I see God. To have great poets, there must be great audiences, too. If anything is sacred the human body is sacred.

Walt Whitman

●1890년대 초기인 5월 31일 저녁 6시쯤이었다. 졸리온 포사이트 노인은 로빈 힐의 자택에서 테라스 앞에 있는 느티나무 아래 앉아 있었다. 모기떼가 나와서 쏠 때까지는 이 아름다운 오후의 한때를 만끽하려고 생각했다. 노인은 끝없이 옛날 일들을 생각하고 있었다. 조카 솜즈의 비극의 원인이 된 이 집을 사들였고, 3년 남짓 전부터 이 로빈 힐의 집에 살게 되고서부터는 자기 나이를 느끼는 일이 없게 되었다. 그런 어느날 체르시의 플라트에서 호젓이 살고 있던 아이린이 느닷없이 나타났다. 늙은 그녀의 옛날의 추억을 잊을 수가 없어, 지난날 사랑을 속삭였던 폐허의 장소를 찾아온 것이었다. 아이린을 만난 순간 85살 졸리온 포사이트 노인의 가슴은 갑자기 젊어지며 설레는 것이었다. 그러나 그 설렘은 역시 노인을 찾아온 잠시 동안의 햇볕이었고, 죽음의 때를 기다리는 사람의 감상에 지나지 않았던 것이다.

「포사이트의 화창한 봄 날씨」 J. 골즈워디

＊W. 휘트먼(1819. 5. 31～1892. 3. 26) 미국 국민 시인 「풀잎」 등.

＊이 단편은 작품집 「다섯 편의 이야기」(1918년) 중 한 편이다. 골즈워디는 이 작품의 성공에 힘입어 대하소설 「포사이트가의 이야기」를 쓰게 되었다. 이 작가는 인생의 만가(輓歌) 묘사에 뛰어나다.

6월 June

그레고리력에서는 여섯 번째 달. 로마 신화에 나오는 주피터의 아내이자 결혼과 출산을 관장하는 가정생활의 수호신인 유노(Juno)의 이름에서 비롯되었다. 같은 6월이라도 북반구는 여름이고 남반구는 겨울이다. 6월 6일(스웨덴), 6월 15일(덴마크), 6월 20일(아르헨티나), 6월 26일(루마니아) 등은 '기(旗)의 날'(flag day)로서, 길에서 자선사업 기금을 모집하며 기부자에게는 기념으로 작은 기를 달아준다. 6월 16일은 「율리시스(*Ulysses*)」의 작가인 제임스 조이스를 기념하는 블룸스데이(Blooms day)이다.

[별자리] 목동자리, 천칭자리, 작은곰자리

[달꽃] 스위트 피(Sweet Pea, 분홍색) : 기쁨이 넘치는 아름다운 추억을 당신과 함께.

[탄생화] 붓꽃(노랑, 6일) : 믿는 자의 행복/디기탈리스(13일) : 가슴 속의 생각/나팔꽃(25일) : 덧없는 사랑

[탄생석(천연보석)] 진주(Pearl) : 처녀의 상징, 건강, 장수, 부(富)

[다른 탄생석(인조보석)] 실론 사파이어(Ceylon Sapphire) : 건강, 장수, 행복

6월 1일
태평천국(太
平天國)의 난
평정됨
(1864년).

•나 다시 바다로 가고자 한다, 쓸쓸한 바다와 하늘을 찾아 가고자 한다, /내가 다만 원하는 것은 큰 돛 단배와 그 배를 이끌어줄 별 하나.

J. 메이스필드

I must down to the seas again, to the lonely sea and the sky,/And all I ask is a tall ship and a star to steer her by.

John Masefield

•이 6월 1일은 단조롭기는 했으나 더할 나위 없이 완전하였다. 앙데스마 씨의 이 휴식은 어느 정도로 계속되었던가? 이 물음에 대해서도 그는 결코 대답할 수 없었다.

「앙데스마 씨의 오후」 M. 뒤라스

*M. 뒤라스 여사의 이 소설은 줄거리도 없고 상황 설명도 없다. 다만 대화에 의해 이야기가 진전되는 색다른 작품이다. 1962년 작.

6월 2일
이탈리아, 국
민 투표로 군
왕제 폐지 결
정
(1946년).

•사람은 모두 다른 사람의 절약과 자기만의 특별 소비에는 항상 찬성한다.

R. 이든

Everyone is always in favor of general economy and particular expenditure.

Sir Robert Anthony Eden

*R. 이든(1897. 6. 12~ 1977. 1. 14) 영국 정치가.

•6월 2일과 3일 밤에 BBC 방송은 암호의 제1부를 되풀이했다. 마이어는 그것이 불안스러웠다. 그가 얻은 정보에 의하면 암호는 한 번만 발신되게 되어 있었다.

「가장 길고 긴 날」 K. 라이언

*제2차세계대전의 전환점이 된 노르망디 상륙작전을 다룬 작품. 그 작전에 직접 참가한 미국의 보도반원 K. 라이언이 방대한 자료와 많은 증인들의 증언에 의해 쓴 기록문학의 걸작이다.

• 어느날 아침, 그레고르 잠자가 뒤숭숭한 꿈에서 깨어났을 때 그는 자신이 침대 속에서 한 마리의 괴상하고 흉측한 벌레로 바뀌어 있음을 알아차렸다.

「변신」 F. 카프카

One morning, as Gregor Samsa was waking up from anxious dreams, he discovered that in bed he had been changed into a monstrous verminous bug.

Franz Kafka : *The Metamorphosis*

• 그리고 한나와 재회. (6월 3일, 아테네에서)
눈을 뜨기 전에 나는 이미 그녀임을 알 수 있었다. 그녀는 담당 간호사와 대화를 하고 있었다.

「호모 파버」 M. 프리슈

*F. 카프카(1883. 7. 3~1924. 6. 3) 오스트리아 소설가. 「변신」 등.
이 작품은 어느날 아침 뒤숭숭한 꿈에서 깨어난 한 평범한 남자가 한 마리의 독벌레로 바뀌면서 시작된다. 1916년 작품으로 「심판」, 「성(城)」과 함께 카프카의 실존주의 문학 3대 걸작이다.
*주인공인 파버는 배에서 만난 소녀 엘리자베트를 사랑하게 된다. 그러나 그 소녀는 일찍이 파버와 정부 한나 사이에 태어난 딸—엘리자베트의 죽음으로써 사랑은 끝난다. 1957년 작.

• 만일 모든 여성의 얼굴 생김새가 똑같다면 남성이 부정한 일을 하지는 않을 것이다.
나는 지금까지 자주 미칠 듯이 여성을 사랑했으나 항상 자신의 자유 편을 선택했다.

G. 카사노바

If all women had the same face, men would not be unfaithful.
I have often loved women to madness, but I have always preferred my liberty.

Giovanni G. Casanova

*G. 카사노바(1725. 4. 2~1798. 6. 4) 이탈리아 태생 플레이보이. 「회상록」 등.

• 막은 열렸다. 6월 4일 밤, 총소리 세 방이 밤하늘에 울렸다. 항쟁군의 선두에는 티카 싱의 말이 보였다. 영국 관련 건물은 모조리 불타고 있었다.

「인도독립전쟁」 사발카르

*1857년 5월에 시작된 세포이의 항쟁 기록이다. 인도인의 혁명의 성서로 불리는 이 책은 1946년 간행되었다.

6월 5일
제3차 중동전
쟁(6일 전쟁)
시작
(1967년).

• 모든 사물은 필요 없다, 이 정원, 이 도시, 그리고 나 자신도. 갑자기 그 사실을 깨달았을 때, 기분이 나빠지고 모든 것이 표류하기 시작한다…… 그것이 구토(嘔吐)이다.

J. 사르트르

Everything is gratuitous, this garden, this city and my-self. When you suddenly realize it, it makes you feel sick and everything begins to drift…… that's nausea.

Jean Paul Sartre

*J. 사르트르(1905. 6. 5~1980. 4. 15) 프랑스 작가. 「구토」 등.

• 6월 2일 시민의 횃불 행진과 궁정의 대연회, 6월 3일 성에서의 축하 잔치, 그 다음날은 도시 대표자들 접견, 그리고 6월 5일…… 이 궁내장관의 말에 카를은 그저 머리를 끄덕일 뿐이었다.

「알트하이델베르크」 W. 마이어푀르스터

*「황태자의 첫사랑」으로 널리 알려진 작품.

6월 6일
연합군, 노르
망디 상륙 시
작
(1944년).

• 이 개략적인 기록과 우리의 시체가 이야기를 해 줄 것이다.
제발 우리 동료들을 보살펴 주십시오.

R. 스콧

These rough notes and our dead bodies must tell the tale.
For God's sake look after our people.

Captain Robert Falcon Scott

*R. 스콧(1868. 6. 6~1912. 3. 29) 영국 남극 탐험가.

• 6월 6일. 역에서 신문 기자 두어 명이 이시도르를 기다리고 있다가 그와 함께 가겠다고 했다. 그러나 소년은 거절하고 혼자 출발하였다.

「기암성(奇巖城)」 M. 르블랑

*사회의 부정을 미워하고 부의 재분배를 꾀하는 의적(義賊) 뤼팽과 소년 탐정 이시도르의 대결을 그린 이 소설은 탐정 소설의 고전으로 정평이 있다. 1912년 간행.

6월 7일
프랑스 군,
멕시코시티
점령
(1863년).

• 참다운 것이 오고, 거짓된 것이 가도다.

무함마드

The true comes in, the false goes away.

Muhammad

＊무함마드(570. 4. 22~ 632. 6. 7) 이슬람교 창시자.

• 1862년 6월 7일, 글래스고 선적의 돛대 세 개의 배 브리타니아 호는 남반구 파타고니아 해안에 좌초했다. 선장 그랜트와 승무원 2명은 상륙을 시도했으나, 인디언들에게 포로로 잡혔다.

「그랜트 선장의 아이들」 J. 베른

＊상어 배에서 구조 요청 종이쪽지가 발견된다. 그랜트 선장의 자녀인 메어리와 로버트는 아버지를 찾아 나서게 되고, 많은 어려움을 겪은 뒤 아버지와 만나게 된다. 1867년 발표.

6월 8일
A. 바크르, 초
대 칼리프에
취임
(632년).

• 정신적으로 자기에게 충실함이 인간의 행복에 필요하다. 불충실은 믿는 일에나 의심하는 일에는 없는 것이다.

T. 페인

It is necessary to the happiness of man that he be mentally faithful to himself. Infidelity does not consist in believing or in disbelieving

Thomas Paine

＊T. 페인 (1737. 1. 29~ 1809. 6. 8.) 미국 저술가. 「이성(理性)의 시대」 등.

• 63일 동안의 변화 있는 항해를 한 우리는 6월 8일 밤, 바다 저쪽에 번개처럼 이동하는 기괴한 불꽃을 보았다.

「노아 노아」 P. 고갱

＊이색적인 화가 P. 고갱의 타히티 섬 여행기인 「노아 노아」의 첫 문장이다. '노아 노아'는 마오리 족의 말로 '향기롭다'는 뜻. 이 책에는 고갱의 목판화와 함께 섬에서의 원시적 생활이 묘사되어 있다.

•첫 아기가 처음으로 웃었을 때 그 웃음이 천 개로 나뉘어져 하나하나가 깡충깡충 뛰게 되었다. 그것이 요정의 탄생이다.

J. 배리

When the first baby laughed for the first time, the laugh broke into a thousand pieces and they all went skipping about, and that was the beginning of fairies.

Sir James Barrie

*J. 배리(1860. 6. 9~ 1937. 6. 19) 영국 작가. 「피터 팬」 등.

•유월 베스탈리아 축제일(6월 9일)이었다. 이날은 브루투스가 에스파냐를 정복하고 그 주민들을 굴복시킨 날이며, 구두쇠 크라수스가 파르티아 인의 공격을 받아 죽은 날이기도 하다.

「가르강튀아와 팡타그뤼엘」 F. 라블레

*이 대하소설은 전5권. 위의 글은 제4권 항해 이야기의 첫 문장이다. 1552년 간행.

•그녀가 난생 처음 흘린 눈물은 우리들에게 때때로 눈물에서 비롯되는 결과를 가져왔다. 그녀의 눈물 덕분에 우리 사랑은 더욱 공고해졌다.

P. 로티

The tears she shed for the first time in her life brought about among us the result which tears often give rise to, her tears made our love stronger.

Pierre Loti

*P. 로티(1850. 1. 14~ 1923. 6. 10) 프랑스의 군인·소설가. 「얼음섬의 어부」 등.

•그는 황금 손목시계를 차고 있었다. 그 시계에는 초침도 있었고, 날짜를 알리는 동시에 달이 어떤 모양인가를 나타내는 작은 창이 달려 있었다. 그것에 의하여 달은 보름달 하루 전이고, 날짜와 시간은 6월 10일 2시 30분이었다.

「007 위기일발」 I. 플레밍

*전후 스파이 소설의 기수로서 그 스릴로 해서 인기 작가가 된 플레밍의 007 시리즈 중 한 편이다. 1957년 작품.

6월 11일
중·소 대립으
로 무력 충돌
(1969년).

•정오, 서쪽에서는 흔들바람. 태양은 무척 뜨겁다. 남쪽을 바라보니 한없이 밝고 생기가 넘치며 빛난다. 오후에는 큰 소나기, 저녁에는 개다. 밤에는 강한 바람.

J. 컨스터블

Noon. Fresh Wind at West. Sun very hot Looking southward exceedingly bright, vivid and glowing ; very heavy showers in the afternoon but a fine evening. High wind in the night.

J. Constable

*J. 컨스터블(1776. 6. 11~1837. 3. 31) 영국 화가. '무지개' 등

•군 당국은 국내의 불온 상태를 제압하기 위해 6월 10일 저녁 프랑스 알제리 혼성 중대에 명령을 내려 각 파견대를 철수시키도록 조치했다. 그리고 다음날인 11일 새벽에 학살이 자행되었다.

「태양 아래」 G. 모파상

*G. 모파상은 1881년 7월, 아프리카를 여행했고, 그 여행기는 1884년에 간행되었다.

6월 12일
현종(玄宗),
안사(安史)의
난으로 피신
(756년).

•위증(僞證)과 투쟁, 살인과 약탈의 무서운 이야기, 이를 가리켜 사람들은 역사라 한다. 바위투성이에다 태양과 같이 오랜 언덕들.

W. 브라이언트

The horrid tale of perjury and strife, murder and spoil, which men call history.
The hills, rock ribbed, and ancient as the sun.

W. C. Bryant

*W. 브라이언트(1794. 11. 3~1878. 6. 12) 미국 시인. '물새에게 부치는 노래' 등.

•"여기 뭐라고 쓰여 있지요?" 하며 남자는 거기 있던 신문을 들어 날짜를 가리켰다. "1890년 6월 12일" 하고 여자는 말했다.

「미련」 A. 슈니츨러

*펠릭스와 마리는 서로 사랑하는 사이. 그러나 남자는 불치의 병에 걸려, 자기는 앞으로 1년밖에 살 수 없다고 생각하고 있다. 그는 애인과 삶에 대해 미련이 크다. 1894년작.

6월 13일
정복자 알렉
산드로스, 바
빌론에서 병
으로 급사
(B.C.323년).

●이제 일어나 가리, 이니스프리 호수의 섬으로/거기
찰흙과 욋가지로 작은 오두막을 짓고……
W. 예이츠

I will arise and go now, and go to Innisfree, /And a
small cabin build there, of clay and wattles made……
William B. Yeats

*W. 예이츠(1865. 6.
13～1939. 1. 28) 아일
랜드 최대 시인. 「캐서린
백작부인」 등.

●"6월 13일에 너는 어디 있었지?" 헌병은 무서워 떨
고 있는 소년에게 물었다. "여기 있었어요, 증인이
있어요." 루페는 턱을 덜덜 떨면서 대답했다.
「금고 파괴와 방화범」 K. 차페크

*오스트리아의 한 마을
에서 불이 나 15채를 태
운 사건이 벌어졌다. 그
범인은 루페 소년이었다.
K. 차페크는 체코슬로바
키아의 세계적 작가. 그
의 작품에서 '로봇'이란
말이 생겨났다.

6월 14일
독일군, 파리
에 무혈 입성
(1940년).

●국가가 올림픽에 참가하는 데 의의가 있다.
P. 쿠베르탱

It is significant for a country simply to participate in the
Olympics.

Pierre de Coubertin

*P. 쿠베르탱(1863. 1.
1～1937. 9. 2) 프랑스
교육가. 1894년 국제 올
림픽 위원회 창설.

●배는 날씨만 좋으면 6월 15일에 항구를 떠날 예정
이었다. 나는 14일에 선실을 정리하기 위해 배에 올
랐다.
「직사각형 상자」 E. 포

*이 배(인디펜던스 호)
에 화가 와이어트가 마치
관과 같은 직사각형의 상
자를 가지고 승선하면서
사건은 벌어지게 된다.
함께 승선한 와이어트 부
인이 모습을 감추고, 한
밤중에 와이어트는 끌과
망치로 그 상자를 열었
다. 배가 파선하면서 수
수께끼는 풀리게 된다.

6월 15일
영국 존 왕,
마그나 카르
타에 서명
(1215년).

•어떤 자유민도 동료의 합법적 재판이나 국법에 의
하지 않고는 체포, 감금, 부동산 점유권 침탈, 법외
방치, 추방되지 않는다.

마그나 카르타

No freemen shall be taken, or imprisoned, or disseised,
or outlawed, or exiled, ……except by the lawful
judgment of his peers or by the law of the land.

Magna Carta

*대헌장(大憲章)이라고
도 한다. 위의 조항은 제
39조로서, 보통재판에서
의 재판 요구의 근거로
이용되었으며, 영국뿐만
아니라 국민의 자유를 옹
호하는 여러 근대국가들
의 헌법의 바탕이 되었
다.

•6월 15일. 그들을 부부처럼 소개해 준 친구 덕분에
두 사람은 이 시골집 만찬에서 마치 주빈 대우를 받
게 된 것이다. 그녀는 신부처럼 수줍어했다.

「몬 대장」 A. 푸르니에

*작가가 태어나 자란 프
랑스 중부의 목장과 농장
이 많은 시골을 배경으로
짙은 우정이 전개된다.
작가는 제1차세계대전
때 전사했다.

6월 16일
쑨원, 삼민주
의(三民主義)
강연
(1924년).

•인간은 동물과 초인 사이에 걸쳐진 밧줄이며, 심연
(深淵)에 걸쳐진 밧줄이다.

F. 니체

Man is a rope, tied between the animal and overman-a
rope over an abyss.

Friedrich Nietzsche

*F. 니체(1844. 10.
15~1900. 8. 25) 독일
철학자. 「차라투스트라는
이렇게 말했다」 등.

•모레 제노바에 간다. 거기서 조카가 나를 맞아 준
다. 그와 함께 부모를 뵈러 간다. 그리고 16일쯤에는
자네에게 가게 될 것이다. 적어도 열흘이나 2주간 자
네와 함께 있고 싶다.

「로스할데」 H. 헤세

*아내는 아들과 함께 2
층에 살고, 주인인 페라
구트는 아틀리에에서 그
림에 몰두하고 있다. 이
호반의 집에 인도의 친구
오토로부터 편지가 온다.

6월 17일
프랑스의 제3
신분(평민),
국민의회 결성
(1789년).

● 예술은 감독받고 제한되며 가공될수록 더욱더 자유로워진다.

I. 스트라빈스키

The more art is directed, limited, and worked upon, the freer it becomes.

Igor Fydorovich Stravinsky

● 아버님은 이번 주 런던에 가실 예정입니다. 나는 이번 주 목요일, 6월 17일에 당신에게로 가겠습니다. 우리가 곧 출발할 수 있도록 미리 준비해 두세요.

「채털리 부인의 연인」 D.H. 로렌스

＊전쟁 때 다쳐서 반신불수가 된 클리퍼드, 그의 아내 코니(콘스탄스)는 산지기인 멜라스와 정을 통하고 있었다. 외설 시비로 재판 소동까지 벌인 문제작. 잠재의식 속에 있는 인간 본능을 탐구하고 생명을 존중하는 관점에서 창작한 소설이다.

6월 18일
나폴레옹, 워
털루 전투에
서 패배
(1815년).

● 많은 수탉들이 울었다. 밤새껏 운 것이다. 나는 시의 허위성을 발견하게 되었다. 수탉이 새벽에 시간을 알리다니.

R. 라디게

Many cocks were crowing, crowing all night. I found the falsehood of poems : cocks crow at dawn.

Raymond Radiguet

＊R. 라디게 (1903. 6. 18 ~1923. 12. 12) 프랑스 작가. 「육체의 악마」 등.

● 여러 날 내린 비 때문에 땅이 질퍽거려 예정보다 2시간 늦어진 때, 18일 11시 15분에 나폴레옹은 명령을 내려, 분지 밑 숲속에 있는 영국의 전진 진지 구구몽 성을 공격하게 했다.

「나폴레옹」 D. 메레시콥스키

＊천하를 바꾸어 놓게 될 워털루 전투 개전 전의 상황 묘사. 나폴레옹에 관한 수많은 전기 가운데 이 작품은 극적인 순간 묘사가 뛰어나다.

6월 19일
미국, 뉴저지
주 호보켄시
에서 첫 번째
공인 야구 경
기 개최(점수
23 : 1)
(1846년).

• 변경이 꼭 개선을 뜻하지는 않는다. 산비둘기가 그
물을 피하여 파이가 되었을 때 말한 것처럼.

C. 스퍼전

Alteration is not always improvement, as the pigeon said
when it got out of the net and into the pie.

C. H. Spurgeon

*C. 스퍼전(1834. 6. 19
~1892. 1. 31) 영국 근
본주의 침례교 목사.「창
과 방패」지 간행.

• 1930년 6월 19일. 오후에 받은 편지 덕분에 내 마
음은 가벼워졌다. 아이의 세례 이름은 이 교회의 이
름을 따서 안드레아라고 했다. 편지를 읽고 나서 나
는 그 아기의 할아버지가 된 듯한 기분이어서 나도
모르게 싱글벙글 웃었다.

「천국의 열쇠」A. 크로닌

*중국 오지(奧地)를 무
대로 온갖 고난 속에서도
굽힘 없는 인류애로 그
생애를 바치는 청년 신부
의 이야기. 1941년 간
행.

6월 20일
영국, 빅토리
아 여왕 즉위
(1837)년.

• 돈이 있는 사람이 있는가 하면, 부자인 사람이 있다.

G. 샤넬

There are people who have money and people who are
rich.

Gabrielle Bonheur Coco Chanel

*G. 샤넬(1883. 8. 19~
1971. 1. 10) 프랑스 패
션 디자이너. 제2차세계
대전 중에 '모델의 모자'
라는 암호명으로 나치스
첩보원으로 활동.

• 재판은 6월 20일에 있을 예정이었다. 호레이스는
미스 리버에게 전화를 걸었다. "그 아가씨가 아직도
거기 있는가 해서 전화한 거요. 필요할 때 연락을 취
할 수 있도록 해 두시오."

「성역」W. 포크너

*불구의 몸인 포파이는
17세 소녀 템플을 범하
고, 그녀를 지키려는 토
미를 사살한다. 그러나
선량한 시민 구드윈이 그
혐의를 쓰게 되고, 분노
한 시민들은 그를 화형에
처한다. 인간의 약함은
'악'인 것이다. 1931년
작품.

6월 21일
지동설(地動
說)을 주장한
갈릴레이에게
유죄 선고
(1613년).

● 정의에 대한 인간의 능력이 민주주의를 가능케 한
다. 그러나 부정에 대한 인간의 경향이 민주주의를
필요로 한다.

R. 니버

Man's capacity for justice makes democracy possible ;
but man's inclination to injustice makes democracy
neccessary.

Reinhold Niebuhr

● 어느 집 현관에 연대가 새겨져 있는 것을 보고 노
인은 크게 소리내어 읽었다. "1721년……그렇다면
그 당시 나는 어디 있었지? 내가 뮌헨 성문에 도착
한 것은 1721년 6월 21일이었지."

「프라하에서 만난 사람」 G. 아폴리네르

6월 22일
한일(韓日)
기본 조약 조
인
(1965년).

● 그는 휘청거리며 쓰러져서 잠자듯이 땅 위에 누웠
다. 그의 얼굴에는 고요한 표정, 마치 종말이 온 것
을 무척 기뻐하는 듯한 표정이 깃들어 있었다.

E. 레마르크

He had fallen forward and lay on the earth as though
sleeping. His face had an expression of calm, as though
almost glad the end had come.

Erich Maria Remarque

● 로제 양은 180×년 6월 22일 일요일 아침, 드롬 거
리에 사는 숙모인가 하는 친척집에 가겠다는 구실로
어머니의 집에서 나왔다. 그 뒤로 누구 하나 그녀의
모습을 보았다는 사람이 없다.

「마리 로제의 수수께끼」 E. 포우

*R. 니버 (1892. 6. 21~
1971. 6. 1) 미국 개신교
신학자. 「빛의 자녀와 어
두움의 자녀」 등.

*주인공인 '나'가 그 노
인을 만난 것은 1902년
3월, 그 노인은 영원히
방황하는 유대인이었다.
단편집 「이교의 교조와
그 일파」에 수록.

*E. 레마르크(1898. 6.
22~1970. 9. 25) 독일
소설가. 「서부 전선 이상
없다」 등.

*로제 양은 물에 빠져
죽은 사체로 발견되었고,
천재 탐정 뒤팽이 등장하
여 사건을 풀어 나간다.

6월 23일
이집트, 민정
시작. 나세르
초대 대통령
취임
(1956년).

• 인간은 덫에 걸린 쥐처럼 몸부림치기를 멈추어야
하고, 도망하겠다는 보기 흉한 노력도 그만두어야 한
다. 그리고 지금 있는 곳에 그대로 있으면서 마음 내
키는 대로 소리쳐야 한다.

J. 아누이

Men are to stop struggling like a trapped rat, give up
the ugly effort to escape : they are to remain where they
are and cry what they want to say.

Jean Anouilh

*J. 아누이(1910. 6.
23~1987. 10. 3) 프랑
스 극작가. 「장밋빛 희
곡」 등.

• 슈호프가 집을 나선 것은 1941년 6월 23일이었다.
일요일 아침 폴롬냐 교회에 예배드리러 갔던 사람들
이 전쟁이 터졌다고 알려 주었다.

「이반 데니소비치의 하루」 A. 솔제니친

*슈호프는 전쟁에 참전
하여 포로가 되고, 조국
을 배반한 죄목으로 수용
소에서 3,653일째의 날
을 보낸다.

6월 24일
소련, 베를린
봉쇄
(1948년).

• 어느 사람의 마음에나 범과 돼지, 당나귀와 나이팅
게일이 살고 있다. 성격이 다양한 것은 그것들의 활
동이 동일하지 않기 때문이다.

A. 비어스

In each human heart are a tiger, a pig, an ass, and a
nightingale. Diversity of character is due to their un-
equal activity.

Ambrose Bierce

*A. 비어스(1842. 6. 24
~1914) 미국 소설가.
「악마의 사전」 등.

• 1832년 6월 24일. 내가 죽으면 카드처럼 생긴 대리
석에 다음과 같은 묘비명이 새겨졌으면 좋겠다. "에
리코베르, 밀라노 출신, 살고 쓰고 사랑했다. 그가
숭배한 것은 치마로자, 모차르트, 셰익스피어. 향
년 ××세, 18××년 ×월 ×일 죽다."

「에고티즘의 회상」 스탕달

*작가가 유럽 작은 도시
의 영사로 있으면서 쓴
회상록. 1892년 간행.

6월 25일
한국전쟁 일
어남
(1950년).

• 희망에 대한 장애는 크고 위협적이다. 그러나 세계 평화는 오늘도 내일도 우리의 결단을 정하고, 우리의 목적을 격려하게 될 것이다.

J.F. 케네디

The obstacles to hope are large and menacing. Yet the goal of a peaceful world must-today and tomorrow -shape our decisions and inspire our purposes.

John F. Kennedy

*J.F. 케네디(1917. 5. 29~1963. 11. 22) 미국 제35대 대통령. 1963년 6월 25일 서독 프랑크푸르트 성 바오로 성당에서 위의 연설을 했다.

• 1914년 6월 25일. 나는 아침 일찍부터 황혼까지 방안을 왔다갔다했다. 창문을 열어 놓았다. 따뜻한 날이었다. 좁다란 길거리의 소음이 끊임없이 들려오고 있었다.

「카프카의 일기」 F. 카프카

*이날의 일기에는 천장에 흰 날개를 단 천사가 있음을 보았다는 시적인 몽상이 적혀 있다.

6월 26일
국제연합 헌
장, 샌프란시
스코에서 조
인
(1945년).

• 나는 기분이 내키기를 기다리지는 않는다. 그래서는 아무 일도 성취할 수 없다. 스스로의 마음은 일해야만 한다는 것을 알고 있을 것이다.

P. 벅

I don't wait for moods. You accomplish nothing if you do that. Your mind must know it has got to get down to work.

Pearl Buck

*P. 벅(1892. 6. 26~ 1973. 3. 6) 미국 작가. 「대지」 등.

• 6월 26일, 목요일 저녁에 나는 특급 열차에 올라탔다. 대체로 이런 시각에 남국으로 출발하는 사람은 별로 없게 마련이다. 그런 사정으로 해서 객차 안에는 우리들뿐이었다.

「롱돌리 자매」 G. 모파상

*주인공 피에르는 친구인 폴과 함께 이탈리아 여행길에 나선다. 마르세이유 역 구내식당에서 아름다운 아가씨 롱돌리 양을 만나게 된다.

6월 27일
트루만, 한국
전쟁에 미군
출동 명령
(1950년).

● 문학은 나의 유토피아이다. 감각의 장애가 책이라
는 친구들의 아름답고 고마운 이야기로부터 나를 가
두는 일도 없다.

H. 켈러

Literature is my Utopia. No barrier of the senses shuts
me out from the sweet, gracious discourses of my book
friends.

Helen Adams Keller

*H. 켈러(1880. 6. 27~
1968. 6. 1) 미국 장애
복지가. 「나의 생애」 등.

● 다친 병사들을 돌보느라고 피로에 지칠 대로 지쳤
고, 잠도 제대로 자지 못했다. 27일 오후에 나는 마
차를 준비하게 하여 잠시 쉬기 위해 6시쯤 출발했다.
슬픔의 빛을 띤 이 싸움터에는 여러 날에 걸친 공포
스러운 동요 대신 고요함이 찾아왔다.

「솔페리노의 회상」 J. 뒤낭

*1862년 이 책이 나오
자 제네바 공익협회가 J.
뒤낭의 운동에 협력하였
고, 1863년 적십자가 탄
생했다.

6월 28일
오스트리아
황태자 부부,
사라예보에서
암살됨
(1914년).

● 사람은 자유롭게 태어났지만 어디에서나 사슬에 묶
여 있다.
자연은 결코 우리를 속이지 않는다. 자기 자신을 속
이는 것은 항상 우리 자신이다.

J. 루소

Man is born free, but everywhere he is in chains.
Nature never deceives us ; it is always we who deceive
ourselves.

Jean Jacques Rousseau

*J. 루소(1712. 6. 28~
1778. 7. 2) 프랑스 사상
가. 「사회 계약론」 「에밀」
등.

● T.E. 로렌스 일행은 6월 28일에 소금 때문에 눈부
실 정도로 흰 땅을 전진하였다. 그리고 베르셰바를
출발한 지 바로 2개월째 되는 7월 6일에 아카바만까
지 나아갔다.

「사막의 반란」 T. E. 로렌스

*아랍의 민족 독립 운동
을 지도한 것은 T.E. 로
렌스였다. 이 책은 그의
자서전 「지혜의 일곱 기
둥」(1926년) 중 사막에
서의 생활 부분이다.

• 중요한 것은 누가 옳은가 하는 것이 아니라, 무엇이 옳은가 하는 점이다.
만일 짧은 지식이 위험하다면 위험에서 벗어날 정도의 지식의 소유자는 어디 있는가?

T. 헉슬리

It is not who is right, but what is right, that is of importance.
If a little knowledge is dangerous, where is the man who has so much as to be out of danger?

Thomas Huxley

• 마침내 탈주의 날이 정해졌다. 구력(舊曆) 6월 29일에 친구들은 나를 자유롭게 해주려 한 것이다. 그들은 감옥 안에 이상이 없다는 내 신호가 발신되면 붉은 장난감 풍선을 띄워 바깥도 이상이 없다는 신호를 하게 되어 있었다.

「어느 혁명가의 추억」 P. 크로폿킨

• 우리는 소수가 다수를 착취하는 체제 아래에서 살고 있으며, 전쟁은 그런 착취를 최종적으로 재가한다.

H. 라스키

We live under a system by which the many are exploited by the few, and war is the ultimate sanction of that exploitation.

Harold J. Laski

• 6월 30일의 상쾌한 아침, 육지가 보인다는 기쁜 소식을 듣고 모두는 서둘러 갑판으로 뛰어 올라갔다. 배에 탄 한 가족 전원이 이렇게 갑판 위에 모인 것을 보는 것은 진기한 일이며 즐거운 일이기도 하였다.

「철부지의 해외 여행기」 M. 트웨인

＊T. 헉슬리(1825. 5. 4~1895. 6. 29) 영국 생물학자.

＊러시아 혁명가인 필자의 자서전. 1900년 망명지 런던에서 간행되었다.

＊H. 라스키(1893. 6. 30 ~1950. 3. 24) 영국 정치학자. 전쟁을 일으키는 것은 소수의 사람이지만 그 때문에 고통을 겪는 쪽은 다수의 사람이다. 곧 전쟁이 소수가 다수를 착취하는 궁극적인 형태라는 말. 「근대 국가에서의 자유」 등.
＊유머 소설가로 유명한 작가는 1867년 지중해 연안을 따라 팔레스타인을 순례하였다. 그 기행문의 한 부분. 1869년 작품.

7월 July

그레고리력에서는 일곱 번째 달. 율리우스 카이사르(Julius Caesar)가 태어난 달이기도 하다. 고대 로마력에서는 다섯 번째를 뜻하는 퀸틸리스(Quintilis)라는 이름으로 불렸으나 B.C. 44년 카이사르가 죽은 뒤에 그의 업적을 기리는 뜻에서 그의 이름인 Julius로 바꾸었으며, 이것이 나중에 July로 바뀌었다.

[별자리] 용자리, 북쪽왕관자리, 헤라클레스자리, 뱀주인자리, 전갈자리, 뱀자리

[달꽃] 샐비어(Salvia, 진한 붉은색) : 불타는 사랑으로 당신을 포옹합니다.

[탄생화] 해바라기(6일) : 애모/서양까치밥나무(7일) : 예상/향쑥(26일) : 평화

[탄생석(천연보석)] 루비(Ruby) : 깊은 애정, 붉은 색깔과 같은 정열, 용기, 정의

[다른 탄생석(인조보석)] 루비 : 어진 마음과 사랑, 위엄

7월 1일
중국 공산당
창립 대회, 상
해에서 열림
(1921년).

• 내가 자주 말하는 바와 같이 훌륭한 의사는 훌륭한
장군보다 더 많은 사람을 죽인다.

G. 라이프니츠

I often say a great doctor kills more people than a great
general.

Gottfried Wilhelm Leibniz

* G. 라이프니츠(1686.
7. 1~1716. 11. 14) 독
일 철학자·수학자. '단자
론(單子論)'을 주장함.

• 내가 호놀룰루에 도착한 것은 1918년 7월 1일이었
다. 목사님의 따님이 내게 야회복이 없는 것을 알고
나를 초대하기 위해 그녀의 옷 가운데 가장 좋은 것
을 보내 주었다.

「쉬장느와 태평양」 J. 지로두

* 신문 현상 공모에 당선
된 쉬장느 양은 세계일주
여행에 초대된다. 그러나
기선이 난파하여 외딴 섬
에 상륙하면서 사건은 벌
어진다.

7월 2일
완바오산〔萬
寶山〕 사건
일어남
(1931년).

• 현대 전쟁에는 죽는 것에 전혀 아름다운 것도 타당
한 것도 없다. 아무 이유도 없이 개처럼 죽을 따름이
다.

E. 헤밍웨이

In modern war there is nothing sweet nor fitting in your
dying. You will die like a dog for no good reason.

Ernest Hemingway

* E. 헤밍웨이(1899. 7.
21~1961. 7. 2) 미국 노
벨 문학상 수상 작가.
「노인과 바다」 등.

• 18××년 7월 2일. 내게는 이 세상의 천국인 저 매
혹에 찬 오아푸 섬, 거기를 나는 항상 그리워했다.
때문에 총독의 명령으로 부르퉁 혼자만 학자의 자격
으로 배에 타게 되었을 때는 갠 하늘에 벼락이 치는
것 같은 느낌이었다.

「사랑 벌레」 E. 호프만

* 특이한 작품을 쓴 E.
호프만은 이 소설에서도
상상못할 사건을 펼친다.

7월 3일
미국 남북전쟁, 게티즈버그 전투에서 남군 패배.
(1863년).

●인생을 쉽게 살 수 있는 두 가지 방법이 있다. 모든 것을 믿든지 아니면 의심하는 것이다. 어느 편이나 머리를 쓰지 않아도 된다.

A. 코집스키

There are two ways to slide easily through life : to believe everything or to doubt everything. Both ways save us from thinking.

Alfred Korzybski

●7월 3일 소방대 조합의 축제 때였습니다. 성(城)도 그 행사에 참가하여 새로운 소방 펌프를 한 대 기증했습니다.

「성(城)」 F. 카프카

＊성에 절대 복종하고 있는 마을에 도착한 K는 성주의 허가가 있어야만 숙박할 수 있다는 말에 성에서 초빙한 측량 기사라고 속이는데…… 실존주의 작품으로 알려진 명작.

7월 4일
미국의 독립 선언
(1776년).

●그녀는 아기의 이름을 '펄(진주)'이라고 지었다. 무척 값진 것—자기가 소유한 모든 것과 바꾼 것이기 때문이다.

「주홍 글씨」 N. 호손

She named the infant 'Pearl' as being of great price -purchased with all she had.

Nathaniel Hawthorne : *The Scarlet Letter*

＊N. 호손(1804. 7. 4~ 1864. 5. 19) 미국 소설가. 「주홍 글씨」 등.

●미국에서 자란 세드릭 소년은 영국의 귀족인 할아버지의 상속자로서 영국에 가게 된다. 세드릭은 백작인 할아버지의 질문에 미국 이야기를 하다가 7월 4일 미국 독립기념일에 화제가 미치자 말하기를 멈추었다. 할아버지가 영국 귀족이라는 생각이 났기 때문이다.

「소공자」 F. 버넷

＊세드릭은 말한다. "나는 미국에서 태어났기 때문에 미국 사람입니다."

7월 5일
'왕가의 골짜기'에서 세토스 1세의 미이라 발견
(1881년).

• 청년은 안전한 주식을 사서는 안 된다.
　시인에게 최악의 비극은 오해에 의해 칭찬 듣는 일이다.

J. 콕토

Young men must not buy safe stocks.
The worst tragedy for a poet is to be admired through being misunderstood.

Jean Cocteau

*J. 콕토(1889. 7. 5~1963. 10. 11) 프랑스의 시인·소설가·영화감독. 「무서운 아이들」 등.

• 베이어드 사토리스는 두꺼운 장정(裝幀)의 커다란 성경을 꺼내 놓고 마지막 여백 페이지에 '존 사토리스. 1918년 7월 5일 사망'이라 쓰고는 조용히 한숨을 쉬었다.

「사토리스」 W. 포크너

*제1차세계대전 때 영국 공군에 입대한 쌍둥이 형제 중 동생인 존 사토리스가 전사한 것이다. 1929년에 발표된 W. 포크너의 세 번째 작품.

7월 6일
「유토피아」의 T. 모어 처형됨
(1535년).

• 행복한 결혼이란 항상 너무나도 짧게 느껴지는 긴 대화이다.
경험이 우리에게 가르치는 단 한 가지는 경험이 우리에게 아무것도 가르치지 않는다는 사실이다.

A. 모루아

A happy marriage is a long conversation which always seems too short.
The only thing experience teaches us is that experience teaches us nothing.

Andre Maurois

*A. 모루아(1885. 7. 6~1967. 10. 9) 프랑스 작가. 「풍토」 등.

• 7월 6일 일요일 정오, 축제가 폭발하였다. 아침부터 밤까지 쉴 새 없이 지방으로부터 사람들이 몰려왔다. 그 사람들은 그 도시의 사람들과 뒤섞여 분별할 수 없게 되었다.

「해는 또다시 떠오른다」 E. 헤밍웨이

*이 소설에 묘사된 것은 모두가 허무이다. 제목은 구약 전도서(1장 5절)에서 인용. E. 헤밍웨이의 출세작.

7월 7일
미국, 하와이
합병
(1898년).

• 불가능한 것을 배제해 버렸을 때 뒤에 남는 것이 어떤 것이든, 그리고 아무리 있을 수 없는 일이라 하더라도 그것은 틀림없이 진리이다.

C. 도일

* C. 도일 (1859. 5. 22~ 1930. 7. 7) 영국 추리 소설 작가.

When you have eliminated the impossible, whatever remains, however improbale, must be the truth.

Sir Arthur Conan Doyle

• 나쟈는 안드레이 안드레비치가 마음에 들었고, 결혼 날짜를 7월 7일로 잡은 터였다. 그러나 왜 그런지 기쁨을 느낄 수 없었고, 밤에도 편히 잠잘 수 없었으며, 기쁜 마음은 어디로 사라져 버린 느낌이었다.

「약혼녀」 A. 체호프

* 나쟈는 결국 결혼식을 며칠 앞두고 폭풍우 치던 날 집을 나서게 된다.

7월 8일
나폴레옹의
백일천하 끝
남
(1815년).

• 예언의 나팔이여! 오, 바람이여! / 겨울이 오면 봄은 멀지 않으리!
노래하면서 날고, 날면서 노래하여라.

P. 셸리

* P. 셸리 (1792. 8. 4~ 1822. 7. 8) 영국 낭만파 시인. '서풍의 노래' 등.

The trumpet of a prophecy! O, Wind! /If Winter Comes, can Spring be far behind? And singing still doth soar, and soaring ever singest.

Percy B. Shelley

• 7월 8일 금요일, 엘리자로프와 리파는 카잔스코에 마을에서 돌아오는 길이었다. 그들은 카잔의 성모 축제가 열린 교회에 참석했던 터였다. 두 사람과 꽤 떨어진 거리에 리파의 어머니 블라스코비야가 따라오고 있었다.

「골짜기」 A. 체호프

* 골짜기에 있는 두메시골의 한 집안 이야기를 소재로 한 소설.

7월 9일
장제스(蔣介石), 북벌(北伐) 시작 (1926년).

• 운명은 이 어두운 가슴에 걸터앉아 얼굴을 찡그린다. /나를 맞이하기 위해 문이 열릴 때/안마당 저쪽에서 흐릿한 소리가 들리며/한없이 무서운 일이 있었음을 알린다.

A. 래드클리프

Fate sits on these dark battlements and frowns, /And as the portal opens to receive me,/A voice in hollow murmurs through the courts,/Tells of a nameless deed.

Ann Radcliffe

＊A. 래드클리프(1764. 7. 9~1823. 2. 7) 영국 작가. 「유돌포 성의 비밀」 등.

• 벤허에게서 시모니데스에게 편지가 온 것은 7월 9일이었다. "그 나사렛 사람도 예루살렘을 향해 가는 중입니다. 나도 전군을 이끌고 그에게는 비밀로 하면서 역시 예루살렘으로 향해 가고 있습니다."

「벤허」 L. 월리스

＊「그리스도 이야기」라는 부제가 붙은 이 소설은 1880년 발표되었다.

7월 10일
제1회 세계 어머니 대회 선언 (1955년, 로잔).

• 만일 자기 앞에 보이는 나무나 꽃, 그 밖에 표면적인 것만 그리는 사람이 화가라면, 화가의 임금님은 사진사에 지나지 않을 것이다.

J. 휘슬러

If the man who paints only the tree, or flower, or other surface he sees before him were an artist, the king of artists would be the photographer.

James Mcneill Whistler

＊J. 휘슬러 (1834. 7. 11 ~1903. 7. 17) 미국 화가. '백색 심포니' 등.

• 우리가 그 일에 대해서 타협한 것은 7월 10일 밤이었다. 그 뒤의 타협을 위해 시간을 만들기란 24일 이전에는 무리였다.

「어느 사기꾼의 고백」 T. 만

＊"예술가는 정신적인 의미에서 사기꾼이라든가 범죄자와 같이 신용할 수 없는 인간이다"라고 T. 만은 말하고 있다. 따라서 주인공은 호감이 가는 청년이다.

7월 11일
카탕가주 촘
베 총리, 콩
고내란을 틈
타 카탕가주
의 독립을 선
언하고 대통
령에 취임
(1960년).

● 미소와 악수는 시간이나 돈이 들지 않는다. 그리고 장사는 번창한다.

J. 워너메이커

Smiles and handshakes take no time or money, and make business prosper.

John Wanamaker

● 우리는 마터호른을 정복했다! 정상까지는 200피트 가량의 거리요, 눈길 또한 평탄하다! 그러나 7월 11일에 브루이유를 출발한 이탈리아의 일곱 사람을 잊어서는 안 된다. 그들이 우리보다 먼저 정상에 오르지나 않았는가 하는 것이 큰 걱정거리였다.

「알프스 등반기」 E. 윔퍼

* 1865년 7월 14일, 마침내 정상에 오른다. 이때 윔퍼의 나이 25세— 그러나 산을 내려오던 중에 대원 4명이 추락사하는 비극이 터지면서 그는 힘든 시간을 보냈다.

7월 12일
중국에서 전
면적 국공(國
共)내전 시작
(1946년).

● 고독처럼 가장 좋은 친구를 나는 여지껏 알지 못했다.

H. 소로

I never found the companion that was so companionable as solitude.

Henry David Thoreau

* H. 소로 (1817. 7. 12 ~1862. 5. 6) 미국의 시인·에세이스트. 「월든」 (숲속의 생활) 등.

● 7월 13일, 파블로그라트 연대는 처음으로 엄숙한 사태에 직면하게 되었다. 사건 전날, 즉 7월 12일 밤은 비와 우박이 섞인 거센 폭풍이 불었다.

「전쟁과 평화」 L. 톨스토이

* 1812년, 나폴레옹의 대군은 다시금 러시아를 향해 진격하기 시작했다. 로스토프 백작가의 장손 니콜라이는 파블로그라트 연대의 중대장으로서 폴란드에 진군하지만, 군대는 곧 퇴각을 거듭하게 된다.

7월 13일
프랑스 혁명
가 마라, 욕
실에서암살됨
(1793년).

● '민중을 사랑하는 사람'이 항상 민중의 사랑을 받는 것은 아니며, 욕실에서 대부분의 시간을 보내는 유한 계급을 공격한 사람이 대부분의 시간을 욕실에서 보냈다.

미상

*프랑스 혁명가 J.P. 마라(1743. 5. 24~1793. 7. 13)에 대한 익살.

'The lover of the people' was not always loved by the people, and he spent most of his time in a hip bath who attacked the leisured people spending most of their time in a bath.

unknown

● 7월 13일에서 14일에 걸친 밤에 로베르와 헤어진 나는 옷을 벗고 잠자리에 들어가기가 힘들 정도로 지쳐 있었다.

「살무사의 얽힘」 F. 모리아크

*50년 동안에 걸쳐 가정을 증오한 루이는 임종 때 비로소 다음과 같은 사실을 느끼게 된다. "죄는 살무사의 굴 같은 가정에 있던 것이 아니라 사랑의 결핍이 문제였다."

7월 14일
파리 시민 바
스티유 습격,
대혁명 일어
남
(1789년).

● 공손함은 자기 생각 속에서 선택하는 기술이다.
모든 것을 이해하는 것은 모든 것을 용서하는 것이다.
남성을 만날수록 나는 개가 좋아진다.

G. 스탈 부인

*G. 스탈 부인(1766. 4. 22~1817. 7. 14) 프랑스 작가. 「콜린」 등.

Politeness is the art of choosing among your thoughts.
To understand all is to forgive all.
The more I see of men, the more I like dogs.

Madame de Stael

● 어느 월요일, 즉 1819년 7월 14일(그녀는 그 날짜를 결코 잊지 못한다)에 빅토르가 말했다. "그동안 상선(商船)에서 뱃사람으로 일해 왔으며, 이틀 안으로 옹플뢰르에서 기선을 타고 떠나서 머지않아 르아브르에서 출발하는 배에 합류할 것이며, 아마도 두 해 동안은 떠나 있을 것이다."

「순박한 마음」 G. 플로베르

*순진한 여인의 힘들고 굴곡진 삶을 묘사한 소설. 1877년작. 「자선가성 줄리앙의 전설」·「헤로디아」와 함께 「세 가지 이야기」로 간행.

7월 15일
십자군, 예루
살렘 점령
(1099년).

• 고독이 두려우면 결혼하지 말라. 남자와 여자가 결혼하는 것은 자기를 어떻게 해야 할지 모르기 때문이다.

A. 체호프

If you are afraid of loneliness do not marry. A man and a woman marry because both of them do not know what to do with themselves.

Anton Chekhov

*A. 체호프(1860. 1. 29
~1904. 7. 15) 러시아
의 소설가·극작가. 「벚꽃
동산」 등.

• 발테르 집안에서는 7월 15일 휴양지 트루빌로 가기로 했는데, 떠나기 전에 시골에서 하루를 보내기로 결정했다.

「벨아미」 G. 모파상

*'벨아미'란 별다른 재능이 없는 미남의 별명. 모파상은 파리의 풍속을 묘사하면서 위선으로 가득 찬 사회악을 폭로하고 있다. 1885년작.

7월 16일
미국, 세계
최초의 원폭
실험
(1945년).

• 만일 산이 마호메트에게로 오지 않는다면, 마호메트가 산으로 간다.

F. 베이컨

If the hill will not come to Mahomet, Mahomet will go to the hill.

Francis Bacon

*F. 베이컨(1561. 1. 22
~1626. 4. 9) 영국 철학자.
622년 7월 16일은 마호메트(570?~632. 6. 8)가 정한 이슬람력 기원원년 초하루이다.

• 맑게 갠 7월 16일 이른 아침, 모스크바 역에 장사꾼 차림새의 한 젊은이가 모습을 나타냈다. 겉보기에는 평범한 장사꾼이었다. 그러나 허리춤 밑에는 권총이 숨겨져 있었다.

「미셸 스트로고프」 베른

*이 청년은 미셸 스트로고프 대위로서 황제의 밀서를 지니고 있다. 그는 도중에 여러 가지 모험을 한다.

7월 17일
포츠담 회담
열림
(1945년).

●사람은 흥정을 하는 유일한 동물이다. 다른 동물은 그 일을 하지 않는다. 다른 개와 뼈다귀를 맞바꾸는 개는 없다.

A. 스미스

Man is the only animal that makes bargains ; no other animal does this—no dog exchanges bones with another.

Adam Smith

*A. 스미스(1723. 6. 5 ~1790. 7. 17) 영국 경제학자. 「국부론」 등.

●세무원은 누아르미에 씨에게 말했다. "1889년 7월 17일자 법령 제3조 제3항, 적자(嫡子)이든 서자이든 생존하는 일곱 자녀가 있는 부모는 인두세(人頭稅) 및 동산에 대한 과세를 면제 받는다."

「포도밭의 포도재배자」 J. 르나르

*누아르미에는 자녀가 여섯, 아내가 지금 임신 중이다. 그러나 다음해에 그는 세금을 내게 된다. 법령이 바뀐 것이다.

7월 18일
바티칸 공회,
'교황 불가오
류' 교리 선언
(1870년).

●나는 사람들이 사근사근하게 구는 것을 바라지 않는다. 왜냐하면 그런 것이 내가 사람들을 좋아하게 되는 수고를 크게 덜어주기 때문이다.
투덜거리지 않는 사람은 동정을 받지 못한다.

J. 오스틴

I do not want people to be very agreeable, as it saves me the trouble of liking them a great deal.
Those who do not complain are never pitied.

Jane Austen

*J. 오스틴(1775. 12. 16 ~1817. 7. 18) 영국 작가. 「오만과 편견」 등.

●7월 16일(이 날짜는 프랑코의 반란 이전이다)에 라 스페치아. 뒤이어 멜리라에는 18, 19, 20일. 마지막 날짜에서 여러 날 앞의 부분에 큰 글자로 '트레드 행(行)'이라고, 만년필로 2단에 걸쳐 쓰여져 있었다.

「희망」 A. 말로

*1936년 에스파냐 내전 때 공화 정부군 지휘관으로 참전한 경험을 바탕으로 쓴 체험기.

7월 19일
로마 대화재,
엿새 동안의
큰불로 큰 피
해를 입음
(64년).

• 감사는 아무리 해도 모자라기 마련이다. 우리 이웃들이 우리들의 감사의 미소 위에 그들의 인생철학을 확립하기 때문이다.

A. 크로닌

Gratitude is something of which none of us can give too much. For on our smiles of thanks, our neighbors build up their philosophy of life.

Archibald Joseph Cronin

*A. 크로닌(1896. 7. 19 ~1981. 1. 6) 영국 소설가. 「성채(城砦)」 등.

• 7월 19일. 오늘은 소피의 생일이다. 오늘부터 소피는 4살이 된다. 해마다 소피의 생일이 되면 엄마는 축하 선물을 주시곤 했다. 소피는 오늘 아침 일찍 일어났다. 그리고 서둘러 옷을 입었다. 엄마가 오늘 무엇을 선물로 주실 것인지 궁금해서 견딜 수 없었다.

「불행한 소피」 C. 세귀르 부인

*프랑스 아동 문학의 명작. 그림이 화려하다. 1859년 작.

7월 20일
암스트롱, 인
류 최초의 달
착륙
(1969년).

• 하느님은 남성을 창조하고서 고독이 모자람을 보시고 고독을 좀더 민감하게 느끼게 하기 위해 여성을 동료로 보내 주었다.

P. 발레리

God created man, and finding him not sufficiently alone, gave him a female companion so that he might feel his solitude more acutely.

Paul Valery

*P. 발레리(1871. 10. 30 ~1945. 7. 20) 프랑스 시인. 순수시 제창. 「매혹」 등.

• 1714년 7월 20일 금요일 정오에 페루에서 가장 아름다운 다리가 파괴되었다. 그 위를 건너던 다섯 사람은 깊은 골짜기에 떨어졌다.

「산 루이스 레이의 다리」 T. 와일더

*이들 다섯 명은 왜 죽었을까? "살아 있는 사람들의 나라와 죽은 사람들의 나라가 있어 그 사이에 놓여진 다리가 사랑이다."라고 마들레 마리아는 말한다.

●옛 벗을 잊을 수 있을까, 생각나지 않을까? …… 그
리운 옛날을 위해 우정의 술잔을 듭시다.

R. 번스

Should auld acquaintance be forgot, and never brought
to mind? …… And we'll take a cup of kindness yet, for
auld lang syne.

Robert Burns

●이미 노년기에 든 화가 오르비에 베르탱은 옛 애인
의 모습을 지닌 백작 부인 아니의 딸 아네트를 그리
워하고 있다. 어머니의 사망을 알리는 아니의 연락을
받고 그는 7월 21일에 편지를 쓴다. "그대의 모든
의지를 절대 명령으로 아는 습관이 없다면 나 또한
이미 떠났을 것이오."

「죽음처럼 강하다」 G. 모파상

*R. 번스(1759. 1. 25~
1796. 7. 21) 스코틀랜드
시인. 「주로 스코틀랜드
사투리로 쓴 시집」 등.

*화가는 거의 자살하듯
이 죽는다.

●그렇다, 그대들이 불운이라 말하는 것으로부터 우
리는 뉴잉글랜드를 만들었다. 그리고 대구를.

S. 베넷

As for what you're calling hard luck, well, we made
New England out of it, that and codfish.

Stephen Vincent Benet

●1848년 7월 22일 오전 6시 전, 발모덴 기병단의 제
2중대, 기병대위 로프라노 남작을 대장으로 하는
107기는 정찰중대로서 생 알렉산드로의 장교 집회소
를 떠나 밀라노를 향해 말을 몰았다.

「장미의 기사」 H. 호프만스탈

*S. 베넷(1898. 7. 22~
1943. 3. 13) 미국의 시
인·소설가. 서사시 「존
브라운」 등.

*이 기병중대에 속한 렐
히 상사는 밀라노에서
10년 만에 만나게 된 여
자와 다시 만날 것을 약
속하고 싸움터에 나갔다
가 죽는다.

7월 23일
디트로이트에
서 흑인 폭동
일어남
(1967년).

● 적군을 통과시켜서는 안 된다.

H. 페탱

They shall not pass.

Henri Philippe Petain

*H. 페탱(1856. 4. 24~
1951. 7. 23) 프랑스의
군인·정치가.

● 7월 23일 토요일, 24명의 안내인을 거느린 당당한 등산대는 음침한 날씨 속에 알레츄 빙하의 거대한 잿빛 바위를 내려가고 있었다. 산 사나이들은 무거운 짐을 실은 여섯 대의 작은 썰매를 끌고 있었다. 걸음은 더디었다.

「알프스의 비극」 샤를르 고스

*이들 6명의 등반대는 알프스의 융프라우 (4158m)를 정복하기 위해 가고 있다. 그러나 눈사태를 만나 모두 사망한다. 자연의 위대함과 인간의 연약함을 말해 주는 책.

7월 24일
나폴레옹, 카
이로에 입성
(1798년).

● 모든 것은 하나를 위해, 하나는 모든 것을 위해, 그것이 우리의 방침이다.
모든 사건에는 여자가 있다. 사건 소식을 들을 때마다 나는 말한다. "여자를 찾으라."

A. 뒤마

All for one, one for all, that is our device. There is a woman in every case ; as soon as they bring me a report, I say, "Look for the woman."

A. Dumas

*A. 뒤마(1802. 7. 24~
1870. 12. 5) 프랑스 작가. 대(大)뒤마라고도 함. 「삼총사」「몽테크리스토 백작」 등.

● 7월 24일자 일기에 그녀는 다음과 같이 쓰고 있다. '내가 예상했던 대로 그는 홀몸이다. 만일 들 라 페스트 씨가 결혼한다면, 그분은……' 등등. 분명히 두 사람은 무척 가까워진 모양이다.

「알리샤의 일기」 T. 하디

*화가인 페스트 씨는 자살하게 된다.

7월 25일
왕건(王建),
고려 건국
(918년).

●물, 어디에나 물이 있지만 정작 마실 물은 한 방울
도 없다.

S. 콜리지

Water, water, everywhere and not a drop to drink.

Samuel T. Coleridge

*S. 콜리지(1772. 10. 21
~1834. 7. 25) 영국 낭
만파 시인. 대표작 '늙은
선원의 노래' 등.

●7월 25일. 이번 주에는 색다른 손님들이 찾아왔다.
첫째로 우물 안을 청소하는 일꾼이 찾아왔다. 둘째로
멋진 차림새의 소방관들이 수동식 펌프를 들고 찾아
왔다. 셋째로 어린이들의 대표가 찾아와서 명절 행사
를 위해 얼마나마 도와달라고 요청했다.

「동쪽 나라에서」 L. 헌

*일본 고교에서 교편을
잡았던 영국사람 L. 헌의
일본 풍물기.

7월 26일
카스트로, 쿠
바혁명을 일
으킴
(1953년).

●대부분의 무지는 극복할 수 있는 무지이다. 우리가
무지한 것은 알려고 하지 않기 때문이다.

A. 헉슬리

Most ignorance is vincible ignorance. We don't know
because we don't want to know.

Aldous Huxley

*A. 헉슬리(1894. 7. 26
~1963. 11. 22) 영국의
소설가·비평가. 「연예대
위법」 등.

●7월 26일 아침, 아네트에게 편지 한 통이 배달되었
다. 겉봉에는 실비오의 글씨가 씌어 있었다. 그 안에
는 성 안느에의 찬가, 주님을 찬양하기 위하여! ……
그리고 그의 머리카락이 들어 있었다.

「매혹된 영혼」 R. 롤랑

*이 대하소설은 아네트
리비에르가 두 번의 과도
기를 겪으면서, 시련과
장애를 넘어 흘러가는 마
음의 드라마이다.

•여기 꽃들로 눈부신 대도시에서 은행(銀行)벌은 황
금의 꽃을 찾아 바쁘다.

F. 셔먼

Here in their right metropolis of flowers, the banker
bees are busy with their gold.

Frank Dempster Sherman

*1694년 7월 27일 잉글
랜드 은행이 설립되었다.

•우리 부대는 7월말이 되어 전선에 이르렀다. 전투
에 참가한 것은 27일 이른 아침이다. 그들의 박격포
는 단연 우세했으나, 저녁 무렵에는 우리도 익숙해진
편이어서 적군에 대해 반격하였다. 이 전투에서 15
명 정도를 포로로 잡았다.

「증오의 교훈」 M. 솔로호프

*독일군과의 전투를 앞
두고 소련군 대위 게라시
모프는 말한다. "마음속
으로부터 적을 증오하지
않는 한 적을 이길 수는
없다."

•장사라고? 지극히 간단하지. 남의 돈이니까.
모든 일반화는 위험하다―라는 말 조차도 위험하다.

A. 뒤마(피스)

Business? It's quite simple. It's other people's money.
All generalizations are dangerous, even this one.

Alexandre Dumas(fils)

*A. 뒤마 (1824. 7. 27~
1895. 11. 27) 프랑스 작
가. 소(小)뒤마라고도
하며, 대(大)뒤마의 사
생아.「춘희」등.

•7월 28일. 나는 작중인물이라는 살아 있는 실꾸러
미에 소설 줄거리의 많은 갈래의 흐름과 자기 자신의
복잡한 사상을 짜 넣는 노력을 한다.

「사전꾼들의 일기」 A. 지드

*지드는 자신이 소설이
라 일컬은 유일한 작품인
「사전꾼들」을 쓰면서, 제
작 과정에 관한 일기를
썼다.

7월 29일
파리 개선문
제막식
(1836년).

●날마다 권력에 걸맞게 행동하고 있는 사람만이 권력을 소유할 자격이 있다.
가장 긴 여행은 마음의 여로이다.

D. 하마슐드

Only he deserves power who every day justifies it.
The longest journey is the journey inward.

Dag Hammarskjold

*D. 하마슐드(1905. 7. 29~1961. 9. 18) 스웨덴 정치가. 제2대 유엔 사무총장(1953~1961) 역임.

●제르베즈 마카르는 파리로 나왔으나 애인인 모자 제조업자 랑티에에게 버림을 받게 된다. 그녀는 아이 둘을 데리고 삯빨래질을 해서 입에 풀칠을 해가는 중에 같은 집에 세들어 사는 쿠포와 사랑하는 사이가 되었다. 쿠포는 누이에게 제르베즈를 소개하는 한편 결혼을 승낙해 달라고 말한다. 그러나 누이와 자형은 제르베즈의 단점만 들추어내는 것이었다. 쿠포는 참다못해 소리쳤다. "그런 일 따위는 아무러면 어때. 결혼식은 7월 29일에 거행하겠어. 달력도 찾아보았어. 알았어? 더 할 말 있어?" "네 마음대로 해라. 왜 내게 의논하러 왔니?" 하고 누이는 말하였다.

「목로주점」 E. 졸라

*제르베즈와 행복한 가정을 이루려던 쿠포는 직업인 양철일을 하다가 지붕에서 떨어져 크게 다친다. 그는 술타령으로 나날을 보낸다. 조상 대대로의 유전인 것이다. 실의에 빠져 괴로운 나날을 보내고 있는 제르베즈 앞에 다시금 랑티에가 나타나게 되고, 그들은 서로 관계하게 된다. 결국 제르베즈도 타락하여 부부가 모두 비참하게 죽고 만다. 졸라의 일련의 작품들은 자연주의적 문학의 본보기로 평가받으며, 그 중에도 특히 「목로주점」은 묘사가 정확하고 박력이 있다.

7월 30일
보헤미아에서
후스전쟁 일
어남
(1419년).

● 역사는 어느 정도는 속임수이다.

H. 포드

History is more or less bunk.

Henry Ford

● 1883년 7월 30일, 일요일. 뤼시, 명심할 것은 수염이 없는 사내의 품에 안겨서는 안 된다는 사실이야. 그런 사내와의 입맞춤은 맨숭맨숭해서 아무 맛도 없게 마련이지! 입맞춤의 매혹도, 취향도 없으며, 그 뭐라할까 입맞춤의 톡 쏘는 후추 맛도 없어. 그 반면 수염이 있는 경우를 생각해 보라고. 입술이 닿기 전에 우선 수염이 닿게 되지 않겠니. 그러면 온 몸이 발끝까지 짜릿해지게 마련이지. 너는 혹시 목덜미에 수염의 감촉을 느껴본 적이 있니? 그것 또한 말할 수 없이 기가 막히는 느낌이라, 등줄기를 타고 손끝까지 짜릿해진단다.

「수염」 G. 모파상

*소설의 명인은 그 어떤 것이든 작품화할 수 있는 재능을 지니고 있다. 19세기 프랑스에는 수염을 기르는 것이 유행이어서 남자는 모두 수염을 길렀다. 이 작품에서는 수염의 촉각으로서의 효능을 상세하게 관찰하여 기록하고 있다. 그야말로 "수염이 없이는 사랑도 하지 말라"는 투이다. 이 소설은 장느라는 유부녀가 모파상이 대신 쓰도록 하여 친구인 뤼시에게 보내는 서간체 형식을 취하고 있다. E. A. 포, A. 체호프와 더불어 근대의 3대 단편 작가로 꼽히는 모파상의 작품으로서 여느 작가라면 그대로 지나칠 소재를 가지고 교묘하게 작품화하고 있다.

●소년들아, 큰 뜻을 품어라.

W. 클라크

Boys, be ambitious.

William Smith Clark

＊W. 클라크(1826. 7. 31
～1886. 3. 9) 미국 교육
자.

● "바르샤바 시외의 별장에서 맞이하게 된 마지막 밤
의 사건을 나는 결코 잊을 수 없습니다. 1939년 7월
그믐날이었습니다. 우리는 문 밖에 앉아 있었습니다.
'애야, 우리는 한 정거장 더 지나왔구나'하고 아버지
는 말씀하셨습니다. 어머니는 슬픈 빛을 띠고 미소지
었습니다."
　코크 대령은 내게 이렇게 말했다. 그는 분명히 열차
에 작은 가방을 두고 내렸다. 나는 그 가방을 들고 코
크 대령에게 건네주었으나, 그는 그 가방이 자기 것이
아니라고 했다. 알고 보니 코크 대령은 열렬한 애국자
였으나 또한 국적을 상실한 사람이기도 하였다.

「코크 대령」 케스틴

＊코크 대령과 '나'의 대
화는 도청되고, 그들은
비밀경찰에 연행되었다.
'나'는 곧 석방되었으나,
코크 대령은 하루 더 감
금되었다. 그 가방 속에
시한폭탄이 장치되었다는
혐의 때문이었다. 그러나
가방에 들어 있던 것은
평범한 몸시계였을 뿐이
다. 다음날 아침 '나'는
경찰서에 면회 가서 코크
대령이 감옥에서 목을 매
어 죽었다는 소식을 들었
다. 열렬한 애국자이면서
당시의 정부에 협조적이
었던 코크 대령이 왜 죽
어야 했는가 생각하며
'나'는 말한다. "당신은
왜 기다리지 못했는가.
인내가 있다면 인생은 견
딜 만한 것이 아닌가."

8월 August

그레고리력에서는 여덟 번째 달. 고대 로마력에서는 여섯 번째를 뜻하는 섹스틸리스(Sextilis)라는 이름으로 불렸으나 B.C. 8년 아우구스투스 황제와 그의 업적을 기리는 뜻에서 그의 이름인 Augustus로 바꾸었으며, 이것이 나중에 August로 바뀌었다. 1806년 8월 6일 신성로마제국 황제 프란츠 2세가 제위(帝位)에서 물러났다. 8월 9일 싱가포르(1965년), 10일 에콰도르(1822년), 14일 파키스탄(1947년), 15일 대한민국(1945년)과 인도(1947년), 17일 인도네시아(1945년), 25일 우루과이(1825년), 31일 말레이시아(1957년) 등이 독립국이 되었다.

[별자리] 거문고자리, 궁수자리, 방패자리

[달꽃] 나리(Lily, 흰색과 빨강) : 마음씨 고운 당신에게 바칩니다.

[탄생화] 엘리카(5일) : 고독/진달래(8일) : 사랑의 기쁨/고비(27일) : 몽상

[탄생석(천연보석)] 감람석(Olivine) : 부부의 행복, 지혜

[다른 탄생석(인조보석)] 엷은 푸른색 인조 강옥(Elinite) : 화합, 부부의 행복. 인생의 행복

•폐(肺)를 통해 느낀 점은 보통 공기와 눈에 띌 정
도로 다르지는 않았지만 그뒤에 꽤 오랫동안 가슴이
경쾌하고 편안함을 느낀 것 같았다.

J. 프리스틀리

The feeling of it to my lungs was not sensibly different
from that of common air, but I fancied that my breast
felt peculiarly light and easy for some time afterwards.

John B. Priestley

＊J. 프리스틀리(1733. 3.
13~1804. 2. 6) 18세기
영국 신학자·자연철학
자·교육자. 1774년 8월
1일 산소(Oxygen)의 존
재에 관한 실험 성공.

•8월 1일, 토요일. 여름의 달이요 휴가의 달이다.
도대체 세상은 어떻게 돌아가려 하는 것인가? 전쟁
이냐 혁명이냐? 아니면 평화냐?

「티보가(家)의 사람들」 M. 뒤 가르

＊티보가의 앙투안느와
자크 형제를 통해 각각
부르주아와 공산주의를
체현시키며, 그 상극을
굴대로 하여 제2차세계
대전 직전의 긴박한 상황
을 묘사한 대하소설.

•나는 초상화에 싫증을 느낀다. 악기(저음 비올라)
를 가지고, 풍경을 그릴 수 있는 어느 아름다운 마을
로 가고 싶다.

T. 게인즈버러

I'm sick of portraits and wish very much to take my
viola da gamba and walk off to some sweet village
where I can paint landscapes.

T. Gainsborough

＊T. 게인즈버러(1727. 5.
14~1788. 8. 2) 영국 초
상화가. ‘푸른 옷의 소년’
등.

•18××년 8월 2일, 이미 해가 진 무렵 피에트리의
아내 마들렌이라는 여인이 피에트라네라로 밀을 운
반하던 도중 잇달아 발사된 두 발의 총소리를 들었
다. 그 총소리는 그녀에게서 백오십 걸음쯤 떨어진
숲속에서 들려왔다.

「콜롱바」 P. 메리메

＊코르시카 섬의 명문 출
신인 아가씨 콜롱바는 격
정의 여성. 그녀는 아버
지의 죽음에 대한 복수로
살인을 꾀한다.

8월 3일
C. 콜럼부스의 탐험 함대, 에스파냐 피로스 항구 출항 (1492년).

● 항해는 시작되었다. 지구에서 떨어져 나온 조각인 배는 작은 유성처럼 쓸쓸하고도 빠르게 나아갔다.

「나르시소스 호의 흑인」 J. 콘래드

The passage had begun; and the ship, a fragment detached from the earth, went on lonely and swift like a small planet.

Joseph Conrad : *The Nigger of the Narcissus*

*J. 콘래드(1857. 12. 3 ~1924. 8. 3) 우크라이나 태생 영국 소설가. 「나르시소스 호의 흑인」 등.

● 베르덩 인쇄소 주인 방드레스는 유대인으로서 파시스트에 대한 반체제 인사인 다코스타와 함께 인쇄소를 경영하고 있었다. 대전이 일어나자 두 사람은 같은 공병중대에 입대했다. 다코스타는 전투에서 공을 세워 표창을 받았다. 그리고 8월 3일에 제대 명령을 받고 두 사람은 다시 인쇄업을 하게 되었다.

「베르덩 인쇄소」 J. 브륄레르

*제2차세계대전 전후에 발표된 브륄레르의 문제작.

8월 4일
만리장성 보수 공사 시작 (1474년).

● "그러나 황제는 아무것도 입고 있지 않아!" 하고 아이는 말하였다.

H. 안데르센

"But the Emperor has nothing at all on!" said a little child.

Hans Christian Andersen

*H. 안데르센(1805. 4. 2~1875. 8. 4) 덴마크 동화 작가. 「그림 없는 그림책」 등.

● 1914년 8월 4일. 나는 카프 로페스에서 앓고 있는 부인을 위해 약을 지어 요제프를 대리점으로 보냈다. 증기 기선 편으로 그 약을 전할 수 있겠는가 해서였다. 요제프는 대리점의 백인으로부터 메모지를 받아 가지고 왔다. 유럽에 전쟁이 일어났다고 적혀 있었다.

「물과 원시림 사이에서」 A. 슈바이처

*A. 슈바이처 박사는 1913년부터 5년 동안 아프리카 랑바레네에서 흑인을 위한 병원을 경영했다.

8월 5일
테베의 에파
미논다스, 레
우크트라에서
승리
(B.C.371년).

● 그녀가 나를 '내 새끼' 또는 '내 아기'라고 부를 때
마다 나는 '내 할머니'하고 말해 주고 싶은 감정을 누
르고 있었다.

「벨 아미」 G. 모파상

Every time she called me "my boy", "my baby", I
could hardly restrain myself to call her back, "My old
woman."

Guy de Maupassant : *Bel-Ami*

＊G. 모파상(1850. 8. 5
～1893. 7. 6) 프랑스 소
설가. 「여자의 일생」 등.

● 워싱턴 우리 집의 주치의인 세디우스 박사는 날씨
가 인생만사를 지배한다고 말씀하십니다. 1951년 8
월 5일이 조금만 더 시원한 날씨였다면 나는 카미라
의 존재에 대해 전혀 몰랐을 거라고 박사님은 주장하
시겠지요.

「다른 한 사람과 나」 G. 아이히

＊시인 G. 아이히의 문제
작인 라디오 드라마. 첫
머리는 장소를 알 수 없
는 곳에서 엘렌이 말한
다.

8월 6일
히로시마〔廣
島〕에 원폭
투하
(1945년).

● 외교관에게는 보통 코끝보다 앞은 보이지 않기 마
련이기에 코가 높은 것은 행운이다.

P. 클로델

It is fortunate that diplomats have long noses since they
usually cannot see beyond them.

Paul L. C. Claudel

＊P. 클로델(1868. 8. 6～
1955. 2. 23) 프랑스의
작가·외교관. 「잔다르크」
등.

● 친애하는 나탄 군, 자네는 이 편지를 읽고 내게 말
하겠지. 19세기는 과연 1823년의 나탄과 브론데에게
무엇을 남길 수 있을 것인가 하고 말일세. 1823년 8
월 6일.

「농민」 H. 발자크

＊프랑스의 부르고뉴와
에그의 골짜기를 배경으
로 하여, 대지주와 소작
농 사이의 투쟁을 묘사하
고 있다. 그러나 주도권
을 잡게 되는 쪽은 지방
작은 도시의 소시민이었
다. 미완성으로 끝난 대
하 소설. 1855년 펴냄.

●내가 그를 사랑하는 것은 그가 선량하기 때문이 아
니라 그가 나의 아기이기 때문이다.
사랑하는 사람만이 벌을 줄 수 있기 때문에 나만이
꾸짖고 벌할 권리가 있다.

R. 타고르

I do not love him because he is good, but because he is
my little child.
I alone have a right to blame and punish, for he only
may chastise who loves.

Rabindranath Tagore

●베링해 탐험대의 월턴 일행이 볼셰레크로 돌아간
것은 7월 23일이었다. 그들은 거기서 스판베야 사령
관과 합류하기 위해 8월 7일까지 기다리다가 올코크
를 향해 떠났다.

「베링해 대탐험」 와크셀

*R. 타고르(1861. 5. 7
~1941. 8. 7) 인도 시
인. 1913년 동양인으로
서는 처음 노벨문학상 받
음.「기탄잘리」 등.

*탐험의 목적은 아시아
와 북아메리카 대륙의 연
결 여부를 알기 위해서였
다.

●개가 사람을 문다면 뉴스가 되지 않지만 사람이 개
를 문다면 뉴스가 된다.

C. 데이너

When a dog bites a man that is not news, but when a
man bites a dog that is news.

Charles A. Dana

●돛을 세 개 단 범선 노트르담 드 반호는 1886년 8
월 8일, 4년에 걸친 먼 바다 항해를 마치고 마르세이
유 항구로 돌아왔다.

「항구」 G. 모파상

*C. 데이너(1819. 8. 8
~1897. 10. 17) 미국
신문 기자.

*배가 항구로 들어서면
마도로스들은 금방이라도
터질 듯한 욕정을 풀기
위해서 환락가로 달려간
다. 셀레스탕은 거기서
한 여성을 만나 쾌락에
빠져든다. 그러나 알고
보니 그녀는 누이동생…
….

• 용감한 사람만이 미인을 얻을 수 있다.
고생 뒤의 즐거움은 달콤하다.
어른은 조금 더 크게 자란 아이일 뿐이다.

J. 드라이든

None but the brave deserves the fair.
Sweet is pleasure after pain.
Men are but children of a larger growth.

John Dryden

*J. 드라이든(1631. 8.
19~1700. 5. 1) 영국 시
인「극시론」등.

• 1924년 8월 9일. 선생의 편지는 L. B. 카메네프에
게 보냈습니다. 나는 꼼짝할 수도 없을 정도로 피곤
에 지쳐 있습니다. 선생은 피를 토하면서 왜 출발하
지 않으십니까. 유럽의 요양소에서 치료한다면, 선생
은 배나 더 많은 일을 할 수 있을 것입니다.

「레닌의 생애」 M. 고리키

*V. 레닌이 폐렴을 앓고
있는 고리키에게 보낸 우
정 어린 편지.

• 자식을 위하는 어머니의 마음으로 자랑스러운 감사
의 기도와 함께 영국은 바다 건너 들려온 죽음을 슬
퍼한다.

L. 비니언

With proud thanksgiving a mother for her children,
England mourns for her dead across the sea.

Laurence Binyon

*L. 비니언(1869. 8. 10
~1943. 3. 10) 영국 시
인·미술 비평가.「서정시
집」등.

• 1862년 8월 10일 오후 4시에 수많은 사람들이 바덴
바덴의 유명한 별장에 떼를 지어 모여들었다. 날씨는
아주 좋았다. 푸른 나무들과 화려한 도시의 빛나는
집들, 들쑥날쑥한 산맥의 능선 등 주변의 모든 것들
이 온화한 햇빛을 쬐면서 축제기분에 빠져 있었다.

「연기」 I. 투르게네프

*그러나 주인공인 유학
생 리트비노프는 모든 것
이 허무하다 느낀다. "모
두가 연기다, 증기일 뿐
이다."

8월 11일
소식(蘇軾),
이백(李白)을
노래함
(1093년).

● 지금까지 일생 동안 좋은 기회가 한번도 없었던 사람은 하나도 없다. 다만 그것을 붙잡지 못했을 뿐이다.

A. 카네기

*A.카네기(1835.11.25~1919. 8. 11) 미국 실업가.

There is nobody who has never met with some good chance or other in his life. Simply he has not seized one.

Andrew Carnegie

● 8월 11일, 월요일. 나는 마터호른 산허리에 이어지는 배후의 분지인 브륄 봉우리(3,357m)를 향해 안내인인 다니엘과 앙투안느, 마키나와 함께 지오망을 출발했다.

「내 회상의 알프스」 G. 레이

*이들 일행이 마터호른 정상에 이른 것은 1주일 뒤인 18일이었다. G. 레이는 뛰어난 등산가이자 문장가다.

8월 12일
미 영(美英)
공동 선언(대
서양 헌장)
발표
(1941년).

● 시간에는 경과를 나타내는 구분이 없다. 새로운 달과 해의 시작을 알리는 천둥도 나팔 소리도 결코 없다.

T. 만

*T. 만(1875. 6. 6~19 55. 8. 12) 독일 작가. 「마(魔)의 산」 등.

Time has no divisions to mark its passage, there is never a thunderstorm or blare of trumpets to announce the beginning of a new month or year.

Thomas Mann

● 180×년 8월 12일, 나는 만 10살 되는 생일을 맞게 되었고, 여러 가지 멋진 선물을 받았다. 바로 그 이튿 뒤 아침 7시 무렵이다. 카를 이바니치가 내 머리맡에서 파리채로 파리를 잡느라고 수선을 떨어 나를 깨웠다.

「유년시대」 L. 톨스토이

*L. 톨스토이는 1852년 첫 작품인 「유년시대」, 1854년 「소년시대」를 썼다. 잡지 「현대인」에 실렸다.

8월 13일
대한민국 정부 수립 선포, 초대 대통령 이승만 취임 (1948년).

● 앞길에 어떤 장애되는 것이 없다면 사람은 자기를 어떻게 할 것인가? 도덕적인 분개는 등에 빛을 띤 질투이다.

H. G. 웰스

What on earth would a man do with himself if something did not stand in his way? Moral indignation is jealousy with a halo.

Herbert George Wells

＊H.G. 웰스(1866. 9. 21 ～1946. 8. 13) 영국의 소설가·사상가. 「세계사 대계」 등.

● 8월 13일, 마침내 탕플이 준비되었다. 이 사흘 동안 무섭고 먼 길을 걸었다. 절대 왕정에서 국민 의회까지는 여러 세기, 국민 의회에서 헌법까지는 2년, 헌법에서 튈르리 궁전 습격까지는 여러 날 걸렸는데 튈르리 궁전 습격에서 감금까지는 단 사흘이다.

「마리 앙투아네트」 S. 츠바이크

＊루이 16세의 왕비 마리 앙투아네트가 처형되기까지의 기록.

8월 14일
파키스탄 독립, 초대 총독 진나 취임 (1947년).

● 해거름 때 길거리에서 신을 만나면 나는 기도하리라. 내게 신을 의지하지 않는 강한 마음을 달라고.

J. 골즈워디

If I should meet with God in the dusk of a street, I would ask Him to give me a strong will not to trust in Him.

John Galsworthy

＊J. 골즈워디(1867. 8. 14～1933. 1. 31) 영국 작가. 「포사이트가(家)의 이야기」 등.

● 크리스틴의 부친 라브란스 비에르굴프슨은 양친의 추도를 위해 예르다루스 교회에 땅을 헌납하였다. 비에르굴프의 기일(忌日)은 8월 13일이었다.

「신부의 관(冠)」 S. 운세트

＊14세기 노르웨이를 배경으로 대지주의 딸 크리스틴이 여러 가지 어려움을 겪은 뒤 신부의 관을 쓰게 되기까지의 사건을 사실적으로 묘사한 대하 소설. 이 작품은 3부작 「라브란스가의 딸 크리스틴」의 제1부.

8월 15일
제2차 세계
대전 끝남
(1945년).

•사람들은 자신에 관해 말할 때 좋은 것만 말하기
때문에 나는 언제나 사람들이 자신에 관해 풀어놓는
이야기를 듣는 것을 좋아한다.

W. 로저스

I always like to hear a man talk about himself because
then I never hear anything but good.

Will Rogers

*W. 로저스(1879. 11. 4
~1935. 8. 15) 미국의
배우·유머 작가.

•그는 자기 나이도 알지 못했다. 그 대신 주인이 그
남자의 출생 증명서를 보여 주었다. 그 날짜는 내가
폰 라베를 떠난 날에서 8개월 26일째 되는 날이다.

「아들」 G. 모파상

*아카데미 회원인 주인
공은 30년 전 자기가 묵
은 일이 있던 여관에 다
시 묵는다. 30년 전에 우
연히 살을 섞었던 여종업
원은 죽었고, 그녀가 낳
은 아들이 그 여관에서
일하고 있었다.

8월 16일
대서양 횡단
해저 전신 성
공
(1858년).

•사람의 일생에는 세 가지 사건이 있을 뿐이다. 출
생과 생존과 죽음. 그러나 출생은 느끼지 못하고, 죽
을 때는 괴롭다고 하며 죽고, 생존할 때는 생존을 잊
고 있다.

J. 라 브뤼예르

There are only three events in a man's life ; birth, life
and death ; But he is not conscious of being born, he
dies in pain, and he forgets to live.

Jean de La Bruyere

*J. 라 브뤼예르(1645.
8. 16~1696. 5. 10) 프
랑스 에세이스트·모럴리
스트.

•판테레이는 일리니티나와 의논한 결과 만일 콜슈노
프네와 혼인을 맺어도 예식은 수파스(8월 16일)까지
연기하기로 했다.

「고요한 돈 강」 M. 숄로호프

*1940년에 완성을 본
대하소설. 남부 러시아
돈 지방의 코사크족의 한
청년이 대전과 공산혁명
및 국내전에 즈음하여 어
떻게 살아왔는가를 말하
는 정신사이다.

8월 17일
인도네시아
공화국 독립
선언
(1945년).

● 이 악당아, 영원히 살고 싶더냐?
독일 가수라니! 그 노래를 들을 시간이 있다면 말의
울음소리를 듣고 즐기는 편이 낫겠다.

프리드리히 대왕

You rogues, do you want to live forever?
A German singer! I should as soon expect to get
pleasure from the neighing of my horse.

Friedrich the Great of Preussen

*프리드리히 대왕(1712.
1. 24~1786. 8. 17) 프
로이센 군주. 프리드리히
2세를 가리키며, 어릴 적
부터 프랑스 문화에 마음
을 빼앗겨 독일문화를 깔
보고 업신여겼다.

● 알렉세이 알렉산드로비치는 8월 17일에 열린 위원
회에서는 빛나는 승리를 거두었으나, 그는 그 승리의
결과에 속고 말았다.

「안나 카레니나」 L. 톨스토이

*여주인공 안나는 모스
크바로 가는 기차 속에서
알게 된 미남 청년 장교
브론스키와 무도회에서
다시 만나게 되면서 남편
알렉세이에 대한 사랑이
식어갔다.

8월 18일
베이징 톈안
먼 광장에서
문화 대혁명
행사
(1966년).

● 친구간에 자기가 상대방보다 조금 낫다고 생각하는
한 우정은 이어진다.
여성이 나이 들어 남성의 주의를 끌지 못하게 되면
신에게 의지한다.

H. 발자크

Friendships last when each friend thinks he has a slight
superiority over the other. When a woman gets too old
to be attractive to man she turns to God.

Honore de Balzac

*H. 발자크(1799. 5. 20
~1850. 8. 18) 프랑스
소설가. 「인간 희극」 17
권 등.

● 그가 처음으로 진정어린 편지를 쓴 것은 1857년 8
월 18일, 즉 「악의 꽃」에 대한 소송이 제기된 때였
다.

「보들레르의 생애」 세셰/베르토

*불멸의 시인으로 일컬
어지는 보들레르는 이른
바 '하얀 비너스' 사바티
에 부인에게 숭배에 가까
운 플라토닉한 사랑을 품
고, 1852년 무렵부터 편
지와 시를 보냈다.

8월 19일
프랑스 화가
L. 다게르, 사
진 술 공표
(1839년).

•사람은 갈대다. 자연 속에서 가장 약하다. 그러나 사람은 생각하는 갈대다.
만일 클레오파트라의 코가 조금만 낮았더라면 지구의 표면이 바뀌었을 것이다.

B. 파스칼

Man is but a reed, the weakest in nature, but he is a thinking reed.
If the nose of Cleopatra had been a little shorter, the whole face of the earthe would have been changed.

Blaise Pascal

•프랑스 노르망디의 시골집에서 몽상 속에 잠겨 성장한 잔은 라마르 자작의 청혼을 받고 8월 15일에 결혼식을 거행하였다. 그로부터 나흘 뒤인 8월 19일에 그들 신랑 신부를 태우고 마르세이유로 가게 될 사륜 마차가 이르렀다. 결혼 첫날밤의 그 괴로움 뒤에 잔은 이미 남편 쥘리앵과의 접촉이며 입맞춤, 부드러운 애무에 익숙해져 있는 터였다. 그렇지만 그녀의 혐오감은 완전히 가시지 않았다. 잔은 다만 남편을 미남이라고 생각하며 사랑하였다. 그녀는 다시금 행복해졌고 쾌활한 성격을 되찾았다.

「여자의 일생」 G. 모파상

✱B. 파스칼(1623. 6. 19 ~1662. 8. 19) 프랑스의 과학자·철학자. 「팡세」 등.

✱그러나 줄리앙은 이기적이며 바람둥이로서, 하녀인 로잘리와 관계를 맺어 임신하게 한다. 백작부인과 정을 통하다가 남편인 백작에 의해 살해당하고 만다. 잔은 아들 폴에게 모든 희망을 걸고 살아가지만, 아들 또한 바람둥이라 방탕한 생활을 하다가 낳은 딸을 어머니에게 맡긴다. 이제 잔은 손녀에게서 삶의 보람을 느끼게 되었다. 로잘리는 잔에게 말한다. "이 세상은 사람들이 생각하는 것처럼 좋은 것도 아니지만 그렇다고 해서 나쁜 것도 아니군요."

● 지금이 바로 그 자비의 때이며, 오늘이 바로 구원의 날입니다.
두렵고 떨리는 마음으로 여러분 자신의 구원을 위해서 힘쓰십시오.
　　　　　　　　　　　　　　　　　　W. 부스

Behold, now is the accepted time ; behold, now is the day of salvation.
Work out your own salvation with fear and trembling.

　　　　　　　　　　　　　　　　William Booth

● 이윽고 우리는 J역에 가지 않게 되었다. 남동생과 여동생은 전쟁에 싫증을 내기 시작했다. 전쟁이 너무 오래 계속되고 있다는 것이다. 더구나 전쟁 때문에 아이들은 해안에 갈 수 없다. 그러나 8월 20일이 되어 이 꼬마 괴물들은 새로운 희망을 가질 수 있게 되었다. 그것은 자전거 여행이다! 여느 때 가던 바다보다 더 멀고 또 더 아름다운 바다로 가는 것이었다.
　　　　　　　　　　　　「육체의 악마」 R. 라디게

*W. 부스(1829. 4. 10~ 1912. 8. 20) 영국의 구세군 창설자. 구절은 고린토인들에게 보낸 둘째 편지 제6장 제2절, 필립비인들에게 보낸 편지 제2장 제12절에서 인용.

*제1차 세계대전 중인 혼란한 세대를 사는 한 소년의 연애 심리를 묘사한 이 소설은 작가가 16세에서 19세에 걸쳐 쓴 작품이다. 1923년에 간행되자마자 투철한 심리 해부와 작가의 천재성으로 해서 화제를 불러 일으켰다. 주인공인 15세의 고등학교 학생은 전선에 나간 군인의 아내 말토와 관계를 맺게 되고, 마침내 말토는 그들 사이에서 생긴 아이를 낳고 죽는다는 줄거리의 소설이다. 작가는 말한다. "이 비극은 주인공 자신보다도 오히려 환경에서 생겨난 것이다. 거기에는 전쟁 때문에 비롯된 무위(無爲)와 방종이 있고, 청년은 기분 좋게 한 젊은 여성을 죽이고 만다. 그러면서도 자신을 책망하는 성실성이 전혀 없다."

8월 21일
L. 트로츠키,
망명지 멕시
코에서 죽음
(1940년).

• 늙음은 사람에게 생기는 모든 일들 중에 가장 뜻하
지 않은 일이다.

L. 트로츠키

Old age is the most unexpected of all things that
can happen to a man.

Leon Trotsky

* L. 트로츠키 (1879. 11.
7~1940. 8. 21) 러시아
혁명가.

• 8월 21일, 우리는 악셀 섬에서 점점 멀어졌고, 샘
이 솟구쳐 오르는 소리도 들리지 않게 되었다. 날씨
가 갑자기 변했다. 오전 11시가 되자 폭풍우가 휘몰
아칠 조짐이 보이기 시작했다.

「땅 밑 여행」 J. 베른

* 요하네움 대학 광물학
교수인 리덴 브로크는 조
카 악셀과 아이슬랜드로
간다. 거기서 한스 청년
을 고용하여 땅 밑 탐험
에 나선다. 원제는 「지구
의 중심을 향해」. 1864
년 간행.

8월 22일
국제 적십자
조약 성립
(1864년).

• 나는 믿는다. 온갖 권리는 책임을, 온갖 기회는 책
임을, 온갖 소유는 의무를 내포하고 있음을.

J. 록펠러 2세

I believe that every right implies a responsibility ; every
opportunity an obligation ; every possession a duty.

John D. Rockefeller Jr.

* J. 록펠러 2세의 장남
은 1957년 8월 22일 노
르웨이 소시민의 딸과 결
혼했다.

• "아시는 바와 같이 댁의 벚꽃동산은 빚 때문에 경
매할 수밖에 없게 되었소. 8월 22일이 경매 날짜입
니다."

「벚꽃동산」 A. 체호프

* 아름다운 벚꽃동산의
소유자인 여지주 라네프
스카야는 파리에서 5년
만에 돌아왔다. 그녀는
낭비 버릇을 고치지 못해
파산 직전이었다. 그 벚
꽃동산을 인수하려는 것
은 농노의 아들로 떼부자
가 된 로파힌이다.

8월 23일
나폴레옹, 부
하를 버려둔
채 이집트 탈
출
(1799년).

• 문이 아무리 좁아도, 아무리 많은 형벌이 기다릴지라도 중요하지 않다. 나는 내 운명의 주인이요, 영혼의 선장이다.

「인빅투스」 W. 헨리

It matters not how strait the gate, How charged with punishments the scroll, I am the master of my fate ; I am the captain of my soul.

William Ernest Henley : *Invictus*

＊W. 헨리 (1849. 8. 23~ 1903. 7. 11) 영국 작가. 「디콘 브로우디」 등.

• 그는 전쟁이 일어나자 제×사단의 사단 포병대장으로 출전하였다. 8월 23일, 생부르 강변에서의 전투는 실패로 끝나게 되어 군단 포병대를 지휘하던 장군은 해임되었다.

「베르덩 서곡」 J. 로맹

＊J. 로맹의 대하 소설 「선의의 사람들」은 14년 (1932~1946년) 동안 집필된 27권의 대작. 그 제15권이 「베르덩 서곡」 이다.

8월 24일
이탈리아 남
부의 활화산
베수비오 대
폭발
(79년).

• 아름다운 수선화여, 우린 그대가 그렇게도 서둘러 지는 것을 보고서 눈물을 흘립니다. /아침 일찍이 뜬 해가/아직 한낮에 이르지도 않았는데.

H. 헤릭

FAIR daffodils we weep to see/You haste away so soon : /As yet the early-rising sun/Has not attained his noon.

Robert Herrick

R. 헤릭 (1591. 8. 24~ 1674. 10. 15) 영국 시인. 「헤스페리데스」 등.

• 1572년 8월 24일 콜리니 제독은 몰베르라는 악당이 쏜 화승총에 맞아 아주 심하게 다쳤다. 세상에 나돈 소문에 따르면 이 비겁한 암살은 기즈 공작의 지령이었다고 한다. 기즈 공작은 신교도의 불평과 협박을 피하기 위해 다음 날 파리를 떠났다.

「샤를르 9세 치세 연대기」 P. 메리메

＊P. 메리메는 성 바르톨로뮤 학살 사건을 소재로 하여 이 소설을 썼다.

8월 25일
연합군, 파리
입성. 드 골
개선
(1944년).

● 참된 남성이 좋아하는 것은 두 가지가 있다—위험과 놀이. 그리고 남성이 여성을 좋아하는 것은 장난감 중에서 여성이 가장 위험하기 때문이다.

F. 니체

There are two things a real man likes-danger and play ; and he likes woman because she is the most dangerous of playthings.

Friedrich W. Nietzsche

＊F. 니체(1844. 10. 15 ~1900. 8. 25) 독일 철학자. 「차라투스트라는 이렇게 말했다」 등.

● 나는 지난 8월 25일 해방의 날에 그가 얼마나 당당했던가 하는 것을 생각했다. 턱수염을 기르고, 총을 들고, 붉은 머플러를 목에 두르고…… 그러나 지금의 그는 푸른 눈에 생기가 없고, 얼굴이 야위었다.

「레 망다랭」 S. 보부아르

＊이 소설에는 사르트르와 카뮈 등이 모델로 등장한다.

8월 26일
프랑스 혁명
의 인권선언
채택됨
(1789년).

● 우리 모두는 벗들이 우리 나쁜 성질을 말해 주기를 바란다. 그러나 그렇게 함으로써 우리를 화나게 하는 것은 특별한 바보뿐이다.

W. 제임스

We want all our friends to tell us our bad qualities ; it is only the particular ass that does so whom we can't tolerate.

William W. James

＊W. 제임스(1842. 1. 11 ~1910. 8. 26) 미국의 심리학자·철학자. 「프래그머티즘」 등.

● 8월 26일. 내 가슴이 터지는 듯하다. 나는 지금 수의(壽衣)를 입은 그녀를 보았다. 루이즈의 몸에는 보라색이 더해진 푸른 색깔이 돌고 있었다.

「두 아내의 수기」 H. 발자크

＊쌍둥이 자매인 루이즈와 르네는 거의 같은 무렵 카르멘회 수녀원에서 나와 각기 결혼한다. 그녀들의 수기 형식으로 된 서간체 소설.

8월 27일
서(西) 고트
족, 로마에서
물러감
(410년).

●경험과 역사가 가르치는 바는—국민과 정부는 역사로부터 아무것도 배운 것이 없고, 역사에게 연역되는 원리에 따라 행동한 일도 없다는 사실이다.

G. 헤겔

*G. 헤겔(1770. 8. 27~1831. 11. 14) 독일 철학자.「정신 현상학」등.

What experience and history teaches us is that people and governments have never learned anything from history, or acted on principles deduced from it.

Georg W. F. Hegel

●8월 27일. 다만 목숨만 유지하는 것으로 족한 사람은 아주 조금의 물건만 있어도 된다. 그러나 만족스럽게 살고 나날을 보람차게 살려 하는 사람은 아주 많은 물건이 필요하다.

「오베르망」 E. 세낭쿠르

*20세의 오베르망은 이미 온갖 환멸의 슬픔을 맛본 터였다. 작가의 영혼의 기록인 서간체 소설.

8월 28일
서로마제국
멸망
(476년).

●머리가 아프다고 투덜거리며 낮을 보내고, 두통의 원인이 되는 술을 마시고 밤을 지내는 사람도 있다.

J. 괴테

*J. 괴테(1749. 8. 28~1832. 3. 22) 독일 문호.「파우스트」·「젊은 베르테르의 슬픔」등.

Some people spend the day in complaining of a headache, and the night in driking the wine that gives it.

Johann Wolfgang von Goethe

●14세 여학생인 다니엘라는 난생 처음으로 학우들과 수학여행을 떠나게 되었다. 오늘은 8월 28일, 새 학기가 시작되는 9월 3일까지는 반 친구들 모두가 돌아올 것이다.

「다니엘라의 일기」카 체트니크

*그러나 수학여행은 그녀들을 생지옥으로 떨어뜨렸다. 나치스에게 희생된 것이다. 원제는「인형의 집」. 1953년 간행.

8월 29일
일본의 강압
에 의한 한일
병합
(1910년).

● 새로운 의견은 그것이 이미 보편적인 것이 아니라
는 것 말고는 아무 다른 까닭도 없이 언제나 의심받
고 반대에 부딪히게 된다.

J. 로크

New opinions are always suspected, and usually op-
posed, without any other reason but because they are
not already common.

John Locke

● 8월 29일 들의 백합꽃을 보라—아주 간단한 이 말
씀 때문에 나는 오늘 아침 어쩔 수 없이 크나큰 슬픔
속에 잠기고 말았다. 나는 들로 나갔다. 그리고 이
말씀을 되뇌이며 마음도 눈도 눈물로 가득해졌다. 들
의 백합꽃, 그러나 주여, 그것이 어디 있는지요.

「좁은 문」 A. 지드

8월 30일
중국, 인민공
사 설립 결정
(1958년).

● 우리나라는 좋은 아이디어에 근거를 두고서 미리
정해진 계획에 따라 세워진 단 하나의 나라이다.
그 유명한 정치가는 자신의 겉과 속 양면의 체면을
지키려 하였다.

J. 건서

Ours is the only country deliberately founded on a good
idea.
The famous politician was trying to save both his faces.

John Gunther

● 1933년 8월 30일. 이 속사 사진은 거의 기억과도
같이 흐릿해지고 말았다. 20세기 초에 어느 정원에
서 있던 이 젊은 여인은 마치 새벽녘의 유령과도 같
았다. 안토니 비비스는 그것이 어머니라는 사실을 알
았다.

「가자에서 눈이 멀어」 A. 헉슬리

● 인생이란 모든 환자가 침대를 바꾸게 되기를 바라
고 있는 병원이다. 연인은 한 병의 포도주이며, 아내
는 포도주를 담은 병이다.

C. 보들레르

Life is a hospital in which every patient is possessed with
the desire to change his bed. A sweetheart is a bottle of
wine, a wife is a wine bottle.

Charles Baudelaire

● 8월 31일 정오, H궁전에서. 어제 저녁 약혼식이 막
시작되려는 때 나는 역시 스모킹을 잊고 왔다는 사실
을 알게 되었다. 콘스탄체가 나를 차에 태우고 잘츠
부르크를 향해 달렸다. 카를이 숙박하고 있는 하숙집
주인이 나를 알아보고 카를의 방에 침입하는 것을 허
용해 주었다. 나의 합법적인 소유물인 스모킹 등을
불법으로 획득한 뒤 우리는 길거리를 산책하였다.

「잘츠부르크의 희극」 E. 케스트너

＊C. 보들레르(1821. 4.
9〜1867. 8. 31) 프랑스
시인.「악의 꽃」등.

＊이 연애 소설에서 주인
공의 행복을 위협하는 배
역은 사람이 아니라 외화
관리법이다. 국경 이쪽에
서는 호화로운 호텔에 숙
박하며 거드름을 피우는
게오르크가 국경을 한발
자국 건너면 무일푼의 거
지 생활을 강요당하게 되
는 것이다.
이 소설의 희극적인 분위
기는 한편으로는 환경에
의해 빚어지고, 다른 한
편으로는 역사가 오랜 궁
전의 소유자인 콘스탄체
의 부친이 어느 여름날
희극 무대로 사용하기 위
해 사용인들을 모두 피서
지에 보내고 그 동안에
주인 일가가 사용인으로
변장하여 자택을 미국의
어느 부호에게 빌려준다
는 발상에서 빚어진다.
잘츠부르크를 배경으로
한 젊은 남녀의 사랑 이
야기.

9월 September

그레고리력에서는 아홉 번째 달. 고대 로마력에서는 일곱 번째 달. 가을이 열리는 계절이며, 많은 나라에서 새로운 학년이 시작되는 달이다. 미국과 캐나다에서는 9월 1일 노동절 다음의 첫 일요일이 할아버지·할머니의 날이다. 오스트레일리아와 뉴질랜드에서는 9월 첫째 일요일이 아버지의 날이며, 동방정교회(the Eastern Orthodox Church)에서는 교회력이 시작되는 달이다.

[별자리] 독수리자리, 바다염소자리, 백조자리, 돌고래자리, 조랑말자리, 여우자리

[달꽃] 수레국화(Cornflower, 파랑) : 나는 정말 행복합니다.

[탄생화] 뱀무(4일) : 만족된 사랑/갯개미취(9일) : 추억/색비름(28일) : 애정

[탄생석(천연보석)] 청옥(Sapphire) : 성실, 덕망, 현명, 후회

9월 1일
제2차 세계
대전 일어남
(1939년).

● 짐은 국가다.
그렇다면 신은 짐이 신을 위하여 지금까지 힘써 온
일을 잊으셨는가?
짐은 하마터면 기다릴 뻔했다.

루이 14세

I am the state.
Has God then forgotten all I have done for him?
I very nearly had to wait.

Louis X Ⅳ

*루이 14세(1638. 9. 5
~1715. 9. 1) 프랑스
왕. 의회에서 프랑스가
패했다는 보고를 듣고,
왕이 명한 마차가 겨우
시간에 맞추어 왔을 때
한 말들이다.

● 9월 1일 아침, 스칼렛은 숨막히는 공포에 사로잡혀
눈을 떴다. 그것은 지난 밤 잠들 때까지 계속해서 생
각했던 전쟁에 대한 공포였다.

「바람과 함께 사라지다」 M. 미첼

*타라농장 주인댁 따님
스칼렛 오하라는 애슐리
를 사랑하지만……

9월 2일
옥타비아누
스, 악티움
해전에서 승
리
(B.C. 31년).

● '런던이 불탄다, 불타고 있다.'고 나는 생각한다.
'런던 다리가 무너진다.'고 나는 생각한다. 그때 생각
보다 현명한 그 무엇이 말한다. "힘을 내라, 안심하
라. 건물과 다리가 도시를 만드는 것은 아니다."

J. 스트러서

I think, "London's burning, London's burning,"/I think,
"London Bridge is falling down."/Then something wiser
than thought says, "Heart, take comfort：/Buildings
and bridges do not make a town."

Jan Struther

*J. 스트러서(1901. 6.
6~1953. 7. 20) 영국 시
인. 「미니버 부인」 등.

● 기다리던 뤼크의 편지가 왔다. 9월 2일에 아비뇽에
있겠다고 했다. 거기서 내가 직접 오게 되든가 아니
면 내 편지가 오게 되기를 기다리겠다고 했다. 나는
서둘러 나 자신이 직접 가기로 했다.

「어떤 미소」 F. 사강

*여학생 도미니크는 같
은 또래의 베르트랑과 애
인 관계이면서, 애인의
숙부인 뤼크와 사랑하게
된다.

9월 3일
몽고군과 무슬림군, 아인 잘루트 전투
(1260년)

● 바이올린에 관한 한 나는 많으면 많을수록 좋다.
F. 크라이슬러

인생이란 사람들 앞에서 바이올린을 독주하는 중에 악기를 알게 되는 것과 같은 것이다.
E. 리튼

In respect to violins I am polygamous.
Fritz Kreisler

Life is like playing a violin solo in pubilc and learning the instrument as one goes on.
Edward Bulwer Lytton

● 17×× 9월 3일에서 4일에 걸친 한밤에 우리의 수도원에서 이상한 사건이 몇 건 일어났다. 어젯밤중에 나는 내 방 옆에 있는 메다르두스의 방에서 요상한 웃음소리와 고통에 찬 낮은 신음소리를 들었다.
「악마의 묘약」 E. 호프만

＊기괴한 제재를 즐겨 다루는 E. 호프만은 이 장편에서도 근친상간을 다루고 있다.

9월 4일
독일군, 레닌그라드 포위
(1941년).

● 독창적인 작가란 누구도 모방하지 않는 작가가 아니라, 아무도 모방할 수 없는 작가이다.
F. 샤토브리앙

An original writer is not one who imitates nobody, but one whom nobody can imitate.
Francois Rene de Chateaubriand

＊F. 샤토브리앙(1768. 9. 4~1848. 7. 4) 프랑스 낭만주의 문학 창시자. 「아탈라」「르네」 등.

● 그는 공화정치가 선포되기만 기다리고 있었다. 9월 4일에는 아마도 누군가 그를 골려준 모양이다. 그는 자기가 진짜로 주지사에 임명되었다고 생각했다.
「비곗덩어리」 G. 모파상

＊프로이센 군대가 점령하고 있는 루앙을 탈출하는 마차 속에는 세 쌍의 부르주아 부부 외에 두 수녀 및 민주주의자 코르뉴데, '비곗덩어리'란 별명의 창녀가 있다.

| 9월 5일
검은 9월단,
뮌헨 올림픽
선수촌 이스
라엘 선수단
숙소 난입
(1972년). | ●우리의 원리를 사랑하고, 기초를 정리하며, 목표를 진척시켜라.
죽은 자가 산 자를 지배한다.
본질적으로 인간 외에는 진실된 것이 없다.
 A. 콩트
Love our principle, order our foundation, progress our goal.
The dead govern the living.
Nothing at bottom is real except humanity.
 Auguste Comte | *A. 콩트(1798. 1. 19~1857. 9. 5) 프랑스 실증주의 철학자. 「실증철학주의」 등. |

●롤런드 말레트는 9월 5일 유럽 출발에 필요한 모든 준비를 마쳤다. 출발까지는 2주간의 여유가 있었기 때문에 그 기간 동안 사촌인 세실리아와 보내기로 하였다.

「로데릭 허드슨」 H. 제임스

*로데릭은 구대륙에서 재능을 꽃피우지만, 사랑에 실패하여 예술을 버리고 스위스 산속에서 자결한다.

| 9월 6일
마젤란 일행,
세계일주 완
성
(1522년). | ●재산가란 상상력이 있는 전당포 업자이다.
 A. 피네로 직위 승진은 자유로 가는 첫걸음이 아니라 속박으로 가는 첫걸음이다.
 H. 헤세
A financier is a pawnbroker with imagination.
 Siv Arthur W. Pinero Promotion in rank is not the first step to freedom but to restraint.
 Herman Hesse | *1683년 9월 6일, 프랑스 정치가로서 중상주의(重商主義)를 수행한 J. B. 콜베르(1619. 8. 29~1683. 9. 6) 신장 결석으로 영원히 눈을 감다. |

●9월 6일 지협(地峽)을 가로지르는 자랑스러운 행군이 시작되었으나, 그 행군은 수많은 전쟁을 치른, 담력이 크고 용감한 모험가들의 의지력에까지 더할 나위 없는 큰 시련을 안겨주었다.

「불멸 속으로 도주하다」 S. 츠바이크

*발보아 일행은 많은 난관을 헤치고 산꼭대기에 오른다. 눈앞에는 태평양이 펼쳐져 있었다.

9월 7일
브라질, 포르투갈로부터 독립 선언 (1822년).

● 아직도 비가 내린다/인간 세계와 같이 어둡고, 우리의 손실처럼 검으며/십자가 위의/1940개의 못과 같이.

E. 싯웰

Still falls the Rain
Dark as the world of man, black as our loss-
Blind as the nineteen hundred and forty nails
Upon the Cross.

Edith Sitwell

*E. 싯웰(1887. 9. 7~1964. 12. 9) 영국 시인. 시의 입체주의 주장.

● 9월 7일 아침, 시민 로쉬모르는 배심원 가믈랭을 방문하였다. 그녀는 뜻하지 않게 계단에서 지난날 행복했던 시절의 연인이었던 귀족 출신 브로토 데 질레트를 만나게 되었다.

「신들은 목마르다」 A. 프랑스

*프랑스 대혁명의 공포 시대를 배경으로 피에 굶주린 테러리스트들의 심리와 죄 없이 처형당하는 사람들의 운명을 묘사한 소설.

9월 8일
SEATO(동남아시아 조약기구) 결성 (1954년).

● 자연은 그를 만들고, 거푸집을 파괴했다.

L. 아리오스토

Nature made him, and then broke the mold.

Ludovico Ariosto

*L. 아리오스토(1474. 9. 8~1533. 7. 6) 이탈리아 시인. 「광란의 오를란도」 등.

● 이런 계절에 천둥치는 폭풍우가 웬일이람. 예로부터 성모 마리아 탄신일(9월 8일)에는 천둥과 비가 있게 마련이라고 하지만, 오늘은 그로부터 이미 6주간이나 지나지 않았느냐.

「흰 구름 엄마」 A. 슈티프터

*독일 두메산골 한 농가의 할머니와 아이들이 숲 속에서 천둥과 폭풍을 만나게 된다. A. 슈티프터의 작품에는 한결같이 어린이가 등장하고 시정(詩情)이 넘치며 환상적이다. 1853년 간행.

9월 9일
아랍 혁명군,
왕궁으로 진
격
(1881년).

•시간이여, 집시 노인이여,/멈추어 주게나,/집시마
차를 정지시키고/하루만 더.

R. 호지슨

*R. 호지슨(1871. 9. 9
~1962. 11. 3) 영국 시
인. '천국의 종' 등.

Time, you old gypsy man,/Will you not stay,/Put up
your caravan/Just for one day?

Ralph Hodgson

•1573년 9월 9일, 그레고리오 13세는 재판을 아주
빠르게, 그리고 준엄하게 행하라고 명하였다. 형사부
판사와 검사 한 명씩 카스트로와 론치리오네로 출장
을 떠났다.

「카스트로의 수녀원장」 스탕달

*카스트로의 수녀원장
엘레나는 젊은 주교와 관
계를 맺어 남몰래 아이를
낳는다. 그러나 그 불미
스러운 사건은 곧 드러나
고, 엘레나 수녀도 구금
된다.

9월 10일
잔지(흑인 노
예)의 반란
일어남
(869년).

•최초의 작가는 최초에, 그 이외의 작가도 결국은
사화집(詞華集) 속에만 존재하게 될 것이다.

C. 도렌

*C. 도렌(1885. 9. 10~
1950. 7. 18) 미국 문예
비평가. 「미국 문학이란
무엇인가」 등.

The first writers are first and the rest, in the long run,
nowhere but in anthologies.

Carl Clinton van Doren

•9월 10일 런던에 이르렀다. 랭보는 여전히 호주머
니에 한 푼도 없었기 때문에 베를렌이 두 사람 몫을
냈다. 그들은 영어가 서툴렀기 때문에 의사소통을 하
는 데 어려움을 겪었다. 분위기 또한 그들에게 낯설
었다.

「지옥의 방랑자 랭보」 J. 칼레

*10대 소년 때 세계 시
단에 군림한 「지옥의 계
절」의 상징시인 J. 랭보의
전기. 원제는 「랭보의 파
란만장한 생애」.

9월 11일
세바스토폴
함락(L. 톨스
토이 참전)
(1855년).

● 만일 여자가 혼자 있을 때 어떻게 시간을 보내는지 알게 된다면 남자는 결코 결혼 따위를 하지 않을 것이다.

오 헨리

If men knew how women pass the time when they are alone, they'd never marry.

O. Henry

*오 헨리(1862. 9. 11 ~1910. 6. 5) 미국 단편 소설가. '마지막 잎새' 등.

● 9월 11일, 투리에 거리에서—하기는 살려하기 때문에 사람들은 이 도시로 모여 온다. 그러나 여기서는 모든 것이 사멸(死滅)할 수밖에 없다. 그런 식으로 나는 말하고 싶은 것이다. 나는 밖을 산책했다. 눈에 띈 것은 몇몇 병원이었다.

「말테의 수기」 R. 릴케

*원제는 「말테 라우리즈 브리게의 수기」. R. 릴케는 이 소설을 1904년 2월 8일부터 1910년에 걸쳐 썼다.

9월 12일
라스코 동굴
벽화 발견
(1940년).

● 일부이처는 아내가 한 명 많다. 일부일처도 마찬가지다.
사랑이란 영구적 마취 상태이다.

H. 멩켄

Bigamy is having one wife too many. Monogamy is the same.
To be in love is merely to be in a state of perpetual anesthesia.

Henry Louis Mencken

*H. 멩켄(1880. 9. 12~ 1956. 1. 29) 미국 평론가. G. 네이선과 함께 「아메리칸 머큐리」 창간. 「니체론」 등.

● "내가 T시를 출발한 것은 9월 초, 9월 12일이었습니다."하고 말했다. "그렇다면 당신이 출발한 것은 9월 12일, 그리고 리자가 태어난 것이 5월 8일. 계산해 보면 8개월이 조금 넘는군요."

「영원한 남편」 F. 도스토예프스키

*베르차니노프는 9년 전에 관계를 가졌던 나탈리야가 낳은 딸 리자와 나탈리야의 남편 파벨 파블로비치와 만나 대화를 나눈다.

● 여성이 사랑하는 남성에게 하듯이 우리는 국가를
위해 행동해야 한다. 남편을 사랑하는 아내는 남편을
위해 무슨 일이든지 한다. 단, 남편을 비판하고 더
좋게 고치려는 노력만은 계속되지만.

J. 프리스틀리

We should behave toward our country as women behave
toward the men they love. A loving wife will do
anything for her husband except to stop criticizing and
trying to improve him.

John Boynton Priestley

*J. 프리스틀리(1894. 9.
13〜1984. 8. 14) 영국
소설가. 「밤의 방문객」
등.

● 1813년 9월 13일, 빌헬르미네는 카셀에 있었다. 그
녀는 오후 5시쯤 객실에서 어머니, 언니와 함께 뜨개
질을 하고 있었다. 그녀는 갑자기 소리를 질렀다.

「마담 루클레치아의 오솔길」 P. 메리메

*책상 위에 놓아둔 약혼
자 초상화의 눈이 갑자기
감겨졌다는 것이다. 그리
고 진짜로 그때 약혼자는
죽었다.

● 과학에 전념하는 소련 젊은이들에게 바라는 바는
무엇인가? 첫째는 순서를 좇아 단계적으로 연구할
것, 둘째는 겸손, 셋째는 정열.

I. 파블로프

What can I wish to the youth of my country who devote
themselves to science? Firstly, gradualness. Secondly,
modesty. Thirdly, passion.

Ivan P. Pavlov

*I. 파블로프(1849. 9.
14〜1936. 2. 27) 소련
생리학자. 노벨 생리·의
학상 수상.

● 선통(宣統) 3년 9월 14일, 즉 아큐(阿Q)가 물건을
차오바이엔[趙白眼]에게 팔아 버린 날의 한밤중에 한
척의 검은 대형 배가 조가(趙家)의 집 옆 강기슭에
닿았다.

「아큐정전(阿Q正傳)」 루쉰[魯迅]

*이 소설은 좀 모자라면
서도 과대망상증에 걸린
아큐라는 사람의 생애를
묘사한 것으로 되어 있
다. 자신을 객관적으로
볼 줄 모르는 아큐는 결
국 총살형에 처해진다.

9월 15일
영국군, 서부
전선에서 탱
크 사용
(1916년).

● 전쟁 때는 용감하고 말이 많으며, 교활하고 비정하며, 사사로움이 없고 헌신적이다. 그러나 평화로운 때는 올바르고 너그러우며, 공손하고 복수심에 불타며, 미신을 믿고 겸손하며, 언제나 단정하다.

J. 쿠퍼

In war, he is daring, boastful, cunning, ruthless, self-denying, and self-devoted ; in peace, just, generous, hospitable, revengeful, superstitious, modest, and commonly chaste.

James F. Cooper

*J. 쿠퍼(1789. 9. 15〜1851. 9. 14) 미국 소설가. 「모히칸 족의 최후」 등.

● 나나는 화가 난 목소리로 9월 15일에 미뇨트로 가겠노라고 말했다. 그 위에 볼드나브의 말을 따라서 많은 사람들을 초대하였다.

「나나」 E. 졸라

*나나는 E. 졸라의 또 다른 대표작인 「목로주점」의 여주인공의 딸이다. 그녀는 무대에 서서 육체미로 남성들을 얼빠지게 하는 창녀이다.

9월 16일
메이플라워
호, 플리머스
항구를 떠남
(1620년).

● 나라에서 쫓겨난 한 무리의 사람들이 자신들의 배를 잡아맨 곳은/황량한 뉴잉글랜드 바닷가였다.

F. 히먼즈 부인

When a band of exiles moored their bark/On a wild New England shore.

Felicia D. Hemans

*F. 히먼즈 부인(1793. 9. 25〜1835. 5. 15) 미국 시인. 1620년 9월 16일 청교도 102명이 메이플라워호를 타고 영국을 떠났다.

● 9월 16일 화요일, 화려하고 환한 밤에 여행한다는 것은 즐거운 일이다. 우리는 어느 마을에 도착하였다. 마을에서 약간 떨어진 경치 좋은 언덕 위에는 예배당이 서 있었다.

「빌헬름 마이스터의 도제시대」 괴테

*이 작품은 자기의 교육을 완성한 사람이 말하는 이른바 교양소설이다. 부제는 「체념하는 사람들」

9월 17일
미합중국 헌
법 초안에 독
립 13개 주
가운데 9개
주가 비준
(1787년).

• 달님은 천천히, 조용히 은빛 구두를 신고 밤하늘을 걷는다. 달님은 이리저리 은빛 나무에 매달린 은빛 열매를 바라본다.

W. 델라메어

Slowly, silently now the moon/Walks the night in her silver shoon ; /This way, and that, she peers, and sees/ Silver fruit upon silver trees.

Walter de la Mare

＊W. 델라메어 (1873. 4. 25～1956. 6. 22) 영국 시인. '어린 시절의 노래' 등.

• 알리의 아들 아부 자파르 무함마드가 말한 바에 따르면, 바드르 전투는 헤지라 기원 2년 라마단 월(9월) 17일 금요일 아침에 있었다.

「무함마드의 생애」 I. 이스하크

＊예언자 무함마드가 주창한 이슬람교는 일신교(一神敎) 교리에 근거를 둔 계시(啓示) 종교로서, 그 아랍어의 계시가 기록된 책이 이슬람교 경전인 「꾸란」이다.

9월 18일
「뉴욕 타임
스」 창간
(1851년).

• 남성이란 것은 대개 아내가 헬라어를 말할 때보다 식탁에 맛있는 저녁상이 차려지는 것을 기뻐하게 마련이다.

S. 존슨

A man is in general better pleased when he has a good dinner upon his table, than when his wife talks Greek.

Samuel (Dr.) Johnson

＊S. 존슨(1709. 9. 18～1784. 12. 13) 영국 문호. 「시인전」「영어 사전」 등.

• 9월 18일 오후, 앤드루가 기다리던 광무위원(鑛務委員)들의 회의가 열렸다.

「성채(城砦)」 A. 크로닌

＊대학을 갓 졸업한 청년 의사 앤드루 맨슨은 남부 웨일즈의 탄광촌으로 부임한다. 인생의 첫걸음을 내딛은 그는 거기서 무지와 탐욕, 무력함과 음탕함 등 인간의 추악함에 직면한다. 작가의 반(半)자서전적인 장편으로, 1937년에 지음.

9월 19일
아르헨티나,
페론을 축출
하고 군사 정
권 수립
(1955년).

●초상화의 모델이 되는 것을 싫어하는 사람이 하나
도 없다는 것은 자연 법칙인 듯하다. 대부분의 여성
이 초상화에 그려져 있는 것처럼 젊은 것은 아니다.

M. 비어봄

＊M. 비어봄 (1872. 8. 24
~1956. 9. 20) 영국 수
필가.

It seems to be a law of nature that no man ever is loathe
to sit for his portrait.
Most women are not so young as they are painted.

Sir Max Beerbohm

●9월 19일. 감상적인 망상이 너무 많다. 자부심의
부족. 자기 망각. 그 벌로「우토로브 변호론」을 번역
할 것. 또한 1주간 동안 매일 오후 4시에서 8시 사이
에 적어도 세 여성과 사귀고, 재회를 약속하지 말고
헤어질 것.

「질서」 M. 아를랑

＊현실을 성실하게 살려
는 청년의 고뇌를 그린
불안 문학의 대표작.

9월 20일
무함마드, 메
카에서 야스
리브 (메디나)
로 헤지라
(622년).

●나는 의사가 너무 많아 죽어 가고 있다.
내가 알렉산드로스가 아니라면 디오게네스가 되고
싶다.

알렉산드로스 대왕

＊이 날 알렉산드로스 대
왕(B.C. 356. 7. 20~
323. 6. 10)은 티그리스
강을 건너 월식을 보았
다.

I am dying with the help of too many physicians.
If I were not Alexander, I would be Diogenes.

Alexandros the Great

●그녀 역시 여름이 끝날 무렵까지는 명랑하고 즐거
운 표정이었다. 그녀의 꿈이 깨진 것은 9월 20일.

「파리」 모파상

＊'파리'라는 별명으로
불리는 여성은 다섯 남성
에게 모두 몸을 허락한
다. 그녀가 임신을 하게
되었다. 아기의 아빠는
대체 누구인가? 다섯 남
성은 함께 양육하기로 한
다. 그런데 낙태를 하게
된다.

9월 21일
고구려 망함
(668년).

●산에 내린 이슬처럼/강에 뜬 거품처럼/샘물에 솟은 물방울처럼/그대는 영원히 떠나갔어라.

W. 스콧

*W. 스콧(1771. 8. 15~1832. 9. 21) 영국 작가. 「아이반호」등.

Like the dew on the mountain,/Like the foam on the river,/Like the bubble on the fountain,/Thou are gone, and for ever!

Sir Walter Scott

●9월 21일에 공화 정치 체제의 기초가 확립되었다. 9월 21일은 추분으로서, 낮과 밤이 평형을 이루는 날이다. 그것은 천칭자리의 날이다. 천칭(저울)이라는 평등과 정의의 상징 밑에 공화국이 선언된 것이다.

「93년」 V. 위고

*프랑스 혁명 때인 1793년 방데를 거점으로 한 왕당파의 반혁명 반란인 '방데의 반란'을 제재로 한 사상 소설. 1874년 펴냄.

9월 22일
아부 심벨 신
전 이전 공사
끝냄
(1968년).

●아주 못생긴 여성과 아주 아름다운 여성에게는 머리가 좋다고 치켜세우고, 평범한 미모의 여성에게는 아름답다고 치켜세워라.

L. 체스터필드

*L. 체스터필드(1694. 9. 22~1773. 3. 24) 영국 정치가.

Very ugly or very beautiful women should be flattered on their understanding mediocre ones on their beauty.

Lord Chesterfield

●1798년 9월 22일에 학사원 회원 보나파르트는 카이로에서 공화국 설립을 기념하는 시민축제를 열 것을 명했다. 알렉산드리아의 주둔군은 폼페이의 원기둥을 중심으로 축제를 열었다. 원기둥 위에는 삼색 깃발이 나부꼈다.

「군대의 복종과 위대함」 A. 비니

*나폴레옹에게 충성하던 소설의 주인공 루노 대위는 마침내 나폴레옹이 사기꾼임을 느끼게 된다.

9월 23일
보름스 협약
맺음
(1122년).

●비평과 신뢰할 수 있는 현명한 보고가 없다면 정부
는 정치를 할 수 없다.

W. 리프먼

Without criticism and reliable and intelligent reporting,
the government cannot govern.

Walter Lippmann

●9월 23일 금요일—베를린 16시 30분, 런던 15시
30분. 언덕 위에 황량하고 호젓하게 서 있는, 창문이
반쯤 열린 살롱 안에 한 노인이 앉아서 짙은 눈썹 밑
의 눈을 한 곳에 집중시키고 입을 약간 벌리고서 지
난날의 먼 추억을 생각하고 있는 듯했다.

「자유로 향하는 길」 J. 사르트르

9월 24일
최초의 원자
력 잠수함 엔
터프라이즈호
진수
(1960년).

●우리의 삶은 전투와 진군/질풍과 같이 휴식도 없고
집도 없었다. /우리는 전투로 전율하는 히스의 광야
를 폭풍우처럼 달렸다.

F. 실러

Our life was but a battle and a march./And like the
wind's blast, never-resting, homeless./We stormed
across the war convulsed heath.

F. von Schiller

●9월 24일—고아에게 대학 뒷바라지까지 해주시는
친절한 평의원님, 무사히 여기 도착했습니다. 저는
어제 네 시간 동안 기차여행을 했습니다.

「키다리 아저씨」 J. 웹스터

*W. 리프먼(1889. 9.
23〜1974. 12. 14) 미국
신문기자.「여론」등.

*J. 사르트르의 대작「자
유로 향하는 길」제2부
「유예(猶豫)」의 첫머리이
다. 제1부「분별」은
1938년 6월이,「유예」는
9월이 배경이다.

*F. 실러의 비극「발렌
슈타인」의 일부. 발렌슈
타인(1583. 9. 24〜1634.
2. 25)은 독일 장군.

*자기 정체를 드러내지
않는 부자 청년과 부모를
알지 못하는 한 고아 소
녀의 사랑을 그린 소설.
부자 청년의 호칭이 '키
다리 아저씨'.

<table>
<tr><td valign="top">

9월 25일
니케아 공의
회, 삼위일체
설 확립
(325년).

</td><td valign="top">

• 원주민들은 우리가 이 배와 사람들을 이끌고 하늘 에서 내려왔다고 굳게 믿고 있습니다.

C. 콜럼버스

They believe very firmly that I, with these ships and people, came from the sky.

Christopher Columbus

</td><td valign="top">

＊C. 콜럼버스(1451. 8. 26？~1506. 5. 20) 그 는 1493년 이날(다른 기 록에는 9월 24일) 에스 파냐의 카디스 항구를 떠 났다(2차 항해).

</td></tr>
<tr><td valign="top"></td><td valign="top">

• 그러나 시간은 지나가고 육지의 모습조차 보이지 않았다. 9월 25일, 배를 메운 공포의 감정이 콜럼버 스 자신까지 위협하고 있었다. 해거름 때 배의 망대 에 올라가 있던 핀손이 육지가 보인다고 소리쳤다.

「C. 콜럼버스의 꿈」 S. 마다리아가

</td><td valign="top">

＊1892년 8월 3일, C. 콜럼버스가 인솔하는 3 척의 배는 에스파냐의 팔 로스 항구를 떠났다(1차 항해). 목적지는 황금의 나라로 일컬어지는 인도 였다.

</td></tr>
<tr><td valign="top">

9월 26일
로마 군, 예
루살렘을 파
괴함
(70년).

</td><td valign="top">

• 셰익스피어는 인간 정열의 최대의 너비를 준다. 단 테는 최대의 높이와 최대의 깊이를 준다.

T.S. 엘리엇

Shakespeare gives the greatest width of human passion ; Dante the greatest altitude and greatest depth.

Thomas S. Eliot

</td><td valign="top">

＊T.S. 엘리엇 (1888. 9. 26~1965. 1. 4) 영국에 귀화한 미국 출신 작가. 「황무지」 등.

</td></tr>
<tr><td valign="top"></td><td valign="top">

• 배는 속도를 늦추었다. 내가 그 배를 따라잡은 것 은 9월 26일 저녁 5시와 6시 사이였다. 영국 국기를 보기만 했을 뿐으로 내 마음은 뛰었다.

「걸리버 여행기」 J. 스위프트

</td><td valign="top">

＊배가 난파된 걸리버는 소인국 릴리퍼트를 거쳐 대인국, 날아가는 섬, 죽 지 않는 사람이 사는 러 그나그 섬, 말과 사람이 완전히 자리바꿈한 후이 넘 등을 항해한다.

</td></tr>
</table>

9월 27일
영국, 세계
최초의 철도
개통
(1825년).

• 우리를 노예로 만드는 것은 질서의 결여이다. 오늘의 혼란은 내일의 자유를 감쇄시키고 만다.

H. 아미엘

It is the lack of order which makes us slaves ; the confusion of today discounts the freedom of tomorrow.

Henri F. Amiel

• 9월 27일. 우리의 결혼식은 앞으로 닷새 남았습니다. 결혼식이 끝난 다음 날에는 바로 출발해야 합니다. 부탁드리는 것은 골로호바야 거리의 시폰 부인에게 전하여 우선 내게 디자이너를 보내 주실 것, 둘째로 수고스럽지만 잠시 와 주십사고 전해 주십시오.

「가난한 사람들」 F. 도스토예프스키

9월 28일
마라톤 전투
(B.C.480년).

• 그렇다, 모두 아는 바와 같이 명상과 물은 영원히 결부되어 있다.
고래잡이 배는 나의 예일 대학이요 하버드 대학이었다.

H. 멜빌

Yes, as everyone knows meditation and water are wedded forever……
A whaleship was my Yale College and my Harvard.

Herman Melville

• "벌써 스물세 살인가! …… 불쌍한 어머니가 돌아가셨을 때는 그는 겨우 두 살이었지! …… 어쨌든 멋지고 훌륭한 편지로 웨스턴 내외분을 크게 기쁘게 해 드렸지. 지금도 분명히 기억하고 있는데, 그 편지는 웨이머스 해안에서 쓴 것이었고 날짜는 9월 28일이었지."

「에마」 J. 오스틴

9월 29일
영불독이(英
佛獨伊)의 뮌
헨회담
(1938년).

● 한 아랍인과 피가 다른 한 아랍인에 의해 흘려져도
좋을 것인가.

J. 나세르

*J. 나세르(1918. 1. 15
~1970. 9. 28) 이집트
(아랍연합) 대통령.

Can the blood of one Arab be shed by another.

Gamal Abdel Nasser

● 성 미셸의 축일(9월 29일) 무렵 샤를르는 베르토에
와서 사흘 동안 묵었다. 사흘째 되던 날에도 앞의 이
틀과 마찬가지로 15분마다 머뭇거리는 것으로 하루
를 보내고 말았다.

「보바리 부인」 G. 플로베르

*이 소설을 가리켜 평자
들은 사실주의 문학의 고
전으로 평가한다. 작가는
창작 중 작중 인물이 되
어 "보바리 부인, 그것은
바로 나다."라고 말했다.

9월 30일
흐루시초프,
중국 방문
(1959년).

● 부러움만큼 사람의 마음에 깊이 뿌리 내린 감정은
없다.
거침없는 말솜씨만은 어머니가 자신의 딸이 닮지 않
기를 바라는 것이다.

R. 셰리든

*R. 셰리든(1751. 10.
30~1816. 7. 7) 영국 극
작가. 「개구쟁이 학교」
등.

There is not a passion so strongly rooted in the human
heart as envy.
A fluent tongue is the only thing a mother don't like her
daughter to resemble her in.

Richard B. Sheridan

● 드디어 9월 30일이 되었다. 저녁부터 내리던 비는
바람으로 바뀌어, 나뭇잎은 살랑거리고 하늘은 캄캄
했다. 탈주하기에는 더할 나위 없이 좋은 밤이었다.
한 시쯤 되자 높이 70미터로 알려진 탑 꼭대기 창에
서 사람인 듯한 검은 그림자가 보였다.

「무쇠탈」 포아고베

*전제정치 시대인 루이
14세 때를 배경으로 전개
되는 대중소설.

10월 October

그레고리력에서는 열 번째 달. 고대 로마력에서는 여덟 번째 달. 캐나다에서는 두 번째 월요일이 추수감사절이며, 10월 23일은 1956년 헝가리 혁명 기념일이다. 10월 31일은 죽음의 신 삼하인(Samhain)을 찬양하고 새해와 겨울을 맞는 축제인 할로윈의 날이다.

[별자리] 물병자리, 케페우스자리, 도마뱀자리, 페가수스자리, 남쪽물고기자리.

[달꽃] 코스모스(Cosmos, 우유색과 빨강) : 순결한 마음이 자아내는 하모니를 당신께.

[탄생화] 단풍나무(3일) : 자제/멜론(10일) : 포식/해당화(29일) : 온화

[탄생석(천연보석)] 단백석(Opal) : 안락, 행복, 마음의 기쁨

[다른 탄생석(인조보석)] 로즈 지르콘(Rose Zircon) : 결백, 마음속의 기쁨, 희망/핑크 사파이어(Pink Sapphire)

10월 1일
마오쩌둥(毛澤東), 중화인민공화국성립 선언 (1949년).

● 이 세상에서 가장 중요한 것은 진취적인 일이지만, 그같이 보이는 것은 치명적이다.

B. 자웨트

It is most important in this world to be pushing, but it is fatal to seem so.

Benjamin Jowett

*B. 자웨트(1817. 4. 15 ~1893. 10. 1) 영국 고전학자.

● 10월 1일, 로렌호는 생 나젤에서 루아블 항구에 들어갔다. 그달 7일에 뉴욕으로 출발할 예정이었다. 피에르 롤랑은 파도를 타고 요동하는 작은 선실로 옮겨야만 했다. 이제 앞으로 자신의 생활은 그 속에 갇혀지고 마는 것이다.

「피에르와 장」 G. 모파상

*피에르의 내심의 움직임을 분석한 이 작품은 심리소설의 걸작으로 평가된다. 이 소설의 머리말에 '일물일어설(一物一語說)'이 언급되어 있다.

10월 2일
나폴레옹, 괴테와 회견 (1808년).

● 이 이야기의 화자(話者)는 이름이 브라운이며 그린(나)이 아니라는 사실을 분명히 밝혀 둔다.

G. 그린

I want to make it clear that the narrator of this tale, though his name is Brown, is not Greene.

Graham Greene

*G. 그린(1904. 10. 2~ 1991. 4. 3) 영국 소설가. 「권력과 영광」 등.

● 아버님은 9월 29일에 돌아가셨습니다. 그런데 아버님은 10월 2일에 서명을 하신 겁니다. 부인, 10월 2일이라는 날짜는 아버님의 필적이 아니라, 아무래도 내게는 낯익은 필적입니다. 그것은 틀림없이 아버님이 쓰신 것인지요?

「인형의 집」 H. 입센

*노라의 남편 헬머는 은행장 발령을 받았지만 문제가 생긴다. 노라는 자기가 '인형'임을 깨닫게 된다.

10월 3일
이탈리아, 에
티오피아 침
공
(1935년).

•사랑은 인간관계의 지폐와 같은 것. 찍히는 대로 인출하라. 마침내는 위폐가 아니고는 사랑을 표현할 수 없게 된다.

L. 아라공

Isn't love a banknote of human relation? Draw it as soon as it is printed. Finally we cannot express love but by fictitious money.

Louis Aragon

*L. 아라공(1897. 10. 3 ~1982. 12. 24) 프랑스 시인. 시집 「엘자의 눈」 등.

•새로 베니스 총독에 임명된 마리노 팔리에리가 바야흐로 부첸트로에 승선하려 할 무렵, 그것은 10월 3일 저녁때로서 해는 이미 지고 난 뒤로서, 베니스 세관 건물의 기둥 앞, 대리석 바닥에 누워 있는 한 가난하고 불행한 사람이 있었다.

「베니스 총독과 총독부인」 호프만

*총독의 나이는 80세였고 총독 부인의 나이는 방년 19세였다.

10월 4일
소련, 인공위
성 스푸트니
크 1호 발사
(1957년).

•자기를 풍요롭게 하라.

F. 기조

Enrich yourselves.

François Pierre Guizot : Speech

*F. 기조(1787. 10. 4~ 1874. 10. 12) 프랑스의 정치가·역사가. 「프랑스 문명사」 등.

•지난해 10월 4일, 무척 우울하고 아무것도 하는 일이 없는 오후 무렵이었다. 나는 그런 오후를 어떻게 보내야 하는지 잘 알고 있었기 때문에 그때도 라파예트 거리로 갔다. 나는 열 걸음쯤 떨어진 곳에서 반대 방향으로부터 오는 아가씨 한 명을 보았다.

「나자」 A. 브르통

*이렇게 해서 "현실적인 온갖 굴레에서 벗어나고, 항상 모든 것으로부터 영감을 받으며, 또한 다른 사람에게 영감을 주는" 요정과 같은 나자와 만나게 된다.

10월 5일
코민포름 결성
(1947년).

• 최고의 의사는 구해도 찾을 수 없는 의사이다.
광신(狂信)과 야만은 단 한 걸음의 차이이다.

D. 디드로

The best doctor is the one you run for and can't find.
From fanaticism to barbarism is only one step.

Denis Didrot

• 10월 5일—이 모든 잿빛 사물에 에워싸여 나는 하루 종일 한없는 슬픔 속에 잠겨 지냈다. 나는 하나하나 빛바랜 내 희망을 주었고, 나는 그 하나하나에 눈물을 쏟았다. 나의 힘은 모조리 나와 더불어 그것들로부터 떨어져 나갔다. 나는 이제 더 이상 먼 곳에서조차 너를 부르는 일이 없을 것이다.

「앙드레 발테르의 수기」 A. 지드

10월 6일
제4차 중동전
쟁 시작
(1973년).

• 철썩, 철썩, 철썩,/뒤이어 잿빛 바위에 부서지는 파도여! /이 가슴에 용솟음치는 생각을/표현할 수 없어라.

A. 테니슨

Break, break, break,/On thy cold gray stones, O sea! /
And I would that my tongue could utter/ The thoughts
that arise in me.

Alfred Tennyson

• 바로 오늘은 10월 6일, 내게는 추억의 날이다. 내가 너무 귀여워했고 큰 기쁨과 생명을 주었기 때문에 도리어 생명을 앗는 결과에 이르게 한 것이다. 그 소년이 나 때문에 죽은 지 5년이 되었다.

「하녀의 일기」 O. 미르보

10월 7일
에스파냐 함
대, 레판토 해
전에서 승리
(1571년).

• 유전은 우리의 선조들 전부가 타고 있는 승합 마차
이다. 때로 그중 한 명이 목을 내밀어 우리를 당황하
게 한다.

O. 홈스

Heredity is an omnibus in which all our ancestors ride,
and every now and then one of them puts his head out
and embarrasses us.

Oliver W. Holmes

• 10월 7일 금요일, 닐스는 기러기 대장 아카의 말을
따라 바위섬에 건너가 금화를 캤다. 독수리 골고도
현장에 있었다. 골고는 닐스를 난쟁이가 되게 한 스
코네의 집으로 날아가서 닐스가 원래 모습으로 돌아
갈 수 있는 조건을 물었다.

「닐스의 모험」 S. 라게를뢰프

10월 8일
일본 낭인 무
리, 명성황후
시해
(1895년).

• 나는 정신과 의사의 진료를 받지 않았으며, 만일
의사가 내 이야기를 오래 충분히 들어준다면 그가 오
히려 혼란스러워질 수도 있기 때문에 정신과 진료를
받기를 바라지도 않는다.

J. 서버

I do not have a psychiatrist and I do not want one for
the simple reason that if he listened to me long enough,
he might become disturbed.

James Thurber

• 10월 8일. 검문은 하루 종일 계속되었다. 밤에는 T
중위의 숙소에서 지냈다. 편지가 산더미처럼 밀려 있
었다. 검열을 한 뒤에야 발송되는 것이다.

「루마니아 일기」 H. 카로사

10월 9일
영국 쿡, 뉴
질랜드 상륙
(1769년).

• 세계에는 단 두 종족만 있을 뿐이다. 가진 자와 가
지지 못한 자.
연애와 전쟁은 같은 것이다. 작전 계획은 어느 편에
나 마찬가지로 허용된다.

M. 세르반테스

There are only two families in the world, the Haves and
the Have-Nots.
Love and war are the same thing, and stratagems and
policy are as allowable in the one as in the other.

Miguel de Cervantes Saavedra

* M. 세르반테스 (1547.
10. 9~1616. 4. 23) 에
스파냐 소설가. 「돈키호
테」 등.

• 10월 9일―깊은 잠을 잤기 때문에 오늘 아침에는
일행과 함께 우방고에 갈 수 있는 힘이 생겼다.

「콩고 기행」 A. 지드

* A. 지드는 1925년, 젊
은 시절의 이상을 실천하
기 위해 아프리카의 콩고
지방을 여행하였다. 이
여행에서 A. 지드는 흑인
에 대한 백인의 착취에
분노를 느끼게 된다.

10월 10일
중국, 신해혁
명(辛亥革命)
일어남
(1911년).

• 대부분의 사람은 소시지와 같다. 무엇을 채워 주든
그것을 그대로 지니고 있을 것이다.

A. 톨스토이

Many men are like unto sausages : whatever you stuff
them with, that they will bear in them.

Aleksei K. Tolstoi

* A. 톨스토이 (1817. 9.
5~1875. 10. 10) 러시
아 작가. 「황제 표도르
요아노비치」 등.

• 10월 10일 아침, 모험호는 드디어 링컨 섬을 뒤로
하고 출범하였다. 목적지는 링컨 섬 남서쪽 240킬로
미터에 위치한 텔레자 섬이다.

「신비한 섬」 J. 베른

* 미국 북군 대위 하딩
등 5명은 기구(氣球)를
타고 남군 진지를 탈출하
여 태평양의 어느 외딴
섬에 이른다. 그들은 텔
레자 섬에 표류자가 있다
는 것을 알고 구출에 나
선다.

10월 11일
종교개혁자
츠빙글리 처
형됨
(1531년).

● 인생은 끝까지 살아야 하며, 호기심 또한 언제나 지니고 있어야 한다. 어떤 이유든지 그것 때문에 인생에 등을 돌려서는 안 된다.

E. 루스벨트

Life was meant to be lived, and curiosity must be kept alive. One must never, for whatever reason, turn his back on life.

Eleanor Roosevelt

● 밸쿠어섬 전투가 1776년 10월 11일에 일어났다. 미국독립전쟁 기간에 벌어진 이 싸움은 미국 해군의 참패로 끝났지만 마침내 1777년 10월 사라토가 전투에서 영국군을 대파하게 되는 밑거름이 되었다.

「역사와 세계사」 N. 하워드

*E. 루스벨트(1884. 10. 11~1962.11. 7) 미국 F. 루스벨트 대통령 부인.

*뉴욕주 본토와 밸쿠어섬 사이의 좁은 해협에 있는 챔플레인호에서 벌어진 이 전투는 미국 해군이 창군 이래 처음으로 치른 전투이다.

10월 12일
C. 콜럼버스,
아메리카 대
륙에 도달
(1492년)

● 오 주여, 우리가 지배자들을 경멸하지 않게 해주십시오. 오 주여, 우리가 지배자를 경멸하게 될 일을 그들이 하지 않게 해주십시오.

L. 비처

Oh Lord, grant that we may not despise our rulers ; and grant, oh Lord, that they may not act so we can't help it.

Lyman Beecher

● 10월 12일은 로즈의 생일이었으나, 아무도 이 중대한 사실을 기억하고 있는 것 같지 않았다. 그러나 이튿날 아침 고양이가 얼굴을 두드려서 눈을 뜬 로즈는 고양이 목에 매여 있는 분홍색 나비 모양의 리본을 보았다. 그 종이에는 '로즈에게, 프랑크로부터'라고 적혀 있었다.

「여덟 명의 사촌들」 L. 앨컷

*L. 비처(1775. 10. 12 ~1863. 1. 10) 미국 목사. 근엄한 칼빈주의자.

*내용은 야유회를 가자는 초청이었다.

10월 13일
키루스 2세,
바삘론을 무
너뜨림
(B.C. 539년)

● 여성에 대해 흥미 없는 남성만이 여성의 옷에 흥미
를 지닌다. 여성을 좋아하는 남성은 여성이 입고 있
는 옷 따위는 눈에 들어오지 않는다.

A. 프랑스

Only men who are not interested in women are inter-
ested in women's clothes ; men who like women never
notice what they wear.

Anatole France

＊A. 프랑스(1844. 4. 16
〜1924. 10. 13) 프랑스
소설가.「타이스」등.

● 10월 13일. "물을 뿜는 것이 보인다"는 소리가 배
의 망대로부터 들려 왔다. "어느 방향인가?" 선장이
물었다. "바람 아래쪽, 뱃머리 45도선으로부터 3포
인트 밖입니다." "곧장 추격하라."

「백경(白鯨)」H. 멜빌

＊고래잡이배 피쿼드호의
선장 에이햅은 흰 고래
모비딕을 끈질기게 추격
한다. 1851년 작.

10월 14일
독일, 국제
연맹 탈퇴
(1933년).

● 방위상의 문제점은 외부에서 방위하려는 것을 어느
정도까지 내부에서 파괴하지 않고 수행하는가 하는
사실이다.

D. 아이젠하워

The problem in defense is how far you can go without
destroying from within what you're trying to defend
from without.

Dwight David Eisenhower

＊D. 아이젠하워(1890.
10. 14〜1969. 3. 28) 미
국 군인·대통령.

● 에벨린의 남편 도로스테 씨는 아내가 프랑크에게
마음을 빼앗기고 있음을 눈치채지 못했다. 판사인 그
는 오늘도 법정에 출근하여 걸걸한 목소리로 말했다.
"우리는 피고가 과연 10월 14일 밤에 어디 있었는가
하는 사실을 알기 원합니다."

「남자들은 몰라」W. 바움

＊다음 날 에벨린은 비행
기 추락으로 죽어, 그녀
의 마음은 비밀에 묻힌
다.

10월 15일
현행 그레고리
력 사용 시작
(1582년).

● 남성에게 인사말을 중단하는 것은 큰 잘못이다. 남성이 매력적인 말을 하지 않게 되었을 때는 매력적인 것을 생각하지 않게 된 때이기 때문이다.

O. 와일드

It is a great mistake for men to give up paying compliments, for when they give up saying what is charming, they give up thinking what is charming.

Oscar Wilde

● 모르소프 부인은 펠릭스에게 말했다. "10월 15일은 영원히 기념해야 할 날입니다."

「골짜기의 백합」 H. 발자크

10월 16일
마리앙투아네
트의 처형
(1793년).

● 살아 있는 언어는 지식의 진보와 사상의 다양화에 보조를 맞추어 가야 한다.

N. 웹스터

A living language must keep pace with improvements in knowledge and with the multiplication of ideas.

Noah Webster : *A letter to John Pickering*

● 1832년 10월 16일. 파라나 강은 기슭이 흙이기 때문에 물이 흙탕물이라 그것이 풍경으로서는 큰 흠이다. 우루과이 강은 화강암 지역을 흐르고 있기 때문에 무척 맑다. 이 두 강줄기가 프라타 상류에서 합류하는 지점에서는 강줄기가 긴 거리에 걸쳐 검은색과 붉은색으로 갈라져 있다.

「비글호 항해기」 C. 다윈

*O. 와일드(1854. 10. 16~1900. 11. 30) 아일랜드 심리주의 작가. 「살로메」 등.

*불행한 소년 시대를 보낸 펠릭스는 모르소프 부인에게 플라토닉 사랑을 바친다. 부인은 끝내 자기 내심을 고백하지 않다가 죽음을 맞이할 때 비로소 고백한다. "남자의 첫사랑을 만족시키는 것은 여자의 마지막 사랑뿐."

*N. 웹스터(1758. 10. 16~1843. 5. 28) 미국 사전 편찬가.

*C. 다윈은 젊은 시절 비글호를 타고 각지를 다니며 동식물을 관찰했다.

10월 17일
미국, 독립전
쟁에서 승리
(1777년).

● 건성으로 처리한 문제가 모두 나중에 당신의 휴식
을 방해하는 유령이 될 것이다.

F. 쇼팽

Every difficulty slurred over will be a ghost to disturb
your repose later on.

Frederic François Chopin

*F. 쇼팽(1810. 3. 1~
1849. 10. 17) 폴란드 음
악가.

● 1777년 10월 17일 사라토가 전투는 끝났다. 영-독
연합군을 이끌던 부르고인 장군을 포함하여 모두 5,
791명이 항복했으며, 전투 과정에서 죽거나 다치고,
항복하거나 탈영한 병사의 수가 모두 9,000명이었다.
이 전투에서의 승리가 미국독립운동에 결정적으로
이바지했다.

「역사와 세계사」 N. 하워드

*이 전투를 승리로 이끈
또 하나의 주역은 프랑스
였다. 영국과는 앙숙이었
던 프랑스는 전투가 벌어
지기 훨씬 이전부터 식민
지군을 몰래 지원하였으
며, 1778년 2월 두 나라
는 수호통상조약과 동맹
조약을 맺게 된다.

10월 18일
미국, 알라스
카를 720만
달러에 사들
임
(1867년).

● 젊은이를 비난하는 일은 연장자의 건강 위생에 필
요한 부분이며 혈액 순환을 크게 촉진한다.

L. 스미스

The denunciation of the young is a necessary part of
the hygiene of older people, and greatly assists in the
circulation of their blood.

Logan Pearsall Smith

*L. 스미스(1865. 10. 18
~1946. 3. 2) 미국 태생
영국 영어학자·평론가.
「잊혀지지 않는 세월」
등.

● 본부장은 나름대로 자기 자신에 만족하고 있었다.
그는 혼자 생각했다. 예심판사에 대한 7월 5일자 검
찰청의 체포 요구에서는 122명이 거론되었으나 10월
18일의 보충 요구에서는 32명이 되었다.

「음모」 P. 니장

*로장탈을 비롯한 다섯
젊은이들은 잡지 「내란」
을 발간하며, 군대 기밀
을 탐지할 음모를 계획한
다. 보부아르가 격찬한
청춘 소설.

10월 19일
반달 족, 카
르타고 점령
(439년).

●비난은 대중에게 내야 되는 유명세이다.
사람들이 이론을 따져서 믿게 된 것이 아닌 것을 이
론으로 따져서 중단시키려 해도 헛일이다.
J. 스위프트

Censure is the tax a man pays to the public for being
eminent.
It is useless to attempt to reason a man out of a thing
he was never reasoned into.
Jonathan Swift

●이것으로 표트르 안드레비치 그리뇨프의 수기는 끝
났다. 그 집에서 전하는 바에 따르면 그는 1774년
말에 특명으로 풀려났고, 푸가초프를 처형하는 현장
에 참관했다 한다. 이 수기는 그 손자 중 한 명이 우
리에게 제공한 것이다. 1836년 10월 19일, 펴낸 이.
「대위의 딸」 A. 푸시킨

10월 20일
중국 홍군(紅
軍), 대장정
(大長征) 완
수
(1935년).

●어린이 교육은 과거의 가치 전달에 있는 것이 아니
라, 미래의 새로운 가치 창조에 있다.
J. 듀이

The object of the education of children lies not in
communicating the values of the past, but in creating
new values of the future.
John Dewey

●공화시대 제7년 포도월 말경, 오늘날의 달력으로는
1799년 10월 20일, 두 청년이 아침 일찍 본을 출발
하여 프랑스 군대의 군의보(軍醫補)로서, 안데르나
하의 '붉은 여인숙'에 투숙했다.
「붉은 방」 H. 발자크

10월 21일
H. 넬슨, 트
라팔가 해전
승리
(1805년).

• 영국은 모든 사람이 의무를 다하기 바란다.
하느님 감사합니다. 저는 의무를 다했습니다.
하디, 입 맞추어 다오.

H. 넬슨

England expects every man will do his duty.
Thank God, I have done my duty.
Kiss me, Hardy.

Horatio Nelson

＊H. 넬슨(1758. 9. 29~
1805. 10. 21) 영국 군
인. 트라팔가 해전에서의
말들. 그는 이 해전에서
전사했다.

• 1913년 10월 21일 화요일, 밤이 되었다. 나는 오귀
스트 콩트 거리에서 리세 몽테뉴로부터 나오는 학생
들을 만나게 되었다.

「쾨니히스마르크」 P. 브누아

＊대공(大公) 암살 사건
이 일어나고 범인은 안개
속으로 숨었다. 피네르트
는 이 사건을 해결하려
한다.

10월 22일
J.F. 케네디,
쿠바 위기 발
표
(1962년).

• 생명의 1분이 지나간다! 그것을 그대로 그리기 위
해서는 모든 것을 잊어라! 그것 자체가 되라. ……
실제로 보는 것의 이미지를 주어라.

P. 세잔

There's a minute of life passing! Paint it in its reality
and forget everything to do that! Become it itself……
give the image of what we actually see.

Paul Cezanne

＊P. 세잔(1839. 1. 19~
1906. 10. 22) 프랑스 화
가. '자화상' 등.

• 1941년 10월 22일. 독일군이 샤토브리앙에서 27명
을 처형하였다. 그들은 아무 혐의도 없었으나, 스스
로를 프랑스 편이라고 일컫는 한 사람이 자신이 만든
명단을 점령자에게 건네주었기 때문이다.

「순국자의 초상」 L. 아라공

＊그들은 결박되지도 않
았고 눈도 가려지지 않은
채 프랑스 국가를 부르며
죽는다.

10월 23일
프라하 인쇄
소에서 「아라
비안나이트」
펴냄
(1835년).

●온 세계에 눈이 내려 눈이 내려서/눈은 세계 끝에서 끝까지 덮었다./촛불은 테이블 위에 타고 있고/촛불은 타고 있다.

「의사 지바고」 B. 파스테르나크

It snowed and snowed, the whole world over,/Snow swept the world from end to end./A candle burned on the table/A can dle burned.

Boris L. Pasternak : *Doctor Zhivago*

＊B. 파스테르나크(1890. 10. 23~1960. 5. 30) 소련의 시인, 소설가. 「의사 지바고」 등.

●10월 23일 밤 8시쯤이다. 나는 신경이 초조하여 잠을 이룰 수 없기 때문에 외출을 하였다. 내가 어둠 속을 걷고 있을 때 누구인지 내 옆을 지나쳐 갔다. 그것은 토마 로크였다.

「국기를 향하여」 J. 베른

＊프랑스의 기사(技師) 시몽 아르는 천재적인 발명가 토마 로크가 신무기를 개발하여 다른 나라에 팔지 못하도록 감시한다.

10월 24일
국제연합
(UN) 성립
(1945년).

●내가 어렸을 때 어머니는 내게 말씀하셨다. "너는 군인이 된다면 대장이 될 거다……." 그 대신 나는 화가가 되었고, 마침내 피카소가 되었다.

P. 피카소

When I was a child, my mother said to me, "If you become a soldier you'll be a general……" Instead I became a painter and wound up as Picasso.

Pablo Ruiz Picasso

＊P. 피카소(1881. 10. 25 ~1973. 4. 8) 에스파냐 출신 화가. '게르니카' 등.

●1776년 10월 24일 목요일, 점심 식사 뒤에 나는 부르발을 거쳐 쉬망 벨 거리를 지나서 메닐몽탕 언덕에 올라갔다. 뒤이어 포도밭과 목장으로 에워진 오솔길을 빠져나가, 두 마을에 걸쳐 펼쳐진 아름다운 경치를 가로질러 샤론에 나왔다.

「고독한 산책자의 몽상」 J. 루소

＊「참회록」의 속편.

● 4월의 달콤한 비가 3월의 가뭄으로 마른 나무의 뿌리까지 파고 들었다.

G. 초서

Whan that Aprill with his shoures soote/The droghte of March hath perced to the roote.

G. Chaucer

● 제1차세계대전 때 의용군으로 북부 이탈리아 전선에 참가한 주인공 헨리 중위는 영국 간호사인 캐서린 바클리를 사랑하게 된다. 헨리는 크게 다쳐서 밀라노 병원으로 후송되는데, 캐서린 또한 친구인 군의관의 배려로 헨리를 간호할 수 있게 되었다. 병실에서 사랑을 다시 확인한 두 사람은 회복기를 즐겁게 보낸다. '나는 병원으로 돌아갔다. 나는 3주간 병가(病暇)를 얻었다. 병가가 끝나면 전선으로 돌아가야 한다. 병가는 치료가 끝나는 10월 4일부터 시작된다. 3주간 휴가가 끝나는 날은 10월 25일이다.' 다시금 전선으로 돌아가게 된 전날 밤에 캐서린은 헨리에게 임신했다는 말을 전한다. 전선으로 돌아간 헨리는 아군이 퇴각을 계속하여 혼란에 빠진 상태에서 탈영한다.

「무기여 잘 있거라」 E. 헤밍웨이

*G. 초서(1343~1400. 10. 25) '영시의 아버지'. 「캔터베리 이야기」 등.

*부대에서 이탈한 헨리는 캐서린을 찾아 스트레자로 가지만 체포의 손길이 뻗친 사실을 알고 호수를 건너 캐서린을 만나게 된다. 그녀는 로잔 병원에서 몸을 풀지만 죽은 아이를 낳게 되고, 그녀 자신도 지나친 출혈로 죽는다. 비가 내리는 가운데 헨리는 홀로 호텔로 돌아온다. 사랑의 기쁨도 결국 절망으로 몰고 가는 올무일 따름이었다. 이른바 '잃어버린 세대'의 대표작.

10월 26일
한니발, 제2
차 포에니 전
쟁에서 패배
(B.C. 202년)

• 알프레드는 학문이 죽은 사실을 알고 소생시켰다. 법률이 무력한 사실을 알고 힘을 주었다. 교회가 황폐한 사실을 알고 다시 일으켰다.

알프레드 대왕

Alfred found learning dead, and he restored it ; the laws powerless, and he gave them force ; the church debased, and he raised it.

Alfred the Great

• 뒤퐁 교수의 사생아인 청년은 재산 분배를 요구했으나 거절당했기 때문에 폭력에 호소하기로 했다. 그러나 청년은 약골이었고 또 아버지가 무서웠기 때문에 만일의 경우에 대비하여 친구의 도움을 청해 놓았다. 그는 자기 친구를 변호사라고 소개할 생각이었으나 따지고 보면 오히려 고용된 암살자라고 하는 편이 타당할 것이다. 그들 두 청년은 습격의 때를 10월 26일, 월요일 오후 7시 30분으로 정했다. 그러나 고용된 청년이 쏜 총알은 교수의 왼쪽 팔을 스치고 지나갔을 뿐이었다. 그러나 교수는 의사 쥐아르와 짜고 심장에 맞았다고 발표한 뒤 국외 탈출을 시도하였다. 특별 임무를 띤 비밀 경관 왈라스가 범인 수사에 나선다. 그러나 국외 탈출에 앞서 중요 서류를 정리하기 위해 집으로 돌아온 뒤퐁 교수를 진범으로 잘못 알고 진짜로 사살하고 만다.

「고무지우개」A. 로브그리예

*알프레드 대왕(849~899. 10. 26) 영국 왕.

*현대 프랑스 문단에서 '반(反) 소설' 또는 '신소설'이라는 장르의 작가 중 한 명인 A. 로브그리예의 이 소설은 1953년에 간행되었다. 별로 줄거리라고 할 만한 것이 없다는 점이 이런 종류의 소설이 지닌 특징이다. 따라서 스릴러 소설로 읽어도 좋고, 인간 존재의 부조리를 강조한 것으로 해석해도 무방하다.

10월 27일
제2차 소비에
트 대회, 새
정부 세움
(1917년).

●크게 즐겨보지도, 크게 고통을 겪어보지도 않은 불쌍한 영혼들과 어깨를 나란히 하는 것보다는 비록 실패할지언정 영광스러운 성공을 얻기 위해서 큰일에 도전하는 것이 훨씬 낫다.

T. 루스벨트

Far better it is to dare mighty things, to win glorious triumphs, even though checkered by failure than to rank with those poor spirits who neither enjoy much nor suffer much.

Theodore Roosevelt

●여기 신의 품안에 잠들다. 벤들라 베르크만. 1878년 5월 5일에 태어나 1892년 10월 27일 간염으로 사망하다. 마음이 깨끗한 사람은 복되어라.

「깨어나는 봄」 F. 베데킨트

*T. 루스벨트(1858. 10. 27~1919. 1. 6) 미국 26대 대통령.

*이 희곡의 부제는 「소년의 비극」. 성(性)에 대한 지식이 없었기 때문에 죄 없는 죄를 저지르게 된 소년의 비극을 그린 작품.

10월 28일
광개토대왕
비 세움
(414년).

●조국이 위기에 처했을 때 모든 것은 조국에 속한다.
내 목을 인민들에게 보여주라. 볼 만한 가치가 있다.

G. 당통

Everything belongs to the fatherland when the fatherland is in danger.
Show my head to the people, it is worth seeing.

Georges J. Danton

●10월 28일, 극단은 다시 루브르 궁전에 초대되었다. 추기경 마잘랑은 병세가 악화되어 지난주 목요일 공연을 구경하지 못했기 때문에 그 공연을 반드시 보아야 한다고 말했던 것이다.

「몰리에르라는 배우」 뒤샹

*G. 당통(1759. 10. 26 ~1794. 4. 5) 프랑스 혁명가.

*프랑스 3대 고전주의 희곡 작가로 유명한 몰리에르는 뛰어난 배우이기도 했다. 본명이 장 밥티스트 포클랭인 그는 무대 공연 중 죽는다.

10월 29일
미국 월가 ‘최악의 날’인 ‘검은 화요일’, 경제 대공황 시작 (1929년).

● 가장 마음에 드는 이야기 주제는 자기 자신.
모든 사람을 칭찬하는 사람은 아무도 칭찬하지 않는 것이다.

J. 보스웰

That favorite subject, myself,
He who praises everybody, praises nobody.

James Boswell

*J. 보스웰(1740. 10. 29 ~1795. 5. 19) 영국 작가. 「존슨 전」 등.

● 1939년 10월 29일. 내가 투숙하는 호텔 7호실에 빈에서 온 ‘사나이 여자’가 있다. 호적에는 남성으로 되어 있으나, 여성의 유방과 성기, 남성의 성기와 수염을 모두 가지고 있으며, 가슴에 털까지 나 있다.

「여성의 한창때」 S. 보부아르

*S. 보부아르의 자전적 소설. 그녀의 나이 21세 때인 1921년부터 1945년 파리 해방의 날까지의 사회 상황과 교우 관계 등이 기록되어 있다.

10월 30일
라디오 드라마 「우주 전쟁」의 혼란 (1938년).

● 예술의 역사란 걸작의 역사이며, 결코 실패작과 평범한 작품의 역사는 아니다.

E. 파운드

The history of an art is the history of masterwork, not of failures, or mediocrity.

Ezra Pound : The Spirit of Romance

*E. 파운드(1885. 10. 30 ~1972. 11. 1) 미국 시인. 「이미지스트」지 편집.

● 타히티 섬에서 돌아오는 뱃길에 바운티호의 부항해장 크리스천을 떠받드는 승무원들이 반란을 일으켰다. 그들은 배를 점검한 뒤 함장 블라이 소령 이하 18명을 작은 배에 태워 바다에 내버렸다. 그들은 갖은 어려움 끝에 네덜란드의 배를 만나 구조되었고, 10월 30일 사말랑에 도착하였다.

「전함 바운티호의 반란」 노다프/홀

*1787년 11월 23일, 바운티 호가 타히티로 가는 데서 사건은 비롯된다.

● 아름다운 것은 영원한 기쁨이니/사랑스러움은 늘어나고/무(無)로 돌아가는 일은 결코 없으리라.

J. 키츠

A thing of beauty is a joy for ever/Its loveliness increases/It will never pass into nothingness.

John Keats

● 지난번 각하에게 공연에 앞서서 인쇄된 저의 희곡집을 증정했을 때, 저의 기억이 틀림없다면 돈키호테는 각하의 손에 존경의 입맞춤을 올리기 위해 출발하려고 이미 구두에 박차를 붙였다고 말씀 올렸습니다. 그리고 지금 그가 이미 박차를 붙이고 출발했음을 아룁니다. 앞으로 넉 달 뒤면 탈고할 예정인 「페르실레스와 시히스문다의 고난」을 각하에게 헌정하기로 약속 올리며, 이것으로 저도 작별을 아룁니다. 1615년 10월 31일, 마드리드에서.

「돈키호테」 M. 세르반테스

*J. 키츠(1795. 10. 31~1821. 2. 23) 영국 낭만파 시인. 「엔디미온」 등.

*이 세상의 온갖 부정을 고발하여 시정하고, 기사도의 이상을 실현하려 하는 것이 머리가 약간 이상해진 돈키호테이다. 이와는 달리 항상 현실을 잊지 않고 욕심이 많으며 약간은 모자라는 인물이 그의 하인 산초 판사. 이들 두 사람의 기사도 수업 이야기는 전편이 1605년에, 후편은 1616년에 간행되었다. 후편 첫머리에 지은이가 레모스 백작에게 바치는 헌사(獻辭)가 적혀 있다. 모든 일에 낙천적인 돈키호테와 여러 모로 대조되는 인물이 셰익스피어의 햄릿이다. 러시아의 문호 투르게네프는 「돈키호테와 햄릿」에서 두 인간형을 해부하고 있다.

11월 November

　그레고리력에서는 열한 번째 달. 고대 로마력에서는 아홉 번째 달. 아일랜드에서는 11월 1일을 겨울의 첫날로 받아들이며, 11월 11일은 영국 연방과 프랑스, 벨기에를 포함한 많은 유럽 국가에서 제1차세계대전과 다른 전쟁에서 희생된 영령들을 기리는 영령(英靈)기념일이다. 인도에서는 초대 수상 네루의 생일인 11월 14일이 어린이날이며, 11월 20일은 멕시코혁명 기념일이다.

[별자리] 안드로메다자리, 큰부리새자리, 물고기자리, 조각실자리, 카시오페이아자리

[달꽃] 마거리트(Marguerite, 노랑) : 두 사람의 마음을 강렬하게 끌어당기는 사랑의 기쁨.

[탄생화] 층층이부채꽃(2일) : 모성애/하얀 동백(11일) : 비밀스런 사랑/낙엽, 마른 풀(30일) : 기다림

[탄생석(천연보석)] 황옥(Topaz) : 참다운 우애, 우정과 사랑

[다른 탄생석(인조보석)] 골든 사파이어(Golden Sapphire) : 우정, 우애, 행복

11월 1일
리스본 대지
진
(1755년).

● 가장 현명한 사람은 자기가 가장 현명하다고 전혀 생각조차 하지 않는 사람이다.

N.B. 데프레오

The wisest man is he who does not fancy that he is so at all.

Nicolas Boileau Despreau

*N.B. 데프레오(1636. 11. 1~1711. 3. 13) 프랑스의 시인·비평가. 「풍자시집」 등.

● 다음 일요일은 마침 11월 1일 만성절(萬聖節)이었다. 9시를 알리는 시계의 종소리가 울리려 할 때 고다르 신부가 에구르 강다리 건너편에 있는 언덕에 모습을 드러냈다. 그는 이웃 마을 담당 신부였으나, 로뉴 마을도 겸임하고 있다.

「대지(大地)」 E. 졸라

*E. 졸라가 농민과 농촌 사회의 모습을 역사와 더불어 묘사하려 한 야심작이다.

11월 2일
영국 외무부
장관 A.J. 밸
푸어, '밸푸어
선언' 발표
(1917년).

● 19세기 여성은 머리끝에서 발바닥까지 섹스어필의 걸작이었다. 뺨과 코를 제외한 모든 부분은 비밀이었다.

G.B. 쇼

The woman of the 19 century was a masterpiece of sex appeal from the crown of the head to the soles of her feet. Everything about her except cheeks and nose was a secret.

George Bernard Shaw

*G.B. 쇼(1856. 7. 26~ 1950. 11. 2) 영국 극작가. 「인간과 초인」 등.

● 생 튀베르 축제일 전날, 즉 죽은 자를 추도하는 날에 해당하는 11월 2일 오후에 라모누리 후작은 사냥 담당자인 라벨뒤르 부부를 불러 말했다. "라벨뒤르, 드디어 내일은 2천 마리째 사슴을 잡게 되는 날이구나."

「사냥과 여배우」 M. 드뤼옹

*M. 드뤼옹의 장편 「인간의 종말」 전 3부 중 제2부. 부르주아 사회의 양상을 묘사하고 있다.

11월 3일
케말 파샤,
새 터키 문자
채용
(1928년).

• 내게 가장 흥미 있는 것은 정물이나 풍경이 아니라 인물이다. 인물을 통해 나는 삶에 대한 거의 종교적인 감정을 가장 잘, 성공적으로 표현할 수 있다.

H. 마티스

*H.마티스(1869. 12. 31 ~1954. 11. 3) 프랑스 화가.

What interests me most is, neither still life nor landscape, but the human figure. It is through it that I best succeed in expressing the nearly religious feeling toward life.

Henri Matisse

• 11월 3일. 사냥하러 가서 오리 비슷하게 생긴 들새 두 마리를 잡아 왔다. 맛이 썩 좋았다. 오후부터는 테이블을 만드는 작업에 착수했다.

「로빈슨 크루소」 D. 디포우

*사람이 살지 않는 외딴 섬에서 28년 동안 혼자 살아가는 로빈슨은 난파당한 초기에는 날마다 일기를 기록하였다. 1719년 작.

11월 4일
소련, 헝가리
부다페스트
점령
(1956년).

• 좋은 충고를 할 수 있을 정도로 경우 바른 사람은 일반적으로 충고하지 않아도 될 정도로 경우 바른 사람이다.

E. 필포츠

*E. 필포츠(1862. 11. 4 ~1960. 12. 29) 영국 작가. 「안개의 아이들」 등.

The people sensible enough to give good advice are usually sensible enough to give none.

Eden Phillpotts

• 11월 4일. 루이즈와 함께 7시 30분에 시작되는 미사에 참석했다. 그러나 다시 통증이 시작될 듯하여 성찬식 때까지 있을 수 없었다. 저녁때, 임기 이전에 은퇴해야 할지 모른다고 루이즈에게 말했다. 심장이 쇠약해졌다는 말도 했다.

「사건의 핵심」 G. 그린

*그는 자살을 생각하고 있었고, 10일 뒤에는 가톨릭 교리와 위배되는 음독자살을 한다. 1948년 작.

11월 5일
윌리엄 3세,
영국 상륙
(1688년).

● 정치가는 도덕가가 될 여유가 없다.
국민의 건강은 국민의 부(富)보다 중요하다.

W. 듀랜트

A statesman cannot afford to be a moralist. The health
of nations is more important than the wealth of nations.

William Durant

*W. 듀랜트(1885. 11.
5~1981. 11. 7) 미국의
철학자·교육가. 「철학 이
야기」 등.

● 부친은 10월 5일에서 11월 5일 사이에 여섯 차례
오셨다. 어느 날 아침 누이는 웃음을 머금고 집에서
돌아왔다. 내 문제로 아버지와 오래 대화했고, 어떤
결정을 보았다는 것이다. 11월 5일, 새삼 그날을 기
억하고 있는 것은 그날부터 크리스마스 휴가 때까지
더 이상 아버지를 만나서는 안 되었기 때문이다.

「남(南)」 베르쾨

*시간 없는 영원한 세계
를 동경하는 것을 주제로
한 새 형식의 소설.

11월 6일
A. 링컨, 미
국 제16대 대
통령에 당선
(1860년).

● 드럼을 쳐라, 밴조를 울려라. 기다랗고 차가우며,
목 부분이 구부러진 색소폰을 흐느끼게 하라. 자, 올
려라, 재즈 연주자들이여.

C. 샌드버그

Drum on your drums, batter on your banjoes, sob on the
long cool winding saxophones. Go to it, O jazzmen

Carl Sandburg

*C. 샌드버그(1878. 1.
6~1967. 7. 22) 미국 시
인. 이날 벨기에의 색소
폰 발명자인 A. 삭스
(1814. 11. 6~1894. 2.
7) 태어남.

● 11월 6일 수요일에는 버스와 가스, 전기 부문이 파
업에 들어갔다. 어머니는 밤새 토했다. 하루를 넘길
수 없을 것만 같았다. 길거리는 내가 걱정했던 것만
큼 자동차가 막혀 있지 않았다.

「평온한 죽음」 S. 보부아르

*실존주의 작가인 보부
아르가 78세의 나이로
타계한 어머니의 임종을
기록한 신변 소설.

| 11월 7일
서광계(徐光
啓)의「농정
(農政) 전서」
펴냄
(1639년). | ●마지막 심판을 기다리지 말라. 마지막 심판은 날마
다 일어나고 있다.

　　　　　　　　　　　　　　　　　　　A. 카뮈

Do not wait for the last judgment. It takes place
every day.

　　　　　　　　　　　　　　　　Albert Camus | *A. 카뮈(1913. 11. 7∼
1960. 1. 4) 프랑스의 소
설가·극작가.「이방인」
등. |

●11월 7일, 금요일. 콩카르노 거리는 인적이 끊어져 조용하다. 성벽 위에 보이는 옛 시가지의 야광 시계는 11시 5분 전을 가리키고 있었다. 인적이 끊어진 해안 거리에 단 한 개의 불빛이 보였다. 카페「제독 호텔」의 불빛이었다.

　　　　　　　　　　　　　　　　　　　「누런 개」 G. 심농

*그 호텔 앞길에서 살인 사건이 일어났다. 피살자는 모스다강 씨로서 배에 총알이 박혀 있었다. 이 사건을 해결하기 위해 메그레 경감이 등장한다.

11월 8일
히틀러, 뮌헨
반란 일으킴
(1923년).

●장님이 되는 것은 비참한 일이 아니다. 장님의 처지를 견디지 못하는 것이 비참한 일이다.

　　　　　　　　　　　　　　　　　　　J. 밀턴

It is not miserable to be blind ; it is miserable to be incapable of enduring blindness.

　　　　　　　　　　　　　　　　John Milton

*J. 밀턴(1608. 12. 9∼1674. 11. 8) 영국 시인.「실락원」 등

●11월 8일—연극 구경을 갔다. 러시아의 바보인 '필라토카'를 공연하고 있었다. 나는 연극 구경하기를 좋아한다.

　　　　　　　　　　　　　　　「광인(狂人)일기」 N. 고골리

*하급 관리 포프리시친은 소심하기 이를 데 없었으나, 국장 따님에게 마음을 두고 있는 터였다. 이 소설은 일기 형식으로 되어 있다. 포프리시친이 마침내 발광하게 되는 과정을 고골리의 독특한 해학적 필치로 묘사하고 있다.

11월 9일
나폴레옹, 실
권 장악
(1799년).

• 만일 내가 만찬 때 집으로 돌아가는 것이 늦든지 늦지 않든지 탓하지 않는 여성이 있다면, 나는 내 명성과 내 예술을 버리겠다.

I. 투르게네프

I would give up all my fame and all my art if there were one woman who cared not whether or not I came home late to dinner.

Ivan S. Turgenev

*I.투르게네프(1818.11. 9~1883. 9. 3) 러시아 소설가. 「아버지와 아들」 등.

• 그것은 서른여덟 번째 생일 전날 밤, 즉 11월 9일의 일이었다. 저녁 식사를 초대받은 헨리 경(卿)의 집으로부터 11시쯤 그는 집을 향해 걸어가고 있었다.

「도리언 그레이의 초상」 O. 와일드

*화가 바질 홀워드와 도리언 그레이가 등장하는 이 소설은 탐미주의의 전형적인 작품이다. 1891년 간행.

11월 10일
H. 스탠리, 리
빙스턴과 만
남
(1871년).

• 외부에서의 갈채만 구하는 사람은 자기의 행복 모두를 다른 사람에게 맡겨 보관하고 있는 것이다.

O. 골드스미스

He who seeks only for applause from without has all his happiness in another's keeping.

Oliver Goldsmith

*O. 골드스미스(1728. 11. 10~1774. 4. 4) 영국의 시인·소설가. 「웨이크필드의 목사」 등.

• 11월 10일. 올리비에는 마침내 시험을 치려고 한다. 아, 올리비에에게 부모도 안 계시고 또 의지할 데가 없다면 얼마나 좋으랴! 만일 그렇다면 내 비서로 데리고 있으련만.

「사전꾼들」 A. 지드

*A. 지드가 처음으로 '순수 소설'이라 못 박고 1926년에 발표한 이 작품은 작중의 일기 외에 지드 자신이 작가 일기를 쓴 것으로 유명하다.

11월 11일
메이 플라워
서약서 체결
(1620년).

● 만일 악마가 존재하지 않고 사람이 악마를 창조하
게 되었다면, 사람은 자기 형상과 닮게 악마를 창조
했을 것이라고 나는 생각한다.

F. 도스토예프스키

I think if the devil doesn't exist, but man has created
him, he has created him in his own image and likeness.

Fyodor Mikhailovich Dostoevsky

*F. 도스토예프스키 (18
21. 11. 11~1881. 2. 9)
러시아 작가.「죄와 벌」
등.

● 11월 11일, 나는 마망의 지도를 받으며 피아노 연
습을 하고 있었다. 그때 휴전을 알리는 교회의 종소
리가 들려왔다. 마망은 평상복으로 갈아입었다. 마망
의 남동생은 소집 해제 후 얼마 안 되어 에스파냐 독
감으로 죽었다.

「얌전한 처녀의 회고담」 S. 보부아르

*S. 보부아르가 어릴 적
부터 처녀로 성장해 가는
나날들의 회상록이다.

11월 12일
워싱턴 회의
(1921년).

● 나는 이성 (理性) 의 소리에는 귀 기울이지 않는다…
…. 이성이란 언제나 다른 누군가가 말해야 될 사항
이기 때문이다.

E. 가스켈

I'll not listen to reason……. Reason always means what
someone else has got to say.

Elizabeth C. Gaskell

*E. 가스켈 (1810. 9. 29
~1865. 11. 12)　영국
작가.「크랜퍼드」등.

● 11월 12일—오늘도 또 은빛 블론드의 탐스러운 머
리에다 왼쪽 눈동자에 작은 흰 점이 박힌 알지 못하
는 여인이 찾아왔다. 그녀는 옷을 벗었다. 그녀가 처
음 왔던 때와 마찬가지의 불안과 불쾌감이 다시금 내
마음에 소용돌이치기 시작하였다.

「의사 뷔르거의 운명」 H. 카로사

*H. 카로사가 자신의 첫
작품인 「의사 뷔르거의
마지막」(1913)을　1930
년에 고쳐서 다시 지은
일기체 소설이다. 그의
작품 가운데 가장 염세적
인 작품으로 주인공의 자
살로 끝난다.

11월 13일
이집트, 와프
드 운동 개시
(1918년).

● 죄를 지을 능력이 없을 때 죄에 대해 조심하는 것
은 당신이 죄악을 버리는 것이 아니라 죄악이 당신을
버리는 것이다.

St. 아우구스티누스

To abstain from sin when one can no longer sin is to be
forsaken by sin, not to forsake it.

St. Augustine

*St. 아우구스티누스
(354. 11. 13~430. 8.
28) 중세 신학자. 「고백
록」 등.

● 우리가 입은 죄수복 자체가 우리를 흉물스럽게 만
들고 있다. 1895년 11월 13일, 나는 런던에서 이곳
으로 끌려오게 되었다. 그날 2시에서 2시 30분까지
나는 죄수복을 입고 쇠고랑을 찬 모습으로 크라팜 역
에 서서 세상 사람들의 놀림거리가 되었다.

「옥중기」 O. 와일드

*원제는「깊은 늪에서」

11월 14일
초현실주의
최초의 전람
회 열림
(1925년).

● 전체적으로 보아 나는 인간이 살아남게 된다고 생
각한다. 뜻있는 사람들은 그것을 느끼고 있으며, 거
기에 바로 잘될 수 있는 희망이 있다.

P. 네루

On the whole, I think we shall survive. Thinking people
realize that-and therein lies the hope of its getting
better.

Pandit Jawaharlal Nehru

*P. 네루(1889. 11. 14
~1964. 5. 27) 인도의
정치가·초대 총리. 「인도
의 발견」 등.

● 여러분은 지난해 11월 14일의 내 꿈이 어떠했는가
고 말하는가? 시간상의 거리는 있으나 그것은 꿈과
꿈 사이의 거리로서 꿈은 의식에 남아 있지 않다. 나
를 에워싼 세계는 여기 저기 시간의 오점을 남기며
사라지고 있다.

「북회귀선」 H. 밀러

*H. 밀러는 파리에서 1
년 동안 감수성과 지성에
의해 집필하여 이 '인쇄
불가능한 책'을 완성했
다.

● 주여 어디로 가시나이까? /위대한 철학자일수록 서민의 어리석은 질문에 대답하기가 어렵다.

H. 시엔키에비치

Quo vadis, Domine? /The greater philosopher a man is, the more difficult it is for him to answer the foolish questions of common people.

Henryk Sienkiewicz

*H. 시엔키에비치(1846. 5. 5~1916. 11. 15) 폴란드 소설가. 「쿠오바디스」 등.

● 제2신, 교수형 이야기, 1830년 11월 15일—투우에 관한 이야기가 끝났으니 이제는 이야기가 더욱 점입가경이 될 것입니다. 어쩌구 하는 인형극의 말투로 교수형 이야기라도 해야 할 것입니다.

「에스파냐 소식」 P. 메리메

*「카르멘」의 작자로 유명한 P. 메리메는 1830년 에스파냐에서 약 6개월 머물며, 그곳의 특이한 풍속을 「파리 평론」 편집장에게 보냈다. 그 풍물기는 예리한 필치로 정평이 있다.

● 미국은 기적적으로 문명이라고 하는 일반적인 중간기(中間期)도 거치지 않고 야만에서 곧바로 퇴폐로 향한 역사상 단 하나의 국가이다.

G. 클레망소

America is the only nation in history which miraculously has gone directly from barbarism to degeneration without the usual interval of civilization.

Georges Clemenceau

*G. 클레망소(1841. 9. 28~1929. 11. 24) 프랑스 정치가.

● 1830년 11월 16일, 네나라도보 마을에서 이 소설의 주인공 이반 페트로비치 벨킨은 마음이 약하고 약간은 게으르며 또한 온순하고 고결한 청년이다.

「벨킨 이야기」 A. 푸시킨

*원제는 「A. P에 의해 간행된 이반 페트로비치 벨킨의 이야기」로서, 「그 한방」 「눈보라」 「역장」 「장의사」 「가짜 농민의 딸」 등 5편이 실려 있다.

11월 17일
수에즈 운하
개통식
(1869년).

●당신과 나를 제외하고 세계가 모두 이상하다. 아
니, 당신조차 약간 이상스럽다.

R. 오웬

All the world old is queer save thee and me, and even
thou art a little queer.

Robert Owen

＊R. 오웬(1771. 5. 14~
1858. 11. 17) 영국 사회
주의자.

●1850년 11월 17일 저녁 5시 30분, 불쌍한 어머니
가 여든여섯의 나이로 타계하셨다. 이제부터는 나 혼
자다. 나를 가장 사랑했던 사람, 나만을 위해 살던
분을 나는 잃고 만 것이다.

「나의 독(毒)」 C.A. 생트뵈브

＊19세기 프랑스 문단에
서 처음으로 근대 비평의
성격을 확립하고, 오늘날
의 비평이라는 문학 장르
를 개척한 C.A. 생트뵈브
의 글. 이 책은 저자가
죽은 뒤인 1926년 간행
되었다.

11월 18일
미국, 파나마
운하 건설 관
리권 획득
(1901년).

●인간은 일반적으로, 그중에도 광인은 특별히 자기
에 대해 말하기를 좋아하여 이 주제라면 웅변이 되고
마는 것이다.

「천재와 광기」 C. 롬브로소

Men in general, but more particularly the insane, love to
speak of themselves, and on this theme they even
become eloquent.

Cesare Lombroso : The man of Genius

＊C. 롬브로소(1835. 11.
6~1909. 10. 19) 이탈
리아 범죄학자. 「천재와
광기」 등.

●마음의 한없는 평화를 느끼면서 11월 18일 일요일
아침, 나는 한 개뿐인 가방에 여러 가지 물건들을 담
았다. 그 물건들은 바로 거기서 꺼냈던 것들이었다.
그리고 해밀턴의 소설 「프레스턴의 암살」은 그 날짜
까지는 내 손에 있었다.

「시간의 사용」 M. 뷔토르

＊반(反) 소설 수법에
의해 창작된 이 소설은
시간의 이중 구조에 의해
독자의 상상에 호소한다.

11월 19일
A. 링컨의 게
티스버그 연
설
(1863년).

● 생명은 불꽃일 뿐 존재는 아니다. 생명은 에너지일 뿐 실체는 아니다.

W. 딜타이

Life is a flame, not an existence. Life is an energy, not a substance.

Wilhelm Dilthey

● 11월 19일. 날마다 새로운 기쁨으로 설레는 나날이다. 오늘 아침 로베르가 마르생 선생의 편지를 보여 주었을 때 나는 깜짝 놀랐다. 지난 밤 우리에게 한 말을 완전히 잊고서 엉뚱한 말을 하는 것이 아닌가.

「여인 학교」 A. 지드

11월 20일
M. 사다트 이
집트 대통령,
이스라엘 의
회 연설
(1977년).

● 행복한 가정은 한결같이 같다. 불행한 가정은 저마다 그 결말에 따라 불행하다.

L. 톨스토이

Happy families are all alike ; every unhappy family is unhappy in its own way.

Lev Nikolayevich Tolstoy

● 에이미는 고모님이 유언장을 썼다는 사실을 알고 자기도 유언장을 작성하였다. 날짜는 1861년 11월 20일이었다. "나 에이미 커티스 마치는 분명한 정신으로 내 소유 재산 모두를 남긴다."

「작은 아씨들」 L. 앨컷

11월 21일
나폴레옹, 대
륙 봉쇄령 선
포
(1806년).

● 메이플라워호에는 사람이 타고 있었다. 단순히 선
조들이 있은 것만은 아니다.

S. 베넷

There were human beings aboard the Mayflower, not
merely ancestors.

Stephen Vincent Benet

*1620년 이날 메이플라
워호는 미국 프로빈스타
운에 입항했다(9월 16일
에 영국 플리머스 출항).

● 오(吳)나라 장군 주유(周瑜)는 예정대로 11월 21
일 해가 질 무렵 화공(火攻) 준비를 갖춘 수군(水
軍)을 일제히 출발시킨다.

「삼국지」 나관중

*원래 책 이름은 「삼국
지 통속 연의(演義)」, 중
국의 영웅 열전이다. 후
한 말기의 전란 시대를
배경으로 유비(劉備)와
조조(曹操), 손권(孫權)
이 패권을 다툰다.

11월 22일
바스코 다 가
마, 희망봉(希
望峰) 통과
(1497년).

● 인류가 달에 가는 것은 당연하다. 달은 과히 멀지
않다. 인간이 도달해야 할 최대의 거리는 여전히 자
기 속에 있다.

C. 드골

We may well go to the moon, but that's not very far.
The greatest distance we have to cover still lies within
us.

Charles de Gaulle : Trois Etudes

*C. 드골(1890. 11. 22
~1970. 11. 9) 프랑스
정치가. 「회고록」 등.

● 나는 1869년 11월 22일에 출생했다. 당시 부모는
메디시스 거리에 있는 아파트의 5층인가 6층에서 살
았는데, 몇 해 뒤에 이사했기 때문에 그 집은 내 기
억에 없다. 다만 지금까지도 내 눈에는 그 집의 발코
니가 보일 뿐이다.

「한 알의 밀이 만일 죽지 않으면」 A. 지드

*A. 지드의 유년기에서
약혼한 25세까지의 회상
록으로서, 1916년부터
1919년에 걸쳐 집필되었
다.

•마흔 살에서 쉰 살까지의 남자는 본질적으로 금욕주의자 아니면 호색가이다.
깊이 사랑하는 사람은 결코 늙지 않는다. 고령으로 죽을지언정 노쇠하여 죽는 것은 아니다.

A. 피네로

From 40 to 50 a man is at heart either a stoic or a satyr. Those who love deeply never grow old ; they may die of old age, but they die young.

Arthur W. Pinero

•다음날 아침부터 즐거운 축제가 시작되었다. 태양은 붉게 활활 타고 있었고, 계절은 11월 23일이 아니라 4월 중순처럼 느껴졌다. 눈치아타는 죽지 않았기 때문에 다시금 나는 내 섬에 애착을 느끼게 되었다.

「아르투로의 섬」 E. 모란테

•사람은 외국에 나가기 전에 자기 나라에 대해 어느 정도 알아야 한다.
인간은 휴식을 구하느라고 스스로를 지치게 만든다.

L. 스턴

A man should know something of his own country before he goes abroad.
Men tire themselves in pursuit of rest.

Laurence Sterne

•11월 24일. 5개월도 더 이전에 왜 내가 네게서 떠나게 되었는지 말하마. 첫째는 네가 여자이기 때문에 선택권은 네게 있다는 흔해 빠진 이유 때문이며, 둘째는 내게 원인이 있었다. 떠나고 난 뒤에 비로소 나는 왜 떠났는지 이해하게 되었다.

「샘」 C. 모건

11월 25일
P. 쿠베르탱,
올림픽 부활
제창
(1892년)

•이웃 사랑에 근거를 둔 행위는 아무런 값어치도 없다. 다만 스스로를 파멸시키는 것으로 끝날 뿐이다.

G. 카이저

*G. 카이저(1878. 11. 25~1945. 6. 4) 독일 극작가. 「아침부터 밤까지」 등.

Your actions based upon your love of neighbors have no value whatever ; they simply end in destroying you.

Georg Kaiser

•1904년 11월 25일. 흥미 있는 환자를 만났다. 영국 사람인 닥터 래더포드 해리스다. 그는 영국과 미국이 차기 공채 담보로서 무엇을 요구하는 것이 가장 좋은가 하는 것을 탐지하기 위하여 지금 여기에 머물고 있는 모양이다.

「벨츠의 일기」 E. 벨츠

*E. 벨츠는 1876년 일본으로 와서, 대학에서 교편을 잡는 한편 시의 (侍醫)로 있었다.

11월 26일
나폴레옹 군,
베레지나 강
건넘
(1812년)

•당신의 이름은 또렷하게 기억하고 있으나, 얼굴은 도저히 떠오르지가 않네요.

W. 스푸너

*W. 스푸너(1844. 7. 22 ~1930. 8. 29) 옥스퍼드 대학 교수. 스푸너리즘(spoonerism)의 창시자.

I remember your name perfectly, but I just can't think of your face.

William A. Spooner

•아직도 제인을 잊지 못하는 빙글리는 엘리자베스에게 말했다. "처음 뵈온 지 여덟 달 이상이 됩니다. 네더필드에서 함께 춤을 추었던 11월 26일 이후 한 번도 만나지 못했으니까요."

「오만과 편견」 J. 오스틴

*시골 지주의 둘째 딸 엘리자베스는 교양 있는 다시의 오만한 태도를 못마땅해 한다. 그러나 사귀는 동안 그녀의 편견은 사라지게 된다.

11월 27일
교황 우르바
누스 2세, 십
자군 제창
(1095년).

• 가난—온갖 질병 가운데 가장 두렵고 또한 가장 환
자가 많은 것.

E. 오닐

Poverty-that most deadly and prevalent of all
diseases.

Eugene G. O'Neill

*E. 오닐(1888. 10. 16
~1953. 11. 27) 미국
극작가. 「느릅나무 밑의
욕망」 등.

• 장군의 부인은 가냐를 놀려댔다. "아내를 데려오겠
어요?" "아니에요." 가냐는 거짓말을 했다. "분명히
아니라고 대답했어요. 날짜도 잘 모르지요. 오늘은
며칠이지요?" 부인이 물었다. "11월 27일입니다." 가
냐가 대답했다. "11월 27일, 잊지 않겠어요."

「백치(白痴)」 F. 도스토예프스키

*작자의 이상적 인간상
인 무시킨 공작은 백치
상태에서만 순수한 사랑
을 할 수 있었다.

11월 28일
아일랜드 독
립당인 신페
인당 결성
(1905년).

• 사상을 손님처럼 우호적으로 맞이하되, 주인을 억
압하지 않도록 제한을 두어야 한다.

A. 모라비아

Ideas should be received like guests in a friendly way,
but with the reservation that they are not to tyrannize
their host.

Alberto Moravia

*A. 모라비아(1907. 11.
28~1990. 9. 26) 이탈
리아 작가. 「로마의 여
인」 등.

• "테일러, 몇 살이지?" "예순아홉이오." "일흔 살이
되는 생일날은 언제요?" "11월 28일 입니다." "좋아
요. 테일러, 당신도 이제 마침내 우리 그룹에 끼게
되었소." 차미안은 말했다.

「죽음을 잊지 말라」 M. 스파크

*이 소설은 노인의 세계
를 묘사하고 있으나 조금
도 어둡지 않다. 오히려
사람은 죽기 위해 태어났
다는 달관의 세계가 펼쳐
진다.

11월 29일
유엔 총회,
팔레스타인
분할안 채택
(1947년).

● 선물이 없다면 크리스마스는 크리스마스가 아니다.

L. 앨컷

Christmas won't be Christmas without any present.

Louisa May Alcott

*L. 앨컷(1832. 11. 29
~1888. 3. 6) 미국 작
가. 「작은 아씨들」 등.

● 케렌스키의 임시 혁명 정부를 쓰러뜨리고 주도권을
장악한 볼셰비키는 11월 28일에 격론을 벌인 결과
노동과 병사 소비에트와 농민 소비에트의 연합이 형
성되었고, 이에 노농(勞農)동맹에 의한 사회주의 국
가의 기초가 다져졌다. 다음날인 11월 29일 목요일
오후 늦게 대회는 임시회의를 열었다.

「세계를 뒤흔든 10일간」 J. 리드

*러시아 혁명의 생생한
기록으로서, 대중의 기분
에 따라 행동하는 혁명가
들의 모습이 분명히 드러
나 있다.

11월 30일
사마광(司馬
光), 「자치통
감(資治通
鑑)」 집필
(1067년)

● 아담은 사람이었다. 그는 사과 때문에 사과를 딴
것은 아니다. 금단의 열매였기 때문에 그것을 딴 것
이다.

마크 트웨인

Adam was human ; he didn't want the apple for the
apple's sake ; he wanted it because it was forbidden.

Mark Twain

*마크 트웨인(1835. 11.
30~1910. 4. 21) 미국
작가. 「톰소여의 모험」
등.

● 달력의 11월 마지막 장을 누가 뜯는가 해서 가슴을
죄다가, 결국 쌍둥이 자매가 뜯게 되었다. 12월 1일
은 일요일이라 빨간 종이였다.

「페플링 일가」 A. 자퍼

*페플링 부부 사이에는
7명의 자녀가 있다. 4남
3녀의 아버지는 음악학교
교사, 아내의 배려로 밝
고 평화로운 가정을 이루
고 있다. 아이 많은 집이
라 사건은 꼬리를 문다.

12월　December

　　그레고리력에서는 한 해의 마지막 달. 고대 로마력에서는 열 번째 달이자 마지막 달. 12월 5일은 네덜란드에서는 네덜란드의 산타클로스이자 어린이를 수호하는 성인인 성 니콜라스에서 비롯된 신터클라스(Sinterklass)의 날이다. 파나마에서는 12월 8일이 어머니의 날이며, 12월 30일은 에스파냐 정부에 의해 처형된 필리핀의 국민영웅 호세 리잘 박사를 기리는 리잘 기념일(Rizal Day)이다.

[별자리] 양자리, 고래자리, 에리다누스자리, 페르세우스자리, 삼각형자리

[달꽃] 그레이프 히아신스(Grape hyacinth, 파랑) : 당신 가슴속 깊이 숨어 있는 우아한 사랑을 그리워합니다.

[탄생화] 쑥국화(1일) : 평화/노송나무(31일) : 불멸

[탄생석(천연보석)] 터키석(Turqoise) : 성공, 친근한 조짐

[다른 탄생석(인조보석)] 지르콘(Zircon) : 성공, 번영/ 청금석(Lapis Lazuli)/ 탄자나이트(Tanzanite)

12월 1일
로카르노 조
약 맺음
(1925년).

● 욕망의 대상에게는 폭력을 가하라. 그녀가 굴복하
는 순간 즐거움은 커질 것이다.

M. 사드

*M. 사드(1740. 6. 2~
1814. 12. 1) 프랑스 작
가. 「악덕의 번영」 등.

You must give violence to your object of desire. The
moment she yields your pleasure will be greater.

Marquis de Sade

● 월요일 새벽 4시에 갑자기 파업이 일어났다. 회사
가 새로운 급료 체계를 적용했던 12월 1일까지만 해
도 갱부들은 별다른 불만이 없었다. 직원들은 지배인
에서 일선 감시원에 이르기까지 임금이 받아들여진
것으로 생각했었다.

「제르미날」 E. 졸라

*이 소설은 「루공마카르
총서」 중 제13권으로
1885년에 간행되었다.
비참한 갱부 생활과 초보
단계의 탄광 파업 실태를
다루고 있다.

12월 2일
F. 카스트로
등 혁명파,
쿠바 상륙
(1956년).

● 앞으로는 유럽의 어떤 강국도 아메리카 대륙을 장
래의 식민을 위한 속국으로 생각해서는 안된다.

J. 먼로

*J. 먼로(1758. 4. 28~
1831. 7. 4) 미국 제5대
대통령. 그는 1823년 12
월 2일 의회에 보낸 교서
에서 '먼로주의'를 선언
했다.

The American Continents…… are henceforth not to be
considered as subjects for future colonization by any
European powers.

James Monroe

● 대중 앞에서 발언해 본 것은 12월 2일이 처음이었
다. 그날 아침 나는 벤치와 돌층대 앞에 서서 큰소리
로 군중을 불러 모았다. '무기를 들어라!' 하고 외치
면서, 떼지어 지나가는 알지 못하는 사람들을 향해
연설을 한 것이다.

「파리 코뮌」 A. 바레스

*1871년 3월 18일에서
5월 28일에 이르는 파리
코뮌을 주제로 한 이 책
은 1878년 익명으로 발
표되었다.

12월 3일
젠킨슨, 부하
라에 도착
(1558년)

●결혼은 곧 싸움터이며 편안한 생활만을 누릴 수 없
다는 점에서 인생과 같다.

R. 스티븐슨

Marriage is like life in this—that it is a field of battle,
and not a bed of roses.

Robert Louis Stevenson

*R. 스티븐슨(1850. 11.
13~1894. 12. 3) 영국
작가. 「보물섬」 등.

●페퀴셰는 말했다. "이렇게 빗금을 긋게. 금은 내려
가지만 곧 다시 올라가게 되지. 우여곡절은 있어도
마침내는 정점에 이르게 되는 법이야. 이것이 진보의
모습이야." 그때 보르당 부인이 찾아왔다. 그것은
1851년 12월 3일의 일이었다.

「부바르와 페퀴셰」 G. 플로베르

*그 전날 루이 나폴레
옹, 친위 쿠데타를 일으
켰다. G. 플로베르의 미
완성 소설로 그가 죽은
뒤에 간행되었다.

12월 4일
김옥균(金玉
均) 등, 갑신
정변(甲申政
變)을 일으킴
(1884년).

●양심은 규모 있게 성장했기 때문에 들을 귀가 없는
사람에 대해서는 설교를 곧 중단해 버린다.

S. 버틀러

Conscience is thoroughly well-bred, and soon leaves off
talking to those who do not wish to hear it.

Samuel Butler

*S. 버틀러(1835. 12. 4
~1902. 6. 18) 영국 작
가. 「에레혼」 등.

●12월 4일의 일이었다. 나는 여느 때보다 일찍 울리
학교에서 돌아왔다. 그날 아침 무척 피곤하다고 하는
자크를 집에 혼자 두고 왔기 때문에 빨리 돌아가 형
편을 볼 생각이었다. 자크는 급성 폐렴으로 자리에
누워 있었다.

「프티 쇼즈」 A. 도데

*프티 쇼즈, 곧 꼬마 다
니엘 에세트라는 소년을
주인공으로 한 소설로서,
작자 자신의 반(半)자서
전적인 작품이다. 1868
년 간행.

12월 5일
쿠빌라이〔忽
必烈〕, 이슬
람 상인 출신
인 아흐마드
등용
(1262년).

● 하얀 것은 무엇이지? 빛 속을 달리는 백조가 하얗
지.

C. 로세티

What is white? The swan is white Sailing in the light.

Christina Georgina Rossetti

*C. 로세티 (1830. 12. 5
~1894. 12. 29) 영국
시인.

● 아버지는 그날 밤도 단골집에서 약주를 들고 계셨
다. 후고 형제는 아버지에게 가까이 다가갔다. "웬일
이냐? 너희가 여기에 왜 왔나?" 아버지는 말했다.
"아버지는 오늘 집에 계시겠다고 하지 않았어요? 오
늘은 12월 5일인걸요. 아버지는 우리에게 약속했어
요." 후고는 말했다. 그날은 후고의 생일이었고, 집
에는 잔치상이 차려져 있었다.

「경기구」 S. 라게를뢰프

*아버지는 억지로 잔치
상에 앉지만 비틀거리며
상을 뒤엎고 만다.

12월 6일
핀란드, 러시
아로부터 독
립
(1917년).

● 나는 결단코 물러나지 않을 것이니, 내 뒤의 다리
를 불태워도 괜찮다.

F. 라과디어

It makes no difference if I burn my bridges behind me,
since I never retreat.

Fiorello H. LaGuardia

*F. 라과디어 (1882. 12.
6~1947. 9. 20) 미국 뉴
욕 시장.

● 프란츠는 환각 상태에 빠져 지껄였다. "마치 영화
와 같구나. 원을 이룬 게들은 불타고 있는 로마 시가
지와 춤추는 네로 황제를 바라보고 있다. (녹음 테이
프를 발로 차며 "불이야" 하고 소리치고 나서) 12월
6일 오후 여덟 시 삼십 분에 너는 무엇을 했느냐?
모르겠냐? 레니, 게들은 그것을 안다."

「알토나의 유폐자들」 J. 사르트르

*역사와 인간관계에서
모두는 연대책임이 있음
을 강조한 5막 희극.

12월 7일
태평양 전쟁
일어남
(1941년).

●역사는 시간의 경과를 증명하는 증인이다. 역사는 현실을 비추어 주고, 기억에 힘을 주며, 우리에게 고대의 소식을 알린다.

M. 키케로

History is the witness that testifies to the passing of time ; it illumines reality, vitalizes memory, and brings us tidings of antiquity.

Marcus T. Cicero

●바비켄 회장의 계산에 따르면 로켓탄은 12월 7일에서 8일로 넘어가는 새벽 1시에 그 지점에 이른다는 것이었다. 지금은 12월 6일에서 7일로 넘어간 새벽 3시다. 따라서 만일 운행 중에 고장만 나지 않는다면 로켓탄은 22시간 안에 목적 지점에 이를 것이다.

「달세계 일주」 J. 베른

＊1869년에 간행된 이 소설에서 J. 베른은 이미 달세계 여행을 그렸다.

12월 8일
싯다르타, 석가모니가 됨.
(B.C. 428년 무렵).

●의견이란 것은 결국 감정에 의해 결정되는 것이요, 지성에 의해 결정되는 것은 아니다.

H. 스펜서

Opinion is ultimately determined by the feelings, and not by the intellect.

Herbert Spencer

＊H. 스펜서(1820. 4. 27 ~1903. 12. 8) 영국 철학자.

●그 속에는 다른 한 통의 편지가 있었다. 1746년 12월 8일에 씌어진 그 편지는 드 프라누아 백작이 파시나노 전투에서 전사할 때 백작의 측근에 있던 연대 소속 부중대장의 편지였다. 장과 앙투아네트는 산책 도중 천둥과 폭우를 만나 사람들의 발길이 뜸한 이 저택의 서고에 들어가 그 편지 묶음을 보게 되었다.

「살아 있는 과거」 M. 레니에

＊'황혼의 시인' M. 레니에가 아름답게 묘사한 소설. 1905년 간행.

12월 9일
이븐 바투타,
「여행기」 완
성
(1357년).

● 사교성은 상호 투쟁과 마찬가지로 자연 법칙이요…
… 상호 도움도 상호 투쟁과 마찬가지로 동물의 법칙
이다.

P. 크로포토킨

Sociability is as much a law of nature as mutual struggle
…… mutual aid is as much a law of animal life as
mutual struggle.

Pyotr A. Kropotokin

＊P. 크로포토킨(1842.
12. 9~1921. 2. 8) 러시
아 무정부주의자. 「상호
부조론」 등.

● 12월 9일, 학생들은 시가지에 흩어져 있는 몇몇 문
(門)과 기념탑 주변으로 모여들었다. 여러 대열들은
국부(國府) 고관들의 관청으로 사용되고 있는 자금
성(紫禁城)으로 향한 큰길에서 모이기로 되어 있었
다.

「개화의 여행」 E. 스노

＊「중국의 붉은 별」로 유
명한 E. 스노의 자서전
형식 르포 문학. 1958년
간행.

12월 10일
M. 루터, 교
황의 파문장
불태움
(1520년).

● 자신의 눈물로써 향유를 씻어내고, 자신의 손으로
왕관을 벗어 버리리.

「리처드 2세」 W. 셰익스피어

With mine own tears I wash away my balm,/With mine
own hands I give away my crown.

Shakespeare : *Richard* Ⅱ

＊1937년 이 날, "세기
의 연인"인 미국인 심프
슨 부인에 대한 사랑으로
에드워드 8세는 왕관을
버렸다.

● 나는 1910년 12월 10일 파리에서 태어났다. 빈민구
호국의 보호를 받던 고아였기 때문에 나로서는 내 호
적에 관하여 이 이상의 지식을 얻을 수가 없었다. 21
세 때 비로소 내 출생 증서 사본을 볼 수 있었다. 어
머니는 가브리엘 주네였다. 아버지에 대해서는 전혀
모른다.

「도둑 일기」 J. 주네

＊J. 주네의 자서전적 작
품으로서 1949년 간행.

12월 11일
영국 의회,
웨스트민스터
헌장 가결
(1931년).

●너를 사랑하는 것들—여성이든 개든—을 의심하려
거든 하라. 그러나 사랑 그 자체는 결코 의심해서는
안된다.

A. 뮈세

Doubt, if you will, the being who loves you, woman or
dog, but never doubt love itself

Alfred de Musset

●'빨강 머리 앤' 이 브라이스 부인이 되고, 그녀의
딸 리라가 열일곱 살이 되었을 때 제1차 세계대전이
일어났다. 1917년 12월 11일에 리라는 다음과 같은
일기를 썼다. "오늘 멋진 뉴스를 들었다. 영국군이
어제 예루살렘을 공략했다는 것이다. 우리는 집에다
국기를 게양했다."

「앤의 딸 리라」 L. 몽고메리

＊일상에서의 평범한 생
활을 다루고 있으나, 작
품 전체에 흐르는 인간애
의 정신이 더할 나위 없
이 감동스럽다.

12월 12일
장쉐량(張學
良), 시안사
건(西安事件)
일으킴
(1936년).

●10시까지 얼굴에 미소를 짓도록 하라. 그러면 미소
는 온종일 얼굴에서 사라지지 않으리라.

D. 페어뱅크스

Keep a smile on your face till 10 o'clock and it will stay
there all day.

Douglas Fairbanks

＊D. 페어뱅크스(1883.
5. 23～1939. 12. 12) 미
국 영화배우. '해적' 등

●루키우스는 이시스 여신의 점지에 따라 로마를 향
해 출발하였다. 순풍이라 예정보다 빨리 아우구스투
스 항구에 무사히 도착할 수 있었다. 거기서부터 말
을 몰아 12월 12일 저녁 무렵에는 더할 나위 없이
성스러운 도시에 들어가게 되었다.

「변신이야기」 L. 아풀레이우스

＊로마 시대인 2세기쯤
에 쓰여진 이 작품은 소
설 비슷한 형태로 창작되
었다.

12월 13일
트리엔트 공
의회 열림
(1545년)

• 떨쳐버릴 수 없는 큰 슬픔에서 노래는 생기나니,
내 노래의 연인들은.
잠은 좋다. 죽음은 더 좋다―가장 좋은 것은 태어나
지 않는 것.

H. 하이네

From grief too great to banish Come songs, my lyric
minions.
For Sleep is good, but Death is better still―The best is
never to be born at all.

Heinrich Heine

*H. 하이네(1797. 12.
13~1856. 2. 17) 독일
시인. 「서정가요집」 등.

• 1838년 12월 13일 밤이었다. 때마침 내리기 시작한
차가운 빗속을 한 사나이가 걷고 있었다. 건강하게
생긴 그는 허름한 옷차림에 펠트 모자를 아무렇게나
쓰고 있었다. 그는 다리를 건너서 재판소로부터 노트
르담으로 빠지는 어두컴컴한 뒤안길로 들어갔다.

「파리의 비밀」 J. 외제니 슈

*1842년 「데데바」지에
연재되어 큰 인기를 얻은
소설이다.

12월 14일
아문젠, 최초
로 남극점에
도달
(1911년).

• 모든 것은 전능하신 신의 신성한 권력에서 비롯되
며, 모든 선(善)은 신에게서 비롯된다.

M. 노스트라다무스

Everything proceeds from the divine power of almighty
God, from whom all goodness emanates.

Michel Nostradamus

*M. 노스트라다무스
(1503. 12. 14~1566. 7.
2) 프랑스 약제사. 바로
이날 그가 태어났다. 「예
언서」 등.

• 내가 돌아왔을 때 작은 집안에는 죽음의 고요가 지
배하고 있었다. 고인의 옆에는 키 큰 여자 한 명이
말없이 팔짱을 낀 채 한없이 슬픈 표정으로 서 있었
다. 이 부인은 12월 14일 사건으로 유배된 백작 자
할 체르니쇼프의 누이인 E. 체르트코바 부인이었다.

「과거와 사색」 A. 게르첸

*이 책은 1812년에서
1866년에 걸친 회상록이
다.

12월 15일
이순신(李舜臣), 노량해전에서 전사 (1598년).

●낚시질은 수학과 비슷하기 때문에 완전히 터득할 수는 없다.

I. 월턴

Angling may be said to be so like the mathematics that it can never be fully learnt.

Izaak Walton

＊I. 월턴(1593. 8. 9~ 1683. 12. 15) 영국 문인. 「조어대전(釣魚大全)」 등.

●1745년 겨울에는 볼테르가 작사하고 라모가 작곡한 「나비르의 공주」가 연주되었다. 나는 리쉴뤼 공작으로부터 그 작품을 수정해 달라는 의뢰를 받았다. 나는 원작자의 동의를 얻기 위해 정중하게 편지를 보냈다. 12월 15일에 회신이 왔다. 라모가 보낸 다른 수많은 무뚝뚝하고 난폭한 편지에 비해 볼테르의 편지는 더할 나위 없이 정중했다.

「참회록」 J. 루소

＊「참회록」은 모두 2부로 되어 있으며, 명문이라는 명성이 높다.

12월 16일
보스턴 차 사건 일어남 (1773년)

●사람은 나이가 들면서 '머리에 쓰는 모자가 다르다는 것' 말고는 모든 것이 같아진다는 것을 발견한다.

N. 카워드

As one gets older, one discovers everything's going to be exactly the same—with different hats on.

Sir Noel Peirce Coward

＊N. 카워드(1899. 12. 16~1973. 3. 26) 영국 극작가. 「카발케이드」 등.

●이 민그림들과 이 노트는 1928년 12월 16일~1929년 4월 동안 생쿠루 요양원에서 이루어진 것이다. 이 모든 것을 온 세상의 아편 끽연자들과 중독자들에게 바친다. 여기 실린 민그림은 느린 동작으로 표현된 고통의 절규이며, 또한 노트는 이상 상태에서 정상 상태로 돌아가는 과정을 보여줄 것이다.

「아편」 J. 콕토

＊한때 아편을 피웠던 J. 콕토는 거기서 탈출하고 난 뒤 이것을 썼다.

12월 17일
라이트 형제,
첫 비행 성공
(1903년)

•밤은 낮의 어머니/겨울은 봄의 어머니/낡고 썩은 것 위에도/새로운 초록색 이끼가 낀다.

J. 휘티어

*J. 휘티어(1807. 12. 17 ~1892. 9. 7) 미국 시인. '맨발의 소년' 등.

The Night is mother of the Day./The Winter of the Spring./And even upon old Decay/The greenest mosses cling.

John Greenleaf Whittier

•세자르는 레종 드뇌르 훈장을 받게 되어 축하 무도회를 열기로 했다. 그날로부터 열흘 전, 건축 도급업자인 샤파루가 12월 17일의 기념스러운 일요일까지는 반드시 완성하겠다고 도급을 맡은 그날 밤, 저녁 식사를 마치고 나서 세자르와 그의 아내, 딸은 함께 머리를 맞대고 토론을 벌였다.

「세자르 비로토」 H. 발자크

*H. 발자크의 「파리 사생활 정경」 중에 실린 소설.

12월 18일
서진(西晉)
멸망
(316년).

•나는 인생을—생활의 평범한 일들을—마치 모서리를 돌아서며 비로소 인생과 부딪힌 것처럼 바라보고 싶다.

C. 프라이

*C. 프라이(1907. 12. 18 ~2005. 6. 30) 영국 극작가. 「화형을 당해서는 안 될 부인」 등.

I want to look at life-at the commonplaces of existence -as if we had just turned a corner and run into it for the first time.

Christopher Fry

•스키야 일행은 여인숙에 도착했다. 그들은 오는 길에 죽은 사람을 묻는 것을 보았다. 여인숙 주인은 스키야 일행에게 말했다. "그 농사꾼은 오늘에야 어미를 묻었지요. 작년 11월에 죽었는데 말이오." "아니, 12월 18일에 죽었소." 교회 사찰관이 말했다.

「남자만의 세계」 E. 헤밍웨이

*무지와 빈곤의 산촌 풍경을 그린 소설. 원제는 「알프스의 목가」.

12월 19일
인도, 고아주
(州)를 영토
에 편입
(1961년).

● 잠자지 말아라 꿈꾸지 말아라, 이 밝은 날은/영원
히 지속되지 않을 것이며, 지속될 수도 없어라/그대
가 누리는 축복은 세월로 얻게 된 것/번뇌와 눈물의
어두운 세월로.

E. 브론테

Sleep not, dream not ; this bright day/Will not, cannot
last for age ; /Bliss like thine is bought by years/Dark
with torment and with tears.

Emily Jane Bronte

*E. 브론테(1818. 7. 30
~1848. 12. 19) 영국
작가.「폭풍의 언덕」등.

● 12월 19일, 이탈리아 오페라 시즌은 마이에르베어
의「아프리카의 여인」으로 막이 열렸다. 지배인 메렐
리가 이 오페라를 선택한 것은 모든 면에서 실패였
다. 원래 대다수의 민중은 민그림보다 색채그림을 좋
아하는 법이다.

「한 음악가의 회상」P. 차이코프스키

*러시아 작곡가 P. 차이
코프스키의 회상록 및 그
평전이다.

12월 20일
루이 나폴레
옹, 프랑스
대통령에 취
임
(1848년).

● 역사는 과거를 판단하고 미래 세상을 예언해야 한
다고 생각해왔을 것이다. 그러나 지금의 시도는 다만
역사가 실제로 어떻게 일어났는가를 말해줄 뿐이다.

L. 랑케

You have reckoned that history ought to judge the
past and to foretell the future world. The present
attempt, however, it will merely tell how it actually
happened.

Leopold von Ranke

*L. 랑케(1795. 12. 21
~1886. 5. 23) 독일 역
사학자.「세계사」등.

● 빈틈없이 정확하고 계산적인 포그가 날짜 계산을
잘못 했던 것인가? 그가 런던에 도착한 것은 12월
20일 금요일로, 그가 출발한지 79일만이다. 그런데
도 그는 그날이 12월 21일 토요일 밤이라고 생각했
던 것이다.

「80일간의 세계 일주」J. 베른

*포그가 착각한 것은 그
가 지구를 동쪽 방향으로
돌았기 때문이다.

● 그것은 이미 내 핏속에 숨어 있는 열정이 아니라, 먹이를 움켜쥐고 놓지 않는 사랑의 여신 그 사람이다.

J. 라신

It is no longer a heat concealed in my blood, it is Venus herself grasping her prey.

Jean Racine

● 순수하고 다정다감한 청년 베르테르는 무도회에서 로테를 만나게 되고 그녀를 사랑하게 된다. 로테도 베르테르에 대해 호감을 품고 있었으나, 그녀에게는 이미 약혼자가 있었다. 베르테르는 마음을 굳게 먹고 로테의 곁을 떠나 다른 지방 공사관으로 전근하여 근무한다. 그러나 관료적인 공사와 뜻이 맞지 않아 사직서를 내고 그 도시를 떠난다. 실의에 빠진 베르테르는 무위(無爲)의 나날을 보내며 죽음에 대한 동경심을 품게 된다. 흠잡을 데 없이 훌륭한 남편과 연인 사이에서 괴로워하는 로테는 허탈 상태에 빠진 베르테르에게 말한다. "당신의 사랑에 마땅한 사람을 어서 고르세요. 그리고 이리로 돌아와 모두 함께 참다운 우정을 나누도록 합시다." 그 다음 날인 월요일 12월 21일 아침, 베르테르는 유서를 쓴 뒤 마지막으로 로테를 방문한다. 로테에게 오시안의 시를 낭독해 들려 주다가 그는 감정이 격해져 그녀를 포옹한다. 로테는 "이것이 마지막이에요. 다시는 만나지 않겠어요." 하고 소리친 뒤, 그러나 애정이 듬뿍 담긴 눈으로 그를 바라보고 옆방으로 가버렸다. 다음날 밤 베르테르는 권총으로 자기 머리를 쏜다.

「젊은 베르테르의 슬픔」 J. 괴테

● 그는 태양이 자기의 울음 소리를 듣기 위해 떴다고 생각하는 멍청한 사람이다.

「애덤 비드」 G. 엘리엇

He was like a cock who thought the sun had risen to hear him crow.

George Eliot : *Adam Bede*

＊G. 엘리엇(1819. 11. 22〜1880. 12. 22) 영국 작가. 「사일러스 마녀」 등.

● 1789년, 파리 민중은 바스티유 감옥을 습격했다. 프랑스의 명문 생 테브레몽드 후작의 아들로서 지금은 샤를 다네이라는 별명으로 통하는 젊은이는 마네트 의사의 딸 루시와 결혼하여 런던에서 망명 생활을 하고 있었다. 대니는 하인을 구하기 위하여 파리로 돌아갔다가 체포되어 재판에 회부된다. 마네트 박사는 테브레몽드 후작 형제가 저지른 죄의 비밀을 알고 있다 해서 18년 동안이나 바스티유에 갇혀 있었던 것이다. 석방된 뒤에 그는 혁명가로서 선술집을 경영하는 드파르쥐의 집에 숨어 있으면서, 드파르쥐 부인의 뜨개질에다 혁명에서 처형되어야 할 사람으로서 테브레몽드 후작 일가의 이름을 넣은 것이었다. 영국으로 건너간 박사 부자는 어느 재판에서 피고 다네이, 그를 꼭 닮은 변호사 서기 시드니 카튼을 만난다. 두 사람으로부터 구혼을 받은 루시는 다네이를 선택했던 것이다. 마네트는 딸과 함께 서둘러 파리로 간다. 고소인 드파르쥐가 감옥 굴뚝 속에서 발견한 마네트의 수기가 낭독되었다. 1757년 12월 22일자로 된 그 수기에는 테브레몽드 후작 형제의 비행이 상세하게 기록되어 있었다. 다네이에게 사형이 선고된다. 처형날 카튼이 다네이를 탈출시키고는 대신 단두대에 오른다.

「두 도시 이야기」 C. 디킨스

＊'두 도시'는 파리와 런던.

12월 23일
후한 장제,
백호관(白虎
觀) 회의 엶
(79년)

●역사는 왕족의 사생아 이름은 기록하면서 밀의 기원에 대해서는 언급하는 일이 없다.

J. 파브르

History records the names of royal bastards, but cannot tell us the origin of wheat.

Jean Henri Fabre

*J. 파브르(1823. 12. 22~1915. 10. 11) 프랑스 곤충학자. 「곤충기」 등.

●열여섯 살 먹은 폴은 12월 23일에 크리스마스 축하의 5실링을 호주머니에 넣고 어두운 기분으로 집에 돌아왔다. 어머니는 폴의 옷을 벗기고 침대에 눕게 했다. 의사는 폴이 폐렴에 걸려 위험하다고 했다. 폴은 7주 동안 병상에 누워 있었다. 어머니와 폴은 이제 굳은 애정으로 완전히 맺어졌다.

「아들과 연인」 D. H. 로렌스

*「채털리 부인의 연인」으로 유명한 D.H. 로렌스의 자서전적 작품. 1912년.

12월 24일
겐트 조약에
따라 미영(美
英) 전쟁 끝
남
(1814년).

●사랑의 승리는 최고, 실연도 나쁘지 않다.
당신과 함께 걸으면 가슴의 단춧구멍에 꽃을 꽂은 듯한 느낌이오.

W. 새커리

To love and win is the best thing ; to love and lose, the next best.
When I walk with you I feel as if I had a flower in my buttonhole.

William Makepeace Thakeray

*W. 새커리(1811. 7. 18 ~1863. 12. 24) 영국 소설가. 「허영의 시장」 등.

●1744년 12월 24일 새벽이었다. 폴은 산꼭대기에 흰 깃발이 나부끼는 것을 보았다. 그 깃발은 바다에 배가 보인다는 신호였다. 안내인의 보고에 따르면 그 배는 생제랑호이며, 바람만 알맞게 불면 내일 오후에는 폴 루이에 입항할 수 있다는 것이었다.

「폴과 비르지니」 B. 생피에르

*난파된 배에 타고 있던 비르지니는 천사와 같은 모습으로 물결 속에 잠긴다.

● 아담으로 말미암아 모든 사람이 죽는 것과 마찬가지로 그리스도로 말미암아 모든 사람이 살게 될 것입니다.

고린토인들에게 보낸 첫째 편지 15 : 22

For as in Adam all die, even so in Christ shall all be made alive.

● 스크루지는 냉정한 구두쇠였다. 크리스마스 전날 밤, 예전에 함께 일했던 말레이의 망령이 나타나 앞으로 스크루지에게 과거와 현재, 미래를 보여 줄 망령이 나타나게 되리라고 일러 준다. 스크루지가 잠들려 할 때 시계가 새벽 1시를 치면서 첫번째 망령이 나타나 따라오라고 했다. 망령은 스크루지의 쓸쓸했던 어린 시절과 이미 죽은 누이, 그가 돈 때문에 버린 연인 등을 차례로 보여 준다. 뒤이어 두번째 망령이 나타나 자기를 따라오라 한다. 이 망령은 비록 가난하지만 단란한 가정을 꾸려 가고 있는, 스크루지의 서기 크래칫의 가정과, 냉정한 스크루지를 위해서도 크리스마스 축배를 올리는 조카 프레드의 가정을 보여 준다. 뒤이어 마지막 망령은 검은 수의(壽衣)를 입고 나타나, 싸늘한 방에 홀로 비참하게 죽어 있는 스크루지의 모습을 보여 준다. 깜짝 놀란 스크루지는 망령을 향해 필사적으로 자비를 청한다. 문득 정신을 차려 보니 오늘이 바로 12월 25일 크리스마스 아침이었다. 완전히 새 사람이 된 스크루지는 익명으로 크래칫의 집에 칠면조를 보내고, 가난한 사람들을 위해 많은 돈을 기부한다. 그리고 마음씨 착한 조카의 집으로 달려가 크리스마스 만찬에 동참한다.

「크리스마스 캐럴」 C. 디킨스

12월 26일
제1회 아시
아·아프리카
연대 회의 열
림
(1957년).

● 저녁 종은 사라지는 하루를 슬퍼하며 울린다.
　인기 있는 사람에게는 벗이 없다. (모든 이의 벗은
어느 누구의 벗도 아니라는 뜻)

T. 그레이

The curfew tolls the knell of parting day.
A favorite has no friend!

Thomas Gray

*T. 그레이(1716. 12.
26～1771. 7. 30) 영국
시인. '비가(悲歌)' 등.

● 로잘리는 침실에서 알베르의 편지를 뜯어보았다.
"12월 26일. 행복에 겨웠던 밤으로부터 벌써 12년째
가 됩니다. 그날 밤 아름다운 백작부인은 맹세한 약
속을 다시 한 번 그 눈동자로 확인해 주셨습니다.
아, 사랑하는 사람이여, 당신은 서른두 살이고 나는
서른다섯 살, 그리고 친애하는 공작님은 일흔다섯 살
이십니다."

「알베르 사바뤼스」 H. 발자크

*로잘리는 공작부인과
알베르의 사이를 갈라놓
으려 한다. 1842년 발
표.

12월 27일
티무르, 중국
원정 출발
(1404년).

● 다른 사람들은 그대가 올바르다는 것을 증명할 수
있도록 노력하라고 말할 것이다. 나는 그대가 틀리다
는 것을 증명할 수 있도록 노력하라고 말하리라.

L. 파스퇴르

Others will tell you to try to prove you are right ; I tell
you to try to prove you are wrong.

Louis Pasteur

*L. 파스퇴르(1822. 12.
27～1895. 9. 28) 프랑
스의 화학자·세균학자.

● 여인숙집 마누라가 말했다. "만지지 말아요! 내 귀
를 만지지 말라니까요! 안 돼요. 미친 것 같군요.
더 아파진다니까요." 남편이 대답했다. "알았다니까.
장의 축제일인 12월 27일부터 임자를 만져 보지 못
하지 않았는가 말이야."

「운명론자 자크」 D. 디드로

*이 소설은 당시 사회를
비판하고 풍자하는 필치
로 쓰여졌다. 1773년
작.

12월 28일
인도 국민회
의파 창립 대
회 열림
(1885년).

● 보수주의자는 주로 앉아서 생각하는 사람이다.
개울물을 거슬러서 헤엄치는 사람은 개울물의 힘을
알고 있다.

T. 윌슨

A conservative is a man who sits and thinks, mostly sits.
The man who is swimming against the stream knows the
strength of it.

Thomas W. Wilson

*T. 윌슨(1856. 12. 28
~1924. 2. 3) 제28대
미국 대통령.

● 크리스마스는 감옥에도 찾아왔다. 크리스마스에서
사흘이 지난 12월 28일 밤 우리 극장에서 제1회 연
극이 공연되었다. 그날 우리 일행은 마을 목욕탕에
가서 목욕을 하게 되었다.

「죽음의 집의 기록」 F. 도스토예프스키

*아내를 살해했기 때문
에 10년형을 받고 징역
살이를 하는 귀족 고리얀
치코프가 주인공이다. 이
작품은 작가의 감옥 경험
에 대한 기록이다.

12월 29일
캔터베리 대
주교 T. 베케
트, 왕의 자
객에게 암살
됨
(1170년)

● 본능이나 이성, 그 어느 쪽도 우리 문명을 온전하
게 지배하지 않는다는 점에서 우리 문명은 아직도 짐
승도 사람도 아닌 중간 단계에 머물러 있다.

T. 드라이저

Our civilization is still in a middle stage, scarcely beast,
in that it is no longer wholly guided by instinct;
scarcely human, in that it is not yet wholly guided by
reason.

Theodore Dreiser

*T. 드라이저(1871. 8.
27~1945. 12. 29) 미국
소설가. 「아메리카의 비
극」 등.

● 외제니는 그를 바라보았다. 그리고 그들 둘은 12월
29일 오전을 죽음의 두려움 속에서 보냈다.

「외제니 그랑데」 H. 발자크

*탐욕스런 노인과 청순
한 처녀를 대비시킨 H.
발자크의 걸작 중 하나.

12월 30일
소비에트 연
방 성립 선언
(1922년).

●동양은 동양, 서양은 서양이다. /둘이 만나는 일은
없을 것이다.

R. 키플링

*R. 키플링(1865. 12.
30~1936. 1. 18) 영국
소설가.「정글북」등.

Oh, East is East, West is West/Never the twin shall
meet.

Rudyard Kipling

●「위마니테」가 발행되었다. 샬레가 지저분해지고 구
겨진 신문을 윗도리 안쪽 호주머니에서 꺼내어 브뤼
네에게 주었다. 그것은 1940년 12월 30일자「위마니
테」였다. 샬레가 말한 바와 같이 나치는 전쟁 반대를
외치고 나선 유일한 조직, 독소 협정을 지킨 유일한
조직인 공산당에 대해 수색을 강화할 것인가?

「자유의 길」J. 사르트르

*이 글은 J. 사르트르
미완의 대작「자유의 길」
중 제4부 '마지막 기회'
의 단상이다.

12월 31일
나폴레옹, 혁
명력을 폐지함
(1805년).

●국제 연맹을 강화하자면 집단 보장의 원리를……
평화는 불가분이라는 원리를 지키는 일이다.

M. 리트비노프

To strengthen the League of Nations is to abide by
the principle of collective security…… to abide by
the principle that peace is indivisible.

Maxim Maximovich Litvinov

*M.리트비노프(1876.7.
17~1951. 12. 31) 소련
외교관.

●아주 아주 추운 날이었습니다. 눈이 펄펄 내리고
있었고, 주위는 이미 어두워지고 있었습니다. 그날은
일 년 가운데 가장 마지막 날인 섣달 그믐날 밤이었
습니다. 춥고 어두운 밤길을 허름한 옷차림을 한 어
린 소녀 하나가 모자도 쓰지 않고 구도도 신지 않은
맨발로 걸어가고 있었습니다.

「성냥팔이 소녀」H. 안데르센

*다음날 아침 그 소녀는
입가에 웃음을 머금고 숨
져 있었다.

김희보(金禧寶)

중앙대학교 국문학과를 졸업하고, 연세대 교육대학원(언어교육)을 이수했으며, 장로회신학대 신학대학원을 졸업하였다. 미국 샌프란시스코 신학대 목회학 박사과정을 이수했다. 명예문학 박사. 서울장로회신학교 학장 역임. 지은책으로는 평론 〈세계문예사조사〉〈한국문학과 기독교〉, 창작집 〈소설 창세기〉〈소설 아포크리파〉〈오계〉, 편저 〈한국의 명시〉〈세계의 명시〉〈중국의 명시〉〈현대한국문학 작은사전〉〈세계문학 작은사전〉〈세계사 101장면〉〈한국명작 111선〉〈한국문학 앤솔러지(전2권)〉〈그림으로 읽는 세계사 이야기(전3권)〉 등 다수가 있다.

논술 시 소설

글쓰기 짱!

김희보 지음

초판 발행/2008년 8월 8일

발행인 고정일

발행처 동서문화사

창업 1956. 12. 12. 등록 16-345(윤)

서울강남구신사동 540-22 ☎ 546-0331~6 (FAX) 545-0331

www.epascal.co.kr

잘못 만들어진 책은 바꾸어 드립니다.

＊

사업자등록번호 211-87-75330

ISBN 978-89-497-0488-3 03810

" Ellery Queen "

1 **황금벌레** 에드거 앨런 포/김병철 옮김
불세출 천재작가의 미스터리로망의 최고 고전.

2 **셜록 홈즈의 모험** 도일/조용만·조민영 옮김
불멸의 명탐정 셜록 홈즈의 통쾌무비 대모험.

3 **그리고 아무도 없었다** 크리스티/김용성 옮김
절해고도 인디언섬의 칼날 같은 괴기공포 연속살인.

4 **Y의 비극** 엘러리 퀸/이가형 옮김
뉴욕만에 떠오른 시체와 코를 찌르는 악취의 비밀.

5 **브라운 신부의 동심** 체스터튼/박용숙 옮김
얼뜨기 신부의 종횡무진 통찰력, 사건 척척 해결.

6 **통** 크로프츠/오형태 옮김
깨어진 통에서 쏟아진 금화와 죽은 여자의 하얀 손.

7 **나인 테일러스** 도로시 세이어즈/허문순 옮김
눈오는 밤 작은 마을에 울린 죽음의 종소리 ?

8 **월장석** 윌리엄 윌키 콜린즈/강봉식 옮김
인도사원 황색 다이아몬드는 흉마의 보석인가 ?

9 **환상의 여자** 아이리시/양병탁 옮김
오렌지 빛 모자 쓴 여자 ? 환상적 서스펜스 질주.

10 **비숍살인사건** 반 다인/김성종 옮김
전편에 흐르는 처참 기괴한 연쇄살인극의 공포.

11 **말타의 매** 더실 해미트/양병탁 옮김
주먹 하나로 뛰어드는 사나이의 터프한 맹활약.

12 **애크로이드살인사건** 크리스티/김용성 옮김
풍채와 관록 뽐내는 회색 뇌세포 명탐정.

13 **검은 탑** P.D. 제임스/황종호 옮김
찾아간 요양원에서의 뜻밖의 죽음, CWA상 걸작.

14 **이집트 십자가의 비밀** 퀸/김성종 옮김
간담을 서늘케 하는 살인광의 연속살인극.

15 **주홍색연구** 도일/김병결 옮김
복수에 찬 붉은 피 글씨, 쾌도난마의 홈즈 제1탄.

16 **그린살인사건** 반 다인/안동민
그린저택에서의 반 다인 특A급 미스터리.

17 **사나이의 목** 시므농/민희식 옮김
헤밍웨이도 찬탄한 조르즈 시므농 최대걸작.

18 **흥분** 딕 프랜시스/김병걸 옮김
격정적 남성승부세계, 경마 미스터리 압권.

19 **화형법정** 존 딕슨 카/오정환 옮김
여인 독살마가 번졌던 오가르트 엽기채색 괴죽음.

20 **굿바이 마이 러브** 챈들러/장백일 옮김
가슴저린 애수와 스릴 만점의 하드보일드 미학.

21 **미스 마플 13 수수께끼** 크리스티/박용숙 옮김
항상 미소를 잃지 않고 인생사건 바라보는 미스마플.

22 **바스커빌의 개** 도일/진용우 옮김
모험심과 지성을 겸비한 홈즈의 귀신같은 한판 승부극.

23 **웃는 경관** 펠 바르·마이 슈발/양원달 옮김
살인과 형사들의 애환과 우수에 찬 놀라운 비애.

24 **요리장이 너무 많다** 스타우트/김우탁 옮김
유유자적 뚱뚱보 배불뚝이 명탐정의 통쾌 대활약.

25 **독화살의 집** 메이슨/김우종 옮김
프랑스의 홈즈 아노 탐정과 범인의 불꽃튀는 심리게임

26 **레베카** 뒤 모리에/김유경 옮김
레베카는 죽었는가 ? 그녀를 둘러싼 경악의 진실.

27 **심야 플러스1** 라이얼/김민영 옮김
가슴 뜨거워지는 비정하고 처절한 남성 승부세계.

28 **재앙의 거리** 엘러리 퀸/현재훈 옮김
재앙의 거리에서 흠씬 맛보는 지적 카타르시스.

29 **아기는 프로페셔널** 에어드/서창근 옮김
아기유괴사건 둘러싼 유쾌·통쾌·상쾌 스릴러.

30 **예고살인** 크리스티/박용숙 옮김
깊은 통찰력과 따뜻한 인간성 돋보이는 노처녀 탐정이야기.

31 **813** 모리스 르블랑/이가형 옮김
신출귀몰하는 괴도신사 뤼뺑의 열광적 최대 롱셀러.

32 **빨강머리 레드메인즈** 필포츠/오정환 옮김
붉은머리 집안에 얽힌 짜릿 처참한 로망스.

33 **쥐덫** 크리스티/황종호 옮김
연극으로도 1만회 상연 돌파한 크리스티 회심작.

34 **트렌트 마지막 사건** 벤틀리/손정원 옮김
미스터리 혁명가의 인간욕망 터치한 탐정과 연애.

35 **특별요리** 스탠리 엘린/황종호 옮김
진수성찬에 초대된 괴기와 공포의 이색 미스터리.

36 **엉클 애브너의 지혜** 포스트/김우탁 옮김
서부개척시대 정의감 불타는 순정파 시골탐정.

37 **죽음의 키스** 레빈/남정현 옮김
센세이션 일으킨 청춘의 비뚤어진 꿈과 야망.

38 **X의 비극** 엘러리 퀸/이가형 옮김
소리 없는 세계 귀머거리 탐정의 무서운 통찰력.

39 **살의** 아일즈/유영 옮김
완전 범죄를 때려부수는 범죄심리 선구자 아일즈.

40 **오리엔트 특급 살인** 크리스티/강남주 옮김
침대칸의사체 거친 레일바퀴처럼 스릴넘치는 엽기특급!

41 **추운 나라에서 돌아온 스파이** 칼레/임영 옮김
베를린 장벽 둘러싼 스파이들의 비극적 게임의 운명.

42 **ABC 살인사건** 크리스티/박순녀 옮김
마른 풀더미속 바늘 찾는 포아로의 회색 뇌세포

43 **셜록 홈즈의 회상** 도일/조용만·조민영 옮김
불후의 명탐정 셜록 홈즈 읽는 즐거움의 만찬장.

44 **Z의 비극** 엘러리 퀸/이가형 옮김
정계와 재계의 타락상 파헤친 퀸의 예리한 시선.

45 **도버4/절단** 포터/황종호 옮김
심술쟁이 도버경감의 무지막지 울퉁불퉁 진상수사.

46 **위철리 여자** 맥도널드/김수연 옮김
냉혹한 미국 가정에 숨겨진 속살을 파헤친 비극.

47 **긴급할 때는** 허드슨/홍준희 옮김
난해 생경한 의료계 괴물을 천착한 병원 미스터리.

48 **진리는 시간의 딸** 테이/문용 옮김
추리작가의 눈으로 꿰뚫어 본 역사탐험 시간의 딸.

49 **죽은 사람은 스키를 타지않는다** 모이즈/진용우 옮김
백설의 아름다운 스키장을 피로 물들이는 살인잔치.

50 **O시간으로** 크리스티/안동민 옮김
시골 고기잡이 마을을 무대로 한 살인연속의 쾌작.

51 **야수는 죽어야 한다** 블레이크/현재훈 옮김
편집광 아버지, 몸서리치는 복수, 계관시인 본격추리.

52 **점과 선** 세이초/강영길 옮김
완벽 알리바이 깨부순 사회파 추리의 세계적 걸작.

53 **셜록 홈즈의 귀환** 도일/조용만·조민영 옮김
홈즈를 살려내라는 독자들의 아우성에 부활한 명작 13편.

54 **상복의 랑데부** 울리치/김종휘 옮김
가슴 설레는 도시의 우수와 서정 깃든 비극적 스릴러.

55 **13호 독방의 문제** 푸트렐/김우탁 옮김
타이타닉호와 함께 수장된 천재작가 사고기계.

56 **지푸라기 여자** 아를레이/이가림 옮김
권선징악 불문율 깨뜨린 여자의 악마적 세계.

57 **기암성** 모리스 르블랑/이가형 옮김
너무나 인간적인 괴도신사 뤼뺑의 신출귀몰 모험.

58 **네덜란드 구두의 비밀** 퀸/박기반 옮김
백만장자 노부인의 죽음을 둘러싼 지혜 겨루기 게임.

59 **검찰측 증인** 크리스티/강영길 옮김
신비와 괴기가 교차하는 인간만상 발가벗기기 대향연.

60 **모자수집광사건** 카/김우종 옮김
짙은 안개속 런던탑의 불가사의한 참살과 극적 결말.

61 **공포의 보수** 러브크래프트/정광섭 옮김
어두운 상상력이 불러낸 충격! 공포 환상의 세계.

62 **카나리아 살인사건** 반 다인/안동민 옮김
미국과 영국에서 판매고 1위를 기록한 베스트셀러.

63 **구석의 노인 사건집** 오르치/이정태 옮김
안락의자 탐정의 대표로 불리는 수수께끼 노인의 지혜.

64 **경관혐오** 맥베인/석인해 옮김
경찰미스터리 개척한 맥베인의 처절 무비 대표작.

65 **빨강집의 수수께끼** 밀른/이철범 옮김
아기곰 푸로 유명한 밀른 비장의 클래식 미스터리.

66 **로마 모자의 비밀** 엘러리 퀸/강영길 옮김
전세계 추리마니아에게 도전장 던지는 퀸의 첫작품.

67 **벤슨살인사건** 반 다인/정광섭 옮김
지적게임 미스터리소설의 거대산맥 반다인 출세작.

68 **차이나오렌지의 비밀** 엘러리 퀸/김우종 옮김
탐욕과 굴절된 애정행각, 인간군상에게 가하는 메스.

69 **작은 독약병** 암스트롱/문호 옮김
아내 정조 의심하다 자살 택하지만 독병은 어디로 ?

70 **백모살인사건** 헐/백길선 옮김
익살스런 웃음 자아내는 도서미스터리 최대 걸작.

71 **피의 수확** 해미트/이가형 옮김
피와 총성 난무하는 광산도시 돌진하는 강철사나이.

72 **비로드의 손톱** 가드너/박순녀 옮김
의뢰자를 절대 배신 않는 형사변호사의 압도적 매력.

73 **기나긴 이별** 챈들러/이경식 옮김
거친듯 진한 남자들의 뜨거운 우정 하드보일드 최고걸작.

74 **제8지옥** 엘린/김영수 옮김
트릭 기교 꾸밈 없는 무간지옥에 펼쳐지는 추리명편.

75 **독초콜릿사건** 콕스/손정원 옮김
범죄연구회 여섯 회원들의 추리와 그 해결책의 묘수.

76 **드미트리오스의 관** 앰블러/임영 옮김
박진감 넘치는 이중스파이의 위험한 곡예, 최고 명편.

77 **크로이든발 12시 30분** 크로프츠/맹은빈 옮김
범인 시각에서 바라본 도서추리소설 절대이색 걸작.

78 **어두운 거울 속에** 매클로이/강성희 옮김
여학교 기숙사를 무대로 한 불가사의 공포괴기담.

79 **호그 연쇄살인** 드안드레아/허문순 옮김
연쇄살인범과 천재범죄연구가 한판의 승부는 ?

80 **가짜 경감 듀** 피터 러브시/강영길 옮김
의외의 살인에 가짜 명탐정 활약, 기상천외 수작!

81 **제제벨의 죽음** 브랜드/신상웅 옮김
극적 반전 압권인 여류 작가 본격 미스터리 명작.

82 **여왕폐하 율리시즈호** 매클린/허문순 옮김
극명한 자연 묘사로 유명한 불후의 해양모험소설.

83 **혼징살인사건** 요꼬미조 세이시/김문운 옮김
일본 전통가옥의 특질을 이용한 밀실살인.

84 **독수리는 날개치며 내렸다** 잭 히긴스/허문순 옮김
쥬타이너 중사가 인솔하는 독일 무적 정예부대 대활약.

85 **음울한 짐승** 에드가와 란포/김문운 옮김
일본추리문학 최고봉 꿈의 화첩.

86 **한푼도 용서없다** 제프리 아처/문영호 옮김
사기꾼에게 백만 달러 털린 네 사나이의 통쾌 복수극

87 **태양은 가득히** 하이스미스/김문운 옮김
쫓기는 자의 초조함, 신분상승노리는 범죄소설 백미.

88 **질주** 배글리/추영현 옮김
장중 역동 넘치는 스파이 액션의 최고 결정판.

89 **당신을 닮은 사람** 로얼드 달/윤종혁 옮김
환상과 공포를 블랙유머로 빚어낸 걸작집.

90 **세 개의 관** 존 딕슨 카/김민영 옮김
밀실상태 연구실 시체만 남고 손님은 연기처럼 사라지다.

91 **노랑방의 수수께끼** 가스통 루르/민희식 옮김
영화, 연극, 뮤지컬로 각색된 밀실 미스터리 세계 걸작.

92 **흑거미 클럽** 아이작 아시모프/강영길 옮김
안락의자 탐정 새 장 연 아마추어 탐정모임 대활약.

93 **자칼의 날** 프레드릭 포사이스/석인해 옮김
보이지 않는 저격범 추적하는 다큐멘터리 스릴러.

94 **우편배달부는 두 번 벨을 울린다** 케인/박기반 옮김
범죄를 통해 드러난 남녀의 굴절된 애욕의 벌거숭이.

95 **그리스 관의 비밀** 엘러리 퀸/윤종혁 옮김
치밀한 엘러리의 추리와 숨막히는 범인과의 두뇌싸움!

96 **9마일은 너무 멀다** 해리 케멜먼/이정태 옮김
너무 멀다 9마일은. 더구나 빗속이라면….

97 **처형 6일전** 조너슨 라티머/문영호 옮김
시시각각 다가오는 죽음의 공포와 피말리는 혈투.

98 **스위트홈 살인사건** 크레이그 라이스/백길선 옮김
동심 가득한 세 꼬마 탐정 신기한 이색탐정놀이.

99 **소름** 로스 맥도널드/강영길 옮김
하드보일드 신경지를 펼친 거장 맥도널드의 대작.

100 **우드스톡행 마지막 버스** 콜린 덱스터/문영호 옮김
논리곡예사 천재적 탐정의 화려한 수수께끼 풀이.
101 **엘러리 퀸의 모험** 엘러리 퀸/장백일 옮김
깜짝놀랄 최고급 주옥편이 가득한 진미 대성찬.
102 **시행착오** 앤서니 버클리/황종호 옮김
죽어가는 사나이의 중대 살인결심은? 사건은 어디로?
103 **악마 같은 여자** 부알로 나르스잭/양원달 옮김
한 편의 멜로드라마 같은 공포 스릴러.
104 **로즈메리의 베이비** 아이라 레빈/남정현 옮김
뱃속의 아기가 악마의 자식이라는 오컬트 문학 선구작.
105 **중간지점의 집** 엘러리 퀸/현재훈 옮김
알쏭달쏭 안개속에 불쑥 내민 퀸의 상쾌한 도전장.
106 **어둠의 소리** 이든 필포츠/박기반 옮김
탁월한 작가이자 심리학자인 작가의 치밀한 멘탈 게임.
107 **말더듬이 주교** 얼 스탠리 가드너/장백일 옮김
스피드와 액션, 스릴감 넘치는 법정추리 걸작.
108 **황제의 코담뱃갑** 존 딕슨 카/전형기 옮김
완벽한 알리바이를 쳐부순 밀실 트릭.
109 **움직이는 손가락** 애거서 크리스티/김민주 옮김
시골마을을 뒤흔든 익명의 편지에 숨은 진실은?
110 **해골성** 존 딕슨 카/전형기 옮김
마술세계의 불가능한 범죄를 그린 특이한 문제작.
111 **브라운 신부의 지혜** 길버트 키스 체스터튼/박용숙 옮김
어려운사건을 쾌도난마로 해결하는 땅딸보 신부의 대활약.
112 **10일간의 불가사의** 엘러리 퀸/강영길 옮김
라이츠빌에서 일어난 괴사건의 진상은?
113 **불연속 살인사건** 사까구찌 안고/유정 옮김
살인동기나 범인이 제각각인 일본 미스터리 고전.
114 **빨강별꽃** 에무스카 바로네스 오르치/남정현 옮김
프랑스 혁명의 열풍속에 신출귀몰하는 빨강별꽃의 정체는?
115 **3막의 비극** 애거서 크리스티/강남주 옮김
파티에서 급사한 노목사의 죽음을 둘러싼 대의혹.
116 **어느 스파이의 묘비명** 에릭 앰블러/맹은빈 옮김
본격 스파이소설의 스릴을 맛볼 수 있는 거장 앰블러 대표작.
117 **셜록홈즈의 마지막 인사** 도일/조용만·조민영 옮김
본격 트릭의 제맛을 즐기게 해주는 일품 미스터리.
118 **기묘한 신부** 얼 스탠리 가드너/장백일 옮김
묘령 여인 무죄를 확신하는 메이슨 법정시리즈 걸작.
119 **신데렐라의 함정** 자프리조/지정숙 옮김
탐정이자 증인이자 피해자이자 범인입니다…나는.
120 **뤼뺑이냐 홈즈냐** 모리스 르블랑/이가형 옮김
세계적 탐정의 고수 뤼뺑 대 홈즈의 피 튀기는 대결전.
121 **프렌치 경감 최대사건** 크로프츠/김민영 옮김
진상에 한발짝씩 접근하는 특유의 뚝배기 장맛같은 미스터리!
122 **신의 등불** 퀸/장백일 옮김
출간과동시 절찬리에 거뜬히 1백만부돌파! 판매고의비결은?
123 **스타일즈 저택 괴사건** 크리스티/김인영 옮김
계란형 얼굴, 녹색 눈, 멋진 콧수염 회색 뇌세포 포아로 첫등장
124 **르윈터의 망명** 리텔/신상웅 옮김
긴박한 체스게임과도 같은 두뇌싸움 스파이소설의 최고봉!
125 **거대한 잠** 챈들러/문영호 옮김
일기당천 비정한 사나이 부패의 심장을 쏘아라!
126 **파일 7** 맥기번/윤종혁 옮김
악랄비열한 유괴사건 대부호의 어린 손녀는 구출될 것인가
127 **미스 블랜디시** 체이스/홍준희 옮김
사디즘과 마조히즘, 폭력난무 냉혹무참한 갱의 세계!

128 **인간사냥** 스타크/양병탁 옮김
그는 지옥에서 기어나와 냉혹하고 비정한 배신자의 곁으로!
129 **난파선 메리디어 호** 이네스/이태주 옮김
절규하는 폭풍우 바다 사나이들의 웅대한 해양 추리
130 **어센덴** 몸/신상웅 옮김
문호 서머셋 몸, 어센덴 비밀첩보원의 목숨 건 대활약
131 **셜록 홈즈 사건집** 도일/조용만 조민영 옮김
음습한 불륜에 빠진 어머니, 복수에 불타는 열두 사건
132 **에르큘 포아로의 모험** 크리스티/천두병 옮김
크리스티가 아끼는 파란만장 기기묘묘 걸작집!
133 **꼬리 아홉 고양이** 퀸/문영호 옮김
꼬리아홉 고양이의 정체는? 거장 퀸의 이색적 명작!
134 **기데온과 방화마** 매릭/박명석 옮김
형사소설의 백미, 스코틀랜드야드의 비밀활약 폭로하다!
135 **금요일, 랍비는 늦잠을 잤다** 케멜먼/문영호 옮김
유대 풍속과 고전적인 논리로 살인혐의 깨부수는 명작!
136 **완전살인** 부시/남정현 옮김
완전살인을 선언한 대담한 범인? 이에 당당한 도전!
137 **노래하는 백골** 프리먼/김종휘 옮김
완벽한 범죄에서 증거를 절묘하게 캐내는 손다이크 박사
138 **장례식을 끝내고** 크리스티/진용우 옮김
퍼즐을 맞추듯 톡 쏘는 청량음료 같은 결말의 묘미
139 **딱정벌레 살인사건** 반 다인/신상웅 옮김
복수여신 사크메트상, 시체는 황천 신 아누비스상 아래 뒹군다.
140 **의혹** 세이어스/김순택 옮김
외눈안경 화사한 손가락에 스틱 휘두르며 신출귀몰!
142 **회색 플란넬 수의** 슬래서/강성일 옮김
격렬한 광고 전쟁으로 지새는 광고맨 피비린 풍속도!
143 **심판은 내가 한다** 스필레인/이기석 옮김
'잃은 꿈' 되찾아주는 마이크 해머 통쾌 하드보일드!
144 **누명** 크리스티/김민영 옮김
그는 거부인 의붓어머니를 살해했는가? 자기도취적이색작!
146 **연속살인사건** 카/문무연 옮김
피투성이 유령출몰 옛 성 탑 연속적 살인 밀실죽음
148 **지하인간** 맥도널드/강영길 옮김
부평초처럼 뿌리를 찾아서 떠도는 인간들의 슬픈 레퀴엠
150 **마지막으로 죽음이 오다** 크리스티/박순녀 옮김
그녀는 기원전 2000년 이집트살인을 복원시킨 마녀인가?
151 **채찍을 쥔 오른손** 프랜시스/허문순 옮김
이미 왼팔을 잃은 그의 오른팔에 총구가 겨누어진다.
152 **끝없는 밤에 태어나다** 크리스티/박순녀 옮김
초자연적 공포 으스스한 엽기로망, 저주받은 비극적 전설
155 **잠자는 살인** 크리스티/박순녀 옮김
얽힌 실 풀 듯 예지로 사건해결하는 미스 마플 최후 명작
300 **최후의 증인** 김성종 지음
한국문학사상 유일한 추리 명작! 가슴뭉클한 결말의 총성!